U0638662

唐诗鉴赏

弘扬中华文化　探索唐诗渊源

图文珍藏版

马博◎主编

线装书局

图书在版编目（CIP）数据

唐诗鉴赏 / 马博主编 . -- 北京 ：线装书局，
2014.1
ISBN 978-7-5120-1101-4

Ⅰ. ①唐… Ⅱ. ①马… Ⅲ. ①唐诗－鉴赏 Ⅳ.
① I207.22

中国版本图书馆 CIP 数据核字 (2013) 第 245278 号

唐诗鉴赏

主　　编：马　博
责任编辑：高晓彬
封面设计：博雅圣轩藏书馆 Boyashengxuan Cangshuguan
出版发行：线装书局
地　　址：北京市西城区鼓楼西大街 41 号（100009）
电话：010-64045283
网址：www.xzhbc.com
印　　刷：北京彩虹伟业印刷有限公司
字　　数：1360 千字
开　　本：710×1040 毫米　1/16
印　　张：112
彩　　插：8
版　　次：2014 年 1 月第 1 版第 1 次印刷
印　　数：1-3000 套

定　　价：598.00 元（全四册）

诗仙——李白

太白醉酒图

柴门送客图

诗圣——杜甫

诗魔——白居易

琵琶行图

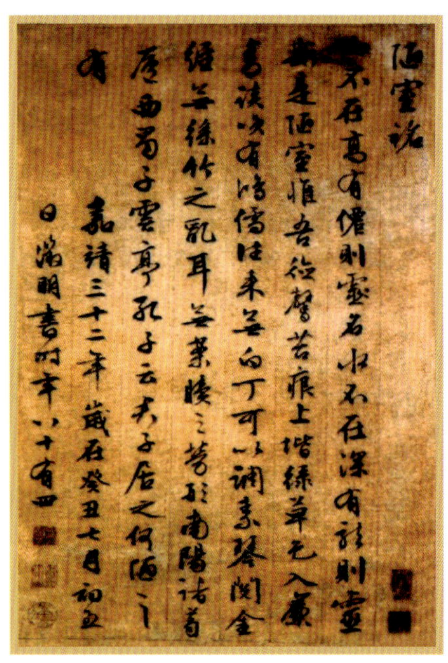

《陋室铭》书法

诗豪——刘禹锡

诗鬼——李贺

李贺墓碑文

王维诗画——《九月九日忆山东兄弟》

诗佛——王维

诗囚——孟郊

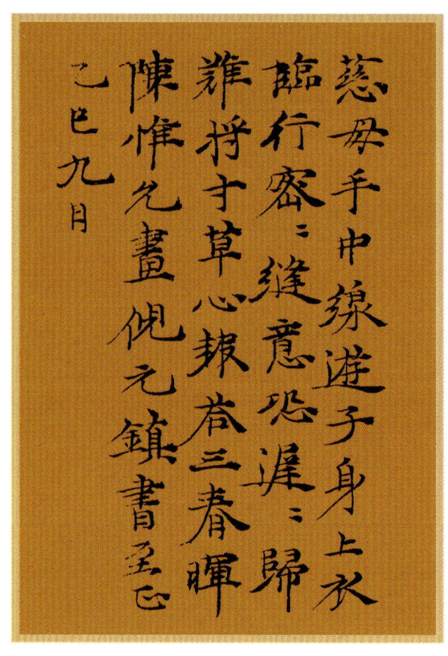

倪瓒书《游子吟》

贾岛行吟图

诗奴——贾岛

诗骨——陈子昂

登幽州台歌

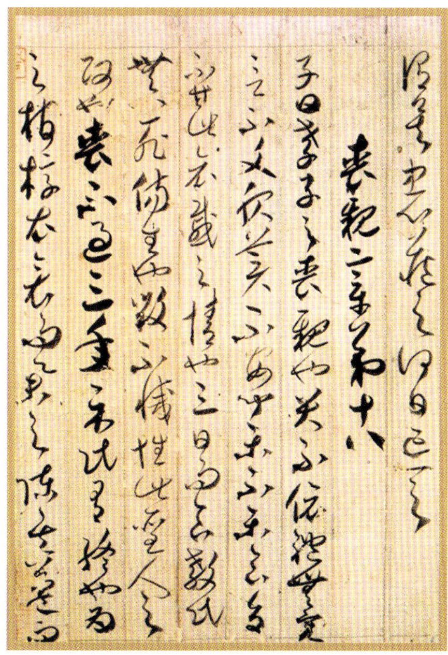

贺知章草书《孝经》

诗狂——贺知章

诗杰——王勃

藤王阁

芙蓉楼

诗家天子——王昌龄

前　言

唐代是我国古典诗歌发展的全盛时期。唐诗是我国优秀的文学遗产之一，也是全世界文学宝库中的一颗灿烂的明珠。尽管离现在已有一千多年了,但许多诗篇还是为我们所广为流传。

唐诗泛指创作于唐代的诗。唐诗是汉民族最珍贵的文化遗产,是汉文化宝库中的一颗明珠,同时也对周边民族和国家的文化发展产生了很大影响。唐诗的形式是多种多样的。唐代的古体诗,主要有五言和七言两种。近体诗也有两种,一种叫作绝句,一种叫作律诗,绝句和律诗又各有五言和七言之不同。所以唐诗的基本形式基本上有这样六种:即五言古体诗、七言古体诗、五言绝句、七言绝句、五言律诗和七言律诗。古体诗对音韵格律的要求比较宽:一首之中,句数可多可少,篇章可长可短,韵脚可以转换。近体诗对音韵格律的要求比较严:一首诗的句数有限定,即绝句四句,律诗八句,每句诗中用字的平仄声,有一定的规律,韵脚不能转换,律诗还要求中间四句成为对仗。古体诗的风格是前代流传下来的,所以又叫古风;近体诗有严整的格律,所以有人又称它为格律诗。

在历经了初唐、盛唐、中唐、晚唐四个时期的发展后,唐诗不仅继承了汉魏民歌、乐府传统,并且大大发展了歌行体的样式;不仅继承了前代的五、七言古诗,并且发展为叙事言情的鸿篇巨制;不仅扩展了五言、七言形式的运用,还创造了风格特别优美整齐的近体诗。近体诗是当时的新体诗,它的创造和成熟,是唐代诗歌发展史上的一件大事,其中尤以李白、杜甫、白居易、王维等伟大诗人具有代表性。

在唐诗的四个时期的演变过程中,每个时期都各有千秋涌现出许多脍炙人口的杰出作品。初唐作品反映的生活面较开阔,风格雄健,感情充沛;盛唐诗风格澎湃遒劲,高远混成之美;中唐诗人倡导或参与新乐府运动,继承并发展现实主义风格,同时融入传奇小说的手法;晚唐诗人其诗歌感怀时事,抒发襟怀,用典精当。这些作品有的从侧面反映当时社会的阶级状况和阶级矛盾,揭露了封建社会的黑暗;有的歌颂正义战争,抒发爱国思想;有的描绘祖国河山的秀丽多娇;此外,还有抒写个人抱负和遭遇的,有表达儿女爱慕之情的,有诉说朋友交情、人生悲欢的等等;因此,从自然现象、政治动态、劳动生活、社会风习,直到个人感受,都逃不过诗人敏锐的目光,成为他们写作的题材。在创作方法上,既有现实主义的流派,也有浪漫主义的流派,而许多伟大的作品,则又是这两种创作方法相结合的典范,形成了我国古典诗歌的优秀传统。总而言之,唐诗把我国古曲诗歌的音节和谐、文字精练的艺术特色,推到前所未有的高度,为古代抒情诗找到一个最典型的形式,至今还特别为人民所喜闻乐见。

我们编撰的这套《唐诗鉴赏》囊括了每一时期最具有代表性的诗人及作品,多为千古传诵、妇孺皆知的力作,思想性、艺术性都很强,注释简明扼要,译文言辞优美,赏析高雅精当,同时配以精美插图,诗情画意相得益彰,使读者赏读之余可获得艺术上的无限美感。

目 录

李华

岑参

景云

刘方平

裴迪

皇甫冉

元结

孟云卿

张继

贾至

韩翃

白居易

杜牧

雍陶

温庭筠

陈陶

李商隐

虞世南 （558~638）字伯施，越州余姚（今属浙江）人。隋时为秘书郎，入唐为秦王府记室参军，迁太子中舍人。贞观年间，任弘文馆学士、秘书监，赐爵永兴县子，卒谥文懿。能文辞，工书法。唐太宗曾称他"德行、忠直、博学、文辞、书翰"为五绝。其中书翰一项，尤为世重。书法外柔内刚，笔致圆融遒丽，与欧阳询、褚遂良、薛稷并称为唐初四大书法家。编有《北堂书钞》一百六十卷。《全唐诗》存其诗一卷。

蝉

虞世南

垂緌饮清露，流响出疏桐[1]。
居高声自远，非是藉[2]秋风。

【注释】

①垂緌（ruí）：緌是古人结在颔下的帽带下垂部分，蝉的头部有伸出的触须，形状似下垂的冠缨，故说其是垂緌。饮清露：古人认为蝉生性高洁，栖高饮露，故说蝉"饮清露"。流响：蝉鸣之声时高时低且时间很长，像流水的响声一样，故称"流响"。

②藉：借。

【鉴赏】

这是一首托物寓意的小诗。

作者虞世南是唐太宗时代的重臣。虞世南的人品确实为当时人所褒赏。清人施补华《岘佣说诗》云："三百篇比兴为多，唐人犹得此意。同一咏蝉，虞世南'居高声自远，非是藉秋风'，是清华人语；骆宾王'露重飞难进，风多响易沉'，是患难人

语；李商隐‘本以高难饱，徒劳恨费声’，是牢骚人语。比兴不同如此。”这三首诗都是唐人托咏蝉以寄本意的名作。由于作者地位、气质、遭遇的不同，虽同为比兴寄托，却呈现迥异的意境，构成富有个性特征的艺术形象，成为唐代文坛“咏蝉”诗的三绝。

本诗是唐人咏蝉诗中时代最早的一首，很为后世人所称道。

首句表面上是写蝉的形状与食性，实际上处处含比兴象征。“垂緌”暗示显宦身份，因古人常以“冠缨”指代达官贵人。显宦的身份和地位在一般老百姓心目中，和“清客”有矛盾甚至是不相容的，但在作者笔下，却把它们统一在“垂緌饮清露”的蝉的形象中了。这“贵（人）”与“清（客）”的统一，正是为三、四句的“清”无须借“贵”做反铺垫，用笔颇为巧妙。

次句描写蝉声之传播。梧桐是高树，着一“疏”字，更见其枝干的清高挺拔，且与末句的“秋风”相呼应。“流响”二字状蝉声的抑扬顿挫和长鸣不已；“出”字则把蝉声远播的意态形象化了，让人感受到蝉鸣的响度与力度。全句虽只写蝉声，但我们却从中想象到人格化了的蝉那种清华隽朗的高标逸韵。有了本句对蝉声传播的生动描写，后两句的发挥才字字有根。

三、四两句是全诗比兴寄托的“点睛”之笔。它是在一、二两句基础上引发出来的议论。蝉声远播，一般人往往认为是借助于秋风的传送，作者却别有会心，强调这是出于“居高”而自能致远。这种独特的感受蕴含着一个真理：修身而品格高尚的人，并不需要某种外在的凭借（例如权势地位、有力者的帮助），自能声名远扬。它突出强调一种人格的美，强调人格的力量。两句中的“自”字和“非”字，一正一反，相互呼应，表达出作者对人的内在品格的热情赞美和高度自信；表现出作者以蝉自许，雍容不迫的风度和气韵。

全诗将蝉人格化，带有作者明显的自况意味。清人沈德潜评说：“咏蝉者每咏其声，此独尊其品格。”（见《唐诗别裁》）这确是一语破的之论。

咏　风

虞世南

逐舞飘轻袖①，传歌共绕梁②。
动枝生乱影，吹花送远③香。

【注释】

①逐：随。轻袖：轻薄的衣袖。

②共：通“供”。绕梁：即“余音绕梁”。

③远：远方。

【鉴赏】

这是一首描写景物的诗：风吹舞着人们轻薄的衣袖，传送着美妙绕梁的歌声，使枝影摇乱，送来远处阵阵的花香。小诗动静结合，风本无形，这首诗描写了“舞”“歌”“枝”“花”在风的吹动下的各种姿态，使人看得到、听得到、闻得到，生动形象。

中妇织流黄

虞世南

寒闺织素锦，含怨敛双蛾。
综新交缕涩，经脆断丝多。
衣香逐举袖，钏动应鸣梭。
还恐裁缝罢，无信达交河。

【鉴赏】

这是唐诗中一首较早的边塞诗，侧写边塞，而不作昵昵女儿语。

“流黄”，原义褐黄色。诗赋中多用来指艳丽的丝织品。诗破题即应题，写其在织锦。“寒闺”，表明普通人家的妇女，与黄金为门、金玉为堂的贵族之家不同。

"素锦",用彩色经纬织出各种图案花纹的织品,其中素地者曰素锦。次句由事入情:"含怨"从"敛双蛾"中透出。"双蛾",指美女的两眉。

接二句云:"综新交缕涩,经脆断丝多。""综",织机上使经线上下交错以便梭子通过的装置。"涩",表示不通畅,有阻塞意。因此引出下句:"经脆断丝多。"这固然是前(句)因后(句)果,但何尝不和"含怨"心情抑郁精神有关?更进一层看,辄情在其中。这位抬手、举袖、穿梭,因而钏动、梭鸣的妇女,恍然在目,生动轻盈。一结,清楚明白道出她"含怨敛双蛾"的心事:"还恐裁缝罢,无信达交河。""裁缝",剪裁缝制衣服。"交河",古县名。唐贞观十四年(640)以交河郡改置。治所在今新疆吐鲁番西北。贞元六年(790)后陷于吐鲁番。这里久历战火。岑参"天山雪歌送萧治归京"诗:"交河城边飞鸟绝,轮台路上马蹄滑。"诗写由"织"而"裁缝"、而缝"罢",但她在"织素锦"时便已担心无法送到边疆。诗写此中人由外及内,形神举措得体而真实。其边塞诗风格清迈,是值得称赞的。

魏徵 (580年~643),字玄成。汉族,唐巨鹿(今河北邢台市巨鹿县人,又说河北晋州市或河北馆陶市)人,唐朝政治家。曾任谏议大夫、左光禄大夫,封郑国公,以直谏敢言著称,是中国史上最负盛名的谏臣。

述　　怀

魏　徵

中原初逐鹿,投笔事戎轩①。
纵横计不就,慷慨志犹存。
杖策谒天子,驱马出关门。
请缨系南粤,凭轼下东藩。
郁纡陟高岫,出没望平原。

古木鸣寒鸟,空山啼夜猿。
既伤千里目,还惊九折魂。
岂不惮艰险,深怀国士恩。
季布无二诺,侯嬴重一言。
人生感意气,功名谁复论。

【注释】

①戎轩:戎,兵戎;轩:车辆戎轩,即兵事。

【鉴赏】

这首诗是魏徵出潼关,安抚华山以东地区时之作,所以又作《出关》。首二句"中原初逐鹿,投笔事戎轩。""初",一作"还"。这是说当时起义是风起云涌,他参加李密的反隋起义军。"戎",兵戎;"轩",车辆,"戎轩",即兵事,说他投笔从戎。隋末农民起义军,势力最大的有杨玄感、李密在黎阳(今河南浚县)的起义,渡河进攻洛阳,李密还设计杀隋大将张须陀。当时,南方的林士弘,河南的李密,河北的窦建德,都割据称雄。"纵横计不就,慷慨志犹存。"这是说,他参加李密义军虽失败了,灭隋的慷慨大志,献身于统一事业的决心,依然存在。"杖策谒天子,驱马出关门。"执鞭拜谒天子,说他归依了唐王朝。骑马出潼关,从事华山以东的安抚工作。"请缨系南粤,凭轼下东藩。郁纡陟高岫,出没望平原。"南粤、东藩、高岫、平原,这些地方战乱未平,江淮和长江以南地区的割据势力,仍在称王称帝,如萧铣在巴陵称梁帝,林士弘在虔州称楚帝,辅公祐在丹阳自称宋帝。这四句表明他愿意辅助唐王,献身祖国统一的事业。"古木鸣寒鸟,空山啼夜猿。既伤千里目,还惊九折(一作'逝')魂。"这四句是说在当时的战乱中,寒鸟鸣于古木,夜猿啼于空山,千里无人烟,使人们惊心动魄。他以抒情的笔法,描绘了战乱之苦,在宫体诗盛行的当时,确是空谷足音。末六句以雄健的笔力,写他不怕艰苦,他要像季布、侯嬴一样,以酬李世民知遇之恩。"岂不惮艰险,深怀国士恩。季布无二诺,侯嬴重一言。人生感意气,功名谁复论。"我并非不知前路的艰难,为答谢李世民知遇之恩,应该像季布一样一诺重于千金,像侯嬴一样以死相报。末二句"人生感意气,功名谁复论"。这二句表现了魏徵耿直的性格,他的直言敢谏,绝不是为了个人的功名富贵。

魏徵所处的时代,宫体诗有着极大的势力,而他的《述怀》以及《暮秋言怀》,与宫体诗情调迥异,以雄健的笔力,抒发了为祖国的统一大业而愿献出自己的一切,突破了浮靡的诗风,表现了格调高昂的清正之音,这在当时是极为难得的。当然这首诗中的酬报君王的知遇之恩的思想,是其时代的局限性。

王绩 (585~644)字无功,绛州龙门(今山西河津)人。王通之弟。尝居东皋,号东皋子。仕隋为秘书省正字,唐初以原官待诏门下省。后弃官还乡。放诞纵酒,其诗多以酒为题材,赞美嵇康、阮籍和陶潜,表现对现实不满,但也流露出颓放消极思想。诗风清新朴素,语言平淡自然。是唐代山水、田园诗派之先驱。原有集,已散佚,后人辑有《东皋子集》(一名《王无功集》)。

秋夜喜遇王处士

王　绩

北场芸藿罢,东皋刈黍归①。
相逢秋月满,更值夜萤②飞。

【注释】

①北场:房舍北边的场圃。芸藿(huò):锄豆。芸通"耘",耕耘;藿,豆苗。东皋:房舍东边的田地。刈(yì)黍:收割黍子。

②萤:萤火虫。

【鉴赏】

这是一首描写田园生活情趣的小诗。

作者王绩由隋入唐,诗风朴实自然,一洗齐梁华靡浮艳的旧习,在唐初诗坛上独树一帜。本诗在朴质平淡中蕴含着丰富隽永的诗情。

前两句写农事活动归来。北场、东皋应是泛指,并非实指地名。芸藿、刈黍都是秋天的农事活动。词语平淡无奇,没有任何刻画渲染,平淡到几乎不见有诗。但正是在这种随意平淡的词语和舒缓从容的节奏中,透露出作者对田园生活的习惯和萧散自得、悠散自如的情趣;在归隐生活中参加一些芸藿、刈黍之类的田间劳动,是轻松愉快的,这些劳动所造成的心境是和谐平衡的。

后两句写从田间归来后,带着劳动的轻微疲乏和快意安恬,作者和他的农民朋友在这宁静美好的秋夜不期而遇了。这是一个满月之夜，村庄和田野都笼罩在明月的清辉之中，显得静谧、安闲、和谐。这里那里，又穿梭式地飞舞着星星点点的秋萤，形成一幅变幻不定的光的图案。这秋萤给本已宁静安闲的山村秋夜增添了流动的景象和盎然的生意。作者没有正面描写与朋友相遇的喜悦场面，但借助于“相逢”“更值”这些带感情色彩的语词和由溶溶明月、点点流萤构成的背景，两个朋友间那种欣然得意和喜悦心情，都已经鲜明地呈现在我们面前了。

全诗虽写田园隐居生活，却表现了乡村秋夜特有的美景以及作者对这种美景的欣赏，色调明快，富于生活气息。

在京思故园见乡人问

王　绩

旅泊多年岁，老去不知回。
忽逢门前客，道发故乡来。
敛眉俱握手，破涕共衔杯。
殷勤访朋旧，屈曲问童孩。
衰宗多弟侄，若个赏池台。
旧园今在否？新树也应栽。
柳行疏密布？茅斋宽窄裁？
经移何处竹？别种几株梅？
渠当无绝水？石计总生苔？
院果谁先熟？林花那后开？
羁心只欲问，为报不须猜。
行当驱下泽，去剪故园莱。

【鉴赏】

这是王绩寓居长安时所作。乡人，指朱仲晦，王绩同乡。

这首诗写得别致，24句中一连用了10个问句，询问故乡的情况，反映了作者十分关切、急不可耐的故园之思，写得生动、亲切，语言又通俗明白，如话家常，读来感到十分新颖、亲切。诗中的衰门指自己家门。下泽，车名，一种短毂的车，适于沼泽地行驶。在写法上受到魏晋《门有万里客》《门有车马客》等乐府诗的启发。“忽逢”二句与陆机诗“门有车马客,驾言发故乡”就极相似,表现出他平淡闲远的诗风。后来王维的《杂诗》“君自故乡来,应知故乡事;来日绮窗前,寒梅着花未?”正是受到这种创作手法的影响。从这里可以看出唐诗由以前的古诗向近体诗过渡的轨迹。也反映了王绩等初唐诗人为初唐诗歌浮艳诗风洗净铅华所做的贡献。

野望

王绩

东皋薄暮望,徙倚[①]欲何依。
树树皆秋色,山山唯落晖[②]。
牧人驱犊[③]返,猎马带禽[④]归。
相顾无相识,长歌怀采薇。

【注释】

①徙倚:徘徊。

②落晖:夕阳。

③犊:小牛,泛指牛。

④禽:指鸟兽。

【鉴赏】

这首诗是作者的代表作之一,是唐诗中最早的一首田园诗。它以朴素无华的格调、清新淡远的意境和完美精致的格律,出现在唐初诗坛上,比沈、宋诗为律诗定型早出几十年,被称颂为“五言律”“应以此章为首”(沈德潜《唐诗别裁》),开唐诗风气之先,是初唐诗中难得的珍品。

诗的首、尾两联言事抒情,中间二联写山野秋日黄昏景色并融情于景,抒写出作者隐居生活中的孤寂与苦闷。皋,水边地;东皋,作者家乡绛州龙门(今山西省河津市)北山汾河边的一处地方,作者晚年归隐之处。薄暮,傍晚。徙倚,徘徊。依,依托,归宿。“东皋薄暮望,徙倚欲何依。”开篇扣题,化用两个典故:前句用陶渊明《归去来兮辞》“登东皋以舒啸,临清流而赋诗”句意,表现出他对隐逸生活的欣羡;

后句则化用曹操《短歌行》“月明星稀，乌鹊南飞，绕树三匝，何枝可依”语，言事抒情，流露出孤独寂寞、百无聊赖的心情。中间二联写景，领联用“山山”“树树”两组叠字，以“皆”“唯”两个虚词加以映衬，拓展意境；颈联一连运用“驱”“返”“带”“归”四个动词表现动态与情趣，将光与色、远与近、动与静、人与物安排得十分协调，组成了一幅田园牧歌式的山村晚归图，于悠闲恬静之中透示着诗人心中淡泊的苦涩。尾联缘景抒情，以“采薇”二字浓缩了商代孤竹君两个儿子伯夷、叔齐在商亡后耻食周粟，隐居首阳山，采薇充饥的典故，抒发出自己在隋唐易代之际，彷徨无依的苦闷情怀。全诗景为情设，情因景发，情景交融，相映成趣，且以其平淡质朴的风格，一洗唐初轻靡华艳的诗风，读之令人耳目一新！

过酒家（五首其四）

王　绩

此日长昏饮，非关养性灵。
眼看人尽醉，何忍独为醒！

【鉴赏】

王绩是魏晋以来嗜酒著名的诗人，阮籍、陶渊明之外，很少有人能比。这首二十字的短诗，也正代表着王绩生平最真实的思想感情。

诗的第一句“此日长昏饮”，写的是饮酒生活。“此日”不是今天，而是这些日子；“昏饮”不是黄昏的饮，而是饮得昏昏然；同于《五斗先生传》里的“昏昏默默”。再加一“长”字，更可见其不是偶然而是长期。为什么有这样的生活呢？没有正面答复，而先用否定语气说“非关养性灵”。酒，也许可以调养、滋养人的性格和心灵，然而王绩的“昏饮”却与此无关。他关注的乃是“眼看”到社会上芸芸众生、形形色色、可悲可叹的现实，精神上忍受不了。屈原高唱着“众人皆醉我独醒”，奋起抗争，不怕牺牲。王绩不然，他是通过“昏饮”而逃入“醉乡”的。“眼看人尽醉，何忍独为醒”，正是内心思想的概括。诗虽短，却体现了王绩的人生观。淡淡的四句话，诗人的隐士形象，如在目前。

王梵志 生卒年不详。卫州黎阳(今河南浚县)人。人称"通玄学士"。其家境初颇富,曾有妻室儿女,中年家业败落,皈依佛门。其诗歌敦煌写卷有其三十多本。诗风平易浅显,常寓生活哲理于诙谐幽默之中,在民间广为流传,在诗坛颇有声誉,王维、皎然、白居易等诗人亦曾受其影响。

诗三首

王梵志

梵志翻着袜,人皆道是错。
乍可刺你眼,不可隐我脚。
城外土馒头,馅草在城里。
一人吃一个,莫嫌没滋味。
他人骑大马,我独跨驴子。
回顾担柴汉,心下较些子。

【鉴赏】

王梵志与寒山都是唐初的通俗诗人。他的诗集失传很久,一直到清朝末年敦煌莫高窟的石室被发现,才重见天日。他的诗,或宣传儒家伦理道德观念,或表现佛家的宗教思想,或描摹世态人情,语言通俗、口语化,语调犀利,诙谐轻松,浅近易懂,介于格言诗与佛教偈语之间,形成了一种独特的诗体,在当时传颂甚广,王维的五言排律《与胡居士皆病,寄此诗,兼示学人》,即为模拟梵志体之作。

这三首诗,第一首写但求快意于心,不计较他人议论,由俗事中见深意;第二首以土馒头比喻坟墓,以馅草比人,充满机趣,足以警示世人;第三首写知足者心安常乐,信笔设喻,也十分通俗。这三首小诗,充分显示出梵志诗的艺术风格。

吾有十亩田

王梵志

吾有十亩田，种在南山坡。
青松四五树，绿豆两三窠。
热即池中浴，凉便岸上歌。
遨游自取足，谁能奈我何！

【鉴赏】

这首《吾有十亩田》收在作者诗集的第三卷里。诗一起即写自己有田十亩，种在南坡。而以“青松四五树，绿豆两三窠”作为陪衬，显出一片优美风光。“热即池中浴，凉便岸上歌”，是写劳动后的生活，情趣潇洒，随遇而安。末尾两句则更傲然自得，与世无争，世人其奈我何？又是一种处世态度。诗的意义颇似击壤歌：“日出而作，日入而息，凿井而饮，耕田而食，帝力何有于我哉？”这首诗，从诗体方面来说，古而有律句，似律而实古。可以明显地看出是六朝的所谓新体诗到唐代律诗的过渡。诗章法分明，前四句写事物、写景色，后四句写行动、抒抱负。诗的意境浑然一体，具有自然的美感。

吾富有钱时

王梵志

吾富有钱时，妇儿看我好。
吾若脱衣裳，与吾叠袍袄。
吾出经求去，送吾即上道。
将钱入舍来，见吾满面笑。
绕吾白鸽旋，恰似鹦鹉鸟。
邂逅暂时贫，看吾即貌哨。
人有七贫时，七富还相报。

图财不顾人，且看来时道。

【鉴赏】

王梵志是唐初的一位白话诗人。这首慨叹人情冷暖的诗作，乍读起来，全篇既没有精彩的警句，也很少环境氛围的艺术描绘，似乎是平平淡淡，语不惊人；实际上它以“直说”见长，指事状物，浅切形象；信口信手，率然成章；言近旨远，发人深省，别具一种淡而有味的诗趣。

全诗结构紧凑，层次分明，步步围绕主题，写得颇有情致。首段六句，作者以概述的笔调，指出妻室儿女态度好坏的关键在于一个“钱”字。拥有钱财时，一切都好，妻室儿女也显得十分殷勤。假如要脱衣服，很快就会有人把脱下的袍袄折叠得整整齐齐；假如离家出外经商，还要一直送到大路旁边。诗人在这里选取习见的生活现象，以凝练的笔触，不加修饰地叙写出各种场景，给人以平凡而生动的感觉。

接着，作者利用贴切的比喻，进一步刻画出金钱引起的种种媚态：“将钱入舍来，见吾满面笑。绕吾白鸽旋，恰似鹦鹉鸟。”当携带金钱回到家中时，一个个笑脸相迎，像白鸽那样盘旋在你的周围，又好似学舌的鹦鹉在你耳边喋喋不休。人们向来把鸽子当成嫌贫爱富的鸟类，而鹦鹉则被视作多嘴饶舌、献媚逢迎的形象。因此诗人用“白鸽”“鹦鹉”来形容见钱眼开的贪财者。

最后六句，概括全篇主旨，也是王梵志对世情险薄的愤激之语。句中的“邂逅”，不期而至的意思；“貌哨”，指脸色难看；皆为唐人口语。这几句诗说的是：当我偶然陷入贫穷之时，你们的脸色为何变得这样的难看，要知道人在最穷的时候，也可能会有极富的机会。他直率地警告那些庸俗的贪财者，如果只为贪图钱财，而毫不顾及人的情义，那就看看来时的报应吧！这里，诗人率直地写下了他的愤激之情。

这首诗在艺术表现上明显的特点是：以敏锐的观察力捕捉生活中某些不大为人重视的动作和事理，运用通俗凝练的语言，设想奇巧的对比描写，着墨不多，无意于渲染，但是那种贪钱者的丑态便跃然纸上。与此同时，诗人的不平之气也豁然而出。作者有着比较娴熟的驾驭民间语言的能力，出语自然，质直素朴，言近旨远，从而开创唐代以俗语俚词入诗的通俗诗派，为唐诗的发展做出了贡献。

李世民 (599~649)即唐太宗,陇西成纪(今甘肃秦安)人。李渊次子。李渊称帝时封为秦王。武德九年(626)继位,在位23年。政治上卓有建树。诗、文、书法较为擅长,又热心倡导,对唐代文学艺术的高度发展产生了积极影响。《全唐诗》存其诗九十余首。

饮马长城窟行

李世民

塞外悲风切,交河冰已结。
瀚海百重波,阴山千里雪。
迥戍危烽火,层峦引高节。
悠悠卷旆旌,饮马出长城。
塞沙连骑迹,朔吹断边声。
胡尘清玉塞,羌笛韵金钲。
绝漠干戈戢,车徒振原隰。
都尉反龙堆,将军旋马邑。
扬麾氛雾静,纪石功名立。
荒裔一戎衣,灵台凯歌入。

【鉴赏】

《饮马长城窟行》为古乐府瑟调曲名,又称《饮马行》。窟,即泉眼。古辞云,征戍之客至长城而饮马,妇思其辛劳,作是曲以酬。以后曹丕、陈琳、傅玄、陆机均有拟作。后来则多用以描述军旅生活。从诗中"阴山"一词看,当描写与蒙古族征战的一次战斗生活。

全诗结构特别、新奇,采用了二联四句一组,描写塞外风光与叙述边塞征战交差互换的手法。前四句用"悲风切""冰已结""百重波""千里雪"四样景物,描写严冬季节的塞上风光,旖旎壮丽,气概非凡;"迥戍"四句,则用"烽火""高节""卷旆旌""饮马出长城"叙述从塞上报"危",到兵马出征的经过;"塞沙"四句,用"塞沙""朔吹""胡尘""羌笛"进一步描绘征戍军队所见所闻的塞外景色,前两句写自然风光,后二句摹少数民族犷放、悍勇的民风。"绝漠"四句则具体描绘沙场千军万马的征战场面:千戈击战,万车驰骋,都尉、将军各司其职。末尾四句是征战后的总结:经过激战边境平"静"了,"纪石"立碑,奖励功臣,军队凯旋而归。全诗表现出作者的雄才大略与戒骄惧盈的思想。从诗歌艺术看,规模宏远,雄浑不群,别具一格。蒋仲舒称赏这首诗是"唐初大雅"之作(《唐诗广选》卷一引),并不为过誉。

赐房玄龄①

李世民

太液仙舟迥②,西园引③上才。
未晓征车度,鸡鸣关早开④。

【注释】

①房玄龄(579~648):齐州临淄(今属山东)人。与魏徵、杜如晦等同为唐太宗的重要助手。任宰相十五年,求贤若渴,量才任用,史称贤相。

②"太液"句:汉、唐京城皆有大液池,像蓬莱仙境,故称池中舟为"仙舟"。迥(音窘):远。

③引:《全唐诗》作"隐",与下两句不贯,据《万首唐人绝句》改。

④"鸡鸣"句:函谷关鸡鸣开关放行,见《史记·孟尝君传》。

【鉴赏】

李世民为秦王时,房玄龄即以文学侍从,参与机要,运筹帷幄。贞观以后,久居宰辅,助成"贞观"之治,时人比之伊、吕、萧、曹。李世民与之亲密无间,倚之为左右手,这首赠房的诗,虽难说有什么深远意蕴,但却可以看出他们之间相知之切。

诗的首句,是回忆过去游处之乐。太液池是大明宫里的一个湖,中有蓬莱山,象征着海外仙山。当年秦王李世民延揽房玄龄等人为"十八学士",兴文学馆,当时人称为"登瀛洲"(《唐会要》46)。瀛洲、蓬莱,各为"三神山"之一,可以互举,意思相同。“太液仙舟迥”一句，意思说：同舟泛太液池的乐事，离现在已很远了。次句“西园引上才”，是说：西园里正隐藏着高才。房在贞观初为中书令，而中书省接近西苑，苑、园互用。“上才”，可指房本人，也可兼指房所引进的人才。房是“闻人有善，若己有之”(《旧唐书·本传》)，“引拔士类，常如不及”(《唐会要》57)的人。这一点，李世民非常了解，诗句充满了感激之情。后两句“未晓征车度，鸡鸣关早开”，关开得早，这位行人也那样早就从关门通过，是一般泛指吗？不是。诗是赠房的，含义是赞房“夙兴夜寐”，“勤劳王事”。表面看，几句诗，互不相干，但一和李、房的关系联起来，却很值得玩味。

赐萧瑀

李世民

疾风知劲草，板荡识诚臣。
勇夫安识义，智者必怀仁。

【鉴赏】

这是李世民极为人传诵的一首名作。萧瑀，字时文，南朝梁元帝之子，曾仕于隋唐两朝。唐朝创建初期，曾参与“国典朝仪”的制定，历任民部尚书、御史大夫等职，封宋国公。他为人刚正又有谋略，作者称赞他：“不可以厚利诱之，不可以刑戮惧之，真社稷臣也。”这首五言诗以质朴无华、率直不俗的语言，表示了对萧瑀的称赞与赏识。诗的前两句用比兴手法，抒写自己的情怀，并用以称赏萧瑀，一语双关。“板荡”指社会、政局动荡不安，典出《诗经》。《诗经·大雅》中有《板》《荡》两篇诗，内容均为咏叹周厉王的无道，后“板荡”即被用以指社会、朝政动荡不安的情形。“疾风知劲草，板荡识诚臣”，是流传千古的名句。诗的后二句抑“勇”、扬“智”，进一步表示了对萧瑀的赏识，言外之意是，你是“识义”“怀仁”的“智者”，正是我安邦治国最需要的人。短短20字却蕴含着丰富的感情与用意。显示出作者作为一代国君，体恤臣下、知人善任、高瞻远瞩的政治家风度。艺术上风格敦厚凝重，音节铿锵刚劲，雄伟不群，别具一格，不失为一首唐诗佳作，在历代帝王诗词中亦当属上乘。明胡震亨说李世民的诗在唐诗发展中有着“首辟吟源”的开创作用(《唐音癸签》)，清潘德舆称赞他的诗“雅丽高朗，顾盼自雄”(《唐诗评选》)，实不为过誉。

广胜寺赞

李世民

鹤立蛇行势未休，五天文字鬼神愁。
龙蟠梵质层峰峭，凤展翎仪已卷收。
正觉印同真圣道，邪魔交闭绝踪由。
儒门弟子应难识，穿耳胡僧笑点头。

【鉴赏】

这首诗录自《霍山志》，广胜寺内有清代刻镂的诗碑。广胜寺在山西省西部霍山山脉的南麓，建于东汉建和元年(147)，是我国著名的佛寺。其寺内飞虹琉璃塔、保存完好的金版大藏经、元代戏曲壁画，是寺内现存的“三绝”，闻名遐迩，是现代著名的旅游景点。李世民信奉佛教，在位期间曾以天子之尊拜谒过广胜寺。这首著名的赞颂佛寺的帝王诗，当作于这次拜谒之时。

诗的首联描写寺的形胜与在佛教中的尊贵地位。“鹤立蛇行”形容寺周围山势的雄伟、壮观；“五天文字”是指由印度传来的佛教经典。从外观的形胜与内部珍藏的经卷，显示出佛寺的重要地位。“五天”，指印度，我国旧称东、西、南、北、中印度。颔联“龙蟠”“凤展”二句，描写寺庙雕梁画栋，以龙凤为装饰，形容其华丽。颈联则进一步写佛事活动，说悟彻了佛家的真谛，才能走上“圣道”，一切邪念自会断绝踪迹。“正觉”，佛家语，即觉悟；“邪魔”，不合佛学的外道。尾联，归结全诗，谓奉行孔孟之道的“儒门弟子”应当认真信奉佛学，“穿耳胡僧”即波斯人高僧吉藏，也会向你点头微笑，表示欢迎。全诗浑厚凝重，庄重典实，结构完整，格律严谨，对著名佛寺作了热忱的赞颂，从一个天子的口笔中反映出唐代初期中国社会上佛教的盛行，有一定的社会认识价值。

帝京篇

李世民

秦川雄帝宅，函谷壮皇居。
绮殿千寻起，离宫百雉余。
连甍遥接汉，飞观迥凌虚。
云日隐层阙，风烟出绮疏。

【鉴赏】

唐太宗以日理万机之暇，作《帝京篇》十首以明志。其声律犹存六朝永明之体，虽有五言八句之作，然或仄韵，或失粘，唯此首篇平仄粘对，偶合五律，可视为唐律之先声。方回《瀛奎律髓》谓太宗诗“渐成近体，亦未脱陈隋间习气”，清李培因《唐诗观澜集》谓此“已开律径”，诚然。全诗八句皆对，虽对法稚拙，类多合掌，然气势雄壮，一改南朝柔弱之态。固知其非但开唐世基业，亦始定唐音韵调。

寒山 僧人。一称寒山子。传为贞观时人，一说大历时人。居始丰县(今浙江天台)寒岩。好吟诗唱偈，与国清寺僧拾得交友。其诗多宣扬佛教轮回因果思想，亦杂有道教服食养气炼丹之说，且常讥刺世态人情，表述其对人生哲理之思考。亦有抒写山林景致、隐逸情趣之作，诗风浅显明白多用俚语村言，语气诙谐，时含机趣。有诗三百余首，后人辑为《寒山子诗集》。

诗二首

寒　山

有个王秀才，笑我诗多失。
云不识蜂腰，仍不会鹤膝。

平侧不解压，凡言取次出。
我笑你作诗，如盲徒咏日。

有人笑我诗，我诗合典雅。
不烦郑氏笺，岂用毛公解。
不恨会人稀，只为知音寡。
若遣趁宫商，余病莫能罢。
忽遇明眼人，即自流天下。

【鉴赏】

寒山是唐代诗僧，长期流居于浙江天台山，其地幽僻寒冷，因自号寒山子。存诗三百余首，其诗多宣扬佛教思想且讥讽世态人情。诗风浅显明白，不拘结构，多用俚语村言，语气诙谐，时含机趣。这两首诗，反映了他诗歌创作的观点。第一首说，他主张写诗不讲章法，“不识蜂腰”，也“不会鹤膝”；不讲平仄（侧），也“不解压”韵。他认为，如果光讲究技巧，而不反映现实，就等于是“盲”人“咏日”。第二首说，他写诗主张通俗易懂，无须像郑氏、毛公笺解《诗经》那样，烦人笺注疏解，用家常话写家常事，读者自能会心，“流”遍“天下”。他与王梵志同属通俗派诗人。后代的诗僧拾得、丰干继承他们开创的通俗易懂、言之有物、摹写世态人情的诗歌创作路子，在当时传播很广，影响所及包括王维、李白、白居易等一大批诗人。

杳杳寒山道

寒　山

杳杳寒山道，落落冷涧滨[①]。
啾啾常有鸟，寂寂更无人。
淅淅风吹面，纷纷雪积身。
朝朝不见日，岁岁不知春。

【注释】

①杳杳（yǎoyǎo）：深幽、遥远貌。落落：冷落、清澈的样子。

【鉴赏】

这首五言古诗带有鲜明的六朝乐府民歌风格，语言明白如话，浅显易懂，虽寄情山水，但隐喻人情。诗风幽冷，别具境界。作者寒山是唐贞观时代有名的诗僧，长期住在天台山寒岩寺，其所作六百余首诗皆刻于寺周山石竹木之上，现存三百余首，内容除演说佛理外，多借山水景物寄托世态人情。此诗可算其代表作。

诗的前六句描写寒岩附近高山深壑中的景色，后二句见出心情，通篇浸透了“寒”意。

首二句写山写水，一开始就把读者带进一个阴冷森森、寒气逼人的景象中。次二句写山中的寂静，用轻细的“啾啾”鸟鸣反衬四周无人的冷清。五、六句描写中气候，用“风”“雪”的凛冽刻画出环境的冷峻。尾二句结到感受：山幽林深，不易见到阳光；心如枯井，不关心春去秋来的季节变换。

全诗前七句皆描写环境的幽冷，只后一句见出作者超然物外的心态。其特点一是用景物渲染气氛，以气氛烘托心情。二是通篇句首都用叠字，且富于变化，做到了“复而不厌，赜而不乱”，实属不易。三是借助于叠字音节的复沓，增强诗的音乐美和意境美。读起来使人感到和谐贯串，一气盘旋，并借助于八句形式上的划一，把本来分散的山、水、风、雪、鸟、人、境、情，组织成一个整体，回环往复，连绵不断，加强了诗意，感情色彩也十分浓郁。

上官仪　（约608~664）字游韶，陕州陕县（今属河南）人。贞观进士。官弘文馆学士、西台侍郎等职。永徽时，见恶于武则天，麟德时又被告发与废太子忠通谋，下狱死，籍其家。诗多应制、奉和之作，婉媚工整，时称“上官体”。又归纳六朝以来诗歌中对仗方法，提出“六对”“八对”之说，对律诗的形成颇有影响。原有集，已失传。

入朝洛堤步月

上官仪

脉脉广川流，驱马历长洲[①]。
鹊飞山月曙[②]，蝉噪野风秋。

【注释】

①广川:宽阔的河流。这里指洛水。 长洲:这是指洛堤。唐时洛阳是东都,沿洛河修堤成路直通皇城城门,路面上铺沙,以便车马通行。铺沙官道宽阔长远,犹如洛水边之沙洲,故曰长洲。

②曙:曙光。

【鉴赏】

作者上官仪是唐初重臣,又是宫廷作家。其诗作代表齐梁余风,绮丽婉媚,有"上官体"之称。

刘悚《隋唐嘉话》载,唐高宗"承贞观之后,天下无事,(上官)仪独持国政。尝凌晨入朝,巡洛水堤,步月徐辔",即兴吟咏了这首诗。当时一起在皇城门外等候入朝的群臣认为此诗"音韵清亮,望之犹神仙焉"。可知此诗是上官仪任宰相时所作,是在他仕途上最得意的时候。

全诗写他在凌晨由家入朝时沿洛水大堤这条官道信马由缰的见闻和感受。高宗时,东都洛阳百官上早朝还未设"待漏院"可供休息,必须在破晓前赶到皇城外等候。当时的东都皇城傍依洛水而建,城门外便是天津桥。因宫禁原因天津桥入夜落锁断绝交通,到天明早朝时才开锁放行。所以早朝的百官都提前来到桥下的洛堤上隔水等候开禁放行,宰相也不例外。

诗的前两句写策马沿洛堤到皇城门外天津桥头等候的情景。作者以洛水起兴,谓洛水含情脉脉地静静流淌,我每天都策马沿着洛堤进宫早朝。首句暗化古诗《迢迢牵牛星》中"盈盈一水间,脉脉不得语"之意,以男女喻君臣,表明皇帝对自己的信任,流露出"一人之下,万人之上"的得意神气。次句一个"历"字,既有"多次、重复"之意,又表明自己习以为常、心意悠然的风度。

后二句是到了天津桥头等候入朝时的即景抒怀。这是一个秋天的凌晨,曙光已现,红霞满天,月挂西山,鹊鸟出林,金蝉鸣噪,加之河边野外的晨风吹拂,秋意更浓。第三句巧用了曹操《短歌行》中"月明星稀,乌鹊南飞……周公吐哺,天下归心"之意,取其礼贤下士,收揽人心,艳阳欲出,鹊飞报喜之情,足见天下太平的景象，又流露出自己执政治世的不凡气魄。末句借用了陈朝张正见《赋得寒树晚蝉疏》中"寒蝉噪杨柳，朔吹犯梧桐……还因摇落处，寂寞尽秋风"之意，用以暗示即使在这样的太平盛世，也有人发出烦躁的杂音，流露出作者对那些失意者所发的"不平之鸣"的不悦之意。

总的看来，此诗确属作者在春风得意时的精心佳作，其特点是巧于构思，善于描景，工于化典，精于修辞，把自己重权在握的神气表现得相当突出。

骆宾王 (619~?)字观光，婺州义乌(今浙江义乌市)人。七岁能赋诗。曾作长安县主簿，入朝为侍御史。因上书指陈时政，触怒武后，被贬临海丞。后随徐敬业扬州发兵反武则天，写下了有名的讨武氏檄文。兵败后下落不明。与王勃等以诗文齐名，为"初唐四杰"之一。诗以七言歌行见长，多悲愤之词。有《骆宾王文集》。

在狱咏蝉 并序

骆宾王

余禁所禁垣西[①]，是法厅事也，有古槐数株焉。虽生意可知，同殷仲文之古树[②]；而听讼斯在，即周召伯之甘棠。每至夕照低阴，秋蝉疏引，发声幽息，有切尝闻[③]。岂人心异于曩时，将虫响悲于前听[④]？嗟乎！声以动容，德以象贤[⑤]。故洁其身也，禀君子达人之高行；蜕其皮也，有仙都羽化之灵姿[⑥]。候时而来，顺阴阳之数；应节为变，审藏用之机[⑦]。有目斯开，不以道昏而昧其视；有翼自薄，不以俗厚而易其真[⑧]。吟乔树之微风，韵姿天纵；饮高秋之坠露，清畏人知[⑨]。仆失路艰虞，遭时徽纆，不哀伤而自怨，未摇落而先衰[⑩]。闻蟪蛄之流声，悟平反之已奏；见螳螂之抱影，怯危机之未安[⑪]。感而缀诗，贻诸知己[⑫]。庶情沿物应，哀弱羽之飘零；道寄人知，悯馀声之寂寞[⑬]。非谓文墨，取代幽忧云尔[⑭]。

西陆蝉声唱，南冠客思深[⑮]。
不堪玄鬓[⑯]影，来对白头吟。
露重飞难进，风多响易沉[⑰]。
无人信高洁，谁为表予心[⑱]？

【注释】

①禁垣西：囚禁在宫墙的西边。

②殷仲文之古树：此借以说明自己虽有生气，但已形同古树。

③有切尝闻：是说秋蝉发声比过去更加凄切幽怨。

④曩（nǎng）时：从前。将：抑或。

⑤德以象贤：指蝉的操行足以与贤人比美。

⑥仙都：仙人聚居处。羽化：指道家成仙。

⑦数：定数，规律。审：洞察。藏用：出处进退。

⑧有目斯开：蝉目张开。有翼自薄：蝉翼很薄。真：本态。

⑨天纵：天所赐予。清畏人知：指不希望别人知道自己的清廉淡泊，比喻不想

沽名钓誉。

⑩仆:自称谦词。徽纆:捆绑囚犯的绳子。

⑪蟪蛄:蝉名。螳螂之抱影:是说螳螂见蝉欲捕,比喻自己处境相当险恶。

⑫缀诗:作诗。集字成句,集句成章,故曰缀。贻:赠送。

⑬弱羽、馀声:皆指蝉,作者借蝉自喻。

⑭文墨:文辞。幽忧:深沉的忧思。

⑮西陆:指秋天。南冠:指被囚系的人。

⑯玄鬓:黑发。蝉首色黑,故云玄鬓。亦寓自己正当盛年(时作者约三十岁)。

⑰响易沉:鸣叫之声容易消失。

⑱信高洁:相信是清高廉洁的。予心:我的心迹。

【鉴赏】

这首诗是诗人在高宗仪凤三年(678)上书讽谏触怒武后,被诬以贪赃罪下狱时作。诗中托物寄情,是比是兴,抒写了诗人在特定环境中品格的高尚和蒙冤受屈的愤慨。

首联即点出秋蝉高唱,不绝于耳,叫人不得安宁。用起兴的手法,以蝉声引出客思,诗人在狱中深深地怀想自己的家园。句法上又运用对偶,并且对得很工整。“深”字有的版本作“侵”。“南冠”用典,诗人以钟仪自喻。《左传》成公九年,“晋侯观于军府,见钟仪。问之曰:‘南冠而系者谁也?’有司答曰:‘郑人所献楚囚也。’”

颔联既说蝉又说自己,把物我联系在一起,表达英雄无用武之地的凄恻感情。诗人不敢再看两鬓乌玄的秋蝉,它能一展歌喉,尽情高唱,而诗人也正当年,大好青春,却经历着政治上的种种折磨,一事无成,还被囚禁,能用什么迎接人生的晚年?“白头吟”,又是乐府曲名。传说西汉时卓文君在司马相如对她的爱情不忠后写《白头吟》以自伤。诗人巧妙地借用这一典故,表达执政者辜负了他对国家的一片忠爱之心的悲痛之情。

颈联是诗的中心,既咏蝉,也自喻。露水重,蝉翼湿,难以向前飞进。比喻自己处境艰难,政治上的不得志,冤不能伸。风声大,蝉声便显得低沉。比喻自己在众口一词的情况下,有口也难辩,言论上受压制。

尾联写诗人不顾及一切地将满腔悲愤一泻而出,诗人高洁的品质不为世人所了解,反而被诬下狱。诗人继续以蝉自喻,高居树上的秋蝉,餐风饮露,有谁相信它不食人间烟火?只有蝉和诗人才能互相理解,蝉为诗人高歌,诗人为蝉而写作。

这首诗因蝉而触发感想,又用蝉自喻,由蝉到诗人,由诗人到蝉,自然真切,很好地实现了物我一体的境界。用典自然，语言含蓄。

于易水送人一绝

骆宾王

此地别燕丹，壮士发冲冠[①]。
昔时人已没，今日水犹寒。

【注释】

①燕丹：指战国末年的燕国太子丹。壮士：指甘为燕太子丹刺杀秦王复仇的荆轲。冠：头巾或帽子。

【鉴赏】

这是一首借送别友人而抒发己情的五言绝句。

作者骆宾王具有浓厚李唐王朝正统思想而又一生坎坷。他“少年落魄，薄宦沉沦，始以贡疏被愆，继因草檄亡命”（清人陈熙晋《骆临海集笺注》）。对自己的际遇，他愤愤不平；对武则天称帝，他极为不满；等待时机匡复李唐王朝，是他矢志不渝的心愿。本诗明白地表达了他欲摆脱压抑、干出一番事业的心境和愿望。

上联写昔日荆轲在易水边与燕太子丹告别时，一曲悲歌令在场的所有人都怒发冲冠。史载：战国末年荆轲为替燕太子丹复仇，欲以匕首威逼秦王，使其归还迫燕割让之地。临行时燕太子丹及高渐离、宋意皆着白衣冠（丧服）送于易水之滨，高渐离击筑，荆轲踏节而歌：“风萧萧兮易水寒，壮士一去兮不复还。”歌声悲壮激越，“士皆瞋目，发尽上指冠”。“此地”即诗题中的易水。“壮士发冲冠”用来概括那个悲壮的送别场面和人物激昂慷慨的心情，表达了作者对荆轲的深深崇敬。如今作者在易水边送别友人，很自然地想起了荆轲的故事。本联在写作技巧上给人一种突兀之感，它舍弃了那些友谊深长、别情依依等一般送别诗的常见内容，大量芟夷枝蔓，直接纳入史实。这种破空而来的笔法，反映了作者心中蕴藏着一股难以遏止的愤激之情，把昔日之易水壮别和今日的易水送客融为一体，从而为下联的抒怀准备了条件，酝酿了怀古以慨今的气氛。

下联用对仗的句式抒怀。前一句很自然地引出后一句，“今日水犹寒”是全诗的重心所在。写法上既寓情于景，又景中带比。说荆轲虽然死了，但他代表的那种不畏强暴的高风亮节却千载犹存。“人已没，水犹寒”，隐含了作者对当今现实环境的深切感受。“已”“犹”两个虚词的运用和“昔时”与“今日”的对比，即使句子变得自然流畅，又使音节变得纡徐舒缓，给人一种回肠荡气之感，更有力地抒发了作者那种抑郁难申的悲痛。

全诗题为“送人”，但却无一句是叙自己送别友人的情景，也未告知我们送别的是何许人。然而我们却由它的内容自然地想象出那种“慷慨倚长剑，高歌一送君”的激昂壮别的场景，也可以自然地想见那所送之人，一定是作者肝胆相照的挚友。因为唯有如此，诗人才愿意、也才能够在分别之时不可抑制地一吐心中的块垒，而略去一切送别的常言套语。

此诗题为送人，却纯是抒怀咏志。作为送别诗的一格，此诗开了此风气之先。

咏　　鹅

骆宾王

鹅鹅鹅，曲项向天歌[①]。
白毛浮绿水，红掌拨清波[②]。

【注释】

①曲项：弯曲的脖子。

②拨清波：划水。

【鉴赏】

此诗主要写早春的景象，冰雪刚刚融化，一群白鹅，弯着脖子向天空欢叫。一身洁白的羽毛漂浮在碧绿的水面上，红红的脚掌轻轻地拨动着水波。作者将白鹅游水时的形象和悠然自得的神态描述得生动逼真，引人入胜。相传诗人写此诗时只有七岁。

宪台出絷寒夜有怀[1]

骆宾王

独坐怀明发[2]，长谣苦未安。
自应迷北叟[3]，谁肯问南冠。
生死交情异，殷忧岁序阑。
空余朝夕鸟，相伴夜啼寒。

【注释】

①宪台：御史府，唐曾易名肃政台，专司弹劾之职。絷：拘囚。

②明发：平明，黎明。《诗经·小雅·小宛》："明发不寐，有怀二人。"朱熹集传："明发，谓将旦而光明开发也。"

③北叟：指失马塞翁。《后汉书·蔡邕传论》："得北叟之后福。"注曰："北叟，塞上叟也。其马亡入胡中，人皆吊之。叟曰：'何知非福？'……"塞翁失马事见《淮南子·人间训》。迷北叟，谓迷于祸福倚伏。

【鉴赏】

仪凤三年，宾王迁侍御史，是年冬，为人所诬，"坐赃"下狱。于狱中屡作书札诗赋，力辩其冤情。这首诗谓迷于祸福而慨于炎凉，极尽悲酸。明陆时雍《唐诗镜》曰："淡淡语，含情无限。结语悲甚。"可谓知音。

武则天 （624~705）名曌，并州文水（今山西省文水县）人。武士彟之女。14岁入宫，为唐太宗才人，赐号武媚。太宗卒，削发为尼。高宗时，复召为昭仪，进号宸妃。永徽六年（655）立为皇后，参决朝政，号为天后，与高宗并称"二圣"。弘道元年（683）临朝称制。载初元年(690)自称圣神皇帝,改国号为周,改元天授,史称武周。神龙元年(705)中宗复位,后徙居上阳宫,去帝号。是年冬卒,谥曰则天大圣皇后。玄宗天宝八载(749),定谥则天顺圣皇后。生平见新、旧《唐书》本传。则天后在位16年,实掌国政四十余年,素多智谋,兼涉文史。曾召文学之士周茂思、范履冰编纂《要览》《字海》《乐书要录》等,撰有《垂拱集》100卷,俱鹍佚。《全唐诗》存诗46首,《全唐诗续补》补诗3首,诗序1首。

九日游石淙

武则天

三山十洞光玄箓,玉峤金峦镇紫微。
均露均霜标胜壤,交风交雨列皇畿。
万仞高岩藏日色,千寻幽涧浴云衣。
且驻欢筵赏仁智,雕鞍薄晚杂尘飞。

【鉴赏】

石淙,即平乐涧,在今河南省登封市东南30里,嵩山东谷之流。久视元年(700)正月,女皇武则天建三阳宫于石淙;四月幸三阳宫,作诗命群臣和作,有石刻至今犹存。这首七律便是她游石淙所作。另有诗序,其中对石淙作了生动的描绘:“近接嵩岭,俯面箕峰。瞻少室兮若莲,睇颍川兮如带。既而蹑崎岖之山径,荫蒙密之藤萝。汹涌洪湍,落虚潭而送响;高低翠壁,到幽涧而开筵。密叶舒帷,屏梅氛而荡燠;疏松吹引,清麦候以含凉。”

首联二句以仙境比喻三阳宫所在的石淙。“三山”,即海上的蓬莱、方丈、瀛洲三神山;“十洞”即十大洞天,道家神仙所居之洞府;“玄箓”,谓神仙的名册;“峤”,又尖又高的山;“紫微”,即紫微宫,神仙所居宫殿;“光”“镇”二字则更胜一筹,是说石淙比之仙境更幽美。诗的颔联二句展示出皇家的气魄。“均露均霜”“交风交雨”,都是指能滋润万物、集地气之灵的地方,在此处建一宫殿,既有“三山”“十洞”的飘逸超然,又有人世间最奢华的享乐,不是仙境,胜似仙境。颈联二句,以“万仞高岩”“千寻幽涧”两个对立的地形地貌,形容石淙险峻而幽静的环境,“藏日色”“浴云衣”,一夸张、一比喻,使诗句平添了生气,从而使这二句成为当时诗坛的佳句。尾联以皇上的尊贵身份,提出“且驻欢筵赏仁智”,姑且逗留赐宴群臣,“雕鞍”

句写众文武大臣纷至沓来赴宴的壮观。全诗对仗工整,词藻工丽,极尽铺排之能事,显示出作者宏大壮丽、积极进取的精神。武后朝臣中诗人最多,这时又是律诗、绝句奠基的时期,这都与作者带头提倡、酬唱有关。足见唐诗的繁荣与武则天倡导有重要的关系。

崔液 定州人,武则天时三部(兵部、中士、吏部)侍郎崔课之弟,字润甫,官至殿中侍御史,多五言诗,存诗12首。

拟古神女婉转歌

崔　液

日已暮,长檐鸟不度。
此时望君君不来,此时思君君不顾。
歌婉转,婉转那能异栖宿。
愿为形与影,出入恒相逐。

【鉴赏】

这首诗的作者崔液,与其兄崔湜,都是武则天时期诗人。"婉转歌"是晋宋时代的东吴民歌,这首诗是模仿古代的"神女婉转歌"。

这首诗不用一个典故,字句也很浅显,可能是有意用接近民间口语的文字来写作的。诗的内容是描写一个女子,在屋檐上已没有归鸟飞过的傍晚,等待她的丈夫。但她的丈夫却把她抛弃不顾。她唱起婉转歌,想到既要"婉转相随",哪能又分居两地呢?因此,希望自己成为丈夫的影子,可以永远跟随他出入。

这一类主题思想,在我国诗歌中很多,一般称为"闺情"或"闺怨"。光从字面上看,这些诗大多是描写女人怀念丈夫或情人的思想情绪,可以被用来作为一种比喻。例如此诗的"君"字,可以理解作"你",即丈夫或情人;也可以理解作"君王"。如果这样讲,这首诗的主题思想就成为一个没有被君王所重用的官员的感慨了。由此可见,如果以为这个"君"字指的是丈夫或情人,那么这首诗的创造方法是"赋";如果这个"君"字是指皇帝或任何一位政治人物,如宰相、节度使之类,那么这首诗的创作方法就是“比兴”。唐代诗人常写闺情诗献给帝王将相，目的是求他们提拔荐举。我们读唐诗，必须了解以闺情诗为比兴的习惯。崔液这首诗，可能也另外有针对性，而不是单纯地描写闺情。但是从文字外表看，还无法判断它是赋，还是比兴。

阎朝隐　赵州人，字友倩，武则天时连中进士，其诗文用语奇诡滑稽，为武后欣赏。今存诗 13 首。

采　莲　女

阎朝隐

采莲女，采莲舟。
春日春江碧水流。
莲衣承玉钏，莲刺挂银钩。
薄暮敛容歌一曲，氛氲香气满汀洲。

【鉴赏】

这首诗的作者阎朝隐是为武则天赏识的诗人，可惜现在他的诗只留存 13 首，故后世的名声不大。他还是著名的书法家，现在还有他写的碑流传着。这首《采莲女》是描写采莲女子的诗，纯用正面描写的赋体，没有什么比喻作用。汉魏以来，一向就有歌咏采莲女子的歌曲，题作《采莲曲》。但阎朝隐此诗题作《采莲女》，显然表示不用乐府古题，因而它不是乐府歌辞，而是杂言的诗，也就是后来的所谓“歌行”。

这首诗正面写一个采莲姑娘划着小船在春江绿水中采莲。“莲衣”即荷叶，托住了腕上的玉镯，莲茎上的刺钩住了采莲钩子。天色晚了，采莲姑娘唱起歌，使整个水域都飘浮着香气。这样一首诗，作者既无抒情，又无比兴，可以说是没有诗意的诗，也是宫体诗的特征。

“采莲”的本义是采莲子，南北朝的民歌里，常有歌咏采莲子的小曲，大多是湘鄂一带，那里的莲子是农民的经济作物，姑娘们去采莲是她们的生产劳动。这种民歌的形式和题材，被文人，尤其是宫廷诗人所采用后，往往会歪曲了本义，成为歌咏美女采莲花的艳诗。阎朝隐这首诗虽然不能肯定他也误为采莲花，但他强调的是"氛氲香气"，似乎也咏的是采莲花了。玉钏、银钩，都不是一个采莲的农民姑娘所能有的饰物，他却把一个农民姑娘装饰成贵族小姐。这些都是齐梁宫体诗的影响，只顾追求辞藻的美丽，而无视作品的现实性。

李崇嗣 生平不详，知武后时任宸府主簿，圣历（698～699）年间奉敕预东观修书。

览　镜

李崇嗣

岁去红颜尽，愁来白发新。
今朝开镜匣，疑是别逢人。

【鉴赏】

这首诗写青春随岁月流逝而去，从照镜子中突然发现自己衰老，白发因愁思袭来而生。展示了开镜览容时的一种陌生感，可见容貌变化之大，自己都不认识自己了，而生青春易逝、光阴难再之叹，体会到一种难言的人生苦涩感。这首诗运用夸张手法，但夸张的不是外物，而是内在心理，把一种微妙的心理放大了看，夸张而又真切，却又别开生面，既不是从镜中看到自己一生的辛苦，又不是不无辛酸地对镜自怜，而是相逢不相识，把苦涩感、辛酸味均包含其中了。

卢照邻 （635？～689？）字升之，自号幽忧子。"初唐四杰"之一。幽州范阳（治今河北涿州市）人。曾作邓王府典签，后迁新都尉。长期为病痛所困，终不堪忍受自投颍水而死。其诗突破宫体诗风，以七言歌行最佳。原集散佚，后人辑有《幽忧子集》。《全唐诗》存诗2卷。《旧唐书》卷190有传。

咏　史（其一）

卢照邻

季生昔未达，身辱功不成。
髡钳为台隶，灌园变姓名。
幸逢滕将军，兼遇曹丘生。
汉祖广招纳，一朝拜公卿。
百金孰云重，一诺良匪轻。
廷议斩樊哙，群公寂无声。
处身孤且直，遭时坦而平。
丈夫当如此，唯唯何足荣。

【鉴赏】

这是一首咏史诗，与左思的咏史相似，借历史人物抒发自己的情感。这一组诗有四首，其一为咏季布。

“季生昔未达，身辱功不成。”诗从季布的生平叙述开始。季布曾为项籍将兵，得罪过汉高祖刘邦，项羽败亡，季布隐于濮阳周氏。“髡钳为台隶，灌园变姓名。”因为刘邦用千金悬赏追捕季布，周氏献计，把他卖给豪侠之士鲁国的朱家为奴种地。“髡钳”，剃了胡须；“台隶”，即台前奴隶；“灌园”，给地里浇水，即从事田间劳动；“变姓名”，改名换姓。“幸逢滕将军，兼遇曹丘生。”“滕将军”，汝阴侯滕公，与朱家是朋友。朱家在洛阳见到滕公，问他：季布有什么大罪，为什么刘邦如此急于追捕他。滕公告诉他：他曾经多次佐助项羽，逼得刘邦很难堪，因而极其怨恨他。朱家希望滕公在刘邦跟前说说好话：他过去帮助项羽，是各为其主，难道项氏的部属都该杀尽吗？后来滕公说服了刘邦，赦免了季布，并拜为郎中。“曹丘生”，楚国的辩士，季布很不喜欢曹丘生。一次曹丘生见了季布问他：楚国有一个谚语，“得黄金百斤，不如得季布一诺”，你为什么能在梁楚之间得到这样的声誉？我也是楚国人，我可以使你扬名于天下，你为什么距我如此之远？季布名声远扬，曹丘生的宣传起了重大作用。“汉祖广招纳，一朝拜公卿。百金孰云重，一诺良匪轻。”“拜公卿”这里指汉高祖广纳贤才，拜季布为郎中，以后又拜为中郎将。“百金”“一诺”二句，是楚人对季布的赞誉。“廷议斩樊哙，群公寂无声。”匈奴单于曾写信谩骂吕后，吕后大怒，召集诸将商议此事。《史记·季布栾布列传》说：“上将军樊哙曰：臣愿得十万众，横行匈奴中。诸将皆阿吕后意，曰：然。季布曰：樊哙可斩也！夫高帝将兵四十余万众，困于平城，今奈何以十万众横行匈奴中，面欺！环以是时殿上皆恐，太后罢朝，遂不复议击匈奴事。”末四句：“处身孤且直，遭时坦而平。丈夫当如此，唯唯何足荣。”这是对季布的评价，说他为人正直，在承平时代，大丈夫应该刚直不阿，一个唯唯诺诺只顾自保的人，算得上什么荣耀。这里借季布的“孤且直”，嘲笑封建社会那些“唯唯”“无声”的“群公”，显出季布是一个无畏的勇士。

这一首咏史诗，以简练的笔法，雄健的语言，用事实歌颂了勇士季布。

长安古意

卢照邻

长安大道连狭斜，青牛白马七香车；
玉辇纵横过主第，金鞭络绎向侯家。
龙衔宝盖承朝日，凤吐流苏带晚霞。
百丈游丝争绕树，一群娇鸟共啼花。
游蜂戏蝶千门侧，碧树银台万种色。
复道交窗作合欢，双阙连甍垂凤翼。
梁家画阁天中起，汉帝金茎云外直。
楼前相望不相知，陌上相逢讵相识？
借问吹箫向紫烟，曾经学舞度芳年。
得成比目何辞死，愿作鸳鸯不羡仙。
比目鸳鸯真可羡，双去双来君不见？
生憎帐额绣孤鸾，好取门帘贴双燕。
双燕双飞绕画梁，罗帏翠被郁金香。

片片行云著蝉鬓，纤纤初月上鸦黄。
鸦黄粉白车中出，含娇含态情非一。
妖童宝马铁连钱，娼妇盘龙金屈膝。
御史府中乌夜啼，廷尉门前雀欲栖。
隐隐朱城临玉道，遥遥翠幰没金堤。
挟弹飞鹰杜陵北，探丸借客渭桥西。
俱邀侠客芙蓉剑，共宿娼家桃李蹊。
娼家日暮紫罗裙，清歌一啭口氛氲。
北堂夜夜人如月，南陌朝朝骑似云。
南陌北堂连北里，五剧三条控三市。
弱柳青槐拂地垂，佳气红尘暗天起。
汉代金吾千骑来，翡翠屠苏鹦鹉杯。
罗襦宝带为君解，燕歌赵舞为君开。
别有豪华称将相，转日回天不相让。
意气由来排灌夫，专权判不容萧相。
专权意气本豪雄，青虬紫燕坐春风。
自言歌舞长千载，自谓骄奢凌五公。
节物风光不相待，桑田碧海须臾改。
昔时金阶白玉堂，即今唯见青松在。
寂寂寥寥扬子居，年年岁岁一床书。
独有南山桂花发，飞来飞去袭人裾。

【鉴赏】

卢照邻以七言歌行擅长，《长安古意》是他的代表作。

题为《长安古意》，实则借汉京人物写唐都现实，极富批判精神。

自开篇至“娼妇盘龙金屈膝”，铺写统治集团上层人物寻欢作乐、穷奢极欲的生活情景。首句展现长安大街深巷纵横交错的平面图，接着描绘街景：香车宝马，络绎不绝，有的驶入公主第宅，有的奔向王侯之家。“承朝日”“带晚霞”，表明这些车马，从朝至暮，川流不息。接着写皇宫、官府的华美建筑：在花、鸟、蜂、蝶、游丝、绿树点缀的喧闹春光里，千门、银台、复道、双阙、画阁、金茎，以及“交窗作合欢”“连甍垂凤翼”的特写镜头连续闪现，令人眼花缭乱。而这，正是统治集团上层人物活动的大舞台。接下去,集中笔墨描状豪门歌儿舞女的生活和心境。憎绣孤鸾,自贴双燕,表现这些“笼中鸟”也有自己的爱情追求。“得成比目何辞死,愿作鸳鸯不羡仙”,则是追求恋爱自由的坚决誓言,成为历代传诵的名句。

从“御史府中乌夜啼”到“燕歌赵舞为君开”,以娼家为中心,写各色特殊人物的夜生活,妙在先以掌弹劾的御史和掌刑法的廷尉门庭冷落作陪衬,然后描写从杜陵到渭城、从南陌到北里,整个长安,在夜幕笼罩下变成癫狂、放荡的游乐场。那些目无法纪的王孙公子,或“挟弹飞鹰”,或“探丸借客”,邀约身带宝剑的侠客“共宿娼家”。娼家燕歌赵舞,花天酒地,招来的贵客远不止此。翠幰没堤,红尘暗天,各类声势显赫的人物都向这里聚集。最有讽刺意味的是“汉家金吾千骑来”,连禁卫军的军官们也成群结队,来此寻欢!

从“别有豪华称将相”至“即今唯见青松在”,写权臣倾轧,得意者横行一时,有“转日回天”之力,自以为荣华永在,但不久即灰飞烟灭。

在长安,还有与上述各色人物迥乎不同的另一类人物,那就是失意的知识分子。而作者,正是这类人物的代表,于是以穷居著书的扬雄自况,结束全篇。

前三段所写的场景、人物既各有特点,又相互补充,合拢来便可窥见京城长安的轮廓和上层集团各色人物活动的概况。结尾用南山桂花烘托出自甘寂寞、治学著书的知识分子与上述争权夺利、寻欢作乐的各色人物作强烈对照,便可引发读者的无限联想。

全诗长达68句,以多姿多彩的笔触勾勒出京城长安的全貌。抑扬起伏,悉谐宫商;开合转换,咸中肯綮。既体现了大唐帝国的繁荣昌盛,又暴露了长安这座繁华都市肌体中的脓疮。在同类题材的作品中,不仅左思的《咏史·济济京城内》、唐太宗的《帝京篇》无法比拟,就是骆宾王的《帝京篇》和王勃的《临高台》,在思想性和艺术性上也略逊一筹,可说是初唐划时代的力作。难怪胡应麟极口称赞:“七言长体,极于此矣!”(《诗薮·内编》卷三)

杜审言 (645? ~708)字必简,祖籍襄阳(今属湖北),后迁居洛州巩县(今属河南巩义市)。唐高宗咸亨元年(670)进士。曾任隰城尉、洛阳丞,后贬为吉州司户参军。武则天时为膳部员外郎。中宗时,因与张易之交游,被流放峰州(今福建永定)。不久又任国子监主簿、修文馆学士,后病死。有《杜审言诗集》1卷。

春日京中有怀

杜审言

今年游寓独游秦，愁思看春不当春。
上林苑里花徒发，细柳营前叶漫新。
公子南桥应尽兴，将军西第几留宾。
寄语洛城风日道，明年春色倍还人。

【鉴赏】

这是一首开初唐七律风气之先、“首创工密”（胡应麟《诗薮》）的杰作。《春日京中有怀》即春日在京城长安有怀洛阳，作于公元702（或703）年春天扈从武则天去长安时。

诗的意境浑厚，结构严谨，围绕一个“春”字在心理上的得失展开。前三联写今年失一春，尾联要明年倍还春，如大河落天走东海，而有抑扬顿挫之妙。首联，先描写离乡背井寓居长安的百无聊赖的抑郁心情，即便逢到春日也没有好心绪。“愁思看春不当春”，

语拙而意妙，艾怨老天使他丧失了一个难得的春天；二联紧承前句，直写“花亦不当花，柳亦不当柳”（《金圣叹批唐诗》），“徒”“漫”二字形象地显示出诗人的沮丧之感；三联则怀念洛阳故旧尽兴春游的情形。“南桥”指洛水上的天津桥风景点，“西第”以汉代大将军的宅第代指洛城豪华的楼堂馆所，颇具洛城特色；尾联二句“寄语洛城风日道，明年春色倍还人！”向大自然索赔，真是幽默风趣，异想天开！因而成为唐诗中的名句佳语。胡应麟颂之为七律结句的范例，实在是言之有理。

登襄阳城

杜审言

旅客三秋至，层城四望开。
楚山横地出，汉水接天回。
冠盖非新里，章华即旧台。
习池风景异，归路满尘埃。

【鉴赏】

杜审言原籍襄阳，后迁居河南巩县。这首诗是他游宦返乡登襄阳城望远抒怀之作。襄阳，今湖北省襄阳市。

发端一句，写登城人物、时间。“旅客”，诗人自指。“三秋”不仅点出时令（九月），而且是贯穿全诗的情感线索。“秋”，愁也。“层城四望开”写登城感受。以下几联由此展开。

登楼远望，景物尽收眼底，而诗人仅就楚山、汉水及台、池古迹展开笔墨。“楚山”两句从空间着墨；“横地出”描绘楚山连绵雄浑而富有动感；“接天回”写汉水气势磅礴。此联意境旷远，浑伟、闳逸，为千古名句。元方回曰：“楚山一联，子美家法。”（《瀛奎律髓》）

颈联，是登楼见古迹的感受。此联所写景非眼前实景，而是因情联想之景。“冠盖里”在宜城县，“章华台”在监利县，将此两景连在一起，非登襄阳目力所及，而是重在表达“非新里”“即旧台”之意，借以抒发古盛今衰的感慨而已。元方回评曰：“（此）联寓感慨但不张大形势，举‘里’、‘台’二名，而‘新’‘旧’二字，无刻削痕。”（《瀛奎律髓》卷一）

尾联，诗人从古道、远景写到眼下城中之景，昔日宴饮繁华之地，今日只见秋风落叶，满目荒凉，怎不令诗人感慨！“习池”，又称“习家池”“高阳池馆”，在襄阳城南，为襄阳游宴胜地。

首联以“秋”写经线，以视点“层城”为立足点开端，全诗从“四望”展开笔墨。

颔联以空间辽阔写“四望”之景，颈联以时间遥远写“四望”之景，尾联以“风景异”“满尘埃”抒发今昔之慨，回应了首句“三秋至”，收到首尾圆合的效果。

行经岚州

杜审言

北地春光晚，边城气候寒。
往来花不发，新旧雪仍残。
水作琴中听，山疑画里看。
自惊牵远役，艰险促征鞍。

【鉴赏】

这首诗写风候，以首联总摄而中二联补叙。其写岚州北地边城之寒春来之迟，全赖颔联“花不发”“雪仍残”为之铺垫。与《旅寓安南》同一机杼。一写寒，一写暖。写安南之暖曰：“交趾殊风候，寒迟暖复催。仲冬山果熟，正月野花开。”以果熟之晚花开之早，说明其地气之暖。二诗同一“家法”，一作于进士之初，一作于远谪之后，故其情虽暖犹寒，因曰：“积雨生昏雾，轻霜下震雷。故乡逾万里，客思倍从来。”虽寒犹暖，因曰：“水作琴中听，山疑画里看。自惊牵远役，艰险促征鞍。”其情也不因暖而不沉郁，不因寒而不昂扬。

蓬莱三殿侍宴奉敕咏终南山

杜审言

北斗挂城边，南山倚殿前。
云标金阙迥，树杪玉堂悬。
半岭通佳气，中峰绕瑞烟。
小臣持献寿，长此戴尧天。

【鉴赏】

这是借咏终南山来歌颂皇帝的应制诗。首联以北斗星高挂宫城边，巍峨的终南山倚立在蓬莱三殿之前来映衬皇宫的宏伟高峻。这是借北斗、南山来歌颂。二联正面写终南山的宫观殿宇高入云表的壮观。三联以终南山瑞云缭绕，和朝廷的兴旺之气相通，进一步以终南山景物来加以歌颂。尾联直接颂扬皇帝寿比南山，治国有如尧舜。全诗写得庄重典雅，是典型的歌功颂德的作品。

和晋陵陆丞早春游望

杜审言

独有宦游人[①]，偏惊物候新。
云霞出海曙，梅柳渡江春。
淑气[②]催黄鸟，晴光转绿蘋。
忽闻歌古调[③]，归思欲沾巾。

【注释】

①宦游人：在他地做官的人。

②淑气：春天温和的气候。

③古调：这里指陆丞的诗。

【鉴赏】

晋陵即今江苏常州。陆丞，其名不详，当时为晋陵县丞，作《早春游望》一诗。杜审言的这首诗是与其同游时的唱和诗，大约作于作者在江阴县任职之时。此诗因春游而生情，感慨自己宦游他乡的不幸和失意。

作者开头两句以“独”和“偏”开头，语气强烈地说出了宦游人由于客居异乡，对气候和景物的变化特别敏感这样一个事实和感叹。同时，用“宦游人”这个词将作者与陆丞统一到同一个情境里。“云霞出海曙，梅柳渡江春”这两句里，“出”字将云霞升腾的过程写了出来，“渡”字将“梅柳”拟人化，都是生动的笔墨。这两句是说早晨从海上升起了一轮红日，使海面上形成了璀璨辉煌的朝霞，春风吹来，江南江北杨柳都穿上了新装。“淑气催黄鸟,晴光转绿蘋”中的“催”字和“转”字好像是在说,春日和暖的气候来了,似乎在催着黄鹂婉转地鸣叫,晴朗的日光似乎使蘋草的颜色转得更加嫩绿。三四、五六这四句是承着第一二句写“物候”之“新”的。“云霞”“梅柳”“黄鸟”“绿蘋”为“物”,“淑气”“晴光”为“候”,前后衔接和呼应得很好。这两联给人的感觉似乎只在写春光的明媚可人,其实,最后两句诗不仅呼应了第一二句,而且使中间两联描写的用意也显示出来了。所谓“忽闻歌古调,归思欲沾巾”,既呼应了前面“宦游人”的“独”与“偏”,也显示了中间两联所写的大好春光正是“宦游人”不幸遭遇中的反衬。春光是美好的,但对处于不幸遭遇中的人来说却是一个讽刺。

这首诗紧扣题目,起承转合的手法用得很好,表现了近体诗很高的艺术性。

渡湘江

杜审言

迟日[1]园林悲昔游,今春花鸟作边愁。
独怜京国[2]人南窜,不似湘江水北流。

【注释】

①迟日:出得较晚的太阳。

②京国:京都、京城。

【鉴赏】

这是一首即景抒情的七绝。

作者杜审言是诗圣杜甫的祖父,生平两次被贬官。唐中宗时曾被贬到南方极为偏远的峰州,此诗就是他在这次流放途中写的。全诗描写他在渡湘江南下时,正值春临大地,花鸟迎人,看到滔滔江水正朝着与他行进相反的方向北去,不禁想到自己的遭遇,追思昔游,怀念京都,悲思愁绪,一触而发。

首句写因眼前的春光回忆起往昔的春游。当年春日迟迟升起,京城园林如绣,自己游目骋怀,多么心旷神怡!但这里作者偏用了一个“悲”字,这个悲,是今天的悲,是从今天的悲追溯昔日的乐;反过来也可以说,正因为想起当时的游乐,更觉得当前处境的可悲。用现在的情移于过去的境,为昔日的欢乐景物注入了今天的悲伤心情。

次句从昔游的回忆写到今春的边愁。一般来说，鸟语花香是令人欢乐的景物，可是这些景物却使作者想起自己正在流放去南国边疆的途中。鸟语也好，花香也好，在他的心目中只构成了远去边疆的哀愁。这里是以心中的情移眼前的景。作者缘情写景，因而景随情迁。以“花鸟”与“边愁”形成对比，是从反面来衬托边愁。杜甫后来有“感时花溅泪，恨别鸟惊心”(《春望》)的名句，有人评说就是从其祖父这一句化出的，同样也是反衬法。

第三句是整首诗的中心，起承上启下的作用。上两句忆昔游而悲，见花鸟成愁，以及末句为江水北流而感叹，都因为作者贬离京城，正在南窜途中。全诗其余三句都是围绕着这一句，从这一句生发的，但这一句还没有点到诗题。

末句直接点出了所渡之“湘江”，而以“水北流”来烘托“人南窜”，也是用反衬法来加强第三句的中心内容。

全诗通篇都用反衬和对比的手法。如今与昔的衬比、哀与乐的衬比；以昔日对照今春、以园游对照边愁；人与物的衬比、南与北的衬比；以京城逐客对照湘江逝水、以斯人南窜对照江水北流。在七言绝句刚刚定型、开始成熟的初唐阶段这种艺术特色是难能可贵的。

苏味道　(648~705)赵州栾城(今属河北)人。乾封进士。圣历初居相位。后因亲附张易之兄弟，中宗时贬为郿州刺史。少时与李峤以文辞齐名，号“苏李”。所作诗今存十余首。原有集，已失传。

正月十五日夜

苏味道

火树银花合，星桥铁锁开[①]。
暗尘随马去，明月逐人来。

游妓皆秾李，行歌尽落梅[2]。
金吾不禁夜，玉漏莫相催[3]。

【注释】

①合：四望如一谓之“合”，如孟浩然《过故人庄》“绿树村边合”一样。星桥：指护城河上的桥，元宵节桥上挂满了灯，加之映入水中的倒影看起来像天上的星星一样。

②秾李：《诗经》有“何彼秾矣，花如桃李”句。此处化用，以桃花和李花的秾艳来形容外出观灯妇女的容颜与服饰之美。歌落梅：唱《梅花落》。汉乐府《横吹曲》中有《梅花落》调。

③金吾：这里指夜晚值勤的禁卫军。禁夜：夜里禁止行人和车马通行。玉漏：漏是计时的漏壶，玉是形容壶的质料精致、样式华美。

【鉴赏】

这是一首描写正月十五元宵节京城长安之夜的情景诗。大唐盛世长安灯节非常隆重，前后三天都大放花灯、通夜不戒严，观灯者人山人海。豪门贵胄车喧马嘶，平民百姓欢歌笑语，统统汇成一片，大家都在热闹的气氛中度过。

首联主要描写花灯很多，观灯的人也很多。春天刚刚才透露一点信息，还未到万紫千红的时候，可是京城里明灯错落，在大路两旁、园林深处，各色各样的明灯放射出灿烂的光辉，简直像银白色的花朵一样。“火树银花”用来形容奇丽的夜景，“合”字形容四望如一，到处都是灯的树林，灯的海洋。由于到处任人观赏、任人通行，所以执勤的禁卫军也得到开禁的命令，城门也通夜开了铁锁。“火树”“银花”“星桥”都是描绘灯光的。作者从“灯”着墨，以鸟瞰的角度极力渲染灯多、人多，以总摄全篇。

下面六句是首联的自然过渡，重点摄取几个镜头以具体描绘节日风光。人潮一阵一阵地涌动，马蹄下飞扬的尘土也看不清；月光照到人们活动的每一个角落，哪儿都能看到明月当头。原来这灯火辉煌的佳节，正是风清月白的十五良宵。在灯海月光的辉映下，花枝招展的歌舞女郎们打扮得分外美丽，她们一边打打闹闹地走着,一边哼唱着《梅花落》的曲调。长安城里的元宵灯会是观赏不尽的,所以即便到了深更时分,人们的兴致依然很高。欢娱苦夜短,大家都希望这一年一度的元宵之夜不要匆忙地过去。"金吾不禁"二句,用一种带有普遍性的心理描写来做结,言尽而意未尽。

全诗于镂金错彩的词藻中显得韵致流溢,读完后仿佛有余音绕梁,三日不绝。

王勃 (约650~676),字子安,绛州龙门(今山西河津)人。年14,应举及第,曾任虢州参军,犯死罪,遇赦,革职。后往海南探父,因溺水受惊而死。少时即露才华,与杨炯、卢照邻、骆宾王以文词齐名,并称"初唐四杰"。他和卢照邻等皆企图改变当时"争构纤微,竞为雕刻"的诗风。其诗偏重于描写个人生活,亦有少数抒发政治感慨、隐喻对豪门世族不满之作,风格较为清新。但有些诗篇仍流于华艳,明人辑有《王子安集》。

滕王阁诗

王　勃

滕王高阁临江渚,佩玉鸣鸾罢歌舞①。
画栋朝飞南浦②云,珠帘暮卷西山雨。
闲云潭影日悠悠,物换星移几度秋。
阁中帝子今何在?槛外长江空自流③。

【注释】

①江渚(jiāngzhǔ):江中的小块陆地;小岛。罢:停止。

②浦:水边;渡口。

③帝子:皇帝的儿子。这里指唐高祖之子,滕王元婴。槛(jiàn):栏杆。

【鉴赏】

这是一首脍炙人口的情景诗。

滕王阁是高祖李渊之四子滕王李元婴任洪州(今江西省南昌市)都督时所建,

故址在南昌市章江门上。唐高宗上元三年(676),作者由长安去交趾(今越南境内)探父,途经洪州时应阎都督之邀,赴其在滕王阁上举行的宴会,即席作《滕王阁序》,序末附本诗。全诗文字凝练,意境含蓄,高度地概括了序的内容,使诗、序相得益彰。

首联从时空上描绘滕王阁。首句开门见山,用朴质的笔法点出了滕王阁的高峻。滕王阁下临赣江,可以远望,可以俯视。下文的“南浦”“西山”“闲云”“潭影”和“槛外长江”都是从首句“高阁临江渚”生发出来的。次句将时间推移到几十年前。说高阁形势是这样的美妙,但如今谁来游赏呢?当年修建此阁的滕王早已逝去,他坐着鸾铃马车,挂着琳琅玉佩,来到阁上举行宴会的那种豪华场面,已经一去不复返了。首句写空间是那么兴致勃勃;次句写时间却又意兴阑珊。两两对照,随立随扫,作者用这种手法使读者产生盛衰无常的感觉。寥寥两句已把全诗主题概括无余。

次联紧承首联加以发挥。阁既无人游赏,阁内的画栋珠帘当然也很冷落可怜,只有南浦的云和西山的雨,与它朝朝暮暮相随相伴。这一联不仅描绘了滕王阁的寂寞,而且以“画栋飞绕着南浦的云”写出了滕王阁的居高,以“珠帘卷来了西山的雨”写出了滕王阁的临远。本联可谓情景交融,寄慨遥深。

至此,作者的题旨已全部包容,但表达方法上比较隐晦,所以在前四句用“舞”韵的基础上,后四句转用“悠”韵,前韵沉着而后韵柔和。在前四句侧重在时间上加以发挥的基础上,后四句转而在空间上加以强调。

第三联用“闲云”二字与前面的“南浦云”衔接,用“潭影”二字既避开了“江”字的重复,又把“江”深化为“潭”。云在天上,潭在地下,一仰一俯,扩大了空间;又用“物换星移”与“闲云潭影”对照,更加扩大了距离。“日悠悠”三字把空间转入为时间,“物换星移”又使时间无限延长,也使读者再一次自然地想起建阁人而今已不在人世。

尾联又紧承第三联加以渗透。句式则接第六句进一步设问。这里一“几”一“何”,连续发问,表现了紧凑的节奏。最后又从时间转入空间,指出物要换,星要移,帝子要死去,而槛外的长江之水,却是永恒地东流无尽。“槛”字“江”字又回应了首句的“高阁临江”,可谓神完气足,结束圆满。

全诗时空概念特别强烈，且转换于无形。五十六个字中属于空间的有“阁”“江”“栋”“帘”“云”“雨”“山”“浦”“潭影”；属于时间的有“日悠悠”“物换”“星移”“几度秋”“今何在”。这些词融汇在一起，毫无叠床架屋的感觉。其主要原因是它们都围绕着一个中心——滕王阁，而各自发挥其众星捧月的作用。

唐诗多用实词，这与喜欢多用虚词（尤其是转折词）的宋诗有很大区别。本诗就是一个明显的例子。如三、四两句中，除了“飞”字和“卷”字是动词外，其余十二字都是实字，但两个虚字就把十二个实字一齐带动带活了。唐诗的善于用实字，实而不实，于此可见。

本诗的另一特色是尾联用对偶句法作结。一般律诗多将对偶句放在二、三联中，起到铺排的作用。且本诗的对偶不像两扇门一样地并列，即所谓“扇对”，而是一开一合，采取侧势，即所谓“侧扇对”，读者只觉其流动，而不觉其为对偶，显出了作者过人的才力。后来者如杜甫、白居易等的七律，甚至七绝，也时常采用这种手法，足见王勃对唐诗发展的重大影响。

咏　风

王　勃

肃肃凉风生，加我林壑清。
驱烟寻涧户，卷雾出山楹。
去来固无迹，动息如有情。
日落山水静，为君起松声。

【鉴赏】

战国楚宋玉的《风赋》云：“夫风者，天地之气，溥畅而至，不择贵贱高下而加焉。”本篇所咏的“凉风”，正具有这种平等普济的美德。炎热未消的初秋，一阵清风袭来，给人以快意和凉爽。你看那“肃肃”的凉风吹来了，顿时吹散浊热，使林壑清爽起来。它很快吹遍林壑，驱散涧上的烟云，使我寻到涧底的人家，卷走山上的雾霭，现出山间的房屋，无怪乎诗人情不自禁地赞美它“去来固无迹，动息如有情”了。这风确乎是“有情”的。当日落西山、万籁俱寂的时候，她又不辞辛劳地吹响松涛，奏起大自然的雄浑乐曲，给人以欢娱。

诗人以风喻人，托物言志，着意赞美风的高尚品格和勤奋精神。风不舍昼夜，努力做到对人有益。以风况人,有为之士不正当如此吗?诗人少有才华,而壮志难酬,他曾在著名的《滕王阁序》中充满激情地写道:“无路请缨,等终军之弱冠;有怀投笔,慕宗悫之长风。”在这篇中则是借风咏怀,寄托他的“青云之志”。宋计有功《唐诗纪事》称此诗“最有馀味,真天才也”。这大概就是其“馀味”之所在了。

此诗的着眼点在“有情”二字。上面从“有情”写其“加”林壑以清爽,下面复由“有情”赞其“为君起松声”。通过这种拟人化的艺术手法,把风的形象刻画得栩栩如生。首句写风的生起,以“肃肃”状风势之速。风势之缓急,本来是并无目的的,但次句用了一个“加”字,就使之化为有意的行动,仿佛风疾驰而来,正是为了使林壑清爽,有意急人所需似的。下面写风的活动,也是抓住“驱烟”“卷雾”“起松声”等风中的动态景象进行拟人化的描写。风吹烟雾,风卷松涛,本来都是自然现象,但诗人用了“驱”“卷”“寻”“出”“为君”等字眼,就把这些自然现象写成了有意识的活动。她神通广大,犹如精灵般地出入山涧,驱烟卷雾,送来清爽,并吹动万山松涛,为人奏起美妙的乐章。在诗人笔下,风的形象被刻画得惟妙惟肖了。

别　薛　华①

王　勃

送送多穷路,遑遑独问津。
悲凉千里道,凄断百年身。
心事同漂泊,生涯共苦辛。
无论去与住,俱是梦中人。

【注释】

①诗题一作《秋日别薛昇华》。

【鉴赏】

抒写离情别绪之作,历代诗歌中不计其数。但是,“诗要避俗,更要避熟”(清刘熙载《艺概·诗概》)。《别薛华》则堪称是一首含意隽永,别具一格,意境新颖的送别诗。

首联即切题。“送送多穷路,遑遑独问津”,是说送了一程又一程,面前有多少荒寂艰难的路。当友人踽踽独去,沿途问路时,心情又该是多么地惶惶不安。此联中一个“穷”字、一个“独”字，真乃传神之笔：穷路凄孤送挚友，把悲苦的心情，渲染得十分真切。但是，它又不仅仅是作者，也是远行人——薛华心情的真实写照，语意双关。

颔联和颈联俱是工稳而妥帖的对子。近体诗到初唐“四杰”手中，已日臻成熟，从此诗亦可略窥一斑。

颔联“悲凉千里道，凄断百年身”，紧承上联“穷路”“问津”而深入一层述说：在这迢迢千里的行程中，唯有一颗悲凉失意的心做伴，这简直会拖垮人生不过百年的孱弱身体。诗中“千”字极言其长，并非实指。这二句是作者发自肺腑之语。王勃早年因“戏为檄英王鸡文”，竟触怒了唐高宗，从此不得重用。此诗是王勃入蜀之后的作品，时年仅二十出头。仕途的坎坷，对于王勃这样一个少年，即负盛名，素有抱负，却怀才不遇、不得重用的人来说，其感慨之深，内心之苦，是可以想见的。所以，诗意就不能仅仅理解为只是在向远行人指出可能会遭受的厄运，其实也是作者在短短的人生道路上所亲身感受到的切肤之痛。

写到这儿，作者仍觉得意犹未尽，还不足以倾诉心声，更不忍与知音就此分手，于是又说：“心事同漂泊，生涯共苦辛。”意思是：你我的心情，都像浩渺江水上漂泊不定的一叶小舟；而生活呢，也是一样的辛酸凄苦。这一方面是同情与劝慰对方，一方面也是用以自慰，大有“涸辙之鲋，相濡以沫”的情意。

但是，离别却又是不可避免的。这样，就顺理成章地逼出了尾联“无论去与住，俱是梦中人”两句：离开的人，还是留下的人，彼此都会在对方的梦中出现。杜甫《梦李白》的“故人入我梦，明我长相忆”，便是这个意思。而这篇在诀别之时，断言彼此都将互相入梦，既明说自己怀友之诚，也告诉对方，我亦深知你对我相思之切。“俱是梦中人”的“俱”字，似乎双方对等，而由作者这方面写出，便占得了双倍的分量。

清袁枚说：“凡作诗，写景易，言情难。何也？景从外来，目之所触，留心便得；情从心出，非有一种芬芳悱恻之怀，便不能哀感顽艳。”（《随园诗话》）此话说得不确的地方是，情和景是不能截然分开的。但是，就“言情难”而言，把这段话用在王勃这首诗中倒是十分妥帖的。由于此诗讲究匠心经营，反复咏叹遭遇之不幸，仕途之坎坷，丝丝入扣，字字切题，又一气流转，缀成浑然一体，确是感人至深。据作者《秋夜于锦州群官席别薛昇华序》所说，作者不仅和薛是同乡、通家，也是良友；又据《重别薛华》一诗来看，两人之间确有非同一般的深情厚谊。而此时王勃正当落魄失意之际，不平则鸣，因此，面对挚友，他以肺腑相倾。写法上，诗不着意写惜别之情，而用感人的笔触，抒发了悲切的身世之感，使人感到这种别离是何等痛苦，更显出这对挚友的分手之难。诗中所蕴含的深邃而绵邈的情韵，堪称自出机杼。这首诗与作者的另一首《送杜少府之任蜀州》相比，虽题材同为送别，而风格情调迥异，前后判若两人。这是由于作者在政治上屡遭挫折，未能摆脱个人的哀伤情绪所致。

送杜少府之任蜀州

王　勃

城阙辅三秦[①]，风烟望五津。
与君离别意，同是宦游人。
海内存知己，天涯若比邻。
无为在歧路，儿女共沾巾。

【注释】

①三秦：泛指当时长安附近的关中之地。古为秦国，秦亡后，项羽分其地为雍、塞、翟三国，故称“三秦”。

【鉴赏】

这是一首送别诗。首联属“工对”中的“地名对”，极壮阔，极精整。第一句写长安的城垣、宫阙被辽阔的三秦之地所“辅”（护持、拱卫），气势雄伟，点送别之地。第二句里的“五津”指岷江的五大渡口白华津、万里津、江首津、涉头津、江南津，泛指“蜀川”，点杜少府即将宦游之地；而“风烟”“望”，又把相隔千里的秦、蜀两地连在一起。自长安遥望蜀川，视线为迷漾的风烟所遮，微露伤别之意，已摄下文“离别”“天涯”之魂。

因首联已对仗工稳，为了避免板滞，故次联以散调承之，文情跌宕。“与君离别意”承首联写惜别之感，欲吐还吞。翻译一下，那就是：“跟你离别的意绪啊！……”那意绪怎么样，没有说；立刻改口，来了个转折，用“同是宦游人”一句加以宽解。意思是：我和你同样远离故土，宦游他乡；这次离别，只不过是客中之别，又何必感伤！

三联推开一步，奇峰突起。从构思方面看，很可能受了三国魏曹植《赠白马王彪》“丈夫志四海，万里犹比邻；恩爱苟不亏，在远分日亲”的启发。但高度概括，自铸伟词，便成千古名句。

尾联紧接三联，以劝慰杜少府作结。“在歧路”，点出题面上的那个“送”字。

岐路者，岔路也。古人送行，常至大路分岔处分手，所以往往把临别称为“临岐”。作者在临别时劝慰杜少府说：只要彼此了解，心心相连，那么即使一在天涯，一在海角，远隔千山万水，而情感交流，不就是如比邻一样近吗？可不要在临别之时哭鼻子、抹眼泪，像一般小儿女那样。

南朝的著名文学家江淹在《别赋》里写了各种各样的离别，都不免使人“黯然销魂”。古代的许多送别诗，也大都表现了“黯然消魂”的情感。王勃的这一首，却一洗悲酸之态，意境开阔，音调爽朗，独标高格。

山　中

王　勃

长江悲已滞，万里念将归。
况属高风晚，山山黄叶飞。

【鉴赏】

这是一首抒写旅愁归思的诗，大概作于王勃被废斥后在巴蜀做客期间。

诗的前半首是一联对句。诗人以“万里”对“长江”，是从地理概念上写远在异乡、归路迢迢的处境；以“将归”对“已滞”，是从时间概念上写客旅久滞、思归未归的状况。两句中的“悲”和“念”二字，则是用来点出因上述境况而产生的感慨和意愿。诗的后半首，即景点染，用眼前“高风晚”“黄叶飞”的深秋景色，进一步烘托出这个“悲”和“念”的心情。

首句“长江悲已滞”，在字面上也许应解释为因长期滞留在长江边而悲叹。可以参证的有他的《羁游饯别》诗中的“游子倦江干”及《别人四首》之四中的“雾色笼江际”“何为久留滞”诸句。但如果与下面“万里”句合看，可能诗人还想到长江万里、路途遥远而引起羁旅之悲。这首诗的题目是《山中》，也可能是诗人在山上望到长江而起兴，是以日夜滚滚东流的江水来对照自己长期滞留的旅况而产生悲思。与这句诗相似的有杜甫《成都府》诗中的“大江东流去，游子日月长”，以及谢朓的名句“大江流日夜，客心悲未央”（《暂使下都夜发新林至京邑赠同僚》）。这里，“长江”与“已滞”以及“大江”与“游子”“客心”的关系，诗人自己可以有各种联想，也任读者做各种联想。在一定范围内，理解可以因人而异，即所谓“诗无达诂”。

次句“万里念将归”，似出自三国楚宋玉《九辩》“登山临水兮送将归”句。而

《九辩》的“送将归”，至少有两种不同的解释：一为送别将归之人；一为送别将尽之岁。至于这句诗里的“将归”，如果从前面提到的《羁游饯别》《别人四首》以及《王子安文集》中另外一些客中送别的诗看，可以采前一解释；如果从本诗后半首的内容看，也可以取后一解释。但联系本句中的“念”字，则以解释为思归之念较好，也就是说，这句的“将归”和上句的“已滞”一样，都指望远怀乡之人，即诗人自己。但另有一说，把上句的“已滞”看作在异乡的客子之“悲”，把这句的“将归”看作万里外的家人之“念”，似也可通。这又是一个“诗无达诂”的例子。

三、四两句“况属高风晚，山山黄叶飞”，写诗人在山中望见的实景，也含有从《九辩》“悲哉秋之为气也，萧瑟兮草木摇落而变衰”两句化出的意境。就整首诗来说，这两句所写之景是对一、二两句所写之情起衬映作用的，而又有以景喻情的成分。这里，秋风萧瑟、黄叶飘零的景象，既用来衬映旅思乡愁，也可以说是用来比拟诗人的萧瑟心境、飘零旅况。当然，这个比拟是若即若离的。同时，把“山山黄叶飞”这样一个纯景色描写的句子安排在篇末，在写法上又是以景结情。南宋沈义父在《乐府指迷》中说：“结句须要放开，含有馀不尽之意，以景结情最好。”这首诗的结句就有宕出远神、耐人寻味之妙。

诗歌在艺术上常常是抒情与写景两相结合、交织成篇的。明代谢榛在《四溟诗话》中说：“作诗本乎情、景。……景乃诗之媒，情乃诗之胚，合而为诗。”这首诗，前半抒情，后半写景。但诗人在山中、江边望见的高风送秋、黄叶纷飞之景，正是产生久客之悲、思归之念的触媒；而他登山临水之际又不能不是以我观物，执笔运思之时也不能不是缘情写景，因此，后半首所写之景又必然以前半首所怀之情为胚胎。诗中的情与景是互相作用、彼此渗透、融合为一的。前半首的久客思归之情，正因深秋景色的点染而加浓了它的悲怆色彩；后半首的风吹叶落之景，也因旅思乡情的注入而加强了它的感染力量。

王勃还有一首《羁春》诗：“客心千里倦，春事一朝归。还伤北园里，重见落花飞。”诗的韵脚与这首《山中》诗完全相同，抒写的也是羁旅之思，只是一首写于暮春，一首写于晚秋，季节不同，用来衬托情意的景物就有“落花飞”与“黄叶飞”之异。两诗参读，有助于进一步了解诗人的感情并领会诗笔的运用和变化。

重别薛华[1]

王　勃

明月沉珠浦，秋风濯锦川。
楼台临绝岸，洲渚亘长天。
旅泊成千里，栖遑共百年[2]。
穷途唯有泪，还望独潸然[3]。

【注释】

①薛华：一作薛昇华，以文学知名，预修《三教珠英》，官至正谏议大夫。

②栖遑：奔忙不定。百年：指一生。鲍照《行药至城东桥》："争先万里途，各事百年身。"

③"穷途"二句：典出阮籍《世说新语·栖逸》"阮步兵啸"注引《魏氏春秋》："阮籍常率意独驾，不由径路，车迹所穷，辄恸哭而反。"潸然：涕流貌。《诗经·小雅·大东》："眷言顾之，潸焉出涕。"

【鉴赏】

王勃以戏作《檄英王鸡》文，为高宗所斥，离开沛王府，客居剑南。离京时作《别薛华》（一作《秋月别薛昇华》），诗云："送送多穷路，遑遑独问津。悲凉千里道，凄断百年身。心事同漂泊，生涯共苦辛。无论去与住，俱是梦中人。"入蜀后复作此重别诗（一作《重别薛昇华》）。两诗情与意略同，不胜栖遑漂泊之感。"千里""百年"前后重出，其心境可知。前作纯用赋体，此则兼用比兴，然均能以情胜。

江亭月夜送别二首

王　勃

江送巴南水，水横塞北云。
津亭秋月夜，谁见泣离群？

乱烟笼碧砌，飞月向南端。
寂寂离亭掩，江山此夜寒。

【鉴赏】

这是一组客中送客的送别诗。作者因作《斗鸡檄》，得罪高宗被废黜，咸亨年间(670~674)游巴蜀时，送别友人乘舟东去，而作此诗。

两首诗犹如一首词的上、下片，是一个完美的整体。头一首，写送别友人的去向、地点、时间，为后一首铺垫。前两句写大背景，隐喻南北睽隔，并说了送客的去向，即乘舟东到长江的下游；后二句实写送别现场，交代了送别的地点——江上离亭，时间——中秋之夜，千家万户阖家团聚，谁也不肯泣泪离别的时刻。

第二首才真正写离别。首二句描绘月夜景色，一个“飞”字，反衬出时光飞逝、话别时间之久、友情之深，惜别之情十分深透；末二句则写离人去后的情形。不仅“寂寂”的“离亭”门已“掩”上，连整个“江山”也有了“寒”意，诗人心里难以忍受的痛苦，自在不言中。真乃生花妙笔！说这两首诗是王勃五言绝句代表作，确非虚语。

李峤 (645~714年)，字巨山，赵州赞皇(今属河北)人。弱冠举进士，调安定尉，复举制策甲科，迁长安，授监察御史。圣历初，与姚崇偕迁凤阁鸾台同平章事。久视元年转成均祭酒，罢知政事。长安三年复入相。张易之败，贬通州刺史。数月召回，迁吏部尚书，神龙二年为中书令，次年加修文馆大学士。睿宗即位，出为怀州刺史，致仕。峤富才思，诗多典丽，凡所属缀，人多讽咏。与崔融、杜审言、苏味道并称“文章四友”。

汾阴行

李峤

君不见昔日西京全盛时，汾阴后土亲祭祀。
斋宫宿寝设储供，撞钟鸣鼓树羽旂。
汉家五叶才且雄，宾延万灵朝九戎。

柏梁赋诗高宴罢，诏书法驾幸河东。
河东太守亲扫除，奉迎至尊导銮舆。
五营夹道列容卫，三河纵观空里闾。
回旌驻跸降灵场，焚香奠醑邀百祥。
金鼎发色正焜煌，灵祇炜烨摅景光。
埋玉陈牲礼神毕，举麾上马乘舆出。
彼汾之曲嘉可游，木兰为楫桂为舟。
櫂歌微吟彩鹢浮，箫鼓哀鸣白云秋。
欢娱宴洽赐群后，家家复除户牛酒。
声明动天乐无有，千秋万岁南山寿。
自从天子向秦关，玉辇金车不复还。
珠帘羽扇长寂寞，鼎湖龙髯安可攀。
千龄人事一朝空，四海为家此路穷。
豪雄意气今何在，坛场宫馆尽蒿蓬。
路逢故老长叹息，世事回环不可测。
昔时青楼对歌舞，今日黄埃聚荆棘。
山川满目泪沾衣，富贵荣华能几时？
不见只今汾水上，唯有年年秋雁飞。

【鉴赏】

这是一首歌行体怀古诗。汾阴，即今山西省万荣县西南宝鼎的后土祠，汉武帝刘彻自元鼎四年（前115）曾五幸于此，且赋有《秋风辞》，曰：“欢乐极兮哀情多，少壮几时兮奈老何？”这首诗即怀此事，且融入其悲慨。

全诗除乐府歌行里常见的“君不见”三字领起开篇外，以下均为四句一顿。共分为四个层次，第一个层次，由开头到“灵祇炜烨摅景光”，共用四个四句一顿的句子，节次分明地叙写汉武帝行幸河东，祭祀汾阴后土的盛况：充分的准备，威仪的凛浩，地方官民的迎接，隆重祭奠，逐层铺叙，脉络分明。第二个层次，由“埋玉陈牲礼神毕”到“玉辇金车不复还”，诗意由祭祀转到泛河上来。“埋玉”二句承上启下，而后前四句描写泛游汾河，极为富丽豪华；再四句临摹欢宴场面，不仅群臣尽享欢乐，百姓也得到犒赏；末四句写喜庆气氛与祝颂之意，至此行幸汾阴的活动被描绘得淋漓尽致。诗的第三个层次由“千龄人事一朝空”到“今日黄埃聚荆棘”，为诗人的议论，借今昔世事的反复，叙盛衰的无常。末四句为最后一个层次，由汾阴的古今盛衰，归纳出"富贵荣华能几时"的人生慨叹，发人深省，最为人传诵。据《本事诗·事感》载："天宝末，玄宗尝乘月登勤政楼，命梨园弟子歌数阕，有唱李峤诗者云：'富贵荣华能几时，山川满目泪沾衣。不见只今汾水上，唯有年年秋雁飞！'时上春秋已高，问是谁诗，对曰：李峤。因凄然泣下，不终曲而起，曰：'李峤真才子也！'"全诗笔意流畅，怆惘简切，意蕴无穷。

中　秋　夜

李　峤

圆魄上寒空①，皆言四海同。
安知②千里外，不③有雨兼风？

【注释】

①圆魄：指中秋的圆月。寒空：寒冷的高空。

②安知：怎么知道。

③不：没。

【鉴赏】

写中秋月的诗很多，但各有各的不同，从内容到形式到表达的思想感情都不得不同。作者写道：天空升起一轮明月，都说到处是同样的月色。怎么知道远在千里之外，就没有暴风骤雨呢？诗人借咏中秋的圆月，来表明世上事物总是千差万别，不可能完全一样。

杨　炯　(650～?)华阴(今属陕西)人，曾任校书郎、崇文馆学士，卒于婺州盈川县令任上。他的诗长于五律。杨炯与王勃、卢照邻、骆宾王并称"初唐四杰"。有《盈川集》。

从军行

杨　炯

烽火照西京，心中自不平。
牙璋辞凤阙，铁骑绕龙城。
雪暗凋旗画，风多杂鼓声。
宁为百夫长，胜作一书生。

【鉴赏】

从军行，乐府《相和歌辞·平调曲》旧题，多写军旅生活。诗中的"烽火"指古代在边塞高筑土台，叫烽火台。当敌人进犯时，白天举烟，晚上举火，向内地报警。"西京"即长安。"牙璋"，古代发兵所用的兵符，分为两半，相合处成牙状。一留朝廷，一给主帅，两组嵌合，作为凭证。此指将帅奉命出征。"凤阙"汉长安建章宫东有凤阙，这里泛指皇宫。"龙城"，汉时匈奴祭天的地方，故址在今蒙古人民共和国塔米尔河畔，这里借指当时突厥族的首要地区。"百夫长"泛指下级军官。

这首诗描写一个仕子投笔从戎、从军边塞并参加战斗的全过程，写得雄浑刚健、慷慨激昂，既渲染了环境气氛，又揭示出人物的心理活动。前两句写边报传来，激发志士的爱国热情；三句"牙璋辞凤阙"，写军队辞京出师的情景；四句"铁骑绕龙城"，则写军队已在前线将敌军团团包围；五六句写开始战斗，用大雪、狂风烘托，写得有声有色；末二句则直接抒发从戎书生保边卫国的豪情壮志。在艺术方面，律诗只要求中间两联对仗，而这首五律诗除头一联外，其余三联皆对仗，不仅句与句对仗，而且同一句中也对仗，"牙璋"对"凤阙"，"铁骑(jì)"对"龙城"等，从而加强了诗的节奏与气势，显示出作者对于唐代诗歌在内容与形式上的开拓与创新。

夜送赵纵[1]

杨　炯

赵氏连城璧[2]，由来天下传。

送君还旧府[3]，明月满前川。

【注释】

①赵纵：生平不详。作者的友人。

②连城璧：战国时赵惠文王得到一块美玉，秦昭王知道后，说愿意用十五座城池来换这块美玉，所以称为连城璧。后亦泛指珍贵之物。这里以连城璧比喻赵纵。

③旧府：赵纵的故乡在山西，是赵国的旧地，也是连城璧的故土，所以称旧府。府，宅第。

【鉴赏】

这一首送别诗，很有情致。诗一开始就用连城璧来比赵纵，十分贴切，因为赵纵姓赵，又是赵国旧地的人。以美玉比人，这就把赵纵的风貌、才能具体化了。结句"明月满前川"一句，描绘在洒满月光的夜色中，沿着河川送别赵纵的情景，其中饱含着诗人对挚友的深厚情谊，韵味含蓄而深长，除了点出送别的时间是月夜外，还隐约表达了一路平安的祝愿。

广溪峡

杨炯

广溪三峡首，旷望兼川陆。
山路绕羊肠，江城镇鱼腹。
乔林百丈偃，飞水千寻瀑。
惊浪回高天，盘涡转深谷。
汉氏昔云季，中原争逐鹿。
天下有英雄，襄阳有龙伏。
常山集军旅，永安兴版筑。
池台忽已倾，邦家遽沦覆。
庸才若刘禅，忠佐为心腹。
设险犹可存，当无贾生哭。

【鉴赏】

这是杨炯咏三峡诗中的第一首。广溪峡,即瞿塘峡,是三峡之首。诗是写景和咏史相结合;经"广溪三峡首""盘涡转深谷"是写景。"广溪三峡首,旷望兼川陆。"广溪峡是三峡之首,旷野四望可以见到长江与山陆。这是开门见山的写法;首先点题,其次就叙述广溪峡的自然风光。"山路绕羊肠,江城镇鱼腹。"两岸的山路是羊肠小道;"鱼腹",在四川奉节县东北。汶代置县,因山县城。蜀汉时改为永安;句谓鱼腹县镇守江城。"乔木百尺偃,飞水千寻瀑。"百尺高的乔木,低低下垂,千丈高的瀑布,飞流而下。"惊浪回高天,盘涡转深谷。"惊打着两岸的巨浪,一回势极高。"高天",形容巨浪之高。瞿塘峡中有滟滪堆,正当峡口,因而水势急怒。"盘涡",漩涡。漩涡转流,如入深谷。这几句,描写了广溪峡之险。下面叙述历史。"汉氏昔云季,中原争逐鹿。"汉末天下大乱;董卓、袁绍、曹操辈,都逐鹿中原,争夺天下。"天下有英雄,襄阳有龙伏","龙伏",指卧龙,即诸葛亮。其隐居之地名卧龙岗。"英雄",指刘备。曹操曾说:"天下英雄,唯使君与操尔。"刘备是天下英雄,还有襄阳诸葛亮为之辅助。"常山集军旅,永安兴版筑。""常山",赵云,常山人。"永安",即白帝城,在奉节县东。武将赵云统帅军旅,在永安修建了白帝城。"池台忽已倾,邦家遽沦覆。"当时的城池台榭,都已倾倒了,蜀国的江山也灭亡了。最末四句,为对历史的感叹!"庸才若刘禅,忠佐为心腹。设险犹可存,当无贾生哭。"刘禅是个庸才,如果有忠臣辅佐,设硷而据,蜀国或者还可能保存,那就不会引起贾生之痛苦。这里韵责生是借用.仅用其"痛哭"。

杨炯的古体诗,讲究对仗,如"山路绕羊肠,江城镇鱼腹。""惊浪回高天,盘涡转深谷。"已显出向五言律诗过渡的痕迹。

梅　花　落

杨　炯

窗外一株梅,寒花五出开。
影随朝日远,香逐便风来。
泣对铜钩障,愁看玉镜台。
行人断消息,春恨几裴回。

【鉴赏】

这是一首写景抒情诗。诗的前半部分写景,后半部分抒情。作者写到,虽绮靡未革,然已启唐音。写闺中少妇,非无聊之宫女,乃伤春之思妇。同王昌龄《闺怨》"忽见陌头杨柳色,悔教夫婿觅封侯"有异曲同工之意。

刘希夷 (651~?)字廷之,一作廷芝。汝州(今河南临汝)人。高宗上元二年(675)郑益榜进士。《旧唐诗》本传谓"善为从军闺情之诗,词调哀苦,为时所重。志行不修,为奸人所杀"。《大唐新语》卷8谓"后孙翌撰《正声集》,以希夷为集中之最"。卒年不可考。《全唐诗》存诗1卷,《全唐诗外编》《全唐诗续拾》补诗7首。

代悲白头翁

刘希夷

洛阳城东桃李花,飞来飞去落谁家?
洛阳女儿惜颜色,行逢落花长叹息。
今年花落颜色改,明年花开复谁在?
已见松柏摧为薪,更闻桑田变成海。
古人无复洛城东,今人还对落花风。
年年岁岁花相似,岁岁年年人不同。
寄言全盛红颜子,应怜半死白头翁。
此翁白头真可怜,伊昔红颜美少年。
公子王孙芳树下,清歌妙舞落花前。
光禄池台文锦绣,将军楼阁画神仙。
一朝卧病无相识,三春行乐在谁边。
婉转蛾眉能几时,须臾鹤发乱如丝。
但看古来歌舞地,唯有黄昏鸟雀悲。

【鉴赏】

诗题一作《白头吟》。诗人叹年华易逝,人生无常,以柔丽婉转的笔调,抒发了文人迟暮之情。诗的开头四句从一个美丽的洛阳少女看见城东飞落的桃花李花，引起了人生的感慨。“今年花落”四句说今年花落红颜为之变色，明年花开时还会有谁来欣赏？松柏变成了柴火，桑田也将变成沧海。据说，诗人在写了“今年”两

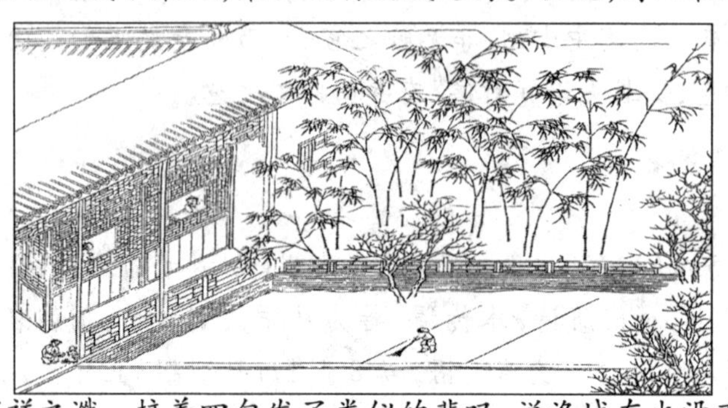

句时，认为是不祥之谶。接着四句发了类似的悲叹，说洛城东也没有了古人，现在的人还面对使花飘落的东风。每年花是一样的开，而赏花的人却不相同了。“年年岁岁”一句，据说诗人自己感叹地说：“复似谶矣。”诗成不到一年，他就被奸人所杀。下面点题，指出了主题垂死的“白头翁”，他告诫处于全盛时期的年轻人，应该怜惜那些处于半死状态的白发老人。白发老人也曾经有过美好的年华：同公子王孙游于芳树之下，在落花前面也有过清歌妙舞；在光禄寺的池台曾经筵开锦绣，在将军阁上如同画中的神仙。自经卧病不起之后，就没有人认识他了，三春行乐也没有他的份了。最后四句写出了一个“悲”字：青春是很短暂的，那些曾经歌舞繁华之地，现在听到的是黄昏时鸟雀的哀鸣。诗中以柔靡之音，也写出了自己的影子，因此感情真挚，能使人产生共鸣，成为七言歌行中的名篇。

崔融 (653~706)字安成，齐州全节(今山东省章丘西)人。高宗上元三年(676)中辞殚文律科，累补官门丞，兼直崇文馆学士。曾做过中宗的侍读。中宗神龙二年(706)，预修《则天实录》，封清河县子。与杜审言、苏味道、李峤合称“文章四友”。因撰写武后哀册文，用思精苦，绝笺而卒，追卫州刺史，谥曰文。其为文典丽，朝廷重要文献，多出自他的手笔。《全唐诗》存诗 1 卷，《全唐诗外编》补诗 2 首。

和宋之问寒食题黄梅临江驿

崔　融

春分自淮北，寒食渡江南。
忽见浔阳水，疑是宋家潭。
明主阍难叫，孤臣逐未堪。
遥思故园陌，桃李正酣酣。

【鉴赏】

崔融和宋之问都是著名的宫廷诗人，一个是考功员外郎，一个是国史纂修；一个被誉为唐初诗坛“四杰”之一，一个被称作“文章四友”之一。宋之问用他的作品为律绝开先河，崔融曾著有《新定诗体》一书，两人都对唐代格律诗的定型，起了重要作用。宋之问曾写有《途中寒食题黄梅临江驿寄崔融》(见本书《途中寒食》)，于是，崔融写了这首诗和他。浔阳，即今江西九江市。浔阳水，指长江流经九江的一段。两人均于神宗元年(705)，因谄事张易之而遭贬。二诗大约作于此时。对皇帝的愤怨，对故国的怀恋，浸透于字里行间。崔融的这首诗文辞典丽，寄托遥深，颇为人称许。

宋之问　(？~712)，一名少连，字延清，汾州(今山西汾阳市)人，一说弘农(今河南灵宝市)人。高宗上元二年(675)进士。武则天时，以文才为宫廷侍臣，颇受恩宠。后因结交张易之获罪，贬泷州参军。中宗景龙中(708)转考功员外郎，与杜审言、薛稷等同为修文馆学士。又以受贿罪贬越州长史。睿宗景云元年(710)流放钦州。玄宗先天元年(712)赐死。有《宋之问集》。

题大庾岭北驿[1]

宋之问

阳月[2]南飞雁，传闻至此回；
我行殊[3]未已，何日复归来？
江静潮初落，林昏瘴[4]不开。
明朝望乡处，应见陇[5]头梅。

【注释】

①驿：驿站。
②阳月：农历十月。
③殊：实。
④瘴：南方湿热蒸郁之气。
⑤陇：据沈德潜云疑作“岭”字。

【鉴赏】

这是宋之问被流放岭南途径大庾岭时所作，题于岭北驿的一首诗。大庾岭在今江西大余、广东南雄两县交界处，岭上多梅，故又称梅岭。

宋之问是武则天时著名的宫廷诗人，与沈佺期齐名，颇受宠幸。后武则天退位，宋之问因结交张易之，被贬为泷州（今广东罗定市东）参军。由宫廷近臣骤然沦为罪谪之人，且远离家乡和亲友，只身远流岭南，他心中的痛苦哀伤是可想而知的。所以当他来到大庾岭北驿时，写了这首诗。

“阳月南飞雁，传闻至此回。我行殊未已，何日复归来？”诗人辞别了亲友，告别了生活了很久的长安，来到了大庾岭。想到度过岭去，就彻底地告别了故乡所在的中原，进入蛮荒的岭南。他看到南飞的大雁，想起大雁飞到此处便不南去的传说，不禁写下了前两句诗：大雁南飞，飞到此处就不再飞了，但作者自己却被流放到大雁都不飞去的地方；大雁的南飞既有限度，也有返期，而作者自己却要继续南行，何年何月才能回来一点也不知道，这是三四句的意思。开头四句通过人与雁的对比，写出了自己抛家别亲，远度荒蛮之地的悲苦凄凉心情。五六句是写景：江上潮水下落，林间雾气弥漫，暮色渐浓，周围的一切越发显得荒凉，显然是作者心境的写照。结尾两句是对明天早晨的预想：大庾岭梅花已开，作者想象明日度岭南行，回望故乡时，看到的将不再是家乡的风物，而是庾岭高处的梅花了。这两句诗表达了作者对故乡的深深眷恋之情。

宋之问在这首诗里表达的感情无外乎谪悲、乡愁，并无特别之处。但其构思布局，写景言情的艺术手法是很高妙的。

渡　汉　江

宋之问

岭外音书绝，经冬复历春。
近乡情更怯，不敢问来人①。

【注释】

①来人：指从家乡来的人。

【鉴赏】

这首诗是写久居在外的人即将回家时的感受。本诗又传李频作，从本诗的地名和表达的心情来看，比较符合宋之问的情况。宋之问因为攀附张易之曾被贬岭南。本诗可能为他从贬所泷州（今广东罗定市）逃归时途经汉江所作。

"岭外音书绝，经冬复历春。"这两句主要追叙贬居岭南的情况。前一句写空间上的隔绝，后一句写时间上的隔绝。而作者传达的感受是时间和空间上的隔绝的叠加。这自然加强了自己贬谪之后久居蛮荒之地的孤寂、苦闷及对家里人的思念之情。作者困居贬所，无依无靠，孤苦伶仃的情态也历历可见。

"近乡情更怯，不敢问来人。"这两句描写自己快回到家乡时的心理感受。写得既别出心裁，却也在情理之中。本来常年在贬所生活，现在终于回来了，应该急切地想知道自己家乡亲人的情况，应是“近乡情更切，急欲问来人。”但作者却道出了不同寻常之语，说“近乡情更怯，不敢问来人”。其实这很符合作者的经历和感情。作者贬居岭南好多年，而且音书俱绝，他在想经历了这么久的年月，家乡的亲人们是否还依然健在，有没因为自己的贬谪而受到牵连，“不敢”一句也符合他从贬所私自逃回的特殊处境。正如杜甫所写的：“反畏消息来，寸心亦何有？”因此“情更切”变成了“情更怯”，“急欲问”变成了“不敢问”。这是在“岭外音书断，经冬复历春”的情况下产生的心理感受。前两句为后两句的原因，后两句更曲折地表达了前两句的感情。

宋之问的这首诗之所以流传千古，就是因为它生动地道出了久居他乡的人回家时的共同的心理感受。

送别杜审言

宋之问

卧病人事绝，嗟君万里行。
河桥不相送，江树远含情。
别路追孙楚，维舟吊屈平。
可惜龙泉剑，流落在丰城。

【鉴赏】

杜审言和宋之问均是初唐诗人，又都致力于律诗的创作。他们在文学上志同道合，在政治上也有许多一致的地方。公元698年，杜审言坐事贬吉州（今江西吉安）司户参军，宋之问写此诗以赠。

这首诗情真意切，朴实自然，较之宋之问的某些应制诗，算是别具一格的了。诗的前四句通俗晓畅，选词用字，不事雕饰，抒发感慨，委婉深沉。首联直起直落，抒写自如。当时，作者卧病在家，社会交往甚少，自不免孤零寂寞之感；偏偏这时又传来了友人因贬谪而远行的消息，那更是惆怅倍增。“卧病人事绝，嗟君万里行”，正如实地反映了诗人作此诗时的处境和心情。“嗟”字用得好，自然而又蕴藉：一是惜别，因同知己离别而怅惘；二是伤怀，为故人被贬而感伤；三是慨叹，由友人被贬而感慨宦海沉浮，宠辱无常。这一“嗟”字，直贯篇末，渲染了一种悲凉沉重的气氛。有的本子误作“闻”字，则肤浅刻露，索然无味了。

别离固已难堪,如能举杯饯行,面诉衷曲,亦可稍慰离怀;但作者又因病不能相送,寂寞感伤之外,又增添一种遗憾之情。“河桥不相送”一语平平道来,作者的思想感情却曲折起伏,波澜迭出。第四句别开生面,写出了想象中的送别情景:友人去远了,送行者亦已纷纷离开,河桥景色,一如平常,唯有那江边垂柳,临风依依,惜别之情,似无穷尽,历时既久而难以逝去。这一笔表明作者身虽未去河桥,而其心已飞往江滨,形象而含蓄地写出了自己与友人的深厚情谊,使“送别”二字有了着落,与第三句对照起来看,又是一层波澜。律诗要求中间两联对仗,这首诗的第二联对偶虽不甚工致,但流走匀称,婉转如意,说明作者于此重在达意抒情,而不拘泥于形式上的刻意求工,这也体现了初期律诗创作中比较舒展自由的特色。

后四句接连用典。此诗用典,熨帖工稳,不伤晦涩,仍保持了全诗自然朴素的风格。第三联用的是孙楚和屈原(名平,字原)的典故。孙楚,西晋文学家,名重一时,但“多所凌傲,缺乡曲之誉”,年四十始参镇东军事。屈原才华卓绝,遭谗被逐,流落沅湘,自沉汨罗而死。贾谊贬长沙王太傅时,途经湘水,感怀身世,曾作《吊屈原赋》。杜审言也是个“恃才謇傲”的人,而眼下面临的却是一种逆境。此番由洛阳流贬吉州,正好取道两湖,浪迹潇湘,沿途恰是前贤足迹所到之处,抚今思昔,能不感慨系之!“别路追孙楚,维舟吊屈平”,既暗点友人的贬谪,交代其行踪,更是以孙楚、屈原的身世遭遇,喻友人才学之高超,仕途之坎坷,以及世道之不平,寄托了作者对友人的同情和惋惜。

结尾仍用典。《晋书·张华传》:“斗牛之间,常有紫气。豫章雷焕曰:‘宝剑之气,上彻于天。’华问在何郡,焕曰:‘在豫章丰城。’即补焕丰城令。焕到县掘狱基,入地四丈馀,得一石函,光气非常。中有双剑,并刻题,一曰龙泉,一曰太阿。是夕斗牛间气不复见焉。”丰城(今属江西)与杜审言的贬谪地吉州同属江西。作者在此用龙泉剑被埋没的故事,分明是喻友人的怀才不遇,进一步丰富了上联的寓意;但同时也发展了上联的思想:龙泉剑终于被有识之士发现,重见光明,那么友人也终将脱颖而出,再得起用,于愤懑不平中寄托了对友人的深情抚慰与热切期望。

宋之问在律诗的定型上有过重要贡献,但其创作并未完全摆脱六朝绮靡诗风的影响。这首诗音韵和谐,对仗匀称,而又朴素自然,不尚雕琢,可以说是宋之问律诗中的佳作之一,代表了作者在这一诗体上所取得的成就。

早发始兴江口至虚氏村作

宋之问

候晓逾闽嶂，乘春望越台。
宿云鹏际落，残月蚌中开。
薜荔摇青气，桄榔翳碧苔。
桂香多露裛，石响细泉回。
抱叶玄猿啸，衔花翡翠来。
南中虽可悦，北思日悠哉。
鬒发俄成素，丹心已作灰。
何当首归路，行剪故园莱。

【鉴赏】

本篇作于诗人贬官南行途中。从诗中对所写景物表现出来的新鲜感看来，似为他初贬岭南时所作。

开头四句，交代了时间是在"春""晓"，并以晨空特有的"宿云""残月"极力渲染早发时的景象。"闽嶂"本指闽地的山岭，有时也可用作"岭嶂"的意思，泛指南国的山岭。这里用以借指从始兴县的江口地方至虚氏村途中经过的高山峻岭。"越台"即越王台，又作粤王台，是汉高祖时南越王赵佗在广州越秀山上所建的台榭。从诗题看，当时诗人已经抵达虚氏村，村子离动身地点江口在一日行程之内，距离广州尚有数百里之遥，是无法望见越王台的。所谓"望"，只是瞻望前途的意思。"宿云"是隔宿之云。《庄子·逍遥游》写大鹏鸟，说它"翼若垂天之云"。这里见云而生鹏翼的联想，句意只是说宿云渐渐消散，天空变得明朗起来。古人以为，月亮在盈亏与蚌蛤的虚实相统一，月圆时蚌蛤实，月亏时蚌蛤虚。所以，第四句，诗人由"残月"而生"蚌中开"的联想。宋之问与沈佺期一样，上承齐梁余绪，讲究词采声律，从"宿云"二句的铺张笔法中，也可想见其"如锦绣成文"（《新唐书》本传）的诗风。

从"薜荔摇青气"开始的六句极写南国景色，铺排有序，很见功力。前三句写树，错落有致："薜荔"是一种木本蔓生植物，常绕树或缘壁生长。句中用一个富有动感并充满了生命力的“摇”字，生动地描画出了枝叶攀腾、扶摇直上与青气郁勃、无以自守的情态。“桄榔”则是一种亭亭玉立的乔木，与蔓生的薜荔对举，构图相当优美。加之碧苔依树，古色古香，与“薜荔”句表现出来的盎然生趣亦复形成鲜明的对照。“桂香”句既为画面添枝加叶，又使淡淡幽香透出画面。句中的“裛”，通“浥”，打湿的意思。在上三句中，诗人用笔由视觉而到嗅觉；在下三句中，“石响”句更进而写到听觉，由泉水奔泻的“石响”又转而看到回环流转的细泉。“抱叶”二句转写动物：黑毛猴子攀附着树枝在叫唤，翡翠鸟衔着花在飞来飞去。这就使画面更充满活力，线条、色彩、音响以至整个情调更动人了。

读到最后六句时，人们恍然大悟，原来诗人前面的铺排绘景是为了后面的写情抒怀。“南中”句使全诗的感情为之一顿，承上启下。“南中可悦”四字总括前面写景的笔墨，“虽”字是句中之眼，转出后面的许多文章。“北思”句直承“虽”字。从末句的“故园”可知，诗人的“北思”是思念故乡而非朝廷。“鬒发”，黑发。“鬒发”二句说明贬谪对他的打击，黑发俄顷变白。丹心已成死灰。在文势上，这两句稍做顿挫，用以托住“南中”二句陡然急转之势，并暗示官场的荣辱无常，更增强了自己的思乡之情。末两句的感情直承“鬒发”二句，并与“北思”二字相呼应。诗人直抒胸臆道：何时能走向返回故乡的路呢？“剪莱”，即除草。“行剪故园莱”，与谢朓的“去剪北山莱”、王绩的“去剪故园莱”同义，都是要归隐田园的意思。从文势上来说，最后六句浑然一体，同时又有内在的节奏。比之于水势，“南中”二句似高江急峡，大起大落，“鬒发”二句江面渐宽，水势渐缓，至末两句化成一片汪洋，隐入无边的平芜之中。

此诗用词的艳丽雕琢与结构艺术的高妙，可以使我们对宋之问诗风略解一二。诗用的是以景衬情的写法。诗人不惜浓墨重彩去写景，从而使所抒之情越发显得真挚深切。然而对于今天的读者来说，这首诗的价值倒不在于诗人抒发了何种思想感情，而在于诗中对南中景物的出色描绘。诗人笔下的树木、禽鸟、泉石所构成的统一画面是南国所特有的，其中的一草一木无不渗透着诗人初见时所特有的新鲜感。特定的情与特有的景相统一，使这首诗有着很强的艺术魅力。

灵隐寺

宋之问

鹫岭郁岧峣，龙宫锁寂寥。

楼观沧海日，门对浙江潮。
桂子月中落，天香云外飘。
扪萝登塔远，刳木取泉遥。
霜薄花更发，冰轻叶未凋。
夙龄尚遐异，搜对涤烦嚣。
待入天台路，看余度石桥。

【鉴赏】

灵隐寺在杭州西湖西北武林山下，始建于东晋时。据《淳祐临安志》，在东晋咸和元年（326），印度僧人慧理，看到这座山，惊叹道："此天竺国（古印度）灵鹫山之小岭，不知何年飞来，佛在世日，多为仙灵所隐……"于是筹建了灵隐寺。

"鹫岭郁岧峣，龙宫锁寂寥"，"鹫岭"，即印度灵鹫山，这里借指飞来峰。岧峣，山势高峻貌；冠一"郁"字，见其高耸而又具有葱茏之美。"龙宫"，相传龙王曾请佛祖讲经说法，这里借指灵隐寺。寂寥，佛家以"清静"为本，冠一"锁"字，更见佛殿的肃穆空寂。这两句，借用佛家掌故而能词如己出；先写山，后写寺，山寺相映生辉，更见清嘉胜境。"楼观沧海日，门对浙江潮"，是诗中名句。入胜境而观佳处，开人心胸，壮人豪情，怡人心境，它以对仗工整和景色壮观而博得世人的称赏。据说这两句诗一出，竞相传抄，还有人附会为他人代作（如《古今诗话》认为这两句诗是当时在灵隐寺出家为僧的骆宾王所代作）。接下去，进一步刻画灵隐一带特有的灵秀："桂子月中落，天香云外飘。"传说，在灵隐寺和天竺寺，每到秋爽时刻，常有似豆的颗粒从天空飘落，传闻那是从月宫中落下来的。"天香"，即异香，此指祭神礼佛之香。上句写桂子从天上飘落人间，下句写佛香上飘九重，给这个佛教圣地蒙上了空灵神秘的色彩。

写诗如作画，要有主体，有旁衬，有烘托。诗的前六句是诗的主体。下面八句是写诗人在灵隐山一带寻幽搜胜的情景和感想："扪萝登塔远，刳木取泉遥。霜薄花更发，冰轻叶未凋"四句是说，诗人在灵隐山上，时而攀住藤萝爬上高塔望远；时而循着引水刳木寻求幽景名泉；时而观赏那迎冰霜盛开的山花和未凋的红叶。这四句虽为旁衬之笔，但通过对诗人游踪的描写，不是更能使人想见灵隐寺的环境之幽美吗？"夙龄尚遐异，搜对涤烦嚣"，是说自己自幼就喜欢远方的奇异之景，今日有机会面对这惬意的景色正好洗涤我心中尘世的烦恼了。"待入天台路，看余度石桥"。天台山是佛教天台宗的发源地，坐落在浙江天台县。天台山的槽溪上有石桥，下临陡峭山涧。这两句，乍看似乎离开了对灵隐寺的描写，而实际上是说因游佛教圣地而更思佛教圣地。乍看"若离",而实"不离"。这种若即若离的结尾,最得咏物之妙,它很好地起到了对灵隐秀色的烘托作用。南宋张炎在《词源·咏物》条下说:"体认稍真,则拘而不畅;模写差远,则晦而不明;要须收纵联密,用事合题。一段意思,全在结句,斯为绝妙。""看余度石桥"不正是诗人游兴极浓的艺术再现吗?以一幅想象中的游踪图结束全篇,给人以新鲜之感。

奉和晦日幸昆明池应制

宋之问

春豫灵池会,沧波帐殿开。
舟凌石鲸度,槎拂斗牛回。
节晦蓂全落,春迟柳暗催。
象溟看浴景,烧劫辨沉灰。
镐饮周文乐,汾歌汉武才。
不愁明月尽,自有夜珠来。

【鉴赏】

昆明池在长安东南,原是汉武帝所开,用以训练水军的。在唐代,成为一个名胜游览区。

"应制""应令""应教"诗,总称为"应制诗"。这种诗大多是五言四韵的五律,或六韵至十二韵的长律,偶尔也有绝句。由于这是君臣之间的文字酬答,措辞立意,必须顾到许多方面。要选择美丽吉祥的词藻,要有颂扬、祝贺、箴规的意义,要声调响亮,要对仗精工,要有富贵气象。

为皇帝晦日游昆明池而作诗,题材中主要部分当然是皇帝、晦日、昆明池三项。宋之问这首诗就使用了与此三者有关的典故。第一联是先叙述这件事:春天参与了灵池上的宴会,池边设置了帐殿。灵池、沧波,都是指昆明池。第二联描写乘船在昆明池中游览:船划过了石鲸,好像从北斗星和牵牛星之间回来。昆明池有石刻鲸鱼,又有牵牛织女的石像立于池之东西,使池水仿佛像银河。槎,就是船。第三联就得照顾晦日:这个节日是正月三十日,春气还没有到来,只是暗暗地催杨柳发芽。据说,唐尧的时候,阶下生了一株草,每月一日开始长出一片荚来,到月半共长了十五荚。以后每日落去一荚,月大则荚都落尽,月小则留一荚,焦而不落。这一荚称为蓂。后世诗文家就用“蓂”字代替荚。此诗说“蓂全落”,可知是三十日。于是,这一联诗,就扣住了正月晦日。第四联要扣住昆明池。他说像北海那样茫茫无涯的水中,正好看落日的景色;看到池底的黑泥,便想到这是劫火烧余的残灰。这两句用的都是昆明池的典故。当年汉武帝开凿此池,取象北海(溟,即北海)。在池底掘得黑灰,以问东方朔。东方朔说:天地大劫将尽,就会发生大火,把一切东西都烧光,叫作劫火。这是劫火后遗留下来的残灰。第五联就转到皇帝。周武王建设了镐京(今陕西长安),与群臣宴饮。这是历史上第一次君臣宴会的故事。汉武帝曾和他的大臣们乘船泛游于汾水之上,自己作了《秋风辞》这首著名的歌。这是历史上第一次君臣游乐唱和的故事。宋之问就很适当地用这两个典故组织了两句诗,顺便歌颂了李显为汉武、周王。镐饮是周武王的事,但这一联诗中不能以“周武”对“汉武”,于是只好硬派作周文王的事了。最后一联是结束,应当使皇帝、晦日、昆明池三者都有交代。宋之问又用了一个汉武帝的故事。据说汉武帝曾救过一条大鱼,后来在昆明池旁得到一双夜光珠,是大鱼报恩献给他的。于是这一联诗就说:不怕三十夜没有月亮,自然会有报恩的夜光珠送来的。

唐人小说记载了有关这首诗的故事。据说当时有一百多人作了和诗,皇帝命他的昭容(女官名)上官婉儿评选出一篇最好的,以供谱曲。昭容在帐殿旁一座搭起的绿楼上评选,臣僚们都在楼下。一张一张落选的诗笺被扔下来,各人自己取回。最后只剩沈佺期和宋之问二人的诗笺没有下来。过了好久,才飞下一纸,乃是沈佺期的诗。沈、宋二人当时是齐名的,他们的作品不容易区别高下。这一次,却是宋之问夺得了冠军。上官婉儿是一位女诗人、女学士,对沈、宋二人的诗,好久不能评定甲乙,最后才取宋而弃沈。她的评语说:“二诗工力悉敌,沈诗落句词气已竭,宋犹健笔。”她是从结尾一联决定的。沈诗结尾已经没有意义了,而宋诗的结尾却还很矫健。现在我们参看沈佺期的诗:

法驾乘春转,神池象汉回。
双星移旧石,孤月隐残灰。
战鹢逢时去,恩鱼望幸来。
山花缇骑绕,堤柳幔城开。
思逸横汾唱,欢留宴镐杯。
微臣雕朽质,羞睹豫章材。

用的也是这几个典故,但全诗只是写昆明池,没有照顾到晦日。这里其实已经可以区别高下。尾联用《论语》“朽木不可雕也”句意,表示自谦:我现在应制作诗,好比雕刻朽木，看到别人的佳作，自愧不如。这两句诗已经离开了题目，硬凑来做结束，不如宋之问的结句，既扣住晦日和昆明池，又有颂扬的意义。上官婉儿的评语，历代以来，诗家都是同意的。明代诗人王世贞说，沈佺期的结句是“累句中累句”，宋之问的结句是“佳句中佳句”。可见后世评论，亦认为这两联结句，差距很大。

一首诗的开端和结束，都很重要。沈、宋二诗的结尾，给我们以形象的认识。宋诗的结尾已做到了“言尽意不尽”，而沈诗的结尾却是“言浮于意”。尽管二诗都是宫廷文学，但宋之问作了六韵十二句，才气未尽，沈佺期作了十句，便无法扣紧题目发展诗思了。

沈佺期 （约656~714），字云卿，相州内黄（今河南内黄）人。高宗上元二年（675）中进士，曾任给事中、考功员外郎，因贪污被劾。武则天时，依附张易之，张被杀，他流放瓘州。流放时期的作品多对其境遇表示不满，写出了一些好的作品。中宗时召回，为起居郎，兼修文馆学士，官至中书舍人，开元初去世。他和宋之问齐名，都是唐初重要的诗人，时称“沈宋”。他和宋之问不但生活经历相似，诗歌创作倾向也相近似，多粉饰升平的应制诗，也有一些较有生活气息的作品。沈、宋的主要贡献在于总结了六朝以来诗律的成就，促使五、七言律诗形式的成熟。

杂　诗

沈佺期

闻道黄龙戍，频年不解兵[①]。
可怜闺里月，长在汉家营。
少妇今春意，良人[②]昨夜情。
谁能将旗鼓[③]，一为取龙城。

【注释】

①黄龙戍：唐初东北边地要塞，在今辽宁开原市北。频年：连年。解兵：退兵。

②良人：古代妻子对丈夫的称谓。

③将:持,拿。旗鼓:这里指军队。

【鉴赏】

此诗以儿女之情,写征戍之苦,充满着非战的思想。本诗是沈佺期的传世之作。

本诗思想上较为积极,艺术上也颇有特色。诗人除了怨恨“频年不解兵”外,还希望有良将早日结束战事。因此此诗归结为两点:闺中少妇与征人的互相思念、厌恶无休止的战争而希望战争早日结束的心情。

诗的首联叙事、交代背景。黄龙戍一带,常年战事不断,一种强烈的怨战之情溢于字里行间。接着诗人在二三联中抒写了闺中少妇与征夫相互思念,诗人借月抒情,说今夜征夫思妇,两地对月相思。在征夫眼里,昔日两人曾在闺中共同玩赏的月,如今不断地在营中照着他,好像怀着深情;而在闺中少妇的眼里,似乎这眼前的明月已不如昔日美好,因为那象征着美好生活的圆月,早已离开深闺,随良人去了远方。紧接着诗人用含蓄有致的笔法进一步补足诗意,“少妇今春意,良人昨夜情”中“春”而又“今”,“夜”而又“昨”,分别写出了少妇的“意”和征夫的“情”,那昨夜夫妻惜别的情景仍在眼前浮现,今春的大好光阴虚度,让少妇倍觉惆怅。诗人揭示了战事让“少妇”与“征夫”春春如此思念、夜夜如此伤怀,所以诗人在尾联中希望有人能指挥军队,一举破敌,以结束战争,使家人早日团聚,人民安居乐业,同时也揭示了诗的主题。

此诗的题材说不上新颖,但写法是很别致的,特别是中间两联借月抒情,轮廓鲜明地画出了异地同视一轮明月的一幅月下相思图。诗句言短意长,含蓄有致。

夜宿七盘岭①

沈佺期

独游千里外,高卧七盘西。
山月临窗近,天河入户低。

芳春平仲绿，清夜子规啼②。
浮客空留听，褒城闻曙鸡③。

【注释】

①七盘岭：在今四川广元东北百里之外，有石磴七盘而上山顶，岭西有七盘关，地势险要。

②平仲：是银杏树的别称。左思《吴都赋》写江南特产云："平仲君迁，松梓古度。"旧注说："平仲之实，其白如银。"子规啼：子规即杜鹃鸟，相传是古蜀王望帝杜宇之魂化成，啼声悲哀，如唤"不如归去"。古皆以之为蜀鸟的代表，多用作离愁的寄托。

③浮客：即旅客、游子。本处指作者自己。褒城：城镇名，在今陕西汉中市西北，邻近四川，七盘岭在其西南。曙：天将亮。

【鉴赏】

这是一首羁旅途中的情景五律，作于诗人远游入蜀途中。

作者写自己在旅途中夜宿于川陕边界的七盘岭上，于所见所闻中抒发出一种惆怅不寐的愁绪。

首联破题，点明时间、地点、事由。"独游"二字显出自己在无限失意的情形下出门远游，此刻独自夜宿于离京城千里之外的七盘岭上；"高卧"二字点出了是住宿在高岭险关之上，兼有东晋谢安"高卧东山"的隐游意味，进一步表明失意独游的境遇。

领联写夜间所见到的远景。"山月临窗""天河入户"生动地表现出"高卧"的情趣，月亮仿佛就来到了窗户跟前，银河好像就要流进所住的房门，远景变成了近景。

颈联写夜宿山岭中的节物观感。"芳春"和"子规啼"表明时节是暮春。作者望着浓绿的银杏树，听着杜鹃的悲啼声，虽然面对的是万紫千红，百鸟齐鸣，但只选择了银杏树的绿和杜鹃鸟的啼，一则代表了江南的名木和四川的名鸟，表明自己远游已快到蜀地了，二则寄托了自己独宿异乡的愁思和惆怅。

尾联抒发自己夜宿山岭的感慨。"空留听"紧承上联"子规啼"，写作者正沉浸在杜鹃悲啼声中辗转不寐时，从岭下褒城镇里传来了报晓鸡的鸣叫声，自己又要上路了。这七盘岭上的不眠之夜，将更加引起作者对关中故土和豪华京都的不胜依恋。"浮客"二字，化用了谢惠连《西陵遇风献康乐》诗："凄凄留子言，眷眷浮客心……靡靡即长路，戚戚抱遥悲。"将其眷恋故土、悲戚羁旅之意浓缩于本诗。"空留听”继续表明杜鹃鸟“不如归去”的啼声我听了一夜,但它是白喊了,我是只能前行、不能回去的。“褒城闻曙鸡”,一过褒城即入蜀境,虽然在七盘岭上还听见陕西褒城的鸡叫,但作者的脚步已经入蜀而远别关中了。

本诗是初唐五律的名篇,格律已臻严密,但尚留有魏晋骈骊文辞的发展痕迹。通篇对仗工巧,有齐梁余风。作者抓住夜宿七盘岭这一题材的特点,大量地在“独游”与“高卧”上做文章。如首联点出“独游”“高卧”;中间两联即写“独游”“高卧”的情趣和愁思,用节物衬托“独游”的情趣,用景象显出“高卧”的愁思;尾联以“浮客”应“独游”、以“褒城”应“高卧”作结。结构完整,针迹细密。同时,通篇对仗,文笔流畅,音律铿锵,写景抒怀,善化古意,读起来富有情趣和意境。在初唐诗坛上,本诗是有较高的艺术价值的。

独 不 见

沈佺期

卢家少妇郁金堂,海燕双栖玳瑁梁[①]。
九月寒砧催木叶,十年征戍忆辽阳[②]。
白狼河北音书断,丹凤城南秋夜长[③]。
谁为含愁独不见,更教明月照流黄[④]。

【注释】

①郁金堂:以郁金香和泥涂壁的房子。堂:一作“香”。海燕:燕的一种,又名越燕,紫胸轻小,多在堂室中梁上做窝。玳瑁:以玳瑁为饰的屋梁。极言梁的名贵精美。

②砧:捣衣用的垫石。辽阳:指今辽宁大辽河以东之地。唐时置辽州,派重兵驻守,为东北边防要地。

③白狼河:在今辽宁省境。丹凤城:这里指长安。

④谁为:即“为谁”。“为”一作“谓”。更教:一作“使妾”。照:一作“对”。流黄:黄紫相间的丝织品,这里泛指衣料。

【鉴赏】

这是一首拟古乐府之作,写少妇怀念久戍不归的丈夫。诗人以委婉缠绵的笔调，描述少妇在寒砧处处、落叶萧萧的秋夜，身居华屋之中，心驰万里之外，辗转反侧，夜不能寐的孤独愁苦情状。

诗人描写别离相思，以海燕双栖起兴，从环境气氛的渲染中表现思妇孤独的心情。首联“卢家少妇郁金堂，海燕双栖玳瑁梁”。以重彩浓墨夸张地描绘少妇闺房之华美，连海燕也双双飞来安栖。这里暗用比兴，少妇看到海燕双栖双飞的柔情蜜意，又听到西风吹落叶声和频频传来的捣衣声，进一步勾起少妇心中的愁绪，夫婿远戍辽阳，一去就是十年。她的苦苦相忆，也已整整十年了！十年征戍而“音书断”，叫人怎能不忧虑、担心？在这惴惴不安中，寒砧声声、秋叶萧萧，叫人如何入眠呢？更有那一轮恼人的明月，竟也来凑趣，透过窗纱把流黄帏帐照得明晃晃的炫人眼目，给人愁上加愁。前六句是诗人充满同情的描述，到结尾两句转为少妇愁苦已极的独白，她不胜其愁而迁怒于明月了。诗作将人物心情与环境气氛密切结合，境界广远，气势飞动。“海燕双栖玳瑁梁”烘托“卢家少妇郁金堂”的孤独寂寞，寒砧木叶、城南秋夜，烘托“十年征戍忆辽阳”“白狼河北音书断”的思念忧愁。尾联“含愁独不见”明写“愁”，似前六句之总结，而“明月照流黄”句，少妇的闺怨更进一层，显得余韵无穷。全诗音调流利，读起来给人一种“顺流而下”之感，既从古乐府中脱化，又是完整的七言律诗，所以沈佺期对七言律诗成熟的贡献于此可见。

邙　山

沈佺期

北邙山上列坟茔，万古千秋对洛城。
城中日夕歌钟起，山上唯闻松柏声。

【鉴赏】

沈佺期工于五言律诗，与宋之问齐名，文学史上称为“沈宋”，他们是唐代五言律诗的奠基人。

洛阳城北的邙山，是东汉以来洛阳人的墓地，又称“北邙”。沈佺期因邙山而兴感，写了这首小诗。第一联是叙述，很容易懂，不必讲。“万古千秋”是夸张语，从东汉到唐初，不过六七百年；第二联也用对比手法，也用对句。城中日日夜夜的歌舞，山上只有松柏声。作者把洛阳城里的繁华与邙山上的凄寂景象做对比，慨叹富贵荣华的空虚。这一类主题思想，在古典文学作品中出现得很多，虽然对封建贵族、大官僚、大地主的奢侈糜烂生活有些讽刺，但从作者的人生观来说，终是太消极的。

郭震 （656~713）字元振，魏州贵乡（今河北大名东南）人，高宗咸亨四年（673）进士。历官凉州都督、安西大都护、太仆卿等职。中宗时为相，封代国公。先天元年（712）任朔方大总管。次年，因事流放新州，旋复为饶州司马，病死途中。诗风慷慨雄放。《全唐诗》存诗1卷，18首。

古剑篇

郭　震

君不见昆吾铁冶飞炎烟，红光紫气俱赫然。
良工锻炼凡几年，铸得宝剑名龙泉。
龙泉颜色如霜雪，良工咨嗟叹奇绝。
琉璃玉匣吐莲花，错镂金环映明月。
正逢天下无风尘，幸得周防君子身。
精光黯黯青蛇色，文章片片绿龟鳞。
非直结交游侠子，亦曾亲近英雄人。
何言中路遭弃捐，零落飘沦古狱边。
虽复尘埋无所用，犹能夜夜气冲天。

【鉴赏】

《古剑篇》，一作《宝剑篇》，为武则天召见时所作，当为郭震早年作品。诗从古剑之制作到古剑之埋没，以寓人才之不应被埋没。郭震自己就是武则天所发现的人才，这里就有他自己的影子。首二句中的“昆吾”为山名。据《山海经·中山经》:“又西二百里曰昆吾之山,其上多亦铜。”郭璞注:“此山出名铜,色赤如火,以之作刀,切玉如割泥也。”二句是说,昆吾冶铁场红烟滚滚,显现出一片红光紫气。接着二句中的“龙泉”,剑名,即龙渊。说经过良工巧匠几年的锻炼,才炼成龙泉宝剑。以下五句是对宝剑的描写:宝剑颜色如霜雪一样洁白,良工巧匠也都赞叹这是奇绝之剑。琉璃制的玉匣刻上莲花,剑上的金环经过精心的雕刻可以光照明月。接着写在太平盛世没有战争,宝剑没有了用途:正是天下太平、烽烟不起的时候,宝剑虽不能用来征战,但可作为君子防身之用。宝剑仍然发出青蛇色的精光,显出片片绿龟般的文采。它不仅与游侠之士结交,也可与英雄们相亲近。末尾四句是对宝剑的感叹:虽然宝剑半路遭到遗弃,被埋藏在监狱的旁边,被淹没而无用武之地,到夜晚它的光辉仍直冲天空。

这首诗以雄浑的词语,为埋没的宝剑鸣不平。

塞　上[1]

郭　震

塞外虏尘[2]飞,频年出武威。
死生随玉剑,辛苦向金微。
久戍人将老,长征马不肥。
仍闻酒泉[3]郡,已合数重围。

【注释】

①塞上:题出汉乐府横吹曲《出塞》《入塞》。宋郭茂倩《乐府诗集》卷二一曰:“唐又有《塞上》《塞下》曲,盖出于此。”内容多写边塞战事。

②虏尘:敌方战尘。指胡虏自塞外南下。

③酒泉:郡名,以城有金泉,味如酒,故名。今属甘肃。

【鉴赏】

元振累迁凉州都督、金山道行军大总管,深谙边防。曾上疏曰:“夫善为国者,当先料内以敌外,不贪外以害内,然后夷夏晏安,昇平可保。”这首诗正同此意,深得风人之旨。志苦词亦苦,真戍边将士心声也。

莲　花

郭　震

脸腻香熏似有情①，世间何物比轻盈。
湘妃②雨后来池看，碧玉盘中弄水晶③。

【注释】

①腻：细嫩。熏：气味侵袭，飘散。

②湘妃：传说中舜的妃子，湘水女神。

③碧玉盘：形容荷叶像碧绿的玉雕琢成的盘子。弄：摆手、逗引。

【鉴赏】

这是一首描写美人的诗。诗的前两句，描写荷花的色感、质感、气味和姿态；诗的最后一句"碧玉盘中弄水晶"，连用两个比喻，描写雨后荷叶的莹润可爱；诗的第三句，插入了神话传说，使诗歌读起来更具韵味，更能丰富读者的想象；末句中的"弄"字，不仅写出了动态，而且巧妙地把淡雅清香的荷花与洁净碧绿的荷叶联系起来，具有了立体形象感。这首诗的一个明显特点，是把荷花描绘成一个亭亭玉立、美丽多情的少女：她的脸粉红细嫩，她的身上香气袭人，她的动作无比轻盈，此时她正低头玩弄着碧玉盘中的水晶呢！

陈子昂　(661～702)，字伯玉，梓州射洪(今四川射洪县)人。唐睿宗文明元年(684)举进士，为武则天所赏识，官拜麟台正字，后为右拾遗。敢于直谏。曾随武攸宜东征契丹。圣历初年辞官还乡，被贪婪残暴的县令段简诬陷，忧愤死于狱中，时年四十二岁。陈子昂在诗歌创作上力倡汉魏风骨，主张诗歌要反映现实生活，要有真情实感，反对齐梁"逶迤颓靡"

的形式主义诗风,并创作出许多有影响的优秀作品,为唐诗的发展开拓了新的道路。有《陈拾遗集》。

登幽州台歌[①]

陈子昂

前不见古人,后不见来者。
念天地之悠悠,独怆然而涕下[②]。

【注释】

①幽州:古九州之一,今河北省地。幽州台又称蓟北楼,属古燕国国都,故址在今北京市西南。

②悠悠:长久,遥远。怆(chuàng)然:悲伤的样子。

【鉴赏】

武则天万岁通天元年(696),陈子昂随武攸宜东征契丹,担任参谋,武攸宜缺少谋略,屡战屡败,陈子昂多次给他提建议,他不但不听,反而把陈子昂降为军曹,雄才大略不得施展,远大抱负徒唤奈何。在这样的背景下,陈子昂登上幽州台,有感于燕昭王为国家大业延揽贤才的故事,以一曲短歌抒发内心的激愤和孤独。

当诗人站在幽州台上,极目广袤的北方平原,天高地阔,他心里想的应该不只是一己的命运和得失了。"前不见古人,后不见来者。"开篇横空出世,一语惊人,突现了茕茕独立于天地间的清高、孤傲和悲凉。纵览古今,在地球上出现过多少生命,哪一个不是仅仅生活在此时此刻的"现在"? 即使在同一个时代,心灵与心灵的鸿沟也无法逾越,茫茫人世,知音难觅,能赏识、理解诗人的人已"前去",还"未来”。两个“不见”,包含了万千思绪,有生不逢时、怀才不遇的愤慨,有壮志难酬的孤独寂寞,有对宇宙人生的深沉思索……只有天地是永恒的,只有自然是永恒的,我们都不过是匆匆过客。诗人登楼眺望,想到人生短暂,古人早已面目全非,而天地依然邈远,那种人类个体置身于历史长河的孤独,那种无人沟通的灵魂的孤独,使诗人悲从心生,不由得潸然而泪下。三四两句借景抒情,直抒物是人非的孤独凄凉与郁郁不得志的伤感。

这是一首五言七言交错的古诗,慷慨悲凉,大气磅礴,苍劲有力,全诗紧紧围绕思想感情表达的需要,完全挣脱了形式的羁绊,文意纵横恣肆。诗中的感悟已经跳出了个人的悲欢,反映了人类对自身命运的普遍思考,具有超越时空的哲学意义,因而获得广泛的共鸣。其形式与内容都对后世诗歌的发展产生过很大影响。

送魏大从军[①]

陈子昂

匈奴犹未灭,魏绛复从戎[②]。
怅别三河道,言追六郡雄[③]。
雁山横代北,狐塞接云中[④]。
勿使燕然[⑤]上,唯留汉将功。

【注释】

①魏大:姓魏,在兄弟中排行老大,即将出征,他是作者的友人。

②匈奴:本指汉代北方边疆上经常南侵的游牧民族。这里以汉代唐,借指当时进犯唐代北方边疆的高丽等部落国。魏绛:春秋时代晋国的谋臣,曾以“和戎”(与北方的少数民族部落讲和)政策消除了边患。

③三河道:在“三河”的道路口。古称以黄河为基准,有河东、河内、河南之称,且皆设郡,大致指黄河流域中游(含其支流渭河流域)一带。六郡雄:本指六郡一带的豪杰,这里专指西汉时在这一带立过战功的英雄赵充国,后受封地于今川东北南充西充一带。南充、西充本充国县解析、简化而来。

④“雁山”句:指山西的雁门山横亘在代州的北面。“狐塞”句:指飞狐塞遥遥地与云中郡相连接。飞狐塞是河北境内的要塞,形势十分险峻。

⑤燕然：指燕然山，即今蒙古人民共和国境内的杭爱。

【鉴赏】

这是一首慷慨壮志的赠别诗。作者在友人魏大从军时鼓励他学习先贤，立功沙场。

首联表明唐代北方边境上军情紧急，让人感觉到作者鼓励请缨杀敌而激烈跳动的脉搏，读来震撼人心。首句暗用西汉威震敌胆的骠骑将军霍去病“匈奴未灭，无以家为”的典故，抒发了“以天下为己任”的豪情。次句又把春秋时消除了晋国北方边患的魏绛比作魏大，变“和戎”为“从戎”，典故活用，鲜明地表现出作者对这次出征的看法。用英雄的同姓相比，更具说服力和鼓舞力，也表明魏大从军退戎，是御边卫国的壮举。

颔联“三河道”点明送别的地点。送别具体地点是在京城长安。用“三河道”是概指。因《史记·货殖列传》说：“夫三河在天下之中，若鼎足，王者所更居也。”用“六郡之雄”的赵充国将军来鼓励魏大，意思是我与你分别于三河之中的繁华帝都，彼此心里都不免有些惆怅和依恋，但为国效力，责无旁贷。你要像汉代名将、号称六郡雄杰的赵充国那样去驰骋沙场，杀敌立功。语中虽有惆怅，但气概十分雄壮。

颈联写魏大从军所往之地形势的险要。一个“横”字描出了雁门山地理位置的重要，一个“接”字勾画出飞狐塞雄奇险峻的要塞位置。它们组成了中原地区（即“三河道”）的天然屏障。地理位置的重要，关塞山隘的险峻，暗示了魏大此行环境之艰苦和责任之重大。这为尾联作了充足的铺垫。

尾联再次激励友人，希望他扬名塞外，不要使燕然山上只留下西汉将军的姓名，也要在那里刻上我大唐将士，特别是你魏大的赫赫战功。这在语意上和首联遥相呼应，加深了送别之旨；在辞义上瓜熟蒂落，极其自然成功。联中典故用的是东汉车骑将军窦宪之事。他曾以卓越的战功，大破匈奴北单于，又乘胜追击，直登匈奴后方的燕然山，并在山上刻石纪功而还。

全诗一气呵成，充满了奋发向上的激励之情。作者感情豪放激扬，语调慷慨悲壮，英气逼人，读来如闻战鼓轰鸣，有气壮山河之势。

赠乔侍御[1]

陈子昂

汉庭荣巧宦，云阁薄边功[2]。
可怜骢马使，白首为谁雄[3]！

【注释】

①乔侍御：其名不详，当是作者的友人。“侍御”为官名，又称“侍御史”，属于御史台（封建国家的监察机关）的官员。乔侍御久未升官，作者写这首诗送给他，为其鸣不平。

②汉庭：汉朝廷，这里指唐朝廷。荣：作动词用，使之荣耀的意思。巧宦：指那些善于玩弄机巧、会钻营的官吏。云阁：云台和麒麟阁。“云台”是汉代台名。永平（公元58~75年）中，汉明帝刘庄感念前世功臣，画二十八将的肖像陈放于南宫云台。“麒麟阁”，亦为汉代阁名。汉宣帝刘询曾令人画霍光等十一位功臣的像陈列在那里。因此，“云阁”就成了表彰功臣的地方。薄：轻视。边功：在边地保卫国家的功劳。这句连同上句是说，汉家朝廷只让那些善于钻营的官吏得到荣耀，在云台和麒麟阁里，对边功从来就是轻视的。这里实际上是以汉指唐。

③白首：满头白发，指人老了。雄：逞雄，表现出威武雄壮的样子。这两句是说，可怜那骑骢马的侍御史啊，你奋斗到老又是为了谁而逞雄呢！

【鉴赏】

这首诗表面上以汉写唐，借吟历史而为乔侍御鸣不平。实际上指责的是唐朝的用人不公、赏罚不明。作者写这首诗不仅是出于对友人的同情，字里行间更包容着诗人自己在政治上不得意的愤懑。

春夜别友人

陈子昂

银烛吐青烟，金樽对绮筵[①]。
离堂思琴瑟[②]，别路绕山川。
明月隐高树，长河没晓天。
悠悠洛阳道[③]，此会在何年？

【注释】

①金樽：华贵的酒杯。绮筵：丰盛美好的酒宴。

②离堂：饯别朋友的厅堂。思：悲。琴瑟：本来是两种乐器，这里是指宴别朋友的音乐。《诗经·小雅·鹿鸣》中说："我有嘉宾，鼓瑟鼓琴。"后人就以琴瑟来比喻朋友宴会之乐。这句说，离别时的音乐，令人悲伤。

③悠悠：漫长。洛阳道：通往洛阳的道路。

【鉴赏】

这是一首离别诗，全诗从饯行的宴席写起，层层推进，将朋友分别的情景表现得真切动人。诗一开始描写饯别友人的环境，银烛高照，青烟袅袅，金樽美酒，筵宴丰盛，正是反衬下联的惜别之情。悲凉的乐曲，添人愁思，使人进一步想到别后山遥路远，重重阻隔，更感到无限惆怅。这样一层推进一层的烘托描写，使离情别绪更加浓厚。三联通过时间的逐渐推移，暗示留恋惜别的心情有多么深沉。尾联点明自己这次是由四川到洛阳，路途迢迢，归期未卜，把离情推向高潮。全诗从环境气氛和空间、时间等方面，层层抒发了别时容易见时难的惆怅，诚挚感人。

总的来看，这首诗既有唐人律诗的风味，也有六朝古诗的余韵。感情丰富，语言晓畅而张力甚大，是唐诗中的精品。

送著作佐郎崔融等从梁王东征[①]

陈子昂

金天方肃杀[②],白露始专征。
王师非乐战,之子慎佳兵[③]。
海气侵南部,边风扫北平。
莫卖卢龙塞[④],归邀云阁名。

【注释】

①送著作佐郎崔融等从梁王东征:著作佐郎是官名。崔融,字安成,武则天时的大文学家,做过著作佐郎。梁王指武三思。万岁通天元年(公元696年)五月,契丹攻陷营州,七月朝廷任梁王武三思为榆关道安抚大使,东征以防契丹。当时比部郎中唐奉一、考功员外郎李迥秀、著作佐郎崔融为其幕宾,掌书记之职。这首诗就是作者送别崔融等人东征时写的。

②金天:即秋天。方:"正在"的意思。肃杀:严酷萧瑟的样子,常用以形容深秋、冬天草木枯落时的天气。

③之子:这人,指崔融等人。慎:谨慎对待。佳兵:好用兵的意思。语出《老子》:"夫佳兵者不祥之器。""佳"是擅长的意思,"兵"指兵器。但后来相袭以佳兵为好用兵。这句连同上句是说,我们的军队并非好战之师,你们这些人一定要谨慎地对待用兵这件事。

④卢龙塞:古代军事要塞,在今河北省喜峰口附近。

【鉴赏】

这是一首送别诗。古时某人要离开某地,友人们往往要进行各种形式的送别,文人们更喜欢写诗送别。这首诗即是诗人送好友崔融出征时之作。陈子昂任武则天的谏官时,对军事问题曾有过好的建议,他主张息兵,又不一概反对战争。这首诗也表达了同样的意见。认为王师东征不能滥加征伐,用兵的事一定要慎重对待。同时又告诫崔融等人,不可丢失国土,然后又冒功请赏。后一种情况当时确实存在。诗人送别朋友,用如此尖锐的语言提醒对方,正表现出他对边将中恶劣作风的十分不满。

从语气看，崔融是诗人的晚辈，诗行中充满着爱国情思。

燕昭王

陈子昂

南登碣石馆，遥望黄金台。
丘陵尽乔木，昭王安在哉？
霸图今已矣，驱马复归来。

【鉴赏】

万岁通天二年（697），武后派建安郡王武攸宜北征契丹，陈子昂随军参谋。武攸宜出身亲贵，全然不晓军事。陈子昂屡献奇计，不被理睬，剀切陈词，反遭贬斥，徙署军曹。他有感于燕昭王招贤振兴燕国的故事，写下了这首诗歌。燕昭王，是战国时燕国的君主。公元前312年执政后，广招贤士，使原来国势衰败的燕国逐渐强大起来，并且打败了当时的强国——齐国。

“南登碣石馆，遥望黄金台。”碣石馆，即碣石宫。燕昭王时，梁人邹衍入燕，昭王筑碣石宫亲师事之。“黄金台”也是燕昭王所筑。昭王置金于台上，在此延请天下奇士。未几，召来了乐毅等贤豪之士，昭王亲为推毂，国势骤盛。以后，乐毅麾军伐齐，连克齐城七十余座，使齐几乎灭亡。诗人写两处古迹，集中地表现了燕昭王求贤若渴礼贤下士的明主风度。从“登”和“望”两个动作中，可知诗人对古人何等向往！当然，这里并不是单纯地发思古之幽情，诗人如此强烈地推崇古人，是因为深深地感到现今世路的坎坷，其中有着深沉的自我感慨。

次二句“丘陵尽乔木，昭王安在哉”，抒发了世事沧桑的感喟。诗人遥望黄金台，只见起伏不平的丘陵上长满了乔木，当年置金的台已不见，燕昭王到哪里去了呢？这表面上全是实景描写，但却寄托着诗人对现实的不满。为什么乐毅事魏，未见奇功，在燕国却做出了惊天动地的业绩呢？道理很简单，是因为燕昭王知人善任。因此，这两句明谓不见“昭王”，实是诗人以乐毅自比而发的牢骚，也是感慨自己生不逢时，英雄无用武之地。此诗虽为武攸宜“轻无将略”而发，但诗中却将其置于不屑一顾的地位，从而更显示了诗人的豪气雄风。诗最后以吊古伤今作结：“霸图今已矣，驱马复归来。”诗人作此诗的前一年，契丹攻陷营州，并威胁檀州诸郡，而朝廷派来征战的将领却如此昏庸，这怎么不叫人为国运而担忧？因而诗人只好感慨"霸图"难再,国事日非了。同时,面对危局,诗人的安邦经世之策又不被纳用,反遭武攸宜的压抑,更使人感到前路茫茫。"已矣"二字,感慨至深。这"驱马归来",表面是写览古归营,实际上也暗示了归隐之意。神功元年(697),唐结束了对契丹的战争,此后不久,诗人也就解官归里了。

这篇览古之诗,一无藻饰词语,颇富英豪被抑之气,读来令人喟然生慨。韩愈《荐士》诗说:"国朝盛文章,子昂始高蹈。"明胡应麟《诗薮》说:"唐初承袭梁隋,陈子昂独开古雅之源。"陈子昂的这类诗歌,有"独开古雅"之功,有"始高蹈"的特殊地位。

晚次乐乡县

陈子昂

故乡杳无际,日暮且孤征。
川原迷旧国,道路入边城。
野戍荒烟断,深山古木平。
如何此时恨,噭噭夜猿鸣。

【鉴赏】

诗题中的乐乡县,唐时属山南道襄州,故城在今湖北荆门北九十里。从诗中所写情况看来,本篇是诗人从故乡蜀地东行,途经乐乡县时所作。"次"是停留的意思。

首联说,故乡早已在远方消失,暮色苍茫之中自己还在孤独地行进着。"杳",遥远。诗人从"故乡"落笔,以"日暮"相承,为全诗定下了抒写"日暮乡关何处是"(崔颢《黄鹤楼》)的伤感情调。首句中的"杳无际",联系着回头望的动作,虽用赋体,却出于深情。次句以"孤征"承"日暮",日暮时还在赶路,本已够凄苦的了,何况又是独自一人,更是倍觉凄凉。以下各联层层剥进,用淡笔写出极浓的乡愁。

第三句承第一句,第四句承第二句,把异乡孤征的感觉写得更具体。三句中的"旧国",即首句中的"故乡"。故乡看不到了,眼前所见河流、平原无不是陌生的景象,因而行之若迷。四句中的"边城",意为边远之城。乐乡县在先秦时属楚,对中原说来是边远之地。"道路"即二句中的"孤征"之路,暮霭之中终于来到了乐乡城内。

接着，诗人又放眼四围：入城前见到过的野外戍楼上的缕缕荒烟，这时已在视野中消失；深山上参差不齐的林木，看上去也模糊一片。以“烟断”“木平”写夜色的浓重，极为逼真。烟非自断，而是被夜色遮断；木非真平，而是被夜色荡平。尤其是一个“平”字，用得出神入化。南朝梁钟嵘论诗，有所谓“自然英旨”的说法（见《诗品序》）。“平”字用得既巧密又浑成，可以说是深得自然英旨的诗家妙笔。颈联这两句的精彩处还在于，在写景的同时，又将诗人的乡愁剥进了一层。“野戍荒烟”与“深山古木”，原是孤征道路上的一点可怜的安慰，这时就要全部被夜色所吞没，不用说，随着夜的降临，诗人的乡情也愈来愈浓重了。

写完以上六句，诗人还一直没有明白说出自己的感情。但当他面对寂寥夜幕时，隐忍已久的感情再也无法控制。一个抒情性的设问句“如何此时恨”，便在感情波涛的推撤下，从满溢着的心湖中自然地汩汩流出。诗人觉得，最使他动情的，无过于深山密林中传来的一声又一声猿鸣的“噭噭”声了。诗人自问自答，将荡开的笔墨收拢，写情入景，以景写情，写出了情景交融的末一句。入暮以后渐入静境，啼声必然清亮而凄婉，这就使诗意更为深长悠远，抒发了无尽的乡思之愁。从全诗艺术形象来看，前面六句诉诸视觉，最后这一句则诉诸听觉，在画面之外复又响起声音，从而使质朴的形象蕴有无穷的意味。前面说到，这首诗情韵悠长，正是表现在这寓情于景、以声音作结的末一句中。需要顺便指出的是，末一句诗出于南朝沈约的《石塘濑听猿》诗，字面全同，而所写情景各异。由于陈子昂用人若己，妙过前人，因而这一诗句得以广为流传，沈约的原诗反倒少为人知了。

纵观全诗结构，是以时间为线索串联起来的。第二句的“日暮”，是时间的开始；中间“烟断”“木平”的描写，说明夜色渐浓；至末句，直接拈出“夜”字结束全诗。通篇又可以分成写景与抒情两个部分，前六句写景，末两句抒情。诗人根据抒情的需要取景入诗，又在写景的基础上抒情，所以彼此衔接，自然密合。再次，第七句插入一个设问句式，使诗作结构获得了开合动荡之美，严谨之中又有流动变化之趣。最后，以答句作结，粗粗看来，只是近承上一问句，再加推敲，又可发现，句中的“噭噭”“猿鸣”远应前一句的“深山古木”，“夜”字关合篇首“日暮”，“夜猿鸣”的意境又与篇首的日暮乡情遥相呼应。句句沟通，字字关联，严而不死，活而不乱。

感遇三十八首(其一)

陈子昂

兰若生春夏,芊蔚何青青。
幽独空林色,朱蕤冒紫茎。
迟迟白日晚,袅袅秋风生。
岁华尽摇落,芳意竟何成?

【鉴赏】

感遇诗共三十八首,是诗人暮年辞官归乡后所作。所谓“感遇”即有感于遭遇之意。这首诗以兰若自比,寄托了个人的身世之感。

首联先从兰若的枝叶上着笔,赞美香兰和杜若的秀丽芬芳。春生夏长的兰若枝繁叶茂,郁郁葱葱,艳丽芬芳,但香兰和杜若的美,固然在其花色的艳丽芬芳,秀色可人,可是花儿再芬芳美丽,还需要青翠茂盛的绿叶的扶植与陪衬。只有花叶相映,枝茎交合,互相陪衬,方能相得益彰,兰若才可显示出绚丽多姿的情趣与艳丽来。所以,诗作的第二句便选用了“芊蔚”“青青”两个同义词来形容其茂盛,而中间又贯一“何”字,就使诗人面对秀丽芬芳的兰若,其内心的喜悦与赞美之情,托盘而出,溢于言表。

“幽独空林色,朱蕤冒紫茎”一联,写兰草和杜若幽独地生于林中,有着空绝群芳的秀色,她那艳丽的朱红色的花下垂,覆盖在紫茎的上面,鲜艳极了。这里以“朱”与“紫”浓墨重彩地加以刻画,并用一个“冒”字,将“朱蕤”(朱红色下垂的花)、“紫茎”联成一体,不但刻画出了兰若的身姿,突出了她花簇纷披的形态,而且色彩对比十分鲜明,使人更觉其艳丽芬芳,更写出了花的动态感,给人以摇曳多姿、妩媚动人的体验与感受。“朱蕤冒紫茎”与曹子建《公宴诗》“朱花冒绿池”的名句有异曲同工之妙。诗人赞美香兰和杜若的秀色,以群花的相形失色来反衬兰、若的卓然风姿,大大增强了诗的艺术效应,给人以孤芳自赏而又高洁卓越的感受。

“迟迟白日晚,袅袅秋风生”二句,由赞美兰若的秀色高洁转而感慨芳华摇落、好景不长。夏尽秋来,白日渐短,而红花、绿叶也由盛逐渐衰落。“迟迟”二字便巧妙地写出了这种时序和花色逐渐变化的过程。诗人更以“袅袅”二字形容秋风乍起，芳花摇落，不但传神而且写出了诗人的惋惜之情。

“岁华尽摇落，芳意竟何成”二句，借用宋玉《九辩》中“萧瑟兮草木摇落而变衰”的句意，借花草之凋零来悲叹年华的流逝，理想的破灭，寄托了诗人的身世之感。

这首诗运用传统的比兴手法，以香花香草比喻自己高洁的情怀，以“幽独空林色”压倒群芳的兰若风姿，比喻自己出众的才华。又以芳花的摇落无成，借以反映政治上的失意、不能有所作为的苦闷。全诗比兴寄托，寓意凄婉，感慨遥深，发人深思。

感遇三十八首（其二）

陈子昂

乐羊为魏将，食子殉军功。
骨肉且相薄，他人安得忠？
吾闻中山相，乃属放麑翁。
孤兽犹不忍，况以奉君终。

【鉴赏】

这是一首咏史诗，诗人借两则对比鲜明的历史故事的抒写，夹叙夹议，借古讽今，抒发自己对时事的深沉感慨。全诗质朴雄建，寄寓遥深，很有现实意义。

根据有关史料记载，陈子昂写这首诗时，正是武后执政之时。当时武则天为了夺取政权，杀了许多李唐王朝的宗室亲族，甚至杀了太子李宏、李贤、皇孙李重润。武则天残杀亲生子的丑恶行径，不但没有受到谴责，反而上行下效，满朝文武大臣为了效忠于则天皇后，表白自己的心迹，竟干出了许多自以为是“大义灭亲”的残忍事，卖亲杀友以求荣。如大臣崔宣礼犯了罪，武则天想赦免他，他的外甥霍献可却坚决要求判处他舅舅崔宣礼以死刑，并以头触殿阶流血，以表示自己大公无私，不徇私情。这种恶风劣习一时蔓延开来，纷纷仿效。陈子昂对这种残忍奸伪的政治风气十分憎恶与愤怒。可是在当时则天皇后的专制淫威下，他不便于正面揭露与谴责，于是便写了这首咏史诗，借古以喻今，隐晦曲折地表达自己对这种丑恶现实的态度。

“乐羊为魏将，食子殉军功”二句，诗人首先指出这则历史故事，以古喻今。乐羊是战国时魏国的将军,魏文侯命他率兵攻打中山国。中山国是一个小国家,面对大军压境,一时想不出救国的策略。这时乐羊的儿子恰好在中山国,于是就有人建议以乐羊的儿子为人质,作为乐羊退兵的交换条件。但乐羊不答应,继续围攻中山国。中山国君在无可奈何的情况下,就把乐羊的儿子杀死,煮成肉羹,派人送给乐羊。乐羊为了表示自己忠于魏国,就吃了一杯儿子的肉羹。魏文侯虽然重赏了他的军功,但是怀疑他心地残忍,因而并不重用他。正因为如此,所以诗人评论说:"骨肉且相薄,他人安得忠?"人言虎毒不食子,对于这样以食子邀功的残忍之人,什么事情做不出来呢?故诗人对他的残忍行径,予以深刻的揭露和鞭挞。

诗人在讲了乐羊"食子殉军功"的故事之后,又拈出另一则与之对比鲜明的故事说:"吾闻中山相,乃属放麑翁。"中山相,即指秦西巴。他是中山国君的侍卫。中山君孟孙曾到野外去打猎,得到一只小鹿,就交给秦西巴把它带回去。老母鹿一路跟着,悲鸣不已。秦西巴看到这种情景,深感动物也是母子情深,便不忍心将小鹿带回去杀掉,便把它放走了。中山君不但没有怪罪秦西巴,反而认为秦西巴是个忠厚善良的人,后来便任用他做王子的太傅,教导太子。正因为这样,所以诗人评论说:"孤兽犹不忍,况以奉君终。"对秦西巴的仁厚慈善予以高度的赞扬。

这首咏史诗指出这两则故事,意在说明,一个为了贪立军功,居然忍心吃儿子的肉羹。骨肉之情薄到如此,这样的人,对别人岂能有忠心!而另外一个怜悯孤兽,擅自将国君的猎物放生,却意外地被提拔做王子的太傅。这样的人,对一只孤兽尚且有恻隐之心,何况对他的国君呢?

诗人以两则历史故事进行对比,以夹叙夹议的手法,批评了那些"食子殉军功"的残忍、奸诈之徒,因此,陈沆《诗比兴笺》评曰:"刺武后宠用酷吏淫刑以逞也。"可谓深得本诗之旨。

感遇三十八首(其三)

陈子昂

苍苍丁零塞,今古缅荒途。
亭堠何摧兀,暴骨无全躯。
黄沙幕南起,白日隐西隅。
汉甲三十万,曾以事匈奴。
但见沙场死,谁怜塞上孤。

【鉴赏】

这首诗是作者二十六岁时第一次随左补阙乔知之从军北征时之作。“苍苍丁零塞,今古缅荒途。”丁零塞,古为狄人所居,后为匈奴属国其址在今西伯利亚叶尼塞河上游至贝加尔湖以南。苍茫的丁零塞呵,自古以来就缅怀着这片荒凉的路程。“亭堠何摧兀,暴骨无全躯。”堠,土堡。这两句是说,邮亭土堡都已毁平,暴露的尸骨没有完整的尸体。他这次远征,深入到贝加尔湖以南,大概是为征突厥之事,同一年他曾写有《为乔补阙论突厥表》及《题居延古城赠乔十二知之》等诗文。这里是古来征战之地,写他亲眼见到了这白骨累累的荒原。“黄沙幕南起,白日隐西隅。”大风从帐幕以南卷起了黄沙,遮天蔽日,连太阳也隐藏在西边了。这两句形容黄沙蔽天的大漠风光。末了用历史故事作结:“汉甲三十万,曾以事匈奴。但见沙场死,谁怜塞上孤。”汉武帝曾以三十万大军征讨匈奴,能见到的是沙场上的死者,有谁去怜惜那些塞上的遗孤呢?河西走廊是当时通往新疆和中亚的交通要道,国际贸易和文化交流都有赖于此。陈子昂对征突厥也是积极支持的。他在《为乔补阙论突厥表》中说:“臣所以愿陛下建大策,行远图,大定此戎。……到千载之后,边鄙无虞,中国之人得安枕而卧。”诗的末尾,表现了他对死者遗孤应加抚恤的思想。

感遇三十八首(其四)

陈子昂

圣人不利己,忧济在元元。
黄屋非尧意,瑶台安可论。
吾闻西方化,清静道弥敦。
奈何穷金玉,雕刻以为尊。
云构山林尽,瑶图珠翠烦。
鬼工高未可,人力安能存。
夸愚适增累,矜智道逾昏。

【鉴赏】

这是一首反对佛教大建寺庙、大造佛像、鼓吹符命，借以欺骗人民的诗。主张为人君者，应该力求节约，要从人民的利益出发。在佛教盛行的当时，这样敢于直陈利弊，在当时的诗坛还是少见的。首二句指出：圣人是不考虑自己的利益的，他所担忧的是人民。"元元"，人民群众。"黄屋非尧意，瑶台安可论。"这里把矛头直指最高统治者——皇帝。"黄屋"，皇帝所乘的车。因全车绕以黄缯，故称黄屋。尧帝是不愿坐绕有黄缯的豪华车子，更谈不上修建亭台楼阁了。下面直述本诗的主题："吾闻西方化，清净道弥敦。"我听说佛教的发源地西方的风化，越是清净无为，你对佛学之道越是信仰深厚。"雕刻以为尊，云构山林尽。""雕刻"句指造佛像。据《通鉴·唐记二十一》："作夹纻大像，其小指中犹容数十人，于明堂北构天堂以贮之。""所在公私田宅，多为僧有。"讲究雕刻巨像认为是对佛的尊重；修建高大的寺庙，耗尽了山林资源。这一点，并非诗人的夸张，是有事实为依据的。"瑶图珠翠烦，鬼工尚未可，人力安能存。"僧寺的装饰一片珠光宝气，建筑上的鬼斧神工、神奇鬼工尚且不大可能，只能日日地耗费人工了。这是对最高统治者穷奢极欲的指责。末尾二句更是指出他们的愚妄与昏庸。"夸愚适增累，矜智道逾昏。"你们的这种行为实在是夸耀你们的愚蠢，增加人民的负担；炫耀你们的智慧，更是表现了你们的昏庸。陈子昂回到四川后遭到武三思之流命令县令杀害，沈亚之说是"皆由武三思嫉怒于一时之情"，这种政治迫害，是由于陈子昂的先进思想与封建落后的反动思想的矛盾，他的枉死，也就能理解了。这首诗用尧的节约与当道者的穷奢做对比，雄浑激愤，自是陈子昂的佳作。

感遇三十八首（其三十四）

陈子昂

朔风吹海树，萧条边已秋。
亭上谁家子，哀哀明月楼。
自言幽燕客，结发事远游。
赤丸杀公吏，白刃报私仇。
避仇至海上，被役此边州。
故乡三千里，辽水复悠悠。

每愤胡兵入，常为汉国羞。
何知七十战，白首未封侯。

【鉴赏】

这首诗是他从军征幽州时所写。诗中表现了一个边塞战士的爱国热情遭到压抑与对现实的讽刺。从这些现实性很强的诗篇中，我们清醒地看到他的政治抱负与诗歌的革新主张是有内在的联系的。

诗的开头写在一个月明之夜里，一个战士对着暮秋发出了哀思："朔风吹海树，萧条边已秋。亭上谁家子，哀哀明月楼。"北风吹打着海边的树木，萧条的边塞已经是秋天了。亭子上面那是谁家的孩子，对着明月发出声声的哀怨。"自言幽燕客，结发事远游。赤丸杀公吏，白刃报私仇，避仇至海上，被役此边州。"据他自己说，他是幽燕一带的人，年轻时就来了外面。用丸药杀死了官吏，用刀子杀死了自己的仇敌。为了躲避仇敌的报复来到了海上，投军在戍守这个边远的州县。从"杀公吏""报私仇"看来，他是一个豪侠之士，作者对他没有任何批评，从后面对他的同情来看，他对这个戍边战士是抱着同情的态度的，隐约地看出了他的政治上的革新思想。"故乡三千里，辽水复悠悠。每愤胡兵入，常为汉国羞。"离故乡是那么遥远，辽水无尽的流逝。每当胡兵入侵时，激发了我的愤慨之情，我认为这是一个汉人的羞耻。从这几句中，可以看出这个战士是一个爱国主义者。诗的结尾说："何知七十战，白首未封侯。"从军以来打了七十次战役了，头发已经白了，也还没有得到封侯的晋升机会。这是明白地对当局的不满。这些现实性很强的诗篇，突破了泛拟古题的边塞诗的传统风气，而成为刺世的激昂愤慨之音。在艺术上，前四句写景，萧条的边秋，哀哀的明月，与所刻画的人物的激愤哀怨之情，恰相照映，也就是我们常说的寓景于情。在这三十八首《感遇诗》中，应该说是优秀的一首。

感遇三十八首（其三十五）

陈子昂

本为贵公子，平生实爱才。
感时思报国，拔剑起蒿莱。
西驰丁零塞，北上单于台。
登山见千里，怀古心悠哉！

谁言未忘祸，磨灭成尘埃。

【鉴赏】

陈子昂在政治上的苦闷，在诗中有时用美人迟暮之感表现出来，有时却用激愤慷慨之音表现出来。这首诗是他的自述，他以激愤之情，表达了他对时政的不满。“本为贵公子，平生实爱才。”陈子昂出身一个富有的家庭，他父亲陈元敬，举明经，调文林郎。他父亲信道，“饵地骨、炼云膏四十余年”（卢藏用《陈氏别传》）。“感时思报国，拔剑起蒿莱。”他少有报国之志，他从四川一个边远的地方，从草野之中拔剑而起。“西驰丁零塞，北上单于台。”两次从军，一次随乔知之西征直至丁零塞，一次随武攸宜北征契丹，到过单于台。“登山见千里，怀古心悠哉！”登高山可以远望千里，使我产生了悠悠怀古之思。“谁言未忘祸，磨灭成尘埃。”谁说不要忘记祸乱呵，那些历历往事，已经被历史的车轮碾成尘埃了。末两句饱含了对国事的无穷忧虑，他认为历史的教训是不能忘记的。子昂的诗受建安、正始诗人的影响较深，唐皎然在《诗论》中评价他的《感遇》诗说：“子昂《感遇》，其源出于阮公《咏怀》，他的一些边塞诗，和建安诗中梗概而多气”的写时事之作比较接近。他的诗没有半点齐梁浮艳的气息，在诗歌革新上是最有贡献的人。

李适之（？～747）一名昌。开元中累官通州刺史，擢秦州都督，转陕州刺史，入为河南尹，拜御史大夫，历刑部尚书。天宝元年(742)代左相，后为李林甫构陷，罢知政事，寻贬宜春太守。《全唐诗》存其诗二首。

罢相作

李适之

避贤初罢相，乐圣且衔杯[①]。
为问门前客，今朝几个来？

【注释】

①避贤：为贤者而避让。乐圣：使圣人快乐。衔杯：口衔酒杯，指饮酒。

【鉴赏】

这是一首充满反语、俚语和双关语的讽刺诗。

作者李适之从天宝元年(742)至五年担任左丞相之职。他是皇室后裔，入相前长期担任刺史、都督等地方官职，以强干见称。而其性情简率，不务苛细，待人随和，雅好宾客，史称其“饮酒一斗不乱，夜则宴赏，昼决公务，庭无留事”，又是一位公私分明的好官。他与权奸李林甫“争权不协”，而与清流名臣韩朝宗、韦坚等情深交好，所以得到当时社会的好评。但他十分了解朝廷尖锐复杂的政治斗争和自己所处的微妙地位，在忠实自己治理的事务之外，不充诤臣，不为强者。因此，当他的好友韦坚等被李林甫诬陷构罪，他就“惧自不安，求为散职”。天宝五年，当他获准免去左相要职，改任清闲的太子少保时，感到异常高兴而庆幸，于是命亲故欢会畅饮，并写下了这首诗。

就本诗而言，艺术表现颇为曲折，而诗旨明确，既含讽刺，又有机趣，堪称佳作。

首二句表现出作者要求“罢相”，原为畏惧权奸，躲避斗争，远祸求安，而今如愿以偿，自感庆幸。倘若诗里直接把这样的心情描写出来，势必更加得罪于李林甫。所以作者设遁词，用隐喻，曲折表达。“避贤”本是两字成语，意思是给贤者让路，让位。“乐圣”是双关语，一可以指代皇帝，让皇帝感到快乐、满意；二可以使自己心安，其间辞源于曹操对臣僚的对话，臣僚称清酒为“圣人”，乐圣就是喜爱喝酒。所以首联的意思是说，我刚刚被罢了左相之职，即使玄宗皇帝满意，说我给贤能的人让了路，我也乐意自己以后可以不受约束地尽兴喝酒了，公私两便，君臣皆乐，值得庆贺，那么就请到场的来宾人人举杯，大家尽兴地喝吧！这里，辛辣地讽刺了“口蜜腹剑”的李林甫，把权奸横行说成“避贤”，把权奸误国说成“乐圣”，反话正说，曲折双关，避让示弱中不失机智俏皮，知情者和明眼人一读便知。

后二句明是关心亲故前来欢会赴宴的情况，暗是揭露权奸恐怖高压，是对首二句巧妙讽刺的加强。在表现艺术上则用口语写问话，显得生动有趣；在前后结构上则承接加照应，顺理成章。宴庆罢相，事已属于异常；所设理由，实又属于遁词。真实的处境是在李林甫等的恐怖和高压政策下，连请人喝酒人家都不敢来。尽管作者过去在地方上任职时爱喝酒，也经常宴请宾客喝酒，但看看今天来赴宴的宾客，却没有几个人。本来，宴请的是亲故常客，大多是内幕知情者，懂得这次赴宴要担风险，可能得罪李林甫，惹来祸患。敢来赴宴，便见出胆识。这对亲故是考验，于作者为慰藉，向权奸则像示威，甚至还意味着嘲弄至尊。倘若这二句真如首二句字面意思，只是庆贺君臣皆乐的“罢相”，则亲故常客自然会欣然前来喝酒，主人也无须顾虑来客不多而发这一问。所以这一问便觉突兀，显出异常，从而暗示了宴庆罢相的真实原因和性质，使首二句闪烁不定的遁词反语变得倾向明显，令人一读便确知。作者以俚语直白写这一问，不止故作滑稽，更有加强讥讽的用意。

杜甫《饮中八仙歌》专门称赞了李适之，特地引出衔杯、乐圣、称避贤的三点要害，可见反语、俚语和双关语入诗的要义。全诗能传诵至今，要害在于所刺之事。由于本诗，作者在罢相后被认为与韦坚等相善，诬陷株连，被贬后自杀身亡，本诗也因此而更为著名。

贺知章　（约659～约746），字季真，晚号四明狂客，越州永兴（今浙江萧山）人，证圣元年（695）进士及第，官太子宾客、秘书监，天宝三年，请为道士，告老还乡。贺知章性旷达，喜谈说，好饮酒，与张若虚、张旭、包融并称为“吴中四士”。

回乡偶书 二首

贺知章

少小离家老大回，乡音未改鬓毛衰[①]。
儿童相见不相识，笑问客从何处来？

离别家乡岁月多，近来人事半消磨[②]。
唯有门前镜湖[③]水，春风不改旧时波。

【注释】

①衰(cuī)：稀疏之意，一作"摧"。

②近来：应理解为近些年来。人事：指"访旧半为鬼"的人和"亲朋多沉沦"之事。

③镜湖：山水风景区，在今浙江绍兴会稽山的北麓，周围扩三百里。

【鉴赏】

本诗是诗人年老(86岁)还乡后所作，"从反面写久客伤老之情"(喻守真语)。

一个多年客居他乡的游子回到了故土，离家时青春年少，风华正茂，归来已变成华发稀疏的耄耋老人。几十年的岁月就在"少小"与"老大"之间倏忽而过，真是分分秒秒催人老，韶光易逝，人生短暂，不由得让人伤感唏嘘；离家多年却"乡音未改"暗寓故土难忘，而久别的故乡还是我记忆中的模样吗？我的故乡还记得我吗？我们仿佛看见一个容颜上写满沧桑的老人感慨万千地走在回乡的路上。

接下来，诗人并没有写感慨的具体内容，而是将笔墨宕开，撷取了非常平常的一个生活片段——儿童看见陌生的面孔，好奇地问："客人，你从哪里来？"儿童的提问出乎自然，合情合理，诗人听来却颇为诧异，这是我的故乡呵！我怎么成了我的故乡的客人了？诧异中有可笑，可笑中有对时光流逝的深深无奈。诗歌在此处戛然而止，在这里，我们看到率真的童趣，我们更感受到诗人内心的波澜！一生多少起伏曲折，多少世事沧桑，都付与小孩子天真烂漫的一问中，确实是意味深长。

第一首诗给人妙手天成之感。生动逼真的生活场景，朴实无华的文字，自然流淌的感情，浑然一体。诗人对岁月的流逝，伤感却不消沉，无奈中有诙谐，表现出一种人生的睿智。

第二首诗是第一首诗的续篇。两首诗背景和意境相同。

诗人到家以后，通过与亲朋的交谈得知家乡人和事的种种变化，在叹息久客伤老之余，又不免发出"人事无常"的感伤。"离别家乡岁月多"相当于第一首"少小离家老大回"。诗人不厌其烦地重复这同一意思，无非是因为这一切感慨莫不是由于数十年背井离乡而引起，所以顺势转出下一句有关人事的议论。亲朋告诉他，这些年来，他所认识的旧友玩伴某人某人都去世了，某人某人也沉沦了，因而诗人发出了"近来人事半消磨"的沧桑之叹。用语看似抽象、客观，实则包含了触动心灵的具体内容。

接下来笔墨宕开，诗人的目光从人事变化转到了对自然景物的描写上：只有门前的镜湖没有改变，在春风吹拂下泛起的阵阵水波。这实际是次句的岁月沧桑之叹，因为除了"湖波"未变之外，昔日的人和事都几乎变化净尽了。"物是人非"的感触更加深沉。

第二首诗由直抒胸臆的一、二句转到写景兼议论的三、四句，仿佛闲闲道来，不着边际，实则是妙用反衬，从反面加强了所要抒发的感情。还要重点领会的是诗中的"岁月多""近来""旧时"三个表示时间的词语贯流而下，使全诗笼罩在一种低回沉思、苦不胜情的气氛之中。与第一首相比较，如果说诗人初归故乡见到儿童时曾感受过一些"置身亲人中"的欣慰的话，那么，到他听了亲朋介绍的沧桑人事以后，独立于波光粼粼的镜湖之旁时，无疑已变得愈来愈伤感了。

这两首诗展现的是一片化境。作者的感情自然、逼真，语言声韵仿佛自肺腑自然流出，朴实无华。读者在不知不觉中便被引入了诗的意境。像这种源于生活、发于心底的好诗，是十分难得的。

咏　柳

贺知章

碧玉[①]妆成一树高，万条垂下绿丝绦[②]。
不知细叶谁裁出，二月春风似剪刀。

【注释】

①碧玉：形容柳叶的颜色如青绿色的玉石。
②丝绦：用丝编织成的带子。

【鉴赏】

诗中所说的咏柳，就是写柳，吟咏柳，赞颂柳。这是中国古典诗词的一个类别，名叫“咏物诗”，即借助吟咏事物（一般是物）而抒发作者个人的某种思想感情。比如写柳，这就是古人常写的题目。柳有两个特点：一是它的颜色，深沉碧绿；二是它的柳丝，婀娜多姿。一般诗人常由此入手而写咏柳诗。贺知章的这首诗有与众不同之处，它不是直接进行描写，而是先将柳树人格化，然后再把这柳作为人来描写。这样，就充满了情趣。这种写法我们今天称之为拟人化，但这里也稍有不同。今日所说的拟人是一种修辞格，是一种修辞方法；此诗是一种人格化的描写，是一种创作方法。

诗中所说的“碧玉妆成”的“碧玉”是名词，是指人。南朝时有一个美女姓刘，名叫碧玉，嫁给汝南王。南朝梁元帝作诗《采莲赋》有“碧玉小家女，来嫁汝南王。”后来，汉语语汇中有一个与“大家闺秀”相对称的说法叫“小家碧玉”，就是从此而来的。这个意思出自《乐府诗集·碧玉歌》：“碧玉小家女，不敢贵德攀。感郎意气重，遂得结金兰。”“碧玉妆成一树高”一句指人，说的是这个叫碧玉的美女梳妆完毕，她有一树之高（这是借人写树）。绦是一种用丝编成的绳子与带子，有时也作垂穗使用，一般用于妆饰。是说，这位美女碧玉身上垂摆着上万条的丝绦，这又是借丝绦写柳枝。然而，定睛一看，这丝绦之上还有许多细叶，这叶肯定是又小又细，不注目观看是看不见的（因为那样只能看见丝绦）。这时，作者灵感顿时生发，咏出两句奇妙的诗句：这样细小的柳叶，是哪一位巧夺天工的妙手裁剪出来的呢？开始说不定还怀疑是这位美女碧玉自己裁出的呢！仔细一想，不对。那么，是谁裁剪出来的呢？作者惊叹道："你们没有感觉到吗？二月的春风像剪刀一样锋利。"这一结论，比那碧玉自己裁出还要美丽而高雅。因为春风这剪刀不是一般人能使的，必是"造化"亲手用"春风牌"的这把剪刀为美女碧玉的丝绦上剪裁出又小又细的柳叶来的。这时，再细细体会，才有了诗味。但你不要忘记，这"二月春风似剪刀"是人们感受出来的。怎样感受出来的？是通过皮肤感受出来的。也就是说，这正是二月春风那种冷飕飕的如同刀刮一般的感受。这样，给人的感觉则是，柳虽是柔弱多姿的品物，却也有耐冷抗寒，坚强不屈的精神。这是贺知章此诗意境与别人不同的地方。

诗人以柳树颂扬春天的活力，春天为大地换上新装，春天给人们带来了美，春天让人们充满希望。诗中充满喜悦之情，立意新巧。

题袁氏别业

贺知章

主人不相识，偶坐为林泉[①]。
莫谩愁沽酒，囊中自有钱[②]。

【注释】

①主人：指袁氏。这句是说，偶然来袁氏林园（别业）小坐，是为了欣赏林泉美景。

②莫谩：无须，不要。这句是说，主人不要空白愁虑无钱买酒。

【鉴赏】

这首诗既朴素自然又富于生活情趣。从此诗中我们可知，作者与此林园的主人袁氏并不相识，只因春游偶然到此，喜爱这山林清泉之美景，于是坐下来观赏。诗人还向主人表明自己的思想，不要愁无钱去买酒，袋中有钱，可以买酒共饮。此诗中，作者并没有从正面直接描绘袁氏林园是如何的幽然静美，而只选取与园林主人偶遇的片段侧面衬托出园林的美，同时也表现了诗人坦荡豪放的性格，别出心裁，情趣盎然。

送人之军

贺知章

常经绝脉塞，复见断肠流。
送子成今别，令人起昔愁。
陇云晴半雨，边草夏先秋。
万里长城寄，无贻汉国忧。

【鉴赏】

此诗为送别之作，写送人之陇西临洮戍边，同时寄予厚望。以“常经”应“昔愁”，以“复见”应“今别”，表明所送之人两度赴长城西段戍防。后来又写边塞的景物及季节、气候，既是昔日所经见，也是今日将经见。此诗语言自然亲切，情景相融，句句深情，同时也有明显的弦外之音，将无限的辛苦凄恻表达得淋漓尽致，然结联犹致以勉励之辞，寄望于国之长城。此诗中的“万里长城”，是景，亦典，妙在虚实之间。

上官婉儿 (664~710)又称上官昭容、上官婕妤，陕州陕县(今河南陕县)人。上官仪之孙女。年14为则天后掌诏命。中宗即位，专掌制命，进封昭仪。曾劝中宗广置昭文学士，盛引当朝词学之臣。又代朝廷品评天下诗文。并代中宗、皇后及公主作诗。与武四思勾结，颇擅权势。临淄王(即玄宗)起兵诛韦后，上官婉儿亦被杀。睿宗景云中，追复昭仪，谥惠文。婉儿颇有诗名，开元初，玄宗令集其诗文，编为文集20卷，张说为之序，今佚。《全唐诗》存诗32首，多奉和应制之作。又有与中宗等柏梁体联句2首。生平见新、旧《唐书》本传、张说《唐昭容上官氏文集》《昭容上官氏碑铭》。

彩云怨

上官婉儿

叶下洞庭初，思君万里余。
露浓香被冷，月落锦屏虚。
欲奏江南曲，贪封蓟北书。
书中无别意，唯怅久离居。

【鉴赏】

上官婉儿是唐初著名诗人上官仪的孙女。14岁随母入宫，为武后掌诏命，中宗李显封她为昭容，为九嫔之一，位正二品。其祖父是首先制定律诗对法的人，她承家学，作文赋诗都是一流。提倡文化，帮助武后进用文人学士，其朝臣中诗人最多。她的诗多为应制、奉和之作，这首诗写一位女子秋天怀念离家已久的丈夫，是篇情真意切的佳作。

首联二句点明时间和主题，即深秋时节对夫君的怀念。头一句“叶下洞庭初”化用屈原《九歌·湘夫人》“袅袅兮秋风，洞庭波兮木叶下。登白蘋兮骋望，与佳期兮夕张”句意，点明时节，又借屈原诗中盼湘水女神来的吉日之意，暗含盼夫早归的夙愿。第二句“万里余”，言丈夫离去之远，愈远则念愈深，一个“思”字统领全篇。颔联实写思妇之怨，“露浓”天寒又无人共衾则“香被冷”；“月落”夜深，锦屏中仍空虚无人，闺房孤寂，自然由“思”而生怨。颈联则进一步虚写所“思”，意为我本想写篇描写良辰美景、悠闲愉悦的南方民歌《江南曲》，但是“思”夫之情却远比这强得多，因此，“贪”为远戍蓟北边地的丈夫写信。其思情之深、其怨绪之烈，力透纸背。尾联束收全篇：无心作曲要修书，写什么呢？没有什么好写，只是想表示我与你“久离居”的惆怅心情而已。其“怨”其“思”，昭然若揭。

施蛰存先生说：“五言律诗的格调形成于武后朝，文学史上虽归功于沈、宋，但我想上官婉儿也一定有一份功绩。”从此诗看先生之言不虚，其工稳不亚于沈、宋，对仗贴切亦不愧其祖父遗教。《江南曲》本不是此诗必不可少之词语，但为了给“蓟北书”找配偶，就想到了“欲奏江南曲”一句，由此足见她对法之灵妙！

张说 (667~730)字道济，一字说之，河东(今山西省永济市西)人。武后永昌中中贤良方正科第一，授太子校书郎。睿宗景云二年(711)任宰相。玄宗时因决策诛太平公主有功，封燕国公，世称张燕公。开元九年(721)，又先后任右丞相、尚书左丞相。他三度为相，掌文学之任凡30年，文辞俊丽，用思精密，朝廷重要文诰多出其手，尤长于碑文墓志，与许国公苏颋齐名，合称“燕许大手笔”。《全唐诗》存诗5卷。

蜀道后期①

张　说

客心争日月，来往预期程②。
秋风不相待，先至洛阳城③。

【注释】

①蜀道后期：指作者出使到蜀地，未能按期归家。“后期”即延期、误期的意思。

②来往预期程：指出去、回来事先就定下了日程。诗人在《被使在蜀》中说：“即令三伏尽，尚且在临邛。归途千里外，秋月定相逢。”可见他是计划秋天从蜀地回到洛阳的。

③不相待：不等待。这两句说：可是秋风并不愿等待我，却撇下我一个人先到了洛阳。意即作者秋天还羁留蜀地，未能归家。

【鉴赏】

这是一首吟咏游子的诗。吟咏游子心情的诗大多写得忧郁伤感，这首却别出心裁，以幽默乐观的态度来写因事阻滞在外，不能回乡的境况。

诗人出使至蜀，本是归心似箭，来去都算好了日程。谁知因事耽误了期限，秋天已到，却尚未归去。这首小诗就写他未能如期而归的感受。“秋风不相待，先至洛阳城”采用了古典诗文中常用的透过一层的写法，用秋风先至洛阳反衬作者的羁留蜀地，说得巧妙。同时这一句又用拟人手法，把秋风想象成一个人，好像它与诗人有过同期返回洛阳的约会似的。诗人责其负约，虽属无理，但却有趣，无形中增强了诗的生动性。

恩赐丽正殿书院赐宴应制得林字[①]

张　说

东壁图书府，西园翰墨林。
诵诗闻国政，讲易见天心。
位窃和羹重，恩叨醉酒深[②]。
载歌春兴曲，情竭为知音[③]。

【注释】

①丽正殿：唐宫殿名。书院：唐玄宗开元十三年（公元725年），设书院，以张说知院事。应制得林字：奉皇帝命令作诗，规定用林字的韵。林字属“侵”韵。

②叨：承受。这句说，自己承蒙皇帝赐宴尽醉，恩泽深厚。

③情竭：诗情尽竭。知音：指同席赋诗的同僚。这句说，自己在才思敏捷的同僚面前，诗思顿感困竭，勉强写成这首诗。

【鉴赏】

“应制”就是奉皇帝之命作诗，“得林字”即以“林”字来押韵。作者当时身为丞相，又逢皇帝赐宴，自然满怀感激，诗抒写了这种情怀。

这首应制诗，就其思想内容和艺术表现形式而言，都没有什么可取之处，不过是堆砌典故，讲诵经书，发挥一通辅君治国的大道理而已。

灉湖山寺

张　说

空山寂历道心生，虚谷迢遥野鸟声。
禅室从来尘外赏，香台岂是世中情。
云间东岭千寻出，树里南湖一片明。
若使巢由知此意，不将萝薜易簪缨。

【鉴赏】

此七言律诗主要描写的是寺外之景，由寂历空明之景，引发出一种尘外道心，因而羡慕佛门的清净世界。"禅室""香台"从来都不与尘嚣相通，表达了作者对悠闲自在生活的向往。结联借巢由以赞佛门，谓巢由倘知佛界空门之妙。岂但弃簪缨，即薜萝亦不服矣。亦深于转折者也。

燕公出守岳州，感物咏怀，类多寄兴，诗艺益进。辛文房《唐才子传》谓"晚谪岳阳，诗益凄婉，人谓得江山之助"，良有以也。其在岳州，常与尹懋、赵冬曦游洞庭、灉湖，唱酬之作亦多。

送梁六自洞庭山[①]

张　说

巴陵[②]一望洞庭秋，日见孤峰水上浮。
闻道神仙不可接[③]，心随湖水共悠悠。

【注释】

①洞庭山：即君山，在洞庭湖中。

②巴陵：在现在的湖南岳阳。

③接：接近。

【鉴赏】

在巴陵放眼遥望洞庭秋色，每日可见君山孤零零地飘浮在水上。我们俩分别后就像难和神仙相遇一样，怀念的心绪将如同这浩瀚的湖水一般悠远深长。表达了作者深切的怀念之情。

张旭 苏州吴（今江苏省）人。工诗。善草书。与贺知章、张若虚、包融号称“吴中四士”。其草书尤为后世书法家推崇。相传，旭每醉酒，号呼狂走，乃下笔，或以头濡墨而书，既醒自视，以为神，因此，世人称为“张癫”。曾任常熟尉。其书与李白诗、裴旻剑被时人并称“三绝”。

山中留客

张 旭

山光物态弄春晖，莫为轻阴便拟归。
纵使晴明无雨色，入云深处亦沾衣。

【鉴赏】

这首诗题为《山中留客》，它的重点当然是留客。但是，因为这不是家中留客，而是“山中留客”，留的目的无疑是欣赏山中景色，所以又不能不写到春山的美景，不过写多了又会冲淡“留客”的主题。诗人怎么解决这个问题呢？他正面描写山景只用了一句诗：“山光物态弄春晖”。因为只有一句，所以诗人就不去描绘一泉一石，一花一木，而是从整体入手，着力表现春山的整个面貌，从万象更新的气象中，渲染出满目生机、引人入胜的意境。严冬过尽，春风给萧瑟的山林换上新装，万物沐浴在和煦的阳光中，生气勃勃，光彩焕发，争奇斗妍。这一“弄”字，便赋予万物以和谐的、活跃的情态和意趣。“山光物态弄春晖”，写得极为概括，但并不抽象，山光物态任你想象。你想的是那青翠欲滴的新枝绿叶吗？是迎风招展的山花送来阵阵的芬芳吗？是花叶丛中百鸟的欢唱吗？是奔流不息的淙淙溪水吗？……它们全部囊

括在这一句诗里了。这是一个极富启发性和鼓动性的诗句。诗人把它放在诗的开头也是颇具匠心的。因为只有把这一句写得很浓，而且先声夺人，形成一种压倒的优势，“留”才有意义，客人所担心的问题才显得无足轻重。所以这开头的一句在表现上、在结构上都是值得细味的。由于第一句蕴含丰富，很有分量，第二句“莫为轻阴便拟归”，虽然是否定了客人的想法，但却显得顺流而下，毫不费力。是的，面对着这美不胜收的景致，怎能因为天边一片阴云就打算回去呢？

光劝说客人“莫为轻阴便拟归”还不够，还必须使客人真正安下心来，游兴浓起来才行。怎样才能达到这一步呢？说今日无雨，可天有不测风云，何况“轻阴”已见，这种包票恐怕不一定保险，未必能解决客人心中的疑虑。诗人琢磨着客人的心理，他不是不想欣赏这春山美景，只是担心天雨淋湿了衣服。既然如此，诗人就来一个以退为进。你是怕天雨湿衣吗，天晴又怎样呢？“纵使晴明无雨色，入云深处亦沾衣。”这两句使我们想起王维的《山中》：“山路元无雨，空翠湿人衣。”“沾衣”虽是难免，可那空山幽谷，云烟缥缈，水汽濛濛，露浓花叶……却也是另一番极富诗意的境界啊！然而，这可不是远在一旁所能见到的。它必须登高山，探幽谷，身临其境，才能领略。而且，细咀那“入云深处”四字，还会激起人们无穷的想象和追求，因为“入”之愈“深”，其所见也就愈多，但是，此“非有志者不能至也”。可见诗的三、四两句，就不只是消极地解除客人的疑虑，而是巧妙地以委婉的方式，用那令人神往的意境，积极地去诱导、去点燃客人心中要欣赏春山美景的火种。

客人想走，主人挽留，这是生活中常见的现象。不过要在四句短诗中把这一矛盾解决得完满、生动、有趣，倒也并不是一件容易的事。诗人没有回避客人提出的问题，也不是用一般的客套话去挽留，而是针对客人的心理，用山中的美景和诗人自己的感受，一步一步地引导客人开阔视野，驰骋想象，改变他的想法，从而使客人留下来。事虽寻常，诗亦短小，却写得有景、有情、有理，而且三者水乳交融，浑然一

体。其中虚实相间,跌宕自如,委婉蕴含,显示出绝句的那种词显意深、语近情遥、耐人寻味的艺术魅力。

桃 花 溪

张 旭

隐隐飞桥隔野烟,石矶西畔问渔船。
桃花尽日随流水,洞在清溪何处边?

【鉴赏】

这首诗化用陶渊明《桃花源记》的意境,表现了诗人向往世外桃源的心情。桃

花溪,在今湖南桃源县桃源山下,溪岸多桃林,暮春时节,落英缤纷,溪水流霞。相传东晋陶渊明的《桃花源记》就是以这里为背景写成的。

首句写景，那山溪之上的飞桥，在袅袅升腾的山野云烟中时隐时现，静止的桥和浮动的野烟交相映衬，动静和谐，幽深的景色中显示出了一种朦胧美。接着以人物入景，石矶西畔诗人在询问渔人："桃花尽日随流水，洞在清溪何处边?"那溪上飘流不尽的桃花瓣可是从桃花源流出来的？它的洞口在桃花溪的什么地方呢？以问句结尾，引发读者对桃花洞的美好遐想，诗意清远含蕴，悠然不绝。

沈如筠 句容(今属江苏)人。曾任横阳主簿。《全唐诗》存其诗四首。

闺 怨

沈如筠

雁[①]尽书难寄，愁多梦不成。
愿随孤月影，流照[②]伏波营。

【注释】

①雁：雁属候鸟，春末深秋节季南来北往，古人以此认为它可以传递书信。

②流照：月光洒泻。伏波营：伏波将军的军营。伏波将军是后汉名将马援的军职，他领兵征交趾，大胜立功，被封为新息侯。这里用"伏波营"代指诗中征人所在的军营，是唐诗中以汉代唐的惯例。诗中所述的背景，正是唐天宝年间征讨反叛的南诏国，故说明征人戍守的是祖国的南疆。

【鉴赏】

这是一首描写闺怨的情景诗。

在一个皓月当空的夜晚，丈夫戍守南疆，妻子独处空闺，想凭借雁足给丈夫传递一封深情的家书。可是，春宵夜寂，大雁都还在南方的故乡停留，传书无人，此情此景，更添人愁绪。诗的开头，就用雁足传书的典故来表达闺妇想念征夫的心情，十分贴切。一个"难"字，微妙细致地描述了闺妇的深思遐想和倾诉无人的隐恨。正是这无限思念的愁绪搅得她难以入眠，因而想借助睡梦中与亲人作短暂的团聚也成为不可能。"愁多"表明她感情丰富复杂，不能尽言。因为"愁多"梦便不成，又因为"梦不成"而愁绪更多。

闺妇愁怨难眠，揽衣起床，出户徘徊，见一轮孤月高悬天际，“此时相望不相闻，愿逐月华流照君”（张若虚《春江花月夜》），于是她很自然地产生出一个念头，希望自己能像天上的那轮孤月，将月光洒泻到军营中的丈夫身上。“伏波营”借用了东汉马援平南诏的典故，暗示征人戍守在南方边疆。

这首诗为妇代言，表达了对征戍在南疆的丈夫的深切思念，写得曲折尽致，一往情深。

其曲折之处表现为层次分明、感情递进。全诗四句可分为三层。首二句写愁怨，次句比首句所表达的感情更深一层。因为信使难托，固然令人遗恨，而求之于梦幻以自慰亦复不可得，就不免更令人可悲了！三四句则在“愁”的基础上写“解愁”，感情又进了一层。当然，这种“随月流照”的幻想显然也不会成为事实。这三个层次的安排，就把闺妇愁怨的内心活动表现得十分细腻、真实。其深情动人之处以三四句尤为精妙，且十字之外蕴含更丰。“孤月”之“孤”，流露出思妇的孤单之感。但是，明月是可以跨越时空的隔绝、人们是可以千里相共的。愿随孤月流照亲人，表明她希望从愁怨之中解脱出来，显出闺妇的感情十分真率。

全诗没有单纯写主人公的愁怨和哀伤，也没有仅凭旁观者的同情心来运笔，而是通过闺妇内心独白的方式，着眼于对主人公纯洁、真挚、高尚的思想感情的描写，格调很高，确为写闺怨的佳作。

张若虚 （约660～约720）扬州（今属江苏）人。官兖州兵曹。与贺知章、张旭、包融齐名，号“吴中四士”。今仅存诗二首；《春江花月夜》为人传诵。

春江花月夜

张若虚

春江潮水连海平，海上明月共潮生。
滟滟[①]随波千万里，何处春江无月明。
江流婉转绕芳甸，月照花林皆似霰[②]。
空里流霜[③]不觉飞，汀上白沙看不见。
江天一色无纤尘，皎皎空中孤月轮。
江畔何人初见月？江月何年初照人？
人生代代无穷已，江月年年只相似。
不知江月待何人，但见长江送流水。
白云一片去悠悠，青枫浦上不胜愁。
谁家今夜扁舟子？何处相思明月楼？
可怜楼上月徘徊，应照离人妆镜台。
玉户帘中卷不去，捣衣砧上拂还来。
此时相望不相闻，愿逐月华流照君。
鸿雁长飞光不度，鱼龙潜跃水成文[④]。
昨夜闲潭梦落花，可怜春半不还家。
江水流春去欲尽，江潭落月复西斜。
斜月沉沉藏海雾，碣石潇湘[⑤]无限路。
不知乘月几人归，落月摇情满江树。

【注释】

①滟滟：水波摇动的样子。

②甸：原野。霰（xiàn）：天空中降落的小雪块或小冰粒。

③空里流霜：指月光在空中向大地撒下一片像霜露一样的银灰色。

④文：同“纹”，波纹，涟漪。

⑤碣石潇湘：碣石在海边，一般指秦皇岛外海边的巨石；潇湘即潇水和湘水，在

内陆，指湖南境内的长江二支流。碣石潇湘连在一起用，比喻天各一方，路途遥远。

【鉴赏】

被闻一多先生誉为“诗中的诗，顶峰上的顶峰”（《宫体诗的自赎》）的这首《春江花月夜》，一千多年来使无数读者为之倾倒。一生仅留传下来两首诗的张若虚，仅因这一首诗“孤篇横绝，竟为大家”。

诗的题目就十分令人心驰神往。春、江、花、月、夜，这五种事物集中体现了世间最为动人的良辰美景，构成了诱人探寻的奇妙的艺术境界。

为便于欣赏，我们把全诗分为五个部分。

前八句重点描写春江月夜的自然景色。作者入手擒题，开篇便就题生发，勾画出春江月夜的壮美图画：江潮连海，月共潮生。“海”是虚指，江潮浩瀚无垠，仿佛和大海连在一起，气势宏伟。这时一轮明月随潮涌生，景象壮观。一个“生”字，就赋予了明月与潮水以活泼的生命。月光照耀万里之遥，哪一处春江不在明月的流照之中！江水曲曲弯弯地绕过花草遍生的春天的原野，月色洒泻在花树上，像给花树撒了一层洁白的雪霰。作者可谓丹青妙手，轻轻地挥洒运笔，便点染出春江月夜中的奇异之“花”。同时又巧妙地缴足了“春江花月夜”的题面。作者对月光的观察细致入微：月光荡涤了世间万物的五光十色，将大千世界浸染成梦幻一样的银灰色。因而，“流霜不觉飞”，“白沙看不见”，浑然只有皎洁明亮的月光存在。细腻的笔触创造了一个神话般美妙的境界，使春江花月夜显得格外幽美恬静。八句中的景物由大到小，由远及近，笔墨逐渐凝聚在一轮孤月上了。

次八句续写春江月夜的景色并引出了“人”。清明澄澈的天地宇宙，仿佛使人进入了一个纯净的世界。这就自然地引起了作者的遐思冥想：江边的什么人最先见到月光，月光最先照见的又是什么人？作者神思飞跃，但又紧紧联系着人生，探索着人生的哲理与宇宙的奥秘。探索中他又翻出新意：个人的生命是短暂即逝的，而人类的生存则是绵延长久、代代无穷的。因此，这“代代无穷”的人生就和“年年相似”的明月得以共存。这是作者从大自然的美景中感受到的一种欣慰。其中虽带有对人生短暂的一定伤感，但并没有颓废与绝望，而是侧重于对人生的追求与热爱，使我们得以聆听到初唐到盛唐的时代之音。“江月待何人”是紧承上句“只相似”而来。既然人生代代相继、江月年年如此，那么江月徘徊中天，像是等待什么人似的愿望，是永远也不能实现的。月光下，只有大江里的急流咆哮奔腾而去。随着江水的奔流，诗篇亦生波澜，将诗情推向更高的境界。江月有恨，流水无情，作者自然地把笔触引向下半篇男女相思的离愁别恨了。

再四句总写春江花月夜中闺妇与游子的两地情思。“白云”与“青枫浦”寄物寓情。白云飘浮不定，象征“扁舟子”的行踪不定，“青枫浦”为地名，但在这里又使我们深切感受到了景物及色彩。“谁家”与“何处”二句互文见义。正因不止一家、一处在离愁别恨，作者才提出“相思明月楼”的设问。同一种相思，牵出了两地的离愁，一往一复，诗情荡漾，曲折含蓄。

以下八句承“何处”句，写闺妇对离人“扁舟子”的思念。但作者不直接描写闺妇的悲和泪，而是扣紧主题，用“月光徘徊”和“鸿雁不度”来间接烘托他的思念之情，悲泪自出。“徘徊”二字极其传神：一是浮云游动，故光阴明灭不定；二是月光怀着对思妇的怜悯之情，在楼上徘徊不忍离去。它要和思妇做伴，给她安慰，为她解愁，因而把柔和的清辉轻洒在妆镜台上、玉户帘上、捣衣砧上。岂料闺妇触景生情，反而思念尤甚。她想赶走这恼人的月光，可是月光却怎么也赶不走，玉户的窗帘卷之不去，捣衣石上揩了它仍然再来。这里的“卷”和“拂”两个痴情动作，生动地表现出思妇内心的惆怅和迷惘。月光引出的情思在深深地搅扰着她，此时此刻，月光不也照耀着在江上荡扁舟的爱人吗？共望月光也无法相知，只好托付明月遥寄相思之情。望长空，鸿雁远飞，飞不出月的光影，飞也徒劳；看江面，鱼在跳跃，跃不过三尺水面，只是激起阵阵波纹，跃也无用。“尺素在鱼肠，寸心凭雁足”，一向以传书为任的鱼雁，如今也无法替我传递音讯，这又该平添几重愁闷和痛苦！

最后八句承上八句，写游子的思归之情。作者用落花、流水、残月来烘托“扁舟”游子跋涉他乡，连做梦也在念叨归家：花落闲潭，春日已半，弄舟人还远离家乡，只身天涯，情何以堪！江水流春，流去的不仅是自然的春天，也是游子的青春、幸福和憧憬。“江潭落月”，更衬托出他凄苦、寂寞和辛劳之情。沉沉的海雾隐遮了落月，碣石、潇湘，天各一方，道路是多么的遥远。“沉沉”二字加重地渲染了他的孤寂；“无限路”也就无限地加深了他的乡思。他在想：在这美好的春江花月之夜，不知有几人能乘月回到自己的家乡！他那无着无落的离情，伴着残月之光，洒满了江边的树林。结句的“摇情”指摇曳生姿的多种感情。如月光之情、游子之情、作者寄托之情，皆不绝如缕，这些思念之情交织成一片，洒落在江边树上，也洒落在读者心上，情韵袅袅，摇曳生姿，令人心醉神迷。

本诗在思想与艺术上都大大超越了前人单纯地模山范水的景物诗、爱情诗及哲理诗。它将这些屡见不鲜的传统题材注入新的含义，融诗情、画意、哲理为一体，凭借对春、江、花、月、夜的描绘，尽情地赞叹大自然的奇丽景色，讴歌人世间的纯洁爱情，把对闺妇和游子的同情心扩大开来，与对人生哲理的追求、对宇宙奥秘的探索结合起来，从而汇成一种情、景、理水乳交融的幽美而邈远的意境。在惝恍而迷离、空灵而苍茫的月色里，隐藏着深邃而美丽、绚烂而多彩的艺术世界，吸引后来人去探寻其中美的真谛。

在写作技巧上，全诗以月为主体，紧扣春、江、花、月、夜的主题。“月”是诗中情景兼融的背景之物，它跳动着作者的脉搏，犹如一条生命之线贯通上下，处处传神，诗情则随着月轮的升落而起伏曲折。月亮在一夜之间经历了“升起—高悬—西斜—落下”的过程，在月光照耀下，江水、沙滩、天空、原野、枫树、花林、飞霜、白云、扁舟、高楼、镜台、砧石、长飞的鸿雁、潜跃的鱼龙、不眠的思妇以及漂泊的游子，组成了完美无缺的诗歌形象，展现出一幅充满了生活中喜怒哀乐的多彩画卷。这幅画卷在色调上以淡寓浓，虽像水彩勾勒，但黑白相辅，虚实相间，宛如一幅淡雅的中国水墨画，充分体现了春江花月夜清幽的意境美。

全诗的韵律节奏也饶有特色。诗的感情旋律极其苍凉激荡，但那旋律既不是哀丝豪竹，也不是急管繁弦，而是像小提琴奏出的小夜曲或梦幻曲，显得那样的含蓄而隽永。诗的内在感情是那样的热烈、深沉，看起来却极其自然、平和，犹如脉搏跳动般有规律、急徐。而诗的韵律节奏也相应地抑扬回旋。全诗共三十六句，每四句一换韵，共换九韵。其中阳辙韵与阴辙韵交互杂沓，高低音节相间。随着韵脚的变化，平仄的互用，其韵律一唱三叹，前呼后应，既回环往复，又层出翻新，节奏感强烈而优美。这种语音与韵味的变化，又是切合着诗情的起伏，令声情与文情丝丝入扣，婉转谐美。

《春江花月夜》本是乐府曲的旧题，隋唐时期有若干诗人题作，但均不及张若虚这一篇。这一旧题在张若虚手里焕发异彩，获得了千载不朽的艺术生命力。时至今日，人们甚至不再去考察旧题的原创人是谁了，竟然把《春江花月夜》这一诗题的创作权归之于张若虚了。他实属站在巨人肩膀上的佼佼者。

苏颋 (670~727)字廷硕，京兆武功(今属陕西)人。武则天朝进士，袭封许国公。开元间居相位时，与宋璟合作，共理政事，朝廷重要文件多出其手。当时和张说(封燕国公)并称为“燕许大手笔”。原有集，已佚，现存《苏廷硕集》，系后人所辑。

汾上惊秋

苏 颋

北风吹白云，万里渡河汾①。
心绪逢摇落②，秋声不可闻。

【注释】

①河汾：黄河和汾河。

②摇落：草木凋谢、零落。

【鉴赏】

这首五绝描写作者在汾河上惊觉秋天的来临，抒发其岁暮时迈的感慨，寓深意于寄兴，是一首颇具特色的即兴咏史诗。

汾河在今山西省境内，是黄河的支流，诗中所说的河汾，是指汾水流入黄河的一段。这河汾沿岸，便是汉唐以来的河东郡。郡治下有个汾阴县(今万荣县南)。汉武帝元鼎四年(前113)夏天，方士奏报祥瑞，在汾阴掘获黄帝铸造的宝鼎。武帝大喜，秋天亲自来到汾阴，祭祀皇天后土，还和群臣在船中饮宴赋诗，作《秋风辞》。

开元时期的唐玄宗雄心勃勃，大有追步汉武帝之意。开元十一年(723)二月，唐玄宗也来到汾阴祭祀皇天后土，并改称汾阴为宝鼎县。苏颋其时任礼部尚书，从驾参加了这个祭祀盛典。苏颋长期任朝廷要职，甚受玄宗器重。但在从驾祭祀之后两天，苏颋忽然被调离朝廷，尚未回京即直接入蜀，任益州大都督府长史，两年后才又调回长安。这突然调离的消息使苏颋甚感失意，于是写下此诗托景寄情。

明了上述背景，就比较容易切实地理解本诗所蕴含的复杂心情，也可以深刻地体会到苏颋所以采取这种虚虚实实、若即若离、似明似晦、欲言又止的表现手法的用意。

首二句化用了《秋风辞》的诗意："秋风起兮白云飞，泛楼船兮济河汾"，从而暗示着当年汉武帝到汾阴祭皇天后土的历史往事，同时也使人联想到今日唐玄宗效法汉武帝的作为，两者何其相似，历史仿佛在重演。这意味着什么，又启示着什么，作者未予点破，而是留给读者自己去体会。然而诗题却明白地点出了一个"惊"字，表明苏颋的思绪是受了震惊的。是震惊于自己的个人遭遇，还是震惊于玄宗

"东施效颦"?就全诗意境而言,应是即景自况。苏颋在汾河上被北风一吹,一阵寒意使他惊觉到秋天来临,而他当时正处于一生最感失意的境地,叫他出京放任外省的闲职,恰如一阵北风把他这朵白云吹得老远。这完全符合诗题标明的"汾上惊秋",背景复杂,意境也复杂。但读者不难发现,这是在即景起兴中抒发着历史的联想和感慨,在关切国家的隐忧中交织着作者个人的哀愁,可谓百感交集,愁绪纷乱。

后二句则明确地说穿了这种复杂心情。"摇落"二字化用了《秋风辞》中"草木黄落"的句意,又本于宋玉《九辩》中"悲哉秋之为气也,萧瑟兮草木摇落而变衰"的句意。"心绪逢摇落",既指萧瑟的秋风,又指自己失意的境遇,所以说"逢"。纷乱的愁绪又加上萧瑟的秋风,二者相遇在一起,所以叫"逢"。"秋声"为何"不可闻"?秋声即北风呼啸的声音,这种声音是肃杀的,吹熟庄稼,吹黄草木,吹掉树叶,所以"不可闻"。听了这肃杀的秋声,只会使愁绪更为纷乱,心情更加悲伤。这明白表示了首二句所蕴含的复杂心情的性质和倾向。

本诗的表现手法和抒情特点是有寄托、有忧虑、有伤感。但究竟寄托什么、忧虑什么、伤感什么,却难以确切地肯定。作者久与政事,阅历广经验多,熟悉历史,预感到汉、唐两个盛世皇帝之间总有许多不同,然而祭祀行为却又极为相似,隐约地感到某种忧虑,然而自己一时又说不清楚,只能托于"惊秋",几年之后的"安史之乱",印证了作者的隐忧。当时,作者只能用写自身的失意来表达这种感觉和隐忧。恰因为这一点,构成了一种独特的艺术特点:以形象来表示,让读者去领会。

春晚紫微省直寄内[①]

苏　颋

直省清华接建章[②],向来无事日犹长。
花间燕子栖鳷鹊,竹下鹓雏绕凤凰[③]。
内史通宵承紫诰,中人落晚爱红妆。
别离不惯无穷忆,莫误卿卿学太常。

【注释】

①紫微省:唐开元元年改中书省为紫微省。取天文紫微垣之义。又于省中植紫薇花,故又称紫薇省。内:又称内子,妻室。

②直省:省直,在省中值班。清华:形容宫中景物清美华丽。建章:汉宫名,汉

武帝所建,在未央宫之西。此代指唐宫。

③鹓雏:鸾凤之属。凤凰:指凤凰池。魏晋以后称中书省为凤凰池。此指作者值班的紫微省。

【鉴赏】

作者苏颋以七言应制知名,其诗庄丽而兼有韵致(王闿运《唐诗选》引玉遮语)。此为省直寄内之作,既包含了雍容庄丽气象,又有真切自然情调,以景抒情,情景相融,自然地将一幅亮丽的春景展现于读者而前,末联情趣与谐趣相兼别出心裁,意蕴出众。

奉和春日幸望春宫应制

苏　颋

东望望春春可怜,更逢晴日柳含烟。
宫中下见南山尽,城上平临北斗悬。
细草偏承回辇处,飞花故落奉觞前。
宸游对此欢无极,鸟弄歌声杂管弦。

【鉴赏】

这是一首奉和应制诗,是臣下奉命应和皇帝首唱之作。这类诗的思想内容大抵是歌功颂德,粉饰太平,几无可取。但是要写得冠冕华贵,雍容典丽,得体而不作寒乞相,缜密而有诗趣,却也不大容易。

原唱题曰"春日幸望春宫"。皇帝驾临其处叫作"幸"。"望春宫"是唐代京城长安郊外的行宫,有南、北两处,此指南望春宫,在东郊万年县(今陕西长安东),南对终南山。这诗便是歌咏皇帝春游望春宫,颂圣德,美升平。它紧扣主题,构思精巧,堂皇得体,颇费工夫,也见出诗人的才能技巧。

首联点出"春日幸望春宫"。"望望""春春",不连而叠,音节响亮。"东望望春",既说"向东眺望望春宫",又谓"向东眺望,望见春光",一词兼语,语意双关。而春光可爱,打动圣上游兴,接着便说更逢天气晴朗,春色含情,恰好出游,如合圣意。这一开头,点题破题,便显出诗人的才思和技巧。

次联写望春宫所见。从望春宫南望,终南山尽在眼前;而回望长安城,皇都与北斗相应展现。这似乎在写即日实景,很有气派。但造意铸词中,有实有虚,巧用典故,旨在祝颂,却显而不露。“南山”“北斗”,词意双关。“南山”用《诗经·小雅·天保》:“如南山之寿,不骞不崩。”原意即谓祝祷国家“基业长久,且又坚固,不骞亏,不崩坏”。此写终南山,兼用《天保》语意,以寓祝祷。“北斗”用《三辅黄图》所载,汉长安城,“南为南斗形,北为北斗形”,故有“斗城”之称。长安北城即皇城,故“北斗”实则皇帝所居紫禁城。“晴日”是看不见北斗星的。此言“北斗悬”,是实指皇城,虚拟天象,意在歌颂,而运词巧妙。

三联写望春宫中饮宴歌舞,承恩祝酒。诗人随从皇帝入宫饮宴,观赏歌舞,自须感恩戴德,献杯祝颂。倘使直白写出,便有寒乞气。因此诗人巧妙地就“望春”做文章,用花草做比喻,既切题,又得体。“回辇处”即谓进望春宫,“奉觞前”是说饮宴和祝酒。“细草”显然自比,见得清微;“飞花”则喻歌姬舞女,显出花容娇姿;而“偏承”点出“独蒙恩遇”之意,“故落”点明“故意求宠”之态。细草以清德独承,飞花恃美色故落,臣、姬有别,德、色殊遇,以见自重,以颂圣明。其取喻用词,各有分寸,生动妥帖,不乞不谀,而又渲染出一派君臣欢宴的游春气氛。所以末联便以明确的歌颂结束。“宸游”即谓天游,皇帝此次春游。君臣同乐,圣心欢喜无比,人间万物欢唱,天下歌舞升平。

这是一首盛世的歌功颂德之作,多少见出一些开明政治的气氛,情调比较自然欢畅,语言典丽而明快。虽然浮华夸张的粉饰不多,但思想内容也实无可取。并且由于是奉和应制之作,拘于君臣名分,终究不免感恩承欢,因此诗人的才能技巧,主要用于追求艺术形式的精美得当,实质上这是一首精巧的形式主义作品。不过,唐诗有此一种,不妨一读,以赏奇,以广见。

张敬忠 曾官监察御史。开元中为平卢节度使。《全唐诗》存其诗二首。

边　词

张敬忠

五原[①]春色旧来迟,二月垂杨未挂丝。
即今河[②]畔冰开日,正是长安花落时。

【注释】

①五原:指今内蒙古自治区的五原县。

②河:黄河。

【鉴赏】

这是一首记述北方边关景色的诗。

据《新唐书·张仁愿传》记载,张仁愿任朔方军(今山西大同市)总管时,曾奏用当时任监察御史的张敬忠分判军事。本诗就是作者在朔方军幕任职时所写。张仁愿任朔方总管时为防御突厥而修筑了著名的三大受降城,其西受降城就在五原(今内蒙古五原县)西北,作者当时经常到这里察验军事和边防。

上联首句写五原一带地处塞漠,北临大碛,气候寒冷,风物荒凉,春色姗姗来迟。"旧来"二字表明此地寒荒是自古至今如斯,也表明作者对此早有所闻。次句写仲春二月,内地早已桃红柳绿,春光灿烂,这里却连垂杨树都还未吐叶挂丝。柳色向来是春天的标志,人们总是在柳色中发现浓浓春意,发现春天的脚步、声音和身影。抓住"垂杨未挂丝"这个典型事物,便能非常简括地写出边地春迟的特点。次句对春色来迟的具体描绘,令人宛见在无边的荒漠中,几株垂杨在凛冽的寒风中摇曳着光秃秃的空枝,看不到一点春来的绿色。

下联仍紧扣"春迟"写边地风物,却又另换一个角度:通过五原与长安不同景物的对照,来突出强调北方边地还看不到春天的气息。在荒寒的边地,今天黄河河套一带的冰刚刚解冻,春天的脚步声虽已隐约可闻,但春天的身影、春天的色彩却仍然未见;而皇都长安这时桃红落泥,春事阑珊了。"河畔冰开","长安花落",二者包含着一个季节上的差距;由于突出了边地春迟,而暗寓了戍守边地的将士们对帝京的怀念。

近人评论:"此边词而不言边塞之苦,但用对比手法将河畔与长安两两相形而意在言外,且语意和平,可想见唐初国力之盛"。这是深解此诗的精到评论,又使人见到作者的气度与时代的风貌,抱着欣赏的态度描写边塞风物,在这一点上可以说作者此诗开了盛唐风气之先,对后来者如王之涣的《凉州词》有很大影响。

全诗散起对结,结联又是一意连贯、似对非对的"流水对",属典型的"初唐标格",特别适合于表现安恬愉悦、明朗乐观的思想感情,体现一种顾盼自如的风神格调,对后来者如杜甫《闻官军收河南河北》有很大影响。

"治世之音安以乐"(《毛诗序》),本诗应算是一个典型的例证。应该说,它是初唐标格与盛唐气象的完美结合。

张九龄 (673~740)字子寿,又名博物,韶州曲江(今广东韶关)人。七岁能文,被张说誉为"后出词人之冠"。武则天长安二年(702)进士,调校书郎,又以登材堪经邦及道侔伊吕科,授左拾遗。玄宗即位(712),由张说推荐为集贤院学士。后任中书舍人、冀州刺史、洪州都督、岭南道按察使,召拜秘书少监、副知院事。开元二十二年(734)任中书侍郎同平章事,迁中书令。他是"开元之治"的最后一位贤相,议论朝政,刚正不阿。后为李林甫、牛仙客等所忌,于开元二十四年(736)被排挤出朝,贬为荆州刺史,以文史自娱,写了不少清淡惋惬、寄托深远之诗。卒后谥文献,有《曲江集》留世。安史之乱(755)后,玄宗每思其忠谏之言,至为流涕。

感　遇 四首

张九龄

其　一

孤鸿[①]海上来,池潢[②]不敢顾。
侧见双翠鸟[③],巢在三珠树[④]。
矫矫珍木巅[⑤],得无金丸惧[⑥]?
美服患人指[⑦],高明逼神恶[⑧]。
今我游冥冥[⑨],弋者何所慕[⑩]。

【注释】

①鸿:鸟类,其翼强劲善飞。

②池潢(huáng):潢池,即天潢,本是星名,转义为天子之池,借指朝廷。见《汉

书·龚遂传》:“遂对曰:‘……故使陛下赤子,盗弄陛下之兵于潢池中耳’”顾:眷顾。

③翠鸟:即翡翠鸟,毛色华丽多彩。

④三珠树:古代传说中的宝树名。本作“三株树”。见《山海经·海外南经》:“三株树在厌火北,生赤水上。其为树如柏,叶皆为珠。”

⑤矫(jiǎo)矫:独立高处,翘然出众的样子。珍木:三珠树为珍奇的树木。巅:顶端。

⑥“得无”句:是否惧怕有弹子打来。金丸:指打鸟的弹子。

⑦“美服”句:身着华美的衣服,却忧虑会遭到他人的指责。患:忧虑。

⑧“高明”句:高官显爵,也会遭到鬼神的妒忌。高明:指地位尊贵的人。西汉扬雄《解嘲》:“高明之家,鬼瞰其室。”

⑨冥(míng)冥:遥远的天空。扬雄《法言·问明》:“鸿飞冥冥,弋人何篡焉?”

⑩弋(yì)者:猎人。慕:想猎获的心念。

【鉴赏】

张九龄《感遇》诗共12首,作于开元二十五年(737)。这时作者被贬为荆州长史,抑郁不得志,以赋诗寄托自己的情怀。这首诗中作者以孤鸿自比,表明自己愿作一只大海上的孤鸿,自由地在天空中飞翔,而不愿意眷顾潢池(天子之池),说明自己不想在朝廷为官。并以双翠鸟比喻朝廷中的两个权臣李林甫和牛仙客,暗示他们将有“金丸之惧”,迟早会有危难发生。清刘熙载《艺概》评《感遇》诗说:“曲江(张九龄)之《感遇》出于《骚》,射洪(陈子昂)之《感遇》出于《庄》,缠绵超旷,各有独至。”清沈德潜《唐诗别裁集》评论说:“‘鸿飞冥冥,弋人何篡’本扬子语。篡,取也。改篡为慕,应曲江始。”

其　二

兰叶春葳蕤[①],桂华[②]秋皎洁。
欣欣此生意,自尔为佳节[③]。
谁知林栖者[④],闻风坐相悦[⑤]。
草木有本心[⑥],何求美人折[⑦]?

【注释】

①“兰叶”句:春天的兰草叶子茂盛,花枝下垂。兰:指兰草或泽兰,属菊科,开

白花,叶子也有香气。葳(wēi)蕤(ruí):草木枝叶茂盛下垂的样子。

②桂华:桂花。

③"自尔"句:春有兰草,秋有桂花,花叶繁盛,欣欣向荣,自然成为美好的季节。自尔:自然。

④林栖者:指山林高士隐人。

⑤"闻风"句:闻到了风吹送过来兰桂的香气,而生爱慕之心。坐:因而。

⑥本心:草木的根本和中心(茎干)。这里为双关语。比喻草木的本性。

⑦"何求"句:草木开花溢香并不为美人采折。美人即指林栖者。

【鉴赏】

作者这一首诗,运用托物言志的艺术表现手法,以春兰秋桂的高洁品质,来比喻自己坚持政治理想,刚正不阿的高尚节操;用春兰秋桂不因无人采折而失去芬芳美质,来比喻自己的志洁行芳,从而突出诗人的高尚品德和志趣。诗人以兰桂自喻,表达了坚守节操、修身自励的志向。进一步描述春兰秋桂的清静之心与淡泊之志。它们虽然品质高洁,卓然不群。诗中前两句正面赞美兰桂繁茂和馥芳四溢。三四两句从兰桂欣欣向荣,生机勃勃,因而使春秋成为美好的季节,进一步歌颂兰桂的卓尔不凡。这当中含蕴着诗人对美好事物无限热爱的真挚感情。五六两句用烘托的笔法,以"林栖者"仰慕兰桂的风节和高洁品质来赞颂兰桂,同时又鲜明地表现了诗人不同流合污,执着地追求实现理想的愿望,以及对群小的蔑视。七八两句借物抒情,表明自己虽被贬谪,但情操不变,芳质依然。对唐玄宗贤佞不辨的愤懑之情,隐约可见。全诗物我相融,表面上句句写兰桂,实际上句句象征着诗人自己。从这里看出,作者不仅具有恬淡达观的胸怀、清高矜持的气节和不慕荣利的心志,全诗优雅清淡并寄意深远,表现出了婉约敦厚的审美意象。明胡应麟《诗薮》评道:"盛唐继起,孟浩然、王维……本曲江之清淡而益以风神者也。"

其　三

幽人①归独卧,滞虑洗孤清②。
持此谢高鸟③,因之传远情④。
日夕怀空意⑤,人谁感至精⑥?
飞沉理自隔⑦,何所慰吾诚?

【注释】

①幽人:幽居之人,指隐士。

②“滞虑”句:心中没有困惑才显得孤独清高。滞虑:困惑。

③高鸟:高飞的鸟。

④传远情:传送远方的情意。

⑤怀空意:怀着高远的意念。

⑥至精:至诚。

⑦飞:比喻身在朝廷。沉:比喻闲散在野。理自隔:朝野相去甚远,情势隔断不通。

【鉴赏】

这首诗中作者自比幽居的隐士,虽然自己被贬官在外,没有尘世间的杂念,但是一片忠君报国的赤心不灭,仍然怀念远在朝廷的君王。诗中以“高鸟”比喻君王,以“飞”比喻在朝廷,以“沉”比喻在野,形象非常新颖。沈德潜《唐诗别裁集》评论说:“唐初五言古渐趋于律,风格未遒,陈正字(子昂)起衰而诗品始正,张曲江继续而诗品乃醇。”

其　四

江南有丹橘,经冬犹绿林[①]。
岂伊地气暖[②]?自有岁寒心[③]。
可以荐嘉客,奈何阻重深[④]。
运命唯所遇,循环不可寻[⑤]。
徒言树桃李[⑥],此木岂无阴[⑦]?

【注释】

①“经冬”句:丹橘耐寒,冬不落叶,四季常青。犹:仍是。

②“岂伊”句:岂是这儿地气温暖?岂伊:岂唯,岂是。伊,语助词。

③岁寒心:心是双关语,指草木的本性,又比喻坚贞的节操。《论语·子罕》:“岁寒然后知松柏之后凋也。”

④阻重深:指推举贤能的道路被阻隔了。

⑤“循环”句:天道(自然之道)循环,周而复始,不可追寻。

⑥“徒言”句:人们只知道栽种桃李可以成荫。《说苑·复恩》:“夫桃李者,夏得休息,秋得食焉。”

⑦“此木”句:橘树难道不会成荫吗?“阴”同“荫”。

【鉴赏】

这首诗中作者以丹橘比喻自己高尚的情操。诗中前四句是“比兴”,就是先吟咏别的事物来引出要描写的主题,后六句感叹自己的命运不好,为重重困难所阻挡,不能施展远大的抱负。沈德潜《唐诗别裁集》评论说:“《感遇》诗,正字古奥,曲江蕴藉,原本同出嗣宗,而精神面目各别,所以千古。”按:正字,谓陈子昂,武后朝曾任麟台正字,世称陈正字,有《感遇》诗十六首。曲江,谓张九龄。九龄,唐曲江人,世称张曲江。嗣宗,晋阮籍字,有《咏怀》诗八十余首。明胡震亨《唐音癸签》评论说:“张曲江五言以兴寄为主,而结体简贵,选言清冷,如玉磬含风,晶盘盛露,故当于尘外置赏。”

湖口望庐山瀑布水

张九龄

万丈红泉①落,迢迢半紫氛②。
奔流下杂树,洒落出重云。
日照虹蜺③似,天清风雨闻。
灵山④多秀色,空水共氤氲⑤。

【注释】

①红泉:指阳光映照下的瀑布。

②迢迢:形容瀑布之长。紫氛:紫色的水汽。

③虹蜺:阳光射入空中的水珠,经过折射、反射形成的自然现象。

④灵山:指庐山。

⑤氤氲:形容水气弥漫流动。

【鉴赏】

万丈瀑布飞流直下,好像从天上落下,四周呈现半红半紫的雾气。越过杂树而直下，越过重重云雾。阳光照射上去像一条彩色的霓虹，在这晴朗的天气里，又好像听到风雨的声响。这庐山就如同仙山一样，多么壮美呵，烟云与水气融成一片。诗人通过对庐山瀑布的赞美，抒发了胸中的豪情壮志。

咏燕

张九龄

海燕何微眇，乘春亦暂来。
岂知泥滓贱，只见玉堂开。
绣户时双入，华轩日几回。
无心与物竞，鹰隼莫相猜。

【鉴赏】

曲江之咏物，深得屈平真传，物我之间不即不离，不粘不脱。这首诗以海燕自况，表其忧疑，明其进退，见之结联："无心与物竞，鹰隼莫相猜。"与《庭梅咏》之"芳意何能早，孤荣亦自危"，同一题旨。说者以为见嫉于李林甫，故有是作。事见郑处诲《明皇杂录》《本事诗》，亦当事出有因，非系风捕影者。

望月怀远

张九龄

海上生明月，天涯共此时。
情人怨遥夜，竟夕起相思[①]。
灭烛[②]怜光满，披衣觉露滋。
不堪盈手赠，还寝梦佳期[③]。

【注释】

①情人：远隔天涯的一对情人，既指"怀远"之友人或恋人，也包括"怀远"的诗

人。竟夕:整夜,通宵。

②灭烛:熄灭烛光。梁简文帝《夜夜曲》:“愁人夜独长,灭烛卧兰房。只恐多情月,旋来照妾床。”谢灵运《怨晓月赋》:“卧洞房兮当何悦,灭华烛兮弄素月。”

③盈手:满手。陆机《拟明月何皎皎》:“照之有余辉,揽之不盈手。”佳期:美好之日,指相见的日子。

【鉴赏】

这是一首怀念远方情人(或友人)、借景抒情之诗。

起句“海上生明月”,点出“景”,自然稳贴,展现了雄浑阔大的境界。这与稍早诗人张若虚《春江花月夜》中的“春江潮水连海平,海上明月共潮生。滟滟随波千万里,何处春江无月明”,有异曲同工之妙。“天涯共此时”,点出相隔两地之友,同时相思之时。

三四句写两地的“情人”彼此之“怨”与“思”。“情人怨遥夜”,“怨”长夜漫漫,彼此不能相见。“竟夕起相思”,竟夕,通宵达旦,生起相思之“情”。

五六句写诗人徘徊月下的相思之状。“灭烛怜光满”,长夜不能入睡,是烛光太明了吗?于是诗人“灭烛”,但月色皎洁,浩渺无边。“怜”,爱惜;“光满”,满月之光。“披衣觉露滋”,诗人于是披衣走出庭外,在那姣好圆月的光华之下,只觉夜深露湿,滋润沾衣。尽管如此,诗人仍伫留月下,“望月”思人。所以,“露滋”二字不仅照应了“竟夕”二字,同时暗示了滋生不已的遥思之情。

七八两句写期梦以自慰,收束相思之情。“不堪盈手赠”,“不堪”,不能之意,意谓在这相思不眠之夜,用什么相赠友人呢?我只有满手的月光,虽然月光饱含相思之意,但又不能送与。怎么办呢?我还是睡吧!也许睡梦之中还能与你有相聚之期呢!诗到此戛然而止,留下无限的相思。

全诗脱口而出,平易自然。由第一句的“月”到第三句的“望”,第四句的“怀”,再到五、六两句的“望月”,直到最后七、八两句的“怀远”,层层递进,秩序井然,景中生情,情中有景,情景交融,意蕴悠悠。

旅宿淮阴亭口号

张九龄

日暮荒亭上，悠悠旅思多。
故乡临桂水，今夜眇星河。
暗草霜华发，空亭雁影过。
兴来谁与晤，劳者自为歌。

【鉴赏】

这首五律诗是作者在旅宿中一时感秋思乡，即兴而作，是历来传颂的名篇。作者系曲江（今广东省韶关）人，曲江临韶州之桂水，所以，诗中有"故乡临桂水"之句，所谓"口号"，即口占，随口吟哦而成。

全诗写景与抒情交融，景美而情深，幽致深婉，蕴藉自然。前二联描写作者因荒亭独夜，而生多多旅思，回想故园的山水，叹隔若星河，其思乡之情，何其深也。三联"暗草霜华发，空亭雁影过"，说明秋气之深，是历来称颂的描绘秋天景色的名句。"暗草""霜华""空亭""雁影"点染出一幅深秋夜景。一"发"一"过"，将"草""华""亭""雁"，均"活"了起来。末联则对景生情，吟兴因景而发，谁人能与之晤对？只有"劳者"自歌其事而已。"谁""自"二字自相呼应，对得很活。陆时雍说这首诗"气格独饶"（《唐诗镜》），吴山民亦赞它"通篇清秀，诵之悠然"（《唐诗选脉会通评林》）。后世许多诗评家都将作者与陈子昂、李白列为开唐一代诗风的人物。所评均不无道理。

宋之问也有一首同题诗，除首句"荒"亭为"风"一字不同之外，其余皆同。

赋得自君之出矣

张九龄

自君之出矣，不复理残机。
思君如满月，夜夜减清辉。

【鉴赏】

《自君之出矣》是乐府诗杂曲歌辞名。赋得是一种诗体。张九龄摘取古人成句作为诗题,故题首冠以"赋得"二字。

首句"自君之出矣",即拈用成句。良人离家远行而未归,表明了一个时间概念。良人离家有多久呢?诗中没有说,只写了"不复理残机"一句,发人深思:首先,织机残破,久不修理,表明良人离家已很久,女主人长时间没有上机织布了;其次,如果说,人去楼空给人以空虚寂寥的感受,那么,君出机残也同样使人感到景象残旧衰飒,气氛落寞冷清;再次,机上布织来织去,始终未完成,它仿佛在诉说,女主人心神不定,无心织布,内心极其不平静。以上,是对事情起因的概括介绍,接着,诗人便用比兴手法描绘她心灵深处的活动:"思君如满月,夜夜减清辉。"古诗十九首中,以"相去日已远,衣带日已缓"(《行行重行行》)直接描摹思妇的消瘦形象,写得相当具体突出。这里,诗人则用团圆的皎皎明月象征思妇情操的纯洁无邪,忠贞专一。她日日夜夜思念,容颜都憔悴了,宛如那团图圆月,在逐渐减弱其清辉,逐渐变成了缺月。"夜夜减清辉",写得既含蓄婉转,又真挚动人。比喻美妙熨帖,想象新颖独特,饶富新意,给人以鲜明的美的感受。整首诗显得清新可爱,充满浓郁的生活气息。

答陆澧

张九龄

松叶堪为酒,春来酿几多?
不辞山路远,踏雪也相过。

【鉴赏】

这是一首以诗代简,回答朋友的诗。陈澧,作者的朋友,生平不详。朋友邀他相聚饮酒,他写这首诗答他。首二句发问:请我去饮酒,带松叶清香味的酒,春天你酿造了多少啊?以问作答,意蕴深涵。紧接着后二句作答:我不辞山路遥远,踏着雪也一定要前去。语言明白如话,风格质朴自然。作者的诗唐刘肃评为"如轻缣素练,实济时用"(《大唐新语》)。明胡震亨也认为他开了王、孟、储、韦一派,他说:"张子寿首创清淡之派。盛唐继起,孟浩然、王维、储光羲、常建、韦应物本曲江之清淡，而益以风神者也。”（《唐音癸签》）的确，这首小诗显示了他和雅清淡的艺术风格，不求富艳，超越当时的风气。

李隆基 （685~762）即唐玄宗，谥曰明，所以又称唐明皇。光天元年继位，在位45年。前期励精图治，以张九龄、姚崇、宋璟为相，形成“开元之治”，后期沉湎酒色，奸相李林甫、杨国忠执政，国事日衰，终于引发“安史之乱”。后因受肃宗监视，悒郁而死。事迹见新、旧《唐书》本纪。玄宗多才艺，善诗能文。王世贞说他“藻艳不过文皇（太宗），而骨气胜之”。“虽使燕许草创，沈宋润色，亦不过此。”（见《艺苑卮言》卷4）《全唐诗》存诗1卷，《全唐诗续补》补诗8首、诗序1首。

幸蜀西至剑门[①]

李隆基

剑阁横云峻，銮舆出狩回。
翠屏千仞合，丹嶂五丁开。
灌木萦旗转[②]，仙云拂马来。
乘时方在德，嗟尔勒铭才[③]。

【注释】

①幸蜀西至剑门：安史之乱爆发后，唐玄宗逃至蜀中。长安收复后，唐玄宗才由成都返回，行至剑门写了这首诗。幸：封建帝王行动所及称为幸，如到某地称幸某地，宠爱某人称幸某人。蜀西：今四川西部。剑门：又称剑阁，在今四川省剑阁县北，与大、小剑山相连，悬崖峭壁，形势险要，古人在绝壁上凿孔架木为栈道，飞阁相

通，所以称为剑阁。是关中通往四川的要道。

②萦：旋绕。这句说，唐玄宗的随从仪仗登上高山，山路盘旋，灌木丛生，旌旗时隐时现，好像灌木绕着旌旗在转。

③嗟：感叹词。尔：第二人称代词。这里指唐玄宗的随从大臣。勒铭：勒，在石碑上刻字。铭：刻在石碑上记事或记述功德的文字。古代常以勒铭指臣子的武功，勒铭才即建功立业的才能。

【鉴赏】

由于作者昏庸腐朽，重用坏人，导致"安史之乱"爆发。公元756年，安禄山攻陷京城长安，他匆忙"出狩"，逃去四川。这首诗是叛乱平定之后返回长安，途经剑门时写的。

这首五言律诗，起势不凡，首联第一句写出了剑阁峥嵘的气势，第二句点明题意。二联以形象的比喻，色彩的点染，神话传说的运用，鲜明地勾画了剑门绝壁千仞，险峻非常的景象。这是静态的描写。三联写登山时盘旋而上所见，描绘的是动态中的景物。丛灌古木，遮蔽旌旗，山路盘旋，忽隐忽现，白云飘浮，拂面而来。这两联动静相同，和谐完美。结联抒怀，有所感慨。

这首诗想象丰富，比喻手法运用得当，这位皇帝是有诗才的。

早登太行山中言志

李隆基

清跸度河阳，凝笳上太行。
火龙明鸟道，铁骑绕羊肠。
白雾埋阴壑，丹霞助晓光。
涧泉含宿冻，山木带余霜。
野老茅为屋，樵人薜作裳。
宣风问耆艾，敦俗劝耕桑。
凉德惭先哲，徽猷慕昔皇。
不因今展义，何以冒垂堂。

【鉴赏】

唐玄宗李隆基是唐帝国由极盛转入衰落的执政帝王，他在位的前期出现了“开元盛世”，成为唐王朝的鼎盛时期，执政后期，即天宝年间，他迷于声色，疏于朝政，重用杨国忠、李林甫之流奸佞，终于酿成安史之乱，使大唐王朝几乎亡国，从此一蹶不振。这首诗显示出他早期为国为民建功立业的积极思想。

这是一首排律，它采用四句一转的方式，开头四句描写皇帝出行的威严：仪仗队鸣锣开道，禁卫军神色威严，灯火成龙地行进在羊肠鸟道上，真龙天子端坐大轿之中，“度河阳”“上太行”。堂堂大唐皇帝为什么不在宫中安享清福，而一大清早便上太行山呢？下面四句则描写太行山的清晨美景：“白雾埋阴壑，丹霞助晓光。涧泉含宿冻，山水带余霜。”“野老”四句进一步描写山乡民俗民风：老人们住的是茅草屋，打柴人穿的是麻布粗衣，老辈人传扬好的风尚，催促后人以农桑为本，树立淳厚风俗。末四句抒怀言志：立德追先哲，治国仿昔皇，若不是为了宣抚百姓，伸张正义，我何苦到这艰险的大山上来呢？从而回答了开篇时的疑问。这样，起承接合，层层递进，格律严谨，读来朗朗上口，颇有气势。

经鲁祭孔子而叹之[①]

李隆基

夫子[②]何为者，栖栖[③]一代中。
地犹鄹氏邑[④]，宅即鲁王宫[⑤]。
叹凤嗟身否[⑥]，伤麟[⑦]怨道穷。
今看两楹奠，当与梦时同[⑧]。

【注释】

①经鲁祭孔子:据《新唐书》记载,唐玄宗曾于开元十三年十一月到泰山祭天,途径孔子宅,并派使者祭孔子墓。鲁:今山东曲阜,为古代鲁国的国都。

②夫子:指孔子。夫子本为古代对男子的尊称,《论语》中孔子弟子常称孔子为夫子,后来多用于对老师的尊称。

③栖栖:忙碌不安的样子。《论语·宪问》记载,有一个叫微生亩的隐士问孔子说:"丘何为是栖栖者与?"指孔子忙忙碌碌周游列国。

④鄹(zōu)氏邑:即鄹邑,春秋时代鲁国的城邑,孔子之父叔梁纥曾任鄹邑大夫。

⑤鲁王宫:孔安国《尚书序》记载,鲁恭王要拆毁孔子旧居以扩建王宫,他走到孔宅的厅堂上忽然听到金石丝竹之声,便没有拆孔宅。

⑥叹凤:《论语》记载孔子曾叹道:"凤鸟不至,河不出图,吾已矣夫!"否:穷,不通。

⑦伤麟:《公羊传》记载,鲁哀公十四年春,有人在打猎时猎到一只麒麟,孔子知道后非常悲伤,流泪叹息道:"吾道穷矣!"从此绝笔不再写《春秋》。

⑧"今看"二句:《礼记·檀弓》记载,孔子对弟子说他夜里梦见自己在两楹之间享受祭祀("余畴昔之夜梦坐奠于两楹之间"),恐怕将要死了。果然七天后就病死了。楹:厅堂上的柱子。

【鉴赏】

孔子曾周游列国,宣扬王道仁政的治国方法,但最终不见用于当时。这首诗由以此为题,有感而发,作者对孔子的坎坷不遇的悲剧深表同情,叹惜不已。沈德潜评此诗曾说:"孔子之道,从何处赞叹,故只就不遇立言,此即运意高处。"

王之涣 (688~742)字季陵,原籍晋阳(今山西太原),后迁居绛郡(今山西新绛)。早年曾作冀州衡水县主簿,因遭人诬陷而去官,漫游山水十五年,足迹遍布黄河南北。晚年担任文安县尉。性格豪放,喜击剑悲歌。其诗意境壮阔,热情奔放,音乐性强,多被当时乐工制曲歌唱,轰动一时。与高适、王昌龄等唱和,“歌从军,吟出塞”,为盛唐著名边塞诗人之一。诗作大多失传,仅存六首,均为名篇,都被《全唐诗》录存。

登鹳雀楼[1]

王之涣

白日依山尽[2],黄河入海流。
欲穷千里目[3],更上一层楼。

【注释】

①鹳雀楼:旧址在今山西省永济市西南,常有鹳雀栖息楼上,故名。楼三层,为当时游览胜地,前望中条山,下临黄河。

②尽:完,落下。

③千里目:指眺望极远的地方。

【鉴赏】

这是一首自古而今广为传诵的名篇,描写了登高望远所见,歌颂了祖国河山的壮丽,表达了诗人热爱祖国大好河山之情,还寓含一定的积极人生哲理。

首句描绘夕照衔山的现实景色。一轮落日正金光夺目,在连绵起伏苍苍莽莽的群山西面缓缓落下,在视野的尽头渐渐隐没,这是天空景,也是西望景。

次句写俯瞰黄河远去天边的意中景象。诗人面对流经楼前的滚滚黄河的滔滔大浪,视线由上到下,由近及远、由西向东,跟随河水向远方延伸。虽不能目击黄河入海的情状,却可以充分发挥想象,好像看见黄河一路汹涌澎湃,气势磅礴,流入大海,令人心旷神怡。这是陆地景,也是东望景。

三四句写诗人欲登高望远。从前两句的眼前所见引出了深沉思索和再上一层楼的行动。若想看到无穷无尽的美丽景色,就应该不断地向上攀登,迈上更高一层楼。以"楼"收尾,很好地照应了题目。诗句看似平铺直叙,却既寓含诗人积极向上的进取精神、高瞻远瞩的博大胸襟,又暗示了只有站得高才能看得远、看得全的哲理。含意深远,耐人寻味。

本诗连接十分自然。前两句纳上下、远近、东西之景,使画面显得特别宽广、深远,为后两句议论渲染了气势,做了铺垫;后两句即景生意,将前两句的意境和主旨推上了一个新的高度,引入更高的境界,向读者展示了比天空、大海更广阔的视野,让读者在叹赏、热爱祖国壮丽河山的感情基础之上,更激发出一种不断进取、奋发向上的精神。

出　塞[①]

王之涣

黄河远上白云间,一片孤城万仞山[②]。
羌笛何须怨杨柳,春风不度玉门关[③]。

【注释】

①诗题一作《凉州词》,唐代乐府曲名。

②远上:远远直上。孤城:指凉州城,在今甘肃省武威县。仞:八尺。

③羌笛:我国西北部羌族的一种乐器。杨柳:指北朝乐府《折杨柳歌辞》。春风:比喻朝廷的关心。玉门关:在今甘肃省敦煌西,是当时凉州最西境。

【鉴赏】

这首诗是诗人初入凉州时,面对黄河、边城的荒凉辽阔景象,以及耳闻《折杨柳曲》所产生的感慨,也表现出广大将士为国戍边的悲壮。

前两句描写古代凉州一带荒凉辽阔的景象。诗人先用镜头摄取远景:黄河汹涌澎湃波浪滔滔地入海,如自下而上、由近及远地眺望,它却像一条洁白的丝带逶迤飞上云端。诗人的视觉与黄河的流向相反,突出了黄河源远流长的悠远仪态,也展示了边地广漠壮阔的风光,重在表现黄河的静态美。诗人又摄取具立体感的近景:征戍士兵居住的很小的城堡被孤独地屹立在高山环抱之中。用远川高山反衬玉门关地势险要、处境孤危。孤城是一片,是单薄、狭小的,而高山却是万仞的,以数量和体积极不相称的两件事物，形成鲜明对比，造成一种心理上的压力，这也是诗人对文字的巧妙组合的功用。

后两句借凄凉幽婉的笛声，表达诗人对这种景象的感想。以问语转出浓郁的诗意，羌笛之声吹出了戍守者处境的孤危和强烈的怨恨。羌笛演奏的是《折杨柳》曲调，而折柳赠别在唐代最盛，“杨柳”的实物、文字与离别便有了比较直接的关系，《折杨柳》笛曲触动了人们的离仇别恨。不说“闻折柳”却说“怨杨柳”，用词非常精心，并能引发更多的联想，深化诗意。戍守者自知，天高皇帝远，朝廷的关心本来是不度过玉门关的，才有了玉门关外处境的孤危和环境的恶劣，才有了杨柳不青和离人想要折杨柳寄情而不能的残酷现实。以“何须怨”自慰语，深沉含蓄，传达出戍守者在乡愁难禁时意识到卫国戍边责任的重大，才能如此自我安慰。此足见戍边将士的伟大情怀。

本诗在写作上表现出来的特点主要是对比的运用和语言的准确、意丰。

孟浩然 (689~740)，襄阳(今湖北襄阳)人，盛唐著名诗人。一生除四十多岁时曾往长安、洛阳求取功名而在北方做过一次旅行外，其余大部分时间都在故乡鹿门山隐居，或在吴、越、湘、闽等地漫游。曾与众名士联诗出名句：“微云淡河汉，疏雨滴梧桐。”满座惊叹，皆为之搁笔。(王士源《孟浩然集序》)。开元二十五年(737)，张九龄作荆州长史，招致幕府，后又归隐故乡，不久病逝。其友王维画像于郢州刺史亭，世称“浩然亭”，后改为“孟亭”。

孟浩然一生沦落，却是初盛唐过渡期中最有成就的诗人。闻一多先生指出“到孟浩然手里，对初唐的宫体诗产生了思想和文字两种净化作用，所以我们读孟的诗觉得文字干净极了。他在思想净化方面所起的作用，当与陈子昂平分秋色，而文字的净化，尤推盛唐第一人。由初唐荒淫的宫体诗跳到杜甫严肃的人生描写，这中间必然有一段净化过程，这就是孟浩然所代表的风格”(《闻一多先生说唐诗》)。李白《赠孟浩然》予以充分赞美，杜甫称其“清诗句句尽堪传”(《解闷》其六)。孟浩然现存诗二百六十多首，五言居多，其中五律和排律又最多。他运用格律的形式写了大量的山水诗。这些诗在当时是很负盛名的。孟浩然逝世后，好友王士源出版《孟浩然集》三卷，后《全唐诗》

辑录二百六十多首。孟浩然的诗从初唐风行的咏物、应制等狭窄题材中解放出来，较多反映山水隐逸生活，恬淡孤清，形成和谐优美的意境，独具风格，艺术上有较高的造诣。只是多写隐居闲适和羁旅愁思，没有涉及更广阔的社会生活。

秋登兰山寄张五①

孟浩然

北山白云里，隐者自怡悦②。
相望始③登高，心随雁飞灭。
愁因薄暮起，兴④是清秋发。
时见归村人，平沙渡头歇。
天边树若荠⑤，江畔洲如月。
何当载酒来，共醉重阳节⑥。

【注释】

①兰山：在襄阳西北。篇名一作《秋登万山寄张五》。张五：名子容，唐先天二年(713)进士，隐居于襄阳岘山南约两里的白鹤山，为孟浩然的同乡至交。这首诗写登高思友之情。

②“北山”二句：化用陶弘景《应诏诗》：“山中何所有？岭上多白云。只可自怡悦，不堪持赠君”，写张五隐居在北山。北山：北面的山。隐者：当指张五。

③始：一作“试”。

④兴：兴致。

⑤荠：一种野菜。

⑥何当：何时当能。重阳节：农历九月九日，古人以为九是阳数，月、日都是九，故称重阳节，以为宜于长寿，所以有登高、赏菊、亲友聚饮等风习。

【鉴赏】

这是一首怀念友人之作，写登高思友之情。全诗情随景生，而景又烘托情，两者紧密联系，真正做到了情景交融，浑然一体。情飘逸而真挚，景清淡而优美，为孟诗代表作之一。

首句从晋代陶弘景《答诏问山中何所有》的“山中何所有，岭上多白云。只可自怡悦，不堪持赠君”的诗句中脱化而来。

三四两句起，进入题意。“相望”表明对张五的思念，由思念而登“万山”远望，望而不见友人，但见北雁南飞。诗人的心啊，也随鸿雁飞去，消逝在遥远的天际。这是写景又是抒情，情景交融。雁也看不见了，而又近黄昏时分，心头不禁泛起淡淡的哀愁。然而，清秋的山色却使人逸兴勃发。

“时见归村人，平沙渡头歇。天边树若荠，江畔洲如月”是写从山上四下眺望，天至薄暮，村人劳动一日，三三两两逐渐归来。他们有的行走于沙滩，有的坐歇于渡头，显示出人们从容逸然的样子，带有几分悠闲。再放眼向远处望去，一直看到“天边”，那天边的树看去细如荠菜，而那白色的沙洲，在黄昏的朦胧中却清晰可见，似乎蒙上了一层月色。

“何当载酒来，共醉重阳节”照应开端数句，既点出“秋字”，更表明了对张五的思念，进一步显示友情的真挚。

本诗作者创造了一个高远清幽的境界，特别是前四句既没有着力刻画人物的动作，也没有着力描写景物，用朴素的语言，如实写来，平淡而自然，展示了农村的静谧和自然界的优美。这充分体现了“语淡而味终不薄”（沈德潜语）的孟诗特征。

夏日南亭怀辛大①

孟浩然

山光②忽西落，池月渐东上。
散发乘夕凉，开轩卧闲敞③。
荷风送香气，竹露滴清响④。
欲取鸣琴弹，恨无知音赏。
感此怀故人⑤，中宵劳梦想。

【注释】

①辛大：即辛谔，行大，作者同乡，隐居西山，后被征辟入幕。

②山光：落山的日光。

③散发：古代男子平日束发于顶，散发则表示闲适、潇洒。“开轩”句：开窗躺

着，清闲而敞亮。

④清响：清脆的声响。

⑤故人：指辛大。

【鉴赏】

本诗写一种闲适自得的情趣，兼带点无知音的感慨，并无十分厚重的思想内容，然而写出各种感觉细腻入微，看似轻描淡写，往往能引人渐入佳境，诗趣盎然。《夏日南亭怀辛大》为诗人的代表性名篇。

诗人开篇即写夏夜水亭纳凉的清爽闲适。“山光忽西落，池月渐东上”，遇景入咏，细味却不只是简单写景，同时写出诗人的主观感受。“忽”“渐”二字运用之妙，在于它们不但传达出夕阳西下与素月东升给人的实际感觉（一快一慢）；而且，“夏日”可畏而“忽”落，明月可爱而“渐”起，只表现出一种心理的快感。“池”字表明“南亭”傍水，也非虚设。

“散发乘夕凉，开轩卧闲敞。”诗人沐浴之后，洞开亭户，“散发”不束，靠窗而卧，不但写出一种闲情，同时也写出一种适意，一种来自身心两方面的快感。此处暗合了陶渊明的“五六月中北窗下卧，遇凉风暂至，自谓是羲皇上人”的名句。

进而，“荷风送香气，竹露滴清响。”诗人从嗅觉、听觉两方面继续写这种快感。荷花的香气清淡细微，“风”送时闻；竹露滴在池面发出清脆之声，所以是“清响”。滴水可闻，细香可嗅，此处表达的境界真可谓“一时叹为清绝”（沈德潜《唐诗别裁》）。

“竹露滴清响”是那样的悦耳清心，诗人自然而然想到了音乐，于是“欲取鸣琴弹”，传说古人弹琴先得沐浴焚香，摒去杂念，而此时的诗人正适合操琴，但“欲取”而未取，因为“鸣琴”之想牵惹起一层淡淡的怅惘，像平静的水面起了一阵微澜。相传楚人钟子期通晓音律，伯牙鼓琴，志在高山，子期道“巍巍乎若太山”；志在流水，子期道“汤汤乎若流水”。子期死而伯牙绝弦，不复演奏。这就是“知音”的出典。诗人由清幽绝俗的境界而想到弹琴，由弹琴想到“知音”，而生出“恨无知音赏”的遗憾，这就自然而然地由水亭纳凉过渡到怀念友人上来。诗人多么希望朋友在身边，共度良宵，友人期不来，自然生出惆怅。“怀故人”的情绪一直带到睡下以后，进入梦乡，梦中居然与朋友相见了。诗以梦境结束，极有余味。

夜归鹿门歌[①]

孟浩然

山寺钟鸣昼已昏，渔梁[②]渡头争渡喧。
人随沙岸向江村，余亦乘舟归鹿门。
鹿门月照开烟树，忽到庞公[③]栖隐处。
岩扉松径长寂寥，唯有幽人[④]独来去。

【注释】

①鹿门：即鹿门山，孟浩然家在襄阳城南郊外，岘山附近，汉江西岸，鹿门山则在汉江东岸，与岘山隔江相望。

②渔梁：地名。

③庞公：汉末著名隐士庞德公，因拒绝征辟，携家隐居鹿门山，从此鹿门山成了隐居圣地。

④幽人：既指庞德公，也指诗人自己。

【鉴赏】

这是一首歌咏归隐情怀的诗。看似像一则随笔素描的山水小记，但主题是抒写清高隐逸的情怀志趣和道路归宿。诗人所写从日落黄昏到月悬夜空，从汉江舟行到鹿门山路，实质上是从尘杂世俗到寂寥自然的隐逸道路。

孟浩然早年一直隐居在岘山南园的家里，四十岁赴长安求仕不遇，数年后返乡，决心追随庞德公的行迹，特在鹿门山辟一住处。偶尔也去住住，其实是个标榜归隐，所以题曰“夜归鹿门”，虽有纪实之意，但主旨是标明这首诗是歌咏归隐的情怀志趣。

“山寺钟鸣昼已昏，渔梁渡头争渡喧”写傍晚江行见闻。听着山寺传来黄昏报时的钟声，望见渡口人们抢渡回家的喧闹。山寺的僻静与世俗的喧闹两相对照，唤起联想，诗人在船上闲望沉思的神情，潇洒超脱的襟怀，隐然可见。接着“人随沙岸向江村，余亦乘舟归鹿门”两句写人们归家，自己离家去鹿门，两种归途，表明自己隐逸的志趣。

“鹿门月照开烟树，忽到庞公栖隐处”写夜晚登鹿门山的情景。月光下的山树朦朦胧胧，使人陶醉，在不知不觉中就到了归宿地，当年庞德公就隐居在这里。最后两句“岩扉松径长寂寥，唯有幽人独来去”细写“庞德公隐居处”的境况，此两句为全诗的诗眼，点破隐逸的真谛，与尘世隔绝，唯山林是伴，此时诗人领悟了“遁世无闷”的妙趣。

本诗以平淡自然的笔调，写出隐逸的内心感受：“气象清远，心孤寂”，手法娴熟。

临洞庭上张丞相[1]

孟浩然

八月湖水平，涵虚混太清[2]。
气蒸云梦泽[3]，波撼岳阳城。
欲济无舟楫，端居[4]耻圣明。
坐观垂钓者，徒有羡鱼情[5]。

【注释】

①张丞相：张九龄，唐玄宗开元二十一年（733），张九龄为相，孟浩然曾西游长安，用这首诗赠张九龄，希望得到引荐，表达了诗人从政的热情。

②虚、太清：指天空。此二句意为八月秋水大涨，显得平满，涵容着天宇，水天相连，和太空混而为一。

③气蒸云梦泽：意谓近处都在水气笼罩之中。“云梦泽”是现在的湖北南部、湖南北部一带低洼地的总称。

④端居:隐居。

⑤垂钓者、羡鱼情:《淮南子·说林训》:“临河而羡鱼,不若归家织网。”这里暗示无人援引,徒有从政的愿望而已。

【鉴赏】

这首诗托兴观湖,表现了诗人积极入世的思想和希望在政治上得到援引的心情,是孟浩然诗中较为开阔的一首。唐玄宗开元二十一年(733),孟浩然西游长安,写了这首诗赠予张九龄,目的是想得到张九龄的赏识和引荐。

本诗前半部是泛写洞庭湖的景色。开篇写秋水盛涨,八月的洞庭湖水天一色,洞庭湖和天空遥遥相连。洞庭湖极宽广极涵浑,汪洋浩阔,与天相接,润泽着千花万树,容纳了大大小小的河流。“气蒸云梦泽,波撼岳阳城”是咏洞庭湖的名句。写出湖的丰厚的蓄积,仿佛广大的沼泽地带都受到湖的滋养哺育,才显得那样草木繁茂,郁郁葱葱。“波撼”两字放在“岳阳城”上,衬托湖的澎湃动荡,也极为有力。

后半部是即景生情,所谓“欲济无舟楫”,是用来比喻希望丞相的引荐。诗人面对浩浩的湖水,想到自己还是在野之身,要找出路却无人引荐,正如想渡过湖去却没有船只一样。“端居耻圣明”,是说这一个圣明的太平盛世,自己也不甘心闲居,要入世做番事业。这里正式向张丞相表白心迹。接下来,诗人巧妙地翻用了《淮南子·说林训》中的古语,吟出“坐观垂钓者,徒有羡鱼情”,亦实亦虚,深寓新意,不露痕迹地表达了希望追随张丞相左右效力的愿望。本诗既表达了想出仕的心情,又写得不卑不亢,是一首不落俗套的干谒诗。

秦中感秋寄远上人[①]

孟浩然

一丘常欲卧,三径[②]苦无资。
北土非吾愿,东林[③]怀我师。
黄金燃桂[④]尽,壮志逐年衰。
日夕凉风至,闻蝉但益悲。

【注释】

①秦中:指陕西长安。上人:对僧人的敬称。

②三径:指归隐后所住的家园。西汉末,王莽专权,兖州刺史蒋翊辞官回乡,于院中辟三径,唯与求仲、羊仲来往。后陶潜《归去来兮辞》有“三径就荒,松菊犹存”句,后人遂以三径指退隐家园。

③东林:指庐山东林寺。

④燃桂:《战国策·楚策》:“楚国之食贵于玉,薪贵于桂。”后遂以燃桂喻处境窘困。

【鉴赏】

这是一首寄方外人的诗,免不了称羡对方的清净无为,厌苦自己的尘俗不堪。诗中充满了失意、悲哀与追求归隐的情绪,是一首坦率的抒情诗。

孟浩然之所以四十岁入长安寻求仕途的发展,原因之一可在本诗中找到。诗人本有“一丘常欲卧”的归隐心愿,但“三径苦无资”,即无财力维持归隐生活。诗人穷困潦倒的处境,形成理想与现实的矛盾,所以北入长安求仕并非他所愿意做的,实有经济上困窘的原因,诗人是很怀想东晋高僧慧远在庐山的生活的。孟浩然的诗中也多次提到他的欲出仕是因为亲老家贫的原因。在长安逗留的日子里,物价昂贵,盘缠将尽,原先的壮志因为这次碰壁、随着年岁的增长而衰减。因此傍晚时分听到暮蝉哀鸣时,心里就怆然增悲。诗末的两句增强了全诗的悲愤气氛。

本诗因是写给方外人的诗,所以“东林怀我师”一语双关,既怀想慧远,亦代指怀想远上人,十分贴切巧妙。

本诗另一特点在于直抒胸臆。情之难抒,在于抽象。诗人常借用具体事物的形象描写以抒发感情,表达感情的词语往往一字不用。而此诗却一反这种通常的写法。对“一丘”称欲,对“无资”称苦;对“北土”则表示“非吾愿”,思“东林”自然“怀我师”;求仕进而不能,遂使壮志衰颓;流落秦中,感凉风、闻蝉鸣而“益悲”。这种写法如画中的白描,不加润色,直写心中的哀苦愁闷,使人读来并不感到抽象,反而觉得诗人的率真与明朗。

宿桐庐江寄广陵旧游①

孟浩然

山暝听猿愁,沧江急夜流。
风鸣两岸叶,月照一孤舟。

建德非吾土，维扬忆旧游[②]。

还将两行泪，遥寄海西头[③]。

【注释】

①桐庐江：即桐江，今在浙江省桐庐县。广陵：今江苏省扬州。旧游：即故交。

②建德：县名，今浙江，居桐江上游。维扬：即扬州。

③海西头：扬州近海，故称海西头。

【鉴赏】

此诗是诗人离开长安后，漫游吴越旅途中夜宿桐庐江，为怀念旧友而作。

诗的前四句写景，“山暝听猿愁，沧江急夜流。风鸣两岸叶，月照一孤舟。”有声有色，一气呵成地描绘了一幅月夜行舟的凄清画面：山暝猿啼，江流滔滔，树叶萧萧，孤舟月照，极写景色的寥落凄寂，这也是诗人心境的反映。

后四句“建德非吾土，维扬忆旧游。还将两行泪，遥寄海西头。”借景生情：月夜宿孤舟，独客他乡，心中愁闷，自然对友人深切怀念，因而热泪纵横，想把自己深切的思念之情遥寄给“海西头”的扬州旧友。

本诗在意境上显得清寂或清峭，情绪上则带着比较重的孤独感。全诗语言精妙，写景如画，情景交融，感人至深。

早寒有怀

孟浩然

木落雁南渡，北风江上寒。

我家襄水[①]曲，遥隔楚云端。

乡泪客中尽，孤帆天际看。

迷津[②]欲有问，平海夕漫漫。

【注释】

①襄水：也叫襄河，入汉水，在湖北襄阳西北。

②迷津：津为渡口，迷津即找不到渡口，比喻找不到出路，迷失方向。

【鉴赏】

本诗是孟浩然漫游长江下游途中所作，是一首思归的诗。

“木落雁南渡，北风江上寒”，两句本鲍照“木落江渡寒，雁还风吹秋”蜕变而来，但孟作也如行云流水，更准确地写出了深秋的景象。诗人捕捉了当时带有典型性的事物，点明季节。木叶渐脱，北雁南飞，这是最代表性的秋季景象。但是单说秋，还不能表达出“寒”，诗人又以“北风”呼啸来渲染，自然使人觉得寒冷，这就点出了题目中的“早寒”，为以下的思乡之情立下了基调。首联应用“起兴”的手法，很自然地进入到第二联“我家襄水曲，遥隔楚云端”，透露出思乡的情怀，带有含蓄的意味，未点明。第三联“乡泪客中尽，孤帆天际看”，不仅点明了乡思，而且把这种感情一泄无余，写尽天下游子共有的情怀。诗人在异乡遥望故乡，深深地眷念襄阳、襄水，但故乡可望而不可即，只能垂下思乡之泪，遥看天际孤帆。这种飘零之感只有羁旅中人才能深切地体会到。“迷津欲有问，平海夕漫漫”诗人身在异乡，迷于津梁，无从觅路，眼前只见傍晚宽平如海的江面无边无际的波涛。此诗的末两句既实写当时情形，又隐喻诗人自己仕途失意的悲愤。

本诗以情对景，扣合自然，充分表达了作者的感情。最后又以景作结，把思归的哀情和前路茫茫的愁绪都寄寓在迷茫的黄昏江景之中。

留别王维

孟浩然

寂寂①竟何待，朝朝空自归。
欲寻芳草去，惜与故人违②。
当路谁相假？知音世所稀③。
只应守寂寞，还掩故园扉④？

【注释】

①寂寂：求仕没有音信，心中苦闷。

②寻芳草：喻追求理境界。违：分离。

③当路：当要权者。假：宽容。

④还：回乡。扉：门。

【鉴赏】

本诗是孟浩然将离长安、赠别王维的诗，诗中抒发的还是求仕碰壁后苦闷怨愤的感情。

孟浩然曾于太学赋诗，“一座嗟服，无敢抗。张九龄、王维称道之”，但这次入长安竟然无功而返，诗人心中是很惆怅的。“不才明主弃，多病故人疏”是一时牢骚语，他与王维还是甚为相知。前两句“寂寂竟何待，朝朝空自归”，直写自己失意，无限愁恨和怨恨之情力透纸背。既然长安是这样的难堪，所以三四句说“欲寻芳草去，惜与故人违”，即那就不如回去了，只好和友人惆怅地告别。五六句“当路谁相假？知音世所稀”，进一步说明仕进不达的原因就在于无人援引；“知音世所稀”，同时也表达了自己珍视与王维的知音之情。既然求仕无望，诗人再留京城就毫无意义，因而决心回归故园隐居山林，寂寞地度过余生了。

综观全诗，既没有优美的画面，又没有华丽辞藻，语句平淡，平淡得近乎口语。对偶也不求工整，极其自然，毫无斧凿痕迹。然而却把落第后的心境，表现得十分深刻。言浅意深，颇有作味，耐人咀嚼。

与诸子登岘山[1]

孟浩然

人事有代谢，往来成古今。
江山留胜迹，我辈复登临。
水落鱼梁浅，天寒梦泽深[2]。
羊公碑[3]尚在，读罢泪沾襟。

【注释】

①岘山：山名，在湖北襄阳区南九里，一名岘首。

②鱼梁：江中的鱼梁洲。梦泽：泛指湖泊。

③羊公碑：西晋名将羊祜曾驻岘山，其死后，百姓建碑纪念他。《晋书·羊祜传》：祜乐山水，常造岘山。尝叹曰：自有宇宙，便有此山。由来登望如我者多矣，皆湮灭无闻，使人悲伤。祜卒后，襄阳百姓于岘山立碑，望其碑者，莫不流涕，杜预因

名为“堕泪碑”。羊公:指羊祜,晋南城人。晋武帝时,镇襄阳,轻裘缓带,身不披甲,与吴陆逊对抗。

【鉴赏】

这是一首吊古的诗,意在吊古感今。诗人凭吊岘山的羊公碑,由羊祜联想到自己的身世。

诗人开篇则一反感叹或议论多在篇末的常规,格调独特,开口即发议论,所谓凭空落笔,似与题目无关,但一气贯注,自有神合之处。“人事有代谢,往来成古今”,是一个平凡的真理,大至朝代更替,小至一家兴衰、人的生老病死、悲欢离合、寒来暑往,时光流逝,人事不断地交替变化,古来如此。

第二联紧承第一联。“江山留胜迹”是承“古”字,“我辈复登临”是承“今”字。作者的伤感情绪,便是来自今日的登临。第三联“水落鱼梁浅,天寒梦泽深”写出诗人登高所见。“浅”指水,由于“水落”,鱼梁洲更多地呈现出水面。“深”指梦泽,辽阔的云梦泽,一望无际,令人感到深远。诗人此刻眺望远方,水落石出,草木凋零,一片萧条景象,诗人借景抒情,烘托自己无限的伤感。第四联“羊公碑尚在,读罢泪沾襟。”联想到四百多年前的羊祜,为国为民做出贡献,名垂青史,而自己至今为“布衣”,无所作为,死后将湮没无闻,这与“尚在”的“羊公碑”相比,不免“泪沾襟”,令人伤感。

本诗语言通俗易懂,感情真挚动人,以平淡深远见长。句未用典,贴切自然,情趣盎然。

过故人庄

孟浩然

故人具鸡黍[①],邀我至田家。
绿树村边合[②],青山郭外斜。
开轩面场圃,把酒话桑麻[③]。
待到重阳日,还来就菊花[④]。

【注释】

①具:备办。鸡黍:黍是黄米,古人认为是一种最好的粮食。鸡黍指农家待客的丰盛饭菜。

②合:围拢。

③轩:窗户。场:打谷场。圃:菜园。话桑麻:闲谈农作之事。

④重阳日:即重阳节,古代风俗,重阳节赏菊。就:靠近。

【鉴赏】

这首有名的田园诗,是作者隐居鹿门山时到一位山村友人家做客所写。

前两句文字自然简朴,为互敞心扉铺设了一个合适的气氛。故人"邀"而我"至",文字上毫无渲染,招之即来,简单而随便。这正是至交之间不用客套的形式。而以"鸡黍"相邀,既显出田家特有风味,又见待客之简朴。正是这种不讲虚礼和排场的招待,朋友的心扉才能够为对方打开。"绿树村边合,青山郭外斜",为我们描绘了一个清淡幽静的山村,充满了浓烈的田园生活气息。诗人顾盼之间,竟是这样一种清新愉悦的感受.近处是绿树环抱,显得自成一统,别有天地;远处郭外青山依依相伴,使得村庄不显得孤独,并展示了一片开阔的远景。"故人庄"出现在这样幽静的自然环境中,所以宾主临窗举杯。"开轩面场圃,把酒话桑麻",更显得畅快,令人心旷神怡,宾主之间忘情在农事上。诗人被农庄生活深深吸引,于是临走时,向主人率真地表示将在秋高气爽的重阳节再来赏菊。

诗篇把恬静秀美的农村风光和淳朴诚挚的情谊融成一片,语言平淡,出语洒落,浑然省净,丝毫无雕琢痕迹,于"淡抹"中显示其魅力无限。

岁暮归南山[1]

孟浩然

北阙休上书，南山归敝庐[2]。
不才明主弃，多病故人疏。
白发催年老，青阳逼岁除[3]！
永怀愁不寐，松月夜窗虚。

【注释】

①南山：指孟浩然的故乡襄阳城南。

②北阙：坐落在皇家宫殿北面的望楼，等待朝见或上书的地方。　敝庐：指自己的破落家园。

③青阳：指春天。　岁除：即岁暮。

【鉴赏】

这是一首诗人入京求仕不遇，岁暮返回老家时抒发愤慨的诗。

开元十六年(728)，四十岁的孟浩然进长安应进士举落第，心情很苦闷，当时的孟浩然满腹文章，已颇有诗名，并得到王维、张九龄的延誉。因而这次应试失利，令孟浩然大为懊丧，现实无情地粉碎了孟浩然在政治上曾抱有的幻想，怨恨之情、绝望之意油然而生。本诗诗人以自怨自艾的形式发泄一种怨怼之情。

诗人开篇直抒自己决心不再上书朝廷，要回到故乡的敝庐中去。接着以自怨的口吻说：我是没有才能的，因而得不到圣主的任用；年纪又渐渐老了，身体多病，致使老朋友也疏远了我；头上白发渐渐多，似在催我老去；春天太阳朗照，如在逼旧年离去；我愁苦得彻夜不能成眠；月亮从松间透进窗来，自己更感寂寞。

相传，孟浩然曾被王维邀至内署，恰遇玄宗到来，玄宗索诗，孟浩然就读了这首《岁暮归南山》，玄宗听后生气地说："卿不求仕，而朕未弃卿，奈何诬我"(《唐摭言》卷十一)。可见此诗尽管写得含蓄婉曲，玄宗还是听出了弦外之音。结果孟浩然被放还了。封建社会抵制人才的现象，于此可见一斑。

这首诗看似语言显豁，实则含蓄丰富。层层辗转表达，句句语涉数意，构成悠远深厚的艺术风格。

春　晓[1]

孟浩然

春眠不觉晓，处处闻啼鸟[2]。
夜来风雨声，花落知多少[3]？

【注释】

①春晓：春天的早晨。

②不觉晓：不知不觉已天亮了。啼鸟：啼叫的鸟。

③夜来二句：回忆夜来的风雨，为花木担忧。

【鉴赏】

春天，自然界一派生机。春天的早晨，更是生意盎然：鸟雀到处鸣唱，经过夜来的风雨，地上到处是落花。从落花可以使人联想到花丛草木。诗人把住了这一特点，只用淡淡几笔，就为读者勾勒出了一幅春晓图。

本诗意在惜春。诗人选取了一个侧面，春天，有迷人的色彩，有醉人的芬芳，诗人都不去写，而从听觉的角度着笔写春之声，用以渲染户外春意闹的美好景象，"处处"二字，啁啾起落，远近应和，使人有置身山阴道上，应接不暇之感。只淡淡几笔就写出了晴方好、雨亦奇的繁盛春意。后两句由喜春翻为伤春、惜春，而这伤和惜却是因为对春的爱，潇潇春雨也引起了诗人对花木的担忧，这份闲谈中多少流露出个人的不幸际遇。诗里时间的跳跃、阴晴的交替、感情的微妙变化，都很富有情趣，能给人带来无穷兴味。

本诗语言浅近，自然天成。诗中景真情真，就像是从诗人心灵深处流出的一股泉水，晶莹澄澈，如天籁之声，读之使人如饮醇醪，不觉自醉。

宿建德江[①]

孟浩然

移舟泊烟渚[②],日暮客愁新。
野旷天低树,江清月近人[③]。

【注释】

①建德江:浙江上游的一段,因在建德县境内,故称“建德江”。

②烟渚:暮烟中的洲渚。

③“野旷”句:原野空旷,天边地平线比树还低。月:指江中月影。

【鉴赏】

这是一首写羁旅之思的诗。诗人夜泊江边,即景生情而作。

首句点题,“移舟泊烟渚”,“移舟”就是移舟近岸的意思;“泊”这里有停船宿夜的含意。行船停靠在烟雾朦胧的小洲边,为下文的写景抒情做了准备。第二句“日暮客愁新”是诗的中心句,日落黄昏,江面上水烟蒙蒙。因为“日暮”会撩起“客愁新”,在这众鸟归林、牛羊下山的黄昏时刻,那羁旅之愁蓦然而生。接下来作者并未循此继续抒愁,而是将笔触转到景物描写中去。写出日暮时刻,苍苍茫茫,旷野无垠,放眼望去,远处的天空显得比近处的树木还要低,“低”和“旷”是相互依存、相互映衬的。“野旷天低树,江清月近人。”诗人怀着“愁心”在这广袤而宁静的宇宙中,经过一番上下求索,终于发现还有一轮孤月此刻和他是那么亲近!寂寞的愁心似乎寻到了慰藉,诗也就戛然而止了。

孟浩然的这首小诗自然之中显示出风韵天成、淡中有味、含而不露的艺术魅力。

送朱大入秦[①]

孟浩然

游人五陵[②]去,宝剑值千金。

分手脱[3]相赠，平生一片心。

【注释】

①秦：指长安。

②五陵：在长安，这里指长安。

③脱：解下。

【鉴赏】

这是一首赠别诗。朱大为何人不详，作者写到，朋友朱大要到长安去，临别的时候，诗人摘剑相赠，以壮行色。古人身边常有佩剑或佩刀，这是他们雄心壮志的象征。诗中写解下宝剑相赠，表示了作者对朋友重于千金的友情，同时还隐含着他对朋友此次远游的殷切期望。诗人以赠剑来表达对朋友的深情厚谊。

宴梅道士山房[1]

孟浩然

林卧愁春尽，搴帷览物华[2]。
忽逢青鸟使[3]，邀入赤松[4]家。
金灶[5]初开火，仙桃[6]正发花。
童颜若可驻，何惜醉流霞[7]。

【注释】

①山房：山中之屋，以此指道士住处。

②搴帷：揭起帐子。物华：美好的景物。

③青鸟使：《汉武故事》载，西王母将见汉武帝，先有青鸟飞到殿前。后遂把送信使者称为青鸟使。

④赤松：即赤松子，传说中的仙人。此处喻指梅道士。

⑤金灶：道家炼丹的炉灶。

⑥仙桃：《汉武帝内传》载，西王母赠给汉武帝仙桃，说此桃三千年一熟。

⑦流霞：传说中的仙酒名。结尾两句是说如果能使童颜永驻，何惜痛饮仙酒。

【鉴赏】

高卧林下正愁着春光将尽，掀开帘幕观赏景物的光华。忽然遇见传递信件的使者，原是赤松子邀我访问他家。炼丹的金炉灶刚刚生起火，院苑中的仙桃也正好开花。如果仙人真可以保住童颜，何惜醉饮返老还童的流霞。诗人以隐士身份而宴於梅道士山房，因而借用了金灶、仙桃、驻颜、流霞等术语和运用青鸟、赤松子等典故，描述了道士山房的景物，赋予游仙韵味，流露了向道之意。这首诗写道士山房中的饮宴，一事一物都写得颇有仙气。结尾两句流露出作者的寂寞心绪。

永嘉上浦馆逢张八子容①

孟浩然

逆旅相逢处，江村日暮时。
众山遥对酒，孤屿②共题诗。
廨宇③邻蛟室，人烟接岛夷。
乡园万余里，失路一相悲。

【注释】

①永嘉：汉永宁县，晋置永嘉郡，唐置温州府。今浙江温州。上浦馆：清《一统志》："上浦馆，在（温州）府城东七十里。"张八子容：张子容，排行第八，襄阳人，初与浩然同隐鹿门山，为生死交。曾官晋陵尉，又仕乐城尉。其在乐城，浩然曾往探访。与浩然倡答诗颇多。

②孤屿：孤立的岛屿。谢灵运《登江中孤屿》诗："乱流趋正绝，孤屿媚中川。"后因称温州北江心寺所在之山为孤屿。

③廨宇：官舍。蛟室：蛟人所居之室。张华《博物志》："南海水有鲛（蛟）人，水居如鱼，不废织绩，其眼能泣珠。"

【鉴赏】

江村逆旅，日暮相逢，此景此情，已寓悲慨。殷璠谓三、四"无论兴象，兼复故实"（《河岳英灵集》）。然兴象故实，貌似闲雅，意含悲凉。方回谓五、六"俊美"（《瀛奎律髓》），殊不知写风土之殊，最易引发悲怆。前三联层层深入，步步进逼.

至结联而汇于一“悲”字。二人皆悲其“失路”,故知当年偕隐鹿门山,何尝忘怀于宦情也!

彭蠡湖[①]中望庐山

孟浩然

太虚生月晕,舟子知天风。
挂席候明发,渺漫平湖中。
中流见匡阜,势压九江雄。
黯黮凝黛色,峥嵘当曙空。
香炉初上日,瀑水喷成虹。
久欲追尚子,况兹怀远公。
我来限于役,未暇息微躬。
淮海途将半,星霜岁欲穷。
寄言岩栖者,毕趣当来同。

【注释】

①彭蠡湖:古泽薮名,即今江西鄱阳湖。

【鉴赏】

孟浩然写山水诗往往善于从大处落笔,描绘大自然的广阔图景。第一、二两句就写得气势磅礴,格调雄浑。辽阔无边的太空,悬挂着一轮晕月,景色微带朦胧,预示着“天风”将要来临。“月晕而风”,这一点,“舟子”是特别敏感的。这就为第三句“挂席候明发”开辟了道路。第四句开始进入题意。虽然没有点明彭蠡湖,但“渺漫”这个双声词,已显示出烟波茫茫的湖面。

“中流见匡阜,势压九江雄”,进一步扣题。“匡阜”是庐山的别称。作者“见匡阜”是在“中流”,表明船在行进中。“势压九江雄”的“压”字,写出了庐山的巍峨高峻。“压”字之前,配以“势”字,颇有雄镇长江之滨,有意“压”住滔滔江流的雄伟气势。这不仅把静卧的庐山写活了,而且显得那样虎虎有生气。

以下四句,紧扣题目的“望”字。浩渺大水,一叶扁舟,远望高山,却是一片“黛色”。这一“黛”字用得好。“黛”为青黑色,既点出苍翠浓郁的山色,又暗示出凌晨的昏暗天色。随着时间的推移,东方渐渐显露出鱼肚白。高耸的庐山,在“曙空”中,显得分外妩媚。

天色渐晓,红日东升,庐山又是一番景象。崔巍的香炉峰,抹上一层目光。读者是不难想象其美丽的。而“瀑水喷成虹”的景象更使人赞叹不已。以虹为喻,不仅表现庐山瀑布之高,而且显示其色。飞流直下,旭日映照,烟水氤氲,色如雨后之虹,高悬天空,是多么绚丽多彩。

这样秀丽的景色,本该使人流连忘返,然而,却勾起了作者的满腹心事。“久欲追尚子,况兹怀远公”,表明了作者早有超脱隐逸的思想。“尚子”指尚长,东汉隐士;“远公”指慧远,东晋高僧,他本来是要到罗浮山去建寺弘道的,然而“及届浔阳,见庐峰清净,足以息心”,便毅然栖息东林。“追”“怀”二字,包含了作者对这两位摆脱世俗的隐士、高僧是多么敬仰和爱戴;诗人望庐山,思伊人,多么想留在庐山归隐呀,然而却没有,为什么呢?

“我来限于役”以下四句,便回答了这个问题。作者之所以不能“息微躬”是因为“于役”,他还要继续到长江下游江浙等省的广大地区去漫游,现在整个行程还不到一半,而一年的时间却将要完了。“淮海”“星霜”这个对偶句,用时间与地域相对,极为工稳而自然,这就更突出了时间与空间的矛盾,从而显示出作者急迫漫游的心情。这对“久欲追尚子”两句说来是一个转折,表现了隐逸与漫游的心理矛盾。

“寄言岩栖者,毕趣当来同”,对以上四句又是一个转折。“岩栖者”自然是指那些隐士、高僧。“毕趣”的“毕”应作“尽”讲,“趣”指隐逸之趣。意思是尽管现在不留在庐山,但将来还是要与“岩栖者”共同归隐的,表现出对庐山的神往之情。

这虽是一首古诗,但对偶句相当多,工稳、自然而且声调优美。譬如“黯黮凝黛色,峥嵘当曙空”中的“黯黮”与“峥嵘”,都是叠韵词;形容颜色的两字,都带“黑”旁,形容山高的两字都带“山”旁。不仅意义、词性、声调相对,连字形也相对了。《全唐诗》称孟诗“伫兴而作,造意极苦”,于此可见一斑。

题义公禅房

孟浩然

义公习禅寂,结宇依空林。

户外一峰秀，阶前众壑深。
夕阳连雨足，空翠落庭阴。
看取莲花净，方知不染心。

【鉴赏】

这是写给寺院僧人的诗。佛教在唐代极为盛行，而唐代诗人和僧人的关系，也是十分密切的。因此，许多诗人都有题赠寺院僧人的诗篇，写得出色的也不少。孟浩然的这首诗，是比较优秀的，特别是中间两联，把山中夏日的景象，鲜明生动地刻画了出来，风格清新，语言秀丽。最后以净洁的莲花来比喻义公一尘不染的纯洁心灵，很形象。

赴京途中遇雪

孟浩然

迢递秦京道，苍茫岁暮天。
穷阴连晦朔，积雪满山川。
落雁迷沙渚，饥乌噪野田。
客愁空伫立，不见有人烟。

【鉴赏】

这首诗写出赴京途中所见没有人烟，只有积雪与饥乌。作者又虚写了落雁和沙渚。《闻鹤轩初盛唐近体读本》谓"凡作诗，须实少，虚处多，方有馀地"，这首诗就是实少而虚多。积雪苍茫，如在眼前，真乃一派画境。如画家写意，非工笔细描。但只有客空伫立，不见人烟，不免有荒凉之感，更反映出作者此时的心境。

晓入南山遇雪

孟浩然

瘴气晓氛氲，南山复水云。

鲲飞今始见，鸟堕旧来闻。
地接长沙近，江从汨渚分。
贾生曾吊屈，余亦痛斯文。

【鉴赏】

作者上书北阙，失意南归，有慨于斯文之丧，有《岁暮归南山》，复有此作。题意在结句之"痛斯文"，而以晓见南山瘴气发端。假想鲲展垂天之云，鸟堕瘴疠之气，转以屈贾寄慨，愤愤然欲为斯文一哭，足见其痛切至极。这首诗于孟浩然的诗中别具一格，全无山水田园风味，亦失温柔敦厚之旨，犹陶潜之"二分梁甫一分骚"（元好问语）。

早寒有怀

孟浩然

木落雁南渡，北风江上寒。
我家襄水曲①，遥隔楚云端②。
乡泪客中尽，孤帆天际看。
迷津③欲有问，平海④夕漫漫。

【注释】

①襄水曲：襄水曲折之处。襄水又称襄河，是汉江在襄阳（今湖北襄阳市）南面一段的别称。孟浩然家在襄阳。

②楚云端：襄阳古代属楚国。

③迷津：迷失渡口。《论语·微子》有子路问津的故事。此处喻作者的迷惘心境。

④平海：江面平阔。

【鉴赏】

北风落叶，鸿雁南飞，旅途漂泊的诗人不禁触物伤怀，流下滴滴思乡泪。江海漫漫，津渡在何处？漂泊者的迷惘彷徨的心境尽现笔端。高步瀛《唐宋诗举要》评这首诗说:“纯是思归之神,所谓超以象外也。”

宿业师山房期丁大不至

孟浩然

夕阳度西岭,群壑倏已暝[①]。
松月生夜凉,风泉满清听。
樵人归欲尽,烟鸟[②]栖初定。
之子期宿来,孤琴候萝径[③]。

【注释】

①暝:昏暗的样子。

②烟鸟:暮烟中的归鸟。

③萝径:萝是蔓延的藤。径:就是小路。

【鉴赏】

此诗的中心在一“期”字。诗人夜宿僧舍等待友人,只看到时间一刻刻地过去,而所期待的人,终不见来。与人相约,久等不至,不免有些心生惆怅,然而诗人等待友人不至,并不心焦,并不抱怨,还自抱琴耐心静候,这是多么的闲适呵!

诗人开篇就写傍晚,是顾到题目的“宿”字。“松月”“风泉”是写在将晚时所见所闻的风景。再用“归樵”“栖鸟”,时间又进一层,并以此陪衬丁大。用一“欲”字,犹有未尽归意,还是希望他能如期而来,结果还是相信他“期宿来”,所以仍旧抱琴去等。不明言不来,而不来的意思已写得十分透彻了。

这首诗可与《寻西山隐者不遇》那一首相对照,寻而不遇,仍然得尽其兴;期而不至,也是自得其乐。《寻西山隐者不遇》诗中“何必待之子”,是不遇之后自慰的话;本诗中“之子期宿来”,是不来之前自信的话。两者都脱尽火气,一点不露抱怨声,可见诗人悯静的风度。

晚泊浔阳望庐山

孟浩然

挂席几千里，名山都未逢。
泊舟浔阳郭，始见香炉峰。
尝读远公传，永怀尘外踪。
东林精舍近，日暮空闻钟。

【鉴赏】

这首诗色彩淡素，浑成无迹，后人叹为“天籁”之作。上来四句，颇有气势，尺幅千里，一气直下。诗人用淡笔随意一挥，便把这江山胜处的风貌勾勒出来了，而且还传递了神情。

试想在那千里烟波江上，扬帆而下，心境何等悠然。一路上也未始无山，但总不见名山，直到船泊浔阳（治今江西九江市）城下，头一抬，那秀拔挺出的庐山就在眼前突兀而起：“啊，香炉峰，这才见到了你，果然名不虚传！”四句诗，一气呵成，到“始”字轻轻一点，舟中主人那欣然怡悦之情就显示出来了。

香炉峰是庐山的秀中之秀，在不少诗人的歌咏中常见它美好的身影。“日照香炉生紫烟”（李白《望庐山瀑布》），在李白笔下，香炉峰青铜般的颜色，被红日映照，从云环雾绕中透射出紫色的烟霞，这色彩何等浓丽。

李白用的是七彩交辉的浓笔，表现出他热烈奔放的激情和瑰玮绚烂的诗风。而此时的孟浩然只是怡悦而安详地观赏，领略这山色之美。因而他用的纯乎是水墨的淡笔，那么含蓄、空灵。从悠然遥望庐山的神情中，隐隐透出一种悠远的情思。

诗人以上半首叙事，略微见景，稍带述情，落笔空灵；下半首以情带景，情是内在的，他又以空灵之笔来写，确如昔人评曰：“一片空灵”。

香炉峰烟云飘逸，远“望”着的诗人，神思也随之悠然飘忽，引起种种遐想。诗人想起了东晋高僧慧远，他爱庐山，刺史桓伊为他在这里建造了一座禅舍名“东林精舍”。据云那处所是：“洞尽山美，却负香炉之峰，傍带瀑布之壑，……清泉环阶，白云满室。”到这儿来的人都感到“神清而气肃”。这地方如此清幽，使人绝弃尘俗，当然也是为那些山林隐逸之士所向往的了。孟浩然是一位“红颜弃轩冕，白首卧松云”（李白《赠孟浩然》）的人物，所以他那“永怀尘外踪”的情怀是不难理解的。

诗人在遐想，深深怀念这位高僧的尘外幽踪。这时，夕阳斜照，忽然隐隐约约听到从远公安禅之地的东林寺里传来阵阵钟声，东林精舍近在眼前，而远公早作古人。高人不见，空闻钟声，心中不禁兴起一种无端的怅惘。“空”字情韵极为丰富。这儿是倒装句法，应该是先闻东林之钟然后得知精舍已“近”。这一结余音袅袅，含有不尽之意。且点出东林精舍，正是作者向往之处。“日暮”二字说明闻钟的时刻，“闻钟”又渲染了“日暮”的气氛，加深了深远的意境；同时，也是点题。

这首诗，诗人写来毫不费力，真有“挥毫落纸如云烟”之妙。诗人写出了“晚泊浔阳”时的所见、所闻、所思，流露出对隐逸生活的钦羡。然而尽管“精舍”很“近”，诗人却不写登临拜谒，笔墨下到“空闻”而止，“望”而不即，悠然神远。难怪主“神韵”说的清人王士禛极为赞赏此诗，把它与李白诗“牛渚西江夜”（《夜泊牛渚怀古》）并举，用以说明司空图《诗品》中所谓“不著一字，尽得风流”的妙境，还说：“诗至此，色相俱空，真如羚羊挂角，无迹可求，画家所谓逸品是也。”

舟中晓望

孟浩然

挂席东南望，青山水国遥。
舳舻争利涉，来往接风潮。

问我今何适？天台访石桥。
坐看霞色晓，疑是赤城标。

【鉴赏】

船在拂晓时扬帆出发，一天的旅途生活又开始了。“挂席东南望”，开篇就揭出“望”字，是何等情切。诗人大约又一次领略了“时时引领望天末，何处青山是越中”（《渡浙江问舟中人》）的心情。“望”字是一篇的精神所在。此刻诗人似乎望见了什么，又似乎什么也没望见，因为水程尚远，况且天刚破晓。这一切意味都包含在“青山——水国——遥”这五个平常的字构成的诗句中。

既然如此，只好暂时忍耐些，抓紧赶路吧。第二联写水程，承前联“水国遥”来。“利涉”一词出自《易·需卦》“利涉大川”——意思是卦象显吉，宜于远航。那就高兴地趁好日子兼程前进吧。舳舻，一种方长船。“争利涉”以一个“争”字表现出心情迫切、兴致勃勃，而“来往接风潮”则以一个“接”字表现出一个常与波涛为伍的旅人的安定与愉悦感，跟上句相连，便有乘风破浪之势。

读者到此自然而然想要知道他“何往”了，第三联于是转出一问一答来。这其实是诗人自问自答：“问我今何适？天台访石桥。”这里遥应篇首“东南望”，点出天台山，于是首联何所望，次联何所往，都得到解答。天台山是东南名山，石桥尤为胜迹。据《太平寰宇记》引《启蒙注》：“天台山去天不远，路经油溪水，深险清泠。前有石桥，路径不盈尺，长数十丈，下临绝涧，唯忘身然后能济。济者梯岩壁，援葛萝之茎，度得平路，见天台山蔚然绮秀，列双岭于青霄。上有琼楼、玉阙、天堂、碧林、醴泉，仙物毕具也。”这一联初读似口头常语，无多少诗味。然而只要联想到这些关于名山胜迹的奇妙传说，你就会体味到“天台访石桥”一句话中微带兴奋与夸耀的口吻，感到作者的陶醉和神往。而诗的意味就在那无字处，在诗人出语时那神情风采之中。

正因为诗人是这样陶然神往，眼前出现的一片霞光便引起他一个动人的猜想：“坐看霞色晓，疑是赤城标。”朝霞映红的天际，是那样璀璨美丽，那大约就是赤城山的尖顶所在吧！“赤城”山在天台县北，属于天台山的一部分，山中石色皆赤，状如云霞。因此在诗人的想象中，映红天际的不是朝霞，而当是山石发出的异彩。这想象虽绚丽，然而语言省净，表现朴质，没有用一个精美的字面，体现了孟诗“当巧不巧”的特点。尾联虽承“天台”而来，却又紧紧关合篇首。“坐看”照应“望”字，但表情有细微的差异。一般说，“望”比较着意，而且不一定能“见”，有张望寻求的意味；而“看”则比较随意，与“见”字常常相联。“坐看霞色晓”，是一种怡然欣赏的态度。可这里看的并不是“赤城”，只是诗人那么猜想罢了。如果说首句由“望”引起的悬念到此已了结，那么“疑”字显然又引起新的悬念，使篇中无余字而篇外有余韵，写出了旅途中对名山向往的心情，十分传神。

此诗似乎信笔写来，却首尾衔接，承转分明，篇法圆紧；它形象质朴，却又真彩内映；它没有警句炼字，却有兴味贯穿全篇。

洛中访袁拾遗不遇

孟浩然

洛阳访才子，江岭作流人。
闻说梅花早，何如北地春？

【鉴赏】

这首诗里包含了相当复杂的情绪，既有不平，也有伤感；感情深沉，却含而不露，是一首精练而含蓄的小诗。

前两句完全点出题目。“洛阳”指明地点，紧扣题目的“洛中”，“才子”即指袁拾遗；“江岭作流人”，暗点“不遇”，已经作了“流人”，自然无法相遇了。

这两句是对偶句。孟浩然是襄阳人，如今到了洛阳，特意来拜访袁拾遗，足见二人感情之厚。称之为“才子”，暗用晋潘岳《西征赋》“贾谊洛阳之才子”的典故。以袁拾遗与贾谊相比，足以说明作者对袁拾遗景仰之深。

“江岭”指大庾岭，过此即是岭南地区，唐代罪人往往流放于此。用“江岭”与“洛阳”相对，用“才子”与“流人”相对，揭露了当时政治的黑暗、君主的昏庸。“才子”是难得的，本来应该重用，然而却作了“流人”，由“洛阳”而远放“江岭”，这是极不合理的社会现实，何况这个“流人”又是自己的挚友呢。这两句对比强烈，突现出作者心中的不平。

“闻说梅花早，何如北地春”两句，写得洒脱飘逸，联想自然。大庾岭古时多梅，又因气候温暖，梅花早开。从上句“早”字，见出下句“北地春”中藏一“迟”字。早开的梅花，是特别引人喜爱的。可是流放岭外，怎及得留居北地故乡呢？此诗由“江岭”而想到早梅，从而表现了对友人的深沉怀念。而这种怀念之情，并没有付诸平直的叙述，而是借用岭外早开的梅花娓娓道出。诗人极言岭上早梅之好，而仍不如北地花开之迟，便有波澜，更见感情的深挚。

全诗四句，贯穿着两个对比。用人对比，从而显示不平；用地对比，从而显示伤感。从写法上看,“闻说梅花早”是纵笔,是一扬,从而逗出洛阳之春。那江岭上的早梅,固然逗人喜爱,但洛阳春日的旖旎风光,更使人留恋,因为它是这位好友的故乡。这就达到了由纵而收、由扬而抑的目的。结尾一个诘问句,使得作者的真意更加鲜明,语气更加有力,伤感的情绪也更加浓厚。

送杜十四之江南

孟浩然

荆吴相接水为乡,君去春江正渺茫。
日暮征帆何处泊?天涯一望断人肠。

【鉴赏】

这是一首送别诗。揆之元杨载《诗法家数》:“凡送人多托酒以将意,写一时之景以兴怀,寓相勉之词以致意”。如果说这是送别诗常见的写法,那么,相形之下,孟浩然这首诗就显得颇为出格了。

诗题一作“送杜晃进士之东吴”。唐时所谓“进士”,实后世所谓举子(举进士)。得第者则称“前进士”。看来,杜晃此去东吴,是落魄的。

诗开篇就是“荆吴相接水为乡”,既未点题意,也不言别情,全是送者对行人一种宽解安慰的语气。“荆”指荆襄一带,“吴”指东吴。“荆吴相接”,恰似说“天涯若比邻”,“谁道沧江吴楚分”。说两地,实际已暗关送别之事。但先作宽慰,超乎送别诗常法,却别具生活情味:落魄远游的人不是最需要精神上的支持与鼓励吗?这里就有劝杜晃放开眼量的意思。长江中下游地区,素称水乡。不说“水乡”而说“水为乡”,意味隽永:以水为乡的荆吴人对漂泊生活习以为常,不以暂离为憾事。这样说来虽含“扁舟暂来去”意,却又不著一字,造语洗练、含蓄。此句初读似信口而出的常语,细咀其味无穷。若作“荆吴相接为水乡”,则诗味顿时“死于句下”。

“君去春江正渺茫”。此承“水为乡”说到正题上来,话仍平淡。“君去”是眼前事,“春江渺茫”是眼前景,写来几乎不用费心思。但这寻常之事与寻常之景联系在一起,又产生一种味外之味。春江渺茫,正好行船。这是喜“君去”得航行之便呢?是恨“君去”太疾呢?景中有情在,让读者自去体味。这就是“素处以默,妙机其微”(司空图《诗品·冲淡》)了。

到第三句,撇景入情。朋友刚才出发,便想到“日暮征帆何处泊”,联系上句,这一问来得十分自然。春江渺茫与征帆一片，形成一个强烈对比。阔大者愈见阔大，渺小者愈见渺小。“念去去千里烟波”，真有点担心那征帆晚来找不到停泊的处所。句中表现出对朋友一片殷切的关心。同时，揣度行踪，可见送者的心追逐友人东去，又表现出一片依依惜别之情。这一问实在是情至之文。

前三句饱含感情，但又无迹可寻，直是含蓄。末句则卒章显意：朋友别了，“孤帆远影碧空尽”，送行者放眼天涯，极视无见，不禁心潮汹涌。第四句将惜别之情上升到顶点，所谓“不胜歧路之泣”（蒋仲舒评）。“断人肠”点明别情，却并不伤于尽露。原因在于前三句已将此情孕育充分，结句点破，恰如水库开闸，感情的洪流一涌而出，源源不断。若无前三句的蓄势，就达不到这样持久动人的效果。

此诗前三句全出以送者口吻，“其淡如水，其味弥长”，已经具有诗人风神散朗的自我形象。而末句“天涯一望”四字，更勾画出“解缆君已遥，望君犹伫立”（王维《齐州送祖三诗》）的送者情态，十分生动。读者在这里看到的，“说是孟浩然的诗，倒不如说是诗的孟浩然，更为准确”（闻一多《唐诗杂论》）。全篇用散行句式，如行云流水，近歌行体，写得颇富神韵，不独在谋篇造语上出格而已。

渡浙江问舟中人

孟浩然

潮落江平未有风，扁舟共济与君同。
时时引领望天末，何处青山是越中？

【鉴赏】

孟浩然诗主要以五言擅场，风格浑融冲淡。诗人将自己特有的冲淡风格施之七绝，往往“造境飘逸，初似常语”而“其神甚远”（陈延杰《论唐人七绝》）。此诗就是这样的高作。

孟浩然于开元初至开元十二三年间，数度出入于张说幕府，但并不得意，于是有吴越之游。开元十三年（725）秋自洛首途，沿汴河南下，经广陵渡江至杭州，然后，渡浙江之越州（今绍兴）。诗即作于此时。

在杭州时，诗人有句道“今日观溟涨”，可见渡浙江（钱塘江）前曾遇潮涨。一旦潮退，舟路已通，诗人便迫不及待登舟续行。首句就直陈其事，它由三个片语组成：“潮落”“江平”“未有风”。初读似平平淡淡的常语，然而细味，这样三顿形成短促的节奏，正成功地写出为潮信阻留之后重登旅途者惬意的心情。可见有时语调也有助于表现诗意。

钱塘江江面宽阔，而渡船不大。一叶“扁舟”，是坐不了许多人的。“舟中人”当是来自四方的陌生人。“扁舟共济与君同”，颇似他们见面的寒暄。这话淡得有味：虽说彼此素昧平生，却在今天走到同条船上来了，“同船过渡三分缘”，一种亲睦之感在陌生乘客中油然而生。尤其因舟小客少，更见有同舟共济的亲切感。所以问姓初见，就倾盖如故地以“君”相呼。这样淡朴的家常话，居然将承平时代那种淳厚世风与人情味惟妙惟肖地传达出来，谁能说它是一味冲淡？

当彼岸已隐隐约约看得见一带青山，更激起诗人的好奇与猜测。越中山川多名胜，是前代诗人谢灵运遨游歌咏过的地方，于是，他不禁时时引领翘望天边：哪儿应该是越中——我向往已久的地方呢？他大约猜不出，只是神往心醉。这里并没有穷形极相的景物描写，唯略点“青山”字样，而越中山水之美尽从“时时引领望天末”的游子的神情中绝妙传出。可谓外淡内丰，似枯实腴。“引领望天末”，本是晋陆机《拟兰若生朝阳》成句。诗人信手拈来，加“时时”二字，口语味浓，如自己出，描状生动。注意吸取前人有口语特点、富于生命力的语汇，加以化用，是孟浩然特擅的本领。

“何处青山是越中？”是“问舟中人”，也是诗的结句。使用问句作结，语意亲切，最易打通诗与读者的间隔。一问便结，令读者心荡神驰，使意境顿形高远。全诗运用口语，叙事、写景、抒情全是朴素的叙写笔调，而意境浑融、高远、丰腴、完满。“寄至味于淡泊”（《古今诗话》引苏轼语，见《宋诗话辑佚》），对此诗也是确评。

王湾　生卒年不详。洛阳（今属河南省）人。玄宗先天进士。开元初为荥阳（今属河南省）主簿。五年至九年参与编撰《群书四部录》，书成，调任洛阳尉。生平见《唐才子传》卷1，今人傅璇琮有《王湾传》。王湾入仕前，词翰早著，为天下所称，往来吴楚间，多有著述。《次北固山下》一首（《唐才子传》）作《江南意》，有名联：“海日生残夜，江春入旧年。”被誉为罕有之作，为张说所激赏，曾亲题于政事堂，令能为之士，奉为楷式。《全唐诗》存诗10首。

次北固山下

王　湾

客路青山外，行舟绿水前。
潮平两岸阔，风正一帆悬。
海日生残夜，江春入旧年。
乡书何处达，归雁洛阳边。

【鉴赏】

这是一首记游之作。次，住宿，这里是停泊的意思。北固山，在今江苏省镇江市北，有南、北、中三峰，北峰三面临江，形势险要。归雁，雁为候鸟，秋天南下，春天北归，故称归雁。古代有鸿雁传书的传说，所以诗人要请北归的大雁捎个信给故乡洛阳。全诗生动地描绘出旅途中所见的江南冬末的明媚景色。

整首诗紧紧围绕着一个“次”字展开，用“青山”“绿水”“平潮”“风帆”“海日”“江春”这几样景物，组成了一幅江南特有的冬景图。首联写“客路”以对偶句发端，既工丽，又洒脱；“行舟”二字将神驰乡里的漂泊羁旅之情，洋溢于字里行间。颔联抓住江潮这一特有的景象，生动地描绘出江潮涨后水波浩荡、风顺帆悬的图景，意境开阔。一个“正”字，兼包“顺”风与“和”风的内容，唯其如此，帆才能够“悬”。颈联上句写天将破晓时，一轮红日涌出江面的奇观，下句虽写残冬，但江南已有春的气息，使全诗情趣盎然。尾联二句紧承颈联，与首联遥相呼应，表露出滞留异地他乡的思归之情。总之，这首诗格调壮美，意境阔大，预示着盛唐诗歌发展的前景。

李颀 (690～约753)，唐代诗人。祖籍赵郡(今河北赵县)，长期居住颍阳(今河南登封西)。开元二十三年(735)登进士第。一度任新乡县尉，不久去官，退归家园，来往于洛阳、长安之间。他的交游很广泛，与盛唐时一些著名诗人王维、高适、王昌龄、綦毋潜等都有诗词唱和。李颀以七古见长，今存边塞诗多为歌行体。其诗笔力奔放、境界高远、格调悲壮，是边塞诗派的代表人物之一。

古从军行

李　颀

白日登山望烽火[①]，黄昏饮马傍交河。
行人刁斗风沙暗，公主琵琶[②]幽怨多。
野云万里无城郭，雨雪纷纷连大漠。
胡雁哀鸣夜夜飞，胡儿眼泪双双落。
闻道玉门犹被遮，应将性命逐轻车[③]。
年年战骨埋荒外，空见蒲桃入汉家。

【注释】

①烽火：古代边关战事的一种警报。

②公主琵琶：汉武帝时以江都王刘建女细君嫁乌孙国王昆莫，恐其途中烦闷，故弹琵琶以娱之。

③“闻道”两句：汉武帝曾命李广利攻大宛，欲至贰师城取良马，战不利，广利上书请罢兵回国，武帝大怒，发使至玉门关，曰：“军有敢入，斩之！”两句意谓边战还在进行，只得随着将军提着性命苦撑。

【鉴赏】

此诗是唐代边塞诗中的名篇。边塞诗有很多种主题，如思乡、勇猛、苦寒等，此诗的主题是反战。诗是以前线一个战士的口吻与视角写的，抒发的是战士在前线苦寒环境中的苦寒心态，目的是揭示战争的残酷，表达了作者的反战情绪。

第一联是说战士一天的艰苦生活，点明了时间与地点，白天与黄昏两个词向读者暗示整个一天，甚至可能是每一天，战士的生活就是骑着战马在边塞上巡边，单调而艰辛。第二联和第三联，营造的是边塞恶劣的环境。其中第二联是从以行人与公主作为主体来衬托边关的风沙之厉和心情之悲。第三联则是通过自然风景的描绘，展示了边塞的空旷和荒芜，这样写的目的是为反战主题服务的：如此荒凉的地方朝廷有什么必要让战士们来到这里战死沙场呢？第四联以北地固有之物（胡雁）与人（胡儿）对边地生活环境的失望来进一步感染读者，空寂无人的边地又有什么可以让人拼命相争的呢？最后两联是引用典故来揭示主题。第五联批评汉代朝廷为了边战不顾将士们的性命，尾联通过一个人们熟悉的事实来批评，边战给中原带来的战利品只不过是一种植物，而它的代价却是成千上万将士们的性命！

在艺术上，此诗有三点值得注意之处。

首先，诗的结构运用了赋体的形式，即层层铺叙，步步递进。先交代时间、背景、人物，再讲别人（行人与公主）的感受，然后才正面写到边地的环境。最妙的地方有二：一是反衬法。胡雁和胡儿本是生活在边塞，按理说他们已经适应了那种恶劣的生活环境，但是他们也为之哀鸣和落泪，可以衬托出边塞地域上的苦寒；二是对比法。尾联以葡萄这种无足轻重的植物来和人的生命进行不对称的对比，就能激起读者对战争的厌恶和反对。

其次，要理解这首诗，还必须将它放在历代边塞诗的发展中去把握。汉代边塞诗有许多是歌颂战争中将士的勇猛和中原军威的。时至盛唐，诗人对战争的态度之转变正是反映在这首诗里。这首诗与杜甫的《兵车行》主题比较接近，但杜甫的诗因为着墨更浓，所以艺术感染力也更强。不过李颀的诗却具有开拓性的意义（李颀的生活年代略早于杜甫）。

再次，唐人写诗都有所谓“汉代情结”，表面上写的是汉代，其实要说的话都是针对唐朝的。一方面是将自己的时代比拟汉代的强盛，另一方面这也是艺术上借代手法的使用。刺古是为了讽今，不直接批评唐代，这也符合儒家：“温柔敦厚”的“诗教”原则，同时也可能是避讳。

送陈章甫

李颀

四月南风大麦黄，枣花未落桐叶长。
青山朝别暮还见，嘶马出门思旧乡。
陈侯立身何坦荡，虬须虎眉仍大颡[①]。
腹中贮书一万卷，不肯低头在草莽。
东门沽酒饮我曹，心轻万事皆鸿毛[②]。
醉卧不知白日暮，有时空望孤云高。
长河浪头连天黑，津口停舟渡不得。
郑国游人未及家，洛阳行子空叹息。
闻道故林[③]相识多，罢官昨日今如何？

【注释】

①虬：卷曲。颡：脑门子。

②饮：使喝。皆：一作“如”。

③故林：犹故乡。

【鉴赏】

这是一首送别诗，送别主题在唐诗中占有很大的比例，所以要写出新意很不容易，李颀这首送别诗就有它的新意所在。与其他叙事性的诗歌一样，前两联是交代时间、地点、人物和事件。诗歌先用了几种常见的意象提供这些信息：“南风”“大麦”“枣花”“桐叶”营造出初夏的季节。第二联是说送人还乡。三四两联正面描写陈章甫其人心胸坦荡、形象高伟、满腹经纶和志操高远的品质。五六两联才写到送别之前的情景，两人饮酒作别时，作者更加深刻地感受到陈章甫的不甘风尘、高洁无伦的节操。七八两联直写送别，以黄河之浪和渡口之险象征人生路途的艰难。第八联的是作者对陈章甫离别归家的一种感伤，“郑国游人”指陈章甫，“洛阳行子”指作者自己。其实这两句是互文的手法，他们两人都是客游郑、洛（是同一个地方）的游子，归去的虽然是陈章甫，而作者何尝没有此意！叹息的虽是作者，而陈章甫难道没有叹息！作者借送别落魄之客抒写自己的不遇之悲。最后一句是全诗的点睛之笔，也是此诗有别于其他送别诗的地方，它是说，听说因为不得志而被迫辞官归隐家乡的老朋友很多，而他们归去之后，现在的处境和心情又该如何呢？言外之意是，有才能者(与作者相识的朋友们自然都是才学满腹的)的理想是难以实现的，所以只好纷纷退隐山林，他们罢官了，真能纵情山水，忘忧解愁吗？但愿如此，希望失意的陈章甫真正能找到精神的归宿，也暗示自己虽然现在还在寻找机会，但将来也必然要走上这条退隐之路。

此诗在结构上很清晰，除末句外，都是两联为一组，表达的意思也是一层一层展开的。理解这首诗要掌握两个关键。一个是古人尤其是唐代人对政治理想充满高涨的热情，一般读书人所走的路是“读书——漫游——科举”，一部分入仕的人走上为官之道，另一部分失意之人流落江湖，最后只好退居山林，似乎没有第三条路可走。此诗送别的地点在洛阳，说明他们是在政治中心寻找发展的机会，但是一直都是怀才不遇、愤懑伴随着这些读书人。此诗要表达的其实正是这种不遇之悲。第二，此诗运用了一种主客体互相照应的写作方式，即，凡是写到对象时，都是一面镜子，从对象身上正可见作者自己的影像。陈章甫不得志，其实也是说作者自己不得志；对象的心胸、学识和节操其实也是作者自己品质的写照；陈章甫要归隐旧林，是说自己也有此意。所以，虽说是送别诗，其实也是明志诗，这就是此诗的妙处所在。

听安万善吹觱篥歌

李　颀

南山截竹为觱篥，此乐本自龟兹[①]出。
流传汉地曲转奇，凉州胡人为我吹。
傍邻闻者多叹息，远客思乡皆泪垂。
世人解听不解赏，长飚[②]风中自来往。
枯桑老柏寒飕飗，九雏鸣凤乱啾啾。
龙吟虎啸一时发，万籁百泉相与秋。
忽然更作渔阳掺[③]，黄云萧条白日暗。
变调如闻杨柳春，上林繁花照眼新。

岁夜高堂列明烛,美酒一杯声一曲。

【注释】

①龟兹:今新疆库车县。

②长飚:喻乐声的急骤。

③渔阳掺:曲调名。

【鉴赏】

李颀有三首涉及音乐的诗歌,分别是《琴歌》《听董大弹胡笳兼寄语弄房给事》和这首《听安万善吹觱篥歌》。其中,《琴歌》从动静处着笔,主要交代音乐的背景,也有明志之意。《听董大弹胡笳弄兼寄语房给事》正写胡笳,同时也赞颂懂得欣赏音乐的人的高尚品格。这首诗写觱篥,以赏音为全诗经脉,纯写音乐,正面着墨,含蕴深长。最难能可贵的是,诗人把三首极易混淆的音乐欣赏诗写得各具情态,让人赞叹。

这首诗主要表达的是乐者高超的演奏技艺,同时表明自己对他所奏之曲的准确理解。前两联说明此曲虽出自北方少数民族,但在汉地流播以来,"曲转奇",是说演奏技艺更加复杂与繁难。第三联展示了听者"叹息""泪垂"的情感效果。但是第四联笔调一转,"世人解听不解赏",是说听者虽然觉得动听悠扬、难免感伤动情,可是他们从来都不能真正理解乐师演奏的妙处之所在。于是乐师只好像风一样穿梭于尘世之间,寻觅解人。第五至八联写诗人对乐师之曲的准确把握,他才是乐师的一个知音,简直是唯一的知音!其曲先抑后扬,先奏狂荡悲壮之音,后有一重要的变调,变调后忽见春光明媚,繁花似锦!一首乐曲能奏出多重境界,是乐师的高妙之处。末联是说自己与众不同的高超鉴赏水平,致使自己对乐师之曲的爱好和满足之感。

此诗运用了对比的手法。傍邻和远人成为自己高超鉴赏水平的对照,他们虽然也能为之动情,却是只知其然而不知其所以然。这样更加衬托出自己理解能力之强,同时也间接说明了世上知音难求的道理。

古　意[①]

李　颀

男儿事长征，少小幽燕客。
赌胜马蹄下，由来轻七尺[②]。
杀人莫敢前，须如猬毛磔[③]。
黄云陇底白云飞，未得报恩不能归[④]。
辽东小妇年十五，惯弹琵琶解[⑤]歌舞。
今为羌笛出塞声，使我三军泪如雨。

【注释】

①古意：犹“拟古”。

②轻七尺：犹言轻生甘死。

③磔：张开。

④不能归：一作“不得归”。

⑤解：擅长。

【鉴赏】

这也是一首边塞题材的诗，诗的主题明显有两个层次：一是歌颂少年的英勇，二是抒写少年的乡愁。前三联，写少年战士英勇果敢的品质。“长征”一词暗示着远离家乡；“少小”寓示战事频繁，军士不足，所以征未成年男子入伍；“幽燕”在唐代即指条件艰苦的边塞。第一联所提供的事件和环境本是铺写伤感之情的序幕，但是此诗并没有直接那样写。第二联是一转折，在苦寒之境中，这些少年却有着令人敬畏的豪气和勇猛的品质。在战马边一掷千金，竟然能胜出，对金钱和生命全不看重。第三联是说他们在战场上的勇猛无敌，这两句的意思是，少年杀起敌人来的英武之气，使敌人不敢靠前，他就像刺猬一样全身长满了可怕的刺，锋利无比。将战士的不可见的勇敢比喻成可见的锋芒，这是一个妙喻。第四联是全诗的转折，也是第一层主题向第二层主题的转折，它有两层意思，一是点明少年在边关骑马飞驰，征战关外，其动力其实是对朝廷恩荫的报答！而不是被动的！其二是少年有思乡之情！最后两联描写的是第二层主题。第五联写边塞之地擅长歌舞的歌女之笛声恰恰成了少年思乡的契机。歌女与歌声本是为了取乐，但结果使战士乡情大发，悲不能禁。

诗题所谓“古意”，是指拟古乐府主题而写的，它与乐府古题《少年行》《从军行》《游侠篇》《轻薄篇》在主题上都有相关联的地方。这里值得注意的是“少年形象”，它是古乐府诗中一类著名的角色，他们年少勇猛、轻生重义、一诺千金、杀人报仇、赌博宿妓、轻薄放荡，是诗人们崇拜和歌颂的对象，是古典时期人们浪漫理想的寄托。所以这个文学史背景是更好地理解此诗的前提。但是，传统的乐府诗所写到的少年除了他们的潇洒和英勇之外，他们并没有什么忧愁，因为绝大多数少年游侠都活动在京城都会和州郡县乡之间，诗歌从不写他们悲观的一面。因而，可见此诗的好处在于，它将少年置身于艰苦的边塞环境中，一方面可以考验他们轻生重义的“少年品质”，另一方面又别出心裁，将笔触引向他们的内心世界，将他们的乡愁表达出来，这样既可以让读者感受到少年内心的复杂情感，也可以证明边塞的苦寒之深！

听董大弹胡笳兼寄语弄房给事

李　颀

蔡女昔造胡笳声，一弹一十有八拍[①]。
胡人落泪沾边草，汉使断肠对归客。
古戍苍苍烽火寒，大荒沉沉[②]飞雪白。
先拂商弦后角羽，四郊秋叶惊摵摵[③]。
董夫子，通神明，深山[④]窃听来妖精。
言迟更速皆应手，将往复旋如有情。
空山百鸟散还合，万里浮云阴且晴。
嘶酸雏雁失群夜，断绝胡儿恋母声。
川为净其波，鸟亦罢其鸣。
乌孙部落家乡远，逻娑沙尘哀怨生[⑤]。
幽音变调忽飘洒，长风吹林雨堕瓦。
迸泉飒飒飞木末，野鹿呦呦[⑥]走堂下。

长安城连东掖垣，凤凰池对青琐门⑦。
高才脱略名与利，日夕望君抱琴至。

【注释】

①蔡女：蔡琰（文姬）。拍：乐曲的段落。

②沉沉：一作“阴沉”。

③商弦、角羽：古以宫商角徵羽为五音。摵摵：叶落声，喻琴声。

④深山：一作“深松”。

⑤乌孙：古国名。逻娑：今西藏拉萨市。

⑥野鹿呦呦：用典。《诗经·小雅·鹿鸣》有“呦呦鹿鸣，食野之蒿”句。

⑦东掖垣：房任给事中，属门下省。凤凰池：凤池，因接近皇帝之故而得此名。

【鉴赏】

此诗是一首用文字描绘音乐效果的诗。音乐是由抽象的音符和节奏组成，此诗通过语言选择恰当的意象试图准确地描画出音乐的效果，并且取得了成功。

全诗分两大部分，正与诗题相合，前一部分是写乐师董大演奏《胡笳十八拍》的高超技巧和美妙的效果。后一部分写房给事高雅脱俗的情趣。前三联写当年蔡琰弹奏《胡笳》曲的背景和效果。接下来的三联写董大弹奏的技巧高超，有如神助。七至十二联写董大之曲所能营造的意境与情感。令人如临其境，如闻其声。最后两联则笔锋一转，从乐师转到房给事身上。房给事本是朝廷命官，在宫衙内办公，这里是名利之场，是非之地，房给事与众不同的地方是他对名利都很淡漠，虽然在天子身边，宫禁之侧，但他每天期望的只是董乐师来为他弹上一曲呢！

这首诗的成功之处表现在三方面。第一，用语言描绘音乐效果的成功，作者使用了两类意象来完成这种比拟的：一是边塞胡风景象，它与蔡琰当时的处境与心情相切合，表明董大所奏之曲内容的准确性；二是自然风物、天籁之声，表达了董大乐曲技巧的音声效果方面的成功。第二，诗送两人，而所送之人又是一对真正的知音，所以这种联结结构是此诗成功的一个亮点。第三，借他人申述自己怀抱。诗人用极大的热情和准确的语言描摹了董大之曲的音乐效果，恰恰暗示了作者自己与他们构成知音的关系，不言而胜似有言，否则他又怎能那样陶醉其中、心领神会呢！另一方面，他对房给事的欣赏又何尝不是对自己品质的高扬和自己赏音识人的自我肯定呢！

送魏万之京[1]

李　颀

朝闻游子唱骊歌，昨夜微霜初度河。
鸿雁不堪愁里听，云山况是客中过。
关城曙色催寒近，御苑砧声向晚多[2]。
莫是长安行乐处，空令岁月易蹉跎[3]。

【注释】

①之：往；到……去。

②关城：函谷关。御苑：君王居住的宫室，这里指京城。砧：捣衣石。

③蹉跎：《说文》新附：“蹉跎，失时也。”

【鉴赏】

这是一首送别诗。《送陈章甫》是送人因不得志从京城归乡，此诗是送人为了寻求发展而去京城，两种背景，两种期盼，两种心情。

第一联是倒装句，昨天晚上寒霜从北边已经渡过了边地的那条河，天气一下子变得寒冷了，我的心情也跟着变得有些寒意。简直就像是天意，今天早上我刚好就要送你离去，与你分别也是让我感到很失落的，就像这刚刚听到的离歌之声。第二联写分别之情，因为别愁太浓，所以随着天气变冷而南迁的大雁的哀鸣声听起来多伤感！而我们正是这千山万水之间的过客，就如同那高飞的大雁一样。第三联的第一句写送别之地的秋景令人伤感，第二句写长安城里也有许多悲怨之声。砧声是指宫中妇女夜晚捣衣的声音，每到夜晚来临，那些孤寂的女子就要去捣衣了，那种声音听起来也让人很伤感。意思是说，现在送你离去之时，天亮了，太阳出来了，本来会感到温暖的，但是因为你的离去，却让我感到更加寒冷。你到长安去，那本是一个让人向往的地方，可是长安城里也有许多失意之人！尾联是对魏万的劝慰和期望。长安城是一个繁华行乐之地，你去了之后，可要努力奋斗呀，不要让大好时光白白流逝，不要让享乐之事迷住了你的心。否则，你听吧，从御苑中都会传出失意的砧声呢！

这首诗有两层对比：一层是紧紧扣住天气与心情的关系，秋天与离别在感情色调上具有同构的特征；二是边地与京城的对比，在边地的人自然是不得志，但是长安城里也有失意的人。两层对比的运用就使诗中包含的期望之情显得更浓。另外，值得一提的是，此诗中包含了古典诗人的几种情结：一是“悲秋情结”，二是“别离情结”，三是“薄暮情结”，四是“悲怨情结”。

琴　歌

李　颀

主人有酒欢今夕，请奏鸣琴广陵客[①]。
月照城头乌半飞，霜凄万树[②]风入衣。
铜炉华烛烛增辉，初弹《渌水》后《楚妃》[③]。
一声已动物皆静，四座无言星欲稀。
清淮[④]奉使千余里，敢告云山从此始。

【注释】

①广陵客：这里指善弹琴的人。

②万树：一作“万木”。

③《渌水》《楚妃》：琴曲名。

④清淮：地近淮水。

【鉴赏】

此诗是言志诗，表明自己与主人的相知甚深，表达自己对主人的忠诚。《琴歌》本是乐府旧题。此诗写作者奉命出使千里之外的清淮之前，主人设宴送别作者。在宴会上，主人请高手弹奏乐曲以砺作者之志。广陵客是用典，意在点出古琴曲《广陵散》，魏嵇康临刑前，请奏自己最擅长的名曲《广陵散》，一曲终了，叹道：“《广陵散》于今绝矣！”用在这首诗中，是指音乐高手。二三两联构成强烈的结比，第二联写室外夜晚的景致，秋风瑟瑟，寒月凄凄，一派肃杀景象。第三联写室内华灯高照，其乐融融，高雅名曲，连篇不辍。所谓“渌水白雪”，是用古代曲名来暗示此曲雅正。室外的秋气与室内的暖融气息形成鲜明对比，也预示作者四处碰壁的处境和主人对他的知遇之恩。第四联写弹奏琴歌的音乐效果，它的魅力能使物与人都受到强烈的感染，甚至能让月亮受到了熏陶，“星欲稀”是拟人的手法，它衬托的是月亮因为听到高雅之曲，也会清辉流溢，产生了“月明星稀”的效果。尾联是说，当作者听完如此美妙感人的乐曲之后，有一种寻到知音的了悟：这次我奉命千里出使，责任重大，请主人放心，有你对我如此的信任，我可以负责任地告诉你，在这多事之秋，千里之任，水远山长，云雾茫茫，今晚，此时此地就是我的出发点，我一定能顺利地完成任务。

此诗理解的难点是，音乐在古代具有一种独特的意义，在朋友之间，重任之下，它并不单纯用来娱乐的，而是启迪知音的。这在中国古代是一贯的传统。主人令作者完成一项重任，临别之时，千言万语敌不过一曲令人感动激发的音乐效果强。而作者也正能领会主人之用意，所以最后一联的明志恰是此诗的立意所在。

全诗写时、写景、写琴、写人，步步深入，环环入扣，章法整齐，层次分明。善于用音乐产生的效果来反衬音乐之美，使琴声越发高妙、更加动人。同时通过音乐，诗人也含蓄地暗示了审美主客体双方的高尚人格，具有强烈的艺术感染力。

望　秦　川[①]

李　颀

秦川朝望迥，日出正东峰。
远近山河净，逶迤城阙重[②]。
秋声万户竹，寒色五陵松[③]。
有客归欤叹[④]，凄其霜露浓。

【注释】

①秦川：古代地名，泛指今陕西、甘肃秦岭以北平原地带。因为这一带春秋、战

国时属于秦国，故称秦川。诗题“望秦川”，主要是回望长安附近一带。

②逶迤：弯弯曲曲，延续不断的样子。城阙：城郭、宫阙，指长安。“阙”是宫殿前的望楼。这句承上句而来，正因山河明净，空气澄清，所以登上高处就能望见长安城宫殿屋舍逶迤曲折，重重叠叠。

③寒色：指令人生寒的翠色。五陵：长安城外地名，因汉代五座陵墓而得名。

④有客：指作者。归欤：归去。“欤”表示感叹的语气。叹：叹息。

【鉴赏】

近代著名学者王国维有句名言，说一切写景语其实都是抒情语。这首五律正可以为这个论断做一个生动的注解。诗从途中回望的角度，写出了秋日秦川萧瑟、凄清的景色。虽然是日出东峰，山河明净，城阙逶迤，却笼罩在肃杀的气氛中。这片景色反映了诗人心情的怅惘郁闷。他最后直接表露心思，说道：就在这样的情况下，有人在途中正为自己的归去而悲叹，那一份难受的心情如同严霜冷露一样凄凉。

这首诗借景抒情，宣泄出诗人的一腔忧愤和苦闷之情。一切景语都是情语，诗歌里唯有情是无处不在的。

赠张旭

李 颀

张公性嗜酒，豁达无所营。
皓首穷草隶，时称太湖精。
露顶据胡床，长叫三五声。
兴来洒素壁，挥笔如流星。
下舍风萧条，寒草满户庭。
问家何所有？生事如浮萍。
左手持蟹螯，右手执丹经。
瞪目视霄汉，不知醉与醒。
诸宾且方坐，旭日临东城。
荷叶裹江鱼，白瓯贮香粳。
微禄心不屑，放神于八纮。
时人不识者，即是安期生。

【鉴赏】

张旭是盛唐著名书法家，是狂草一体的开山鼻祖，他的书法与李白诗歌、裴旻剑舞被时人誉之为“三绝”。传说他作书前要喝得酩酊大醉，狂呼乱跳，近于癫狂，有“张癫”的诨号。作者与张旭意气相投，相知很深，这首诗多侧面地展示出张旭的精神风貌，是唐诗中描写书法家的名篇，也为后人研究张旭提供了第一手资料。

诗的内容可以分为四个层次。首联二句，一写嗜酒，一写豁达拙于钻营，寥寥十字概括了张旭的一生，是全诗的一个总纲。接下来六句，为第二个层次，介绍了张旭出神入化的艺术造诣：书法。“太湖精”形象地道出他是吴人，且“变动犹鬼神，不可端倪”（韩愈语）的精妙书艺。整个层次对笔墨未着一字，却将张旭作书的情态，描写得有声有色，异彩纷呈。“下舍”句以下至“右手执丹经”六句，为第三个层次，是对“豁达无所营”的具体描绘。“瞪目”以下十句，则是对“张公性嗜酒”的补充。全诗描绘人物的情态特征，生动形象，却适可而止，恰到好处。其艺术手法是筋骨隐而愈显，流畅中见工整，被称为唐诗中古风一体的范本。

送刘昱

李　颀

八月寒苇花，秋江浪头白。
北风吹五两，谁是浔阳客。
鸬鹚山头微雨晴，扬州郭里暮潮生。
行人夜宿金陵渚，试听沙边有雁声。

【鉴赏】

这是一首送别诗。诗人以轻畅的语言，抑扬顿挫的音调，刻画了一幅秋江美景。

"八月寒苇花，秋江浪头白"，八月里江岸长满了芦苇，秋江掀起了白浪。这是写诗人来到秋江送别，写出了秋凉的萧瑟之景。"北风吹五两，谁是浔阳客?""五两"，古时船家用来探测风向的工具，类似风向标。它是用鸡毛制作的，重五两，挂在桅杆上，以测风向。古人叫它"候风羽"，楚人叫它"五两"。《郭璞赋》云："占五两之动静。"北风吹着候风羽，你们谁是去浔阳的旅客？这里故意提出这个反问，实际上刘昱是去浔阳的旅客。用问话比直述要曲折、有味。"鸬鹚山头微雨晴，扬州郭里暮潮生。"鸬鹚山微雨初晴，扬州水涨，正好行船。刘昱本来是由扬州去浔阳，诗人用曲折的笔法，不说刘昱是由扬州去浔阳，而是先提问谁去扬州，然后再说扬州长潮。诗忌太直，委婉则有诗意，耐人寻味。"行人夜宿金陵渚，试听沙边有雁声。"船儿夜宿金陵，听听吧！江边沙滩上有大雁的叫声。最后又用一句写景来结束此篇。大雁的鸣叫在行人听来是凄凉的，因而显出与刘昱相别之情。这首诗的写作特点，是写景多于抒情，写景又多用曲笔。本来是扬州送别刘昱去浔阳，但不直抒此意，而是用的反问法。似乎没有抒情的句子，但他写了江上苇花瑟瑟，白浪腾江，沙边雁声，寓情于景，这就是李颀高超的手法。

崔国辅　吴郡（治今江苏苏州）人，玄宗开元十四年（726）进士，历官集贤直学士、礼部员外郎等职，天宝间因事贬为晋陵司马。其诗题材广泛，以五绝著称，语言浅近,婉转清丽,深受南朝乐府民歌的影响。原有集,已散佚。《全唐诗》存其诗1卷。

王　孙　游

崔国辅

自与王孙别,频看黄鸟飞。
应由春草误,著处不成归。

【鉴赏】

崔国辅长于五绝,《全唐诗》录他的诗1卷40余首,五绝就占了一半。历代诗评家把他的五绝和李白并提:“五言绝句,起自古乐府,至唐而盛。李白、崔国辅号为擅长。”(清宋荦《漫堂说诗》)他的五绝,多齐梁余意,婉曲流丽。

这首《王孙游》,属乐府《杂曲歌辞》,咏调名本题,写伤离念远之情,用笔亦清丽婉转。

起句扣题,点“别”,又以“自与”和“频看”一气贯注。“黄鸟”,即黄莺,鸣禽。“维叶萋萋,黄鸟于飞”(《诗经·周南·葛覃》),莺飞草长,是美好春天的象征。黄鸟来了又去,意味着春去春来,而王孙一去不回,空闺寂寞,韶华虚度。怨之极矣,反不言怨,但作应是芳草缠绵,羁留履迹,以至于误了归期的猜拟。崔国辅《长信草》“故侵珠履迹,不使玉阶行”和此诗同一机杼。

传统诗歌常用这种婉曲的手法借物达意。将某种情绪迁于无情之物,于无理的猜拟中见痴情。

《楚辞·招隐士》有“王孙游兮不归,春草生兮萋萋”,用春草感召王孙归来。这里翻用其典,在翻迭中引起审美注意,收到好的艺术效果。

怨词二首（其一）

崔国辅

妾有罗衣裳，秦王在时作。
为舞春风多，秋来不堪著。

【鉴赏】

此诗写的是宫怨，通篇做一个宫女睹旧物而生哀怨的语气，很像戏剧的独白。它能使人想象到比诗句本身更多的情景：女主人公大约刚刚翻检过衣箱，发现一件敝旧的罗衣，牵惹起对往事的回忆，不禁黯然神伤，开始了诗中所写的感叹。封建宫廷的宫女因歌舞博得君王一晌欢心，常获赐衣物。第一句中的“罗衣裳”，既暗示了主人公宫女的身份，又寓有她青春岁月的一段经历。第二句说衣裳是“秦王在时”所作，这意味着“秦王”已故，又可见衣物非新。唐诗中常以“汉宫”泛指宫廷，这里的“秦王”也是泛指帝王。后两句紧承前两句之意作感慨。第三句说罗衣曾伴随过宫女青春时光，几多歌舞；第四句语意陡然一转，说眼前秋凉，罗衣再不能穿，久被冷落。两句对比鲜明，构成唱叹语调。“不堪”二字，语意沉痛。表面看来是叹“衣不如新”，但对于宫中舞女，一件春衣又算得了什么呢？不向来是“汗沾粉污不再著，曳土踏泥无惜心”（白居易《缭绫》）吗？可见这里有许多潜台词的。刘禹锡的《秋扇词》，可以作为这两句诗的最好注脚：“莫道恩情无重来，人间荣谢递相催。当时初入君怀袖，岂念寒炉有死灰！”可见《怨词》中对罗衣的悼惜，句句是宫女的自伤。“春”“秋”不止指季候，又分明暗示年华的变换。“为舞春风多”包含着宫女对青春岁月的回忆；“秋来不堪著”，则暗示其后来的凄凉。“为”字下得十分巧妙，意谓正因为有昨日宠召的频繁，久而生厌，才有今朝的冷遇。初看这二者并无因果关系，细味其中却含有“以色事他人，能得几时好”（李白《妾薄命》）之意，“为”字便写出宫女如此遭遇的必然性。

此诗句句惜衣，而旨在惜人，运用的是比兴手法。衣和人之间是“隐喻”关系。这是此诗的艺术特点。罗衣与人，本是不相同的两种事物，《怨词》的作者却抓住罗衣“秋来不堪著”，与宫女见弃这种好景不长、朝不保夕的遭遇的类似之处，构成确切的比喻。以物喻人，揭示了封建制度下宫女丧失了做人权利这一极不合理的现象，这就触及问题的本质。

唐人作宫怨诗，固然以直接反映宫女的不幸这一社会现实为多。但有时诗人也借写宫怨以寄托讽刺，或感叹个人身世。清刘大櫆说此诗是“刺先朝旧臣见弃”。按崔国辅系开元进士，官至礼部员外郎，天宝间被贬，刘说可备一说。

采莲曲

崔国辅

玉溆花争发，金塘水乱流。
相逢畏相失，并著木兰舟①。

【注释】

①《述异记》：“木兰舟在浔阳江中，多木兰树；昔吴王阖闾植木兰于此，用构宫殿也。七里洲中，有鲁班刻木兰为舟，舟至今在洲中；诗家云木兰舟，出于此。”

【鉴赏】

《采莲曲》，乐府旧题，为《江南弄》七曲之一。内容多描写江南一带水国风光，采莲女娃劳动生活情态，以及她们对纯洁爱情的追求等。崔国辅的这首《采莲曲》就是一首清丽而富有情趣的篇什。

“玉溆花争发，金塘水乱流。”溆，指水塘边。“玉”“金”二字用得很有讲究。用“玉”形容塘边，就比用“绿”显得明秀、准确、传神，它能使人想见草茂、气清、露珠欲滴、风光明媚的景象；玉溆配以鲜花，为主人公的活动设计了明丽动人的环境。金塘的“金”，和前面的“玉”相映增色，读者可以因此想见阳光灿灿，塘波粼粼，桃腮彩裙，碧荷兰舟，相映生辉的情景。绘画学上，很讲究“补衬”之色，以“金”色补衬其他颜色，则使和谐的色调更加光彩明艳。金塘的“金”字，正有如此妙用。在这一联中，“争”“乱”二字，也运用得活而有力。“玉溆花争发”，这句是说，玉光闪闪的水塘之滨，绚丽芬芳的鲜花竞相开放。一个“争”字，把百花吐芳斗艳的繁茂之态写活了。“金塘水乱流”，塘水本不流动，即使是通河之塘，水也只能朝着一个方向流；但由于有了几多采莲轻舟，此往彼返，那塘上的水波便相向回旋起来；一个“乱”字，写尽了青年男女们轻舟竞采、繁忙不息的劳动情景。诗人不写人的活动，人的活动自见，只从水波蛇行回旋的乱流中，便可想见人物的活动情态。

这些江南水乡的青年男女们天真活泼，对美好的爱情有着大胆炽热的追求："相逢畏相失，并著木兰舟。"情侣们水上相逢，喜出望外，又很担心水波再把他们分开，于是两只船儿紧紧相靠，并驾齐驱。"畏相失"，活现出青年男女两相爱悦的心理状态，写尽了情侣间的相互爱慕之情。

诗人很善于捕捉富有诗情画意的景物，写得神态逼真，生活气息浓郁，风味淳朴，是一首活泼清新的抒情小诗，它反映了盛唐社会生活的一个侧面。

小长干曲

崔国辅

月暗送湖风，相寻路不通。
菱歌唱不彻，知在此塘中。

【鉴赏】

这是一首情歌。但作者没有从相见、欢聚、别离等处落笔，而是紧扣江南水乡的特点，抓住特定时间、地点、条件，自然而风趣地表现一位青年男子对一位采菱姑娘的爱慕和追求。

"月暗送湖风"，诗一开头，即点明时间是夜晚，地点是湖滨。月暗，不是没有月光，而是月色暗淡；湖风用"送"，带有舒展、爱抚的感情色彩，切合小伙子此时的感受。因为他很兴奋、很欢快，湖风吹到他的身上就显得特别轻柔，好像大自然特意为他送来的一般。这一句五字，勾出了一幅月色朦胧、湖风轻拂的艺术画面，造成了一种优美而颇具神秘色彩的环境气氛。

在这富有诗情画意的水乡湖滨，一位年轻人，踏着月色，沐着凉风，急忙忙、兴冲冲地走着。但是夜色暗淡，道路难辨，走着走着，突然路被隔断了。"相寻路不通"，侧面点出了菱湖之滨的特点：荷塘满布，沟渠纵横，到处有水网相隔。显然。这个小伙子事先并未约会，只因情思驱使，突然想会见自己的恋人。一个"寻"字，传出了其中消息，使整个画面活了起来。

正在焦急踌躇之际，优美动听的菱歌吸引了小伙子的注意，他侧耳谛听，仔细辨别是谁的歌声。彻，本为不尽之意，这里用来形容菱歌的时断时续，经久不息，同时也描摹出歌声的清脆、响亮。姑娘们用歌声表达对生活的热爱和对幸福的憧憬，读者能从这歌声中想象出那采菱姑娘天真活泼、娇憨可爱的神情。

听着听着，小伙子又眉开眼笑了，知道自己的意中人，就在那不远的荷塘中。“知”字十分传神，不仅表现了小伙子心情由焦急到喜悦的变化，而且点明小伙子对姑娘了解得非常透，甚至连她的一举一动、一颦一笑都非常熟悉。读者正可从其知之深推测其爱之切。

短短的一首抒情诗，能写出诗中主人公的形象和思想活动，并有起伏、有波澜，给人以层出不穷之感。若非巧思妙笔，匠心独运，恐怕难以达到这样的艺术境界。

綦毋潜 生卒年不详，字孝通，荆南（今江苏宜兴县）人。开元十四年（726）进士及第，授宜寿尉，入为集贤院待制，迁右拾遗，复授校书，终著作郎。安史之乱后，归家隐居，与王维、李颀、韦应物等人有诗唱和。王维称其“盛得江左风，弥工建安体”。他的诗多写隐逸之思，以其清秀风貌著称当时。《全唐诗》录存其诗一卷。

春泛若耶溪

綦毋潜

幽意无断绝，此去随所偶①。
晚风吹行舟，花路②入溪口。
际夜转西壑，隔山望南斗③。
潭烟飞溶溶，林月低向后④。
生事且弥漫，愿为持竿叟⑤。

【注释】

①幽意：寻幽探奇的兴致。偶：遇合，遇。

②花路：这里指春花掩映的航道。

③际夜：正值入夜时。南斗：星座名。

④潭烟：江潭上的雾气。林月：初升傍林之月。

⑤生事:谋生之事,指仕宦。持竿叟:钓鱼的老头。

【鉴赏】

这首诗大概是作者即将归隐时的作品。若耶溪在今浙江省绍兴市东南,相传为西施浣纱之处。作者通过对春夜泛舟溪上时所见山水景物的描写,表现了对大自然的热爱和对人世特别是仕途的厌烦之情。

诗的开首两句,写出了春夜泛舟的原因及其方式。他之所以泛舟是由于他的"幽意",即他对幽静闲适之处的兴致。"无断绝"是说他本来就有"幽意",而且持续到了现在。"此去随所偶"正是"泛"字的具体表现。"晚风吹行舟",写的多么轻松、欢快。"花路入溪口",作者怀着愉快的心情驾着小舟,穿行在春花掩映的航道里,不知不觉地到了溪口。"际夜转西壑,隔山望南斗",是写时间的推移和景致的转换。"际夜"是说已经到了晚上;"转西壑"是说到了另一个景点之后抬头望天空的情景。"潭烟飞溶溶"是描写夜景。"潭烟"中指若耶溪上的一个水潭上的雾气;"溶溶"是夜色下雾气弥漫的样子。"林月低向后",是说夜深月沉,舟行向前,两岸的树木仿佛都随着月亮缓缓地后退。诗人以春溪、夜月、花路、轻舟等意象,编织出了一个幽美、宁静而又迷蒙的意境。作者怀着"幽意"泛舟,也确实达到了寻幽探险的目的。山水是如此幽美,月夜是如此幽静。在这如诗如画的山水月色中,诗人感慨的是什么呢?"生事且弥漫,愿为持竿叟",表达了作者对人生的渺茫感和想超出尘俗的思想。

全诗层次分明,脉络清晰,意境幽深。诗人因春夜泛舟而感到了山水月夜之美,由山水月夜之美而生感慨,可谓情景交融,余韵不尽。

宿龙兴寺

綦毋潜

香刹夜忘归,松清古殿扉。
灯明方丈室,珠系比丘衣。
白日传心净,青莲喻法微。
天花落不尽,处处鸟衔飞。

【鉴赏】

这首《宿龙兴寺》的诗，是作者春游香刹，竟日忘归，只好借宿寺中，遂将夜来所见所闻，形诸笔墨，从一个侧面反映了旧日僧侣们的夜间生活和佛教徒的活动。

王昌龄 （约690~约756），字少伯，京兆长安（今陕西西安）人。开元十五年(727)，登进士第，任秘书省校书郎。开元二十二年（734），他又应博学宏词科登第，授汜水（今河南巩义市东北）县尉。约开元二十五年（737）秋，因事被贬谪岭南。次年，他由岭南北返长安，并于同年冬天被任命为江宁（今江苏南京）县丞。世称王江宁。在江宁数年，又受谤毁，被贬为龙标（今湖南黔阳）县尉。安史乱起，王昌龄由贬所赴江宁，为濠州刺史闾丘晓所杀。王昌龄诗以边塞、闺情宫怨和送别为多，在生前久负盛名，他的七绝与李白并称，被誉为“七绝圣手”。

出　　塞

王昌龄

秦时明月汉时关，万里长征人未还。
但使①龙城飞将在，不教胡马渡阴山②。

【注释】

①但使：只要。

②龙城：龙城是匈奴祭天集会的地方。飞将：指汉朝名将李广，匈奴人畏惧他的神勇，特称他为“飞将军”。阴山：昆仑山的北支，起自河套西北，横贯今内蒙古南部，是我国北方的屏障。

【鉴赏】

这是一首边塞诗歌中的名篇，主要内容是感叹边战不断、国无良将。诗的首句最耐人寻味，具体含义历来争议颇多，明代李攀龙、清代沈德潜都有自己的见解。此句以互文的形式歌咏边塞的天地，依然是可爱的秦汉时的明月，秦汉时的边关，可至今依旧战事频繁。二句写征人未还，也有穿越时空的历史感，诗人所看到的，不是一时一地的出塞将士远去不回，而是千百年来，绵延不断的热血男儿悲壮而惨烈的出征场面。有了第一句的时间背景，第二句诗词也就有了更加深厚的历史沧桑感。三四句借用汉时英勇善战、爱兵如子的“飞将军”李广的典故写出普通老百姓对于良将的渴求，表达了人民希望和平的共同心愿。

全诗以浑厚的气势，唱出雄壮豁达的主旨，气韵流畅，一气呵成，千百年来一直备受推崇。明人李攀龙曾誉之为唐代七绝压卷之作，实不为过。

塞　上　曲

王昌龄

蝉鸣空桑林，八月萧关道[①]。
出塞复入塞，处处黄芦草。
从来幽并客，皆共沙尘老[②]。
莫学游侠儿，矜夸紫骝好[③]。

【注释】

①空桑林：一作“桑树间”。萧关：宁夏古关塞名。

②幽并：幽州和并州，今河北、山西和陕西一部分。共：一作“向”。

③游侠儿：指恃武勇、逞意气而轻生死的人。矜：自命不凡。紫骝：泛指骏马。

【鉴赏】

这首乐府歌曲是写非战的。诗由征戍边塞不回，而告诫少年莫夸武力，抒发反战之情。

“蝉鸣空桑林，八月萧关道。出塞复入塞，处处黄芦草。”这四句写边塞秋景，无限肃杀悲凉，寒蝉、桑林、萧关、边塞、秋草都是中国古代诗歌意象里悲情的代名词，诗歌开篇刻意描写肃杀的秋景是为后来的反战主题作背景和情感上的铺垫。

写戍边征人,寄寓深切同情。"从来幽并客,皆共沙尘老",与王翰的"醉卧沙场君莫笑,古来征战几人回",可谓英雄所见,异曲同工,感人至深。幽州和并州都是唐代边塞之地,也是许多读书人"功名只向马上取""宁为百夫长,胜作一书生"的追逐名利的地方。然而,诗人从这些满怀宏图大志的年轻人身上看到的却是"皆共沙尘老"的无奈结局。末两句,以对比作结,通过对自恃勇武,炫耀紫骝善于驰骋,耀武扬威地游荡,甚至惹是生非而扰民的所谓游侠的讽刺,深刻地表达了作者对于战争的厌恶,对于和平生活的向往。前面讲的幽并客的时候,作者还没有什么贬义,字里行间里还隐约可见对于献身沙场壮士的惋惜之情。用"游侠儿"来形容那些只知道夸耀自己养有良马的市井无赖,作者的反战情绪有了更深层次的表达。

本诗写边塞秋景,有慷慨悲凉的建安遗韵;写戍边征人,又有汉乐府直抒胸臆的哀怨之情;讽喻市井游侠,又让人看到了唐代锦衣少年的浮夸风气。

塞　下　曲

王昌龄

饮马①渡秋水,水寒风似刀。
平沙日未没,黯黯见临洮②。
昔日长城战,咸言意气高③。
黄尘足今古,白骨乱蓬蒿④。

【注释】

①饮马:给马喝水。

②平沙:茫茫无际的沙漠。没:落。黯黯:同"暗暗"。临洮:今甘肃岷县一带,是长城起点。

③长城战:指开元二年,唐将杀敌数万,"洮水为之不流。"咸:都。

④蓬蒿:泛指野草。

【鉴赏】

这首乐府曲和《塞上曲》一样,都是表达作者反战思想的。如果《塞上曲》还是含蓄讽喻的风格的话,那么《塞下曲》就是作者反对战争,向往和平生活的直接抒怀了。

诗歌是以长城为背景，以第一人称，用“我”的视角来描述战争给人民带来的痛苦。“饮马渡秋水，水寒风似刀”，用水的冰冷刺骨来侧面说明塞外环境的恶劣。风和刀的比喻，在唐人诗歌里多有运用，如“风头如刀面如割”，应该是那个时期诗人们普遍的惯用语。

“平沙日未没，黯黯见临洮。”这两句诗情景交融，很好的写出了作者所见。从“渡秋水”到“见临洮”，写实感很强，朴实无华，信手写来，却感伤至极。“黯黯”两字叠用，通过声音的重复来表达心中的哀怨，深得诗心。

后四句发幽古之思，写长城一带，历来战争不断，白骨成丘，景象凄惨。所谓“白骨露于野，千里无鸡鸣”“一将功成万骨枯”，多少征战将士的白骨都被遗弃在茫茫野草之间，多少辉煌的人世功名都掩埋在了那漫漫的黄沙之下！全诗写得触目惊心，深刻地表达了作者的反战思想。

春　宫　怨

王昌龄

昨夜风开露井桃①，未央前殿月轮高。
平阳歌舞②新承宠，帘外春寒赐锦袍。

【注释】

①未央：汉宫殿名，借指唐宫。露井：没有盖子的井。

②平阳歌舞：平阳公主家中的歌女。

【鉴赏】

本诗是一首讽喻诗，虽然明写汉武帝宠新欢、厌旧人，实际却暗暗讽喻唐明皇专宠杨玉环，整日流连于宫闱之中，不理国事。

诗写春宫之怨，却无怨语怨字。本诗的前两句秉承王昌龄诗一贯的融合意象于感情之中的特色，“昨夜风开露井桃”，如此良辰美景，过去自己欢宴的未央宫却成了新人的受宠之处。“月轮高”既是写实，又表达了一种不可高攀，可望而不可即的艳羡和落寞心理。卫子夫原来是平阳公主家里的歌女，因美貌善舞，被汉武帝看中，召入宫中，大受恩宠，“新承宠”就是说的这件事情。“帘外春寒赐锦袍”更是用最典型的事例道出了新人受宠之深，在桃李芬芳的阳春季节，“赐锦袍”纯属多余的关心，这看似无聊的举动恰恰入木三分地刻画了失宠的宫女对受宠的新人的怨恨。同时，也深刻揭示了皇帝整日不理国事，沉迷于宫闱之间的荒淫无度。

这首诗看似无怨，怨至深，看似无恨，恨至长。讽而不俗，讥而不露，深得诗家心法。

闺　　怨

王昌龄

闺中少妇不知愁，春日凝妆①上翠楼。
忽见陌头杨柳色，悔教②夫婿觅封侯。

【注释】

①凝妆：盛妆。

②悔教：悔使。

【鉴赏】

这是一首闺怨诗，描写了一个在家少妇登楼赏春所带来的心理变化。本题是写闺怨，全诗却从快乐的赏春活动写起，以观景转而写悲情，更添全诗的凄凉之意。

诗的一二句，写的是少妇不知愁，看见春日融融，于是细心化妆，登楼远眺。其实，登楼在中国古代一般多是排忧解愁，抒发感情的活动，少妇登楼赏春，本身就有排解心中幽思的潜意识在里面。“士为知己者死，女为悦己者容”（战国刺客豫让语),少妇精心化妆却无自己心爱之人欣赏,反喜为悲早已注定。

诗的三句急转,杨柳在中国古代几乎就是离愁的代名词。从《诗经·小雅·采薇》"昔我往矣,杨柳依依。今我来思,雨雪霏霏"以后,杨柳已成为中国最有名的诗歌意象了,和红豆的相思一样,杨柳本身就代表着离愁别恨。正因为如此,不知愁的少妇一见杨柳,潜意识里的思夫之情一下就被激发了出来,"悔教夫婿觅封侯"是多么沉痛的哀伤。在那个时代,男人的普遍心理都是"功名只向马上取""男儿何不带吴钩,收取关山五十州",这种昂扬的进取精神造就了盛唐的伟业宏图,但也牺牲了多少闺中怨妇的韶华春光!

亚里士多德在《诗学》里说悲剧的魅力就在于"突转"和"发现",古往今来,又有谁能承受那由喜到悲的瞬间心理巨变呢?这首诗有如此震撼人心的艺术效果,原因也就在于此吧。

芙蓉楼[①]送辛渐

王昌龄

寒雨连江夜入吴,平明送客楚山孤[②]。
洛阳亲友如相问,一片冰心在玉壶。

【注释】

①芙蓉楼:原址在今江苏省镇江市西北。②楚山:古时吴、楚两地相接,镇江一带也称楚地,故其附近的山也可叫楚山。

【鉴赏】

芙蓉楼原名西北楼,在今江苏镇江西北。这首诗大约作于开元二十九年(741)以后。王昌龄当时为江宁(今南京)丞,此诗为他当时送朋友辛渐所做的两首诗中的一首。

诗歌前两句用寒雨夜入吴地衬托自己对朋友的一片深情。可以想见,作者是一晚没有入睡,浮想联翩,才能感觉到"寒雨连江夜入吴"的恢宏气势。通过这样一幅巨大的水墨山水画作为铺垫,作者不仅道出了对朋友的真情,而且为即将产生的离别平添了无限的悲凉气氛。"平明送客楚山孤",孤独的楚山

正是作者在朋友行将离去以后的自我写照。孤独的楚山既是写实景，也是王昌龄心灵的外化。作者对于朋友别离的真挚感情隐于字里行间，细读起来，感人至深。三四句是千古传唱的名句，本来是一个再平常不过的问候，在王昌龄的笔下，却有了石破天惊的回答。六朝时，诗人鲍照就曾用“清如玉壶冰”来自喻高洁清白的品格。唐时，姚崇、崔颢、李白、王维等诗人都曾以冰壶自勉，表达自己光明磊落、表里如一的品行。诗人当时身处贬谪之中，“一片冰心在玉壶”不仅是对亲友问候的回答，同时也是自己屡遭贬谪而志气不改的真情表白。

王昌龄的绝句历来被后代诗家推崇，其含蓄优美、深厚绵长的诗歌风格在这首绝句里得到很好的展现。苍茫的江雨、独峙的楚山、不染人间杂尘的冰清玉壶，都有很深厚的内在含义，是和诗人的品格和处境紧密相连的。精美的意象和余韵悠长的诗意使这首小诗堪称中国古典诗歌意境美的代表。

胡笳曲

王昌龄

城南虏已合，一夜几重围。
自有金笳引，能沾出塞衣。
听临关月苦，清人海风微。

三奏高楼晓，胡人掩涕归。

【鉴赏】

《晋书·刘琨传》载："在晋阳，尝为胡骑所围数重，城中窘迫无计，琨乃乘月登楼清啸，贼闻之，皆凄然长叹。中夜奏胡笳，贼又流涕歔欷，有怀土之切。向晓复吹之，贼并弃围而走。"又，《晋书·刘畴传》载："曾避乱坞壁，贾胡百数欲害之，畴无惧色，援笳而吹之，为《出塞》《入塞》之声，以动其游客之思。于是群胡皆垂泣而去之。"唐汝洵《唐诗解》谓"此极状笳声之悲，盖赋刘琨却敌之事也"。吴昌祺《删订唐诗解》则谓"此借刘畴、刘琨二事，非直赋其事"。刘畴事切《出塞》曲，刘琨事切"高楼晓"，此计暗用事典而非咏史。王昌龄善写边塞诗，此诗虽然极状胡笳之悲，但也并非是咏物，而是借胡笳及其典故以写边塞之悲苦。

从　军　行（一）

王昌龄

青海长云暗雪山，孤城遥望玉门关。
黄沙百战穿金甲，不破楼兰终不还①。

【注释】

①楼兰：古楼兰国。

【鉴赏】

"青海长云暗雪山，孤城遥望玉门关。"青海湖上的乌云一片连着一片，遮住了雪山，站在孤城上遥望远处的玉门关。"黄沙百战穿金甲。不破楼兰终不还"。守卫边疆的将士们在大沙漠里打了许多仗，铁片做的战衣也磨穿了，他们决心不打败敌人不回家。诗中表现了戍边将士的豪情壮志。全诗格调悲壮，洋溢着英雄主义的气概。

从军行(二)

王昌龄

烽火城西百尺楼，黄昏独坐海风秋。
更吹羌笛关山月，无那[1]金闺万里愁。

【注释】

①无那：无奈，指无法消除思亲之愁。

【鉴赏】

《从军行》组诗是王昌龄采用乐府旧题写的边塞诗，共有七首。这一首，刻画了边疆戍卒怀乡思亲的深挚感情。

这首小诗，笔法简洁而富蕴意，写法上很有特色。诗人巧妙地处理了叙事与抒情的关系。前三句叙事，描写环境，采用了层层深入、反复渲染的手法，创造气氛，为第四句抒情做铺垫，突出了抒情句的地位，使抒情句显得格外警拔有力。“烽火城西”，一下子就点明了这是在青海烽火城西的瞭望台上。荒寂的原野，四顾苍茫，只有这座百尺高楼。这种环境很容易引起人的寂寞之感。时令正值秋季，凉气侵人，正是游子思亲、思妇念远的季节。时间又逢黄昏，“鸡栖于埘，日之夕矣，羊牛下来。君子于役，如之何勿思！”(《诗经·王风·君子于役》)这样的时刻常常触发人们思念于役在外的亲人。而此时此刻，久戍不归的征人恰恰“独坐”在孤零零的戍楼上。天地悠悠，牢落无偶，思亲之情正随着青海湖方向吹来的阵阵秋风任意翻腾。上面所描写的，都是通过视觉所看到的环境，没有声音，还缺乏立体感。接着诗人写道：“更吹羌笛关山月”。在寂寥的环境中，传来了阵阵呜呜咽咽的笛声，就像亲人在呼唤，又像是游子的叹息。这缕缕笛声，恰似一根导火线，使边塞征人积郁在心中的思亲感情，再也控制不住，终于来了个大爆发，引出了诗的最后一句。这一缕笛声，对于“独坐”在孤楼之上的闻笛人来说是景，但这景又饱含着吹笛人所抒发的情，使环境更具体、内容更丰富了。诗人用这亦情亦景的句子，不露痕迹，完成了由景入情的转折过渡，何等巧妙，何等自然！

在表现征人思想活动方面，诗人运笔也十分委婉曲折。环境氛围已经造成，为抒情铺平垫稳，然后水到渠成，直接描写边人的心理——“无那金闺万里愁”。作者所要表现的是征人思念亲人、怀恋乡土的感情，但不直接写，偏从深闺妻子的万里愁怀反映出来。而实际情形也是如此：妻子无法消除的思念，正是征人思归又不得归的结果。这一曲笔，把征人和思妇的感情完全交融在一起了。就全篇而言，这一句如画龙点睛，立刻使全诗神韵飞腾，而更具动人的力量了。

从军行（三）

王昌龄

琵琶起舞换新声，总是关山旧别情。
撩乱边愁听不尽，高高秋月照长城。

【鉴赏】

此诗截取了边塞军旅生活的一个片段，通过写军中宴乐表现征戍者深沉、复杂的感情。

“琵琶起舞换新声”。随舞蹈的变换，琵琶又翻出新的曲调，诗境就在一片乐声中展开。琵琶是富于边地风味的乐器，而军中置酒作乐，常常少不了“胡琴琵琶与羌笛”。这些器乐，对征戍者来说，带着异域情调，容易唤起强烈感触。既然是“换新声”，总能给人以一些新的情趣、新的感受吧？

不，“总是关山旧别情”。边地音乐主要内容，可以一言以蔽之，“旧别情”而已。因为艺术反映实际生活，征戍者谁个不是离乡背井乃至别妇抛雏？“别情”实在是最普遍、最深厚的感情和创作素材。所以，琵琶尽可换新曲调，却换不了歌词包含的情感内容。《乐府古题要解》云：“《关山月》，伤离也。”句中“关山”在字面的意义外，双关《关山月》曲调，含意更深。

此句的“旧”对应上句的“新”，成为诗意的一次波折，造成抗坠扬抑的音情，特别是以“总是”作有力转接，效果尤显。次句既然强调别情之“旧”，那么，这乐曲是否太乏味呢？不，“撩乱边愁听不尽”。那曲调无论什么时候，总能扰得人心烦乱不宁。所以那奏不完、“听不尽”的曲调，实叫人又怕听，又爱听，永远动情。这是诗中又一次波折，又一次音情的抑扬。“听不尽”三字，是怨？是叹？是赞？意味深长。作“奏不完”解，自然是偏于怨叹；然作“听不够”讲，则又含有赞美了。所以这句提到的“边愁”既是久戍思归的苦情，又未尝没有更多的意味。当时北方边患未除，尚不能尽息甲兵，言念及此，征戍者也会心不宁、意不平的。前人多只看到它

"意调酸楚"的一面，未必十分全面。

诗前三句均就乐声抒情，说到"边愁"用了"听不尽"三字，那么结句如何以有限的七字尽此"不尽"就最见功力。诗人这里轻轻宕开一笔，以景结情。仿佛在军中置酒饮乐的场面之后，忽然出现一个月照长城的莽莽苍苍的景象：古老雄伟的长城绵亘起伏，秋月高照，景象壮阔而悲凉。对此，你会生出什么感想？是无限的乡愁？是立功边塞的雄心和对于现实的幽怨？也许，还应加上对于祖国山川风物的深沉的爱，等等。

读者也许会感到，在前三句中的感情细流一波三折地发展（"换新声"——"旧别情"——"听不尽"）后，到此却汇成一汪深沉的湖水，荡漾回旋。"高高秋月照长城"，这里离情入景，使诗情得到升华。正因为情不可尽，诗人"以不尽尽之"，"思入微茫，似脱实粘"，才使人感到那样丰富深刻的思想感情，征戍者的内心世界表达得入木三分。此诗之臻于七绝上乘之境，除了音情曲折外，这绝处生姿的一笔也是不容轻忽的。

从军行（四）

王昌龄

大漠风尘日色昏，红旗半卷出辕门。
前军夜战洮河北，已报生擒吐谷浑。

【鉴赏】

这首诗写军中传来战斗捷报的情景，在唐诗中为数颇巨的"边塞诗"中并不多见。

首句描写边塞风光。沙漠里大风飞扬、尘土扑面，以至于日色昏暗。"红旗半卷"，风景如画，"半卷"既写出旌旗招展、迎风飘舞的状态，又可以使人想见，军队不顾风尘扑面，手执"红旗"，浩浩荡荡，"出辕门"的情景。"辕门"，古时行军扎营，以车环卫，于出入处将两车的车辕相对竖起，对立如门，因此后来军营的门就叫"辕门"。前两句烘托气氛，为下文做出铺垫。

"前军夜战洮河北"是战斗进展情况的补叙，原来在军队"红旗"引路、杀奔战场之前，"前边"在夜里已经在"洮河北"展开激烈的战斗，这一句是补叙，不然，哪里来的捷报？"洮河"，即洮水，在甘肃省西南部。"已报生擒吐谷浑"，是"夜战"的情况,也是捷报的内容。原来,夜战取得辉煌的胜利,已经传来捷报,活捉了敌人的首领。“吐谷浑”读作“突浴魂”,古代一民族名,鲜卑的一支,唐时据有洮水西南一带地方,后被唐高宗和吐蕃的联军所败。这里泛指敌军的将领。

这首诗内容丰富,语言高度概括。四句诗有环境的描绘,气氛的烘托,战斗进行的时间和地点,战斗的结果。一首绝句总共四句,王昌龄对每一句都精心地处理,没有一个字的闲笔。首句“大漠风尘日色昏”,单刀直入,开门见山,使读者骤响易彻,第辟新境,翻出新意,“不令语尽思穷。”(王昌龄,《诗格》,见《文镜秘府论·地篇》)是他创作经验的实践。

送狄宗亨

王昌龄

秋在水清山暮蝉,洛阳树色鸣皋烟。
送君归去愁不尽,又惜空度凉风天。

【鉴赏】

这是一首送别朋友的诗,全诗内容是诗人对朋友真挚情谊的表达,抒发的是惜别之情。“狄宗亨”,王昌龄的朋友,事迹不详。

“秋在水清山暮蝉”,送行的时间是秋天的傍晚。“水清”,说明天气晴朗,“暮蝉”,日落的时候尚有蝉在鸣叫。“洛阳树色鸣皋烟”,说明送行的地点和朋友要去的地方。“洛阳”是诗人与狄宗亨惜别的地方,也就是今河南省洛阳市;“鸣皋”,狄宗亨要去的地方,在河南省嵩县东北,陆浑山之东有“鸣皋山”,相传有白鹤鸣其上,故名。又称九皋山,山麓有鸣皋镇。本句中的“树色”和“烟”是写景,暮色苍茫中洛阳“树色”依稀可辨,这是实写;在洛阳是看不到鸣皋的“烟”的,但与朋友惜别时,向朋友要去的地方望去,烟雾朦胧,这是虚写。

“送君归去愁不尽,又惜空度凉风天。”诗的后两句直抒情怀。“愁不尽”说明两人情谊非同一般,后句侧重点是“空度”,他说,(你走了)我很惋惜(无人与我做伴),白白度过这个凉风飒飒、气候宜人的秋天。这两句语意浅近,而诗人与狄宗亨的深厚情谊却表现得十分深刻,即所谓“意近而旨远”。

这首诗语言通俗流畅,含意隽永深沉,虽然只有四句,但却以情取景,借景抒情,委婉含蓄,意余言外。因为一首“七绝”只有二十八个字,表现的思想感情又较复杂,这也就难怪诗人惜墨如金,用一字而表现丰富的内容,如第二句以"烟"字概括说明想象中的鸣皋景物,第三句以"愁"字表现诗人对狄宗亨的感情之深,皆是妙笔。

采莲曲

王昌龄

荷叶罗裙[①]一色裁,芙蓉[②]向莱两边开。
乱[③]入池中看不见,闻歌始觉有人来。

【注释】

①罗裙:丝绸的裙子。

②芙蓉:即荷花。

③乱:混杂。

【鉴赏】

这首诗描写采莲姑娘在池塘采莲时的情景。采莲姑娘身着与荷叶相同颜色的裙子,姑娘红润的脸庞像两边盛开的荷花。采莲小船进入荷塘中,什么是荷叶荷花,什么是姑娘的身影,分也分不清,只听到姑娘们唱起了《采莲曲》才知道她们出来了。前两句诗以荷叶荷花映衬姑娘们的美丽;后两句写姑娘们欢快的采莲劳动。

送柴侍御[①]

王昌龄

流水通波接武冈[②],送君不觉有离伤。
青山一道同云雨,明月何曾是两乡?

【注释】

①侍御:官职名。

②通波：波路相通。武冈：县名，在今湖南省西部。

【鉴赏】

河水的波涛连接着武冈，送你时没有离别的伤感。你我像一路相连的青山共沐风雨，同顶一轮明月又何曾是身居两处呢？诗人以开朗豁达的胸襟，安慰、劝告朋友：我们的友谊是永久长存的，不论分离在什么地方，我们的心是永远在一起的。

西宫春怨

王昌龄

西宫夜静百花香，欲卷珠帘春恨长。
斜抱云和深见月，朦胧树色隐昭阳。

【鉴赏】

这首诗以汉喻唐，借写班婕妤的故事，抒写失宠宫人之幽怨。据《汉书·外戚传》载，班婕妤失宠，自求供养太后长信宫。《三辅黄图·卷三》："长信宫……在西，秋之象也。"又载，赵飞燕女弟合德"绝幸，为昭仪，居昭阳宫"。这里写西宫（长信宫）、昭阳宫，即以班婕妤失宠之怨，抒发心中之积忿；尤其妙的是，借用"夜静"闻"百花香"而知春讯；"欲卷珠帘"，又"恨""春长"；"斜抱云和"，又"深见月"而生怨恨，等等，宫女一连串的动作，借助细节描写，揭示出宫女凄凉、无奈的痛苦的内心世界。末句以景绘情，暗示宫女目注神驰之所在，意在言外。俞陛云在《诗境浅说》中说："昭阳为宸游所在，仅于烟霭中遥瞻宫殿，则身之隔绝可知，冷抱云和，更谁顾曲耶！"所言极是。明代陆时雍在《诗境总论》中称赞龙标的七绝："深情苦恨"，"使人测之无端，玩之无尽"。用之评论此诗亦正适合。

青楼曲二首

王昌龄

白马金鞍随武皇，旌旗十万宿长杨。
楼头少妇鸣筝坐，遥见飞尘入建章。
驰道杨花满御沟，红妆漫绾上青楼。
金章紫绶千余骑，夫婿朝回初拜侯。

【鉴赏】

《青楼曲》第一首在读者眼前展现了两个场景：一个是白马金鞍上的将军，正率领着千军万马，在长安大道上前进，渐走渐远，到后来就只见马后扬起的一线飞尘；一个是长安大道旁边的一角青楼，楼上的少妇正在弹筝，那优美的筝声并没有因楼外的热烈场景而中断，好像这一切早就在她意料之中似的。前面的场景是那么热烈、雄伟，给人以壮丽的感觉；后面的场景又显得端庄、平静，给人以优美的感觉。这两种不同的意境，前后互相映衬，对照鲜明。

诗人是怎样把这两个不同的场景剪接在一个画面上的呢？这就是通过楼头少妇的神态，把长安大道上的壮丽场景，从她的眼神中反映出来。表面上她好像无动于衷，实际上却抑制不住内心的欣羡，于是就情不自禁地一路目送着那马上将军和他身后的队伍，直到飞尘滚滚，人影全无，还没有收回她的视线。“楼头少妇鸣筝坐，遥见飞尘入建章。”我们仿佛还听到她从筝弦上流出的愉快的乐声。

这少妇跟马上将军有什么关系，为什么如此关注他的行动呢？这可从《青楼曲》的第二首中找到答案。原来那马上的将军是她的夫婿，他正立功回来，封侯拜爵，连他部队里许多骑将都受到封赏。“春风得意马蹄疾”，他们经过驰道回来时，把满路杨花都吹散到御沟里去了。

把这两首诗合起来看，前一首描绘的当是一支皇家大军凯旋归来的场景。由于这次胜利的不平常，连皇帝都亲自出迎了，作为将领的妻子，她内心的激动可想而知。诗人未用一句话直接抒写她内心的激动，只是写她从楼头看到的热烈场景，读者却可想象到她面对这热烈场景时的内心感受。这正如北宋诗人梅尧臣对诗创作所概括的两句话：“状难写之境如在目前，含不尽之意见于言外。”

长杨是西汉皇家射猎、校武的大苑子，建章宫是汉武帝建造的，都在西汉都城长安的近郊。盛唐诗人惯以汉武帝比唐玄宗，此诗也如此。诗人是借用汉武帝时期的历史画卷反映盛唐时期的现实面貌。

这幅描写大军凯旋的历史画卷，使人联想到唐代前期国容威赫，实力强大。试想一支千军万马的军队，如果没有统一的指挥，严明的纪律，怎能够旗帜鲜明、队伍整齐地前进，连楼头弹筝少妇都丝毫不受惊动？诗里还映现了唐代都城长安的一片和平景象，不言而喻，这支强大的军队，维护了人民和平美好的生活。从楼头少妇的眼中也反映出当时社会的尚武风气。唐代前期，接受了西晋以来以及南北朝长期分裂的痛苦教训，整军经武，保持了国家的统一与强盛。“聘得良人，为国愿长征。”（敦煌曲子词）在这盛极一时的封建帝国里，成为当时的社会风尚。在这两首诗中，一种为国立功的光荣感，很自然地从一个征人家属的神态中流露出来，反映出盛唐社会生活的一个侧面。

长信秋词五首（其一）

王昌龄

金井梧桐秋叶黄，珠帘不卷夜来霜。
熏笼玉枕无颜色，卧听南宫清漏长。

【鉴赏】

这首宫怨诗，运用深婉含蓄的笔触，采取以景托情的手法，写一个被剥夺了青春、自由和幸福的少女，在凄凉寂寞的深宫中，形孤影单、卧听宫漏的情景。这是从这位少女的悲惨的一生中剪取下来的一个不眠之夜。

在这个不眠之夜里，诗中人忧思如潮，愁肠似结，她的满腔怨情该是倾吐不尽的。这首诗只有四句，总共二十八个字，照说，即令字字句句都写怨情，恐怕还不能写出她的怨情于万一。可是，作者竟然不惜把前三句都用在写景上，只留下最后一句写到人物，而且就在这最后一句中也没有明写怨情。这样写，乍看像是离开了这首诗所要表现的主题，其实却在艺术效果上更显得有力，更深刻地表现了主题。这是因为：前三句虽是写景，却并非为写景而写景，它们是为最后人物的出场服务的。就通首诗而言，四句诗是融合为一的整体，不论写景与写人，都是为托出怨情服务的。

这首诗，题为“秋词”。它的首句就以井边梧桐、秋深叶黄点破题，同时起了渲染色彩、烘托气氛的作用。它一开头就把读者引入一个萧瑟冷寂的环境之中。次句更以珠帘不卷、夜寒霜重表明时间已是深夜，从而把这一环境描画得更为凄凉。接下来，诗笔转向室内。室内可写的景物应当很多，而作者只选中了两件用具。其写熏笼，是为了进一步烘染深宫寒夜的环境气氛；写玉枕，是使人联想到床上不眠之人的孤单。作者还用了"无颜色"三字来形容熏笼、玉枕。这既是实写，又是虚写：实写，一是说明这是一个冷宫，室内的用具都已年久陈旧，色彩黯淡；二是说明时间已到深夜，炉火、灯光都已微弱，周围的物品也显得黯然失色：虚写，则不必是器物本身"无颜色"，而是伴对此器物之人的主观感觉，是她的黯淡心情的反映。写到这里，诗中之人已经呼之欲出了。

最后，读者终于在熏笼畔、玉枕上看到了一位孤眠不寐的少女。这时，回过头来看前三句诗，才知道作者是遥遥着笔、逐步收缩的。诗从户外井边，写到门户之间的珠帘，再写到室内的熏笼、床上的玉枕，从远到近，句句换景，句句腾挪，把读者的视线最后引向一点，集中到这位女主角身上。这样，就使人物的出场，既有水到渠成之妙，又收引满而发之效。

在以浓墨重笔点染背景，描画环境，从而逼出人物后，作者在末句诗中，只以客观叙述的口气写这位女主角正在卧听宫漏。其表现手法是有案无断，含而不吐，不去道破怨情而怨情自见。这一句中的孤眠不寐之人的注意点是漏声，吸引读者注意力的也是漏声，而作者正是在漏声上以暗笔来透露怨情、表现主题的。他在漏声前用了一个"清"字，在漏声后用了一个"长"字。这是暗示：由于诗中人心境凄清、愁恨难眠，才会感到漏声凄清，漏声漫长。同时，这句诗里还着意指出，所听到的漏声是从皇帝的居处——南宫传来的。这"南宫"两字在整首诗中是画龙点睛之笔，它点出了诗中人的怨情所注。这些暗笔的巧妙运用，这一把怨情隐藏在字里行间的写法，就使诗句更有深度，在篇终处留下了不尽之意、弦外之音。

长信秋词五首（其三）

王昌龄

奉帚平明金殿开，且将团扇共徘徊[①]。

玉颜不及寒鸦色，犹带昭阳日影来[②]。

【注释】

①“奉帚”句:意为清早殿门一开,就拿着扫帚在打扫。团扇:班婕妤曾作《怨歌行》:“新裂齐纨素,皎洁如霜雪。裁为合欢扇,团团似明月。出入君怀袖,动摇微风发。常恐秋节至,凉飙夺炎热。弃捐箧笥中,恩情中道绝。”

②昭阳:昭阳宫,赵昭仪所居,宫在东方。日影:这里也指皇帝的恩宠。

【鉴赏】

《长信秋词》是拟托汉代班婕妤在长信宫中某一个秋天的事情而写作的。古乐府歌辞中有《怨歌行》一篇,其辞是:“新裂齐纨素,皎洁如霜雪。裁为合欢扇,团团似明月。出入君怀袖,动摇微风发。常恐秋节至,凉飚夺炎热。弃捐箧笥中,恩情中道绝。”此诗相传是班婕妤所作,以秋扇之见弃,比君恩之中断。王昌龄这篇诗写宫廷妇女的苦闷生活和幽怨心情,即就《怨歌行》的寓意而加以渲染,借长信故事反映唐代宫廷妇女的生活。

诗中前两句写天色方晓,金殿已开,就拿起扫帚,从事打扫,这是每天刻板的工作和生活;打扫之余,别无他事,就手执团扇,且共徘徊,这是一时的偷闲和沉思。徘徊,写心情之不定;团扇,喻失宠之可悲。说“且将”则更见出孤寂无聊,唯有袖中此扇,命运相同,可以徘徊与共而已。

后两句进一步用一个巧妙的比喻来发挥这位宫女的怨情,仍承用班婕妤故事。昭阳,汉宫殿,即赵飞燕姊妹所居。时当秋日,故鸦称寒鸦。古代以日喻帝王,故日影即指君恩。寒鸦能从昭阳殿上飞过,所以它们身上还带有昭阳日影,而自己深居长信,君王从不一顾,则虽有洁白如玉的容颜,倒反而不及浑身乌黑的老鸦了。她怨恨的是,自己不但不如同类的人,而且不如异类的物——小小的、丑陋的乌鸦。按照一般情况,“拟人必于其伦”,也就是以美的比美的,丑的比丑的,可是玉颜之白与鸦羽之黑,极不相类;不但不类,而且相反,拿来作比,就使读者增强了感受。因为如果都是玉颜,则虽略有高下,未必相差很远,那么,她的怨苦,她的不甘心,就不会如此深刻了,而上用“不及”,下用“犹带”,以委婉含蓄的方式表达了其实是非常深沉的怨愤。凡此种种,都使得这首诗成为宫怨诗的佳作。

孟迟的《长信宫》和这首诗极其相似:“君恩已尽欲何归?犹有残香在舞衣。自恨身轻不如燕,春来还绕御帘飞。”首句是说由得宠而失宠。“欲何归”,点出前途茫茫之感。次句对物伤情，检点旧日舞衣，余香尚存，但已无缘再着，凭借它去取得君王的宠爱了。后两句以一个比喻说明，身在冷宫，不能再见君王之面，还不如轻盈的燕子，每到春来，总可以绕着御帘飞翔。不以得宠的宫嫔作比，而以无知的燕子对照，以显示怨情之深，构思也很巧，很切。

但若与王诗比较，就可以找出它们之间的异同和差距来。两诗都用深入一层的写法，不说己不如人，而叹人不如物，这是相同的。但燕子轻盈美丽，与美人相近，而寒鸦则丑陋粗俗，与玉颜相反，因而王诗的比喻，显得更为深刻和富于创造性，这是一。其次，明说自恨不如燕子之能飞绕御帘，含意一览无余；而写寒鸦犹带日影，既是实写景色，又以日影暗喻君恩，多一层曲折，含意就更为丰富。前者是比喻本身的因袭和创造的问题，后者是比喻的含意深浅或厚薄的问题。所以孟迟这篇诗，虽也不失为佳作，但与王诗一比，就不免相形见绌了。

长信秋词五首（其四）

王昌龄

真成薄命久寻思，梦见君王觉后疑。
火照西宫知夜饮，分明复道奉恩时。

【鉴赏】

同样是抒写失宠宫嫔的幽怨，表现她们内心的深刻痛苦，在王昌龄笔下，却很少艺术上的雷同重复。《长信秋词五首》从五个不同的角度写了宫怨，这一首则带有更多的直接抒情和细致刻画心理的特点。

第一句就单刀直入，抒写失宠宫嫔的内心活动。“真成薄命”，是说想不到竟真是个命运不幸的失宠者。这个开头，显得有些突兀，让人感到其中有很多省略。看来她不久前还是得宠者。但宫嫔得宠与否，往往取决于君主一时好恶，或纯出偶然的机缘。因此这些完全不能掌握自己命运的宫嫔就特别相信命运。得宠，归之幸运；失宠，归之命薄。而且就在得宠之时，也总是提心吊胆地过日子，生怕失宠的厄运会突然降临在自己头上。“真成薄命”这四个字，恰似这位失宠宫嫔内心深处一声沉重的叹息，把她那种时时担心厄运降临，而当厄运终于落到头上时既难以置信，又不得不痛苦地承认的复杂心理和盘托出了。这样的心理刻画，是很富包蕴的。

失宠的命运降临之后，她陷入久久的寻思。因“思”而入“梦”，梦中又在重温过去的欢乐，表现出对命运的希冀，对君主的幻想，而在自己心中重新编织得宠的幻影。但幻梦毕竟代替不了现实，一觉醒来，眼前面对的仍是寂寞的长信宫殿，梧桐秋叶，珠帘夜霜，听到的仍是悠长凄凉的铜壶清漏。于是又不得不怀疑自己这种侥幸的希望原不过是无法实现的幻梦。以上两句，把女主人公曲折复杂的心理刻画得细致入微而又层次分明。

就在这位失宠者由思而梦，由梦而疑，心灵上备受痛苦煎熬的时刻，不远的西宫那边却向她展示了一幅灯火辉煌的图景。不用说，此刻西宫中又正在彻夜宴饮，重演“平阳歌舞新承宠”的场面了。这情景对她来说是那样地熟悉，使她一下子就唤起了对自己“新承宠”时的记忆，仿佛回到了当初在复道（宫中楼阁间架空的通道）承受君主恩宠的日子。可是这一切此刻又变得那样遥远，承宠的场面虽在重演，但华美的西宫已经换了新主。“分明”二字，意余言外，耐人咀嚼。它包含了失宠者在寂寞凄凉中对往事历历分明的记忆和无限的追恋，也蕴含着往事不可回复的深沉感慨和无限怅惘，更透露出不堪回首往事的深刻哀伤。

这里隐含着好几重对比。一重是失宠者与新承宠者的对比；一重是失宠者过去“複道奉恩”的欢乐和目前寂处冷宫的凄凉的对比；还有一重，则是新承宠者的现在和她将来可能遇到的厄运之间的对比。新承宠者今天正在重演自己的过去，焉知将来又不重演自己的今天呢？这一层意思，隐藏得比较深，但却可以意会。

这重重对比映衬，把失宠宫嫔在目睹西宫夜饮的灯光火影时内心的复杂感情表现得极为细腻深刻，确实称得上是“深情幽怨，意旨微茫，令人测之无端，玩之无尽”，但却不让人感到刻意雕琢，用力刻画。诗人似乎只是把女主人公此刻所看到、所自然联想到的情景轻轻和盘托出，只用“知”和“分明”这两个词语略略透露一点内心活动的消息，其余的一切全部蕴含在浑融的诗歌意境中让读者自己去玩索、体味。正因为这样，这首带有直接抒情和细致刻画心理特点的诗才能做到刻而不露，保持王昌龄七绝含蓄蕴藉的一贯风格。

听流人水调子

王昌龄

孤舟微月对枫林，分付鸣筝与客心。
岭色千重万重雨，断弦收与泪痕深。

【鉴赏】

这首诗大约作于王昌龄晚年赴龙标(今湖南黔阳)贬所途中,写听筝乐而引起的感慨。

首句写景,并列三个意象(孤舟、微月、枫林)。我国古典诗歌中,本有借月光写客愁的传统。而江上见月,月光与水光交辉,更易牵惹客子的愁情。王昌龄似乎特别偏爱这样的情景:"忆君遥在潇湘月,愁听清猿梦里长"(《送魏二》),"行到荆门向三峡,莫将孤月对猿愁"(《泸溪别人》),等等,都将客愁与江月联在一起。而"孤舟微月"也是写的这种意境,"愁"字未明点,是见于言外的。"枫林"暗示了秋天,也与客愁有关。这种阔叶树生在江边,遇风发出一片肃杀之声(戴叔伦《题三间大夫庙》"日暮秋风起,萧萧枫树林"),真叫人感到"青枫浦上不胜愁"呢。"孤舟微月对枫林",集中秋江晚来三种景物,就构成极凄清的意境(这种手法,后来在元人马致远《天净沙》中有最尽致的发挥),上面的描写为筝曲的演奏安排下一个典型的环境。此情此境,只有音乐能排遣异乡异客的愁怀了。"分付"即发付,安排。弹筝者于此也就暗中登场。"分付"同"与"字照应,意味着奏出的筝曲与迁客心境相印。"水调子"(即水调歌,属乐府商调曲)本来哀切,此时又融入流落江湖的乐人("流人")的主观感情,怎能不引起"同是天涯沦落人"的迁谪者内心的共鸣呢?这里的"分付"和"与",下字皆灵活,它们既含演奏弹拨之意,其意味又绝非演奏弹拨一类实在的词语所能传达于万一的。它们的作用,已将景色、筝乐与听者心境紧紧钩连,使之融成一境。"分付"双声,"鸣筝"叠韵,使诗句铿锵上口,富于乐感。诗句之妙,恰如明人钟惺所说:"'分付'字与'与'字说出鸣筝之情,却解不出"(《唐诗归》)。所谓"解不出",乃是说它可意会而难言传,不像实在的词语那样易得确解。

次句刚写入筝曲,三句却提到"岭色",似乎又转到景上。其实,这里与首句写景性质不同,可说仍是写"鸣筝"的继续。也许晚间真的飞了一阵雨,使岭色处于有无之中。也许只不过是"微月"如水的清光造成的幻景,层层山岭好像迷濛在雾雨之中。无论是哪种境况,对迁客的情感都有陪衬烘托的作用。此外,更大的可能是奇妙的音乐造成了这样一种"石破天惊逗秋雨"的感觉。"千重万重雨"不仅写岭色,也兼形筝声(犹如"大弦嘈嘈如急雨");不仅是视觉形象,也是音乐形象。"千重""万重"的复叠,给人以乐音繁促的暗示,对弹筝"流人"的复杂心绪也是一种暗示。在写"鸣筝"之后,这样将"岭色"与"千重万重雨"并置一句中,省去任何叙写、关联词语,造成诗句多义性,含蕴丰富,打通了视听感觉,令人低回不已。

弹到激越处,筝弦突然断了。但听者情绪激动,不能自已。这里不说泪下之多,而换言“泪痕深”，造语形象新鲜：“收与”“分付与”用字同妙，它使三句的“雨”与此句的“泪”搭成譬喻关系。似言听筝者的泪乃是筝弦收集岭上之雨化成，无怪乎其多了。这想象新颖独特，发人妙思。“只说闻筝下泪，意便浅。说泪如雨，语亦平常。看他句法字法运用之妙，便使人涵咏不尽。”（黄生评）此诗从句法、音韵到通感的运用，颇具特色，而且都服务于意境的创造，浑融含蓄，而非刻露，明胡应麟《诗薮》称之为“连城之壁，不以追琢减称”，可谓知言。

送魏二

王昌龄

醉别江楼橘柚香，江风引雨入舟凉。
忆君遥在潇湘月，愁听清猿梦里长。

【鉴赏】

诗作于王昌龄贬龙标尉时。

送别魏二在一个清秋的日子（从“橘柚香”见出）。饯宴设在靠江的高楼上，空中飘散着橘柚的香气，环境幽雅，气氛温馨。这一切因为朋友即将分手而变得尤为美好。这里叙事写景已暗挑依依惜别之情。“今日送君须尽醉，明朝相忆路漫漫”（贾至《送李侍郎赴常州》），首句“醉”字，暗示着“酒深情亦深”。

“方留恋处，兰舟催发”，送友人上船时，眼前秋风瑟瑟，“寒雨连江”，气候已变。次句字面上只说风雨入舟，却兼写出行人入舟；逼人的“凉”意，虽是身体的感觉，却也双关着心里的感受。“引”字与“入”字呼应，有不疾不徐，飒然而至之感，善状秋风秋雨特点。此句寓情于景，句法字法运用皆妙，耐人涵咏。

按通常作法，后二句似应归结到惜别之情。但诗人却将眼前情景推开，以“忆”字勾勒，从对面生情，为行人虚构了一个境界：在不久的将来，朋友夜泊在潇湘（潇水在零陵县与湘水会合，称潇湘）之上，那时风散雨收，一轮孤月高照，环境如此凄清，行人恐难成眠吧。即使他暂时入梦，两岸猿啼也会一声一声闯入梦境，令他睡不安恬，因而在梦中也摆不脱愁绪。诗人从视（月光）、听（猿声）两个方面，刻画出一个典型的旅夜孤寂的环境。月夜泊舟已是幻景，梦中听猿，更是幻中有幻。所以诗境颇具几分朦胧之美，有助于表现惆怅别情。

末句的“长”字状猿声相当形象，使人想起《水经注·三峡》关于猿声的描写：

"时有高猿长啸,属引凄异,空谷传响,哀转久绝。""长"字作韵脚用在此诗之末,更有余韵不绝之感。

诗的前半写实景,后半乃虚拟。它借助想象,扩大意境,深化主题。通过造境,"道伊旅况愁寂而已,惜别之情自寓"(《唐诗绝句类选》敖英评),"代为之思,其情更远"(明陆时雍《诗镜总论》)。在艺术构思上是颇有特色的。

祖咏 (699~746)洛阳(今河南洛阳)人,开元十二年(724)进士。官驾部员外郎。他是王维的诗友,和王维相交十三年。王维赠诗有"贫病子即深,契阔余下浅"语,于此可知他大概是个流落失意之人。后隐居汝水间。作品以描写山水自然为主。全唐诗录其36首。

望　蓟　门①

祖　咏

燕台一去客心惊,笳鼓喧喧汉将营②。
万里寒光生积雪,三边曙色动危旌③。
沙场烽火侵胡月,海畔云山拥蓟城④。
少小虽非投笔吏,论功还欲请长缨⑤。

【注释】

①蓟门:蓟门关,今北京德胜门外,当时边防要地。

②燕台:即蓟北楼,也就是传说中燕昭王筑的黄金台。一望:一作"一去"。汉将营:实指安禄山营,蓟门当时是他的根据地。

③生积雪:生于积雪。三边:古称幽、并、凉为三边。这里泛指东北、北方、西北边防地带。危旌:高扬的旗帜。

④沙场句:意谓战火之光,直逼边塞之月。比喻战事激烈。蓟城:即蓟门。

⑤投笔吏:汉班超家贫,常为官府抄书以谋生,曾投笔叹曰:"大丈夫当立功异域以取封侯,安能久事笔砚间。"后终以功封定远侯。论功:论功行封。请长缨:汉终军曾向汉武帝请求:"愿受长缨,必羁南越王而致之阙下。"后被南越相所杀,年

仅二十余岁。缨:绳。

【鉴赏】

唐代的蓟门,即范阳道,统率幽云十六州,为唐朝东北边陲重镇,主要防御契丹。玄宗开元二年(714),薛纳将兵御契丹;二十二年(734),张守珪斩契丹王屈烈及可汗。本诗大约作于这段时间,其时诗人游宦于此。

首联"燕台一望"即"一望燕台"的倒装,固然因律诗平仄之要求,但更为重要的是,以"燕台"这样一个大地名起笔,可平添全诗的雄壮气势,山川险要,不禁激情满怀,"惊"字便点出了这种特有的感受。客心因何而惊呢?首先是因为汉将(实为唐将)大营,笳鼓阵阵,响彻远近。此句化用南朝梁代曹景宗"去时儿女悲,归来笳鼓意"诗意,表现出军营中号令之严肃。

颔联进一步写笳鼓之声,点明它是在严冬初晓时发出的。严冬本已甚为寒冷,何况又天降大雪,更何况还是多少天来之积雪,而且是连绵千万里的积雪,其冷简直难以言状。单是雪上反射出的寒光,也足令人两眼昏花。这是远望之景。再看高处,但见曙色朦胧,山川模糊,唯独城楼高悬之旗帜在半空中猎猎飘扬。如此静穆之景,当然会令诗人心灵震惊不已。

颈联一转,极写边关战士意志昂扬之态。烽火与月光、雪光交织,壮丽异常,这是向前望。环顾周围但见蓟门要塞临海倚山,天生拱卫,稳如磐石。诗人受此感染,便由惊转为不惊,水到渠成转入尾联两句来。这两句直抒"望"后所感,意思是说:虽说我年轻时没能像班超那样投笔从戎,但见此三边壮气,却也欲效终军请缨破敌。

全诗紧扣一个"望"字,勾画蓟门山川形胜,意象雄伟壮阔,字里行间充满蓬勃向上、建功立业的"盛唐之音"。

终南望余雪①

祖　咏

终南阴岭②秀，积雪浮云端。
林表明霁色③，城中增暮寒。

【注释】

①终南：终南山，西安南六十余里。

②阴岭：背向太阳的山岭，易于积雪。

③林表：林外。霁色：此指雪停后的景色，故下云“增”，说明正是积雪之时。

【鉴赏】

首句是说终南山景色秀美。因终南山在长安城南面，故从长安城中遥望，自然只能望见它的阴岭了（古人称山北为阴）。次句“积雪浮云端”的“浮”字妙极。因为云总是流动的，而高出云端的山顶积雪又在阳光下寒光闪闪，不正给人以“浮”之感觉吗？这是通常所说的化静为动之写法。这句是说，终南山北坡高出云端，积雪未化。

第三句“林表明霁色”，这“霁色”指的是雨雪初晴时的阳光，在这里是给“林表”涂的色彩。因为距终南山六十里之遥的长安城，别说阴天看不清山貌，就是大晴天也只能看个大致轮廓。只有在雨雪初晴之时，由于雪光返照时才能一睹终南的“庐山真面目”。可见若无此“霁”字，这首诗的意象便失去客观真实了。

末句写“望”中所感。俗谚有云：“下雪不冷化雪冷”，又云：“日暮天寒”。一场雪后,除终南余雪外,其他地方的雪已大量消融,吸收大量热量,自然要冷一些;日暮天晚,自然又要比大白天寒;而望终南山余雪,寒光闪闪,更令人倍添寒意。

据《唐诗纪事》所载,此诗为诗人应试时作,据说按应试规定应写成六韵十二句的排偶体,但诗人只写四句即交卷,人问其故,答曰"意尽",无话即短,何必画蛇添足!宗师大人朱笔是否"法外施恩"也无从查考,但我们确应佩服诗人的胆识:即使冒犯应试天条也决不画蛇添足!

苏氏别业

祖　咏

别业居幽处[①],到来生隐心。
南山当户牖,沣水映园林[②]。
竹覆经冬雪,庭昏未夕阴[③]。
寥寥人境外,闲坐听春禽[④]。

【注释】

①幽处:幽静之地。

②沣水:发源于陕西省秦岭,流经鄠邑区、长安入渭河。这句说,沣水流绕苏氏园林,水光和园林之美相映。

③昏:昏暗无光。这句说,苏氏园林花木掩映,遮蔽日光,还没到傍晚,庭院里就已显得重阴浓密了。

④寥寥:寂静。这句说,苏氏园林远离人境,异常寂静。

【鉴赏】

诗的开头,诗人就提出,为什么一来到苏氏别业园林就使人萌生隐居之心?因为这里环境极清幽。诗人在二、三两联中,生动细致地描绘了园林内外的景色。有了这两联,首联"别业居幽处,到来生隐心"便有了着落。结联"闲坐听春禽"也才收束得自然。诗人流连忘返的畅适之情溢于言表。全诗描写工致,意境恬静淡远。既赞美了苏氏别业园,也抒发了鄙厌世俗、追求闲适、幽静生活的情怀。

蒋维翰 唐开元年间登进士第,存诗五首。

怨　歌

蒋维翰

百尺珠楼临狭斜,新妆能唱美人车。
皆言贱妾红颜好,要自狂夫不忆家。

【鉴赏】

"百尺珠楼",言其居处的巍峨华贵,如张籍的诗句"妾家高楼连苑起"。但从"临狭斜"透露出这"珠楼"中人的非同一般。古乐府有《长安狭斜行》,述少年冶游之事。旧时因称娼家为"狭斜"(亦作"狭邪")。白行简《李娃传》:"此狭斜女李氏宅也。"这里虽用了一个"临"字,看来仍暗示这人原来的身份。次句写她色艺双绝:能做时新的靓妆,也会唱动听的清歌。

接着,三句承上句,从众人的口里说出她的美貌。"皆言",表明非止一人,是大家都这么夸赞。这句高度凝练概括而出之于口语,笔调明快。《陌上桑》写采桑女罗敷有云:"行者见罗敷,下担捋髭须;少年见罗敷,脱帽著帩头;耕者忘其犁,锄者忘其锄。来归相怨怒,但坐观罗敷。"用的是"敷陈其事"的铺叙写法。一是乐府,篇幅大;一是绝句,故"缩龙成寸"。第四句才陡然急转:"要自狂夫不忆家。"此似为狭斜女子辩解之词,言狂夫自不忆家,非为贱妾红颜所惑也。

王维 (701~761),字摩诘,原籍祁(今山西祁县),后迁居蒲州(今山西永济西)。他出身于官宦之家,能诗善画,精通音乐。开元九年(721)中进士,授大乐丞,累官至给事中。安史之乱,两京陷落,唐玄宗奔蜀,王维从驾不及为叛军所俘,并被逼任伪职。乱平后,以陷贼论罪,降为太子中允。后官至尚书中丞,故亦称王右丞。晚年居蓝田辋川,过着亦官亦隐的优游生活。王维是唐代山水田园诗派的代表人物,与孟浩然齐名，称为“王孟”。早年有着积极进取的精神，写了许多关于边塞、游侠的诗歌，大都情调昂扬，气概豪迈。但其作品最主要的则为山水诗，通过对田园山水的描绘，宣扬隐士生活和佛教禅理。这些诗往往刻画细致，清新自然，词秀调雅，别树一帜。

少年行四首

王　维

一

新丰美酒斗十千，咸阳游侠多少年。
相逢意气为君饮，系马高楼垂柳边。

二

出身仕汉羽林郎，初随骠骑战渔阳。
孰知不向边庭苦，纵死犹闻侠骨香。

三

一身能擘两雕弧，虏骑千重只似无。
偏坐金鞍调白羽，纷纷射杀五单于。

四

汉家君臣欢宴终，商议云台论战功。
天子临轩赐侯印，将军佩出明光宫。

【鉴赏】

王维《少年行》四首结构比较严密。它们之间有次序、有联系，每首可以独立存在，合起来又是一个有组织的整体。他选择了当时游侠少年生活中的几个侧面，从不同的角度予以再现，从而将他们的昂扬意气、勇猛精神，对祖国的热爱，立功名的雄心，很完整地反映了出来。

这第一首是写一群侠少相逢聚饮。他们性格豪爽，不拘形迹，偶然会遇，只要意气相投，就立刻下马登楼，欢呼痛饮，杯酒之间，成为知己。本是写侠少聚饮，却将美酒放在首句来写，以见豪侠之人，自然应当饮名贵之酒，也就是俗话中“宝剑赠予烈士，红粉送与佳人”之意。次句写少年，而冠以游侠二字，则这群年轻人的身份和性格都清楚了。游侠是先秦、两汉时代的社会产物，司马迁作《史记》，特立《游侠列传》,歌颂了他们当中的一些杰出人物。这种人有司马迁所指出的"救人于厄,振人不赡","不既信,不背言"的长处,又有韩非子所指出的"以武犯禁"的短处。本诗所写,只是侠少行事和性格中积极的一方面。"新丰",汉县,在今陕西省临潼区西北。"咸阳",秦都,今陕西省咸阳市。这组诗是写唐代的游侠少年,因为唐代诗人习惯于借汉朝来写本朝,所以用的地名、典故都是汉朝的。

第一句写酒,第二句写人,第三句才把两者关合起来。此句写这些少年的相逢及相聚时的精神状态。"为君饮"三字,既渲染了互相献酬的欢乐,又照应了美酒之可口。这样,就将他们在相逢之顷,立刻成为朋友,饮酒谈心的少年豪气刻画出来了。据杜甫诗,唐代普通的酒一斗大概是三百钱,而此诗及李白诗中均有美酒一斗十千的记载,就是说,要比普通的酒贵三十多倍。而这些侠少在相逢之际,就将这种名贵的新丰特产痛饮起来,这也暗示了他们的家庭出身,不只是形容其飞扬的意气而已。结句点明少年们相逢的场所,"高楼"指酒楼,亦即"为君饮"的地方,"垂柳边",既描写了高楼景物,又为"系马"生根。这句乃是倒叙,事实上是在"为君饮"之前,又是"意气"的补充描写。有了这一句,侠少们的形象就更为鲜明了。

第一首是少年们的群像,以下三首则是其中一人的单像。

第二首前两句写这位少年的出身和经历,是叙事。后两句写他的志愿,是抒情。羽林郎是汉代禁卫军的军官,他们大都来自汉阳、陇西、安定、北地、上郡、西河等六郡的良家(世家大族),通称六郡良家子。"骠骑"指西汉时代著名的将军霍去病,他曾任骠骑将军,反击匈奴的侵扰,战功卓著。"渔阳",汉郡,故地当今北京市东北一带。他不但出身良家,初入仕途就担任过令人美慕的羽林郎的官职,而且还跟过名将出征,具有实战经验。但现在,他却缺少到边疆去作战的机会。于是,他为了这个而难受起来了:谁能知道这种不能到边疆去的苦处呢?到边疆去作战,当然会有危险,甚至丧失生命,但是为了保卫祖国而牺牲,该是多么的光荣啊!即使最后剩下的只有一堆白骨,这骨头也带着侠气,发着香味,也就是说,为国献身,必然流芳千古。(张华《游侠曲》:"生从命子游,死闻侠骨香。"这里沿用其语,但意义比张诗崇高多了。)一般诗人多写边塞从军之苦,而王维此诗独写不能到边塞从军之苦,从而突出为国献身的崇高愿望、昂扬斗志和牺牲精神,使我们在今天读了,还深受感动和鼓舞。

第三首写这位少年的武艺和战功。起句写其射技超群。雕弧是刻了花纹的弓。能擘开两张弓,即能左右开弓。这在以弓箭为远距离攻击手段的古代,是一种很重要的武艺。次句写其不怕强敌,即后来小说中所常常描写的,冲进千军万马,如入无人之境。后两句承上而来。"白羽",指箭。白羽、金鞍,与雕弧同,都是为这位主人公的武器和服饰着色,以衬托其风姿的英俊。"五单于",原来是汉宣帝时匈奴族内部争立的五个君长，这里借指敌人的几个首领。“偏坐”，应上两雕弧。他在战斗中，凭借着高超的武艺和骑术，英勇杀敌，偏左偏右地坐在马上，抽出箭来，射了出去，敌人的几位首领，便纷纷被消灭了。这位少年的武艺、勇敢、功劳和为国献身的精神，通过这篇诗的战斗描写，使读者获得完整的印象。

第四首写这位少年凯旋，评功受赏。第一句写皇帝赐宴，第二句写诸将评功。云台是东汉洛阳宫中的一座台。明帝时，曾把开国功臣邓禹等二十八人的像画在台上。论战功而在云台，暗示这次战胜强敌，功劳巨大，可以和开国功臣媲美。第三、四句写受奖封侯。“轩”，这里指皇宫中有廊的平台之类。有些礼仪要皇帝在轩中举行，称为临轩仪。“明光”，汉宫名。这时，这位少年已经不是侠少，而是将军了，评功以后，又封侯爵，他佩戴着侯印，走出明光，真算是踌躇满志，衣锦荣归了。

这组诗共四首，一写任侠，二写立志，三写建功，四写受奖。有头有尾，有条有理，勾画了这位少年的前半生。但第三、四两首，与其说是诗人用现实主义手法反映了这位少年已经达到的事实情况，还不如说是诗人用积极浪漫主义手法表现了他应该达到的发展情况。通过对某一个人的几个侧面的描写，诗人给当时的游侠少年的一生画出了一个轮廓，描写了他们的现状，又着重指出了他们成长发展的道路。在盛唐时代，西北各族与汉族之间的斗争渐趋频繁，反击侵扰，使各族人民得以和平共处，继续进行经济上和文化上的交流，是中央政府的当务之急。这就是诗中侠少的生活理想和成长道路的现实依据。诗中当然也掺杂了追求功名富贵的个人名利思想，但为国效劳的崇高愿望占着支配地位。

王维是唐代大诗人当中思想和风格变化非常剧烈的一位。他早年的积极浪漫主义和现实主义精神，到了晚年，几乎完全被消极的浪漫主义代替了。他在《酬张少府》中写道：“晚年唯好静，万事不关心。自顾无长策，空知返旧林。”在《秋夜独坐》中写道：“白发终难变，黄金不可成。欲知除老病，唯有学无生。”很难想象，这些诗的作者笔下也曾经出现过《少年行》中的游侠少年的形象。这，诗人本身当然要负一部分责任，但最根本的原因，还在于在封建制度之下，许多优秀人物被迫无所作为。王维是如此，其他的唐代大诗人如李白、杜甫、白居易等，又何尝不是在不同程度上由早年的积极转变为晚年的消极呢？

陇西行[1]

王　维

十里一走马，五里一扬鞭。
都护军书至，匈奴围酒泉。
关山正飞雪，烽火断无烟。

【注释】

①《陇西行》：乐府旧题，又称《步出夏门行》，属《相和歌·瑟调曲》。

【鉴赏】

这是王维用乐府旧题写的一首边塞诗。

诗一开头，便写告急途中，军使跃马扬鞭，飞驰而来，一下子就把读者的注意力紧紧吸引住了。一、二句形容在“一走马”“一扬鞭”的瞬息之间，“十里”“五里”的路程便风驰电掣般地一闪而过，以夸张的语言渲染了十万火急的紧张气氛，给人以极其鲜明而飞动的形象感受。中间两句，点明了骑者的身份和告急的事由。一个“围”字，可见形势的严重。一个“至”字，则交代了军使经过“走马”“扬鞭”的飞驰疾驱，终于将军书及时送到。最后两句，补充交代了气候对烽火报警的影响。按理，应当先见烽火，后到军书。然而现在，在接到军书之后，举目西望，却只见漫天飞雪，一片迷茫，望断关山，不见烽烟。是因雪大点不着烽火呢，还是点着了也望不见呢？反正是烽火联系中断了。这就更突出了飞马传书的刻不容缓。写到这里，全诗便戛然而止了，结得干脆利落，给读者留下了想象的余地。尽管写形势危急，气氛紧张，而诗中表现的情绪却是热烈、镇定和充满自信的。

这首诗，取材的角度很有特色。它反映的是边塞战争，但并不正面描写战争。

诗人的着眼点既不在军书送出前边关如何被围，也不在军书送至后援军如何出动，而是仅仅撷取军使飞马告急这样一个片段、一个侧面来写，至于前前后后的情况，则让读者自己用想象去补充。这种写法，节奏短促，一气呵成，篇幅集中而内蕴丰富，在艺术构思上也显得不落俗套。

赞崔兴宗

王　维

绿树重荫盖四邻，青苔日厚自无尘。
科头箕踞长松下，白眼看他世上人。

【鉴赏】

这首诗原题为《与卢员外象过崔处士兴宗林亭》。“卢象”，开元年间著名诗人，常与王维、裴迪等唱和。张九龄执政时，很赏识他，被擢为左补阙、司勋员外郎。“崔兴宗”，王维内弟，当时隐居未仕。这首诗侧重赞扬崔兴宗的品格，称颂他不与世俗同流合污。

“绿树重荫盖四邻，青苔日厚自无尘。”绿阴浓郁，青苔一天天加厚，因为有“绿树”遮掩，所以毫无纤尘。这两句以隐居处景物的超俗，映衬人物，也就是崔兴宗的性格。

“科头箕踞长松下，白眼看他世上人。”“科头”，不戴帽子，把头发挽成髻。“箕踞”，伸展两脚而坐，形如簸箕。古时坐如跪形，伸足而坐，是不守礼法的表示。这两句形神兼备，崔兴宗孤高傲世的形态、神情跃然纸上。

这首诗在表现手法上的特点是率直纯真，但很少含蓄，《说诗晬语》说“……王维‘白眼看他世上人’……此粗派也。”

送　别

王　维

下马饮君酒，问君何所之[1]？

君言不得意，归卧南山陲②。
但去莫复问，白云无尽时。

【注释】

①饮君酒：劝君喝酒。之：去，往。

②南山陲：终南山边。

【鉴赏】

这是一首送友人归隐的诗。表面看来语句平淡无奇，然而细细品味，却是词浅情深，含义深刻。

诗的首句叙事，“下马饮君酒”，这里的“饮”是使动用法，拿酒请君饮之意。饮酒话别，紧扣题意。下句“问君何所之”，这是席间的问话，你准备到哪去呢？用问句引出下文。这一句也表达了诗人对友人的关切之情。三四句是友人对问话的回答，交代今后的去向——“归卧南山陲”，并交代了归隐原因——“不得意”。这两句看似平淡，但是却隐含着他失意不满与无奈的情绪。同时，也从侧面暗示诗人对友人的同情与对现实的愤懑不平的心情。五、六句“但去莫复问，白云无尽时”，是诗人对友人的安慰之辞：你只管去吧，我不再问了。世间的那些“不得意”之事有什么关系呢，不要放在心上，隐居山间的生活足以尽兴，足以自娱，看吧，那白云在山间无穷无尽。友人自言欲归隐南山，诗人不但不加劝阻，反而说“但去莫复问”，在这种支持归隐的态度中，隐含着诗人对隐居生活的羡慕，和对功名利禄、荣华富贵的淡泊。白云在诗歌中素来就是一个代表着自由自在、悠闲飘逸的意象，所以，历来就有“云无心以出岫”“去留无意，看天外云卷云舒”等句。在这一句里，白云又成了隐居生活的象征，诗人自己也厌倦了仕途的起伏纷争，也向往着像白云那样自由自在，无忧无虑的生活。这里隐隐约约地又流露出诗人惯有的归隐的思想。

这首诗写失志归隐，借以淡化功名，抒发陶醉白云、自寻其乐之情。前四句写得比较平淡，似乎是无甚意味，至后二句作结，诗意顿浓，韵味骤增，不尽之意见于

言外。

青　　溪①

王　维

言入黄花川，每逐青溪水②。
随山将万转，趣③途无百里。
声喧乱石中，色静深松里。
漾漾泛菱荇，澄澄映葭苇④。
我心素已闲，清川澹⑤如此。
请留盘石上，垂钓将已矣。

【注释】

①青溪：在今陕西沔县之东。

②言：发语词，无实意。黄花川：在今陕西凤县东北黄花镇附近。

③趣：同“趋”。

④葭苇：初生的芦苇。

⑤澹：静止不动。

【鉴赏】

这首诗大约是王维初隐蓝田南山时所作，一题为《过青溪水作》。

开头两句“言入黄花川，每逐青溪水。”诗人以非常简洁的笔墨对这首山水诗描写的对象做了一个交代。一个“每”字交代出作者常常循青溪进入黄花川游历。三、四句“随山将万转，趣途无百里”，写这一段路程不足百里，但是溪水循着山势蜿蜒曲折，千回百转。这是总写青溪。

中四句开始转而细描青溪的姿态。“声喧乱石中”写的是溪水冲进乱石滩里发出阵阵喧哗；“色静深松里”写溪水淌进一片深幽的松林时，却是静谧无比。这两句一静一动，一明一暗，相映成趣。“漾漾泛菱荇，澄澄映葭苇。”表现的是溪水在平阔地带的另一种形态。青青的菱叶荇菜随波荡漾，澄澄的波光映着随风摇曳的芦苇，一派安谧肃静的景象。诗人非常巧妙地捕捉到溪水的不同动态，并将这些形象组合为一个清新淡泊的意境。

在这样清新淡泊的意境中，诗人自然而然地联想到了自己。于是后四句作者转而言志。“我心素已闲，清川澹如此。”诗人在青溪的淡泊自在中印证了自己的夙愿，也暗示了作者喜爱青溪的原因。至此，心与境合，情与景融而为一。末两句“请留盘石上，垂钓将已矣”，借用东汉严子陵垂钓富春江的典故，表明诗人也想以隐居青溪作为自己的归宿。这一句固然是在表现诗人对青溪的喜爱，却也暗示了诗人仕途失意，欲归隐山林的心态。

诗人借颂青溪之淡泊，喻自身之夙愿安闲。青溪并非闻名的景点，但在诗人王维的笔下却是曲折有致，韵味淡雅。全诗自然清淡朴素，写景抒情皆看似不甚着力，然而韵味却隽永醇厚。

渭川田家

王　维

斜光照墟落，穷巷牛羊归[①]。
野老念牧童，倚杖候荆扉[②]。
雉雊[③]麦苗秀，蚕眠桑叶稀。
田夫荷锄至，相见语依依。
即此羡闲逸，怅然吟《式微》[④]。

【注释】

①墟落：村落。此句一作“斜阳照墟落”。穷巷：隐僻的里巷。

②荆扉：柴门。

③雉雊：野鸡啼叫。

④式微：《诗经·邶风》中的篇名，中有“式微，式微，胡不归！”句。这里表明自己有归隐之意。

【鉴赏】

这是一首田园诗，作者用白描手法，描绘了一幅春末夏初渭河流域农村农家薄暮景致。面对农家安闲的生活，诗人顿生羡慕之情。

全诗共十句，用笔似信手拈来，却形象之极，读来眼前如一段电影画面在徐徐滑过。“斜光照墟落，穷巷牛羊归。”用的是一组远景镜头对这幅农家晚归图刻画了一个总的背景：温暖的夕阳笼罩着小小的村庄，仿佛给小村披上了一层暖暖的柔纱，远远地可以看见有人赶着牛羊归来，隐入小巷深处。镜头慢慢地推近，便看到一位慈祥的老人拄着拐杖，倚着柴门，望着远方，等着放牧的孙儿归来。接着镜头平移，我们看到绿油油的麦苗正在抽穗，而蚕儿成眠桑叶已经稀疏。这时，远处还不时传来几声鸡的啼叫，田埂上，农夫们扛着锄头回来了，他们三三两两地聚在一起说着絮絮闲话。而不远处，一位诗人正看着他们，惆怅地摇头感慨。

诗人为何会油然而生惆怅之心呢？这得联系诗人写作这首诗的背景。王维早年在政治上接近张九龄，倾向进步，但自开元二十四年(736)宰相张九龄被排挤出朝廷后，王维深感在政治上无依无傍，进退两难。在这种心绪下，他信步来到田野，看到这样一幅农家晚归图，看到农家的生活是如此安然闲逸，而自己在仕途上却是坎坷波折，身心俱疲，不由得又陡生羡慕之心，退隐之念。

《式微》是《诗经·邶风》中的一篇，诗中反反复复地咏叹“式微，式微，胡不归！”诗人巧妙地化用《式微》篇名入诗，来表达自己的“归隐”之念，表现含蓄但又韵味深远。

全诗前八句是写景，后两句是抒情。最后以“式微”暗扣第二句“穷巷牛羊归”的“归”字，首尾呼应，情景交融。

春中田园作

王　维

屋上春鸠鸣，村边杏花白。
持斧伐远扬，荷锄觇泉脉。
归燕识故巢，旧人看新历。
临觞忽不御，惆怅思远客。

【鉴赏】

这是一首春天的颂歌。从诗所展现的环境和情调看，似较《辋川集》的写作时间要早些。在这首诗中，诗人只是平平地叙述，心情平静地感受着、品味着生活的滋味。

冬天很难见到的斑鸠，随着春的来临，很早就飞到村庄来了，在屋上不时鸣叫着；村中的杏花也赶在桃花之前争先开放，开得雪白一片，整个村子掩映在一片白色杏花之中。开头两句十个字，通过鸟鸣、花开，就把春意写得很浓了。接着，诗人由春天的景物写到农事，好像是春鸠的鸣声和耀眼的杏花，使得农民在家里呆不住了，他们有的拿着斧子去修整桑枝，有的扛着锄头去察看泉水的通路。整桑理水是经冬以后最早的一种田园劳动，可说是农事的序幕。

归燕、新历更是春天开始的标志。燕子回来了，飞上屋梁，在巢边呢喃地叫着，似乎还能认识它的故巢，而屋中的旧主人却在翻看新一年的日历。旧人、归燕，和平安定，故居依然，但"东风暗换年华"，生活在自然地、和平地更替与前进。对着故巢、新历，燕子和人将怎样规划和建设新的生活呢？这是用极富诗意的笔调，写出春天的序幕。不是吗？新历出现在人们面前的时候，不就像春天的布幕在眼前拉开了一样吗？

诗的前六句，都是写诗人所看到的春天的景象。结尾两句，写自己的感情活动。诗人觉得这春天田园的景象太美好了，"木欣欣以向荣，泉涓涓而始流"（晋陶渊明《归去来兮辞》），一切是那样富有生气，充满着生活之美。他很想开怀畅饮，可是，对着酒又停住了，想到那离开家园做客在外的人，无缘享受与领略这种生活，不由得为之惋惜、惆怅。

这首诗春天的气息很浓，而诗人只是平静地、淡淡地描述，始终没有渲染春天的万紫千红。但从淡淡的色调和平静的活动中却成功地表现了春天的到来。诗人凭着他敏锐的感受，捕捉的都是春天较早发生的景象，仿佛不是在欣赏春天的外貌，而是在倾听春天的脉搏，追踪春天的脚步。诗中无论是人是物，似乎都在春天的启动下，满怀憧憬，展望和追求美好的明天，透露出唐代前期的社会生活和人的精神面貌的某些特征。人们的精神状态也有点像万物欣欣然地适应着春天，显得健康、饱满和开展。

新晴野望

王　维

新晴原野旷，极目无氛垢。
郭门临渡头，村树连溪口。
白水明田外，碧峰出山后。

农月无闲人，倾家事南亩。

【鉴赏】

这是一首田园诗，描写初夏的乡村，雨后新晴，诗人眺望原野所见到的景色。诗的开头两句，总写新晴野望时的感受：经过雨水的冲涤，空气中无丝毫尘埃，显得特别明净清新；极目远眺，原野显得格外空旷开阔。诗人一下子就抓住了环境的特征，仅仅用“原野旷”“无氛垢”六个字，便把此情此境真切地再现出来；而且将读者也引进这一特定情境中去，随着诗人一起远眺。

纵目四望，周围是一片多么秀丽的景色啊！远处，可以遥遥望见临靠着河边渡头的城门楼；近处，可以看到村边的绿树紧连着溪流的入河口。这在平时都不能看得如此清晰分明。田野外面、银白色的河水闪动着粼粼波光，因为雨后水涨，晴日辉映，比平时显得明亮；山脊背后，一重重青翠的峰峦突兀而出，峰峦叠现，远近相衬，比平时更富于层次感。这一组风景镜头，紧紧扣住了雨后新晴的景物特点。随着目之所及，由远而近，又由近及远，有层次，有格局，有色彩，有亮度，意境清幽秀丽，俨然构成了一幅天然绝妙的图画。

然而，这样一幅画，还只能说是静物写生，虽则秀美，毕竟显得有点空旷，缺乏活力。王维作为山水诗和山水画的大师，是深深懂得这一点的。因而在最后两句中，他便给这幅静态画面加上了动态的人物：“农月无闲人，倾家事南亩。”虽然是虚写，却给原野平添了无限生意，能让人想见初夏田间活跃的情状并感受到农忙劳动的气氛。这样一笔，整个画面都活起来了。

这首诗基调明朗、健康，表现了诗人爱自然、爱田园、爱生活的思想感情。诗人对自然美有敏锐的感受，他善于抓住景物特征，注意动静结合，进行层次分明的描绘，给读者以美的艺术享受。

夷门歌

王　维

七雄雄雌犹未分，攻城杀将何纷纷。
秦兵益围邯郸急，魏王不救平原君。
公子为嬴停驷马，执辔愈恭意愈下。
亥为屠肆鼓刀人，嬴乃夷门抱关者。

非但慷慨献奇谋，意气兼将生命酬。
向风刎颈送公子，七十老翁何所求！

【鉴赏】

题材的因袭，包括不同文学形式对同一题材的移植、改编。都有一个再创造的过程。王维《桃源行》固然是成功的一例，而他的这首《夷门歌》同样也是故事新编式的杰作。

此诗题材出自《史记·魏公子列传》，即信陵君窃符救赵的历史故事。但从《魏公子列传》到《夷门歌》，有一重要更动：故事主人公由公子无忌（信陵君）变为夷门侠士侯嬴，从而成为主要是对布衣之士的一曲赞歌。从艺术手法上看，将史传以二千余字篇幅记载的故事改写成不足九十字的小型叙事诗，对题材的重新处理，特别是剪裁提炼上"缩龙成寸"的特殊本领，令人叹绝。

诗共十二句，四句一换韵，按韵自成段落。

"七雄雄雌犹未分，攻城杀将何纷纷。秦兵益围邯郸急，魏王不救平原君。"首四句交代故事背景。细分，则前两句写七雄争霸天下的局势，后两句写"窃符救赵"的缘起。粗线勾勒，笔力雄健，"叙得峻洁"（清姚鼐语）。"何纷纷"三字将攻城杀将、天下大乱的局面形象地表出。传云："魏安釐王二十年，秦昭王已破赵长平军，又进兵围邯郸（赵都）"，诗只言"围邯郸"，然而"益急"二字传达出一种紧迫气氛，表现出赵国的燃眉之"急"来。于是，与"魏王不救平原君"的轻描淡写，对照之下，又表现出一种无援的绝望感。

赵魏唇齿相依，平原君（赵国贤公子）又是信陵君的姊夫。无论公义私情而言，"不救"都说不过去。无奈魏王惧虎狼之强秦，不敢发兵。但诗笔到此忽然顿断，另开一线，写信陵君礼贤下士，并引入主角侯生。"公子为嬴停驷马，执辔愈恭意愈下。亥为屠肆鼓刀人，嬴乃夷门抱关者。"信陵君之礼遇侯嬴，事本在秦兵围赵之前，故这里是倒插一笔。其作用是，暂时中止前面叙述，造成悬念，同时运用"切割"时间的办法形成跳跃感，使短篇产生不短的效果，即在后文接叙救赵时，给读者以一种隔了相当一段时间的感觉。信陵君结交侯生事，在《史记》有一段脍炙人口、绘声绘色的描写。诗中却把诸多情节，如公子置酒以待，亲自驾车相迎，侯生不让并非礼地要求枉道会客等等，一概略去，单挑面对侯生的傲慢"公子执辔愈恭"的细节作突出刻画。又巧妙运用"愈恭""愈下"两个"愈"字，显示一个时间进程（事件发展过程）。略去的情节，借助于启发读者的联想得到补充，便有语短事长的效果。两句叙事极略，但紧接二句交代侯嬴身份兼及朱亥，不避繁复，又出人意料地详。"嬴乃夷门抱关者也"，"臣乃市井鼓刀屠者"，都是史传中人物原话。"点化二豪之语，对仗天成，已征墨妙”（清赵殿成《王右丞诗集笺注》），而唱名的方式，使人物情态跃然纸上，颇富戏剧性。两句妙在强调二人卑微的地位，从而突出卑贱者的智勇；同时也突出了公子不以富贵骄士的精神。两人在窃符救赵中扮演着关键角色，故强调并不多余。这段的一略一详，正是白石道人所谓“难说处一语而尽，易说处莫便放过”，贵在匠心独运。

“非但慷慨献奇谋，意气兼将生命酬。向风刎颈送公子，七十老翁何所求！”最后一段专写侯生，既紧承前段又遥接篇首，回到救赵事上来。“献奇谋”，指侯嬴为公子策划窃符及赚晋鄙军一事，这是救赵的关键之举。“意气”句则指侯嬴于公子至晋鄙军之日北向自刭事。其自刎的动机，是因既得信陵君知遇，又已申燕刀一割之用，平生意愿已足，生命已属多余，故作者着力表现这一点。末二句议论更作波澜，说明侯生义举全为意气所激，并非有求于信陵君。慷慨豪迈，有浓郁抒情风味，故历来为人传诵。二句分用谢承《后汉书》杨乔语（“侯生为意气刎颈”）和《晋书·段灼传》语（“七十老公复何所求哉！”）而使人不觉，用事自然入妙。诗前两段铺叙、穿插，已蓄足力量，末段则以“非但”“兼将”递进语式，把诗情推向高峰。以乐曲为比方，有的曲子结尾要拖一个尾声，有的则在激越处戛然而止。这首诗采取的正是后一种结尾，它如裂帛一声，忽然结束，却有“慷慨不可止”之感，这手法与悲壮的情事正好相宜。

把一个有头有尾的史传故事，择取三个重要情节来表现，组接巧妙，语言精练，人物形象鲜明，是《夷门歌》艺术上成功之处。这首诗代表着王维早年积极进取的一面。唐代是中下层地主阶级知识分子在政治上扬眉吐气的时代，这时出现为数不少的歌咏游侠的诗篇，绝不是偶然的。《夷门歌》故事新编，融入了新的历史内容。清吴汝纶评此诗“叙古事而别有寄托”，是很有见地的。

陇头吟[①]

王　维

长安少年游侠客，夜上戍楼看太白[②]。
陇头明月迥临关，陇上行人夜吹笛。
关西老将不胜愁，驻马听之双泪流。
身经大小百馀战，麾下偏裨万户侯。
苏武才为典属国[③]，节旄落尽海西头。

【注释】

①《陇头吟》:乐府旧题。胡才甫《沧浪诗话笺注》说:"按《乐府诗集》,《陇头吟》无古辞。《陇头》二首,其一题陈后主作,又注一本无名氏。疑即此首。"

②太白:即金星。古人认为它主兵象,可据以预测战事。

③典属国:汉代掌管藩属国家事务的官职,品位不高。

【鉴赏】

这是王维用乐府旧题写的一首边塞诗,题目一作《边情》。

一、二两句,先写一位充满游侠豪气的长安少年夜登戍楼观察"太白"(金星)的星象,表现了他渴望建立边功、跃跃欲试的壮志豪情。起句很有气势。然而,底下突然笔锋一转,顺着长安少年的思绪,三、四句紧接着出现了月照陇山的远景:凄清的月夜,荒凉的边塞,在这里服役的"陇上行人"正在用呜咽的笛声寄托自己的愁思。如果说,长安少年头脑里装的是幻想;那么,陇上行人亲身经受的便是现实:两者的差别何等悬殊!写到这里,作者的笔锋又一转:由吹笛的陇上行人,引出了听笛的关西老将。承转也颇顿挫有力。这位关西老将"身经大小百馀战",曾建立过累累军功,这不正是长安少年所追求的目标吗?然而老将立功之后又如何呢?部下的偏裨副将,有的已成了万户侯,而他却沉沦边塞!关西老将闻笛驻马而不禁泪流,这当中包含了多少辛酸苦辣!这四句,是全诗的重点,写得悲怆郁愤。关西老将为什么会有如此遭遇呢?诗中虽未明言,但最后引用了苏武的典故,是颇含深意的。苏武出使匈奴被留,在北海边上持节牧羊十九年,以致符节上的旄缨都落尽了,如此尽忠于朝廷,报效于国家,回来以后,也不过只做了个典属国那样的小官。表面看来,这似乎是安慰关西老将的话,但实际上,引苏武与关西老将类比,恰恰说明了关西老将的遭遇不是偶然的、个别的。功大赏小,功小赏大,朝廷不公,古来如此。这就深化了诗的主题,赋予了它更广泛的社会意义。

清人方东树推崇这首诗说:"起势翩然,关西句转收,浑脱沉转,有远势,有厚气,此短篇之极则。"(《昭昧詹言》)在十句诗中,作者把长安少年、陇上行人、关西老将这三种类型的人物,戍楼看星、月夜吹笛、驻马流泪这三个不同的生活场景,巧妙地集中在一起,自然而然地形成了鲜明的对照。这就很容易使人联想到:今日的长安少年,安知不是明日的陇上行人,后日的关西老将?而今日的关西老将,又安知不是昨日的陇上行人,前日的长安少年?诗的主旨是发人深省的。

辛夷坞

王　维

木末芙蓉花，山中发红萼。
涧户寂无人，纷纷开且落。

【鉴赏】

这是一首咏山涧中荷花的诗。“辛夷坞”，地名。“坞”，四面高中间低的山地。

“木末芙蓉花，山中发红萼。”“芙蓉”，本来是落叶乔木，但自古以来，也有很多人把荷花叫作“芙蓉”，最早见于《楚辞》，《唐诗别裁集》说：“因颜色相似也。”“萼”，花托。“发红萼”，就是生着红色的花朵。这两句并无华丽的辞藻，诗人也绝没有刻意雕琢，只是平实写来，却自有动人的艺术魅力，这是因为诗人取材的角度好，集中摄取了出水芙蓉“发红萼”的镜头。细细品味，颇有“清水出芙蓉，天然去雕饰”的感觉。

“涧户寂无人，纷纷开且落。”前一句说山涧中的住户寂静无人，是静态描写，后一句，花儿纷纷开了并且落了，或者说是有的开有的落，边开边落。

王维的艺术修养很高，他不仅善于写诗，而且在绘画方面有很深的造诣，他的诗在描写山水景物时往往只是淡淡的几笔，就能勾出一个画面，表现一种意境。这首诗的意境是空寂的，感情是寂寞的。沈德潜说这首诗“幽极”（《唐诗别裁集》），是很中肯的。

老　将　行

王　维

少年十五二十时，步行夺得胡马骑[①]。
射杀山中白额虎，肯数邺下黄须儿[②]。
一身转战三千里，一剑曾当百万师。

汉兵奋迅如霹雳，虏骑奔腾畏蒺藜[3]。
卫青不败由天幸，李广无功缘数奇[4]。
自从弃置便衰朽，世事蹉跎成白首。
昔时飞箭无全目，今日垂杨生左肘[5]。
路旁时卖故侯瓜，门前学种先生柳[6]。
苍茫古木连穷巷，寥落寒山对虚牖。
誓令疏勒出飞泉，不似颍川空使酒[7]。
贺兰山[8]下阵如云，羽檄交驰日夕闻。
节使三河募年少，诏书五道出将军。
试拂铁衣如雪色，聊持宝剑动星文[9]。
愿得燕弓射天将，耻令越甲鸣吾君[10]。
莫嫌旧日云中守，犹堪一战取功勋[11]。

【注释】

①"步行"句：汉名将李广，为匈奴骑兵所擒，当时已受伤，便即装死。后于途中见一胡儿骑着良马，便一跃而上，将胡儿推在地下，疾驰而归。见《史记·李将军列传》。

②"射杀"句：用晋名将周处除三害事。南山白额虎是三害之一，见《晋书·周处传》。数：让，亚于。邺下黄须儿：指曹彰，曹操第二子，须黄色，性刚猛，曾亲征乌丸，颇为曹操爱重，曾持彰须曰："黄须儿竟大奇也。"邺下：曹操封魏王时，都邺（今河北临漳县西）。

③蒺藜：本是有三角刺的植物，这里指铁蒺藜，战地所用障碍物。

④卫青：汉代名将，汉武帝皇后卫子夫之弟，以征伐匈奴官至大将军。卫青姊子霍去病，也曾远入匈奴境，却未曾受困折，因而被看作"有天幸"。"天幸"本霍去病事，然古代常卫、霍并称，这里当因卫青而联想霍去病事。"李广"句：李广曾屡

立战功,汉武帝却以他年老而暗示卫青不要让李广抵挡匈奴,因而被看成无功,没有封侯。缘:因为。数:命运。奇:单数,与偶相对,指不吉,不顺当。

⑤飞箭(一作"飞雀")无全目:鲍照《拟古诗》:"惊雀无全目。"李善注引《帝王世纪》:吴贺使羿射雀,贺要羿射雀左目,却误中右目。这里只是强调羿能使雀双目不全,于此见其射艺之精。垂杨生左肘:《庄子·至乐》:"支离叔与滑介叔观于冥柏之丘,昆仑之虚,黄帝之所休,俄而柳生其左肘,其意蹶蹶然恶之。"柳:借作"瘤",且"杨""柳"通假。这句意思是说,老将久不习武,肘上肌肉松弛下垂,如长肉瘤一般。

⑥故侯瓜:召平,本秦东陵侯,秦亡为平民,贫,种瓜长安城东,瓜味甘美。先生柳:晋陶渊明弃官归隐后,因门前有五株杨柳,遂自号"五柳先生",并写有《五柳先生传》。

⑦"誓令"句:后汉耿恭与匈奴作战,据疏勒城,匈奴于城下绝其涧水,恭于城中穿井,至十五丈犹不得水,他仰叹道:"闻昔贰师将军(李广利)拔佩刀刺山,飞泉涌出,今汉德神明,岂有穷哉。"旋向井祈祷,过了一会,果然得水。事见《后汉书·耿恭传》。疏勒:指汉疏勒城,在今新疆疏勒县。颍川:指汉景帝时将军灌夫,家住颍川,为人刚直,失势后颇牢骚不平,后被诛。使酒:恃酒逞意气。

⑧贺兰山:又名阿拉善山,在今宁夏中部。

⑨星文:指剑上所嵌的七星文。

⑩"耻令"句:意谓以敌人甲兵惊动国君为可耻。《说苑·立节》:越国甲兵入齐,雍门子狄请齐君让他自杀,因为这是越甲在鸣国君,自己应当以身殉之,遂自刎死。鸣:这里是惊动的意思。

⑪云中守:指汉文帝时的云中太守魏尚。魏尚深得军心,匈奴不敢犯边,后因事被削职为民,得冯唐鸣不平,始官复原职。取功勋:一作"立功勋"。

【鉴赏】

这首诗主要采用叙事手法勾勒了一位老将的一生,写他年少勇战,转战沙场,后因"无功"被弃。然而他自不服老,在边地烽火重燃时,壮心复起,仍想为国立功。

全诗分三部分,开头十句是第一部分,写老将青少年时代的智勇、功绩和不平遭遇。作者连用李广、周处和曹操次子曹彰的典故,说他少年之时便智勇双全,步行夺过敌人的战马,射杀过凶猛的白额虎。而"一身转战三千里"是说他征战劳苦;"一剑曾当百万师"是说他战功显赫;"汉兵奋迅如霹雳"是说他用兵神速;"虏骑奔腾畏蒺藜"从反面写他布阵破虏。作者在这里从四个方面一再渲染老将征战之苦,战绩之大,是在为后文写老将未得应得之赏做一个反面衬托。"卫青不败由天幸,李广无功缘数奇”,李广战功显赫,不但未得封侯之赏,反而最终得罪自尽,实在是命运不济呀。作者感慨老将的命运,也抨击了封建统治者用人唯亲,赏罚不明。全诗至此一下子急转而下,由前面的豪气勃发转而写老将的不幸遭遇。

中间十句为第二部分,写老将被遗弃的清苦生活。“自从弃置便衰朽,世事蹉跎成白首。”在诗人概要的笔墨中,老将年华老去,业已白头。“昔时飞箭无全目,今日垂杨生左肘。”昔日有后羿射雀的本领,但久不习武,双臂如生疡瘤,很不利索了。仍是用了对比手法,让人一看之下,顿生惋惜感慨之念。“路傍时卖故侯瓜,门前学种先生柳。苍茫古木连穷巷,寥落寒山对虚牖。”作者写老将被弃后的清苦生活,用了秦东陵侯召平和陶渊明的典故,并用“古木”“穷巷”“寒山”“虚牖”四种景物组合成一个清冷萧条的环境。但是,在这样的境遇下,老将仍想着“誓令疏勒出飞泉,不似颍川空使酒”,想像耿恭一样,与战士们同甘共苦,终出绝境,决不像灌夫一样,一味地借酒使气。

最后十句为第三部分,写边烽未息,老将时时怀着请缨卫国杀敌的衷肠。先写边关战事又起,告急文书不断送往京城。次写朝廷在三河一带招募青年入伍,奔赴边关。在这样的形势下,老将再也坐不住了,他开始“试拂铁衣”让铠甲现出雪亮的颜色,“聊持宝剑动星文”,他又开始练起武功。他希望得到燕弓“射大将”,消灭敌人的头目;决不让“越甲鸣吾君”,让外敌惊动朝廷。末句“莫嫌旧日云中守,犹堪一战取功勋”借用汉文帝时云中太守魏尚的典故,表明只要朝廷肯用老将,他一定能再上沙场,立功报国。

全诗大量用典,不但在一定程度上扩大了诗的容量,而且使全诗显得含蓄典雅,在展现老将的沉沦抑郁的内心世界和他那慷慨激昂,以身许国的壮志的同时,又指责了统治者对一个身经百战的将军的冷漠无情,抒发了诗人仕途失意的不满。

桃源行

王 维

渔舟逐水爱山春,两岸桃花夹古津[①]。
坐[②]看红树不知远,行尽青溪不见人。
山口潜行始隈隩[③],山开旷望旋平陆。
遥看一处攒云树,近入千家散花竹。
樵客初传汉姓名,居人未改秦衣服。

居人共住武陵源，还从物外④起田园。
月明松下房栊⑤静，日出云中鸡犬喧。
惊闻俗客争来集，竞引还家问都邑。
平明闾巷扫花开，薄暮渔樵乘水入。
初因避地去人间，及至成仙遂不还。
峡里谁知有人事，世中遥望空云山。
不疑灵境难闻见，尘心未尽思乡县。
出洞无论隔山水，辞家终拟长游衍⑥。
自谓经过旧不迷，安知峰壑今来变。
当时只记入山深，青溪几度到云林。
春来遍是桃花水，不辨仙源何处寻。

【注释】

①逐水：顺着溪水。古津：古渡口。

②坐：因。

③隈隩：山崖的弯曲处。

④物外：世外。

⑤房栊：窗户。

⑥游衍：游乐。

【鉴赏】

这首七言乐府作于开元七年(719)，王维十九岁。桃源，即陶渊明《桃花源记》中所写的桃花源。诗以陶渊明的《桃花源记》为蓝本，取其大意，变文为诗，进行艺术的再创造，开拓了诗的意境。在叙述《桃花源记》中原故事的同时，为我们展现了一幅幅美丽的画面。

"渔舟逐水爱山春，两岸桃花夹去津"，一叶小舟顺流而上，古老的渡口附近，两岸桃花盛开。正是因为有这样的春之美景，渔人才"逐水爱山春"，既而"坐看红树不知远，行尽青溪不见人"。这是事件的开端：渔人赏玩春景继而发现桃源。

"山口潜行始隈隩，山开旷望旋平陆"，是事件的发展。渔人弃舟上岸，进入幽曲的山口，渐行渐远，忽然豁然开朗，发现桃源。"遥看一处攒云树，近入千家散花竹"，远远望去似有高大的树木攒聚在蓝天白云里，近处却是千家万户种满花卉竹林。这两句由远及近，写了"云""树""花""竹"，相映成美丽安宁的世外桃源之景，写景极为生动。而桃源中所遇之人仍使用秦汉时的姓名，所穿衣服也还是秦汉时的式样。

接下来的十二句是全诗的主要部分，重点写渔人在桃花源中的见闻。“居人共住武陵源，还从物外起田园”承接上下文。“月明松下房栊静，日出云中鸡犬喧”写桃源中白天与晚上，以白日与夜里，安静与喧闹做对比，突出桃源中与世无争却又生机勃勃的景象。“惊闻俗客争来集，竞引还家问都邑”以一连串的动词来强调作为外界来客的渔人的到来在桃源中造成的轰动。“平明闾巷扫花开，薄暮渔樵乘水入”，这里的“扫花开”“乘水入”，很好地写出了桃花源的地理特点，能充分激发读者的想象。“初因避地去人间，及至成仙遂不还。峡里谁知有人事，世中遥望空云山”是补充交代桃源中人的来历。在叙事中，诗人又夹杂抒情笔墨。

末十句是全诗的最后部分，诗人至此叙事的节奏加快，扣紧渔人的心理活动来写渔人因思乡离开桃源，继而又怀念桃源，寻觅桃源而不得的怅惘和茫然，情事景于此完全融为一体，特别是后六句，“自谓”“安知”“只记”等词连用，把渔人对桃源的思念与遍寻不着的懊恼的心情形象展现出来。末句“春来遍是桃花水，不辨仙源何处寻”加入抒情成分，美景仍是当日美景，可是桃源却是不再，无限感慨尽在言外。

王维的诗以抒写山水著称，此诗尤胜。历来评价王诗有“诗中有画，画中有诗”的说法，这首诗内容与陶潜的散文相仿，但画面却比陶文来得生动优美，绚丽多彩。全诗笔力舒健，韵脚多变，平仄相间，从容雅致，活跃多姿。

酬张少府

王　维

晚年唯好静，万事不关心。
自顾无长策，空知返旧林①。
松风吹解带，山月照弹琴。
君问穷通理②，渔歌入浦深。

【注释】

①自顾：自念，自视。长策：良策。空：只。

②穷通：穷困或显达，得意与失意。

【鉴赏】

这首诗是王维晚年居辋川时与友人的应和之作。

全诗着意自述“好静”之志趣。前四句全是写情，隐含着抱负不能实现之后的矛盾苦闷心情。首联起始便说“晚年唯好静，万事不关心”，看似极端消极，但一个“唯”字暗示了作者一种不得已的情绪，似乎这个“静”也是不得已的。为什么呢？诗人在下一句做了解释——“自顾无长策，空知返旧林”。联系诗人王维的生平，在他早年，也曾有过效君报国的志向，但在奸相李林甫当政的时代，这样的志向是无法实现的。因此诗人感叹“自顾无长策”，以己之力无法改变这样的社会局面，且年也到晚年，只好“空知返旧林”了。

但是，诗人的情绪仅仅是一沉，随即想起隐逸生活的情趣。诗人很巧妙地选取了隐居生活中一个相当闲适安逸的场景来写。“松风吹解带，山月照弹琴”，“松风”“山月”皆是象征高洁的意象，暗衬诗人的形象。作者不停留于写景，而是在写景中融入了自身的活动——在徐徐的清风中轻解衣带，在皎洁的月光下独坐弹琴。一“吹”，一“照”，便将“松风”“秋月”写活了，它们似乎是有意地参与诗人的活动的呢。情与景，人与境于此便非常自然地融为一体。

末联是即景悟情，以问答形式作结。前句“君问穷通理”，照应标题，“君”指的是“张少府”。面对友人问及穷困或显达时该如何面对，诗人却并没有正面回答，而是以不答作答。“渔歌入浦深”化用《楚辞·渔父》典故：“渔父莞尔而笑，鼓枻而去，乃歌曰：‘沧浪之水清兮，可以濯吾缨；沧浪之水浊兮，可以濯吾足。’遂去，不复与言。”这个典故在人们的脑海里勾勒出一幅画面：一个渔人撑着小舟，慢慢逝于烟波浩渺处。隐隐地，我们似乎可以听到渔歌的回响，问什么穷通之理呢，还不如就像我这样归隐去吧，以安宁的心境来面对一切。全诗以这样的末句收结，含蓄而富有韵味，洒脱超然，却又发人深省。

辋川闲居赠裴秀才迪

王　维

寒山转苍翠，秋水日潺湲。
倚杖柴门外，临风听暮蝉。
渡头馀落日，墟里上孤烟。

复值接舆醉，狂歌五柳前。

【鉴赏】

这是一首诗、画、音乐完美结合的五律。首联和颈联写景，描绘辋川附近山水田园的深秋暮色；领联和尾联写人，刻画诗人和裴迪两个隐士的形象。风光人物，交替行文，相映成趣，形成物我一体、情景交融的艺术境界，抒写诗人的闲居之乐和对友人的真切情谊。

“寒山转苍翠，秋水日潺湲。”首联写山中秋景。时在水落石出的寒秋，山间泉水不停歇地潺潺作响；随着天色向晚，山色也变得更加苍翠。不待领联说出“暮”字，已给人以时近黄昏的印象。“转”和“日”用得巧妙。转苍翠，表示山色愈来愈深，愈来愈浓；山是静止的，着一“转”字，便凭借颜色的渐变而写出它的动态。日潺谖，就是日日潺谖，每日每时都在喧响；水是流动的，用一“日”字，却令人感觉它始终如一的守恒。寥寥十字，勾勒出一幅有色彩，有音响，动静结合的画面。

“渡头馀落日，墟里上孤烟。”颈联写原野暮色。夕阳欲落，炊烟初升，这是田野黄昏的典型景象。渡头在水，墟里在陆；落日属自然，炊烟属人事：景物的选取是很见匠心的。“墟里上孤烟”，显系从晋陶渊明“暧暧远人村，依依墟里烟”（《归田园居之一》）点化而来。但陶句是拟人化地表现远处村落上方炊烟萦绕、不忍离去的情味，王句却是用白描手法表现黄昏第一缕炊烟袅袅升到半空的景象，各有各的形象，各有各的意境。这一联是王维修辞的名句，历来被人称道。“渡头馀落日”，精确地剪取落日行将与水面相切的一瞬间，富有包孕地显示了落日的动态和趋向，在时间和空间上都为读者留下想象的余地。“墟里上孤烟”，写的也是富有包孕的片刻。“上”字，不仅写出炊烟悠然上升的动态，而且显示已经升到相当的高度。

首、颈两联，以寒山、秋水、落日、孤烟等富有季节和时间特征的景物，构成一幅和谐静谧的山水田园风景画。但这风景并非单纯的孤立的客观存在，而是画在人眼里，人在画图中，一景一物都经过诗人主观的过滤而带上了感情色彩。

那么，诗人的形象是怎样的呢？请看领联：“倚杖柴门外，临风听暮蝉。”这就是诗人的形象。柴门，表现隐居生活和田园风味；倚杖，表现年事已高和意态安闲。柴门之外，倚杖临风，听晚树鸣蝉、寒山泉水，看渡头落日、墟里孤烟，那安逸的神态，潇洒的闲情，和“策扶老以流憩，时矫首而遐观”（《归去来兮辞》）的陶渊明不是有几分相似吗？

事实上，王维对那位“古今隐逸诗人之宗”，也是十分仰慕的，就在这首诗中，不仅仿效了陶的诗句，而且在尾联引用了陶的典故：“复值接舆醉，狂歌五柳前。”陶文《五柳先生传》的主人公，是一位忘怀得失、诗酒自娱的隐者，“宅边有五柳树，因以为号焉”。实则这位先生正是陶渊明的自我写照；而王维自称五柳，就是以陶渊明自况的。接舆，是春秋时代“凤歌笑孔丘”的楚国狂士，诗人把沉醉狂歌的裴迪与楚狂接舆相比，乃是对这位年轻朋友的赞许。陶渊明与接舆——王维与裴迪，个性虽大不一样，但那超然物外的心迹却是相近相亲的。所以，“复值接舆醉”的“复”字，不表示又一次遇见裴迪，而是表示诗人情感的加倍和进层：既赏佳景，更遇良朋，辋川闲居之乐，至于此极啊！末联生动地刻画了裴迪的狂士形象，表明了诗人对他的由衷的好感和欢迎，诗题中的“赠”字，也便有了着落。

颔联和尾联，对两个人物形象的刻画，也不是孤立进行，而是和景物描写密切结合的。柴门、暮蝉、晚风、五柳，有形无形，有声无声，都是写景。五柳，虽是典故，但对王维说来，模仿陶渊明笔下的人物，植五柳于柴门之外，不也是自然而然的吗？

送梓州李使君[①]

王　维

万壑树参天，千山响杜鹃。
山中一夜雨，树杪百重泉[②]。
汉女输橦[③]布，巴人讼芋田。
文翁翻教授，不敢倚先贤[④]。

【注释】

①梓州：唐代州名，治所在今四川三台。

②山中一夜雨：一作“山中一半雨”。杪：树枝的细梢。

③橦：木棉树。其种子表皮长有白色纤维，可织成布。

④文翁：汉景帝时为蜀郡太守，政尚宽宏，见蜀地僻陋，乃建造学宫，诱育人才，使巴蜀日渐开化。翻教授：反复教育。

【鉴赏】

这是一首送别佳作。历代送别诗开篇往往由景写起，借景抒情。这首诗也是从写景起笔，却起得不凡。诗人一反通常由身边之景写开的套路，而是想象友人将去的四川之景，气势磅礴。

首联“万壑树参天，千山响杜鹃”，互文见义。千山万壑大树参天，处处可闻杜鹃的啼叫。领联接着描绘“山中一夜雨，树杪百重泉”，山中一夜雨过，飞泉百道，远远望去好似悬挂在树梢上一般。王维曾入蜀，他结合自己在蜀地的生活经验。为友人描绘了一幅极具蜀地风情的美景，画面鲜明，极具立体感。王维还特别喜爱和擅长描写听觉中的事物，把这当作构成诗境的一个重要的艺术手段，这四句诗，使人仿佛置身巴蜀胜地，身旁是参天古木，群山重重，耳边是响彻千山的杜鹃啼鸣，声震层峦的崖巅飞瀑，大有耳目不暇之感。

在以略带欣羡的口气描绘了一番蜀地美景之后。王维转而写蜀地的民情政事。诗人在颈联选用了两个极具蜀地特点的事件——“汉女输橦布，巴人讼芋田”。蜀地的妇女向官府交纳橦布，而蜀地产芋，蜀人常为芋田之事打官司。“汉”“巴”皆蜀之别称，仍是紧扣友人将去之所。而征收赋税，处理讼事，正是“使君”职责所在。这里诗人开始想象友人到任后的生活。

末联“文翁翻教授，不敢倚先贤”，用了有关治蜀的典故。文翁是汉景帝时蜀郡太守，政尚宽宏，见蜀地僻陋，乃建造学宫，诱育人才，使巴蜀日渐开化。王维在此以文翁比李使君，官同事同，极是妥帖。他以此勉励李使君效法文翁，尽职尽守，有所作为，不要倚仗先贤的成绩而泰然无为。这两句化用典故劝勉友人，委婉曲折，真情尽显。

全诗的情绪积极开朗，格调高远，前半首尤胜。是唐诗中写送别的名篇之一。

过香积寺[①]

王　维

不知香积寺，数里入云峰。
古木无人径，深山何处钟。
泉声咽危石，日色冷青松。
薄暮空潭曲，安禅制毒龙[②]。

【注释】

①香积寺：故址在今陕西西安市长安区。

②曲：隐僻之处。安禅：佛家语，指心安于清寂宁静之境。毒龙：佛家语，喻妄念烦恼。

【鉴赏】

诗题《过香积寺》已表明这首诗是一首记游之作。“过”即“探访”“探望”之意。

起始四句“不知香积寺,数里入云峰。古木无人径,深山何处钟”写诗人并不知道香积寺的确切位置,仍是信步走去。“数里入云峰”“古木无人径”是写游中所见,但也侧面交代了香积寺的位置及环境——寺院位于云峰深处,周围环境古朴。至此,诗人还未有一字提及寺院。走在无人的古径上,心头正有一点疑惑——山中真有寺院吗?忽然听到深山中隐隐的钟声,才明白香积寺确在山中。这四句一气呵成,把“探访”的曲折写得淋漓尽致,却是不着痕迹。清赵殿成评这四句说:“四句一气盘旋,灭尽针线之迹,非自盛唐高手,未易多覯”(《王右丞集笺注》)。

后两句“泉声咽危石,日色冷青松”,这一联是历代被誉为炼字典范的名联。其中“咽”与“冷”字尤为精到。山泉在峥嵘的石缝中流淌,泉声自不能轻快流畅,那声音正像极若有若无的呜咽之声。而“冷”字用得更妙:这里是古木森森的“深山”,到处是高耸的“青松”,日光自是不能普照,且是“薄暮”时分,返照的夕阳涂抹在青森的松林上,岂不“冷”哉?这一联非常准确地把握住景物的特点,表现传神,构造出一个远离尘世、宁静幽深的环境。

末两句“薄暮空潭曲,安禅制毒龙”,这一联写诗人在傍晚终于到达寺院,面对一潭空阔幽静的潭水,不仅想到《涅槃经》中所说的佛门高僧以无边的佛法制服了其性暴烈的毒龙的故事。想到佛法可以制服毒龙,也可以制服世人的痴心妄想,不觉又悟到禅理的高深。这两句掺入佛语,反映了诗人一直想要离尘绝世的思想情绪。

这首诗题意在写山寺,但并没有一字写寺,而是通过“云峰”“古木”“深山”“钟声”“危石”“青松”“空潭”的描写来表现山寺之深僻清幽,手笔不凡。

山居秋暝①

王　维

空山新雨后,天气晚来秋。
明月松间照,清泉石上流。
竹喧归浣女,莲动下渔舟②。

随意春芳歇，王孙自可留[3]。

【注释】

①暝：日落，天黑。

②“竹喧”句：浣衣女子结伴归来，竹林里传来一阵喧笑。“莲动”句：指溪中莲花摇动，知是渔船顺流而下。

③“随意”二句：《楚辞·招隐士》：“王孙兮归来，山中兮不可以久留。”乃招致隐士之辞。这里反用其意，是说春天的芳华虽已消歇，秋景也佳，王孙自可留在山中。

【鉴赏】

这首诗是王维居辋川时所作。描绘的是秋天傍晚的山居之景，是王维众多吟咏山居生活的诗中最为有名的一首。

诗题《山居秋暝》，简洁地指明了这首诗所写的地点与时间。山居之景，秋暝时分。

首联“空山新雨后，天气晚来秋。”林木茂密，掩盖了人迹，一个“空”字，强调了山中如世外桃源般的幽静。这是一个秋天的傍晚，刚刚下过一场雨。“新雨后”“晚来秋”淡淡几字，一阵清新、凉爽之气扑面而来。“后”“秋”两字拖音字相对，读来语气舒缓，诗人悠闲自在的心境自在其中。

颔联也是此诗流传最广的一联。“明月松间照，清泉石上流。”雨后的松林显得格外清新，皎洁的月光从密密的松林中洒下，清澈的泉水从光滑的岩石上静静淌过，泉水映着月色，发出银亮的光。这一联写月光如水，是写“静”；写清泉流淌，是写“动”，动静结合，简简单单的十个字塑造了一个明净超脱的意境。

接下的两句写山中人们的生活。“竹喧归浣女，莲动下渔舟。”这两句从视觉、听觉两方面进行描写，使诗中的形象更加逼真，更富有生气。这一联先写果后写因，利用人们的期待效应，制造了一个恍然大悟的效果。“归”和“下”字原本应分别放在“浣女”和“渔舟”之后，但是诗人有意将它们倒装，不仅使这一联音韵和谐，而且突出了几分动感。

雨后的空山是那样清新高洁，山中的人们是那样安逸自在，诗人顿时感到找到了一个世外桃源。他忍不住抒发自己的情感："随意春芳歇，王孙自可留。"这句诗化用了《楚辞·招隐士》的典故，并反用其意，含蓄地将自己留恋山林的心情表达出来。

这首诗不仅写出秋日傍晚雨后山中的美景，而且也流露出诗人自己领受这种佳景的愉快和对山林生活的依恋。与王维后期的山水诗相比，少了几分孤寂，多了几分清新，几分生活气息。全诗不事雕凿，天然入妙，高步瀛评曰："随意挥写，得大自在"（《唐宋诗举要》）是再恰当不过的。

终南别业

王　维

中岁颇好道，晚家南山陲[①]。
兴来每独往，胜事[②]空自知。
行到水穷处，坐看云起时。
偶然值[③]林叟，谈笑无还期。

【注释】

①中岁：中年。陲：边。

②胜事：美好的事，快意的事。

③值：遇见。

【鉴赏】

历代诗评家往往认为王维诗歌最突出的风格便是"清淡自然"四个字。这一风格首先体现在诗人那些反映隐逸生活情趣的山水田园之作中。而《终南别业》便是这类诗歌中最著名的作品之一。

第一联"中岁颇好道，晚家南山陲"，叙述自己中年以后就厌倦俗世而信奉佛教，晚年隐居终南山边。

第二联"兴来每独往，胜事空自知"，写诗人隐居终南别业的生活。"兴来"是说随意而行，"每"是说常常这样做，"独"与"自"两字，写出诗人自得其乐的心态，"胜事"强调了这种生活的快乐。在这里，诗人并未荡开笔墨细写所见之美景，所遇之快事,但一个悠然自得的隐者形象已现在读者面前。

第三联"行到水穷处,坐看云起时",进一步写诗人寻访的雅兴与意趣。简单两句勾画出一个心境闲适、随意而行、自由自在的隐士的形象:他溯流走去,不知不觉竟走到水的尽头,看样子是无路可走了,那干脆就坐下来吧,闲看眼前朵朵白云徐徐升起……白云在诗歌中素来就是一个代表着自由自在、悠闲飘逸的意象,我们的诗人又何尝不是这样自由自在,无忧无虑的呢?这一联最为人称道的是它表意简洁,诗中有画,且蕴含生活哲理。近人俞陛云在《诗境浅说》中便说:"行至水穷,若已到尽头,而又看云起,见妙境之无穷。可悟处世事变之无穷,求学之义理无穷。此二句有一个化机之妙。"

最后一联写"偶然"遇"林叟",便"谈笑""无还期"了,写出了诗人淡逸的天性和超然物外的风采。对句既纯属自然,又隐含哲理。

全诗写景、述情,皆似信手拈来,毫不着力,可谓平淡自然,但诗中作者那种悠闲自得的雅兴与超然出尘的心态却已跃然纸上。所以方回称赞此诗"有一唱三叹不可穷之妙"(《瀛奎律髓汇评》),纪昀也说"此诗之妙,由绚烂之极归于平淡"(《瀛奎律髓汇评》),所言极是。

归嵩山作[①]

王　维

清川带长薄,车马去闲闲[②]。
流水如有意,暮禽相与还。
荒城临古渡,落日满秋山。
迢递嵩高下,归来且闭关[③]。

【注释】

①嵩山:又称嵩高山,在今河南登封北。

②薄:草木丛。闲闲:从容自得的样子。

③迢递:遥远的样子。关:本意指门闩,这里代指门。

【鉴赏】

这首诗作于开元二十二年(734)秋,写作者辞官归隐嵩山途中所见的景色和心情。

首联“清川带长薄，车马去闲闲”，写归隐出发时的情景。“清川”，清清的流水围绕着草木丛生之地。这是写所见之景。“车马去闲闲”，这是诗人写自己的车马悠闲自得地行走在路上。车马本无心，何来“闲闲”之感？这正是王维所谓“不知一切景语，皆情语也”。脱离了官场是非，诗人感觉就像清川一样自由，像车马一样悠闲。

颔联继续写景，乃是托物寄情，写自己归隐之情如流水归海之心不改，如禽鸟至暮知还。这句似化用陶渊明《饮酒》其五中名句“山气日夕佳，飞鸟相与还”，化用得不着痕迹。“暮禽”二字也包含着“鸟倦飞而知还”之意，暗示出自己退隐的原因是对现实、对仕途的失望与厌倦。

颈联写荒城古渡，落日秋山。王维非常善于选择适于表现自身心境的景物，并加以组合。四个景物，城是荒废多日的，渡口是许久以前的，阳光是夕阳西下，已近黄昏，连眼前的山景都是秋景，草木凋零。四个景物组合在一起反反复复地都在说一个词——萧索。这两句诗是寓情于景，反映诗人感情上的波折变化，不知想到了什么，隐隐地诗人的心绪又开始低落下来。

末联“迢递嵩高下，归来且闭关”，写诗人远远地来到嵩山下安家落户，决心归隐谢客。“迢递”二字，暗示归隐之高洁和诗人从此与世隔绝、不问世事的宗旨。而“闭关”二字不仅指关门的动作，而且含有闭门谢客的意思。这句在叙事写景中仍在表达归隐后的心情，我们可以看到，诗人此时的心情又转向平和。

全诗前四句写归山途中所见风景，情调闲适；后四句通过对荒城古渡、秋山落日萧索景象的刻画，表现出诗人归隐后的落寞心情，景与情契合交融，字里行间隐约地显示了作者心绪的细微变化：由闲适自得，到落寞凄清，然后又转向平和恬静。

终　南　山

王　维

太乙近天都，连山到海隅[1]。
白云回望合，青霭[2]入看无。
分野[3]中峰变，阴晴众壑殊。
欲投人处宿，隔水问樵夫。

【注释】

①太乙:即“太一”,终南山主峰,也是终南山别名。天都:一说指帝都,即唐都长安;一说指天庭。海隅:海边。

②霭:云气。

③分野:古时以地上的州国同天上的星辰位置相配,谓之分野。

【鉴赏】

开元二十九年(741),王维归京后,曾隐于终南山,本诗写于是时。

沈德潜《唐诗别裁》卷九说:“右丞五言律有两种,一种以清远胜,如‘行到水穷处,坐看云起时’是也;一种以雄浑胜,如‘天官动将星,汉地柳条青’是也,当分别观之。”《终南山》当属后者。

全诗旨在咏叹终南山的宏伟壮大。首联写远景,“太乙近天都,连山到海隅”,这里用了夸张的手法。清沈德潜说“近天都言其高,到海隅言其远”,山高到接近天庭,当然是极高了,山脉绵延不断,能从长安附近延伸到海边,当然是极远的了。以艺术的夸张,极言山之高远。

颔联写近景,写身在山中之所见,铺叙云气变幻之妙。“白云回望合,青霭入看无”,云雾在回望中合成一片,但走近了却是看不到。王维以简简单单的十字,却唤起了有过游山经验的人的印象。这一联用了互文修辞,“青霭入看无”与前句“白云回望合”交错使用,相互补充。

颈联仍是写景。这首诗首联从大处着手,写终南山全景;颔联从细处入笔,写云雾之妙;颈联又从大处着眼,进一步写山之南北辽阔和千岩万壑的千形万态。“分野中峰变”,乃作者立足中峰,纵目四望的感受——终南山之大,使得中峰所隔,分野就变了;“阴晴众壑殊”仍是写其大,大到全山沐浴在同一片阳光下,由于山势有遮隔,各山阳光强弱有无不一,这边阳光普照,那边却是阴云密布。

末联突然笔锋一转,不再写景,而写诗人自己想投宿山中人家,隔着水问对岸的樵夫。这句粗看似来得突兀,但细细品来,至少有三个好处:一是写出山的辽廓荒远;二是为原本无声之景加入声音,而且是“隔水”的空远之声;三是点出了主人公的活动,给全诗又添一笔动感。

沈德潜《唐诗别裁》卷九中评此诗:“于四十字中,无所不包,手笔不在杜陵下。”而这首诗之所以可以于四十字内无所不包,其关键正在于诗人并非重于细绘山的各种形态,而是极度渲染山之神韵,终以劲健笔力,磅礴气势为偌大一座终南山做了一个传神写照,写出了终南山的高大、雄峻、幽深,这正是所谓的“尺幅具万里势”。

观　猎

王　维

风劲角弓鸣，将军猎渭城。
草枯鹰眼疾，雪尽马蹄轻。
忽过新丰市，还归细柳营。
回看射雕处，千里暮云平。

【鉴赏】

诗题一作《猎骑》。从诗篇遒劲有力的风格看，当是王维前期作品。诗的内容不过是一次普通的狩猎活动，却写得激情洋溢，豪兴遄飞。至于其艺术手法，几令清人沈德潜叹为观止："章法、句法、字法俱臻绝顶。盛唐诗中亦不多见。"（《唐诗别裁集》）

诗开篇就是"风劲角弓鸣"，未及写人，先全力写其影响：风呼，弦鸣。风声与角弓（用角装饰的硬弓）声彼此相应：风之劲由弦的震响听出；弦鸣声则因风而益振。"角弓鸣"三字已带出"猎"意，能使人去想象那"马作的卢飞快，弓如霹雳弦惊"（宋辛弃疾《破阵子》）的射猎场面。劲风中射猎，该具备何等手眼！这又唤起读者对猎手的悬念。待声势俱足，才推出射猎主角来："将军猎渭城"。将军的出现，恰合读者的期待。这发端的一笔，胜人处全在突兀，能先声夺人，"如高山坠石，不知其来，令人惊绝"（清方东树）。两句"若倒转便是凡笔"（清沈德潜）。

渭城为秦时咸阳故城，在长安西北，渭水北岸。其时平原草枯，积雪已消，冬末的萧条中略带一丝儿春意。"草枯""雪尽"四字如素描一般简洁、形象，颇具画意。"鹰眼"因"草枯"而特别锐利，"马蹄"因"雪尽"而绝无滞碍，颔联体物极为精细。三句不言鹰眼"锐"而言眼"疾"，意味猎物很快被发现，紧接以"马蹄轻"三字则见猎骑迅速追踪而至。"疾""轻"下字俱妙。两句使人联想到南朝宋鲍照写猎名句："兽肥春草短，飞鞚越平陆"（《拟古》）。但这里发现猎物进而追击的意思是明写在纸上的，而王维却将同一层意思隐然句下，使人寻想，便觉诗味隽永。三、四句初读似各表一意，对仗铢两悉称；细绎方觉意脉相承，实属"流水对"。如此精妙的对句，实不多见。

以上写出猎，只就"角弓鸣""鹰眼疾""马蹄轻"三个细节点染，不写猎获的场面。一则由于猎获之意见于言外;二则射猎之乐趣,远非实际功利所可计量,只就猎骑英姿与影响写来自佳。

颈联紧接“马蹄轻”而来,意思却转折到罢猎还归。虽转折而与上文意脉不断,自然流走。“新丰市”故址在今陕西临潼区,“细柳营”在今陕西西安市长安区,两地相隔七十余里。此二地名俱见《汉书》,诗人兴会所至,一时汇集,典雅有味,原不必指实。言“忽过”,言“还归”,则见返营驰骋之疾速,真有瞬息“千里”之感。“细柳营”本是汉代周亚夫屯军之地,用来就多一重意味,似谓诗中狩猎的主人公亦具名将之风度,与其前面射猎时意气风发、飒爽英姿,形象正相吻合。这两句连上两句,既生动描写了猎骑情景,又真切表现了主人公的轻快感觉和喜悦心情。

写到猎归,诗意本尽。尾联却更以写景作结,但它所写非营地景色,而是遥遥“回看”向来行猎处之远景,已是“千里暮云平”。此景遥接篇首。首尾不但彼此呼应,而且适成对照:当初是风起云涌,与出猎紧张气氛相应;此时是风定云平,与猎归后踌躇容与的心境相称。写景俱是表情,于景的变化中见情的消长,堪称妙笔。“回看”句语有出典,《北史·斛律光传》载北齐斛律光校猎时,于云表见一大鸟,射中其颈,形如车轮,旋转而下,乃是一雕,因被人称为“射雕手”。此言“射雕处”,有暗示将军的膂力强、箭法高之意。诗的这一结尾摇曳生姿,饶有余味。

综观全诗,半写出猎,半写猎归,起得突兀,结得意远;中两联一气流走,承转自如,有格律束缚不住的气势,又能首尾回环映带,体合五律,这是章法之妙。诗中藏三地名而使人不觉,用典浑化无迹,写景俱能传情,至如三、四句既穷极物理又意见于言外,这是句法之妙。“枯”“尽”“疾”“轻”“忽过”“还归”,遣词用字准确锤炼,咸能照应,这是字法之妙。所有这些手法,又都妙能表达诗中人生气远出的意态与豪情。所以,此诗完全当得起盛唐佳作的称誉。

使至塞上

王　维

单车欲问边,属国[①]过居延。
征蓬出汉塞,归雁入胡天。
大漠孤烟直[②],长河落日圆。
萧关逢候骑[③],都护在燕然[④]。

【注释】

①属国:典属国的简称。本为秦汉时官名,这里代指使臣,是王维自指。

②孤烟直:直上的燧烟。宋陆佃《埤雅》:"古之烽火用狼粪,取其烟直而聚,虽风吹之不斜。"

③萧关:在今宁夏回族自治区原州区东南。候骑:骑马的侦察兵。

④都护:当时边疆重镇都护府的长官,这里指河西节度使。燕然:即杭爱山,在今蒙古人民共和国境内。后汉车骑将军窦宪大破匈奴北单于,曾登燕然山刻石记功。这里借指最前线,并非实指。

【鉴赏】

开元二十五年(737)河西节度副大使崔希逸战胜吐蕃,唐玄宗命王维以监察御史的身份出塞宣慰,察访军情。这实际是将王维排挤出朝廷。这首诗作于赴边途中。

"单车欲问边",轻车前往,向哪里去呢?"属国过居延",居延在今甘肃张掖县西北,远在西北边塞,在这里并非实指,只是用来泛指边疆之地。

"征蓬出汉塞,归雁入胡天",诗人以"蓬""雁"自比,说自己像随风而去的蓬草一样出临"汉塞",像振翮北飞的"归雁"一样进入"胡天"。古诗中多用飞蓬比喻漂流在外的游子,这里却是比喻一个负有朝廷使命的大臣,正是暗写诗人内心的激愤和抑郁。与首句的"单车"相呼应。万里行程只用了十个字轻轻带过。

然后抓住沙漠中的典型景物进行刻画:"大漠孤烟直,长河落日圆。"最后两句写到达边塞:"萧关逢候骑,都护在燕然。"到了边塞,却没有遇到将官,侦察兵告诉使臣:首将正在燕然前线。

诗人把笔墨重点用在了他最擅胜场的方面——写景。作者出使,恰在春天。途中见数行归雁北翔,诗人即景设喻,用归雁自比,既叙事,又写景,一笔两到,贴切自然。尤其是"大漠孤烟直,长河落日圆"一联,写进入边塞后所看到的塞外奇特壮丽的风光,画面开阔,意境雄浑,近代王国维称之为"千古壮观"的名句。边疆沙漠,浩瀚无边,所以用了"大漠"的"大"字。边塞荒凉,没有什么奇观异景,烽火台燃起的那一股浓烟就显得格外醒目,因此称作"孤烟"。一个"孤"字写出了景物的单调,紧接一个"直"字,却又表现了它的劲拔、坚毅之美。沙漠上没有山峦林木,那横贯其间的黄河,就非用一个"长"字不能表达诗人的感觉。落日,本来容易给人以感伤的印象,这里用一"圆"字,却给人以亲切温暖而又苍茫的感觉。一个"圆"字,一个"直"字,不仅准确地描绘了沙漠的景象,而且表现了作者的深切的感受。诗人把自己的孤寂情绪巧妙地溶化在广阔的自然景象的描绘中。《红楼梦》第四十八回里香菱谈诗说:"'大漠孤烟直,长河落日圆'。想来'烟'如何'直'?'日'自然是'圆'的。这'直'字似无理,'圆'字似太俗。合上书一想,倒像是见了这景的。要说再找两个字换这两个,竟再找不出两个字来。"这就是"诗的好处,有口里说不出来的意思,想去却是逼真的;又似乎无理的,想去竟是有理有情的"。可谓道出了这两句诗高超的艺术境界。

秋夜独坐

王　维

独坐悲双鬓,空堂欲二更。
雨中山果落,灯下草虫鸣。
白发终难变,黄金不可成。
欲知除老病,唯有学无生。

【鉴赏】

王维中年奉佛,诗多禅意。这诗题曰"秋夜独坐",就像僧徒坐禅。而诗中写年迈人老,感慨人生,斥神仙虚妄,悟佛义根本,是诗人现身说法的禅意哲理之作,情理都无可取,但在艺术表现上较为真切细微,传神如化,历来受到赞赏。

前二联写沉思和悲哀。这是一个秋天雨夜,更深人寂,诗人独坐在空堂上,潜心默想。这情境仿佛就是佛徒坐禅,然而诗人却是陷于人生的悲哀。他看到自己两鬓花白,人一天天老了,不能长生;夜又将二更,时光一点点消逝,无法挽留。一个人就是这样地在岁月无情流逝中走向老病去世。这冷酷的事实使他自觉无力而陷于深刻的悲哀。此时此刻,此情此景,他越发感到孤独空虚,需要同情勉励,启发诱导。然而除了诗人自己,堂上只有灯烛,屋外听见雨声。于是他从雨声想到了山里成熟的野果，好像看见它们正被秋雨摧落；从灯烛的一线光亮中得到启发，注意到秋夜草野里的鸣虫也躲进堂屋来叫了。诗人的沉思，从人生转到草木昆虫的生存，虽属异类，却获同情，但更觉得悲哀，发现这无知的草木昆虫同有知的人一样，都在无情的时光、岁月的消逝中零落哀鸣。诗人由此得到启发诱导，自以为觉悟了。

后二联便是写觉悟和学佛。诗人觉悟到的真理是万物有生必有灭，大自然是永存的，而人及万物都是短暂的。人，从出生到老死的过程不可改变。诗人从自己嗟老的忧伤，想到了宣扬神仙长生不老的道教。诗人感叹“黄金不可成”，就是否定神仙方术之事，指明炼丹服药祈求长生的虚妄，而认为只有信奉佛教，才能从根本上消除人生的悲哀，解脱生老病死的痛苦。佛教讲灭寂，要求人从心灵中清除七情六欲，是谓“无生”。倘使果真如此，当然不仅根除老病的痛苦，一切人生苦恼也都不再觉得了。诗人正是从这个意义上去皈依佛门的。

整首诗写出一个思想觉悟即禅悟的过程。从情入理，以情证理。诗的前半篇表现诗人沉思而悲哀的神情和意境，形象生动，感受真切，情思细微，艺术上是颇为出色的；而后半篇则纯属说教，归纳推理，枯燥无味，缺陷也是比较明显的。

送秘书晁监还日本国

王　维

积水不可极，安知沧海东！
九州何处远？万里若乘空。
向国唯看日，归帆但信风。
鳌身映天黑，鱼眼射波红。
乡树扶桑外，主人孤岛中。
别离方异域，音信若为通！

【鉴赏】

晁衡，原名仲满、阿倍仲麻吕，日本人。唐玄宗开元五年(717)随日本遣唐使来中国留学，改姓名为晁衡。历仕玄宗、肃宗、代宗三朝，任秘书监，兼卫尉卿等职。大历五年(770)卒于长安。天宝十二载(735)，晁衡乘船回国探亲。临行前，玄宗、王维、包佶等人都作诗赠别，表达了对这位日本朋友深挚的情谊，其中以王维这一首写得最为感人。

古代赠别诗通常以交代送别的时间、地点、环境发端，借景物描写来烘染离情别意。这首诗不同，开头便是一声深沉的慨叹：茫茫沧海简直不可能达到尽头，又怎么能知道那沧海以东是怎样一番景象呢！突如其来，喷薄而出，令人心神为之一震。三、四两句一问一答，寄寓诗人深情。“九州”，代指中国。大意是说：中国以外，哪里最为遥远呢？恐怕就要算迢迢万里之外的日本了，现在友人要去那里，真像登天一样难啊！头四句极写大海的辽阔无垠和日本的渺远难即，造成一种令人惆怅、迷惘、惴惴不安的浓重氛围，使读者刚接触到作品就从情绪上受到了强烈的感染。

接下来四句，是写想象中友人渡海的情景。在当时的科学水平和技术条件下，横渡大海到日本去是一种极为冒险、生死未卜的事情。通常是正面实写海上的景象，诸如气候的无常、风涛的险恶等等，借以表达对航海者的忧虑和悬念。例如林宽的《送人归日本》：“沧溟西畔望，一望一心摧！地即同正朔，天教阻往来。波翻夜作电，鲸吼昼可雷。门外人参径，到时花几开？”其中第三联写得惊耳怵目，扣人心弦，应当说是相当精警的句子。但是，无论语言是怎样地铺张扬厉，情感是怎样地激荡淋漓，要在一首短诗中把海上航行中将要遇到的无数艰难险阻说完道尽，毕竟是办不到的。所以，王维采用了另外一种别开生面的手法：避实就虚，从有限中求无限。“向国唯看日，归帆但信风”，要说的意思只开了一个头便立即带住，让读者自己去思索、联想、补充、丰富。《新唐书·东夷传》云：“日本使自言国近日所出，以为名。”这里“日”字双关，兼指太阳和日本国。试想，航海者就凭几片风帆、数支橹桨，随风漂流，不是艰险已极吗？不做正面描绘，只提供联想线索；不言艰险而艰险之状自明，不说忧虑而忧虑之情自见，正是这两句诗高明的地方。最有特色的，还是“鳌身映天黑，鱼眼射波红”两句。在这里，诗人不只是没有实写海上景象，而且虚构了两种怪异的景物：能把天空映黑的巨鳌，眼里红光迸射的大鱼，同时展现出四种色彩：黑，红，蓝（天），碧（波），构成了一幅光怪陆离、恢宏阔大的动的图画。你看，波涛在不停地奔涌，巨鳌与大鱼在不停地出没，四种色彩在不断地交织和变幻。这就不能不使人产生一种神秘、奇诡、恐怖的感觉。诗人借怪异的景物形象和交织变幻的色彩刺激读者的感官，唤起读者的情感体验，把海上航行的艰险和对友人安危的忧虑直接传达给了读者。千百年来，历代的诗论家们公认王维“诗中有画”，但往往没有注意到，他的“诗中画”大多是“绘画所描绘不出的画境”。这首诗即是如此。人们公认王维是着色的高手。但往往没有注意到，他笔下的色彩不是客观对象的一种消极的附属物，而是创造环境氛围、表现主观情感的积极手段。这两句诗利用色彩本身的审美特性来表情达意，很富创造性，有很高的借鉴价值。

最后两句，诗人设想晁衡战胜艰难险阻，平安回到祖国，但又感叹无法互通音讯。这就进一步突出了依依难舍的深情。

司空图《诗品》说："不着一字，尽得风流。语不涉难，已不堪忧。"正好道出了这首诗的表情特点。

汉江临眺[1]

王　维

楚塞三湘接，荆门九派通[2]。
江流天地外，山色有无中。
郡邑浮前浦，波澜动远空。
襄阳好风日，留醉与山翁[3]。

【注释】

①汉江临眺：一本题作《汉江临泛》。

②楚塞：指古代楚国地界。三湘：湘水合漓水称漓湘，合蒸水称蒸湘，合潇水称潇湘，故称三湘。荆门：在今湖北荆门南。九派：九条支流。

③襄阳：在今湖北襄阳市。山翁：指晋代山简，竹林七贤山涛之子，曾镇守襄阳，好饮，每饮必醉。

【鉴赏】

这首诗是王维于开元二十八年(740)途经襄阳时所作。诗题《汉江临眺》中的"汉江"即汉水，"临眺"，登高远望。可见这首诗写的是在襄阳登高远眺时所见之景色。

首联"楚塞三湘接，荆门九派通"，写奔涌而来的三湘之水接连荆楚要塞，又在荆门一带与长江九派支流汇合。这一联虽无一字提及汉水，却已给人以浩瀚汉水雄浑壮阔的整体印象，为全诗渲染气氛。汉水接三湘通九派，都不是单纯的登高远眺所能看到之景，倒像是从飞机上俯瞰所见。但诗人硬是通过想象将这样一幅大的画面，仅用两句五言就表现出来，这便是所谓的"尺幅具万里势"了。

颔联开始结合自身的印象与感受来写眼前所见之远景。前句“江流天地外”，用了夸张手法写汉江极浩瀚空阔，看起来好像都流到天地之外去了。后句“山色有无中”，写在江边眺望远山，山色淡到极点，若有若无，似隐似现。一句“有无中”将那由于距离极远而迷离朦胧、变幻不定的山色逼真传神地写了出来。这一联意境高旷，气象远大，元方回评此联乃“足敌孟（浩然）、杜（甫）岳阳之作”。

颈联转而写近景：“郡邑浮前浦，波澜动远空。”写眼见江水一片浩渺，郡城（指襄阳）好似浮在水波上一般，波涛激荡滚动，远方的天空似也被撼动了。这里诗人的笔法极灵动，一“浮”一“动”，全从个人主观的印象与感觉着笔，令诗人笔下之景似乎都动起来了，更能唤起读者的想象，传达出汉水浩渺的神韵。

末联“襄阳好风日，留醉与山翁”，引曾镇守襄阳的晋人山简的故事，言欲与山翁共谋一醉，表现出对襄阳风物的热爱之情。此情与前三联之景相应，言尽而意无穷。

全诗格调清新，意境优美，在描绘景色中充满了乐观情绪，给人以美的享受。其中“江流天地外，山色有无中”历来为人们所传诵，不愧为千古佳句。

奉和圣制《从蓬莱向兴庆阁道中留春雨中春望》之作应制

王　维

渭水自萦秦塞曲，黄山旧绕汉宫斜[①]。
銮舆迥出千门柳，阁道回看上苑花[②]。
云里帝城双凤阙[③]，雨中春树万人家。
为乘阳气行时令，不是宸游重物华[④]。

【注释】

①渭水：即渭河，黄河最大支流，在陕西中部。秦塞：秦地，因其四面有山关之固，古称“四塞之国”。黄山：又称黄麓山，在今陕西兴平市北。汉宫：指汉代黄山宫。

②銮舆：皇帝的车驾。迥：远。上苑：泛指皇家的园林。

③双凤阙：汉代建章宫有凤阙，这里泛指皇宫中的楼观。

④阳气:指春日的阳和之气。宸游:指皇帝出游。重:一作"玩"。

【鉴赏】

这首诗题中的"蓬莱",即长安大明宫,在宫城东北角,又称东内,高宗时曾改名蓬莱宫。"兴庆",即兴庆宫,在宫城东南角,又称南内。据《旧唐书·地理志》载:"自东内达南内,有夹城复道,……人主往来两宫,人莫知之。""应制",应皇帝之命作诗。

首联:"渭水自萦秦塞曲,黄山旧绕汉宫斜。"紧扣诗题中"望"字,写在阁道中远望之景。诗人写道,渭水萦绕着秦关曲折地东流,黄麓山环抱着汉宫长年依旧。在这里,诗人不直接写长安之景,而是放眼望去,先写渭水,秦关,黄麓山,汉宫,这不仅为下文写长安设计了一个恢宏的背景,而且秦关、汉宫相对,也为全诗增添了一笔浓厚的历史感。

颔联:"銮舆迥出千门柳,阁道回看上苑花。"诗人开始把眼光从远处收回,转而写眼前之景。在夹道飘拂的杨柳中皇辇远出千重宫门,在阁道回望,上林苑百花恰似锦绣一般。诗人并未多用笔墨,而只用"花"和"柳"便烘托出皇城一派繁华景象,同时,又点出诗题中的"春"字。

颈联:"云里帝城双凤阙,雨中春树万人家。"这仍是在写回望之景,诗人的眼光继续荡开,他看到帝城宫门两旁的阙楼高耸入云,春雨滋润着千家树木万户人家。诗人仍以大笔勾勒出一幅雨中帝都胜景,而正是因为有雨,眼前之景多了几分灵动,多了几分生机。这里诗人仍是扣着诗题"雨中春望"。

末联:"为乘阳气行时令,不是宸游玩物华。"意思在说,皇帝的出游乃是为了顺应时令,随阳气而宣导万物,并非只为赏玩美景。这又回到应制诗的主题上来了,大凡应制诗,内容上大都以颂扬为主,因此王维此诗在结句有意掩盖天子游春之实,而颂扬他被泽于世之虚。

这首诗是应制诗中少见的佳作,沈德潜在《唐诗别裁》中曾评说:"应制诗以此篇为第一。"

和贾至舍人《早朝大明宫》之作

王 维

绛帻鸡人报晓筹,尚衣方进翠云裘[1]。

九天阊阖开宫殿，万国衣冠拜冕旒[②]。
日色才临仙掌动，香烟欲傍衮龙浮[③]。
朝罢须裁五色诏[④]，佩声归到凤池头。

【注释】

①绛帻：红色头巾。鸡人：古代宫中，于天将亮时，有头戴红巾的卫士，于朱雀门外高声喊叫，好像鸡鸣，以警百官，故名鸡人。晓筹：即更筹，夜间计时的竹签。尚衣：官名。隋唐有尚衣局，掌管皇帝的衣服。翠云裘：饰有绿色云纹的皮衣。

②衣冠：指文武百官。冕旒：古代帝王、诸侯及卿大夫的礼冠。旒：冠前后悬垂的玉串，天子之冕十二旒。这里指皇帝。

③仙掌：掌为掌扇之掌，也即障扇，宫中的一种仪仗，用以蔽日障风。衮：指皇帝的龙袍。

④五色诏：用五色纸所写的诏书。

【鉴赏】

这首诗作于乾元元年(738)春末，时作者任中书舍人。贾至当时写过一首《早朝大明宫呈两省僚友》，当时王维、岑参、杜甫等都有应和之作。王维此诗与岑参所写同题，都是描写朝拜庄严华贵的唱和诗。全诗按照时间的顺序，通过细节描写与场景的渲染，分早朝前，早朝中，早朝后三个层次。描绘了大明宫早朝时庄严华贵的氛围与皇帝的威仪。

一二句写早朝前的情景。作者选取了“报晓”与“进裘”两个细节开始为将要写到的早朝渲染气氛。在古代宫中，天将亮时，有头戴红巾的卫士，于朱雀门外高声喊叫，以警示百官，取公鸡打鸣意，故名“鸡人”。尚衣局是专门掌管皇上衣服的部门；“翠云裘”，饰有绿色云纹的皮衣，这里专指天子衣饰。诗人用了一个“方”字准确地表达出早朝前那种有条不紊的秩序感与时间感。王维有意用了“绛色”来与“翠云”形成颜色的鲜明对比，突出了皇家华丽的环境。

中间四句正面描写早朝的情景。在前两句中，诗人用“九天阊阖”喻皇宫，为早朝设置了一个神圣的背景，以万国使臣朝拜来进一步衬托天子的尊严。诗人在此为我们展现了一幅恢宏壮丽的场景。“九天”两句所描写的朝见的磅礴气势，古来无出其右者。后两句着意细节，写蔽日的障扇在晨曦照耀下向前移动，香炉的轻烟萦绕，皇上的龙袍中所绣之龙好似浮游于烟雾之中。在这里，诗人用“才”字来强调了时间的准确，同时，在细节描绘中注意突出了光与影的效果，“香烟欲傍衮龙浮”一句，一个“欲”字把香烟写得好似活了一般。

最后两句“朝罢须裁五色诏，佩声归到凤池头”，写朝拜后贾舍人就用五色纸起草诏书，可听到服饰铿锵声时他便已回到中书省。贾至原诗末两句：“共沐恩波凤池里，朝朝染翰侍君王”，写到中书舍人起草诏书的职责，王维和诗结尾也照应了贾至原诗，也归结到中书舍人的职责上。但看起来却是比贾至原诗生动许多。他用“五色诏”写色，“佩声”写声，并未直接写到贾至，但在这声色的描写中却是生动地展现了贾至的活动。

这首和诗不和其韵，只和其意。用语堂皇，造句伟丽，格调和谐，别具艺术特色。

赠郭给事[1]

王 维

洞门高阁霭余晖，桃李阴阴柳絮飞。
禁里疏钟官舍晚，省中啼鸟吏人稀。
晨摇玉佩趋金殿，夕奉[2]天书拜琐闱。
强欲从君无那[3]老，将因卧病解朝衣。

【注释】

①给事：即给事中，门下省的要职。
②奉：通“捧”。
③无那：无奈。

【鉴赏】

此诗题为《赠郭给事》，“给事”，即给事中，乃唐代门下省要职，掌宣达诏令，驳正政令之违失，地位相当显赫。从诗题便可以看出，这是一首酬和诗，是王维赠与给事中郭某的。在王维晚年半官半隐的生活中，此类应酬性的诗甚多。这类诗内容上大都是称赞对方，感慨自身。

首联意在写郭给事的显达。第一句“洞门高阁霭余晖”，“洞门高阁”是皇家的写照，“余晖”乃皇恩普照的象征；第二句“桃李阴阴柳絮飞”，“桃李阴阴”是写郭给事桃李满天下，“柳絮飞”是写他的门生个个飞扬显达。这两句看似写景，实乃运用象征手法形象地写出郭给事上承皇恩，下受门生拥戴，突出了他地位之显赫。

颔联“禁里疏钟官舍晚,省中啼鸟吏人稀”,着意写郭给事奉职贤劳,居官清廉闲静。这里除了用“疏”与“稀”两字来渲染这种闲静的气氛外,还着意描写了“省中啼鸟”这一现象。省中本应是政务繁忙,人来人往之所,但现在居然是清闲安静得听得到鸟叫。这是一种侧面描写,因为讼事无多,时世清平,所以吏人稀少,省中清闲。这一句明里是在描写郭给事居官的环境,写他居官清闲,其实是在暗写他政绩卓越,时世太平,乃至衙内清闲。酬和之作往往都免不了赞谀之词,但王维这样的写法,却有婉转曲折不落俗套之妙。

颈联“晨摇玉佩趋金殿,夕奉天书拜琐闱”,这是直接写郭给事本人,早晨盛装朝拜,傍晚捧诏下达,不辞辛劳。两个动词“趋”“拜”形象刻画出郭给事毕恭毕敬的样子,而“晨”“夕”二字又使人很容易想到郭给事从早到晚侍奉在皇帝左右,深受皇上重视。

尾联“强欲从君无那老,将因卧病解朝衣”,诗人感慨自己老病,无法相从,间接地表达了诗人的出世思想。唐人许多酬赠诗中,往往在陈述了对对方的仰慕之后,立即表达自己希冀引荐提拔之意。然而王维此诗,却一反常见套路,别有一番避俗从雅的艺术效果。

积雨辋川庄作[①]

王　维

积雨空林烟火迟,蒸藜炊黍饷东菑[②]。
漠漠水田飞白鹭,阴阴夏木啭黄鹂。
山中习静观朝槿,松下清斋折露葵[③]。
野老[④]与人争席罢,海鸥何事更相疑?

【注释】

①积雨:久雨。辋川庄:即王维在辋川的宅第。

②空林:疏林。藜:一年生草本植物,嫩叶可食。这里指蔬菜。黍:这里指饭食。饷东菑(zī):往田里送饭。菑:开垦了一年的田地,这里泛指田亩。

③朝槿:也叫木槿,落叶灌木,其花早开晚谢,古人以为人生无常的象征。露葵:即绿葵。一种绿色蔬菜。

④野老:指作者自己。

【鉴赏】

这首诗是王维在隐居辋川蓝田期间所作。明胡震亨曾在《唐音癸籤》中评价王维隐居辋川时期的诗作说:“摩诘以淳古淡泊之音,写山林间闲适趣,如辋川诸诗,真一片山水不着色画。”这首诗便是其中代表作之一。全诗意在描写积雨后辋川庄的景物,叙述隐退后的闲适生活。

首联描写怡然自乐田家生活,乃诗人山上静观所见。“迟”字不仅写出连日的雨天使得树枝与空气都极潮湿,烟火不易燃烧,而且形象地表现出在这样潮湿的空气中,烟气上升徐缓滞涩的画面。后一句“蒸藜炊黍饷东菑”,写村妇正忙着蒸藜炊黍为东边田里劳动的男人们送饭。这一句点明了烟之来由。

颔联:“漠漠水田飞白鹭,阴阴夏木啭黄鹂。”写广漠平畴,白鹭飞行,深山密林,黄鹂唱和,积雨后的辋川,画意盎然。“漠漠水田”“阴阴夏木”,构成一片青绿的背景,而“白鹭”“黄鹂”为这片青绿描上几笔白色与黄色,色彩极为鲜明,似乎还能听到“黄鹂”婉转的啼叫。“水田飞白鹭,夏木啭黄鹂”已足诗味,前缀“漠漠”“阴阴”四字,则更觉气象万千,面目一新耳。

颈联:“山中习静观朝槿,松下清斋折露葵。”写诗人独处空山之中、幽栖松林之下,观早开晚谢之木槿而悟人生之短;栖松林,食露葵,以避尘世之纷繁。这两句诗强调了“静”“清”二字,这也正是诗人远离世俗生活的写照。

末联:“野老与人争席罢,海鸥何事更相疑。”野老是诗人自称,这里连用两个典故。一见《庄子·寓言》:杨朱从老子学道时,旅店中的客人都争相给他让座,学成归来后客人不再让座,却与之争座为乐,说明杨朱此时已无心机,与人无隔膜了。二见《列子·皇帝篇》:海上有人与鸥鸟亲近,互不猜疑,每日有百来只鸥鸟与他相游。一天,他父亲要他把海鸥抓回家去,他再到海边时,鸥鸟都在天上飞舞,不肯停下。说明他心术不正,破坏了他与鸥鸟的关系。两典正反结合,抒写了诗人淡泊的心志。

全诗共八句,前四句静观所见之景,后四句写诗人的隐居生活,将辋川的山中风光与自己的隐居生活相结合,形象鲜明,韵味清远,表现了诗人与世无争,自然淡泊的人生态度。

鹿　　柴[1]

王　维

空山不见人，但[2]闻人语响。
返景[3]入深林，复照青苔上。

【注释】

①鹿柴："柴"通"寨""砦"，即栅栏，篱障。鹿柴是辋川的一个地名。

②但：只。

③景：通"影"，指日光。

【鉴赏】

这首诗作于王维隐居陕西蓝田辋川别业时，是王维后期山水诗代表作——五绝组诗《辋川集》二十首中的第四首。鹿柴便是辋川的一个地名，是王维当年常游历之所。

诗里表现的是鹿柴附近山林中傍晚的幽静景色。

"空山不见人，但闻人语响。"王维似乎特别喜欢用"空山"这个词，比如"空山新雨后""夜静春山空"。在这些诗句中，"空"往往都不能简单地理解为"什么也没有"，而含有"寂静、空明"之意。这首诗中也是这样，既有人语，山非是"空无一物之山"而是"空寂之山"。可见，这里的"空"字是为了强调山的宁静。既然是写山"空"寂，为何又写有"人语"呢？一个人处于这样一片寂静的森林之中，周围什么声音也没有，突然，远远地传来几声人语，再细听听，似乎又没有了，只剩下长久的空寂——那样的几声人语不是更能提醒人身边的那份空寂吗？在这里，诗人以有声来反衬无声，那无声更能渗入人心。这是写声。

"返景入深林，复照青苔上。"这是写景。一束夕阳的余晖透过密林的缝隙，射在林中的青苔上。深林本已是阴暗，而林间树下的青苔，更突出一分阴暗。但在突出阴暗的同时，诗人笔下却闪出一缕斜照，投射在青苔之上。这样的写法其实与上句相近，仍是用了反衬手法，阳光本是给人以温暖的感觉，可是这是夕阳的余晖，已不再有太多热度；再者，在密密深林之中，周围是大片的阴暗，被大片阴暗包围着的小小光斑不是更显得弱小，从而也更突出周围阴暗的强大了吗？这是用有光来反衬无光。

王维自己本身不但精通诗画，而且擅长音律，在这首五言绝句中，他便以音乐家对声的感悟，画家对光的把握，诗人对语言的提炼，刻画了空谷人语、斜辉返照那一瞬间特有的寂静清幽的境界，十分耐人寻味。

竹 里 馆

王 维

独坐幽篁[1]里，弹琴复长啸。
深林人不知，明月来相照。

【注释】

①幽篁：深密幽暗的竹林。

【鉴赏】

这是王维《辋川集》二十首中的名篇。它描绘了诗人隐居辋川时闲适的生活情趣。

诗人选取了一个相当典型的场景来表现。“独坐幽篁里，弹琴复长啸。”幽篁，指幽静的竹林，诗人仅用二字便烘托出一个清新出尘的环境。作者写景并不是仅仅为了写景，他在这样的环境中加入了自身的活动——“独坐”，“弹琴”，“长啸”。这三个动作也是高雅脱俗之士所常有的。这里并没有多作刻意的描画，仅用了三个简简单单的词，但是一个潇洒自在的隐士形象已是跃然纸上。而长啸这一动作的使用尤为精彩，在那样的深夜中，静谧的深林里，隐隐地有几声琴声，间或一声清越的啸声划破夜空，是何等潇洒出尘的意境。这里是作者动静结合手法的暗用。

“深林人不知，明月来相照。”这里又引入了一个新的意象——明月。在这里，皎洁的明月不仅仅是一个象征高洁的意象，烘托着诗人的形象；在这里，它更像是和诗人志同道合的一个友人，在幽林中陪伴着诗人。一个“来”字将明月写活了，月儿好像是有意识地参与诗人的活动呢。细读这一句，似乎可以瞥见诗人的情怀：我高雅出尘的情致在世间得不到理解，但是有什么关系呢？自有高洁的明月明白我，以明亮的月光安慰我，陪伴我。这一句仍是用了反衬的手法，以深林的黑暗来反衬明月之亮洁，明月自是显得越发明亮。

这首诗共四句，在措词用字上，都极平淡无奇。然而它的妙处也就在于以自然平淡的笔调，描绘出一个清新的月夜幽林的意境，并使环境的形神与诗人的隐逸的情致完美地结合在一起，给人以浑然一体的印象。

山中送别

王　维

山中相送罢，日暮掩柴扉①。
春草年年绿，王孙归不归②。

【注释】

①柴扉：柴门。

②年年：一作“明年”。王孙：贵族子孙，此指送别的友人。

【鉴赏】

这是一首送别佳作。与一般送别诗不同的是，它并未刻画离亭饯别执手相看依依不舍的场景，而是别出心裁地选取了别后的一个场面。

“山中相送罢，日暮掩柴扉。”送别友人后，诗人一个人慢慢地回到住处。时已近暮，诗人回到家里，轻轻地关上柴门。这两句平淡如白话，但看似平淡的字里行间却隐含着汹涌的感情。有过送别经验的人往往都知道，送别最“黯然销魂”的那一刻，并不是离人动身，看着离人渐行渐远的那一刻，而往往是送别归来的那一刻，感觉离人似乎还在身边，而其实“他”却已然远去，那种孤寂与失落，远胜送别之即的伤感。王维正是以诗人敏感的心捕捉到这种感受并用一个简单的动作“掩柴扉”加以表现，从中看出诗人别后的落寞与黯然。诗中交代送别归来正是“日暮”时分，夕阳西下，暮色袭来，令诗人又添几分伤感。在这里，写景又有效地烘托了气氛。

“春草年年绿，王孙归不归。”化自《楚辞·招隐士》中“王孙游兮不归，春草生兮萋萋”之句，但一个“绿”却是用得意象飞动。这两句是写诗人送别归来的心理活动。回到家里，他不禁想起，明年春草绿了的时候，友人会不会归来呢？这句话本来应该在送别之际问的，却没有问，友人已是远去，这句话又浮上心头，有一分欲说还休的情致。唐汝询在《唐诗解》中概括这两句的内容为：“扉掩于暮，居人之离思方深;草绿有时,行人之归期难必。”刚刚送别,就盼望明年能再相聚,情意之深可想而知。正是因为“归期难必”,所以“离思方深”。这两句主要是采用直抒心声,以情语成文的表达方式,抒发对友人的深情。

这首诗题为《送别》,并无一字写离别情态,而别时的依依不舍与别后的无尽想念已是见于言外,字字明白如话,却是余味无穷。

杂　诗

王　维

君自故乡来,应知故乡事。
来日绮窗前,寒梅著花未①。

【注释】

①来日:指动身前来的那天。绮窗:雕饰精美的窗子。

【鉴赏】

王维的《杂诗》三首是一组描写游子思妇相思之情的五言绝句,意思互有关联,此乃其二,着意抒写游子怀乡之情。

诗的抒情主人公是一位久居他乡的游子,这一点从头两句的两个“故乡”中可以感知到。在他乡忽然遇到来自故乡的友人,一下子激起无限思乡之情。多么想多知道一些故乡的事呀。于是,“我”便急切地问开了:“君自故乡来,应知故乡事”,两个“故乡”叠加,打破一般小诗用字忌重复的常规,发语自然,反而表现出一种问话的急切,进而令人感受到乡思之殷切。“应知故乡事”这一句表意上近乎啰唆,隐含着的仍然是那么急切的思乡之情——甚至是一点点的担心,你不会不知道吧?所以在问话里,便先把“不知道”的可能给堵死了。这种心态有些近乎孩子气,但却是非常准确地还原了生活的原始面貌。

后两句才是对“故乡事”的正式发问。想知道的“故乡事”当是很多很多,家人健康?友人安好?山川景物,风土人情是否依旧?可是这些,“我”都没有问,而是选取了一个似乎无足轻重的问话:“寒梅著花未”?你来的时候,我家窗前那株梅花开了没有呢?不从最关心的家人问起,而问起梅花,看似反常,其实细细想来,却也不然。有的时候,我们往往会有这样的一种心态,越是关心的事,可能反而是越怕说出口，只好问起看似不相干的梅花来。这样的一种反常很容易引起读者的思考：为什么呢，这株梅花是否有什么独特之处，是往日美好生活的见证抑或其他？这些，"我"都不再说了，全诗戛然而止，留下无限想象的空间。"绮窗"，"寒梅"，构成一幅古典而精美的画面，让人禁不住联想，那梅下或有佳人如玉？或有佳节之聚？——梅花在这里成了往日生活的一个见证。在这里，游子对于梅花的记忆，反映出游子浓厚的乡情，真是"于细微处见精神"，寓巧于朴，韵味浓郁，栩栩如生。

全诗皆用口语，真乃清水出芙蓉，天然去雕饰。看似信手拈来，实则经过艺术的提炼，表达了丰富的情意，"有悠扬不尽之致"。

春日与裴迪过新昌里访吕逸人不遇

王　维

桃源一向绝风尘，柳市南头访隐沦。
到门不敢题凡鸟，看竹何须问主人。
城上青山如屋里，东家流水入西邻。
闭户著书多岁月，种松皆作老龙鳞。

【鉴赏】

王维和裴迪是知交，早年一同住在终南山，常相唱和，以后，两人又在辋川山庄"浮舟往来，弹琴赋诗，啸咏终日"（《旧唐书·王维传》）。新昌里在长安城内。吕逸人即吕姓隐士，事迹未详。这首诗极赞吕逸人闭户著书的隐居生活，显示了作者艳羡"绝风尘"的情怀。

"桃源一向绝风尘，柳市南头访隐沦。"借晋陶渊明《桃花源记》中的桃花源，比况吕逸人的住处，着一虚笔；于长安柳市之南寻访吕逸人，跟一实笔。一虚一实，既写出吕逸人长期"绝风尘"的超俗气节，又显示了作者倾慕向往的隐逸之思。

"到门不敢题凡鸟，看竹何须问主人。"访人不遇，本有无限懊恼，然而诗人却不说，反而拉出历史故事来继续说明对吕逸人的仰慕之情，可见其寻逸之心的诚笃真挚。"凡鸟"是"凤"字的分写。据《世说新语·简傲》记载，三国魏时的嵇康和吕安是莫逆之交，一次，吕安访嵇康未遇，康兄嵇喜出迎，吕安于门上题"凤"字而去，这是嘲讽嵇喜是"凡鸟"。王维"到门不敢题凡鸟"，则是表示对吕逸人的尊敬。"看竹"事见《晋书·王羲之传》。王羲之之子王徽之闻吴中某家有好竹，坐车直造其门观竹,“讽啸良久”。而此诗“何须问主人”是活用典故,表示即使没有遇见主人,看看他的幽雅居处,也会使人产生高山仰止之情。

上一联借用典故,来表示对吕逸人的敬仰,是虚写。“城上青山如屋里,东家流水入西邻”,写吕逸人居所的环境,是实写。“城上”,一作“城外”。“青山如屋里”,生动地点明吕逸人居所出门即见山,暗示与尘市远离;流水经过东家流入西邻,可以想见吕逸人居所附近流水淙淙,环境清幽,真是一个依山傍水的绝妙境地。青山妩媚,流水多情。两句环境描写,一则照应开篇的绝风尘,二则抒写了隐逸生活的情趣。

“闭户著书多岁月,种松皆作老龙鳞。”最后从正面写隐逸。吕逸人无求于功名,不碌碌于尘世,长时间闭户著书,是真隐士而不是走“终南捷径”的假隐士,这就更为诗人所崇尚。松皮作龙鳞,标志手种松树已老,说明时间之长,显示吕逸人隐居之志的坚贞和持久。“老龙鳞”给“多岁月”作补充,并照应开头的“一向绝风尘”,全诗结构严谨完整。

这首诗,句句流露出对吕逸人的钦羡之情,以至青山、流水、松树,都为诗人所爱慕,充分表现了诗人归隐皈依的情思。描写中虚实结合,有上下句虚实相间的,也有上下联虚实相对的,笔姿灵活,变化多端,既不空泛,又不呆滞,颇有情味。

息 夫 人

王 维

莫以今时宠,能忘旧日恩。
看花满眼泪,不共楚王言。

【鉴赏】

息夫人本是春秋时息国君主的妻子。公元前680年,楚王灭了息国,将她据为己有。她在楚宫里虽生了两个孩子,但默默无言,始终不和楚王说一句话。“莫以今时宠,能忘旧日恩”,说不要以为你今天的宠爱,就能使我忘掉旧日的恩情。这像是息夫人内心的独白,又像是诗人有意要以这种弱小者的心声,去让那些强暴贪婪的统治者丧气。“莫以”“能忘”,构成一个否定的条件句,以新宠并不足以收买息夫人的心,反衬了旧恩的珍贵难忘,显示了淫威和富贵并不能彻底征服弱小者的灵魂。“看花满眼泪,不共楚王言。”旧恩难忘,而新宠实际上是一种侮辱。息夫人在富丽华美的楚宫里,看着本来使人愉悦的花朵,却是满眼泪水,对追随在她身边的楚王始终不共一言。"看花满眼泪",跟后来杜甫"感时花溅泪"(《春望》)的写法差不多。由于这一句只点出精神的极度痛苦,并且在沉默中极力地自我克制着,却没有交代流泪的原因,就为后一句蓄了势。"不共楚王言",是在写她"满眼泪"之后,这个"无言"的形象,就显得格外深沉。这沉默中包含着人格的污损,精神的创痛,也许是由此而蓄积在心底的怨愤和仇恨。诗人塑造了一个受着屈辱,但在沉默中反抗的妇女形象,在艺术上别有其深沉动人之处。

王维写这首诗,并不单纯是歌咏历史。唐孟棨《本事诗》记载:"宁王宪(玄宗兄)贵盛,宠妓数十人,皆绝艺上色。宅左有卖饼者妻,纤白明晰,王一见属目,厚遗其夫取之,宠惜逾等。环岁,因问之:'汝复忆饼师否?'默然不对。王召饼师使见之。其妻注视,双泪垂颊,若不胜情。时王座客十馀人,皆当时文士,无不凄异。王命赋诗,王右丞维诗先成,云云(按即《息夫人》)。……王乃归饼师,使终其志。"对照之下,可以看出,王维在短短的四句诗里,实际上概括了类似这样一些社会悲剧。它不是叙事诗,但却有很不平常的故事,甚至比一些平淡的叙事诗还要曲折和扣人心弦一些。这种带"小说气"的诗,有些类似折子戏,可以看作近体诗叙述故事的一种努力。限于篇幅,它不能有头有尾地叙述故事,但却抓住或虚构出人物和故事中最富有冲突性、最富有包蕴的一刹那,启发读者从一鳞半爪去想象全龙。这种在抒情诗中包含着故事,带着"小说气"的现象,清人纪昀在评李商隐的诗时曾予以指出。但它的滥觞却可能很早了。王维这首诗就领先了一百多年。只不过王维这类诗数量不能和李商隐相比,又写得比较浑成,浓厚的抒情气氛掩盖了小说气.因而前人较少从这方面加以注意。

孟城坳

王　维

新家孟城口,古木馀衰柳。
来者复为谁,空悲昔人有。

【鉴赏】

这首小诗写得精练含蓄,耐人寻味。王维新近搬到孟城口,却可叹那里只有疏落的古木和枯萎的柳树。这里的"衰"字,不仅仅说"柳"而已,而是暗示出一片衰败凋零的景象。有衰必有盛,而何以由盛而至衰,令人不堪目睹呢?这就透露出悲哀的感情。

接着:诗人给自己排解:我在这里安家是暂时的,以后来住的还不知是谁,我又何苦去悲哀呢?过去那种古树参天、杨柳依依的盛景,原是前人所有的,我又何必为前人所有而悲呢?这岂非徒然伤感吗?

晋王羲之《兰亭集序》里讲到聚会时的“欣于所遇”,到“情随事迁”的感慨,即一喜一悲,认为:“后之视今,亦犹今之视昔,悲夫!”王维在这里感叹盛景的被破坏,含有今之视昔而悲之意;而“来者”,自然又会有后之视今的感叹。这是发人深思的。

孟城口本为初唐诗人宋之问的别墅。宋曾以文才出众和媚附权贵而显赫一时,后两度贬谪,客死异乡。这所辋川别墅也就随之荒芜了。如今王维搬入此处,触景伤情,透露出他难言的心曲。此时,李林甫擅权,张九龄罢相,这使王维带着深深的失望和隐忧退隐辋川,故当他看到目前这一衰败景象时,心绪再也不能平静,很自然地想到别墅的旧主人,自己今日为“昔人”宋之问而悲,以后的“来者”是否又会为自己而悲?这正是诗人不愿去思考而又难以摆脱的思绪。诗人言“空悲”,实际上是一种更深沉的悲,是一种潜隐在心底的痛苦。后来,王维经常在辋川一带逍遥吟诵,但始终无法消释这种沉郁而又幽愤的心情。

相　　思

王　维

红豆①生南国,春来发几枝?
愿君多采撷②,此物最相思。

【注释】

①红豆:又名相思子,一种生在岭南地区的植物相思木所结出的籽,像豌豆而稍扁,呈鲜红色。

②采撷(xié):采摘。

【鉴赏】

唐代绝句名篇经乐工谱曲流传于世者甚众,王维的这首《相思》便是其中最著名的作品之一。据唐范摅《云溪友议》言，安史之乱后，著名歌者李龟年流落江南，“曾于湘中采访使筵上唱：‘红豆生南国，秋来发几枝。赠君多采撷，此物最相思……。’歌阕，合座莫不望行幸而惨然。”据此，当知此诗作于安史之乱前。

这是一首借咏物而寄相思的诗。一题为《江上赠李龟年》，可见是抒发对友人眷念之情。起句“红豆生南国”，因物起兴，语虽单纯，却富于想象——南国也是友人所在之地，想起了红豆也就想起了友人。第二句“春来发几枝”以设问寄语，衔接自然。这样的一句问话是意味深长的，明里是问红豆发了几枝，暗地里却是在说相思几许？第三句“愿君多采撷”，仍在和友人对话。一句殷勤叮嘱，是在暗示珍重友谊，表面似乎嘱咐友人勿忘相思，背里却深寓自身相思之重：不说自己相思，反嘱别人相思，相思之重又添一重。最后一句“此物最相思”是对前句“多采撷”作的解释。这一句行文自然但又巧夺天工。一方面它回扣诗题，“相思”且与首句“红豆”（红豆别名相思子）相应，有回环曲折、反复咏叹之美，又关合相思之情，一语双关，婉曲动人。此外，两个表示程度的副词“多”“最”准确表达了诗人奔放的热情。

这首诗巧妙地借助红豆的象征意义，委婉含蓄地表现出了深长的相思之情。全诗情调健美高雅，思绪饱满奔放，语言朴素无华，韵律和谐柔美。

九月九日忆山东兄弟[1]

王　维

独在异乡为异客，每逢佳节倍思亲。
遥知兄弟登高处，遍插茱萸少一人[2]。

【注释】

①山东：指华山以东。

②登高：阴历九月九日重阳节，民间有登高避邪的习俗。茱萸：一种植物，传说重阳节扎茱萸袋，登高饮菊花酒，可避灾祸。

【鉴赏】

这首诗作于开元七年（717），当时王维十七岁。与他后期那些精美的山水田园诗相比，这首诗显得质朴自然，但是感情敦厚。其中“每逢佳节倍思亲”一句已成为自古至今离乡背井的游子表达思乡之情的格言式的警句。

先看诗题。“九月九日”是重阳节，“山东”指“华山以东”，当时王维正在长安，长安地处华山以西，故称故乡蒲州（今山西永济，在华山之东）的兄弟为“山东兄弟”。由诗题可见这首诗是因重阳节思念家乡的亲人而作。

首句“独在异乡为异客”，强调自己在长安的孤独远亲的感受。开篇便是一个“独”字，是一重强调；“客”字，是第二重强调；连用的两个“异”字是第三和第四重强调。在简简单单的七个字中，这样反反复复的强调是有着相当大的艺术震撼力的。特别是两个“异”字的重复使用。试想若是换去一个，不说异乡，而说“他乡”，这种震撼力便大大减弱了。联系王维生平，当时他正在长安谋取功名，长安是繁华帝都，但是周围的环境越热闹，就越显得诗人孤独无依。这正是所谓“热闹是他们的，我什么也没有”。

第二句“每逢佳节倍思亲”，描述了一种人人皆有的体验，并用简洁质朴的七字表现了出来。思乡之情或许时时天天都有，但是往往在佳节到来之际会显得格外浓烈。这或许是因为佳节是家人团聚的日子，或许是佳节连带着许多美好的回忆。诗人敏感地捕捉到这种感受，用一个“倍”字突出佳节时分的思乡之情的格外浓烈。

第三句与第四句展开联想，不再说自己思念家乡亲人，而是想象家乡的亲人思念自己。他描绘了想象中的一幅画面：远在华山以东的兄弟在重阳节插着茱萸登高，他们会想起身边少了我一个呀。这两句构思极巧，仍是写思乡，却不说自己思念，反说家人对自己的思念，表情达意曲折有致。前人评这两句道：“不说我想他，却说他想我，加一倍凄凉”，此评甚是贴切。

此诗虽看似简单平易，却蕴含思乡的浓烈之情。千百年来，多少作客他乡的人都被这首诗深深感染，这种艺术力量，来自它的质朴、自然与高度的艺术概括。

渭城曲①

王维

渭城朝雨浥②轻尘，客舍青青柳色新。
劝君更尽一杯酒，西出阳关③无故人。

【注释】

①渭城：在今陕西省西安市西北。

②浥：湿润。

③阳关：在今甘肃省敦煌西南，为自古赴西北边疆的要道。

【鉴赏】

这是一首送别佳作。诗人的朋友元二将赴安西都护府（治所在龟兹城，即今新疆库车），诗人在渭城相送，因赋此诗。

首句“渭城朝雨浥轻尘”，描绘的是渭城雨后初晴的景象。这是春天的一个早晨，刚刚下过一场小雨，把空气中的浮尘都打湿了。这一句交代了送别的时间、地点。“客舍青青柳色新”，雨水洗去叶上的浮尘，柳树显出它不同往日的青翠的本色，所以说是“柳色新”。在柳色的映衬下，客舍都显出青青之色。与常见的送别诗不同，这首诗一反往常送别诗常见的笔调黯淡，而是为我们展现了一幅清新轻快的景象。句中所用的“轻尘”“青青”“新”等词，声韵明快，加强了读者的这种感受。

在前两句交代了送别的时间、地点，并渲染了气氛之后，后两句笔锋一转，匠心独运，不言其他，单写酒席即将结束时主人的劝酒辞：“劝君更尽一杯酒，西出阳关无故人。”王维的送别诗往往都善于抓取一个特别的、富有感染力的场面，比如他的《送别》，抓取的是别后一个人回家的场面，“山中相送罢，日暮掩柴扉”。而这首诗也别具特色，他不写执手相看泪眼，不写席间的殷勤话别，不写别后的瞩目遥望，而只是抓取席将结束时主人的一句劝酒辞，其他的话似乎不用多说，都已尽在不言中。这种写法容易让人想起海明威的冰山风格，留下大片的空白让读者去填补，去想象。

这一句劝酒辞蕴含了诗人强烈、深挚的惜别之情。沈德潜评此句云：“阳关在中国外，安西更在阳关外，言阳关已无故人矣，况安西乎？”这杯酒里是千头万绪，忧伤、惆怅、鼓励、劝慰，不知从何说起，还是干了这杯酒吧，一切尽在不言中。

这首诗后来被编入乐府，广为传诵，成为饯别的名曲，或名《阳关曲》，或名《阳关三叠》。李东阳在《麓堂诗话》评价王维的这首诗说："此辞一出，一时传诵不足，至为三叠歌之。后有咏别者，千言万语，殆不出其意料，必如是方可谓之达耳。"虽然过誉了些，但还是很能说明这首诗的地位与影响。

送綦毋潜落第还乡[1]

王　维

圣代无隐者，英灵尽来归。
遂令东山客，不得顾采薇[2]。
既至金门远，孰云吾道非[3]。
江淮度寒食[4]，京洛缝春衣。
置酒长安道，同心与我违[5]。
行当浮桂棹[6]，未几拂荆扉。
远树带行客，孤城当落晖。
吾谋适不用，勿谓知音稀。

【注释】

①綦毋潜：唐代诗人。

②东山客：指隐士。东晋谢安，曾隐居东山。采薇：指殷末伯夷、叔齐采薇西山。

③吾道非：我的主张不对吗？

④寒食：节令名，清明前一天或两天。

⑤违：离别。

⑥棹：船桨，也指船。

【鉴赏】

綦毋潜，唐代诗人，与张九龄、王维、王昌龄等有诗文交往。王维此诗作于綦毋潜落第还乡之时，是一首友情真挚、感慨深沉的送别诗。

"圣代无隐者，英灵尽来归"，那些英明之士纷纷弃道下山，以求报效国家。这两句一方面反映了盛唐政治清明、国力强盛的社会环境；另一方面则反映了这个时期文人们普遍的精神状态。三四句中的"东山客"及"顾采薇"借用了东晋谢安曾隐于东山及伯夷叔齐采薇西山的典故，既是对綦毋潜高洁品质、渊博学识的赞誉，同时也点出他急于在政治上有所为的心情。

然而綦毋潜满怀信心地入京赴考，却名落孙山。五至八句写诗人反复安慰友人。"既至金门远，孰云吾道非"，未能金榜题名并不是因为我们没有学识与才华。这里的"既至"，"孰云"二词词意肯定，充满对友人的理解与同情。王维想到友人为了参加这一次考试，离家整整一年多了，在"江淮度寒食"，在"京洛缝春衣"，历经了多少艰辛，却未能及第而归。怎么能不为朋友感到伤心呢？

诗的后八句才开始点出送别主题。置酒送别，知心的朋友又要离开了。一个"违"字，多少离情别绪与感慨伤怀尽在其中。伤感之中，王维仍然不忘安慰友人，"行当浮桂棹，未几拂荆扉"，不用太伤心了，过不久我便会乘船来看你的。

"远树带行客，孤城当落晖"，送别之时，放眼望去，远山的树木渐渐把你的身影遮盖，夕阳余晖笼罩着孤城。这里诗人连用"远树""行客""孤城""落日"四种景象共同营就了一幅辽阔荒漠、令人倍感孤独的画面。就在这临别之际，诗人还是没有忘记再一次叮咛友人，"吾谋适不用，勿谓知音稀"，千万不要因为一时失意，便认为世无知音而消极沉沦。

这首诗安慰落第的友人，层层铺叙，婉转亲切，诗人对友人的深情厚谊一览无遗。沈德潜评曰："反复曲折，使落第人绝不怨尤。"虽绝对了些，却比较好地说出这首送别诗的一大特色。

西 施 咏

王 维

艳色天下重，西施宁久微[1]。
朝为越溪女，暮作吴宫妃。
贱日岂殊众，贵来方悟稀。
邀人傅[2]脂粉，不自著罗衣。
君宠益娇态，君怜无是非。
当时浣纱伴，莫得同车归。
持谢邻家子，效颦安可希[3]。

【注释】

①宁：岂。微：卑微。

②傅：着，搽。

③持谢：奉告。安可希：怎能希望别人的赏识。

【鉴赏】

这是一首借咏西施，以喻为人的诗。《吴越春秋》卷九载，越王勾践为吴王夫差所败，退守会稽，知夫差好色，欲献美女以乱其政，乃使人寻于国中，“得苎萝山鬻薪之女，曰西施”，因献吴王，吴王大悦。这首诗借史事“别兴寓意”（沈德潜《说诗晬语》），采用比兴寄托的方式，抒发了怀才不遇的下层士人的不平与感慨，具有深婉含蓄的特点。

诗开首四句，写西施有艳丽的姿色，终不会久处卑微的境地。“朝为越溪女，暮作吴宫妃”，此句对仗工整，一“朝”一“暮”，写出时间之短，仅是一天之间；“越溪女”对“吴宫妃”，写出身份变化之大。两句形成鲜明对比，写出了人生浮沉，全凭际遇的炎凉世态。

次六句写西施一旦得到君王宠爱，就身价百倍。“贱日岂殊众，贵来方悟稀”，两句仍用了对比手法总写。“邀人傅脂粉，不自著罗衣”，用西施受宠后化妆更衣的细节细描西施受宠后的娇态。“君宠益娇态，君怜无是非”两句，点明西施际遇变化的根源全在“君恩”。

末四句写姿色太差者，想效颦西施是不自量力。“当时浣纱伴，莫得同车归”，昔日一起在越溪浣纱的女伴，再不能与她同车来去。“持谢邻家子，效颦安可希”一句，化用典故。据《庄子·天运》载：“西施病心而颦其里，其里丑人，见而美之，归亦捧心而颦其里。其里之富人见之，坚闭门而不出；贫人见之，挈妻子而去之走。”此处用这一典故，除说明西施的美态是无法仿效之外，更主要是说西施的际遇不可强求。

全诗读来语虽浅显，然寓意深刻。沈德潜在《唐诗别裁集》中说：“写尽炎凉人眼界，不为题缚，乃臻斯诣。”此言颇是。

洛阳女儿行

王　维

洛阳女儿对门居，才可[1]颜容十五余。
良人[2]玉勒乘骢马，侍女金盘鲙鲤鱼。
画阁朱楼尽相望，红桃绿柳垂檐向。
罗帏送上七香车，宝扇迎归九华帐[3]。
狂夫富贵在青春，意气骄奢剧季伦[4]。
自怜碧玉亲教舞，不惜珊瑚持与人。
春窗曙灭九微火，九微片片飞花琐[5]。
戏罢曾无理[6]曲时，妆成祇是熏香坐。
城中相识尽繁华，日夜经过赵李家[7]。
谁怜越女颜如玉，贫贱江头自浣纱。

【注释】

①才可：恰好。

②良人：丈夫。

③九华帐：华丽的帐子。

④季伦：晋石崇字季伦，家甚富豪。

⑤九微：灯名。花琐：指雕花的连环形窗格。

⑥理:温习。

⑦赵李家:汉成帝的皇后赵飞燕、婕妤李平两家。这里泛指贵戚之家。

【鉴赏】

这首诗作于开元六年(718),王维十八岁。本诗描写洛阳贵妇生活的富丽豪贵,夫婿行为的骄奢放荡,揭示了高层社会的骄奢淫逸但又空虚无聊的生活。

诗的开头八句是叙述洛阳女儿出身和娇贵的生活。头两句交代洛阳女儿年方十五,"良人玉勒乘骢马",通过写她夫婿的青白色的马戴有饰以美玉的笼头,借以言她夫婿的豪奢。后几句则分别从食、住、行三个方面来描绘洛阳女儿娇贵的生活。其中"罗帏送上七香车,宝扇迎归九华帐"两句用了互文手法,意在说洛阳女儿出门与返回,乘坐华贵的七香车,用宝扇作为仪仗,上下车子,有罗帷围护。

"狂夫富贵在青春"以下八句是叙洛阳女儿丈夫行为之骄奢放荡和作为贵妇的洛阳女儿的娇媚无聊。前四句借用了晋石崇的典故。《世说新语》中记载:"石崇为荆州刺史,劫夺杀人,以致巨富",与贵戚王恺、羊琇之徒,以豪奢相尚。王恺与石崇斗富,晋武帝助王恺,曾赐予他一株世上罕见的高二尺多的珊瑚树。恺拿它夸示于石崇,崇即时以铁如意击之,应手而碎。王恺正待发作,石崇说:"不足多恨,今还卿。"于是令人搬来六七株高三四尺的珊瑚树。王恺见了,惘然自失。诗中写道:"意气骄奢剧季伦",是以此典故为衬,言石崇(字季伦)的豪奢已是极致,但洛阳女儿丈夫的豪奢有过之而无不及。后四句着意写洛阳女儿的生活,"春窗曙灭九微火,九微片片飞花琐",写她们通宵欢娱,到天亮才灭灯,灯灭以后,灯花片片飞到窗上。但是她也常常有"妆成只是熏香坐"的空虚无聊的时候。诗的主旨意在讽喻,但字里行间还是流露出对洛阳女儿的怜惜之情。

"城中相识尽繁华,日夜经过赵李家。""赵李家",指汉成帝的皇后赵飞燕、婕妤李平两家,这里泛指贵戚之家。这两句是写她们的交往尽是贵戚。

末两句"谁怜越女颜如玉,贫贱江头自浣纱",以越女西施出身寒微作为反衬,在贫富不均、世事不平的感慨中寄寓诗人不得志的抑郁。沈德潜在《唐诗别裁》卷五中评价这首诗:"结意况君子不遇也,与《西施咏》同一寄托。"

漆园

王维

古人非傲吏，自阙经世务。
偶寄一微官，婆娑数株树。

【鉴赏】

这是王维《辋川集》中的一首。漆园是辋川二十景之一。不过这首诗的着眼点不在描绘漆园的景物，而在通过跟漆园有关的典故，表明诗人的生活态度。

诗的前两句，反用晋郭璞《游仙诗》“漆园有傲吏”的诗意。据《史记·老庄申韩列传》载，庄子曾为漆园吏，楚威王遣使聘他为相，他不干，反而对使者说：“子亟去，无污我！”这就是后世所称道的庄子啸傲王侯的故事。郭璞称庄子为“傲吏”，其实是赞美他。王维在这里反其意而用之，说庄子并不是傲吏，他所以不求仕进，是因为自觉缺少经国济世的本领。这也是一种赞美，不过换了个角度罢了。显然，王维是借古人以自喻，表白自己的隐居，也绝无傲世之意，颇有点看穿悟透的味道。既然如此，那为什么还要做漆园吏这样的“微官”呢？三、四句“偶寄一微官，婆娑数株树”，含蓄地透露了自己的人生态度。这两句意思说，做一个微不足道的小官，不过是形迹之“偶寄”而已。在王维看来，只要“身心相离，理事俱如”（《与魏居士书》），便无可无不可了。做个漆园吏，正好可借漆园隐逸，以“婆娑数株树”为精神寄托，这样不是也很不错吗？《晋书》中有“此树婆娑，无复生意”的说法，“婆娑”用以指树，形容其枝叶纷披，已无生机。郭璞《客傲》中又有“庄周偃蹇于漆园，老莱婆娑于林窟”的说法，“婆娑”用以状人，形容老莱子放浪山林，纵情自适。王维用在这里，似乎两者兼而取之：言树“婆娑”，是以树喻人；言人“婆娑”，是以树伴人。总之，做这么一个小官，与这么几棵树相伴，隐于斯，乐于斯，终于斯，又复何求哉！这就集中地表现了王维隐逸恬退的生活情趣和自甘淡泊的人生态度。

诗的用典自然贴切，且与作者的思想感情、环境经历融为一体，以至分不清是咏古人还是写自己，深蕴哲理，耐人寻味。

鸟 鸣 涧[①]

王 维

人闲[②]桂花落，夜静春山空[③]。
月出惊山鸟，时鸣[④]春涧中。

【注释】

①鸟鸣涧：在王维朋友的别墅附近。涧：两山间的水沟。

②闲：静寂。

③空：空寂。

④时鸣：不时地啼叫。

【鉴赏】

这是一首描绘春天山林美丽夜景的诗。在这个寂无人声的山林，芬芳的桂花轻轻飘落，静静的夜晚，使春天的山林显得更加空寂。月亮升起，惊动了正在树丛里栖息的山鸟，它们清脆的鸣叫在空旷的山涧中传响。诗人用花落、月出、鸟鸣等动态景物，突出地表现了月夜春山的幽静，取得了以动衬静的艺术效果。

晚春严少尹与诸公见过

王 维

松菊荒三径，图书共五车。
烹葵邀上客，看竹到贫家。
鹊乳先春草，莺啼过落花。

自怜黄发暮，一倍惜年华。

【鉴赏】

这首诗写隐者家境之清贫，心境之清闲。家中除五车书之外，没有别的，虽州府少尹过访，亦但烹葵看竹，益见其清真。然时值晚春，人届暮年，尤珍爱光阴，故结语“一倍惜年华”以收束全篇，是知其有避世之心而无厌生之意。“鹊乳”以迎春，“莺啼”以送春，春来春去，写时光流转之速，益见年华之可惜也。

山　中

王　维

荆溪[①]白石出，天寒红叶稀。
山路元[②]无雨，空[③]翠湿人衣。

【注释】

①荆溪：水名。

②元：本来，原来。

③空：山谷。

【鉴赏】

这是一首写景之作，以景抒情，情景相融。首先写荆溪的水浅了，水面上露出了几块白石，天气也慢慢变冷了，山中红叶变得稀疏了。山路上并没有下过雨，可这满山的翠绿就像要滴落下来一样，似乎要将行人的衣服打湿。这首诗主要描写初冬时的景色，但是并没有萧瑟荒凉之感，而是以“白石”“红叶”“空翠”组成了一幅初冬美景图，色彩明丽，生趣盎然，妙笔生花，别具特色。

书　事

王　维

轻阴阁小雨，深院昼慵开。
坐看苍苔色，欲上人衣来。

【鉴赏】

题为“书事”，是诗人就眼前事物抒写自己顷刻间的感受。

开头两句，写眼前景而传心中情。蒙蒙细雨刚刚停止，天色转为轻阴。雨既止，诗人便缓步走向深院。是到外面去散心吗？不，虽是白昼，还懒得去开那院门。这里“阁”，同“搁”，意谓停止。用在此处别有趣味，仿佛是轻阴迫使小雨停止。淡淡两句，把读者带到一片宁静的小天地中，而诗人好静的个性和疏懒的情调也在笔墨间自然流露。三、四两句变平淡为活泼，别开生面，引人入胜。诗人漫无目的在院内走着，然后又坐下来，观看深院景致。映入眼帘的是一片绿茸茸的青苔，清新可爱，充满生机。看着，看着，诗人竟产生一种幻觉：那青苔好像要从地上蹦跳起来，像天真烂漫的孩子，亲昵地依偎到自己的衣襟上来。这种主观幻觉，正是雨后深院一派地碧苔青的幽美景色的夸张反映，有力地烘托出深院的幽静。青苔本是静景，它怎能给诗人以动的幻觉呢？要知道，经过小雨滋润过的青苔，轻尘涤净，格外显得青翠。它那鲜美明亮的色泽，特别引人注目，让人感到周围的一切景物都映照了一层绿光，连诗人的衣襟上似乎也有了一点“绿意”。这是自然万物在宁静中蕴含的生机。诗人捕捉住触发灵感的诗意，通过移情作用和拟人手法，化无情之景为有情之物。“欲上人衣来”这一神来之笔，巧妙地表达自己欣喜、抚爱的心情和新奇、独特的感受。

这首小诗神韵天成，意趣横生。诗人从自我感受出发，极写深院青苔的美丽、可爱，从中透露出对清幽恬静生活的陶醉之情，诗人好静的个性与深院小景浑然交融，创造了一个物我相生、既宁静而又充满生命活力的意境。

田园乐(其六)

王　维

桃红复含宿雨,柳绿更带朝烟。
花落家童未扫,莺啼山客犹眠。

【鉴赏】

诗中写到“春眠”“莺啼”“花落”“宿雨”,容易令人想起孟浩然的五绝《春晓》。两首诗写的生活内容有那么多相类之处,而意境却很不相同。彼此相较,最易见出王维此诗的两个显著特点。

第一个特点是绘形绘色,诗中有画。这并不等于说孟诗就无画,只不过孟诗重在写意,虽然也提到花鸟风雨,但并不细致描绘,它的境是让读者从诗意间接悟到的。王维此诗可完全不同,它不但有大的构图,而且有具体鲜明的设色和细节描画,使读者先见画,后会意。写桃花、柳丝、莺啼,捕捉住春天富于特征的景物。这里,桃、柳、莺都是确指,比孟诗一般地提到花、鸟更具体,更容易唤起直观印象。通过“宿雨”“朝烟”来写“夜来风雨”,也显然有同样艺术效果。在勾勒景物基础上,进而再着色。“红”“绿”两个颜色字的运用,使景物鲜明怡目,读者眼前会展现一派柳暗花明的图画。“桃之夭夭,灼灼其华”(《诗经·桃夭》),加上“杨柳依依”,景物宜人。着色之后还有进一层的渲染:深红浅红的花瓣上略带隔夜的雨滴,色泽更柔和可爱,雨后空气澄鲜,弥散着冉冉花香,使人心醉;碧绿的柳丝笼在一片若有若无的水烟中,更袅娜迷人。经过层层渲染、细致描绘,诗境自成一幅工笔重彩的图画;相比之下,孟诗则似不着色的写意画。一个妙在有色,一个妙在无色。孟诗从“春眠不觉晓”写起,先见人,后入境。王诗正好相反,在入境后才见到人。因为有“宿雨”,所以有“花落”。花落就该打扫,然而“家童未扫”。未扫非不扫,乃是因为清晨人尚未起的缘故。这无人过问满地落花的情景,不是别有一番清幽的意趣吗?这正是王维所偏爱的境界。“未扫”二字有意无意得之,毫不着力,浑然无迹。末了写到“莺啼”,莺啼却不惊梦,山客犹自酣睡,这正是一幅“春眠不觉晓”的入神图画。但与孟诗又有微妙的差异,孟诗从“春眠不觉晓”写起,其实人已醒了,所以有“处处闻啼鸟”的愉快和“花落知多少”的悬念,其意境可用“春意闹”的“闹”字概括。此诗最后才写到春眠,人睡得酣恬安稳,于身外之境一无所知。花落莺啼虽有动静有声响，只衬托得“山客”的居处与心境越见宁静，所以其意境主在“静”字上。王维之“乐”也就在这里。人们说他的诗有禅味，并没有错。崇尚静寂的思想固有消极的一面，然而，王维诗难能可贵在它的静境，与寂灭到底有不同。他能通过动静相成，写出静中的生趣，给人的感觉仍是清新明朗的，美的。唐诗有意境浑成的特点，但具体表现时仍有两类，一种偏于意，让人间接感到境，如孟诗《春晓》就是；另一种偏于境，让人从境中悟到作者之意，如此诗就是。而由境生情，诗中有画，是此诗最显著特点。

第二个特点是对仗工整，音韵铿锵。孟诗《春晓》是古体五言绝句，在格律和音律上都很自由。由于孟诗散行，意脉一贯，有行云流水之妙。此诗则另有一工，因属近体六言绝句，格律极精严。从骈偶上看，不但“桃红”与“柳绿”“宿雨”与“朝烟”等实词对仗工稳，连虚词的对仗也很经心。如“复”与“更”相对，在句中都有递进诗意的作用；“未”与“犹”对，在句中都有转折诗意的作用。“含”与“带”两个动词在词义上都有主动色彩，使客观景物染上主观色彩，十分生动。且对仗精工，看去一句一景，彼此却又呼应联络，浑成一体。“桃红”“柳绿”，“宿雨”“朝烟”，彼此相关，而“花落”句承“桃”而来，“莺啼”句承“柳”而来，“家童未扫”与“山客犹眠”也都是呼应着的。这里表现出的是人工剪裁经营的艺术匠心，画家构图之完美。对仗之工加上音律之美，使诗句念来铿锵上口。中国古代诗歌以五言、七言为主体，六言绝句在历代并不发达，佳作尤少，王维的几首可以算是凤毛麟角了。

送沈子福之江东

王　维

杨柳渡头行客稀，罟师荡桨向临圻。
唯有相思似春色，江南江北送君归。

【鉴赏】

王维大约在开元二十八、二十九年（740、741）知南选，至襄阳（今属湖北）。他集子里现存《汉江临眺》《晓行巴峡》等诗，可见他在江汉的行踪不止襄阳一处。沈子福，生平不详。长江从九江以下往东北方向流。江东，指长江下游以东地区。看诗题和头两句的意思，这诗当是作者在长江上游送沈子福顺流而下归江东之作。

渡头是送客之地，杨柳是渡头现成之景。唐人有折柳送行的习俗。这里写杨柳，不仅写现成之景，更是烘托送别气氛。行客已稀，见境地的凄清，反衬出送别友人的依依不舍之情。第一句点明送别之地。第二句醒出“归江东”题意。罟师，渔人，这里借指船夫。临圻，当指友人所去之地。

友人乘船而去，诗人依依不舍，望着大江南北两岸，春满人间，春光荡漾，桃红柳绿，芳草萋萋。这时，诗人感觉到自己心中的无限依恋惜别之情，就像眼前的春色无边无际。诗人忽发奇想：让我心中的相思之情也像这无处不在的春色，从江南江北，一齐扑向你，跟随着你归去吧！“唯有相思似春色，江南江北送君归”，多么美丽的想象，多么蕴藉而深厚的感情！将自然界的春色比心灵中的感情，即景寓情，情与景妙合无间，极其自然。状难写之景如在目前，便算是诗家能事。这里借难写之景以抒无形之情，功夫当然又深了一层。写离情别绪哀而不伤，形象丰满，基调明快，这是盛唐诗歌的特色。五代牛希济《生查子》有这样两句：“记得绿罗裙，处处怜芳草。”写的是少妇对远行人临别的叮咛：记住我的绿罗裙吧！你无论到哪里，那里的芳草都呈显着我的裙色，都凝结着我对你的相思，你要怜惜它啊！——这话也讲得非常之含蓄，非常之婉转，非常之好。与王维“唯有相思似春色，江南江北送君归”诗句比较，手法相同，思路相近，但感情一奔放一低回，风格一浑成一婉约，各具姿态，而又同样具有动人的艺术魅力。

伊州歌

王 维

清风明月苦相思，荡子从戎十载馀。
征人去日殷勤嘱，归雁来时数附书。

【鉴赏】

“伊州”为曲调名。王维的这首绝句是当时梨园传唱的名歌，语言平易可亲，意思显豁好懂，写来似不经意。这是艺术上臻于化工、得鱼忘筌的表现。

“清风明月”两句，展现出一位女子在秋夜里苦苦思念远征丈夫的情景。它的字句使人想起古诗人笔下“青青河畔草，郁郁园中柳。盈盈楼上女，皎皎当窗牖。……荡子行不归，空床难独守”（《古诗十九首》）的意境。这里虽不是春朝，却是同样美好的一个秋晚，一个“清风明月”的良宵。虽是良宵美景，然而“十分好月，不照人圆”，给独处人儿更添凄苦。这种借风月以写离思的手法，古典诗词中并不少见，王昌龄诗云：“送君归去愁不尽，又惜空度凉风天。”（《送狄宗亨》）到宋柳永词则更有拓展：“今宵酒醒何处，杨柳岸晓风残月。此去经年，应是良辰好景虚设。便纵有千种风情，更与何人说！”（《雨霖铃》）意味虽然彼此相近，但“可惜”的意思、“良辰好景虚设”等等意思，在王维诗中表现更为蕴藉不露。

“一日不见，如三秋兮”，何况一别就是十来年，“相思”怎得不“苦”？但诗中女子的苦衷远不止此。

后两句运用逆挽（即叙事体裁中的“倒叙”）手法，引导读者随女主人公的回忆，重睹发生在十年前一幕动人的生活戏剧。也许是在一个长亭前，那送行女子对即将入伍的丈夫说不出更多的话，千言万语化成一句叮咛：“当大雁南归时，书信可要多多地寄啊。”嘱是“殷勤嘱”，要求是“数（多多）附书”，足见她怎样的盼望期待了。这一逆挽使读者的想象在更广远的时空驰骋，对“苦相思”三字的体味更加深细了。

这两句不单纯是个送别场面，字里行间回荡着更丰饶的弦外之音。特别把“归雁来时数附书”的旧话重提，大有文章。那征夫去后是否频有家书寄回，以慰寂寥呢，恐怕未必。邮递条件远不那么便利；最初几年音信自然多一些，往后就难说了。久不写信，即使提笔，反有不知从何说起之感，干脆不写的情况也是有的。至于意外的情况就更难说了。总之，那女子旧事重提，不为无因。“苦相思”三字，尽有不同寻俗的具体内容，耐人玩索。

进一步，还可比较类似诗句，岑参《玉关寄长安主簿》“东去长安万里馀，故人何惜一行书”，张旭《春草》“情知海上三年别，不寄云间一纸书”。岑、张句一样道出亲友音书断绝的怨苦心情，但都说得直截了当。而王维句却有一个回旋，只提叮咛附书之事，音书阻绝的意思表达得相当曲折，怨意自隐然不露，尤有含蓄之妙。

此诗艺术构思的巧妙，主要表现在“逆挽”的妙用。然而，读者只觉其平易亲切，毫不着意，娓娓动人。这正是诗艺炉火纯青的表现。

白　石　滩

王　维

清浅白石滩，绿蒲向堪把。
家住水东西，浣纱明月下。

【鉴赏】

这首小诗,向以意境清幽蕴藉、耐人寻味著名,王士祯说:"唐人五言绝句,往往入禅,有得意忘言之妙……"(《香祖笔记》)用这话来评价这首诗,可谓恰到好处。

"蒲",常见的一种淡水水草,嫩者可食。"向堪把",差不多可以用手把握住了,也就是长得有一拳高了。前两句侧重描绘"白石滩"自然景色的清静幽雅。"清浅"二字,写出白石滩水的特征。事实上也只有水既清且浅,才能看见"绿蒲向堪把",这说明王维的观察是细致入微的,所以能抓住事物的特征,哪怕是一个极微小的生活画面,诗人只要抓住,一经入诗,就那么合情合理,自然贴切。

"家住水东西",这句是说住宅东西两旁皆有流水。"浣纱明月下",至尾句,人物才进入画面之中,明亮的月光,淙淙的流水,清澈的石滩,衬托着"浣纱"的人儿,构成一幅清新淡雅的画面,更加显得深邃幽静。

这首诗看似平淡,实则含意丰富,于清雅中含有无穷的意蕴,在艺术上可以说达到了炉火纯青的地步。

栾家濑

王维

飒飒秋雨中,浅浅石溜泻。
跳波自相溅,白鹭惊复下。

【鉴赏】

王维40岁后便隐居辋川,写了不少山水田园诗,辑成《辋川集》。这首诗是该集中的第13首诗。

"飒飒秋雨中,浅浅石溜泻。"在飒飒的秋雨声中,山泉急速地向下流泻。跳动的浪花相互激溅,白鹭惊起又缓缓落下。这首诗别创新意,写得活泼而富有情趣。自然景色恬静清幽,并无人在。"秋雨飒飒","跳波"溅起的水花"相溅",白鹭被水声惊起,上下翻飞,动静相生,体现了王维山水田园诗对自然景物的高度艺术概括力。

善于捕捉自然生态美,使王维独具慧眼,使他的山水田园诗具有优美和谐的意境。"跳波自相溅,白鹭惊复下"两句,水花溅起又落下,白鹭惊起而又飞下,一切终究还是归于宁静,这令人赏心悦目的画面,是眼前实景,一经诗人摄入他的诗中,便成为于清雅中含有无穷意蕴的佳句。

邱为 (694~789?)苏州嘉兴(今属浙江)人。事继母孝,尝有灵芝生堂下。屡试不第,归山攻读数年,天宝初年,进士及第,累官至太子右庶子,唐贞元四年(788)为由前左散骑常侍致仕。年八十余,而母无恙,给以俸禄之半。善为诗,与王维(701~760)、刘长卿(709~780)友善,时相唱和。80多岁辞官还,贞元间卒,年九十六。相传是唐代享寿最高的一位诗人。其诗大抵为五言,格调清幽淡逸,多写田园风物,为盛唐田园山水诗派作者之一。以《题农父庐舍》《寻西山隐者不遇》《左掖梨花》《泛若耶溪》等较著名。例如:“冷艳全欺雪,余香乍入衣”(《左掖梨花》),堪称佳句;“春风何时至?已绿湖上山”(《题农父庐舍》),工于炼字,王安石《船泊瓜洲》之“春风已绿江南岸”盖脱胎于此。原有集,已佚。

寻西山隐者不遇

邱　为

绝顶一茅茨,直上三十里。
扣关无僮仆,窥室唯案几。
若非巾柴车,应是钓秋水。
差池不相见,黾勉[1]空仰止。
草色新雨中,松声晚窗里。
及兹契幽绝,自足荡心耳。
虽无宾主意,颇得清净理。
兴尽方下山,何必待之子。

【注释】

①黾勉:勉力;尽力。

【鉴赏】

这是一首描写隐逸高趣的诗。从思想上说，这类诗在中国古典诗歌中所在多有，并没有什么分外高奇的地方，但细读起来，又令人感到有些新颖别致。这新颖别致来自什么地方呢？主要来自构思。我们看，这首诗以“寻西山隐者不遇”为题，到山中专程去寻访隐者，当然是出于对这位隐者的友情或景仰了，而竟然“不遇”，按照常理，这一定会使访者产生无限失望、惆怅之情。但却出人意料之外，这首诗虽写“不遇”，却偏偏把隐者的生活和性格表现得历历在目；却又借题“不遇”，而淋漓尽致地抒发了自己的幽情雅趣和旷达的胸怀，似乎比相遇了更有收获，更为心满意足。正是由于这一立意的新颖，而使这首诗变得有很强的新鲜感。

诗是从所要寻访的这位隐者的栖身之所写起的。开首两句写隐者独居于深山绝顶之上的“一茅茨”之中，离山下有“三十里”之遥。这两句似在叙事，但实际上意在写这位隐者的远离尘嚣之心，兼写寻访者的不惮艰劳、殷勤远访之意。“直上”二字，与首句“绝顶”相照应，点出了山势的陡峭高峻，也暗示出寻访者攀登之劳。三、四两句，写到门不遇，叩关无僮仆应承，窥室只见几案，杳无人踪。紧接着下两句是写寻访者停在户前的踟蹰想象之词：主人既然不在，到哪儿去了呢？若不是乘着柴车出游，必是临渊垂钓去了吧？乘柴车出游，到水边垂钓，正是一般隐逸之士闲适雅趣的生活。这里不是正面去写，而是借寻访者的推断写出，比直接对隐者的生活做铺排描写反觉灵活有致。“差池不相见，黾勉空仰止”，远路相寻，却意外错开而不见，空负了一片景仰之情，失望之心不能没有。但诗写至此，却突然宕了开去，“草色新雨中，松声晚窗里。及兹契幽绝，自足荡心耳。虽无宾主意，颇得清净理”，由访人而变成问景，由失望而变得满足，由景仰隐者，而变得自己来领略隐者的情趣和生活，谁能说作者这次跋涉是入宝山而空返呢？“兴尽方下山，何必待之子”，结句暗用了著名的晋王子猷雪夜访戴的故事。故事出于《世说新语·任诞》，记王子猷居山阴，逢雪夜，忽忆起隐居在剡溪的好友戴安道，便立时登舟往访，经夜始至，及至门口又即便返回，人问其故，王子猷回答说：“吾本乘兴而行，兴尽而返，何必见戴？”诗人采用了这一典故,来自抒旷怀。访友而意不在友,在于满足自己的佳趣雅兴。读诗至此,似乎使我们遇到了一位绝不亚于隐者的高士。诗人访隐居友人,期遇而未遇;读者由诗人的未遇中,却不期遇而遇——遇到了一位胸怀旷达、习静喜幽、任性所之的高雅之士。而诗人在这首诗中所要表达的,也正是这一点。

李白 (701~约763)字太白,号青莲居士。祖籍陇西成纪(今甘肃天水)。五岁时随父迁居绵州昌明县(今四川江油)。通诗书,喜纵横术。25岁时离开四川,外出游学。先寓居安陆(今属湖北),继而西入长安,求取功名。不久又离京赴太原,游齐鲁。天宝元年(742)奉诏入京,为供奉翰林。因与当政者不合,被赐金放还,于是再次漫游各地。安史之乱期间,应永王李璘之聘,入佐幕府。永王为肃宗所杀,李白因受牵连,被判长流夜郎。流放途中遇赦东归,寓居当涂(今属安徽)县令李阳冰家。代宗宝应二年(763)前后病逝。现存诗九百多首,有《李太白集》。李白是唐代与杜甫并称的伟大诗人,他的诗歌各体俱佳,而其中又以七言歌行与七言绝句最为擅长。

蜀道难

李白

噫吁嚱,危乎高哉!蜀道之难,难于上青天①!
蚕丛及鱼凫,开国何茫然②!
尔来四万八千岁,不与秦塞通人烟③。
西当太白有鸟道④,可以横绝峨眉巅。
地崩山摧壮士死,然后天梯石栈相钩连⑤。
上有六龙回日之高标,下有冲波逆折之回川⑥。
黄鹤之飞尚不得过,猿猱欲度愁攀援⑦。
青泥何盘盘,百步九折萦岩峦⑧。
扪参历井仰胁息,以手抚膺坐长叹⑨。
问君西游何时还,畏途巉岩⑩不可攀!
但见悲鸟号古木,雄飞雌从绕林间⑪。

又闻子规[12]啼夜月,愁空山。
蜀道之难难于上青天!使人听此凋朱颜[13]!
连峰去天[14]不盈尺,枯松倒挂倚绝壁。
飞湍瀑流争喧豗[15],砯崖转石万壑雷。
其险也若此,嗟尔远道之人,胡为乎来哉[16]!
剑阁峥嵘而崔嵬[17],一夫当关,万夫莫开。
所守或匪亲,化为狼与豺。
朝避猛虎,夕避长蛇。
磨牙吮血,杀人如麻。
锦城[18]虽云乐,不如早还家。
蜀道之难难于上青天,侧身西望长咨嗟[19]!

【注释】

①噫吁嚱:惊叹声。宋景文《笔记》:"蜀人见物惊异辄曰:'噫吁戏!'李白作《蜀道难》因用之。"蜀道:一般指自陕西进入四川的山路。

②蚕丛、鱼凫(fú):传说中古蜀国的两个国王。扬雄《蜀王本纪》:"蜀王之先,名蚕丛、柏濩、鱼凫、蒲泽、开明。是时,人民椎髻哤言,不晓文字,未有礼乐。从开明上至蚕丛,积三万四千岁。"

③四万八千岁:极言时间久远。不:一作"乃"。秦塞:秦地。《史记》:"秦,四塞之国。"古代蜀国本与中原不通,至秦惠王灭蜀,开始与中原相通。

④太白有鸟道:太白,山名,秦岭主峰,在今陕西省周至一带。慎蒙《名山记》:"太白山在凤翔府郿县东南四十里。钟西方金宿之秀,关中诸山,莫高于此。其山巅高寒,不生草木,常有积雪不消,盛夏视之犹烂然,故以'太白'名。"鸟道:谓连山高峻,少低缺处,唯飞鸟过此,以为径路,总见人迹所不能至也。

⑤地崩山摧壮士死:《蜀王本记》载,秦惠王嫁五女于蜀,蜀王遣五壮士往迎。归至梓橦(今四川梓橦县),见一大蛇钻入山穴,壮士大呼拽蛇,山崩塌,压死五壮士及秦五女,自此山分五岭。天梯:上陡峰的山路。

⑥六龙:相传太阳神坐由六条龙拉的车而行,被高标山所阻而回车。《图经》:"高标山,一名高望。乃嘉定府之主山,岿然高峙,万象在前。"冲波逆折:激浪逆流。

⑦黄鹤:即黄鹄,一种高飞的鸟。猿猱:统指猿类。

⑧青泥:岭名,在今陕西省略阳县。萦岩峦:缭绕在山峰间。

⑨扪(mén):按,摸。参、井:星宿名,参为蜀之分星(分野),井为秦之分星。

胁:敛也,指屏气而息。抚膺:抚胸。

⑩巉(chán)岩:险峭的山岩。

⑪号:聒噪。雄飞雌从:《雉子班》古辞:"雉子高飞止,黄鹄高飞已千里,雄来飞,从雌视。"

⑫子规:杜鹃鸟。

⑬凋朱颜:容颜为之衰老。

⑭去天:离天。

⑮喧豗:轰响声。

⑯若:一作"如"。嗟:叹息。胡:何。

⑰剑阁:亦称剑门关,在今四川剑阁县东北,以群峰似剑,两山(大、小剑山)相对如门得名,为历代军事要地。峥嵘、崔嵬:高峻的样子。

⑱锦城:锦官城,今四川成都。《元和志》:"锦城在成都县南十里,故锦官城也。"

⑲咨嗟:叹息。

【鉴赏】

《蜀道难》系乐府旧题,历代之作均以山川之阻备言蜀道之难,但所指地却不尽相同。此首所写是蜀之北面屏障秦岭。这首诗大约是唐玄宗天宝初年李白第一次到长安时写。李白生长在蜀,二十五岁经三峡出蜀就再没有回去。他从没有到过秦岭,因此《蜀道难》是典型的艺术想象的产物。在诗中,他驰骋丰富的想象,运用夸张的手法,生动地描写了难于上青天的蜀道的高峻险阻和旖旎风光,同时将人间险恶与蜀道难进行对比,隐含着对唐王朝前途的忧虑。

诗人大体按照由古及今、自秦入蜀的线索,抓住各处山水特点来展示蜀道的艰难。全诗可分为三个层次。从"噫吁嚱"到"然后天梯石栈相钩连"为第一层次,概述蜀道的来历。一开篇,诗人就以悲壮的咏叹凭空起势,连用三个惊叹句点出主题,并融汇五丁开山等神话,极力渲染蜀道奇险,为全诗定下基调。从"上有六龙回日之高标"至"使人听此凋朱颜"为第二层次,夸饰山势的高危和"回川"之险绝。在诗人笔下,那突兀而立的高标山能挡住太阳神的龙车,高峻的蜀山连千里翱翔的黄鹤也不得飞度,轻疾敏捷的猿猴也愁于攀援,人行走就难上加难了。而且山下是令人惊诧惶惧的冲波激浪、曲折回旋的河川。青泥岭为唐代入蜀要道,诗人捕捉了行人在岭上曲折盘桓、手扪星辰、呼吸紧张、抚胸长叹等细节,寥寥数语,便使行人艰难的步履、惶悚的神情如在眼前。接着,诗人借景抒情,用"悲鸟号古木""子规啼夜月"等感情色彩浓厚的自然景观,渲染旅愁和蜀道上古木荒凉、鸟声悲凄的环境氛围,进一步烘托蜀道险峻雄奇。从"连峰去天不盈尺"至全篇结束为第三层次,写蜀中殊异的环境,寄寓对人事的隐忧。诗人先以"连峰去天不盈尺"夸饰山峰之高,又以"枯松倒挂倚绝壁"衬托绝壁之险。然后由静而动,写深涧中飞瀑激荡、山谷雷鸣的惊险场景,风光变幻,险象丛生,造成一种排山倒海般的艺术效果。诗人最后写到蜀中要塞剑阁,化用西晋张载《剑阁铭》中"形胜之地,匪亲勿居"的语句,劝人引为鉴戒,并联系当时的社会背景,揭露了蜀中豺狼的"磨牙吮血,杀人如麻"。最后四句以劝告友人及早还家的诚挚语气,再一次发出了"蜀道之难难于上青天"的深沉叹息,与前面相呼应,收束全篇,深化《蜀道难》的主题,使险山恶水的描写与对国事的忧虑紧密地结合起来。

全诗结构严谨,层次分明而又变幻莫测。根据内容的需要,不断地变换句式和韵律,运用了大量散文化诗句,参差错落,长短不齐,形成极为奔放的语言风格。描写蜀中险要环境时一连三换韵脚,使诗歌气势更加自由奔放,雄健有力。在千变万化的描写中,诗人的艺术天才并不表现于对客观景物的精工刻画,而是表现在凭借出神入化的卓越想象力,艺术地展现了一幅色彩绚丽的山水画卷。诗人善于把想象、夸张和神话传说融为一体,写景抒情,创造出博大浩渺的艺术境界,充满了浪漫主义色彩。

将进酒[1]

李 白

君不见黄河之水天上来,奔流到海不复回。
君不见高堂明镜悲白发,朝如青丝暮成雪[2]。
人生得意须尽欢,莫使金樽空对月。
天生我材必有用,千金散尽还复来。
烹羊宰牛且为乐,会须[3]一饮三百杯。
岑夫子,丹丘生[4],将进酒,杯莫停。
与君歌一曲,请君为我倾耳听。
钟鼓馔玉[5]不足贵,但愿长醉不复醒。
古来圣贤皆寂寞,唯有饮者留其名。
陈王昔时宴平乐[6],斗酒十千恣欢谑。

主人何为言少钱，径须沽取对君酌。
五花马，千金裘[⑦]，
呼儿将出换美酒，与尔同销万古愁。

【注释】

①将进酒：《宋书》："汉《鼓吹铙歌》十八曲，有《将进酒》曲。"《乐府诗集》："《将进酒》古词云：'将进酒，乘大白。'大略以饮酒放歌为言。"

②青丝：指黑发。雪：指白发。

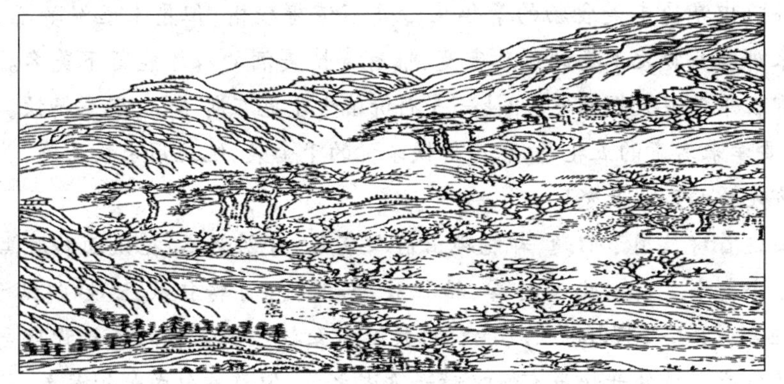

③会须：正应当。

④岑夫子：指岑征君，李白之友。丹丘生：元丹丘，李白好友。

⑤钟鼓馔玉：泛指豪门贵族的奢华生活。钟鼓，指富贵人家宴会时用的乐器。馔玉，精美的饭食。

⑥陈王宴平乐：曹植太和六年(232)封为陈王。曹植《名都篇》："归来宴平乐，美酒斗十千。"平乐：观名。

⑦五花马：马之毛色作五花文。千金裘：《史记》"孟尝君有一狐白裘，直千金，天下无双。"

【鉴赏】

《将进酒》本是汉乐府的曲调之一，为劝酒而唱的歌辞。唐玄宗天宝十一年(752)李白与朋友岑征君在嵩山友人元丹丘的颍阳山居喝酒，因感叹时光流逝，自己功业无成，悲愤填膺，借《将进酒》之调抒写了自己不合时宜而又慷慨自信的情怀，充分展示出诗人傲岸和狂放不羁的个性。

全诗的情感起于"悲"：时光流逝，如江河入海一去无回；人生苦短，看朝暮间青丝白雪；生命的渺小，人生的短促，似乎是无法挽救的悲剧让人叹息感伤。但李白毕竟是豪放之人，紧接着便逆转为"乐"：人生得意便无所遗憾，当纵情欢乐，切莫让金杯空对皎洁的明月，因为能够解忧的唯有金樽美酒。这便是李白式的悲哀：悲而能壮，哀而不伤，极愤慨而又极豪放；表面是在感叹人生易老，内里则在感叹怀才不遇。理想的破灭是黑暗的社会造成的，诗人无力改变，于是只能把冲天的激愤之情化作豪放的行乐之举，发泄不满，排遣忧愁。消极的外衣下裹着的是一颗渴望积极入世而怀才不遇的壮士热心。所以诗人由悲愤转狂放，转高歌。“天生我材必有用”，既是对自我价值的肯定，也流露出怀才不遇和渴望入世的复杂感情。置酒会友，乃人生快事，又恰值“怀才不遇”之际，于是诗人借题发挥，尽吐郁积在胸中的不平之气。他放声高歌：既然人生富贵不能长保，那就烹羊宰牛姑且尽情享乐。在钟鼓齐鸣中享受丰美食物的豪华生活并不值得珍惜，但愿永远沉醉不再清醒。自古以来那些圣贤无不感到孤独寂寞，唯有寄情美酒的人才能留下美名。陈王曹植过去曾在平乐观大摆酒宴，即使一斗酒价值十千也在所不惜，恣意畅饮。唱到兴头上，他要牵来名贵的五花马，取出价钱昂贵的千金裘，统统用来换美酒，共同来消融这无穷无尽的万古长愁！

李白这首诗虽用了旧题，却能跳出前人窠臼，自创新意，把饮酒和对黑暗现实的批判结合起来。情感由悲转喜、转狂放、转激愤，再转狂放，最后归结于“万古愁”，回应篇首，让人不由得叹服诗人的放诞与豪壮。但豪壮的酒话背后是如波涛汹涌般的情感。诗的开始虽有慨叹时光飞逝之意，但整首句式长短参差，节奏奔放跌宕，纵横捭阖，将对酒诗情，挥洒得淋漓尽致。诗中名句“天生我材必有用”，豪情万丈，千古流传。

行路难[1]三首（其一）

李　白

金樽清酒斗十千，玉盘珍羞值万钱[2]。
停杯投箸不能食，拔剑四顾心茫然[3]。
欲渡黄河冰塞川，将登太行[4]雪满山。
闲来垂钓碧溪[5]上，忽复乘舟梦日边。
行路难，行路难！多歧路，今安[6]在？
长风破浪会有时，直挂云帆济沧海[7]。

【注释】

①行路难：乐府旧题，《古题要解》："《行路难》，备言世路艰难及离别伤悲之意。多以'君不见'为首。"

②清酒：清醇的美酒。斗十千：一斗酒值钱十千。斗：古代量酒的容器。珍羞：珍美的菜肴。

③箸：音 zhù，筷子。顾：望。

④太行：即太行山。《河南志》："太行山在怀庆府城北。其山西自济源东北接河内，由武辉县、林县至磁州界，绵亘数十里，其间峰谷岩洞，景物万状。虽各因地立名，其实太行一山也，为中州巨镇。"

⑤垂钓碧溪：用吕尚遇文王典。传说吕尚未遇周文王时，曾在渭水的磻溪上钓鱼。梦日：王琦注《宋书》："伊挚将应汤命，梦乘船过日月之傍。"

⑥安：哪里。

⑦长风破浪：《晋书》："宗悫少时，叔父炳问其志。悫曰：'愿乘长风破万里浪。'"济：渡。

【鉴赏】

《行路难》共三首，写于诗人入朝被谗失意之后。这是其中第一首，天宝三年(744)李白离开长安时所作。这首诗沿用汉乐府旧题，失望与希望并存，抒发了诗人对朝廷黑暗、仕途艰难的抑郁不平的激愤之情，反映了身处逆境时的苦闷和不屈不挠的追求与探索精神，诗中矗立着这位胸怀大志而命运不济的诗人的形象。

诗的前四句描述了自己面对斟满美酒的金樽和玉盘里摆满的珍美佳肴却放下杯子，停下筷子不能下咽，拔出宝剑，举目四顾，心中一片茫然的情态。接着，诗人用富于比兴意义的"冰塞川""雪满山"来象征自己仕途受阻的艰难处境，展示内心痛苦：想渡过黄河，却被坚冰阻塞；想登上太行，却被满山的白雪阻拦。这两句也解释了前面"心茫然"的原因，点明题目中世路多艰的本意。但是，诗人并不甘于消沉，他从吕尚垂钓、伊尹梦日的传说中得到了启示。诗人引用吕尚、伊尹的故事正是表明自己对前途仍然抱有希望，对朝廷尚存幻想，并未完全丧失信心。然而，已往的经历和眼前的处境又使他陷入迷惘，不得不再三慨叹行路艰难，岔路这么多，今后不知将置身何处？"行路难，行路难！多歧路，今安在？"这节奏短促的感叹与发问，真实地展现了诗人的苦闷与彷徨。但李白毕竟是一位性格豪放、洒脱的人，所以诗的最后两句，又再一次挣脱精神的羁绊，从苦闷和彷徨中振作起来。他借南朝宗悫的话形容自己志向远大，对未来充满信心，坚信一定会有时来运转、施展抱负、乘风破浪的那一天，到那时要挂起高帆渡过茫茫大海——干一番轰轰烈烈的事业。本诗运用比兴手法描写人世间的坎坷，情感抒写大起大落，但基调豪放乐观。

行路难三首（其二）

李　白

大道如青天，我独不得出。
羞逐长安社中儿，赤鸡白雉赌梨栗。
弹剑作歌奏苦声，曳裾王门不称情。
淮阴市井笑韩信，汉朝公卿忌贾生。
君不见昔时燕家重郭隗，拥篲折节无嫌猜。
剧辛乐毅感恩分，输肝剖胆效英才。
昭王白骨萦蔓草，谁人更扫黄金台？
行路难，归去来！

【鉴赏】

“大道如青天，我独不得出。”这个开头与《行路难》第一首不同。第一首用赋的手法，从筵席上的美酒佳肴写起，起得比较平。这一首，一开头就陡起壁立，让久久郁积在内心里的感受，一下子喷发出来。亦赋亦比，使读者感到它的思想感情内容十分深广。后来孟郊写了“出门如有碍，谁谓天地宽”（《赠崔纯亮》）的诗句，可能受了此诗的启发，但气局比李白差多了。能够和它相比的，还是李白自己的诗“蜀道之难难于上青天”（《蜀道难》）这类诗句，大概只有李白那种胸襟才能写得出。不过，《蜀道难》用徒步上青天来比喻蜀道的艰难，使人直接想到那一带山川的艰险，却并不感到文章上有过多的埋伏。而这一首，用青天来形容大道的宽阔，照说这样的大道是易于行路的，但紧接着却是“我独不得出”，就让人感到这里面有许多潜台词。这样，这个警句的开头就引起了人们对下文的注意。

“羞逐”以下六句，是两句一组。“羞逐”两句是写自己的不愿意。唐代上层社会喜欢拿斗鸡进行游戏或赌博。唐玄宗曾在宫内造鸡坊，斗鸡的小儿因而得宠。当时有“生儿不用识文字，斗鸡走狗胜读书”的民谣。如果要去学斗鸡，是可以结交一些纨绔子弟，在仕途上打开一点后门的。但李白对此嗤之以鼻。所以声明自已羞于去追随长安里社中的小儿。这两句和他在《答王十二寒夜独酌有怀》中所说的“君不能狸膏金距学斗鸡，坐令鼻息干虹霓”是一个意思。都是说他不屑与“长安社中儿”为伍。那么，去和哪些达官贵人交往呢？“曳裾王门不称情，弹剑作歌奏苦声。”“曳裾王门”，即拉起衣服前襟，出入权贵之门。“弹剑作歌”，用的是冯谖的典故。冯谖在孟尝君门下做客，觉得孟尝君对自己不够礼遇，开始时经常弹剑而歌，表示要回去。李白是希望“平交王侯”的，而现在在长安，权贵们并不把他当一回事，因而使他像冯谖一样感到不能忍受。这两句是写他的不称意。“淮阴市井笑韩信，汉朝公卿忌贾生。”韩信未得志时，在淮阴曾受到一些市井无赖们的嘲笑和侮辱。贾谊年轻有才，汉文帝本打算重用，但由于受到大臣灌婴、冯敬等的忌妒、反对，后来竟遭贬逐。李白借用了韩信、贾谊的典故，写出在长安时一般社会上的人对他嘲笑、轻视，而当权者则加以忌妒和打击。这两句是写他的不得志。

“君不见”以下六句，深情歌唱当初燕国君臣互相尊重和信任，流露他对建功立业的渴望，表现了他对理想的君臣关系的追求。战国时燕昭王为了使国家富强，尊郭隗为师，于易水边筑台置黄金其上，以招揽贤士。于是乐毅、邹衍、剧辛纷纷来归，为燕所用。燕昭王对于他们不仅言听计从，而且屈己下士，折节相待。当邹衍到燕时，昭王“拥篲先驱”，亲自扫除道路迎接，恐怕灰尘飞扬，用衣袖挡住扫帚，以示恭敬。李白始终希望君臣之间能够有一种比较推心置腹的关系。他常以伊尹、姜尚、张良、诸葛亮自比，原因之一，也正因为他们和君主之间的关系，比较符合自己的理想。但这种关系在现实中却是不存在的。唐玄宗这时已经腐化而且昏庸，根本没有真正的求贤、重贤之心，下诏召李白进京，也只不过是装出一副爱才的姿态，并要他写一点歌功颂德的文字而已。“昭王白骨萦蔓草，谁人更扫黄金台？”慨叹昭王已死，没有人再洒扫黄金台，实际上是表明他对唐玄宗的失望。诗人的感慨是很深的，也是很沉痛的。

以上十二句，都是承接“大道如青天，我独不得出”，对“行路难”作具体描写的。既然朝廷上下都不是看重他，而是排斥他，那么就只有拂袖而去了。“行路难，归去来！”在当时的情况下，他只有此路可走。这两句既是沉重的叹息，也是愤怒的抗议。

这首诗表现了李白对功业的渴望，流露出在困顿中仍然想有所作为的积极用世的热情，他向往像燕昭王和乐毅等人那样的风云际会，希望有“输肝剖胆效英才”的机缘。篇末的“行路难，归去来”，只是一种愤激之词，只是比较具体地指要离开长安，而不等于要消极避世，并且也不排斥在此同时他还抱有他日东山再起“直挂云帆济沧海”的幻想。

日出入行

李　白

日出东方隈，似从地底来。
历天又复入西海，六龙所舍安在哉？
其始与终古不息，人非元气[①]，安得与之久徘徊？
草不谢荣于春风，木不怨落于秋天。
谁挥鞭策驱四运[②]？万物兴歇皆自然。
羲和！羲和！汝奚汩没于荒淫之波？
鲁阳[③]何德，驻景挥戈？
逆道违天，矫诬实多。
吾将囊括大块，浩然与溟涬同科！

【注释】

①元气：我国古代哲学家常用的术语，认为它是最原始、最本质的因素，混沌一片，浩瀚无边，天地万物都是由它派生出来的。

②四运：指春、夏、秋、冬四时。

③鲁阳：即鲁阳公。《淮南子·览冥训》说鲁阳公与韩作战，十分激烈，时近黄昏，鲁阳公援戈一挥，使太阳退了三舍（一舍三十里）。

【鉴赏】

汉代乐府中也有《日出入》篇，它咏叹的是太阳出入无穷，而人的生命有限，于是幻想骑上六龙成仙上天。李白的这首拟作一反其意，认为日出日落、四时变化，都是自然规律的表现，而人是不能违背和超脱自然规律的，只有委顺它、适应它，同自然融为一体，这才符合天理人情。这种思想，表现出一种朴素的唯物主义光彩。

诗凡三换韵，作者抒情言志也随着韵脚的变换而逐渐推进、深化。前六句，从太阳的东升西落说起，古代神话讲，羲和每日赶了六条龙载上太阳神在天空中从东到西行驶。然而李白却认为，太阳每天从东升起，“历天”而西落，这是其本身的规律而不是什么“神”在指挥、操纵。否则，六条龙又停留在什么地方呢？“六龙安在”，这是反问句式，实际上否认了六龙存在的可能性，当然，羲和驱日也就荒诞不可信了。太阳运行，终古不息，人非元气，又怎么能够与之同升共落？“徘徊”两字用得极妙，太阳东升西落，犹如人之徘徊，多么形象生动。在这一段中，诗人一连用了“似”“安在”“安得”这些不肯定、不确认的语词，并且连用了两个问句，这是有意提出问题，借以引起读者的深省。诗人故意不做正面的阐述而以反诘的方式提问，又使语气变得更加肯定有力。

中间四句，是说草木的繁荣和凋落，万物的兴盛和衰歇，都是自然规律的表现，它们自荣自落，荣既不用感谢谁，落也不用怨恨谁，因为根本不存在某个超自然的“神”在那里主宰着四时的变化更迭。这四句诗是全篇的点题之处、核心所在。“草不”“木不”两句，连用两个“不”字，加强了肯定的语气，显得果断而有力。“谁挥鞭策驱四运”这一问，更增强气势。这个“谁”字尤其值得思索。是谁在鞭策四时的运转呢？是羲和那样的神吗？读者的注意力很快就被吸引到作者的回答上来了：“万物兴歇皆自然”。回答是断然的，不是神而是自然。此句质朴刚劲，斩钉截铁，给人以字字千钧之感。

最后八句中，诗人首先连用了两个诘问句，对传说中驾驭太阳的羲和和挥退太阳的大力士鲁阳公予以怀疑，投以嘲笑：羲和呵羲和，你怎么会沉埋到浩渺无际的波涛之中去了呢？鲁阳公呵鲁阳公，你又有什么能耐挥戈叫太阳停下来？这是屈原“天问”式的笔法。这里，李白不仅继承了屈原浪漫主义的表现手法，而且比屈原更富于探索的精神。李白不单单是提出问题，更重要的是在回答问题。既然宇宙万物都有自己的规律，那么硬要违背这种自然规律（“逆道违天”），就必然是不真实的，不可能的，而且是自欺欺人的了（“矫诬实多”）。照李白看来，正确的态度应该是：顺应自然规律，同自然（即“元气”，亦即“溟涬”）融为一体，混而为一，在精神上包罗和占有（“囊括”）天地宇宙（“大块”）。人如果做到了这一点，就能够达到与溟涬“齐生死”的境界了。

西方的文艺理论家在谈到积极浪漫主义的时候，常常喜欢用三个“大”来概括其特点：口气大，力气大，才气大。这种特点在李白身上得到了充分的体现。李白诗中曾反复出现过关于大鹏、天马、长江黄河和名山大岭的巨大而宏伟的形象。如果把李白的全部诗作比作交响乐的话，那么这些宏大形象就是这支交响乐中主导的旋律，就是这支交响乐中非常突出的、经常再现的主题乐章。在这些宏大的形象中，始终跳跃着一个鲜活的灵魂，这，就是诗人自己的个性。诗人写大鹏：“燀赫乎宇宙，凭陵乎昆仑，一鼓一舞，烟朦沙昏，五岳为之震荡，百川为之崩奔”（《大鹏赋》）；诗人写天马：“嘶青云，振绿发”，“腾昆仑，历西极”，“口喷红光汗沟朱”，“曾陪时龙跃天衢”（《天马歌》）。诗人所写的山是：“太白与我语，为我开天关。愿乘冷风去,直出浮云间”(《登太白峰》);诗人所写的水是:“黄河落天走东海,万里泻入胸怀间”(《赠裴十四》)。为什么李白总爱写宏伟巨大、不同凡响的自然形象,而在这些形象中又流露出这样大的口气,焕发着这样大的力气和才气呢?读了《日出入行》,我们总算找到了理解诗人的钥匙——“吾将囊括大块,浩然与溟涬同科!”这是诗人“天地与我并生”“万物与我为一”的自我形象。这个能与“溟涬同科”的“自我”,是李白精神力量的源泉,也是他浪漫主义创作方法的思想基础。

有人认为,《日出入行》“似为求仙者发”(清人所编《唐宋诗醇》),可能有一定的道理。李白受老庄影响颇深,也很崇奉道教,一度曾潜心学道,梦想羽化登仙,享受长生之乐。但从这首诗看,他对这种“逆道违天”的思想和行动,是怀疑和否定的。他实际上用自己的诗篇否定了自己的行动。这正反映出诗人的矛盾心理。

北风行

李白

烛龙栖寒门,光耀犹旦开。
日月照之何不及此,唯有北风号怒天上来。
燕山雪花大如席,片片吹落轩辕台。
幽州思妇十二月,停歌罢笑双蛾摧。
倚门望行人,念君长城苦寒良可哀。
别时提剑救边去,遗此虎文金鞞靫。
中有一双白羽箭,蜘蛛结网生尘埃。
箭空在,人今战死不复回。
不忍见此物,焚之已成灰。
黄河捧土尚可塞,北风雨雪恨难裁!

【鉴赏】

这诗一起先照应题目,从北方苦寒着笔。这正是古乐府通常使用的手法,这样的开头有时甚至与主题无关,只是作为起兴。但这首《北风行》还略有不同,它对北风雨雪的着力渲染,倒不只为了起兴,也有着借景抒情、烘托主题的作用。

李白是浪漫主义诗人,常常借助于神话传说。“烛龙栖寒门,光耀犹旦开”,就是引用《淮南子·墬形训》中的故事:“烛龙在雁门北,蔽于委羽之山,不见日,其神人面龙身而无足。”高诱注:“龙衔烛以照太阴,盖长千里,视为昼,瞑为夜,吹为冬,呼为夏。”这两句诗的意思是:烛龙栖息在极北的地方,那里终年不见阳光,只以烛龙的视瞑呼吸区分昼夜和四季,代替太阳的不过是烛龙衔烛发出的微光。怪诞离奇的神话虽不足凭信,但它所展现的幽冷严寒的境界却借助于读者的联想成为真实可感的艺术形象。在此基础上,作者又进一步描写足以显示北方冬季特征的景象:“日月照之何不及此,唯有北风号怒天上来。燕山雪花大如席,片片吹落轩辕台。”这几句意境十分壮阔,气象极其雄浑。日月不临既承接了开头两句,又同“唯有北风”互相衬托,强调了气候的寒冷。“号怒”写风声,“天上来”写风势,此句极尽北风凛冽之形容。对雪的描写更是大气包举,想象飞腾,精彩绝妙,不愧是千古传诵的名句。诗歌的艺术形象是诗人主观感情和客观事物的统一,李白有着丰富的想象,热烈的情感,自由豪放的个性,所以寻常的事物到了他的笔下往往会出人意表,超越常情。这正是他诗歌浪漫主义的一个特征。这两句诗还好在它不单写景,而且寓情于景。李白另有两句诗:“瑶台雪花数千点,片片吹落春风香。”(《酬殷明佐见赠五云裘歌》)二者同样写雪,同样使用了夸张,连句式也相同,在读者心中引起的感受却全然不同。一个唤起了浓郁的春意,一个渲染了严冬的淫威。不同的艺术效果皆因作者的情思不同。这两句诗点出“燕山”和“轩辕台”,就由开头泛指广大北方具体到幽燕地区,引出下面的“幽州思妇”。

作者用“停歌”“罢笑”“双蛾摧”“倚门望行人”等一连串的动作来刻画人物的内心世界,塑造了一个忧心忡忡、愁肠百结的思妇的形象。这位思妇正是由眼前过往的行人,想到远行未归的丈夫;由此时此地的苦寒景象,引起对远在长城的丈夫的担心。这里没有对长城作具体描写,但“念君长城苦寒良可哀”一句可以使人想到,定是长城比幽州更苦寒,才使得思妇格外忧虑不安。而幽州苦寒已被作者写到极致,则长城的寒冷、征人的困境便不言自明。前面的写景为这里的叙事抒情作了伏笔,作者的剪裁功夫也于此可见。

“别时提剑救边去,遗此虎文金鞞靫”,“鞞靫”是装箭的袋子。这两句是写思妇忧念丈夫,但路途迢远,无由得见,只得用丈夫留下的饰有虎纹的箭袋寄托情思,排遣愁怀。这里仅用“提剑”一词,就刻画了丈夫为国慷慨从戎的英武形象,使人对他后来不幸战死更生同情。因丈夫离家日久,白羽箭上已蛛网尘结。睹物思人,已是黯然神伤,更哪堪“箭空在,人今战死不复回”,物在人亡,倍觉伤情。“不忍见此物,焚之已成灰”一笔,入木三分地刻画了思妇将种种离愁别恨、忧思悬想统统化为极端痛苦的绝望心情。诗到此似乎可以结束了,但诗人并不止笔,他用惊心动魄的诗句倾泻出满腔的悲愤:“黄河捧土尚可塞,北风雨雪恨难裁!”“黄河捧土”是用典，见于《后汉书·朱浮传》："此犹河滨之人，捧土以塞孟津，多见其不知量也。"是说黄河边孟津渡口不可塞，那么，"奔流到海不复回"的滔滔黄河当更不可塞。这里却说即使黄河捧土可塞，思妇之恨也难裁，这就极其鲜明地反衬出思妇愁恨的深广和她悲愤得不能自已的强烈感情。北风号怒，飞雪漫天，满目凄凉的景象更加浓重地烘托出悲剧的气氛，它不仅又一次照应了题目，使首尾呼应，结构更趋完整，更重要的是使景与情极为和谐地交融在一起，使人几乎分辨不清哪是写景，哪是抒情。思妇的愁怨多么像那无尽无休的北风雨雪，真是"此恨绵绵无绝期"！结尾这两句诗恰似火山喷射着岩浆，又像江河冲破堤防，产生了强烈的震撼人心的力量。

这首诗成功地运用了夸张的手法。鲁迅在《漫谈"漫画"》一文中说："'燕山雪花大如席'，是夸张，但燕山究竟有雪花，就含着一点诚实在里面，使我们立刻知道燕山原来有这么冷。如果说'广州雪花大如席'，那就变成笑话了。"只有在真实基础上的夸张才有生命力。清叶燮的《原诗》又说，夸张是"决不能有其事，实为情至之语"。诗中"燕山雪花大如席"和"黄河捧土尚可塞"，说的都是生活中绝不可能发生的事，但读者从中感到的是作者强烈真实的感情，其事虽"决不能有"，却变得真实而可以理解，并且收到比写实强烈得多的艺术效果。此诗信笔挥洒，时有妙语惊人；自然流畅，不露斧凿痕迹。无怪乎明人胡应麟说李白的乐府诗是"出鬼入神，惝恍莫测"(《诗薮》)。

关山月[①]

李白

明月出天山[②]，苍茫云海间。
长风几万里，吹度玉门关[③]。
汉下白登道，胡窥青海湾[④]。
由来[⑤]征战地，不见有人还。
戍客[⑥]望边色，思归多苦颜。
高楼当此夜，叹息未应闲[⑦]。

【注释】

①关山月：乐府《横吹曲》调名。《乐府解题》："《关山月》，伤别离也。"

②天山:甘肃祁连山。距长安八千余里。因汉时匈奴称“天”为“祁连”,所以祁连山也叫作天山。

③玉门关:古代通西域要道,故址在敦煌西边,距长安三千六百里。

④下:出兵。白登道:指汉高祖与匈奴交战,在白登山被困事。《汉书·匈奴传》:“冒顿围高帝于白登七日。”胡:这里指吐蕃。

⑤由来:从来。

⑥戍客:驻守边塞的士兵。

⑦高楼:指高楼中的思妇。未应闲:该是不会停止的。

【鉴赏】

《关山月》是汉代乐府歌曲之一,属于“鼓角横吹曲”,是当时守边将士经常在马上奏唱的。李白这首诗在内容上仍继承古乐府,但笔法独到,承古意而又有所创新。诗人抒写了古代边防战士的艰难困苦,谴责非正义的战争给人民带来的苦难,借以影射批判唐代统治阶级的穷兵黩武,表现了反对侵略战争的主题。

诗的开头四句描写包括“关”“山”“月”三种景色在内的辽阔的边塞图景:皎洁的月亮从祁连山缓缓升起,轻轻漂浮在迷茫的云海里,长风掀起尘沙席卷几万里,玉门关早已被风沙层层封闭……诗人正是以这样一幅荒凉苍茫的万里边塞图来引发征人怀乡的情绪。中间四句,具体写边塞战争的景象和战场的悲惨残酷:“白登道”那里汉军旌旗林立,“青海湾”却是胡人窥视之地。“汉下”“胡窥”二语,极具概括力,巧妙地点出了自古以来这里就是彼此争夺的征战之地,由此引出“古来征战几人回”的沉痛叹息。继而自然过渡到后面的描写:守卫边陲的征夫面对血雨腥风的现实,哪个不愁眉苦脸思归故里呢?进而诗人推想今夜高楼上思夫的妻子们,应该也是正在窗前彻夜难眠,叹息不已吧。这末四句与诗人《春思》中的“当君怀归日,是妾断肠时”用的是同一写作技法。

这首诗纯朴自然,带有北方民歌的韵味,体现了豪放的气质和感怀的情调。诗人没有把征人思妇之情写得纤弱和过于愁苦,而是一落笔便展现了一个无限广阔浩茫的境界,俯仰古今,气势雄浑豪壮。

长干行[1]

李白

妾发初覆额，折花门前戏[2]。
郎骑竹马来，绕床弄青梅[3]。
同居长干里，两小无嫌猜。
十四为君妇，羞颜未尝开。
低头向暗壁，千唤不一回。
十五始展眉[4]，愿同尘与灰。
常存抱柱信，岂上望夫台[5]。
十六君远行，瞿塘滟滪堆[6]。
五月不可触，猿声天上哀。
门前迟行迹，一一生绿苔。
苔深不可扫，落叶秋风早。
八月蝴蝶黄[7]，双飞西园草。
感此伤妾心，坐[8]愁红颜老。
早晚下三巴，预将书报家[9]。
相迎不道远，直至长风沙[10]。

【注释】

①长干：地名。左思《吴都赋》刘渊林注曰："建业（今南京）之南有山，其间平地，吏民杂居，故号为干，中有大长干、小长干。""大长干"在越城东，"小长干"在越城西。

②戏：游戏。

③竹马：以竹竿当马骑。床：庭院中的井床，即打水的辘轳架。

④始展眉：意谓情感在眉宇间显露出来。

⑤抱柱信：《庄子·盗跖》记尾生等候相约女子不来，坚守信约，抱桥柱被水淹死。望夫台：苏辙《荣城知》："望夫台，在忠州南数十里。"

⑥滟滪堆（yànyùduī）：瞿塘峡口的一块巨大礁石。瞿塘峡口，冬水浅，屹然露百余尺，夏水涨，投数十丈，其状如马，舟人不敢进。谚云："滟滪大如马，瞿塘不可

下，滟滪大如襆，瞿塘不可触。”

⑦蝴蝶黄：据说春天多彩蝶，秋天多黄蝶。

⑧坐：因。

⑨早晚：何时。三巴：谯周《三巴记》：“闻白水东南流，曲折三回如巴字。”《华阳国志》：“献帝建安六年，改永陵为巴郡，以固陵为巴东，安汉为巴西，是为三巴。”《小学绀珠》：“三巴：巴郡，今重庆府；巴东，今爰州；巴西，今合州。”书：信。

⑩不道远：不说远，即不辞远的意思。长风沙：地名，距金陵七百里，水势湍险。

【鉴赏】

长干是古代南京一个居民点。从东吴建都建业以来，长干就已成为热闹的居民区。到了唐代，长干的商人颇为有名。有了商人，自然就有商妇。长干的商人妇多起来了，反映商人妇生活的诗歌也出现了。其中最著名的就是李白的《长干行》。

本诗描写一位少妇的爱情和离别的故事，抒写了少妇对出外经商的丈夫的思念。这首诗也可以归入“闺怨”一类题材里去。大凡写“闺怨”的诗，一般都是一入手就从少妇时期写起，而这首诗却别出心裁，从童年时期写起。开头六句像一组民间儿童风俗画。一个额前覆着刘海的小女孩，手里拿着一枝花，站在门前戏耍；一个头上扎着丫角的小男孩，跨上竹马，在小路上又跳又跑……这些寻常的“儿嬉”经过诗人的筛选、提炼，一下子精光夺目，化为“青梅竹马，两小无猜”的成语流传至今。接着诗人叙写这对小儿女结成夫妇的情景，对只有十四岁的小新娘的娇憨情态的刻画惟妙惟肖，仿佛电影的特写镜头。小新娘终于变成大人了。“展眉”二字，既是外貌的描写，更是心理的刻画。“愿同尘与灰”的深盟密誓，正是她“展眉”的主要原因。“常存”两句既说明自己至死不变的坚贞，又祈望夫妻永远厮守，两不分离，进一步表达她的憧憬与幸福。

但是，长干里特殊的社会结构使她害怕的事情终于到来了——夫婿外出经商。主人公既然是长干人，当然知道长江的故事，最令她担心的就是那害人的滟滪堆和令人生悲的三峡猿了。如今夫婿却偏偏到那里去了，她的忧虑与挂念可想而知。“门前迟行迹，一一生绿苔”，这是只有像长干这样的江南水乡才有的景色。从“行迹”和“绿苔”中，不难想象当时小两口依依惜别的情景，也不难推知时间的流逝。“苔深不能扫”包含着当初不忍扫，如今更是无法扫的心理状态。“落叶秋风早”，写的不仅仅是节令，更重要的是人的情感，因为只有深陷离愁别绪中的人，才对时令如此敏感。接着诗人又用蝴蝶双飞反衬闺人的孤独。不说“西园花”却说“西园草”，不单是为了押韵，也与长干的地理环境相合。最后一句写思妇“相迎不道远，直至长风沙”，是富于浪漫主义气息的构想，因为她一个人跑七百里去迎接夫婿是不可能做到的,但却显得痴情一片,尤为动人。

李白善于向民歌学习。从《长干行》中可以看出他吸取六朝民歌的音节谐婉、语言素朴、抒叙婉转的艺术之美,但他不是刻板仿效,而是丰富和提高。《长干行》和古辞《长干曲》比较,不论思想和艺术上都大大提高一步。而且《长干行》巧妙地把抒情和叙事糅合起来,在塑造人物形象,尤其写少妇思夫的心绪方面,细腻生动,很有特色。

玉 阶 怨[1]

李 白

玉阶生白露,夜久侵罗袜。
却下水晶帘,玲珑望秋月[2]。

【注释】

①玉阶怨:王僧虔《技录》:"相和歌楚调十曲有《玉阶怨》。"

②却下:还放下。玲珑:形容空明凄清。

【鉴赏】

这是一首按照曲调名的本意而作的宫怨诗,即写一女子在玉阶上的幽怨。首句写玉阶生白露,使人领悟到秋夜已凉。在此凉气逼人之时,伫立于石阶之上的宫女,也许有无数心事倾诉吧。由所立之处是玉阶看,她的身份不会太低,应该是一位曾经受到过君王宠爱的女子。第二句写夜深露重,浸湿罗袜,一则续写出她的服饰美,进一步点明其身份;二则也以"罗袜"一词启发读者的联想,因为曹植在《洛神赋》中有"罗袜生尘"句,而洛神是一位绝世美人,所以诗人用"罗袜"之典暗示这位宫女同样也是一位美貌绝伦的女子;三则这句中暗藏了一个"望"字,因为夜既深而犹不离玉阶,乃至罗袜被白露所浸,必定有所期待。由她的宫女身份可以推想她是在等待君王的到来,可见久待不至,此情何堪!此句虽不着"望"字,仍可以让人感受到宫女那望眼欲穿的神态,她多么希望能看到君王身影,但是所有的期盼都落了空。后两句诗人才将"望"字推出,其实,这个"望"字在"却下水晶帘"的动作发生之前即已存在。她为何要"却下水晶帘",仅仅是为御寒吗?水晶制作的门帘是无法御寒的。宫女只是因久望君王不见,故转而仰头远望明月,希望能从明月那里得到一丝安慰。因为这明月普照大地，也许她还能知道君王的事吧。可是仰望的结果却使她十分失望，这明月依然无声无语地放射着光芒。失望之余她落下门帘不想再看明月，但还是身不由己地透过水晶帘向明月投去深情的目光——依旧对君王充满着期望，希望君王能像这玲珑的月色一样进入自己的屋宇之中……

以一道道景致来透露女主人公的心事与幽情是本诗的艺术特色与独到之处。从表面看，白露生玉阶是秋夜中的常景；露水沾袜也是日常生活中普通一景；宫女放下门帘是夜深时的寻常一幕；仰望明月更是秋夜人们习以为常的动作。然而，作者将这四个看似平淡无奇的镜头串联成章，并以一股情韵贯穿其中，再加上诗题中一个“怨”字点睛，立刻产生超越字面内涵的全新意境，宫女的不幸与哀怨跃然纸上。

杨 叛 儿

李 白

君歌《杨叛儿》，妾劝新丰酒。
何许最关人？乌啼白门柳。
乌啼隐杨花，君醉留妾家。
博山炉中沉香火，双烟一气凌紫霞。

【鉴赏】

《杨叛儿》本北齐时童谣，后来成为乐府诗题。李白此诗与《杨叛儿》童谣的本事无关，而与乐府《杨叛儿》关系十分密切。开头一句中的《杨叛儿》，即指以这篇乐府为代表的情歌。“君歌《杨叛儿》，妾劝新丰酒。”一对青年男女，一方唱歌，一方劝酒，显出男女双方感情非常融洽。

“何许最关人？乌啼白门柳。”白门，本刘宋都城建康（今南京）城门。因为南朝民间情歌常常提到白门，所以成了男女欢会之地的代称。“最关人”，犹言最牵动人心。是何事物最牵动人心呢？——“乌啼白门柳”。五个字不仅点出了环境、地点，还暗示了时间。乌啼，应是接近日暮的时候。其时、其地、其景，不用说是最关情的了。

“乌啼隐杨花，君醉留妾家。”乌鸦归巢之后渐渐停止啼鸣，在柳叶杨花之间甜蜜地憩息了。这里既是写景，又充满着比兴意味，情趣盎然。这里的“醉”，当然不排斥酒醉,同时还包括男女之间柔情蜜意的陶醉。

“博山炉中沉香火,双烟一气凌紫霞。”沉香,即名贵的沉水香。博山炉是一种炉盖作重叠山形的熏炉。这两句承“君醉留妾家”把诗推向高潮,进一步写男女欢会。对方的醉留,正像沉香投入炉中,爱情的火焰立刻燃烧起来,情意融洽,精神升华,则像香火化成烟,双双一气,凌入云霞。

这首诗,形象丰满,生活气息浓厚,显得非常新鲜、活泼,但它却不同于一般直接歌唱现实生活的作品,而是李白根据古乐府《杨叛儿》进行的艺术再创造。古词只四句:“暂出白门前,杨柳可藏乌。君作沉水香,侬作博山炉。”古词和李白的新作,神貌颇为相近,但艺术感染力有很大差距。李诗一开头,“君歌《杨叛儿》,妾劝新丰酒”就是原乐府中所无。而缺少这两句,全诗就看不到场面,失去了一开头就笼罩全篇的男女慕悦的气氛。第三句“何许最关人”,这是较原诗多出的一句设问,使诗意显出了变化,表现了双方在“乌啼白门柳”那种特定的环境下浓烈的感情。第五句“乌啼隐杨花”,从原诗中“藏乌”一语引出,但意境更美。接着,“君醉留妾家”则写出醉留,意义更显豁,有助于表现爱情的炽烈和如鱼得水的情趣。特别是最后既用“博山炉中沉香火”七字櫽栝原诗的后半“君作沉水香,侬作博山炉。”又生发出了“双烟一气凌紫霞”的绝妙形容。这一句由前面的比兴,发展到带有较多的象征意味,使全诗的精神和意趣得到完美的体现。

李白《杨叛儿》中一男一女由唱歌劝酒到醉留,这在封建礼教面前是带有解放色彩的。较之古《杨叛儿》,情感更炽烈,生活的调子更加欢快和浪漫。这与唐代经济繁荣、社会风气比较解放,显然有关。

古朗月行

李　白

小时不识月,呼作白玉盘。
又疑瑶台镜,飞在青云端。
仙人垂两足,桂树何团团。
白兔捣药成,问言与谁餐?
蟾蜍蚀圆影,大明夜已残。
羿昔落九乌,天人清且安。

阴精此沦惑，去去不足观。
忧来其如何？凄怆摧心肝。

【鉴赏】

这是一首乐府诗。“朗月行”是乐府古题，属《杂曲歌辞》。南朝宋鲍照有《朗月行》，写佳人对月弦歌。李白采用这个题目，故称《古朗月行》，但没有因袭旧的内容。

诗人运用浪漫主义的创作方法，通过丰富的想象，神话传说的巧妙加工，以及强烈的抒情，构成瑰丽神奇而含意深蕴的艺术形象。诗中先写儿童时期对月亮稚气的认识：“小时不识月，呼作白玉盘。又疑瑶台镜，飞在青云端。”以“白玉盘”“瑶台镜”作比，生动地表现出月亮的形状和月光的皎洁可爱，使人感到非常新颖有趣。“呼”“疑”这两个动词，传达出儿童的天真烂漫之态。这四句诗，看似信手写来，却是情采俱佳。然后，又写月亮的升起：“仙人垂两足，桂树何团团。白兔捣药成，问言与谁餐？”古代神话说，月中有仙人、桂树、白兔。当月亮初生的时候，先看见仙人的两只脚，而后逐渐看见仙人和桂树的全形，看见一轮圆月，看见月中白兔在捣药。诗人运用这一神话传说，写出了月亮初生时逐渐明朗和宛若仙境般的景致。然而好景不长，月亮渐渐地由圆而蚀：“蟾蜍蚀圆影，大明夜已残。”蟾蜍，俗称癞蛤蟆；“大明”，指月亮。传说月食就是蟾蜍食月所造成，月亮被蟾蜍所啮食而残损，变得晦暗不明。“羿昔落九乌，天人清且安”，表现出诗人的感慨和希望。古代善射的后羿，射落了九个太阳，只留下一个，使天、人都免除了灾难。诗人为什么在这里引出这样的英雄来呢？也许是为现实中缺少这样的英雄而感慨，也许是希望有这样的英雄来扫除天下灾难吧！然而，现实毕竟是现实，诗人深感失望：“阴精此沦惑，去去不足观”。月亮既然已经沦没而迷惑不清，还有什么可看的呢！不如趁早走开吧。这显然是无可奈何的办法，心中的忧愤不仅没有解除，反而加深了：“忧来其如何？凄怆摧心肝”。诗人不忍一走了之，内心矛盾重重，忧心如焚。

这首诗大概是李白针对当时朝政黑暗而发的。唐玄宗晚年沉湎声色，宠幸杨贵妃，权奸、宦官、边将擅权，把国家搞得乌烟瘴气。诗中“蟾蜍蚀圆影，大明夜已残”似是刺这一昏暗局面。清沈德潜说，这是“暗指贵妃能惑主听”（《唐诗别裁集》）。然而诗人的主旨却不明说，而是通篇作隐语，化现实为幻景，以蟾蜍蚀月影射现实，说得十分深婉曲折。诗中一个又一个新颖奇妙的想象，展现出诗人起伏不平的感情，文辞如行云流水，富有魅力，发人深思，体现出李白诗歌的雄奇奔放、清新俊逸的风格。

塞下曲六首(其一)

李　白

五月天山雪,无花只有寒。
笛中闻折柳,春色未曾看。
晓战随金鼓,宵眠抱玉鞍。
愿将腰下剑,直为斩楼兰。

【鉴赏】

《塞下曲》出于汉乐府《出塞》《入塞》等曲(属《横吹曲》),为唐代新乐府题,歌辞多写边塞军旅生活。李白所作共六首,此其第一首。作者天才豪纵,作为律诗亦逸气凌云,独辟一境。像这首诗,几乎完全突破律诗通常以联为单位作起承转合的常式。大致讲来,前四句起,五、六句为承,末二句作转合,真是别开生面。

起从"天山雪"开始,点明"塞下",极写边地苦寒。"五月"在内地属盛暑,而天山尚有"雪"。但这里的雪不是飞雪,而是积雪。虽然没有满空飘舞的雪花("无花"),却只觉寒气逼人。仲夏五月"无花"尚且如此,其余三时(尤其冬季)寒之如何就可以想见了。所以,这两句是举轻而见重,举隅而反三,语淡意浑。同时,"无花"二字双关不见花开之意,这层意思紧启三句"笛中闻折柳"。"折柳"即《折杨柳》曲的省称。这句表面看是写边地闻笛,实话外有音,意谓眼前无柳可折,"折柳"之事只能于"笛中闻"。花明柳暗乃春色的表征,"无花"兼无柳,也就是"春色未曾看"了。这四句意脉贯通,"一气直下,不就羁缚"(清沈德潜《说诗晬语》),措语天然,结意深婉,不拘格律,如古诗之开篇,前人未具此格。

五、六句紧承前意,极写军旅生活的紧张。古代行军鸣金(錞、镯之类)击鼓,以整齐步伐,节止进退。写出"金鼓",则烘托出紧张气氛,军纪严肃可知。只言"晓战",则整日之行军、战斗俱在不言之中。晚上只能抱着马鞍打盹儿,更见军中生活之紧张。本来,宵眠枕玉鞍也许更合军中习惯,不言"枕"而言"抱",一字之易,紧张状态尤为突出,似乎一当报警,"抱鞍"者便能翻身上马,奋勇出击。起四句写"五月"以概四时;此二句则只就一"晓"一"宵"写来,并不铺叙全日生活,概括性亦强。全篇只此二句作对仗,严整的形式适与严肃之内容配合,增强了表达效果。

以上六句全写边塞生活之艰苦,若有怨思,末二句却急作转语,音情突变。这里用了西汉傅介子的故事。由于楼兰(西域国名)王贪财,屡遮杀前往西域的汉使,傅介子受霍光派遣出使西域,计斩楼兰王,为国立功。此诗末二句借此表达了边塞将士的爱国激情:“愿将腰下剑,直为斩楼兰”。“愿”字与“直为”,语气砍截,慨当以慷,足以振起全篇。这是一诗点睛结穴之处。

这结尾的雄快有力,与前六句的反面烘托之功是分不开的。没有那样一个艰苦的背景,则不足以显如此卓绝之精神。“总为末二语作前六句”(王夫之),此诗所以极苍凉而极雄壮,意境浑成,如开口便作豪语,转觉无力。这写法与“黄沙百战穿金甲,不破楼兰终不还”二语有异曲同工之妙。此诗不但篇法独造,对仗亦不拘常格,“于律体中以飞动票姚之势,运旷远奇逸之思”(姚鼐),自是五律别调佳作。

宫中行乐词八首(其一)

李　白

小小生金屋,盈盈在紫微。
山花插宝髻,石竹[①]绣罗衣。
每出深宫里,常随步辇归。
只愁歌舞散,化作彩云飞。

【注释】

①石竹:指石竹花,细叶剪绒,娇艳娷娟。自六朝至宋代,多取其样绣为衣服图案。见于歌咏者,如陆龟蒙《石竹花咏》:“曾看南朝画国娃,古罗衣上碎明霞”。宋王安石《石竹花》:“已向美人衣上绣”及“绣在罗衣色未真”。

【鉴赏】

李白《宫中行乐词》,今存八首,据唐孟棨《本事诗》记载,是李白奉召为唐玄宗所做的遵命文字之一。

这一首五律,写一位年轻甚至幼年宫女。首联写丰姿仪态。“小小”“盈盈”,有爱怜意。金屋,用汉武及阿娇事,这里指深宫。紫微,天子所居。次联写幼女服饰。满衣绣着石竹,满头插着山花,一片天真,似不知其身在深宫。

第三联写幼女随步辇出入宫禁的情景。隋代诗人虞世南奉炀帝命嘲司花女袁宝儿的诗:“学画鸦黄半未成,垂肩亸袖太憨生。缘憨却得君王惜,常把花枝傍辇行。”袁宝儿为长安所贡御车女,方十五岁,騃憨多态。时洛阳献迎辇花,炀帝命袁宝儿持之,号曰司花女。因命虞世南嘲袁宝儿娇憨之状,故诗中所写重在娇憨二字。李诗这里用步辇故事,也是暗写此幼年宫女之娇憨。步辇,不驾马,用宫人挽车。这一联,实际上用虞世南诗意。

前六句是描写人物,字字有姿态仪容,字字见曼丽风神;点染人物娇憨天真,颇见作者怜惜之心。最后两句用点睛法,侧写宫女之风韵神采。以彩云之轻飞,像人物之去,觉凌波微步,不如此之轻盈。全诗只写此宫女之娇憨,只写其天真无邪,对其轻歌曼舞却不着一字。只在最后以“愁”表示作者眷念之感,以“彩云”之绚丽飘逸传人物之神。李白诗中数用“彩云”字样,只此诗为最感人,对后世影响也大。北宋晏几道《临江仙》“当时明月在,曾照彩云归”,即化用此诗结句。

这首诗清丽飘洒,神韵飞逸。把这种宫廷行乐诗,写得丽而不腻,工而疏宕,前人所谓“丽语难于超妙”,正是作者超群出众之处。

丁都护歌

李　白

云阳上征去,两岸饶商贾。
吴牛喘月时,拖船一何苦!
水浊不可饮,壶浆半成土。
一唱都护歌,心摧泪如雨。
万人系磐石,无由达江浒。
君看石芒砀,掩泪悲千古。

【鉴赏】

《丁都护歌》,也作《丁督护歌》,是乐府旧题,属《清商曲辞·吴声歌曲》。据传宋高祖(刘裕)的女婿徐逵之为鲁轨所杀,府内直督护丁旿奉旨料理丧事,其后徐妻(刘裕之长女)向丁询问殓送情况,每发问辄哀叹一声“丁督护”,至为凄切。后人依声制曲,故定名如此。(见《宋书·乐志》)李白以此题写悲苦时事,可谓“未成曲调先有情”了。

“云阳”(即今江苏丹阳县)秦以后为曲阿,天宝初改丹阳,属江南道润州,是长江下游商业繁荣区,有运河直达长江。故首二句说自云阳乘舟北上,两岸商贾云集。把纤夫生活放在这商业网点稠密的背景上，与巨商富贾们的生活形成对照，造境便很典型。“吴牛”乃江淮间水牛，“南土多暑而此牛畏热，见月疑是日，所以见月则喘”（《世说新语·言语》刘孝标注）。这里巧妙点出时令，说“吴牛喘月时”比直说盛夏酷暑具体形象，效果好得多，写时与写地，都不直截、呆板，而是配合写境传情，使下面“拖船一何苦”的叹息语意沉痛。“拖船”与“上征”照应，可见是逆水行舟，特别吃力，纤夫的形象就突现纸上。读者仿佛看见那褴褛的一群，挽着纤，喘着气，面朝黄土背朝天，一步一颠地艰难地行进着……

气候如此炎热，劳动强度如此大，渴，自然成为纤夫们最强烈的感觉。然而生活条件如何呢！渴极也只能就河取水，可是“水浊不可饮”呵！仅言“水浊”似不足令人注意，于是诗人用最有说眼力的形象语言来表现：“壶浆半成土”。这哪是人喝的水呢？只说“不可饮”，言下之意是不可饮而饮之，控诉的力量尤为含蓄。纤夫生活条件恶劣岂止一端，而作者独取“水浊不可饮”的细节来表现，是因为这细节最具水上劳动生活的特征；不仅如此，水浊如泥浆，足见天热水浅，又交代出“拖船一何苦”的另一重原因。

以下两句写纤夫的心境。但不是通过直接的心理描写，而是通过他们的歌声即拉船的号子来表现的。称其为“都护歌”，不必指古辞，乃极言其声凄切哀怨，故口唱心悲，泪下如雨，这也照应了题面。

以上八句就拖船之艰难、生活条件之恶劣、心境之哀伤一一写来，似已尽致。不料末四句却翻出更惊心的场面。“万人系磐石”，“系”一作“凿”，结合首句“云阳上征”的诗意看，概指采太湖石由运河北运。云阳地近太湖，而太湖石多孔穴，为建筑园林之材料，唐人已珍视。船夫为官吏役使，得把这些开采难尽的石头运往上游。“磐石”大且多，即有“万人”之力拖（“系”）之，亦断难达于江边（“江浒”）。此照应“拖船一何苦”句，极言行役之艰巨。“无由达”而竟须达之，更把纤夫之苦推向极端。为造成惊心动魄的效果，作者更大书特书“磐石”之多之大，“石芒砀（广大貌）”三字形象地表明：这是采之不尽、输之难竭的，而纤夫之苦亦足以感伤千古矣。

全诗层层深入，处处以形象画面代替叙写。篇首“云阳”二字预作伏笔，结尾以“磐石芒砀”点明劳役性质，把诗情推向极致，有点睛的奇效。通篇无刻琢痕迹，由于所取形象集中典型，写来自觉“落笔沉痛，含意深远”，实为“李诗之近杜者”（清人所编《唐宋诗醇》）。

从军行

李白

百战沙场碎铁衣，城南已合数重围。
突营射杀呼延将，独领残兵千骑归。

【鉴赏】

这首诗以短短四句，刻画了一位无比英勇的将军形象。

首句写将军过去的戎马生涯。伴随他出征的铁甲都已碎了，留下了累累的刀瘢箭痕，以见他征战时间之长和所经历的战斗之严酷。这句虽是从铁衣着笔，却等于从总的方面对诗中的主人公做了最简要的交代。有了这一句作垫，紧接着写他面临一场新的严酷考验——“城南已合数重围”。战争在塞外进行，城南是退路。但连城南也被敌人设下了重围，全军已陷入可能彻底覆没的绝境。写被围虽只此一句，但却如千钧一发，使人为之悬心吊胆。

“突营射杀呼延将，独领残兵千骑归。”呼延，是匈奴四姓贵族之一，这里指敌军的一员悍将。诗中这位身经百战的英雄，正是选中他作为目标，在突营闯阵的时候，首先将他射杀，使敌军陷于慌乱，乘机杀开重围，独领残兵，夺路而出。

诗所要表现的是一位勇武过人的英雄，而所写的战争从全局上看，是一场败仗。但虽败却并不令人丧气，而是败中见出了豪气。“独领残兵千骑归”，“独”字几乎有千斤之力，压倒了敌方的千军万马，给人以顶天立地之感。诗没有对这位将军进行肖像描写，但通过紧张的战斗场景，把英雄的精神与气概表现得异常鲜明而突出，给人留下难忘的印象。将这场惊心动魄的突围战和首句“百战沙场碎铁衣”相对照，让人想到这不过是他“百战沙场”中的一仗。这样，就把刚才这一场突围战，以及英雄的整个战斗历程，渲染得格外威武壮烈，完全传奇化了。诗让人不觉得出现在眼前的是一批残兵败将，而让人感到这些血泊中拼杀出来的英雄凛然可敬。像这样在一首小诗里敢于去写严酷的斗争，甚至敢于去写败仗，而又从败仗中显出豪气，给人以鼓舞，如果不具备像盛唐诗人那种精神气概是写不出的。

清平调词[1] 三首

李　白

云想衣裳花想容，春风拂槛露华浓。
若非群玉山头见，会向瑶台月下逢[2]。

一枝红艳露凝香，云雨巫山枉断肠[3]。
借问汉宫谁得似？可怜飞燕倚新妆[4]。

名花倾国两相欢，常得君王带笑看[5]。
解释春风无限恨，沉香亭北倚阑干[6]。

【注释】

①清平调：《太真外传》："开元中，禁中重木芍药，即今牡丹也。得数本红、紫、浅红、通白者，上因移植于兴庆池东、沉香亭前。会花方繁开，上乘照夜白，妃以步辇从，诏选梨园子弟中尤者，得乐一十六色。李龟年以歌擅一时之名，手捧檀板，押众乐前，将欲歌之。上曰：'赏名花，对妃子，焉用旧乐词为？'遽命龟年持金花笺，宣赐翰林学士李白立进《清平乐》词三章。白承旨，宿酲未解，因援笔赋之。龟年捧词进，上命梨园子弟略约词调，抚丝竹，遂促龟年以歌之。太真妃持颇梨七宝杯酌西凉州蒲桃酒，笑领歌辞，意甚厚。上因调玉笛以倚曲，每曲遍将换，则迟其声以媚之。妃饮罢，敛绣巾再拜。上自是顾李翰林尤异于诸学士。"《通典》："平调、清调、瑟调，皆周房中之遗声也"。

②群玉山：《穆天子传》："天子北征至于群玉之山。"《山海经》："玉山，西王母所居也。"郭璞注："此山多玉石，因以为名。"会：应。瑶台：即昆仑瑶台，传说是西王母之宫。

③红艳：指牡丹花的艳丽。这里比喻杨贵妃之美。露凝香：指牡丹花承雨露而芳香四溢。这里比喻杨贵妃之受宠幸。云雨巫山：用宋玉《高唐赋》中典故，楚王与巫山神女欢会事。枉：徒然。

④借问：相当于请问。可怜：可爱。飞燕：《汉书》："赵成皇后，本长安宫人，及

壮,屑阳阿主家,学歌舞,号曰‘飞燕’。成帝尝微行出,过阳阿主,作乐,上见飞燕而悦之,召入宫,大幸。有女弟,复召入,俱为婕妤,贵倾后宫。许后之废也,乃立婕妤为皇后。皇后既立后,宠少衰,而弟绝幸,为昭仪,居昭阳舍。"《西京杂记》:"赵后体轻腰弱,善行步进退,女弟昭仪不能及也。但昭仪弱骨丰肌,尤工语笑,二人并色如红玉,为当时第一,皆擅宠宫中。"

⑤名花:指牡丹花。倾国:汉李延年《佳人歌》中有"一顾倾人城,再顾倾人国"之句,后世用来作为美女的代称,这里指杨贵妃。

⑥解释:消除。这句是说,对着牡丹花和美人,即使有无限的春愁春恨,都可以消散。沉香亭:用沉香木建造的亭子,在唐兴庆宫龙池东。

【鉴赏】

清平调词三首是李白奉诏写的新乐章。三首诗时而写花,时而写人,言在此而意在彼,语似浅而寓意深。

第一首赞杨贵妃的美丽。起句连用两个比喻,以白云和牡丹比喻杨贵妃的服饰容貌美艳动人。两个"想"字一笔两到,把唐玄宗此时最为得意的"名花"与"爱妃"巧妙地联系起来:天上那多姿的彩云,犹如贵妃翩翩的霓裳;而眼前娇艳无比的牡丹,恰似贵妃的花容月貌。接下来的诗句也是笔笔是花,又句句写人。在明媚的春风中,亭槛下,那风华正茂、光彩照人,展示着造物绝妙手笔,使唐玄宗心驰神往的到底是怒放的牡丹,还是貌若天仙的美人?抑或是两者相得益彰,互相媲美?接着诗人放开笔墨,从眼前实际的景物移开,转换成天上仙境,说这样美若天仙的女子,如果不是在"群玉山"中见到,也只应该在"瑶台"仙境碰上。言外之意,这种难得的盛事,即"赏名花,对爱妃"所带来的极大的感官享受与心灵美感,不是一般的俗人所能想象的。诗人将杨贵妃比作娇艳的牡丹,又比作瑶池天女下凡,雍容华贵,巧夺天工。

第二首写杨贵妃因貌美而备受恩宠。首句以带露香艳的牡丹花来比杨贵妃,含有牡丹花承露,也如同杨贵妃受唐玄宗宠幸之意。次句用楚王和巫山神女相会的梦境,来反衬杨贵妃被玄宗宠爱之深。巫山神女和楚王只是梦中欢会,而现实中的杨贵妃则是"三千宠爱在一身",所以连神女也不如杨贵妃幸福。最后两句又用赵飞燕受宠于汉成帝和杨贵妃相比,说赵飞燕美貌还得依靠浓妆淡抹,哪里比得了贵妃不施粉黛"天生丽质"呢!这首诗着重从传说与历史两方面,抑古尊今,既赞美了杨贵妃的非凡气度,又突出了她在嫔妃中至高无上的地位。

第三首写唐玄宗对杨贵妃的无限宠爱。李白不再借用比喻、传说、神话等手法,而是放笔直书,牡丹乃国色天香花,杨贵妃是倾城倾国貌,诗人用"两相欢"将其与盛开的牡丹相提并论。而“带笑看”三字又将唐玄宗融入其中，使得名花美女与君王三者合一，缺一不可。如果没有君王的关爱与恩泽，花草也罢，花容也罢，哪来如此的风光和体面？“春风”一词历来可以用作君王的代名词，所以这里是一个双关语。说君王心中哪怕有再多的烦恼，只要和贵妃一起来到这沉香亭畔的牡丹园中，也会被化解得无影无踪了。这首诗运用的艺术手法主要是比拟，以牡丹与春风的和美比拟杨贵妃与唐玄宗的恩爱，十分新颖。

静　夜　思

李　白

床前明月光，疑是地上霜。
举头[1]望明月，低头思故乡。

【注释】

①举头：抬头。

【鉴赏】

本诗写的是在寂静的夜晚思念家乡的情感。夜深寒气袭人，月光照在床前十分明亮。因思乡而难以入眠的诗人看到床前一片水银似的白色，骤然间以为是秋霜降落。这一“霜”字用得很妙，既形容了月光的皎洁，又表达了季节的寒冷，暗示了思乡的情感。如果不是大半夜还未入睡，怎会在床上感觉寒冷。诗人索性起来，抬头隔窗而望，夜空上一轮弧光。这孤寂的寒月自然引起无限惆怅，使诗人不由得低下头来沉思，愈加想念自己的故乡而黯然神伤。望月思乡，是古人旅居外地时所常有的感情。此诗即景生情，从“疑”到“举头”，从“举头”到“低头”，形象地表现了诗人的心理活动过程，以平淡的语言娓娓道来，将一幅鲜明的月夜思乡图生动地呈现在我们面前。这首诗寥寥数语便将如此一个千

人吟、万人唱的主题表现得淋漓尽致，如清水芙蓉，不带半点修饰，没有任何矫揉造作之痕，一切均从心底自然流出，宛如天籁，以致千百年来脍炙人口，流传不衰！

春　思

李　白

燕草如碧丝，秦桑低绿枝①。
当君怀归日，是妾断肠时②。
春风不相识，何事入罗帏③？

【注释】

①燕草：燕地（今河北省北部、辽宁省西南部一带）的春草。征夫所在之地。秦桑：秦地（今陕西省）的桑树。思妇所居之处。

②怀归：想家。妾：古代妇女自称。

③罗帏：丝织的帘帐。

【鉴赏】

李白有很多描写思妇的诗篇，《春思》便是其中之一。在古典诗歌中，"春"字通常语意双关：既指自然界的春天，又可以用来比喻男女之间的情爱。此诗标题中的"春"就包含有这两方面的意思。

此诗起笔别具一格，开头两句没有从正面细致地刻画秦中少妇如何思念在燕地戍守的丈夫，而是以相隔遥远的燕秦两地春天景物起兴，将两地春景不同作为思妇怀人的环境和触发点。独处秦地的思妇触景生情，思念远在燕地卫戍的夫君，盼望他早日归来。萧士斌云："燕北地寒生草迟，当秦桑低绿之时，燕草方生。"就是说燕地的春草刚刚发芽，细嫩得像丝一样，秦地的桑树已经低垂着浓绿的树枝。诗人以物喻人，当游子因春天来到而萌动思归之心时，在秦地的闺人的相思已如桑枝低垂的春末——快要断肠了。三、四句由开头两句生发而来，继续写燕草方碧，夫君必定思念自己，盼望归家，而此时秦桑已低，正是思妇"人比黄花瘦"的时候，进一步渲染了思妇的相思之苦。五、六两句，以春风掀动罗帏时思妇对春风的申斥，巧妙地展现她对爱情的坚贞。全诗虽短，内涵却是复杂的，既描写了思妇对丈夫的思念，又表现了她忠于所爱、坚贞不二的高尚情操。

此诗在写作上在于紧绕一个“春”字，以景寄情，借助再造想象，由一女之思，构置两地之念，以看似无理之语，妙传不尽思情。末二句以埋怨春风无端来撩动她的春思来凸现其刻骨铭心的相思和对爱情的忠诚，艺术表现十分新巧。

子夜吴歌[①]

李 白

长安[②]一片月，万户捣衣声。
秋风吹不尽，总是玉关情[③]。
何日平胡虏，良人[④]罢远征？

【注释】

①子夜：《唐书·乐志》：“子夜歌者，晋曲也，晋有女子名子夜造此，声过哀苦。”因产在吴地，又名《子夜吴歌》。《乐府古题要解》：“后人因为四时行乐词，谓之子夜四时歌，吴声也。”

②长安：今陕西西安市。

③玉关情：指对玉门关征人的思念之情。

④良人：《孟子》：“其妻归告其妾曰：‘良人者，所仰望而终身也。’”《正义》：“妻谓夫曰良人。”

【鉴赏】

《子夜吴歌》为乐府民歌旧题，是六朝时南方著名的情歌，多抒写少女对情人的思念，表达真诚缠绵的爱情。李白的《子夜吴歌》共四首，此为第三首——“秋歌”，诗人通过妇女趁月明之夜为远行征人赶制冬衣的描写，表达了她们对亲人的无限怀念和对和平生活的迫切期盼，以及诗人对思妇们不幸的遭遇的深切同情。

诗的前四句用白描手法写景，为抒情创造环境氛围：秋天的晚上，一片月光笼罩着长安的夜空，秋风萧瑟，家家户户不断传来此起彼伏的捣衣声，人们正忙着准备冬衣。所谓“捣衣”，其实是捣布，即把织好的布帛放在石砧上用杵捣击，使之软熟，以便缝制棉衣。诗人由景入情，由“一片月”连起“万户”，由“万户”引出“捣衣声”。从这“捣衣声”中，诗人想象这些妇女们是在准备为征戍的丈夫缝制征袍（《四时歌》第四首写的就是她们裁缝征袍寄往边地）。她们一面捣衣，一面怀念戍守玉门关的丈夫。"秋风"两句承上景而直接抒情:思妇的深沉无尽的情思,阵阵秋风不仅吹拂不掉,反而勾起她们对远方亲人的思念。"不尽"既形容秋风阵阵,也形容情思的悠长缠绵。这吹不断的情思又总是飞向远方,那么执着,一往情深。最后两句直接抒情议论,喊出了思妇的共同心声:什么时候才能扫平胡虏,消除战争,亲人停止远征,结束这动荡分离的生活呢?这是对胜利的渴望,更是对和平的呼唤。由于这首诗不同于一般单纯表达相思愁苦的诗,它借思妇之口,表达了当时人民大众对和平的向往,因此历来为人们所喜爱。

李白是浪漫主义诗人,诗歌以激昂豪放为主旋律,但也不乏柔情婉约之作,《子夜吴歌》即为一例。全诗先景语后情语,将秋月、秋声、秋风织成浑然的境界,见境不见人,而人情俨在。语言自然清新,明白如话,流丽婉转。

梁甫吟

李　白

长啸梁甫吟,何时见阳春?
君不见朝歌屠叟辞棘津,八十西来钓渭滨!
宁羞白发照清水,逢时壮气思经纶。
广张三千六百钓,风期暗与文王亲。
大贤虎变愚不测,当年颇似寻常人。
君不见高阳酒徒起草中,长揖山东隆准公!
入门不拜骋雄辩,两女辍洗来趋风。
东下齐城七十二,指挥楚汉如旋蓬。
狂客落魄尚如此,何况壮士当群雄!
我欲攀龙见明主,雷公砰訇震天鼓,帝旁投壶多玉女。
三时大笑开电光,倏烁晦冥起风雨。
阊阖九门不可通,以额扣关阍者怒。
白日不照吾精诚,杞国无事忧天倾。
猰貐①磨牙竞人肉,驺虞②不折生草茎。
手接飞猱搏雕虎,侧足焦原③未言苦。
智者可卷愚者豪,世人见我轻鸿毛。

力排南山三壮士，齐相杀之费二桃[④]。
吴楚弄兵无剧孟[⑤]，亚夫咍尔为徒劳。
梁甫吟，声正悲。
张公两龙剑，神物合有时。
风云感会起屠钓，大人岘屼当安之。

【注释】

①猰貐（yà yǔ）：古代传说中一种吃人的野兽。

②驺虞：古代传说中的一种仁兽，不吃生物，不在草上践踏。这里用来比喻仁慈的统治者。

③焦原：传说中春秋时莒国的一块大石名。它宽五十步，下面是百丈深溪，无人敢近。

④据《晏子春秋》记载：春秋时齐景公手下有公孙接、田开疆、古冶子三个力能搏虎的勇士，都曾立过大功。有一次相国晏子见他们不懂君臣、尊卑之别，产生了疑忌，就建议景公除掉他们。办法是由景公派人赏赐给他们两只桃子，叫他们三人“计功而食桃”。公孙接和田开疆都以为自己功大，各拿了一只桃子，而古冶子认为自己的功劳更大，要二人退出桃子。二人感到羞愧而自杀。古冶子因二人之死而无颜独生，同样自杀身亡。

⑤剧孟：西汉初，吴楚七国叛乱，汉景帝派窦婴、周亚夫前去讨伐。周亚夫在将到河南时，找到侠士剧孟，笑吴楚不用剧孟而起兵，实是徒劳。

【鉴赏】

《梁甫吟》是古代用作葬歌的一支民间曲调，音调悲切凄苦。古辞今已不传，宋郭茂倩《乐府诗集》收有诸葛亮所作一首，写春秋时齐相晏子“二桃杀三士”事，通过对死者的伤悼，谴责谗言害贤的阴谋。李白这首也有“力排南山三壮士，齐相杀之费二桃”之句，显然是袭用了诸葛亮那首的立意。诗大概写在李白“赐金放还”刚离开长安之后。诗中抒写遭受挫折以后的痛苦和对理想的期待，气势奔放，感情炽热，是李白的代表作之一。

开头两句：“长啸梁甫吟，何时见阳春？”“长啸”是比高歌更为凄厉激越的感情抒发。诗一上来就单刀直入，显示诗人此时心情极不平静，为全诗定下了感情的基调。战国楚宋王《九辩》中有“恐溘死而不得见乎阳春”之句，故“见阳春”有从埋没中得到重用，从压抑中得以施展抱负的意思。以下诗句，全是由此生发。

接着，连用两组“君不见”提出两个历史故事。一是说西周吕望（即姜太公）长期埋没民间，五十岁在棘津当小贩，七十岁在朝歌当屠夫，八十岁时还垂钓于渭水之滨，钓了十年（每天一钓，十年共三千六百钓），才得遇文王，遂展平生之志。一是说秦末的郦食其，刘邦原把他当作一个平常儒生，看不起他，但这位自称“高阳酒徒”的儒生，不仅凭雄辩使刘邦改变了态度，以后还说服齐王率七十二城降汉，成为楚汉相争中的风云人物。诗人引用这两个历史故事，实际上寄寓着自己的理想与抱负：“大贤虎变愚不测，当年颇似平常人”，“狂客落魄尚如此，何况壮士当群雄”。他不相信自己会长期沦落，毫无作为。诗人对前途有着坚定的信念，所以这里声调高亢昂扬，语言节奏也较爽利明快，中间虽曾换过一次韵，但都押平声韵，语气还是舒展平坦的。

自“我欲攀龙见明主”句起，诗人一下子从乐观陷入了痛苦。加上改用了仄声韵，语气拗怒急促，更使人感到犹如一阵凄风急雨劈面打来。这一段写法上很像战国楚屈原的《离骚》，诗人使自己置身于惝恍迷离、奇幻多变的神话境界中，通过描写奇特的遭遇来反映对现实生活的感受。你看，他为了求见“明主”，依附着天矫的飞龙来到天上。可是，凶恶的雷公擂起天鼓，用震耳欲聋的鼓声来恐吓他，他想求见的那位“明主”，也只顾同一班女宠作投壶的游戏。他们高兴得大笑时天上闪现出耀眼的电光，一时恼怒又使天地昏暗，风雨交加。尽管如此，诗人还是不顾一切以额叩关，冒死求见，不料竟触怒了守卫天门的阍者。在这段描:写中，诗人的感情表现得那么强烈，就像浩荡江水从宽广的河床突然进入峡谷险滩一样，漩涡四起，奔腾湍急，不可抑止。诗人在天国的遭遇，实际上就是在现实生活中的遭遇，他借助于幻设的神话境界，尽情倾诉了胸中的愤懑与不平。

自“白日不照吾精诚”以下十二句又另作一段。在这段中，诗人通过各种典故或明或暗地抒写了内心的忧虑和痛苦，并激烈地抨击了现实生活中的不合理现象：上皇不能体察我对国家的一片精诚，反说我是“杞人忧天”。权奸们像恶兽猰貐那样磨牙利齿残害人民，而诗人的理想则是以仁政治天下。他自信有足够的才能和勇气去整顿乾坤，就像古代能用左手接飞猱、右手搏雕虎的勇士那样，虽置身于危险的焦原仍不以为苦。诗意像是宕起，可是马上又重重地跌了下来。在现实的生活中，只有庸碌之辈可以趾高气扬，真有才能的人反而只能收起自己的聪明才智，世人就把我看得轻如鸿毛。古代齐国三个力能排山的勇士被相国晏子设计害死，可见有才能的人往往受到猜疑。明明有剧孟这样的能人而摒弃不用，国家的前途真是不堪设想了。这一段行文的显著特点是句子的排列突破了常规。如果要求意思连贯，那么“手接飞猱”两句之后，应接写“力排南山”两句，“智者可卷”两句之后，应接写“吴楚弄兵”两句。可是诗人却故意把它们作上下错落的排列，避免了平铺直叙。诗人那股汹涌而哭的感情激流，至此一波三折，成迂回盘旋之势，更显得恣肆奇横，笔力雄健。这段的语气节奏也随着感情发展而跌宕起伏,忽而急促,忽而舒展,忽而押平声韵,忽而换仄声韵,短短十二句竟三易其韵,极尽变化之能事。

最后一段开头,“梁甫吟,声正悲”,直接呼应篇首两句,语气沉痛而悲怆。突然,诗人又笔锋一折,“张公两龙刘”以下四句仍是信心百倍地回答了“何时见阳春”这一设问。诗人确信,正如干将、莫邪二剑不会久没尘土,我同“明主”一时为小人阻隔,终当有会合之时。既然做过屠夫和钓徒的吕望最后仍能际会风云,建立功勋,那自己也就应该安时俟命,等待风云感会的一天到来。饱经挫折的诗人虽然沉浸在迷惘和痛苦之中,却仍在用各种办法自我慰藉,始终没有放弃对理想的追求。

写长篇歌行最忌呆滞平板,这首诗最大的艺术特色正在于布局奇特,变化莫测。它通篇用典,但表现手法却不时变换。吕望和郦食其两个故事是正面描写,起“以古为鉴”的作用,接着借助于种种神话故事,寄寓自己的痛苦遭遇,第三段则把几个不相连属的典故交织在一起,正如清人沈德潜说的“后半拉杂使事,而不见其迹”(《唐诗别裁集》),因而诗的意境显得奇幻多姿,错落有致:它时而和风丽日,春意盎然,时而浊浪翻滚,险象纷呈;时而语浅意深,明白如话,时而杳冥惝恍,深不可测。加上语言节奏的不断变化起伏,诗人强烈而又复杂的思想感情表现得淋漓尽致。

乌夜啼

李白

黄云城边乌欲栖,归飞哑哑枝上啼。
机中织锦秦川女,碧纱如烟隔窗语。
停梭怅然忆远人,独宿空房泪如雨。

【鉴赏】

传说李白在天宝初年到长安,贺知章读了他的《乌栖曲》《乌夜啼》等诗后,大为叹赏,说他是“天上谪仙人也”,于是在唐玄宗面前推荐了他。《乌夜啼》为乐府旧题,内容多写男女离别相思之苦。李白这首的主题也与前代所作相类,但言简意深,别出新意,遂为名篇。

“黄云城边乌欲栖,归飞哑哑枝上啼”,起首两句绘出一幅秋林晚鸦图,夕曛暗淡,返照城阗,成群的乌鸦从天际飞回,盘旋着,哑哑地啼叫。“乌欲栖”,正是将栖未栖,叫声最喧嚣、最烦乱之时,无所忧愁的人听了,也会感物应心,不免惆怅,更何况是心绪愁烦的离人思妇呢？在这黄昏时候，乌鸦尚知要回巢，而远在天涯的征夫，到什么时候才能归来呵？起首两句，描绘了环境，渲染了气氛，在有声有色的自然景物中蕴含着的愁绪牵引了读者。

“机中织锦秦川女，碧纱如烟隔窗语”，这织锦的秦川女，固可指为苻秦时窦滔妻苏蕙，更可看作唐时关中一带征夫远戍的思妇。诗人对秦川女的容貌服饰，不做任何具体的描写，只让你站在她的闺房之外，在暮色迷茫中，透过烟雾般的碧纱窗，依稀看到她伶俜的身影，听到她低微的语音。这样的艺术处理，确是匠心独运。因为在本诗中要让读者具体感受的，并不是这女子的外貌，而是她的内心，她的思想感情。

“停梭怅然忆远人，独宿空房泪如雨。”这个深锁闺中的女子，她的一颗心牢牢地系在远方的丈夫身上，“我心匪石，不可转也”，“我心匪席，不可卷也”，悲愁郁结，无从排解。追忆昔日的恩爱，感念此时的孤独，种种的思绪涌上心来，怎不泪如雨呢？这如雨的泪也沉重地滴到诗人的心上，促使你去想一想造成她不幸的原因。到这里，诗人也就达到他预期的艺术效果了。

五、六两句，有几种异文。如敦煌唐写本作“停梭问人忆故夫，独宿空床泪如雨”，五代韦縠《才调集》卷六注“一作‘停梭向人问故夫，知在流沙泪如雨’”等，可能都出于李白原稿。异文与通行本相比，有两点不同：一是“隔窗语”不是自言自语，而是与窗外人对话；二是征夫的去向，明确在边地的流沙。仔细吟味，通行本优于各种异文，没有“窗外人”更显秦川女的孤独寂寞；远人去向不具写，更增相忆的悲苦。可见在本诗的修改上，李白是经过推敲的。清沈德潜评此诗说：“蕴含深远，不须语言之烦。”(《唐诗别裁集》)说得言简意赅。短短六句诗，起手写情，布景出人，景里含情；中间两句，人物有确定的环境、身份和身世，而且绘影绘声，像见其人；最后点明主题，却又包含着许多意内而言外之音。诗人不仅不替她和盘托出，作长篇的哭诉，而且还为了增强诗的概括力量，放弃了看似具体实是平庸的有局限性的写法。从上述几种异文的对比中，便可明白这点。

乌栖曲

李　白

姑苏台上乌栖时，吴王宫里醉西施。
吴歌楚舞欢未毕，青山欲衔半边日。

银箭金壶漏水多，起看秋月坠江波。
东方渐高奈乐何！

【鉴赏】

相传吴王夫差耗费大量人力物力，用三年时间，筑成横亘五里的姑苏台（旧址在今苏州市西南姑苏山上），上建春宵宫，与宠妃西施在宫中为长夜之饮。诗的开头两句，不去具体描绘吴宫的豪华和宫廷生活的淫靡，而是以洗练而富于含蕴的笔法，勾画出日落乌栖时分姑苏台上吴宫的轮廓和宫中美人西施醉态朦胧的剪影。“乌栖时”，照应题面，又点明时间。诗人将吴宫设置在昏林暮鸦的背景中，无形中使“乌栖时”带上某种象征色彩，使人们隐约感受到包围着吴宫的幽暗气氛，联想到吴国日暮黄昏的没落趋势。而这种环境气氛，又正与“吴王宫里醉西施”的纵情享乐情景形成鲜明对照，暗含乐极悲生的意蕴。这层象外之意，贯穿全篇，但表现得非常隐微含蓄。

“吴歌楚舞欢未毕，青山欲衔半边日。”对吴宫歌舞，只虚提一笔，着重写宴乐过程中时间的流逝。沉醉在狂欢极乐中的人，往往意识不到这一点。轻歌曼舞，朱颜微酡，享乐还正处在高潮之中，却忽然意外地发现，西边的山峰已经吞没了半轮红日，暮色就要降临了。“未”字、“欲”字，紧相呼应，微妙而传神地表现出吴王那种惋惜、遗憾的心理。而落日衔山的景象，又和第二句中的“乌栖时”一样，隐约透出时代没落的面影，使得“欢未毕”而时已暮的描写，带上了为乐难久的不祥暗示。

“银箭金壶漏水多，起看秋月坠江波。”续写吴宫荒淫之夜。宫体诗的作者往往热衷于展览豪华颓靡的生活，李白却巧妙地从侧面淡淡着笔。“银箭金壶”，指宫中计时的铜壶滴漏。铜壶漏水越来越多，银箭的刻度也随之越来越上升，暗示着漫长的秋夜渐次消逝，而这一夜间吴王、西施寻欢作乐的情景便统统隐入幕后：一轮秋月，在时间的默默流逝中越过长空，此刻已经逐渐黯淡，坠入江波，天色已近黎明。这里在景物描写中夹入“起看”二字，不但点醒景物所组成的环境后面有人的活动，暗示静谧皎洁的秋夜中隐藏着淫秽丑恶，而且揭示出享乐者的心理。他们总是感到享乐的时间太短，昼则望长绳系日，夜则盼月驻中天，因此当他“起看秋月坠江波”时，内心不免浮动着难以名状的怅恨和无可奈何的悲哀。这正是末代统治者所特具的颓废心理。“秋月坠江波”的悲凉寂寥意象，又与上面的日落乌栖景象相应，使渗透在全诗中的悲凉气氛在回环往复中变得越来越浓重了。

诗人讽刺的笔锋并不就此停住，他有意突破《乌栖曲》旧题偶句收结的格式，变偶为奇，给这首诗安上了一个意味深长的结尾：“东方渐高奈乐何！”“高”是“皜”的假借字。东方已经发白，天就要亮了，寻欢作乐难道还能再继续下去吗？这孤零零的一句,既像是恨长夜之短的吴王所发出的欢乐难继、好梦不长的叹喟,又像是诗人对沉溺不醒的吴王敲响的警钟。诗就在这冷冷的一问中陡然收煞,特别引人注目,发人深省。

这首诗在构思上有显著的特点,即以时间的推移为线索,写出吴宫淫佚生活中自日至暮,又自暮达旦的过程。诗人对这一过程中的种种场景,并不作具体描绘渲染,而是紧扣时间的推移、景物的变换,来暗示吴宫荒淫的昼夜相继,来揭示吴王的醉生梦死,并通过寒林栖鸦、落日衔山、秋月坠江等富于象征暗示色彩的景物隐喻荒淫纵欲者的悲剧结局。通篇纯用客观叙写,不下一句贬词,而讽刺的笔锋却尖锐、冷峻,深深刺入对象的精神与灵魂。清人所编《唐宋诗醇》评此诗说:"乐极生悲之意写得委婉,未麋鹿游于姑苏矣。全不说破,可谓寄兴深微者。……末缀一单句,有不尽之妙。"这是颇能抓住本篇特点的评论。

战 城 南

李 白

去年战,桑干①源;
今年战,葱河②道。
洗兵条支③海上波,放马天山雪中草。
万里长征战,三军尽衰老。
匈奴以杀戮为耕作,古来唯见白骨黄沙田。
秦家筑城备胡处,汉家还有烽火燃。
烽火燃不息,征战无已时!
野战格斗死,败马号鸣向天悲。
乌鸢啄人肠,衔飞上挂枯树枝。
士卒涂草莽,将军空尔为。
乃知兵者是凶器,圣人不得已而用之。

【注释】

①桑干:河名,流经今山西、河北北部,地属北方。

②葱河:即葱岭河,在今新疆西南部,地属西方。

③条支:西域国名,即唐时的大食,在今伊朗境内。唐朝安西都护府下设有条支都督府。

【鉴赏】

天宝年间,唐玄宗轻动干戈,逞威边远,而又几经失败,给人民带来深重的灾难。一宗宗严酷的事实,汇聚到诗人胸中,同他忧国悯民的情怀产生激烈的矛盾。他沉思,悲愤,内心的呼喊倾泻而出,铸成这一名篇。

整首诗大体可分为三段和一个结语。

第一段共八句,先从征伐的频繁和广远方面落笔。前四句写征伐的频繁。以两组对称的句式出现,不仅音韵铿锵,而且诗句复沓的重叠和鲜明的对举,给人以东征西讨、转旆不息的强烈印象,有力地表达了主题。"洗兵"二句写征行的广远。晋左思《魏都赋》描写曹操讨灭群雄、威震寰宇的气势时说:"洗兵海岛,刷马江洲。"此二句用其意。洗兵,洗去兵器上的污秽;放马,牧放战马,在条支海上洗兵,天山草中牧马,其征行之广远自见。由战伐频繁进至征行广远,境界扩大了,内容更深厚了,是善于铺排点染的笔墨。"万里"二句是本段的结语。"万里长征战",是征伐频繁和广远的总括,"三军尽衰老"是长年远征的必然结果,广大士兵在无谓的战争中耗尽了青春的年华和壮盛的精力。有了前面的描写,这一声慨叹水到渠成,自然坚实,没有一点矫情的喧呶叫嚣之感。

"匈奴"以下六句是第二段,进一步从历史方面着墨。如果说第一段从横的方面写,那么,这一段便是从纵的方面写。西汉王褒《四子讲德论》说,匈奴"业在攻伐,事在射猎","其耒耜则弓矢鞍马,播种则扞弦掌柎,收秋则奔狐驰兔,获刈则颠倒殪仆"。以耕作为喻,生动地刻画出匈奴人的生活与习性。李白将这段妙文熔冶成"匈奴"两句诗。耕作的结果会是禾黍盈畴,杀戮的结果却只能是白骨黄沙。语浅意深,含蓄隽永。并且很自然地引出"秦家"二句。秦筑长城防御胡人的地方,汉时仍然烽火高举。二句背后含有深刻的历史教训和诗人深邃的观察与认识,成为诗中警策之句。没有正确的政策,争斗便不可能停息。"烽火燃不息,征战无已时!"这深沉的叹息是以丰富的历史事实为背景的。

"野战"以下六句为第三段,集中从战争的残酷性上揭露不义战争的罪恶。"野战"二句着重勾画战场的悲凉气氛,"乌鸢"二句着重描写战场的凄惨景象,二者相互映发,交织成一幅色彩强烈的画面。战马独存犹感不足,加以号鸣思主,更增强物在人亡的悲凄;乌啄人肠犹以不足,又加以衔挂枯枝,更见出情景的残酷,都是带有夸张色彩的浓重笔墨。"士卒"二句以感叹结束本段。士卒作了无谓的牺牲,将军呢?也只能一无所获。

《六韬》说："圣人号兵为凶器，不得已而用之。"全诗以此语意作结，点明主题。这一断语属于理语的范围，而非形象的描写。运用不当，易生抽象之弊。这里不同。有了前三段的具体描写，这个断语是从历史和现实的惨痛经验中提炼出来，有画龙点睛之妙，使全诗意旨豁然。有人怀疑这一句是批注语误入正文，可备一说，实际未必然。

这是一首叙事诗，却带有浓厚的抒情性，事与情交织成一片。三段的末尾各以两句感叹语作结，每一段是叙事的一个自然段落，也是感情旋律的一个自然起伏。事和情配合得如此和谐，使全诗具有鲜明的节奏感，有"一唱三叹"之妙。

长相思 二首①

李 白

之 一

长相思，在长安②。
络纬秋啼金井阑，微霜凄凄簟色寒③。
孤灯不明思欲绝，卷帷④望月空长叹。
美人如花隔云端。
上有青冥⑤之长天，下有渌水之波澜。
天长路远魂飞苦，梦魂不到关山难⑥。
长相思，摧⑦心肝。

【注释】

①长相思：六朝始以名篇。如陈后主"长相思，久相忆。"徐陵"长相思，望归难。"江总《长相思》《久离别》诸作，并以"长相思"发端。太白此篇，正拟其格。

②长安：今陕西省西安市。

③络纬：昆虫名，又名莎鸡，一名蜘蟀，俗称纺织娘。金井阑：精美的井阑。簟(diàn)：席。

④帷：窗帘。

⑤青冥：青云。

⑥关山难:关山难渡。

⑦摧:伤。

【鉴赏】

《长相思·之一》是李白离开长安后所作。以秋声秋景起兴,叙写男子对女子的思念。诗人通过对秋虫、秋霜、孤灯等景物的描写抒发感情。思念的美人远在长安城中,秋天纺织娘在金井阑旁边鸣叫,微霜初降,薄霜凄凄送来阵阵寒气,竹席也显出了寒意。孤独的灯光昏昏暗暗,刻骨的思念令人欲断魂,但像花一样的美人仿佛相隔在云端!上是无边无垠的蓝天,下有清澈的绿水波澜。天长地远,关山阻隔,梦魂相见也艰难。只能卷起窗帘仰望明月空自长叹!"美人如花隔云端"是全诗的中心句,其中含有托兴意味。古代经常用"美人"比喻所追求的理想。"长安"这个特定的地点也暗示"美人",这里是个政治托寓,表明此诗目的在于抒发诗人追求政治理想而不得的郁闷心情。诗人将意旨隐含在形象之中,隐而不露,自有一种含蓄的韵味。

之 二

日色欲尽花含烟,月明欲素①愁不眠。
赵瑟初停凤凰柱,蜀琴欲奏鸳鸯弦②。
此曲有意无人传,愿随春风寄燕然③。
忆君迢迢隔青天。
昔日横波④目,今作流泪泉。
不信妾断肠,归来看取明镜前。

【注释】

①素:洁白的绢。

②赵瑟:相传古代赵国的人善弹瑟。瑟:弦乐器。杨恽书:"妇赵女也,雅善鼓瑟。"凤凰柱:瑟柱上雕饰凤凰形状。吴均诗:"赵瑟凤凰柱"。蜀琴:鲍照有"蜀琴抽白雪"的诗句。白居易也有"蜀琴安膝上,《周易》在床头"句。李贺"吴丝蜀桐张高秋",注云:"蜀中桐木宜为乐器,故曰蜀桐。"蜀桐实即蜀琴。古人诗中常以蜀琴喻佳琴。鸳鸯弦:相传蜀人司马相如善鼓琴,有"鸳鸯弦,以雄雌也。"

③燕然:《后汉书》:"燕然山,去塞三千里,即燕支山。"

④横波：目斜视如水之横流也。形容眼神流动。

【鉴赏】

《长相思·之二》以春花春风起兴，叙写女子对男子的思念。诗人写道，夕阳西下暮色朦胧，花蕊笼罩轻烟，皎洁的月光似洁白的纱绢，女主人公却因思念情郎无法入眠。她望月怀思，抚琴寄情，想再弹奏蜀琴，又怕触动鸳鸯弦。祈愿琴声能随着春风，送到远在燕然的情郎身边。由于相思苦，她过去顾盼含情的眼睛，今天成了泪水的清泉。全诗通过描写人物的具体活动，利用推想等手法表达人物的心情。含蓄婉约，缠绵悱恻，令人感动。

赠孟浩然

李　白

吾爱孟夫子[①]，风流天下闻。
红颜弃轩冕，白首卧松云[②]。
醉月频中圣，迷花不事君[③]。
高山安可仰，徒此揖清芬[④]。

【注释】

①夫子：古代对男子的敬称。

②红颜：指年轻的时候。轩冕：指官职。《庄子》："今之所谓得志者，轩冕之谓也。轩冕在身，物之傥来，寄也。"轩：车子；冕：高官戴的礼帽。卧松云：指退隐山林。

③醉月：月下醉酒。中圣：中酒，就是喝醉的意思。事君：伴随在皇帝身边。

④安：岂。徒此：唯有在此。清芬：指美德。

【鉴赏】

此诗大约写于李白寓居湖北安陆时期（727～736）。这一时期，李白常到周围各处游历，与孟浩然相识并结下深情厚谊。本诗形象地概括了孟浩然隐居不仕的一生，热情赞颂孟浩然不图名利、淡泊清高的品格，表现出诗人与孟浩然深厚的情谊,也从侧面展示了诗人自己的精神境界。

诗人首联点题,开门见山,直抒胸臆:我敬重孟浩然先生的庄重潇洒,他为人高尚,风流倜傥闻名天下。“爱”字为全诗的抒情主线,“风流”二字是孟浩然品格气质的主要特征。因此首联从意境上统摄全篇,有提纲挈领的作用。颔联以“红颜”对“白首”,从纵的方面概括孟浩然大半生的风流情致。他少年时鄙视功名爵禄,晚年在青松白云间隐居。“卧”字活脱脱地画出一位潇洒出尘的隐士的神态,确有几分不食人间烟火的情韵。颈联以“醉月”对“迷花”,从横切面描写孟浩然在月光下饮酒常常沉醉,迷恋景色不愿意侍奉国君的隐居生活。在对于孟浩然的描写上,两联诗各有侧重,错综有致,笔法灵活,生动地刻画了孟浩然摒弃官职,白首归隐,高卧林泉,醉月中酒,风流自赏,迷花不仕,不为尘物所动的高雅形象。尾联回应首联,直接抒情,再度表现对孟夫子的景仰之意:你的品格像高山一样怎么能够仰望得到?我只能在这里向你作揖,景仰你清香的德行。

本诗以情构篇,线索分明。开头写“吾爱”之意,中间写孟浩然“可爱”之处,最终表“敬爱”之情,形成“抒情——描写——抒情”的结构。运用“赋”的手法而又极有情致,以一种舒展唱叹的语调,表达诗人的敬慕之情。全诗自然豪放,工整流畅,意境深远。

赠 汪 伦

李 白

李白乘舟将欲行,忽闻岸上踏歌[①]声。
桃花潭水深千尺,不及汪伦送我情[②]!

【注释】

①踏歌:脚在地上踏着节拍唱歌。

②桃花潭:风景地,在今安徽泾县境内。天宝十四年(755),李白从秋浦(今安徽贵池区)前往参观。汪伦:李白友人,住桃花潭边。李白来访时他天天用美酒佳肴款待。

【鉴赏】

这是一首别开生面的赠别诗。作者在桃花潭游玩的日子里,受到了主人的热情款待，临走时主人又来送行。于是作者写了这首诗留别。

诗的前半是叙事。先写要离去者，继写送行者，展示了一幅离别的画面。起句“乘舟”表明是行水道，“将欲行”表明是在轻舟待发之时，使我们仿佛见到李白站在正要离岸的小船上向人们告别的情景。

送行者是谁呢？次句不像首句那样直叙而用了曲笔，只说听见了岸上传来的歌声。一群当地老百姓（在汪伦的带领下）踏着节拍，边走边唱前来送行来了。这似出乎李白意料，所以用“忽闻”而不用“遥闻”。这句诗虽说得比较含蓄，只闻其声，不见其人，但人已呼之欲出。

诗的后半是抒情。第三句是遥接首句，进一步说明放船地点是在桃花潭。“深千尺”非实指而是形容，既描绘了潭的特点，又为结局埋下伏笔。桃花潭水是那样的深湛，更触动了离人的情怀，难忘汪伦的深情厚谊，水深情深自然地联系了起来。结句以“比物”手法形象地表达了真挚纯洁的友情。潭水已深达“千尺”，那么汪伦送李白的情谊更有多深呢？耐人寻味。如果直说汪伦之情像千尺深的潭水，便是普通的说法，诗人只一转换，妙境全现。妙就妙在“不及”二字。这后两句因不用比喻而采用比物的手法，故将无形的“情谊”变为了生动的形象，空灵而有余味，自然而又情真。此诗语言近似大白话，写法亦似白描。然其妙处，尽在三、四句之生动用比，使全诗生意盎然。

这首诗深得后人赞赏，“桃花潭水”也因之成为后人抒写离别之情的常用语，桃花潭一带也因之留下许多优美的传说和供旅游者访问的遗迹，如其东岸便有门额题为“踏歌古岸”的踏歌岸阁。

庐山谣寄卢侍御虚舟①

李　白

我本楚狂人，《凤歌》笑孔丘。
手持绿玉杖，朝别黄鹤楼②。
五岳③寻仙不辞远，一生好入名山游。
庐山秀出南斗傍，屏风九叠云锦张④，
影落明湖青黛光。
金阙前开二峰长，银河倒挂三石梁⑤。

香炉瀑布[6]遥相望，回崖沓嶂凌苍苍。
翠影红霞映朝日，鸟飞不到吴天[7]长。
登高壮观天地间，大江茫茫去不还。
黄云万里动风色，白波九道[8]流雪山。
好为庐山谣，兴因庐山发。
闲窥石镜清我心，谢公[9]行处苍苔没。
早服还丹无世情，琴心三叠道初成[10]。
遥见仙人彩云里，手把芙蓉朝玉京[11]。
先期汗漫九垓上，愿接卢敖游太清[12]。

【注释】

①庐山：《太平寰宇记》："庐山，在江州南，高三千六百六十丈，周回二百五十里。其山九叠，川亦九派。"《九江志》："周武王时，匡裕兄弟七人皆有道术，结庐于此，仙去，空庐尚存，故曰庐山。"按：庐山，在江西南康府西北二十里。又按：南康在庐山之阳，九江在庐山之阴。卢虚舟：李华《三贤论》："范阳卢虚舟幼真，质方而清。"肃宗时曾任宫殿中侍御史。

②楚狂：《论语》："楚狂接舆歌而过孔子，曰：'凤兮凤兮！何德之衰？"故称凤歌。《高士传》："陆通，字接舆，楚人也，时谓'楚狂'。楚王遣使者往聘，通变名易姓游诸名山，俗传以为仙去。"绿玉杖：神仙所用之杖。黄鹤楼：在江夏（黄鹤楼在湖北武昌府黄鹤矶）上。李白流放回来后先至江夏，后来庐山。

③五岳：即东岳泰山，在山东泰安府。西岳华山，在陕西华阴市。南岳衡山，在湖广衡州府。北岳恒山，在山西浑源州。中岳嵩山，在河南登封市。《周礼·春官·大宗伯》："以血祭祭社稷，五祀五岳。"

④南斗：即斗宿星。古代天文学认为庐山所在一带地方属于南斗的分野。屏风九叠：形容山峰重叠，状如屏风。

⑤金阙二峰：《述异记》："庐山西南有石门山，状若双阙。"二峰：即香炉峰、双剑峰。三石梁：《庐山记事》："三叠泉在九叠屏之左，水势三折而下，如银河之挂石梁。"

⑥香炉瀑布：《庐山记》："东南有香炉峰，游气笼其上，氤氲若香烟。又南北有瀑布十余处，香炉峰与双剑峰在瀑布之旁，水源在山顶，人未有穷其源者。西为康王谷之水帘，东为开无禅院之瀑布。"

⑦吴天：庐山一带地方春秋时属于吴国，故云。

⑧九道:古代地志说,长江流到浔阳(九江)境内,分为九道。

⑨谢公:指刘宋谢灵运。曾游庐山,有《登庐山绝顶望诸峤》诗。

⑩还丹:道家炼丹,烧丹成水银,积久有还水银成丹,故曰还丹。以为吃了可以成仙。琴心三叠:道家修炼的术语,意思是修身养性,达到心神宁静的境界。

⑪玉京:道家说大神元始天尊在天中心之上,居玉京山。

⑫卢敖:《淮南子》载:卢敖游于北海,见一士,方轩轩然迎风而舞。卢敖欲与之同游,士人笑着答道:"我和汗漫已有约会在九垓之上,我不可以久留。"说完纵身跳入云中。"汗漫":不可知的事物。九垓(gāi):九天之外。高诱注:"卢敖,燕人。秦始皇召以为博士,使求神仙,亡而不返。"这里反用其意,以卢敖比卢侍御,说自己愿意接卢侍御共游太空。太清:指天空,即高处。道教以玉清、上清、太清为三天。

【鉴赏】

这首诗是李白遇赦后,自江夏来庐山时所作。诗分四层。首六句为第一层,从写游山上说是序曲,从思想上说应该是中心。诗人写道:我原是楚国的狂人,高唱凤歌讥笑孔丘。早晨我手执神仙的绿玉杖辞别黄鹤楼,平生最大爱好是到名山去遨游。为寻仙我不辞遥远遍访了五岳。诗人以"楚狂"自比,表达对政治淡漠,透露寻仙访道隐逸之心。李白很有政治抱负,但因理想不能实现,转而游名山寻仙访道。"庐山"八句为第二层,以仰视角度细吟雄奇风光。在诗人笔下,庐山高耸入云,与天上的南斗星靠近,山的形状如屏风,好像云霞展开,山影湖光相互映衬,绮丽俊秀。既有香炉峰和双剑峰对峙,还有三叠泉的瀑布三折而下,恰似银河倒挂飞流,与香炉峰的瀑布遥遥相望。苍翠的山色映着红霞朝阳无比绚丽……"登高"八句为第三层,诗人描写登上庐山俯瞰茫茫长江水浩浩荡荡流向东方,远望万里黄云起伏,两岸的景色不断变幻,长江九条支流,翻滚着雪山般的白浪,不觉心清意畅,借谢灵运的故事,抒发盛世难再之叹,寄寓求仙访道之意。"早服"以下六句为第四层,诗人想象自己能早服仙丹,修炼升仙,到达向往的自由仙界。他向远处看去,好像看见仙人们正驾驭着彩云,手捧芙蓉到玉京山去拜天尊神。于是以卢敖故事,邀卢侍御同游。

全诗描写了庐山"瀑布相望""银河倒挂""翠影映月""鸟飞不到"的奇绝风景和长江"茫茫东去""黄云万里""九派流雪"的雄伟气势,想象丰富,境界开阔,给人以雄奇的美感享受。在李白笔下,庐山是既雄伟又幽奇。写出这种境界,才与寻仙的幻想和谐一致。"遥见"二句,把希望写成实事,极富浪漫主义色彩。末句要邀卢虚舟一同寻仙,所以用同是姓卢的仙人代替,这是古典诗词中常用手法。中国的诗歌美学认为这样用典便是深切。

梦游天姥吟留别[1]

李　白

海客谈瀛洲，烟涛微茫信难求[2]。
越人语天姥，云霞明灭或可睹[3]。
天姥连天向天横，势拔五岳掩赤城[4]。
天台[5]四万八千丈，对此欲倒东南倾。
我欲因之梦吴越，一夜飞度镜湖[6]月。
湖月照我影，送我至剡溪[7]。
谢公[8]宿处今尚在，绿水荡漾清猿啼。
脚著谢公屐[9]，身登青云梯。
半壁见海日，空中闻天鸡[10]。
千岩万转路不定[11]，迷花倚石忽已暝。
熊咆龙吟殷岩泉，栗深林兮惊层巅[12]。
云青青兮欲雨，水澹澹[13]兮生烟。
列缺霹雳，丘峦崩摧[14]。
洞天石扉，訇然中开。
青冥浩荡不见底，日月照耀金银台[15]。
霓为衣兮风为马，云之君[16]兮纷纷而来下。
虎鼓瑟兮鸾回车，仙之人兮列如麻[17]。
忽魂悸以魄动，怳惊起而长嗟。
唯觉时之枕席，失向来[18]之烟霞。
世间行乐亦如此，古来万事东流水。
别君去兮何时还？
且放白鹿青崖间，须行即骑访名山[19]。
安能摧眉折腰[20]事权贵，使我不得开心颜！

【注释】

①天姥:山名,在浙江新昌东。《一统志》:"天姥峰,在台州天台县西北,与天台山相对。其峰孤峭,下临嵊县,仰望如在天表。"

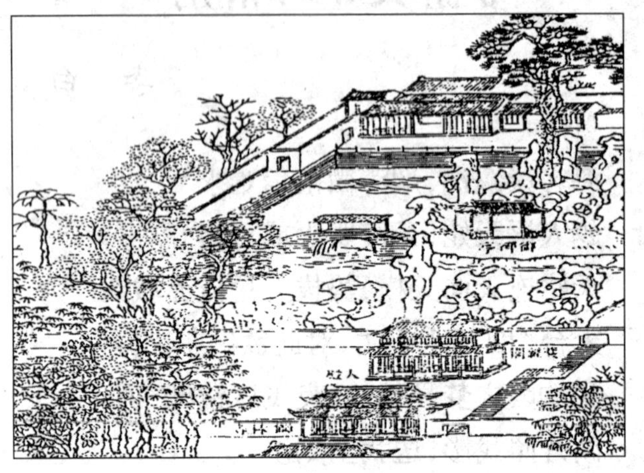

②海客:航海者。瀛洲:瀛(yíng),传说海中三神山之一。《十洲记》:"瀛洲在东海中,地方四千里。"信:确实。

③越:指今浙江一带。明灭:时亮时暗。

④赤城:山名,在浙江天台县北。

⑤天台:山名,在浙江天台北,与天姥相对。

⑥镜湖:在今浙江省绍兴。镜湖《述异记》:"越州(今绍兴)镜湖,世传轩辕铸镜湖边,因得名。"

⑦剡溪:在浙江嵊州市南。

⑧谢公:南朝谢灵运。他往游天姥曾投宿剡溪。

⑨谢公屐:谢灵运为登山特制的木屐。《南史》:"谢灵运寻山陟岭,必造幽峻。岩障数十重,莫不备尽登蹑。尝着木屐,上山则去其前齿,下山则去其后齿。"青云梯:比喻高峻的上山石级。谢灵运《登石门最高顶》诗:"惜无同怀客,共登青云梯。"

⑩天鸡:传说桃都山有树名桃都,上有天鸡,日出时则鸣,天下鸡跟随啼鸣。《天中记》:"桃都山有大树曰桃都,枝相去三千里,上有天鸡。日初出照此木天鸡即鸣,天下鸡皆随之。"

⑪路不定:指山路变化多端。

⑫殷:震动。栗:战栗,恐惧。层巅:层叠的山峰。

⑬澹澹(dàn):平静貌。

⑭列缺霹雳:扬雄《羽猎赋》:"霹雳列缺,吐火施鞭。"应劭注:"霹雳,雷也。列缺,天隙雷光也。"《通雅》:"列缺,电光也。阳气从云决裂而出,故曰'列缺'。"洞天:传说中神仙居住的洞府。訇(hōng):巨大的响声。

⑮青冥:冥(míng),天空。金银台:传说中神仙所居,以金银装饰的楼台,郭璞诗:"神仙排云出,但见金银台。"

⑯云之君:云神。此泛指神仙。

⑰回:运转,驾驭。如麻:形容多。

⑱向来:刚才。

⑲君:李白作此诗时准备由东鲁下吴越,此君指东鲁友人。白鹿:古人常指仙人、隐士的坐骑。

⑳摧眉折腰:低眉弯腰。意为奴颜婢膝。

【鉴赏】

此诗为李白名篇,题名一作《别东鲁诸公》,是天宝四年(公元745年)李白将离开东鲁南下吴越时所作。

诗的前四句为第一层,诗人以来往于海上的人谈起仙人居住的瀛洲开篇,托出天姥山,描写天姥气势,落笔奇特。在诗人笔下,天姥山高耸入云,连着天际,横向天外。山势高峻超过五岳,盖过赤诚山。天台山高四万八千丈,对着天姥山也好像要向东西倾斜拜倒一样。因此诗人想梦游吴越。一天夜里,真的飞渡过了明月映照的镜湖,从向往梦游而进入真正的梦游。五至十七句为第二层,具体叙写梦游天姥山的情况:镜湖的月光照着我的影子,一直把我送到了剡溪。谢灵运住的地方如今还在,碧波荡漾,猿猴清啼。诗人穿上谢公当年特制的木鞋,攀登像青云梯一样险峻的石梯。半山腰就看见了海上的日出,空中传来天鸡的叫声。在盘旋弯曲的山路上,诗人正倚石欣赏艳丽的野花,忽然天色昏暗,熊咆龙吟,茂密的森林为之战栗,层层山峰为之惊颤。云层黑沉沉的,像是要下雨的样子,水波动荡生起了烟雾。伴随着电光闪烁和雷声轰鸣,山峰好像要被崩塌似的。这时,神仙洞府的石门訇然一声从中间裂开。虽然天色昏暗看不到洞底,但却有日月照耀着金银台。老虎弹琴,鸾凤拉车,身穿用彩虹做衣裳的神仙们,以风为马,纷纷列队从云中下来……诗的最后六句写诗人醒后,顿觉万事皆如梦里烟霞,更加不愿屈事权贵,渴望寻仙学道。

诗人在此诗中发挥了丰富的想象力,运用夸张等浪漫主义的手法,形象地描述了情景曲折多变、惊心动魄的奇异梦境,抒发了对名山仙境的热烈向往,表现了对权贵的蔑视及对现实处境的不满。气势磅礴,笔力千钧,格调高昂。

金陵酒肆留别

李　白

风吹柳花满店香，吴姬压酒劝客尝①。
金陵子弟来相送，欲行不行各尽觞②。
请君试问东流水，别意与之谁短长？

【注释】

①吴姬：吴地女子。这里指酒店中的侍女。压酒：用米酿酒，将熟时将酒汁压出。

②金陵：今江苏省南京市。子弟：年轻人。欲行不行：要走的人（诗人自己）和不走的人（金陵子弟）。尽觞：喝干杯中酒。曹植诗："别易会难，当各尽觞。"觞（shāng）：古代喝酒用的器物。

【鉴赏】

这是一首惜别诗。诗人首先描绘出一幅令人陶醉的春光春色图。春暖花开时节，诗人即将离开金陵，独自坐在江南水村的一家小酒店里饮酒。飞扬的柳絮飘满小店。这里诗人用"柳花"暗示时当暮春，以"风吹柳花"直入店内的情景，将"金陵酒肆"置于杨柳含烟、绿遍十里长堤的芳菲世界之中。一个"香"字，把店内店外连成一片，同时又带出第二句：酒店的侍女压出新酒捧来劝客，酒香与随风吹来的百花的芳香融为一体。两句诗写得十分欢畅，意象丰美，展现了金陵之春令人陶醉的场景，为下文抒发惜别之情蓄势。此情此景，诗人依依惜别之情，不觉涌上心头。金陵的年轻朋友们来为诗人送行，相送者殷勤劝酒，不忍离别；告别者"欲行不行"，无限留恋。诗人用"各尽觞"三字，将双方的惜别之情化虚为实，体现于人物行动之中。但是正当风华正茂的诗人并没有沉溺于离别的感伤，他触景生情，就地取譬，深情的写道：请你们问问这东流的江水，离情别意与它相比究竟谁短谁长呢？诗人既像在问送行的友人，又像在询问读者，更像是情动于中而形于言的自我表白。此诗收语与"桃花潭水深千尺，不及汪伦送我情"之手法有异曲同工之妙。

此诗虽只有短短的六句，却写情饱满酣畅，寓抽象情感于具体意象之中，通过有情与无情的联结、抽象与具体的融合，使情感表达生动可感。情绵绵，意切切，句短情长，沈德潜在《唐诗别裁集》说此诗“语不必深，写情已足”。构思也十分巧妙，起伏跌宕，第一二句造势，三四句突转，五六句拍合，把“留别”的情景写得活灵活现。语言清新流利，具有质朴的民歌风味，洋溢着浓郁的乡土气息。

襄　阳　歌

李　白

落日欲没岘山[①]西，倒著接䍦花下迷。
襄阳小儿齐拍手，拦街争唱《白铜鞮》[②]。
旁人借问笑何事，笑杀山公醉似泥。
鸬鹚杓，鹦鹉杯[③]。
百年三万六千日，一日须倾三百杯。
遥看汉水鸭头绿，恰似葡萄初酦醅[④]。
此江若变作春酒，垒曲便筑糟丘台。
千金骏马换小妾[⑤]，醉坐雕鞍歌《落梅》。
车旁侧挂一壶酒，凤笙龙管行相催[⑥]。
咸阳市中叹黄犬，何如月下倾金罍[⑦]？
君不见晋朝羊公一片石，龟头[⑧]剥落生莓苔。
泪亦不能为之堕，心亦不能为之哀。
清风朗月不用一钱买，玉山自倒[⑨]非人推。
舒州杓，力士铛，李白与尔同死生。
襄王云雨今安在？江水东流猿夜声。

【注释】

①岘（xiàn）山：一名岘首山，在今湖北襄阳区南。

②白铜鞮（dī）：南朝童谣名，流行于襄阳一带。

③鸬鹚杓：形如长颈水鸟鸬鹚的长柄酒杓。鹦鹉杯：用一种形状和颜色像鹦鹉嘴的螺壳制成的酒杯。

④酦醅（pō pēi）：重酿而未滤过的酒。

⑤古乐府有《爱妾换马》诗题。三国魏时营彰也曾用爱妾换马。这里李白是

强调马的名贵。

⑥催:劝酒。

⑦罍(léi):酒器。

⑧龟头:古时碑座石刻形状像龟,名叫赑屃(bì xì)。

⑨玉山自倒:三国魏嵇康风仪俊美,人家说他醉后如玉山将倒。

【鉴赏】

开元十三年(725),李白从巴蜀东下。十五年,在湖北安陆和许圉师(高宗龙朔年间曾任左相)的孙女结婚。襄阳离安陆不远,这首诗可能写在这一时期。它是李白的醉歌,诗中用醉汉的心理和眼光看周围世界,实际上是用更带有诗意的眼光来看待一切,思索一切。

诗一开始用了晋朝山简的典故。山简镇守襄阳时,喜欢去习家花园喝酒,常常大醉骑马而回。当时的歌谣说他:"日暮倒载归,酩酊无所知。复能骑骏马,倒着白接䍠。"接䍠(lí),一种白色帽子。李白在这里是说自己像当年的山简一样,日暮归来,烂醉如泥,被儿童拦住拍手唱歌,引起满街的喧笑。

可是李白毫不在乎,说什么人生百年,一共三万六千日,每天都应该往肚里倒上三百杯酒。此时,他酒意正浓,醉眼矇眬地朝四方看,远远看见襄阳城外碧绿的汉水,幻觉中就好像刚酿好的葡萄酒一样。啊,这汉江若能变作春酒,那么单是用来酿酒的酒曲,便能垒成一座糟丘台了。诗人醉骑在骏马雕鞍上,唱着《梅花落》的曲调,后面还跟着车子,车上挂着酒壶,载着乐队,奏着劝酒的乐曲。他洋洋自得,忽然觉得自己的纵酒生活,连历史上的王侯也莫能相比呢!秦丞相李斯不是被秦二世杀掉吗,临刑时对他儿子说:"吾欲与若(你)复牵黄犬,俱出上蔡(李斯的故乡)东门,逐狡兔,岂可得乎!"还有晋朝的羊祜,镇守襄阳时常游岘山,曾对人说:"由来贤达胜士登此远望,如我与卿者多矣,皆湮没无闻,使人悲伤。"祜死后,襄阳人在岘山立碑纪念。见到碑的人往往流泪,名为"堕泪碑"。但这碑到了今天又有什么意义呢?如今碑也已剥落,再无人为之堕泪了!一个生前即未得善终,一个身后虽有人为之立碑,但也难免逐渐湮没,哪有"月下倾金罍"这般快乐而现实呢!那清风朗月可以不花一钱尽情享用,酒醉之后,像玉山一样倒在风月中,该是何等潇洒、适意!

诗的尾声,诗人再次宣扬纵酒行乐,强调即使尊贵到能与巫山神女相接的楚襄王,亦早已化为子虚乌有,不及与伴自己喝酒的舒州杓、力士铛(chēng)同生共死更有乐趣。

这首诗为人们所爱读。因为诗人表现的生活作风虽然很放诞,但并不颓废,支配全诗的,是对他自己所过的浪漫生活的自我欣赏和陶醉。诗人用直率的笔调,给自己勾勒出一个天真烂漫的醉汉形象。诗里生活场景的描写非常生动而富有强烈戏剧色彩,达到了绘声绘影的程度,反映了盛唐社会生活中生动活泼的一面。

江上吟

李　白

木兰之枻沙棠[①]舟,玉箫金管坐两头。
美酒尊中置千斛,载妓随波任去留。
仙人有待乘黄鹤,海客无心随白鸥。
屈平词赋悬日月,楚王台榭空山丘。
兴酣落笔摇五岳,诗成笑傲凌沧州。
功名富贵若长在,汉水亦应西北流。

【注释】

①枻(yì):同"楫",舟旁划水的工具。沙棠:木名。据《山海经·西山经》说,沙棠出昆仑山上,人吃了它的果实"入水不溺"。

【鉴赏】

诗大约是李白三四十岁客游江夏(治所在今湖北武汉市)时所作。这首诗在思想上和艺术上,都是很能代表李白特色的篇章之一。

明人唐汝询讲这首诗的主题是"此因世途迫隘而肆志以行乐也"(《唐诗解》卷十三)。虽然讲得不够全面、准确,但他指出诗人因有感于"仕途迫隘"的现实而吟出这诗,则是很中肯的。读着《江上吟》,很容易使人联想到《楚辞》的《远游》:"悲时俗之迫厄兮,愿轻举而远游。"

这首诗以江上的遨游起兴,表现了诗人对庸俗、局促的现实的蔑弃,和对自由、美好的生活理想的追求。

开头四句,虽是江上之游的即景,但并非如实的记叙,而是经过夸饰的、理想化的具体描写,展现出华丽的色彩,有一种超世绝尘的气氛。"木兰之枻沙棠舟",是珍贵而神奇的木料制成的;"玉箫金管坐两头",乐器的精美可以想象吹奏的不同凡响;"美酒尊中置千斛",足见酒量之富,酒兴之豪;"载妓随波任去留",极写游乐的酣畅恣纵;总之,这江上之舟是足以尽诗酒之兴,极声色之娱的,是一个超越了纷浊的现实的、自由而美好的世界。

中间四句两联,两两对比。“仙人”一联承上,对江上泛舟行乐,加以肯定赞扬;“屈平”一联启下,揭示出理想生活的历史意义。“仙人有待乘黄鹤”,即使修成神仙,仍然还有所待,黄鹤不来,也上不了天;而我之泛舟江上,“海客无心随白鸥”,乃已忘却机巧之心,物我为一,不知何者为物,何者为我,岂不是比那眼巴巴望着黄鹤的神仙还要神仙吗?到了这种境界,人世间的功名富贵,荣辱穷通,就更不在话下了。因此,俯仰宇宙,纵观古今,便得出了与“滔滔者天下皆是也”的庸夫俗子相反的认识:“屈平词赋悬日月,楚王台榭空山丘”!泛舟江汉之间,想到屈原与楚王,原是很自然的,而这一联的警辟,乃在于把屈原和楚王作为两种人生的典型,鲜明地对立起来。屈原尽忠爱国,反被放逐,终于自沉汨罗,他的辞赋,可与日月争光,永垂不朽;楚王荒淫无道,穷奢极欲,卒招亡国之祸,当年奴役人民建造的宫观台榭,早已荡然无存,只见满目荒凉的山丘。这一联形象地说明了:历史上属于进步的终归不朽,属于反动的必然灭亡;还有文章者不朽之大业,而势位终不可恃的这一层意思。

结尾四句,紧接“屈平”一联尽情发挥。“兴酣”二句承屈平辞赋说,同时也回应开头的江上泛舟,极其豪壮,活画出诗人自己兴会飚举,摇笔赋诗时藐视一切,傲岸不羁的神态。“摇五岳”,是笔力的雄健无敌;“凌沧州”是胸襟的高旷不群。最末“功名富贵若长在,汉水亦应西北流”,承楚王台榭说,同时也把“笑傲”进一步具体化、形象化了。不正面说功名富贵不会长在,而是从反面说,把根本不可能的事情来一个假设,便加强了否定的力量,显出不可抗拒的气势,并带着尖锐的嘲弄的意味。

这首诗的思想内容,基本上是积极的。另一方面,诗人把纵情声色,恣意享乐,作为理想的生活方式而歌颂,则是不可取的。金管玉箫,携酒载妓,不也是功名富贵中人所迷恋的吗?这正是李白思想的矛盾。这个矛盾,在他的许多诗中都有明白的表现,成为很有个性特点的局限性。

梁园吟

李　白

我浮黄河去京阙，挂席欲进波连山。
天长水阔厌远涉，访古始及平台间。
平台为客忧思多，对酒遂作梁园歌。
却忆蓬池阮公咏，因吟“渌水扬洪波”。
洪波浩荡迷旧国，路远西归安可得！
人生达命岂暇愁，且饮美酒登高楼。
平头奴子摇大扇，五月不热疑清秋。
玉盘杨梅为君设，吴盐如花皎白雪。
持盐把酒但饮之，莫学夷齐事高洁。
昔人豪贵信陵君，今人耕种信陵坟。
荒城虚照碧山月，古木尽入苍梧云。
梁王宫阙今安在？枚马先归不相待。
舞影歌声散渌池，空馀汴水东流海。
沉吟此事泪满衣，黄金买醉未能归。
连呼五白行六博，分曹赌酒酣驰晖。
歌且谣，意方远，
东山高卧时起来，欲济苍生未应晚。

【鉴赏】

这首诗一名《梁苑醉酒歌》，写于天宝三载（744）诗人游大梁（今河南开封一带）和宋州（州治在今河南商丘）的时候。梁园，一名梁苑，汉代梁孝王所建；平台，春秋时宋平公所建。这两个遗迹，分别在唐时的大梁和宋州。李白是离长安后来到这一带的。三年前，他得到唐玄宗的征召，满怀理想，奔向长安。结果不仅抱负落空，立脚也很艰难，终于被唐玄宗“赐金放还”（《新唐书》本传）。由希望转成失望，这在一个感情强烈的浪漫主义诗人心中所引起的波涛，是可以想见的。这首诗的成功之处,就是把这一转折中产生的激越而复杂的感情,真切而又生动形象地抒发出来。我们好像被带入唐天宝年代,亲耳聆听诗人的倾诉。

从开头到“路远”句为第一段,抒发作者离开长安后抑郁悲苦的情怀。离开长安,意味着政治理想的挫折,不能不使李白感到极度的苦闷和茫然。然而这种低沉迷惘的情绪,诗人不是直接叙述出来,而是融情于景,巧妙地结合登程景物的描绘,自然地流露出来。“挂席欲进波连山”,滔滔巨浪如群峰绵亘起伏,多么使人厌憎的艰难行程,然而这不也正是作者脚下坎坷不平的人生途程么!“天长水阔厌远涉”,万里长河直伸向缥缈无际的天边,多么遥远的前路,然而诗人的希望和追求不也正像这前路一样遥远和渺茫么!在这里,情即是景,景即是情,情景相生.传达出来的情绪含蓄而又强烈,一股失意厌倦的情绪扑人,我们几乎可以感觉到诗人沉重、疲惫的步履。这样的笔墨,使本属平铺直叙的开头,不仅不显得平淡,而且造成一种浓郁的气氛,笼罩全诗,奠定了基调,可谓起得有势。

接着诗笔层折而下。诗人访古以遣愁绪,而访古徒增忧思;作歌以抒积郁,心头却又浮现三国魏阮籍的哀吟:“徘徊蓬池上,还顾望大梁。渌水扬洪波,旷野莽茫茫。……羁旅无俦匹,俯仰怀哀伤。”(《咏怀诗》)今人古人,后先相望,遭遇何其相似!这更加触动诗人的心事,不禁由阮诗的蓬池洪波又转向浩荡的黄河,由浩荡的黄河又引向迷茫不可见的长安旧国。“路远西归安可得!”一声慨叹含着对理想破灭的无限惋惜,道出了忧思纠结的根源。短短六句诗,感情回环往复,百结千缠,表现出深沉的忧怀,为下文做好了铺垫。

从“人生”句到“分曹”句为第二段。由感情方面说,诗人更加激昂,苦闷之极转而为狂放。由诗的径路方面说,改从排解忧怀角度着笔,由低徊掩抑一变而为旷放豪纵,境界一新,是大开大阖的章法。诗人以“达命”者自居,对不合理的人生遭遇采取藐视态度,登高楼,饮美酒,遣愁放怀,高视一切。奴子摇扇,暑热成秋,环境宜人;玉盘鲜梅,吴盐似雪,饮馔精美。对此自可开怀,而不必像伯夷、叔齐那样苦苦拘执于“高洁”。夷齐以薇代粮,不食周粟,持志高洁,士大夫们常引以为同调。这里“莫学”两字,正可看出诗人理想破灭后极度悲愤的心情,他痛苦地否定了以往的追求,这就为下文火山爆发一般的愤激之情拉开了序幕。

“昔人”以下进入了情感上剧烈的矛盾冲突中。李白痛苦的主观根源来自对功业的执着追求,这里的诗意便像汹涌的波涛一般激愤地向功业思想冲刷过去。诗人即目抒怀,就梁园史事落墨。看一看吧,豪贵一时的魏国公子无忌,今日已经丘墓不保;一代名王梁孝王,宫室已成陈迹;昔日上宾枚乘、司马相如也已早作古人,不见踪影。一切都不耐时间的冲刷,烟消云散,功业又何足系恋!“荒城”二句极善造境,冷月荒城,高云古木,构成一种凄清冷寂的色调,为遗迹荒凉做了很好的烘托。“舞影”二句以蓬池、汴水较为永恒的事物,同舞影歌声人世易于消歇的事物对举,将人世飘忽之意点染得十分浓足。如果说开始还只是开怀畅饮,那么,随着感情的激越,到这里便已近于纵酒癫狂。呼五纵六,分曹赌酒,简单几笔便勾画出酣饮豪博的形象。“酣驰晖”三字写出一似在同时间赛跑,更使汲汲如不及的狂饮情态跃然纸上。

否定了人生积极的事物,自不免消极颓唐。但这显然是有激而然。狂放由苦闷而生,否定由执着而来,狂放和否定都是变态,而非本志。因此,愈写出狂放,愈显出痛苦之深;愈表现否定,愈见出系恋之挚。清人刘熙载说得好:“太白诗言侠,言仙,言女,言酒,特借用乐府形体耳。读者或认作真身,岂非皮相。”(《艺概》卷二)正因为如此,诗人感情的旋律并没有就此终结,而是继续旋转升腾,导出末段四句的高潮:总有一天会像高卧东山的谢安一样,被请出山实现济世的宏愿。多么强烈的期望,多么坚定的信心!李白的诗常夹杂一些消极成分,但总体上并不使人消沉,就在于他心中永远燃烧着一团火,始终没有丢弃追求和信心。这是十分可贵的。

这首诗,善于形象地抒写感情。诗人利用各种表情手段,从客观景物到历史遗事以至一些生活场景,把它如触如见地勾画出来,使人感到一股强烈的感情激流。我们好像亲眼看到一个正直灵魂的苦闷挣扎,冲击抗争,从而感受到社会对他的无情摧残和压抑。

横江词六首(其一)

李　白

人道横江好,侬道横江恶。
猛风吹倒天门山[1],白浪高于瓦官阁。

【注释】

①此句一作“一风三日吹倒山”。

【鉴赏】

李白早期创作的诗歌就焕发着积极浪漫主义的光彩,语言明朗真率。他这种艺术特色的形成得力于学习汉魏乐府民歌。这首诗,无论在语言运用和艺术构思上都深受南朝乐府吴声歌曲的影响。

“人道横江好,侬道横江恶。”开首两句,语言自然流畅,朴实无华,充满地方色彩。“侬”为吴人自称。“人道”“侬道”,纯用口语.生活气息浓烈。一抑一扬,感情真率,语言对称,富有民间文学本色。横江,即横江浦,在今安徽和县东南,位于长江西北岸,与东南岸的采石矶相对,形势险要。从横江浦观看长江江面,有时风平浪静,景色宜人,所谓“人道横江好”;然而,有时则风急浪高,“横江欲渡风波恶”,“如此风波不可行”,惊险可怖,所以“侬道横江恶”,引出下面两句奇语。

“猛风吹倒天门山”,“吹倒山”,这是民歌惯用的夸张手法。天门山由东、西两梁山组成。西梁山位于和县以南,东梁山又名博望山,位于当涂县西南,“两山石状巉岩,东西相向,横夹大江,对峙如门”(《江南通志》)。形势十分险要。“猛风吹倒”,诗人描摹大风吹得凶猛:狂飙怒吼,呼啸而过,仿佛要刮倒天门山。

紧接一句,顺水推舟,形容猛风掀起洪涛巨浪的雄奇情景:“白浪高于瓦官阁。”猛烈的暴风掀起洪涛巨浪,激起雪白的浪花,从高处远远望去,“白浪如山那可渡”?“涛似连山喷雪来”(《横江词》其三、其四)。沿着天门山长江江面,排山倒海般奔腾而去,洪流浪峰,一浪高一浪,仿佛高过南京城外江边上的瓦官阁。诗中以“瓦官阁”收束结句,是画龙点睛的传神之笔。瓦官阁即瓦棺寺,又名昇元阁,“前瞰江面,后据重冈,……乃梁朝故物,高二百四十尺”(《方舆胜览》)。它在诗中好比一座航标,指示方向、位置、高度,诗人在想象中站在高处,从天门山这一角度纵目遥望,仿佛隐约可见。巨浪滔滔,一泻千里,向着瓦官阁铺天盖地奔去,那汹涌雄奇的白浪高高腾起,似乎比瓦官阁还要高,真是蔚为壮观。诗人描绘大风大浪的夸张手法,妙在似与不似之间。“猛风吹倒天门山”,显然是大胆夸张,然而,从摹状山势的险峻与风力的猛烈情景看,可以说是写得活灵活现,令人感到可信而不觉得虚妄离奇。“白浪高于瓦官阁”,粗看仿佛不似,但从近大远小的透视规律上看,站在高处远望,白浪好像高过远处的瓦官阁了。这样的夸张,合乎情理而不显得生硬造作。

诗人以浪漫主义的彩笔,驰骋丰富奇伟的想象,创造出雄伟壮阔的境界,读来使人精神振奋,胸襟开阔。语言也像民歌般自然流畅,明白如话。

横江词六首(其五)

李　白

横江馆前津吏迎,向余东指海云生,
“郎今欲渡缘何事?如此风波不可行。”

【鉴赏】

我国的旧诗中,间有相互问答之词,如《诗经·齐风·鸡鸣》:“女曰:鸡鸣。士曰:昧旦。”又如,汉乐府民歌《孔雀东南飞》中兰芝与使君的对白。但数量少得很,一般都是作者一人在做独白。尤其在一首绝句中,限于字数,要包括双方的问答,的确是不简单的。

李白这一首诗,不但有主客双方的对白,而且除了人、地以外,还辅以说话时的手势,栩栩如生,有声有色。第一句“横江馆前津吏迎”,写出李白与津吏(管渡口的小吏)在横江浦(位于今安徽和县东南)的驿馆前相逢。一个“迎”字点出津吏的社会地位与李白悬殊。第二句“向余东指海云生”形象写得极其活跃,几乎使人在纸上看到这一年老善良的津吏拉着少年李白的袖子,一手指向遥远的天空,在警告李白说:云生海上,暴风雨即将来临。津吏为什么这样说呢?当然为了李白先提出要渡江,否则绝不会有对方尚未开口,来意未明之前,就先凑上去的。第三句中的“郎今欲渡”四字,就证实了津吏未举手东指以前,李白就先已提出了“欲渡”,这一手法就将李白所说的话,包括在津吏的话中,不必再加明写,而自然知道是对白,因此笔墨上就非常凝练,非常精约。

第三句以下纯是津吏的话。“郎今欲渡缘何事?”句中称李白为郎(郎在唐代除了女性称其爱人以外,一般也用来称呼少年),可见那时李白年龄还不大,而津吏则已是老人。津吏问李白缘何事而渡江,言外之意,有可省即省之意,反映出李白当时急于渡江的那种神情。这个问题还没有等李白答复,接下来就从上句的“海云生”,下出了结论,说:“如此风波不可行”。“如此风波”四字好像风波已成为事实,其实海云初生,哪有江风江浪立即接天而来之理?这里,这样说法,一则可见津吏对于观察天象积有经验,颇具自信,二则显示老人的善良心情,如老长辈一般地用命令式来肯定他的“不可行”。

全诗虽则有如上所说那些特点,可是在表现形式上,却又那么地爽朗明快,简直是一气呵成。

金陵城西楼月下吟

李 白

金陵夜寂凉风发，独上高楼望吴越。
白云映水摇空城，白露垂珠滴秋月。
月下沉吟久不归，古来相接眼中稀。
解道"澄江净如练"，令人长忆谢玄晖。

【鉴赏】

金陵城西楼即"孙楚楼"，因西晋诗人孙楚曾来此登高吟咏而得名。这首诗，李白写自己夜登城西楼所见所感。

"金陵夜寂凉风发，独上高楼望吴越。"诗人是在静寂的夜间，独自一人登上城西楼的。"凉风发"，暗示季节是秋天，与下文"秋月"相呼应。"吴越"，泛指江、浙一带；远望吴越，点出登楼的目的。从"夜寂""独上""望吴越"等词语中，隐隐地透露出诗人登楼时孤寂、抑郁、怅惘的心情。诗人正是怀着这种心情来写"望"中之景的。

"白云映水摇空城，白露垂珠滴秋月。"上句写俯视，下句写仰观。俯视白云和城垣的影子倒映在江面上，微波涌动，恍若白云、城垣在轻轻摇荡；仰观遥空垂落的露珠，在月光映照下，像珍珠般晶莹，仿佛是从月亮中滴出。十四个字，把秋月下临江古城特殊的夜景，描绘得多么逼真传神！两个"白"字，在色彩上分外渲染出月光之皎洁，云天之渺茫，露珠之晶莹，江水之明净。"空"字，在气氛上又令人感到古城之夜特别静寂。"摇""滴"两个动词用得尤其神奇。城是不会"摇"的，但"凉风发"，水摇，影摇，给你的幻觉，城也摇荡起来。月亮是不会"滴"露珠的，但"独上高楼"，凝神仰望秋月皎洁如洗，好像露珠是从月亮上滴下似的。"滴"与"摇"，使整个静止的画面飞动起来，使本属平常的云、水、城、露、月诸多景物，一齐情态毕露，异趣横生，令人浮想联翩，为之神往。这样的描写，不仅反映出浪漫主义诗人想象的奇特，也充分显示出他对大自然敏锐的感觉和细致的观察力，故能捕捉住客观景物的主要特征，"着一字而境界全出"。

"月下沉吟久不归，古来相接眼中稀。"诗人伫立月下，沉思默想，久久不归。

他苦苦思索什么？原来他是在慨叹人世混浊，知音难遇。“相接”，精神相通、心心相印的意思。一个“稀”字，吐露了诗人一生怀才不遇、愤世嫉俗的苦闷心情。“古来”“眼中”，又是诗人无可奈何的自我安慰。意思是说，不仅是我眼前知音稀少，自古以来有才华、有抱负的人当时也都是如此。知音者“眼中”既然“稀”，诗人很自然地怀念起他所敬慕的历史人物。这里“眼中”二字对最后一联，在结构上又起了“金针暗度”的作用，暗示底下将要写什么。

“解道‘澄江净如练’，令人长忆谢玄晖。”谢玄晖，即谢朓，南齐著名诗人，曾任过地方官和京官，后被诬陷，下狱死。李白一生对谢朓十分敬慕，这是因为谢朓的诗风清新秀逸，他的孤直、傲岸的性格和不幸遭遇同李白相似，用李白的话说，就叫作“今古一相接”（《谢公亭》）。谢朓在被排挤出京离开金陵时，曾写有《晚登三山还望京邑》的著名诗篇，描写金陵壮美的景色和抒发去国怀乡之愁。“澄江净如练”就是此诗中的一句，他把清澈的江水比喻成洁白的丝绸。李白夜登城西楼和谢朓当年晚登三山，境遇同样不幸，心情同样苦闷（李白写此诗是在他遭权奸谗毁被排挤离开长安之后），就很自然地会联想到当年谢朓笔下的江景，想到谢朓写此诗的心情，于是发出会心的赞叹：“解道‘澄江净如练’，令人长忆谢玄晖。”意思是说，谢朓能吟出“澄江净如练”这样的好诗，令我深深地怀念他。这两句，话中有“话”，其“潜台词”是，我与谢朓精神“相接”，他的诗我能理解；今日我写此诗，与谢朓当年心情相同，有谁能“解道”、能“长忆”呢？可见李白“长忆”谢朓，乃是感慨自己身处暗世，缺少知音，孤寂难耐。这正是此诗的命意，在结处含蓄地点出，与开头的“独上”相呼应，令人倍感“月下沉吟”的诗人是多么寂寞和忧愁。

这首诗，诗人笔触所及，广阔而悠远，天上，地下，眼前，往古，飘然而来，忽然而去，有天马行空不可羁勒之势。表面看来，似乎信笔挥洒，未加经营；仔细玩味，则脉络分明，一线贯通。这根“线”，便是“愁情”二字。诗人时而写自己行迹或直抒胸臆（如一、三联），时而描绘客观景物或赞美古人（如二、四联），使这条感情线索时显时隐、一起一伏，像波浪推涌，节奏鲜明，又逐步趋向深化，由此可见诗人构思之精。

白云歌送刘十六归山

李　白

楚山秦山①皆白云，白云处处长随君。
长随君，君入楚山里，云亦随君渡湘水。
湘水上，女萝衣，白云堪卧君早归。

【注释】

①楚山：这里指今湖南地区，湖南古属楚疆。秦山：这里指唐都长安，古属秦地。

【鉴赏】

这首诗是唐玄宗天宝初年，李白在长安送刘十六归隐湖南时所作。诗八句四十二字，因为其中不少词语的重沓咏歌，便觉得声韵流转，情怀摇漾，含意深厚，意境超远，应当说是歌行中的上品。

这首诗的引人处首先在于一股真情扑人。诗人送刘十六归隐是饱含着自己的感情的，甚至不妨说，是借刘十六的酒杯浇自己的块垒。

天宝初年，李白怀着济世之志，奉召来到长安，然而长安"珠玉买歌笑，糟糠养贤才"（《古风》其十五）的政治现实，把他的期望击得粉碎，因此，不得不使他考虑到将来的去向和归宿。这时他送友人归山，不再是对待一般隐逸的感情，而是渗透着同腐败政治决裂的浓烈情绪，因而感情喷薄而出。

这首诗选用的表情途径，极为别致。诗命题为"白云歌"，诗中紧紧抓住白云这一形象，展开情怀的抒发。白云向来是和隐者联系在一起的。南朝时，陶弘景隐于句曲山，齐高帝萧道成有诏问他"山中何所有"，他作诗答说："山中何所有？岭上多白云。只可自怡悦，不堪持赠君。"从此白云便与隐者结下不解之缘了。白云自由不羁，高举脱俗，洁白无瑕，是隐者品格的最好象征。李白这首诗直接从白云入手，不需费词，一下子便把人们带入清逸高洁的境界。

为了充分利用白云的形象和作用，这首送别诗不再从别的方面申述离情，只择取刘十六自秦归隐于楚的行程落笔。从首句"楚山秦山皆白云"起，这朵白云便与他形影不离，随他渡湘水，随他入楚山里，直到末句"白云堪卧君早归"，祝愿他高卧白云为止，可以说全诗从白云始，以白云终。我们似乎只看到一朵白云的飘浮，而隐者的高洁，隐逸行动的高尚，尽在不言之中。明胡应麟说“诗贵清空”，又说“诗主风神”(《诗薮》)。这首诗不直写隐者，也不咏物式地实描白云，而只把它当作隐逸的象征。因此，是隐者，亦是白云；是白云，亦是隐者，真正达到清空高妙，风神潇洒的境界。方弘静说：“《白云歌》无咏物句，自是天仙语，他人稍有拟象，即属凡辞。”是体会到了这一妙处的。

这首歌行运笔极为自然，而自然中又包含匠心。首句称地，不直言秦、楚，而称“楚山”“秦山”，不仅与归山相应，气氛谐调，增强隐逸色调；而且古人以为云触山石而生，自然地引出了白云。择字之妙，一笔双关。当诗笔触及湘水时，随事生情，点染上“女萝衣”一句。战国楚屈原《九歌·山鬼》云：“若有人兮山之阿，被薜荔兮带女萝；”“女萝衣”即代指山鬼。山鬼爱慕有善行好姿的人，“被石兰兮带杜衡，折芳馨兮遗所思”。汉代王逸注云：“所思，谓清洁之士若屈原者也。”这里借用这一故实，意谓湘水对洁身修德之人将以盛情相待，进一步渲染了隐逸地的可爱和归者之当归。而隐以屈原喻归者，又自在言外。末句一个“堪”字包含多少感慨！白云堪卧，也就是市朝不可居。有了这个“堪”字，“君早归”三字虽极平实，也含有无限坚定的意味了。诗意表现得含蓄深厚，平淡中有锋芒。

秋浦歌十七首（其十五）

李　白

白发三千丈，缘愁似个长。
不知明镜里，何处得秋霜！

【鉴赏】

这是一首抒愤诗。诗人以奔放的激情，浪漫主义的艺术手法，塑造了“自我”的形象，把积蕴极深的怨愤和抑郁宣泄出来，发挥了强烈感人的艺术力量。

“白发三千丈，缘愁似个长。”劈空而来，似大潮奔涌，似火山爆发，骇人心目。单看“白发三千丈”一句，真叫人无法理解，白发怎么能有“三千丈”呢？读到下句“缘愁似个长”，豁然明白，原来“三千丈”的白发是因愁而生，因愁而长！愁生白发，人所共晓，而长达三千丈，该有多少深重的愁思？十个字的千钧重量落在一个“愁”字上。以此写愁，匪夷所思！奇想出奇句，不能不使人惊叹诗人的气魄和笔力。

古典诗歌里写愁的取譬很多。宋人罗大经《鹤林玉露》说:“诗家有以山喻愁者,杜少陵云:‘忧端如山来(按:当作“齐终南”),澒洞不可掇’;有以水喻愁者,李颀云:‘请量东海水,看取浅深愁’。”李白独辟蹊径,以“白发三千丈”之长喻愁之深之重,“尤为新奇”,“兴中有比,意味更长”(同上)。人们不但不会因“三千丈”的无理而见怪诗人,相反会由衷赞赏这出乎常情而又入于人心的奇句,而且感到诗人的长叹疾呼实堪同情。

人看到自己头上生了白发以及白发的长短,是因为照镜而知。首二句暗藏照镜,三、四句就明白写出“不知明镜里,何处得秋霜”。秋霜色白,以代指白发,似重复又非重复,它并具忧伤憔悴的感情色彩,不是白发的“白”字所能兼带。上句的“不知”,不是真不知,不是因“不知”而发出“何处”之问。这两句不是问语,而是愤激语,痛切语。诗眼就在下句的一个“得”字上。如此浓愁,从何而“得”?“得”字直贯到诗人半生中所受到的排挤压抑:所志不遂,因此而愁生白发,鬓染秋霜,亲历亲感,何由不知!李白有“奋其志能,愿为辅弼”的雄心,有使“寰区大定,海县清一”的理想(均见《代寿山答孟少府移文书》),尽管屡遭挫折,未能实现,但他的志向始终不泯。写这首诗时,他已经五十多岁了,壮志未酬,人已衰老,怎能不倍加痛苦!所以揽镜自照,触目惊心,发生“白发三千丈”的孤吟,使天下后世识其悲愤,并以此奇想奇句流传千古,可谓善作不平鸣者了。

当涂赵炎少府粉图山水歌

李　白

峨眉高出西极天,罗浮直与南溟连。
名公绎思挥彩笔,驱山走海置眼前。
满堂空翠如可扫,赤城霞气苍梧烟。
洞庭潇湘意渺绵,三江七泽情洄沿。
惊涛汹涌向何处,孤舟一去迷归年。
征帆不动亦不旋,飘如随风落天边。
心摇目断兴难尽,几时可到三山巅?
西峰峥嵘喷流泉,横石蹙水波潺湲。

东崖合沓蔽轻雾，深林杂树空芊绵。
此中冥昧失昼夜，隐几寂听无鸣蝉。
长松之下列羽客，对坐不语南昌仙。
南昌仙人赵夫子，妙年历落青云士。
讼庭无事罗众宾，杳然如在丹青里。
五色粉图安足珍？真仙可以全吾身。
若待功成拂衣去，武陵桃花笑杀人。

【鉴赏】

李白题画诗不多，此篇弥足珍贵。诗通过对一幅山水壁画的传神描叙，再现了画工创造的奇迹，再现了观画者复杂的情感活动。他完全沉入画的艺术境界中去，感受深切，并通过一枝惊风雨、泣鬼神的诗笔予以抒发，震荡读者心灵。

从"峨眉高出西极天"到"三江七泽情洄沿"是诗的第一段，从整体着眼，概略地描述出一幅雄伟壮观、森罗万象的巨型山水图，赞叹画家妙夺天工的本领。什么是名公"绎思"呢？绎，是蚕抽丝。这里的"绎思"或可相当于今日的所谓"艺术联想"。"搜尽奇峰打草稿"，艺术地再现生活，这就需要"绎思"的本领，挥动如椽巨笔，于是达到"驱山走海置眼前"的效果。这一段，对形象思维是一个绝妙的说明。峨眉的奇高，罗浮的灵秀，赤城的霞气，苍梧（九嶷）的云烟，南溟的浩瀚，潇湘洞庭的渺绵，三江七泽的纡回……几乎把天下山水之精华荟萃于一壁，这是何等壮观，何等有气魄！当然，这绝不是一个山水的大杂烩，而是经过匠心经营的山水再造。这似乎也是李白自己山水诗创作的写照和经验之谈。

这里诗人用的是"广角镜头"，展示了全幅山水的大的印象。然后，开始摇镜头，调整焦距，随着读者的眼光朝画面推进，聚于一点："惊涛汹涌向何处，孤舟一去迷归年。征帆不动亦不旋，飘如随风落天边。"这一叶"孤舟"，在整个画面中真是渺小了，但它毕竟是人事啊，因此引起诗人无微不至的关心：在这汹涌的波涛中，你想往哪儿去呢？你何时才回去呢？这是无法回答的问题。"征帆"两句写画船极妙。画中之船本来是"不动亦不旋"的，但诗人感到它的不动不旋，并非因为它是画船，而是因为它放任自由、听风浪摆布的缘故，是能动而不动的。宋苏轼写画船是"孤山久与船低昂"（《李思训画长江绝岛图》），从不动见动，令人称妙；李白此处写画船则从不动见能动，别是一种妙处。以下紧接一问：这样信船放流，可几时能达到那遥远的目的地——海上"三山"呢？那孤舟中坐的仿佛成了诗人自己，航行的意图也就是"五岳寻仙不辞远"的意图。"心摇目断兴难尽"，写出诗人对画的神往和激动。这时，画与真，物与我完全融合为一了。

镜头再次推远，读者的眼界又开廓起来："西峰峥嵘喷流泉，横石蹙水波潺湲。东崖合沓蔽轻雾，深林杂树空芊绵。"这是对山水图景具体的描述，展示出画面的一些主要的细部，从"西峰"到"东崖"，景致多姿善变。西边，是参天奇峰夹杂着飞瀑流泉，山下石块隆起，绿水萦回，泛着涟漪，景色清峻；东边则山崖重叠，云村苍茫，气势磅礴，由于崖嶂遮蔽天日，显得比较幽深。"此中冥昧失昼夜，隐几寂听无鸣蝉。"一蝉不鸣，更显出空山的寂寥。但诗人感到，"无鸣蝉"并不因为这只是一幅画的原因；"隐几（凭着几案）寂听"，多么出神地写出山水如真，引人遐想的情状。这一神来之笔，写无声疑有声，与前"孤舟不动"二句异曲同工。以上是第二段，对画面作具体描述。

以下由景写到人，再写到作者的观感作结，是诗的末段。"长松之下列羽客，对坐不语南昌仙。"这里简直令人连写画写实都不辨了。大约画中的松树下默坐着几个仙人，诗人说，那怕是西汉时成仙的南昌尉梅福吧。然而紧接笔锋一掉，直指画主赵炎为"南昌仙人"："南昌仙人赵夫子，妙年历落青云士。讼庭无事罗众宾，杳然如在丹青里。"赵炎为当涂少府（县尉的别称，管理一县的军事、治安），说他"讼庭无事"，谓其在任政清刑简，有谀美主人之意，但这不关宏旨。值得注意的倒是，赵炎与画中人合二而一了。清沈德潜批点道："真景如画。"（《唐诗别裁集》）这其实又是"画景如真"所产生的效果。全诗到此止，一直给人似画非画、似真非真的感觉。最后，诗人从幻境中清醒过来，重新站到画外，产生出复杂的思想感情："五色粉图安足珍，真仙可以全吾身。若待功成拂衣去，武陵桃花笑杀人。"他感到遗憾，这毕竟是画啊，在现实中要有这样的去处就好了。有没有呢？诗人认为有。于是，他想名山寻仙去。而且要趁早，如果等到像鲁仲连、张子房那样功成身退（天知道要等到什么时候），再就桃源归隐，是太晚了，不免会受到"武陵桃花"的奚落。这几句话对于李白，实在反常，因为他一向推崇鲁仲连一类人物，以功成身退为最高理想。这种自我否定，实在是愤疾之词。诗作于长安放还之后，安史之乱以前，带有那一特定时期的思想情绪。这样从画境联系到现实，固然赋予诗歌更深一层的思想内容，同时，这种思想感受的产生，却又正显示了这幅山水画巨大的艺术感染力量，并以优美艺术境界映照出现实的污浊，从而引起人们对理想的追求。

这首题画诗与作者的山水诗一样，表现大自然美的宏伟壮阔一面；从动的角度、从远近不同角度写来，视野开阔，气势磅礴；同时赋山水以诗人个性。其艺术手法对后来诗歌有较大影响。苏轼的《李思训画长江绝岛图》等诗，就可以看作是继承此诗某些手法而有所发展的。

永王东巡歌十一首（其二）

李　白

三川北虏乱如麻，四海南奔似永嘉。
但用东山谢安石，为君谈笑静胡沙。

【鉴赏】

天宝十四载(755)，安禄山在范阳(治所在今河北涿州市)起兵造反，第二年攻陷潼关(在今陕西潼关县东北)。京师震恐，唐玄宗仓皇出逃四川，途中命其第十六子永王李璘经营长江流域。十二月下旬，永王引水师顺江东下，途经九江时，三请李白出庐山，诗人应召，参加了李璘幕府。随军途中，写下《永王东巡歌》十一首，这是第二首。

"三川北虏乱如麻"，三川即黄河、洛河、伊河，这里指三水流经的河南郡(包括河南黄河两岸一带)。北虏指安禄山叛军。"乱如麻"喻叛军既多且乱。叛军到处烧杀抢掠，造成广大三川地区人烟断绝，千里萧条。"四海南奔似永嘉"，历史的惊人相似，使诗人回想起晋怀帝永嘉五年(311)时，前汉刘聪的相国刘曜，攻陷晋都洛阳，把人民推入水深火热之中。在诗人眼里，同为胡人，同起于北方，同样造成了天下大乱。这就从历史高度揭示了这场灾难的规模和性质，表明了鲜明的爱憎。

"但用东山谢安石，为君谈笑静胡沙"，是本篇最精彩之笔。史载，前秦苻坚进攻东晋，领兵百万，声势浩大。谢安被孝武帝任为征讨大都督，却弈棋自若，破苻坚大军于淝水，创造了历史上以少胜多的著名战例。诗人自比"东山再起"的谢安，抒写自己出匡庐以佐王师之情。可以看出李白此时雄心勃勃，自负很高。前著"但用"，后书"为君"，笔势飞动，风度潇洒，一种豪迈的气概、乐观的情绪和必胜的信念跃然纸上。以"胡沙"喻叛军，形象而深刻。叛军之来，有如妖魔，飞沙走石，席卷大地，遮天蔽日。既写出它不可一世的嚣张气焰和暗无天日的残暴行径，又写出徒有声势的虚弱本质和为时不长的必然趋势。"静"字，凝练、概括，使人想见胡沙平息后的清平世界，朗朗乾坤；为君"静胡沙"又在"谈笑"之间，更见其成竹在胸，胜券在手，指挥若定，易如反掌之气概，读之心胸开拓，精神为之一振。

此诗的一个特色是用典精审，比拟切当。古人认为成功的用典应有三条："易见事"，"易识事"，"易诵读"。(宋魏庆之《诗人玉屑·用事》)诗人连用二典，皆炼意传神，明白晓达，情境俱现，相映增辉，不愧为用典之上乘。全诗艺术构思，欲抑故扬，跌宕有致。诗人于前两句极写叛军之多且凶，国灾民难之甚且危，目的却在衬托后二句作者的宏图大略。局势写得越严重，就愈见其高昂的爱国热情和"一扫胡沙净"的雄心；气氛写得越紧张，就愈见其从容镇定地"挽狂澜于既倒"的气魄。这种反衬性的蓄势之笔，增强了诗的力量。

永王东巡歌十一首（其十一）

李　白

试借君王玉马鞭，指挥戎虏坐琼筵。
南风一扫胡尘静，西入长安到日边。

【鉴赏】

李白到永王幕府以后，踌躇满志，以为可以一舒抱负，"奋其智能，愿为辅弼"，成为像谢安那样叱咤风云的人物。这首诗就透露出李白的这种心情。

诗人一开始就运用浪漫的想象，象征的手法，塑造了盖世英雄式的自我形象。"试借君王玉马鞭"，豪迈俊逸，可谓出语惊人，比起直向永王要求军权，又来得有诗味多了。这里超凡的豪迈，不仅表现在敢于毛遂自荐、当仁不让的举措上，也不仅表现在"平交诸侯""不屈己不干人"的落落风仪上，还表现在"试借"二字上。诗人并不稀罕权力（"玉马鞭"）本身，不过借用一回，冀申铅刀一割之用。

有军权才能指挥战争，原是极普通的道理。一到诗人笔下，就被赋予理想的光辉，一切都化为奇妙。"指挥戎虏坐琼筵"，就指挥战争的从容自信而言，诗意与"为君谈笑静胡沙"略同，但境界更奇。比较起来，连"运筹帷幄之中，决胜于千里之外"都变得平常了。能自如指挥三军已不失为高明统帅，而这里却能高坐琼筵之上，于觥筹交错之间"指挥戎虏"，赢得一场战争，那简直是不可思议的奇迹。写战争没有一丝"火药味"，还匪夷所思地用上"琼""玉"字样，这就把战争浪漫化或诗化了。这又正是李白个性的自然流露。

那时不是"三川北虏乱如麻，四海南奔似永嘉"（《永王东巡歌十一首》其二），局面几乎不可收拾吗？但有了这样的英才，一切都将变得轻而易举。"南风一扫胡尘静"，几乎转瞬之间，就"使寰区大定，海县清一"（《代寿山答孟少府移文书》）。以南风扫尘来比喻战争，不仅形象化，而且有所取义。盖古人认为南风是滋养万物之风，"南风"句也就含有复兴邦家之意。而永王军当时在南方，用"南风"设譬也贴切。

当完成如此伟大的统一事业之后，又该怎样呢？出将入相？否，那远非李白的志向。诗人一向崇拜的人物是鲁仲连，他的最高理想是功成身退。这一点诗人屡次提到，同期诗作《在水军宴赠幕府诸侍御》中的"所冀旄头灭，功成追鲁连"，就是此意。

这里，诗人再一次表达了这一理想，而且以此推及永王。"西入长安到日边"（"日"是皇帝的象征；而言长安在日边），这不但意味着"谈笑凯歌还"，还隐含功成弗居之意。诗人万没想到，永王璘广揽人物、招募壮士是别有用心。在他那过于浪漫的心目中，永王也被理想化了。

李白第二次从政活动虽然以悲惨的失败告终，但他燃烧着爱国热情的诗篇却并不因此减色。在唐绝句中，像《永王东巡歌》这样饱含政治热情，把干预现实和追求理想结合起来，运用浪漫主义手法创作的作品不可多得。此诗形象飞动，词气夸张，写得兴会淋漓，千载以下读之，仍凛凛有生气。

峨眉山月歌

李　白

峨眉山月半轮秋，影入平羌江水流。
夜发清溪向三峡，思君①不见下渝州。

【注释】

①一说"君"即指峨眉山月。清沈德潜《唐诗别裁集》："月在清溪、三峡之间，半轮亦不复见矣。'君'字即指月。"一说"君"指同住峨眉山的友人，则诗中山月兼为友情之象征。

【鉴赏】

这首诗是年轻的李白初离蜀地时的作品，意境明朗，语言浅近，音韵流畅。

诗从"峨眉山月"写起，点出了远游的时令是在秋天。"秋"字因入韵关系倒置句末。秋高气爽，月色特明（晋代民间歌谣《四时咏》："秋月扬明辉"）。以"秋"字又形容月色之美，信手拈来，自然入妙。月只"半轮"，使人联想到青山吐月的优美意境。在峨眉山的东北有平羌江,即今青衣江,源出于四川芦山县,流至乐山县入岷江。次句"影"指月影,"入"和"流"两个动词构成连动式,意言月影映入江水,又随江水流去。生活经验告诉我们,定位观水中月影,任凭江水怎样流,月影却是不动的。"月亮走,我也走",只有观者顺流而下,才会看到"影入江水流"的妙景。所以此句不仅写出了月映清江的美景,同时暗点秋夜行船之事。意境可谓空灵入妙。

次句境中有人,第三句中人已露面:他正连夜从清溪驿出发进入岷江,向三峡驶去。"仗剑去国,辞亲远游"的青年,乍离乡土,对故国故人不免恋恋不舍。江行见月,如见故人。然明月毕竟不是故人,于是只能"仰头看明月,寄情千里光"了。末句"思君不见下渝州"依依惜别的无限情思,可谓语短情长。

峨眉山——平羌江——清溪——渝州——三峡,诗境就这样渐次为读者展开了一幅千里蜀江行旅图。除"峨眉山月"而外,诗中几乎没有更具体的景物描写;除"思君"二字,也没有更多的抒情。然而"峨眉山月"这一集中的艺术形象贯串整个诗境,成为诗情的触媒。由它引发的意蕴相当丰富:山月与人万里相随,夜夜可见,使"思君不见"的感慨愈加深沉。明月可亲而不可近,可望而不可接,更是思友之情的象征。凡咏月处,皆抒发江行思友之情,令人陶醉。

本来,短小的绝句在表现时空变化上颇受限制,因此一般写法是不同时超越时空,而此诗所表现的时间与空间跨度真到了驰骋自由的境地。二十八字中地名凡五见,共十二字,这在万首唐人绝句中是仅见的。它"四句入地名者五,古今目为绝唱,殊不厌重"(明王世懋《艺圃撷馀》),其原因在于:诗境中无处不渗透着诗人江行体验和思友之情,无处不贯串着山月这一具有象征意义的艺术形象,这就把广阔的空间和较长的时间统一起来。其次,地名的处理也富于变化。"峨眉山月""平羌江水"是地名附加于景物,是虚用;"发清溪""向三峡""下渝州"则是实用,而在句中位置亦有不同。读起来也就觉不着痕迹,妙入化工。

清溪行

李　白

清溪清我心,水色异诸水。
借问新安江,见底何如此?
人行明镜中,鸟度屏风里。
向晚猩猩啼,空悲远游子。

【鉴赏】

这是一首情景交融的抒情诗，是天宝十二载(753)秋后李白游池州(治所在今安徽贵池)时所作。池州是皖南风景胜地，而风景名胜又大多集中在清溪和秋浦沿岸。清溪源出石台县，像一条玉带，蜿蜒曲折，流经贵池城，与秋浦河汇合，出池口泻入长江。李白游清溪写下了好多有关清溪的诗篇。这首《清溪行》着意描写清溪水色的清澈，寄托诗人喜清厌浊的情怀。

"清溪清我心"，诗人一开始就描写了自己的直接感受。李白一生游览过多少名山秀川，独有清溪的水色给他以清心的感受，这就是清溪水色的特异之处。

接着，诗人又以衬托手法突出地表现清溪水色的清澈。新安江源出徽州，流入浙江，向以水清著称。南朝梁沈约就曾写过一首题为《新安江水至清浅深见底贻京邑游好》的诗："洞彻随深浅，皎镜无冬春。千仞写乔树，百丈见游鳞。"新安江水无疑是清澈的，然而，和清溪相比又将如何呢？"借问新安江，见底何如此？"新安江哪能比得上清溪这样清澈见底呢！这样，就以新安江水色之清衬托出清溪的更清。

然后，又运用比喻的手法来正面描写清溪的清澈。诗人以"明镜"比喻清溪，把两岸的群山比作"屏风"。你看，人在岸上行走，鸟在山中穿度，倒影在清溪之中，就如："人行明镜中，鸟度屏风里。"这样一幅美丽的倒影，使人如身入其境。宋胡仔云："《复斋漫录》云：山谷言：'船如天上坐，人似镜中行。'又云：'船如天上坐，鱼似镜中悬。'沈云卿诗也。……予以云卿之诗，原于王逸少《镜湖》诗所谓'山阴路上行，如坐镜中游'之句。然李太白《人青溪山》亦云：'人行明镜中，鸟度屏风里。'虽有所袭，然语益工也。"(《苕溪渔隐丛话》)

最后，诗人又创造了一个情调凄凉的清寂境界。诗人离开混浊的帝京，来到这水清如镜的清溪畔，固然感到"清心"，可是这对于我们这位胸怀济世之才的诗人，终不免有一种心灵上的孤寂。所以入晚时猩猩的一声声啼叫，在诗人听来，仿佛是在为自己远游他乡而悲切，流露出诗人内心一种落寞悒郁的情绪。

临路歌

李　白

大鹏飞兮振八裔，中天摧兮力不济。
馀风激兮万世，游扶桑兮挂石[①]袂。
后人得之传此，仲尼亡兮谁为出涕？

【注释】

①石:清王琦辑注《李太白文集》云:当作“左”。

【鉴赏】

“大鹏飞兮振八裔,中天摧兮力不济。”打开《李太白全集》,开卷第一篇就是《大鹏赋》。这篇赋的初稿,写于青年时代。可能受了庄子《逍遥游》中所描绘的大鹏形象的启发,李白在赋中以大鹏自比,抒发他要使“斗转而天动,山摇而海倾”的远大抱负。后来李白在长安,政治上虽遭到挫折,被唐玄宗“赐金还山”,但并没有因此志气消沉,大鹏的形象,仍然一直激励着他努力奋飞。他在《上李邕》诗中说:“大鹏一日同风起,扶摇直上九万里。假令风歇时下来,犹能簸却沧溟水。”也是以大鹏自比的。大鹏在李白的眼里是一个带着浪漫色彩的、非凡的英雄形象。李白常把它看作自己精神的化身。他有时甚至觉得自己就真像一只大鹏正在奋飞,或正准备奋飞。但现在,他觉得自己这样一只大鹏已经飞到不能再飞的时候了,他便要为大鹏唱一支悲壮的《临路歌》。

歌的头两句是说:大鹏展翅远举啊,振动了四面八方;飞到半空啊,翅膀摧折,无力翱翔。两句诗概括了李白的生平。“大鹏飞兮振八裔”,可能隐含有李白受诏入京一类事情在里面。“中天摧兮”则指他在长安受到挫折,等于飞到半空伤了翅膀。结合诗人的实际遭遇去理解,这两句就显得既有形象和气魄,又不空泛。它给人的感觉,有点像秦末项羽《垓下歌》开头的“力拔山兮气盖世,时不利兮骓不逝”。那无限苍凉而又感慨激昂的意味,着实震撼人心。

“馀风激兮万世,游扶桑兮挂石袂。”“激”是激荡、激励,意谓大鹏虽然中天摧折,但其遗风仍然可以激荡千秋万世。这实质是指理想虽然幻灭了,但自信他的品格和精神,仍然会给世世代代的人们以巨大的影响。扶桑,是神话传说中的大树,生在太阳升起的地方。古代把太阳作为君主的象征,这里“游扶桑”即指到了皇帝身边。“挂石袂”的“石”当是“左”字之误。汉严忌《哀时命》中有“左袪(袖)挂于扶桑”的话,李白此句在造语上可能受严忌的启发。不过,普通的人不可能游到扶桑,也不可能让衣袖给树高千丈的扶桑挂住。而大鹏又只应是左翅,而不是“左袂”。挂住的究竟是谁呢?在李白的意识中,大鹏和自己有时原是不分的,正因为如此,才有这样的奇句。

“后人得之传此,仲尼亡兮谁为出涕?”前一句说后人得到大鹏半空夭折的消息,以此相传。后一句用孔子泣麟的典故。传说麒麟是一种象征祥瑞的异兽。哀公十四年,鲁国猎获一只麒麟,孔子认为麒麟出非其时而被猎获,非常难受。但如今孔子已经死了，谁肯像他当年痛哭麒麟那样为大鹏的夭折而流泪呢？这两句一方面深信后人对此将无限惋惜，一方面慨叹当今之世没有知音，含意和杜甫总结李白一生时说的“千秋万岁名，寂寞身后事”（《梦李白》）非常相近。

《临路歌》发之于声是李白的长歌当哭；形之于文，可以看作李白自撰的墓志铭。李白一生，既有远大的理想，而又非常执着于理想，为实现自己的理想追求了一生。这首《临路歌》让我们看到，他在对自己一生回顾与总结的时候，流露的是对人生无比眷念和未能才尽其用的深沉惋惜。读完此诗，掩卷而思，恍惚间会觉得诗人好像真化成了一只大鹏在九天奋飞，那渺小的树杈，终究是挂不住它的，它将在永恒的天幕上翱翔，为后人所瞻仰。

江夏赠韦南陵冰

李　白

胡骄马惊沙尘起，胡雏饮马天津水。
君为张掖近酒泉，我窜三巴九千里。
天地再新法令宽，夜郎迁客带霜寒。
西忆故人不可见，东风吹梦到长安。
宁期此地忽相遇，惊喜茫如堕烟雾。
玉箫金管喧四筵，苦心不得申长句。
昨日绣衣倾绿樽，病如桃李竟何言。
昔骑天子大宛马，今乘款段诸侯门。
赖遇南平豁方寸，复兼夫子持清论。
有似山开万里云，四望青天解人闷。
人闷还心闷，苦辛长苦辛。
愁来饮酒二千石，寒灰重暖生阳春。
山公醉后能骑马，别是风流贤主人。
头陀云月多僧气，山水何曾称人意。
不然鸣笳按鼓戏沧流，呼取江南女儿歌棹讴。
我且为君捶碎黄鹤楼，君亦为吾倒却鹦鹉洲。
赤壁争雄如梦里，且须歌舞宽离忧。

【鉴赏】

唐肃宗乾元二年(759),李白在长流夜郎(治所在今贵州正安西北)途中遇赦放还,在江夏(治所在今湖北武汉市武昌)逗留的日子里,遇见了长安故人、当时任南陵(今属安徽)县令的韦冰。在唐肃宗和永王李璘的夺权内讧中,李白成了牺牲品,蒙受奇冤大屈。如今刚遇大赦,又骤逢故人,使他惊喜异常,满腔悲愤,不禁迸发,便写成了这首沉痛激烈的政治抒情诗。

诗一开始,便是一段倒叙。这是骤遇后对已往的追忆。安史乱起,你远赴张掖,我避地三巴,地北天南,无缘相见。而当叛乱初平,肃宗返京,我却锒铛入狱,披霜带露,长流夜郎,自觉将凄凉了却残生。想起长安旧交,此时必当随驾返朝,东风得意,而自己大约只能在梦中会见他们了。谁料想,我有幸遇赦,竟然又遇见无望相会的长安故人。这实在令人喜出望外,惊讶不已,简直不可思议,茫然如堕烟雾。李白是遇赦的罪人,韦冰显系被贬的官员,在那相逢的宴会上,人众嘈杂,彼此的遭遇怎能说得了、道得清啊!从开头到"苦心"句为一段,在概括追叙骤遇的惊喜之中,诗人寄托着自己和韦冰两人的不幸遭遇和不平情绪;在抒写迷惑不解的思绪之中,蕴含着对肃宗和朝廷的皮里阳秋的讥刺。这恍如梦魂相见的惊喜描述,其实是大梦初醒的痛心自白。爱国的壮志,济世的雄图,竟成为天真的迷梦,真实的悲剧。

诗人由衷感激故人的解慰。昨天的宴会上,衣绣的贵达为自己斟酒,礼遇殊重。但是,他们只是爱慕我的才名,并不真正理解我,而我"病如桃李",更有什么可讲的呢?当然,"桃李不言,下自成蹊",世人终会理解我的,我的今昔荣辱,就得到故人的了解。前些时听到了南平太守李之遥一番坦率的真心话,使人豁开胸襟;今日在这里又得闻你的清正的言论,真好像深山拨开云雾,使人看到晴朗的天空,驱散了心头的苦闷。从"昨日"句到"四望"句这一段,诗人口气虽然比较平缓,然而却使人强烈感受到他内心无从排遣的郁结,有似大雷雨来临之前的沉闷。

最后一段,笔势奔放恣肆,强烈的悲愤,直泻而出,仿佛心头压抑的山洪,暴发了出来,猛烈冲击这现实的一切。人闷,心闷,苦痛,辛酸,接连不断,永远如此。我只有借酒浇愁,痛饮它二千石。汉代韩安国身陷囹圄,自信死灰可以复燃,我为什么不能呢?晋朝山简镇守襄阳时,常喝得酩酊大醉,"复能乘骏马,倒著白接篱"(《世说新语·任诞》),别是一番贤主人的风流倜傥之举。而李白喝的是苦闷之酒,孤独一人,自然没有那份闲适之情了,所以酒醉也不能遣闷。还是去遨游山水吧,但又觉得山山水水都像江夏附近著名古刹头陀寺一样,充斥那苦行的僧人气,毫无乐趣,不称人意。那么,哪里是出路,何处可解闷呢?倒不如乘船飘游,召唤乐妓,鸣笳按鼓。歌舞取乐。把那曾经向往、追求的一切都铲除掉,不留痕迹;把那纷争逞雄的政治现实看作一场梦幻，不足介怀；就让歌舞来宽解离愁吧！诗人排斥了自己以往自适的爱好，并非自暴自弃，而是极度苦闷的暴发，激烈悲愤的反抗。这最后十四句，情调愈转越激烈。矛头针对黑暗的政治，冷酷的现实。

“我且为君捶碎黄鹤楼，君亦为吾倒却鹦鹉洲”，是本篇感情最激烈的诗句，也是历来传诵的名句。“黄鹤楼”因神仙骑鹤上天而闻名，“鹦鹉洲”因东汉末年做过《鹦鹉赋》的祢衡被黄祖杀于此洲而得名。一个令人向往神仙，一个触发不遇的感慨，虽然是传说和历史，却寄托了韦冰和李白的情怀遭际。游仙不是志士的理想，而是失志的归宿；不遇本非明时的现象，却是自古而然的常情。李白以知己的情怀，对彼此的遭际表示极大的激愤，因而要“捶碎黄鹤楼”，“倒却鹦鹉洲”，不再怀有梦想，不再自寻苦闷。然而黄鹤楼捶不碎，鹦鹉洲倒不了，诗人极大的愤怒中包含着无可奈何的悲伤。

这诗抒写的是真情实感，然而构思浪漫奇特。诗人抓住在江夏意外遇见韦冰的机缘，敏锐觉察这一意外相遇的喜剧中隐含着悲剧内容，浪漫地夸张地把它构思和表现为如梦觉醒。它从遇赦骤逢的惊喜如梦，写到在冷酷境遇中觉醒，而以觉醒后的悲愤作结；从而使诗人及韦冰的遭遇具有典型意义，真实地反映出造成悲剧的时代特点。诗人是冤屈悲愤的，又是痛心绝望的，他不堪回首而又悲慨激昂，因而感情起伏转换，热烈充沛，使人清楚地看到他那至老未衰的“不干人、不屈己”的性格，“大济苍生”“四海清一”的抱负。这是诗人暮年作品，较之前期作品，思想更成熟，艺术更老练，而风格依旧，傲岸不羁，风流倜傥，个性突出，笔调豪放，有着强烈的感情色彩。

赠钱征君少阳

李　白

白玉一杯酒，绿杨三月时。
春风馀几日，两鬓各成丝。
秉烛唯须饮，投竿也未迟。
如逢渭水猎，犹可帝王师。

【鉴赏】

此诗大致是作者晚年的作品。征君，指曾被朝廷征聘而不肯受职的隐士。钱少阳其时年已八十馀,李白在另一首诗《赠潘侍御论钱少阳》中说他是“眉如松雪齐四皓”,对他很推重。这首赠诗,赞扬钱少阳年老而仍怀出仕建功的抱负,同时也反映了诗人晚年壮心不已的气概。

“白玉一杯酒,绿杨三月时。”诗一上来就写“酒”,然后再交代时间,起势突兀。两句诗,画出主人公在风光明媚、景色秀丽的暮春季节独自饮酒的图景,设置了一个恬淡闲静的隐居氛围,紧扣住钱的征君身份。“三月”,暮春,点明季节,为颔联写感慨做伏笔。

“春风馀几日,两鬓各成丝。”此联上承第二句。前句词意双关,既说春光将尽,馀日无多,又暗示钱已风烛残年。这样,后面的嗟老感慨就一点不使人感到意外。第四句的“各成丝”,和杜甫《赠卫八处士》“少壮能几时,鬓发各已苍”的“各已苍”词意相似,是说钱和自己的鬓发都已斑白。一个“各”字,不动声色地把两者联系起来。自此而下,诗意既是写人之志,又是述己之怀,浑然而不可分了。三、四两句抒发了由暮春和暮年触发的无限感慨,而感慨之余又怎么办呢?于是引出下面五、六两句:“秉烛唯须饮,投竿也未迟。”第五句近承颔联,远接首句,诗意由古诗“昼短苦夜长,何不秉烛游”演化而来,带有更多的无可奈何、不得已饮酒避世的味道。这是欲扬先抑的写法,为后面写钱的抱负作铺垫。第六句和第五句相对,句意也相似,都是写典型的隐居生活,渲染及时寻求闲适之乐。更重要的是后句写水边钓鱼,牵引出诗末有关吕尚的典故,为诗歌最后出现高潮蓄势。这说明作者写诗是很重视呼应转折之法的。

尾联“如逢渭水猎,犹可帝王师”。如果钱少阳也像吕尚一样,在垂钓的水边碰到思贤若渴的明君,也还能成为帝王之师,辅助国政,建立功勋。此处的“如”字和“犹”字很重要,说明收竿而起,从政立功还不是事实,而是一种设想愿望,是虚写,不是实指。唯其虚写,才合钱的征君身份,又表现出颂钱的诗旨。而在这背后,则隐藏着诗人暮年的雄心壮志。全诗款款写来,以暮春暮年蓄势,至此题旨全出,收得雄奇跌宕,令人回味不尽。

这首五律,不拘格律,颔联不对,首联却对仗。李白是不愿让自己豪放不羁的情思为严密的格律所束缚。正如清代赵翼所说:“盖才气豪迈,全以神运,自不屑束缚于格律对偶,与雕绘者争长。然有对仗处仍自工丽,且工丽中别有一种英爽之气,溢出行墨之外。”(《瓯北诗话》)此诗任情而写,自然流畅,毫无滞涩之感;同时又含蓄蕴藉,馀意深长,没有浅露平直的弊病,可以说在思致绵邈、音情顿挫之中透出豪放雄奇的气势,兼有古诗和律诗两方面的长处,是一首别具风格的好诗。

闻王昌龄左迁龙标，遥有此寄

李　白

杨花落尽子规啼，闻道龙标过五溪①。
我寄愁心与明月，随风直到夜郎西。

【注释】

①五溪：雄溪、巫溪、酉溪、沅溪、辰溪之总称，均在今湖南省西部。

【鉴赏】

《新唐书·文艺传》载王昌龄左迁（古人尚右，故称贬官为左迁）龙标（今湖南省洪江市）尉，是因为“不护细行”，也就是说，他的得罪贬官，并不是由于什么重大问题，而只是由于生活小节不够检点。在《芙蓉楼送辛渐》中，王昌龄也对他的好友说：“洛阳亲友如相问，一片冰心在玉壶。”即沿用南朝宋鲍照《白头吟》中“清如玉壶冰”的比喻，来表明自己的纯洁无辜。李白在听到他不幸的遭遇以后，写了这一首充满同情和关切的诗篇，从远道寄给他，是完全可以理解的。

首句写景兼点时令，而于景物独取漂泊无定的杨花，啼叫着“不如归去”的子规，即含有飘零之感、离别之恨在内，切合当时情事，也就融情入景。因此句已于景中见情，所以次句便直叙其事。“闻道”，表示惊措。“过五溪”，见迁谪之荒远，道路之艰难。不着悲痛之语，而悲痛之意自见。

后两句抒情。人隔两地，难以相从，而月照中天，千里可共，所以要将自己的愁心寄与明月，随风飘到龙标。这里的夜郎，并不是指位于今贵州省桐梓县的古夜郎国，而是指位于今湖南省沅陵县的夜郎县。沅陵正在洪江市北方而略偏东。有人由于将夜郎的位置弄错了，所以定此诗为李白流夜郎时所作，那是不对的。

这两句诗所表现的意境，已见于此前的一些名作中。如南朝宋谢庄《月赋》：“美人迈兮音尘缺，隔千里兮共明月。临风叹兮将焉歇，川路长兮不可越。”三国魏曹植《杂诗》：“愿为南流景，驰光见我君。”张若虚《春江花月夜》：“此时相望不相闻，愿逐月华流照君。”都与之相近。而细加分析，则两句之中，又有三层意思：一是说自己心中充满了愁思，无可告诉，无人理解，只有将这种愁心托之于明月；二是说唯有明月分照两地，自己和朋友都能看见她；三是说，因此，也只有依靠她才能将愁心寄予，别无他法。

通过诗人丰富的想象，本来无知无情的明月，竟变成了一个了解自己，富于同情的知心人，她能够而且愿意接受自己的要求，将自己对朋友的怀念和同情带到辽远的夜郎之西，交给那不幸的迁谪者。她，是多么地多情啊！

这种将自己的感情赋予客观事物，使之同样具有感情，也就是使之人格化，乃是形象思维所形成的巨大的特点之一和优点之一。当诗人们需要表现强烈或深厚的情感时，常常用这样一种手段来获得预期的效果。

忆旧游寄谯郡元参军

李　白

忆昔洛阳董糟丘，为余天津桥南造酒楼。
黄金白璧买歌笑，一醉累月轻王侯。
海内贤豪青云客，就中与君心莫逆。
回山转海不作难，倾情倒意无所惜。
我向淮南攀桂枝，君留洛北愁梦思。
不忍别，还相随。
相随迢迢访仙城，三十六曲水回萦。
一溪初入千花明，万壑度尽松风声。
银鞍金络到平地，汉东太守来相迎。
紫阳之真人，邀我吹玉笙。
餐霞楼上动仙乐，嘈然宛似鸾凤鸣。
袖长管催欲轻举，汉东太守醉起舞。
手持锦袍覆我身，我醉横眠枕其股。
当筵意气凌九霄，星离雨散不终朝，分飞楚关山水遥。
余既还山寻故巢，君亦归家渡渭桥。
君家严君勇貔虎，作尹并州遏戎虏。
五月相呼渡太行，摧轮不道羊肠苦。

行来北京岁月深，感君贵义轻黄金。
琼杯绮食青玉案，使我醉饱无归心。
时时出向城西曲，晋祠流水如碧玉。
浮舟弄水箫鼓鸣，微波龙鳞莎草绿。
兴来携妓恣经过，其若杨花似雪何！
红妆欲醉宜斜日，百尺清潭写翠娥。
翠娥婵娟初月辉，美人更唱舞罗衣。
清风吹歌入空去，歌曲自绕行云飞。
此时行乐难再遇，西游因献《长杨赋》。
北阙青云不可期，东山白首还归去。
渭桥南头一遇君，酂台之北又离群。
问余别恨今多少，落花春暮争纷纷。
言亦不可尽，情亦不可及。
呼儿长跪缄此辞，寄君千里遥相忆。

【鉴赏】

这首"忆旧游"的诗是作者写寄给好友元演的，演时为亳州(即谯郡，州治在今安徽亳州市)参军。诗曾收入唐殷璠《河岳英灵集》，其中又提到长安失意之事，故当作于天宝三载至十二载间(744—753)。诗中历叙与元演四番聚散的经过，于入京前游踪最为详明，是了解作者生平及思想的重要作品。乍看来，此诗不过写作者青年时代裘马轻狂的生活，至涉及纵酒挟妓、与道士交游等内容，似乎并无多少积极的思想意义。其实不然。须知它是写于作者"曳裾王门不称情"，政治遭遇失意，对于社会现实与世态人情均有深入的体验之后。因此，"忆旧游"便不仅有怀旧而且有非今的意味。诗人笔下那恣意行乐的生活，是作为"使我不得开心颜"的污浊官场生活的对立面来写的；其笔下那脱略形迹的人物，又是作为上层社会虚伪与势利的对立面来写的，自有言外之意在。

诗篇的组织，以与元演的离合为经纬，共分四段。前三段依次给读者展现出许多美好的情事。

第一段从"忆昔洛阳董糟丘"到"君留洛北愁梦思"，追忆诗人在洛阳时的放诞生活及与元演的第一番聚散。这里最引人注目的是诗人鲜明的自我形象。从洛阳一酒家("董糟丘")说起，这个引子就是李白个性特征的表现。"为余天津桥(在洛阳西南之洛水上)南造酒楼”,是一个何等主观的夸张!在自称“酒中仙”的诗人面前,简直就没有一个配称能饮酒的人。少年李白生活豪纵,充满进取精神,饮酒是追求一种精神上的解放:“黄金白璧买歌笑,一醉累月轻王侯。”“一醉”而至于“累月”,又是一个令人惊讶、令人叫绝的夸张,在这样的人面前真正是“万户侯何足道哉”!至于他的交游,尽是“海内贤豪青云客”,而其中最称“莫逆”之交的又是谁呢?以下自然带出元参军。随即只用简短两句形容其交谊:彼此“倾情倒意”到可以为对方牺牲一切(“无所惜”)的地步,以至“回山转海”也算不得什么(“不为难”)了。既叙得峻洁,又深蕴真情笃意。刚开这样一个头,以下就说分手了,那时李白旋赴淮南(“攀桂枝”指隐居访道事,语出汉淮南小山《招隐士》),而元“留洛北”。不过这开头已给读者留下深刻的印象。

一、二段之间有两个过渡句。“不忍别”承上“君留洛北愁梦思”,写二人分手的依依不舍;“还相随”又引起下文第二番相会。有此二句上下衔接极为自然。

第二段从“相随迢迢访仙城”到“君亦归家渡渭桥”,追忆偕元演同游汉东郡即随州(州治在今湖北随州市),与汉东太守及道士胡紫阳游乐情事。先写二人访仙城山,泛舟赏景,后换马陆行来到汉东。“相随”六句写风光,写行程,简洁入妙,路“迢迢”“水回萦”“初入”“度尽”,使人应接不暇。然后,与远道出迎的汉东太守见面了。汉东太守的形象在此段中最生动可爱,他没有半点专城而居的官架子。他与紫阳真人固然是老朋友,对李白也是倾盖如故。这几位忘形之交在随州苦竹院——“餐霞楼”饮酒作乐,道士与诗人一同伴奏,汉东太守则起舞弄影。没有尊卑,毫无拘束,本来就洒脱的诗人举措更随便了,不但喝得烂醉,甚而忘形到“我醉横眠枕其股”了。然而太守对此则不以为忤,还脱下锦袍给他盖上。这一幕“解衣衣我”的场面写来感人肺腑。此段环境氛围描写亦妙,与道院相称。“餐霞”的楼名,如“凤鸣”的仙乐,都造成一种飘飘然非人世间的感觉。欢会如此高兴(“当筵意气凌九霄”),而分手又显得多么容易啊(“星离雨散不终朝”)。诗人与元演又作劳燕分飞,“余既还山寻故巢,君亦归家渡渭桥”,真是天下没有不散的筵席。

至此,诗情出现一个跳跃,直接进入第三段(从“君家严君勇貔虎”到“歌曲自绕行云飞”),追忆诗人在并州受元演及其父亲热情款待的情况。从“五月相呼”句看,诗人是应元演的盛意邀请,离开安陆,同经太行山到太原府(并州)去的。三国曹操诗云:“北上太行山,艰哉何巍巍!羊肠坂诘屈,车轮为之摧。”(《苦寒行》)然而诗人兴致很高,时令也很好,所以“摧轮不道羊肠苦”。这一段写人,以元参军为主。先从其“严君”(父亲)写起,不仅引进一个陪衬人物,同时也在于显示元演将家子的身份。李白在元演那里真是惬意极了:“行来北京(太原)岁月深,感君贵义轻黄金。琼杯绮食青玉案,使我醉饱无归心。"他们还时常游览城西的名胜古迹晋祠。晋水从这儿发源,风光极美。浮舟弄水,击鼓吹箫,真是快乐。以下六句专写欣赏女伎的歌舞,"其若杨花似雪何"一句大有"行乐须及春"之慨。玩乐直到傍晚,他们还不想归去。"斜日"的红光与歌女们的红妆醉颜相乱,特别迷人;美人的倩影倒映清清的潭水中,风光绮丽。这时新月初上,美人的面容像月色般皎洁,她们轮番歌唱、起舞,歌声悠扬,随风远去,追逐行云……这里,"黄金白璧买歌笑"已化为生动鲜明的图景,可谓尽态极妍了。

第四段从"此时行乐难再遇"到篇末。"此时"一句收束前文,然后写到长安失意时与元又一度相逢。与前三段都不同,这里没有情事的追忆,只用"渭桥南头一遇君,酂台(在谯郡)之北又离群"一笔带过,是说关中一面,元即赴谯郡,似乎是握手已违。大约那时诗人身不自由,心亦不自在吧!关于诗人在长安的境遇,也只有含蓄的两句话。"北阙青云不可期,东山白首还归去。"然而它包含多少人事感慨啊。一向旷达的诗人,竟也发出了"问余别恨今多少"的感喟,而暮春落花景象更增添了这种别恨。这种心境是"言亦不可尽,情亦不可及",诗人只有通过怀旧("遥相忆")的方式来排遣了。当其"呼儿长跪缄此辞"拟以寄远时,心头该是怎样一种滋味!

此诗提到"北阙青云不可期",显然是含着牢骚的。但它在写法上与《行路难》《答王十二寒夜独酌有怀》《赠从弟南平太守之遥》等等直抒旨意、嬉笑怒骂的长篇不同。它对现实的愤懑几乎没有正面的叙写,而对往日旧梦重温却写得恣肆快畅、笔酣墨饱。通过对故人往事的理想化、浪漫化,突出了现实的缺恨。因此它既有李白歌行通常所有的纵横奔放的优点,又兼有深沉含蓄的特点。这是此诗艺术上的优长之一。

关于此诗的结构,清人所编《唐宋诗醇》说得好:"此篇最有纪律可循。历数旧游,纯用叙事之法。以离合为经纬,以转折为节奏。结构极严而神气自畅。至于奇情胜致,使览者应接不暇,又其才之独擅者耳。"这是说,此诗与李白七古通常那种"纵逸"的、无法而法的作风不同,而是按实有的经历如实写出,娓娓道来,层次分明,结构严谨,写法却又极富变化,颇多淋漓兴会之笔。通篇以七言句为主,间出三、五、九字句,且偶而出现奇数句(如"当筵意气"以下三句成一意群),于整饬中见参差,终能"神气自畅"。这是此诗艺术上另一个优长。

寄东鲁[①]二稚子

李　白

吴地桑叶绿，吴蚕已三眠[②]。
我家寄东鲁，谁种龟阴[③]田？
春事已不及，江行复茫然。
南风吹归心，飞堕酒楼前。
楼东一株桃，枝叶拂青烟。
此树我所种，别来向三年。
桃今与楼齐，我行尚未旋。
娇女字平阳，折花倚桃边。
折花不见我，泪下如流泉。
小儿名伯禽，与姊亦齐肩。
双行桃树下，抚背复谁怜？
念此失次第，肝肠日忧煎。
裂素[④]写远意，因之汶阳川。

【注释】

①东鲁：李白大约在开元二十四年（736）从湖北安陆移家到东鲁兖州任城，即今山东济宁市。

②三眠：是说春蚕将老。蚕在蜕皮时卧而不食称眠，一般四眠就老熟结茧。

③龟阴：即指龟山以北地区，是李白家庭所在。龟山在山东新泰市西南。

④素：指绢素，古代作书画用的白绢。

【鉴赏】

天宝三载（744），李白因在朝中受权贵排挤，怀着抑郁不平之气离开长安，开始了生平第二次漫游时期，历时十一年。这一时期，他以梁园（今河南开封）、东鲁为中心，广泛地游览了大江南北的许多地方。这首诗，就是他在游览金陵（今南京）

期间写的,可能是作于天宝七载。

这是一首情深意切的寄怀诗,诗人以生动真切的笔触,抒发了思念儿女的骨肉深情。诗以景发端,在我们面前展示了“吴地桑叶绿,吴蚕已三眠”的江南春色,把自己所在的“吴地”(这里指南京)桑叶一片碧绿,春蚕快要结茧的情景,描绘得清新如画。接着,即景生情,想到东鲁家中春天的农事,感到自己浪迹江湖,茫无定止,那龟山北面的田园由谁来耕种呢?思念及此,不禁心忧如煎,焦虑万分。诗人对离别了将近三年的远在山东的家庭,田地,酒楼,桃树,儿女,等等一切,无不一往情深,尤其是对自己的儿女更倾注了最深挚的感情。“双行桃树下,抚背复谁怜?”他想象到了自己一双小儿女在桃树下玩耍的情景,他们失去了母亲(李白的第一个妻子许氏此时已经去世),现在有谁来抚摩其背,爱怜他们呢?想到这里,又不由得心烦意乱,肝肠忧煎。怎么办呢?那就取出一块洁白的绢素,写上自己无尽的怀念,寄给远在汶阳川(今山东泰安西南一带)的家人吧!诗篇洋溢着一个慈父对儿女所特有的抚爱、思念之情。

这首诗一个最引人注目的艺术特色,就是充满了奇警华赡的想象。

“南风吹归心,飞堕酒楼前”,诗人的心一下子飞到了千里之外的虚幻境界,想象出一连串生动的景象,犹如运用电影镜头,在我们眼前依次展现出一组优美、生动的画面:山东任城的酒楼;酒楼东边一棵枝叶葱茏的桃树;女儿平阳在桃树下折花;折花时忽然想念起父亲,泪如泉涌;小儿子伯禽,和姐姐平阳一起在桃树下玩耍。

诗人把所要表现的事物的形象和神态都想象得细致入微,栩栩如生。“折花倚桃边”,小女娇娆娴雅的神态惟妙惟肖;“泪下如流泉”,女儿思父伤感的情状活现眼前;“与姊亦齐肩”,竟连小儿子的身长也未忽略;“双行桃树下,抚背复谁怜?”一片思念之情,自然流泻。其中最妙的是“折花不见我”一句,诗人不仅想象到儿女的体态、容貌、动作、神情,甚至连女儿的心理活动都一一想到,一一摹写,可见想象之细密,思念之深切。

紧接下来,诗人又从幻境回到了现实。于是,在艺术画面上我们又重新看到诗人自己的形象,看到他“肝肠日忧煎”的模样和“裂素写远意”的动作。诚挚而急切的怀乡土之心、思儿女之情跃然纸上,凄楚动人。

毋庸置疑,诗人情景并茂的奇丽想象,是这首诗神韵飞动、感人至深的重要原因。过去有人说:“想象必须是热的。”(艾迪生《旁观者》)意思大概是说,艺术想象必须含有炽热的感情。我们重温这一连串生动逼真、情韵盎然的想象,就不难体会到其中充溢着怎样炽热的感情了。如果说,“真正的创造就是艺术想象的活动”

(黑格尔语),那么,李白这首充满奇妙想象的作品,是无愧于真正的艺术创造的。

秋日鲁郡尧祠亭上宴别杜补阙范侍御

李 白

我觉秋兴逸,谁云秋兴悲?
山将落日去,水与晴空宜。
鲁酒白玉壶,送行驻金羁。
歇鞍憩古木,解带挂横枝。
歌鼓川上亭,曲度神飙吹。
云归碧海夕,雁没青天时。
相失各万里,茫然空尔思。

【鉴赏】

这是一首送别诗。宴送的杜补阙、范侍御均为李白友人。

诗一开头紧扣题中“秋日”,抒发时令感受。自战国楚宋玉在《九辩》中以“悲哉秋之为气也”句开篇,后来的文人墨客都是一片悲秋之声,李白却偏说“我觉秋兴逸”,格调高昂,不同凡响。“我觉”“谁云”都带有强烈的主观抒情色彩,富有李白的艺术个性;两句对照鲜明,反衬出诗人的豪情逸致。一、二句定下基调,别宴的帷幕便徐徐拉开。

三、四两句写别宴的具体时间和场景:傍晚,绵延的群山带走了落日;尧祠亭上下,清澈的水流同万里晴空相映成趣。诗人抓住群山、落日、水流、晴空等景物,赋予自己的想象,用“将”“与”二字把它们连成一体,即使这些自然景色获得了个性和活力,为首句的“秋兴逸”作注脚,又进一步烘托了诗人欢乐的心情。接着,正面描写别宴:席上已摆好玉壶美酒,主宾们已止步下马,有的正在安置马匹休息,有的解下衣带挂在横生的树枝上,大家开怀畅饮,并且歌唱的歌唱,奏曲的奏曲,欢快的乐曲声疾风似的飘荡在尧祠亭的四周,响彻云霄。诗人的感情同各种富有特征的物件、动作和音响效果等交融在一起,气氛一句比一句浓烈,感情一层比一层推进,表现出诗人和友人们异乎寻常的乐观、旷达,一扫一般送别诗那种常见的哀婉、悲切之情,而显得热烈、奔放。

宴席到这时，显然已是高潮。时近黄昏，白云飘向碧海，大雁从晴空飞逝。这两句既同“山将落日去，水与晴空宜”相照应，又隐隐衬托出诗人和友人们临别之际相依相恋的深厚情谊。宴席从高潮自然过渡到尾声。最后，全诗以“相失各万里，茫然空尔思”作结，酒酣席散，各奔一方，留下的是无尽的离情别绪。

李白这首诗，既是送别，又是抒情。把主观的情感融注到被描写的各种对象之中，语言自然而夸张，层次分明而有节奏，增强了全诗的艺术感染力量。尤其可贵的是，诗的格调高昂、明快、豪放，读来令人神思飞越，心胸开阔。

送孟浩然之[1]广陵

李　白

故人西辞黄鹤楼，烟花三月下扬州。
孤帆远影碧空尽，唯见长江天际流。

【注释】

①之：去。

【鉴赏】

唐玄宗开元十三年(725)，年轻的李白从四川出峡，在湖北安陆住了十年，认识了隐居在襄阳鹿门山的孟浩然。孟浩然是李白非常称赏的诗界名士，曾有“吾爱孟夫子，风流天下闻”的赠诗称誉之，故诗中称之为“故人”。

黄鹤楼在武汉市武昌区的江边，历来是游览胜地。广陵即扬州，是唐代最繁华的都市之一，有“扬一益二”(当时的繁华都市，扬州第一，成都第二)之称。诗的开头一二句交代送别的时间、地点。武汉在西，扬州在东，从武汉去扬州，顺流东下，自然是向西北告别了黄鹤楼。这样的句子，信手拈来，毫无雕饰。第二句接得很好。他向哪里去呢？去扬州。"烟花三月"用得非常妙。它不仅是指出了离别的季节,也表达了当时的心情。"烟花"指春天笼罩在蒙蒙雾气中的绮丽景色。江南三月,风光明媚,孟浩然将去的又是繁花似锦,绣户珠帘的江南名都,怎不令人心旷神怡。这两句表面上只写了送别的人物、地点、时间和目的地,但透过字面可以清晰地感觉到诗人对作为三吴都会的扬州的无限神往。前人称此句为"千古丽句"。

后二句通过对自然景物和送别情景的描写很巧妙地表达了依依惜别的情感。楼头话别,孟浩然登船启程了。诗人依然伫立江边,目送故人所乘船只远去,渐渐消失于白云碧水之间。明丽的天空下顺流行进的"孤帆远影",本身就具有一丝孤独感和苍凉感。别情如流水,诗人凝望着天际江流,这时只有一江汹涌的波涛,奔向碧空尽处,仿佛依依不舍去追赶远行的朋友。整幅画面情景交融,给人苍茫空阔的感觉。诗人对朋友远行的惜别深情,对于不能同游的惋惜,以及对扬州胜景的无限神往,尽在江边送别的形象之中了。

渡荆门送别

李　白

渡远荆门[①]外,来从楚国游。
山随平野尽,江[②]入大荒流。
月下飞天镜,云生结海楼[③]。
仍[④]怜故乡水,万里送行舟。

【注释】

①荆门:即荆门山。

②江:长江。

③下:移下。海楼:海市蜃楼。

④仍:频频。

【鉴赏】

这是李白从四川至湖北,在荆门送别同舟的人继续东去时写的作品。诗人远渡荆门,眼望一派壮丽的大好河山,意气风发,抒发了自己刚刚离开蜀地,"仗剑去国，辞亲远游”（《上安州裴长史书》）时的积极向上的情绪。首联交代远道而来渡过荆门，登临楚地游览。颔联描写渡过荆门山时所看到的奇妙美景：高山随着平原的出现逐渐消失，江水在一望无际的原野中奔流。诗人逼真地写出了自然景观的特征及其气象阔大，气势飞腾的神韵。颈联描写月亮在水中的倒影好像天上飞下来的一面天镜，云彩升起，变幻无穷，结成了海市蜃楼，很有奇思。它不仅表现了大自然的壮丽多姿，也反映了诗人从蜀地初到平原的喜悦心情和开阔胸襟。诗中有昼景，有夜景，可见船在荆门停了一宿以上。尾联是诗人在欣赏荆门一带的风光时，面对那流经故乡的滔滔江水，所产生的思乡之情。诗人没有直接说自己思念故乡，而说故乡之水恋恋不舍地一路送自己远行，从对面写来，愈发显出自己对故乡的思念。

长江流过荆门，两岸再无高险之山的约束，而是浩浩荡荡，奔向无垠的原野，使人骤感天地宽广，胸怀也为之豁然开朗。诗人以清新飘逸的笔触，生动地描绘了沿江东下所见的壮阔形势和奇丽景色。全诗意境开阔，如大江奔流，格调轻快，想象瑰丽，充满了积极的生活气息。这里的山和水，都富有强烈的感情色彩，都在这“万里送行舟”的深情祝福中，化为对故乡的眷恋和对前途的憧憬。尤其是“山随平野尽，江入大荒流”成为脍炙人口的写景名句。

送友人

李白

青山横北郭①，白水绕东城。
此地一为别，孤蓬②万里征。
浮云游子意，落日故人情。
挥手自兹去，萧萧班马鸣③。

【注释】

①郭：古时的城有内城、外城，内城称为“城”，外城称为“郭”。

②蓬：蓬草，遇风则被连根吹起。鲍照《芜城赋》：“孤蓬自振，惊砂坐飞。”

③兹：此。萧萧班马鸣：萧萧：马嘶叫声。《左传》：“有班马之声。”杜预注：“班，别也。”言主客之马，将分道而萧萧长鸣，亦若有离别之憾。

【鉴赏】

这是一首送别诗,描述了送别的情景,表现了诗人对朋友的深厚情谊。首联写送别的环境:青山横亘在城郭的北侧,日光照耀下的河水环绕在城郭的东方。颔联点明主题:我们即将在这里分手,你就要像孤飞的蓬草一样踏上万里征程。喻友为飘蓬,已见惜友之情;前加一"孤"字,顾念之情深矣。对朋友漂泊生涯的关切,惜别之情,溢于言外,充分表现了诗人对友人孤寂旅途生活的顾念。颈联用"浮云""落日"为喻,生动地表达分手时彼此的心情:空中的白云飘拂不定,仿佛你行无定踪的心绪,即将落山的太阳不忍沉没,也似我对你的依恋之情。尾联诗人化用《诗经·小雅·车攻》"萧萧马鸣"句,嵌入"班"字,以马的悲鸣,进一步渲染离别的气氛:我们挥手告别,从此各奔前程,两匹马似乎也懂得主人的心情,不忍离别同伴而萧萧长鸣……马犹不愿离群,何况人乎?以如此手法表达缱绻情谊,真是鬼斧神工。

人言李白豪放洒脱,而此诗写得意致缠绵,表现了大诗人深情婉约的一面。这首送别诗,情景交融,充满诗情画意,尤其"浮云游子意,落日故人情"二句,以工整的对偶表达依依惜别之情,比喻贴切形象。清人仇兆鳌评说:"太白诗词'浮云游子意,落日故人情。'对景怀人,意味深远"(《杜诗详注》)。对仗工整也是此诗的一大特点。以"青山"对"白水","北郭"对"东城"。"青""白"相间,色彩明丽。"横"字刻出山之静态,"绕"字画出水之动态。描摹挥洒自如,秀丽清新。全诗语言自然流畅,不事夸饰,但新颖别致,色彩鲜艳,情意婉转含蓄,自然美与人情美水乳交融,别有一番风味。

下终南山过斛斯山人宿置酒[①]

李　白

暮从碧山下,山月随人归。
却顾所来径[②],苍苍横翠微。
相携及田家,童稚开荆扉[③]。
绿竹入幽径,青萝[④]拂行衣。
欢言得所憩,美酒聊共挥[⑤]。

长歌吟松风[6]，曲尽河星稀。

我醉君复乐，陶然共忘机[7]。

【注释】

①终南山：在陕西省，东至蓝田县，西至鄠县，绵延八百余里，主峰在长安之南。斛斯山人：姓斛斯(复姓)的隐士。

②所来径：下山的小路。

③荆扉：柴门。

④青萝：即女萝，又名松萝，地衣类植物，寄生在树木上，常自树梢悬垂，体如丝状，呈淡绿色或灰白色。

⑤挥：这里是饮酒之意。

⑥松风：琴曲名。《风俗通》："河间杂歌二十一章，内有《风入松》曲。"

⑦机：世俗的心机。

【鉴赏】

写这首诗时李白正在长安供奉翰林。本诗描述了诗人月夜到唐代有名的士人隐居地——长安南面的终南山造访一位姓斛斯的隐士，与他一起欣赏自然风景，畅饮美酒，放声高歌的情景。诗人在这里忘却了人间的名利，心地淡泊，享受到了真正的宁静。

本诗以诗人的活动为中心，田家饮酒为题材，属于田园诗。诗人写道：傍晚从终南山上走下来，多情的月儿与我同行。回头望望刚才走过的山间小路，苍苍茫茫笼罩在一片青翠之中。与斛斯隐士携手来到他的田舍，孩童出来打开了柴门。走在绿竹掩映的幽静小路上，青萝的枝叶时时拂着我的衣裳。我们欢言笑谈，心灵得到了真正的放松。面对良宵美景，宾主频频举杯，畅饮着美酒。饮至兴头上，大家兴奋得放声高歌，用古琴弹奏松风曲，歌罢曲终已是月淡星稀的深夜。我醉得糊涂，主人也乐得癫狂，大家尽情欢乐陶醉，把世俗的奸诈心机统统遗忘！

此诗选材方面很受陶渊明的影响。但表达方式上却与陶渊明迥异。陶渊明的诗如"暧暧远人村，依依墟里烟""采菊东篱下，悠然见南山"等名句大都写得平和冲淡。而李白这首诗却浓墨重彩，刻意渲染暮色苍茫中的山林美景和隐士的田家庭院的恬静，细吟"绿竹入幽径，青萝拂行衣。欢言得所憩，美酒聊共挥"，写景则色彩鲜明，融情则神情飞扬，使人如见其景其情。"长歌吟松风，曲尽河星稀"两句描写酒酣欢歌之状，笔墨凝练，情景交融，生动形象地表达了诗人遇知己时畅怀豪饮的欢乐和喜悦。

登金陵凤凰台

李　白

凤凰台[1]上凤凰游，凤去台空江自流。
吴宫花草埋幽径，晋代衣冠成古丘[2]。
三山半落青天外，二水中分白鹭洲[3]。
总为浮云[4]能蔽日，长安不见使人愁。

【注释】

①凤凰台：故址在南京凤台山。相传刘宋元嘉年间因异鸟集于山而建。

②吴宫：三国时孙吴建都金陵（今江苏南京）。衣冠：指王公贵族。

③三山：在南京西南长江边上。二水：秦淮河流经南京西汇入长江，因白鹭洲横其间而分为二支。

④浮云：陆贾《新语》："邪臣之蔽贤，犹浮云之障日月也。"

【鉴赏】

李白年轻时第一次来到黄鹤楼，站在楼上看长江远景，心潮澎湃，诗兴大发。怎奈"眼前有景道不得，崔颢题诗在心头"。尽管如此，李白始终没有忘记这件事，也没有忘记《黄鹤楼》这首诗。所以天宝六载（747）李白到达金陵，登临凤凰台时，用崔颢诗的韵写下了这首诗。此诗虽不及崔颢的黄鹤楼诗那么著名，但其颔联、颈联亦为千古名句。

金陵为六朝古都。诗人写登台所见，赞美长江两岸的壮美风光，感叹大自然的永恒和社会人事的迅速变迁，并由历史兴衰之叹，引出对浮云遮蔽日月，国事日非的忧虑。全诗将社会与自然，历史与现实、自然的景与个人的情完美地结合在一起，一气呵成，达到了很高的艺术境界。

首联两句借凤凰台的传说写意，并点明题目。"凤去台空"象征六朝繁华已成过眼烟云，一去不复返了，而今只有长江水依然不停地流着。诗人着意突出人事之"变"，与自然界的永恒形成鲜明对比。颔联便是人事巨变的具体化。诗人借事抒情:昔日吴国巍峨的宫殿,葱郁的园圃,已经一片荒芜;东晋声势显赫、炙手可热的世家贵族也已进入坟墓,成了一抔黄土。言外之意是说沉湎于豪奢生活的帝王,热衷于权势利禄的豪门,得意一时,不过是历史上匆匆而来匆匆而去的过客。颈联承“江自流”而来,由凭吊历史遗迹而转向欣赏自然,借景抒情写意:三山矗立,被云遮雾挡,若隐若现,仅见似乎失落在天际的山尖;白鹭洲清晰可见,卧于长江之中,将江水分为两道。这两句写景气势磅礴、构思巧妙、对仗精工,佳句天成。亘古长存的自然景色,观照着历史的兴衰、人事的更迭。由此诗人想到现实,感叹浮云总是遮蔽日月,使人不能见到长安,因而内心沉痛忧郁。尾联运用象征手法抒情,以浮云蔽日象征皇帝被奸邪小人包围,贤能之士报国无门,表达对时事的忧虑。以不见长安表示远离京城,不得进见之意,抒发壮志难酬的感慨。

望庐山瀑布

李　白

日照香炉生紫烟,遥看瀑布挂前川①。
飞流直下三千尺,疑是银河落九天。

【注释】

①香炉:指庐山香炉峰。峰在庐山西北,峰顶尖圆,烟云聚散,如博山香炉之状。川:平地。

【鉴赏】

这首诗写得气势磅礴。诗人将庐山一个最典型的风景点以“入乎其内,出乎其外”的大手笔,描绘得有形有神,奔放空灵。

首句写大景:一座顶天立地的香炉上,冉冉升起了一团团的白烟,缥缈于青山蓝天之间,在红日的照射下变成了紫色的云霞。这不仅把香炉峰渲染得很美,而且极富有浪漫主义色彩,为不寻常的瀑布创造了不寻常的背景。

次句写小景:远远地看那瀑布,像一条巨大的白练高挂于山川之间。“遥看瀑布”四字点题,“遥看”即是望;“挂前川”三字是诗人在脑海中形成的印象。这里一个“挂”字化动为静,惟妙惟肖地表现出倾泻的瀑布在“遥看”中的形象。谁能将这

巨大的白练挂起来呢?“壮哉造化功”,凡人是做不到的。所以这个“挂”字也包含着诗人对大自然神奇伟力的赞颂。

第三句承次句描写瀑布的动态。“飞流直下三千尺”一笔挥洒,字字铿锵。“三千尺”形容其高;一个“飞”字则把瀑布喷涌奔泻的景象生动描出;“直下”二字既描出山之高峻陡峭,又可见水流之急,那高空直落、势不可挡之状如在眼前。

结句承第三句。诗人犹嫌未足,补上自己的想象:可能是银河水从九天之上泻落下来了吧!真是想落天外、惊人魂魄。“疑是”二字值得细品。诗人明明说得恍恍惚惚,读者也明明知道不是,但是又都觉得只有这样写,才更为生动、更为逼真。其奥妙就在于诗人前面的描写已经孕育了这一现象。你看,巍巍庐峰藏在云霞烟雾之中,瀑布就如从云端飞流直泻、临空而落,这就自然地联想到像是银河从天而降。可见,“疑是银河落九天”这一比喻,虽是奇特,但却必然,诗人并不是凭空想象而来的,而是在形象的刻画中自然生发出来的;虽是夸张,但很自然,瀑布的整个形象变得更为丰富多彩、雄奇瑰丽;虽是新奇,但很真切,既给人留下了深刻的印象,又给人以想象的余地。

有人说,七言诗句中第五字最重要,第五字要响。所谓响者,着力处也。这种说法于本诗最具说服力。比如一个“生”字,不仅把香炉峰写“活”了,也把山间烟云冉冉上升、袅袅浮游的景象表现出来了;一个“挂”字化动为静,比之别诗往往化静为动,可算别出心裁;一个“落”字也很精彩,鲜活地勾画出高空突兀、巨流倾泻的磅礴气势。很难设想,换掉这三个字,这首诗将变成什么样子。

全诗不着一“望”,但前三句都写“望”,扣题描宏大之景;后一句是写“想”,驰骋想象并发出感叹。显示出李白那种“万里一泻,末势犹壮”的艺术风格。

望天门山[1]

李　白

天门中断楚江开,碧水东流至此回[2]。

两岸青山相对出，孤帆[3]一片日边来。

【注释】

①天门山：指安徽当涂县的东梁山与和县的西梁山，两山夹江对峙，像一座天设的门户，形势非常险要，“天门”由此得名。

②楚江：湖南、湖北、安徽为古楚国之地，流经这一段的长江人们称之为楚江。回：回旋、转变。

③孤帆：孤舟。这里的帆指代船。

【鉴赏】

这是李白又一首气势恢宏的写景诗，描绘的是从行驶的船上遥望天门山的壮阔气势和雄浑意境。

诗的前幅即从“江”与“山”的关系着笔。说气势恢宏的长江猛烈地冲断了天门山，滔滔江水从中间流过；江水在向东流时，又向北打了一个回旋，水势更加澎湃。这样描写给人以丰富的联想：天门山本来是一个整体，阻挡着汹涌的江流。由于狂涛的冲击，才断开了“天门”，使它成为东西两山。在诗人笔下，长江仿佛成了有巨大生命力的事物，显示出冲决一切阻碍的神奇力量，而天门山也似乎默默地为它让出了一条通道。这是借山势描写水的汹涌。由于两山夹峙，浩阔的长江流经两山间的狭窄通道时，被迫转弯向北，激起回旋。这是借水势衬出山的奇险。

诗的后两句描绘两岸绵延起伏的青山，双双对对地向“我”身后退出，“我”乘坐的这一片孤舟，仿佛从太阳出来的那边驶来。这两句是一个不可分割的整体。上句写“望”中所见天门两山的雄姿，下句则点醒“望”的立脚点和表现诗人的淋漓兴致。诗人并不是站在岸上的某一个地方“遥望”天门山，而是站在“从日边来”的孤舟上，并且是在行驶途中“仰望天门山”。“出”字和“来”字用得极妙，值得细细品味：“出”字给本来静止不动的山带上了动态美容易理解，但却少有人去考虑诗人何以有“相对出”的感受。如果站在岸上某个固定点来“望天门山”，那大概只会产生“两岸青山相对立”的静态感；反之，船行江中，望见远处的天门两山扑进眼帘，愈来愈清晰的身姿转瞬即逝，两岸青山不断迅速地向后退出的感受就非常突出了。“来”字是“出”字的补充，船在江中乘风破浪，天门山仿佛张开双臂，迎接从天边到来的远客。“出”字和“来”字，不但表现了在船行过程中“望天门山”时天门山特有的雄姿，而且寓含了船上人的新鲜、喜悦之感。隔江对峙的天门山，也对迎面向自己驶来的游船以及船上的客人表示热忱的欢迎。

全诗对景物的选取、对山水特色的把握，以及描写角度的变换和颜色的搭配，无不反映出诗人的独特观察和独特感受，也无不表现出诗人热爱自然的感情和豪放开朗的胸怀。

客中作

李白

兰陵美酒郁金香，玉碗盛来琥珀光①。
但使②主人能醉客，不知③何处是他乡。

【注释】

①兰陵：地名，即今山东枣庄市，以产美酒著名。郁金香：花草名。古代将其花用作香料。酿酒时放入郁金香，酒便呈金黄色，具有特殊香味。琥珀：树脂化石，呈黄色或红褐色，透明且具有光彩。

②但使：只要。

③知：觉。

【鉴赏】

这是一首旅人思乡的情感诗。他乡客愁可以说是诗歌的一个普遍的主题。李白这首诗却有意翻新，说在外旅行遇上了盛情款待自己的主人，于是开怀畅饮，再也感觉不到故乡与他乡有什么不同。

上两句首先开门见山地点出做客地点："兰陵"。再把"兰陵"和"美酒"联系起来，便扫除了别诗那种沮丧的外乡异地凄楚情绪，而带有一种使人迷恋的感情色彩。那带着浓郁的郁金香味的美酒，又是盛在晶莹润泽的玉碗里，看上去如琥珀般的光艳。诗人面对美酒，愉悦兴奋之情自可想见了。

下两句用"但使"二字起笔，一贯到底，可以说既在人意中，又出人意料。说在人意中，因为它符合前面描写和感情发展的自然趋向；说出人意料，因为"客中作"这样一个似乎是暗示要写客愁的题目，在李白笔下，完全是另一种表现。这样就令诗的意境显得特别耐人寻味。诗人并非没有意识到是在他乡，当然也并非丝毫不想念故乡。但是，这些都在兰陵美酒面前被冲淡了。一种流连忘返的情绪，甚至乐于在“客中”的情绪完全支配了他。当然没有到“乐不思蜀”的程度，只是不觉得这个地方是他乡。这是本诗不同于一般羁旅之作的地方。

全诗写得豁达开朗、一泻无余，充分表现了李白豪放不羁的个性，并从侧面反映出盛唐时期的时代气氛。

早发白帝城①

李 白

朝辞白帝彩云间，千里江陵②一日还。
两岸猿声啼不住，轻舟已过万重山。

【注释】

①白帝：《寰宇记》：“公孙述更鱼复曰白帝城。”

②江陵：盛宏之《荆州记》：“朝发白帝，暮宿江陵，凡一千二百余里，虽飞云迅鸟不能过也。”《新唐书·地理志》：“荆州江陵府，隋为南郡，天宝元年改为江陵郡。”

【鉴赏】

“安史之乱”期间，永王李璘在江南起兵，准备北上抗击叛军，李白被招致其幕府。不久永王被唐肃宗所杀，李白受牵连于唐肃宗乾元元年(758)被判流放夜郎。李白去夜郎是逆长江而上，第二年途经三峡到达夔州(今奉节)，就遇赦得回。这首诗写于遇赦归途中，描写下江陵的舟行情景，以轻松的笔调，表达出愉快的心情，可谓绝唱。

白帝城在奉节县。它建筑在高山之上，濒临长江，距瞿塘峡很近。郦道元《水经注》中有一段记录：“有时朝辞白帝，暮宿江陵，其间千二百里，虽乘奔御风，不以疾也……每至晴初霜旦，林寒涧肃，常有高猿长啸，属引凄异，空谷传响，哀啭久绝。故渔者歌曰：‘巴东三峡巫峡长，猿鸣三声泪沾裳！’”诗人写此诗时已经离开夔州，船行在江中。中途回望，只见群山高耸入云天，早上告别了的白帝城，已经看不见了。天气晴朗，五彩缤纷的云霞辉映在刚才走过的地方。“彩云间”三字不仅形象鲜明，而且暗示了水流湍急，舟行速，地势高，距离远，天气好，心情舒畅。李白“早发白帝城”，江陵还没有到。所以诗中说“千里江陵一日还。”从文字上看是沿用《水经注》旧说，但用这样夸张的语句来表达极度兴奋的心情是非常传神的。

此诗在表现舟行迅疾中，把两岸风物带出，使人如闻如见。船在江中流驶如飞，在岸边山上不断的猿声中，轻舟已飞驰过了万重山。第三四句还有言外之意：尽管两岸猿猴苦苦地啼叫，可是我，轻舟如箭，已经越过了一切艰难险阻，前途开阔，人脱劫难，心情无比轻松。其诗句也如江流奔泻，不可遏止，极尽浪漫缥缈之美。明人杨慎在《升庵诗话》中评此诗说：“惊风雨而泣鬼神矣。”

怨　情

李　白

美人卷珠帘，深坐蹙蛾眉[①]。
但见泪痕湿，不知心恨谁？

【注释】

①深坐：久久呆坐。蹙(cù)：皱。

【鉴赏】

本诗是一首以闺怨为题材的诗作，描写一位佳人苦待心上人不至，因而转爱为怨，哀婉凄恻的情态。诗人主要通过对美人的行动、表情和心理刻画来表达这一主题。诗的前两句写美人卷起珠帘，紧锁着蛾眉久久地坐着。诗人通过卷帘、深坐、皱眉等动作、情态来刻画一个女子处于等待中的哀怨的恋爱心理。第三句描写她泪水湿成了一片。刻画人物细致生动，使这位美人由爱生怨、因爱生恨的情感变化，因心上人不来而痛苦万分，哀怨情态宛在眼前。然而，诗眼却在最后一语。诗中的美人由于对所爱之人倾注了自己全部的情感，在她的挚爱落空以后，自然要生出无穷的怨恨了。而诗人却说“不知心恨谁”，那是明知故问。读者心里非常清楚，她所恨之人便是她所爱之人，她久等不至之人。从客观效果来看，末句“不知心恨谁”还有潜台词即“不知为何恨”。诗人虽没有正面提出这一问题，但给读者留下了这样的想象空间：这女子恼恨的原因究竟何在？是男子另有新欢将他遗弃了呢，还是女子原本就是单相思呢，再或是男子本身的行动并不自由，受到家庭阻挠呢？如此等等，不一而足。这样，末句又起到了另一作用，即通过启迪读者的联想，扩大了这首小诗的内涵空间，使诗作更加含蓄不尽。所以看似直白的“不知心恨谁”，对本诗诗意的拓展却起到了相当大的作用。在这首诗中，诗人以一颗同情和理解的诗心，写出了一位女子的美丽，不仅美在蛾眉，更美在一片苦涩纯真的相思之情。此正所谓状眼前之景于诗中，含不尽之意于言外。

越中[①] 览古

李　白

越王勾践破吴归，战士还家尽锦衣[②]。
宫女如花满春殿，只今唯有鹧鸪飞。

【注释】

①越中：今浙江绍兴市，唐代属越州；春秋时代，属越国，因吴越争霸而有名。

②锦衣：锦丝织成的华美衣服。

【鉴赏】

这是一首怀古诗。

春秋时代，吴国占据江苏一带，越国占据浙江一带。两国长期争霸南方，成为世仇，战争不断。越王勾践于公元前494年被吴王夫差打败，回到国内后卧薪尝胆，誓报此仇。公元前473年，他果然把吴国灭了。本诗写的就是这件事。

诗歌不是历史小说，绝句又不同于长篇古诗，所以诗人只能选取这一历史事件中他感受最深的片段来写。诗人选取的不是这场斗争的漫长过程，而是吴败越胜、越王班师回国以后的两个片段。

首句点明题意，说明自己在越中所怀古迹的具体内容。二、三两句写战士还家、勾践还宫的情况。消灭了敌国，报了仇雪了恨，勾践带领将士班师凯旋。由于战事已经结束，将士们都受到了赏赐，所以不穿战袍，而穿锦衣归家。只“尽锦衣”三字，就将越王及其将士们得意凯旋，充满了胜利者的喜悦和骄傲的神情烘托了出来。越王回国以后，踌躇满志，不但耀武扬威，而且荒淫逸乐。那花儿一般的美人就充满了宫殿，簇拥着他，侍候着他。“春殿”的“春”字应前面“如花”二字，并描摹美好的时光和景象,不一定是指春天。只写这一点,就把越王将过去的卧薪尝胆的往事丢得干干净净表达得非常充分了。锦衣如云、美女满宫,这是多么的繁盛、美好、热闹、欢乐!然而结句突然一转,将上面所写的繁华一笔勾销。过去曾经存在的辉煌与荣华,现在还有什么呢?人们所能看到的,只是几只鹧鸪在王城故址上飞来飞去罢了。结句所写人事的变化,盛衰的无常,以感慨出之。过去的统治者莫不希望他们的富贵荣华传之子孙万代,而诗篇却如实地指出了这种希望的无情破灭,这就是本诗的积极意义所在。

全诗着重在写昔日的富贵荣华,以四分之三的篇幅竭力渲染,仅以结句写今日的荒凉,遂将前面全部抹杀,转出诗意。这种通过热闹繁华场面来描写凄凉冷清,就使人更觉凄凉冷清之可叹。为了充分表达题意,诗人对全诗的艺术结构也做出了不同于一般七绝的安排。一般的七绝,转折点都在第三句里,而本诗的前三句却一气直下,直到第四句才突然转折到反面,使对比更显得强烈。前面写得愈着力,后面转得也就愈得力。这种写法,不是笔力雄健的诗人,是难以挥洒自如,达到如此强烈效果的。

夜泊牛渚怀古

李　白

牛渚西江夜[1],青天无片云。
登舟望秋月,空忆谢将军[2]。
余亦能高咏,斯人不可闻。
明朝挂帆去,枫叶落纷纷。

【注释】

①西江:古约指南京至今江西一段长江为西江,牛渚也在西江这一段中。

②谢将军:东晋谢尚,今河南太康县人,官镇西将军,镇守牛渚时,秋夜泛舟赏月,适袁宏在运租船中诵已作《咏史》诗,音辞都很好,遂大加赞赏,邀其前来,谈到天明。

【鉴赏】

这是李白夜泊牛渚,有感于谢尚和袁宏的历史佳话,自己怀才不遇的坷坎遭遇，抒发不遇知音之伤感的一篇沉郁悲愤的诗作。首联开门见山点明“牛渚夜泊”及其夜景：秋天月夜，舟泊牛渚，自然而然地想起同样秋月舟中，袁宏见知于谢尚的故事。诗人将寥廓空明的天宇和浩渺苍茫的西江在夜色中融为一体，渲染环境气氛。领联由望月过渡到怀古，揭示主题。同是牛渚之地，同样是这轮明月之下，袁宏吟诵自己作的咏史诗由于遇到谢尚而时来运转，但自己游西江，秋月依旧，那位奖掖人才的谢尚却再也见不到了，所以只能“空忆谢将军”。颈联由怀古回到现实，发出感慨：自己虽然亦能高咏，却不能像袁宏一样遇到知音，自己的政治理想也只能是像这西江之水，付诸东流了。尾联宕开写景，想象明朝挂帆远去时秋风萧瑟，两岸枫叶纷纷飘落的情景，烘托不遇知音之凄凉寂寞。惆怅之情，不可名状。

本诗写景清新隽永而不粉饰，即景生情，景中寓情，江上枫叶纷纷飘落的萧瑟画面，溶进了诗人多少的辛酸和感慨。全诗抒情豪爽豁达而不忸怩作态，从胸中自然流出，浑然流畅，妙句天成。此诗虽为五律，却不讲究律诗的对偶。有人认为李白才高，放逸不羁，兴之所至，随口讽诵，不顾及对偶。王士祯给了这首诗以极高评价，他说：“或问不着一字尽得风流之说，答曰：太白诗‘牛渚西江夜……枫叶落纷纷’，诗至此，色相俱空。正如羚羊挂角，无迹可求，画家所谓逸器是也。”宋代严羽在《沧浪诗话》中说：“律诗有彻首彻尾不对者，盛唐诸公有此体”，并举此诗为例。其实，把它看为古体诗也许更恰当一些。

山中与幽人[①]对酌

李　白

两人对酌山花开，一杯一杯复一杯。
我醉欲眠卿且去，明朝有意抱琴来。

【注释】

①幽人：隐居的名士、高人。

【鉴赏】

这是一首情景诗。

李白的饮酒诗多为兴会淋漓之作。本诗开篇即写二人对酌的情景。“山中”，对李白来说,是“别有天地非人间”;盛开的“山花”陪伴在侧,更增添了环境的优美;眼前又是与隐士、高人对酌而非“独酌无相亲”,“幽人”当然是意气相投的友人。此情此景事事称心如意,于是乎你敬我一杯,我敬你一杯,“一杯复一杯”地开怀畅饮。次句接连重复三次“一杯”,不但极写饮酒之多,而且极写快意之至。使人仿佛看到那痛快淋漓的饮酒情景和兴高采烈地相互劝饮的声音。尾联写由于贪杯,诗人酩酊大醉了,玉山将崩,于是打发朋友先走。“我醉欲眠卿且去”,话很直率,却活画出饮酒者酒酣耳热的情态,也表现出对酌者双方是忘我之交,不分彼此,不讲客套。尽管颓然酣醉,诗人还余兴未尽,招呼“幽人”“明朝有意抱琴来”,表现了一种超凡脱俗的狂士与友人间的真挚感情。那种憨厚正直、恣情纵饮的神情,招之即来、挥之即去的声气,不拘礼节、自由随便的态度,展现了一对高度个性化的朋友形象。

本诗的艺术表现也有独到之处。盛唐绝句已经律化,且多含蓄不露、回环婉曲之作,与古诗歌行全然不同。而本诗却不就声律,又词气飞扬。一开始就有一往无前不可羁勒之势,这纯是歌行风格。唯其如此,才将那种极快意之情表达得酣畅淋漓。这与通常的绝句不同,但它又不违反绝句的艺术法则,即虽豪放却非一味发露,仍有波澜、有曲折,或者说直中有曲意。前两句极写一杯复一杯地痛饮,三句忽然来一转折说到醉了想睡觉,请君离去,是诗情的一顿宕;在遣君离去之际又与之婉定后约,相邀改日抱琴再来,一边饮酒一边弹琴,是诗情的又一顿宕。如此造成擒纵之致,所以能于写真率的举止谈吐中,将一种深情曲曲地表达出来,自然有味。本诗直在全写眼前景口头语,曲在其内含的情意和心里,即有信口而出、率直天真的妙处,又不一泻千里、一览无余,故能令人玩味,令人神往。

本诗的语言特点,在口语化的同时又不失其为经过提炼的文学语言,隽永有味。如“我醉欲眠卿且去”二句明白如话,却又是化用了一个典故。《宋书·隐逸传》:“(陶)潜不解音声,而畜素琴一张,无弦,每有酒适,辄抚弄以寄其意。贵贱造之者,有酒辄设。潜若先醉,便语客:‘我醉欲眠,卿可去’,其真率如此。”诗中几乎是套用陶潜的原话,正表现出一种真率脱略的风度。而尾句的“抱琴来”也显然不是着意于声乐的享受,而重在“抚弄以寄其意”、以尽其兴,这从其出典处可以会出。

金乡送韦八之西京

李　白

客从长安来，还归长安去。
狂风吹我心，西挂咸阳树。
此情不可道，此别何时遇？
望望不见君，连山起烟雾。

【鉴赏】

这首诗写于天宝八载（749）。这年春天，李白从兖州出发，东游齐鲁，在金乡（今属山东）遇友人韦八回长安，写了这首送别诗。

从诗的首两句来看，韦八似是暂来金乡做客的，所以说“客从长安来，还归长安去”。这两句诗像说家常话一样自然、朴素，好似随手拈来，毫不费力。三、四两句，凭空起势，想象奇特，形象鲜明，可谓神来莫测之笔，而且带有浪漫主义的艺术想象。诗人因送友人归京，故思及长安。他把思念长安的心情表现得神奇、别致、新颖、奇特，写出了送别时的心潮起伏。“狂风吹我心”，不一定是送别时真有大风伴行，而主要是状写送别时心情激动，如狂飙吹心。至于“西挂咸阳树”，把我们常说的“挂心”，用虚拟的方法，形象地表现出来了。“咸阳”实指长安，因上两句连用两个“长安”，故此处用“咸阳”代之，避免了词语的重复使用过多。这两句诗虽因送别联类而及，但也表达出诗人的心已经追逐友人而去，很自然地流露出依依惜别的心情。“此情不可道”二句，话少情多，离别时的千种风情，万般思绪，仅用“不可道”三字带过，犹如满怀心腹事，尽在不言中。最后两句，写诗人伫立凝望，目送友人归去的情景。当友人愈去愈远，最后连影子也消失时，诗人看到的只是连山的烟雾，在这烟雾迷蒙中，寄寓着诗人与友人别后的怅惘之情。“望”字重叠，显出伫望之久和依恋之深。

这首诗语言平易、通俗，没有一点斧凿痕迹。其中“狂风吹我心”二句，是脍炙人口的名句，在整首诗中，如奇峰壁立，因而使此诗“平中见奇”（清刘熙载《艺概》）。正是这种“想落天外”的艺术构思，显示出诗人杰出的艺术才能。

鲁郡东石门送杜二甫

李 白

醉别复几日，登临遍池台。
何时石门路，重有金樽开？
秋波落泗水[①]，海色明徂徕[②]。
飞蓬各自远，且尽手中杯！

【注释】

①泗水：古河名，在今山东省西南部，源出山东泗水县蒙山南麓，四源并发，故名。

②徂徕(cú lái)：山名，在今山东省泰安市东南。

【鉴赏】

李白于天宝三载(744)被诏许还乡，驱出朝廷后，在洛阳与杜甫相识，两人一见如故，来往密切。天宝四载，李杜重逢，同游齐鲁。深秋，杜甫西去长安，李白再游江东，两人在鲁郡东石门分手，临行时李白写了这首送别诗。题中的“二”，是杜甫的排行。

“醉别复几日”，没有几天便要离别了，那就痛快地一醉而别吧！两位大诗人在即将分手的日子里舍不得离开。“醉眠秋共被，携手日同行”(杜甫《与李十二同寻范十隐居》)，鲁郡一带的名胜古迹，亭台楼阁几乎都登临游览遍了，“登临遍池台”说的就是这个意思。李白多么盼望这次分别后还能再次重会，同游痛饮：“何时石门路，重有金樽开？”石门，山名，在山东曲阜东北，是一座风景秀丽的山峦。山有寺院，泉水潺潺，李杜经常在这幽雅隐逸的胜地游览。这两句诗也就是杜甫所说的“何时一樽酒，重与细论文”(《春日忆李白》)的意思。“重有金樽开”这一“重”字，热烈地表达了李白希望重逢欢叙的迫切心情；又说明他们生活中有共同的乐趣，富有浓烈的生活气息，读来令人感到亲切。

李杜同嗜酒，同爱游山玩水。他们是在秋高气爽、风景迷人的情景中分别的：“秋波落泗水，海色明徂徕。”这里形容词“明”用如动词，赋予静态的自然色彩以运动感。不说徂徕山色本身如何青绿，而说苍绿色彩主动有意地映照徂徕山，和宋王安石的诗句"两山排闼送青来"(《书湖阴先生壁》)所采用的拟人化手法相似。这就把山色写活，显得生气勃勃而富有气势。"明"字是这句诗的"诗眼"，写得传神而生动。在这山清水秀、风景如画的背景中，两个知心朋友正难舍难分，依依惜别："飞蓬各自远，且尽手中杯！"好友离别，仿佛转蓬随风飞舞，各自飘零远逝，令人难过。语言不易表达情怀，言有尽而意无穷，那么，就倾尽手中杯，以酒抒怀，来一个醉别吧！感情是多么豪迈而爽朗。结句干脆有力，李白对杜甫的深厚友情，不言而喻而又倾吐无遗。

这首送别诗以"醉别"开始，干杯结束，首尾呼应，一气呵成，充满豪放不羁和乐观开朗的感情，给人以鼓舞和希望而毫无缠绵哀伤的情调。诗中的山水形象，隽美秀丽，明媚动人，自然美与人情美——真挚的友情，互相衬托；纯洁无邪、胸怀坦荡的友谊和清澄的泗水秋波、明净的徂徕山色交相辉映，景中寓情，情随景现，给人以深刻的美感享受。这首诗以情动人，以美感人，充满诗情画意，是脍炙人口的佳作。

灞陵行送别

李　白

送君灞陵亭，灞水流浩浩。
上有无花之古树，下有伤心之春草。
我向秦人问路岐，云是王粲南登之古道
古道连绵走西京，紫阙落日浮云生。
正当今夕断肠处，骊歌愁绝不忍听。

【鉴赏】

长安东南三十里处，原有一条灞水，汉文帝葬于此，遂称灞陵。唐代，人们出长安东门相送亲友，常常在这里分手。因此，灞上、灞陵、灞水等，在唐诗里经常是和离别联系在一起的。这些词本身就带有离别的色彩。"送君灞陵亭，灞水流浩浩。""灞陵""灞水"重复出现，烘托出浓郁的离别气氛。写灞水水势"流浩浩"，固然是实写，但诗人那种惜别的感情，不也如浩浩的灞水吗？这是赋，而又略带比兴。

"上有无花之古树，下有伤心之春草。"这两句一笔宕开，大大开拓了诗的意境，不仅展现了灞陵道边的古树春草，而且在写景中透露了朋友临别时不忍分手，上下顾盼、瞩目四周的情态。春草萋萋，自不必说会增加离别的惆怅意绪，令人伤心不已；而古树枯而无花，对于春天似无反映，那种历经沧桑、归于默然的样子，不是比多情的芳草能引起更深沉的人生感慨吗？这样，前面四句，由于点到灞陵、古树，在伤离、送别的环境描写中，已经潜伏着怀古的情绪了。于是五、六句的出现就显得自然。

"我向秦人问路歧，云是王粲南登之古道。"王粲，建安时代著名诗人。汉献帝初平三年(192)，董卓的部将李傕、郭汜等在长安作乱，他避难荆州，作了著名的《七哀诗》，其中有"南登灞陵岸，回首望长安"的诗句。这里说朋友南行之途，乃是当年王粲避乱时走过的古道，不仅暗示了朋友此行的不得意，而且隐括了王粲《七哀诗》中"回首望长安"的诗意。不用说，友人在离开灞陵、长别帝都时，也会像王粲那样，依依不舍地翘首回望。

"古道连绵走西京，紫阙落日浮云生。"这是回望所见。漫长的古道，世世代代负载过多少前往长安的人，好像古道自身就飞动着直奔西京。然而今日的西京，巍巍紫阙之上，日欲落而浮云生，景象黯淡。这当然也带有写实的成分，灞上离长安三十里，回望长安，暮霭笼罩着宫阙的景象是常见的。但在古诗中，落日和浮云联系在一起时，往往有指喻"谗邪害公正"的寓意。这里便是用落日浮云来象征朝廷中邪佞蔽主，谗毁忠良，透露朋友离京有着令人不愉快的政治原因。

由此看来，行者和送行者除了一般的离情别绪之外，还有着对于政局的忧虑。理解了这种心情，对诗的结尾两句的内涵，也就有了较深切的体会。"正当今夕断肠处，骊歌愁绝不忍听。"骊歌，指逸诗《骊驹》，是一首离别时唱的歌，因此骊歌也就泛指离歌。骊歌之所以愁绝，正因为今夕所感受的，并非单纯的离别，而是由此触发的更深广的愁思。

诗是送别诗，真正明点离别的只收尾两句，但读起来却觉得围绕着送别，诗人抒发的感情绵长而深厚。从这首诗的语言节奏和音调，能感受出诗人欲别而不忍别的绵绵情思和内心深处相应的感情旋律。诗以两个较短的五言句开头，但"灞水流浩浩"的后面三字，却把声音拖长了，仿佛临歧欲别时感情如流水般地不可控制。随着这种"流浩浩"的情感和语势，以下都是七言长句。三句、四句和六句用了三个"之"字，一方面造成语气的贯注，一方面又在句中把语势稍稍煞住，不显得过分流走，则又与诗人送之而又欲留之的那种感情相仿佛。诗的一、二句之间，有"灞陵"和"灞水"相递连；三、四句"上有无花之古树，下有伤心之春草"，由于排比和用字的重迭，既相递连，又显得回荡。五、六句和七、八句，更是顶针直递而下，这就造成断而复续、回环往复的音情语气，从而体现了别离时内心深处的感情波澜。围绕离别，诗人笔下还展开了广阔的空间和时间：古老的西京，绵绵的古道，紫阙落日的浮云，怀忧去国、曾在灞陵道上留下足迹的前代诗人王粲……由于思绪绵绵，向着历史和现实多方面扩展，因而给人以世事浩茫的感受。

送裴十八图南归嵩山二首

李　白

其　一

何处可为别，长安青绮门。
胡姬招素手，延客醉金樽。
临当上马时，我独与君言。
风吹芳兰折，日没鸟雀喧。
举手指飞鸿，此情难具论。
同归无早晚，颍水有清源。

其　二

君思颍水绿，忽复归嵩岑。
归时莫洗耳，为我洗其心。
洗心得真情，洗耳徒买名。
谢公终一起，相与济苍生。

【鉴赏】

诗的开头，点明送别的地点。“长安青绮门”，是东去的行人辞别京城的起点，自然会使人想起种瓜的召平；再往前走，便是折柳分袂的灞桥。这个地方原本就蕴蓄着历史的感慨，加上酒店里胡姬殷勤招呼，举杯在手，更觉得思绪万千，别情无极。在朋友临当上马，相别即在顷刻之际，诗人含蓄地倾诉了他的肺腑之言：“风吹芳兰折，日没鸟雀喧”。这看起来似是写眼前易见之景，但实是暗喻心中难显之情。芳兰摧折，贤能之士偏偏遭遇不幸；鸟雀喧嚣，奸佞之臣得志猖狂；风吹、日没，则是政治黑暗，国势渐衰的写照。在知友临别之际，道出这么两句，彼此都很了然，然而却包含着多么深广的忧愤呵！现实既是如此，诗人又怎样考虑他们彼此的出处行藏呢？“举手指飞鸿，此情难具论。”手指飞鸿，并不一定是送别时实有之景，也是暗喻心中欲言之志。“鸿飞冥冥，弋人何慕焉”（汉扬雄《法言·问明》）。像鸿鸟一样高飞，离开长安，固然是对政治污浊的深恶痛绝，同时也还有出于实际的全身远祸的考虑。“同归无早晚，颍水有清源”，表明两人对现实的认识很清醒，归趋也正相同。“颍水有清源”，既是地理的，堪为归隐之地；又是历史的，更符归隐之情，许由的流风未歇，也正似颍水的清源不竭。这也就暗含着对裴十八归隐的赞赏和慰藉。

这个诗题下的两首诗，虽可相对独立，若就思想内容而言，前一首有待后一首才更高，后一首则须有前一首才完整。如果诗意仅止于同归颍水，追踪许由，那还只是一般诗人的手笔，而到了第二首把诗意翻进一层，才是李白所独到的境界。

第二首起二句便好：“君思颍水绿，忽复归嵩岑。”“您想念着碧绿清澄的颍水”，这一句把归隐的愿望写得多么形象。这里在诗人笔下，抽象的思想、意念化成了具体的、美好的、能够感触的形象。“忽复归嵩岑”，“忽复”两字现出人的个性和情态，何等洒落，何等爽快，敝屣功名富贵自在不言之中了。“归时莫洗耳，为我洗其心。洗心得真情，洗耳徒买名。”许由洗耳的典故，用得灵活入妙。诗人在这里把许由这位上古的高士，临时拉来指桑骂槐，这是因为唐代以隐居为手段达到向上爬的目的者，大有其人。李白很鄙视这种假隐士，所以他说不洗心而徒事洗耳，则是矫情作伪，欺世盗名。诗人认为不论是进是退，或隐或显，唯真正有经世济民的抱负和才干的人，才是超越流俗的大贤。李白平生最仰慕的古人之一——谢安，正是这种典型。“谢公终一起，相与济苍生”。结末是诗人与友人临别赠言，相互劝勉、慰藉之词，洋溢着积极向上的精神。

送杨山人归嵩山

李　白

我有万古宅，嵩阳玉女峰。
长留一片月，挂在东溪松。
尔去掇仙草，菖蒲花紫茸①。
岁晚或相访，青天骑白龙②。

【注释】

①紫茸：指紫色的菖蒲花。茸，形容花娇嫩美好。此二句亦作“君行到此峰，餐霞驻衰容”。

②骑白龙：飞升成仙的意思。

【鉴赏】

全诗分三个层次。前四句丙第一层，写嵩山的景色，抒发了诗人对嵩山以及对昔日遁迹山林、寻仙访道生活的眷念之情。

首联写峰峦，起句豪迈。一个“我”字颇有“万物皆备于我”的气概。“万古宅”似即指嵩阳县境内的玉女峰。李白当年访道嵩山，未必就栖身于此。这里选用“玉女”的峰名，是为了与上句的“万古宅”相对应。“玉女”为天上的仙女，“万古宅”就暗含仙人居所的意思，使神异的气氛更加浓厚，也更加令人向往。

三、四句展示的境界更加美丽神奇。月不可留，而要“长留”，并且使它处在最恰当、最美好的位置上。晶莹的月亮悬挂在苍翠挺拔的松树之上，下面是长流不断的溪水。它不只生动地显现了嵩山秀丽的景色，而且寄托着隐居者高洁的情怀。

五、六句为第二层，写杨山人归山后的活动。诗人想象杨山人归去后将采摘仙草，而嵩山玉女峰一带就散布着开满紫花的菖蒲。这种菖蒲“一寸九节，服之长生”（晋葛洪《神仙传》），正可满足他求仙的欲望。这联上句写人，下句写山。人之于山，犹鱼之于水，显然有“得其所哉”的寓意。“尔”字又和前面的“我”字呼应，渲染出浓郁的别离气氛。

末二句为第三层，诗人向好友表示“岁晚或相访”，要和他一起去过求仙访道、啸傲山林的生活。结句把这种思想情绪化为具体的形象：仿佛在湛蓝的天空中，一条白龙在向前蜿蜒游动，龙身上骑坐着风度潇洒的诗人，他那仙风道骨与“青天”“白龙”相表里，构成了美丽和谐的意境。

这是一首送别诗，但从头至尾不写离愁别恨。写景的部分清幽高远，写杨山人归山后的生活，恬静安适。结尾骑龙相访的神奇画面，又显得豪放飘逸。通篇紧扣诗题，通过色彩鲜明的画面，把送别之意、惜别之情表达出来。借用前人的话说，就是用景语代替情语。它所写的“景”，既为外在的景物，也为内在的感情，是“情与景偕，思与境共”的统一体。例如描绘嵩山秀丽的景色，抒发了诗人对它的爱慕之情，就寓有怀念杨山人和向往栖隐生活的思想感情在内。三者叠合在一起，惜别的情意，就显得十分浓烈。惜别而不感伤，一往情深，而又表现得超奇旷达，这样的送别诗是非常罕见的。它构思新奇，如镜花水月，亦真亦幻，不受通常的时空观念的束缚,不为常人的思想感情所左右,更不因袭模仿,落入前人的窠臼,表现了诗作者惊人的创造力。

送友人入蜀

李　白

见说蚕丛路[1],崎岖不易行。
山从人面起,云傍马头生。
芳树笼秦栈,春流绕蜀城[2]。
升沉应已定,不必问君平。

【注释】

①蚕丛路:蚕丛,是传说中蜀国的开国君王。蚕丛路,代称入蜀的道路。

②春流:泛指春天水涨,江水奔流。一说指流经成都的都江堰内江。蜀城:指成都。一说泛指蜀中城市。

【鉴赏】

这是一首以描绘蜀道山川的奇美著称的抒情诗。天宝二年(743)李白在长安送友人入蜀时所作。

全诗从送别和入蜀这两方面落笔描述。首联写入蜀的道路,先从蜀道之难开始:

见说蚕丛路,崎岖不易行。

临别之际,李白亲切地叮嘱友人:听说蜀道崎岖险阻,路上处处是层峦叠嶂,不易通行。语调平缓自然:恍若两个好友在娓娓而谈,感情显得诚挚而恳切。它和《蜀道难》以饱含强烈激情的感叹句"噫吁嚱,危乎高哉,蜀道之难难于上青天"开始,写法迥然不同,这里只是平静地叙述,而且还是"见说",显得很委婉,浑然无迹。首联入题,提出送别意。领联就"崎岖不易行"的蜀道做进一步的具体描画:

山从人面起,云傍马头生。

蜀道在崇山峻岭上迂回盘绕,人在栈道上走,山崖峭壁宛如迎面而来,从人的脸侧重叠而起,云气依傍着马头而升起翻腾,像是腾云驾雾一般。"起""生"两个动词用得极好，生动地表现了栈道的狭窄、险峻、高危，想象诡异，境界奇美，写得气韵飞动。

蜀道一方面显得峥嵘险阻，另一方面也有优美动人的地方，瑰丽的风光就在秦栈上：

芳树笼秦栈，春流绕蜀城。

此联中的“笼”字是评家所称道的“诗眼”，写得生动、传神，含意丰满，表现了多方面的内容。它包含的第一层意思是：山岩峭壁上突出的林木，枝叶婆娑，笼罩着栈道。这正是从远处观看到的景色。秦栈便是由秦（今陕西省）入蜀的栈道，在山岩间凿石架木建成，路面狭隘，道旁不会长满树木。“笼”字准确地描画了栈道林阴是由山上树木朝下覆盖而成的特色。第二层的意思是：与前面的“芳树”相呼应，形象地表达了春林长得繁盛芳茂的景象。最后，“笼秦栈”与对句的“绕蜀城”，字凝语练，恰好构成严密工整的对偶句。前者写山上蜀道景致，后者写山下春江环绕成都而奔流的美景。远景与近景上下配合，相互映衬，风光旖旎，有如一幅瑰玮的蜀道山水画。诗人以浓彩描绘蜀道胜景，这对入蜀的友人来说，无疑是一种抚慰与鼓舞。尾联忽又翻出题旨：

升沉应已定，不必问君平。

李白了解他的朋友是怀着追求功名富贵的目的入蜀，因而临别赠言，便意味深长地告诫：个人的官爵地位，进退升沉都早有定局，何必再去询问善卜的君平呢！西汉严遵，字君平，隐居不仕，曾在成都卖卜为生。李白借用君平的典故，婉转地启发他的朋友不要沉迷于功名利禄之中，可谓循循善诱，凝聚着深挚的情谊，而其中又不乏自身的身世感慨。这一联写得含蓄蕴藉，语短情长。

这首诗，风格清新俊逸，曾被前人推崇为“五律正宗”（《唐宋诗醇》卷一）。诗的中间两联对仗非常精工严整，而且，领联语意奇险，极言蜀道之难，颈联忽描写纤丽，又道风景可乐，笔力开阖顿挫，变化万千。最后，以议论作结，突现主旨，更富有韵味。清人赵翼曾指出李白所写的五律，“盖才气豪迈，全以神运，自不屑束缚于格律对偶，与雕绘者争长。然有对偶处，仍自工丽；且工丽中别有一种英爽之气，溢出行墨之外”（《瓯北诗话》卷一）。这一评语很精确，正好道出了这首五律在对偶上的艺术特点。

宣州谢朓楼饯别校书叔云

李　白

弃我去者昨日之日不可留，
乱我心者今日之日多烦忧。
长风万里送秋雁，对此可以酣高楼。
蓬莱文章建安骨，中间小谢又清发。
俱怀逸兴壮思飞，欲上青天揽明月。
抽刀断水水更流，举杯销愁愁更愁。
人生在世不称意，明朝散发弄扁舟。

【鉴赏】

这是天宝末年李白在宣城期间饯别秘书省校书郎李云之作。谢朓楼，系南齐著名诗人谢朓任宣城太守时所创建，又称北楼、谢公楼。诗题一作《陪侍御叔华登楼歌》。

发端既不写楼，更不叙别，而是陡起壁立，直抒郁结。“昨日之日”与“今日之日”，是指许许多多个弃我而去的“昨日”和接踵而至的“今日”。也就是说，每一天都深感日月不居，时光难驻，心烦意乱，忧愤郁悒。这里既蕴含了“功业莫从就，岁光屡奔迫”(《淮南卧病书怀寄蜀中赵征君蕤》)的精神苦闷，也融入着诗人对污浊的政治现实的感受。他的“烦忧”既不自“今日”始，他所“烦忧”者也非止一端。不妨说，这是对他长期以来政治遭遇和政治感受的一个艺术概括。忧愤之深广、强烈，正反映出天宝以来朝政的愈趋腐败和李白个人遭遇的愈趋困窘。理想与现实的尖锐矛盾所引起的强烈精神苦闷，在这里找到了适合的表现形式。破空而来的发端，重叠复沓的语言(既说“弃我去”，又说“不可留”；既言“乱我心”，又称“多烦忧”)，以及一气鼓荡、长达十一字的句式，都极生动形象地显示出诗人郁结之深、忧愤之烈、心绪之乱，以及一触即发、发则不可抑止的感情状态。

三、四两句突作转折：面对着寥廓明净的秋空，遥望万里长风吹送鸿雁的壮美景色，不由得激起酣饮高楼的豪情逸兴。这两句在读者面前展现出一幅壮阔明朗的万里秋空画图，也展示出诗人豪迈阔大的胸襟。从极端苦闷忽然转到朗爽壮阔的境界，仿佛变化无端，不可思议。但这正是李白之所以为李白。正因为他素怀远大的理想抱负，又长期为黑暗污浊的环境所压抑，所以时刻都向往着广大的可以自由驰骋的空间。目接“长风万里送秋雁”之境，不觉精神为之一爽，烦忧为之一扫，感到一种心、境契合的舒畅，“酣饮高楼”的豪情逸兴也就油然而生了。

下两句承高楼饯别写纵酒高谈的内容。东汉时学者称东观（政府的藏书机构）为道家蓬莱山，这里用“蓬莱文章”借指汉代文章。建安骨，指刚健遒劲的“建安风骨”，其文章风格刚健，下句则提及“小谢”（即谢朓）诗清新秀发的风格。李白非常推崇谢朓，在谢朓楼谈到谢朓正是“本地风光”。这两句自然地关合了题目中的谢朓楼。

七、八两句就“酣高楼”进一步渲染双方的意兴，说彼此都怀有豪情逸兴、雄心壮志，酒酣兴发，更是飘然欲飞，想登上青天揽取明月。前面方写晴昼秋空，这里却说到“明月”，可见后者当非实景。“欲上”云云，也说明这是诗人酒酣兴发时的豪语。豪放与天真，在这里得到了和谐的统一。这正是李白的性格。上天揽月，固然是一时兴到之语，未必有所寓托，但这飞动健举的形象却让我们分明感觉到诗人对高洁理想境界的向往追求。这两句笔酣墨饱，淋漓尽致，把面对“长风万里送秋雁”的境界所激起的昂扬情绪推向最高潮，仿佛现实中一切黑暗污浊都已一扫而光，心头的一切烦忧都已丢到了九霄云外。

然而诗人的精神尽管可以在幻想中遨游驰骋，诗人的身体却始终被羁束在污浊的现实之中。现实中并不存在“长风万里送秋雁”这种可以自由飞翔的天地，他所看到的只是“夷羊满中野，绿葹盈高门”（《古风》五十一）这种可憎的局面。因此，当他从幻想中回到现实里，就更强烈地感到了理想与现实的矛盾不可调和，更加重了内心的烦忧苦闷。“抽刀断水水更流，举杯消愁愁更愁”，这一落千丈的又一大转折，正是在这种情况下必然出现的。“抽刀断水水更流”的比喻是奇特而富于独创性的，同时又是自然贴切而富于生活气息的。谢朓楼前，就是终年长流的宛溪水，不尽的流水与无穷的烦忧之间本就极易产生联想，因而很自然地由排遣烦忧的强烈愿望中引发出“抽刀断水”的意念。由于比喻和眼前景的联系密切，从而使它多少具有“兴”的意味，读来便感到自然天成。尽管内心的苦闷无法排遣，但“抽刀断水”这个细节却生动地显示出诗人力图摆脱精神苦闷的要求，这就和沉溺于苦闷而不能自拔者有明显区别。

“人生在世不称意，明朝散发弄扁舟。”李白的进步理想与黑暗现实的矛盾，在当时历史条件下，是无法解决的，因此，他总是陷于“不称意”的苦闷中，而且只能找到“散发弄扁舟”这样一条摆脱苦闷的出路。这结论当然不免有些消极，甚至包含着逃避现实的成分。但历史与他所代表的社会阶层都规定了他不可能找到更好的出路。

李白的可贵之处在于，尽管他精神上经受着苦闷的重压，但并没有因此放弃对进步理想的追求。诗中仍然贯注豪迈慷慨的情怀。“长风”二句，“俱怀”二句，更像是在悲怆的乐曲中奏出高昂乐观的音调，在黑暗的云层中露出灿烂明丽的霞光。“抽刀”二句，也在抒写强烈苦闷的同时表现出倔强的性格。因此，整首诗给人的感觉不是阴郁绝望，而是忧愤苦闷中显现出豪迈雄放的气概。这说明诗人既不屈服于环境的压抑，也不屈服于内心的重压。

思想感情的瞬息万变，波澜迭起，和艺术结构的腾挪跌宕，跳跃发展，在这首诗里被完美地统一起来了。诗一开头就平地突起波澜，揭示出郁积已久的强烈精神苦闷；紧接着却完全撇开“烦忧”，放眼万里秋空，从“酣高楼”的豪兴到“揽明月”的壮举，扶摇直上九霄，然后却又迅即从九霄跌入苦闷的深渊。直起直落，大开大合，没有任何承转过渡的痕迹。这种起落无端、断续无迹的结构，最适宜于表现诗人因理想与现实的尖锐矛盾而产生的急遽变化的感情。

自然与豪放和谐结合的语言风格，在这首诗里也表现得相当突出。必须有李白那样阔大的胸襟抱负、豪放坦率的性格，又有高度驾驭语言的能力，才能达到豪放与自然和谐统一的境界。这首诗开头两句，简直像散文的语言，但其间却流注着豪放健举的气势。“长风”二句，境界壮阔，气概豪放，语言则高华明朗，仿佛脱口而出。这种自然豪放的语言风格，也是这首诗虽极写烦忧苦闷，却并不阴郁低沉的一个原因。

东鲁门泛舟二首（其一）

李　白

日落沙明天倒开，波摇石动水萦回。
轻舟泛月寻溪转，疑是山阴雪后来。

【鉴赏】

东鲁是唐时的兖州（今山东曲阜），“东鲁门”在府城东。诗中写的是月下泛舟的情景。

“日落沙明天倒开”，第一句写景就奇妙。常言“天开”往往与日出相关，把天开与日落联在一起，则闻所未闻。但它确乎写出一种实感：“日落”时回光返照的现象，使水中沙洲与天空的倒影分外眼明，给人以“天开”之感。这光景通过水中倒影来写，更是奇中有奇。此句从写景中已间接展示“泛舟”之事，又是很好的发端。

“波摇石动水萦回”。按常理应该波摇石不动。而“波摇石动”，同样来自弄水的实感。这是因为现实生活中人们观察事物时，往往会产生各种错觉。波浪的轻摇，水流的萦回，都可能造成“石动”的感觉。至于石的倒影更是摇荡不宁的。这样通过主观感受来写，一下子就抓住使人感到妙不可言的景象特征，与前句有共同的妙处。

夜里水上的景色，因“素月分辉，明河共影”而特别美妙。月光映射水面，铺上一层粼粼的银光，船儿好像泛着月光而行。这使舟中人陶然心醉，忘怀一切，几乎没有目的地沿溪寻路，信流而行。“轻舟泛月寻溪转”，这不仅是写景记事，也刻画了人物精神状态。一个“轻”字，很好地表现了那种飘飘然的感觉。

到此三句均写景叙事，末句才归结到抒情。这里，诗人并未把感情和盘托出，却信手拈来一个著名故事，予以形容。事出《世说新语·任诞》，说的是东晋王徽之（字子猷）居山阴（今浙江绍兴）时，在一个明朗的雪夜，忽然思念住在剡地的好友戴逵，便连夜乘舟造访，隔了一宿才到达。王到后，却不入见，反而掉过船头回去了。别人问他何以如此，他答道：“吾本乘兴而行，兴尽而返，何必见戴？”

“乘兴而行”，正是李白泛舟时的心情。宋苏轼《赤壁赋》写月下泛舟有一段精彩的抒写：“浩浩乎如冯虚御风，而不知其所止；飘飘乎如遗世独立，羽化而登仙。”正好用来说明李白泛月时那物我两忘的情态。那时，他原未必有王子猷那走朋访友的打算，用访戴故事未必确切；然而，他那忘乎其形的豪兴，却与雪夜访戴的王子猷颇为神似，而那月夜与雪夜的境界也很近似。无怪乎诗人不禁糊涂起来，我是李太白呢，是王子猷呢，一时自己也不甚了然了。一个“疑”字运用得极为传神。

这里的用典之妙，在于自如，在于信手拈来，因而用之，借其一端，发挥出无尽的诗意。典故的活用，原是李白七绝的特长之一。此诗在艺术上的成功与此是分不开的，不特因为写景入妙。

把酒问月

李　白

青天有月来几时？我今停杯一问之。
人攀明月不可得，月行却与人相随。
皎如飞镜临丹阙，绿烟灭尽清辉发。
但见宵从海上来，宁知晓向云间没？
白兔捣药秋复春，嫦娥孤栖与谁邻？
今人不见古时月，今月曾经照古人。
古人今人若流水，共看明月皆如此。
唯愿当歌对酒时，月光长照金樽里。

【鉴赏】

《把酒问月》这诗题就是作者绝妙的自我造像，那飘逸浪漫的风神唯谪仙人方能有之。题下原注："故人贾淳令予问之。"彼不自问而令予问之，一种风流自赏之意溢于言表。

悠悠万世，明月的存在对于人间是一个魅人的宇宙之谜。"青天有月来几时"的劈头一问，对那无限时空里的奇迹，大有神往与迷惑交驰之感。问句先出，继而具体写其人神往的情态。这情态从把酒"停杯"的动作见出。它使人感到那突如其来的一问分明带有几分醉意，从而倍有诗味。二句语序倒装，以一问摄起全篇，极富气势感。开篇从手持杯酒仰天问月写起，以下大抵两句换境换意，尽情咏月抒怀。

明月高高挂在天上，会使人生出"人攀明月不可得"的感慨；然而当你无意于追攀时，它许会万里相随，依依不舍。两句一冷一热，亦远亦近，若离若即，道是无情却有情。写出明月于人既可亲又神秘的奇妙感，人格化手法的运用惟妙惟肖。回文式句法颇具唱叹之致。紧接二句对月色作描绘：皎皎月轮如明镜飞升，下照宫阙，云翳（“绿烟”）散尽，清光焕发。以“飞镜”作譬，以“丹阙”陪衬俱好，而“绿烟灭尽”四字尤有点染之功。试想，一轮圆月初为云遮，然后揭开纱罩般露出娇面，该是何等光彩照人！月色之美被形容得如可揽接。不意下文又以一问将月的形象推远：“但见宵从海上来，宁知晓向云间没？”月出东海而消逝于西天，踪迹实难测知，偏能月月循环不已。“但见”“宁知”的呼应足传诗人的惊奇，他从而浮想联翩，究及那难以稽考的有关月亮的神话传说：月中白兔年复一年不辞辛劳地捣药，为的什么？碧海青天夜夜独处的嫦娥，该是多么寂寞？语中对神物、仙女深怀同情，其间流露出诗人自己孤苦的情怀。这面对宇宙的遐想又引起一番人生哲理探求，从而感慨系之。今月古月实为一个，而今人古人则不断更迭。说“今人不见古时月”，亦意味“古人不见今时月”；说“今月曾经照古人”，亦意味“古月依然照今人”。故二句造语备极重复、错综、回环之美，且有互文之妙。古人今人何止恒河沙数，只如逝水，然而他们见到的明月则亘古如斯。后二句在前二句基础上进一步把明月长在而人生短暂之意渲染得淋漓尽致。前两句分说，后二句总括，诗情哲理并茂，读来意味深长，回肠荡气。最后两句则结穴到及时行乐的主意上来。三国曹操诗云：“对酒当歌，人生几何？”（《短歌行》）此处略用其字面，流露出同一种人生感喟。末句“月光长照金樽里”，形象鲜明独特。从无常求“常”，意味隽永。至此，诗情海阔天空地驰骋一番后，又回到诗人手持的酒杯上来，完成了一个美的巡礼，使读者从这一形象回旋中获得极深的诗意感受。

全诗从酒写到月，从月归到酒；从空间感受写到时间感受。其中将人与月反反复复加以对照，又穿插以景物描绘与神话传说，塑造了一个崇高、永恒、美好而又神秘的月的形象，于中也显露着一个孤高出尘的诗人自我。虽然意绪多端，随兴挥洒，但潜气内转，脉络贯通，极回环错综之致、浑成自然之妙；加之四句转韵，平仄互换，抑扬顿挫，更觉一气呵成，有宫商之声，可谓音情理趣俱好，故“于古今为创调”（清王夫之《唐诗评选》）。

陪侍郎叔游洞庭醉后三首（其三）

李　白

划却君山好，平铺湘水流。
巴陵无限酒，醉杀洞庭秋。

【鉴赏】

此诗作于乾元二年(759)秋。是年春，李白在流放夜郎途中，行至巫山，幸遇大赦放还。九死一生，喜出望外，立即“朝辞白帝彩云间，千里江陵一日还”(《早发白帝城》)，赶忙返至江夏。李白获得自由以后，为什么迫不及待地返至江夏呢？“天地再新法令宽，夜郎迁客带霜寒”(《江夏赠韦南陵冰》)，原来他又对朝廷产生了幻想，希望朝廷还能用他。但是他在江夏活动了一个时期，毫无结果，幻想又落空了，只好离开江夏，出游湘中。在岳州遇到族叔李晔，时由刑部侍郎贬官岭南。他们此次同游洞庭，其心情是可以想见的。李白才华横溢，素有远大抱负，而朝政昏暗，使他一生蹭蹬不遇，因而早就发出过“大道如青天，我独不得出”(《行路难三首》其二)的感叹，而今到了晚年，九死一生之余，又遭幻想破灭，竟至无路可走，数十年愤懑，便一齐涌上心头。因此当两人碧波泛舟，开怀畅饮之际，举眼望去，兀立在洞庭湖中的君山，挡住湘水不能一泻千里直奔长江大海，就好像他人生道路上的坎坷障碍，破坏了他的远大前程。于是，发出了“划却君山好，平铺湘水流”的奇想。他要铲去君山，表面上是为了让浩浩荡荡的湘水毫无阻拦地向前奔流，实际上这是抒发他心中的愤懑不平之气。他多么希望铲除世间的不平，让自己和一切怀才抱艺之士有一条平坦的大道可走啊！然而，这毕竟是浪漫主义的奇思幻想。君山是铲不平的，世路仍然是崎岖难行。“何以解忧，唯有杜康”，还是尽情地喝酒吧！诗人醉了，从醉眼里看洞庭湖中的碧波，好像洞庭湖水都变成了酒，而那君山上的红叶不就是洞庭之秋的绯红的醉颜吗？于是又发出了浪漫主义的奇想：“巴陵无限酒，醉杀洞庭秋。”这两句诗，既是自然景色的绝妙的写照，又是诗人思想感情的曲折的流露，流露出他也希望像洞庭湖的秋天一样，用洞庭湖水似的无穷尽的酒来尽情一醉，借以冲去积压在心头的愁闷。这首诗，前后两种奇想，表面上似乎各自独立，实际上却有着内在联系，联系它们的纽带就是诗人壮志未酬的千古愁、万古愤。酒和诗都是诗人借以抒愤懑、豁胸襟的手段。只有处在这种心情下的李白,才能产生这样奇特的想象;也只有这样奇特的想象,才能充分表达此时此际李白的心情。

李白在江夏时期写过一首《江夏赠韦南陵冰》,内容也是醉后抒愤懑之作。中有句云:“人闷还心闷,苦辛长苦辛。愁来饮酒二千石,寒灰重暖生阳春。”“我且为君捶碎黄鹤楼,君亦为吾倒却鹦鹉洲。”此诗的“刬却君山好”,用意与彼正同。假若我们一定要追问“捶碎黄鹤楼”“倒却鹦鹉洲”和“刬却君山”的动机与目的是什么,那么,即使起李白于地下,恐怕他自己也说不出究竟,可能只会这样回答:“我自抒我心中不平之气耳!”

陪族叔刑部侍郎晔及中书贾舍人至游洞庭五首(其二)

李　白

南湖秋水夜无烟,耐可乘流直上天?
且就洞庭赊月色,将船买酒白云边。

【鉴赏】

肃宗乾元二年(759)秋,刑部侍郎李晔贬官岭南,行经岳州(今湖南岳阳),与诗人李白相遇。时贾至亦谪居岳州。三人相约同游洞庭湖,李白写下一组五首的七绝记其事。这是其中第二首。它内涵丰富,妙机四溢,有悠悠不尽的情韵。

首句写景,兼点季节与泛舟洞庭事。洞庭在岳州西南,故可称“南湖”。唐人喜咏洞庭,佳句累累,美不胜收。“南湖秋水夜无烟”一句,看来没有具体精细的描绘,却是天然去雕饰的淡语,惹人联想。夜来湖上,烟之有无,其谁能察?能见“无烟”,则湖上光明可知,未尝写月,而已得“月色”,极妙。清秋佳节,月照南湖,境界澄澈如画,读者如闭目可接,足使人心旷神怡。这种具有形象暗示作用的诗语,淡而有味,其中佳处,又为具体描写所难到。

在被月色净化了的境界里,最易使人忘怀尘世一切琐屑的得失之情而浮想联翩。湖光月色此刻便激起“谪仙”李白羽化遗世之想,所以次句道:安得(“耐可”)乘流而直上青天!传说天河通海,故有此想。诗人天真的异想,又间接告诉读者月景的迷人。

诗人并没有就此上天，后两句写泛舟湖上赏月饮酒之乐。“且就”二字意味深长，似乎表明，虽未上天，却并非青天不可上，也并非自己不愿上，而是洞庭月色太美，不如暂且留下来。其措意亦妙。宋苏东坡《水调歌头》“我欲乘风归去，唯恐琼楼玉宇，高处不胜寒。起舞弄清影，何似在人间”数句，意境与之近似。

湖面清风，湖上明月，自然美景，人所共适，故李白曾说“清风朗月不用一钱买”（《襄阳歌》）。说“不用一钱买”，是三句“赊”字最恰当的注脚，还不能尽此字之妙。此字之用似甚无理，“月色”岂能“赊”？又岂用“赊”？然而著此一字，就将自然人格化。八百里洞庭俨然一位富有的主人，拥有湖光、山景、月色、清风等等无价之宝（只言“赊月色”，却不妨举一反三），而又十分慷慨好客，不吝借与。著一“赊”字，人与自然有了娓娓对话，十分亲切。这种别出心裁的拟人化手法，是高人一筹的。作者《送韩侍御之广德》也有“暂就东山赊月色，酣歌一夜送渊明”之句，亦用“赊月色”词语，可以互参。“赊”字有长、远之义，亦可通讲。

面对风清月白的良宵不可无酒，自然引出末句。明明在湖上，却说“将船买酒白云边”，亦无理而可玩味。原来洞庭湖面辽阔，水天相接，遥看湖畔酒家自在白云生处。说“买酒白云边”，足见湖面之壮阔。同时又与“直上天”的异想呼应，人间酒家被诗人的想象移到天上。这即景之句又充满奇情异趣，丰富了全诗的情韵。

与夏十二登岳阳楼

李　白

楼观岳阳尽，川迥洞庭开。
雁引愁心去，山衔好月来。
云间连下榻，天上接行杯。
醉后凉风起，吹人舞袖回。

【鉴赏】

乾元二年（759），李白流放途中遇赦，回舟江陵（今湖北荆州市），南游岳阳（今属湖南），秋季作这首诗。夏十二，李白朋友，排行十二。岳阳楼坐落在今湖南岳阳市西北高丘上，“西面洞庭，左顾君山”，与黄鹤楼、滕王阁同为南方三大名楼，于开元四年（716）扩建，楼高三层，建筑精美。历代迁客骚人，登临游览，莫不抒怀写志。

李白登楼赋诗，留下了这首脍炙人口的篇章，使岳阳楼更添一层迷人的色彩。

诗人首先描写岳阳楼四周的宏丽景色：“楼观岳阳尽，川迥洞庭开。”岳阳，这里是指天岳山之南一带。天岳山又名巴陵山，在岳阳县西南。登上岳阳楼，远望天岳山南面一带，无边景色尽收眼底。江水流向茫茫远方，洞庭湖面浩荡开阔，汪洋无际。这是从楼的高处俯瞰周围的远景。站得高，望得远，“岳阳尽”“川迥”“洞庭开”，这一“尽”、一“迥”、一“开”的渺远辽阔的景色，形象地表明诗人立足点之高。这是一种旁敲侧击的衬托手法，不正面写楼高而楼高已自见。

李白这时候正遇赦，心情轻快，眼前景物也显得有情有义，和诗人分享着欢乐和喜悦：“雁引愁心去，山衔好月来。”诗人笔下的自然万物好像被赋予生命，你看，雁儿高飞，带走了诗人忧愁苦闷之心；月出山口，仿佛是君山衔来了团圆美好之月。“雁引愁心去”，《文苑英华》作“雁别秋江去”。后者只是写雁儿冷漠地离别秋江飞去，缺乏感情色彩，远不如前者用拟人化手法写雁儿懂得人情，带走愁心，并与下句君山有意“衔好月来”互相对仗、映衬，从而使形象显得生动活泼，情趣盎然。“山衔好月来”一句，想象新颖，有独创性，着一“衔”字而境界全出，写得诡谲纵逸，诙谐风趣。

诗人兴致勃勃，幻想联翩，恍如置身仙境：“云间连下榻，天上接行杯。”在岳阳楼上住宿、饮酒，仿佛在天上云间一般。这里又用衬托手法写楼高，夸张地形容其高耸入云的状态。这似乎是醉眼蒙眬中的幻景。

诚然，诗人是有些醉意了：“醉后凉风起，吹人舞袖回。”楼高风急，高处不胜寒。醉后凉风四起，着笔仍在写楼高。凉风习习吹人，衣袖翩翩飘舞，仪表何等潇洒自如，情调何等舒展流畅，态度又何其超脱豁达，豪情逸志，溢于言表。收笔写得气韵生动，蕴藏着浓厚的生活情趣。

整首诗运用陪衬、烘托和夸张的手法，没有一句正面直接描写楼高，句句从俯视纵观岳阳楼周围景物的渺远、开阔、高耸等情状落笔，却无处不显出楼高，不露斧凿痕迹，可谓自然浑成，巧夺天工。

秋登宣城谢朓北楼

李　白

江城[①]如画里，山晚望晴空。

两水夹明镜，双桥落彩虹。
人烟寒橘柚，秋色老梧桐。
谁念北楼上，临风怀谢公。

【注释】

①江城：泛指水边的城。“江”并不是实说长江。唐时江南地区的口语，无论大水小水都称之为“江”。

【鉴赏】

谢朓北楼是南齐诗人谢朓任宣城太守时所建，又名谢公楼，唐时改名叠嶂楼，是宣城的登览胜地。宣城处于山环水抱之中，陵阳山冈峦盘屈，三峰挺秀；句溪和宛溪的溪水，萦回映带着整个城郊，真是“鸟去鸟来山色里，人歌人哭水声中”（杜牧《题宣州开元寺水阁阁下宛溪夹溪居人》）。这诗作于天宝十三载（754），这年中秋节后，李白从金陵再度来到宣城。

一个晴朗的秋天的傍晚，诗人独自登上了谢公楼。岚光山影，是如此的明净！凭高俯瞰，这“江城”简直是在画图中似的。开头两句，诗人把他登览时所见景色概括地写了出来，总摄全篇，一下子就把读者深深吸引住，一同进入诗的意境中去了。宋严羽《沧浪诗话》云：“太白发句，谓之开门见山。”指的就是这种表现手法。

中间四句是具体的描写。这四句诗里所塑造的艺术形象，都是从上面的一个“望”字生发出来的。从结构的关系来说，上两句写“江城如画”，下两句写“山晚晴空”；四句是一个完整的统一体，而又是有层次的。

“两水”指句溪和宛溪。宛溪源出峄山，在宣城的东北与句溪相会，绕城合流，所以说“夹”。因为是秋天，溪水更加澄清，它平静地流着，波面上泛出晶莹的光。用“明镜”来形容，是最恰当不过的。“双桥”指横跨溪水的上、下两桥。上桥叫作凤凰桥，在城的东南泰和门外；下桥叫作济川桥，在城东阳德门外，都是隋文帝开皇年间（581~600）的建筑。这两条长长的大桥架在溪上，倒影水中，从高楼上远远望去，漂青的溪水，鲜红的夕阳，在明灭照射之中，桥影幻映出无限奇异的璀璨色彩。这哪里是桥呢？简直是天上两道彩虹，而这“彩虹”的影子落入“明镜”之中去了。读了这两句，我们会自然而然地联想到诗人另一名作《望庐山瀑布》中的“飞流直下三千尺，疑是银河落九天”。两者同样是用比拟的手法来塑造形象，同样用一个“落”字把地下和天上联系起来；然而同中有异，异曲同工：一个是以银河比拟瀑布的飞流，一个是用彩虹写夕阳明灭的波光中双桥的倒影；一个着重在描绘其奔腾直下的气势，一个着重在显示其瑰丽变幻的色彩，两者所给予人们的美感也不一样，而诗人想象的丰富奇妙，笔致的活泼空灵，则同样使人惊叹。

秋天的傍晚，原野是静寂的，山冈一带的丛林里冒出人家一缕缕的炊烟，橘柚的深碧，梧桐的微黄，呈现出一片苍寒景色，使人感到是秋光渐老的时候了。我们不难想象，当时诗人的心情是完全沉浸在他的视野里，他的观察是深刻的，细致的；而他的描写又是毫不黏滞的。他站得高，望得远，抓住了一刹那间的感受，用极端凝练的形象语言，在随意点染中勾勒出一个深秋的轮廓，深深地透漏出季节和环境的气氛。他不仅写出秋景，而且写出了秋意。如果我们细心领会一下，就会发现他在高度概括之中，用笔是丝丝入扣的。

这结尾两句，从表面看来很简单，只不过和开头两句一呼一应，点明登览的地点是在"北楼上"；这北楼是谢朓所建的，从登临到怀古，似乎是照例的公式，因而李白就不免顺便说一句怀念古人的话罢了。这里值得注意是"谁念"两个字。"怀谢公"的"怀"，是李白自指；"谁念"的"念"，是指别人。两句的意思，是慨叹自己"临风怀谢公"的心情没有谁能够理解。这就不是一般的怀古了。

李白在长安为权贵所排挤、弃官而去之后，政治上一直处于失意之中，过着飘荡四方的流浪生活。客中的抑郁和感伤，特别当摇落秋风的时节，他那寂寞的心情，是可以想象的。宣城是他旧游之地，现在他又重来这里。一到宣城，他就会怀念到谢朓，这不仅因为谢朓在宣城遗留下像叠嶂楼这样的名胜古迹，更重要的是因为谢朓对宣城有着和自己相同的情感。当李白独自在谢朓楼上临风眺望的时候，面对着谢朓所吟赏的山川，缅怀他平素所仰慕的这位前代诗人，虽然古今世隔，然而他们的精神却是遥遥相接的。这种渺茫的心情，反映了他政治上苦闷彷徨的孤独之感；正因为政治上受到压抑，找不到出路，所以只得寄情山水，尚友古人。他当时复杂的情怀，又有谁能够理解呢？

秋下荆门

李　白

霜落荆门江树空，布帆无恙挂秋风。
此行不为鲈鱼脍，自爱名山入剡中。

【鉴赏】

“荆门”，山名，在今湖北宜都市西北的长江南岸，隔江与虎牙山对峙，战国时为楚国的西方门户。乘船东下过荆门，就意味着告别了巴山蜀水。这首诗写于诗人第一次出蜀远游时。对锦绣前程的憧憬，对新奇而美好的世界的幻想，使他战胜了对峨眉山月的依恋，去热烈地追求理想中的未来。诗中洋溢着积极而浪漫的热情。

第一句是写景，同时点出题中的“秋”和“荆门”。荆门山原是林木森森，绿叶满山，而今秋来霜下，木叶零落，眼前一空。由于山空，江面也显得更为开阔。这个“空”字非常形象地描绘出山明水净、天地清肃的景象，寥廓高朗，而无萧瑟衰飒之感。

第二句“布帆无恙挂秋风”，承上句“江”字，并暗点题中“下”字。东晋大画家顾恺之为荆州刺史殷仲堪幕府的参军，曾告假乘舟东下，仲堪特地把布帆借给他，途中遇大风，恺之写信给殷说：“行人安稳，布帆无恙。”这里借用了“布帆无恙”这一典故，不仅说明诗人旅途平安，更有一帆风顺、天助人愿的意味。这种秋风万里送行舟的景象，生动地写出了诗人无比乐观欣慰的心情。

“张翰江东去，正值秋风时”。诗的第三句，就是由第二句中的“秋风”连及而来的。据说西晋时吴人张翰在洛阳做官，见秋风起而想到故乡的莼羹、鲈鱼鲙，说：“人生贵得适志耳，何能羁宦数千里，以要名爵乎！”遂命驾便归。李白“此行”正值秋天，船又是向着长江下游驶行，这便使他联想到张翰的故事。不过他声明“此行不为鲈鱼鲙”，此行目的与张翰不同，自己是远离家乡。这样反跌一笔，不但使诗变得起伏跌宕，而且急呼下文——“自爱名山入剡中”。剡中，今浙江嵊州市，境内多名山佳水。句中“自”字，与上一句中“不为”相呼应，两句紧相连贯，增强了感情色彩。

古人曾说过：“诗人之言，不足为实也。”那意思大概就是说诗具有凝练、概括、夸张、含蓄等特色，诗中语言的含意，往往不能就字面讲“实”、讲死，所以说诗者也应该“不以辞害意”。这首诗的三、四两句，如果只理解为诗人在表白“此行”的目的，不是为了吴地的美味佳肴，而是要去欣赏剡中的名山，那就未免太表面了，太“实”了。李白“入剡中”，是若干年以后的事。那么它的含意到底是什么呢？要解答这个问题，还得回到诗的第三句。从张翰所说的话来看，张翰是把“名爵”与“鲈鱼鲙”对立起来，弃其前者，而就其后者。那么李白呢？他对后者的态度明朗——“此行不为鲈鱼鲙”。对前者呢？诗人没有明说。可是，“秋下荆门”以后的所言、所行,就把这个问题说得很清楚了。第一,“此行”并没有“入剡中”,而是周游在江汉一带,寻找机会,以求仕进;第二,他还明白地声称:“大丈夫必有四方之志,乃仗剑去国,辞亲远游”(《上安州裴长史书》)。他还希求“奋其智能,愿为辅弼,使寰区大定,海县清一”(《代寿山答孟少府移文书》)。这种建功立业的宏愿,积极用世的精神,不正是和张翰的态度恰恰相反吗?可见诗人此时对“名爵”和“鲈鱼鲙”均一反张翰之意,只不过在诗中说一半留一半罢了。当然,这也是“适志”,是“适”其辞亲远游、建功立业之“志”。诗的第四句又该怎样理解呢?饱览剡中的名山佳水,诚然也是诗人所向往的,早在他出蜀之前这种兴趣就已经表露出来了,不过联系上一句来看,就不能仅仅局限于此了。我们知道自视不凡的李白,是不想通过当时一般文人所走的科举道路,去获取功名的,而是要选择另一条富有浪漫色彩的途径,那便是游历,任侠,隐居名山,求仙学道,结交名流,树立声誉,以期一举而至卿相。所以这里的“自爱名山入剡中”,无非是在标榜自己那种高人雅士的格调,无非是那种不同凡俗的生活情趣的一种艺术概括。这种乐观浪漫、豪爽开朗、昂扬奋发的精神,生动地表现了诗人的个性,以及盛唐时代的精神风貌。

这首诗在艺术表现上也颇有特色。全诗虽四句,但写景、叙事、议论各具形象,集中地抒发了年青诗人“仗剑去国”的热情,笔势变幻灵活,而又自然浑成。四句诗中连用了两个典故,或暗用而不露痕迹,或反用而有新意,读来无凝滞堆砌之感,达到了推陈出新、语如己出、活泼自然的境界。

宿五松山下荀媪家

李　白

我宿五松下,寂寥无所欢。
田家秋作苦,邻女夜舂寒。
跪进雕胡饭,月光明素盘。
令人惭漂母,三谢不能餐。

【鉴赏】

五松山,在今安徽铜陵市南。山下住着一位姓荀的农民老妈妈。一天晚上李白借宿在她家,受到主人诚挚的款待。这首诗就是写当时的心情。

开头两句“我宿五松下,寂寥无所欢”,写出自己寂寞的情怀。这偏僻的山村里没有什么可以引起他欢乐的事情,他所接触的都是农民的艰辛和困苦。这就是三、四句所写的:“田家秋作苦,邻女夜舂寒。”秋作,是秋天的劳作。“田家秋作苦”的“苦”字,不仅指劳动的辛苦,还指心中的悲苦。秋收季节,本来应该是欢乐的,可是在繁重赋税压迫下的农民竟没有一点欢笑。农民白天收割,晚上舂米,邻家妇女舂米的声音,从墙外传来,一声一声,显得多么凄凉啊!这个“寒”字,十分耐人寻味。它既是形容舂米声音的凄凉,也是推想邻女身上的寒冷。

五、六句写到主人荀媪:“跪进雕胡饭,月光明素盘。”古人席地而坐,屈膝坐在脚跟上,上半身挺直,叫跪坐。因为李白吃饭时是跪坐在那里,所以荀媪将饭端来时也跪下身子呈进给他,“雕胡”,就是“菰”,俗称茭白,生在水中,秋天结实,叫菰米,可以做饭,古人当作美餐。姓荀的老妈妈特地做了雕胡饭,是对诗人的热情款待。“月光明素盘”,是对荀媪手中盛饭的盘子突出地加以描写。盘子是白的,菰米也是白的,在月光的照射下,这盘菰米饭就像一盘珍珠一样地耀目。在那样艰苦的山村里,老人端出这盘雕胡饭,诗人深深地感动了,最后两句说:“令人惭漂母,三谢不能餐。”“漂母”,用《史记·淮阴侯列传》的典故:韩信年轻时很穷困,在淮阴城下钓鱼,一个正在漂洗丝絮的老妈妈见他饥饿,便拿饭给他吃,后来韩信被封为楚王,送给漂母千金表示感谢。这诗里的漂母指荀媪,荀媪这样诚恳地款待李白,使他很过意不去,又无法报答她,更感到受之有愧:李白再三地推辞致谢,实在不忍心享用她的这一顿美餐。

李白的性格本来是很高傲的,他不肯“摧眉折腰事权贵”,常常“一醉累月轻王侯”,在王公大人面前是那样地桀骜不驯。可是,对一个普通的山村老妈妈却是如此谦恭,如此诚挚,充分显示了李白的可贵品质。

李白的诗以豪迈飘逸著称,但这首诗却没有一点纵放,风格极为朴素自然。

玉壶吟

李白

烈士击玉壶,壮心惜暮年。
三杯拂剑舞秋月,忽然高咏涕泗涟。
凤凰初下紫泥诏,谒帝称觞登御筵。

揄扬九重万乘主，谑浪赤墀青琐贤。
朝天数换飞龙马，敕赐珊瑚白玉鞭。
世人不识东方朔，大隐金门是谪仙。
西施宜笑复宜颦，丑女效之徒累身。
君王虽爱蛾眉好，无奈宫中妒杀人。

【鉴赏】

诗中叙述了他在长安的各种遭遇。《世说新语·豪爽》载，东晋大将军王敦当酒醉后，常吟唱曹操"老骥伏枥，志在千里；烈士暮年，壮心不已"的诗句，一边唱，一边用如意敲打吐痰用的壶，壶口都让他敲破了。这首诗的题名，即根据这个故事而来，借以表达作者的慷慨激昂而壮志难申的情怀，结尾以君王和宫女的行为爱好点出全诗的主旨，指明当时的社会之黑暗，荒谬可笑。

行行且游猎篇

李　白

边城儿，生年不读一字书，但知游猎夸轻趫。
胡马秋肥宜白草，骑来蹑影何矜骄。
金鞭拂雪挥鸣鞘，半酣呼鹰出远郊。
弓弯满月不虚发，双鸧进落连飞髇。
海边观者皆辟易，猛气英风振沙碛。
儒生不及游侠人，白首下帷复何益。

【鉴赏】

此诗主要借古题写时事。李白亲眼看到在边城的健儿游猎时的情景，因而写成此诗。虽不识一字，却能"游猎夸轻趫"，篇中热情洋溢地塑造了边城健儿骁勇矫健的形象，对挥鞭策马、弯弓不虚发等一系列勇武形象的赞美，同时也反映了诗人豪放不羁的思想风格。这首诗是天宝十一年(752)冬天，诗人北游幽燕时所作。《行行且游猎》为古乐府旧题，常用以写封建帝王游猎之事。

扶风豪士歌

李　白

洛阳三月飞胡沙，洛阳城中人怨嗟。
天津流水波赤血，白骨相撑如乱麻。
我亦东奔向吴国，浮云四塞道路赊。
东方日出啼早鸦，城门人开扫落花。
梧桐杨柳拂金井，来醉扶风豪士家。
扶风豪士天下奇，意气相倾山可移。
作人不倚将军势，饮酒岂顾尚书期。
雕盘绮食会众客，吴歌赵舞香风吹。
原尝春陵六国时，开心写意君所知。
堂中各有三千士，明日报恩知是谁？
抚长剑，一扬眉，清水白石何离离。
脱吾帽，向君笑。饮君酒，为君吟。
张良未逐赤松去，桥边黄石知我心。

【鉴赏】

本诗真实地再现了洛阳失守后的悲惨景象，抒发了诗人以天下为己任、报效国家、建功立业的伟大胸怀。“扶风”，郡名，在今陕西凤翔一带。诗中的“扶风豪士”，不知是何人。《宁国府志》卷三十一说“扶风豪士”指万巨，不知有什么根据。洪亮吉《北江诗话》已议其非。又有人考证说是溧阳主簿窦嘉宾，但恐一位县主簿不会像诗中描写得那样豪华。天宝十五年(756)，安禄山在洛阳称帝。他手下的士兵在洛阳城中肆意横行，无恶不作，欺压百姓。于是百姓们纷纷逃难，在此期间李白也带领家人逃到南方。同年三月，他在溧溪(今江苏溧阳)参加扶风豪士家的一次宴会，并写下了这首《扶风豪士歌》。

国学经典文库　图文珍藏版

唐诗鉴赏

马　博◎主编

线装书局

南陵别儿童入京

李　白

白酒新熟山中归，黄鸡啄黍秋正肥。
呼童烹鸡酌白酒，儿女嬉笑牵人衣。
高歌取醉欲自慰，起舞落日争光辉。
游说万乘苦不早，著鞭跨马涉远道。
会稽愚妇轻买臣，余亦辞家西入秦。
仰天大笑出门去，我辈岂是蓬蒿人！

【鉴赏】

李白在南陵（今山东曲阜附近）与家人告别时写下此诗。诗写得情景交融，酣畅淋漓地抒发了诗人狂喜的心情。

天宝（742~755）初，唐玄宗下诏，征李白入京。当时李白已过四十岁，奔走多年终于获得仕宦京都的机会，心情的兴奋是可以想见的。

军　　行

李　白

骝马新跨白玉鞍[①],战罢沙场[②]月色寒。
城头铁鼓声犹震[③],匣里金刀血未干。

【注释】

①骝马:黑鬣黑尾巴的红马,骏马的一种。新:刚刚。

②沙场:指战场。

③震:响。

【鉴赏】

这首诗描写了一场惊心动魄的战斗刚刚结束时的情景。“骝马新跨白玉鞍,战罢沙场月色寒”:枣红马刚刚装上用白玉装饰的马鞍,战士就骑着它出发了。战斗结束的时候天已经很晚,战场上只留下寒冷的月光。“城头铁鼓声犹震,匣里金刀血未干”:城头上催战的鼓声仍在旷野上回荡,刀鞘里的钢刀血迹还没有干。诗人寥寥数笔,就把将士们的英雄气概,胜利者的骄傲神态,生动地描绘了出来。

送贺宾客归越

李　白

镜湖流水漾清波,狂客归舟逸兴多。
山阴道士如相见,应写黄庭换白鹅。

【鉴赏】

这首诗是李白专为贺知章所作,天宝二载(743)十二月,太子宾客(官名)贺知章请求出家为道士,并返回家乡。知章为越州永兴(今浙江萧山)人,与李白为忘年交。天宝三载春天,知章从长安启行,李白特作此诗为他送行,表达了他们友情的深厚。

春夜洛城闻笛

李 白

谁家玉笛暗飞声[①]？散入春风满洛城。[②]
此夜曲中闻折柳[③]，何人不起故[④]园情！

【注释】

①暗飞声：悄悄地飘来声音。
②洛城：即洛阳。
③折柳：即《折杨柳》曲的简称。
④故园：故乡。

【鉴赏】

不知从谁家的窗户里悄然飞出了阵阵悠扬的笛声，这笛声随着春风传遍了整个洛阳城。在夜间聆听一首表达离别之情的《折杨柳》曲，谁能不勾起怀念故乡之情呢！这首诗情调优雅，借夜里的笛声，诉说了对故乡的思念之情。

经下邳圯桥怀张子房

李 白

子房未虎啸，破产不为家。
沧海得壮士，椎秦博浪沙。
报韩虽不成，天地皆振动。
潜匿游下邳，岂曰非智勇？
我来圯桥上，怀古钦英风。
唯见碧流水，曾无黄石公。
叹息此人去，萧条徐泗空。

【鉴赏】

这是李白经过下邳(在今江苏睢宁)圯桥时写的一首怀古之作。诗饱含钦慕之情,颂扬张良的智勇豪侠,其中又暗寓着诗人的身世感慨。张良,字子房,是辅佐刘邦打天下的重要谋臣。诗起句"虎啸"二字,即指张良跟随汉高祖以后,其叱咤风云的业绩。但诗却用"未"字一笔撇开,只从张良发迹前写起。张良的祖父和父亲曾相继为韩国宰相,秦灭韩后,他立志报仇,"弟死不葬,悉以家财求客刺秦皇"(《史记·留侯世家》)。"破产不为家"五字,点出了张良素来就是一个行侠仗义、不同寻常的人物。后两句写其椎击秦始皇的壮举。据《史记》记载,张良后来"东见沧海君,得力士,为铁椎重百二十斤。秦皇帝东游,良与客狙击秦皇帝博浪沙中"。诗人把这一小节熔铸成十个字:"沧海得壮士,椎秦博浪沙。"以上四句直叙之后,第五句一折,"报韩虽不成",惋惜力士椎击秦始皇时误中副车。秦皇帝为之寒栗,赶紧"大索天下",而张良的英雄胆略,遂使"天地皆振动"。七、八两句"潜匿游下邳,岂曰非智勇",写张良"更姓名潜匿下邳",而把圯桥进履,受黄石公书一段略去不写,只用一个"智"字暗点,暗渡到三句以后的"曾无黄石公"。"岂曰非智勇?"不以陈述句法正叙,而改用反问之笔,使文气跌宕,不致平衍。后人评此诗,说它句句有飞腾之势,说得未免抽象,其实所谓"飞腾之势",就是第五句的"虽"字一折和第八句的"岂"字一宕所构成。

以上八句夹叙夹议,全都针对张良,李白本人还没有插身其中。九、十两句"我来圯桥上,怀古钦英风",这才通过长存的圯桥古迹,把今人、古人结合起来了。诗人为何"怀古钦英风"呢?其着眼点还是在现实:"唯见碧流水,曾无黄石公。"此两句,句法有似五律中的流水对。上句切合圯桥,桥下流水,清澈碧绿,一如张良当时。岁月无常,回黄转绿,大有孔子在川上曰"逝者如斯夫,不舍昼夜"之概。下句应该说是不见张子房了,可是偏偏越过张子房,而说不见张子房之师黄石公。诗人的用意是:当代未尝没有如张良一般具有英风的人,只是没有像黄石公那样加以识拔,传以太公兵法,造就"为王者师"的才罢了。表面上是"叹息此人去,萧条徐泗空",再也没有这样的人了;实际上,这里是以曲笔自抒抱负。《孟子·尽心下》云:"由孔子而来至于今,百有馀岁,去圣人之世,若此其未远也,近圣人之居,若此其甚也,然而无有乎尔,则亦无有乎尔。"表面上孟子是喟叹世无孔子,实质上是隐隐地以孔子的继承人自负。李白在这里用笔正和孟子有异曲同工之处:谁说"萧条徐泗空",继张良而起,当今之世,舍我其谁哉!诗人《扶风豪士歌》的结尾说:"张良未逐赤松去,桥边黄石知我心。"可以看作此诗末两句的注脚。

一首怀古之作,写得如此虎虎有势而又韵味深长,这是极可欣赏的。

望鹦鹉洲悲祢衡

李　白

魏帝营八极，蚁观一祢衡。
黄祖斗筲人，杀之受恶名。
吴江赋《鹦鹉》，落笔超群英。
锵锵振金玉，句句欲飞鸣。
鸷鹗啄孤凤，千春伤我情。
五岳起方寸，隐然讵可平？
才高竟何施，寡识冒天刑。
至今芳洲上，兰蕙不忍生。

【鉴赏】

鹦鹉洲在湖北武汉汉阳的西南，是长江中的一个小洲，和祢衡有密切关系。据《后汉书·祢衡传》记载：祢衡少有才辩，而尚气刚傲，好矫时慢物。孔融深爱其才，在曹操面前称赞他。曹操因被其辱，把他送与刘表。刘表又不能容，转送与江夏太守黄祖。黄祖的长子黄射在洲上大会宾客，有人献鹦鹉，他就叫祢衡写赋以娱嘉宾。祢衡揽笔而作，文不加点，辞采甚丽。鹦鹉洲由此而得名。后来，黄祖终因祢衡言不逊顺，把他杀了。李白一生道路坎坷，虽有超人才华而不容于世。这时，他从流放夜郎途中遇赦回来，望鹦鹉洲而触景生情，思念起古人祢衡来了。

诗的前四句，首先从刻画祢衡落笔，写他的性格和悲惨的遭遇。曹操经营天下，显赫一时，而祢衡却视之为蚁类，这就突出地表现了祢衡傲岸的性格。黄祖是才短识浅之徒，他杀了祢衡，正说明他心胸狭隘不能容物，因而得到了恶名。

接着四句，举出祢衡的名作《鹦鹉赋》，极赞他的杰出才华。这样一个才华"超群英"的人，命运却如此之悲惨，多么令人痛惜啊！于是引出下面四句。诗人对祢衡的遭遇愤然不平，他把黄祖之流比作凶猛的恶鸟，而把祢衡比作孤凄的凤凰。祢衡被残杀使诗人哀伤不已，心中如五岳突起，不能得平。

继愤激之情而来的是无限的哀婉。最后四句，诗人为祢衡的才华不得施展而惋惜，为他的寡识冒刑而哀伤。结句把兰蕙人格化，赋予人的感情，似乎兰蕙也为祢衡痛不欲生了。

这首诗，前八句怀古，后八句抒慨，表达了对祢衡的敬仰和哀惜，透出诗人心底怨愤难平之情。近人高步瀛评此诗："此以正平（祢衡）自况，故极致悼惜，而沉痛语以骏快出之，自是太白本色。"（《唐宋诗举要》）这话是不无道理的。

诗中刻画人物十分精练，抓住人物特征，寥寥几笔，以少胜多，突出了祢衡孤傲的性格和超人的才华。这两点是祢衡的不同凡响之处，也正是李白所引为同调的。诗中运用比喻、拟人等艺术手法，表现出强烈的感情色彩。他把黄祖之流比作"鸷鹗"，对凶残的权势者表示强烈的憎恨；把祢衡誉为"孤凤"，爱慕、怜惜之情溢于言表。由于恰当地运用了这些艺术手法，全诗形象鲜明，感情深沉而含蓄。

谢公亭

李白

谢亭离别处，风景每生愁。
客散青天月，山空碧水流。
池花春映日，窗竹夜鸣秋。
今古一相接，长歌怀旧游。

【鉴赏】

谢公亭位居宣城（今属安徽）城北，谢朓任宣城太守时，曾在这里送别诗人范云。

"谢亭离别处，风景每生愁。"谢朓、范云当年离别之处犹在，如今每睹此处景物则不免生愁。"愁"字内涵很广，思古人而恨不见，度今日而觉孤独，乃至由谢朓的才华、交游、遭遇，想到自己的受谗遭妒，都可能蕴含其中。

"客散青天月，山空碧水流。"两句紧承上联"离别""生愁"，写谢公亭的风景。由于"离别"，当年诗人欢聚的场面不见了，此地显得天旷山空，谢公亭上唯见一轮孤月，空山寂静，碧水长流。这两句写的是眼前令人"生愁"的寂寞。李白把他那种怀斯人而不见的怅惘情绪涂抹在景物上，就使得这种寂寞而美好的环境，似乎仍在期待着久已离去的前代诗人，从而能够引起人们对于当年客散之前景况的遐想。这不仅是怀古，同时包含李白自己的生活感受。李白的诗，也经常为自己生活中故交云散、盛会难再而深致惋惜，这表现了李白对于人间友情的珍视，并且也很容易引起读者的共鸣。

"客散"两句似乎已经括尽古今了，但意犹未尽，接着两句"池花春映日，窗竹夜鸣秋”，不再用孤月、空山之类景物来写“生愁”，而是描绘谢公亭春秋两季佳节良宵的景物。池花映着春日自开自落，窗外修竹在静谧的秋夜中窸窣地发出清响，则风景虽佳，人事依然不免寂寞。两句看上去似乎只是描写今日的风光，而由于上联已交代了“客散”“山空”，读者却不难从这秀丽的景色中，感受到诗人言外的寂寞，以及他面对谢公亭风光追思遐想，欲与古人神游的情态。

“今古一相接，长歌怀旧游。”诗人在缅怀遐想中，似是依稀想见了古人的风貌，沟通了古今的界限，乃至在精神上产生了共鸣。这里所谓“一相接”，是由于心往神驰而与古人在精神上的契合，是写在精神上对于谢公旧游的追踪。这是一首缅怀谢朓的诗，但读者却从中感受到李白的精神性格。他的怀念，表现了他美好的精神追求，高超的志趣情怀。

李白的五律，具有律而近古的特点。这，一方面体现在往往不受声律的约束，在体制上近古；而更主要地则是他的五律绝无初唐的浮艳气息，深情超迈而又自然秀丽。像这首《谢公亭》，从对仗声律上看，与唐代一般律诗并无多大区别，但从精神和情致上看，说它在唐律中带点古意却是不错的。李白有意要矫正初唐律诗讲究词藻、着意刻画的弊病，这首《谢公亭》就是信笔写去而不着力的。“客散青天月，山空碧水流”，浑括地写出了谢公没后亭边的景象，并没有细致的描绘，但青天、明月、空山、碧水所构成的开阔而又带有寂寞意味的境界，却显得高远。至于诗的后四句，清王夫之说得更为精辟：“五、六不似怀古，乃以怀古。‘今古一相接’五字，尽古今人道不得。神理、意致、手腕，三绝也。”（《唐诗评选》）盖谓“池花春映日，窗竹夜鸣秋”二句，写得悠远飘逸，看似描绘风光，而怀古的情思已寓于其中。“今古一相接”五字，一笔排除了古今在时间上的障碍，雄健无比。尤其是“一相接”三字，言外有谢公亡后，别无他人，亦即“古来相接眼中稀”（《金陵城西月下吟》）之意。这样就使得李白的怀念谢公，与一般人偶尔发一点思古之幽情区别开了，格外显得超远。像这种风神气概，就逼近古诗，而和一般初唐律诗面貌迥异。

大车扬飞尘

李　白

大车扬飞尘，亭午暗阡陌。
中贵多黄金，连云开甲宅。
路逢斗鸡者，冠盖何辉赫。
鼻息干虹霓，行人皆怵惕。

世无洗耳翁，谁知尧与跖！

【鉴赏】

李白作有《古风五十九首》，这是其中的第二十四首。因其第一句为“大车扬飞尘”，后人也常以此句作为这一首的标题。当时唐玄宗宠信太监，且爱好斗鸡的游戏。因此，宦官地位显赫，声势逼人；斗鸡也成为一时风尚，有些人因善斗鸡而飞黄腾达。以致有民谣说：“生儿不用识文字，斗鸡走马胜读书。”李白这首诗尖锐地揭露了这种腐败现象。

登太白峰

李　白

西上太白峰，夕阳穷登攀。
太白与我语，为我开天关。
愿乘泠风去，直出浮云间。
举手可近月，前行若无山。
一别武功去，何时复见还？

【鉴赏】

这是一首描写山水景物而抒情的诗。太白峰，在今陕西武功南九十里处，是秦岭著名秀峰，高耸入云，终年积雪。俗语说：“武功太白，去天三百。”李白在这首诗中表达了他既向往自由、想摆脱尘世的束缚，而又留恋现实社会的矛盾心情。

沙丘城下寄杜甫

李　白

我来竟何事？高卧沙丘城。
城边有古树，日夕连秋声。
鲁酒不可醉，齐歌空复情。

思君若汶水，浩荡寄南征。

【鉴赏】

李白与杜甫在山东分手之后，杜甫前往长安，李白寓居沙丘城（今山东曲阜一带）。这首诗是李白为怀念杜甫而作，写得朴实无华，一往情深，表达了诗人对杜甫的深挚友谊。

侠 客 行①

李 白

赵客缦胡缨，吴钩霜雪明②。
银鞍照白马，飒沓如流星③。
十步杀一人，千里不留行④。
事了拂衣去，深藏身与名。
闲过信陵饮，脱剑膝前横⑤。
将炙啖朱亥，持觞劝侯嬴⑥。
三杯吐然诺，五岳倒为轻⑦。
眼花耳热后，意气素霓生⑧。
救赵挥金锤，邯郸先震惊⑨。
千秋二壮士，烜赫大梁城。
纵死侠骨香，不惭世上英。
谁能书阁下，白首太玄经⑩。

【注释】

①这是一首描写和歌颂侠客的古体五言诗，是李白古风五十九首中的一首。行：这里不是行走的行，而是歌行体的行，等于说“侠客的歌”。

②赵客：燕赵之地的侠客。自古燕赵多慷慨悲歌之士。《庄子·说剑》：“昔赵文王好剑，剑士夹门而客三千余人。”缦：没有花纹。胡缨：古时将北方少数民族通

称为胡;缨:系冠帽的带子。缦胡缨:即少数民族做工粗糙的没有花纹的带子。这句写侠客的冠带。吴钩:宝刀名。霜雪明:谓宝刀的锋刃像霜雪一样明亮。

③飒沓:群飞的样子,形容马跑得快。

④这两句原自《庄子·说剑》:"臣之剑十步一人,千里不留行。"这里是说侠客剑术高强,而且勇敢。

⑤信陵:信陵君,战国四公子之一,为人礼贤下士,门下食客三千余人。

⑥朱亥、侯嬴都是信陵君的门客。朱本是一屠夫,侯原是魏国都城大梁东门的门官,两人都受到信陵君的礼遇,都为信陵君所用。炙:烤肉。啖:吃。啖朱亥:让朱亥来吃。

⑦这两句说,几杯酒下肚(古诗文中,三、九常是虚指)就做出了承诺,并且把承诺看得比五岳还重。

⑧素霓:白虹。古人认为,凡要出现不寻常的大事,就会有不寻常的天象出现,如"白虹贯日"。这句意思是,侠客重承诺、轻死生的精神感动了上天。也可以理解为,侠客这一承诺,天下就要发生大事了。这样与下文扣得更紧。

⑨这两句是说的朱亥锤击晋鄙的故事。信陵君是魏国大臣,魏、赵结成联盟共同对付秦国,这就是连横以抗秦。信陵君是积极主张连横的。邯郸:赵国国都。秦军围邯郸,赵向魏求救。魏王派晋鄙率军救赵,后因秦王恐吓,又令晋鄙按兵不动。这样,魏赵联盟势必瓦解。信陵君准备亲率家丁与秦军一拼,去向侯嬴辞行(实际是试探侯嬴),侯不语。信陵君行至半路又回来见侯嬴。侯笑着说:"我知道你会回来的。"于是为信陵君设计,串通魏王宠姬,盗得虎符,去到晋鄙军中,假托魏王令代晋鄙领军。晋鄙生疑,朱亥掏出 40 斤重的铁锤,击毙晋鄙。信陵君遂率魏军进击秦军,解了邯郸之围。

⑩扬雄曾在皇帝藏书的天禄阁任校刊工作。书阁下:意即写入正史。《太玄经》是扬雄写的一部哲学著作。结合全文,这两句的意思应该是希望写史的人把侠客的功绩记下来流传后世。

【鉴赏】

李白这一首《侠客行》古风,抒发了他对侠客的倾慕,对拯危济难、用世立功生活的向往。前四句从侠客的装束、兵刃、坐骑描写侠客的外貌,第二个四句写侠客高超的武术和淡泊名利的行藏。第三个四句引入信陵君和侯嬴、朱亥的故事来进一步歌颂侠客,同时也委婉地表达了自己的抱负。侠客得以结识明主,明主借助侠客的勇武谋略去成就一番事业,侠客也就功成名就了。最后四句表示,即使侠客的行动没有达到目的,但侠客的骨气依然流芳后世,并不逊色于那些功成名就的英雄,写史的人应该为他们也写上一笔。有人认为这首《侠客行》仅仅是写朱亥、侯嬴,是不对的。前八句写的侠客的形象就与朱、侯两人不符。朱并不会剑术，而是力气大、勇敢；侯主要是智谋取胜。一句"闲过信陵饮"不过是将侠客与信陵君这样的"明君"联系起来罢了，因朱、侯都不是以这种方式结识信陵君的。李白正是想结识像信陵君这样的明主以成就自己"申管晏之谈，谋帝王之术，奋其智能，愿为辅弼，使寰区大定，海县靖一"的政治抱负。前人有曰：借他人故事，浇自己块垒。李白这首诗亦当如是！

与史郎中钦听黄鹤楼上吹笛

李　白

一为迁客去长沙，西望长安不见家。
黄鹤楼中吹玉笛，江城五月《落梅花》。

【鉴赏】

这是李白乾元元年（758）流放夜郎经过武昌时游黄鹤楼所作。本诗写游黄鹤楼听笛，抒发了诗人的迁谪之感和去国之情。西汉的贾谊，因指责时政，受到权臣的谗毁，贬官长沙。而李白也因永王李璘事件受到牵连，被加之以"附逆"的罪名流放夜郎。所以诗人引贾谊为同调。"一为迁客去长沙"，就是用贾谊的不幸来比喻自身的遭遇，流露了无辜受害的愤懑，也含有自我辩白之意。但政治上的打击，并没使诗人忘怀国事。在流放途中，他不禁"西望长安"，这里有对往事的回忆，有对国运的关切和对朝廷的眷恋。然而，长安万里迢迢，对迁谪之人是多么遥远，多么隔膜啊！望而不见，不免感到惆怅。听到黄鹤楼上吹奏《梅花落》的笛声，感到格外凄凉，仿佛五月的江城落满了梅花。

诗人巧借笛声来渲染愁情。清王琦注引宋郭茂倩《乐府诗集》此调题解云："《梅花落》本笛中曲也。"江城五月，正当初夏，当然是没有梅花的，但由于《梅花落》笛曲吹得非常动听，便仿佛看到了梅花满天飘落的景象。梅花是寒冬开放的，景象虽美，却不免给人以凛然生寒的感觉，这正是诗人冷落心情的写照。同时使人联想到邹衍下狱、六月飞霜的历史传说。由乐声联想到音乐形象的表现手法，就是诗论家所说的"通感"。诗人由笛声想到梅花，由听觉诉诸视觉，通感交织，描绘出与冷落的心境相吻合的苍凉景色，从而有力地烘托了去国怀乡的悲愁情绪。所以《唐诗直解》评此诗"无限羁情笛里吹来"，是很有见解的。清沈德潜说："七言绝句以语近情遥、含吐不露为贵，只眼前景，口头语，而有弦外音，使人神远，太白有焉。"（《唐诗别裁集》卷二十）这首七言绝句，正是以"语近情遥、含吐不露"见长，使人从

"吹玉笛""《落梅花》"这些眼前景、口头语，听到了诗人的弦外之音。

此外，这诗还好在其独特的艺术结构。诗写听笛之感，却并没按闻笛生情的顺序去写，而是先有情而后闻笛。前半捕捉了"西望"的典型动作加以描写，传神地表达了怀念帝都之情和"望"而"不见"的愁苦。后半才点出闻笛，从笛声化出"江城五月《落梅花》"的苍凉景象，借景抒情，使前后情景相生，妙合无垠。

访戴天山[1]道士不遇

李　白

犬吠水声中，桃花带露浓。
树深时见鹿，溪午不闻钟。
野竹分青霭，飞泉挂碧峰。
无人知所去，愁倚两三松。

【注释】

①戴天山，又名大康山或大匡山，在今四川省江油市。李白早年曾在山中大明寺读书，这首诗大约是这一时期的作品。

【鉴赏】

全诗八句，前六句写往"访"，重在写景，景色优美；末两句写"不遇"，重在抒情，情致婉转。

诗的开头两句展现出一派桃源景象。首句写所闻，泉水淙淙，犬吠隐隐；次句写所见，桃花带露，浓艳耀目。诗人正是缘溪而行，穿林进山的。这是入山的第一程。宜人景色，使人流连忘返，且让人联想到道士居住此中，如处世外桃源，超尘拔俗。第二句中"带露浓"三字，除了为桃花增色外，还点出了入山的时间是在早晨，与下一联中的"溪午"相映照。

领联"树深时见鹿，溪午不闻钟"，是诗人进山的第二程。诗人在林间小道上行进，常常见到出没的麋鹿；林深路长，来到溪边时，已是正午，是道院该打钟的时候了，却听不到钟声。这两句极写山中之幽静，暗示道士已经外出。鹿性喜静，常在林木深处活动。既然"时见鹿"，可见其幽静。正午时分，钟声杳然，唯有溪声清晰可闻，这就更显出周围的宁静。环境清幽，原是方外本色，与首联所写的桃源景象正好衔接。这两句景语又含蓄地叙事：以"时见鹿"反衬不见人；以"不闻钟"暗示道院无人。

颈联“野竹分青霭，飞泉挂碧峰”，是诗人进山的第三程。从上一联“不闻钟”，可以想见诗人距离道院尚有一段距离。这一联写来到道院前所见的情景——道士不在，唯见融入青苍山色的绿竹与挂上碧峰的飞瀑而已。诗人用笔巧妙而又细腻：“野竹”句用一个“分”字，描画野竹青霭两种近似的色调汇成一片绿色；“飞泉”句用一个“挂”字，显示白色飞泉与青碧山峰相映成趣。显然，由于道士不在，诗人百无聊赖，才游目四顾，细细品味起眼前的景色来。所以，这两句写景，既可以看出道院这一片净土的淡泊与高洁，又可以体味到诗人造访不遇、爽然若失的情怀。

结尾两句“无人知所去，愁倚两三松”，诗人通过问讯的方式，从侧面写出“不遇”的事实，又以倚松再三的动作寄写“不遇”的惆怅，用笔略带迂回，感情亦随势流转，久久不绝。

前人评论这首诗时说：“全不添人情事，只拈死‘不遇’二字作，愈死愈活。”（清王夫之《唐诗评选》）“无一字说道士，无一句说不遇，却句句是不遇，句句是访道士不遇。”（吴大受《诗筏》）道出了此诗妙处。

拟古十二首（其九）

李　白

生者为过客，死者为归人①。
天地一逆旅，同悲万古尘。
月兔空捣药，扶桑已成薪。
白骨寂无言，青松岂知春。
前后更叹息，浮荣何足珍？

【注释】

①归人：《列子·天瑞篇》：“古者谓死人为归人。夫言死人为归人，则生人为行人矣。”

【鉴赏】

李白曾一度热衷于追求功名，希望“身没期不朽，荣名在麟阁”（《拟古其七》）。然而经过“赐金放还”、流放夜郎等一系列的挫折，深感荣华富贵的虚幻，有时不免流露出一种人生易逝的感伤情绪:"生者为过客,死者为归人。天地一逆旅,同悲万古尘。"活着的人像匆匆来去的过路行人,死去的人仿佛是投向归宿之地、一去不返的归客。天地犹如一所迎送过客的旅舍;人生苦短,古往今来有多少人为此同声悲叹!那么,天上仙界和地下冥府又如何呢?

"月兔空捣药,扶桑已成薪。白骨寂无言,青松岂知春。"古代神话传说,后羿从西王母处得到不死之药,他的妻子嫦娥把药偷吃了,就飞入月宫;月宫里只有白兔为她捣药,嫦娥虽获长生,但过着寂寞孤独的生活,又有什么欢乐可言呢?扶桑,相传是东海上的参天神树,太阳就从那里升起,如今也变成枯槁的柴薪。埋在地下的白骨阴森凄寂,无声无息,再也不能体会生前的毁誉荣辱了。苍翠的松树自生自荣,无知无觉,又岂能感受阳春的温暖?所谓"草不谢荣于春风,木不怨落于秋天",这不过是"万物兴歇皆自然"(李白《日出入行》)罢了。诗人纵观上下,浮想联翩,感到宇宙间的一切都在倏忽变化,并没有什么永恒的荣华富贵。"前后更叹息,浮荣何足珍?"结尾以警策之言收束了全篇。悠悠人世莫不如此,一时荣华实在不足珍惜!《古诗十九首》的某些篇章在感叹人生短促之后,往往流露出一种及时行乐,纵情享受的颓废情绪。李白在这首诗里虽也同样叹息人生短暂,却没有宣扬消极颓丧的思想,反而深刻地揭示出封建浮荣的虚幻。这是诗人对自己坎坷一生的总结,是有丰富内容的。

这首《拟古》诗的想象力特别新颖、诡谲,有如天马行空,纵意驰骋,在艺术表现上鬼斧神工,匠心独具。如月兔捣不死药本来令人神往,可是在"月兔空捣药"句中,诗人却着一"空"字,一反神话原有的动人内容,这就给人以新鲜奇异的感受。又如扶桑是高二千丈,大二千余围的神树,诗人却想象为"扶桑已成薪",一扫传统的瑰玮形象,可谓异军突起,出奇制胜。

翰林读书言怀呈集贤诸学士

李　白

晨趋紫禁中,夕待金门诏。
观书散遗帙,探古穷至妙。
片言苟会心,掩卷忽而笑。
青蝇易相点,《白雪》难同调。

本是疏散人，屡贻褊促诮。
云天属清朗，林壑忆游眺。
或时清风来，闲倚栏下啸。
严光桐庐溪，谢客临海峤。
功成谢人间，从此一投钓。

【鉴赏】

唐玄宗天宝元年至三年(742~744)，李白在长安为翰林学士。当时在皇城里设有两个学士院。一是集贤殿书院，主要职务是侍读，也承担一点起草内阁文书的任务；另一是翰林学士院，专职为皇帝撰写重要文件。两院成员都称学士，而翰林学士接近皇帝，人数很少，所以地位高于集贤学士。李白是唐玄宗诏命征召进宫专任翰林学士的，越发光宠，有过不少关于他深受玄宗器重的传闻。其实皇帝只把他看作文才特出的文人，常叫他进宫写诗以供歌唱娱乐。他因理想落空，头脑逐渐清醒起来。同时，幸遇的荣宠，给他招来了非议，甚至诽谤，更使他的心情很不舒畅。这首诗便是他在翰林院读书遣闷，有感而作，写给集贤院学士们的。诗中说明处境，回答非议，表白心迹，陈述志趣，以一种潇洒倜傥的名士风度，抒发所志未申的情怀。

首二句破题，点出处境。说自己每天到皇城里的翰林院，从早到晚等候诏命下达任务，颇像东方朔那样"稍得亲近"皇帝了。"金门"指汉代皇宫的金马门，是汉代宫中博士先生们会聚待诏的地方。《汉书·东方朔传》记载，东方朔"待诏金马门，稍得亲近"。李白暗以汉武帝待之以弄臣的东方朔自况，微妙地点出自己荣宠的处境，实质滑稽可悲，不足羡慕。

接着，诗人就写自己在翰林院读书遣闷。宫中秘藏是难得阅览的，于中探究古人著述的至言妙理，如果有所体会，即使只是片言只语，也不禁合拢书卷，高兴得笑起来。诗人表面上写读书的闲情逸致，实际上暗示这快意的读书恰是失意的寄托，反衬出他在翰林院供职时无聊烦闷的心情。

于是，诗人想起了那些非议和诽谤。汉东方朔曾引用《诗经》"营营青蝇"的篇什以谏皇帝"远巧佞，退谗言"，他也以青蝇比喻那些势利的庸俗小人，而以《阳春白雪》比喻自己的志向情操。李白觉得自己本是豁达大度、脱略形迹的人，而那些小人们却一再攻击他心胸狭隘，性情偏激。显然，诗人十分厌恶苍蝇的嗡嗡，但也因为无可奈何而觉得无需同他们计较，以蔑视的心情而求得超脱吧。跟上四句所写快事中蕴含不快相反，这四句是抒写在烦恼中自得清高，前后相反相成，都见出诗人的名士风度和志士情怀。

但是，实际上诗人的心情是烦闷的，失意的。因而他即景寄兴，抒发往日隐游山林的思忆和向往。诗人仿佛在读书时偶然望见屋外天空一片晴朗，又感到一阵愉快，随之想起了山林的自由生活。有时清风也吹进这令人烦闷的翰林院，他不由地走到廊下，靠着栏杆，悠闲地吟叹长啸。这四句也是写翰林院的闲逸无聊生活，但进了一层，提出了仕不如隐的想法，明显地表露出拂意欲归的意向。

最后四句明确地申述志趣和归宿。说自己像严子陵那样不慕富贵，又如谢灵运那样性爱山水。入世出仕只是为了追求政治理想，一旦理想实现，大功告成，就将辞别世俗，归隐山林了。显然，诗人正面抒写心志，同时也进一步回答了非议和诽谤，从而归结到主题“言怀”。

这首诗多排偶句，却流畅自然，在表现手法和艺术风格上，明显汲取了汉代《古诗》那种“结体散文，直而不野，婉转附物，怊怅述情”（南朝梁刘勰《文心雕龙·明诗》）的长处，而有独创，富个性。

听蜀僧濬弹琴

李　白

蜀僧抱绿绮，西下峨眉峰。
为我一挥手，如听万壑松。
客心洗流水，馀响入霜钟。
不觉碧山暮，秋云暗几重。

【鉴赏】

这首五律写的是听琴，听蜀地一位法名叫濬的和尚弹琴。

开头两句：“蜀僧抱绿绮，西下峨眉峰。”说明这位琴师是从四川峨眉山下来的。李白是在四川长大的，四川奇丽的山水培育了他的壮阔胸怀，激发了他的艺术想象。峨眉山月不止一次地出现在他的诗里。他对故乡一直很怀恋，对于来自故乡的琴师当然也格外感到亲切。所以诗一开头就说明弹琴的人是自己的同乡。“绿绮”本是琴名，汉代司马相如有一张琴，名叫绿绮，这里用来泛指名贵的琴。“蜀僧抱绿绮，西下峨眉峰”，简短的十个字，把这位音乐家写得很有气派，表达了诗人对他的倾慕。

三、四句正面描写蜀僧弹琴。“挥手”是弹琴的动作。三国魏嵇康《琴赋》说：

“伯牙挥手，钟期听声。”“挥手”二字就是出自这里的。“为我一挥手，如听万壑松”，这两句用大自然宏伟的音响比喻琴声，使人感到这琴声一定是极其铿锵有力的。

“客心洗流水”，这一句就字面讲，是说听了蜀僧的琴声，自己的心好像被流水洗过一般地畅快、愉悦。但它还有更深的含义，其中包含着一个古老的典故。《列子·汤问》：“伯牙善鼓琴，钟子期善听。伯牙鼓琴，志在登高山，钟子期曰：‘善哉，峨峨兮若泰山！’志在流水，钟子期曰：‘善哉，洋洋兮若江河！’”这就是“高山流水”的典故。借它，李白表现蜀僧和自己通过音乐的媒介所建立的知己之感。“客心洗流水”五个字，很含蓄，又很自然，虽然用典，却毫不艰涩，显示了李白卓越的语言技巧。

下面一句“馀响入霜钟”也是用了典的。“霜钟”出于《山海经·中山经》：“丰山……有九钟焉，是知霜鸣。”郭璞注：“霜降则钟鸣，故言知也。”“霜钟”二字点明时令，与下面“秋云暗几重”照应。“馀响入霜钟”，意思是说，音乐终止以后，馀音久久不绝，和薄暮时分寺庙的钟声融合在一起。《列子·汤问》里有“馀音绕梁欐，三日不绝”的话。宋代苏东坡在《前赤壁赋》里用“馀音袅袅，不绝如缕”，形容洞箫的馀音。这都是乐曲终止以后，入迷的听者沉浸在艺术享受之中所产生的想象。“馀响入霜钟”也是如此。清脆、流畅的琴声渐远渐弱，和薄暮的钟声共鸣着，这才发觉天色已经晚了：“不觉碧山暮，秋云暗几重。”诗人听完蜀僧弹琴，举目四望，不知从什么时候开始，青山已罩上一层暮色，灰暗的秋云重重叠叠，布满天空。时间过得真快啊！

李白这首诗描写音乐的独到之处是，除了“万壑松”之外，没有别的比喻形容琴声，而是着重表现听琴时的感受，表现弹者、听者之间感情的交流。其实，“如听万壑松”这一句也不是纯客观的描写，诗人从琴声联想到万壑松声，联想到深山大谷，是结合自己的主观感受来写的。

劳劳亭

李　白

天下伤心处，劳劳送客亭。
春风知别苦，不遣柳条青。

【鉴赏】

劳劳亭,三国吴时建,故址在今南京市区南,是古时送别之所。李白写这首绝句时,春风初到,柳条未青,应当是早春时节。不过,诗人要写的并非这座古亭的春光,只是因地起意,借景抒情,以亭为题来表达人间的离别之苦。

诗的前两句“天下伤心处,劳劳送客亭”,以极其洗练的笔墨,高度概括的手法,破题而入,直点题旨。就句意而言,这两句就是战国楚屈原《九歌·少司命》所说的“悲莫悲兮生别离”和南朝梁江淹《别赋》所说的“黯然销魂者,唯别而已矣”。但诗人既以亭为题,就超越一步,透过一层,不说天下伤心事是离别,只说天下伤心处是离亭。这样直中见曲,越过了离别之事来写离别之地,越过了送别之人来写送客之亭,立言就更高妙,运思就更超脱,而读者自会因地及事,由亭及人。

不过,这首诗的得力之处,还不是上面这两句,而是它的后两句。在上两句诗里,诗人为了有力地展示主题,极言离别之苦,已经把诗意推到了高峰,似乎再没有什么话好讲,没有进一步盘旋的余地了。如果后两句只就上两句平铺直叙地加以引申,全诗将纤弱无力,索然寡味。而诗人才思所至,就亭外柳条未青之景,陡然转过笔锋,以“春风知别苦,不遣柳条青”这样两句,别翻新意,振起全篇。

这一出人意表的神来之笔,出自诗人的丰富联想。南朝梁刘勰《文心雕龙·物色篇》说:“诗人感物,联类不穷。”诗思往往是与联想俱来的。诗人在构思时要善于由甲及乙,由乙及丙。联类越广,转折和层次越多,诗就越有深度,也越耐人寻味。古时有折柳送别的习俗,所以一些诗人写离别时常想到杨柳,在杨柳上做文章。例如王之涣《送别》:“杨柳东风树,青青夹御河;近来攀折苦,应为别离多。”就是从杨柳生意,构思也很深曲;但就诗人的联想而言,只不过把送别与杨柳这两件本来有联系的事物连在了一起,而在诗中虽然说到杨柳是“东风树”,却没有把送别一事与东风相联。李白的这两句诗却不仅因送别想到折柳,更因杨柳想到柳眼掩青要靠春风吹拂,从而把离别与春风这两件本来毫不相干的事物连在一起了。如果说王诗的联想还是直接的,那么,李诗的联想则是间接的,其联想之翼就飞得更远了。

应当说,古诗中,从送别写到折柳,再从杨柳写到春风的诗,并非绝无仅有。杨巨源《折杨柳》:“水边杨柳曲尘丝,立马烦君折一枝;惟有春风最相惜,殷勤更向手中吹。”写得也具见巧思,但与李白的这两句诗相比,显得巧而不奇。李白是把联想与奇想结合为一的。诗人因送别时柳条未青、无枝可折而生奇想,想到这是春风故意不吹到柳条,故意不让它发青,而春风之所以不让柳条发青,是因为深知离别之苦,不忍看到人间折柳送别的场面。从诗人的构思说,这是联想兼奇想;而如果从艺术手法来说,这是托物言情,移情于景,把本来无知无情的春风写得有知有情,使它与相别之人同具惜别、伤别之心，从而化物为我，使它成了诗人的感情化身。清李锳在《诗法易简录》中赞美这两句诗“奇警无伦”，指出其“妙在‘知’字、‘不遣’字”，正是一语中的的评论。

与李白的这首诗异曲同工、相映成趣的有李商隐的《离亭赋得折杨柳》诗的第一首：“暂凭樽酒送无憀，莫损愁眉与细腰。人世死前惟有别，春风争拟惜长条。”对照之下，两诗都以离亭为题，都是从离别想到杨柳，从杨柳想到春风，也都把春风写得深知离别之苦，对人间的离别满怀同情。但两诗的出发点相同，而结论却完全相反：李白设想春风因不愿见到折柳送别的场面，而不让柳条发青；李商隐却设想春风为了让人们在临别之时从折柳相赠中表达一片情意，得到一点慰藉，而不惜柳条被人攀折。这说明，同一题材，可以有各种不同的构思，不同的写法。诗人的想象是可以自由飞翔的，而想象的天地又是无限广阔的。

长门怨二首

李　白

天回北斗挂西楼，金屋无人萤火流。
月光欲到长门殿，别作深宫一段愁。

桂殿长愁不记春，黄金四屋起秋尘。
夜悬明镜青天上，独照长门宫里人。

【鉴赏】

《长门怨》是一个古乐府诗题。据《乐府解题》记述：“《长门怨》者，为陈皇后作也。后退居长门宫，愁闷悲思。……相如为作《长门赋》。……后人因其赋而为《长门怨》。”陈皇后，小名阿娇，是汉武帝皇后。武帝小时曾说：“若得阿娇作妇，当作金屋贮之。”李白的这两首诗是借这一旧题来泛写宫人的愁怨。两首诗表达的是同一主题，分别来看，落想布局，各不相同，合起来看，又有珠联璧合之妙。

第一首，通篇写景，不见人物。而景中之情，浮现纸上；画外之人，呼之欲出。

诗的前两句“天回北斗挂西楼，金屋无人萤火流”，点出时间是午夜，季节是凉秋，地点则是一座空旷寂寥的冷宫。唐人用《长门怨》题写宫怨的诗很多，意境往往有相似之处。沈佺期的《长门怨》有“玉阶闻坠叶，罗幌见飞萤”句，张修之的《长门怨》有“玉阶草露积，金屋网尘生”句，都是以类似的景物来渲染环境气氛，但比不上李白这两句诗的感染力之强。两句中,上句着一“挂”字,下句着一“流”字,给人以异常凄凉之感。

诗的后两句“月光欲到长门殿,别作深宫一段愁”,点出题意,巧妙地通过月光引出愁思。沈佺期、张修之的《长门怨》也写到月光和长门宫殿。沈诗云“月皎风泠泠,长门次掖庭”,张诗云“长门落景尽,洞房秋月明”,写得都比较平实板直,也不如李白的这两句诗之超妙深曲。本是宫人见月生愁,或是月光照到愁人,但这两句诗却不让人物出场,把愁说成是月光所“作”,运笔空灵,设想奇特。前一句妙在“欲到”两字,似乎月光自由运行天上,有意到此作愁;如果说“照到”或“已到”,就成了寻常语言,变得索然无味了。后一句妙在“别作”两字,其中含意,耐人寻思。它的言外之意是:深宫之中,愁深似海,月光照处,遍地皆愁,到长门殿,只是“别作”一段愁而已。也可以理解为:宫中本是一个不平等的世界,乐者自乐,苦者自苦,正如裴交泰的一首《长门怨》所说,“一种蛾眉明月夜,南宫歌管北宫愁”,月光先到皇帝所在的南宫,照见欢乐,再到宫人居住的长门,“别作”愁苦。

从整首诗看,呈现在读者面前的是一幅以斗柄横斜为远景、以空屋流萤为近景的月夜深宫图。境界是这样阴森冷寂,读者不必看到居住其中的人,而其人处境之苦、愁思之深已经可想而知了。

第二首诗,着重言情。通篇是以我观物,缘情写景,使景物都染上极其浓厚的感情色彩。上首到结尾处才写到“愁”,这首一开头就揭出“愁”字,说明下面所写的一切都是愁人眼中所见、心中所感。

诗的首句“桂殿长愁不记春”,不仅揭出“愁”字,而且这个愁是“长愁”,也就是说,诗中人并非因当前秋夜的凄凉景色才引起愁思,乃是长年都在愁怨之中,即令春临大地,万象更新,也丝毫不能减轻这种愁怨;而由于愁怨难遣,她是感受不到春天的,甚至在她的记忆中已经没有春天了。诗的第二句“黄金四屋起秋尘”,与前首第二句遥相绾合。因为“金屋无人”,所以“黄金四屋”生尘;因是“萤火流”的季节,所以是“起秋尘”。下面三、四两句“夜悬明镜青天上,独照长门宫里人”,又与前首三、四两句遥相呼应。前首写月光欲到长门,是将到未到;这里则写明月高悬中天,已经照到长门,并让读者最后在月光下看到了“长门宫里人”。

这位“长门宫里人”对季节、对环境、对月光的感受,都是与众不同的。春季年年来临,而说“不记春”,似乎春天久已不到人间;屋中的尘土是不属于任何季节的,而说“起秋尘”,给了尘土以萧瑟的季节感;明月高悬天上,是普照众生的,而说“独照”,仿佛“月之有意相苦”(明唐汝询《唐诗解》)。这些都是清贺裳在《皱水轩词筌》中所说的“无理而妙”,以见伤心人别有怀抱。整首诗采用的是深一层的写法。

这两首诗的后两句与王昌龄《西宫秋怨》末句“空悬明月待君王”一样,都出自司马相如《长门赋》“悬明月以自照兮,徂清夜于洞房”。但王诗中的主角是在愁怨中希冀得到君王的宠幸,命意是不可取的。李诗则活用《长门赋》语,另成境界,虽然以《长门怨》为题,却并不拘泥于陈皇后的故事。诗中展现的,是在人间地狱的深宫中过着孤寂凄凉生活的广大宫人的悲惨景况,揭开的是冷酷的封建制度的一角。

哭晁卿衡

李　白

日本晁卿辞帝都,征帆一片绕蓬壶。
明月不归沉碧海,白云愁色满苍梧。

【鉴赏】

晁衡,又作朝衡,日本人,原名阿倍仲麻吕。唐开元五年(717),随日本第九次遣唐使团来中国求学,学成后留在唐朝廷内做官,历任左补阙、左散骑常侍、镇南都护等职。与当时著名诗人李白、王维等友谊深厚,曾有诗篇唱和。天宝十二载(753),晁衡以唐朝使者身份,随同日本第十一次遣唐使团返回日本,途中遇大风,传说被溺死。其实,此次海上遇难,晁衡未被溺死,他随风飘至海南,辗转回到长安,继续仕唐,于大历五年(770)卒于长安。李白这首诗就是在听说晁衡遇难时写下的。

诗的标题"哭"字,表现了诗人失去好友的悲痛和两人超越国籍的真挚感情,使诗歌笼罩着一层哀婉的气氛。

"日本晁卿辞帝都",帝都即唐京都长安,诗用赋的手法,一开头就直接点明人和事。诗人回忆起不久前欢送晁衡返国时的盛况:唐玄宗亲自题诗相送,好友们也纷纷赠诗,表达美好的祝愿和殷切的希望。晁衡也写诗答赠,抒发了惜别之情。

"征帆一片绕蓬壶",紧承上句。作者的思绪由近及远,凭借想象,揣度着晁衡在大海中航行的种种情景。"征帆一片"写得真切传神。船行驶在辽阔无际的大海上,随着风浪上下颠簸,时隐时现,远远望去,恰如一片树叶漂浮在水面。"绕蓬壶"三字放在"征帆一片"之后更是微妙。"蓬壶"即传说中的蓬莱仙岛,这里泛指海外三神山,以扣合晁衡归途中岛屿众多的特点,与"绕"字相应。同时,"征帆一片",漂泊远航,亦隐含了晁衡的即将遇难。

"明月不归沉碧海,白云愁色满苍梧"。这两句,诗人运用比兴的手法,对晁衡作了高度评价,表达了自己的无限怀念之情。前一句暗指晁衡遇难,明月象征着晁衡品德的高洁，而晁衡的溺海身亡，就如同皓洁的明月沉沦于湛蓝的大海之中，含意深邃，艺术境界清丽幽婉，同上联中对征帆远航环境的描写结合起来，既显得自然而贴切，又令人无限惋惜和哀愁。末句以景写情，寄兴深微。苍梧，指郁洲山，据《一统志》，郁洲山在淮安府海州朐山东北海中。晁衡的不幸遭遇，不仅使诗人悲痛万分，连天宇也好似愁容满面。层层白色的愁云笼罩着海上的苍梧山，沉痛地哀悼晁衡的仙去。诗人这里以拟人化的手法，通过写白云的愁来表达自己的愁，使诗句更加迂曲含蓄，这就把悲剧的气氛渲染得更加浓厚，令人回味无穷。

诗忌浅而显。李白在这首诗中，把友人逝去、自己极度悲痛的感情用优美的比喻和丰富的联想，表达得含蓄、丰富而又不落俗套，体现了非凡的艺术才能。

赠何七判官昌浩

李　白

有时忽惆怅，匡坐至夜分。
平明空啸咤，思欲解世纷。
心随长风去，吹散万里云。
羞作济南生，九十诵古文。
不然拂剑起，沙漠收奇勋。
老死阡陌间，何因扬清芬？
夫子今管乐，英才冠三军。
终与同出处，岂将沮溺群。

【鉴赏】

这是一首言志诗。作者年纪老了，但不想“老死阡陌间”。在这首诗中，诗人表现了自己虽已年迈，却不愿做一名白首穷经的儒生，而想做一番大事业的抱负。

鹦　鹉　洲

李　白

鹦鹉来过吴江水，江上洲传鹦鹉名。

鹦鹉西飞陇山去，芳洲之树何青青。
烟开兰叶香风暖，岸夹桃花锦浪生。
迁客此时徒极目，长洲孤月向谁明？

【鉴赏】

这首诗是李白在唐上元元年(760年)自零陵归至汇夏时所作。诗人运用流畅自然的语言描绘了鹦鹉洲附近美丽的景色，同时运用反衬的手法，表达了诗人经过无数磨难后仍然漂泊不定的凄苦心境。

妾 薄 命

李 白

汉帝宠阿娇，贮之黄金屋。
咳唾落九天，随风生珠玉。
宠极爱还歇，妒深情却疏。
长门一步地，不肯暂回车。
雨落不上天，水覆难再收。
君情与妾意，各自东西流。
昔日芙蓉花，今成断根草。
以色事他人，能得几时好？

【鉴赏】

这是一首乐府古题诗，这类诗的内容多写妇女的哀怨。李白这首诗借汉武帝陈皇后的故事，反映封建社会妇女被遗弃的命运。揭示了封建社会妇女以色事人、色衰爱弛、难以掌握自己命运的悲惨事实。在艺术上运用鲜明的对比、贴切的比喻，形象中含蕴着深刻的理趣。

越　女　词

李　白

耶溪[①]采莲女，见客棹歌[②]回。
笑入荷花去，佯[③]羞不出来。

【注释】

①耶溪：即若耶溪，在今浙江省绍兴市南面。

②棹歌：摇着船，唱着歌。

③佯：假装。

【鉴赏】

在若耶溪遇见一群采莲的姑娘，她们见有陌生的客人过来，便唱着渔歌，掉转船头，笑着躲进荷花丛里去了，装着怕难为情就不再出来。这首诗以朴实无华的语言，塑造了一群天真活泼的采莲少女的生动形象，人物神态逼真。

夏　　歌

李　白

镜湖[①]三百里，菡萏[②]发荷花。
五月西施采，人看隘若耶[③]。
回舟不待月，归去越王家[④]。

【注释】

①镜湖：又名鉴湖、贺监湖，在今浙江省绍兴市东南，唐时为贺知章的采地。

②菡（hàn）萏（dàn）：荷花。

③“人看”句：观看采荷女子的人多得使若耶溪都显得狭窄起来。隘：狭窄。若耶：指西施故乡的若耶溪。

④“归去”句:西施被越王选入宫廷,一去不复返。

【鉴赏】

这首诗是“夏歌”,以荷花起兴。以西施来代表世上美丽的女子,叹息天下都重视美色。唐李阳冰评论说:“太白耻作郑、卫语,其言多似天仙之辞,凡所著述,每多讽兴。”

月下独酌[1]

李　白

花间一壶酒,独酌无相亲。
举杯邀[2]明月,对影成三人。
月既不解饮,影徒随我身。
暂伴月将[3]影,行乐须及春。
我歌月徘徊,我舞影零乱。
醒时同交欢,醉后各分散。
永结无情游[4],相期邈云汉[5]。

【注释】

①独酌:独自喝酒。

②邀:邀请。

③将:与。

④无情游:忘却世情之游。

⑤相期:约定日期。邈:遥远。云汉:银河,这里指仙境。

【鉴赏】

花丛中摆上一壶酒,独自喝酒没有知心者相伴,只好高举酒杯邀请明月携我身影,我们“三人”一起喝。虽然月和影都不懂人间的事情,而此时我只能暂且与它们相伴歌舞，醒时一起欢乐，醉后各自分散，相约一起去游仙境。诗人以丰富的想象力，把本来十分寂寞冷落的场面写得富有情趣，自得其乐。

秋　歌

李　白

长安①一片月，万户捣衣②声。
秋风吹不尽，总是③玉关情。
何日平胡虏？良人④罢远征。

【注释】

①长安：指唐代国都长安。

②捣衣：古代妇女将裁好的衣料（帛）或缝好的衣服，放在平砧上，用捣杵捣平。捣衣多在秋天，因为要送衣服给出征的将士御寒。

③“总是”句：指捣衣的妇女思念远在边关的丈夫的意思。玉关：玉门关，泛指边关。

④良人：古时妇女称丈夫为“良人”。

【鉴赏】

这首是“秋歌”，作者以秋夜的月光起兴。诗中描绘了秋夜的月色皎洁，长安城内响起了万家捣衣的声音。秋风阵阵吹来，妇女们不禁思念起戍边的亲人，盼望着早日结束战争，亲人停止远征，回来好团聚。

全诗写征夫之妻秋夜怀思远征边陲的良人，希望早日结束战争，丈夫免于离家去远征。虽未直写爱情，却字字渗透真挚情意；虽无高谈时局，却又不离时局。情调用意，皆不脱边塞诗的风韵。

唐汝询评道：“结句不言黩武而言未平，深得风人之旨。”吴昌祺评论说：“万户砧声，风吹不尽，而言其情则同，亦婉而深矣。”

冬　歌

李　白

明朝[①]驿使发，一夜絮[②]征袍。
素手抽针冷，那堪把剪刀。
裁缝寄远道，几日到临洮。

【注释】

①“明朝”句：驿(yì)站的送信使者明天早上出发。驿使：古代传递公文的人。《后汉书·东平宪王苍传》：“自是朝廷每有疑政，辄驿使咨问。”

②絮(xù)：动词，在衣服、被褥铺垫棉花。

【鉴赏】

这首诗是“冬歌”，借驿使引发全诗。作者描述妇女在冬夜紧张地裁缝，为戍边的亲人赶制棉衣，忘记了自己的寒冷。刘全白评论说：“白性倜傥，善赋诗，尤工古歌。才调逸迈，往往兴会属辞，古人之善诗者亦不逮。”

秋　浦[①]　歌

李　白

炉火照天地，红星乱紫烟。
赧郎[②]明月夜，歌曲动寒川。

【注释】

①秋浦：在今安徽省贵池区，是当时产银、铜的地方。

②赧郎：指被炉火映红了脸的冶炼工人。

【鉴赏】

唐天宝十三年(公元754年)，李白游秋浦(今安徽贵池区西南八十里)，并留滞三年,写了著名的《秋浦歌》十七首。这里选的是其十四首。

小诗写的是秋浦的矿工夜深人静时的劳动场面。安徽省贵池区唐代时候称池州,产硫铁、铜、银等金属。“炉火照天地,红星乱紫烟。”“炉火”指炼铁炉中的火。在一片漆黑的深夜里,“炉火”的光把天地照得通红。“红星”是风箱吹火迸发出来的。“红星”吹得四处乱迸,使得“紫烟”乱成一片。这个句子是非常形象的。从颜色学来看,紫色本来是红色与蓝色的一种混合颜色。夜里的天空是深蓝色的,炉火是通红的颜色,又是红光闪闪的,炉中喷出的烟与红星乱作一团,又呈紫色,所以说“红星乱紫烟”。这是写冶铁炉旁的夜景。“赧郎明月夜,歌曲动寒川。”“赧”字的意思是因为羞愧而脸红,这里的“赧郎”并不是“羞愧得脸红的小伙子”的意思,而是“被烟火熏得满脸通红的、憨厚的小伙子”。“明月夜”,是指(他)使月夜更加“明”,这个“明”字是使动用法,也叫使动词。关于“歌曲动寒川”,是说歌曲的声音震动了寒冷的川原。“川”是川原,旷野的意思。这句诗的意思在于写“寒川”的“静”,即没有一点点声音。在极其寂静的旷野里,这个红脸的小伙子放声高歌一曲,说这歌声“动”了“寒川”也就未尝不可了。总之,前三句是写形,后一句是写声;前三句写视觉的感受,后一句写听觉的感受。这正是这首诗的精彩独到之处,有声有色。

郭沫若曾判定,这是中国传统诗词中第一个描写工人阶级的诗。这也是一种独到的评价。诗中劳动的场面热烈,寒夜中冶炼工人劳动热情豪迈,情景真实感人。

独坐敬亭山①

李　白

众鸟高飞尽②,孤云独去闲③。
相看两不厌④,只有敬亭山。

【注释】

①敬亭山:山名。

②尽:没有了。

③闲:偷闲,安闲。

④相看:你看我,我看你,指诗人和山。厌:厌弃,厌烦。

【鉴赏】

诗中写了“鸟”和“云”，但请注意，这不是景物，景物只是“敬亭山”，因为这“鸟”是“高飞”而起，而且消逝在青空里的（尽）“鸟”；这“云”，是孤独一朵，远而去，悠闲自在，再也看不见片影的“云”。这高飞而尽的“鸟”与这孤闲独去的“云”，都是扰乱作者视线的东西。作者为了凝神细看“敬亭山”，如同剥衣衫一样，将遮挡视线的东西一层层剥去，终于，历历在目，眼前只剩下敬亭山了。然而，眼前剩下的这一个“敬亭山”是一座什么样的敬亭山呢？是一座与作者“相看两不厌”的敬亭山。“相看两不厌”的意思是作者看敬亭山不厌（看不够）；奇妙的是，敬亭山看作者也不厌（也看不够），这就是意境的生发。诗人的特质是感情饱满。饱满到什么程度呢？饱满到他写什么都可以把感情注入什么里去的程度。诗人要写日月星云，那么日月星云无不带着感情；诗人要写山川草木，那么山川草木也饱含着感情。此时的敬亭山，已经浸透了诗人李白注入它身上的感情。这种感情又是一种什么感情呢？这又是一个复杂的问题，一般说来，这要看作者一方是什么感情。此时诗人李白注入敬亭山上的感情是什么感情呢？这虽也是个难以尽述的问题，却也可以描摹一个大概的轮廓。那就是李白心灵中包藏的感受：“古来圣贤皆寂寞”的那种狂傲不羁，孤芳自赏，不从俗流，鄙弃权贵，纵情山水的那种复杂的感情。此时，李白已从长安被驱逐出来十年了，他对山水的眷恋只是由于对于官场的鄙弃，这才是他的情感的根源。“相看两不厌”，这只是一种说法，换句话说，这只是一种创作手法，其实是不可能的。姑且不说敬亭山看李白会不会厌倦，单说李白看敬亭山就不能总是看不厌倦的，至少他饿了要回去吃饭，困了要回去睡觉。这里所说的“看不厌”，实际上意味着势力场上一看就厌，包括看唐玄宗，看他所歌颂过的杨贵妃，还有高力士等人。这才是这首小诗的真谛。

忆东山二首

李　白

不向东山久，蔷薇几度花？
白云还自散，明月落谁家？

我今携谢妓，长啸绝人群。
欲报东山客，开关扫白云。

【鉴赏】

这两首诗是诗人在长安遭受谗言，被唐玄宗疏远后，将要离开长安时所作。“东山”，是东晋时著名人士谢安隐居的地方，在今浙江上虞西南。这两首诗借怀念东山，表现了诗人欲远离朝廷归隐田园的思想感情。

访贺监不遇

李　白

欲问江东去，定将谁举杯？
稽山无贺老，却棹酒船回。

【鉴赏】

这首诗的诗名又叫“重忆一首”。天宝五年李白南游会稽以前，还不知道贺知章去世，乘兴前往，却见贺已去世，所以题作“访贺监不遇”。表达了自己对好友贺知章的怀念。

夜宿山寺

李　白

危楼高百尺①,手可摘星辰②。
不敢高声语③,恐惊天上人。

【注释】

①危楼:指建筑在山顶上的寺庙。危:高。

②星辰:日、月、星的总称。

③语:说话。

【鉴赏】

山里的寺庙有多高?诗人用了极夸张的艺术手法,描绘了山寺的高耸,给人以丰富的想象。山上的这座楼好像有一百尺高,人站在楼上,就可以伸手摘下星星和月亮。我不敢在此大声说话,唯恐惊动了天上的神仙。诗人以极富情趣的夸张手法描绘了高耸的山寺,读来使人浮想联翩。全诗语言朴实自然,却又十分生动形象。

哭宣城善酿纪叟

李　白

纪叟黄泉里,还应酿老春。
夜台无李白,沽酒与何人?

【鉴赏】

纪叟是宣城(今安徽宣城)一带有名的酿酒师,也是李白晚年的好友之一。本诗为悼念纪叟而作,“夜台无李白,沽酒与何人?”没有李白,你还给谁沽酒呢?深切地表达了对亡友的悼念之情。

渌水曲

李 白

渌水明秋月，南湖采白蘋，
荷花娇欲语，愁杀荡舟人。

【鉴赏】

诗仅短短四句，却形象生动地展现了一幅妇女生活的风俗画面，勾勒出了人物瞬间的心理动态。

“渌(lù)水”，清澈的水；“明”，即是水本身的特点，也是阳光照射在水面的反光，给人以亲切之感。“南湖采白蘋”，有如电影中的慢镜头，在一片秋阳闪耀的渌水之中，缓缓地推出了主人公。“白蘋”，一种水生植物，采之可食。采蘋人可能不止一个，但作者却把焦点凝聚在了一个人身上(这可从末句推知)。这位采蘋女子的外貌、服饰如何，作者没有交代，正是这样一位模糊朦胧而又真切可感的女子，在明镜般的湖面上，摇动一叶轻舟，时东时西，忽快忽慢地采摘白蘋，这该是多么令人惬意的事呵！

然则，“荷花娇欲语，愁杀荡舟人。”“娇欲语”，极写荷花摇曳多姿的形态；“愁杀”，力状主人公愁闷之甚。本来正愉快地采着白蘋，怎么突然间愁了起来，甚而至于“愁杀”了呢？女主人公之愁盖因“荷花”触发而起。“荷花”，常用来象征女子的美貌。当诗中女主人公看到“娇欲语”的“荷花”后，从内心深处冒出以前很少明确意识到过而此刻变得非常强烈的愁绪。这变化发生得如此迅速和突然，似乎难以理解，但全诗妙处亦在于此：只写心理变化，却不说变化的原因和过程，造成意义空白，让读者去填充。前人评此诗谓“风神摇漾，一语百情”(马位《秋窗随笔》)，可谓知言。

少年行

李 白

五陵年少金市东，银鞍白马度春风。

落花踏尽游何处，笑入胡姬酒肆中。

【鉴赏】

《少年行》共有两首，有一首为七古而非绝句，但都是描写豪宕俊逸的少年形象的。这首绝句侧重于描写少年的豪俊洒脱。全诗着墨以“游”字作为灵魂，围绕“游春”展开描写。首句“五陵年少金市东”，“五陵”指汉代长陵、安陵、阳陵、茂陵、平陵等五个皇帝的陵寝，当时每立皇陵，都把四方富家豪族和外戚迁至附近居住，故李白以“五陵年少”指富家公子，也即诗中着力描写的少年。“金市”据今人考证，指当时都城长安的西市。首句既交代了游者的身份，也点出了“游”的地点。紧接着，诗歌以“银鞍”句补足对主人公的描写，同时也交代了“游”的时令。“银鞍白马”是诗中侧笔，对完成翩翩少年骑马游春的洒脱形象来说是重要一笔。“落花”两句描写少年赏花饮酒，倜傥风流。古典诗歌常写到“胡姬”，本指北方少数民族女子，但到后来，此词几乎成了美女的代名词。全首诗描写了游春的过程，从时间上看句句互相连续。诗句精要简练，表现出言简意赅的特色，寥寥二十余字，将“游”描述得清楚完整，诗句显得一字不可移易。首两句重在写主人公的外部形象，诗歌没有直接的肖像描写，但仅“银鞍白马”一词，就已烘托出少年的英俊洒脱。后两句侧重于表现主人公的心态：正当落花踏尽、春已遍游之时，却发现柳暗花明、兼有美人侍侧的快乐所在——酒肆，“笑入”两字尤其传神，将主人公的心境写活了。从李白这首诗歌中，我们似乎多少可以窥见一些诗人自己的影像。

高句骊

李　白

金花折风帽，白马小迟回。
翩翩舞广袖，似鸟海东来。

【鉴赏】

高句骊，古国名。亦作高句丽、高丽、高骊。始见于公元六世纪初北魏正始中。后为卫氏朝鲜所并。此后我国史书用高丽。朝鲜史书则用高句丽。唐代，国运兴隆，生产力发达，和邻国文化、商业多有往来。李白还写有怀日本友人晁衡的诗，都是唐诗中难能可贵的篇章，在中国诗歌史上有其特殊的意义。

这首小诗刻画出一个栩栩如生的高丽人的形象。据《北史》卷九十四《高丽传》载:“人皆头著折风,形如弁,士人加插二鸟羽。贵者,其冠日苏骨,多用紫罗为之,饰以金银。服大袖衫、大口裤、紫皮带、黄革履”。诗歌中写人物不同于小说。诗歌的人物描写,并不求其全,往往是“取其一点,不及其余”。求其神而不袭其貌,甚至是一个侧影,一个镜头,或者一颦,一笑,一举手,一投足就可以了。这首诗开头便如《北史》记载写他缀有“金花”的帽子。“折风”似指前伸的帽檐。从“加插二鸟羽”看,这种帽子轻便、随意,戴起来却又给人以威武、超脱、自由的感觉。这是用帽子来映照人,藉帽子刻绘形象。这个人骑的是白马,白色的骏马。“迟回”,迟疑、徘徊。这里写他骑白马而迟回,暗示人的勇敢、洒脱、自由、悠游不迫。

后二句写人物更形象化,更活泼多姿。“翩翩舞广袖”,即写的乐舞者之姿。“翩翩”,本鸟飞轻疾貌。这里形容舞者形态。这轻疾如鸟飞般的动作,通过“舞广袖”生动地表达出来了。最后再以联想比喻达到高峰:“似鸟海东来。”“海东”即海东青。鸷鸟名,雕的一种。产于黑龙江下游及附近海岛。这最后一笔虽是喻其舞姿矫健快捷、力猛如海东青,但人的神采也奕奕如见了。

对高句骊的歌赞,实际有着诗人李白的影子。他一生以大鹏自喻,当理想受到挫折时,也仍想“扶摇直上九万里”。在这个寥寥数笔,写得形神酣畅、虎虎有生气的人物身上,寄寓有李白超脱拔俗的精神,积极向上的理想。“咫尺应须论万里”(杜甫),从这首小诗中,我们看到了诗人的胸襟气度和他对异域之人的深厚热爱,所以这是一首别具情味的作品,可惜它被排除在一些选本外面了。

结袜子

李　白

燕南壮士吴门豪,筑中置铅鱼隐刀。
感君恩重许君命,太山一掷轻鸿毛。

【鉴赏】

《结袜子》,《乐府诗集》里列在《杂曲歌辞》里,后魏温子升就写过一首《结袜子》,当是南北朝时北朝的民间杂曲。李白用这个杂曲来写诗,内容跟“结袜子”无关,写的是赞美侠客的诗。诗里赞美两位侠客,一位是荆轲的朋友高渐离,一位是吴公子光和客人专诸。《史记·刺客列传·荆轲传》里讲到高渐离,燕人,与荆轲为友，他善于击筑。荆轲刺秦王，不中，被杀。秦始皇灭了燕国，高渐离改变姓名，做佣人。后来他又在主人家击筑，有名。秦始皇召他去击筑。有人认识他是高渐离，秦始皇把他的眼睛弄瞎，让他击筑。他把铅放在筑中，在接近秦始皇时，举筑击秦始皇，不中，被杀。《史记·刺客列传·专诸传》，专诸，吴人。吴公子光欲刺杀吴王僚，夺王位。伍子胥把专诸介绍给公子光。公子光请吴王僚赴宴，使专诸把匕首放在煮熟的鱼腹中，专诸进鱼，从鱼腹中取匕首刺死吴王僚，吴王僚左右杀专诸。

这首诗说："燕南壮士吴门豪，筑中置铅鱼隐刀。"燕南壮士，指高渐离，燕人。"吴门豪"，指专诸，吴人。筑是一种古乐器，似琴，用竹来打击发声，奏乐。"鱼隐刀"，指鱼腹中藏匕首。"感君恩重许君命，太山一掷轻鸿毛。"高渐离感激燕太子丹、荆轲的厚待，专诸感激公子光的厚待，允许以自己的性命相报。《燕丹子》："荆轲谓太子曰：'烈士之节，死有重于泰山，有轻于鸿毛者，但问用之所在耳。"荆轲认为为燕太子丹报恩而牺牲生命，是死得重于泰山。李白在这里改变他的意思，说成侠客为了报答君恩，把泰山之重的生命看得如鸿毛之轻，轻于一掷，指出侠客轻生来报恩的特点。这样写也是用典，用了"死有重于泰山，有轻于鸿毛"的典故，但把它的原意完全变了。原意指完全不同的两种死法，李白把它改成侠客的轻生报恩，成了侠客的一种死法，但又跟原意有一致处，原意指侠客的轻生报恩为重于泰山之死，而这首诗正是赞美侠客的轻身的报恩，所以又有一致处。这样用典措辞变化而命意一致是特殊的用典法。开头两句也是用典，不是一句讲一个典故，而是把两个典故结合在一起，一句讲两个人，一句讲两人的两件事，这也是一种用典的方法。从这里，可以看到作者善于用典的表现手法。

陌上赠美人

李　白

骏马骄行踏落花，垂鞭直拂五云车。
美人一笑褰珠箔，遥指红楼是妾家。

【鉴赏】

此诗一作《小放歌行》。俞陛云《诗镜浅说续编》云："当紫陌春浓之际，策骏马而过，适道左有五云车过，误拂鞭丝。乃车中美人，不生薄愠，翻致微辞，谓遥看红楼一角，即妾家居处。若谓门前垂柳，何妨暂系青骢。其慧眼识人耶？抑诗人托兴耶？以青莲之豪迈而做此恻艳之词，殆如昌黎之'金钗'、'银烛'，未免有情也。"是对此诗的极好阐释。“骏马骄行踏落花”句言简意赅,“骏马骄行”交代主人公乘马出游,“落花”点出正当春浓的节候。诗歌紧接着写与美人的相遇,而笔墨重点全落在描写美人身上。诗歌不用正面描写法,而以优美的笔调描写她乘坐传说中仙人所乘的五色云车,车前垂挂着光灿灿的珠帘,家在红楼之上,寥寥数笔,烘云托月,衬出美人超凡入仙的形象。

诗歌写与美人从偶尔相遇到相逢一笑,继而相邀还家,写恻艳的内容而全无恻艳意味,俊爽豪逸,高雅而丝毫不带俗趣。

送陆判官往琵琶峡

李　白

水国秋风夜,殊非远别时。
长安如梦里,何日是归期?

【鉴赏】

判官是地方长官手下的属员,应该到长官的治所去,可是陆判官却到琵琶峡去。琵琶峡在巫山对面长江的南面,以形如琵琶得名。从诗里看,不是赞美陆判官到府主那里去有所作为,而是由送陆判官去琵琶峡时引起自己不能去京城的感慨,表达自己失意的悲哀。

首联:“水国秋风夜,殊非远别时。”“水国”犹水乡,“秋风夜”,当指秋夜风月的好时光。在水乡,应该与友人泛舟,领略秋光,甚非远剐的时候。下联:“长安如梦里,何日是归期?”从陆判官到琵琶峡去,想到自己漂泊在外,不能回到京城去有所作为,去长安像在梦里,不能实现,不知哪一年才能回到长安去。

王琦注里说:“杨升庵日:太白诗:‘天山三丈雪,岂是远行时。’又曰:‘水国秋风夜,殊非远别时。’‘岂是’‘殊非’,变幻二字,愈出愈奇。”这里引杨慎《升庵诗话》对李白诗作比较,指出他用词的变化和奇特。实际是“岂是”用否定口气来表达大雪中不宜远行,远行出于无奈。用“殊非”表示极不该远行,远行表示失意。情绪不同,所以用词也不同。这首诗用含蓄的写法,来写出自己的感触,通过自己的感触,来透露送别时的情意,是一种表达法。

自　遣

李　白

对酒不觉暝，落花盈我衣。
醉起步溪月，鸟还人亦稀。

【鉴赏】

李白有《月下独酌》诗，写月下独酌的寂寞跟这首诗一致，但表现的手法、表达的情感却不同，反映的生活也有差异。说“对酒不觉暝”，是从白天喝酒，不觉喝到夜，用“不觉”说明对酒的欢乐，所以不觉到夜了。“落花盈我衣”，说明在花下喝酒。“醉起步溪月”，说明在月下，还在溪月下步行。“鸟还人亦稀”，说明是独酌。这首诗写他的爱酒赏月，写那里的环境幽静，反映自己的心情。题为《自遣》，说明以醉酒和赏玩花月的幽静环境来供自己消遣。在这种消遣里，含有失意的心情，是写得含蓄的，是“含不尽之意，见于言外”（欧阳修《六一诗话》引梅尧臣语），所以写得非常简洁。但《月下独酌》写出具体的情景，是“状难写之景，如在目前”（同上），所以写法不同了。

这首诗从“鸟还人亦稀”里写环境的幽静和他的孤独。《月下独酌》从“举杯邀明月，对影成三人”，“成三人”好像热闹，其实正写出独酌的孤独。这也是一种“反象以征”，用相反的形象来征验自己的孤独。“我歌月徘徊，我舞影零乱”，用“月徘徊”“影零乱”的好像热闹来反衬只有我一人在歌舞的寂寞，也是一种“反象以征”。从这个对比里，可以看出写相似的内容，可以有“含不尽之意”的简洁写法，也可以有“状难写之景”的“反象以征”的写法，可以看到李白的创作兼擅其胜，卓成大家。

入清溪山

李　白

清溪清我心，水色异诸水。
借问新安江，见底何如此？

人行明镜中，鸟度屏风里。
向晚猩猩啼，空悲远游子。

【鉴赏】

这首诗又叫《青溪行》，是天宝十二载（753）诗人游池州时所作。池州，在今安徽省贵池。“清溪”源出石台县，经贵池与秋浦河汇合，出池口泻入长江。诗写清溪山水的清澈，全诗突出一个“清”字。首联写诗人自己的直接感受，描写清溪的清澈，寄托自己厌浊喜清的情怀。二联以“新安江”衬托，写青溪的清澈：新安江以水清著称，南朝梁著名诗人沈约曾有一首诗写其清流之美：“洞彻随深浅，皎镜无冬春。千仞写乔树，百丈见游鳞。”（《新安江水至清浅深见底贻京邑游好》）而诗人则写道：“借问新安江，见底何如此？”清溪比新安江还清！三联作者以“明镜”“屏风”做比喻，正面描写清溪山水的清秀：“人行明镜中，鸟度屏风里。”岸上的行人、山间的飞鸟，倒影在清溪之中，如同一幅美丽的画幅，令人心旷神怡！前人虽有类似的佳句，如：“船如天上坐，人似镜中行。”（山谷语）“船如天上坐，鱼似镜中悬。”（沈云卿诗句）“山阴路上行，如坐镜中游。”（王逸少诗句）但这联诗却青出于蓝胜于蓝，正如胡仔所云：“李太白（诗）虽有所袭，然语益工也。”（《苕溪渔隐丛话》）遂成为千古写山水名句。尾联借景抒情，夜晚一声声猩猩的啼叫，唤起了诗人思乡之情，营造出一股清寂凄切的艺术氛围。全诗处处着意描写清溪山水色的清澈，字里行间透示着诗人清白的思想境界。

古　风

李　白

一

大雅久不作，吾衰竟谁陈？

王风委蔓草，战国多荆榛。
龙虎相啖食，兵戈逮狂秦。
正声何微茫，哀怨起骚人。
扬马激颓波，开流荡无垠。
废兴虽万变，宪章亦已沦。
自从建安来，绮丽不足珍。
圣代复元古，垂衣贵清真。
群才属休明，乘运共跃鳞。
文质相炳焕，众星罗秋旻。
我志在删述，垂辉映千春。
希圣如有立，绝笔于获麟。

【鉴赏】

李白的《古风》共59首，是反映诗人政治理想和人生感慨的重要诗篇。其中不少篇以寓言、咏史形式对当时的政治、社会现象进行了抨击和讽刺，倾向性很强。这篇原列第一首，是表现诗人文艺思想的一首诗。可以说，是他的艺术宣言。

“大雅”，《诗经》的一部分，是反映西周政治的诗篇。“王风”，《诗经·国风》的一部分，是周朝东迁洛邑后那个时代的民歌。“啖食”，指战国七雄互相吞噬。“骚人”，指屈原、宋玉等诗人。“扬马”，扬雄、司马相如，都是汉赋重要作家。建安，东汉献帝年号(196~220)，当时三曹、七子的作品风格刚健，内容充实，称“建安风骨”。“垂衣”，《周易·系辞》有句云：“垂衣裳而天下治。”清真指自然。这句话用《周易》颂唐代政绩。

这首诗中，诗人以恢复《诗经》之“正声”为己任，历叙战国之后，“王风”沦丧，“骚人”哀怨，“扬、马”颓波，认为“建安”之后“绮丽不足珍”，赞扬唐代(圣代)诗坛清真、自然的风气。末尾以孔丘自比，愿如孔丘著《春秋》、删《诗经》一样，“志在删述”，“绝笔于获麟”。孔丘编《春秋》，到鲁哀公十四年(前481)，鲁国有人打猎，获得一只麟，孔丘认为麟是自己的象征，这是他将死的征兆，于是，《春秋》便停笔不写了。李白用孔丘自比，尽有生之年，努力有所建“立”，直到死亡，才停止写作。胡震亨评论此诗说：“统论前古诗源，志在删诗垂后，以此发端，自负不浅。”(《李诗通》)，这首诗实际上开创了我国古代以诗论诗风气之先。

二

胡关饶风沙，萧索竟终古。
木落秋草黄，登高望戎虏。
荒城空大漠，边邑无遗堵。
白骨横千霜，嵯峨蔽榛莽。
借问谁凌虐，天骄毒威武。
赫怒我圣皇，劳师事鼙鼓。
阳和变杀气，发卒骚中土。
三十六万人，哀哀泪如雨。
且悲就行役，安得营农圃。
不见征戍儿，岂知关山苦。
李牧今不在，边人饲豺虎。

【鉴赏】

这首是边塞诗。开头四句概括了新近被胡人入侵、遭到破坏后的边城景状。诗意说：那地方从古以来都是遍地风沙，景色萧条。每到秋天，树叶脱落以后，登高一望，就见得到戎虏嚣张。大沙漠中我方所有的碉堡戍所，都已空空无人，连完整的墙也不留一堵。草莽之中，到处都是古来战死兵士的残骸。接下去四句是一个转折点。是谁在我们边疆上大肆暴虐呢？这是用发问句法。下面一句就是答语：是那些耀武扬威的匈奴人干下的勾当。匈奴人自以为是“天之骄子”，后来，文学上即以“天骄”代表匈奴或其他强悍的少数民族。王维《观猎》诗云“居延城外猎天骄”，是同样用法。“毒”是一个动词，“毒威武”的意思就是“大大地炫耀了他们的威武”。这两句，在诗的修辞上称为问答格：上句问，下句答。陶渊明诗：“问君何能尔，心远地自偏。”（《饮酒》之五）也就是用了问答句的格式。“我圣皇”是指玄宗皇帝，他闻报胡人入侵，勃然大怒，立即派遣军队去征讨。李白对这次战争是持反对态度的，所以他用一个“劳”字表明了他的立场。以下六句，描写皇帝驱使人民出关作战的情况。“阳和”是春天的气象，现在却一下子变为杀气，因为征兵骚动了全国。征募到36万兵士，人人都泪下如雨，不得不茹苦含悲去服兵役，还怎么能顾得到经营自己的田园呢？最后四句是诗的结束，说明了主题思想：如果不看见这些从军青年的苦况，岂能知道边疆生活的艰难？由于今天没有李牧那样能保卫国防的名将，以致边塞上的人民被豺虎般的胡人所伤害。

三

西上莲花山，迢迢见明星。
素手把芙蓉，虚步蹑太清。
霓裳曳广带，飘拂升天行。
邀我至云台，高揖卫叔卿。
恍恍与之去，驾鸿凌紫冥。
俯视洛阳川，茫茫走胡兵。
流血涂野草，豺狼尽冠缨。

【鉴赏】

这首诗列《古风》第19首，作于至德元年(756)春。安史之乱后，诗人对祖国命运十分关心，这首诗是他借游仙写中原在“胡兵”凌虐下的悲惨情景。诗中的“莲花山”，即西岳华山的莲花峰，峰上有宫，宫前有池，池生千叶莲。莲花山东北有“云台”峰。诗的前十句写游仙，说“明星”(仙女名)、玉女邀他登上云台峰，拜见神仙“卫叔卿”，恍惚之间，与神仙驾着鸿雁飞入高空。后四句从游仙回到现实生活。在空中低头看到洛阳到处是“胡兵”纷纷来去，人民遭受杀害，流血涂遍了野草，而豺狼似的敌人却一个个封官称将。前半游仙，反衬后半之写实。尤其“流血涂野草，豺狼尽冠缨”二句，形象地勾勒出战乱之惨烈与叛军之昏乱，沉痛愤怒之情溢于言表。萧士斌在其《分类补注太白诗》中说：“太白此诗似乎记实工作，岂禄山入洛阳之时，太白适在云台观乎?”所说甚是。

四

羽檄如流星，虎符合专城。
喧呼救边急，群鸟皆夜鸣。
白日曜紫微，三公运权衡。
三地皆得一，澹然四海清。
借问此何为？答言楚征兵。
渡泸及五月，将赴云南征。

怯卒非战士，炎方难远行。
长号别严亲，日月惨光晶。
泣尽继以血，心摧两无声。
困兽当猛虎，穷鱼饵奔鲸。
千去不一回，投躯岂全生？
如何舞干戚，一使有苗平。

【鉴赏】

天宝十载(751)四月，把持朝政的杨国忠，命剑南节度使鲜于仲通率兵60万讨南诏(今云南省及四川西南部)。“战泸川，举军没，独仲通挺身免。时国忠兼兵部侍郎，素德仲通，为匿其败，更叙战功，使白衣领职。”(《新唐书》卷206《外戚传》)天宝十一载十一月李林甫死后，以国忠为右相，兼吏部尚书。“寻遣剑南留后李宓率兵十余万击阁罗凤，败死西洱河，国忠矫为捷书上闻。自再兴师，倾中国骁卒20万，踦屦无遗，天下冤之。”(引同上)本诗即以此为背景，严厉地谴责了穷兵黩武祸国殃民的罪行。

诗起四句径直展开一幕十万火急的情景：紧急的征兵书如流星般飞驰，朝廷征调军队的兵符，到了各个州郡。万众喧呼，一片“救边”的声音，连夜宿的鸟群都发出了惊鸣。“羽檄”，古代征调军队的文书，上插羽毛，以示紧急。“虎符”，兵符。古代调兵遣将的信物。铜铸，虎形，背有铭文，分两半，右半留在朝廷，左半授予统兵将帅或地方长官，两相验合，才能生效。其实唐代已无合乎调兵之制，此只是用典。“专城”，指州郡地方长官，谓其擅专一城。此谓统兵之将。这四句如疾风骤雨，翻江倒澜，把读者引入严酷的战斗气氛中，当人们正期待了解战争时，作者却掉转笔锋用轻缓的笔调去述说战前景象了：那时候皇帝坐镇朝廷，大臣掌管国事。天下太平，四野安宁。“紫微”，星座名，即紫微垣，古以紫微垣喻皇帝居处。“三公”，指辅佐皇帝的元老大臣。唐制：太尉、司徒、司空为三公。但太宗以后，“皆不视事”，只是最高荣誉衔。这里泛指辅佐皇帝的大臣。“得一”，见《老子》第三十九章：“天得一以清，地得一以宁。”言天地统一，四海安宁。诗颂以往之升平，实暗讽今日当权者发动不义战争，弄得万众不宁，群鸟夜鸣。故《唐宋诗醇》曰：“‘白日’四句，形容黩武之非。”而查慎行《初白诗评》并联系其根源云：“‘白日’以下四句，国忠之蒙蔽殃民，二罪可并案矣。”接突发一问：“借问此何为？”正如沈德潜云：“言天下清平，不应有用兵之事，故因问之。”(《唐诗别裁》卷二)“答言楚征兵。”《资治通鉴》天宝十载四月，“剑南节度使鲜于仲通讨南诏蛮，大败于泸南……制大募两京河南、北兵以击南诏；人闻云多瘴疠，未战士卒死者十八九，莫肯应募。杨国忠遣御史分道捕人，连枷送诣军所……于是行者愁怨，父母妻子送之，所在哭声振野。”诗接四句做进一步叙述。前二句点时、地,后二句谓一些体质虚弱的战士不惯远征。“泸”,古水名。一名泸江水,指今雅砻江下游和金沙江会合雅砻江以后一段。相传江水多瘴气,三四月尤甚,五月较好。继写送者和行者分别的悲伤场面:告别双亲大声痛哭,日月也为之黯淡无光。眼泪哭干了,继之流出了血,心里难过得像撕裂开一样,反而双方都没有声音了。接二句两用比喻:“困兽”“穷鱼”喻怯卒。“猛虎”“奔鲸”喻敌人。被强征入伍没有经过训练的士卒去与顽敌作战,其结果必然是“千去不一回,投躯岂全生”,怎能保全生命呢?一结,表现出诗人美好的愿望。是说如何能够像舜那样,不用穷兵黩武,而是用修文治教化使南诏受统令,见出诗人对战争的厌恶和对苦难人民的同情。

五

秦王扫六合,虎视何雄哉!
挥剑决浮云,诸侯尽西来。
明断自天启,大略驾群才。
收兵铸金人,函谷正东开。
铭功会稽岭,骋望琅邪台。
刑徒七十万,起土骊山隈。
尚采不死药,茫然使心哀。
连弩射海鱼,长鲸正崔嵬。
额鼻象五岳,扬波喷云雷。
鬐鬣蔽青天,何由睹蓬莱。
徐市载秦女,楼船几时回?
但见三泉下,金棺葬寒灰。

【鉴赏】

此诗主旨是借秦始皇之求仙不成,以规讽唐玄宗之迷信神仙。就思想内容而言,并不算李白一人之远见卓识,但就其动荡开合的气势、惊心动魄的艺术效果而言,实堪称独步。全诗大体可分前后两段,前段为宾,后段为主。主要手法是欲抑先扬,忽翕忽张,最后盖棺论定。

前段从篇首至“骋望琅邪台”,颂扬秦王之雄才大略和统一业绩。头四句极力渲染秦始皇消灭六国平定天下的威风。不言平定四海,而言“扫”空“六合”(包天地四方而言之)，首先就张扬了秦王之赫赫声威。再用"虎视"形容其勃勃雄姿，更觉咄咄逼人。起二句便有"猛虎攫人之势"。紧接着写统一天下的具体事情，也就有如破竹了。三句"浮云"象征当时天下混乱阴暗的局面，而秦王拔剑一挥，则寰区大定。一个"决"字，显得何其果断，有快刀斩乱麻之感。于是乎天下诸侯皆西来臣属于秦了。由于字字掷地有力，句句语气饱满，不待下两句赞扬，赞扬之意已溢于言表。"明断"句一作"雄图发英断"，但不管"明断""英断"也好，"雄图""天启""大略"也好，总算把对政治家的最高赞词都用上了。诗篇至此，一扬再扬，预为后段的转折蓄势。紧接"收兵"二句，写秦始皇统一天下后所采取的巩固政权两大措施，亦是张扬气派：一是收集天下民间兵器，熔铸为十二金人，消除反抗力量，使"天下莫予毒也已"，于是秦和东方交通的咽喉函谷关便可敞开了。二是于琅邪台、会稽山等处刻石颂秦功德，为维护统一做舆论宣传。"会稽岭"和"琅邪台"一南一北，相距数千里，诗人紧接写来，有如信步户庭之间。"骋望"二字形象生动地展示出秦王当时志盈意满的气概。秦之统一措施甚多，择其要者，则纲举目张，叙得简劲豪迈。对秦王的歌颂至此臻极，然而物极必反，这犹如汉贾谊《过秦论》的开篇，直是轰轰烈烈，使后来的反跌之笔更见有力。

后段十二句，根据历史事实进行生动艺术描写，讽刺了秦王骄奢淫侈及妄想长生的荒唐行为。先揭发其骊山修墓奢靡之事。秦始皇即位第三十五年，发宫刑罪犯七十多万人建阿房宫和骊山墓，挥霍恣肆，穷极民力。再揭发其海上求仙的愚妄之举。始皇二十八年(前219)，齐人徐市说海上有蓬莱等三神山，上有仙人及不死之药，于是始皇遣徐市带童男女数千人入海追求，数年无结果。此即"采不死药"事。"茫然使心哀"是担心贪欲未必能满足的恐惧和空虚。这四句对于前段，笔锋陡转，真如骏马注坡。写始皇既期不死又筑高陵，揭示出其自私、矛盾、欲令智昏的内心世界。但诗人并没有就此草草终篇，在写其求仙最终破产之前，又掀起一个波澜。据史载，徐市诈称求药不得，是因海中有大鱼阻碍之故，于是始皇派人运着连续发射的强弩沿海射鱼，在今山东烟台附近海面射死一条鲸。此节文字运用浪漫想象与高度夸张手法，把猎鲸场面写得光怪陆离，有声有色，惊险奇幻：赫然浮现海面上的长鲸，骤然看来好似一尊山岳，它喷射水柱时水波激扬，云雾弥漫，声如雷霆，它鬐鬣张开时竟遮蔽了青天……诗人这样写，不但使诗篇增添了一种惊险奇幻的神秘色彩，也是制造希望的假象，为篇终致命的一跌作势。长鲸征服了，不死之药总可求到吧？结果不然，此后不久，始皇就在巡行途中病死。"但见三泉下，金棺葬寒灰"，这是最后的反跌之笔，使九霄云上的秦王跌到地底，真是惊心动魄。以此二句收束筑陵、求仙事，笔力陡健，而口吻冷隽。想当初那样"明断"的英主，竟会一再被方士欺骗，仙人没做成，只留下一堆寒冷的骨灰；而"徐市载秦女，楼船几时回"，让方士大讨其便宜。历史的嘲弄是多么无情啊。

此诗虽属咏史，但并不仅仅为秦始皇而发。唐玄宗和秦始皇就颇相类似：两人都曾励精图治，而后来又变得骄侈无度，最后迷信方士，妄求长生。据《资治通鉴》载：“（玄宗）尊道教，慕长生，故所在争言符瑞，群臣表贺无虚月。”这种蠢举，结果必然是贻害于国家。可见李白此诗是有感而发的。

六

燕昭延郭隗，遂筑黄金台。
剧辛方赵至，邹衍复齐来。
奈何青云士，弃我如尘埃。
珠玉买歌笑，糟糠养贤才。
方知黄鹄举，千里独徘徊。

【鉴赏】

这是一首以古讽今、寄慨抒怀的五言古诗。诗的主题是感慨怀才不遇。

前四句用战国时燕昭王求贤的故事。燕昭王决心洗雪被齐国袭破的耻辱，欲以重礼招纳天下贤才。他请郭隗推荐，郭隗说：“王如果要招贤，那就先从尊重我开始。天下贤才见到王对我很尊重，那么比我更好的贤才也会不远千里而来了。”于是燕昭王立即修筑高台，置以黄金，大张旗鼓地恭敬郭隗。这样一来，果然奏效，当时著名游士如剧辛、邹衍等人纷纷从各国涌来燕国。在这里，李白的用意是借以表明他理想的明主和贤臣对待天下贤才的态度。李白认为，燕昭王的英明在于礼贤求贤，郭隗的可贵在于为君招贤。

然而，那毕竟是历史故事。次四句，诗人便化用前人成语，感讽现实。“青云士”是指那些飞黄腾达的达官贵人。《史记·伯夷列传》说：“闾巷之人欲砥行立名者，非附青云之士，恶能施于后世者！”意思是说，下层寒微的士人只有依靠达官贵人，才有可能扬名垂世，否则便被埋没。李白便发挥这个意思，感慨地说，无奈那些飞黄腾达的显贵们，早已把我们这些下层士人像尘埃一样弃置不顾。显贵之臣如此，那么当今君主怎样呢？李白化用三国魏阮籍《咏怀》第三十一首讽刺魏王语“战士食糟糠，贤者处蒿莱”，尖锐指出当今君主也是只管挥霍珠玉珍宝，追求声色淫靡，而听任天下贤才过着贫贱的生活。这四句恰和前四句形成鲜明对比。诗人在深深的感慨中，寄寓着尖锐的揭露和讽刺。

现实不合理想，怀才不获起用，那就只有远走高飞，别谋出路，但是前途又会怎样呢？李白用了春秋时代田饶的故事，含蓄地抒写了他在这种处境中的不尽惆怅。

田饶在鲁国长久未得到重用，决心离去，对鲁哀公说："臣将去君，黄鹄举矣！"鲁哀公问他"黄鹄举"是什么意思。他解释说，鸡忠心为君主效劳，但君主却天天把它煮了吃掉，这是因为鸡就在君主近边，随时可得；而黄鹄一举千里，来到君主这里，吃君主的食物，也不像鸡那样忠心效劳，却受到珍贵，这是因为黄鹄来自远方，难得之故。所以我要离开君主，学黄鹄高飞远去了。鲁哀公听了，请田饶留下，表示要把这番话写下来。田饶说："有臣不用，何书其言！"就离开鲁国，前往燕国。燕王立他为相，治燕三年，国家太平。鲁哀公为此后悔莫及。（见《韩诗外传》）李白在长安，跟田饶在鲁国的处境、心情很相似，所以这里说"方知"，也就是说，他终于体验到田饶作"黄鹄举"的真意，也要离开不察贤才的庸主，去寻求实现壮志的前途。但是，田饶处于春秋时代，王室衰微，诸侯逞霸，士子可以周游列国，以求遂志。而李白却是生活在统一强盛的大唐帝国，他不可能像田饶那样选择君主。因此，他虽有田饶"黄鹄举"之意，却只能"千里独徘徊"，彷徨于茫茫的前途。这末两句，归结到怀才不遇的主题，也结出了时代的悲剧，形象鲜明，含意无尽。

七

郑客西入关，行行未能已，
白马华山君，相逢平原里，
璧遗镐池君，明年祖龙死。
秦人相谓曰：吾属可去矣！
一往桃花源，千春隔流水。

【鉴赏】

欲知李白这一首诗的妙处，且先看诗中这一故事的由来。《史记·秦始皇本纪》："三十六年（前211）秋，使者从关东夜过华阴平舒道，有人持璧遮使者曰：为吾遗镐池君。因言曰：今年祖龙死。使者问其故，因忽不见，置其璧去。使者奉璧，具以闻。始皇默然良久，曰：山鬼固不过知一岁事也。退言曰：祖龙者，人之先也。使御府视璧，乃二十八年行渡江所沉璧也。"另外，《汉书·五行志》引《史记》云："郑客从关东来，至华阴，望见素车白马从华山上下，知其非人，道住，止而待之，遂至，持璧与客曰：为我遗镐池君，因言今年祖龙死。"《史记》所载的故事前后比较完整，用了一百零三个字。《汉书》抓住故事的中心，只用了五十个字，而且由于素车白马从华山而下这一点染，增强了神话色彩，但仍然只是文章，而不是诗。

李白翻文为诗，主要以《汉书》所载的故事为根据，写成了这一首诗的前六句。

其中第二句是原文所没有的，实质上诗人把原文凝练为二十五个字，字数压缩了一半，却无损于故事的完整性，并且诗意盎然，诗情醇永。这就不能不佩服诗人以古为新的手法了。一起“郑客西入关”一句，为什么不依原文写为“郑客关东来”呢？这是因为“关东来”只表明出发地，却不能表出目的地，而“西入关”则包括了“关东来”，平平五字，一石两鸟，极尽简括之能事。第二句“行行未能已”原文没有的，诗人增添了这一句，便写出了郑客“行行重行行”的旅途生活；“未能已”三字则又点出了道远且长，言外还暗示秦法森严，行路程期有所规定，不敢超越期限的那种惶恐赶路的心情。就这一句，平添了无限的情意，也就是诗之所以为诗。接下去“白马华山君，相逢平原里”，两句与文章的叙述次序恰恰相反。这并不是因为受押韵的牵制，而主要是用倒笔突接的方法，先把鲜明的形象送到读者的眼前：“唉！来了一位白马神人！”然后再补叙原委。这样写法接法，也是诗的特征，而非文章的常规。第五句“壁遗镐池君”，是把原文“持壁与客曰：为我遗镐池君”十一字删成五字，凝缩得非常精致。镐池君指水神，秦以五行中的水德为王，故水神相当于秦朝的护国神，华山神预将秦的亡征告知水神。第六句“明年祖龙死”，祖龙即指秦始皇。不必点明，即知为华山君传语，简洁了当地预报了秦始皇的死耗。

以上六句，只是李白复述故事，其长处也不过是剪裁、点染得宜，而还不足以见此诗之特点。此诗精神发越之处，主要在后四句，李白的超人之处也在后四句。

东晋诗人陶潜曾写过一篇《桃花源记》，后来的诗人极喜引用，“世外桃源”几成为尽人皆知的成语。李白想象力过人，把这一故事和上面六句中的故事，掺和在一起，似乎桃源中人所以避秦隐居，就是因为他们得知郑客从华山君那儿得来祖龙将死、秦将大乱的消息。所以七、八两句用“秦人相谓曰：吾属可去矣”，轻轻地把两个故事天衣无缝地联系在一起了。“秦人相谓日”之前省去了郑客传播消息，因而行文更加紧凑。“相谓”二字写出秦人传说时的神情，活跃纸上；“吾属可去矣”一句则写出了他们坚决而又轻松的感情，这些都是此诗神妙之处。

最后，诗人以“一往桃花源，千春隔流水”两句结住全诗。“春”字，承桃花春开，取春色美好之意。用“千春”而不用“千秋”，说明他对桃花源的赞美。这两句反映了李白对桃花源的向往和对尘世生活的厌恶。是啊，一旦进了世外桃源，就永远与这混浊纷乱的人寰相隔绝了。

诗人写诗时可能预感到安史之乱的某些征兆，所以引喻故事，借古喻今，以表遁世避乱的归隐思想。结笔悠然而止，不再写入桃源后的如何如何，不但行文简洁，而且余音袅袅，也令人起不尽之思。

八

一百四十年，国容何赫然。
隐隐五凤楼，峨峨横三川①。
王侯象星月②，宾客如云烟。
斗鸡金宫里，蹴鞠瑶台边。
举动摇白日，指挥回青天。
当涂何翕忽，失路长弃捐。
独有扬执戟，闭关草《太玄》③。

【注释】

①三川：指流经长安一带的三条水——泾水、洛水、渭水。②史载开元、天宝年间，宦官“黄衣以上三千员，衣朱紫千馀人，其称旨辄拜三品将军”（《新唐书·宦官传上》）。③汉代的郎官执戟宿卫宫殿，扬雄曾为郎官，所以称他扬执戟。《汉书·扬雄传》载，汉哀帝时，外戚丁明、傅晏和佞幸董贤用事，“诸附离之者，或起家至二千石”，而扬雄则不肯趋附，闭门“草《太玄》，有以自守，泊如也”。

【鉴赏】

这首诗从内容上看，当作于天宝初李白在长安时期。唐代从开国到这时共一百二十多年，与诗所言年数不合，“四十”二字可能有误，以古人诗文中常举成数而言，当为“二十”或“三十”。

开元、天宝年间，进入了历史上所称的“盛唐”。一方面唐王朝登上了繁荣昌盛的顶峰，另一方面也渐次呈露出由盛转衰的危机。诗人以特有的政治敏感，用他的诗笔，为我们展现了一幅繁盛中充斥着腐朽的真实的历史画卷。

诗从唐王朝一百多年发展历史入手。开篇四句是一节，重点在勾勒盛唐时期大唐帝国的辉煌显赫面貌。诗人只用“一百四十年”五个字，便将“贞观之治”“开元之治”等丰富的历史内容，推入诗句的背后，而用“国容何赫然”一句赞叹，启示人们自己去体味、领会，这是虚写的方法，笔墨非常经济。然而虚多则易空，故下文“隐隐”二句又转用实写的方法，选择一个极富有表现力的侧面——长安都城宫室建筑的雄伟壮丽，来给人们以“赫然”“国容”的具体感受。十个字，字字精实。“隐隐”，见出宫室的层叠深邃；“峨峨”，见出楼观的巍拔飞骞；“五凤楼”，见出其精工华美之巧；“横三川”，见出其龙盘虎踞之势。诗人有意将宏丽建筑安放在一个广阔的背景上，以增其壮伟雄浑之感。短短四句诗，虚实结合，使经过百多年发展的大唐帝国，以其富丽堂皇的面貌、磅礴的气势屹立在我们面前，令人不能不佩服诗人巨大的艺术概括力量。

“王侯”以下六句，转入对权势者的描写。“王侯”二句言其众盛。以灿然罗列的星月状王侯，亦似见其华耀骄贵之相；以弥漫聚散的云烟状宾客，亦似见其趋走奔竞之态：都极善用比，有传神尽相之妙。“斗鸡”二句言其行径。“金宫”“瑶台”都是指帝王所居，“斗鸡”“蹴鞠”都是游戏玩好，他们的所作所为无非是凭借侍从游乐以邀宠幸。“举动”二句言其气焰。“摇白日”“回青天”，以夸张的笔墨刻画其权势之大，气焰之盛，也隐含可以左右帝王之意。六句诗分三个层次，把王侯权贵的腐朽骄横形象一笔笔勾勒完足，笔墨很有分量。在章法的承接上，由辉煌的国势一下子过渡到势焰熏天的权贵，收到很好的艺术效果：在那繁荣昌盛的背景上，活动着、主宰着的竟是一群腐朽的权贵，不禁使人有大好河山、锦绣前程将被活活断送之感，而这也正是诗人悲愤之所在。

末四句巧妙地运用扬雄的故事表明诗人的鲜明态度。“当涂”二句熔炼汉扬雄《解嘲》中的话：“当涂者入青云，失路者委沟渠。旦握权则为卿相，夕失势则为匹夫。”一针见血地指出这班权贵不会有好结局，得意的日子不会长久。“翕忽”是飞速之意，形容青云直上。“独有”二句，诗人以扬雄自比，向权贵们投以轻蔑的目光。借用这个典故，简约而有力地表现了诗人清操自守和对权贵们鄙视与决绝态度。扬雄闭关草《太玄》时，有人嘲笑他得不到官职，扬雄做《解嘲》以答。其中大讲得士、失士同国家兴亡的关系：“昔三仁去而殷墟，二老归而周炽，子胥死而吴亡，种蠡存而越霸”。这不正是唐王朝当时面临的问题吗？看来诗人用此典还有更深的含义。

本诗首二句纵观历史，次二句横览山河，都如登高临深，有俯视一切的气概，见出其吞吐千古、囊括六合的胸怀与气魄。“王侯”六句，一气贯下，刻画权势者们的形象，笔墨酣畅，气完神足。而正当把权势者们说到十分兴头上的时候，“当涂”二句却兜头一盆冷水浇了下来，使人有一落千丈之感。末二句只客观地摆出扬雄的典实，冷然作收。但冷静平实的笔墨中隐含怒目横眉之气，柔中有刚。不长的一首诗，写得腾跃有势，跌宕多姿，气势充沛，见出作者独具的艺术特色。

远别离

李　白

远别离，古有皇英之二女；
乃在洞庭之南，潇湘之浦。
海水直下万里深，谁人不言此离苦？
日惨惨兮云冥冥，猩猩啼烟兮鬼啸雨。
我纵言之将何补？
皇穹窃恐不照余之忠诚，雷凭凭兮欲吼怒。
尧舜当之亦禅禹，君失臣兮龙为鱼，权归臣兮鼠变虎。
或云尧幽囚，舜野死。
九疑联绵皆相似，重瞳孤坟竟何是？
帝子泣兮绿云间，随风波兮去无还。
恸哭兮远望，见苍梧之深山。
苍梧山崩湘水绝，竹上之泪乃可灭。

【鉴赏】

这是一个古老的传说：帝尧曾经将两个女儿（长曰娥皇，次曰女英）嫁给舜。舜南巡，死于苍梧之野。二妃溺于湘江，神游洞庭之渊，出入潇湘之浦。这个传说，使得潇湘洞庭一带似乎几千年来一直被悲剧气氛笼罩着，“远别离，古有皇英之二女；乃在洞庭之南，潇湘之浦。海水直下万里深，谁人不言此离苦？”一提到这些诗句，人们心理上都会被唤起一种凄迷的感受。那流不尽的清清的潇湘之水，那浩渺的洞庭，那似乎经常出没在潇湘云水间的两位帝子，那被她们眼泪所染成的斑竹，都会一一浮现在脑海里。所以，诗人在点出潇湘、二妃之后发问：“谁人不言此离苦？”就立即能获得读者强烈的感情共鸣。

接着，承接上文渲染潇湘一带的景物：太阳惨淡无光，云天晦暗，猩猩在烟雨中啼叫，鬼魅在呼唤着风雨。但接以“我纵言之将何补”一句，却又让人感到不是单纯写景了。阴云蔽日，那“日惨惨兮云冥冥”，不像是说皇帝昏聩、政局阴暗吗？“猩猩啼烟兮鬼啸雨”，不正像大风暴到来之前的群魔乱舞吗？而对于这一切，一个连一官半职都没有的诗人，即使说了，又何补于世，有谁能听得进去呢？既然“日惨惨”“云冥冥”，那么朝廷又怎么能区分忠奸呢？所以诗人接着写道：我觉得皇天恐怕不能照察我的忠心，相反，雷声殷殷，又响又密，好像正在对我发怒呢。这雷声显然是指朝廷上某些有权势的人的威吓，但与上面“日惨惨兮云冥冥，猩猩啼烟兮鬼啸雨”相呼应，又像是仍然在写潇湘洞庭一带风雨到来前的景象，使人不觉其确指现实。

“尧舜当之亦禅禹，君失臣兮龙为鱼，权归臣兮鼠变虎。”这段议论性很强，很像在追述造成别离的原因：奸邪当道，国运堪忧。君主用臣如果失当，大权旁落，就会像龙化为可怜的鱼类，而把权力窃取到手的野心家，则会像鼠一样变成吃人的猛虎。当此之际，就是尧亦得禅舜，舜亦得禅禹。不要以为我的话是危言耸听，褒渎人们心目中神圣的上古三代，证之典籍，确有尧被秘密囚禁、舜野死蛮荒之说啊。《史记·五帝本纪》正义引《竹书纪年》载：尧年老德衰为舜所囚。《国语·鲁语》：“舜勤民事而野死。”由于忧念国事，诗人观察历史自然别具一副眼光：尧幽囚、舜野死之说，大概都与失权有关吧？“九疑联绵皆相似，重瞳孤坟竟何是？”舜的眼珠有两个瞳孔，人称重华。传说他死在湘南的九嶷山，但九座山峰联绵相似，究竟何处是重华的葬身之地呢？称舜墓为“孤坟”，并且叹息死后连坟地都不能为后人确切知道，更显凄凉。不是死得暧昧，何至如此呢！娥皇、女英二位帝子，在绿云般的丛竹间哭泣，哭声随风波远逝，去而无应。“见苍梧之深山”，着一“深”字，令人可以想象群山迷茫，即使二妃远望也不知其所，这就把悲剧更加深了一步。“苍梧山崩湘水绝，竹上之泪乃可灭。”斑竹上的泪痕，乃二妃所洒。苍梧山应该是不会有崩倒之日，湘水也不会有涸绝之时，二妃的眼泪又岂有止期？这个悲剧实在是太深重了！

诗所写的是二妃的别离，但“我纵言之将何补”一类话，分明显出诗人是对现实政治有所感而发的。所谓“君失臣”“权归臣”是天宝后期政治危机中突出的标志，并且是李白当时心中最为忧念的一端。元代萧士赟认为玄宗晚年贪图享乐，荒废朝政，把政事交给李林甫、杨国忠，边防交给安禄山、哥舒翰，“太白熟观时事，欲言则惧祸及己，不得已而形之诗，聊以致其爱君忧国之志。所谓皇英之事，特借指耳”（《分类补注李太白集》）。这种说法是可信的。李白之所以要危言尧舜之事，意思大概是要强调人君如果失权，即使是圣哲也难保社稷妻子。后来在马嵬事变中，玄宗和杨贵妃演出一场远别离的惨剧，可以说是正好被李白言中了。

诗写得迷离惝恍，但又不乏要把迷阵挑开一点缝隙的笔墨。“我纵言之将何补？皇穹窃恐不照余之忠诚，雷凭凭兮欲吼怒。”这些话很像他在《梁甫吟》中所说的“我欲攀龙见明主，雷公砰訇震天鼓。……白日不照吾精诚，杞国无事忧天倾。”不过，《梁甫吟》是直说，而《远别离》中的这几句隐隐呈现在重重迷雾之中。一方面起着点醒读者的作用，一方面又是在述及造成远别离的原因时，自然地带出的。

诗仍以叙述二妃别离之苦开始，以二妃恸哭远望终结，让悲剧故事笼括全篇，保持了艺术上的完整性。

诗人是明明有许多话急于要讲的。但他知道即使是把喉咙喊破了，也决不会使唐玄宗醒悟，真是“言之何补”！况且诗人自己也心绪如麻，不想说，但又不忍不说。因此，写诗的时候不免若断若续，似吞似吐。范梈说：“此篇最有楚人风。所贵乎楚言者，断如复断，乱如复乱，而辞意反复行乎其间者，实未尝断而乱也；使人一唱三叹，而有遗音。”（据瞿蜕园、朱金城《李白集校注》转引）这是很精到的见解。诗人把他的情绪，采用楚歌和骚体的手法表现出来，使得断和续、吞和吐、隐和显，销魂般的凄迷和预言式的清醒，紧紧结合在一起，构成深邃的意境和强大的艺术魅力。

刘昚虚　生卒年不详，字全乙，江东人，一说洪州新吴(今江西奉新)人。与贺知章、包融、张旭齐名，称“吴中四友”。开元十一年(723)进士。曾任崇文馆校书郎，夏县令。喜与山僧道侣交游，流落不偶，年寿不长。殷璠《河岳英灵集》称其诗“情幽兴远，思苦词奇，忽有所得，便惊众听。”诗风颇近孟浩然。《全唐诗》录其诗一卷。

阙[①]题

刘昚虚

道由白云尽，春与青溪长。
时有落花至，远随流水香。
闲门向山路，深柳读书堂。
幽映每白日，清辉照衣裳。

【注释】

①阙：同缺。

【鉴赏】

本诗名“阙题”是指本来有题目，只是在以后的流传过程中遗失了，与“无题”

不同。不过,据人考证,这首诗的原题为《归桃源乡》。桃源山在今江西省靖安县境内,是刘昚虚的隐居之处。如果这个考证属实,那么这首诗就是写作者在桃源山的隐居之处和他那超尘脱俗的志趣的。

“道由白云尽”,是说悠长的山道在白云缭绕之处尽了。这里说“尽”其实是“不尽”,因为“由白云”而“尽”其实只是由白云遮挡住了,路并没有真正地“尽”。“春与青溪长”,“春”怎么会“与青溪长”呢?其实是说沿着清溪一路走来,溪的两边都是鲜花盛开,芳草萋萋,到处是盎然的生机,当然是“春与青溪长”了。这个“长”字使得春天有了具体的形象。“时有落花至,远随流水香”是说清溪中不时地有花瓣落在水上,随水漂了下来,散发着缕缕幽香。这是“春与青溪长”一句的具体写照。一个“至”字和一个“随”字将落花拟人化,使落花也具有了生命和灵性似的,使人觉得落花似乎在迎接人似的,而且随着流水环绕在人的身旁。这四句似乎只是在写景,但写的是诗人隐居之处的景,因而隐含着诗人的生活情趣与感情。“白云”“青溪”“落花”“流水”无一不映衬着作者的心境。

“闲门向山路,深柳读书堂。”这两句已写到了作者隐居之处的具体环境:常常关着的门朝着山路,浓密的柳林中掩映着作者读书的地方。这里具体地写到了作者隐居之地的恬静,幽雅。“幽映每白日,清辉照衣裳”是说阳光透过树木的枝叶照射进书斋之中,淡淡的光线落在诗人的衣裳上。

全诗八句都在写景,但是青山绿水中,红花绿柳掩映处,有诗人闲适的书斋。如此好去处,令人向往。

暮秋扬子江寄孟浩然

刘昚虚

木叶纷纷下,东南日烟霜。
林山相晚暮,天海空青苍。
暝色况复久,秋声亦何长。

孤舟兼微月，独夜仍越乡。
塞笛对京口，故人在襄阳。
咏思劳今昔，江汉遥相望。

【鉴赏】

这是一首"以诗代书"的五言古诗。全诗共六联十二句，每四句为一个层次，由写景到情景交融，到对襄阳故友孟浩然的思念，层层递进，步步深入，读来如与故旧晤谈，娓娓情深。头四句表现秋江暮景：暮秋时节雾大霜厚，树叶纷纷脱落；傍晚江岸林山相依暮色苍茫，江水连天，一片青苍，一幅形象的秋江暮景图，呈现在读者面前。看似随意挥洒、客观绘景，却通过语景暗示情绪，蕴含着黯然伤神的匠意，笼罩全篇。中间四句情景交融，在前四句的基础上又深入一层："暝色"与"暮色"从视、听两方面让人产生愁绪，而"况复久"与"亦何长"反复慨叹加深了愁绪的沉重；"微月"与"孤舟"相映，激发出"独夜"仍居"越乡"（东南地区）的思愁。"暝色""秋声""孤舟""微月"引人思念故土，为下一段勾起无限地对故友之思念，做了充分的酝酿与铺垫。末四句直接写对襄阳故友孟浩然的思念之情：头二句从自己方向着笔，在月下吹笛，抒发对故友的怀念。"寒"字表示夜深天冷，笛声凄咽，使思念故友的愁绪见诸言外。末二句则翻进一层，从孟浩然对自己的想念着笔，表现江、汉两地二人相思之情，显示出双方的深情厚谊，诗情婉转而深厚。末尾"遥相望"三字余味悠远，耐人寻味。这样，诗意层层深入而又变化自然，变化多姿而又从容不迫，于清微淡远之中寓含幽深蕴厚之趣，显示出作者诗歌的艺术特色。郑处晦说他"有文章盛名"（《明皇杂录》），严羽称他为与陈子昂、王维等人并列的"大名家"（《沧浪诗话》），则不为过誉。

崔颢　（？~754），汴州人（今河南开封）。开元十一年（723）进士，天宝中期任司勋员外郎。在当时即享有盛名，与王昌龄、高适、孟浩然、王维等人并列。早期诗浮艳轻薄，后曾在河东军幕中任职，诗风变得雄浑奔放。殷璠《河岳英灵集》评："颢年少为诗，名陷轻薄。晚节忽变常体，风骨凛然。一窥塞垣，说尽戎旅。"

黄鹤楼

崔颢

昔人已乘黄鹤去，此地空余黄鹤楼[①]。
黄鹤一去不复返，白云千载空悠悠。
晴川历历汉阳[②]树，芳草萋萋鹦鹉洲。
日暮乡关[③]何处是？烟波江上使人愁！

【注释】

①黄鹤楼：位于湖北武汉武昌蛇山黄鹤矶上。相传古代仙人子安乘黄鹤经过这里，又传仙人费文祎曾在此驾鹤登仙。

②汉阳：武汉三镇之一。鹦鹉洲：位于武昌城西南的长江中。

③乡关：故乡。

【鉴赏】

黄鹤楼是登临游览的胜地，崔颢题诗表达了吊古怀乡之情。

前四句写登临怀古。昔日的仙人已乘黄鹤离开了，此地只空余一座黄鹤楼，黄鹤一去不再回来，朗朗碧空千百年来只有白云悠悠。一座历史悠久的古楼，一段美丽的神话传说，几分繁华与热闹逝去后的失落与惆怅。诗人围绕黄鹤楼的由来反复吟唱，似脱口道出，语言俗白，却一气呵成，文势贯通。一座空空的黄鹤楼因而呈现出深厚的文化底蕴，一次寻常的登临化为追古抚今的慨叹，白云千载，遐思悠悠。

后四句写站在黄鹤楼上的所见所思。眼前美景如画，内心乡愁难抑。“晴川历历汉阳树，芳草萋萋鹦鹉洲”是形象而直观的描绘：晴朗的大地，远方汉阳的绿树历历在目；鹦鹉洲上，萋萋芳草如茵。开阔的视野，生机勃勃的明媚风光，作为远景衬托出黄鹤楼远眺汉阳、俯瞰长江的挺拔气势。“日暮乡关何处是？烟波江上使人愁”即景生情，薄暮的柔美与思乡的幽怨交织在一起：黄昏的雾霭悄悄地在江心聚集，乡愁也在诗人的心中涌起；江面水汽氤氲，乡愁依附在缥缈的烟波中。日暮烟波与悠悠白云相照应，形成一个悠远渺茫的意境。

这是一首七言律诗，但并不遵守七言的格律，不讲究平仄对偶，全诗笔随意转，情感真挚而气势奔放。诗中的物象与诗人的感情融为一体，起伏曲折，使诗的意蕴丰满而自然。诗中巧妙地嵌进地名，山川风物更觉具体可感。

这首诗在当时就很有名，传说李白登黄鹤楼，有人请他题诗，他说：“眼前有景道不得，崔颢题诗在上头。”严羽《沧浪诗话》评：“唐人七言律诗，当以崔颢《黄鹤楼》为第一。”

长　干　行[①] 二首

崔　颢

一

君家何处住？妾住在横塘[②]。
停舟暂借问，或恐是同乡。

二

家临九江水，来去九江[③]侧。
同是长干人，生小[④]不相识。

【注释】

①长干行：属南朝乐府《杂曲歌词》。长干：里弄名，在南京。崔颢原诗共四首，此选第一、二首。

②横塘：《一统志》：“吴自江口沿淮筑堤，谓之横塘。在今应天府。”即今南京

市。

③九江：指长江中下游。

④生小：自小。

【鉴赏】

这是一段青年男女的相悦之词。其一是女子问，其二是男子答。

江水滔滔，舟船不息，两艘船偶然相遇，船中的女子问另一船中的男子："您家住在哪里？我家住在横塘。"素昧平生，贸然相问，还自报家门，足见女子已对男子心生好感。但又不想让男子觉得自己太唐突，太冒昧，于是补上一句："暂时停下船来问一问，恐怕我们是同乡呢。"他乡遇乡亲确实难得，这一托词倒也贴切。与其说少女机敏，不如说诗人匠心。寥寥四句，一个热情开朗、质朴率真的船家女子形象跃然纸上：遇见自己心仪的人，没有矫揉造作，没有忸怩作态，只是自自然然，坦坦荡荡，率性而为。她的主动，她的天真，连同她那点小聪明，都活泼可爱。

男子的态度好像不甚明朗，其实不然，"家住九江边，来来往往在九江旁。"回答得具体翔实颇能引起我们对"妹有意郎有情"的猜想。"都是南京人"拉近了两人之间的心理距离，表现出一种认同感。"自小并不相识"是生活的真实，反映出男子的朴实厚道，又隐隐透出相见恨晚之意。

全诗没有华丽的言辞，没有高深的意境，只是一幅浅白的生活场景，一段平平常常的对话，笔墨简约、朴素到极致。细细品味，却凝练集中，蕴藉含蓄，充满浓郁的生活气息，人物的形象、情感、神态和生活的背景，栩栩如生，让人读后莞尔。

行经华阴[1]

崔　颢

岧峣太华俯咸京，天外三峰削不成[2]。
武帝祠前云欲散，仙人掌上雨初晴[3]。
河山北枕秦关险，驿路西连汉畤平[4]。
借问路旁名利客，何如此地学长生[5]。

【注释】

①华阴：华阴市，位于华山北面。

②岧峣(tiáoyáo):山势高峻的样子。太华:华山。咸京:即咸阳,秦汉都城,此借指唐都长安。三峰:莲花峰、玉女峰、明星峰,是华山上最著名的三座山峰。

③武帝祠:即巨灵祠,华山志:"巨灵,九元祖也。汉武帝观仙掌于县内,特立巨灵祠。"仙人掌峰位于华山东侧,因其形似手掌而得名。

④枕:依靠。秦关:函谷关。汉畤(zhì):汉代祭天地及古代帝王的处所。

⑤长生:指隐居不仕,问道求仙。《庄子》:"广成子曰:'无劳汝形,乃可以长生。'"

【鉴赏】

"华阴"是汴梁赴长安的必经之路。作者行经此处,被华山的雄伟峻秀打动,折服于大自然的神奇瑰丽,不由得对尘世间忙忙碌碌追名逐利产生了疑虑。

一二两句总写巍巍华山高耸入云,俯瞰长安,气势磅礴;莲花、玉女、明星三峰直插霄汉,不是人力能够劈削。以一个全景式的远镜头描绘出华山鬼斧神工般的雄奇险峻。

山中晴雨不定,云雾缭绕,待诗人走得近了,已"云欲散""雨初晴"。武帝祠前,白云悠悠,朗朗乾坤若隐若现,仙人掌峰上峭壁千仞,青翠欲滴。雨过天晴的华山,清新湿润,气象万千。一二两句是山外看山,三四两句诗人已置身山中,揉进了浓浓的山野气息。近处华山的风景,诗人并没有细描,只以云散雨晴,激起读者丰富的想象,让华山变得动感而灵秀。

五六两句将华山放在更为广阔的时空范围来加以表现。黄河华山北靠函谷关的险隘,漫漫驿道西接汉代祭坛的平川。这两句并不写实,而是"思接千载,视通万里"(《文心雕龙》),把华山与它周围的名胜古迹联在一起,形成一个旷远雄浑的意境,自然的风景因"秦关""汉畤"而变得厚重起来。

最后两句即景生情。西岳华山的雄险奇丽,让诗人突然觉得整日为名为利而忙碌好无聊,生命短暂,自然美好,何不归隐于山林,尽情去享受生活,去追寻生命的真谛。"天下熙熙,皆为利来;天下攘攘,皆为利往。"诗人戏称路上的匆匆过客为"名利客",诗人自己何尝不是"名利客",问路人实际上是问自己,这样的写法,有点自嘲的意味。

全诗写景层次分明,气势恢宏,境界壮阔,笔力雄健。结尾旁逸斜出,曲折婉约,饶有情趣。

王翰　生卒年不详，字子羽，并州晋阳（今山西太原）人，唐睿宗景云元年（710）进士，历任驾部员外郎，汝州长史，化州别驾，道州司马。他恃才不羁，以豪放著称，为诗多壮丽之词。文士祖咏、杜华等尝与交游。在当时有很高的声望。《全唐诗》存其诗一卷。

凉州词

王　翰

葡萄美酒夜光杯[①]，欲饮琵琶马上催。
醉卧沙场[②]君莫笑，古来征战几人回。

【注释】

①夜光杯：上等白玉做成的酒杯。

②沙场：战场。

【鉴赏】

《凉州词》又作《凉州曲》，是河西陇右（今甘肃武威）一带的地方乐曲。开元中采进，后人多为之作词。王翰生性豪放，怀才不遇，喜欢纵酒游乐。这首诗就体现了作者的这种性格。在这首诗里，诗人截取了军旅生活的一个片段，描写了军中宴乐畅饮的场面，表现了征戍者悲愤而又豪爽的思想感情。

前两句用极富于地方色彩的事物来烘托军中的饮宴气氛。“葡萄美酒”指出自新疆一带的葡萄美酒。“夜光杯”指用上等白玉做成的酒杯。传说周穆王时西域曾献夜光杯，能照亮黑夜。“琵琶”本为北方少数民族乐器。所有这一切都写出了边塞将士在难得的一次酒宴中的兴奋欢快。作者这样地大肆渲染军中宴乐的热闹与欢快是为什么呢？我们可以从下面两句里找到答案。

此后笔锋一转，“醉卧沙场君莫笑，古来征战几人回。”在这样热闹与欢快的宴乐场面里，宴乐的人想的是什么呢？如果我喝醉了倒卧在战场上，你们可不要取笑

我,我早已把我的生死置之度外了,我只想尽情地欢乐一场。因为从古到今征战的人有几个活着回来的呢?长歌当哭,也有人说这首诗是“故作豪饮之词,然悲感已极”。也有人说:“作悲伤语读便浅,作谐谑语读便妙”。其实这首诗的含义是复杂的,多层次的:它令人悲,也令人喜,似感伤又似旷达,似谐谑又似悲伤。也正因为如此,它引起了我们丰富的联想,激发了我们深沉而细腻的感情,和千百年后的人们的思想发生了共鸣。

孙逖 (696~761)唐朝大臣、史学家,今东昌府区沙镇人。自幼能文,才思敏捷。曾任刑部侍郎、太子左庶子、少詹事等职。有作品《宿云门寺阁》《赠尚书右仆射》《晦日湖塘》等传世。

宿云门寺阁

孙　逖

香阁东山下,烟花象外幽。
悬灯千嶂夕,卷幔五湖秋。
画壁馀鸿雁,纱窗宿斗牛。
更疑天路近,梦与白云游。

【鉴赏】

云门寺在今浙江绍兴境内的云门山(又名东山)上,晋安帝时建,梁代处士何胤、唐代名僧智永等都在寺里栖隐过。从杜甫诗“若耶溪,云门寺,吾独何为在泥滓?青鞋布袜从此始”(《奉先刘少府新画山水障歌》)来看,此寺是当时一个有名的隐居之地。

一、二句以写意的笔法，勾勒出云门寺的一幅远景。首句点出云门寺的所在，次句写出寺的环境氛围。“香阁”二字，切合佛寺常年供香的特点。寺阁坐落在东山下，那儿地势高，云雾缭绕。时近傍晚，山花笼上了一层苍茫的暮色，似在烟霭之中。“象外”，是物象之外的意思。用“象外”去形容“幽”，是说其幽无比，超尘拔俗。一座幽静的佛寺便在邈远天际淡淡化出。两句于写景之中兼寓叙事：云门寺尚在远方，诗人此时还在投宿途中。

三、四句所写，是到达宿处后凭窗远眺的景象。这两句对偶工稳，内蕴深厚，堪称是篇中的警策。“悬灯”“卷幔”正是入夜时初到宿处的情状：点燃宿处油灯，卷起久垂的帷帘，观赏起窗外的夜色。诗人借悬灯写出夜色中壁立的千嶂，借卷幔写出想象中所见浩渺的五湖（太湖的别名）。山与水对比，纵与横映衬，意境极为优美。其实，在茫茫夜色中，任你卷起窗帘或借助于所悬之灯，是看不到千嶂奇景和五湖秋色的，这纯属想象之辞。诗人不为夜幕和斗室所限，而能逸兴遄飞，放笔天地，写出如此壮美的诗句，显示了诗人宽阔的胸怀。而且，这两句诗并非泛泛的写景抒情之笔。诗人以“悬灯”“卷幔”表示投宿，又以“秋”与“夕”点出节令与时间，并以“千嶂”“五湖”的高远气象表明所宿处的云门山寺的势派。

五、六两句，紧承“悬灯”和“卷幔”，写卧床环顾时所见。看来，这时诗人已经睡下，但一时还未成眠，便游目室内与窗外：墙上，因为年深日久，壁画的大部分已经剥落，只见到尚剩下的大雁；天空，闪烁的群星像是镶嵌在窗户上那样临近。画壁黯淡，足见佛寺之古老，正与诗人此时睡意昏昏的状态相接近；群星在窗口闪烁，像是引诱着诗人进入梦乡。两句分别写出云门寺“高”与“古”的特色。

最后两句写入梦后的情景。终于,诗人坠入了沉沉的梦乡:“更疑”句直承“纱窗”句,因有斗牛临窗的情景,才引出云门寺地势高峻,犹如与天相近的联想,因而在夜间竟做起驾着白云凌空遨游的梦来。“疑”字用疑似的口气将似有若无的境界说出,朦胧恍惚,真有梦境之感。

全诗八句,紧扣诗题,丝丝入扣,密合无间。诗人以时间为线索,依次叙述赴寺、入阁、睡下、入梦,写足“宿”字。又以空间为序,先从远处写全景,再从阁内写外景,最后写阁内所见;由远而近,由外丽内,环环相衔,首尾圆合,写尽云门寺的“高”与“古”。艺术结构高超,处处都见匠心。

戎昱 荆南(治今湖北江陵)人。少试进士不第,漫游荆南、湘、黔间,又曾客居陇西、剑南。大历初卫伯玉镇荆南,辟为从事。建中时谪为辰州刺史。后任虔州刺史。诗多吟咏客中山水景色和忧念时事之作。原有集,已散佚,明人辑有《戎昱诗集》。

移家别湖上亭

戎　昱

好是春风湖上亭,柳条藤蔓系离情。
黄莺久住浑[1]相识,欲别频啼四五声。

【注释】

①浑:全、都。

【鉴赏】

这是一首情景诗。作于搬家时,抒发对故居一草一木依恋难舍的深厚感情。

全诗的意境是:春风怡荡,景色宜人,我将辞别往日最喜爱的“湖上亭”了。微风中,亭边的“柳条”“藤蔓”轻盈地招展,仿佛是在伸出无数多情的手臂牵扯我的衣襟,不让我离开它们。住了这么久了,亭边柳枝上的“黄莺”,也都是我的老相识了。在我即将与它们分手的时刻频繁地啼叫,鸣声悠悠,别情依依,动人心扉,使我久久难以平静,对这“亭”、这“湖”、这“鸟”、这“柳条”、这“藤”都不胜留恋……。

诗人采用拟人化的手法，创造了一个童话般的意境。诗中的一切，无不具有生命、带有情感。这是因为诗人对湖上亭的草木花鸟是如此的深情，在他眼里不只是自己不忍与这里的草木花鸟作别，这里的草木花鸟也像他一样无限痴情，难舍难分。他视花鸟草木为挚友，达到了物我交融、彼此两忘的地步，故能快乐与共，灵犀相通，发而为诗，才出语如此天真，诗趣这般盎然。

全诗用字非常讲究情味。用“系”字抒写不忍离去之情，正好切合柳条、藤蔓修长的特点，又符合春日和风吹拂的情景。这种拟人化的写法为后人广泛采用。用一“啼”字既指黄莺的啼叫，也令人联想到辞别时离人伤心的啼哭；这个“啼”字兼言情景两面，而且体物传神，似有无穷笔力，正是遣词老手的高妙之处。

咏　史

戎　昱

汉家青史上，计拙[①]是和亲。
社稷[②]依明主，安危托妇人。
岂能将玉貌，便拟静胡尘[③]。
地下千年骨，谁为辅佐臣。

【注释】

①拙：笨拙、拙劣。

②社稷：本指土神和谷神，因皇帝每年要亲自祭祀土神和谷神，故引申为“国家”之意。

③静胡尘：使胡人安静下来，不再引起战争的烟尘。

【鉴赏】

这是一首借古讽今的政治讽喻诗。

唐代从安史之乱后，朝政紊乱，国力衰弱，藩镇割据，边患十分严重。宪宗之前几个皇帝一味求和，使边境各族人民备受战乱之害。宪宗即位后，召集大臣廷议边塞政策，众多大臣又持和亲之论，于是宪宗背诵了戎昱这首《咏史》诗，并说：“此人若在，便与朗州刺史。”还说：“魏绛（春秋时晋国大夫，力主和戎）之功，何其懦也！”大臣们领会了圣意，没有人再提和亲了。这件事足以说明本诗的现实意义。诗人对朝廷执行的和亲政策,视为国耻,痛心疾首。

在唐代,咏汉讽唐这种以古讽今的手法为诗家所常用。点明"汉家",等于直斥唐朝。所以诗的首联开门见山,直截指出了"和亲"乃是唐朝历史上最为拙劣的政策。次联便单刀直入,明确指出国家的治理要靠英明的皇帝,而执行和亲政策,实际上是把国家的安危托付给妇女。三联更鞭辟入里,透彻地揭露和亲的实质就是妄图以女色乞取国家安全的绥靖政策,是很不现实的。一个"岂"字,把和亲的荒谬可耻和屈膝投降本质暴露无遗。然而是谁在制订和执行这种政策呢?这些人难道算得上辅佐皇帝的忠臣吗?将来怎么去面对子孙和去见先帝呢?末联即以这样斩钉截铁地严峻责问结束。诗人以历史的名义提出责问,使诗意更为宏大深广,更加引人思索。

全诗无情揭露和亲政策,愤激指责朝廷执政,而主旨却在讽喻皇帝做出英明决策和任用贤能。从这个角度看,诗语虽然尖锐辛辣,仍不免稍做曲笔,以为皇帝留下面子。对于历史上的和亲政策,其是非得失要视当时的历史条件做具体分析,一概否定有失偏颇,如唐太宗时期,文成公主和蕃,就应予以肯定。本诗所反对的是以屈辱的和亲条件以图苟安一时,必须予以否定。由于"社稷依明主,安危托妇人"一联切中了时弊,遂成为时人传诵的名句。

桂州腊夜

戎　昱

坐到三更尽,归仍万里赊。
雪声偏傍竹,寒梦不离家。
晓角分残漏,孤灯落碎花。
二年随骠骑,辛苦向天涯。

【鉴赏】

戎昱在广德至大历年间(763~779),先后在荆南卫伯玉、湖南崔瓘幕下任职,大历后期宦游到桂州(州治今广西桂林),任桂管防御观察使李昌巙的幕宾。此诗是他到了桂州第二年的岁暮写的,抒发腊夜怀乡思归之情。

开头两句写除夕守岁,直坐到三更已尽。这是在离乡万里,思归无计的处境中独坐到半夜的。一个"尽"字,一个"赊"字,对照写出了乡思的绵长,故乡的遥远。

一个“仍”字,又露透出不得已而滞留他乡的凄凉心境。

三、四两句写三更以后诗人凄然入睡,可是睡不安稳,进入了一种时梦时醒的朦胧境地。前句说醒,后句说睡。“雪声偏傍竹”,雪飘落在竹林上,借着风传进一阵阵飒飒的声响,在不能成眠的人听来,就特别感到孤寂凄清。这把南方寒夜的环境气氛渲染得很足。那个“偏”字,更细致地刻画出愁人对这种声响所特有的心灵感受,似有怨恼而又无可奈何。“寒梦不离家”,在断断续续的梦中,总是梦到家里的情景。在“梦”之前冠一“寒”字,不仅说明是寒夜做的梦,而且反映了诗人心理上的“寒”,就使“梦”带上了悄怆的感情色彩。

五、六句叙时断时续的梦大醒以后再不能入睡时的情形。“晓角分残漏”,写所闻。古代用滴漏计时,夜间凭漏刻传更,残漏指夜将残尽时的更鼓声。天亮后号角一响,更鼓声歇,表明长夜过去,清晨来临。“分”,是以听觉上的不同,反映时间上的划分,透露了诗人梦断以后闻角声以前,一直眼睁睁地躺在床上耳闻更声,其凄苦之情可知。“孤灯落碎花”写所见,青灯照壁,诗人长时间地望着那盏孤零零的昏暗油灯掉落着断碎的灯花。“孤”字既表现了诗人环境的冷清,也反映了他主观感受上的寂寞。此联通过一闻一见,把作者的乡思表现得含而不露,情在词外。

“二年随骠骑,辛苦向天涯。”最后一联和首联相呼应,点出离家万里,岁暮不归的原因,收结全诗。骠骑,是骠骑将军的简称,汉代名将霍去病曾官至骠骑将军,此处借指戎昱的主帅桂管防御观察使李昌巎。这首诗写了除夕之夜由坐至睡、由睡至梦、由梦至醒的过程,对诗中所表现的乡愁并没有说破,可是不点自明。特别是中间两联,以渲染环境气氛,来衬托诗人的心境,艺术效果很强。那雪落竹林的凄清音响,回归故里的断续寒梦,清晓号角的悲凉声音,以及昏黄孤灯的断碎余烬,都暗示出主人公长夜难眠、悲凉落寞、为思乡情怀所困的情景,表现了此诗含蓄隽永、深情绵邈的艺术风格。

早　梅

戎　昱

一树寒梅白玉条,迥临村路傍溪桥。
不知近水花先发,疑是经冬雪未销。

【鉴赏】

自古诗人以梅花入诗者不乏佳篇,有人咏梅的丰姿,有人颂梅的神韵;这首咏梅诗，则侧重写一个“早”字。

首句既形容了寒梅的洁白如玉，又照应了“寒”字。写出了早梅凌寒独开的丰姿。第二句写这一树梅花远离人来车往的村路，临近溪水桥边。一个“迥”字，一个“傍”字，写出了“一树寒梅”独开的环境。这一句承上启下，是全诗发展必要的过渡，“溪桥”二字引出下句。第三句，说一树寒梅早发的原因是由于“近水”；第四句

回应首句，是诗人把寒梅疑做是经冬而未消的白雪。一个“不知”加上一个“疑是”，写出诗人远望似雪非雪的迷离恍惚之境。最后定睛望去，才发现原来这是一树近水先发的寒梅，诗人的疑惑排除了，早梅之“早”也点出了。

梅与雪常常在诗人笔下结成不解之缘，如许浑《早梅》诗云：“素艳雪凝树”。这是形容梅花似雪，而戎昱的诗句则是疑梅为雪，着意点是不同的。对寒梅花发，形色的似玉如雪，不少诗人也都产生过类似的疑真的错觉。宋代王安石有诗云：“遥知不是雪，为有暗香来。”也是先疑为雪，只因暗香袭来，才知是梅而非雪，和本篇意境可谓异曲同工。而戎昱此诗，从似玉非雪、近水先发的梅花着笔，写出了早梅的形神，同时也写出了诗人探索寻觅的认识过程。并且透过表面，写出了诗人与寒梅在精神上的契合。读者透过转折交错、首尾照应的笔法，自可领略到诗中悠然的韵味和不尽的意蕴。

塞上曲

戎　昱

胡风略地烧连山，碎叶孤城未下关。
山头烽子声声叫，知是将军夜猎还。

【鉴赏】

《塞上曲》本是乐府旧题，唐人常借用来描写边塞生活。首句“胡风略地烧连山”，说明当时边塞军情紧急。“胡风”即北风，“略地”指横扫大地，作者以北风扫过大地比喻胡兵正大举进犯边地，战火蔓延。作为守边将士本应加强戒备，严守边关，抵御敌人的进犯。然而事实恰恰相反，“碎叶孤城未下关”，碎叶在中亚伊塞克湖西北，唐初属安西都护府。为唐代西北要地。“未下关”指城门未闭，疏于戒备，说明将士们敌情观念淡薄，字里行间流露了诗人的忧惧心情。

烽火台的士兵本应瞭望敌情、日夜警戒。而现在看守烽火台的“烽子”们当“胡风略地烧连山”的危急时刻，并未燃烽火报警，而是喧嚷叫喊。为什么？原来是将军夜猎回来了。敌情如此紧急，而将军却玩忽职守，夜猎取乐，不把防守重任放在心上。而且只要一听见“山头烽子声声叫”，就知道是将军夜猎归，可见将军夜猎已习以为常，非止偶然一次，这二、三、四句与第一句形成鲜明对比。一面是胡风略地，军情紧急；一面是将军夜猎，玩忽职守，突出了边将腐败，边防松弛的主题。

唐代边将的骄奢淫逸，已屡见不鲜，诗人们是有所反映的，如高适《燕歌行》：“战士军前半死生，美人帐下犹歌舞”。岑参的《玉门盖将军歌》，都尖锐地讽刺了唐代边将的荒淫纵乐，毫无敌情观念。可见戎昱这首诗中所揭露的问题是有代表性的，不只碎叶城一地如此。

戎昱这首诗的针对性也是很强的。唐代的安史之乱，在边境少数民族统治者面前暴露了唐王朝国力虚弱。西北的吐蕃就乘机南下，大举进犯，边患日急，戎昱的《塞上曲》就是针对这一现实来写的，说明他对国家命运非常关切，他坚决主张抗击边境少数民族统治者发动的掠夺战争。早在《泾州观元戎出师》中就曾写道：“燕然如可勒，万里愿从公”。《赋得铁马鞭》云：“为怜持寸节，长拟静三边。”都充分反映了他的爱国思想。

高适 （706~765）字达夫，德州蓨县（今河北景县）人。早年家贫，仕途失意，长期漫游梁、宋间，与李白、杜甫等有交往，创作最多。731年，奔赴幽蓟（今河北北部）边疆，渴望报国立功，亦未得志。734年，任封丘县尉。因不愿

"拜迎长官""鞭挞黎庶"而去职。后漫游河西，为河西节度使哥舒翰掌书记。曾任淮南、西川节度使，终散骑常侍，故有高常侍之称。封渤海县侯。曾两次出塞，熟悉边塞军旅生活，又关心边塞，创作以边塞诗著称，与岑参并为唐代边塞诗派的代表。《燕歌行》是其代表作。其诗气势雄健，格调爽朗，融律句入歌行。有《高常侍集》。

燕歌行[①] 并序

高适

开元[②]二十六年，客有从御史大夫张公出塞而还者，作《燕歌行》以示适。感征戍之事，因而和焉。

汉家[③]烟尘在东北，汉将辞家破残贼。
男儿本是重横行[④]，天子非常赐颜色。
摐金伐鼓下榆关，旌旆逶迤碣石间[⑤]。
校尉羽书飞瀚海，单于猎火照狼山[⑥]。
山川萧条极边土，胡骑凭陵杂风雨[⑦]。
战士军前半死生，美人帐下犹歌舞[⑧]。
大漠穷秋塞草腓，孤城落日斗兵稀[⑨]。
身当恩遇常轻敌，力尽关山未解围[⑩]。
铁衣远戍辛勤久，玉箸应啼别离后[⑪]。
少妇城南欲断肠，征人蓟北空回首[⑫]。
边庭飘飖那可度，绝域苍茫更何有[⑬]！
杀气三时作阵云，寒声一夜传刁斗[⑭]。
相看白刃血纷纷，死节从来岂顾勋[⑮]？
君不见沙场征战苦，至今犹忆李将军[⑯]！

【注释】

①《燕歌行》：古乐府《相和歌辞·平调曲》旧题，本诗内容有所开拓，此前多限于写思妇对征人的怀念之情。

②开元:唐玄宗年号。

③汉家:借指唐朝。

④横行:纵横驰骋于敌军中。

⑤摐(chuāng):击打。金:指形如长形钟、有柄可持的类似钲的行军时所用乐器。榆关:指山海关,是通向东北的要隘。

⑥校尉:武官名。羽书:指插羽毛以示紧急的传送紧急情报或命令的文书。

⑦极边土:直到边疆的尽头。凭陵:凭借某种有利条件威逼、侵犯他人。

⑧军前:军事前线。帐下:指领兵将帅的营帐里。

⑨穷秋:深秋。腓(féi):病;枯萎。一作"衰"。

⑩当:受到。恩遇:指受到皇帝的恩惠知遇。

⑪铁衣:借指着铁甲的兵士。玉箸:玉制的筷子,借指思妇的眼泪。

⑫城南:泛指少妇的住处。蓟北:泛指征人所在地。

⑬边庭:边疆。飘飖:这里喻动荡不安。

⑭三时:指早、中、晚,犹言整天,与下文"一夜"相对。刁斗:古代军用铜炊具,夜间用以打更报夜。

⑮相看:共见。岂顾勋:哪里想到立功受赏。

⑯李将军:指汉守边的名将李广,他与匈奴作战时有勇有谋,身先士卒,与兵同甘共苦,屡立战功。

【鉴赏】

开元二十年至二十三年(732~735),诗人身居蓟北对战败很有感慨。本诗是诗人在开元二十六载(738)有感于征戍之事而写的一首著名的边塞诗。全诗相当广泛地描写了边塞征战生活,歌颂从征战士轻身许国、英勇战斗的爱国思想,揭露了官兵的对立、统帅的不恤士卒与荒淫无能给战士、给人民、给国家带来的灾难。

第一段八句写出师,边境告急、战士奉命出征。汉朝东北烽火连天起,杀敌将士离家奔前线。男儿本性崇尚驰骋,帝王格外礼遇和奖励。敲金击鼓飞越榆关去,战旗飘扬直奔碣石间。千里沙漠军使传急令,单于练兵战火照狼山。"在东北""破残贼"点明了战争的方位和性质。"重横行""赐颜色"为下文埋下伏笔,看似赞扬将领去国时的威武荣耀,实则隐含讥讽。本段从辞家去国写到"榆关""碣石""瀚海""狼山",概括了出征的历程,气氛从缓和渐入紧张。

第二段八句写战争的具体经过。敌人蹂躏如雨暴风急,大半战士战死阵前,军士战死难解围,可谓一场双方力量比较悬殊的血战。而"美人帐下犹歌舞"暗示战争必败的原因。运用对比的手法,形象地描绘了将帅的骄惰轻敌和战士的苦战。

第三段八句写战败被围,战士和思妇重逢无期的悲凉,实际是对汉将极深的谴责。战士守边辛苦多年，思妇城南百结愁肠断，北疆战士空望归，而环境十分险恶，更增添悲凉气氛。边关旷远，绝地苍茫，战云密布，寒气袭人。这不能不让人追寻把战士、思妇置于这样处境的根本原因，从而深化主题。

第四段四句写战士以身殉国的悲壮和诗人的感慨。战士视死如归，不惧血染白刃、为国牺牲不计功和名，多么勇敢，却又多可悲，这样优秀的战士竟没有遇上爱兵惜兵的飞将军李广呢！

全诗28句，写出了一次战役的全过程，多用对比手法，只摆事实，不轻易下结论，艺术效果十分强烈。

别 董 大

高 适

千里黄云白日曛[①]，北风吹雁雪纷纷。
莫愁前路[②]无知己，天下谁人不识君？

【注释】

①曛：曛黄、昏黄。

②前路：前面的路途。

【鉴赏】

这是一首豪放健美的赠别诗。

唐人的赠别诗多为凄清缠绵，低徊流连之作，也能感人至深；但像这样慷慨悲歌、出自肺腑的诗作，却更能体现真诚情谊与坚强信念。

董大可能是唐玄宗时期著名的琴客，是一位“高才脱略名与利”的音乐圣手。而高适当时正处于不得意的浪游时期和贫贱的境遇之中。他一方面“借他人酒杯，浇自己块垒”，或“借高才之威扬自己之名”；另一方面又于慰藉中寄予希望，给人们一种满怀信心和力量的感觉。

首二句直写眼前景物，纯用白描手法。以其内心之真情书写别离之心绪，故很真挚；以胸襟之开阔，叙眼前之景色，故显悲壮。“曛”即曛黄，描绘了夕阳西沉时的昏黄景色；北风一吹，大雁南飞，雨雪纷纷扬扬。两句显示的都是北方初冬时才有的景象。此情此景，若稍加雕琢，即不免斫伤气势。高适确实为艺术高手。落日黄云之下大野茫茫，北风乱吹之中雁断雪飘，使人难禁游子何之、游子身单之感。这里诗人以叙景而见内心之郁积，虽未涉人事，已使人如置身风雪原野之中，似在山巅水涯有羁游壮士长啸。此处若不用尽笔力，则不见体现下两句转折之妙，也不见下两句言辞之婉转、用心之良苦、友情之真挚、别意之凄酸。

下两句于慰藉之中充满了信心和力量。因为是知心朋友，说话才朴质而豪爽，又因为落魄潦倒，故才以希望为慰藉。

本诗之所以卓越超凡，是因为诗人“以气质自高”（《唐诗纪事》），因而能为壮士增色、为游子拭泪。如果不是诗人内心的郁积喷薄而出，如何能把临别赠诗赋得如此体贴入微、如此坚定不移？又如何能使此朴实无华的语言，铸造出这样冰清玉洁、醇厚动人的华章？

塞上听吹笛

高　适

雪净胡天牧马还，月明羌笛戍楼间①。
借问梅花何处落，风吹一夜满关山②。

【注释】

①雪净：冰雪消融，大地上看不到积雪了。羌笛：我国羌族人民吹的笛子，这里借指边塞上少数民族的乐器。戍楼：戍守边地的城楼。

②关山：边关附近的山野。

【鉴赏】

这是一首格调高昂的边塞诗。诗中之景有实景与虚景之分。

首二句写的是实景：胡天北地，冰雪消融，大地春暖，是牧马回还草原的季节了。让马群在牧场上奔波觅食了一整天，战士们赶着马群归来，天穹上洒下了明月的清辉。在如此苍茫而又清澄的夜境里，不知从哪座戍楼间传出了悠扬婉转的羌笛声。这是一种边塞诗中不多见的和平宁静的气氛。“雪净”“羌笛”“牧马”“月明”显示了大地解冻的春天的信息和边塞原野开阔的情景。“牧马还”三字还含有胡马北还、边烽停息的意思，于是“雪净”二字也有了几分象征边塞危解、和平来临的意味。这个开端为全诗定下了一个宁静开朗的基调。

尾二句写的是虚景：羌笛声是内地人熟悉的《梅花落》曲调，而且这笛声在北风的吹送下断断续续地响了一夜。“梅花何处落”是将“梅花落”三字拆开用，嵌入

"何处"二字，意即何处吹奏《梅花落》，并且以"借问"的方式设问，其诗意与"谁家玉笛暗飞声，散入春风满洛城"（李白《春夜洛城闻笛》）相近，是说风传笛曲，一夜之间声满关山。这种景象确实十分动人心弦。将《梅花落》曲调名拆用，还构成一种幻觉，仿佛风吹的不是笛声而是落梅的花瓣，它们四处飘散，一夜之间和色和香洒满关山。这固然是写声成像，但它是由曲调名拆用形成的假象，再以设问方式出之，则是虚上加虚。细细品来，这虚景又恰与雪净月明的实景配搭和谐，虚实交错，构成美妙旷远的意境。而这种意境是任何高明的画家也难以画出的。同时，这里仍包含通感，即由听曲而"心想形状"的成分。战士由听曲而想到故乡的梅花（胡地没有梅花），进而想到梅花之落地，这中间又有了浓郁的思乡情调。不过，这种思乡情调并不低沉，而是昂扬的。这不单是为首句定下的乐观开朗的基调所决定的，同时也有关乎盛唐的气象。正是由于怀着盛唐时期人们通常所有的那种豪情，诗人的笔力方才显得豪迈雄浑，格调方才显得高昂悠远。

入昌松东界山行

高　适

鸟道几登顿，马蹄无暂闲。
崎岖出长坂，合沓犹前山。
石激水流处，天寒松色间。
王程应未尽，且莫顾刀环。

【鉴赏】

这首诗即作于赴哥舒翰幕府途经昌松时。唐代陇右道武威郡有昌松县，故城在今甘肃省古浪县西。诗中主要写了山行的艰险。高山挡路，坡路崎岖，水流激石，松色寒天，虽是在山行中常见的景色，由于刻画细致，着色鲜明，给人以身临其境之感。"王程应未尽，且莫顾刀环"两句虽也是常话，但用于山行艰难的具体描述之后，却显得意味深长。

送蹇秀才赴临洮

高　适

怅望日千里，如何今二毛！
犹思阳谷去，莫厌陇山高。
倚马见雄笔，随身唯宝刀。
料君终自致，勋业在临洮。

【鉴赏】

这首诗作于唐天宝十一年秋天，此时高适在长安。他去的临洮，即临洮郡，治所在今甘肃临潭县西南。当时已成为边境重镇，属陇右节度使管辖。大概这位蹇秀才与高适相似，都是小官，想到战场上去争取功名，所以高适鼓励他勇往直前。诗人在诗中没有流露一点离愁别绪。

独孤判官部送兵

高　适

饯君嗟远别，为客念周旋。
征路今如此，前军犹眇然。
出关逢汉壁，登陇望胡天。
亦是封侯地，期君早着鞭。

【鉴赏】

这首诗为开元二十三年（735年）高适被举荐应征至长安时所作。独孤判官，可能是当时安西四镇节度使夫蒙灵察的判官独孤峻。此次是为督率送兵事而去西北边塞的，所以诗题称《独孤判官部送兵》。“部”，就是统率。诗中对朋友的出塞有慰问,有抚勉,更有热情的鼓励。作者在文中写道:面对现实,要不甘沉沦,要以坚忍不拔的态度去对待人生,这样才能改变自己的命运,这正是高适的处世态度。从“亦是封侯地,期君早着鞭”二句,即可看到他的这种自强不息建功立业的精神。

淇上别业

高　适

依依西山下,别业桑林边。
庭鸭喜多雨,邻鸡知暮天。
野人种秋菜,古老开原田。
且向世情远,吾今聊自然。

【鉴赏】

唐开元二十四载(736年)秋天,作者从长安出来,就在靠近淇水的地方建了一处住所(别业)住了下来,这首诗即纪其事。淇水在河南省北部,离高适的故乡洛阳和第二故乡宋中都较远。他为什么建别业于此,无可靠材料说明,恐怕与他的“许国不成名,还家有惭色”的心理有关系。诗中对于淇水岸边农村景物的描写,疏淡亲切,优美动人,田园风味十足。表明了作者乐观对待人生的精神。

送郑侍御谪闽中

高　适

谪去君无恨,闽中我旧过。
大都秋雁少,只是夜猿多。
东路云山合,南天瘴疠和。
自当逢雨露,行矣慎风波!

【鉴赏】

郑侍御遭到贬谪,心情是不好过的。诗人很同情他的遭遇,安慰他说:你被贬到闽中去，不要有太多的怨恨。那个地方我曾经到过，大概秋天很少见到鸿雁，倒是夜里有许多猿猴哀鸣。东去的路上崇山峻岭，云雾缭绕，南方瘴气很重，常有瘟疫流行。不过你只是暂时贬谪，终会遇到皇恩雨露，被召回来的。望你一路上小心谨慎，多多保重。诗人这番话，摸准了朋友的心思，用自己的经历劝慰对方，说得自然亲切，感染力是很强的。

送李侍御赴安西

高　适

行子对飞蓬，金鞭指铁骢。
功名万里外，心事一杯中。
虏障燕支北，秦城太白东。
离魂莫惆怅，看取宝刀雄。

【鉴赏】

到万里之外去建功立业，有解不开的心事都叫他消失在一杯酒中。“功名万里外，心事一杯中”，与李太白“人分千里外，兴在一杯中”、庾抱“悲生万里外，恨在一杯中”，如出一辙，然唯达夫之语最豪壮。宋宗元云：“故为壮语，倍觉凄凉。”（《网师园唐诗笺》）唯其离绪凄凉，固当以壮语激励之，以功名期望之。朋交正该如此，亦以此见盛唐人之盛唐精神也。

效古赠崔二

高　适

十月河洲时，一看有归思。
风飙生惨烈，雨雪暗天地。
我辈今胡为？浩哉迷所至。
缅怀当途者，济济居声位。

邈然在云霄，宁肯更沦踬！
周旋多燕乐，门馆列车骑。
美人芙蓉姿，狭室兰麝气。
金炉陈兽炭，谈笑正得意。
岂论草泽中，有此枯槁士！
我惭经济策，久欲甘弃置。
君负纵横才，如何尚憔悴！
长歌增郁怏，对酒不能醉。
穷达自有时，夫子莫下泪。

【鉴赏】

“效古”，即仿效古体之意。“崔二”，名不详，应该也是一个怀才不遇的落魄者，两人在一起自有发不完的牢骚。高适集中另有一首《遇崔二有别》是送别崔二的，其中就有“谁谓多才富，却令家道贫”的话，大概是意犹未尽，别后又另写这首诗相赠。诗中对权贵的豪侈生活作了揭露，可以看出在封建社会的所谓盛世中存在着激烈的社会矛盾。

蓟中作

高　适

策马自沙漠，长驱登塞垣。
边城何萧条！白日黄云昏。
一到征战处，每愁胡虏翻。
岂无安边书？诸将已承恩。
惆怅孙吴事，归来独闭门！

【鉴赏】

这首诗作于天宝十载(751)北使青夷军返归之时，有的本子就直题《送兵还作》。这首诗构思与《自蓟北归》基本相同。首先写出边塞的纷扰不宁，以“策马自沙漠”一句描写边塞生活的艰辛，后写自己虽有报国之志，安边之策，却无奈于边的将无能，欺蔽成性，无意招揽人才，使自己不得一试才略，不免产生怀才不遇的忧伤。

塞　下　曲

高　适

结束浮云骏,翩翩出从戎。
且凭王子怒,复倚将军雄。
万鼓雷殷地,千旗火生风。
日轮驻霜戈,月魄悬琱弓。
青海阵云匝,黑山兵气冲。
战酣太白高,战罢旄头空。
万里不惜死,一朝得成功。
画图麒麟阁,入朝明光宫。
大笑向文士,一经何足穷!
古人昧此道,往往成老翁。

【鉴赏】

《塞下曲》《塞上曲》是由汉乐府横吹曲《出塞》《入塞》旧题衍化出来的新乐府杂题,唐人多用以泛写边塞之事。这首诗非为某一具体战事而发,而是高度概括了一个青年从马背上夺取功名的艰苦路程,并以皓首穷经的文士作反衬,抒发了自己决心在边塞上建功立业的勃勃雄心。

赴彭州山行之作

高　适

峭壁连崆峒,攒峰叠翠微。
鸟声堪驻马,林色可忘机。
怪石时侵径,轻萝乍拂衣。

路长愁作客，年老更思归。
且悦岩峦胜，宁嗟意绪违。
山行应未尽，谁与玩芳菲？

【鉴赏】

肃宗乾元二载(759)高适出任彭州刺史，五月间从长安赴任。从长安至蜀中，沿途都是崇山峻岭，这首诗即为山行纪实之作。可能是受当时重内官轻外官的影响，高适对出任彭州刺史是不大愿意的，所以诗中表现出厌机巧、思归隐的情绪。

淇上酬薛三据兼寄郭少府微

高　适

自从别京华，我心乃萧索。
十年守章句，万事空寥落！
北上登蓟门，茫茫见沙漠。
倚剑对风尘，慨然思卫霍。
拂衣去燕赵，驱马怅不乐。
天长沧州路，日暮邯郸郭。
酒肆或淹留，渔潭屡栖泊。
独行备艰险，所见穷善恶。
永愿拯刍荛，孰云干鼎镬！
皇情念淳古，时俗何浮薄。
理道资任贤，安人在求瘼。
故交负灵奇，逸气抱謇谔。
隐轸经济具，纵横建安作。
才望忽先鸣，风期无宿诺。
飘飘劳州县，迢递限言谑。
东驰眇贝丘，西顾弥虢略。
淇水徒自流，浮云不堪托。

吾谋适可用，天路岂寥廓！
不然买山田，一身与耕凿。
且欲同鹪鹩，焉能志鸿鹤！

【鉴赏】

薛、郭与高同为怀才不遇的人，共同的命运使他们有共同的语言，所以诗中多发自肺腑的话。诗的前半部分以大量笔墨叙述自身四处奔波，处处碰壁的遭遇。最使他怅然不乐的是自己有为民请命的宏愿，而为恶薄的世俗所不容。其中“永愿拯刍荛，孰云干鼎镬”，深切地表示出对农民悲苦生活的关怀。其他的牢骚话也多有一定的社会意义。

除 夜 作

高 适

旅馆寒灯独不眠，客心何事转凄然？
故乡今夜思千里，霜鬓明朝又一年。

【鉴赏】

此诗的写作时间很难确定，从“思千里”与“霜鬓”等字眼看来，不会是早年所作。这是一首除夕之夜思念家人的诗，写的是眼前景，用的是口边语，却耐人寻味，向来为人称道。成功的原因有二：一是乡关之思的发生与深化写得极为自然，首句点明他独在异乡，思家难免，次句自问此时何以尤甚，后二句和盘托出地说明原因，结构谨严，意态圆足；二是后二句“故乡今夜思千里，霜鬓明朝又一年。”不直说自己思念亲人，反说亲人在思念自己，表情更为曲折、委婉，余味无穷。

金城北楼

高 适

北楼西望满晴空，积水连山胜画中。

湍上急流声若箭，城头残月势如弓。
垂竿已羡磻溪老，体道犹思塞上翁。
为问边庭更何事，至今羌笛怨无穷。

【鉴赏】

金城，即今之甘肃省兰州市。诗作描写了这座西北边城的壮丽风光，表现出诗人进身与否的矛盾心情，以及对于边地战乱、人民痛苦的忧虑与同情。

首颔联四句写诗人清晨登楼所见，描写塞上特有的景色：晴空万里，寥廓无际，天边挂着一轮如弓的残月；黄河滔滔，重峦叠嶂，河水急流声若箭鸣。下半段笔锋陡转，颈联抒写个人心怀，本想如周太公望垂钓于磻溪遇文王，发迹求进，立功报国；但是，又担心“福兮，祸之所伏”，进身即使成功结果并非无“祸”，转而又思“塞上翁”。“磻溪老”，磻溪上垂钓的老人，兼指周太公望，传说他垂钓于磻溪而遇文王。“磻溪”又叫璜河，在今陕西省宝鸡市东南。“塞上翁”，典出《淮南子·人间训》：喻指“福之为祸，祸之为福，化不可极，深不可测也。”诗人巧用这两个典故，曲折地表达了自己进身与否的矛盾心态。然而诗人的爱国之心与忧民之心热切，于是在尾联还是展示出他安边报国的愿望，是他“永愿拯刍荛（永远愿意拯救劳动人民），孰云干鼎镬（即便遭受酷刑也不怕）”（《淇上酬薛三椽并寄郭少府》）的精神。全诗语言质朴自然，用典贴切恰当，气势雄健高昂，意境奇特浑宏，风格清新洒脱，显示出诗人边塞诗的特点。

封 丘 县

高 适

我本渔樵孟诸野，一生自是悠悠者。

乍可狂歌草泽中，宁堪作吏风尘下！
只言小邑无所为，公门百事皆有期。
拜迎官长心欲碎，鞭挞黎庶令人悲。
归来向家问妻子，举家尽笑今如此。
生事应须南亩田，世情尽付东流水。
梦想旧山安在哉？为衔君命且迟回。
乃知梅福徒为尔，转忆陶潜《归去来》。

【鉴赏】

诗题一作《封丘作》。封丘，今河南封丘县。此为高适在封丘县尉任上所作，抒写自己任职后感到的痛苦和不平。如果说“朱门酒肉臭，路有冻死骨”是杜甫对封建社会阶级对立的典型概括，那么“拜迎官长心欲碎，鞭挞黎庶令人悲”，则是高适对县尉的形象素描。

此诗最大的艺术成就在于把县尉这一角色生动形象地暴露在光天化日之下。诗人是从切身感受总结出来的，故形象感人，令人信服。县尉“主盗贼案，察奸宄”（杜佑《通典》），实际是封建统治者直接欺压百姓的鹰犬。高适是个正直的知识分子，长期在孟渚（沼泽名，在今河南省商丘一带）从事农耕、樵夫的劳作，过惯自由自在生活，根本无法适应这个苦差事。“拜迎官长心欲碎，鞭挞黎庶令人悲”，上要卑躬屈膝奉迎官长（对上是奴才），下要横眉怒目欺压百姓（对下是老爷）。一人两面，集主子与奴才于一身。从“心欲碎”和“令人悲”中可体会到诗人是何等厌恶这个官职。痴人痴想，也许自己“不识庐山真面目”吧？“归来向家问妻子，举家尽笑今如此。”旁观者看得清楚，“今如此”，何等肯定！“今如此”，古又如何呢？“乃知梅福徒为尔”。汉梅福，任南昌尉，数次上书言国家大事，都不被理睬，只好弃官而去，证之历史，此乃古今通病。

“梦想旧山安在哉？为衔君命且迟回。”本想摆脱这“心欲碎”的差使，因奉“君命”还犹豫不决。“君命”是“迟回”的原因，也是产生这一事物的根源，“拜迎官长”“鞭挞黎庶”都是君命所致。诗人朦胧意识到这一现象的根源是难能可贵的。诗人以其切身感受，又证之以家人的客观观察，再证之以历史，归之以君命，就把县尉彻里彻外解剖透了。诗人实无法再干这“令人悲”的事了，不久即效法“不愿为五斗米折腰”的陶潜，赋《归去来》而弃官了。

塞上曲

高适

东出卢龙塞，浩然客思孤。
亭堠列万里，汉兵犹备胡。
边尘涨北溟，虏骑正南驱。
转斗岂长策，和亲非远图。
惟昔李将军，按节出皇都。
总戎扫大漠，一战擒单于。
常怀感激心，愿效纵横谟。
倚剑欲谁语，关河空郁纡。

【鉴赏】

这首诗写于开元十九载冬，是作者28岁时出卢龙塞时写的。开元十八载(730)五月，契丹大臣可突干杀其王，率国人并胁奚众背离唐王朝，降附突厥。唐于是在关内、河内、河南、河北分道征兵，兴师出击。时高适正"混迹渔樵"、失意落魄，前往东北边塞，希望通过立功边塞，进入仕途，实现他经世济民的宏伟抱负。然而二年后，由于"北路无知己"，失意而回。这首诗就是写于他北游期间。

此题和《塞下曲》，是由乐府《横吹曲辞·汉横吹曲》"出塞""入塞"旧题衍化而来。内容多写与边塞战事有关的生活及感情。这首诗表达了诗人反对"转斗""和亲"的政治主张，以及要求根除边患、安定边疆的强烈愿望，并抒发了自己徒有壮志、无从献策的深沉悲慨。

全诗16句，可分为两段，每段八句。前段抒写作者对边庭时局、政策的深沉担忧。开篇两句写作者出塞的忧思。"卢龙塞"，在今河北迁安市西北，是古代东北地区的边防要塞，地形十分险峻。作者说，他往东通过卢龙塞，达到塞外边地时，内心不由产生深深的孤寂。赵岐在《孟子·公孙丑》篇中解释"浩然"是"心浩浩而有远志也"，故"浩然"二字当指作者宽阔的胸怀、远大的志向。因志向远大，所以忧愤深广。

接下来作者具体写他的深虑。"亭堠"，是用来驻兵、瞭望敌人的土堡。亭堠排列，延绵万里，以我军驻守防卫面的宽阔，暗示战线之长，受侵犯面之广。后二句写敌方的情形。敌人正骑着马，气势汹汹地朝南方飞奔而来，扬起的飞尘弥漫了整个北海。“南驱”二字突出了敌方的强悍和侵犯性。“边尘”句显示其来势凶猛。写出了敌军在战事上所处的主动进攻的有利位置。“转斗”，即辗转战斗，这里指长时期的被动应战。作者通过对边庭政策的直接评议，指出时政的弊端，同时也婉转地表达了作者在军事上的远见卓识以及忧国忧时的情怀。

以上主要写作者的忧边之情。接下八句，则抒写诗人对李将军的怀念之情和自己壮志难酬的感慨。李将军，指汉时李广。按节即仗节，这里指受军命。这两句说李广曾受命统军于此。“总戎”指掌握军事。这两句是说李广主持边庭时，采用横扫大漠的全面进攻，短时间内便使匈奴全面崩溃。同时也曲折地表达了诗人对边庭时政的主张，即应出战主动迅速，速战速决，给敌人以沉重打击，不应被动辗转久战。最后四句抒写作者心中的感慨。“常怀”二句写作者缅怀李将军后的满怀激情。“效”，即贡献。“纵横谟”，犹言雄谋大略，二句意为：我因此而心中常常满怀感动奋发之情，很想为国家贡献自己的雄才大略。然而作者一回到举目“无知己”的现实中，不禁满腔热血、激情顿时化为长长的悲叹。他说“倚剑欲谁语，关河空郁纡”！“关”，关山。“郁纡”，心中郁结不伸的样子，意为自己满怀雄才大略，无处陈述，壮志不得施展，面对山河空有一腔怅恨。

这首诗主要抒发作者欲立功边塞的壮怀，以及壮志不得施展的悲慨。从中可以看到作者的边塞诗从一开始就具有关注现实、反映现实的特点。

人日寄杜二拾遗

高　适

人日题诗寄草堂，遥怜故人思故乡。
柳条弄色不忍见，梅花满枝空断肠。
身在南蕃无所预，心怀百忧复千虑。
今年人日空相忆，明年人日知何处？
一卧东山三十春，岂知书剑老风尘。
龙钟还忝二千石，愧尔东西南北人。

【鉴赏】

“人日”为正月七日，和重阳一样，是容易惹起乡愁的日子。隋薛道衡有《人日思归》诗:“入春才七日,离家已二年。人归落雁后,思发在花前。”从此“人日”和乡愁更是形影不离了。本篇是上元二载(761)高适写给杜甫以慰乡愁的诗。上年冬,杜甫看到梅花惹起乡愁,“幸不折来伤岁暮,若为看去乱乡愁”(《和裴迪登蜀州东亭送客逢早梅相忆见寄》)。高适见到此诗,知杜甫乡愁难遣,就在“人日”写了这首诗。

全诗12句,可分三层。第一层慰友。“遥怜”见关心之切。都在思乡,不忍见柳色、梅花,珍重之意充溢行间。第二层抒慨。自己空有忧国之心,但身在远藩,不得参预朝政。安史之乱未平,空有韬略,无处施展,“百忧”“千虑”塞满胸中。今年如此,明年何处?第三层解嘲,带有调侃的语气,进一步发抒郁闷之气。早年隐身“渔樵”却也闲适,哪知文武全才老于仕宦之中,年老还忝居刺史之职,无所作为,愧对老友。“羁绊一官,萍踪断梗,转不如遨游四方之乐也”(《唐诗别裁》)。“愧”字含意颇深,处境之悲,不遇之慨,对朋友命运的关心,皆含蓄其中。杜甫在《追酬故高蜀州人日见寄》诗中说:“叹我凄凄求友篇,感君郁郁匡时略。”是深谙此诗主旨的知心语。他“匡时略”不得施展,故借给友人寄诗的机会来一次总发泄。

全诗语言朴朴实实,句句都是从肺腑中流出的真言。杜甫在十余年后重读这首诗时还“迸泪幽吟”,“泪洒行间”,可见此诗感人至深、令人一唱三叹的艺术魅力。

送李少府贬峡中王少府贬长沙①

高　适

嗟君此别意何如②,驻马衔杯问谪居③。
巫峡啼猿④数行泪,衡阳⑤归雁几封书。
青枫江⑥上秋帆远,白帝城⑦边古木疏。
圣代即今多雨露⑧。暂时分手莫踌躇⑨。

【注释】

①少府:唐时官名。李、王二人事不详。峡中:指唐夔州巫山县,在今四川省巫山县。

②嗟:感叹之意。意何如:心情如何。

③驻马:停马。衔杯:指饮酒。谪居:贬官的地方。

④巫峡啼猿:《水经注·江水》说三峡:“每至晴初霜旦,林寒涧肃,常有高猿长啸,属引凄异,空谷传响,哀转久绝。故渔者歌曰:‘巴东三峡巫峡长,猿鸣三声泪沾裳。’”这里暗喻李、王之贬,让人落泪。

⑤衡阳:相传衡阳有回雁峰,北雁南飞,至此折回。又古人有飞雁传书之说。这里含有希望李、王来信之意。

⑥青枫江:指长沙府的青枫浦。

⑦白帝城:在今四川奉节县城东瞿塘峡口。

⑧圣代:圣朝,圣明时代。雨露:喻朝廷的恩泽。

⑨踌躇:烦闷犹豫的样子。

【鉴赏】

在唐诗中有不少送贬谪者的作品,不乏名篇,高适这一首七律,虽非上乘之作,但也历来被人传诵。起首一句诗人就以深沉的叹息,同情之心来发问,“意何如”既含蓄,又有情味。第二句又进一步“问谪居”,表明了诗人的内心也是很不平静的。这当是省去了李、王二人的回答,但从二三两联情景交融的描写中,透露了二人贬地。唐人重内轻外,被贬远荒,其怨愁之情可知。第二联表达诗人的深厚情意,在艺术表现上用典而不显,妥帖精妙,到了入化的境地。三联是想象二人贬所萧瑟荒凉,虽是写景,但这是化实为虚这笔,颇见功力。这两联中连用了四个地名,清代的诗信纸家叶燮和沈德潜都认为是一大缺点。事实上四地名连用,并不显得堆砌、笨拙,而很自然。李白的《峨眉山月歌》,四句连用五地名被评为“炼锤之妙”,此诗又何以为“拙”呢?最后是劝慰友人安心前往贬所,不久就会遇赦而归,这不过是明知归期渺茫而强作宽勉之词罢了。全诗章法极妙,结句和首句照应,尾联又合写,表达劝慰之意,回应首句的“意何如”而结题,使诗篇启承转结都显得自然完整。

送田少府贬苍梧

高　适

沉吟对迁客,惆怅西南天。
昔为一官未得意,今向万里令人怜。
念兹斗酒成睽间,停舟叹君日将晏。
远树应连北地春,行人却羡南归雁。

丈夫穷达未可知，看君不合长数奇。
江山到处可乘兴，杨柳青青那足悲！

【鉴赏】

此诗中作者先对朋友的遭贬之事表示深刻的同情，言语、情态形象逼真；继之又体贴入微地加以开导劝慰；最后给予鼓励，以“江山到处可乘兴”表达一种豪迈的气概和宽广豁达之情。如此周备沉挚，看来只有久处穷困，看清人生百态，洞察人情世态的高适才能写得出来。高适的送别诗，以善于劝勉、使朋友愉快地踏上征途为其特色。此诗的慰勉之情尤为深挚。

同鲜于洛阳于毕员外宅观画马歌

高　适

知君爱鸣琴，仍好千里马。
永日恒思单父中，有时心到宛城下。
遇客丹青天下才，白生胡雏控龙媒。
主人娱宾画障开，只言骐骥西极来。
半壁势不住，满堂风飘飒然度。
家僮愕视欲先鞭，枥马惊嘶还屡顾。
始知物妙皆可怜，燕昭市骏岂徒然。
纵令剪拂无所用，犹胜驽骀在眼前。

【鉴赏】

此为一首咏画诗。肃宗乾元元年五月至第二年五月，高适任太子詹事，在洛阳。“鲜于洛阳”即鲜于叔明，时任洛阳令。鲜于叔明在姓毕的员外郎家中见到了一幅神妙的壁画，赏爱不已，于是写了《观画马歌》之诗，高适见了又和了这一首。此诗主要描写画中马，此并不是从正面着笔来描绘，而是从侧面烘托，以满堂风飘、家僮欲鞭、枥马屡顾等来描绘此马的与众不同，写出其生动的形貌神态。

别韦参军

高 适

二十解书剑，西游长安城。
举头望君门，屈指取公卿。
国风冲融迈三五，朝廷礼乐弥寰宇。
白璧皆言赐近臣，布衣不得干明主。
归来洛阳无负郭[①]，东过梁宋非吾土。
兔苑为农岁不登，雁池垂钓心长苦。
世人遇我同众人，惟君于我最相亲。
且喜百年见交态，未尝一日辞家贫。
弹棋击筑白日晚，纵酒高歌杨柳春。
欢娱未尽分散去，使我惆怅惊心神。
丈夫不作儿女别，临岐涕泪沾衣巾。

【注释】

①负郭：指近郊的良田沃土。《史记·苏秦列传》说："且使我有雒（洛）阳负郭田二顷，吾岂能佩六国相印乎？"诗中洛阳代指诗人的故乡（河北景县）。

【鉴赏】

高适二十岁入京，时唐玄宗开元十一载（713），正是开元盛世。这一时期的特点是：表面上社会安定，经济繁荣，实际上皇帝已开始倦于政事，统治集团日见腐化。诗人凭"书剑"本领入仕已不可能，不得不离京自谋出路，客游梁宋。开元二十三年，宋州刺史张九皋荐举诗人就试于"有道科"，这诗便是诗人离梁宋而就试于京师时写的。韦参军是宋州刺史下属官员，与诗人交往很深。

诗的前八句，写诗人闯荡京师、客游梁宋、落拓失意的真实经历。那时他年纪轻轻，自负文才武略，以为取得卿相是指日可待的事。三言两语，写出了诗人聪明、天真、自负的性格特征。但现实遭遇又是怎样呢？他理想中的君主，沉醉在"太平盛世"的安乐窝里。"国风冲融迈三五，朝廷礼乐弥寰宇"，说国家风教鼎盛，超过了三皇五帝，朝廷礼乐遍及四海之内。这两句，貌似颂扬，实含讽意；下两句"白璧

皆言赐近臣，布衣不得干明主”，就是似褒实贬的注脚。干谒“明主”不成，只好离开京师。但到什么地方去呢？回家吧，“归来洛阳无负郭”，家中根本没有多少产业。故诗人不得不带全家到河南商丘一带谋生，“兔苑为农岁不登，雁池垂钓心长苦”。汉代梁孝王曾在商丘一带筑兔苑，开雁池，作为歌舞游冶之所。诗中借古迹代地名，是说自己在这里种田捕鱼，生计艰难。不说“捕鱼”而说“垂钓”，暗用姜太公“渭水垂钓”故事，说明自己苦闷地等待着朝廷的任用。

后十句是写与韦参军的离别，生动地描写了他们之间的深挚友谊和难舍之情。“世人遇我同众人，惟君于我最相亲”，这两句，看似寻常，其中暗含了作者的辛酸遭遇和对韦参军的感激之情。“且喜百年见交态，未尝一日辞家贫”，说他们的友谊经过长期考验，韦参军经常接济自己，从未以“家贫”为辞借口推却过。“弹棋击筑白日晚，纵酒高歌杨柳春。”“白日晚”见其日夕相处；“杨柳春”见其既游且歌。这样的友情，怎么能舍得分开呢？“欢娱未尽分散去，使我惆怅惊心神。”“惊心神”三字，写出了与朋友相别时的痛楚之状。但为事业、前程计，又不得不别，因而劝慰朋友：“丈夫不作儿女别，临岐涕泪沾衣巾。”

这首诗写得肝胆刻露，字字情真。一般写诗要求语忌直出，脉忌外露。但这绝不是否定率直的抒情。“忌直”是为了“深化”感情，率直是为了将实情写得更“真”，二者似迥异而实相通。高适此作直吐深情，写苦不见颓靡之态，惜别仍发豪放之情，快人快语，肝胆相照，表现出主人公鲜明的个性特征，因而能以情动人，具有很大的感染力。此诗基本上采取了长篇独自的方式，“多胸臆语，兼有气骨”（唐殷璠《河岳英灵集》）。诗中又多用偶句和对比，讲究音韵，读来音情顿挫，雄浑奔放，具有流美婉转的韵致。

赋得还山吟送沈四山人

高 适

还山吟，天高日暮寒山深，送君还山识君心。
人生老大须恣意，看君解作一生事。
山间偃仰无不至，石泉淙淙若风雨，桂花松子常满地。
卖药囊中应有钱，还山服药又长年。
白云①劝尽杯中物，明月相随何处眠？
眠时忆问醒时事，梦魂可以相周旋。

【注释】

①白云：用南朝齐梁人陶弘景故事。陶弘景隐于句曲山，齐高帝萧道成有诏问他："山中何所有？"他作诗答道："山中何所有？岭上多白云。只可自怡悦，不堪持赠君。"

【鉴赏】

唐天宝时名士沈千运，吴兴（今属江苏）人，排行第四，时称"沈四山人""沈四逸人"。天宝年间，屡试不中，曾干谒名公（见《唐才子传》），历尽沉浮，饱尝炎凉，看破人生和仕途，约五十岁左右隐居濮上（今河南濮阳南濮水边），躬耕田园。他明白说道："栖隐非别事，所愿离风尘。……何者为形骸？谁是智与仁？寂寞了闲事，而后知天真。"（《山中作》）在"终南捷径"通达的唐代，他倒是一位知世独行的真隐士。

约于天宝六载（747）秋，高适游历淇水时，曾到濮上访问沈千运，结为知交，有《赠沈四逸人》叙其事（见刘开扬《高适诗集编年笺注》）。这首送沈还山的赠别诗，以知交的情谊，豪宕的胸襟，洒脱的风度，真实描绘沈千运自食其力、清贫孤苦的深山隐居生活，亲切赞美他的清高情怀和隐逸志趣。诗的兴象高华，声韵悠扬，更增添了它的艺术美感。

诗以时令即景起兴，蕴含深沉复杂的感慨。秋日黄昏，天高地远，沈千运返还气候已寒的深山，走向清苦的隐逸的归宿。知友分别，不免情伤，而诗人却坦诚地表示对沈的志趣充分理解和尊重。所以接着用含蓄巧妙、多种多样的手法予以比较描述。

在封建时代，仕途通达者往往也到老大致仕退隐，那是一种富贵荣禄后称心自在的享乐生活。沈千运仕途穷塞而老大归隐，则别是一番意趣了。诗人赞赏他是懂得了人生一世的情事，能够把俗士视为畏途的深山隐居生活，怡适自如，习以为常。汉代淮南小山《招隐士》曾把深山隐居描写得相当可怕："桂树丛生兮山之幽，偃蹇连蜷兮枝相缭。山气巃嵸兮石嵯峨，溪谷崭岩兮水层波。猿狖群啸兮虎豹嗥，攀援桂枝兮聊淹留。"以为那是不可久留的。而沈千运在这样的环境里生活游息，无所不到，显得十分自在。山石流泉淙淙作响，恰同风吹雨降一般，是大自然悦耳的清音；桂花缤纷，松子满地，是山里寻常景象，显出大自然令人心醉的生气。这正是世俗之士不能理解的情趣和境界，而为"遁世无闷"的隐士所乐于久留的归宿。

深山隐居，确实清贫而孤独。然而诗人风趣地一转，将沈比美于汉代真隐士韩康，调侃地说，在山里采药，既可卖钱，不愁穷困，又能服食滋补，延年益寿。言外之意，深山隐逸却也自有得益。而且在远避尘嚣的深山，又可自怀怡悦，以白云为友，相邀共饮；有明月做伴，到处可眠。可谓尽得隐逸风流之致，何有孤独之感呢？

最后，诗人出奇地用身、魂在梦中交谈的想象，形容沈的隐逸已臻化境。这里用了一个典故。《世说新语·品藻》载，东晋名士殷浩和桓温齐名，而桓温"常有竞心"，曾要与殷浩比较彼此的高下，殷浩说："我与我周旋久，宁作我。"表示毫无竞心，因而传为美谈。显然，较之名士的"我与我周旋"，沈独居深山，隔绝人事，于世无名，才是真正的毫无竞心。他只在睡梦中跟自己的灵魂反复交谈自己觉醒时的行为。诗人用这样浪漫的想象，暗寓比托，以结束全诗，正是含蓄地表明，沈的隐逸是志行一致的，远非那些言行不一的名士可比。

营州歌

高适

营州少年厌[①]原野，狐裘蒙茸猎城下。
虏酒千钟不醉人，胡儿十岁能骑马。

【注释】

①厌：同"餍"，饱。这里作饱经、习惯于之意。

【鉴赏】

唐代东北边塞营州(治所在今辽宁朝阳),原野丛林,水草丰盛,各族杂居,牧猎为生,习尚崇武,风俗犷放。高适这首绝句有似风情速写,富有边塞生活情趣。

从中原的文化观念看,穿着毛茸茸的狐皮袍子在城镇附近的原野上打猎,似乎简直是粗野的儿戏;而在营州,这些却是日常生活,反映了地方风尚。生活在这里的汉、胡各族少年,自幼熏陶于牧猎骑射之风,养就了好酒豪饮的习惯,练成了驭马驰骋的本领。即使是边塞城镇的少年,也浸沉于这样的习尚,培育了这样的性情,不禁要在城镇附近就犷放地打起猎来。诗人正是抓住了这似属儿戏的城下打猎活动的特殊现象,看到了边塞少年神往原野的天真可爱的心灵,粗犷豪放的性情,勇敢崇武的精神,感到新鲜,令人兴奋,十分欣赏。诗中少年形象生动鲜明。“狐裘蒙茸”,见其可爱之态;“千锺不醉”,见其豪放之性;“十岁骑马”,见其勇悍之状。这一切又都展示了典型的边塞生活。

构思上即兴寄情,直抒胸臆;表现上白描直抒,笔墨粗放,是这首绝句的艺术特点。诗人仿佛一下子就被那城下少年打猎活动吸引住,好像出口成章地赞扬他们生龙活虎的行为和性格,一气呵成,不假思索。它的细节描写如实而有夸张,少年性格典型而有特点。诗人善于抓住生活现象的本质和特征,并能准确而简练地表现出来,洋溢着生活气息和浓郁的边塞情调。在唐人边塞诗中,这样热情赞美各族人民生活习尚的作品,实在不多,因而这首绝句显得可贵。

储光羲 生卒年不详,兖州(今属山东)人,一说润州(今江苏镇江)人。开元进士,官监察御史,曾在安禄山陷长安时受职,后被贬,死于岭南。其诗多写闲适情调。原有集,已散佚。现仅存《储光羲诗》。

江南曲四首 (其三)

储光羲

日暮长江里,相邀归渡头[①]。
落花如[②]有意,来去逐船流。

【注释】

①归渡头:渡头就是渡口,引申为回家的路途。三字连用就是指划着轻舟回家。

②如:似、像。

【鉴赏】

《江南曲》为乐府旧题。作者利用这一旧题加以翻新,写出了这首清丽、明快的新诗。

前两句点明时间、地点和情由。这是个江风习习、夕阳西下的时刻,长江也许是"一道残阳铺水中,半江瑟瑟半江红"。在这迷人的暮色之中,飘荡在江面上的小船正欲归渡。船上的青年男女呼朋唤友,那桨声、水声、呼喊声、嬉笑声此起彼伏,交织成一首欢快的晚归曲。"相邀"二字,准确地渲染出了热情欢快的气氛。

后两句可以说是补足"相邀"二字的,宜于一气读完。它创造了一个优美的意境。在那些"欲觅同心侣、复采同心莲"的青年男女之间,表现微妙的、欲藏还露、难以捉摸的感情,矜持和羞怯的心理不允许他们明确地袒露自己的心迹,这两句表述的就是这种复杂的爱慕心理和不便明示的美好愿望。"落花"是个富有特色的景物,赋予景物以恰当的感情,从而创造出另一番意境,体现出作者的功力。"归棹落花前"本为落花随着流水,所以尽管船桨在向后划,落花来去飘动,但还是紧随着船儿朝前流动。"轻舟"快行,"落花"追逐,这种紧相随、不分离的客观事物,如何转变成青年男女主观的感受和想象呢?请看诗人的功力:诗人只加了"如有意"三字,便使这"来去逐轻舟"的自然现象拟人化、诗意化、感情化了。再细品这个看似平淡却颇有讲究的"如"字,它既表现了那种揣测不定、留有余地的心理和表白,又反映了那已经萌发、但仍藏在心中的期望和追求。下语平易,而用意精深,恰如其分地表现出全诗所要表现的感情分寸和心理状态。"艺术的天才就是分寸感",这话于本诗颇耐寻味。

钓鱼湾

储光羲

垂钓绿湾春,春深杏花乱①。
潭清疑水浅,荷动知鱼散②。

日暮待情人，维舟③绿杨岸。

【注释】

①乱：纷繁。

②散：游动。

③维舟：拴小舟。

【鉴赏】

此诗开头以“垂钓绿湾春”引领全篇，我在小河湾钓鱼，岸上长满了郁郁葱葱的树木和野草。春天马上就过去了，杏树上的花瓣一片片地随见飘落。看着池塘里

清澈见底的水，还以为这里的水很浅呢！荷叶轻轻一动，鱼儿就受到了惊吓游走了。黄昏时分，把小船系在杨柳青青的岸边，静静地等待着情人的到来。此诗主要写一个青年小伙子以垂钓作掩护，在风光迷人的钓鱼湾等待情人的到来。

田家即事

储光羲

蒲叶日已长，杏花日已滋。老农要看此，贵不违天时。

迎晨起饭牛，双驾耕东菑。蚯蚓土中出，田乌随我飞。
群合乱啄噪，嗷嗷如道饥。我心多恻隐，顾此两伤悲。
拨食与田乌，日暮空筐归。亲戚更相诮，我心终不移。

【鉴赏】

储光羲的诗以描写田园山水著称，古朴质实，上承陶潜、谢灵运，不同于同时代王维、孟浩然的田园乐式地描绘"乌托邦"，下导南宋的杨万里、范成大，在中国田园山水诗的流贯中有承上启下的作用。

"即事"即描写当前事物为题材的诗歌，这首诗以老农一日耕事为中心，分三个层次进行描写。第一层共六句，描写"耕东菑"（菑：可种庄稼的初耕地），不违农时。蒲叶"长"、杏花"滋"，时不待人，所以"迎晨""双驾"（我与牛）躬耕。第二层四句："蚯蚓土中出，田乌随我飞。群合乱啄噪，嗷嗷如道饥。"描绘出一幅群乌觅食图，一"饥"一"啄"极尽饥饿之态，形象地展示出去岁灾荒的悲惨历史。第三层六句写老农（"我"）的恻隐之心，即伤己又悲乌，所以说"两伤悲"；农夫"拨食"给乌，暮归时筐已空空，亲友诮他，而他"心终不移"。

全诗语言古拙，风格朴实，能够寓细致缜密的描绘于浑厚的气韵之中，生活气息浓郁，给人以真切之感。《四库全书总目》说，储光羲的诗"源出陶潜，质朴之中，有古雅之味，位置于王维、浩然间，殆无愧色"。

张谓　（？～777后）字正言，河内（今河南沁阳）人。天宝进士。入封常清安西幕。乾元中以尚书郎使夏口，曾与李白于江城南湖宴饮。大历时为潭州刺史，后官至礼部侍郎。《全唐诗》存其诗一卷。

题长安壁主人

张　谓

世人结交须黄金，黄金不多交不深。
纵令然诺暂相许，终是悠悠行路心①。

【注释】

①然诺：同意了、答应办的事。悠悠：平淡隔漠、庸俗不堪的样子。

【鉴赏】

这是一首言情诗。它用诗的语言揭露出金钱对人情世态的严重污染。

诗题中的“长安壁主人”无名无姓，犹如俗称张三李四，是诗人描写的市侩人物的典型。作为大唐帝国都城的长安，是中外交通的枢纽和对外贸易的中心，是南北两大“丝绸”之路的集散中心。中唐以来，工商业，尤其是商业非常兴盛。在繁荣热闹的长安东西两大市场里，麇集着形形色色的商品和各种奇珍异宝。黄金作为商品流通的货币手段，在这花花世界神通十分广大。而长安又是全国的政治文化中心，随着朝政的腐败，趋炎附势、钻营逐利的现象比比皆是。所以在这种背景出现“长安壁主人”这类人物是并不奇怪的。

头两句伤感地指出世俗社会人情往来、友谊宝塔都是建立在“黄金”的基础上的，没有“黄金”这块奠基石，马上就会冷淡和垮台。“黄金”已成为衡量世人交情深浅的砝码：结交必须要黄金，黄金不多交情也就不深。黄金多少已和交情深浅构成了正比。

后两句形象地描绘出“长安壁主人”虚情假意的笑脸和冷漠无情的心肠。别看他口头上暂时相许，实际上不过是敷衍应酬，根本谈不上什么友谊，其心肠像陌生的路人那般冷淡。“悠悠”二字形容路人之心，看似平淡，实很传神，刻画世情，入木三分。

当然，本诗只是反映了中唐社会世态人情的一个侧面。

杜侍御送贡物戏赠

张　谓

铜柱朱崖道路艰，伏波横海旧登坛。
越人自贡珊瑚树，汉使何劳獬豸冠。
疲马山中愁日晚，孤舟江上畏风寒。
由来此物称难得，多恐君王不忍看。

【鉴赏】

这是一首讽刺诗。“侍御”，即侍御史，职责本是督察各地方官员的工作，“送贡物”实际是一种合法的贿赂，侍御史收取贡物，岂不是一种讽刺吗？诗的前四句为第一段：首联以怀古领起，“铜柱”，汉代马援征讨交趾（指五岭以南地区）时所立;"朱崖",即今海南岛地区。这里是当年伏波将军马援、横海将军韩说征战之地,他们为国立功,名垂青史。颔联写杜侍御为了讨好皇帝,却来此收取贡物。首联侧面讽谏,颔联则从正面进言。两相对照,泾渭分明。"獬豸"即神羊,传说能辨别是非曲直,因而用其皮制帽为执法御史作冠。而杜侍御的所作所为岂不与之相悖吗?讽刺之意不言自明。颈联以马"疲"还要赶路、舟遇"风"仍得前行,写杜侍御为获取贡品不惜代价,对其内心的尖刺,入木三分。尾联以"多恐君王不忍看"的反言,寓以深刻的讽刺,名为皇帝开脱,实则讽"侍御史""君王",一箭双雕。如沈德潜所评:"亦严亦婉,讽侍御兼以讽君。"(《唐诗别裁》)全诗以侍御史的职责与他执法犯法的受贿行为,进行对比,形成了辛辣讽刺的艺术效果,是一首反映大历时期社会矛盾的现实主义诗篇。

早　梅

张　谓

一树寒梅白玉条,迥[①]临村路傍溪桥。
不知近水花先发,疑是经冬雪未销[②]。

【注释】

①迥:远。

②销:同"消",消融。

【鉴赏】

自古诗人以梅花入诗者不乏佳篇,有人咏梅的风骨,有人颂梅的神韵,本诗侧重写梅先于百花报春的"早"字。

首句既形容了寒梅的颜色洁白如玉,又用"寒"字切了诗题的"早",写出了早梅凌寒独放的丰姿。次句点明这一树梅花开在远离人来车往的村路,临近溪水桥边这一特别的地点。一个"迥"字,一个"傍"字,描绘了一树寒梅独开的幽静环境。这一句承上启下,是全诗发展的必要过渡,"溪桥"二字还引出了下句。第三句这树寒梅早发的原因是由于近水,"近水楼台先得月",梅树近水也占了开放的先机。尾句回应首句,诗人把寒梅疑作是经冬而未消融的积雪。一个"不知"加上一个"疑是",写出了诗人远望似雪非雪的迷离恍惚之境。最后定睛望去,才发现原来这是一树近水先发的寒梅,诗人的疑惑排除了,题为早梅的早字也跳跃而出。诗人疑梅为雪，与他人多是形容梅花似雪，着眼点是不同的。对形色似玉如雪的早发寒梅这种疑真的错觉对后代诗人饶有影响。如王安石诗云“遥知不是雪，为有暗香来”，也是先疑其为雪，只因暗香袭来，才知是梅而非雪，与本诗意境异曲而同工。

全诗从似玉似雪、近水先发的梅花着笔，写出了早梅的形神，同时也写出了诗人探索寻觅的认识过程；透过表面，还写出了人与梅在精神上的契合。这种转折交错、首尾照应的笔法，使人领略到诗中悠然的韵味和不尽的意蕴。

同王徵君湘中有怀

张　谓

八月洞庭秋，潇湘水北流。
还家万里梦，为客五更愁。
不用开书帙，偏宜上酒楼。
故人京洛满，何日复同游？

【鉴赏】

张谓的诗，不事刻意经营，常常浅自得有如说话，然而感情真挚，自然蕴藉。如这首诗，就具有一种淡妆的美。

开篇一联即扣紧题意。“八月洞庭秋”，对景兴起，着重在点明时间；“潇湘水北流”，抒写眼前所见的空间景物，表面上没有惊人之语，却包孕了丰富的感情内涵：秋天本是令人善感多怀的季候，何况是家乡在北方的诗人面对洞庭之秋？湘江北去本是客观的自然现象，但多感的诗人怎么会不联想到自己还不如江水，久久地滞留南方？因此，这两句是写景，也是抒情，引发了下面的怀人念远之意。颔联直抒胸臆，不事雕琢，然而却时间与空间交感，对仗工整而自然。“万里梦”，点空间，魂飞万里，极言乡关京国之遥远，此为虚写；“五更愁”，点时间，竟夕萦愁，极言客居他乡时忆念之殷深，此为实写。颈联宕开一笔，以正反夹写的句式进一步抒发自己的愁情：翻开爱读的书籍已然无法自慰，登酒楼而醉饮或者可以忘忧？这些含意诗人并没有明白道出，但却使人于言外感知。同时，诗人连用了“不用”“偏宜”这种具有否定与肯定意义的虚字斡旋其间，不仅使人情意态表达得更为深婉有致，而且使篇章开合动宕，令句法灵妙流动。登楼把酒，应该有友朋相对才是，然而现在却是诗人把酒独酌，即使是“上酒楼”，也无法解脱天涯寂寞之感，也无法了结一个

"愁"字。于是,结联就逼出"有怀"的正意,把自己的愁情写足写透。在章法上,"京洛满"和"水北流"相照,"同游"与"为客"相应,首尾环合,结体绵密。从全诗来看,没有秾丽的词藻和过多的渲染,信笔写来,皆成妙谛,流水行云,悠然隽永。

淡妆之美是诗美的一种,平易中见深远,朴素中见高华。它虽然不一定是诗美中的极致,但却是并不容易达到的美的境界,所以宋梅圣俞说:"作诗无古今,唯造平淡难。"(《读邵不疑学士诗卷》)扫除腻粉呈风骨,褪却红衣学淡妆,清雅中有风骨,素淡中出情韵。张谓这首诗,就是这方面的成功之作。

万楚　唐开元年进士。诗八首。生平事迹不祥。

五日观妓①

万　楚

西施谩道浣春纱,碧玉今时斗丽华。
眉黛夺将萱草色,红裙妒杀石榴花。
新歌一曲令人艳,醉舞双眸敛鬓斜。
谁道五丝能续命,却知今日死君家。

【注释】

①妓:歌舞女艺人。这里指乐伎。

【鉴赏】

唐诗中,固多深刻反映社会现实的不朽篇章,然也不乏写上层士大夫宴饮、赠妓之作。这类作品,一般思想性不高,在艺术上却偶尔有可取之处。万楚的《五日观妓》,可以说就是这样的一篇诗作。

从诗题可知,这首诗是写农历五月五日端午节观看乐伎表演的。端午节的风俗习惯有龙舟竞渡,吃粽子,饮蒲酒,彩丝缠臂,艾蒿插门等,也有在这一天呼朋唤友,宴饮取乐的。

诗首先写乐伎的美妙动人。"西施谩道浣春纱,碧玉今时斗丽华",一落笔便别有风情。"谩道"是"空说"或"莫说"的意思。在越溪边浣纱的西施,是古来公认的美女。诗人刚刚提到西施，又用“谩道”二字将她撇过一边。这样，既触发起了以美人比美人的联想，又顺势转到了眼前这位美女的身上。但仍不直说而故作迂曲。“碧玉”是汝南王宠爱的美妾，出身微贱，南朝民歌《碧玉歌》中有“碧玉小家女”之句。这里用以借指地位低下的乐伎。古代名叫“丽华”的美人有两个，一个是东汉光武帝刘秀的皇后阴丽华，另一个是南朝陈后主的妃子张丽华。“碧玉”句是说，如今眼前这位美女“碧玉”，正可以与丽华争艳比美。诗人让西施、碧玉、丽华三个美女一路上迤逦行来，借传统形象比拟所要描写的对象，省却了许多笔墨，却使描写对象轻易地步入了美人的行列之中。

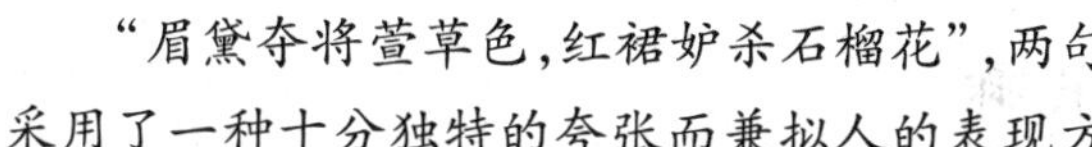

“眉黛夺将萱草色，红裙妒杀石榴花”，两句采用了一种十分独特的夸张而兼拟人的表现方法：看那美人的眉毛绿莹莹的，那是从萱草夺来的颜色；裙子红艳艳的，石榴花见了也不免要妒杀。上句用了表示动作的“夺将”，下句用了表示情感的“妒杀”，从而分别赋予眉黛、萱草、红裙、榴花以生命，极尽对眉黛、红裙渲染之能事。萱草和石榴都是诗人眼前景物。况端午时节，萱草正绿，榴花正红，又都切合所写时令。随手拈来，为美人写照，既见巧思，又极自然。

写罢形貌之后，又接写歌舞：“新歌一曲令人艳，醉舞双眸敛鬓斜。”听了她唱的一曲新歌，就越发艳羡她的美色。再看她的舞姿：拢一拢倾斜了的鬓发，两眼秋水盈盈，真有勾魂摄魄的力量。“敛”，收束，这里指拢发的动作。

以上四句对乐伎的描绘，从对形貌的静态描绘开始，进而在动态中加以刻画，写她的歌舞。一静一动，由形及神，展示了乐伎的色艺俱佳。末一句点出“双眸”，更使形象光彩照人。

“谁道五丝能续命，却知今日死君家。”“五丝”，即“五色丝”，又叫“五色缕”“长命缕”“续命缕”。端午时人们以彩色丝线缠在手臂上，用以辟兵、辟鬼，延年益寿。“君家”，设宴的主人家。诗人深情激动地说：谁说臂上缠上五色丝线就能长命呢？眼看我今天就要死在您家里了！“死君家”与“彩丝线”密切关合，奇巧而自然，充分见出诗人动情之深。

此诗写得景真情真，特别“眉黛”二句表现手法独特，富有艺术个性，成为脍炙人口的佳句。

刘长卿 （？～约786），字文房，河间（今河北河间市）人。天宝元年（742）进士，曾任长州县尉、海盐令，后贬潘州南巴尉，大历（766）时，为鄂岳转运判官，以触犯大官傢吴仲孺，再贬睦州（今浙江淳安）司马，又调任随州刺史。诗名盛于中唐前期。他的诗多写政治失意之感，也有反映离乱之作，善于描绘自然景物。长于五言，称为“五言长城”，有《刘随州诗集》。

弹　琴[①]

刘长卿

泠泠七弦上，静听松风寒[②]。
古调虽自爱，今人多不弹。

【注释】

①诗题一作《听弹琴》。

②泠泠：形容琴声的清幽。七弦：琴本五弦，象征五行。配五音，宫、商、角、徵、羽。后周文王加一弦，武王又加一弦，成为七弦。松风：即《风入松》，琴调名。

【鉴赏】

这首诗题为《弹琴》，实则是抒发自己的感慨。

诗的一二句“泠泠七弦上，静听松风寒”，写七弦琴声，十分清幽，静静地听，仿佛风吹松林一般。琴是我国古代传统民族乐器，由七条弦组成，所以首句以“七弦”作琴的代称，意象也更具体。“泠泠”的琴声，逗起“松风寒”。“松风寒”，以风入松林暗示琴声的凄清，极为形象，引导读者进入音乐的境界。“静听”二字描摹出听琴者入神的情态，可见琴声的不同凡响。

三四句“古调虽自爱，今人多不弹”，写诗人虽然格外喜欢那优美的古调，遗憾的是现在已没有几人喜欢弹奏了。如果说前两句是描写音乐的境界，后两句则是议论性抒情,牵涉当时音乐变革的背景。汉魏六朝南方清乐尚用琴瑟。而到唐代,音乐发生变革,“燕乐”成为一代新声,乐器则以西域传入的琵琶为主。“琵琶起舞换新声”的同时,公众的欣赏趣味也变了。受人欢迎的是能表达世俗欢快心声的新乐。穆如松风的琴声虽美,如今却成了“古调”,又有几人能怀着高雅情致来欣赏呢?字里行间流露出曲高和寡的孤独感。“虽”字转折,从对琴声的赞美进入对时尚的感慨。“今人多不弹”的“多”字,更反衬出琴客知音者的稀少。此两句说今人好趋时尚不弹古调,意在表现作者的不合时宜。刘长卿清才冠世,一生两次遭贬,有满腹不合时宜和一种与流俗落落寡合的情调。

诗人在诗中慨叹古调冷落,借喻世人追随时尚,趋时随俗,不爱古风,而自己则寂寞无依。故此诗有孤高自赏,世上少有知音的感慨。

本诗造句甚奇,“寒”字用得尤妙,表现了琴音给人以寒气的感觉。

送灵澈[①] 上人

刘长卿

苍苍竹林寺[②],杳杳钟声晚。
荷笠带斜阳,青山独归远。

【注释】

①灵澈:中唐时期的一位著名诗僧,俗姓汤,字源澄,会稽(今浙江绍兴)人,出家的寺庙就在会稽云门山云门寺。

②竹林寺:在润州(今江苏镇江),是灵澈此次游方歇宿的寺院。

【鉴赏】

大约在大历四、五年(769~770),刘长卿和灵澈相遇又离别于润州。刘长卿自从上元二年(761)从贬谪南巴(今广东茂名)归来后,一直失意待官,心情郁闷。灵澈此时诗名未著,云游江南,心情也不太舒坦。他在润州逗留后,将返回浙江。此时,两人是一个仕途失意,一个方外归山,可谓同是天涯沦落人,在出世入世的问题上,都有怀才不遇的体验,共怀淡泊的胸襟。

诗的一二句想望苍苍山林中的灵澈归宿处,远远传来寺院报时的钟响,点明时间已是黄昏,仿佛催促灵澈归山。

三四句写灵澈辞别归去的情景。灵澈戴着斗笠,披着夕阳余晖,独自向青山走去，越走越远。“青山”照应首句“苍苍竹林寺”，点出寺在山林。“独自远”写出了诗人伫立远送，对灵澈的依依不舍。从中表现了诗人对灵澈的深挚的情谊，也表现出灵澈归山的清寂的风度。“独归远”含无尽之情于言外。

这首诗写诗人在傍晚送灵澈返竹林寺时的心情。它即景抒情，构思精巧，语言精练，为中唐山水诗的名篇。

全诗好比一幅十分精美的图画。画面上的山水、人物十分动人，尤其是画外的诗人形象，令人回味无穷。那寺院传来的报时的钟声，触动诗人的思绪；而青山独归的灵澈的背影，勾起了诗人的归意。诗人深情，但由于淡泊而不为离别伤感。可见，这首诗的主题在于寄托着也表露出诗人不遇、失意而淡泊的情怀，因而构成一种闲适淡雅的意境。

饯别王十一南游①

刘长卿

望君烟水阔，挥手泪沾巾②。
飞鸟没何处，青山空向人③。
长江一帆远，落日五湖④春。
谁见汀洲上，相思愁白蘋！

【注释】

①饯别：设宴送行。王十一：姓王，排行十一，生平不详。

②“望君”二句：在意义上应当是“挥手泪沾巾”在前面，说自挥手告别后，就只能向着长烟阔水望你了。以后四句都从“烟水阔”生出。

③飞鸟：喻远行者。没何处：指其远行无依。空向人：枉向人，即好友不在，风景徒佳之意。

④五湖：说法很多，这里指太湖。

⑤汀洲：水中平地。白蘋：水草名，花白色。

【鉴赏】

这是一首送别诗，是在宴会上赠别友人之作，重点写与友人离别时的心情。诗人借助眼前景物，通过遥望和凝思来表达离别愁绪。

一开始，诗人的朋友王十一已经乘船远去，小船行驶在宽阔的长江之中。诗人远望着烟水茫茫的江面，频频挥手，以表达自己依依惜别之情。

第三句“飞鸟没何处”，既是实写又是虚写，诗中“飞鸟”隐喻友人的南游，写出了友人的远行难以预料，倾注了自己的关切和担忧。“没”字紧扣“望”字。“何处”则点明凝神远眺的诗人，目光久久地追随着远去的朋友，思念之情，不绝如缕。诗人对朋友的一片真情，就聚集在这别后的独自久久凝望上。

五六两句“长江一帆远，落日五湖春”，既交代了朋友远行的起止：朋友的一叶风帆沿江南去，渐渐远行，抵达太湖畔后休止，又表达了诗人的心追随朋友远去一直伴他到达目的地。在诗人的想象中，他的朋友正在夕阳朗照的太湖畔观赏明媚的春色呢！

诗的最后，诗人又从恍惚的思绪中回到送别的现场。“谁见汀洲上，相思愁白蘋！”诗人站在汀洲之上，对着秋水蘋花出神，久久不忍离去，心中有着无限愁绪。情景交融，首尾照应，离别之情，绵绵不绝。

作者从挥手相别友人要去的地方和将有的经历着笔，把“飞鸟”“青山”“江帆”“落日”等旅途景物写得活灵活现，最后述说那时还有谁来看见我在江畔望着你的归来呢，深厚的惜别情绪就在这中间表现了出来。可见，诗人调动了眼前所见之物，为送别增悲，用“一切景语皆情语”来形容此诗是十分恰当的。

诗题虽是饯别，但诗中看不到饯别的场面，甚至一句离别的话语也没有提及。其表现手法不落俗套，十分新颖。

酬李穆见寄[1]

刘长卿

孤舟相访至天涯，万转云山路更赊[2]。
欲扫柴门[3]迎远客，青苔黄叶满贫家。

【注释】

①酬李穆：酬：答谢。李穆是刘长卿的女婿，颇有诗才。其《寄妻父刘长卿》诗为：“处处云山无尽时，桐庐南望转参差。舟人莫道新安近，欲上潺湲行自迟。”本诗即合的是此诗。

②赊：远、长。

③柴门：用树枝编扎的门，言其简陋。

【鉴赏】

刘长卿当时住在新安郡(今安徽歙县)。首句即写李穆的新安之行,“孤舟”行江,必是一种凄楚的意味;“至天涯”言其行程遥远和旅途辛劳。不说“自天涯”而用“至天涯”,是作者站在行者角度,体贴爱婿之心,其企盼与愉悦的情绪都在言外之意中了。次句续写李穆从桐庐到新安逆水行舟的情况。这一带山环水绕、江流曲折,地势也由低到高且多险滩。“万转云山”的每一转折,都会使人产生“快到目的地了”的猜想。而打听的结果,前面的路程总是出于意料的远。“路更赊”三字是富于旅途生活实际感受的妙语。

前二句诗人巧妙地隐括了李穆原唱的诗意却毫不著迹,运用入化。后二句则转写诗人盼女婿到来的急切心情。这里仍未明言自己企盼、愉悦之心情,而读者从诗句中自能体会。女婿是贵客,年长的岳父亲自打扫柴门院子迎接远来的贵客,显得多么亲切,令读者感到他们翁婿间融洽的感情。末句以景结情,更见精彩,且含意极丰。既表明平时贫居无人登门,颇有寂寞之感,从而为贵客今至而喜;同时又是自谦之词,称“贫”之中流露出好客之情,十分真挚感人。

全诗因体裁字数的限制,多融情于景,且只在客将至而未至时终结全篇。三四句句法倒装,按理应是青苔黄叶满贫家才欲扫柴门迎远客。但这一倒装便能以景结情,使全诗饶有余味,可谓长于用短,手法高妙。

长沙过贾谊①宅

刘长卿

三年谪宦此栖迟,万古惟留楚客悲②。
秋草独寻人去后,寒林空见日斜时③。
汉文有道恩犹薄,湘水无情吊岂知!
寂寂江山摇落处,怜君④何事到天涯?

【注释】

①贾谊:汉文帝时著名的政论家,因被权贵中伤,被贬出任长沙王太傅三年。后虽被召回京城,但不被重用,抑郁而死。

②栖迟:像鸟儿那样敛翅歇息,飞不起来,用以暗喻贾谊的失意。楚客:流落到

楚地的客人,此处指贾谊。

③秋草独寻人去后,寒林空见日斜时:这两句诗化用了贾谊《鹏鸟赋》的句子。贾谊在长沙时,看到古人以为不祥的鹏鸟,深感自己的不幸,因而在赋中发出了"庚子日斜兮,服集余舍""野鸟入室兮,主人将去"的感喟。诗人借用其字面,创造了"人去后""日斜时"的倍觉神伤的气氛。

④怜君:君,既指代贾谊,也指代诗人自己。怜君,不仅是怜人,更是怜己。

【鉴赏】

这是一首吊古诗,堪称唐诗七律的精品。从这首诗所描写的深秋景色来看,诗当作于诗人第二次迁谪来到长沙的时候,那时正是秋冬之交,诗人在一个深秋的夜晚,只身来到长沙贾谊的故居。类似的遭遇,使诗人感慨万千,而写下这首诗。

首联:"三年谪居",只落得"万古"留悲,上写句意勾连相生,呼应紧凑,给人以抑郁沉重的悲凉之感。"此"字,点出了"贾谊宅"。像鸟儿那样的敛翅歇息,飞不起来的生活本就是惊惶不安的,流落在异地他乡怎不使诗人"悲"呢?一个"悲"字,奠定了全诗凄怆忧愤的基调,不仅切合贾谊的一生,也暗寓了刘长卿自己迁谪的悲苦命运。

颔联:"秋草独寻人去后,寒林空见日斜时。"围绕题中的"过"字展开描写。"秋草""寒林""人去""日斜",渲染出故宅一片萧条冷落的景色,而在这样的氛围中,诗人还要去"独寻",一种景仰向慕、寂寞兴叹的心情,油然而生。寒林日斜,不仅是眼前所见,也是当时贾谊的实际处境,也正是李唐王朝危殆形势的写照。"空见"二字,写出了无可奈何的痛苦和惆怅。

颈联:"汉文有道恩犹薄,湘水无情吊岂知!"从贾谊的见疏,隐隐联系到自己。号称"有道"的汉文帝,对贾谊尚且这样薄恩,这是吊古人,怜自己。当时昏聩无能的唐代宗,对刘长卿当然更谈不上什么恩遇了。刘长卿的一贬再贬,沉沦坎坷,也就是必然的了。这里,诗人将暗讽的笔触曲折地指向当今皇上,手法十分高妙。对句"湘水无情吊岂知"也写得很含蓄。"湘水无情",流去了多少时光。楚国的屈原哪会想到上百年后,贾谊会来到湘水之滨凭吊自己(贾谊写有《吊屈原赋》);西汉的贾谊更想不到近千年后的刘长卿又会迎着萧瑟的秋风来凭吊自己的遗址。这两句,真切地刻画了诗人抑郁无诉的心境。

尾联的出句,勾画了一幅荒村日暮图。暮色更浓了,江山更趋寂静,一阵秋风吹过,黄叶纷纷飘落。这正是诗人所生活的环境,它象征着当时国家的衰败局势,与第四句的“日斜时”映衬照应,加重了作品的时代气息和感情色彩。对句的弦外之音是:我和您都是无罪的,为什么要受到这样严厉的惩罚!这是诗人对强加在他们身上的不合理现实进行的强烈控诉。

诗人有感而发,既悲怜古人,又悲怜自己。此诗情感深沉而悲凉,用语含蓄蕴藉,字里行间溢出作者无比的痛苦、不平,足以催人泪下。

秋日登吴公台[1]上寺远眺

刘长卿

古台摇落后,秋入望乡心[2]。
野寺来人少,云峰隔水深。
夕阳依旧垒,寒磬[3]满空林。
惆怅[4]南朝事,长江独自今!

【注释】

①吴公台:故址在江都县(今江苏省扬州市)西北,原为南朝刘宋时沈庆之攻竟陵王刘诞时所筑弩台,原名为鸡台。后吴明澈围北齐于江都,重加修筑,以射城内,因称吴公台。

②摇落:指秋天草木凋零。宋玉《九辩》:“萧瑟兮草木摇落而变衰。”秋入:一作“秋日”。

③寒磬:寒空中传来的磬声。

④惆怅:失意,心情不舒畅。

【鉴赏】

这是一首咏怀古迹的诗,作者旅居扬州时于秋日登“吴公台”而作。诗中以摇落飘零的秋景,衬托游子思乡的感情。在夕阳西下、寒磬声声中,作者看到南朝征战的残垒,面对滚滚逝去的长江水,不禁吊古伤今,惆怅不已。

首联“古台摇落后，秋入望乡心”，写在一个秋风摇落树叶和百草的日子里，诗人登上南朝宋刘时沈庆之攻竟灵王刘诞所筑的弩台上的寺庙，顿生思乡的情感。颔联“野寺来人少，云峰隔水深”，接写寺庙已经荒凉，人踪稀少，远望山峰，都在云雾缭绕之中。颈联“夕阳依旧垒，寒磬满空林”，写夕阳沿着旧日的堡垒缓缓落下，寺院中传出的钟磬之声慢慢向空林中弥漫。因时至秋日，秋风瑟瑟，这钟磬之声也似乎带有一股寒意。尾联“惆怅南朝事，长江独自今”，写南朝古迹尚存，人却早已不在，唯有浩浩荡荡的长江，在秋日的夕阳中独自流淌。

这首诗写诗人登临眺览，中间四句描绘四周景物，深深地涂上了一层客游落泊，思乡吊古的情感色彩。“寒磬满空林”句尤为传神。诗人利用静与响、空与满的辨正关系，以响显静，以满形空，在全诗空茫思远境界的构成中是点睛之笔。此诗将凭吊古迹和写景、思乡融成一体，对古代兴废的咏叹苍凉深邃，诗意含蓄温和，语句整饬。

送李中丞归汉阳别业[①]

刘长卿

流落征南将，曾驱[②]十万师。
罢归无旧业，老去恋明时！[③]
独立三边静，轻生一剑知。[④]
茫茫江汉上，日暮欲何之？[⑤]

【注释】

①李中丞：名字不详，中丞是御使中丞的简称。唐时边将往往加御使中丞、御使大夫一类的官衔。汉阳：唐鄂州汉阳县，在今武汉市境。别业：别墅。

②驱：驱使，指挥。

③旧业：在家乡的产业。明时：对当时朝代的美称。

④三边：汉以幽、并、凉三州为三边，后泛指边疆。轻生：指出生入死，建立功勋。

⑤江汉：江汉对举时，指长江和汉水。欲何之：打算向何方去呢？

【鉴赏】

这诗是送给老年失意、回归故乡的将领李中丞的。诗中对他过去守卫边疆的勋绩推崇备至，对他被遗弃的遭遇，则流露出情感上的共鸣。全诗以昔日之忠勇与今日的落寞交叉来写，语言极为凝练。

诗人送别的这位李中丞曾经是功业赫赫的征南将军，当年他率十万雄师挥戈南下。罢官而归时，原籍并无田园庐舍，可见李中丞为官的清廉。年纪渐大时，仍眷念政治清明的时代。当年李中丞在边塞，边塞即不起烽火，他为国抗敌不怕牺牲，只有身上的佩剑知道。如今李中丞要归居汉阳别业，诗人在茫茫江边为他送别，不知李中丞的前途如何。

首联"流落征南将，曾驱十万师"，写四处流落的征南将军，曾经统帅十万大军。颔联"罢归无旧业，老去恋明时"。写罢职归来产业全无，到老还留念政治清明的时代。颈联"独立三边静，轻生一剑知"。十字警策，将李中丞置生死于度外、威武镇三边的形象勾勒出来。尾联"茫茫江汉上，日暮欲何之"，写面对茫茫的江水，日落后将军又将去向何方？

这首诗以李中丞的流落无依开始，以流落无依结束，中间写李中丞的赫赫战功，写得悲凉苍茫，从中表现出对李中丞的遭遇的深切同情和悲愤，于意气慷慨中透出不平之感。

新　年　作

刘长卿

乡心新岁切，天畔独潸然[①]。
老至居人下，春归在客先。
岭猿同旦暮，江柳共风烟。
已似长沙傅[②]，从今又几年。

【注释】

①潸然：流泪的样子。

②长沙傅：指贾谊。西汉贾谊曾为大臣所忌，贬为长沙王太傅。

【鉴赏】

此诗是作者被贬为南巴尉时所作。刘长卿于唐肃宗时，曾被人诬陷，贬潘州南巴县尉。贬谪天涯，又逢新岁，怀乡之心，自然更悲切。但更使他伤感，也是本诗诗眼的，却是在第二联："老至居人下，春归在客先。"情苦句巧，使人为之掩卷叹息。第三联写岭外生活，一片凄寂，也是佳句。结语以贾谊自比，悲愤之情，溢于言外。

又是新年了，"每逢佳节倍思亲"，新年里诗人自然特别思念家乡、思念家人。但他却被贬到了遥远的天边之地，千里迢迢，欲归不能，只好独自潸然泪下。加上诗人年事已高却官职卑微，居人之下，就更黯然神伤了。人不能归家，而春风却已经归家了，诗人情不自禁地羡慕起春风来了。诗人悲叹自己在异地他乡，只能和岭猿朝夕相处，和江边的柳树同赏风烟，像这样的类似贾谊贬谪长沙的日子不知还要多少年才能结束？

凡是写景抒情的诗，用字遣词总是十分讲究。或是一句写景，一句说情，或在一句中既写景又抒情，或是前联写景，后联写情。此诗伤感的成分较多，因此抒情语句较多。前两句是情，三句是景，四句有景有情，五六两句是即景生情，七八句又是抒情。其中"新岁"是景，"几年"是情。无限离愁，跃然纸上。

这首诗题为《新年作》，但并不仅仅是表达新年怀乡的。诗人以贾谊自比，表达了对身受的遭遇的愤慨。

江州重别薛六柳八二员外①

刘长卿

生涯岂料承优诏，世事空知学醉歌②。
江上月明胡雁过，淮南木落楚山多③。
寄身且喜沧洲近，顾影无如白发何！
今日龙钟人共老，愧君犹遣慎风波。

【注释】

①江州：唐江南道江州，治所在今江西九江市。薛六柳八：二人生平不详。员外：官名，员外郎的省称，正额以外的官员。因曾有《别薛六柳八二员外》诗，故这首说重别。

②生涯:生业、生计。这里指宦途事业。承优诏:蒙受优渥的诏命。空知:徒知。

③胡雁:犹云北雁。雁在秋天由北而南,胡地在北,故名。淮南句:战国时淮南皆属楚地,故说楚山;木叶落则山更明显,故言多。

【鉴赏】

刘长卿曾被诬陷,囚禁狱中,后遇赦,贬为潘州南巴(今属广东)尉。旋即移睦州司马。此诗当是刘长卿将往睦州,在江州告别薛、柳两位朋友时所作。潘州虽近海,当时究竟还是蛮荒之地,不是寄身之处。睦州也近沧海,却是东南鱼米之乡,此次得以谪移,使他喜得可以暂且寄身。故从诗中流露出悲喜交集的心情。

首联:"生涯岂料承优诏,世事空知学醉歌。"写长期飘零,世事早已参破,预想不到的好事,无非是虚幻的宦海沉浮。诗人只想浪迹天涯,只想醉酒当歌。颔联:"江上月明胡雁过,淮南木落楚山多。"写在九江所见的江上升起的明月,飞掠夜空的鸿雁和淮南瑟瑟的秋风,树木的凋落。这两句写九江秋天夜景,境界凄清,反映了他当时的心情。颈联:"寄身且喜沧洲近,顾影无如白发何!"写诗人寄身在这遥远的地方,感到自由、欣喜,纵然白发丛生也不能让自己徒然悲愁,表现了诗人得到聊堪寄身之处的喜悦。然而,接着便感到已经老去的惆怅。尾联:"今日龙钟人共老,愧君犹遣慎风波。"写诗人已经衰老,已经步态龙钟,可薛六、柳八两位朋友还叮嘱他,谨慎人间的风波。这声声叮嘱,让诗人惭愧、感动。结语备见薛、柳两位朋友对他的真情。他的反应,用一"愧"字,甚为传神。

此诗一开始就用反语表现了诗人的愤激之情:本来就多年沦落,如今竟得到天子的厚赐!诗人遭贬谪之日,正是大雁从胡地返回、淮南木叶凋落之时,此时此景更使贬谪之人伤感。颈联两句,清楚地见出了诗人对贬谪到边远之地的怨恨。而诗的最后两句,则写了诗人对两位朋友叮嘱之情的感谢。此诗写景凄美,抒发了诗人因遭贬而心中的抑郁之情。

逢雪宿芙蓉山主人

刘长卿

日暮苍山远,天寒白屋贫。
柴门闻犬吠,风雪夜归人。

【鉴赏】

这首诗用极其凝练的诗笔，描画出斗幅以旅客暮夜投宿、山家风雪人归为素材的寒山夜宿图。诗是按时间顺序写下来的。首句写旅客薄暮在山路上行进时所感，次句写到达投宿人家时所见，后两句写入夜后在投宿人家所闻。每句诗都构成一个独立的画面，而又彼此连属。诗中有画，画外见情。

诗的开端，以“日暮苍山远”五个字勾画出一个暮色苍茫、山路漫长的画面。诗句中并没有明写人物，直抒情思，但使读者感到其人呼之欲出，其情浮现纸上。这里，点活画面、托出诗境的是一个“远”字。它给人以暗示，引人去想象。从这一个字，读者自会想见有人在暮色来临的山路上行进，并推知他的孤寂劳顿的旅况和急于投宿的心情。接下来，诗的次句使读者的视线跟随这位行人，沿着这条山路投向借宿人家。“天寒白屋贫”是对这户人家的写照；而一个“贫”字，应当是从遥遥望见茅屋到叩门入室后形成的印象。上句在“苍山远”前先写“日暮”，这句则在“白屋贫”前先写“天寒”，都是增多诗句层次、加重诗句分量的写法。幔长的山路，本来已经使人感到行程遥远，又眼看日暮，就更觉得遥远；简陋的茅屋，本来已经使人感到境况贫穷，再时逢寒冬，就更显出贫穷。而联系且下句看，这一句里的“天寒”两字，还有其承上启下作用。承上，是进一步洱染日暮路遥的行色；启下，是作为夜来风雪的伏笔。

这前两句诗，合起来只用了十个字，已经把山行和投宿的情景写得神完气足了。后两句诗“柴门闻犬吠，风雪夜归人”，写的是借宿山家以后的事。在用字上，“柴门”上承“白屋”，“风雪”遥承“天寒”，而“夜”则与“日暮”衔接。这样，从整首诗来说，虽然下半首另外开辟了一个诗境，却又与上半首紧紧相扣，不使读者感到上下脱节。但这里，在承接中又有跳越。看来，“闻犬吠”既在夜间，山行劳累的旅人多半已经就寝；而从暮色苍茫到黑夜来临，从寒气侵人到风雪交作，从进入茅屋到安顿就寝，中间有一段时间，也应当有一些可以描写的事物，可是诗笔跳过了这段时间，略去了一些情节，既使诗篇显得格外精练，也使承接显得更加紧凑。诗人在取舍之间是费了一番斟酌的。如果不下这番剪裁的功夫，也许下毕首诗应当进一步描写借宿人家境况的萧条，写山居的荒凉和环境的静寂，或写夜间风雪的来临，再不然，也可以写自己的孤寂旅况和投宿后静夜所思。但诗人撇开这些不去写，出人意外地展现了一个在万籁俱寂中忽见喧闹的犬吠人归的场面。这就在尺幅中显示变化，给人以平地上突现奇峰之感。

就写作角度而言，前半首诗是从所见之景着墨，后半首诗则是从所闻之声下笔的。因为，既然夜已来临，人已就寝，就不可能再写所见，只可能写所闻了。“柴门”句写的应是黑夜中、卧榻上听到的院内动静；“风雪”句应也不是眼见，而是耳闻，是因听到各种声音而知道风雪中有人归来。这里，只写“闻犬吠”，可能因为这是最先打破静夜之声，也是最先入耳之声，而实际听到的当然不只是犬吠声，应当还有风雪声、叩门声、柴门启闭声、家人问答声，等等。这些声音交织成一片，尽管借宿之人不在院内，未曾目睹，但从这一片嘈杂的声音足以构想出一幅风雪人归的画面。

诗写到这里，含意不伸，戛然而止，没有多费笔墨去说明倾听这些声音，构想这幅画面的借宿之人的感想，但从中透露的山居荒寒之感，由此触发的旅人静夜之情，都不言自见，可想而知了。

穆陵关北逢人归渔阳

刘长卿

逢君穆陵路，匹马向桑乾。
楚国苍山古，幽州白日寒。
城池百战后，耆旧几家残。
处处蓬蒿遍，归人掩泪看。

【鉴赏】

穆陵关在今湖北麻城北面，渔阳郡治在今天津市蓟州区。唐代宗大历五、六年间（770—771），刘长卿曾任转运使判官、淮西鄂岳转运留后等职，活动于湖南、湖北。诗当作于此时。

当时，安史之乱虽已平定，但朝政腐败，国力衰弱，藩镇割据，军阀嚣张，人民惨遭重重盘剥，特别是安史叛军盘踞多年的北方各地，更是满目疮痍，一片凋敝景象。刘长卿对此十分了解，深为忧虑。因此当他在穆陵关北，陌路遇到一位急切北返渔阳的行客，不禁悲慨万分地把满腹忧虑告诉了这位归乡客，忠厚坦诚，语极沉郁。

首联写相逢地点和行客去向。“桑乾”即桑乾河，今永定河，源出山西，流经河北，此指行客家在渔阳。关隘相逢，彼此都是过客，初不相识。诗人见归乡客单枪匹马北去，便料想他流落江南已久，急切盼望早日回家和亲人团聚。然而等待着他的又将是什么呢？次联借山水时令，含蓄深沉地勾勒南北形势，暗示他此行前景，为国家忧伤，替行客担心。“楚国”即指穆陵关所在地区，并以概指江南。“幽州”即渔阳，也以概指北方。“苍山古”是即目，“白日寒”是遥想，两两相对，寄慨深长。其具体含意，历来理解不一。或说“苍山古”谓青山依旧，而人事全非，则江南形势也不堪设想；或说“苍山古”谓江南总算青山依旧，形势还好，有劝他留下不归的意味。二说皆可通。“幽州白日寒”，不仅说北方气候寒冷，更暗示北方人民的悲惨处境。这二句，诗人运用比兴手法，含蕴丰富，令人意会不尽。接着，诗人又用赋笔作直接描写。经过长期战乱，城郭池隍破坏，土著大族凋残，到处是废墟，长满荒草，使回乡的人悲伤流泪，不忍目睹。显然，三、四联的描述，充实了次联的兴寄，以预诫北归行客，更令人深思。

这是一篇痛心的宽慰语，恳切的开导话，寄托着诗人忧国忧民的无限感慨。手法以赋为主而兼用比兴，语言朴实而饱含感情。尤其是第二联“楚国苍山古，幽州白日寒”，不惟形象鲜明，语言精练，概括性强，而且承上启下，扩大境界，加深诗意，是全篇的关键和警策。它令人不语而悲，不寒而栗，印象深刻，感慨万端。也许正由于此，它才成为千古流传的名句。

余干旅舍

刘长卿

摇落暮天迴，青枫霜叶稀。
孤城向水闭，独鸟背人飞。
渡口月初上，邻家渔未归。
乡心正欲绝，何处捣寒衣？

【鉴赏】

本诗是刘长卿寄寓在余干（今属江西）旅舍时，写下的风调凄清的思乡之作。

刘长卿喜欢用“摇落”这个词入诗，它使人自然联想起《楚辞·九辩》中的名句“悲哉秋之为气也，萧瑟兮草木摇落而变衰”，而在眼前浮现出一幅西风落叶图。

这首诗开头写诗人独自在旅舍门外伫立凝望，由于草木摇落，整个世界显得清旷疏朗起来。淡淡的暮色，铺展得那样悠远，一直漫到了天的尽头。原先那一片茂密的青枫，也早过了“霜叶红于二月花”的佳境，眼前连霜叶都变得稀稀落落，眼看就要凋尽了。这一番秋景描写，既暗示了时光节令的流逝推移，又烘托了诗人情怀的凄清冷寂，隐隐透露出一种郁郁的离情乡思。

望着望着，暮色渐深，余干城门也关闭起来了，这冷落的氛围给诗人带来孤苦的感受：秋空寥廓，草木萧瑟，白水呜咽，城门紧闭，连城也显得孤孤单单的。独鸟背人远去，那况味是难堪的。“独鸟背人飞”，似乎也暗喻诗人的孤苦背时，含蕴着宦途坎坷的深沉感慨。

随着时间推移，夜幕降临，一规新月正在那水边的渡口冉冉上升。往日此时，邻家的渔船早已傍岸，可今晚，渡口却是这样寂静，连渔船的影子都没有，渔家怎么还不归来呢？诗人的体察是细微的，由渡口的新月，念及邻家的渔船未归，从渔家未归，当然又会触动自己的离思：家人此刻也当在登楼望远，“天际识归舟”吧？

诗写到这里，乡情旅思已经写足。尾联翻出新境，把诗情又推进一层。诗人凭眺已久，乡情愁思正不断侵袭着他的心灵，不知从哪里又传来一阵捣衣的砧声。是谁家少妇正在闺中为远方的亲人赶制寒衣？在阒寂的夜空中，那砧声显得分外清亮，一声声简直把诗人的心都快捣碎了。这一画外音的巧妙运用，更加真切感人地抒写出诗人满怀的悲愁痛苦。家中亲人此时又在做什么呢？兴念及此，能不回肠荡气，五脏欲摧？诗虽然结束了，那凄清的乡思，那缠绵的苦情，却还像无处不在的月光，拂之不去，剪之不断，久久萦绕，困扰着诗人不平静的心，真可说是言有尽而意无穷。

这首五言律诗，在时间上由看得见“枫叶稀”的日暮时分，写到夜色渐浓，城门关闭，进而写到明月初上，直到夜阑人静，坐听闺中思妇捣寒衣的砧声，时间上有递进。这表明诗人在小城旅舍独自观察之久，透露出他乡游子极端孤独、寂寞的情怀和思乡情绪逐渐加浓，直到“乡心正欲绝”的过程。而诗笔灵秀宛转，把这种内在的层次，写得不着痕迹，非细心体味不能得。一首小诗既有浑成自然之美，又做到意蕴深沉，这是十分难得的。

重送裴郎中贬吉州

刘长卿

猿啼客散暮江头，人自伤心水自流。
同作逐臣君更远，青山万里一孤舟。

【鉴赏】

诗题“重送”,是因为这以前诗人已写过一首同题的五言律诗。刘、裴曾一起被召回长安又同遭贬谪,同病相怜,发为歌吟,感情真挚动人。

首句描写氛围。“猿啼”写声音,“客散”写情状,“暮”字点明时间,“江头”交代地点。七个字,没有一笔架空,将送别的环境,点染得“黯然销魂”。猿啼常与悲凄之情相关。《荆州记》载渔者歌曰:“巴东三峡巫峡长,猿鸣三声泪沾裳!”何况如今听到猿声的,又是处于逆境中的迁客,纵然不浪浪泪下,也难免要怆然动怀了。“客散暮江头”,也不是纯客观的景物描写。日落西山,暮霭沉沉,旅人扬帆,送者星散,此时尚留在江头,即将分手的诗人与裴郎中又怎能不更动情呢?

第二句“人自伤心水自流”,切合规定情景中的地点“江头”,这就越发显出上下两句有水乳交融之妙。此时日暮客散,友人远去,自己还留在江头,更感到一种难堪的孤独,只好独自伤心了,而无情的流水却只管载着离人不停地流去。两个“自”字,使各不相干的“伤心”与“水流”联系到了一起,以无情水流反衬人之“伤心”,以自流之水极写无可奈何的伤心之情。

三、四句从“伤心”两字一气贯下,比前两句更推进一步。第三句在“远”字前缀一“更”字,自己被逐已经不幸,而裴郎中被贬谪的地方更远,着重写出对方的不幸,从而使同病相怜之情,依依惜别之意,表现得更为丰富、深刻。末句“青山万里一孤舟”与第二句的“水自流”相照应,而“青山万里”又紧承上句“更远”而来,既写尽了裴郎中旅途的孤寂,伴送他远去的只有万里青山,又表达了诗人恋恋不舍地深情。随着孤帆远影在望中消失,诗人的心何尝没有随着眼前青山的延伸,与被送者一道渐行渐远呢!

从通篇来看,基本上采用了直陈其事的赋体,紧紧扣住江边送别的特定情景来写,使写景与抒情自然而巧妙地结合在一起。情挚意深,别有韵味。前人论刘长卿“诗体虽不新奇,甚能炼饰”(唐高仲武《中兴间气集》)。此诗写得如此清新自然,正见他的“炼饰”功夫。

自夏口至鹦鹉洲望岳阳寄元中丞①

刘长卿

汀洲无浪复无烟,楚客相思益渺然。②

汉口[3]夕阳斜渡鸟，洞庭秋水远连天。
孤城背岭寒吹角，独戍临江夜泊船。[4]
贾谊上书忧汉室，长沙谪去古今怜！[5]

【注释】

①夏口：地名，今湖北武昌。鹦鹉洲：在今武汉市西南长江中。中丞：官名。

②汀洲：即鹦鹉洲。楚客：诗人自指。

③汉口：今武汉市汉口。

④孤城：指汉阳城。戍：哨所。

⑤古今怜：古今为贾谊的遭遇而叹息。

【鉴赏】

此诗也作于刘长卿被贬途中。诗人借怀人和写景，抒写自己旅途的孤单寂寞之感。诗人贬谪后得迁移到另一处稍好之地，心境是平和愉悦的，虽然从此将闲适自保，对沧州而"醉歌"，不再去冒什么风险了。但岁月蹉跎，老亦将至。诗歌写出了作者这种无可奈何的心情。

首联："汀洲无浪复无烟，楚客相思益渺然。"写静静的汀洲，没有风浪，没有烟霭，只有诗人漂泊的影子，思念着旧交元中丞。颔联："汉口夕阳斜渡鸟，洞庭秋水远连天。"写在汉口的夕阳中，不时可见渡江的鸟雀，洞庭湖的秋水与远天连成一片。这两句写景气势雄阔，但透着凄凉。颈联："孤城背岭寒吹角，独戍临江夜泊船。"写所闻所见。山背后的孤城响彻号角，诗人增添一种寒意；临江的哨所旁，泊着诗人的船只。尾联："贾谊上书忧汉室，长沙谪去古今怜！"写贾谊上书，是赤子忧国忧民，无论古人或是今人，都为他的远谪而叹息、辛酸。

此诗和前一首作于同一时期。前六句，写的都是景物，层次井然。作者从夏口坐船出发，首先见到汀洲，此时是在白天。到汉口，将近黄昏，到鹦鹉洲时，已是晚上。一路写来，有所见近景，有远望远景。景中又寄寓着对元中丞的怀念，楚客相思，洞庭秋水，都是这种感情的表现。"孤城""吹角""独戍""泊船"，则寄寓着他被贬的凄苦情绪。结语忽说贾谊，实是自喻，是在向元中丞申述自己的冤抑。

全诗写景抒情融为一体，诗人沿途所见所闻，都融入了诗人的离愁别绪及遭贬谪的忧愤之情。

送上人[1]

刘长卿

孤云将[2]野鹤，岂向人间住。
莫买沃洲山[3]，时人已知处。

【注释】

①上人:佛教称具备德智善行的人，后用为对僧人的尊称。

②将:与、共。

③沃洲山:在浙江新昌县东。相传为晋代高僧支遁放鹤养马处，有放鹤峰、养马坡。

【鉴赏】

此诗以天上“野鹤”比喻人间的“上人”，恰合身分。出家人闲云野鹤，去来无踪，不以人间俗事为累。因此，诗人此次既然是送别僧人，用“野鹤”来形容僧人行踪乃至心态，自然十分合适。“岂向人间住”一句强调了出家人不食人间烟火的品格。但诗人言犹未尽。诗人劝僧人，既然已为僧人，索性就清净到极致，不要住到像沃洲山那样有名的地方，因为知道它的人已经很多了。要住，就住到冷僻无人知的地方，做一个真正的高僧。

诗中从野鹤凌云飞去，比喻僧人归居山中，不恋俗世。后两句推进一步，意谓真要脱离红尘，就不要到那些时人所熟悉的名山福地去，因为在那里还是要和俗客来往的。唐代有些僧人，常和达官贵人来往，借以提高身价，并不真要出世离俗。作者可能是针对这种情况，来抒发他的感慨的。

可见，这虽是一首送别诗，其中却有调侃之意。既然沃洲山已为时人所知，就不再为佛家清净之地了。一个真正的高僧，就不该选择这样的地方修行。诗人此诗中对僧人的劝告，是委婉曲折的。

登余干古县城

刘长卿

孤城上与白云齐,万古荒凉楚水西。
官舍已空秋草没,女墙犹在夜乌啼。
平沙渺渺迷人远,落日亭亭向客低。
飞鸟不知陵谷变,朝来暮去弋阳溪。

【鉴赏】

唐代饶州余干县,即今江西余干。"古县城"是指唐以前建置的余干县城。先秦时,其地名作余汗,因境内余水、汗水得名,为越国西界城邑,在安仁江(即今江西境内信江)西北,安仁江上游属楚国,故诗中云"楚水西"。汉代置余汗县,隋代正名为余干县。唐代迁移县治,这个旧县城逐渐荒落。刘长卿这诗是登临旧县城吊古伤今之作,在唐代即传为名篇。这荒落的古城也随之出了名,后有称之"白云城"的,也有修建"白云亭"的,都是附会刘诗而起。

刘长卿在唐肃宗上元二年(761)从岭南潘州南巴贬所北归时途经余干所作。诗人被贬谪,是由于为官正直不阿而遭诬陷,因此他深感当时的政治腐败和官场污浊。现在他经历的这一地区,又刚刚经过军阀战乱,触处都见战争创伤,显出国家衰弱、人民困苦的情状,使诗人更加为唐朝国运深忧。这首即景抒情的诗篇,就包蕴着这种感慨深沉的叹喟,寂寥悲凉,深沉迷茫,情在景中,兴在象外,意绪不尽,令人沉思。

这是一座小小的山城,踞高临水,就像塞上的孤城,恍惚还像先秦时那样,矗立于越国的西边。它太高了,仿佛跟空中自云一样高;也太荒凉了,似乎亿万斯年就没人来过。城里空空的,以前的官署早已淹没在秋天茂密的荒草里,唯有城上的女墙还在,但已看不见将士们巡逻的身影,只在夜间听见乌鸦在城头啼叫。站在城头眺望,平旷的沙地无边无际,令人迷茫;孤零零的夕阳,对着诗人这个远方来客冉冉低落下去,天地显得格外沉寂。在这荒寂的世界中,诗人想起了《诗经·小雅·十月之交》的诗句:"高岸为谷,深谷为陵。哀今之人,胡憯莫惩。"古城沧桑,不就是"陵谷变"吗?诗人深深感慨于历史的变迁。然而无知的鸟儿不懂得这一切,依然飞到这里觅食,朝来暮去。

这首诗,即景抒情而又不拘泥历史事实,为了突出主旨,诗人做了大胆的虚构和想象。这城废弃在唐初,诗人把它前移至先秦;废弃的原因是县治迁移,诗人含蓄地形容为政治腐败导致古城衰亡。出于这样的构思,次联写城内荒芜,醒目点出官舍、女墙犹在,暗示古城并非毁于战争。三联写四野荒凉,农田化为平沙。末联归结到人迹湮灭,借《十月之交》的典故,点出古城荒弃是因为政治府败,导致人民离乡背井,四出逃亡。旧说《十月之交》是"大夫刺幽王"之作,诗中激烈指责周幽王荒淫昏庸,误国害民,"下民之孽,匪降自天,噂沓背憎,职竞由人",造成陵谷灾变,以至"民莫不逸"。结合前三联的描述,可见这里用的正是这层意思。

这是一首山水诗,更是一首政治抒情诗。它所描绘的山水是历史的,而不是自然的。荒凉古城,无可赏心悦目,并非欣赏对象,而只是诗人思想的例证,感情的寄托,引人沉思感伤,缅怀历史,鉴照现实。所以这诗不但在处理题材中有虚构和想象,而且在诗的结构上也突出于表现诗人情怀和自我形象。诗人满怀忧国忧民的心情,引导人们登临这高险荒凉的古城、空城、荒城,指点人们注意那些足以引为鉴戒的历史遗迹,激发人们感情上共鸣,促使人们思想上深省。清方东树评此诗曰:"言外句句有登城人在,有诗人在,所以称为作者。"(《昭昧詹言》)中肯地指出了这诗的艺术特点。

经漂母墓

刘长卿

昔贤怀一饭,兹事已千秋。
古墓樵人识,前朝楚水流。
渚蘋行客荐,山木杜鹃愁。
春草茫茫绿,王孙旧此游。

【鉴赏】

这首诗触物有思,因经漂母墓而咏漂母事。诗赞漂母之能识贤,亦叹今贤之无人识。"已千秋""楚水流""杜鹃愁""旧此游",皆含今时无复有漂母之叹。"古墓樵人识,前朝楚水流"二句可隐括全篇意旨,味之可知。

送李判官之润州行营[①]

刘长卿

万里辞家事鼓鼙[②],金陵驿路楚云西[③]。
江春不肯留行客,草色青青送马蹄。

【注释】

①润州:在今江苏镇江。行营:主将出征驻扎之地。

②鼓鼙:古代军中用的一种鼓。

③驿路:古代的官道。楚:古代楚国。

【鉴赏】

这是一首很有特色的送别小诗。诗人写道:离家万里去从军征战,西去的云彩飘在通往金陵(今南京)的驿路上。江畔迷人的春色留不住你,青青的芳草也仿佛在为你送行。诗的前两句表现了男儿从军的豪壮气势,后两句则清秀动情。全诗把这两种情绪巧妙地结合在一起,取得了很好的艺术效果。

别严士元[①]

刘长卿

春风倚棹阖闾城[②],水国[③]春寒阴复晴。
细雨湿衣看不见,闲花落地听无声。
日斜江上孤帆影,草绿湖南万里情。
东道若逢相识问[④],青袍今已误儒生[⑤]。

【注释】

①严士元:吴(今江苏苏州)人,曾任员外郎。诗题又作《送严士元》《送严员

外》等。

②倚棹：这里指停船。棹：划船的工具。阖闾城：即苏州城，相传春秋时伍子胥为吴王阖闾所筑。

③水国：苏州一带多江河湖泊，胡称水国。

④东道：主人。用《左传·僖公三十年》“东道主”的典故。这里指严士元。相识：指认识作者的人。

⑤青袍：唐代官员不同品级服色不同，品级最低的穿青色官服。儒生：作者自指。

【鉴赏】

此为一首描写春景之作，在一个早春而气候多变的日子里，诗人在苏州城外告别友人的情景。以“春风倚棹阖闾城，水国春寒阴复晴”交代了与友人话别的时间和地点。领联两句既是景语，又是情语。“看不见”，形容雨丝细微不显其形，“听无声”，说明闲花残落不易察觉。同时表明诗人把注意力都集中在与友人的话别上，含蓄地表达出对友人的惜别之情。诗人用白描手法刻画江南早春景象，对仗工整，字句洗练，境界清远，有“润物细无声”之妙，饶有韵致，为人传诵。颈联先写日斜孤帆的景色，暗示二人盘桓到日暮时分才依依辞别，再补充点出友人所去之处“湖南”。尾联是临别的赠言：如果有人问起我，就说我的前程被区区一领青袍所误。流露出仕途失意的情绪。可以说，这首诗是作者七律中的名篇。

江中对月

刘长卿

空洲夕烟敛，望月秋江里。
历历沙上人，月中孤渡水。

【鉴赏】

这首写景小诗描写了月下江中的一片美景。诗题中的“对”字用得十分巧妙，它将江景、明月与诗人三者联结了起来。明月，是这首诗的诗眼，是它的光亮描绘了这江中的美景。首句写时间，“夕烟”“已敛”，夜幕降临；明月当空，映照在如碧似水的江面上。于是诗人“望”去，如诗如画的幽美景观，映入诗人的眼前：“历历沙上人，月中孤渡水”。碧空、秋月、江水、沙洲、渡船、艄公，勾勒出一幅幽静、奇妙、美丽的月夜秋江图。读之,令人心旷神怡。宋张戒认为:“隋州诗韵度不能如韦苏州之意简,意味不能如王摩诘、孟浩然之胜绝,然其笔力豪赡,气格老成……‘长城’之目,盖不徒然。”(《岁寒堂诗话》)明胡应麟则以为:“盛唐摩诘,中唐文房,五六七言俱工,可言才矣。”(《诗薮》)他人均将刘长卿与王维相提并论,这首小诗或可与王维那些“画中有诗,诗中有画”的诗作相媲美。“历历沙上人,月中孤渡水”亦成为千古写月景的名句。张戒、胡应麟确实言之有理。

钱起 (公元713~780年),中唐著名诗人,“大历十才子”的领袖,官至考功朗中,有《钱考功集》十卷。字仲文,公元713年(开元一年)出生在长兴画溪。天宝十年(公元742年)及第。入仕前曾多次到长安赴试,各地漫游。及第后即校书秘省,后迁蓝田尉。广德初年(公元763年),始由地方小吏擢迁尚书省,官司勋员外郎、司封郎中,终考功郎中(属员外级)。钱起诗歌艺术成就卓著,向有大历诗坛领袖之誉。长于五言。他的诗有精工细密、娟秀迂回,而又冲淡清丽、含蓄绵邈的特色,开创了注意淘洗研炼、讲究遗词下句的工细的中唐诗风。

谷口书斋寄杨补阙[1]

钱　起

泉壑带茅茨[2],云霞生薜帷[3]。
竹怜新雨后[4],山爱夕阳时。
闲鹭栖常早,秋花落更迟。
家童扫萝径[5],昨与故人期。

【注释】

①杨补阙:补阙是唐代的官名,有左右补阙,职责为对皇帝规谏和举荐贤能。

②泉壑：山泉沟壑。茅茨：茅草屋。

③薜帷：密如帐幔的薜荔。薜荔：一种常绿藤本植物。帷：帐幔。《楚辞》："网薜荔兮为帷。"

④怜：爱。此句意谓爱新雨后的竹。

⑤萝径：生满女萝（即菟丝）的小径。古代常用薜萝喻隐士居处。古人扫径迎客以表欢迎。

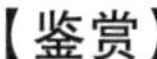

【鉴赏】

这首诗是邀请友人到书斋来聚会的诗。诗中着意描绘渲染书斋环境的幽美清静。"泉壑"环绕，"云霞"映照，"新雨"翠竹，"闲鹭"早栖，"秋花"怒放，这些景物组成了一幅清新淡雅、生动宜人的画面，自然会激发友人的游兴。结尾一联写恭候友人践约驾临。这美好的情谊，美好的诗篇，表达了朋友之间的默契和真诚。这首诗很注意炼词。如"带""生""怜""爱""栖""落"等词都用得很传神，从而使诗中景色静中有动，幽而不寂，生动鲜活。

诗中描写了自己居处的山清竹秀、鸟语花香，并告诉友人已经扫径待客。切盼之情溢于言表。

送僧归日本

钱　起

上国随缘住[①]，来途若梦行。
浮天沧海远[②]，去世法舟轻[③]。
水月通禅寂[④]，鱼龙听梵声[⑤]。
惟怜一灯影[⑥]，万里眼中明。

【注释】

①上国：指中国。

②浮天:形容海水之大。《海赋》:“浮天无岸。”沧海:古代对东海的别称。

③去世:离开尘世。法舟:僧人所乘的船。此句意谓得道的僧人心已超脱了尘世,故觉得所乘的法舟轻快无比。

④水月:佛教以水中月喻万事皆空。禅寂:佛教指清静寂定的心境。

⑤梵声:指诵经声。梵语是古代印度语族的语言之一,中国佛教从印度传入,有关佛教的事物常称为梵。

⑥一灯:《维摩诘经》:“譬如一灯燃百千灯,冥者皆明,明终不尽。”用以比喻菩萨开导大众之心。此处用意双关,既指船上之灯,又指心中之灯。

【鉴赏】

唐代时唐朝和日本的僧人往来频繁,对两国的文化交流起了很大的推动作用。作者送日本的僧人归日本去,借此抒发自己的思想感情。前人评这首诗说:“前半不写送归,偏写其来处。后半不明写出夜归,偏写海上送景。送归之意,自然寓内。如此则诗境宽而不散,诗情蕴而不晦矣。”

赠阙下裴舍人[①]

钱 起

二月黄鹂飞上林[②],春城紫禁晓阴阴[③]。
长乐钟声花外尽[④],龙池[⑤]柳色雨中深。
阳和不散穷途恨[⑥],霄汉长怀捧日心[⑦]。
献赋十年犹未遇[⑧],羞将白发对华簪[⑨]。

【注释】

①阙下:宫阙之下,喻朝廷。裴舍人:其名不详。舍人:中书舍人,官名。

②上林:指唐宫苑。

③春城紫禁:春天的紫禁城,指皇宫。阴阴;树木浓郁的样子。

④长乐:汉长乐宫,这里指唐宫。花外尽:形容钟声直传到宫苑花木之外,才逐渐消失。

⑤龙池:唐兴庆宫池名,这里泛指宫池。

⑥阳和:春天和暖的太阳。穷途恨:指作者潦倒科场的悲愤心情。

⑦“霄汉”句:意谓自己怀有效忠朝廷的心志。日:喻皇帝。

⑧献赋:向皇帝进献文章以求朝廷录用,这里喻参加科举考试。未遇:没有得到朝廷赏识,喻应举未中。

⑨白发:头发已白,借代自己。花簪:古代做官人用以固定帽子的华美簪子,这里指借斐舍人。

【鉴赏】

这首诗写得婉转圆通。先是颂扬裴舍人受皇帝宠遇,随意出入宫禁,接着又委婉地表示自己的怀才不遇,不被朝廷所录用的沉痛心情,作者运用对比的手法,表达得形象贴切,入情入理,然后笔锋一转,请求裴舍人援引以进入仕途。方东树《昭昧詹言》说:“前四年写景,气象真朴,不减摩诘(王维)。”

暮春归故山草堂

钱 起

谷口春残黄鸟稀,辛夷花尽杏花飞。
始怜幽竹山窗下,不改清阴待我归。

【鉴赏】

诗题中的“草堂”,指作者的草堂,在蓝田山(今陕西省蓝田县东),距王维居住的辋川别业不远。王维有《送钱少府还蓝田》诗,二人时有唱和。诗中的“谷口”,当指蓝田县辋川谷口。

这首诗第一句中的“谷口”二字,暗示了“故山草堂”之所在;“春残”二字,扣题中“暮春”;以下则是说“归”后的所见所感,思致清晰而严谨。第一联中的“稀”“尽”“飞”三字一气而下,渲染出春光已逝、了无踪影的凋零空寂的气氛。然而正是在这种景象中,窗前的“幽竹”

却兀傲清劲，翠绿葱茏，迎接着它久别归来的主人。使诗人压抑不住内心的激情吟诵出："始怜幽竹山窗下，不改清阴待我归。"这两句由人及物、由物及人的写法，生动地抒发了诗人的怜竹之意及"幽竹"的"待我"之情，寄寓了诗人以幽竹不畏春残、不畏秋寒、不为俗屈的高尚节操的礼赞。这首诗不仅给人以美的享受、美的感染，其深刻的蕴涵，令人回味无穷。

李冶　（？~784）字季兰，乌程（今浙江吴兴）人。女道士。与陆羽、刘长卿、皎然等交往。曾被召入宫中。后因上诗叛将朱泚，为德宗所扑杀。诗今存十余首，多赠人及遣怀之作，后人曾辑录她与薛涛的诗为《薛涛李冶诗集》二卷。

寄校书七兄

李　冶

无事乌程县，蹉跎岁月余①。
不知芸阁吏②，寂寞竟何如？
远水浮仙棹③，寒星伴使车。
因过大雷④岸，莫忘八行书。

【注释】

①蹉跎岁月余：失意，岁月虚度，兼有迟暮之感。

②芸阁吏：即指校书郎这个职位。芸阁系政府的藏书馆，校书郎即整理政府图书工作的官员。

③棹（zhào）：船桨。这里以桨代船。

④大雷：地名，又称雷池，在今安徽望江县。

【鉴赏】

这是一首别致的言情诗。

作者的"七兄"自乌程赴任校书郎职位，沿江而上。首联写作者眼前的心境。"无事"加之"蹉跎"，描出了百无聊赖的情绪。颔联点出寂寞，不讲自己的寂寞清苦，仅从"七兄"方面着想，为他今后的寂寞而担忧。这是多么的体贴，多么的深情！

其实，自己的寂寞是不言而喻的。这种写法叫作“推己及人”，情味隽永。与首联承接自然，似乎漫不经意，很像一篇五古的开头。颈联想象“七兄”赴京的行程：上句写水程，下句写陆程。水“远”舟“浮”，有“孤帆远影碧空尽”的意境。汉代曾将蓬莱神山（传说仙府秘籍多藏于此）称为“芸阁”，“芸阁吏”又意指整理仙府秘籍的官员，这里称七兄所乘舟为“仙棹”，景中又多一层神秘与向往之情。星为“寒星”，车为“使车”，兼有所乘之官车披星戴月、旅途辛劳之意，“使车”唯“寒星”相伴，更描出其旅途寂寞惹人思念。整个旅途风光以“寒星”“远水”概之，情景简淡而意象高远。由于前两联皆述情，未免空疏；本联则入景，恰好补救。又本联对仗工整，格律相谐，令前六句看似散而实不散，其妙处不止境佳，而且意佳。

尾联“过大雷岸”借用了南朝诗人鲍照《登大雷岸与妹书》的典故。宋文帝时鲍照受临川王征召，由建业（今南京市）赴江州（今武汉市）途经大雷登岸观景，写下一书寄其妹。照妹鲍令晖是女才子，兄妹有共同的文学爱好，所以他将沿途所见山川风物精心描写给她，兼有告慰远思之意。作者借用此典，使诗意大大丰富。由于有“莫忘几行书”的提示，便使读者从蹉跎岁余、远水仙棹、寒星使车的吟咏中联想到鲍照书中关于岁暮羁旅的描写：“悲风断肌，去亲为客”，进一步体会到颔联语淡情深的关切之情。诗人以鲍令晖自况，借大雷岸作书之事寄兄妹相思之情，用典既精切又自然。“莫忘寄书”的告语，形出诗人之不能忘情，盼寄书言“几行”，意重而言轻。凡此种种，都使篇尾既富于含蕴，又保持开篇就有的不刻意求深、“于有意无意得之”的风韵。

全诗特点在于不同于五律的常例，自不经意中写来，初似散缓，中幅以后忽入佳境，有愁思之意而无危苦之词，至曲终奏雅音，韵味无穷，堪称五律中别具风格的妙品。

杜甫 （712～770），字子美，原籍襄阳（今湖北襄阳市），生于河南巩义市。出身于世代“奉儒守官”的家庭，祖父杜审言是著名诗人，武则天时代做过膳部员外郎；父亲杜闲，做过兖州司马、奉天（陕西乾县）县令。青少年时期度过“读书破万卷”的生活，并南游吴越，北游齐赵，结识了诗人李白、高适等。唐玄宗开元二十三载（735）在洛阳应进士不第。天宝五年（746），他至长安，时值李林甫斥天下士，第二次应"制举"又失败。天宝十年(751),他给唐玄宗献《三大礼赋》,直到天宝十四年(755)才获得右卫率府胄曹参军(掌管兵甲器杖及门禁锁钥)之小官职。这年冬,安史之乱爆发,经过流亡、被俘、出逃,只身奔赴唐肃宗(李亨)驻地凤翔,任左拾遗。不久,因上书营救被罢相的房琯,触怒肃宗,被贬为华州(今陕西华县)司功参军。乾元二年(759)秋,弃官往秦州(今甘肃天水市),再经同谷(今甘肃成县)入蜀,卜居成都草堂。代宗宝应元年(762),蜀中军阀混战,又流亡到梓州和阆州。广德二年(764),重回草堂,被严武表荐为节度参谋、检校工部员外郎。不久辞去。永泰元年(765)离成都顺江东下,在夔州(今重庆市奉节县)住了一段时间。大历三年(768),携家出蜀,漂泊于岳州、潭州、衡州一带。大历五年(770),病死于湖南湘江中的那条与他相依数年的破船上。

杜甫一生坎坷,动乱流离的生活使他对大众的疾苦有切肤之感,因而他的诗歌总是紧密结合时事,较全面地反映了那个时代的社会生活,思想深厚,境界开阔,被后世誉为"诗史"。在诗艺上他兼备众体,形成"沉郁浑厚"的独特风格,成为我国历史上伟大的现实主义诗人,被后人誉为"诗圣"。

望　岳[1]

杜　甫

岱宗夫如何?齐鲁青未了[2]。
造化钟神秀,阴阳割昏晓[3]。
荡胸生层云,决眦入归鸟[4]。
会当凌绝顶,一览众山小[5]。

【注释】

①岳:古代对高大之山的尊称。此指泰山(今山东泰安县北),又称东岳。

②岱宗:指泰山。宗,长之意。泰山被称为"五岳"(东岳泰山、南岳衡山、西岳华山、北岳恒山、中岳嵩山)之首,故称泰山为岱宗。夫(fú):指代词。齐鲁:春秋时两个国名,齐在泰山之北,鲁在泰山之南,皆在今山东省境。

③造化:指天地和大自然。钟:钟情、聚集、赋予之意。神秀:指山势景象奇异超众。阴阳:山北为阴,山南为阳。割:分割、区分。

④荡胸:心中激荡,胸襟开豁。决眦(zì):决,裂开。眦,眼眶。指睁大眼睛极

目远望。

⑤会当:应当,一定要。凌:登临、攀登。绝顶:最高峰。众山小:化用《孟子·尽心上》之句:"孔子登东山而小鲁,登泰山而小天下。"表现出诗人开阔的心胸和气魄。

【鉴赏】

唐玄宗开元二十三年(735),杜甫到洛阳应进士试,未中。他于是在赵、齐(今河南、河北、山东)一带漫游,约五年时间。《望岳》写在他游山东时期,初经泰山时所作,是杜甫现存诗作中最早的一首。此诗由"望"而"赞",再现了泰山的高峻雄伟,意境开阔,表现了诗人青年时代蓬勃朝气与非凡的胸襟。

第一二句写远望之貌。首句"岱宗夫如何?"以设问起,写出了初见泰山时的那种喜悦、惊叹、仰慕之情。泰山为五岳之首,故称岱宗。"夫如何",就是怎么样呢?"夫"作为虚字嵌入句中,别具赞叹之韵味。第二句"齐鲁青未了"是对"夫如何"的回答。诗人不直接回答泰山有多高、多大,而以古代齐、鲁两国之地来展示泰山跨越之宽广,泰山之高大也就不言自明。"青未了"写远望泰山的总体印象:蓊蓊郁郁、绿绿葱葱。"未了"二字更有两层含义:就纵向时间而言,千百年来泰山都是如此蓊绿不褪;就横向的空间而言,千数百里青绿盎然,绵延不断,展现了泰山的巍峨气势和壮美色彩。

第三四句写近望之景。如果说远望是大笔勾勒、写意的话,那么近望则近似工笔了。你看,"造化钟神秀",仿佛大自然都专门钟情于泰山,使它灵动而秀丽,巍峨而博大。"阴阳割昏晓",泰山本身由于高大,竟然能区分出阴阳昏晓来。因为泰山南向日为阳,泰山北背日为阴。山南向日已晓之时,山北背日仍为昏暗。这是由近望而显现泰山之山势特点。

第五六句写细望之感。细望泰山,云层叠叠,盘旋缭绕;倦鸟归林,暮霭重重。正如陶渊明《归去来辞》中所说:"云无心以出岫,鸟倦飞而知还。"如此从早到晚的细望,壮美的山势山景触发了诗人的主体感受,由睁大眼睛专注地观赏层云、归鸟之时，胸中不免激起浩然之气，顿觉眼界大开，视野开阔。

第七八句写极望之情。前面由"貌"而生"景"，由"景"而生"感"，再由"感"而生"情"。什么"情"呢？登临而览之情！所以，诗人用"会当"二字表登攀之决心；"凌绝顶"，述登攀至顶点，然后再俯望群山，体会孔子所云"登泰山而小天下"之豪情。这两句结语充分表达了青年杜甫虽考场失意，仍充满不怕困难、俯视一切的雄心壮志和豪迈气概。

全诗紧扣诗题"望岳"，开篇用"何如"虚提设问之后，句句写"望"，但又句句不见一"望"字，这不能不说是诗人的高明之处。诗人炼字，极为精妙。以"钟"状"神秀"，以"割"状"阴阳"，颇具人情味；以"生"领"层云"，以"入"统"归鸟"，以"览"缩"众山小"，实属景情融合，熔铸了诗人的激情与抱负！此诗被后人誉为"绝唱"，并刻石为碑，立在山麓，可见其不朽的艺术魅力！

题张氏隐居二首（其二）

杜　甫

之子时相见，邀人晚兴留。
霁潭鳣发发，春草鹿呦呦。
杜酒偏劳劝，张梨不外求。
前村山路险，归醉每无愁。

【鉴赏】

这首诗直说与用典双管齐下。直说与用典是古诗常用的两种表现方法，如不能分辨，诗意便不明白。在这里却两两密合。假如当作直说看，那简直接近白话；假如当作用典看，那又大半都是些典故，所谓"无一句无来历"。但这是形迹，杜诗往往如此，不足为奇。它能够有风趣，方是真正的难得。

如"之子"翻成白话当说"这人"或"这位先生"，但"之子"却见《毛诗》。第三句，池中鲤鱼很多，游来游去；第四句鹿在那边吃草呦呦地叫；但"鳣鲔发发"，"呦呦鹿鸣，食野之苹"，并见《毛诗》。用经典成语每苦迂腐板重，在这儿却一点也不觉得，故前人评："三、四驱遣六艺却极清秀。"而且鹿鸣原诗有宴乐嘉宾之意，所以这第四句虽写实景，已景中含情，承上启下了。

"杜酒"一联，几乎口语体，偏又用典故来贴切宾主的姓。杜康是创制秫酒的人。“张公大谷之梨”，见晋潘岳《闲居赋》。他说，酒本是我们杜家的，却偏偏劳您来劝我；梨本是你们张府上的，自然在园中边摘边吃，不必向外找哩。典故用得这般巧，显出主人的情重来，已是文章本天成，尤妙在说得这样轻灵自然。清杨伦《杜诗镜铨》说：“巧对，蕴藉不觉。”蕴藉不觉正是风趣的一种铨表。

诗还用透过一层的写法。文章必须密合当时的实感，这原是通例。但这个现实性却不可呆看，有些地方正以不必符合为佳。在这里即超过，超过便是不很符合。唯其不很符合，才能把情感表现得非常圆满，也就是进一步合乎现实了。这诗末联“前村山路险，归醉每无愁”。想那前村的山路很险，又喝醉了酒，跌跌撞撞地回去，仿佛盲人瞎马夜半深池的光景，哪有不发愁之理；所以这诗末句实在该当作“归醉每应愁”的，但他偏不说“应愁”，颠倒说“无愁”。究竟“应愁”符合现实呢，还是“无愁”符合现实？我们该说“应愁”是实；我们更应该知道“无愁”虽非实感，却能进一步地表现这主题——主人情重，客人致谢，宾主极欢。

在这情景下，那么不管老杜他在那天晚上愁也不愁，反正必须说“无愁”的。所以另外本可以有一个比较自然合理的解释，喝醉了所以不知愁；但也早被前人给否决了。《杜诗集评》引李天生说：“末二句谓与张深契，故醉归忘山路之险，若云醉而不知，则浅矣。”李氏的话是很对的。杜甫正要借这该愁而不愁来表示他对主人的倾倒和感谢，若把自己先形容成了一个酒糊涂，那诗意全失，不仅大煞风景而已。这一句又结出首联的意思来，“邀人晚兴留”是这诗里主要的句子。

房兵曹胡马

杜　甫

胡马大宛名，锋棱瘦骨成。
竹批双耳峻，风入四蹄轻。
所向无空阔，真堪托死生。
骁腾有如此，万里可横行。

【鉴赏】

这是一首咏物言志诗。注家一般认为作于开元二十八年(740)或二十九年，正值诗人漫游齐赵，飞鹰走狗，裘马清狂的一段时期。诗的风格超迈遒劲，凛凛有生气，反映了青年杜甫锐于进取的精神。

诗分前后两部分。前面四句正面写马，是实写。诗人恰似一位丹青妙手，用传神之笔为我们描画了一匹神清骨峻的“胡马”。它来自大宛（汉代西域的国名，素以产“汗血马”著称），自然非凡马可比。接着，对马作了形象的刻画。南齐谢赫的《古画品录》提出“六法”，第一为“气韵生动”，第二即是“骨法用笔”，这是作为气韵生动的首要条件提出来的。所谓“骨法”，就是要写出对象的风度、气格。杜甫写马的骨相：嶙峋耸峙，状如锋棱，勾勒出神峻的轮廓。接着写马耳如刀削斧劈一般锐利劲挺，这也是良马的一个特征。至此，骏马的昂藏不凡已跃然纸上了，我们似见其咴咴喷气、跃跃欲试的情状，下面顺势写其四蹄腾空、凌厉奔驰的雄姿就十分自然。“批”和“入”两个动词极其传神。前者写双耳直竖，有一种挺拔的力度；后者不写四蹄生风，而写风入四蹄，别具神韵。从骑者的感受说，当其风驰电掣之时，好像马是不动的，两旁的景物飞速后闪，风也向蹄间呼啸而入。诗人刻画细致，惟妙逼真。颔联两句以“二二一”的节奏，突出每句的最后一字：“峻”写马的气概，“轻”写它的疾驰，都显示出诗人的匠心。这一部分写马的风骨，用的是大笔勾勒的方法，不必要的细节一概略去，只写其骨相、双耳和奔驰之态，因为这三者最能体现马的特色。正如唐张彦远评画所云：“笔才一二，象已应焉，离披点画，时见缺落，此虽笔不周而意周也。”（《历代名画记》）这就是所谓“写意传神”。

诗的前四句写马的外形动态，后四句转写马的品格，用虚写手法，由咏物转入了抒情。颈联承上奔马而来，写它纵横驰骋，历块过都，有着无穷广阔的活动天地；它能逾越一切险阻的能力就足以使人信赖。这里看似写马，实是写人，这难道不是一个忠实的朋友、勇敢的将士、侠义的豪杰的形象吗？尾联先用“骁腾有如此”总挽上文，对马做概括，最后宕开一句——“万里可横行”，包含着无尽的期望和抱负，将意境开拓得非常深远。这一联收得拢，也放得开，它既是写马驰骋万里，也是期望房兵曹为国立功，更是诗人自己志向的写照。盛唐时代国力的强盛，疆土的开拓，激发了民众的豪情，书生寒士都渴望建功立业，封侯万里。这种蓬勃向上的精神用骏马来表现确是最合适不过了。这和后期杜甫通过对病马的悲悯来表现忧国之情，真不可同日而语。

南朝宋人宗炳的《画山水序》认为通过写形传神而达于“畅神”的道理。如果一个艺术形象不能“畅神”，即传达作者的情志，那么再酷肖也是无生命的。杜甫此诗将状物和抒情结合得自然无间。在写马中也写人，写人又离不开写马，这样一方面赋予马以活的灵魂，用人的精神进一步将马写活；另一方面写人有马的品格，人的情志也有了形象的表现。前人讲“咏物诗最难工，太切题则粘皮带骨，不切题则捕风捉影，须在不即不离之间”（清钱泳《履园谈诗》），这个要求杜甫是做到了。

奉赠韦左丞丈二十二韵

杜　甫

纨绔不饿死，儒冠多误身。
丈人试静听，贱子请具陈：
甫昔[①]少年日，早充观国宾。
读书破万卷，下笔如有神。
赋料扬雄敌，诗看子建亲。
李邕求识面，王翰愿卜邻。
自谓颇挺出，立登要路津。
致君尧舜上，再使风俗淳。
此意竟萧条，行歌非隐沦。
骑驴十三载，旅食京华春。
朝扣富儿门，暮随肥马尘。
残杯与冷炙，到处潜悲辛。
主上顷见征，欻然欲求伸。
青冥却垂翅，蹭蹬无纵鳞。
甚愧丈人厚，甚知丈人真。
每于百僚上，猥诵佳句新[②]。
窃效贡公喜，难甘原宪贫。
焉能心怏怏？只是走踆踆[③]。
今欲东入海，即将西去秦[④]。
尚怜终南山，回首清渭滨[⑤]。
常拟报一饭[⑥]，况怀辞大臣。
白鸥没浩荡，万里谁能驯！

【注释】

①“甫昔”二句：指开元二十三载（735）杜甫二十四岁在洛阳参加进士考试一事。观国宾：是说自己有幸看到国朝文物之盛，当时还只是一个在野的宾客。《周

易·观卦·象辞》:“观国之光尚宾也。”②猥:承蒙。诵佳句:指吟诵杜甫的诗,用意在宣扬推荐。③踆踆:进退两难的样子。④东入海:指避世隐居。《论语·公冶长》记孔子语:“道不行,乘桴浮于海。”西去秦:离开西方的秦地(指京城长安)。⑤终南山:在长安城南。渭水:在长安城北。二地也都指代长安。⑥报一饭:《史记·范雎传》:“一饭之恩必报。”

【鉴赏】

唐玄宗天宝七载(748),韦济任尚书左丞前后,杜甫曾赠过他两首诗,希望得到他的提拔。韦济虽然很赏识杜甫的诗才,却没能给以实际的帮助,因此杜甫又写了这首诗,表示如果实在找不到出路,就决心要离开长安,退隐江海。杜甫自二十四岁在洛阳应进士试落选,到写诗的时候已有十三年了。特别是到长安寻求功名也已三年,结果却是处处碰壁,素志难伸。青年时期的豪情,早已化为一腔牢骚愤激,不得已在韦济面前发泄出来。

诗人是怎样倾吐他的愤激不平的呢?细品全诗,诗人主要运用了对比和顿挫曲折的表现手法,将胸中郁结的情思,抒写得如泣如诉,真切动人。这首诗应该说是体现杜诗“沉郁顿挫”风格的最早的一篇。

诗中对比有两种情况,一是以他人和自己对比,一是以自己的今昔对比。先说以他人和自己对比。开端的“纨绔不饿死,儒冠多误身”,把诗人强烈的不平之鸣,像江河决口那样突然喷发出来,真有劈空而起,锐不可当之势。在诗人所处的时代,那些纨绔子弟,不学无术,一个个过着脑满肠肥、趾高气扬的生活;他们精神空虚,本是世上多余的人,偏又不会饿死。而像杜甫那样正直的读书人,却大多空怀壮志,一直挣扎在饿死的边缘,眼看误尽了事业和前程。这两句诗,开门见山,鲜明揭示了全篇的主旨,有力地概括了封建社会贤愚倒置的黑暗现实。

从全诗描述的重点来看,写“纨绔”的“不饿死”,主要是为了对比突出“儒冠”的“多误身”,轻写别人是为了重写自己。所以接下去诗人对韦济坦露胸怀时,便撇开“纨绔”,紧紧抓住自己在追求“儒冠”事业中今昔截然不同的苦乐变化,再一次运用对比,以浓彩重墨抒写了自己少年得意蒙荣、眼下误身受辱的无穷感慨。这第二个对比,诗人足足用了二十四句,真是大起大落,淋漓尽致。从“甫昔少年日”到“再使风俗淳”十二句,是写得意蒙荣。诗人用铺叙追忆的手法,介绍了自己早年出众的才学和远大的抱负。少年杜甫很早就在洛阳一带见过大世面。他博学精深,下笔有神。作赋自认可与扬雄匹敌,咏诗眼看就与曹植相亲。头角乍露,就博得当代文坛领袖李邕、诗人王翰的赏识。凭着这样卓越挺秀的才华,他天真地认为求个功名,登上仕途,还不是易如反掌。到那时就可实现梦寐以求的“致君尧舜上,再使风俗淳”的政治理想了。诗人信笔写来,高视阔步,意气风发,大有踌躇满志、睥睨一切的气概。写这一些，当然也是为了让韦济了解自己的为人，但更重要的还是要突出自己眼下的误身受辱。从“此意竟萧条”到“蹭蹬无纵鳞”，又用十二句写误身受辱，与前面的十二句形成强烈的对比。现实是残酷的，“要路津”早已被“纨绔”占尽，主观愿望和客观实际的矛盾无情地嘲弄着诗人。看一下诗人在繁华京城的旅客生涯吧：多少年来，诗人经常骑着一条瘦驴，奔波颠踬在闹市的大街小巷。早上敲打豪富人家的大门，受尽纨绔子弟的白眼；晚上尾随着贵人肥马扬起的尘土郁郁归来。成年累月就在权贵们的残杯冷炙中讨生活。不久前诗人又参加了朝廷主持的一次特试，谁料这场考试竟是奸相李林甫策划的一个忌才的大骗局，在“野无遗贤”的遁辞下，诗人和其他应试的士子全都落选了。这对诗人是一个沉重的打击，就像刚飞向蓝天的大鹏又垂下了双翅，也像遨游于远洋的鲸鲵一下子又失去了自由。诗人的误身受辱、痛苦不幸也就达到了顶点。

这一大段的对比描写，迤逦展开，犹如一个人步步登高，开始确是满目春光，心花怒放，哪曾想会从顶峰失足，如高山坠石，一落千丈，从而使后半篇完全笼罩在一片悲愤怅惘的氛围中。诗人越是把自己的少年得意写得红火热闹，越能衬托出眼前儒冠误身的悲凉凄惨。这大概是诗人要着力运用对比的苦心所在吧！

从“甚愧丈人厚”到诗的终篇，写诗人对韦济的感激、期望落空，决心离去而又恋恋不舍的矛盾复杂心情。这样丰富错杂的思想内容，必然要求诗人另外采用顿挫曲折的笔法来表现，才能收到“其入人也深”的艺术效果。在坎坷的人生道路上，诗人再也不能忍受像孔子学生原宪那样的贫困了。他为韦济当上了尚书左丞而暗自高兴，就像汉代贡禹听到好友王吉升了官而弹冠相庆。诗人多么希望韦济能对自己有更实际的帮助呀！但现实已经证明这样的希望是不可能实现了。诗人只能强制自己不要那样愤愤不平，快要离去了却仍不免在那里顾瞻徘徊。辞阙远游，退隐江海之上，这在诗人是不甘心的，也是不得已的。他对自己曾寄以希望的帝京，对曾有“一饭之恩”的韦济，是那样恋恋不舍，难以忘怀。但是，又有什么办法呢？最后只能毅然引退，像白鸥那样飘飘远逝在万里波涛之间。这一段，诗人写自己由盼转愤、欲去不忍、一步三回头的矛盾心理，真是曲折尽情，丝丝入扣，和前面动人的对比相结合，充分体现出杜诗“思深意曲，极鸣悲慨”（清方东树《昭昧詹言》）的艺术特色。

“白鸥没浩荡，万里谁能驯！”从结构安排上看，这个结尾是从百转千回中逼出来的，宛若奇峰突起，末势愈壮。它将诗人高洁的情操、宽广的胸怀、刚强的性格，表现得辞气喷薄，跃然纸上。正如清浦起龙指出的“一结高绝”（见《读杜心解》）。董养性也说：“词气磊落，傲睨宇宙，可见公虽困踬之中，英锋俊彩，未尝少挫也。”（转引自清仇兆鳌《杜诗详注》）吟咏这样的曲终高奏，诗人青年时期的英气豪情，会重新在我们心头激荡。我们的诗人，经受着尘世的磨炼，没有向封建社会严酷的不合理现实屈服，显示出一种碧海展翅的冲击力，从而把全诗的思想性升华到一个新的高度。

全诗不仅成功地运用了对比和顿挫曲折的笔法，而且语言质朴中见锤炼，含蕴深广。如“残杯与冷炙，到处潜悲辛”，道尽了世态炎凉和诗人精神上的创伤。一个“潜”字，表现悲辛的无所不在，可谓悲沁骨髓，比用一个寻常的“是”或“有”字，不知精细生动多少倍。句式上的特点是骈散结合，以散为主，因此一气读来，既有整齐对称之美，又有纵横飞动之妙。所有这一切，都足证诗人功力的深厚，也预示着诗人更趋成熟的鸿篇巨制，随着时代的剧变和生活的充实，必将辉耀于中古的诗坛。

同诸公登慈恩寺塔

杜　甫

高标跨苍穹，烈风无时休。
自非旷士怀，登兹翻百忧。
方知象教力，足可追冥搜。
仰穿龙蛇窟，始出枝撑幽。
七星在北户，河汉声西流。
羲和鞭白日，少昊行清秋。
秦山忽破碎，泾渭不可求。
俯视但一气，焉能辨皇州？
回首叫虞舜，苍梧云正愁。
惜哉瑶池饮，日晏昆仑丘。
黄鹄去不息，哀鸣何所投？
君看随阳雁，各有稻粱谋。

【鉴赏】

这首诗，是杜甫在天宝十一载（752）秋天登慈恩寺塔写的。慈恩寺是唐高宗做太子时为他母亲而建，故称“慈恩”，建于贞观二十一载（647）。塔是玄奘在永徽三年（652）建的，称大雁塔，共有六层。大足元年（701）改建，增高为七层，在今陕西省西安市东南。这首诗有个自注：“时高适、薛据先有此作。”此外，岑参、储光羲也写了诗。杜甫的这首是同题诸诗中的压卷之作。

“高标跨苍穹，烈风无时休。”诗一开头就出语奇突，气概不凡。不说高塔而说“高标”，使人想起晋左思《蜀都赋》中“阳乌回翼乎高标”句所描绘的直插天穹的树梢，又想起李白《蜀道难》中“上有六龙回日之高标”句所形容的高耸入云的峰顶。这里借“高标”极言塔高。不说苍天而说“苍穹”，即勾画出天像穹窿形。用一“跨”字，正和“苍穹”紧联。天是穹窿形的，所以就可“跨”在上面。这样夸张地写高还嫌不够，又引出“烈风”来衬托。风“烈”而且“无时休”，更见塔之极高。“自非旷士怀，登兹翻百忧”，二句委婉言怀，不无愤世之慨。诗人不说受不了烈风的狂吹而引起百忧，而是推开一步，说自己不如旷达之士那么清逸风雅，登塔俯视神州，百感交集，心中翻滚起无穷无尽的忧虑。当时唐王朝表面上还是歌舞升平，实际上已经危机四伏。对烈风而生百忧，正是感触到这种政治危机所在。忧深虑远，为其他诸公之作所不能企及。

接下去四句，抛开“百忧”，另起波澜，转而对寺塔建筑进行描绘。“方知”承“登兹”，细针密线，衔接紧凑。象教即佛教，佛教用形象来教人，故称“象教”。“冥搜”，意谓在高远幽深中探索，这里有冥思和想象的意思。“追”即“追攀”。由于塔是崇拜佛教的产物，这里塔便成了佛教力量的象征。“方知象教力，足可追冥搜”二句，极赞寺塔建筑的奇伟宏雄，极言其巧夺天工，尽人间想象之妙。写到这里，又用惊人之笔，点明登塔，突出塔之奇险。“仰穿龙蛇窟”，沿着狭窄、曲折而幽深的阶梯向上攀登，如同穿过龙蛇的洞穴；“始出枝撑幽”，绕过塔内犬牙交错的幽暗梁栏，攀到塔的顶层，方才豁然开朗。此二句既照应“高标”，又引出塔顶远眺，行文自然而严谨。

站在塔的最高层，宛如置身天宫仙阙。“七星在北户”，眼前仿佛看到北斗七星在北窗外闪烁；“河汉声西流”，耳边似乎响着银河水向西流淌的声音。银河既无水又无声，这里把它比作人间的河，引出水声，曲喻奇妙。二句写的是想象中的夜景。接着转过来写登临时的黄昏景色。“羲和鞭白日，少昊行清秋”，交代时间是黄昏，时令是秋季。羲和是驾驶日车的神，相传他赶着六条龙拉着的车子，载着太阳在空中跑。作者在这里驰骋想象，把这个神话改造了一下，不是六条龙拉着太阳跑，而是羲和赶着太阳跑，他嫌太阳跑得慢，还用鞭子鞭打太阳，催它快跑。少昊，传说是黄帝的儿子，是主管秋天的神，他正在推行秋令，掌管着人间秋色。这两句点出登临正值清秋日暮的特定时分，为下面触景抒情酝酿了气氛。

接下去写俯视所见，从而引起感慨，是全篇重点。“秦山忽破碎，泾渭不可求。俯视但一气，焉能辨皇州？”诗人结合登塔所见来写，在写景中有所寄托。秦山指终南山和秦岭，在平地上望过去，只看到青苍的一片，而在塔上远眺，则群山大小相杂，高低起伏，大地好像被切成许多碎块。泾水浊，渭水清，然而从塔上望去分不清哪是泾水，哪是渭水，清浊混淆了。再看皇州（即首都长安），只看到朦胧一片。这四句写黄昏景象，却又另有含意，道出了山河破碎，清浊不分，京都朦胧，政治昏暗。这正和“百忧”呼应。《资治通鉴》：“（天宝十一载）上（玄宗）晚年自恃承平，以为天下无复可忧，遂深居禁中，专以声色自娱，悉委政事于（李）林甫。林甫媚事左右，迎会上意，以固其宠。杜绝言路，掩蔽聪明，以成其奸；妒贤嫉能，排抑胜己，以保其位；屡起大狱，诛逐贵臣，以张其势。”“凡在相位十九年，养成天下之乱。”杜甫已经看到了这种情况，所以有百忧的感慨。

以下八句是感事。正由于朝廷政治黑暗，危机四伏，所以追思唐太宗时代。“回首叫虞舜，苍梧云正愁。”塔在长安东南区，上文俯视长安是面向西北，现在南望苍梧，所以要“回首”。唐高祖号神尧皇帝，太宗受内禅，所以称虞舜。舜葬苍梧，比太宗的昭陵。云正愁，写昭陵上空的云仿佛也在为唐朝的政治昏乱发愁。一个“叫”字，正写出杜甫对太宗政治清明时代的深切怀念。下二句追昔，引出抚今：“惜哉瑶池饮，日晏昆仑丘。”瑶池饮，《穆天子传》卷四记周穆王“觞西王母于瑶池之上”，《列子·周穆王》称周穆王“升昆仑之丘”，“遂宾于西王母，觞于瑶池之上”，“乃观日之所入”。这里借指唐玄宗与杨贵妃在骊山饮宴，过着荒淫的生活。日晏结合日落，比喻唐朝将陷入危乱。这就同秦山破碎四句呼应，申述所怀百忧。正由于玄宗把政事交给李林甫，李排抑贤能，所以“黄鹄去不息，哀鸣何所投”。贤能的人才一个接一个地受到排斥，只好离开朝廷，像黄鹄那样哀叫而无处可以投奔。最后，诗人愤慨地写道：“君看随阳雁，各有稻粱谋。”指斥那样趋炎附势的人，就像随着太阳温暖转徙的候鸟，只顾自我谋生，追逐私利。

全诗有景有情，寓意深远。清钱谦益说：“高标烈风，登兹百忧，岌岌乎有飘摇崩析之恐，正起兴也。泾渭不可求，长安不可辨，所以回首而思叫虞舜”，“瑶池日晏，言天下将乱，而宴乐之不可以为常也”。（《杜诗笺注》）这就说明了全篇旨意。正因为如此，这首诗成为诗人前期创作中的一篇重要作品。

兵车行

杜甫

车辚辚，马萧萧，行人①弓箭各在腰。
耶娘妻子走相送，尘埃不见咸阳桥②。
牵衣顿足拦道哭，哭声直上干云霄③。
道旁过者问行人，行人但云点行④频。

或从十五北防河[5]，便至四十西营田。
去时里正与裹头，归来头白还戍边[6]。
边庭流血成海水，武皇开边意未已[7]。
君不闻汉家山东二百州，千村万落生荆杞[8]。
纵有健妇把锄犁，禾生陇亩无东西[9]。
况复秦兵耐苦战，被驱不异犬与鸡[10]。
长者虽有问，役夫敢申恨[11]？
且如今年冬，未休关西卒[12]。
县官急索租，租税从何出[13]？
信知生男恶，反是生女好。
生女犹得嫁比邻，生男埋没随百草。
君不见青海头，古来白骨无人收[14]。
新鬼烦冤旧鬼哭，天阴雨湿声啾啾[15]。

【注释】

①行人：应征的战士。

②耶：同爷。咸阳桥：长安西北之渭桥。

③干云霄：冲上天空。

④点行：按名册征调入伍。

⑤北防河：在黄河以北设防。《旧唐书》："开元十五年十二月，制：以吐蕃为边害，令陇右道及诸军团兵五万六千人，河西及诸军团兵四万人，又征关中兵万人集临洮，朔方兵万人集会州，防秋，至冬初，无寇而罢。"称为防河。西营田：在黄河以西屯田，以御吐蕃。

⑥里正：唐百家为里，设里正一人，相当于村长。与裹头：给年幼的被征者包裹头巾。

⑦边庭流血：言唐玄宗长年征伐，实行所谓“开边”政策，造成大量士兵伤亡。武皇：本指武功著称的汉武帝，这里指代唐玄宗。

⑧汉家：指唐王朝。山东：指华山以东地区，即潼关以东二百一十州。荆杞：两种野生树木，言田园荒芜。

⑨无东西：言庄稼稀少杂乱，不成行列。

⑩秦兵：关中兵。被驱：被驱赶，调来调去。

⑪长者：过路的老人，指作者。役夫：被征的士卒。

⑫未休：未罢。关西卒：潼关以西的士卒，即秦兵。

⑬县官：官府，指皇帝。

⑭青海头：青海湖边，唐代常在这一带与吐蕃作战。

⑮声啾啾：象声词，指鬼哭声。

【鉴赏】

此诗约作于唐玄宗天宝十载(751)。天宝年间，唐玄宗实行“开边”(扩边)政策，穷兵黩武，与吐蕃长年征战。频繁的战争给人民带来深重的灾难，抽丁拉夫，生离死别，田园荒芜，索租征税，百姓生活在水深火热之中。战争更使士兵血流成河，埋骨荒野。这首诗就是反映了这一社会现实，表达了百姓们苦于征役的呼声，充满了反战的色彩。

全诗可分为三段。

从开头“车辚辚”到“干云霄”为第一段，写诗人亲见的亲人哭送征夫的悲惨情景。兵车隆隆，战马嘶鸣，被抓来的穷苦百姓一个个穿戎装、佩弓箭，被押送到前线。征夫的爷娘妻子们纷纷奔跑哭送，牵衣拦道，捶胸顿足，不让亲人被拉走。而车马扬起的灰尘遮天蔽日，连横跨渭水的大桥都遮没了！真是车马人流，哭声遍野，直冲云天。这是一幅生离死别的悲惨画面！这里，“牵衣”“顿足”“拦道”“哭”四个动词连用，把爷娘妻子们那种家中主要劳力被拉走后的悲怒、愤恨、绝望的心理表现得淋漓尽致，触目惊心！

从“道旁过者”到“不异犬与鸡”为第二段，诗人以设问方式，让征夫直接控诉战争给百姓带来的灾难。由于“点行频”，频繁地征兵，许多征夫从少年被拉入伍，直到老年“头白”还在“戍边”征战。虽然秦兵能吃苦征战，但常常如鸡犬一样赶来赶去，征夫命运之苦，可想而知！“边庭流血成海水，武皇开边意未已。”这是对唐玄宗“开边”好战的直接控诉！战争还给后方带来了严重的灾难：虽有妇女耕种，但千村万落，生产凋敝，荆棘横生，田园荒芜，人烟稀少。这都是“汉家”(唐王朝)征战造成的！诗人把所见所闻、前方后方连成一体，全面地展现战争的罪恶，扩大了诗的内涵，加深了诗的思想力度！

从“长者虽有问”到结尾“声啾啾”为第三段，诗人再次以问答方式揭露战争带来的灾难。“未休关西卒”，征夫久役不得休息；官府急迫催租，租税不知从何而出。从征夫苦和逼租急两个方面揭示了唐王朝穷兵黩武加给百姓的双重苦难！接着，诗人以无比愤慨的笔调写出：生男不如生女好！因为生女还可“嫁比邻”，而生男只得“埋没随百草”，战死荒郊！这一反封建制度重男轻女的社会心理，充分反映了战争给人们的心灵带来多么严重的摧残！最后，诗人以哀痛的笔调描绘了青海湖边的古战场上，白骨露野，鬼哭神嚎，阴风惨惨。阴森寂冷的情景，令人不寒而栗，再次照应前面“开边未已”的恶果！

“行”是乐府歌曲中的一种体裁，旧有“从军行”等乐府诗题。杜甫弃旧创新，改为“兵车行”，同后面的“丽人行”“哀江头”“哀王孙”都是诗人“即事名篇，无复依傍”，自创的新乐府辞。这首诗在艺术表现上，采用三言、五言、七言，甚至十言的句式，以急促、舒缓的节奏分别表现紧迫、愤激、沉痛、哀怨的思想情感，平实的语言，联珠修辞格的运用，使全诗增添了回环往复、沉郁顿挫之感。

饮中八仙歌

杜　甫

知章[1]骑马似乘船，眼花落井水底眠。
汝阳三斗始朝天，道逢麹车口流涎，恨不移封向酒泉[2]。
左相[3]日兴费万钱，饮如长鲸吸百川，衔杯乐圣称避贤。
宗之潇洒美少年，举觞白眼望青天，皎如玉树临风前[4]。
苏晋长斋绣佛前，醉中往往爱逃禅[5]。
李白斗酒诗百篇，长安市上酒家眠，天子呼来不上船，自称臣是酒中仙。
张旭三杯草圣传，脱帽露顶王公前，挥毫落纸如云烟。
焦遂五斗方卓然[6]，高谈雄辩惊四筵。

【注释】

①知章：诗人贺知章。

②汝阳：汝阳王李琎。麹车：装酒的车。封：封地。

③左相：玄宗天宝元年的左丞相李适之。

④宗之:名士崔宗之。皎:洁白。

⑤苏晋:亦当时名士。禅(chán):佛教用语,“静思”的意思;亦泛指有关佛教的事物。

⑥卓然:指神情卓异,不同一般。

【鉴赏】

这是一首别具一格、富有特色的肖像诗。

八个酒仙是同时代的人,又都在长安生活过。在嗜酒、豪放、旷达诸方面彼此相似。杜甫以洗练的语言,人物速写的笔法,将他们融汇成一首诗,并构成一幅栩栩如生的群像图。

首先刻画的是诗人贺知章,因为他资格最老、年龄最大。在长安,他曾解金龟换酒为乐。诗人说他喝醉酒后,骑马的姿态就像乘船那样摇来晃去,醉眼朦胧,眼花缭乱,跌进井里竟会在井里熟睡不醒。诗人用夸张的手法描绘贺知章酒后骑马的醉态与醉意,弥漫着一种谐谑滑稽与欢快的情调,惟妙惟肖地表现了他旷达纵逸的性格特征。

其次描写的是汝阳王李琎。他是唐玄宗的侄子,宠极一时,所谓“主恩视遇频”,“倍比骨肉亲”(杜甫《赠太子太师汝阳郡王琎》),因此他敢于饮酒三斗才上朝拜见天子。他的嗜酒心理也与众不同,路上看到运酒的车竟然流起口水来,恨不得要把自己的封地迁到酒泉(今属甘肃)去。相传那里“城下有金泉,泉味如酒,故名酒泉”(见《三秦记》)。唐代,皇亲国戚、贵族勋臣有资格袭领封地。因此八人中只有李琎才会勾起“移封”的念头,其他人是不会这样想入非非的。诗人抓住李琎出身皇族这一特点,细腻地描绘出他的享乐心态与醉态,下笔真实而有分寸。

接着描写的是李适之。天宝元年他代牛仙客为左丞相,雅好宾客,夜则宴赏,饮酒日费万钱,豪饮的酒量有如鲸鱼吞吐百川之水,一语点出他的豪华奢侈。然则好景不长,天宝五年他为李林甫所排挤而罢相,听到被罢相的消息后他召集亲友会饮,当场赋诗道:“避贤初罢相,乐圣且衔杯。为问门前客,今朝几个来?”诗人化用李适之的诗句,“避贤”语双关,既有满腹牢骚,又有讽刺李林甫的意味。诗人抓住权位得失这个重要方面刻画人物性格,精心描绘了李适之的肖像,其深刻的政治内容耐人寻味。

三个显贵人物展现后,跟着出现的是两个潇洒的名士崔宗之和苏晋。崔是一个倜傥洒脱、少年英俊的风流人物,豪饮时高举酒杯,用白眼仰望青天,睥睨一切,旁若无人;喝醉后,宛如玉树迎风摇曳,不能自持。诗人用“玉树临风”形容崔的俊美丰姿和潇洒醉态,很有韵味。苏则是一个行为矛盾的人物,他一面耽禅,长期斋戒;一面又嗜饮酒,经常是醉醺醺的处于“斋”与“醉”的矛盾斗争中。但结果往往是“酒”战胜了“佛”，所以他经常“醉中爱逃禅”甚至成了他的一种爱好。诗人用幽默的笔调表现了苏“酒肉穿肠过，佛祖心中留”的得意忘形和放纵而无所顾忌的性格。

以上五个次要人物展现后，中心人物隆重地出场了。

诗与酒同李白结下了不解之缘。诗人以四句的重大篇幅浮雕般地刻画了李白的嗜好和诗才。李白爱酒如命，“五花马、千金裘，呼儿将出换美酒”；“百年三万六千日，一日须倾三百杯”。不仅“兴酣落笔摇五岳”，而且醉后往往在“长安市上酒家眠”，习以为常，不足为奇。“天子呼来不上船”一句，顿使李白的形象较其他“酒仙”变得更加高大奇伟。李白醉后，更加豪气纵横，狂放不羁，即使天子召见，他也不是那么毕恭毕敬，诚惶诚恐，而是自豪地大声呼喊“臣是酒中仙”！强烈地表现出李白不畏权贵的性格。杜甫是李白的知友，他把握了李白思想性格的本质方面并加以浪漫主义的夸张，既具有高度的艺术真实性，又具有强烈的艺术感染力，从而将李白刻画成了一个桀骜不驯、豪放纵逸、傲视权贵的艺术形象。这肖像神采奕奕，神形兼备，焕发着美的理想光辉，令人十分难忘。这正是千百年来人们所喜爱的富有浪漫主义色彩的李白形象。

另一个和李白比肩而出的重要“酒仙”是张旭。他“善草书，好酒，每醉后，号呼狂走，索笔挥洒，变化无穷，若有神助”，当时人称“草圣”。张旭三杯下肚即豪情奔放，绝妙的“狂草”书法就会从他笔下流出。他无视权贵的威严，在显赫的王公大人面前脱帽露顶，笔走龙蛇，字迹如行云流水般舒卷狂泻。杜甫酣畅地表现了张旭倨傲不恭、不拘礼仪、狂放潇洒的性格特征和绝妙的书法功夫。

歌中殿后的人物是焦遂。他着布衣，是个平民，在喝过五斗酒后方显醉意，这时会更加神情卓异，高谈阔论，滔滔不绝，旁若无人。诗人刻画他的性格特征时集中渲染了他超群的卓越见识和语惊四座的雄辩口才，用笔十分精当、严谨。

全诗情调幽默谐谑，色彩明丽，旋律轻快，情绪欢乐。在音韵上，一韵到底，一气呵成，是一首结构严密、内容完整的歌行体古诗。所刻画的八个人物主次分明，每个人物自成一章，其性格特征则同中有异，异中有同，多样而又统一，构成一个整体，彼此衬托映照，有如一座群体圆雕，错落有致而又具有独创性。正如后来的诗评家所说：“此创格，前无所因。”它在古典诗歌中确是别开生面之作。

前出塞九首（其六）

杜　甫

挽弓当挽强，用箭当用长。
射人先射马，擒贼先擒王。
杀人亦有限，列国自有疆。
苟能制侵陵，岂在多杀伤？

【鉴赏】

诗人先写《出塞》九首，后又写《出塞》五首，故加“前”“后”以示区别。《前出塞》是写天宝末年哥舒翰征伐吐蕃的时事，意在讽刺唐玄宗的开边黩武。本篇原列第六首，是其中较有名的一篇。

诗的前四句，很像是当时军中流行的作战歌诀，颇富韵致，饶有理趣，深得议论要领。所以清黄生说它“似谣似谚，最是乐府妙境”（《杜诗说》）。两个“当”，两个“先”，妙语连珠，开人胸臆。诗人提出了作战步骤的关键所在，强调部伍要强悍，士气要高昂，对敌有方略，智勇须并用。四句以排句出之，如数家珍，宛若总结战斗经验。然而从整篇看，它还不是作品的主旨所在，而只是下文的衬笔。后四句才道出赴边作战应有的终极目的。

“杀人亦有限，列国自有疆。苟能制侵陵，岂在多杀伤？”诗人慷慨陈词，直抒胸臆，发出振聋发聩的呼声。他认为，拥强兵只为守边，赴边不为杀伐。不论是为制敌而“射马”，不论是不得已而“杀伤”，不论是拥强兵而“擒王”，都应以“制侵陵”为限度，不能乱动干戈，更不应以黩武为能事，侵犯异邦。这种以战去战，以强兵制止侵略的思想，是恢弘正论，安边良策；它反映了国家的利益，人民的愿望。所以，清张远在《杜诗会粹》里说，这几句“大经济语，借戍卒口说出”。

从艺术构思说，作者采用了先扬后抑的手法：前四句以通俗而富哲理的谣谚体开势，讲如何练兵用武，怎样克敌制胜；后四句却写如何节制武功，力避杀伐，逼出“止戈为武”本旨。先行辅笔，后行主笔；辅笔与主笔之间，看似掠转，实是顺接，看似矛盾，实为辩证。因为如无可靠的武备，就不能制止外来侵略；但自恃强大武装而穷兵黩武，也是不可取的。所以诗人主张既拥强兵，又以“制侵陵”为限，才符合最广大人民的利益。清浦起龙在《读杜心解》中很有体会地说：“上四（句）如此飞腾,下四(句)忽然掠转,兔起鹘落,如是!如是!"这里说的"飞腾"和"掠转",就是指作品中的奔腾气势和波澜;这里说的"兔起鹘落"就是指在奔腾的气势中自然地逼出"拥强兵而反黩武"的深邃题旨。在唐人的篇什中,以议论取胜的作品较少,而本诗却以此见称;它以立意高、正气宏、富哲理、有气势而博得好评。

贫交行

杜 甫

翻手为云覆手雨,纷纷轻薄何须数。
君不见管鲍贫时交,此道今人弃如土。

【鉴赏】

此诗约作于天宝中作者献赋后。由于困守京华,"朝扣富儿门,暮随肥马尘;残杯与冷炙,到处潜悲辛"(《奉赠韦左丞丈二十二韵》),作者饱谙世态炎凉、人情反复的滋味,故愤而为此诗。

诗何以用"贫交"命题?这恰如一首古歌所谓:"采葵莫伤根,伤根葵不生。结交莫羞贫,羞贫友不成。"贫贱方能见真交,而富贵时的交游则未必可靠。诗的开篇"翻手为云覆手雨",就给人一种势利之交"诚可畏也"的感觉。得意时便如云之趋合,失意时便如雨之纷散,翻手覆手之间,忽云忽雨,其变化迅速无常。"只起一语,尽千古世态。"(清浦起龙《读杜心解》)"翻云覆雨"的成语,就出在这里。所以首句不但凝练、生动,统摄全篇,而且在语言上是极富创造性的。

虽然世风浇薄如此,但人们还纷纷恬然侈谈交道,"皆愿摩顶至踵,隳胆抽肠;约同要离焚妻子,誓殉荆轲湛(沉)七族","援青松以示心,指白水而旌信"(南朝梁刘峻《广绝交论》),说穿了,不过是"贿交""势交"而已。次句斥之为"纷纷轻薄",谓之"何须数",轻蔑之极,愤慨之极。寥寥数字,强有力地表现出作者对假、恶、丑的东西极度憎恶的态度。

这黑暗冷酷的现实不免使人绝望,于是诗人记起一桩古人的交谊。《史记》载,管仲早年与鲍叔牙游,鲍知其贤。管仲贫困,曾欺鲍叔牙,而鲍终善遇之。后来鲍事齐公子小白(即后来齐桓公),又荐举之。管仲遂佐齐桓成霸业,他感喟说:"生我者父母,知我者鲍叔也。"鲍叔牙待管仲的这种贫富不移的交道,岂不感人肺腑。"君不见管鲍贫时交",当头一喝,将古道与现实作一对比,给这首抨击黑暗的诗篇添了一点理想光辉。但其主要目的,还在于鞭挞现实。古人以友情为重,重于磐石,相形之下,“今人”之“轻薄”益显。“此道今人弃如土”,末三字极形象,古人的美德被“今人”像土块一样抛弃了,抛弃得多么彻底啊。这话略带夸张意味。尤其是将“今人”一以概之,未免过情。但唯其过情,才把世上真交绝少这个意思表达得更加充分。

此诗“作‘行’,止此四句,语短而恨长,亦唐人所绝少者”(见清杨伦《杜诗镜铨》引王嗣奭语)。其所以能做到“语短恨长”,是由于它发唱惊挺,造形生动,通过正反对比手法和过情夸张语气的运用,反复咏叹,造成了“慷慨不可止”的情韵,吐露出心中郁结的愤懑与悲辛。

醉时歌

杜甫

诸公衮衮登台省,广文先生官独冷。
甲第纷纷厌粱肉,广文先生饭不足。
先生有道出羲皇,先生有才过屈宋。
德尊一代常坎轲,名垂万古知何用!
杜陵野客人更嗤,被褐短窄鬓如丝。
日籴太仓五升米,时赴郑老同襟期。
得钱即相觅,沽酒不复疑。
忘形到尔汝,痛饮真吾师。
清夜沉沉动春酌,灯前细雨檐花落。
但觉高歌有鬼神,焉知饿死填沟壑。
相如逸才亲涤器,子云识字终投阁。
先生早赋《归去来》,石田茅屋荒苍苔。
儒术于我何有哉?孔丘盗跖俱尘埃!
不须闻此意惨怆,生前相遇且衔杯。

【鉴赏】

根据诗人的自注,这首诗是写给好友郑虔的。郑虔是当时有名的学者,他的诗、书、画被玄宗评为“三绝”。天宝初，被人密告“私修国史”，远谪十年。回长安后，任广文馆博士。性旷放绝俗，又喜喝酒。杜甫很敬爱他。两人尽管年龄相差很远（杜甫初遇郑虔，年三十九岁，郑虔估计已近六十），但过从很密。虔既抑塞，甫亦沉沦，更有知己之感。从此诗既可以感到他们肝胆相照的情谊，又可以感到那种抱负远大而又沉沦不遇的焦灼苦闷和感慨愤懑。今天读来，还使人感到“字向纸上皆轩昂”，生气满纸。

全诗可分为四段，前两段各八句，后两段各六句。

从开头到“名垂万古知何用”这八句是第一段。前四句用“诸公”的显达地位和奢靡生活来和郑虔的位卑穷窘对比。“衮衮”，相继不绝之意。“台省”，指中枢显要之职。“诸公”未必都是英才吧，却一个个相继飞黄腾达；而广文先生呢，“才名四十年，坐客寒无毡”。那些侯门显贵之家，精粮美肉已觉厌腻了，而广文先生连饭也吃不饱。这四句，一正一衬，排对鲜明而强烈，突出了“官独冷”和“饭不足”。后四句诗人以无限惋惜的心情为广文先生鸣不平。论道德，广文先生远出羲皇；论才学，广文先生抗行屈宋。然而，道德被举世推尊，仕途却总是坎壈；辞采虽能流芳百世，亦何补于生前的饥寒啊！

第二段从“广文先生”转到“杜陵野客”，写诗人和郑广文的忘年之交，二人像涸泉的鱼，相濡以沫，交往频繁。“时赴郑老同襟期”和“得钱即相觅”，仇兆鳌注说，前句是杜往，后句是郑来。他们推心置腹，共叙怀抱，开怀畅饮，聊以解愁。

第三段六句是这首诗的高潮。前四句樽前放歌，悲慨突起，乃为神来之笔。后二句似宽慰，实愤激。司马相如可谓一代逸才，却曾亲自卖酒涤器；才气横溢的扬雄就更倒霉了，因刘棻得罪被株连，逼得跳楼自杀。诗人似乎是用才士薄命的事例来安慰朋友，然而只要把才士的蹭蹬饥寒和首句“诸公衮衮登台省”连起来看，就可以感到诗笔的针砭力量。

末段六句，愤激中含有无可奈何之情。既然仕路坎坷，怀才不遇，那么儒术又有何用？孔丘、盗跖也可等量齐观了！这样说，既评儒术，暗讽时政，又似在茫茫世路中的自解自慰，一笔而两面俱到。末联以“痛饮”作结，孔丘非师，聊依杜康，以旷达为愤激。

诸家评本篇，或说悲壮，或曰豪宕，其实悲慨与豪放兼而有之，而以悲慨为主。普通的诗，豪放易尽（一滚而下，无含蓄），悲慨不广（流于偏激）。杜诗豪放不失蕴藉，悲慨无伤雅正，本诗可为一例。

首段以对比起，不但挠直为曲，而且造成排句气势，运笔如风。后四句两句一转，愈转感情愈烈，真是“浩歌弥激烈”。第二段接以缓调。前四句七言，后四句突转五言，免去板滞之感。且短句促调，渐变轩昂，把诗情推向高潮。第三段先用四句描写痛饮情状，韵脚换为促、沉的入声字，所谓“弦急知柱促”，“慷慨有余哀”也。

而语杂豪放,故无衰飒气味。无怪诗评家推崇备至,说"清夜以下,神来气来,千古独绝"。"清夜四句,惊天动地。"(见近人高步瀛《唐宋诗举要》引)但他们忽略了"相如逸才""子云识字"一联的警策、广大。此联妙在以对句锁住奔流之势,而承上启下,连环双绾,过到下段使人不觉。此联要与首段联起来看,便会觉得"衮衮诸公"可耻。岂不是说"邦无道,富且贵焉,耻也"吗?由此便见得这篇赠诗不是一般的叹老嗟卑、牢骚怨谤,而是伤时钦贤之作。激烈的郁结而出之以蕴藉,尤为难能。

末段又换平声韵,除"不须"句外,句句用韵,慷慨高歌,显示放逸傲岸的风度,使人读起来,涵泳无已,而精神振荡。

后出塞五首(其二)

杜 甫

朝进东门营,暮上河阳桥。
落日照大旗,马鸣风萧萧。
平沙列万幕,部伍各见招。
中天悬明月,令严夜寂寥。
悲笳数声动,壮士惨不骄。
借问大将谁,恐是霍嫖姚。

【鉴赏】

杜甫的《后出塞》共计五首,此为组诗的第二首。本诗以一个刚刚入伍的新兵的口吻,叙述了出征关塞的部伍生活情景。

"朝进东门营,暮上河阳桥。"首句交代入伍的时间、地点,次句点明出征的去向。东门营,当指设在洛阳城东门附近的军营。河阳桥,横跨黄河的浮桥,在河南孟州市,是当时由洛阳去河北的交通要道。早晨到军营报到,傍晚就随队向边关开拔了。一"朝"一"暮",显示出军旅生活中特有的紧张多变的气氛。

"落日照大旗。马鸣风萧萧",显然已经写到了边地傍晚行军的情景。"落日"是接第二句的"暮"字而来,显出时间上的紧凑;然而这两句明明写的是边地之景,《诗经·小雅·车攻》就有"萧萧马鸣,悠悠旆旌"句。从河阳桥到此,当然不可能瞬息即到,但诗人故意做这样的承接,越发显出部队行进的迅疾。落日西照,将旗猎猎,战马长鸣,朔风萧萧。夕阳与战旗相辉映,风声与马嘶相交织,这不是一幅有声有色的暮野行军图吗？表现出一种凛然庄严的行军场面。其中“马鸣风萧萧”一句的“风”字尤妙，一字之加，“觉全局都动，飒然有关塞之气”。

天色已暮，落日西沉，自然该是宿营的时候了。“平沙列万幕，部伍各见招”两句便描写了沙地宿营的图景：在平坦的沙地上，整整齐齐地排列着成千上万个帐幕，那些行伍中的首领，正在各自招集自己属下的士卒。这里，不仅展示出千军万马的壮阔气势，而且显见这支部队的整备有素。

入夜后，沙地上的军营又呈现出另一派景象和气氛。“中天悬明月，令严夜寂寥。悲笳数声动，壮士惨不骄”，描画了一幅形象的月夜宿营图：一轮明月高悬中天，因军令森严，万幕无声，荒漠的边地显得那么沉寂。忽而，数声悲咽的笳声（静营之号）划破夜空，使出征的战士肃然而生凄惨之感。

至此，这位新兵不禁慨然兴问：“借问大将谁？”——统帅这支军队的大将是谁呢？但因为时当静营之后，他也慑于军令的森严，不敢向旁人发问，只是自己心里揣测道：“恐是霍嫖姚”——大概是像西汉嫖姚校尉霍去病那样治军有方、韬略过人的将领吧！

从艺术手法上看，作者以时间的推移为顺序，在起二句做了必要的交代之后，依次画出了日暮、傍黑、月夜三幅军旅生活的图景。三幅画都用速写的画法，粗笔勾勒出威严雄壮的军容气势。而且，三幅画面都以边地旷野为背景，通过选取各具典型特征的景物，分别描摹了出征大军的三个场面：暮野行军图体现军势的凛然和庄严；沙地宿营图体现军容的壮阔和整肃；月夜静营图体现军纪的森严和气氛的悲壮。最后用新兵不可自抑的叹问和想象收尾。全诗层次井然，步步相生；写景叙意，有声有色。故宋人刘辰翁赞云：“其时、其境、其情，真横槊间意，复欲一语似此，千古不可得”（清杨伦《杜诗镜铨》卷三引）。

丽 人 行

杜 甫

三月三日天气新，长安水边多丽人[①]。
态浓意远淑且真，肌理细腻骨肉匀[②]。
绣罗衣裳照暮春，蹙金孔雀银麒麟[③]。
头上何所有？翠微匐叶垂鬓唇[④]。
背后何所见？珠压腰衱稳称身[⑤]。

就中云幕椒房亲，赐名大国虢与秦[6]。
紫驼之峰出翠釜，水精之盘行素鳞[7]。
犀箸厌饫久未下，鸾刀缕切空纷纶[8]。
黄门飞鞚不动尘，御厨络绎送八珍[9]。
箫鼓哀吟感鬼神，宾从杂遝实要津[10]。
后来鞍马何逡巡，当轩下马入锦茵[11]。
杨花雪落覆白蘋，青鸟飞去衔红巾[12]。
炙手可热势绝伦，慎莫近前丞相嗔[13]！

【注释】

①三月三日：古代风俗，阴历三月的第一个“巳”日，称“上巳日”，后定为三月三日。人们外出踏青，去水边宴饮，洗除不祥，驱灾求福。唐开元以来，长安仕女多在这天游赏曲江。长安水边：长安东南郊外的曲江和芙蓉苑。丽人：泛指贵妇人。

②态浓意远：姿态浓艳，气度娴雅。淑且真：贤淑而不矫媚，自然洒脱。肌理：皮肤的纹理。

③绣罗：绣有图案的丝绸衣服。照暮春：在春阳中闪闪发光。蹙（cù）：刺绣的一种方法，泛指刺绣。

④翠微：薄的翠玉。叶：妇女发髻上的花饰。鬓唇：鬓边。

⑤腰衱（jié）：裙腰带。稳称身：稳贴合身。

⑥就中：其中。云幕椒房：幕帐重重，以椒末和泥涂壁之地，指后妃处所。亲：亲属，指杨贵妃的姊妹。赐名：赐封爵号。指天宝七年（748），杨贵妃三姊“并封国夫人”。大姊嫁崔家，封韩国夫人；三姊嫁裴家，封虢（guó）国夫人；八姊嫁柳家，封秦国夫人。

⑦紫驼之峰：骆驼峰的肉为珍贵食品。翠釜：以翠玉为装饰的锅。水精：水晶石。行：传递。素鳞：白色的名贵的鱼。

⑧犀箸：犀牛骨做的筷子。厌饫（yù）：吃腻，厌食。鸾刀：柄上系铃的刀。缕

切:细切。空纷纶:白忙乱一阵。

⑨黄门:宦官、太监。鞚(kòng):马勒头。飞鞚:驰马。不动尘:灰尘不扬,指马跑得很稳。八珍:八种美食。

⑩箫鼓:乐器。杂遝(tà):众乱貌。实要津:充塞要道,占据要职。

⑪后来鞍马:最后一个跨马来的,指杨国忠。据《尔雅翼》:国忠实张易之之子,冒姓杨。原名钊,杨贵妃从兄,与虢国夫人私通。逡巡:缓缓而行,盲杨国忠大模大样,旁若无人。当轩下马:直到厅堂前才下马。锦茵:用锦做的地毯。

⑫杨花雪落:杨花像雪一样飘落。覆白蘋:覆压着白蘋。喻杨国忠与虢国夫人兄妹淫乱。青鸟:西王母的侍鸟,常传递书信。红巾:妇女的手帕。

⑬炙(zhì)手:热得烫手,言气焰之盛。势绝伦:权势无与伦比。丞相嗔:杨国忠于天宝十一年(752)任右丞相。嗔:指杨国忠发怒。

【鉴赏】

这首诗是讥刺杨贵妃兄妹骄奢淫乱之作。

《旧唐书·杨贵妃传》云:"玄宗每年十月幸万清宫,国忠姊妹五家扈从,每家为一队着一色衣。而国忠私于虢国,每入朝,或联镳方驾,不施帷幔。"李林甫于天宝十一载(752)死,杨国忠于这年十一月为右丞相,杜甫这首诗当写于第二年的春天。

全诗分三段。

从"三月三日"到"稳称身"为第一段,泛写三月三日长安曲江边游春诸女的艳丽。开头总写上巳日这天,长安水边"多丽人"出来游春。次写姿态:艳丽娴雅,且不矫揉造作。三写体貌:皮肤白细,身材匀称。四写衣著:身穿绣有金孔雀、银麒麟的丝绸衣服,在春阳中光彩奕奕。五写头上翠玉的花饰和背后缀满珠宝的腰带。这一泛写为下面引出杨氏兄妹作铺垫。

从"就中去幕"到"实要津"为第二段,实写杨贵妃姊姊秦、虢夫人的骄奢。因上文已极写佳丽的体貌服饰,这段则从饮食车马的豪华切入。她们的餐具是"翠釜""水晶盘""犀箸",食品是"驼峰肉""素鳞鱼",由于味穷水陆,暴殄天物,饱足厌食,御厨们只好白忙一阵。这都是因为唐玄宗对杨贵妃宠爱有加,昏庸荒淫,不断派人送来八珍之品。再写她们春游的显赫:箫鼓齐鸣,声调婉转;趋炎附势的权贵众多,充塞要道。这是对杨氏三夫人骄奢豪侈的描写。

从"后来鞍马"到"丞相嗔"为第三段,写杨国忠声势的显赫。他大模大样,扈从甚多,当轩下马,意气骄横,不讲礼仪,直接进入贵妇宴游休息的馆阁,不顾男女、兄妹之嫌。而且和虢国夫人眉来眼去,传递私情。真是权势炙手可热,无与伦比。末句以"慎莫近前"劝慰大家不要近前围观,否则杨国忠的隐私暴露,他会嗔怒责罚的！这一反跌揭示了杨国忠的骄姿和淫乱！

全诗客观铺陈，鲜丽富艳，以形象代言，虽不着一讽刺语，但句句在讥刺。或反言刺讽，或正面谴责，或暗喻影射，有力地鞭挞了中国封建社会以皇权为中心的特权集团的骄奢淫逸的生活。

月　夜

杜　甫

今夜鄜州[①]月，闺中只独看。
遥怜小儿女，未解[②]忆长安。
香雾云鬟湿，清辉玉臂寒[③]。
何时倚虚幌，双照泪痕干[④]？

【注释】

①鄜(fū)州：今陕西富县。

②未解：不理解。

③香雾：妇女的发香透入雾气，故云香雾。云鬟：妇女的头发。清辉：指月光。

④幌：帷幔。虚幌：透明轻薄的帷幔。双照：月光共照二人。

【鉴赏】

这首诗的写作时代与《春望》一致，只是时间略早，大约在天宝十五载(756)秋天。这年八月，杜甫被抓获到沦陷的长安后，家小在鄜州的羌村，虽未囚禁，但自由已失，生死未卜，因而思家日深，写下这首情真意挚之诗。

首联："今夜鄜州月，闺中只独看。"诗人不直接写自己月夜思亲，而从反面切入，遥想寄居鄜州的。"闺中"妻子对月"独看"，思念担心自己的焦虑孤苦之情。

颔联："遥怜小儿女，未解忆长安。"承接首联，写小儿女们不谙世事，不理解母亲对陷落长安的父亲的思念！这里，诗人以儿女的"未解忆"反衬妻子的"忆"，呼应上联"独看"之凄苦！

颈联："香雾云鬟湿，清辉玉臂寒。"写妻子久久地独自看月，进一步表现她"忆长安"的相思之情。夜深了，雾浓了，妻子的头发被雾浸湿了，清冷的月光把她的手臂照冷了，她仍然独立院中，想到丈夫不知生死，月寒泪落，这是多么凄楚的情景啊！这里，写出了妻子望月之久，思念之深！

尾联："何时倚虚幌，双照泪痕干。"写诗人对未来团聚的渴望。就是说何时我们才能一起倚靠在窗帷前，让月光将两人的泪痕照干同抒愁绪呢！这里，"双照"应"独看"，可见"独看"之泪痕不干！一个反问句，表达了诗人对聚首相倚的强烈渴望，对战乱造成家人分离的愤恨与谴责！

全诗构思独特，反面入题，情思绵绵，真切动人。正如前人王嗣奭所云："公本思家，偏想家人思己，已进一层，至念及儿女不能思，又进一层。发湿臂寒，看月之久也，月愈好而苦愈增，语丽情悲。末又想到聚首时对月舒愁之状，词旨婉切。"诗人通过家室之思、夫妻之爱的描写，吟唱出了一首令人惆怅而又充满人间至爱的婉曲之歌！

春　望

杜　甫

国破[①]山河在，城春草木深。
感时花溅泪，恨别鸟惊心[②]。
烽火连三月，家书抵万金[③]。
白头搔更短，浑欲[④]不胜簪。

【注释】

①国破：唐玄宗天宝十五载（756）六月，安禄山、史思明叛军攻下唐都长安。

②感时：感叹时事。恨别：怨恨与家人离别很久的社会现状。

③连三月：连续三个月，或言其久。又称：至德二年（757）的正月到三月，潼关、睢阳一线，太原、河东一带，均有反复激战。抵：值。

④浑欲：简直要。

【鉴赏】

唐肃宗至德元年（756）七月，唐肃宗在灵武即位，杜甫把家小安顿在鄜州的羌村，去投奔肃宗。途中被叛军抓获，带回长安。因他官职卑微，未被监禁。次年三月，他身陷长安，眼看国破家离，感时伤泪，写下此诗。

首联："国破山河在，城春草木深。"写"春望"所见：国都沦陷，城池残破；虽然山河依旧,春色满城,但草木深深,无人修葺,一片荒败景象。一个"破"写尽国破家恨的悲哀;一个"深"字再现荒无人迹的凄凉。正如司马光在《续诗话》中所云:"古人为诗贵于意在言外,使人思而得之……如'国破山河在'云云。'山河在',明无余物矣;'草木深',明无人矣。"在"国破"与"山河在""城春"与"草木深"的对照中,充满了伤国感时的悲痛。

颔联:"感时花溅泪,恨别鸟惊心。"写离乱之感。春天的花、鸟本是娱人之物,但想到国破的时事,家离的悲哀,花也为之"溅泪",鸟也为之"惊心",自己更加伤怀落泪了!这是触景生情,移情于花鸟,情景交融的悲痛欲绝的境界。

颈联:"烽火连三月,家书抵万金。"写想望家人。天宝十五载(756)六月,安禄山、史思明叛军进攻潼关,后陷长安,杜甫带着妻子逃到鄜州(今陕西富县),寄居羌村。七月,肃宗即位后,杜甫于八月离家北上延州(今延安),拟去灵武为平叛效力。不久,他被叛军抓获押回沦陷的长安,直到次年三月作此诗时,他离家已半年多,家书渺茫,音讯全无。所以,他慨叹在这烽烟不断的战乱时期,一封家信真是胜过"万金"啊!这联的"烽火"与首联的"国破","抵万金"与颔联的"恨别"相照应,层层深化悲愤之感。

尾联:"白头搔更短,浑欲不胜簪。"具体写搔头忧思的惨戚之状。眼看烽火遍地,家书不通,忧国思家,重重愁绪袭上心头,愁生白发,一"搔"便断,发"短"愁长,简直要插不住簪子了!"国破""恨别"之忧思,更添一层!

全诗忧伤国事,眷念家人,殷殷情切,真挚感人。由景生情,情景交融,感情强烈而不浅露,意脉贯通而不平直。诗以"感时"承"春",以"恨别"承"国破",以"烽火"承"时",以"家书"承"别",连环承转,可谓"惊心""溅泪",故而成为千百年来的绝唱!

喜达行在所三首(其二)

杜　甫

愁思胡笳夕,凄凉汉苑春。
生还今日事,间道暂时人。
司隶章初睹,南阳气已新。
喜心翻倒极,呜咽泪沾巾。

【鉴赏】

这首诗表达的是一种极致的感情。至德二载(757)四月,杜甫乘隙逃出被安史叛军占据的长安,投奔在凤翔的肃宗。历经千辛万苦,他终于到达了帝王行幸所至地("行在所"),并被授予左拾遗的官职。他刚刚脱离了叛军的淫威,一下子又得到了朝廷的任用。生活中这种巨大的转折在心底激起的波涛,使诗人简直不能自已。

冒死来归,"喜达行在所",是应该高兴的时候了,可是诗人仿佛惊魂未定,旧日在长安近似俘虏的生活如历目前:"愁思胡笳夕,凄凉汉苑春"。"凄凉""愁思",那是怎样一种度日如年的生活呵!倏而,诗人的思绪又回到了"今日":"生还今日事"。今日值得庆幸;可是"生还",也只有今日才敢想的啊!昨日在山间小路上逃命的情形就在眼前,那时性命就如悬在顷刻之间,谁还会想到"今日"!"间道暂时人",正回味着昨日的艰险。诗人忽而又转向眼前"中兴"气象的描写:"司隶章初睹,南阳气已新"。这两句用的是汉光武帝刘秀重建汉室的典故。南阳,是刘秀的故乡。刘秀把汉王朝从王莽篡政的逆境中恢复过来,不正如眼前凤翔的景象吗?中兴有望,正使人欣喜至极。然而诗人却"呜咽泪沾巾",哭起来了。这啼哭正是极致感情的体现,是激动和喜悦的泪水。从表面上看,这首诗的结构,东一句,西一句,似乎零乱而不完整;其实,艺术来源于生活,运用这种手法倒是比较适合表现生活实际的。诗人九死一生之后喜达行在所,感情是不平常的。非常的事件,引起的是非常的感情,表现形式上也就不同一般。在杜诗其他篇章中亦有这种情况。如《羌村》,诗人写战乱与家人离散,生死未卜,突然的会见,使诗人惊喜万状:"妻孥怪我在,惊定还拭泪"。本来应该"喜我在",生应当喜,怎么反倒奇怪了呢?说"怪",说"惊",说流泪,正是出乎意外,喜极而悲的情状。这首诗也是如此。所以宋人范温《潜溪诗眼》说:"语或似无伦次,而意若贯珠。"诗人真实地表达了悲喜交集,喜极而悲的激动心情。看来参差不齐,实则错落有致,散中见整。诗人从变化中求和谐,而有理殊趣合之妙。

羌村三首

杜　甫

峥嵘赤云西,日脚下平地。
柴门鸟雀噪,归客千里至。

妻孥怪我在，惊定还拭泪。
世乱遭飘荡，生还偶然遂。
邻人满墙头，感叹亦歔欷。
夜阑更秉烛，相对如梦寐。

晚岁迫偷生，还家少欢趣。
娇儿不离膝，畏我复却去。
忆昔好追凉，故绕池边树。
萧萧北风劲，抚事煎百虑。
赖知禾黍收，已觉糟床注。
如今足斟酌，且用慰迟暮。

群鸡正乱叫，客至鸡斗争。
驱鸡上树木，始闻叩柴荆。
父老四五人，问我久远行。
手中各有携，倾榼浊复清。
苦辞"酒味薄，黍地无人耕。
兵革既未息，儿童尽东征"。
请为父老歌，艰难愧深情。
歌罢仰天叹，四座泪纵横。

【鉴赏】

至德二载(757)杜甫为左拾遗时，房琯罢相，他上书援救，触怒肃宗，被放还鄜州羌村(在今陕西富县南)探家。《羌村三首》就是这次还家所作。三首诗蝉联而下，构成一组还家"三部曲"。

第一首写刚到家时合家悲喜交集的情景。

前四句叙写在夕阳西下时分抵达羌村的情况。迎接落日的是满天峥嵘万状、重崖叠嶂似的赤云，这绚烂的景色，自会唤起"归客"亲切的记忆而为之激动。"日脚"是指透过云缝照射下来的光柱，像是太阳的脚。"日脚下平地"一句，既融人口语又颇有拟人化色彩，似乎太阳经过一天奔劳，也急于跨入地底休息。而此时诗人恰巧也结束漫长行程，到家了。"白头拾遗徒步归"，长途奔劳，早巴望着到家休息。开篇的写景中融进了到家的兴奋感觉。"柴门鸟雀噪"是具有特征性的乡村黄昏景色，同时，这鸟儿喧宾夺主的声浪，又反衬出那年月村落的萧索荒芜。写景中隐隐流露出一种悲凉之感。“归客千里至”一句，措语平实，却极不寻常。其中寓有几分如释重负之感，又暗暗掺杂着“近乡情更怯”的忐忑不安。

后八句写初见家人、邻里时悲喜交集之状。这里没有任何繁缛沉闷的叙述，而简洁地用了三个画面来再现。首先是与妻孥见面。乍见时似该喜悦而不当惊怪。然而，在那兵荒马乱的年月，人命危浅，朝不保夕，亲人忽然出现，真叫妻孥不敢信，不敢认，乃至发愣（“怪我在”），直到“惊定”，才“喜心翻倒极，呜咽泪沾巾”（《喜达行在所》）。这反常的情态，曲折反映出那个非常时代的影子。写见面毕，诗人从而感慨道：“世乱遭飘荡，生还偶然遂。”这里，“偶然”二字含有极丰富的内容和无限的感慨。杜甫从陷叛军之手到脱离叛军亡归，从触怒肃宗到此次返家，风波险恶，现在竟得生还，不是太偶然了吗？妻子之怪，又何足怪呢？言下大有“归来始自怜”意，刻画患难余生之人的心理极切。

其次是邻里的围观。消息不胫而走，引来偌多邻人。古时农村墙矮，所以邻人能凭墙相望。这些邻人，一方面是旁观者，故只识趣地远看，不忍搅扰这一家人既幸福而又颇心酸的时刻；另一方面他们又并非无动于衷地旁观，而是人人都进入角色，“感叹亦歔欷”。是对之羡慕？为之心酸？还是勾起自家的伤痛？短短数语，多么富于人情味，又多么含蓄蕴藉。

其三是一家子夜阑秉烛对坐情景。深夜了，最初的激动也该过去了，可杜甫一家还沉浸在兴奋的余情之中。“宜睡而复秉烛，以见久客喜归之意。”（宋陆游《老学庵笔记》卷六）这个画面即成为首章摇曳生姿的结尾。

第二首写还家后矛盾苦闷的心情。

前八句写无聊寡欢的情状。杜甫这次奉旨回家，实际上无异于放逐。对于常人来说，“生还偶然遂”自是不幸中之大幸；而对于忧乐关乎天下的诗人，适成为幸运中之大不幸。居定之后，他即时就感到一种责任心的煎熬，觉得值此万方多难之际守着个小家庭，无异于苟且偷生。可这一切又是迫不得已的。这样一种缺乏欢趣的情态，连孩子也有所察觉：“娇儿不离膝，畏我复却去”，“早见此归不是本意，于是绕膝慰留，畏爷复去”（明末清初金圣叹《杜诗解》）。对于“生还对童稚，似欲忘饥渴”的诗人，没有比这个细节更能表现他的郁郁寡欢的了。

于是他回忆去年六七月间纳凉“池边树”的往事。那时他对在灵武即位的肃宗和自己立朝报国寄予很大希望，故而多少有些“欢趣”。谁知事隔一年，却遭到如许失望，不禁忧从中来，百感交集，备受煎熬。叙事抒情中忽插入“萧萧北风劲”的写景，又大大添加了一种悲凉凄苦的气氛。

末四句写到秋收已毕，虽然新酒未曾酿出，却计日可待，似乎可感到它从糟床汩汩流出。“赖知”“已觉”均属料想之词。说酒是因愁，深切表现出诗人矛盾苦闷的心理——他其实是“醉翁之意不在酒”呵。

第三首写邻人来访情事。

前四句先安排了一个有趣的序曲:“客至”的当儿,庭院里发生着一场鸡斗,群鸡乱叫。待到主人把鸡赶到它们栖息的庭树上(古代黄河流域一带养鸡之法如此),院内安静下来时,这才听见客人叩柴门的声音。这开篇不但颇具村野生活情趣,同时也表现出意外值客的欣喜。

来的四五人全是父老,没有稍为年轻的人,这为后文父老感伤的话张本。这些老人都携酒而来,酒色清浊不一,各各表示着一家心意。在如此艰难岁月还这样看重情礼,是难能可贵的,表现了淳厚的民风并未被战争完全泯灭。紧接四句以父老不经意的口吻道出时事:由斟酒谦称“酒味薄”,从酒味薄说到生产的破坏,再引出“兵革既未息,儿童尽东征”。时世之艰难,点明而不说尽,耐人寻思。

末了写主人致答词。父老们的盛意使他感奋,因而情不自禁地为之高歌以表谢忱。此处言“愧”,暗中照应“晚岁迫偷生”意。如果说全组诗的情绪在第二首中有些低落,此处则由父老致词而重新高涨。所以他答谢作歌,强为欢颜,“歌罢”终不免仰天长叹。所歌内容虽无具体叙写,但从“艰难愧深情”句和歌所产生的“四座泪纵横”的效果可知,其中当含有对父老的感激,对时事的忧虑,以及身世的感喟等等情感内容。不明写,让读者从诗中气氛、意境玩味,以联想作补充,更能丰富诗的内涵。写到歌哭结束,语至沉痛,令读者三复斯言,掩卷而情不自已。

安史之乱给唐代人民带来深重苦难。“儿童尽东征”“黍地无人耕”的现象,遍及整个北国农村,何止羌村而然。《羌村三首》就通过北国农村之一角,反映出当时社会现实与诗人系心国事的情怀,具有很高的典型意义。

这组诗,每章既能独立成篇,却又相互联结,构成一个完整的统一体。第一首写初见家人,是组诗的总起,三首中惟此章以兴法开篇。第二首叙还家后事,上承“妻孥”句;而说到“偷生”,又下启“艰难愧深情”意。第三首写邻人的交往,上承“邻人”句;写斟酒,则承“如今足斟酌”意;最终归结到忧国忧民、伤时念乱,又成为组诗的结穴。这样的组诗,通常又谓之“连章体”。诗人从还家情事中抽选三个有代表性的生活片段予以描绘,不但每章笔墨集中,以点概面,而且利用章与章的自然停顿,造成幕闭幕启的效果,给读者以发挥想象与联想的空间,所以组诗篇幅不大而能含蓄深沉。

《羌村三首》以白描见长,虽然取材于一时见闻,而景实情真,略无夸饰。由于能抓住典型的生活情景与人物心理活动,诗句表现力强,大都耐人含咀。写景如“柴门鸟雀噪”“邻人满墙头”及“群鸡正乱叫”四句等,“摹写村落田家,情事如见”(清申涵光评)。写人如“妻孥怪我在,惊定还拭泪”,“夜阑更秉烛,相对如梦寐”,均穷极人物情态,后一联竟被后世诗人词客屡屡化用。如唐司空曙“乍见翻疑梦,相悲各问年”(《云阳馆与韩绅宿别》);宋晏几道“今宵剩把银釭照,犹恐相逢是梦中”(《鹧鸪天》);宋陈师道“了知不是梦,忽忽心未稳”(《示三子》)等。又如“娇儿不离膝,畏我复却去”,写幼子依人情状,栩栩如生。恰如前人评赞:“一字一句,镂出肺肠,才人莫知措手;而婉转周至,跃然目前,又若寻常人所欲道者”(见清杨伦《杜诗镜铨》引王慎中语)。这种“若寻常人所欲道”而终使“才人莫知措手”的描写,充分体现作者白描之功力。总之,由于这组诗语言平易,诗意凝练,音韵谐调,抒情气氛浓郁,在杜诗中占有重要地位。

送郑十八虔贬台州司户伤其临老陷贼之故阙为面别情见于诗

杜 甫

郑公樗散鬓成丝,酒后常称老画师。
万里伤心严谴日,百年垂死中兴时。
苍惶已就长途往,邂逅无端出饯迟。
便与先生应永诀,九重泉路尽交期。

【鉴赏】

郑虔以诗、书、画“三绝”著称,更精通天文、地理、军事、医药和音律。杜甫称赞他“才过屈宋”,“道出羲皇”,“德尊一代”。然而他的遭遇却很坎坷。安史之乱前始终未被重用,连饭都吃不饱。安史之乱中,又和王维等一大批官员一起,被叛军劫到洛阳。安禄山给他一个“水部郎中”的官儿,他假装病重,一直没有就任,还暗中给唐政府通消息。可是当洛阳收复,唐肃宗在处理陷贼官员问题时,却给他定了“罪”,贬为台州司户参军。杜甫为此,写下了这首“情见于诗”的七律。

前人评这首诗,有的说:“从肺腑流出”,“万转千回,纯是泪点,都无墨痕”。有的说:“一片血泪,更不辨是诗是情。”这都可以说抓住了最本质的东西。至于说它“屈曲赴题,清空一气,与《闻官军收河南河北》同是一格”,则是就艺术特点而言的;说它“直可使暑日霜飞,午时鬼泣”,则是就艺术感染力而言的。

杜甫和郑虔是“忘形到尔汝”的好友。郑虔的为人,杜甫最了解;他陷贼的表现,杜甫也清楚。因此,他对郑虔的受处分,就不能不有些看法。第三句中的“严谴”,不就是他的看法吗?而一、二两句,则是为这种看法提供依据。说“郑公樗散”,说他“鬓成丝”,说他“酒后常称老画师”,都是有含意的。

"樗"和"散",见于《庄子·逍遥游》:"吾有大树,人谓之樗,其大本拥肿而不中绳墨,其小枝卷曲而不中规矩。立之涂,匠者不顾。"又《庄子·人间世》载:有一木匠往齐国去,路见一高大栎树,人甚奇之,木匠却说:"'散木'也,以为舟则沉,以为棺椁则速腐,以为器则速毁,以为门户则液樠,以为柱则蠹,是不材之木也。"说郑公"樗散",有这样的含意:郑虔不过是"樗栎"那样的"无用之材"罢了,既无非分之想,又无犯"罪"行为,不可能是什么危险人物。何况他已经"鬓成丝",又能有何作为呢!第二句,即用郑虔自己的言谈作证。人们常说:"酒后见真言。"郑虔酒后,有什么越礼犯分的言论没有呢?没有。他不过常常以"老画师"自居而已,足见他并没有什么政治野心。既然如此,就让这个"鬓成丝"的、"垂死"的老头子画他的画儿去,不就行了吗?可见一、二两句,并非单纯是刻画郑虔的声容笑貌;而是通过写郑虔的为人,为郑虔鸣冤。要不然,在第三句中,凭什么突然冒出个"严谴"呢?

次联紧承首联,层层深入,抒发了对郑虔的同情,表现了对"严谴"的愤慨,的确是一字一泪,一字一血。对于郑虔这样一个无罪、无害的人,本来就不该"谴"。如今却不但"谴"了,还"谴"得那样"严",竟然把他贬到"万里"之外的台州去,真使人伤心啊!这是第一层。郑虔如果还年轻力壮,或许能经受那样的"严谴",可是他已经"鬓成丝"了,眼看是个"垂死"的人了,却被贬到那么遥远、那么荒凉的地方去,不是明明要他早一点死吗?这是第二层。如果不明不白地死在乱世,那就没啥好说;可是两京都已经收复了,大唐总算"中兴"了,该过太平日子了,而郑虔偏偏在这"中兴"之时受到了"严谴",真是太不幸了!这是第三层。由"严谴"和"垂死"激起的情感波涛奔腾前进,化成后四句,真"不辨是诗是情"。

"苍惶"一联,紧承"严谴"而来。正因为"谴"得那么"严",所以百般凌逼,不准延缓;作者没来得及送行,郑虔已经"苍惶"地踏上了漫长的道路。"永诀"一联,紧承"垂死"而来。郑虔已是"垂死"之年,而"严谴"又必然会加速他的死,不可能活着回来了;因而发出了"便与先生应永诀"的感叹。然而即使活着不能见面,仍然要"九重泉路尽交期"啊!情真意切,沉痛不忍卒读。诗的结尾,是需要含蓄的,但也不能一概而论。卢得水评这首诗,就说得很不错:"末竟作'永诀'之词,诗到真处,不嫌其迫,不妨于尽也。"

杜甫当然是忠于唐王朝的;但他并没有违心地为唐王朝冤屈好人的做法唱赞歌,而是实事求是地斥之为"严谴",毫不掩饰地为受害者鸣不平、表同情,以至于坚决表示要和他在泉下交朋友,这不是表现了一个真正的诗人应有的人格吗?有这样的人格,才会有"从肺腑流出""真意弥满""情见于诗"的艺术风格。

曲江二首

杜　甫

一片花飞减却春，风飘万点正愁人。
且看欲尽花经眼，莫厌伤多酒入唇。
江上小堂巢翡翠，苑边高冢卧麒麟。
细推物理须行乐，何用浮荣绊此身？

朝回日日典春衣，每日江头尽醉归。
酒债寻常行处有，人生七十古来稀。
穿花蛱蝶深深见，点水蜻蜓款款飞。
传语风光共流转，暂时相赏莫相违。

【鉴赏】

曲江又名曲江池，故址在今西安城南五公里处，原为汉武帝所造。唐玄宗开元年间大加整修，池水澄明，花卉环列。其南有紫云楼、芙蓉苑；西有杏园、慈恩寺，是著名游览胜地。

第一首写他在曲江看花吃酒，布局出神入化，抒情感慨淋漓。

在曲江看花吃酒，正遇"良辰美景"，可称"赏心乐事"了；但作者却别有怀抱，一上来就表现出无可奈何的惜春情绪，产生出惊心动魄的艺术效果。他一没有写已经来到曲江，二没有写来到曲江时的节令，三没有写曲江周围花木繁饶，而只用"风飘万点"四字，就概括了这一切。"风飘万点"，不只是客观地写景，缀上"正愁人"三字，重点就落在见景生情、托物言志上了。"风飘万点"，这对于春风得意的人来说，会煞是好看，为何又"正愁人"呢？作者面对的是"风飘万点"，那"愁"却早已萌生于此前的"一片花飞"，因而用跌笔开头："一片花飞减却春"！历尽漫长的严冬，好容易盼到春天来了，花儿开了。这春天，这花儿，不是很值得人们珍惜的吗？然而"一片花飞"，又透露了春天消逝的消息。敏感的、特别珍惜春天的诗人又怎能不"愁"？"一片"，是指一朵花儿上的一个花瓣。因一瓣花儿被风吹落就感到春色已减，暗暗发愁，可如今，面对着的分明是"风飘万点"的严酷现实啊！因此"正愁人"三字，非但没有概念化的毛病，简直力透纸背。

“风飘万点”已成现实，那尚未被风飘走的花儿就更值得爱惜。然而那风还在吹，剩下的，又一片、一片地飘走，眼看即将飘尽了！第三句就写这番情景：“且看欲尽花经眼。”“经眼”之花“欲尽”，只能“且看”。“且”，是暂且、姑且之意。而当眼睁睁地看着枝头残花一片、一片地随风飘走，加入那“万点”的行列，心中又是什么滋味呢？于是来了第四句：“莫厌伤多酒入唇。”吃酒为了消愁。一片花飞已愁；风飘万点更愁；枝上残花继续飘落，即将告尽，愁上添愁。因而“酒”已“伤多”，却禁不住继续“入唇”啊！

蒋弱六云：“只一落花，连写三句，极反复层折之妙。接入第四句，魂消欲绝。”这是颇有见地的。然而作者何以要如此“反复层折”地写落花，以至魂消欲绝？究竟是仅仅叹春光易逝，还是有慨于难于直陈的人事问题呢？

第三联“江上小堂巢翡翠，苑边高冢卧麒麟”，就写到了人事。或谓此联“更发奇想惊人”，乍看确乎“奇”得出人意料，细想却恰恰在人意中。诗人“且看欲尽花经眼”，目光随着那“风飘万点”在移动：落到江上，就看见原来住人的小堂如今却巢着翡翠——翡翠鸟筑起了窝，何等荒凉；落到苑边，就看见原来雄踞高冢之前的石雕墓饰麒麟倒卧在地，不胜寂寞。经过安史之乱，曲江往日的盛况远没有恢复；可是，好容易盼来的春天，眼看和万点落花一起，就要被风葬送了！这并不是什么“惊人”的“奇想”，而是触景伤情。面对这残败景象有什么办法呢？仍不外是“莫厌伤多酒人唇”，只不过换了一种漂亮的说法，就是“行乐”：“细推物理须行乐，何用浮荣绊此身？”难道“物理”就是这样的吗？如果只能如此，无法改变，那就只须行乐，何必让浮荣绊住此身，失掉自由呢？

联系全篇来看，所谓“行乐”，不过是他自己所说的“沉饮聊自遣”，或李白所说的“举杯消愁愁更愁”而已，“乐”云乎哉！

绊此身的浮荣何所指？指的就是“左拾遗”那个从八品上的谏官。因为疏救房琯，触怒了肃宗，从此，为肃宗疏远。作为谏官，他的意见却不被采纳，还蕴含着招灾惹祸的危机。这首诗就是乾元元年(758)暮春任“左拾遗”时写的。到了这年六月，果然受到处罚，被贬为华州司功参军。从写此诗到被贬，不过两个多月的时间。明乎此，就会对这首诗有比较确切的理解。

这是“联章诗”，上、下两首之间有内在的联系。下一首，即紧承“何用浮荣绊此身”而来。

前四句一气旋转，而又细针密线。清仇兆鳌注：“酒债多有，故至典衣；七十者稀，故须尽醉。二句分应。”(《杜诗详注》)就章法而言，大致是不错的。但把“尽醉”归因于“七十者稀”，对诗意的理解就表面化了。时当暮春，长安天气，春衣才派用场；即使穷到要典当衣服的程度，也应该先典冬衣。如今竟然典起春衣来，可见冬衣已经典光。这是透过一层的写法。而且不是偶尔典，而是“日日典”。这是更透过一层的写法。“日日典春衣”,读者准以为不是等米下锅,就是另有燃眉之急;然而读到第二句,才知道那不过是为了“每日江头尽醉归”,真有点出人意料。出人意料,就不能不引人深思:为什么要日日尽醉呢?

诗人还不肯回答读者的疑问,又逼近一层:“酒债寻常行处有”。“寻常行处”,包括了曲江,又不限于曲江。行到曲江,就在曲江尽醉;行到别的地方,就在别的地方尽醉。因而只靠典春衣买酒,无异于杯水车薪,于是乎由买到赊,以至“寻常行处”,都欠有“酒债”。付出这样高的代价就是为了换得个醉醺醺,这究竟是为什么?

诗人终于做了回答:“人生七十古来稀。”意谓人生能活多久,既然不得行其志,就“莫思身外无穷事,且尽生前有限杯”(《绝句漫兴》其四)吧!这是愤激之言,联系诗的全篇和杜甫的全人,是不难了解言外之意的。

“穿花”一联写江头景,在杜诗中也是别具一格的名句。宋叶梦得曾指出:“诗语固忌用巧太过,然缘情体物,自有天然工妙,虽巧而不见刻削之痕。老杜……‘穿花蛱蝶深深见,点水蜻蜓款款飞’:‘深深’字若无‘穿’字,‘款款’字若无‘点’字,皆无以见其精微如此。然读之浑然,全似未尝用力,此所以不碍其气格超胜。使晚唐诸子为之,便当如‘鱼跃练波抛玉尺,莺穿丝柳织金梭’体矣。”(《石林诗话》卷下)这一联“体物”有天然之妙,但不仅妙在“体物”,还妙在“缘情”。“七十古来稀”,人生如此短促,而“一片花飞减却春,风飘万点正愁人”,大好春光,又即将消逝,难道不值得珍惜吗?诗人正是满怀惜春之情观赏江头景物的。“穿花蛱蝶深深见,点水蜻蜓款款飞”,这是多么恬静、多么自由、多么美好的境界啊!可是这样恬静、这样自由、这样美好的境界,还能存在多久呢?于是诗人“且尽芳樽恋物华”,写出了这样的结句:“传语风光共流转,暂时相赏莫相违。”“传语”犹言“寄语”,对象就是“风光”。这里的“风光”,就是明媚的春光。“穿花”一联体物之妙,不仅在于写小景如画,而且在于以小景见大景。读这一联,难道唤不起春光明媚的美感吗?蛱蝶、蜻蜓,正是在明媚的春光里自由自在地穿花、点水,“深深见(现)”“款款飞”的。失掉明媚的春光,这样恬静、这样自由、这样美好的境界也就不复存在了。诗人以情观物,物皆有情,因而“传语风光”说:“可爱的风光呀,你就同穿花的蛱蝶、点水的蜻蜓一起流转,让我欣赏吧,哪怕是暂时的;可别连这点心愿也违背了啊!”

仇注引张綖语云:“二诗以仕不得志,有感于暮春而作。”(《杜诗详注》)言简意赅,深得诗人用心。因“有感于暮春而作”,故暮春之景与惜春、留春之情融合无间。因“仕不得志”而有感,故惜春、留春之情饱含深广的社会内容,耐人寻味。

这两首诗总的特点,用我国传统的美学术语说,就是“含蓄”,就是有“神韵”。所谓“含蓄”,所谓“神韵”,就是留有余地。抒情、写景,力避倾囷倒廪,而要抒写最典型最有特征性的东西,从而使读者通过已抒之情和已写之景去玩味未抒之情,想象未写之景。“一片花飞”“风飘万点”，写景并不工细。然而“一片花飞”，最足以表现春减；“风飘万点”，也最足以表现春暮。一切与春减、春暮有关的景色，都可以从“一片花飞”“风飘万点”中去冥观默想。比如说，从花落可以想到鸟飞，从红瘦可以想到绿肥……“穿花”一联，写景可谓工细；但工而不见刻削之痕，细也并非详尽无遗。例如只说“穿花”，不复具体地描写花；只说“点水”，不复具体地描写水，而花容、水态以及与此相关的一切景物，都宛然可想。

曲江对酒

杜　甫

苑外江头坐不归，水精宫殿转霏微。
桃花细逐杨花落，黄鸟时兼白鸟飞。
纵饮久判人共弃，懒朝真与世相违。
吏情更觉沧洲远，老大徒伤未拂衣。

【鉴赏】

这首诗写于乾元元年(758)春，是杜甫最后留住长安时的作品。

一年以前，杜甫只身投奔肃宗李亨，受职左拾遗。因上疏为宰相房琯罢职一事鸣不平，激怒肃宗，遭到审讯。以后，虽仍任拾遗，但有名无实，不受重用。杜甫无所作为，空抱报国之心，不免满腹牢骚。这首《曲江对酒》便是诗人此种心境的反映。

曲江，即曲江池，故址在今陕西西安市东南，因池水曲折而得名，是当时京都的第一胜地。

前两联是曲江即景。“苑外江头坐不归”，苑，指芙蓉苑，在曲江西南，是帝妃游幸之所。坐不归，表明诗人已在江头多时。这个“不”字很有讲究，如用“坐未归”，只反映客观现象，没有回去；“坐不归”，则突出了诗人的主观意愿，不想回去，可见心中有情绪：这就为三、四联的述怀作了垫笔。

以下三句，接写坐时所见。“水精宫殿转霏微”，水精宫殿，即苑中宫殿。霏微，迷濛的样子。在“宫殿”“霏微”间，又着一“转”字，突出了景物的变化。这似乎是承“坐不归”而来的：久坐不归，时已向晚，故而宫殿霏微。但是，我们从下面的描写中，却看不到日暮的景象，这就透露了诗人另有笔意。清浦起龙《读杜心解》曾将诗人这一时期所写的《曲江二首》《曲江对酒》《曲江对雨》，跟作于安史之乱以前的《丽人行》做过比较，指出：“此处曲江诗，所言皆‘花’、‘鸟’、‘蜻’、‘蝶’。一及宫苑，则云‘巢翡翠’，‘转霏微’，‘云覆’，‘晚静’而已。视前此所咏‘云幕’，‘御厨’，觉盛衰在目，彼此一时。”这种看法是有道理的。“水精宫殿转霏微”所显示的，即是一种虚空寥落的情景。这个“转”字，则有时过境迁的意味。

与此形成对照的，是如期而至的自然界的春色：“桃花细逐杨花落，黄鸟时兼白鸟飞”。短短一联，形、神、声、色、香俱备。“细逐”“时兼”四字，极写落花轻盈无声，飞鸟欢跃和鸣，生动而传神。两句衬托出诗人此时的心绪：久坐江头，空闲无聊，因而才这样留意于花落鸟飞。“桃花细逐杨花落”一句，原作“桃花欲共杨花语”，后杜甫“自以淡笔改三字”（南宋胡仔《苕溪渔隐丛话》），由拟人法改为描写法。何以有此改？就因为“桃花欲共杨花语”显得过于恬适而富有情趣，跟诗人当时仕途失意，懒散无聊的心情不相吻合。

这一联用“自对格”，两句不仅上下对仗，而且本句的某些字词也相对。此处“桃”对“杨”，“黄”对“白”。鸟分黄白，这是明点，桃杨之色则是暗点：桃花红而杨花白。这般色彩又随着花之“细逐”和鸟之“兼飞”而呈现出上下飘舞的动人景象，把一派春色渲染得异常绚丽。

风景虽好，却是暮春落花时节。落英缤纷，固然赏心悦目，但也很容易勾起伤春之情，于是三、四联对酒述怀，转写心中的牢骚和愁绪。

先写牢骚：“纵饮久判人共弃，懒朝真与世相违。”判，“割舍之辞；亦甘愿之辞”（张相《诗词曲语辞汇释》）。这两句的意思是：我整日纵酒，早就甘愿被人嫌弃；我懒于朝参，的确有违世情。这显然是牢骚话，实际是说：既然人家嫌弃我，不如借酒自遣；既然我不被世用，何苦恭勤朝参？正话反说，更显其牢愁之盛，又妙在含蓄委婉。这里所说的“人”和“世”，不光指朝廷碌碌之辈，牢骚已经发到了肃宗李亨的头上。诗人素以“忠君”为怀，但失望过甚时，也禁不住口出微辞。以此二句，足见诗人的愤懑不平之气。

最后抒发愁绪：“吏情更觉沧洲远，老大徒伤未拂衣。”沧洲，水边绿洲，古时常用来指隐士的居处。拂衣，指辞官。这一联是说：只因为微官缚身，不能解脱，故而虽老大伤悲,也无可奈何,终未拂衣而去。这里,以“沧洲远”“未拂衣”,和上联的“纵饮”“懒朝”形成对照,显示一种欲进既不能,欲退又不得的两难境地。杜甫虽然仕途失意,毕生坎坷,但“致君尧舜上,再使风俗淳”(《奉赠韦左丞丈二十韵》)的政治抱负始终如一,直至逝世的前一年(769),他还勉励友人“致君尧舜付公等,早据要路思捐躯”(《暮秋枉裴道州手札率尔遣兴》),希望以国事为己任。可见诗人之所以纵饮懒朝,是因为抱负难展,理想落空;他把自己的失望和忧愤托于花鸟清樽,正反映出诗人报国无门的苦痛。

九日蓝田崔氏庄

杜　甫

老去悲秋强自宽,兴来今日尽君欢。
羞将短发还吹帽,笑倩旁人为正冠。
蓝水远从千涧落,玉山高并两峰寒。
明年此会知谁健?醉把茱萸[①]仔细看。

【注释】

①茱萸:古代风俗,九月初九日,佩茱萸(植物名,有浓香)囊可以去邪辟恶,益寿延年。

【鉴赏】

“老去悲秋强自宽,兴来今日尽君欢。”人已老去,对秋景更生悲,只有勉强宽慰自己。今日重九兴致来了,一定要和你们尽欢而散。这里“老去”一层,“悲秋”一层,“强自宽”又一层;“兴来”一层,“今日”一层,“尽君欢”又一层,真是层层变化,转折翻腾。首联即用对仗,读来婉转自如。

“羞将短发还吹帽,笑倩旁人为正冠。”人老了,怕帽一落,显露出自己的萧萧短发,作者以此为“羞”,所以风吹帽子时,笑着请旁人帮他正一正。这里用“孟嘉落帽”的典故。东晋王隐《晋书》:“孟嘉为桓温参军,九日游龙山,风至,吹嘉帽落,温命孙盛为文嘲之。”杜甫曾授率府参军,此处以孟嘉自比,合乎身份。然而孟嘉落帽显出名士风流蕴藉之态,而杜甫此时心境不同,他怕落帽,反倩人正冠,显出别是一番滋味。说是“笑”倩,实是强颜欢笑,骨子里透出一缕伤感、悲凉的意绪。这一联用典人化,传神地写出杜甫那几分醉态。宋代杨万里说:“孟嘉以落帽为风流,此以不落帽为风流,翻尽古人公案,最为妙法。”(《诚斋诗话》)

“蓝水远从千涧落,玉山高并两峰寒。”按照一般写法,颈联多半是顺承前二联而下,那此诗就仍应写叹老悲秋。诗人却不同凡响,猛然推开一层,笔势陡起,以壮语唤起一篇精神。这两句描山绘水,气象峥嵘。蓝水远来,千涧奔泻,玉山高耸,两峰并峙。山高水险,令人只能仰视,不由人不振奋。用“蓝水”“玉山”相对,色泽淡雅。用“远”“高”拉出开阔的空间,用“落”“寒”稍事点染,既标出深秋的时令,又令人有高危萧瑟之感。诗句豪壮中带几分悲凉,雄杰挺峻,笔力拔山,真可叹服。

“明年此会知谁健?醉把茱萸仔细看。”当他抬头仰望秋山秋水,如此壮观,低头再一想,山水无恙,人事难料,自己已这样衰老,又何能久长?所以他趁着几分醉意,手把着茱萸仔细端详:茱萸呀茱萸,明年此际,还有几人健在,佩戴着你再来聚会呢?上句一个问句,表现出诗人沉重的心情和深广的忧伤,含有无限悲天悯人之意。下句用一“醉”字,妙绝。若用“手把”,则嫌笨拙,而“醉”字却将全篇精神收拢,鲜明地刻画出诗人此时的情态:虽已醉眼矇眬,却仍盯住手中茱萸细看,不置一言,却胜过万语千言。

这首诗跌宕腾挪,酣畅淋漓,前人评谓:“字字亮,笔笔高。”(清浦起龙《读杜心解》)诗人满腹忧情,却以壮语写出,读之更觉慷慨旷放,凄楚悲凉。

日暮

杜　甫

牛羊下来久,各已闭柴门。
风月自清夜,江山非故园。
石泉流暗壁,草露滴秋根。
头白灯明里,何须花烬繁。

【鉴赏】

大历二载(767)秋,杜甫在流寓夔州(治今重庆市奉节)瀼西东屯期间,写下了这首诗。滚西一带,地势平坦,清溪萦绕,山壁峭立,林寒涧肃,草木繁茂。

黄昏时分,展现在诗人眼前的是一片山村寂静的景色:“牛羊下来久,各已闭柴门。”夕阳的淡淡余晖洒满偏僻的山村,一群群牛羊早已从田野归来,家家户户深闭柴扉，各自团聚。首联从《诗经》“日之夕矣，羊牛下来”句点化而来。“牛羊下来久”句中仅著一“久”字，便另创新的境界，使人自然联想起山村傍晚时的闲静；而“各已闭柴门”，则使人从阒寂而冷漠的村落想象到户内人们享受天伦之乐的景况。这就隐隐透出一种思乡恋亲的情绪。

皓月悄悄升起，诗人凝望着这宁静的山村，禁不住触动思念故乡的愁怀：“风月自清夜，江山非故园。”秋夜，晚风清凉，明月皎洁，瀼西的山川在月光覆照下明丽如画，无奈并非自己的故乡风物！淡淡二句，有着多少悲郁之感。杜甫在这一联中采用拗句。“自”字本当用平声，却用了去声，“非”字应用仄声而用了平声。“自”与“非”是句中关键的字眼，一拗一救，显得波澜有致，正是为了服从内容的需要，深曲委婉地表达了怀念故园的深情。江山美丽，却非故园。这一“自”一“非”，隐含着一种无可奈何的情绪和浓重的思乡愁怀。

夜愈深，人更静，诗人带着乡愁的眼光观看山村秋景，仿佛蒙上一层清冷的色彩：“石泉流暗壁，草露滴秋根。”这两句词序有意错置，原句顺序应为：“暗泉流石壁，秋露滴草根。”意思是，清冷的月色照满山川，幽深的泉水在石壁上潺潺而流，秋夜的露珠凝聚在草根上，晶莹欲滴。意境是多么凄清而洁净！给人以悲凉、抑郁之感。词序的错置，不仅使声调更为铿锵和谐，而且突出了“石泉”与“草露”，使“流暗壁”和“滴秋根”所表现的诗意更加奇逸、浓郁。从凄寂幽邃的夜景中，隐隐地流露出一种迟暮之感。

景象如此冷漠，诗人不禁默默走回屋里，挑灯独坐，更觉悲凉凄怆：“头白灯明里，何须花烬繁。”杜甫居蜀近十载，晚年老弱多病，如今，花白的头发和明亮的灯光交相辉映；济世既渺茫，归乡又遥遥无期，因而尽管面前灯烬结花斑斓繁茂，似乎在预报喜兆，诗人不但不觉欢欣，反而倍感烦恼。“何须”一句，说得幽默而又凄婉，表面看来好像是宕开一层的自我安慰，其实却饱含辛酸的眼泪和痛苦的叹息。

“情语能以转折为含蓄者，惟杜陵居胜。”(《薑斋诗话》)清王夫之对杜诗的评语也恰好阐明本诗的艺术特色。诗人的衰老感，怀念故园的愁绪，诗中都没有正面表达，结句只委婉地说“何须花烬繁”，嗔怪灯花报喜，仿佛喜兆和自己根本无缘，沾不上边似的。这样写确实婉转曲折，含蓄蕴藉，耐人寻味，给人以更鲜明的印象和深刻的感受，艺术上可谓达到炉火纯青的境地。

赠卫八处士

杜　甫

人生不相见，动如参与商。
今夕复何夕，共此灯烛光。
少壮能几时？鬓发各已苍！
访旧半为鬼，惊呼热中肠。
焉知二十载，重上君子堂。
昔别君未婚，儿女忽成行。
怡然敬父执，问我来何方。
问答乃未已，驱儿罗酒浆。
夜雨剪春韭，新炊间黄粱。
主称会面难，一举累十觞。
十觞亦不醉，感子故意长。
明日隔山岳，世事两茫茫。

【鉴赏】

这首诗是肃宗乾元二载(759)春天，杜甫自洛阳(今属河南)返回华州(治今陕西华县)途中所作。卫八处士，名字和生平事迹已不可考。处士。指隐居不仕的人。

开头四句说，人生动辄如参、商二星，此出彼没，不得相见；今夕又是何夕，咱们一同在这灯烛光下叙谈。这几句从离别说到聚首，亦悲亦喜，悲喜交集，把强烈的人生感慨带入了诗篇。诗人与卫八重逢时，安史之乱已延续了三年多，虽然两京已经收复，但叛军仍很猖獗，局势动荡不安。诗人的慨叹，正暗隐着对这个乱离时代的感受。

久别重逢，彼此容颜的变化，自然最容易引起注意。别离时两人都还年轻，而今俱已鬓发斑白了。“少壮能几时，鬓发各已苍”两句，由“能几时”引出，对于世事、人生的迅速变化，表现出一片惋惜、惊悸的心情。接着互相询问亲朋故旧的下落，竟有一半已不在人间了，彼此都不禁失声惊呼，心里火辣辣地难受。按说，杜甫这一年才四十八岁，何以亲故已经死亡半数呢？如果说开头的“人生不相见”已经隐隐透露了一点时代气氛，那么这种亲故半数死亡，则更强烈地暗示着一场大的干戈乱离。“焉知”二句承接上文“今夕复何夕，共此灯烛光”，诗人故意用反问句式，含有意想不到彼此竟能活到今天的心情。其中既不无幸存的欣慰，又带着深深的痛伤。

前十句主要是抒情。接下去，则转为叙事，而无处不关人世感慨。随着二十年岁月的过去，此番重来，眼前出现了儿女成行的景象。这里面当然有倏忽之间迟暮已至的喟叹。“怡然”以下四句，写出卫八的儿女彬彬有礼、亲切可爱的情态。诗人款款写来，毫端始终流露出一种真挚感人的情意。这里“问我来何方”一句后，本可以写些路途颠簸的情景，然而诗人只用“问答乃未已”一笔轻轻带过，可见其裁剪净练之妙。接着又写处士的热情款待：酒是让儿子即刻去张罗的佳酿，菜是冒着夜雨剪来的春韭，饭是新煮的掺有黄米的香喷喷的二米饭。这自然是随其所有而具办的家常饭菜，体现出老朋友间不拘形迹的淳朴友情。“主称”以下四句，叙主客畅饮的情形。故人重逢话旧，不是细斟慢酌，而是一连就进了十大杯酒，这是主人内心不平静的表现。主人尚且如此，杜甫心情的激动，当然更不待言。“感子故意长”，概括地点出了今昔感受，总束上文。这样，对“今夕”的眷恋，自然要引起对明日离别的慨叹。末二句回应开头的“人生不相见，动如参与商”，暗示着明日之别，悲于昔日之别：昔日之别，今幸复会；明日之别，后会何年？低回深婉，耐人玩味。

诗人是在动乱的年代、动荡的旅途中，寻访故人的；是在长别二十年，经历了沧桑巨变的情况下与老朋友见面的，这就使短暂的一夕相会，特别不寻常。于是，那眼前灯光所照，就成了乱离环境中幸存的美好的一角；那一夜时光，就成了烽火乱世中带着和平宁静气氛的仅有的一瞬；而荡漾于其中的人情之美，相对于纷纷扰扰的杀伐争夺，更显出光彩。“今夕复何夕，共此灯烛光”，被战乱推得遥远的、恍如隔世的和平生活，似乎一下子又来到眼前。可以想象，那烛光融融，散发着黄粱与春韭香味，与故人相伴话旧的一夜，对于饱经离乱的诗人，是多么值得眷恋和珍重啊。诗人对这一夕情事的描写，正是流露出对生活美和人情美的珍视，它使读者感到结束这种战乱，是多么符合人们的感情与愿望。

哀江头

杜甫

少陵野老吞声哭，春日潜行曲江曲①。
江头宫殿锁千门，细柳新蒲为谁绿②？

忆昔霓旌下南苑，苑中万物生颜色[③]。
昭阳殿里第一人，同辇随君侍君侧[④]。
辇前才人带弓箭，白马嚼啮黄金勒[⑤]。
翻身向天仰射云，一笑正坠双飞翼。
明眸皓齿今何在？血污游魂归不得[⑥]。
清渭东流剑阁深，去住彼此无消息[⑦]。
人生有情泪沾臆，江水江花岂终极[⑧]！
黄昏胡骑尘满城，欲往城南望城北[⑨]。

【注释】

①少陵野老：汉宣帝陵墓在杜陵县，许皇后葬在杜陵南园，称少陵，在长安县南四十里。杜甫祖籍杜陵，曾在此居住过，故常称“杜陵布衣”“少陵野老”。曲江曲：曲江偏僻曲折之处。

②江头：曲江头，有唐玄宗原来的行宫。宫殿锁千门：指行宫千门万锁，冷冷清清。安史之乱后，帝妃、权贵们都逃离长安了。

③霓旌：霓虹色的彩旗，指帝妃巡幸时的仪仗旗。南苑：芙蓉苑，曲江南部。

④昭阳殿：汉成帝皇后赵飞燕所居宫殿，此指杨贵妃生前住处。辇（niǎn）：皇帝乘的车驾。

⑤才人：宫中女官。带弓箭：指会武善射的女才人。啮（niè）：咬。勒：带嚼口的马笼头。因用黄金为饰，故称“黄金勒”。

⑥明眸皓齿：眼亮齿白，形容美人，指杨贵妃。血污游魂：指杨贵妃被缢死马嵬驿之事。天宝十五年（756）六月，安禄山陷长安，玄宗带杨贵妃出逃，准备入蜀。行至马嵬驿（今陕西省兴平市，距长安百余里），六军不前，请诛杨国忠及杨贵妃。玄宗无奈，只好下令缢死杨贵妃于马嵬驿佛堂梨树前。

⑦清渭：马嵬驿南滨之渭水。有泾水浊渭水清之说，故称“清渭”。剑阁：今四川省剑阁县北，玄宗入蜀经由之地。去住：去指远去的玄宗，住指葬马嵬驿的杨贵妃。即生者与死者。

⑧臆：胸臆。泪沾臆：杜甫说自己有感世事的沧桑巨变而泪落胸前。岂终极：哪里有终极之日。指江水长流，花开花谢，不以人情而转移。

⑨胡骑：安禄山的军队。望城北：唐时长安城南为居民住宅区，杜甫住此。城北为宫阙所在地。两句是说杜甫本想往城南回家，不料却向城北走，足见内心悲愤，精神恍惚。一说肃宗在灵武即位，地在长安之北。望城北，望王师北来恢复京师。

【鉴赏】

唐肃宗至德元载(756)秋天,杜甫离鄜州去投即位于灵武的唐肃宗,不料被安禄山叛军抓获,带到已沦陷的长安。第二年(757)春天,他偷偷地来到曲江边唐玄宗原来的行宫之地,睹物思人,触景伤怀,悲愤地写下这首诗。

全诗分三段。

从"少陵野老"到"为谁绿"为第一段,写长安沦陷后曲江的荒凉景象。这里原是繁华的游览胜地,如今却宫门紧锁,冷清寥落。细柳新蒲为谁而绿呢?只有少陵野老悄悄地来到这里,睹物伤情,吞声而哭!开篇四句就把长安沦陷后的险恶的政治氛围以及"春日"的时间、"曲江曲"的地点、诗人"吞声哭"的情态展露无遗,突出了诗题"哀江头"之"哀"。

从"忆昔霓旌"到"双飞翼"为第二段,回忆安史之乱以前曲江春日繁华的景象。那时唐玄宗和宫妃们幸游芙蓉苑,彩旗飘动,万物生辉。杨贵妃随车伴驾,女官们戎装跨马,仰射高空,正中比翼双飞的鸟。这精湛的技艺博得了杨贵妃粲然"一笑"!这段写唐玄宗与杨贵妃游苑的放纵、豪奢,暗寓他们后来悲剧的缘由。

从"明眸皓齿"到"望城北"为第三段,写唐玄宗和杨贵妃的悲剧及诗人的感慨。"明眸皓齿"照应前面的"一笑","今何在"照应开头"细柳新蒲为谁绿"的"为谁"二字,物是人非,何其沉痛!"血污游魂"写出了杨贵妃横遭缢死;"归不得",长安失陷,游魂不能归,只好埋葬在马嵬驿!"清渭东流剑阁深,去住彼此无消息",杨贵妃长留渭水之滨,唐玄宗却远去剑阁,去留东西,生死两离,永无消息。这与前面"同辇随君"情融相对照,是何等的凄切!自然,这是他们逸乐无度的结果!接着,面对人事沧桑,诗人顿生感慨:人是有情的,触景伤怀,泪湿胸臆;大自然是无情的,江花照开,江水照流,永无止境。以"无情"衬"有情",更见悲痛之情深!因此,在"黄昏胡骑尘满城"的恐怖气氛中,诗人心神恍乱,本想回城南家中,却向城北的皇家宫阙走去。这里暗含两层意思,一是写诗人内心哀痛,念念不忘朝廷;一是写诗人北望王师,收复京师。两层意思都表现了诗人忠君爱国之怀。

全诗采用对比手法,将昔日的繁华与今日的荒凉,昔日的欢愉与今日的死别进行对照,在正面写唐玄宗为代表的统治集团乐极哀来的现实中,暗寓国破家亡的绵绵遗恨和深刻教训。

春宿左省

杜　甫

花隐掖垣[①]暮，啾啾栖鸟过。
星临万户动，月傍九霄多[②]。
不寝听金钥，因风想玉珂[③]。
明朝有封事，数问夜如何[④]？

【注释】

①掖垣：唐置门下省在宣政殿东面，称东台，又称左省或左掖。掖垣，即左省（偏殿）的短墙。

②星临：群星出现，星空闪烁。月傍：接近月亮。九霄：九天，高空。暗指皇帝宫殿高入云霄。

③金钥：午门的锁钥，指皇帝接见群臣时开启殿门的声响。玉珂：马铃，因饰以玉，称玉珂。唐时规定：三品以上九珂；四品七珂；五品五珂。

④封事：议论时政的重要奏章。数：屡次。

【鉴赏】

唐肃宗至德二年（757）四月，杜甫从长安逃出到凤翔，谒见肃宗。五月，任左拾遗官职。八月，因思念鄜州家人，告假去鄜州探亲。九月，唐军收复被安史叛军控制的京师长安。十月，肃宗自凤翔还京，杜甫亦从鄜州到长安，仍任左拾遗。左拾遗是负责直言讽谏之官，大事廷争，小事写成密封的奏章上报。此诗作于乾元元年（758）春，描写了他任左拾遗时值夜班，忠于职守，勤政为国的情景。

首联："花隐掖垣暮，啾啾栖鸟过。"写他在左省上夜班时所见的景物。花影婆娑，栖鸟飞鸣而过，点明是黄昏"暮"色之景，和"宿"相关。"花"与"鸟"点明是"春"天，"掖垣"点明地点是"左省"。短短两句诗，一一扣应了题目"春宿左省"。

颔联："星临万户动，月傍九霄多。"写由暮至夜深的景色。皇宫之内，星光灿烂，似乎千门万户都在闪动；而高耸入云的宫殿，似乎靠近了月亮，因而接受的月光也就特别"多"，显得特别明亮。这是夜深，月到中天的形象，也暗含帝居高远的赞颂之意。

颈联:“不寝听金钥,因风想玉珂。”写值夜班时的情景。因值班睡不着觉,仿佛听到开宫门的锁钥声;因风吹动檐前铃铎,自然想到百官们骑着响铃的马来上朝的情景。这些想象虚化之辞,真切地表现了诗人小心谨慎、勤于国事的心境。

尾联:“明朝有封事,数问夜如何。”写夜将晓自己不寝不宁之因。因为想到“明朝”要为皇帝上“封事”(密封的奏章),心绪不宁,寝卧不安,所以数次询问“夜如何”,即夜深几时辰了。“数问”二字强化了诗人恭谨小心、非寝非宁的情态和忠君勤政的心情举动,活灵活现。

全诗以时间为序,自暮至夜,自夜深至将晓,自将晓至明朝,次第写来,明晰而不板滞,真切而又传神。前四句写景,后四句写情,景情结合,结构严谨而又灵动,诗意明达而又蕴藉。

石壕吏

杜甫

暮投石壕村,有吏夜捉人。
老翁逾[①]墙走,老妇出门看。
吏呼一何[②]怒!妇啼一何苦!
听妇前致词,三男邺城戍。
一男附书[③]至,二男新战死。
存者且偷生,死者长已矣[④]!
室中更无人,惟有乳下孙[⑤]。
有孙母未去,出入无完裙。
老妪[⑥]力虽衰,请从吏夜归。
急应河阳役,犹得备晨炊[⑦]。
夜久语声绝,如闻泣幽咽[⑧]。
天明登前途,独与老翁别。

【注释】

①逾:翻过,越过。

②一何:多么。

③附书:托人带书信。

④长已矣：永久地完了。

⑤乳下孙：还在吃奶的小孙子。

⑥妪：年老妇女的通称。

⑦备晨炊：（为士兵）煮早饭。

⑧泣幽咽：远处传来的哽咽哭泣之声。

【鉴赏】

这是一首揭露官吏横暴、反映人民遭受战乱苦难的情景诗。

唐肃宗乾元二载（759）春，郭子仪等九节度使六十万大军包围安史叛军安庆绪部于邺城（今山西邺县），由于指挥不统一，被史思明援兵打得全军溃败，士卒伤亡惨重。唐王朝为补充兵力，便在洛阳以西至潼关一带，强行抓人当兵，人民苦不堪言。这时，诗人正由洛阳经过潼关，赶回华州（今陕西华阴市）任所。途中就其所见所闻，写成了“三吏”与“三别”六大名篇。“石壕吏”是“三吏”中的第一篇。

前四句为第一段。首句单刀直入，直叙其事。“暮”字和“投”字值得细品，不宜轻易放过。古代旅人都要“未晚先投宿”，更何况在兵荒马乱的动荡年月。而诗人却于暮色苍茫之时才匆匆忙忙地投靠到一个小小的石壕村里借宿，这种异乎寻常的情景很富于暗示。可以设想：他或者是压根儿不敢走大路；或者是附近的城镇已荡然一空，无处歇脚；或者还有其他原因。总之，寥寥五字，不仅点明了投宿的时间和地点，而且烘托了兵荒马乱，鸡犬不宁，一切脱出常轨的景象，为悲剧的演出提供了典型环境。次句则是全诗的纲，以下情节都是从这里生发出来的。不说点兵、征兵、招兵，而说“捉人”，已经有了在如实描绘之中寓揭露、批判之意；再加上一个“夜”字，含蕴更为丰富。一是表明官府“捉人”之事时常发生，老百姓白天躲藏或者反抗，无法捉到；二是表明县吏“捉人”的手段狠毒，趁老百姓已经入睡的黑夜，来个突然袭击；三是表明官吏“捉人”之烂，兵丁应该是男性壮丁，现在是捉人，则不分男女老幼皆在可“捉”之列。同时，诗人是“暮”投来的，从“暮”到“夜”已过了好几个小时，这时当然已经睡下休息了。所以下面的事态发展，他没有参与其间，而是隔门听出来的。三、四两句表现了百姓长期以来深受“捉人”之害，昼夜不安，即使夜深人静，一听到门外有点响动，就知道县吏又来"捉人"了,老翁立刻"逾墙"逃走,由老妇去开门周旋。

接下来的十六句为第二段。五、六两句概括、形象地写出了"吏"与"妇"的尖锐矛盾:一"呼"一"啼"、一"怒"一"苦"形成了强烈的对照;两个状语"一何"加重了感情色彩,有力地渲染出县吏如狼似虎、叫嚣隳突的横蛮气势,并为老妪以下的长篇述说制造出悲愤的气氛。矛盾的两方面具有主与从、因与果的关系。"妇啼一何苦"是"吏呼一何怒"逼出来的。下面,诗人不再写吏的"呼"与"怒",全力描写妇的"啼苦"与结果,而吏的"呼怒"自见。"听妇前致词"句承上启下,而听是诗人在听。"致词"是老妪"苦啼"着回答县吏的"呵问"。读下面十三句的"致词",千万别以为是老妪一口气说下去的,而县吏则坐在那里洗耳恭听;实际上"一何怒"与"一何苦"不仅发生在事件的前头,而且持续到事件的结尾,诗人不可能像小说那样描写得细致入微。八至十二句是致词的第一个层次。可以想见这是针对县吏的第一次呵问诉苦的。此前诗人已用次句写出了县吏的猛虎攫人之势。等到"老妇出门看"时,便扑了进来,贼眼四处搜索,却没找到一个男丁,扑了个空。于是怒吼道:"你家的男人都到哪儿去了? 快交出来!"老妪于是苦诉出"三个儿子都拉去守邺城去了。一个儿子刚刚捎来一封信,说另外两个儿子已经打仗战死了。"也许县吏呵斥她在撒谎,老妪还把书信交给县吏看。总之,"存者偷生、死者长已",处境是够让人同情的,她很希望博得县吏的同情,高抬贵手。不料县吏又大发雷霆:"难道你家里再没有别的人了? 快交出来!"老妇又针对这一斥问苦诉:"没别的人了,只有一个吃奶的孙子。"这两句也许不是一口气说下去的。因为"更无人"与下面的回答发生了明显的矛盾。合理的解释是:老妪先说了"家里再没人了",而在此关键时刻被儿媳妇抱在怀里躲到什么地方的小孙子,受了县吏怒吼声的惊吓,哭出了声来,掩口也不顶用。县吏抓住了把柄,威逼道:"你是在撒谎,不是还有个孩子在哭吗?"老妪不得已,这才说道:"只有个孙子啊! 还在吃奶呢,小得很!""吃谁的奶? 总有个母亲吧! 还不把她交出来!"老妪担心的事终于发生了。她只得硬着头皮解释:"孙儿是有个母亲,她的丈夫在邺城战死后,因为要奶孩子,没有改嫁。可怜她连一件完整的衣裙都没有,穿得破破烂烂的进进出出,怎么好让你看见呢? 还是行行好吧!"但县吏仍不肯罢手。老妪生怕守寡的儿媳被抓,饿死了孙子,只好挺身而出:"老妪力气虽然衰微,请求跟你们连夜赶到河阳前线应急,还可以为作战的士兵做早饭。"妇、吏的对话到此结束,最后是县吏竟然同意老妪赴役,不再怒吼了。

尾四句为第三段。既照应前四句所涉及的人物,又写出了事件的结局和诗人的感受。"语声绝"表明老妪已被抓走;"泣幽咽"是说儿媳妇在低声哭泣哽咽。此时老翁尚未回来。"夜久"二字,反映了老妪一再哭诉、县吏百般威逼的漫长过程;"如闻"二字,一方面表现了儿媳妇因丈夫战死、婆婆被"捉"而泣不成声,另一方面也显示了诗人以关切的心情倾耳细听,"夜久"未能入睡,不知什么时候才打了一会眦儿。收尾两句于叙事中饱含无限深情。试想昨日傍晚投宿之时，老翁、老妪双双迎接，而时隔一夜，老妪被捉走，儿媳妇泣不成声，只能与逃走归来的老翁一个人作别登路。老翁是何心情？诗人做何感想？这些都给读者留下了想象的余地。

后人有评此诗者说：三男戍，二男死，孙方乳，媳无裙，翁逾墙，妇夜往。一家之中，父子、兄弟、祖孙、姑媳残酷如此，民不聊生极矣！当时唐祚亦岌岌乎危哉！古者有兄弟始遣一人从军。今驱尽壮丁，及老弱妇孺，把百姓整成这个样子，统治者的宝座也确属岌岌可危了。诗人面对当时现实，如实地揭露了政治的黑暗，发出了石壕吏夜间乱捉人的呼喊，这是值得高度评价的。

本诗的艺术表现最大的特点是精练，事长言短。全诗句句叙事，无抒情语，亦无议论语，却巧妙地通过叙事抒了情，发了议论，且爱憎分明，倾向鲜明，寓褒贬于叙事，既节省了笔墨，又毫无概念化的感觉。全诗仅一百二十字，却在惊人的广度与深度上反映了生活上的复杂矛盾与冲突，是十分难能可贵的。

新婚别

杜　甫

兔丝附蓬麻，引蔓故不长[①]。
嫁女与[②]征夫，不如弃路旁。
结发为君妻，席不暖君床。
暮婚晨告别，无乃[③]太匆忙！
君行虽不远，守边赴河阳[④]。
妾身未分明，何以拜姑嫜[⑤]？
父母养我时，日夜令我藏。
生女有所归，鸡狗亦得将[⑥]。
君今往死地，沉痛迫中肠。
誓欲随君去，形势反苍黄[⑦]。
勿为新婚念，努力事戎行[⑧]！
妇人在军中，兵气恐不扬。
自嗟贫家女，久致罗襦裳[⑨]。
罗襦不复施，对君洗红妆。
仰视百鸟飞，大小必双翔。

人事多错迕[10],与君永相望!

【注释】

①兔丝:一种蔓生草,必须寄生在别的植物身上。蓬麻:蓬草和苎麻,都是低矮的植物。

②与:给予。

③无乃:恐怕、只怕、只是。

④河阳:指黄河南面一带,当时正是打击安禄山叛军的前线。

⑤姑嫜:公婆。

⑥将:将就,跟随。

⑦苍黄:比喻事情变化反复,由《墨子·所染》:"染于苍则苍,染于黄则黄,所入者变,其色亦变"引申而来。

⑧戎行:军队的守卫与作战。

⑨罗襦裳:丝绸短衣。

⑩迕(wǔ):违背、违逆。

【鉴赏】

杜甫"三别"中的《新婚别》,精心塑造了一个深明大义的少妇形象。诗采用"独白"的表现形式,先后以七个"君"字表达新娘对新郎的肺腑之言,读来深切感人。

全诗可分为三个段落,表达了三层意思。但三个层面不是平列的,而是一层比一层深邃,一层比一层高远,每一个层面中又都有曲折。这是因为人物的思想是递进的,心情是复杂的。

前十二句为第一段。主要是新娘诉说自己的不幸命运。一个刚过门的新媳妇,过去和丈夫没见过面,没讲过话。所以语气显得有些羞涩,有些吞吞吐吐。首二句用物作譬,很符合她的特定身份和特定心理:好像菟丝子这种蔓草攀附在蓬草或苎麻类低矮植物身上,菟丝子的蔓须也就不能延长。在封建社会里,女子得依靠丈夫才能生活。可是她现在嫁的是一个"征夫",很难指望白头偕老,用"兔丝附蓬麻"作譬非常贴切。次二句加深了首二句的意思。为什么新娘子会伤心到这步田地呢?以下八句正是申明这个问题。"结发"二字不要轻易读过,它说明这个新娘子对丈夫的好歹看得很重,因为这关系到她今后一生的命运。然而,谁知道这洞房花烛之夜,就是生死离别之时呢?头一天晚上结婚,第二天一早就得去打仗,连你的床席都没有睡暖和,这哪里像个结发夫妻呢?"无乃"二字是反诘语气,全句意为"岂不是太匆忙了吗?"如果是为了做别的什么要紧事,匆忙相别也还罢了,因为很快可以团圆；偏偏你是到河阳前线去打仗，将来的事且不说，眼跟前我这媳妇的身份都没有明确，怎么去拜见公婆、侍候公婆呢？古代婚礼，新娘嫁过门三天以后，要先告家庙、上祖坟，然后拜见公婆，正名定分，才算成婚。“君行”二句，点明了造成“新婚别”的根源是战争；同时说明了当时进行的战争是平定安史之乱。由于组织指挥上的失误，唐朝官军节节失利，伤亡惨重，广大地区沦陷，边防已经内迁到洛阳附近的河阳，守边居然守到内地的家门口来了，这岂不可悲可叹？所以，读者还要把这二句看作是对统治阶级昏庸误国的讥讽。诗人在这里用的是一种“婉而多讽”的手法。

中间八句为第二段。新娘把话题由自身转落到丈夫身上。她关心丈夫的死活，并且表示了对丈夫的忠贞，要和他一同去作战。当年父母对自己非常疼爱，把自己当作宝贝藏于深闺。然而女大当嫁，父母也不能藏我一辈子，还是不能不把我嫁人了，而且嫁鸡随鸡，嫁狗随狗，现在我嫁给你就得跟随你。你却要到那九死一生的战场去，万一有个三长两短，我能靠谁呢？想到这些，怎能不叫人沉痛得柔肠寸断呢？紧接着，新娘子表示：我本来决心要随你上前线，死也跟你死在一起，省得牵肠挂肚。但又怕这样一来，把事情弄得更糟糕，形势弄得更复杂，真叫人左右为难。这八句刻画了新媳妇那种心如刀割、心乱如麻的矛盾心理，曲折而又深刻。

最后十二句为第三段。新娘经过一番痛苦的倾诉和内心剧烈的斗争以后，终于从个人的不幸中、从对丈夫的关切中跳了出来，站在一个新的高度，放远了自己的眼光。她一变哀怨沉痛的倾诉而为积极的鼓励，话也说得痛快，不像开始时那样吞吞吐吐的了。她决定不随同丈夫上前线，为的是不影响军队的士气和战斗力。并且，为了使丈夫一心一意努力杀敌，她表示了自己生死不渝的坚贞爱情：我这贫家女儿费了许久的心血好不容易才备办得一套丝绸新装，现在起不再穿了；我还当着你的面去掉脸上的脂粉，抹尽铅华。你走了以后，我更没心情梳妆打扮、穿红戴绿了。这一方面是对坚贞专一爱情的表白，另一方面也是鼓励丈夫放下担心，满怀希望地去杀敌。新娘子的鼓励是十分明智的，只有把幸福的理想寄托在丈夫的努力杀敌、凯旋归来上面，才有实现的可能。应该说，这是一个识大体、顾大局的好姑娘。结尾四句是全诗的总结。其中有哀怨、有伤感，但已经不像开始那样强烈、那样明显。“人事多错迕”似乎在诉说人不如鸟，百鸟尚能成双成对地翱翔天空，我们新婚夫妻却要生离死别地天各一方。但人世间的许多事情往往是与人的愿望背道而驰的，只有随天命、尽人事，振作起来往好的方面想。于是她说出了“与君永相望”这样含情无限的话语，用生死不渝的爱情来坚定丈夫的斗志，结束自己的倾诉。

本诗是一首高度思想性和完美艺术性相结合的好诗。作者在新娘子身上倾注了浪漫主义的理想色彩，进行了大胆的艺术虚构；同时在塑造的人物身上又体现了现实主义的精雕细琢，新媳妇有血有肉，在经过曲折剧烈的痛苦的内心斗争以后，毅然鼓励丈夫“努力事戎行”。读者可以深切领会到战争环境中人物思想感情的发展变化，丝毫不感到勉强和抽象，而觉得非常自然，符合事件和人物性格发展的逻辑，并且深受感染。

人物语言个性化是本诗的最大艺术特点。诗人化身为新娘，用她的口吻说话，生动而且逼真。诗中用了不少俗语，这也有助于语言的个性化，因为诗人描写的本来就是一个“贫家女”。全诗一韵到底，一气呵成，与本诗采用人物独白的方式有关，也有利于主人公的诉说，更便于读者的倾听。

佳　　人

杜　甫

绝代有佳人，幽居在空谷[①]。
自云良家子[②]，零落依草木。
关中昔丧乱[③]，兄弟遭杀戮。
官高何足论，不得收骨肉。
世情恶衰歇，万事随转烛[④]。
夫婿轻薄儿[⑤]，新人美如玉。
合昏[⑥]尚知时，鸳鸯不独宿。
但见新人笑，那闻旧人哭。
在山泉水清，出山泉水浊[⑦]。

侍婢卖珠回，牵萝[8]补茅屋。

摘花不插发，采柏动盈掬[9]。

天寒翠袖薄，日暮倚修竹。

【注释】

①绝代：汉乐府《李延年歌》："北方有佳人，绝世而独立。"绝代即绝世，绝无仅有。幽居：隐居。

②良家子：出身清白、好人家的儿女。

③关中丧乱：指安禄山陷长安之事。

④世情：世俗风情，指一般人趋奉势利。恶(wù)：厌恶。衰歇：衰落失势。转烛：风中烛光，闪烁不定，喻人情世故反复无常。

⑤轻薄儿：轻佻浅薄之人。

⑥合昏：合欢花，又名夜合花，朝开夜合，知时守信，坚贞不贰。

⑦泉水清：喻贞节自守。泉水浊：喻操行不正。

⑧萝：女萝、松萝，树状植物，直立或悬垂，长达一米以上，呈灰白或灰绿色。

⑨采柏：采折松柏。柏常绿不凋，似有坚贞不移的品性。盈掬：装满叫盈；两手捧取叫掬。盈掬，满把之意。

【鉴赏】

唐肃宗乾元二载(759)秋，杜甫辞掉华州司功参军之后，不得已挈妇将雏，翻越陇山，来到秦州。此诗作于秦州，写一位妇女在安史之乱中的不幸遭遇和她的坚贞气节。

诗的开头以陈述句领起，说他见到了一位"幽居"在深山空谷中的"绝代"佳人。接着，诗人借"佳人"的口吻，自述战乱中的遭遇：她本是出身于清白之家的"良家子"，但在战乱中只能托依山林草木，过着孤苦零落的生活。这是因为：关中丧乱(安史之乱)，官居高位的兄弟"遭杀戮"，连"骨肉"也不得收葬。加之世态炎凉，趋炎附势，"万事"如同"转烛"之光，反复不定。因而，她"轻薄"的丈夫因她娘家人亡势去而抛弃了她，与"美如玉"的新人寻欢作乐去了！"佳人"自述到此，悲愤欲绝，以"合昏"花和"鸳鸯"鸟作比，说明花鸟还守信有情，现在人却弃旧喜新，岂不可叹！"但见新人笑，那闻旧人哭"，以"笑"和"哭"对比，更见出她令人同情的悲惨身世！

然而，这位"佳人"并没有被不幸的命运压倒，诗人用"在山泉水清，出山泉水浊"作比，指出"佳人"如同山之清泉，独居深山空谷，与草木为邻，保持着高尚的节操！你看，侍婢卖珠，"牵萝补茅屋"；"佳人"首不加饰，发不插花，采柏子而为食；

天寒地冻,“翠袖”单薄;“日暮”黄昏,倚“修竹”而临风,可见女主人公安贫守道,如松柏、修竹一般,有着高尚的贞节操守!这是诗人以眼观物,对“佳人”所做的行动描写。

全诗铺陈其事,但“赋”中有寓。诗人通过佳人身世遭遇和坚贞品德的描写,把贤士失职,去国怀家之思寄寓其中,以表自己高尚的情志和报国无门的难言的隐痛和悲愤!所以,长期以来“佳人”的遭遇与志向常引起有识之士的同感与哀怨,不是没有道理的。

梦李白 二首

杜　甫

之　一

死别已吞声,生别常恻恻①。
江南瘴疠地,逐客无消息②。
故人入我梦,明我长相忆③。
恐非平生魂,路远不可测④。
魂来枫林青,魂返关塞黑⑤。
君今在罗网,何以有羽翼⑥?
落月满屋梁,犹疑照颜色⑦。
水深波浪阔,无使蛟龙得⑧。

【注释】

①吞声:泣不成声。恻恻(cè):惨惨不安貌。

②江南:大江以南之地,包括李白系狱的浔阳(今江西九江市)及流放的夜郎。瘴疠(zhànglì):南方湿热,多瘟疫。逐客:被朝廷放逐之人。

③故人:指李白。明:知道。

④平生魂:往日的生魂。测:推测,明白。

⑤枫林青:江南夜景。《楚辞·招魂》:“湛湛江水兮上有枫,魂兮归来哀江南。”关塞黑:秦陇一带多关塞,梦中李白从秦州返回江南路过秦陇关塞,时在夜间,故曰“黑”。

⑥罗网:法网。时杜甫以为李白在流放途中,故云。有羽翼:喻来往自由。

⑦落月:天晓之时。颜色:指李白容貌。

⑧波浪阔:喻路途艰险。蛟龙:喻欲置李白于死地的人。

【鉴赏】

唐肃宗至德元年(756),李白因参加永王李璘的幕府被捕入狱。后保释出狱,于乾元元年(758)春天被流放夜郎(今贵州桐梓一带)。后至巫山,在759年春夏之交,遇赦放还。此时杜甫客居秦州,只知李白流放而不知遇赦,天涯苦忆,积想成梦,表达了对友人悲苦命运的深切关怀,对那些迫害李白的恶势力进行了有力的鞭挞。

诗的开篇,即以"死别"与"生别"对比,极言"生别"比"死别"还痛苦。因为"死别"仅"吞声",一哭,痛苦自了;而"生别"却令人"常恻恻",久思不断。特别是友人遭人生之大不幸,被"逐客""江南瘴疠地",又长久无消息,相思之苦更是与日俱增。接着,写梦忆李白。但诗人不说自己做梦,而是说李白明白"我"对他的"长相忆",主动入梦。这种逆转写法,更衬托出他们二人知之甚深,友谊笃厚。"君今在罗网,何以有羽翼",写诗人梦中恍惚之感:你在流放之中,怎么有了"羽翼"来到我身边呢?"恐非平生魂,路远不可测",莫非你真的死了,眼前的你不是生者之魂!唉,真是路远难测啊!先写见面之喜,转而生疑,疑而生深深的忧虑和恐惧,逼真地展现了诗人的梦幻心理,同时折射出对李白的无限思虑!"魂来枫林青,魂返关塞黑",写诗人梦中对李白的关切:你来时要穿越南方青葱的千里枫林,归去时又要跨越黑沉沉的万里关塞,真是难得你的一片深情啊!"落月满屋梁,犹疑照颜色",残月满屋,诗人梦醒,仍觉李白憔悴容颜依在。"水深波浪阔,无使蛟龙得",写诗人对李白的告诫与祝愿:长江水深浪阔,中多蛟龙,但愿李白的魂能安然归去,不要被蛟龙攫去。这里喻李白不要再被恶人残害。

这首诗先叙梦前李白的流放;次叙梦中相见,忽疑其是,忽疑其非,紧扣"梦"字,扑朔迷离;再写梦后的叮嘱,情深意切,至情至义,感人肺腑。

之 二

浮云终日行,游子久不至[①]。
三夜频梦君,情亲见君意。
告归常局促,苦道来不易[②]。
江湖多风波,舟楫恐失坠。
出门搔白首,若负平生志。

冠盖满京华，斯人独憔悴[3]！
孰云网恢恢？将老身反累[4]。
千秋万岁名，寂寞身后事。

【注释】

①浮云：飘荡无定之云。游子：指李白。

②告归：辞别。局促：不安貌，形容不愿遽然离去。苦道：再三表示。

③冠盖：冠冕和车盖，指代达官贵人。京华：京都，京城。斯人：此人，指李白。

④网恢恢：法网，宽大貌。语出《老子》："天网恢恢，疏而不漏。"意思是说天道无边（宽大），作恶者必受惩，无人能逃脱。累：同"缧"，被大绳捆绑。

【鉴赏】

此诗紧接前诗，前四句写三夜频梦李白。开篇以比兴领起："浮云终日行，游子久不至"，意思是说浮云可见，而游子（李白）却不可见。《古诗十九首》中有："浮云蔽白日，游子不顾返。"由此引出"三夜频梦君，情亲见君意"，说明诗人对李白思念之深切。与前诗的"故人人我梦，明我长相忆"一样，这里是从诗人角度切入，都是表明两人的友情深挚。

"告归"以下六句，写梦中李白魂返前的幻影：每当辞别之时，李白总是局促不安，不愿离去，并且再三苦苦诉说："来一趟多么不易啊！江湖上风波险恶，我真怕沉船坠水呢！"他出门离去，总是搔着头上的白发，仿佛是为辜负平生壮志而怅恨！六句中第一二句写不愿"告归"，依依不舍的神态；第三四句是李白"恐失坠"的内心独白，写他忧路险、伤坎坷的苦情；第五六句写他"出门"时的动作，展现他壮志未酬的悠悠心事。真是形可见，声可闻，情可触，李白枯槁惨淡之状，历历在目，令人潸然泪下！"冠盖"以下六句，是写梦醒后为李白的遭遇坎坷表示不平之意。你看，在京都长安城里，到处是高冠华盖的达官权贵，唯有李白这样一个大诗人"独憔悴"，困顿不堪，无路可走，甚至在年已五十九岁的"将老"之年，被放逐夜郎，连自由也失掉了！这哪里有"天网恢恢"之事？鲜明的对比，深情的斥责，表现了诗人对李白深切的同情和对恶势力的强烈愤恨！"千秋万岁名，寂寞身后事"，李白的诗才尽管能享千古盛名，但生前遭遇如此凄惨，"身后"寂寞无知，又有何用呢！诗人在这沉重的嗟叹之中，寄托着对李白的崇高评价和深厚同情，也饱含着自己坎坷零落的无限心事。

此诗与前诗相呼应。前诗以"死别"发端，此诗以"身后"作结，浑然一体。前诗写初梦，此诗写频梦；前诗写疑幻疑真，此诗写形象清晰；前诗重在对李白当时处境的关注，此诗则表对他生平遭遇的同情；前诗忧惧之情独为李白而发，此诗不平之意兼含诗人的感慨。同为梦李白,题材相同而表现不一,足见诗人高超的诗艺,同时又表达了人间之至真至诚之至情。古今多见文人相倾。读李杜,当觉愧疚矣。

秦州杂诗(其七)

杜 甫

莽莽万重山,孤城山谷间。
无风云出塞,不夜月临关。
属国归何晚?楼兰斩未还。
烟尘一长望,衰飒正摧颜。

【鉴赏】

唐肃宗乾元二载(759)秋天,杜甫抛弃华州司功参军的职务,开始了"因人作远游"的艰苦历程。他从长安出发,首先到了秦州(治今甘肃天水)。在秦州期间,他先后用五律形式写了二十首歌咏当地山川风物,抒写伤时感乱之情和个人身世遭遇之悲的诗篇,统题为《秦州杂诗》。本篇是第七首。

"莽莽万重山,孤城山谷间。"首联大处落墨,概写秦州险要的地理形势。秦州城坐落在陇东山地的渭河上游河谷中,北面和东面,是高峻绵延的六盘山和它的支脉陇山,南面和西面,有嶓冢山和鸟鼠山,四周山岭重叠,群峰环绕,是当时边防上的重镇。"莽莽"二字,写出了山岭的绵延长大和雄奇莽苍的气势,"万重"则描绘出它的复沓和深广。在"莽莽万重山"的狭窄山谷间矗立着的一座"孤城",由于四周环境的衬托,越发显出了它那独扼咽喉要道的险要地位。同是写高山孤城,王之涣的《凉州词》"黄河远上白云间,一片孤城万仞山",雄浑阔大中带有闲远的意态;而"莽莽万重山,孤城山谷间",则隐约透露出一种严峻紧张的气氛。清沈德潜说:"起手壁立万仞。"(《唐诗别裁集》)这个评语不仅道出了这首诗发端雄峻的特点,也表达了这两句诗所给予人的感受。

"无风云出塞,不夜月临关。"首联托出雄浑莽苍的全景,次联缩小范围,专从"孤城"着笔。云动必因风,这是常识;但有时地面无风,高空则风动云移,从地面上的人看来,就有云无风而动的感觉。"不夜",就是未入夜。上弦月升起得很早,天还没有黑就高悬天上,所以有不夜而月已照临的直接感受。云无风而动,月不夜而临,一属于错觉,一属于特定时间的景象,孤立地写它们,几乎没有任何意义。但一旦将它们和"关""塞"联结在一起,便立即构成奇警的艺术境界,表达出特有的时代感和诗人的独特感受。在唐代全盛时期,秦州虽处交通要道,却不属边防前线。安史乱起,吐蕃乘机夺取陇右、河西之地,地处陇东的秦州才成为边防军事重镇。生活在这样一个充满战争烽火气息的边城中,即使是本来平常的景物,也往往敏感到其中仿佛蕴含着不平常的气息。在系心边防形势的诗人感觉中,孤城的云,似乎离边塞特别近,即使无风,也转瞬间就飘出了边境;孤城的月,也好像特别关注防关戍守,还未入夜就早早照临着险要的雄关。两句赋中有兴,景中含情,不但警切地表现了边城特有的紧张警戒气氛,而且表达了诗人对边防形势的深切关注,正如清人浦起龙《读杜心解》所评的那样:"三、四警绝。一片忧边心事,随风飘去,随月照着矣。"

三、四两句在景物描写中已经寓含边愁,因而五、六两句便自然引出对边事的直接描写:"属国归何晚?楼兰斩未还。"汉代苏武出使匈奴,被扣留十九年,归国后,任典属国。第五句的"属国"即"典属国"之省,这里指唐朝使节。大约这时唐朝有出使吐蕃的使臣迟留未归,故说"属国归何晚"。第六句反用傅介子斩楼兰王首还阙事,说吐蕃侵扰的威胁未能解除。两句用典,同赋一事,而用语错综,故不觉复沓,反增感怆。苏武归国,傅介子斩楼兰,都发生在汉王朝强盛的时代,他们后面有强大的国家实力做后盾,故能取得外交与军事上的胜利。而现在的唐王朝,已经从繁荣昌盛的顶峰上跌落下来,急剧趋于衰落,像苏武、傅介子那样的故事已经不可能重演了。同样是用这两个典故,在盛唐时代,是"单车欲问边,属国过居延"(王维《使至塞上》)的高唱,是"黄沙百战穿金甲,不破楼兰终不还"(王昌龄《从军行》)的豪语,而现在,却只能是"属国归何晚?楼兰斩未还"的深沉慨叹了。对比之下,不难体味出这一联中所寓含的今昔盛衰之感和诗人对于国家衰弱局势的深切忧虑。

"烟尘一长望,衰飒正摧颜。"遥望关塞以外,仿佛到处战尘弥漫,烽烟滚滚,整个西北边地的局势,正十分令人忧虑。目接衰飒的边地景象,联想起唐王朝的衰飒趋势,不禁使自己疾首蹙额,怅恨不已。"烟尘""衰飒"均从五、六句生出。"一""正"两字,开合相应,显示出这种衰飒的局势正在继续发展,而自己为国事忧伤的心情也正未有尽期。全诗在雄奇阔大的境界中寓含着时代的悲凉,表现为一种悲壮的艺术美。

乾元中寓居同谷县作歌七首（其七）

杜　甫

男儿生不成名身已老，三年饥走荒山道。
长安卿相多少年，富贵应须致身早。
山中儒生旧相识，但话宿昔伤怀抱。
呜呼七歌兮悄终曲，仰视皇天白日速。

【鉴赏】

乾元二载（759），杜甫四十八岁。七月，他自华州（今陕西华县）弃官流寓秦州（今甘肃天水），十月，转赴同谷（今甘肃成县），在那里住了约一个月。这是他生活最为困窘的时期。一家人因饥饿病倒床上，只能挖掘土芋来充肠。在饥寒交迫的日子里，诗人以七古体裁，写了《同谷七歌》，描绘流离颠沛的生涯，抒发老病穷愁的感喟，大有"长歌当哭"的意味。此为第七首，是组诗中最精彩的篇章。

此诗开头使用了九字句："男儿生不成名身已老"。浓缩《离骚》"老冉冉其将至兮，恐修名之不立"意，抒发了身世感慨。杜甫素有匡世报国之抱负，却始终未得施展。如今年将半百，名未成，身已老，而且转徙流离，几乎"饿死填沟壑"，怎不叫他悲愤填膺！六年后杜甫在严武幕府，曾再次发出这种叹穷嗟老的感慨："男儿生无所成头皓白，牙齿欲落真可惜。"（《莫相疑行》）其意是相仿的。

次句"三年饥走荒山道"，把"三年"二字缀于句端，进一步突现了诗人近几年的苦难历程。"三年"，指至德二载（757）至乾元二年。杜甫因上疏营救房琯触怒肃宗而遭贬斥，为饥饿驱迫，在"荒山道"上尝够了艰辛困苦。

三、四句，诗人追叙了困居长安时的感受，全诗陡然出现高潮。十二年前，杜甫西入长安，然而进取无门，度过了惨淡的十年。他接触过各种类型的达官贵人，发现长安城中凭借父兄余荫，随手取得卿相的，以少年为多："长安卿相多少年"。这不能不使诗人发出愤激之词："富贵应须致身早。""致身早"，似是劝人的口吻，却深蕴着对出现"少年""卿相"这种腐败政治的愤慨。这和他早年所写的"纨绔不饿死，儒冠多误身"（《奉赠韦左丞丈二十二韵》），显然同属愤激之言。

五、六句又回到现实，映现出诗人和"山中儒生"对话的镜头："山中儒生旧相识，但话宿昔伤怀抱。"诗人身处异常窘困的境地，当然感叹自己不幸的遭遇，因而和友人谈起的都是些令人很不愉快的往事。忧国忧民的"怀抱"无法实现,自然引起无限伤感。

第七句"呜呼七歌兮悄终曲",诗人默默地收起笔,停止了他那悲愤激越的吟唱,然而思绪的巨潮如何一下子收住?"仰视皇天白日速",搁笔望天,只见白日在飞速地奔跑。这时,一种迟暮之感,一种凄凉沉郁、哀壮激烈之情,在诗人心底涌起,不能自已。

《乾元中寓居同谷县作歌七首》在形式上学习汉张衡《四愁诗》、蔡琰《胡笳十八拍》,采用了定格联章的写法,在内容上较多地汲取了鲍照《拟行路难》的艺术经验,然而又"神明变化,不袭形貌"(清沈德潜《唐诗别裁集》),自创一体,深为后人所赞许。

成　都　府

杜　甫

翳翳桑榆日,照我征衣裳。
我行山川异,忽在天一方。
但逢新人民,未卜见故乡。
大江东流去,游子日月长。
曾城填华屋,季冬树木苍。
喧然名都会,吹箫间笙簧。
信美无与适,侧身望川梁。
鸟雀夜各归,中原杳茫茫。
初月出不高,众星尚争光。
自古有羁旅,我何苦哀伤。

【鉴赏】

这首五言古诗,是杜甫由同谷(今甘肃成县)赴西川途中所写的十二首纪行组诗的末篇。肃宗乾元二载(759)十二月一日,诗人举家从同谷出发,艰苦跋涉,终于在年底到达成都。此诗真实地刻画了他初到成都时喜忧交并的感情,风格古朴浑成,有汉魏遗风。全诗并没有什么惊人之语,奇险之笔,只是将自己的所见所闻,所感所想,迤逦写出,明白如话,然而却蕴含了深沉的情思,耐人咀嚼。

抒情的深婉含蓄是本诗最大的特色。初读此诗,以为只是一般的纪行写景;吟咏再三，则可感到平和外表下激荡着的感情波澜。这里有着喜和忧两种感情的掺和交融，内心微妙的变化，曲折尽致。杜甫举家远徙，历尽艰辛，为的是寻找一块栖身之地；如今来到富庶繁华的成都，“我行山川异，忽在天一方”，眼前展开一个新天地，给了他新的生活希望，欣慰之感，自不待言。“但逢新人民，未卜见故乡”，快慰之情刚生，马上又想到了梦魂萦绕的故乡，何时再见，未可预卜，但见大江东去，自己只能做长年漂泊的游子了。下面接写成都市廛的繁华、气候的温和，又转悲为喜。但成都虽美，终非故土，鸟雀天黑犹各自归巢，而茫茫中原，关山阻隔，自己何日才能回去呢？诗人又陷入了痛苦之中。当时中原州郡尚陷于安史叛军之手，一句“中原杳茫茫”，包含着多少忧国伤时之情！诗人遥望星空，愁思怅惘，最后只能以自宽之词作结。可以看到，全诗写喜，并不欣喜若狂；诉悲，也不泣血迸空，在舒缓和平的字里行间，寓含着一股喜忧交错的复杂的感情潜流。

作为纪行诗，本诗用“赋”来铺陈其事，而“赋”中又往往兼有比兴，因而形成了曲折回旋，深婉含蓄的风格。诗一上来就直道出眼前之景：夕阳西下，暮色朦胧，诗人风尘仆仆地在岁暮黄昏中来到成都，渲染出一种苍茫的气氛。它既是赋，又兼比兴。桑榆之日难道不正是诗人垂暮飘零的写照吗？同时它也兴起了深沉的羁旅之情。下面写“大江东流去，游子日月长”，“鸟雀夜各归，中原杳茫茫”，都是赋中兼兴。最后写“初月出不高，众星尚争光”，暗寓中兴草创、寇乱未平的忧思。诗人妙用比兴手法，笔下的自然景物都隐含深挚的感情。全诗一一闪过山川、城郭、原野、星空这些空间景物，同时也使人觉察到由薄暮至黄昏至星出月升的时光流逝。这种时空的交织使意境呈现出立体的美，烘托出感情上多层次的变化，达到情与景的自然交融。

戏题王宰画山水图歌

杜　甫

十日画一水，五日画一石。
能事不受相促迫，王宰始肯留真迹。
壮哉昆仑方壶图，挂君高堂之素壁。
巴陵[①]洞庭日本东[②]，赤岸[③]水与银河通，中有云气随飞龙。
舟人渔子入浦溆，山木尽亚洪涛风。
尤工远势古莫比，咫尺应须论万里。
焉得并州[④]快剪刀，剪取吴淞半江水。

【注释】

①巴陵:郡名。唐天宝、至德年间改岳州为巴陵郡,治所在今湖南岳阳市,地处洞庭湖东。

②日本东:指日本东面的海。

③赤岸:地名,一说在今江苏六合区东。汉枚乘《七发》:“凌赤岸,篲扶桑。”李善注:“以赤岸在广陵,而文势似在远方,非广陵也。”这里并非实指,而是泛指江海的岸。

④并州:地名。唐开元中为太原府,州治在今山西太原市,以产剪刀著称,有所谓“并州剪”。

【鉴赏】

杜甫定居成都期间,认识四川著名山水画家王宰,应邀约于上元元年(760)作这首题画诗。王的原作没有传世,然而由于杜甫熟悉王宰的人品及其作品,通过他的神来之笔,仿佛为后人再现了这幅气势恢宏的山水图,诗情画意,无不令人赏心悦目。

首四句先不谈画,极力赞扬王宰严肃认真、一丝不苟的创作态度。他不愿受时间的催迫,仓促从事,十日五日才画一水一石。只在经过长时间的酝酿后,胸有成竹,意兴所到,才从容不迫地挥毫写画,留下真实的笔迹于人间。这真是大家风度,笔墨自然高超。然后诗人进而描写挂在高堂白壁上的昆仑方壶图。昆仑,传说中西方神山。方壶,神话中东海仙山。这里泛指高山,并非实指。极西的昆仑和极东的方壶对举,山岭峰峦,巍峨高耸,由西至东,高低起伏,连绵不断,纵横错综,蔚为壮观。画面空间非常辽远广阔,构图宏伟,气韵生动,给人以雄奇壮美的感受。“壮哉”一词,表达了诗人观画时的美感体会和由衷的赞叹。此图显然不是某一山岳的实地写生,而是祖国崇山峻岭在艺术上集中的典型概括,带有中国山水画想象丰富、构图巧妙的特色。

中间五句,杜甫从仄声韵转押平声东、钟韵,用昂扬铿锵的音调描摹画面上的奇伟水势,与巍巍群山相间,笔墨酣畅淋漓。“巴陵洞庭日本东”句中连举三个地名,一气呵成,表现图中江水从洞庭湖的西部起,一直流向日本东部海面,源远流长,一泻千里,波澜壮阔。诗里的地名也不是实指而是泛指,是艺术上的夸张和典型概括。“赤岸水与银河通”和“黄河远上白云间”(王之涣《出塞》)有异曲同工之妙,江岸水势浩瀚邈远,连接天际,水天一色,仿佛与银河相通。这里形容水势的壮美,与上面描绘山势的雄奇相呼应,山水一体,相得益彰。“中有云气随飞龙”句,语意出《庄子·逍遥游》:“姑射山有神人,乘云气,御飞龙,而游乎四海之外。”古书也有“云从龙”的说法。这里指画面上云气迷漫飘忽,云层团团飞动。诗人化虚为实,以云气烘托风势的猛烈,使不易捉摸的风力得以形象地体现出来,笔势自然活泼。在狂风激流中,渔人正急急驾舟驶向岸边躲避,山上树木被掀起洪涛巨浪的暴风吹得低垂俯偃。“山木尽亚洪涛风”,亚,通“压”,俯偃低垂;着一“亚”字,使把大风的威力表现得活灵活现。诗人着意渲染风猛、浪高、水急,使整个画面神韵飞动。

这样巨大的艺术魅力是怎样产生的呢?诗人进一步评论王宰无与伦比的绘画技巧:“尤工远势古莫比,咫尺应须论万里。”远势,指绘画中的平远、深远、高远的构图背景。诗人高度评价王宰山水图在经营位置、构图布局及透视比例等方面旷古未有的技法,在尺幅画面上绘出了万里江山景象。“咫尺应须论万里”,此论亦可看作诗人以极为精练的诗歌语言概括了我国山水画的表现特点,富有美学意义。诗人深为这幅山水图的艺术魅力所吸引:“焉得并州快剪刀,剪取吴淞半江水。”诗人极赞画的逼真,惊叹道:不知从哪里弄来锋利的剪刀,把吴淞江水也剪来了!结尾两句用典,语意相关。相传晋索靖观赏顾恺之画,倾倒欲绝,不禁赞叹:“恨不带并州快剪刀来,剪松江半幅练纹归去。”(见明王嗣奭《杜臆》注引邵宝之说)杜甫在这里以索靖自比,以王宰画和顾恺之画相提并论,用以赞扬昆仑方壶图的巨大艺术感染力,写得含蓄简练,精绝无比。

这首歌行体诗,写得生动活泼,挥洒自如。诗情画意融为一体,也不知何者是诗,何者为画,可谓天衣无缝。清方薰在《山静居画论》中说:“读老杜人峡诸诗,奇思百出,便是吴生王宰蜀中山水图,自来题画诗亦唯此老使笔如画。”可见杜甫题画诗历来为人称道,影响很大。

狂　夫

杜　甫

万里桥西一草堂,百花潭水即沧浪。
风含翠篠娟娟净,雨裛红蕖冉冉香。
厚禄故人书断绝,恒饥稚子色凄凉。
欲填沟壑唯疏放,自笑狂夫老更狂。

【鉴赏】

这首七律作于杜甫客居成都时。诗题为“狂夫”,当以写人为主,诗却先从居住环境写来。

成都南门外有座小石桥,相传为诸葛亮送费祎处,名"万里桥"。过桥向东,就来到"百花潭"(即浣花溪),这一带地处水乡,景致幽美。当年杜甫就在这里营建草堂。饱经丧乱之后有了一个安身立命之地,他的心情舒展乃至旷放了。首联"即沧浪"三字,暗寓《孟子》"沧浪之水清兮,可以濯我缨"句意,逗起下文疏狂之意。"即"字表示出知足的意味,"岂其食鱼,必河之鲂",有此清潭,又何必"沧浪"呢。"万里桥"与"百花潭","草堂"与"沧浪",略相映带,似对非对,有形式天成之美;而一联之中涵四专名,由于它们展现极有次第,使读者目接一路风光,而境中又略有表意("即沧浪"),便令人不觉痕迹。"万里""百花"这类字面,使诗篇一开头就不落寒俭之态,为下文写"狂"预做铺垫。

这是一个斜风细雨天气,光景别饶情趣:翠竹轻摇,带着水光的枝枝叶叶,明净悦目;细雨出落得荷花格外娇艳,而微风吹送,清香可闻。颔联结撰极为精心,写微风细雨全从境界见出。"含""裛"两个动词运用极扭捏生动。"含"比通常写微风的"拂"字感情色彩更浓,有小心爱护意味,则风之微不言而喻。"裛"通"浥",比洗、洒一类字更轻柔,有"润物细无声"的意味,则雨之细也不言而喻。两句分咏风雨,而第三句风中有雨,这从"净"字可以体味(雨后翠筿如洗,方"净");第四句雨中有风,这从"香"字可以会心(没有微风,是嗅不到细香的)。这也就是通常使诗句更为凝练精警的"互文"之妙了。两句中各有三个形容词:"翠""娟娟"(美好貌)、"净";"红""冉冉"(渐进貌,这里指香一阵一阵地飘来)、"香",却安置妥帖,无堆砌之感;而"冉冉""娟娟"的叠词使用,又平添音韵之美。要之,此联意蕴丰富,形式精工,充分体现作者的"晚节渐于诗律细"。

前四句写草堂及浣花溪的美丽景色,令人陶然。然而与此并不那么和谐的是诗人现实的生活处境。初到成都时,他曾靠故人严武接济,分赠禄米,而一旦这故人音书断绝,他一家子免不了挨饿。"厚禄故人书断绝"即写此事,这就导致"恒饥稚子色凄凉"。"饥而日恒,亏及幼子,至形于颜色,则全家可知"(萧涤非《杜甫诗选》),这是举一反三、举重该轻的手法。颈联句法是"上二下五","厚禄""恒饥"前置句首显著地位,从声律要求说是为了粘对,从诗意看,则强调"恒饥"的贫困处境,使接下去"欲填沟壑"的夸张说法不致有失实之感。

"填沟壑",即倒毙路旁无人收葬,意犹饿死。这是何等严酷的生活现实啊。要是凡夫俗子,早从精神上被摧垮了。然而杜甫却不如此,他是"欲填沟壑唯疏放",饱经患难,从没有被生活的磨难压倒,始终用一种倔强的态度来对待生活打击,这就是所谓"疏放"。诗人的这种人生态度,不但没有随同岁月流逝而衰退,反而越来越增强了。你看,在几乎快饿死的境况下,他还兴致勃勃地在那里赞美"翠筿""红蕖"这些美丽的自然风光哩!"自笑狂夫老更狂"。联系眼前的迷醉与现实的处境,诗人都不禁哑然"自笑"了:你是怎样一个越来越狂放的老头儿啊!

在杜诗中,原不乏歌咏优美自然风光的佳作,也不乏抒写潦倒穷愁中开愁遣闷的名篇。而《狂夫》值得玩味之处,在于它将两种看似无法调和的情景成功地调和起来,形成一个完整的意境。一面是"风含翠篠""雨裛红蕖"的赏心悦目之景,一面是"凄凉""恒饥""欲填沟壑"的可悲可叹之事,全都由"狂夫"这一形象而统一起来。没有前半部分优美景致的描写,不足以表现"狂夫"的贫困不能移的精神;没有后半部分潦倒生计的描述,"狂夫"就会失其所以为"狂夫"。两种成分,真是缺一不可。因而,这种处理在艺术上是服从内容需要的,是十分成功的。

天末怀李白

杜　甫

凉风起天末,君子意如何[①]?
鸿雁[②]几时到,江湖秋水多。
文章憎命达,魑魅[③]喜人过。
应共冤魂语,投诗赠汨罗[④]。

【注释】

①天末:天边。君子:指李白。

②鸿雁:大雁,喻信使。

③魑魅(chīmèi):本指山精、怪物,此指奸佞小人。

④冤魂:指屈原。汨(mì)罗:汨罗江,在今湖南湘阴县,屈原自沉处。

【鉴赏】

李白因参加永王李璘的幕府工作,得罪肃宗,被捕入浔阳(今江西九江市)狱,于乾元元年(758)年被判罪,流放夜郎(今贵州桐梓地区)。他从洞庭到巫山,未到夜郎,在乾元二年(759)春夏之交遇赦放还。杜甫此时远在秦州,未知遇赦消息,故经常忧思,在写完《梦李白二首》之后,又作此诗,以寄对挚友的深切怀念之情。

首联:"凉风起天末,君子意如何?""凉风",即秋风。《周书·时训》:"立秋之日凉风至。"因凉风而起悲秋之感,这是古代诗人普遍的心态。因此,这联以"秋风"起兴,说在天末之地的秦州,已秋风四起,草木萧疏了,人们都有了悲凉之感,你

（李白）的感觉和心境如何呢？遥远的问候，真切的情思，深刻地表现了诗人怀友思念之深！

颔联："鸿雁几时到，江湖秋水多。"你在流放途中的情况，何时才托鸿雁传到我这里呢？你途经潇湘洞庭，风波险阻，你可要小心啊！正如《梦李白二首》中所云："江湖多风波，舟楫恐失坠！"一种苍茫惆怅之感，情谊至深，撼人心魄！

颈联："文章憎命达，魑魅喜人过。"对友人的深沉怀念转而对其身世的同情。意思是说"诗能穷人"，李白因才高而遭困厄，仿佛文章憎恶人的命运亨通一般。反过来，命运亨通者文章一般不会有名。正如同魑魅喜欢人过而食之一样，奸佞小人总是争害君子和有才能的人。这联述身世，表同情，寄感慨，高度概括了古来才智之士屡遭陷害、多舛坎坷的悲剧命运。

尾联："应共冤魂语，投诗赠汨罗。"犹言凶多吉少，紧承上联，因李白流放要过江湘，自然想到被谗放逐、自沉汨罗的爱国诗人屈原，李白的遭遇同屈原一样，遥想李白定将自己同屈原一样的"冤魂"之语，写成诗句，向他（屈原）一诉曲肠的！满腹冤屈无人可诉，只好向死去千年的屈原倾吐，这是多么冷峻的"欲说不能"的严酷现实！

全诗低回婉转，殷殷切切。因秋风而感怀，情景交融；由李白的不幸而生同情之意，足见友谊之弥足珍贵！

月夜忆舍弟

杜　甫

戍鼓断人行，秋边一雁声[1]。

露从今夜白，月是故乡明。
有弟皆分散，无家问死生。
寄书长不达，况乃未休兵[2]。

【注释】

①戍鼓：戍楼上的更鼓。杜甫时在秦州，城楼上有戍兵守夜，定时击鼓。秋边：一作边秋，指秋天边远的地区，秦州远离长安，故言“秋边”。

②未休兵：指安禄山已死，史思明从范阳引兵南下，再次攻陷汴州、洛阳等地，战事激烈。

【鉴赏】

唐肃宗乾元元年(758)六月，杜甫出任华州司功。时安庆绪弃洛阳，唐军得以恢复河南。乾元二年(759)春，杜甫曾暂回河南洛阳附近的陆浑庄。七月回华州，当地发生饥荒，他无力救灾，乃弃官西去，入秦州。九月，史思明再度引兵南下，陷汴州，逼洛阳，山东、河南均处于战乱之中。杜甫的几个弟弟逃亡离散，战事阻隔，音信全无，引起他无穷的忧虑和思念。此诗即这种思想感情的记录。

首联：“戍鼓断人行，秋边一雁声。”写战时边地秋天凄凉境况。此时史思明叛军进犯于黄河南北，西南吐蕃不时侵扰，秦州战事紧张。报警的戍鼓声响，实行夜禁，人行断绝，这是所见。接着写听到一孤雁之声，气氛更为凄凉。“雁声”既点明秋季，又喻“兄弟雁行”、孤雁失群，联想起兄弟失散，引发忆弟的情怀。

颔联：“露从今夜白，月是故乡明。”写思乡之情。意谓在这白露节的夜晚，诗人夜深久立，霜繁露重，望月思乡，故乡的月色一定是更加清丽明朗。这种幻中之感更加突出他浓重的乡情。在这联中，诗人将“白露”和“明月”拆开倒用，增添了诗意的健峻和深稳。

颈联：“有弟皆分散，无家问死生。”在前两联写“月夜”的基础上，紧扣题目，写“忆舍弟”。由上联的“思乡”过渡到这联的“忆弟”，十分自然贴切。杜甫兄弟五人，他居长，四个弟弟名颖、观、丰、占。此时杜甫身边只有小弟杜占，其余三个分散在河南、山东，正是战乱之区，故说兄弟分散，天各一方；家已不存，生死难料，大有“吊影分为千里雁，辞根散作九秋蓬”之境况，令人伤心断肠。此联概括了安史之乱中广大人民饱经忧患、骨肉分离的痛苦遭遇。

尾联：“寄书长不达，况乃未休兵。”紧承上联“忆弟”，进一步抒写内心忧虑之情。兄弟离散，寄书常常不达，何况现在战事频仍，生死茫茫，更难有骨肉消息。既是写深沉的“忆”，更是对“未休兵”的“愤”！

全诗平易自然，语从口出，亲切感人，在不经意间层次井然，首尾相应。正如喻守真在《唐诗三百首详析》中所云："句句不离'忆'字，如因闻雁而'忆'，因寒露而'忆'，因望月而'忆'。'分散'则生死不明，'无家'则寄书不达。'未休兵'故'断人行'，句句都可连贯在一起。"承转圆熟，严谨而不板滞，情真而意深远，可谓凄楚不可多读之作。

蜀　相

杜　甫

丞相祠堂何处寻？锦官城外柏森森[①]。
映阶碧草自春色，隔叶黄鹂空好音。
三顾频烦天下计，两朝开济老臣心[②]。
出师未捷身先死，长使英雄泪满襟[③]。

【注释】

①丞相：指三国时蜀国丞相诸葛亮。锦官城：今四川成都市，蜀汉故都，城外有锦江，故名。又说成都城的西南部，为古时主管织锦官的居所，故称锦官城。

②三顾：指刘备三次拜访诸葛亮于草庐之中。频烦：屡次劳烦。两朝：指刘备（先主）、刘禅（后主）两朝。开济：开创大业，匡危济时。

③出师：蜀汉刘禅建兴十二年（234），诸葛亮率师伐魏，由斜谷出据五丈原（今陕西郿县西南），不幸病死军中。英雄：指后代的仁人志士。

【鉴赏】

唐肃宗上元元年（760）春，杜甫初到成都前去南郊武侯祠瞻仰诸葛亮时所作。

首联："蜀相祠堂何处寻？锦官城外柏森森。"诗人以自问自答方式起兴，点出武侯祠所在地在锦官城外南郊之地，再以"柏森森"以状祠堂之蓊蓊郁郁。之所以选写"柏树"，相传为诸葛亮手植。这是写远望之景。

颔联："映阶碧草自春色，隔叶黄鹂空好音。"诗人来到祠堂，既不写文臣武将之塑像，也不写楹联之精美，仅突出"映阶碧草"和"隔叶黄鹂"两意象，意思是说诸葛亮已成古人，现在只有阶下的春草自绿，树丛中的黄鹂徒然发出好听的叫声。"自"与"空"写出了在明丽春光中的一片寂寞荒凉之感，深化了诗人对诸葛亮的仰慕和感物怀人之情。

颈联:“三顾频烦天下计,两朝开济老臣心。”承接上联的慨叹,转入对诸葛亮功绩的追述。“三顾频烦”显刘备的礼贤下士;“天下计”见诸葛亮的雄才伟略。即他在《隆中对》中设计的据荆州、益州,内修政理,外结孙吴,待机伐魏,统一天下的大计。而“两朝开济”写出了诸葛亮呕心沥血,尽忠蜀国,鞠躬尽瘁的精神。

尾联:“出师未捷身先死,长使英雄泪满襟。”诗人在唏嘘追怀之后,生发感想:像这样一位忠心报国的人竟大业未成就死掉了,以致使后代仁人志士感到惋惜、伤心流泪。杜甫早有“致君尧舜上”的匡世之心,但报国无门,故在诸葛亮祠堂前倍感痛惜。宋朝抗金英雄宗泽,临死时也背诵此二句,可见千载英雄,均有同感!

全诗措词肃穆,沉郁悲壮,充分表达了诗人对诸葛亮的敬仰和惋惜之情。辛酸鼻语,堪称千古绝唱!

和裴迪登蜀州东亭送客逢早梅相忆见寄

杜 甫

东阁官梅动诗兴,还如何逊在扬州。
此时对雪遥相忆,送客逢春可自由?
幸不折来伤岁暮,若为看去乱乡愁。
江边一树垂垂发,朝夕催人自白头。

【鉴赏】

裴迪,关中(今陕西省)人,早年隐居终南山,与王维交谊很深,晚年入蜀做幕僚,与杜甫频有唱和。蜀州,治所在今四川省崇州市。裴迪寄了一首题为《登蜀州东亭送客逢早梅》的诗给杜甫,表示了对杜甫的怀念;杜甫深受感动,便写诗作答。

“东阁官梅动诗兴,还如何逊在扬州。”二句赞美裴迪咏早梅诗:你在蜀州东亭看到梅花凌冬盛开,诗兴勃发,写出了如此动人的诗篇,倒像当年何逊在扬州咏梅那般高雅。何逊是杜甫所服膺的南朝梁代的诗人,杜甫《解闷十二首》之七,有“颇学阴(铿)何(逊)苦用心”的诗句。这里把裴迪与何逊相比,是表示对裴迪和他来诗的推崇。

“此时对雪遥相忆,送客逢春可自由?”二句上承“动诗兴”,说在这样的时候,单是看到飞雪就会想起故人,思念不已,何况你去东亭送客,更何况又遭遇到那恼人的梅花,要你不想起我,不思念我,那怎么可能?这样遥领故人对自己的相忆,表达了对故人的深深谢忱和心心相印的情谊。“此时”，即肃宗上元元年(760)末、二年初，正是安史叛军气焰嚣张、大唐帝国万方多难之际，裴、杜二人又都来蜀中万里做客，“同是天涯沦落人”，相忆之情，弥足珍重。

“幸不折来伤岁暮，若为看去乱乡愁。”早梅开花在岁末春前，它能使人感到岁月无情，老之易至，又能催人加倍思乡，渴望与亲人团聚。大概裴诗有叹惜不能折梅相赠之意吧，诗人说：幸而你未折梅寄来勾起我岁暮的伤感，要不然，我面对折梅一定会乡愁撩乱、感慨万千的。诗人庆幸未蒙以梅相寄，恳切地告诉友人，不要以此而感到不安和抱歉。在我草堂门前的浣花溪上，也有一株梅树呢。“江边一树垂垂发，朝夕催人自白头。”这一树梅花啊，目前也在渐渐地开放，好像朝朝暮暮催人老去，催得我早已白发满头了。倘蒙您再把那里的梅花寄来，让它们一起来折磨我，我可怎么承受得了！催人白头的不是梅，而是愁——老去之愁，失意之愁，思乡之愁，忆友之愁，最重要的当然还是忧国忧民、伤时感世之愁，千愁百感，攒聚一身，此头安得不白？与梅花梅树又有什么相干！可怜这“江边一树”，也实在晦气，自家无端挨骂不算，还牵连得百里之外的东亭梅花，也被宣布为不受欢迎者。

本诗通篇都以早梅伤愁立意，前两联就着“忆”字感谢故人对自己的思念，后两联围绕“愁”字抒写诗人自己的情怀，构思重点在于抒情，不在咏物，但此诗历来被推为咏梅诗的上品，明代王世贞更有“古今咏梅第一”的说法(见清仇兆鳌《杜少陵集详注》卷九引)。原来，诗歌大抵以写情为第一要义，咏物诗也须物中见情，而且越真挚越深切越好，王世贞立论的出发点，应该也是一个“情”字。这首诗感情深挚，语言浅白，始终出以谈话的口吻，推心置腹，荡气回肠，“直而实曲，朴而实秀”(清人黄生《杜诗说》)，在杜诗七律中，别具一种风格。

绝句漫兴九首(其一)

杜　甫

眼见客愁愁不醒，无赖春色到江亭。
即遣花开深造次，便教莺语太丁宁。

【鉴赏】

这组绝句写在杜甫寓居成都草堂的第二年，即代宗上元二年(761)。题作“漫兴”，有兴之所到随手写出之意。不求写尽，不求写全，也不是同一时成之。从九首诗的内容看，当为由春至夏相率写出，亦有次第可寻。

杜甫草堂周围的景色很秀丽，他在那儿的生活也比较安定。然而饱尝乱离之苦的诗人并没有忘记国难未除，故园难归；尽管眼前繁花簇簇，家国的愁思还时时萦绕在心头。明王嗣奭《杜臆》中云："'客愁'二字乃九首之纲。"这第一首正是围绕"客愁"来写诗人恼春的心绪。"眼见客愁愁不醒"，概括地说明眼下诗人正沉浸在客居愁思之中而不能自拔。"不醒"二字，刻画出这种沉醉迷惘的心理状态。然而春色却不晓人情，莽莽撞撞地闯进了诗人的眼帘。春光本来是令人惬意的，"桃花一簇开无主，可爱深红爱浅红？"（《江畔独步寻花七绝句》）但是在被客愁缠绕的诗人心目中，这突然来到江亭的春色却多么扰人心绪！你看它就在诗人的眼前匆急地催遣花开，又令莺啼频频，似乎故意来作弄家国愁思绵绵中的他乡游子。此时此地，如此的心绪，这般的花开莺啼，司春的女神真是"深造次"，她的殷勤未免过于轻率了。

杜甫善于用反衬的手法，在情与景的对立之中，深化他所要表达的思想感情，加强诗的艺术效果。这首诗里恼春烦春的情景，就与《春望》中"感时花溅泪，恨别鸟惊心"的意境相仿佛。只不过一在乱中，愁思激切；一在暂安，客居惆怅。虽然抒发的感情有程度上的不同，但都是用"乐景写哀"（清王夫之《薑斋诗话》）则哀感倍生的写法。所以诗中望江亭春色则顿觉其无赖，见花开春风则深感其造次，闻莺啼嫩柳则嫌其过于丁宁，这就加倍写出了诗人的烦恼忧愁。这种艺术表现手法，很符合生活中的实际。清仇兆鳌评此诗说："人当适意时，春光亦若有情；人当失意时，春色亦成无赖。"（《杜诗详注》卷九）正是诗人充分描绘出当时的真情实感，因而能深深打动读者的心，引起共鸣。

绝句漫兴九首（其三）

杜　甫

熟知茅斋绝低小，江上燕子故来频。
衔泥点污琴书内，更接飞虫打着人。

【鉴赏】

这首诗写频频飞入草堂书斋里的燕子扰人的情景。首句说茅斋的极度低矮狭窄。"熟知"，乃就燕子言。连江上的燕子都非常熟悉这茅斋的低小，大概是更宜于筑巢吧！所以第二句接着说“故来频”。燕子频频而来，自然要引起主人的烦恼。三、四两句就细致地描写了燕子在屋内的活动：筑巢衔泥玷污了琴书不算，还要追捕飞虫甚至碰着了人。诗人以明白如话的口语，作了细腻生动的刻画，给人以亲切逼真的实感；而且透过实感，使人联想到这低小的茅斋，由于江燕的频频进扰，使主人也难以容身了。从而写出了草堂困居，诗人心境诸多烦扰的情态。明代王嗣奭《杜臆》就此诗云：“远客孤居，一时遭遇，多有不可人意者。”这种不可人意，还是由客愁生发，借燕子引出禽鸟亦若欺人的感慨。

清王夫之在《薑斋诗话》中说：“情景名为二，而实不可离。神于诗者，妙合无垠。巧者则有情中景，景中情。”杜甫这首诗也是善于景中含情的一例。全诗俱从茅斋江燕着笔，三、四两句更是描写燕子动作的景语，就在这“玷污琴书”“打着人”的精细描写中，包蕴着远客孤居的诸多烦扰和心绪不宁的神情，体物缘情，神物妙合。“不可人意”的心情，诗句中虽不著一字，却全都在景物描绘中表现出来了。全诗富有韵味，耐人咀嚼。

绝句漫兴九首（其七）

杜　甫

糁径杨花铺白毡，点溪荷叶叠青钱。
笋根雉子无人见，沙上凫雏傍母眠。

【鉴赏】

这一首《漫兴》是写初夏的景色。前两句写景，后两句景中状物，而景物相间相融，各得其妙。

诗中展现了一幅美丽的初夏风景图：漫天飞舞的杨花撒落在小径上，好像铺上了一层白毡；而溪水中片片青绿的荷叶点染其间，又好像层叠在水面上的圆圆青钱。诗人掉转目光，忽然发现：那一只只幼雉隐伏在竹丛笋根旁边，真不易为人所见。那岸边沙滩上，小凫雏们亲昵地偎依在母凫身边安然入睡。首句中的“糁径”，是形容杨花纷散落于赂画，词语精练而富有形象感。第二句中的“点”“叠”二词，把荷叶在溪水中的状态写得十分生动传神，使全句活了起来。后两句清浦起龙在《读杜心解》中说它“微寓萧寂怜儿之感”，我们从全诗看，“微寓萧寂”或许有之，“怜儿”之感，则未免过于深求。

这四句诗，一句一景，字面看似乎是各自独立的，一句诗一幅画面；而联系在一起，就构成了初夏郊野的自然景观。细致的观察描绘，透露出作者漫步林溪间时对初夏美妙自然景物的流连欣赏的心情，闲静之中，微寓客居异地的萧寂之感。这四句如截取七律中间二联，双双皆对，又能针脚细密，前后照应。起两句明写杨花、青荷，已寓林间溪边之意；后两句则摹写雉子、凫雏，但也俱在林中沙上。前后关照，互相映衬，于散漫中浑然一体。这首诗刻画细腻逼真，语言通俗生动，意境清新隽永，而又充满深挚淳厚的生活情趣。

南　邻

杜　甫

锦里先生乌角巾，园收芋栗未全贫[①]。
惯看宾客儿童喜，得食阶除[②]鸟雀驯。
秋水才深四五尺，野航恰受[③]两三人。
白沙翠竹江村暮，相送柴门[④]月色新。

【注释】

①乌角巾：头巾的一种，乌黑色，为平民所戴。芋栗：芋头和栗子，平民的主食。

②阶除：台阶。

③受：接受、容纳。

④柴门：用树枝做成的门。

【鉴赏】

这是一首描写近邻人家的情景诗。

距杜甫浣花草堂以南、小河的对面住着一位锦里先生（以地名作人名），故诗题名为《南邻》。杜甫对他有所了解和结识，后来又接受他的邀请进屋造访，故而写下这首《南邻》诗。说它是诗吧，却又是画；是用两幅画面组成的诗，诗中有画，画中有诗。

上半篇是一幅山庄随访图。

到锦里先生家里做客，诗人看到迎接他的主人是位头戴乌角巾的平民打扮；进门的园子里种了不少芋头，树上的栗子也成熟了。说“未全贫”，是说他的家境并不富裕,可是从主人和全家的愉快表情中,知道他是个安贫乐道的谦谦君子,满足于眼前这种朴素无华的田园生活。进了屋,孩子们笑语相迎,原来这家子时常有人来往,连儿童们都很好客。正在台阶上啄食的雀鸟看到人来也不惊飞,因为平时就没有人去惊扰和伤害它们。这气氛是多么的和谐、宁静!在这幅绝妙的写意画中,连主人耿介诚恳的性格都画出来了。

下半篇是一幅江村送别图。"白沙""翠竹"显得明净无尘,在新月的照映下意境特别清幽,这就是主人家的外景。由于是江村,所以河港纵横,树枝做的木门外便是一条小河,涨了秋水也不过四五尺深。"野航"是乡间摆渡的小船,能够承载两三个人过河,恰好适应这里的需要。在暮色的掩映中,客人杜甫在主人锦里先生的"相送"之下,登上了这"野航"回家,殷殷之情难以言表。可以想见,杜甫来时也是这野航摆渡的,为了不冲淡主题,所以诗中未做交代。

从"儿童喜"到"月色新",可以看出主人是殷勤接待,客人是竟日淹留。中间"具鸡黍""话桑麻"这类事情,都略而不写。这是诗人的剪裁,犹如画家的选景,十分得体。

客　　至

杜　甫

舍南舍北皆春水,但见群鸥日日来。
花径不曾缘客扫,蓬门今始为君开①。
盘飧市远无兼味,樽酒家贫只旧醅②。
肯与邻翁相对饮,隔篱呼取尽余杯③。

【注释】

①缘客扫:因为客人的到来而打扫干净。蓬门:茅草屋门。

②盘飧(sūn):盘中之熟食,指菜肴。兼味:菜肴品类多。旧醅(pēi):原来的没有过滤的浊酒。

③肯与:如果愿意。邻翁:田父野老。呼取:呼唤。余杯:剩余之酒。

【鉴赏】

此诗作于唐肃宗上元二载(761)春天草堂初成之时。据诗原注:"喜崔明府相过。"明府为唐时的县令,崔明府何人,无考定。诗人初到成都,草堂四周无亲无故,花径不扫，蓬门常关，时与田父野老相往还。今有崔县令来访，诗人自然十分高兴。此诗写出了诗人迎接、款待崔县令热情、质朴、亲切、率直的心情。

首联：“舍南舍北皆春水，但见群鸥日日来。”写草堂四周之景及客人来访的时间、地点。草堂四周，春水荡漾，群鸥翩飞，境闲景幽。一个“皆”字展现了川西平原因都江堰自流灌溉，四周稻田蓄满春水的情景。“群鸥”写鸥鸟之多，在古人笔下鸥鸟常作为水边隐士的伴侣。“日日来”显示草堂之清幽闲静，无人打搅，只有群鸥来访。客人正是在这春光明媚之日，到草堂来访诗人。

颔联：“花径不曾缘客扫，蓬门今始为君开。”正写客至。由上联的“鸥来”兴起，引来“客至”。诗人以与客谈话的口吻表白：庭中院落里长满花草的小路还没有因为客来而打扫过，言外之意是过去少有人来，自己也不轻易迎客。今天，一向紧闭的家门才特地为“君”（崔明府）打开，欢迎你的到来，表明了诗人对客人的敬重和深情厚谊。

颈联：“盘飧市远无兼味，樽酒家贫只旧醅。”正写殷勤待客。诗人仍以自谦自歉的口吻边劝酒边对客人说：“草堂离市街远，买东西不便，盘中的菜肴简单，品类少；因为家贫，买不起好酒，只有用家酿的陈酒来招待你了！”家常话语，人间真情，既表现了杜甫生活的困窘，又表现了主客之间亲密、真诚相待的情谊。

尾联：“肯与邻翁相对饮，隔篱呼取尽余杯。”诗人笔锋陡转，以征询客人意见之口吻，如果愿与邻翁饮酒，立刻就请他们过来陪你喝酒。在文字上是峰回路转，在意境上是别开生面。诗人居草堂常与农民交，情谊笃厚。他有诗云：“田父要皆去，邻家问不违。地偏相识尽，鸡犬亦忘归”（《寒食》）。“步屧随春风，村村自花柳。田翁逼社日，邀我尝春酒”（《遭田父泥饮，美严中丞》）。从中可看出诗人的平民意识和人文精神。

这首诗的妙处在于：诗人将门前景、家常话、朋友谊、邻舍情交融在一起，编织成了一幅颇富农家情趣的“春酒宴客”图，极富人情味和人性美。

春夜喜雨

杜　甫

好雨知时节，当春乃发生。
随风潜入夜，润物细无声[①]。
野径云俱黑，江船火独明。
晓看红湿处，花重锦官城[②]。

【注释】

①潜:秘密的、悄悄的、偷偷的。润:浸润、滋润。

②锦官城:指成都市。

【鉴赏】

这是杜甫描绘春夜雨景,表现喜悦心情的名作。

首联一开头就用一个"好"字赞美"雨",足以唤起人们对做好事的人的联想。接下去就把"雨"人格化,说它知道时令节气,懂得满足万物的客观需要。不是吗?春天是万物萌发、蓬勃生长的季节,正需要雨水,雨就应时而下了,你看它多么"好"!

颔联承首联进一步表现"雨"的"好"。春雨一般都是伴随着和风细细地滋润万物的。然而也有例外的狂风暴雨甚至夹杂风雪的"倒春寒",这种雨只会损物而不会"润物",自然不是"好雨",所以,仅是"当春发生"的、"知时节"的雨,还不足以表明其"好"。只有伴随着和风的细雨,才使这个"好"字得到了落实,才会令人欣喜。全联用拟人化的手法,表明今夜的春雨是有意"润物",无意讨"好"。如果有意讨"好",它就会白天下来,并且下得声势很大,甚至雷鸣电闪,让人们看得见、听得清,唯其有意"润物",无意讨"好",它才选择了一个不妨碍人们工作和劳动的时间悄悄地来,在人们酣睡的夜晚无声地、细细地下。

首联和颔联写在室内听的情况,第三联写在庭外看的情况。雨这样"好",就希望它下多下够,下个通宵。倘若只下一会儿,就云散天晴,那"润物"就很不彻底,"好事"就没有做到底。由于好雨是细无声地润物,诗人听不真切,生怕它停了,所以出门去看。若在不太阴沉的夜间,小路比田野容易看得见,江面也比岸上容易辨得清。如今放眼四望,小路因为黑云沉重而看不清了,江面也烟雾茫茫,只有那船上的灯火忽明忽暗还看得见一点光明。诗人放心了:看起来这雨准会下到天亮。

尾联诗人驰骋想象,如果"好雨"下上一夜,万物都得到足够的水分滋长繁荣起来了,万物之一的花、最能代表春色的花,也就带雨开放,红艳欲滴。不信,你等到天亮的时候出去看看吧！整个成都市到处是花的海洋，一片“红湿”，那一朵朵、一枝枝，红艳艳、沉甸甸的，多美多壮观呀！而田里的禾苗，山上的树木，一切的一切，都可想而知。

人们说，写雨切夜易，切春难。本诗不仅切夜、切春，而且写出了人们喜爱的春雨，也就是“好雨”的高尚品格，表现了杜甫的、也是一切“好雨”的高尚人格。喜“好雨”就是喜“好人”。题目中的“喜”字在诗里虽没有再现，但“喜”意贯穿全诗。其表现手法实属高超。

茅屋为秋风所破歌①

杜　甫

八月秋高风怒号，卷我屋上三重茅②。
茅飞渡江洒江郊，高者挂罥长林梢，下者飘转沉塘坳③。
南村群童欺我老无力，忍能对面为盗贼④。
公然抱茅入竹去，唇焦口燥呼不得，归来倚杖自叹息⑤。
俄顷风定云墨色，秋天漠漠向昏黑⑥。
布衾多年冷似铁，骄儿恶卧踏里裂⑦。
床头屋漏无干处，雨脚⑧如麻未断绝。
自经丧乱少睡眠，长夜沾湿何由彻⑨！
安得广厦千万间，大庇天下寒士俱欢颜，风雨不动安如山⑩！
呜呼！何时眼前突兀见此屋，吾庐独破受冻死亦足⑪！

【注释】

①歌：古代诗歌的一种。这首诗写杜甫因安史之乱流寓成都，在浣花溪畔筑草堂暂居。诗成于公元 761 年，时安史之乱还未平定。茅屋即指成都草堂。

②秋高：秋深。三重茅：几层茅草。三概指多数。

③洒：散落。罥(juàn)：挂着、挂住。长林：高高的树林。沉塘：深塘。坳：水边地。

④忍能：竟然能。对面：在我对面(当面)。为盗贼：跟做盗贼一样。

⑤竹：竹林。“唇焦”句：意思是自己喊得唇焦口干也没有效果。不得：没有结果。

⑥俄顷:一会儿。漠漠:灰蒙蒙的颜色,指天空。向昏黑:渐渐黑下来。向:渐近。

⑦布衾:布做的被子,为穷人所用。富人用丝绸做被。"骄儿"句:可爱的小儿子不会睡觉,把被里子蹬破了。恶卧:睡相不好。

⑧雨脚:雨点。

⑨丧乱:战乱使家破人亡。指公元755年爆发的安史之乱。"长夜"句:指一整夜的漏雨打湿了布被,如何才能挨到天亮呢?彻:彻晓,到天亮。

⑩广厦:高大的房屋称厦。广厦指又宽又高的房屋。庇:遮蔽、掩护。寒士:贫寒的人。

⑪突兀:高耸的样子。庐:简陋的房屋。

【鉴赏】

这是杜甫写的一首古体诗。

公元759年,陕西发生饥荒,安史之乱未平,杜甫弃官西行,最后抵达成都,年底在西郊浣花溪边盖起了一座茅屋栖身。不料次年八月,突遇大风破屋,大雨又接踵而至,杜甫饱经风雨,长夜难眠,感慨万千,写下了这首脍炙人口、千古传诵的诗篇。

全诗可分为四个段落来赏析。

前五句为第一段,描写"秋风破屋"的情景。

首句首先点明时间为"八月",接写"秋风怒号",音响宏大,读之如闻秋风咆哮。"怒"字则把秋风拟人化,不仅使首二句富有动作性,而且富有感情色彩:好不容易盖起这座茅屋,刚刚定居下来,秋风却故意作对,怒吼而来,卷走了屋顶的层层茅草,怎不令人万分焦急呢?

卷起的茅草到哪儿去了？没有落到屋旁，而是随风飞过江去。有的分散地飘洒在江边上；有的高高地挂在树枝上；有的低低地散落在深水塘边。“飞”字紧承上句“卷”字，加上接下来的“渡”“洒”“挂罥”“飘转”等字，一个接一个的动词组成了一幅鲜明的图画——秋风怒号图，紧紧地牵动读者的视线，拨动读者的心弦：这些茅草是很难弄回来了，杜甫该怎么办呢？读这几句诗，我们分明看见一个衣衫单薄的干瘦老人拄着拐杖立在屋外，眼巴巴地望着怒吼的秋风把他屋顶的茅草一层又一层地卷了起来，吹过江去，稀里哗啦地洒在江郊，散落各处，而他对大风破屋的焦灼和怒愤之情，也不能不激起我们心灵上的共鸣。

下五句为第二段，写“群童抱茅”的感叹。这是对第一段的发展，也是对第一段的补充。

远处、高处、低处的茅草无法收回，那是不是还有落在附近平地上可以收回的呢？有的，然而却被南村来的“群童”抱跑了。全段以“群童欺我老无力”为着眼点，如果不是“我老无力”，而是正当壮年有气力，自然不会受这样的欺侮。现在这些顽童竟然敢当着我的面跟强盗一样的胆大妄为，公开抱起我的茅草往竹林里跑去了。为了表明自己受欺侮的愤懑，杜甫说这些顽童跟盗贼一样，不过并不是真的给他们加上“盗贼”的罪名，要告到官府去办罪，所以杜甫只是无可奈何地呼喊他们不要“抱”。喊得唇焦舌干不能再喊了，也不起作用，只好回到破屋中依着拐杖长久地叹息。

细品诗意，诗人如果不是十分穷困，就不会对大风刮走茅草那么心急如焚，群童如果不是十分穷困，也不会不听招呼地抱走那么些不值钱的茅草。这一二段，实为结尾的伏笔。不因穷困，何至有此！正因为“四海穷困”的现实，才产生“广厦万千庇寒士”的崇高愿望。

“自叹息”一句为前两段的归总。诗境是说杜甫一听到北风狂叫，就担心盖得不够结实的茅屋会发生危险，因而就拄杖出门，直到风吹屋破，茅草无法收回，这才无可奈何地回到家中。“倚杖”，当然又照应了前面的“老无力”；“自叹息”表明这种遭遇只能自己叹息，未能引起别人的同情和求得官府的帮助，则当时世风的浅薄，就意在言外了。这里一个“自”字，用得多么沉重！而“叹息”的内容，这里没有明言，但当杜甫自己在无处安身且得不到帮助时，分明会联想到处境类似的无数穷人。这为下文埋下了伏笔。

再下八句为第三段，写“长夜沾湿”的苦痛。这是全诗的高潮。

正应了“屋漏偏遭连夜雨”的古话。狂风过后，必有大雨。这场大雨把杜甫推向了痛苦的深渊。他先用饱蘸浓墨的大笔渲染出昏暗愁惨的氛围，从而烘托出自己暗淡愁苦的心境。那密集的雨点即将从昏暗的天穹洒向地面，已在预料之中。气温也骤然降下来了。盖了多年的布被冷得像铁块一样，那不懂事的孩子横躺竖卧，早把被里子蹬破了。没有穷困生活体验的人，是写不出这些深切感受来的。这样写，也是为下两句屋破雨漏及其后果蓄势。照理说八月的天气并不算冷，但由于气温骤降，布被破旧，大雨漏得床头没有一点干处，又连续不断地下了一夜，漏了一夜，所以，杜甫感觉特别冷。再下两句一纵一收。一纵，从眼前的凄凉处境扩展到安史之乱以来的种种痛苦经历，从风雨飘摇中的破茅屋扩展到战乱频仍、残破不堪的国家；一收，又回到"长夜沾湿"的现实，忧国忧民，加上整夜漏湿，怎能入睡呢？"何由彻"与前面的"未断绝"照应，表明了杜甫既盼雨停、又盼天亮的迫切心情。这种心情，又是"床头屋漏""布衾似铁"的艰苦处境激发出来的，于是，由个人的痛苦联想到其他人的类似处境，自然而然地过渡到全诗的结尾。

最后六句为第四段，写忧国忧民的崇高理想。

杜甫将自己的困境推己及人，表现了博大的襟怀。怎样才能盖得大厦千万间，庇护天下所有的穷苦百姓，使他们欢天喜地地在风雨中安稳如山！唉！眼前何时才能耸现这么多房屋，到那时即使我一家人的陋室破了受冻而死也心甘情愿、感到无限的满足！本段前三句前后是七字句，中间用九字句，蝉联一贯，构成了铿锵有力的节奏和奔腾前进的气势，贴切地表现了杜甫从痛苦的生活体验中迸发出来的奔放激情和火热希望。这种奔放的激情和火热的希望，吟之不足，继而"呜呼"叹之。这就是结尾三句：只要天下的穷人都有了房屋，我自己的房屋破了受冻死都满足，其崇高的思想表现到极致！

全诗重点描述杜甫本身的痛苦，但当我们读完最后一段时，就知道他不是孤立地、单纯地描述他本身的痛苦，而是通过描述他本身的痛苦来表现"天下寒士"的痛苦，来表现社会的疮痍、人民的灾难。他不仅为自身的不幸遭遇而叹息和失眠，而且清醒地大声疾呼，希望有人出来为千百万穷人谋福利。这种炽热的忧国忧民的情感和迫切要求变革黑暗现实的崇高理想，千百年来一直感动着广大读者的心灵，并产生着积极的作用。

奉济驿重送严公四韵[①]

杜甫

远送从此别，青山空复情。[②]
几时杯重把？昨夜月同行。
列郡讴歌惜，三朝出入荣。[③]
江村独归处，寂寞养残生。

【注释】

①奉济驿:地名,离绵阳(今四川绵阳市)十里处。严公:严武,字季鹰,杜甫与他是世交。安史之乱时,他从玄宗入蜀,为谏议大夫。肃宗立,房琯荐为给事中。后房琯事败,杜甫与他均遭贬,他被贬为巴州刺史。后两度出任剑南节度使。四韵:律诗双句押韵,八句诗四个韵脚,故称“四韵”。

②空复情:言斯人远去,唯留青山空复在此,离情切切。

③列郡:泛指剑南所属东、西两川各州县。三朝:指玄宗、肃宗、代宗三朝。

【鉴赏】

唐肃宗乾元二载(759)十二月,杜甫至成都。两年后,严武以成都尹兼御史大夫充剑南节度使。杜甫客居浣花溪畔的草堂,其生活得到严武的多方照顾。宝应元年(762),肃宗去世,代宗立,严武受命入朝,迁为京兆尹。这首诗就是因严武入朝而作,因已写过《奉送严公入朝十韵》《送严侍郎到绵州同登杜使君江楼宴》,故题目云“重送”。

首联:“远送从此别,青山空复情。”送君千里,终有一别。诗人送严武已从成都到两三百里外的奉济驿了,说不完的知心话也只好就此打住、告别;道旁的青山依旧,目送行人,而自己的心中顿感惆怅空荡。诗人借山之多情与人之不忍相别而不得不别做对比,表现了对友人的深意长情。

颔联:“几时杯重把,昨夜月同行。”写昨夜月下,我们举杯话别,共叙友情,今后不知何时才能重新聚会,重把杯,再痛饮?用一疑问句,既问己,也问友人,把在社会动荡下人生命运难料的复杂心情充分展示了出来。

颈联:“列郡讴歌惜,三朝出入荣。”是对严武政绩的称颂。说他在玄宗、肃宗、代宗三朝为官,或守外郡或入朝廷,均荣居高位,现离任东西两川时,各地的人们都惜留讴歌。不愿他离去。

尾联:“江村独归处,寂寞养残生。”写自己送别后的心境。江村,指成都浣花溪畔的草堂,意谓自己一个人独归江村,只有孤单无依地度养残生了。这里的“独”“寂寞”“残生”,把严武走后诗人生活无济的凄苦悲凉的心情表现了出来。杜甫曾有诗“君来雪山重,君去雪山轻”,与此诗一样表达了对严武的感激和依恋惜别之情。这首诗语言质朴,多用倒装句,表现了深沉婉曲的情感,令人读之凄楚。

闻官军收河南河北

杜　甫

剑外忽传收蓟北，初闻涕泪满衣裳①。
却看妻子愁何在，漫卷诗书喜欲狂②。
白日放歌须纵酒，青春做伴好还乡③。
即从巴峡穿巫峡，便下襄阳向洛阳④。

【注释】

①剑外：剑门关以南之地，也称剑南，代指蜀地。蓟(jì)北：河北蓟州之北，泛指河北北部，安史之乱的老巢所在。

②却看：再看。漫卷：随便地卷起来。

③白日：指阳光明媚。青春做伴：指焕发青春及沿途春色做伴。

④巴峡：指四川东北部巴江(嘉陵江)中的峡。杜甫此时在梓州(四川三台)，须由涪江入嘉陵江再入长江出川。巫峡：四川巫山县东，长江三峡中长而秀丽之峡。襄阳洛阳：杜甫原注："余田园在东京(洛阳)，又出峡东北向，便由襄阳入洛阳。"顾注："公先世襄阳人，曾祖依艺为巩令，徙河南。父闲为奉天令，徙杜陵。"

【鉴赏】

唐肃宗宝应元年(762)冬十月,唐王朝官军破贼于洛阳,进取东都,河南平。史思明之子史朝义败走河北,广德元年(763)春,史部幽州守将李怀仙请降,吏朝义兵败至广阳自缢死,李怀仙斩其首以献,河北平。此时杜甫正寓居在梓州(今四川三台),忽听官军收复河南河北的消息,长达七八年的安史之乱终于结束,欣喜若狂,返家有望,于是挥笔疾书,写下这首诗。

首联:“剑外忽传收蓟北,初闻涕泪满衣裳。”写初闻“收蓟北”时的欣喜情态。“忽传”指消息来得突然。即突然之间,蜀中大地遍传官军收复蓟北的胜利消息,安史之乱的老巢被捣毁,七八年战乱带来的流离即将结束,真是悲喜交集,禁不住“涕泪满衣裳”!这是喜极而悲,悲极而喜的表现!

颔联:“却看妻子愁何在,漫卷诗书喜欲狂。”诗人悲喜交集之际,自然想到与自己同受战乱苦难的妻子儿女,因此回头一看,他们满脸的愁云也不知到哪里去了,而是喜笑颜开,喜气洋洋,于是,自己也无心伏案,随手卷起诗书,与家人同喜同乐。此联中的“却看”和“漫卷诗书”是两个连续动作,把“喜欲狂”的情态具象化了。以动作表情,起到了无声胜有声的作用。

颈联:“白日放歌须纵酒,青春做伴好还乡。”诗人紧扣“喜欲狂”,以对妻子言说的口吻,说道:我们应该在这大好的日子里“放歌”“纵酒”,欢庆胜利;我们还应以返老还童的心情,焕发青春,与青春年少的儿女一起,在这春光明媚之际,做伴还乡。这是诗人“聊发少年狂”的“狂态”,表现了喜极之情。

尾联:“即从巴峡穿巫峡,便下襄阳向洛阳!”说到“还乡”,诗人的思想已鼓翼而飞,身在梓州,而“心”已沿着涪江入嘉陵江穿巴峡,再入长江出巫峡,顺流急下至襄阳,再转陆路向洛阳,回到了故乡。惊喜的感情波涛有如洪峰迭起,奔涌向前,一泻千里。

此诗乃杜甫诗集中罕见的(有说是唯一的)描写欣喜之情的诗篇。全诗发自肺腑,直抒胸臆,毫不做作,一气呵成,明快自然,感情奔涌,韵律疾驰,强烈地表现了诗人乍闻胜利消息时的心情和急欲回乡的愿望。

别房太尉墓

杜　甫

他乡复行役,驻马别孤坟[①]。

近泪无干土，低空有断云。
对棋陪谢傅，把剑觅徐君[②]。
唯见林花落，莺啼送客闻。

【注释】

①复行役：一再奔走。孤坟：房太尉（房琯）之坟，在阆州（今四川阆中）。

②对棋：对奕、下棋。谢傅：指谢安，死后赠太傅。把剑：指春秋时吴国季札挂剑的故事。

【鉴赏】

这是杜甫在房琯墓前的一首追悼诗。房琯，少好学，任县令时多兴利除弊，颇有政声。安史之乱时，玄宗奔蜀，他独驰见于普安郡，即日拜相。后领兵平叛，择将不力，致使官兵败于陈涛斜。肃宗即位被贬为邠州刺史。后因政绩突出，改为汉州刺史。宝应二载（763）拜刑部尚书，在入朝路上遇疾。该年七月改元广德，所以他于广德元年（763）八月卒于阆州僧舍，葬于阆州城外。广德二载（764），杜甫从梓州（今四川三台县）到阆州暂住，闻严武再次镇蜀，遂于春末返归成都草堂。此诗当于杜甫离阆州之前拜谒房琯墓时所作。

首联："他乡复行役，驻马别孤坟。"写自己生活困顿，四处漂泊，一再奔走，如今将返成都之时，特地到老友的孤坟前来告别。房琯与杜甫为世交，曾荐杜甫入仕。后杜甫上书救房琯被贬，也成了他一生进退的关键，所以，他们二人的交谊是十分深厚的。这两句诗写出了杜甫不得不来告别的特殊心情。

颔联："近泪无干土，低空有断云。"写杜甫在墓前的悲痛之状。诗人曾与房琯有交谊，并为救房琯诗人得罪唐肃宗而被贬。想起死者生前与自己的坎坷不平的遭遇，倍感悲伤，眼泪把周围的干土都湿透了。自己悲痛之情似乎感动了上天，天低云断，共同哀悼。愁惨哀伤之感，随"低空""断云"自然溢出。

颈联："对棋陪谢傅，把剑觅徐君。"写诗人与房琯的生死交情，永不相忘。诗人先借谢安之典，据《晋书·谢安传》：谢玄破苻坚于淝水，有檄书至，谢安方对客围棋。客人问他，答曰："小儿辈遂已破贼！"表现从容镇定。诗人以谢安比喻房琯讨贼时的镇定，虽打了败仗，但其从容儒雅与谢安是一致的。现借吴季札之典，据《说苑》载：吴季札出使晋国过徐地，心知徐君爱其剑，及还，徐君已死，遂解剑挂于徐君墓上而去。诗人自比季札，表不忘亡友的深情厚谊。此联引典寄情，十分含蓄。这是因为房琯是个政治人物，诗人因他而吃了苦头，故对他的赞颂与哀思不能直说。

尾联："唯见林花落，莺啼送客闻。"写房琯坟茔冷落，寂寞凄凉。诗人站在墓旁，只见林花飘落，如珠泪纷纷；声声莺啼，如哀声婉转。孤零零的坟地加上一个孤零零的吊客,这是何等凄惨哀伤之景。诗人对亡友的深情厚谊和深切哀思于此可见!

这首诗情思缈缈,哀情缕缕,在含蓄而深沉的诗句中将二人生前死后的交情,一一奔泻而出。此亦可见诗人人品之高。尤其是结语,移情于物,愈显余韵不绝之妙。

登　楼

杜　甫

花近高楼伤客心,万方多难此登临①。
锦江春色来天地,玉垒浮云变古今②。
北极朝廷终不改,西山寇盗莫相侵③。
可怜后主还祠庙,日暮聊为梁甫吟④。

【注释】

①客:诗人自谓。

②玉垒:山名,在今四川都江堰市(灌县)西北。变古今:古今不断变化。

③北极朝廷:用北极星居天之中,始终不变来比喻唐王朝江山不会动摇。西山寇盗:指吐蕃族对四川西北部岷山一带的侵扰。

④后主:指蜀汉的昏庸之君刘禅。梁甫吟:汉代乐府民歌,诸葛亮隐居隆中时爱唱的歌。

【鉴赏】

这是一首伤时感事诗。唐代宗广德元年(763)十月,吐蕃陷长安,立傀儡,改年号,代宗出走陕州,后赖郭子仪反击收复京师,代宗得以重返长安。十二月,吐蕃又占西川松、维、保三州,高适不能抵御,于广德二载(764)春调离;唐王朝重命严武为剑南东西川节度使,治理蜀中。杜甫时在阆州,拟出峡东下返乡,得知这一消息,以为时局有转,便返回成都草堂,写下此诗。

春花烂漫之时登临高楼本应是乐事,然诗人竟伤心。为什么?首联:"花近高楼伤客心,万方多难此登临。"诗人以倒装笔法写登楼的时机与心境。在这"万方多难"之时,满腹忧愁的诗人"登临"此楼,虽然万花近楼,春光满目,却极伤诗人之心。“伤客心”是果,“万方多难”是因,因果倒置,伤心之情更为沉重。

颔联:“锦江春色来天地,玉垒浮云变古今。”诗人放开一笔,纵目远眺,只见锦江春水奔涌而来,玉垒山上的浮云忽起忽灭,如同古今世势的风云变幻。这联明为写景,实乃暗示时局的风云跌宕。

颈联:“北极朝廷终不改,西山寇盗莫相侵。”诗人以北极星来喻唐王朝击败吐蕃,光复长安,代宗返京,“终不改”言唐王朝气运久远;同时警告侵扰西川的吐蕃,莫再徒劳“相侵”了!这里,诗人议论时局,呼应前两联的“变古今”和“万方多难”,在喜忧之中表现了诗人关心国家大事的爱国心理。

尾联:“可怜后主还祠庙,日暮聊为梁甫吟。”诗人在楼上远望后主祠引发感慨。像后主刘禅这样重用宦官以致成了亡国之君还受人祭祀,暗喻唐代宗虽未亡国,但重用宦官鱼朝思、程元振,能否中兴唐室,实在是令人忧虑的。在这夕阳西落、日暮苍茫之中,诗人空怀匡时济世之志,却报国无门,穷愁流落,只好像诸葛亮未出山之前一样,高唱《梁甫吟》以遣怀!这里,诗人以诸葛亮和刘后主对比,表现了对诸葛亮的仰慕之情和对刘后主的鄙薄之意。

全诗感时抚事,融写景、抒情、议论于一体,表现了诗人由一时的胜利带来的希望和对未来严重政治危机的隐忧。语壮境阔,寄寓深远,给人以深重的顿挫沉郁之感。

绝句二首

杜 甫

其 一

迟日①江山丽,春风花草香。
泥融②飞燕子,沙暖睡鸳鸯。

【注释】

①迟日:即春日。语出《诗经·豳风·七月》:“春日迟迟。”

②泥融:冰雪融化,土地湿润。

【鉴赏】

这是一首极富诗情画意的五绝佳作。

首句从大处着墨，描绘出在初春灿烂阳光的照耀下，浣花溪一带明净绚丽的春景，用笔简洁而色彩浓艳。“迟日”二字统率全篇。“丽”字点染“江山”，表现了春日阳光普照，四野青绿，溪水映日的秀美景色。虽为粗笔勾画，却显出春光骀荡。

次句进一步以和煦的春风、初放的百花、如茵的芳草、浓郁的芳香来展现明媚的大好春光。因为把春风、花草及馨香结合在一起了，所以使人有惠风和畅、百花竞放、风送花香的感受，收到“如临其境”的艺术效果。

第三句选择初春最常见，也最具特性的动态景物来做细部勾画。春日冰雪消融，泥润土湿，秋去春来的燕子也繁忙地飞来飞去，衔泥筑巢。这生动的描写使画面更加充满生机，春意盎然，还有一种动态美。“泥融”二字紧扣首句，因春回大地、阳光普照才有泥融；紫燕新归、衔泥做巢而不停地翻飞，显出一番春意喧闹的情状。

尾句是勾勒静景。惠风和煦，日丽沙暖，鸳鸯也要享受这大自然赐予的温暖，伏在溪边的沙洲上静卧不动。这也和首句相应，因“迟日”才沙暖，沙暖才引得鸳鸯出水，沐浴在阳光下的沙洲上。静态的鸳鸯和三句中动态的飞燕相对应，动静结合，相映成趣。

三、四两句以工笔细描衔泥飞燕、静睡鸳鸯，具体而又生动，与一、二两句粗笔勾画阔远壮美的丽日花草相配合，使整个画面和谐而又统一，构成一幅色调鲜明、生意勃发、心旷神怡的初春景物图，反映出诗人经过奔波流离之后暂得草堂安稳的闲适心情，也表达了诗人对初春时节欣欣向荣的自然界的欢悦情怀。

全诗格调清新明快，描摹景物清丽工致，语言对仗自然流畅，是杜诗中特具风神的篇章。

其　二

江碧鸟逾[1]白，山青花欲燃。
今春看又过，何日是归[2]年？

【注释】

①逾：显露。

②归：指杜甫回到河南老家。

【鉴赏】

这也是一首情景诗，抒发了诗人羁旅蜀乡欲早还家的感慨。

首二句像一幅镶嵌在镜框里的风景画，有令人目迷神失的魅力。漫江碧波荡漾，显露出白翎的水鸟掠翅江面，好一派怡人的风光！满山青翠欲滴，红艳的鲜花简直就像将要燃烧起来的火团,多么绮丽!多么灿烂!以“江碧”衬鸟翎的“白”,碧白相映生辉;以山青衬花葩的红,青红互相竞丽。一个“逾”字,将水鸟借江水的碧色衬底而愈显其翎毛之白,对照鲜明;一个“欲”字,在拟人化中赋花朵以动态,摇曳多姿。两句中状江、山、花、鸟四景并分别敷以碧绿、青葱、火红、洁白四色,景象清新,令人赏心悦目,可是,诗人的旨意却不在欣赏这春景。

后二句诗人笔路陡转,慨而叹之:“今春看又过,何日是归年?”“春”字既当“春天”讲,又可作“今春”“今年”解。“看又过”三字既暗点写此诗的时节,又隐含可惜岁月荏苒。诗人归期无着,非但没有引起游景的兴致,反而勾起了漂泊的伤感。末句则直点本诗旨意:哪一天才是我回归家乡的那一年呢?

本诗又是以乐景述哀情的典范。唯其极言春光融洽,才能对照出诗人归心殷切。而思归的伤感并没有从春日的景象中直接透露出来,反以客观景物与主观感受的不同来衬托诗人乡愁之深厚,别有韵味。

丹青引赠曹将军霸

杜　甫

将军魏武之子孙,于今为庶为清门①。
英雄割据虽已矣,文采风流今尚存②。
学书初学卫夫人,但恨无过王右军③。
丹青④不知老将至,富贵于我如浮云。
开元之中常引见,承恩数上南薰殿⑤。
凌烟⑥功臣少颜色,将军下笔开生面。
良相头上进贤冠,猛将腰间大羽箭⑦。
褒公鄂公⑧毛发动,英姿飒爽来酣战。
先帝御马玉花骢,画工如山貌不同⑨。
是日牵来赤墀下,迥立阊阖生长风⑩。
诏谓将军拂绢素,意匠惨淡经营中⑪。
斯须九重真龙出,一洗万古凡马空⑫。
玉花却在御榻上,榻上庭前屹相向⑬。
至尊含笑催赐金,圉人太仆皆惆怅⑭。

弟子韩干早入室，亦能画马穷殊相[15]。
干惟画肉不画骨，忍使骅骝气凋丧[16]。
将军画善盖有神，必逢佳士亦写真[17]。
即今漂泊干戈际，屡貌寻常行路人[18]。
途穷反遭俗眼白，世上未有如公贫[19]。
但看古来盛名下，终日坎凛缠其身[20]。

【注释】

①魏武：魏武帝曹操。庶：平民。清门：寒素之家。玄宗末年，曹霸获罪，贬为庶人。

②英雄割据：指曹操统一北方，建立魏国，与蜀、吴鼎立。文采风流：指曹操的文学事业及影响。

③卫夫人：卫铄，字茂漪，晋汝阴太守李矩之妻，名书法家，尤长隶书，王羲之曾向她学习书法。王右军：王羲之，书法家，曾官右军将军。

④丹青：红绿颜料，指绘画。

⑤南薰殿：长安城内兴庆宫中之一殿。

⑥凌烟：凌烟阁。唐太宗贞观十七年(643)二月，曾命阎立本画功臣24人像于凌烟阁，阁在西内三清殿。

⑦进贤冠：古代儒生之帽，唐时作文官朝服帽。太羽箭：唐太宗习用的四羽大竿长箭。

⑧褒公鄂公：褒国公段志玄，鄂国公尉迟敬德。

⑨先帝：指唐玄宗。玉花骢：唐玄宗所乘的名马，青白色。

⑩赤墀：宫殿中红色的台阶。阊阖：宫门。

⑪诏谓：唐玄宗诏令曹霸画马。

⑫斯须：一作须臾，顷刻之意。九重：宫门九重，指皇宫。真龙：真马。

⑬榻上句：指曹霸画的玉花骢放在御榻上与庭前的真马相对屹立，真假难辨。

⑭至尊：皇帝。圉人：养马之人。太仆：掌管皇帝车马的官。

⑮韩干：唐名画家，善画马，曾师从曹霸，后独创一派。穷尽相：画尽各种不同形态的马。

⑯画肉：指韩干画的马肥大，缺乏神韵英气。骅骝：传说为周穆王的八骏之一，后泛指名马。

⑰必逢：偶逢；佳士：优秀人才。写真：肖像画。

⑱干戈际：指安史之乱的战争年月。

⑲俗眼白：被庸俗之人所鄙视。

⑳坎壈:穷困潦倒,不得志。

【鉴赏】

唐代宗广德二载(764),杜甫在成都与被贬为庶人的名画家曹霸相识,写此诗送他。丹青,指代画;引,曲调名。即是说诗人通过画家学画、作画的描写,展示了画家或盛或衰的人生遭遇,所以题作《丹青引》。

全诗40句,分四段。

1~8句("将军"至"浮云")为第一段,写曹霸的家世及其学画情况。他身为魏武帝曹操之后,如今被削职为庶民,其先人的英雄伟业虽已过去,但曹操的文采风流至今犹存。言外之意指曹霸能继承其祖先的文化家声。接着写他学书法曾学卫夫人书体,但恨超不过王羲之。于是,他转学丹青,一生沉浸其中,不知老之将至。他情操高尚,视功名富贵如"浮云"。这里,诗人以"学书"反衬他"学画"的专一,充分表现了曹霸勤奋刻苦的进取精神和高尚情操。

9~16句("开元"至"酣战")为第二段。写曹霸人物画高超的艺术成就。开元年间,他有幸应诏见到皇帝唐玄宗,数次登上南薰殿。当时凌烟阁上的功臣像已年久色褪,他奉命重绘,下笔如神,别开生面,个个栩栩如生。文臣戴朝帽,武将腰插大羽箭。褒国公段志玄、鄂国公尉迟敬德更是毛发飞动,飒爽英姿,仿佛要奔赴疆场"酣战"一般。可见他人物画技之绝妙。

17~32句("先帝"至"凋丧")为第三段,这是全诗的重心,极力铺叙曹霸画马的神妙。先写他画御马玉花骢的过程。当时"如山"(众多)的画工都画不像,一天玉花骢被牵到宫门的赤色台阶前,昂首挺立,耸鬣生风。唐玄宗诏令曹霸当场展绢作画。曹霸经过观察运思,然后落笔挥洒,顷刻之间,一挥而就。那马神奇雄峻,仿佛从宫门腾跃而出的飞龙,"万古凡马"都相形失色。对比手法的运用,突出了曹霸画马的高超技艺。接着,再用放在御榻上的画马玉花骢与挺立庭前的真马玉花骢相对比,达到了真假难辨的程度。唐玄宗高兴地催促侍从赐金奖赏,掌管车马的官员和养马人都怅然惊叹!诗人犹嫌不足,再以他的画马有名的弟子韩干作比,指出韩干画马多肉,不见骨相,以致使"骅骝"骏马感到"气凋丧"。反复的对比,旨在盛赞曹霸画艺之精湛,无人能比。

33~40句("将军"至"缠其身")为第四段,写曹霸被贬流落民间、坎壈落泊的境况。像这样善画有神的一代宗师,以前只是偶尔为"佳士"画像,可是现在战乱动荡,流落漂泊,他不得不靠卖画为生,并常常为过路行人画像。更可恨的是因他困窘穷苦,还遭到世俗的白眼、轻视!"但看古来盛名下,终日坎壈缠其身!"是说自古有才能而负盛名者,往往穷困缠身,郁郁不得志。正是"文章憎命达"呵!这是对曹霸盛名的赞誉,对他生活困顿的同情,也是对自己坎坷潦倒的寄托,对封建社会世态炎凉的愤慨！

这首诗以跌宕纵横的笔墨，极赞曹霸“写真”的才能和“画马”的绝技，并和眼前流落苍凉的现实相对照，于生动的形象描写中贯穿悲愤的情感抒发，寄托了诗人对封建社会摧残人才的愤慨！全诗重对比，在笔酣墨饱之际波澜层迭，先荣后枯之状令人顿生沉郁之感。

宿　府

杜　甫

清秋幕府井梧寒，独宿江城蜡炬残①。
永夜角声悲自语，中天月色好谁看②？
风尘荏苒音书绝，关塞萧条行路难③。
已忍伶俜十年事，强移栖息一枝安④。

【注释】

①幕府：古时军旅出征用帐幕宿营，故将军府亦称幕府。此指严武的节度使府。井梧：井边之梧桐树。江城：指成都。

②永夜：长夜。角声：军中号角之声。

③风尘：指战乱。荏苒：时光流逝。

④伶俜（pīng）：流离孤苦之貌。十年事：杜甫自安史之乱（755）流离奔走，到此时刚为十年。一枝：一个枝条。借用庄子《逍遥游》：“鹪鹩巢于深林，不过一枝。”喻在严武幕中做参谋的心境。

【鉴赏】

唐代宗广德二载（764），严武再度镇蜀，六月荐杜甫为节度使参谋，检校工部员外郎，赐绯鱼袋。但在严武幕府中，僚属间的猜忌排挤，当面是人背后是鬼的庸俗风气，以及他对严武既感激又“束缚酬知己，蹉跎效小忠”的小心困窘，使他十分烦恼。因而在这首诗里，流露出难言的隐忧以及孤苦危愁之感。

首联：“清秋幕府井梧寒，独宿江城蜡炬残。”首句点出时令是“清秋”，地点在节度使“幕府”，环境是孤寂清“寒”；次句写在这样清寒的环境中，诗人“独宿”幕府，夜不能寝，眼睁睁地看着蜡烛残。因为杜甫家住城外草堂，离城较远，在幕府工作完毕，不便返家，只好留宿幕府，故有这种孤凄寂寞之感。

颔联："永夜角声悲自语，中庭月色好谁看?"诗人在不眠之中听到的是长夜号角之声，仿佛在悲诉乱世的凄凉，看到的是中天月色姣好，可有谁欣赏她呢？突出了幕府中无人共语，沉郁悲抑的心情。

颈联："风尘荏苒音书绝，关塞萧条行路难。"诗人在寂寥之中，思绪万千，想到时光流逝，战乱多年，诸弟音书断绝，生死不知；自己流落剑外，关山阻隔，萧条路险，要想回家真是千难万难啊！"想"与"念"自然结合，旅愁更为沉重。

尾联："已忍伶俜十年事，强移栖息一枝安。"诗人满怀沉重心事，说自己自安史之乱以来忍受了十年飘零孤苦的生活，现在被严武相邀勉强来充当幕僚，无非是像庄子《逍遥游》中的鹪鹩鸟一样，暂寻"一枝安"罢了！这是诗人的自嘲与无可奈何心境的表露。实际上，诗人的理想是"致君尧舜上，再使风俗淳。"救国济民，而不是过这种"井梧寒"的困顿生活。

全诗以"独宿"之景抒"独宿"之情，物景凄凉，感情凄凉，在压抑顿挫的音韵中，饱含惆怅凄楚之感。

旅夜书怀

杜　甫

细草微风岸，危樯[①]独夜舟。
星垂平野阔，月涌大江流[②]。
名岂文章著，官应老病休。
飘飘何所似？天地一沙鸥[③]。

【注释】

①危樯（qiáng）：高高的桅杆。

②星垂：群星低垂如挂，指星光灿烂。涌：腾跃。大江：长江。

③沙鸥：水鸟。

【鉴赏】

唐代宗永泰元年（765）正月，杜甫因与严武意见不合，辞去剑南节度使幕府里的参谋和工部员外郎之职，回到草堂。四月，严武病死。五月，杜甫携家离开成都，经嘉州(乐山)、戎州(宜宾)、渝州(重庆)、忠州(忠县),于九月到达云安(云阳)暂住下来。此诗作于舟经忠州一带的旅途中。

首联:“细草微风岸,危樯独夜舟。”写船行大江之中所见的景色。白天,大江两岸,细草微风;夜间,船桅高耸,孤舟夜泊。细、微、危、独四字,将水陆两方面的景色包容起来。

颔联:“星垂平野阔,月涌大江流。”再从岸上与江面入笔写景。遥望天际(陆地),星垂如挂,星光灿烂,原野广阔,一望无际;俯视大江(江面),水流不息,波光荡漾,明月好像出没于大江之中。承接上联,将秋天雄浑壮阔的大江景色展现了出来,为下面的秋思“书怀”埋下伏笔。

颈联:“名岂文章著,官应老病休。”说自己知名于世难道是因为文章好吗?诗人素有“致君尧舜上,再使风俗淳。”的远大政治抱负,由于受压抑长期不能施展,而名声竟因文而著,这是诗人迫不得已之事。做官,因年老多病,便应该退休。这是反话,诗人的休官不是“老”“病”,而是受排挤。这一联饱含愤慨之意!

尾联:“飘飘何所似?天地一沙鸥。”说自己这种漂泊无依的生活像什么呢?就像天地间一只漂泊无定的水鸟。即景自况,以抒漂泊江流的感慨!

这首诗前四句紧扣“旅”和“夜”,后四句紧扣“书怀”,情由景生,景由情发,情景交融,浑然一体,抒发了他因不得志而郁郁寡欢、孤凄潦倒之感。

八 阵 图

杜 甫

功盖三分国,名成八阵图[①]。
江流石不转,遗恨失吞吴[②]。

【注释】

①八阵图:诸葛亮创造的一种由天、地、风、云、龙、虎、鸟、蛇八种阵势组成的战斗队形及兵力部署的阵势。

②石不转:言八阵图的石头水冲不散。遗恨:遗留下来的遗憾。

【鉴赏】

此诗写于唐代宗大历元年(766),杜甫初到夔州(今重庆市奉节县)时所做的一首吊古怀人、咏叹诸葛亮功绩之诗。

"功盖三分国,名成八阵图。"第一句说诸葛亮辅佐刘备从无到有,创建蜀国,形成蜀、魏、吴鼎足而立,三分天下的局面,其超人的才智和非凡的政治才能,功盖一时,在三国之中无人能与之相比。第二句写他卓越的军事才能。据《三国志·蜀志·诸葛亮传》:"推演兵法,作八阵图。"又据苏轼《东坡志林》:"诸葛亮于鱼复平沙之上,垒石为八行,相去二丈。自山上俯视,八行为六十四蕝,蕝正圜不见凹凸处,及就视,皆卵石,漫漫不可辨。"因创制八阵图,诸葛亮名声更为显赫。如成都武侯祠一副对联云:"躬耕南阳名成八阵,应召西蜀计压群雄。"(佚名)高度概括了诸葛亮的丰功伟绩。

"江流石不转,遗恨失吞吴。"第一句写八阵图的神奇特征。据《荆州图记》:"永安宫南一里渚下平碛上,有孔明八阵图,聚细石为之。各高五尺,广十围,历然棋布,纵横相当。中间相去九尺,正中开南北巷,悉广五尺,凡六十四聚,或为人散乱,及为夏水所没,冬水退,复依然如故。"又据刘禹锡《嘉话录》:"三蜀雪消之际,水落平川,万物皆失故态。诸葛小石,行列依然,如是者近六百年,迄今不动。"八阵图的坚定不移正是诸葛亮对蜀汉政权和统一大业忠贞坚定,如磐石般不可动摇之象征。第二句写诸葛亮的"遗恨",就是刘备为报关羽之仇,起数十万大军伐吴,破坏了诸葛亮联吴抗魏的根本战略,以致统一大业夭折,成了千古遗恨!

这首诗叙议结合,全诗四句三转,从"功盖三国"一转"八阵图";二转"石不转",暗喻时间流逝而诸葛亮功勋长存;三转"遗恨",步步深入,跌宕有致。怀古述怀,议论抒情,浑然一体,给人一种"此恨绵绵无绝期"之感。

阁　夜

杜　甫

岁暮阴阳催短景,天涯霜雪霁寒宵①。
五更鼓角声悲壮,三峡星河影动摇②。
野哭千家闻战伐,夷歌数处起渔樵③。
卧龙跃马终黄土,人事音书漫寂寥④。

【注释】

①阴阳:指光阴。短景:指冬季夜长昼短。天涯:指远离故土,现居夔州之地。霁(jì)雨雪初晴。

②鼓角:军鼓和号角。三峡:指瞿塘峡、巫峡、西陵峡。

③战伐:指唐代宗永泰元年(765)十月起到大历元年(766)底蜀地军阀崔旰、郭英乂,杨子琳相互残杀的战事。夷歌:三峡地区为少数民族聚居区,故称少数民族歌谣为夷歌。数:一作“几”。渔樵:指渔夫和樵夫,即唱夷歌之人。

④卧龙:指诸葛亮。《三国志·诸葛亮传》:徐庶曾对刘备说:“诸葛孔明者,卧龙也。”跃马:指公孙述。《蜀都赋》:“公孙跃马而称帝。”

【鉴赏】

这首诗是唐代宗大历元年(766)冬天,杜甫从云安流落到夔州,寓居西阁时所写。此时,蜀中军阀崔旰、郭英乂、杨子琳相互攻伐的战事尚未完全平息,夔州地区也常有战伐之声;加上诗人的好友郑虔、李白、严武、高适相继去世,他感到特别的孤寂、悲凉。

首联:“岁暮阴阳催短景,天涯霜雪霁寒宵。”诗人写身居西阁,冬夜漫漫的凄冷之感。时近岁暮,昼短夜长,沦落天涯(夔州)边远之地的诗人,在这霜雪初停的夜晚,倍感通宵寒冷。这既是写实,又是写心理感受。

颔联:“五更鼓角声悲壮,三峡星河影动摇。”这是写诗人夜寒不寐的所闻所见。霜雪初霁,寒气逼人,五更欲晓,悲壮的号角声仍然不断,可见夔州已充满浓浓的战争气氛。不寐的诗人眼望窗外,三峡江面上星河倒映,波光粼粼,随波荡漾。古人有所谓星河摇动象征战争的说法。这里,诗人明写江景,暗喻战乱未已,含有为战乱给人民带来苦难而忧之虑。

颈联:“野哭千家闻战伐,夷歌数处起渔樵,”这是承接上联,诗人写拂晓前的所闻,一闻号角战伐之声,千家痛哭,哭声遍野,渔夫和樵子也在江中和山上唱起了悲戚的歌声。这一切反战之声,煎熬着忧国忧民的诗人的内心。

尾联:“卧龙跃马终黄土,人事音书漫寂寥。”诗人面对百姓的苦难呼喊,自感飘零寂寥,无能为力,只好陷入无穷的痛苦之中。此时,突然想到夔州的武侯庙和白帝庙,感到诸葛亮那样贤明之人和公孙述那样在西汉末年乘乱据蜀称帝者,虽贤恶不同,但都英雄一世,最后都终归“黄土”,成了枯骨,像我这样飘零一生的孤寂者又有什么办法呢?所以,人事音书虽然断绝,也漫道其“寂寥”,算不得什么了!诗人好像在自慰自解,实际上其未尽之意是对“战伐”的愤激和伤感。

全诗紧扣“夜”字,多侧面地写出了诗人的所见所闻所思所感,从“雪霁寒宵”到“五更鼓角”,从“夜空星河”到江上波涌,从“野哭”“夷歌”到战乱人事,从“岁暮阴阳”到“卧龙跃马”,上下古今之事,均在愤慨中,突出了诗人忧国忧民之感,故此诗被称为律诗中的典范之作。

登高

杜甫

风急天高猿啸哀，渚清沙白鸟飞回[①]。
无边落木萧萧下，不尽长江滚滚来。
万里悲秋常作客，百年多病独登台[②]。
艰难苦恨繁霜鬓，潦倒新停浊酒杯[③]。

【注释】

①猿啸哀：巫峡多猿，叫声凄厉。渚(zhǔ)：水泊中的小洲。

②万里：远离故土。悲秋：宋玉《九辩》："悲哉，秋之为气也，萧瑟兮草木摇落而变衰，憭栗兮若在远行。"悲叹秋之萧瑟，令人感伤。常作客：长期漂泊异乡：独登台：独自一人登高感怀。

③繁霜鬓：头上及两鬓全是白发。潦倒：衰颓失意。新停：诗人本来嗜酒，此时因肺病而停饮。浊酒：劣酒。

【鉴赏】

此诗大约作于唐代宗大历二载(767)秋，诗人在夔州(今重庆奉节)，写他重阳节登高时的感受。

首联："风急天高猿啸哀，渚清沙白鸟飞回，"寥寥数语，便画出了登高望远所见的夔州地区独特的深秋风貌。"风急"再现了三峡地区山高峡陡风急之势，"天高"为秋高气爽之态，"猿啸哀"展现了三峡地区特色，如李白的《早发白帝城》中的"两岸猿声啼不住"。接着，诗人的视线由高处转向长江水面，只见"渚清沙白"，群群水鸟迎风飞翔，不住回旋。这既是一幅精美的秋景，又透露了丝丝悲秋哀婉的意味。

颔联："无边落木萧萧下，不尽长江滚滚来。"诗人远望群山，无边无际的树丛，落叶飘飘，萧萧落下，一派肃杀景象；俯视长江，奔流不息，滚滚而来。诗人抓着"落木"和"长江"两个意象，以"无边""不尽"加以修饰，使之气势雄浑，境界旷远。但"萧萧下"与"滚滚来"中也暗含韶光易逝、壮志难酬的感怆。

颈联："万里悲秋常作客，百年多病独登台。"诗人由萧萧落木联想到自身，多少年来流落漂泊，奔波“万里”，“作客”他乡，如今年过半百，已到暮年，身体多病，且独自登高，这是多么孤独的境况。真是年老、多病、流落、孤独，集于一身，“悲秋”之感油然而生。

尾联：“艰难苦恨繁霜鬓，潦倒新停浊酒杯。”诗人回顾一生，艰难苦恨，潦倒备尝，国难家仇，不离己怀，因而白发日多，加之因病戒酒，悲愁更难排遣。诗人忧国伤时的情怀，自然溢出。

诗人在这首诗中借重阳登高之际，把在夔州期间思国、念家、怀友、谋食的种种艰辛、愁苦齐集于笔下，回旋顿挫，沉郁悲凉。全诗紧扣夔州独特秋色，四联八句，一一对仗，句句警策。全诗情景交融，浑然一体。南宋时的胡应麟在《诗薮》中称之为“古今七言律诗之冠”。

观公孙大娘弟子舞剑器行 并序

杜　甫

大历二年十月十九日，夔府别驾元持宅，见临颍李十二娘舞《剑器》[①]，壮其蔚跂，问其所师。曰：“余公孙大娘弟子也[②]。”开元五载，余尚童稚，记于郾城观公孙氏舞《剑器》《浑脱》，浏漓顿挫，独出冠时[③]。自高头宜春、梨园二伎坊内人洎外供奉，晓是舞者，圣文神武皇帝初，公孙一人而已[④]。玉貌锦衣，况余白首；今兹弟子，亦非盛颜[⑤]。既辨其由来，知波澜莫二。抚事慷慨，聊为《剑器行》[⑥]。昔者吴人张旭，善草书书帖，数常于邺县见公孙大娘舞《西河剑器》，自此草书长进，豪荡感激，即公孙可知矣[⑦]。

昔有佳人公孙氏，一舞剑器动四方[⑧]。
观者如山色沮丧，天地为之久低昂[⑨]。
爧如羿射九日落，矫如群帝骖龙翔[⑩]。
来如雷霆收震怒，罢如江海凝清光[⑪]。

绛唇珠袖两寂寞，晚有弟子传芬芳[12]。
临颍美人在白帝，妙舞此曲神扬扬[13]。
与余问答既有以，感时抚事增惋伤[14]。
先帝侍女八千人，公孙剑器初第一[15]。
五十年间似反掌，风尘澒洞昏王室[16]。
梨园弟子散如烟，女乐余姿映寒日[17]。
金粟堆南木已拱，瞿塘石城草萧瑟[18]。
玳筵急管曲复终，乐极哀来月东出[19]。
老夫不知其所往，足茧荒山转愁疾[20]。

【注释】

①大历二载：公元767年。别驾：官名。州刺史的佐吏。元持：人名。临颍：今河南临颍县。剑器：唐代舞蹈名称，属于与“软舞”相对的“健舞”，由女子著雄装，持剑而舞。

②公孙大娘：唐开元时的著名舞蹈家，善剑舞，能《邻里去》《裴将军满堂势》《西河剑器》《浑脱》等舞，皆冠绝于世。弟子：门人，指李十二娘。

③开元五载：公元717年。郾（yǎn）城：今河南郾城。剑器、浑脱：舞蹈名称，来自西域，舞者戴着乌羊毛浑脱毡帽，故名。浏漓顿挫：舞姿活泼、利索而有节奏。冠时：当时第一。

④高头：前头，指常在皇帝面前。宜春、梨园二伎坊：伎坊（教坊）是唐皇宫内教练歌舞人员之机构，宜春院、梨园是其中之两处。洎（jì）：到。外供奉：教坊以外之歌舞人员。圣文神武皇帝：开元二十七年（739），众臣吹捧唐玄宗的尊号。

⑤玉貌锦衣：指公孙大娘当时年轻貌美。盛颜：年轻的容貌。

⑥既辨：既然知道。波澜：渊源。抚事：缅怀往事。聊为：姑且写作。

⑦张旭：唐书法家，擅长草书，有“草圣”之称，江苏苏州人，故称吴人。《国史补》载张旭曾言：“见公孙氏舞《剑器》而得其神（即悟到写字运笔的诀窍）。”邺（yè）县：今河南安阳市。西河剑器：用黄河以西地区乐曲伴奏的《剑器舞》。

⑧动四方：轰动四方。

⑨色沮丧：大惊失色。久低昂：长久地上下起伏，即眼花缭乱。

⑩㸌：闪烁貌。羿（yì）：神话中善射之英雄。传说“尧时十日并出，草木皆枯。尧命羿仰射十日，中其九日。”群帝：众仙。骖（cān）龙翔：一车驾三马谓之骖，此作驾驭解。驾着龙飞翔，言舞姿腾挪跌宕，优美异常。

⑪来如：起舞。罢如：舞停。

⑫绛唇：红唇，指公孙大娘。珠袖；指公孙大娘的舞姿。芬芳：香气，指舞艺绝妙。

⑬临颍美人：指李十二娘。白帝：夔州（奉节）白帝城。神扬扬：神采飞扬。

⑭有以：有缘由。惋伤：惋惜、悲伤。

⑮先帝：指已逝的唐玄宗。初第一：一开始就是第一。

⑯五十年间：从开元五年（717）到大历二年（767）。反掌：容易。指时光流逝飞快。风尘：战乱，指安史之乱。澒（hòng）洞：无边无际。

⑰女乐：唐皇宫中的歌女、舞女。余姿：余韵。一指舞女色衰，二指李十二娘得承公孙大娘的技艺，余韵尚在。映寒日：李十二娘在夔州舞《剑器》在十月十九日，故云"寒日"。

⑱金粟堆：金粟山，在今陕西蒲城县东北，唐玄宗墓葬之地。木已拱：树木已长大合抱，言唐玄宗已死多年。

⑲玳（dài）筵：盛宴，指元持宅的宴会。急管：急管繁弦，指急促的乐曲声。

⑳足茧荒山：是说足底生茧，行走艰难。转愁疾：愁苦愈转愈深。

【鉴赏】

"序言"为诗之"引子"，诗人先叙述在夔州别驾元持府第观看公孙大娘弟子李十二娘表演的《剑器》舞，进而想到童年时在郾城亲睹公孙大娘舞《剑器》《浑脱》以及开元盛世的盛景，说明公孙大娘的舞艺在当时已独享盛名。如今战乱未平，李十二娘流落荒山，抚今追昔，感慨良多，故写下《剑器行》。此"序"交代了诗人的写作动机及沧桑悲凉的心态。

全诗26句，分为四段。

1~8句（"昔有"至"凝清光"）为第一段，追叙公孙大娘优美的舞姿。她的《剑器》舞不但使人大惊失色，轰动四方，而且使天地起伏低昂，感天动地。她的舞态闪烁如后羿射日，满堂光耀；腾跃如群仙乘龙飞翔，翩翩轻扬；起舞如雷霆收怒，尚留余音；舞停如江海凝波，水光清静。其舞真是淋漓酣畅，冠绝一时。

9~14句（"绛唇"至"增惋伤"）为第二段，写公孙大娘死后《剑器》舞的沉寂以及其弟子李十二娘流落白帝妙舞的伤感。用“神扬扬”三字突出李十二娘的“妙舞”,重点在知道她的学艺渊源后,感时抚事,惋伤倍增。

15~20句(“先帝”至“映寒日”)为第三段,写五十年的人事变迁,伤感往事。记得开元初年,国事强盛,宫廷八千女乐之中公孙大娘的《剑器》舞号称第一。可是五十年间瞬息万变,安史之乱把大唐帝国搞得烽烟四起,天昏地暗。那成千上万的优秀的梨园弟子、歌舞人才均在这场浩劫中“散如烟”了,现在只有女乐的残存者李十二娘的舞姿辉映在这山区寒日的余光里。“余姿”与“八千人”的对比,衰落与繁荣的对照,是多么令人黯然神伤啊!这是全诗的高潮,用舞的盛衰概括了历史的沧桑变化与广阔的社会内容。

21~26句(“金粟”至“转愁疾”)为第四段,叹世事的荒凉,伤自己的无路。你看,玄宗已死了六年,金粟山的陵墓上,树已长大合围,自己却流落到这座草木萧瑟的瞿塘石城。在盛宴歌舞之后,月出东山,乐极哀来,四顾茫茫,不知所往。诗人拖着久病身躯足茧荒山,本就艰难,“转愁疾”倒觉得走得太快。可见其漂泊茫然、凄苦心情之沉重。

王嗣奭在评此诗时说:“此诗见剑器而伤往事,所谓抚事慷慨也。故咏李氏,却思公孙;咏公孙,却思先帝;全是为开元天宝五十年治乱兴衰而发”(《杜诗详注》引《杜臆》)。此评将全诗的中心、结构层次分析得十分中肯。全诗思潮起伏,大开大合,沉郁悲壮,甚为感人。

登岳阳楼

杜　甫

昔闻洞庭水,今上岳阳楼①。
吴楚东南坼,乾坤日夜浮②。
亲朋无一字,老病有孤舟。
戎马关山北,凭轩涕泗流③。

【注释】

①岳阳楼:今湖南省岳阳市西门楼。

②吴楚:指吴地(今江浙一带)、楚地(今两湖、江西等地)。吴地在洞庭湖东,楚地在洞庭湖南。坼(chè):分裂,分界之意。乾坤:指天地、日、月。《水经注·湘

水》:“洞庭湖水,广圆五百余里,日月若出没于其中。”

③戎马:大历三年(768)八月,吐蕃以十万众寇灵武,二万众寇汾州,长安戒严。九月,郭子仪带兵五万屯奉天,以防吐蕃。凭轩:依靠楼窗。涕泗(sì):眼泪鼻梯。

【鉴赏】

唐代宗大历三载(768),杜甫由夔州出三峡,暮冬腊月,泊舟岳阳城下,登楼远眺,触景生情,写了这首诗。

首联:“昔闻洞庭水,今上岳阳楼。”“昔闻”写从前对洞庭湖湖光山色的仰慕,“今上”交代时间,“岳阳楼”点明地点,写人生暮年竟能登上岳阳楼观赏洞庭湖的美景风光。今、昔二句互文,名胜早闻,今始得见,平生一快。

颔联:“吴楚东南坼,乾坤日夜流。”由喜悦之心来观赏洞庭湖,真是辽阔无边,分裂吴、楚两地,吞吐日月星辰,气势宏伟,气象万千。

颈联:“亲朋无一字,老病有孤舟。”笔锋一转,回到现实之中,想到自己自成都至湖南,长期浮舟江上,与亲朋隔绝,无一消息,加上年已五十七岁,老病缠身,孤身飘零。这里,自己的孤寂与上联的湖阔雄壮形成鲜明的对比,愈益显出自己的痛苦之情。

尾联:“戎马关山北,凭轩涕泗流。”写诗人的博大襟怀。诗人凭轩老泪横流的,不仅有感于自己凄苦的身世,更重要的是纵目远眺,遥想北方边境,战乱未平,国家艰危,时在心中,这才是诗人悲痛的真正原因。

这首诗采用以乐写悲的手法,语言质朴自然,意境浑厚深远;感情曲折真挚,发飘零孤寂之悲哀,感战事乱离之不停,一唱三叹,令人扼腕。

江南逢李龟年[①]

杜　甫

岐王宅里寻常见,崔九堂前几度闻[②]。
正是江南好风景,落花时节又逢君。

【注释】

①李龟年:唐玄宗时的著名歌唱家,曾进入内廷歌舞团体梨园。据《明皇杂录》:乐工李龟年特承恩遇,于东都通远里大起第宅,后流落江南,每遇良辰胜景,常为人歌数阕,座客闻之,莫不掩泣。

②岐王:唐睿宗第四子李范,唐玄宗之弟,封岐王,开元十四年(726)卒。崔九:崔湜,中书令崔涤之弟。他与玄宗关系密切,用为秘书监,开元十四年(726)卒。

【鉴赏】

唐代宗大历五载(770)春,杜甫的孤舟漂泊至湖南潭州(今长沙市),与流落江湘一带的著名歌唱家李龟年相遇,岁月沧桑,荣枯大变,感慨良多,因而写下此诗。

"岐王宅里寻常见,崔九堂前几度闻。"诗人追忆当年与李龟年的接触。杜甫出身于"奉儒守官,未坠素世"的官宦家庭,祖父杜审言是武则天时代的膳部员外郎,著名诗人;父亲杜闲,做过兖州司马、奉天(陕西乾县)县令,这样的家庭在社会上享有一定的特权,有资格结交权贵人物和社会名流,加上他才华早著,故在青少年时期就能出入岐王李范和秘书监崔涤的宅第,欣赏李龟年的歌唱。这两句既写出了杜甫与李龟年在"岐王宅里"和"崔九堂前"频繁接触的情景,又暗示出盛唐时期"开元全盛"的繁华景象:笙箫不断,歌舞升平。

"正是江南好风景,落花时节又逢君。"承接上两句,点明时间、地点、事件。时间是"落花时节"的暮春三月,地点是风景秀丽的江南,事件是"又逢君"。发语轻松,感情沉重。一个"又"饱含了多少人事沧桑!忆往昔,李龟年是当红歌星,名噪一时;杜甫是青春年少,胸怀壮志。可如今,经过安史之乱,李龟年流落江南,沿街鼓板,唱不尽兴亡梦幻;杜甫孤身漂泊,疏布缠足苦不暖,穷愁潦倒。所以,"落花时节"既是写实,又是象征,它暗示着两位有着共同遭遇的憔悴老人,经战乱之后均沦落到了不幸之地,他们当年所见的"开元全盛日"已成为历史的陈迹!时代的沧桑巨变留给人的只能是无穷的慨叹与悲哀!但诗人的高明之处在于:在正面描写中未着"悲"情,而"悲"情自露。可谓"世运之治乱,年华之盛衰,彼此之凄凉流落,俱在其中"(孙洙)。这一评语是十分精当的。

寄韩谏议注

杜　甫

今我不乐思岳阳[①],身欲奋飞病在床。
美人娟娟隔秋水,濯足洞庭望八荒[②]。
鸿飞冥冥日月白,青枫叶赤天雨霜[③]。
玉京群帝集北斗,或骑麒麟翳凤凰[④]。

芙蓉旌旗烟雾落，影动倒景摇潇湘[5]。
星宫之君醉琼浆，羽人稀少不在旁[6]。
似闻昨者赤松子，恐是汉代韩张良[7]。
昔随刘氏定长安，帷幄[8]未改神惨伤。
国家成败吾岂敢，色难腥腐餐枫香[9]。
周南留滞古所惜，南极老人应寿昌[10]。
美人胡为隔秋水，焉得置之贡玉堂[11]。

【注释】

①岳阳：唐时岳州，今湖南岳阳市。

②美人：喻君子贤人，此指韩谏议。娟娟：姣好貌。八荒：八方荒远之地。

③鸿飞冥冥：鸿，鸿雁；冥冥，高远难见。雨：降雨雪。

④玉京：道家称天帝所居之处。群帝：泛指众仙人，如赤帝、白帝等。北斗：北斗星座。或骑句：据《集仙录》："群仙毕集，位高者乘鸾，次乘麒麟，次乘龙、凤、鹤，每翅各大丈余。"翳：犹乘、跨之意。

⑤芙蓉旌旗：以芙蓉作为旌旗。倒景：《大人赋》："贯列缺之倒景。"注引陵阳子《明经》："列缺气去地二千四百里，倒景气去地四千里，其景皆倒在下。"意指神仙在高空之处活动，日月从下方映照他们身影，倒映在地上潇湘二水中，皆成倒影（景）。

⑥星宫之君：星神，喻叨恩的近侍之臣。琼浆：名贵之酒。羽人：飞仙，喻离京疏远的朝臣，暗指韩谏议。

⑦赤松子：仙人句，神农时为雨师，常至西王母石宝，随风雨上下。韩张良：张良字子房，先世为韩相。佐刘邦定天下，封留侯。后辟谷，从赤松子游。

⑧帷幄：帐幕。《汉书·高帝纪》："夫运筹帷幄之中，决胜千里之外，吾不如子房。"暗指韩谏议在肃宗收复长安时，曾参与谋划，但终不为朝廷所用，摒弃江湖。

⑨色难：面有难色。腥腐：《鲍照诗》："何时与尔曹，啄腐共吞腥。"指酒肉之徒。枫香：道家用来合药，所以可"餐"。

⑩周南留滞：《史记·太史公自序》："是岁，天子始建汉家之封，而太史公留滞周南，不得与从事。"注：古之周南，今之洛阳。古所惜：指司马谈未参加封禅，痛心到"发愤且卒"的程度。南极老人：星名。该星见，天下治安；该星不见，天下兵起。

⑪玉堂：即玉殿，在未央宫。

【鉴赏】

这是唐代宗大历二载（767）杜甫在夔州时写给韩谏议的一首诗。韩谏议，姓韩，名注，官谏议大夫，生平不详。从诗中透露，他早年当是参加肃宗收复长安的筹划，而后被弃，闲居衡湘。杜甫也曾追随肃宗于灵武，任左拾遗。因疏救房琯获罪弃官，长期流徙。如今虽“漂泊西南”，但仍关心国事，对与他有着同样遭遇的韩谏议颇有同情之感。

全诗22句，分为四段。

1~6句（“今我”至“天雨霜”）为第一段，先叙自己怀念韩谏议远在洞庭，再想象他的隐居生活。首句写因“思岳阳”的韩谏议而“不乐”，本想“奋飞”前去探望，但因“病在床”而不能遂愿，可见思之深，念之切！下四句想象他远隔秋水，濯足洞庭，遥望八方，如鸿雁高飞在霜天月白、青枫赤叶的境界之中，再现他绝尘高士的形象和高洁旷达的精神。

7~12句（“玉京”至“不在旁”）为第二段，比喻朝廷权贵云集，趋炎附势，而高人稀少。诗人以“玉京群帝”的众仙官比喻朝廷权贵云集于“北斗”（人君）之旁，他们或骑麒麟，或骑凤凰，在天上（朝廷）挥舞芙蓉旌旗，摇落烟雾，耀武扬威，倒影于潇湘二水之中。这些叨恩的近侍之臣常常醉饮琼浆，而那些高人贤士（羽人）却被疏远而远离京都（“不在旁”）。这段以仙家情景做比喻，把那些权贵跋扈、高士远疏的情景刻画得淋漓尽致。

13~18句（“似闻”至“枫香”）为第三段，写从传闻中料想韩谏议解官的原因。其中以张良为韩人之后谐韩谏议之姓，再以张良佐刘邦建国到从赤松子游，暗寓韩谏议谋助肃宗收复长安到不为朝廷所用而弃落江湖，既是对上段仙家境界之呼应，又是现实的强烈对应。因而，韩谏议虽不敢忘怀“国家成败”，但不愿（“色难”）与“腥腐”之徒同流合污，只好归隐山林，餐饮“枫香”！这是诗人替韩谏议表明心迹！

19~22（“周南”至“玉堂”）为第四段，写诗人的感慨与希望。引“周南”喻他滞留洞庭，实为可惜；以“南极老人”喻他有治平之才。最后两句希望他老成宿望，不要远隔秋水，而应贡置于朝堂（“玉堂”）之上，匡君济世。

全诗近似游仙诗，以仙家作喻，朦胧缥缈，道不能直说其详的时事，隐约含蓄；用典类比，耐人寻味，既表达了对权贵的不满和对国事的关注，也流露了诗人自甘沉沦的沉郁之情。

古柏行

杜甫

孔明庙前有老柏[①]，柯如青铜根如石。

霜皮溜雨四十围，黛色参天二千尺②。
君臣已与时际会，树木犹为人爱惜③。
云来气接巫峡长，月出寒通雪山白。
忆昨路绕锦亭东，先主武侯同閟宫④。
崔嵬枝干郊原古，窈窕丹青户牖空⑤。
落落盘踞虽得地，冥冥孤高多烈风⑥。
扶持自是神明力，正直原因造化功。
大厦如倾要梁栋，万牛回首丘山重⑦。
不露文章世已惊，未辞翦伐谁能送⑧。
苦心岂免容蝼蚁，香叶终经宿鸾凤⑨。
志士幽人莫怨嗟，古来材大难为用⑩。

【注释】

①老柏：古柏，指夔州武侯庙前的古柏。杜甫《夔州十绝》："武侯祠堂不可忘，中有松柏参天长。"

②霜皮溜雨：树皮白色而润泽，如雨溜洗过一般。黛色：青黑色，指树叶之色。

③君臣：刘备与诸葛亮。际会：遇合。言刘备与诸葛亮君臣遇合，功在当时。

④锦亭：成都杜甫草堂有"野亭"，严武《寄题杜二锦江野亭》称锦江畔之"野亭"为"锦亭"。而武侯祠在草堂东面，故云"锦亭东"。閟宫：祠庙。閟：深闭；宫：庙。

⑤崔嵬：高大。窈窕：深邃。户牖：窗户。

⑥落落：挺拔耸立。冥冥：昏暗貌。

⑦大厦如倾：大厦将倒，喻国家危急。万牛回首：言木重如山，万牛不能拉动而回首看，暗指贤才难于任用。

⑧不露文章：文章，文采。不露文章，指柏树无花叶之美。未辞翦伐：不避砍伐。

⑨苦心：柏心味苦。香叶：柏叶有香气。

⑩志士：有志有为之人。幽人：隐士，政治上不得志的人。怨嗟（jiē）：抱怨感叹。

【鉴赏】

这是唐代宗大历元年（766）杜甫在夔州（今重庆市奉节县）时所作。诗人通过该地武侯庙前古柏孤高坚定形象的描写，表现了对诸葛亮忠贞气节的景仰之情，也寄托了自己对材大难用的愤慨。

诸葛亮(181~234),字孔明,琅琊人,隐于隆中。蜀汉先主刘备三顾茅庐请他出山,诸葛亮感其诚意,始出,佐先帝成帝业,为丞相。后辅后主刘禅,封武乡侯。诸葛亮志在恢复中原,常出师北伐,后病死军中,谥忠武,庙在奉节县八阵图下。全诗每八句一韵,自成三段。

1~8句(“孔明”至“雪山白”)为第一段,写孔明庙前古柏的形象。它枝如青铜根如磐石,非常坚固。粗“四十围”,高“二千尺”,挺拔雄伟,蔽日参天。由于孔明与刘备的君臣知遇,为人景仰,柏树也受到了后人的爱惜。如今,它气接巫峡,寒通川西的雪山。这里,明写古柏高大的气势,暗喻孔明在东汉末年辈出的群英中出类拔萃的才能和气概。

9~16句(“忆昨”至“造化功”)为第二段,抚今追昔,由夔州的古柏联想到成都武侯祠中的古柏,进一步描绘古柏的神韵气概。杜甫写此诗时,离开成都已一年,故云“忆昨”。成都的武侯祠附于先主庙中,庙中古柏植根于古老郊原,枝干崔嵬,久存于世,但庙内涂饰昏暗,寂静无人,已十分幽静。唯有这夔州古柏盘踞高山,烈风莫撼,正直生长,确得力于神明造化之力。前面说“人爱惜”,这里说“神相助”,可见孔明庙的古柏人神共爱,孔明的高风亮节神人共仰。

17~24句(“大厦”至“难为用”)为第三段,借古柏的孤高正直抒发怀才不遇的感慨。从前面孔明得展其才的“怀古”中,联想到今人有才无用的“讽今”。意谓大厦将倾,国家危难,极需“万牛回首丘山重”的栋梁之材。这些栋梁之材从不外露炫耀,也甘愿为国献身,却无人推荐。尽管它们可供鸾凤栖宿,却徒然被蝼蚁蛀朽。真是可悲可叹!不过,“志士幽人莫怨嗟”,自古以来“材大难为用”!篇末点题,语意双关,寄寓贤能难用的愤慨。叹古柏耶?自叹耶!

全诗由物及人,句句咏古柏,句句说武侯,由武侯而及“志士幽人”,可谓“诗中有人,呼之欲出”,是托物言志之佳作。

野　望

杜　甫

西山白雪三城戍,南浦清江万里桥[①]。
海内风尘诸弟隔,天涯涕泪一身遥[②]。
惟将迟暮供多病,未有涓埃答圣朝[③]。
跨马出郊时极目,不堪人事[④]日萧条。

【注释】

①西山:成都西,指雪岭,岷山主峰。三城:指松(今四川松潘)、维(今四川理县)、保(今四川理县新保关西北)三城。南浦:成都西郊百花潭。清江:锦江。万里桥:成都城南。

②风尘:战乱。诸弟:杜甫有四弟,杜颖、杜观、杜丰流落在河南、山东一带,只有杜占一人相随入蜀。

③迟暮:老年,时杜甫已五十岁,身体多病。涓埃:细滴之水曰涓;轻微尘土曰埃。涓埃,喻微薄之意。

④人事:指时事。

【鉴赏】

此诗作于唐肃宗上元二载(761),当时吐蕃在四川边境作乱,并侵扰中原,曾一度攻陷松、维、保三城和京都长安。杜甫身居草堂,野望生感,一片忧家忧国之情奔泻而出。

首联:“西山白雪三城戍,南浦清江万里桥。”先写远望,只见岷山峰岭,皑皑白雪;岷山山麓的松(潘)、维(理县)、保(理县新保关西北)三城驻满了军队,以防范吐蕃的侵扰。再写近看,只见百花潭水,锦江东流,万里桥横。在自然之景的描绘中透露出严峻的政治形势。

颔联:“海内风尘诸弟隔,天涯涕泪一身遥。”从上联的“野望”而生感慨。首先想到散落在豫、鲁一带的诸弟,现在战乱又起,他们安在?再从诸弟过渡到近羁天涯的孤客(自己),只有为诸弟的安全遥致一哭,涕泪满身了!

颈联:“惟将迟暮供多病,未有涓埃答圣朝。”现在,我只有将迟暮之年交给多病之躯,在这国难多事之秋,不能为国家贡献微薄之力。可见诗人忠君爱国之心是何等强烈!

尾联:“跨马出郊时极目,不堪人事日萧条。”诗人以“郊”点出“野”,以“极目”点出“望”,扣紧题目;再以“人事日萧条”照应中间两联因战乱而引出的感伤,把战乱的萧条苦难尽收笔底,极具深沉厚重之感。

此诗由景入题,感叹时事,忧弟、忧己、忧心、忧世,层层深化,充满了年老多病,不能报国的忧时忧国的情感,令人感伤!

客亭

杜甫

秋窗犹曙色，落木更天风。
日出寒山外，江流宿雾中。
圣朝无弃物，老病已成翁。
多少残生事，飘零似转蓬。

【鉴赏】

这是一首写景抒情的诗。诗的前半部分写景，后半部分抒怀。写景中暗寓比兴，"落木更天风"，亦比也，意者漂泊成都，复遭兵乱；"江流宿雾中"，亦兴也，其时蜀中之氛围真如宿雾。"圣朝无弃物，老病已成翁"，或较之孟浩然"不才明主弃，多病故人疏"（《岁暮归南山》），以为蕴藉浑厚为孟诗所不及。孟诗直而露，杜诗曲而隐，细味之，其怨悱愤激实有甚于孟也。

夜宴左氏庄

杜甫

风林纤月落，衣露净琴张。
暗水流花径，春星带草堂。
检书烧烛短，看剑引杯长。
诗罢闻吴咏，扁舟意不忘。

【鉴赏】

这是一首叙事诗。诗人写庄园夜宴，潇洒尽兴。林花星月，景色清丽；琴剑诗书，情趣高雅，皆足以助诗酒之兴。结联虽暗用范蠡扁舟之事，却无隐遁之意。唐汝洵《唐诗解》谓"此因夜饮而起遁世之想"，非也。盖其时少陵正裘马清狂，南游吴越，北游齐赵，意气风发，逸兴遄飞，故这首诗颇有飘逸之致。扁舟事出范蠡而意怀旧游。仇兆鳌谓“公弱冠曾游吴越,故闻吴咏而追思其处”(《杜诗详注》),庶几得之。以其用事用意未洽,故王慎中指出:“结虽潇洒,终属牵凑。”(《五色批本杜工部集》)然仍不失为名篇。

琴　台

杜　甫

茂陵多病后,尚爱卓文君。
酒肆人间世,琴台日暮云。
野花留宝靥,蔓草见罗裙。
归凤求凰意,寥寥不复闻。

【鉴赏】

此诗是杜甫晚年在成都凭吊汉代司马相如遗迹——琴台时所作。

“茂陵多病后,尚爱卓文君”,起首凌空而下,从相如与文君的晚年生活着墨,写他俩始终不渝的真挚爱情。司马相如晚年退居茂陵(古县名,治所在今陕西兴平市东北),这里以地名指代相如。这两句是说,司马相如虽已年老多病,而对文君仍然怀着热烈的爱,一如当初,丝毫没有衰减。短短二句,如清仇兆鳌说:“病后犹爱,言钟情之至。”(《杜诗详注》)还有人评论说:“言茂陵多病后,尚爱文君,其文采风流,固足以传闻后世矣。”(清沈寅、朱昆辑解《杜诗直解》)诗的起笔不同寻常,用相如、文君晚年的相爱弥深,暗点他们当年琴心相结的爱情的美好。

“酒肆人间世”一句,笔锋陡转,从相如、文君的晚年生活,回溯到他俩的年轻时代。司马相如因爱慕蜀地富人卓王孙孀居的女儿文君,在琴台上弹《凤求凰》的琴曲以通意,文君为琴音所动,夜奔相如。这事遭到卓王孙的竭力反对,不给他们任何嫁妆和财礼,但两人决不屈服。相如家徒四壁,生活困窘,夫妻俩便开了个酒店,以卖酒营生。“文君当垆,相如身自著犊鼻裈(即围裙,形如犊鼻),与庸保杂作,涤器于市中”(《史记·司马相如列传》)。一个文弱书生,一个富户千金,竟以“酒肆”来蔑视世俗礼法,在当时社会条件下,是要有很大的勇气的。诗人对此情不自禁地表示了赞赏。“琴台日暮云”句,则又回到诗人远眺之所见,景中有情,耐人寻味。我们可以想象,诗人默默徘徊于琴台之上,眺望暮霭碧云,心中自有多少追怀歆美之情!“日暮云”用南朝梁江淹诗“日暮碧云合,佳人殊未来”(《休上人怨别》)语,感慨今日空见琴台,文君安在?引出下联对“野花”“蔓草”的浮想联翩。这一联,诗人有针对性地选择了“酒肆”“琴台”这两个富有代表性的事物，既体现了相如那种倜傥慢世的性格，又表现出他与文君爱情的执着。前四句诗，在大开大阖、陡起陡转的叙写中，从晚年回溯到年轻时代，从追怀古迹到心中思慕，纵横驰骋，而又紧相钩连，情景俱出，而又神思邈邈。

“野花留宝靥，蔓草见罗裙”两句，再现文君光彩照人的形象。相如的神采则伴随文君的出现而不写自见。两句是从“琴台日暮云”的抬头仰观而回到眼前之景：看到琴台旁一丛丛美丽的野花，使作者联想到它仿佛是文君当年脸颊上的笑靥；一丛丛嫩绿的蔓草，仿佛是文君昔日所着的碧罗裙。这一联是写由眼前景引起的，出现在诗人眼中的幻象。这种联想，既有真实感，又富有浪漫气息，宛似文君满面花般笑靥，身着碧草色罗裙已经飘然悄临。五代前蜀牛希济《生查子》词中的“记得绿罗裙，处处怜芳草”，当受此诗启发。

结句“归凤求凰意，寥寥不复闻”，明快有力地点出全诗主题。这两句是说，相如、文君反抗世俗礼法，追求美好生活的精神，后来几乎是无人继起了。诗人在凭吊琴台时，其思想感情也是和相如的《琴歌》紧紧相连的。《琴歌》中唱道：“凤兮凤兮归故乡，遨游四海求其凰。……颉颉颃颃兮共翱翔。”正因为诗人深深地了解相如与文君，才能发出这种千古知音的慨叹。这里，一则是说琴声已不可再得而闻；一则是说后世知音之少。因此，《琴歌》中所含之意，在诗人眼中绝不是一般后世轻薄之士慕羡风流，而是“颉颉颃颃兮共翱翔”的那种值得千古传诵的真情至爱。

送韩十四江东觐省①

杜　甫

兵戈不见老莱衣②，叹息人间万事非。
我已无家寻弟妹，君今何处访庭闱？
黄牛峡③静滩声转，白马江④寒树影稀。
此别应须各努力，故乡犹恐未同归。

【注释】

①韩十四：名不详，十四是指他的排行。觐省：看望父母，探亲。

②老莱衣：传说春秋时代楚国有隐士老莱子，七十岁还常常穿上彩衣，模仿儿童，欢娱他的双亲。

③黄牛峡:长江峡名,在今湖北宜昌西。峡下有黄牛滩。

④白马江:在蜀州(治所在今四川崇州市)东北十里处。

【鉴赏】

这首七律,写于唐肃宗上元二载(761)深秋,其时杜甫在成都。当时安史之乱尚未平定,史朝义逆势正炽。江东(长江下游)一带虽未遭受兵祸,但九月间江淮大饥,再加上统治者严加盘剥,于是暴动四起,饿殍塞途。此诗是诗人在成都附近的蜀州白马江畔送韩十四去江东探亲时写的,在深沉的别情中流露出蒿目时艰、忧心国难的浩茫心事。

诗发端即自不凡,苍劲中蕴有一股抑郁之气。诗人感叹古代老莱子彩衣娱亲这样的美谈,在干戈遍地的今天,已经很难找到。这就从侧面扣住题意"觐省",并且点示出背景。第二句,诗的脉络继续沿着深沉的感慨向前发展,突破"不见老莱衣"这种天伦之情的范围,而着眼于整个时代。安史之乱使社会遭到极大破坏,开元盛世一去不复返了。诗人深感人间万事都已颠倒,到处是动乱、破坏和灾难,不由发出了声声叹息。"万事非"三字,包容着多么巨大的世上沧桑,概括了多少辛酸的人间悲剧,表现出诗人何等深厚的忧国忧民的思想感情。

三、四两句,紧承"万事非"而来,进一步点明题意。送友人探亲,不由勾起诗人对自己骨肉同胞的怀念。在动乱中,诗人与弟妹长期离散,生死未卜,岂非有家等于"无家"!这也正是"万事非"中的一例。相形之下,韩十四似乎幸运得多了。可是韩十四与父母分手年久,现在江东一带又不太平,"访庭闱"恐怕也还有一番周折。所以诗人用了一个摇曳生姿的探问句,表示对韩十四此行的关切,感情十分真挚。同时透露出际此乱世,韩十四的前途也不免有渺茫之感。这一联是前后相生的流水对,从自己的"无家寻弟妹",引出对方的"何处访庭闱",宾主分明,寄慨遥深,有一气流贯之妙。

韩十四终于走了。五、六两句,描写分手时诗人的遐想和怅惘。诗人伫立白马江头,目送着韩十四登船解缆,扬帆远去,逐渐消失在水光山影之间了,他还在凝想入神。韩十四走的主要是长江水路,宜昌西面的黄牛峡是必经之地。这时诗人的耳际似乎响起了峡下黄牛滩的流水声。水声回响不绝,韩十四乘坐的船也就越走越远,诗人的离情别绪,也被曲曲弯弯牵引得没完没了。一个"静"字,越发突出了滩声汩汩,如在目前。所谓以静衬动,写得实在传神。等到把离思从幻觉中拉回来,才发现自己依然站在二人分袂之地。只是江上的暮霭渐浓,一阵阵寒风吹来,砭人肌骨。稀疏的树影在水边掩映摇晃,秋意更深了。一种孤独感蓦然向诗人袭来。此二句一纵一收,堪称大家手笔。别绪随船而去,道出绵绵情意;突然收回,景象更觉怅然。此情此景,简直催人泪下。

尾联更是余音袅袅，耐人咀嚼。出句是说，分手不宜过多伤感，我们应各自努力，珍重前程。“此别”，总括前面离别的情景；“各”字，又双绾行者、留者，也起到收束全诗的作用。对句意为，虽说如此，只怕不能实现同返故乡的愿望。韩十四与杜甫可能是同乡，诗人盼望有一天能和他在故乡重逢。但是，世事茫茫难卜，这年头谁能说得准呢？诗就在这样欲尽不尽的诚挚情意中结束。“犹恐”二字，用得很好，隐隐露出诗人对未来的担忧，与“叹息人间万事非”前后呼应，倍觉意味深长。

这是一首送别诗，但不落专写凄凄戚戚之情的窠臼。诗人笔力苍劲，伸缩自如，包容国难民忧，个人遭际，离情别绪深沉委婉，可谓送别诗中的上乘之作。

不见

杜甫

不见李生久，佯狂真可哀！
世人皆欲杀，吾意独怜才。
敏捷诗千首，飘零酒一杯。
匡山读书处，头白好归来。

【鉴赏】

这首诗写于客居成都的初期，或许杜甫此时辗转得悉李白已在流放夜郎（治所在今贵州正安西北）途中获释，遂有感而作。诗用质朴的语言，表现了对挚友的深情。

开头一句，突兀陡起，好像蓄积于内心的感情一下子迸发出来了。“不见”二字置于句首，表达了渴望见到李白的强烈愿望，又把“久”字放到句末，强调思念时间之长。杜甫和李白自天宝四载（745）在兖州（治所在今山东兖州区）分手，已有整整十五年没有见面了。

紧接着第二句，诗人便流露出对李白怀才不遇，因而疏狂自放的哀怜和同情。古代一些不满现实的人也往往佯狂避世，像春秋时的接舆。李白即自命“我本楚狂人”（《庐山谣寄卢侍御虚舟》），并常常吟诗纵酒，笑傲公侯，以狂放不羁的态度来抒发欲济世而不得的悲愤心情。一个有着远大抱负的人却不得不“佯狂”，这实在是一个大悲剧。“佯狂”虽能蒙蔽世人，然而杜甫却深深地理解和体谅李白的苦衷。“真可”两字修饰“哀”，生动地传达出诗人无限叹惋和同情的心事。

这种感情在颔联中得到进一步展现。这两句用了一个反对，产生了强烈对比的艺术效果。"世人"指统治集团中的人，永王璘一案，李白被牵连，这些人就叫嚷要将"乱臣贼子"李白处以极刑。这里"皆欲杀"和"独怜才"，突出表现了杜甫与"世人"态度的对立。"怜"承上"哀"而来，"怜才"不仅是指文学才能，也包含着对李白政治上蒙冤的同情。杜甫另有《寄李十二白二十韵》一诗，以苏武、黄公比李白，力言他不是叛臣，又用贾谊、孔子之典来写他政治抱负不能实现的悲剧。而这种悲剧也同样存在于杜甫的身上，他因疏救房琯而被逐出朝廷，不也是"世人"的不公吗？"怜才"也是怜己。共同的遭遇使两位挚友的心更加紧密地连在一起了，这就是杜甫深切哀怜的根本原因。

颈联宕开一笔，两句诗是对李白一生的绝妙概括，勾勒出一个诗酒飘零的浪漫诗人的形象。杜甫想象李白在漂泊中以酒相伴，酒或许能浇其块垒，慰其忧愁。这一联仍然意在写李白的不幸，更深一层地抒发了怀念挚友的绵绵情思。

深情的怀念最后化为热切的呼唤："匡山读书处，头白好归来。"诗意承上"飘零"而来，杜甫为李白的命运担忧，希望他叶落归根，终老故里。声声呼唤，表达了对老友的深长情意。"匡山"，指绵州彰明（在今四川北部）之大匡山，李白少时读书于此。这时杜甫客居成都，因而希望李白回归蜀中正是情理中事。就章法言，开头慨叹"不见"，结尾渴望相见，首尾呼应，全诗浑然一体。

这首诗在艺术上的最大特色是直抒胸臆，不假藻饰。

春日忆李白

杜　甫

白也诗无敌，飘然思不群。
清新庾开府，俊逸鲍参军。
渭北春天树，江东日暮云。
何时一樽酒，重与细论文。

【鉴赏】

杜甫与李白年龄相差很大，但他们晤于洛阳，便成为忘年交，偕游梁宋，交情弥笃。别后不能忘怀，相思之情，多凝之于诗。"渭北春天树，江东日暮云"，即景寓情，化景为情，不言离而知其离，不言怀而知其怀，深得诗家三昧。至于"春树暮云"一语，犹为朋交契阔相思之代称，足见诗之富于感染力。首联不必刻意作成妙对，无心偷春而春意盎然。

陪郑广文游何将军山林

杜　甫

剩水沧江破，残山碣石开。
绿垂风折笋，红绽雨肥梅。
银甲弹筝用，金鱼换酒来。
兴移无洒扫，随意坐莓台。

【鉴赏】

天宝十三载，杜甫卜居下杜，偕郑虔游何氏园林或在是年。记游何氏园林诗共十首，为五律组诗。这是其五。写园林景色之赏与饮酒作乐之兴，潇洒豪逸，犹是盛世之音。写景能开能合，能扩能缩。首联咏园中山水之景，水乃沧江之所剩，山乃碣石之所残，小巧之景，故作宏观；颔联写竹与梅在风雨中之姿态，极细腻，如工笔画，尤为宋人所激赏。颈联结联写逸兴豪情，稍嫌板滞，终不及太白之奔放也。

江　亭

杜　甫

坦腹江亭暖，长吟野望时。
水流心不竞，云在意俱迟。
寂寂春将晚，欣欣物自私。
故林归未得，排闷强裁诗。

【鉴赏】

江亭闲卧吟望，景与心会，物我两忘，颇有潇洒闲逸之情趣。古来评家最重"水流心不竞，云在意俱迟"一联，正因此联最能体现此情趣。王嗣奭《杜臆》云："'水流'、'云在'一联，景与心融，神与景会，居然有道之言。盖当闲适时道机自露，非公说不得如此通透，更觉'云淡风轻'无此深趣。"可谓深得其旨。结联突然宕开，与前背反，即所谓“跳结法”（张谦谊《絸斋诗谈》）。盖身处乱世，终未能真闲逸，故一跳而以“排闷”收也。正如查慎行所云：“‘长吟野望’，虽似闲逸，实是遣闷，故结句唤醒，通体俱灵。”（见《瀛奎律髓汇评》）

有感五首（其三）

杜　甫

洛下舟车入，天中贡赋均。
日闻红粟腐，寒待翠华春。
莫取金汤固，长令宇宙新。
不过行俭德，盗贼本王臣。

【鉴赏】

《有感五首》，作于代宗广德元年(763)秋。这是其中第三首，内容和当时朝廷中迁都洛阳之议有关。安史之乱后，长安所在的关中地区残破，每年要从江淮转运大量粮食到长安；加上吐蕃进扰，长安处在直接威胁之下，因此朝中有迁都之议。这首诗即为此有感而发。

“洛下舟车入，天中贡赋均。”首联先从洛阳所处的优越地理位置写起。相传周成王使召公复营洛邑，说：“此天下之中，四方入贡，道里均焉。”次句本此。两句是说，洛阳居于全国中心，水陆交通便利，四方入贡赋税，到这里的路程也大致相等。这里所说的内容也就是主张迁都洛阳的人所持的主要理由。诗人用肯定的口吻加以转述，是因为单就地理位置而论，洛阳确有建都的优越条件。这里先让一步，正是为了使下面转出的议论更加有力。这是一种欲擒故纵的手法。

“日闻红粟腐，寒待翠华春。”颔联紧承“舟车”“贡赋”，翻出新意。“红粟腐”，用《汉书·食货志》“太仓之粟，陈陈相因，腐败而不可食”语意。“翠华”是天子之旗，这里指代皇帝。两句是说，我近日常听说，洛阳的国家粮仓里堆满了已经腐败的粮食，贫寒的老百姓正延首等待皇上能给他们带来春天般的温暖呢。话说得很委婉。实际上杜甫是反对迁都洛阳的，但他一则旁敲侧击，说“天中”只不过提供了苛敛之便；一则反话正说，明言百姓所待以见百姓所怨。当时持迁都之议的人们中，必有以百姓盼望皇帝东幸洛阳为辞的，所以诗人含而不露地反唇相讥说：百姓所望的是“翠华春”，可不是盼来一场更大的灾难！

主张迁都洛阳的人还将洛阳的地险作为迁都的理由，于是诗人又针对这种议论而发表见解道："莫取金汤固，长令宇宙新。""莫取"，就是"不要只着眼于"的意思。杜甫并不是否认"金汤固"的作用，而是认为，对于巩固封建国家政权来说，根本的凭借是不断革新政治，使人民安居乐业。两句一反一正，一谆谆告诫，一热情希望，显得特别语重心长。诗写到这里，已经从具体的迁都问题引申开去，提高、升华到根本的施政原则，因此下一联就进一步说到怎样才能"长令宇宙新"。

"不过行俭德，盗贼本王臣。"答案原极简单而平常：只不过是皇帝躬行俭德，减少靡费，减轻人民的负担罢了。要知道，所谓"盗贼"，本来都是皇帝的臣民呵。腹联"莫取""长令"，反复叮咛，极其郑重，末联却轻描淡写地拈出"不过"二字。这高举轻放的戏剧性转折，使得轻描淡写的"不过"更加引人注目，更增含蕴。为了进一步强调"行俭德"的重要，诗人又语重心长地补上一句"盗贼本王臣"，一针见血地揭示了封建社会官逼民反的事实。思想的深刻，感情的深沉和语言的明快尖锐，在这里被和谐地统一起来了。

禹　庙

杜　甫

禹庙空山里，秋风落日斜。
荒庭垂橘柚，古屋画龙蛇。
云气嘘青壁，江声走白沙。
早知乘四载，疏凿控三巴。

【鉴赏】

杜甫写的禹庙，建在忠州（治所在今重庆忠县）临江的山崖上。杜甫在代宗永泰元年（765）出蜀东下，途经忠州时，参谒了这座古庙。

"禹庙空山里，秋风落日斜。"开门见山，起笔便令人森然、肃然。山是"空"的，可见荒凉；加以秋风瑟瑟，气氛更觉萧森。但山空，那古庙就更显得巍然独峙；加以晚霞的涂染，格外鲜明庄严，令人肃然而生敬意。诗人正是怀着这种心情登山入庙的。

"荒庭垂橘柚，古屋画龙蛇。"庙内，庭院荒芜，房屋古旧，一"荒"二"古"，不免使人感到凄凉、冷落。但诗人却观察到另一番景象：庭中橘柚硕果垂枝，壁上古画神龙舞爪。橘柚和龙蛇，给荒庭古屋带来一片生气和动感。“垂橘柚”“画龙蛇”，既是眼前实景，又暗含着歌颂大禹的典故。据《尚书·禹贡》载，禹治洪水后，九州人民得以安居生产，远居东南的“岛夷”之民也“厥包橘柚”——把丰收的橘柚包裹好进贡给禹。又传说，禹“驱龙蛇而放菹（泽中有水草处）”，使龙蛇也有所归宿，不再兴风作浪（见《孟子·滕文公》）。这两个典故正好配合着眼前景物，由景物显示出来；景与典，化为一体，使人不觉诗人是在用典。前人称赞这两句“用事入化”，是“老杜千古绝技”（明胡应麟《诗薮·内篇》卷四）。这样用典的好处是，对于看出它是用典的，固然更觉意味深浓，为古代英雄的业绩所鼓舞；即使看不出它是用典，也同样可以欣赏这古色古香、富有生气的古庙景物，从中领会诗人豪迈的感情。

五、六两句写庙外之景：“云气嘘青壁，江声走白沙。”云雾团团，在长满青苔的古老的山崖峭壁间缓缓卷动；江涛澎湃，自浪淘沙，向三峡滚滚奔流。这里“嘘”“走”二字特别传神。古谓：“云从龙。”从迷离的云雾，奔腾的江流，恍惚间，我们仿佛看到庙内壁画中的神龙，飞到峭壁间盘旋嬉游，口中嘘出团团云气；又仿佛看到有个巨人，牵着长江的鼻子，让它沿着沙道驯服地向东方迅奔……在这里，神话和现实，庙内和庙外之景，大自然的磅礴气势和大禹治理山河的伟大气魄，叠合到一起了。这壮观的画面，令人感到无限的力与美。

诗人伫立崖头，观此一番情景，怎能不对英雄大禹发出衷心的赞美，故结句云：“早知乘四载，疏凿控三巴。”传说禹治水到处奔波，水乘舟，陆乘车，泥乘輴，山乘樏，是为“四载”。三巴指巴郡、巴东、巴西（今重庆忠县、云阳，四川阆中等地）。传说这一带原为泽国，大禹凿通三峡后始为陆地。这两句诗很含蓄，意思是说：禹啊，禹啊，我早就耳闻你乘四载、凿三峡、疏长江、控三巴的英雄事迹；今天亲临现场，目睹遗迹，越发敬佩你的伟大了！

这首诗重点在于歌颂大禹不惧艰险、征服自然、为民造福的创业精神。唐王朝自安史之乱后，长期战乱，像洪水横流，给人民带来了无边的灾难；山“空”庭“荒”，正是当时整个社会面貌的真实写照。诗人用“春秋笔法”暗暗讽刺当时祸国殃民的昏庸统治者，而寄希望于新当政的代宗李豫，希望他能发扬大禹“乘四载”“控三巴”的艰苦创业精神，重振山河，把国家治理好。

夔州歌十绝句(其一)

杜　甫

中巴之东巴东山,江水开辟流其间。
白帝高为三峡镇,瞿塘险过百牢关。

【鉴赏】

长江滔滔东流至重庆奉节,即古代的夔州,就进入了举世闻名的长江三峡之第一峡——瞿塘峡。此诗作于大历初,描绘歌颂了此处的山川形胜。

东汉末刘璋据蜀,分其地为三巴,有中巴、西巴、东巴。夔州为巴东郡,在"中巴之东"。"巴东山"即大巴山,在渝、陕、鄂三省市边境,诗中特指三峡两岸连山。"巴""东"字在首句重复,前分后合,构成由舒缓转急促的节拍,使人从声音上感受到大山的气势。"中巴之东巴东山",七字皆阴平声,更属创格,形成奇崛拗峭的音调,有助于气氛渲染,给人以石破天惊之感。次句写江水。"开辟"用如时间状语,意为"从开天辟地以来","自古以来"。不说"自古"而说"开辟",极见推敲。因为"自古"只能表达一个抽象的时间概念,而"开辟"这个动词联合结构的词汇富于形象性,能引起一种动感,仿佛夔门的形成是浪打波穿的结果,既形容出自然的伟力,又见出其地势的古老和险要。

前两句从较大角度,交代出夔州的地理环境,下两句进而更具体地描绘其山川形胜。"白帝"即白帝城,城在夔州之东的北岸高峰顶上。这里是公孙述割据称雄之处,也是三国时蜀汉防东吴的要冲,因它守住瞿塘峡口,足资镇压,所以说是"三峡镇"。在湍急的瞿塘峡江心,旧时有滟滪堆,冬日出水,夏日没入水中成为暗礁,所以"其间道路古来难",不可谓不险。"百牢关"在汉中,两岸绝壁相对而立,六十里不断,因为它和夔州的瞿塘相似,所以用来作比。下联十四字抓住"高""险"特征,笔力千钧,把"高江急峡"写得极有气势。两句分承山水,句式对仗,音韵砍截,与散行作结风味全殊。

如果我们用盛唐绝句传统手法做对照,就会发现此诗在写作上有以下几个突出特点:一,传统绝句注重音调的平仄谐调,句格的稳顺;而此诗有意追求拗调,首句全用平声字,给人以奇离突兀之感。二,传统绝句注重风调,追求一唱三叹之音,尾联多取散行,一般"以第三句为主,第四句发之"(杨仲弘语),构成转合,即使用对结,也多采取流水对;此诗用“的对”作结,类半首律诗,诗意的转折在两联之间,结束的音调戛然而止。三,传统绝句注重情景交融的表现手法,纯写景的不多,而此诗两联皆分写山水,纯乎写景,却又并非无情。它通过奇突雄浑的自然景物的描写,取得激动人心的艺术效果,而抒情已存乎写景之中,读者能感到诗人对祖国奇异山川的热爱和由衷的赞美。

宿江边阁

杜　甫

瞑色延山径,高斋次水门。
薄云岩际宿,孤月浪中翻。
鹳鹤追飞静,豺狼得食喧。
不眠忧战伐,无力正乾坤。

【鉴赏】

大历元年(766)春,杜甫由云安(今属重庆云阳)到夔州(治今重庆奉节),同年秋寓居夔州的西阁。阁在长江边,有山川之胜。此诗是其未移寓前宿西阁之作。诗人通过不眠时的所见所闻,抒发了他关心时事,忧国忧民的思想感情。

首联对起。“瞑色”句点明时间。一条登山小径,蜿蜒直抵阁前。“延”有接引义,联接“瞑色”和“山径”,仿佛瞑色是山径迎接来的一般,赋予无生命的自然景物以生趣。这句写出了苍然暮色自远而至之状。“高斋”指西阁,有居高临下之势。此句是说西阁位置临近雄踞长江边的瞿塘关。

诗人寄宿西阁,夜长不寐,起坐眺望。颔联写当时所见。诗人欣赏绝境的物色,为初夜江上的山容水态所吸引,写下了“薄云岩际宿,孤月浪中翻”的名句。这两句清仇兆鳌解释说:“云过山头,停岩似宿。月浮水面,浪动若翻。”(《杜诗详注》)是概括得很好的。薄薄的云层飘浮在岩腹里,就像栖宿在那儿似的。江上波涛腾涌,一轮孤独的明月映照水中,好像月儿在不停翻滚。这两句是改南朝梁何逊“薄云岩际出,初月波中上”(《入西塞示南府同僚》)句而成。诗人从眼前生动景色出发,只换了四个字,就把前人现成诗句和自己真实感受结合起来,焕发出夺目的异彩。仇兆鳌把它比作张僧繇画龙,有“点睛欲飞”之妙。何诗写的是金陵附近西塞山前云起月出的向晚景色;杜诗写的是夔州附近瞿塘关上薄云依山、孤月没浪的初夜景致。夔州群山万壑,连绵不绝。飞云在峰壑中缓慢漂流,夜间光线暗淡,就像停留在那里一样。诗人用一个“宿”字，显得极为稳帖。夔州一带江流向以波腾浪涌著称。此诗用“浪中翻”三字表现江上月色，就飞动自然。诗人如果没有实感，是写不出来的。我们从这里可以悟出艺术表现上“青胜于蓝”的道理。

颈联写深夜无眠时所见所闻。这时传入耳中的，只有水禽山兽的声息。鹳，形似鹤的水鸟。鹳鹤等专喜捕食鱼介类生物的水鸟，白天在水面往来追逐，搜寻食物，此刻已停止了捕逐活动；生性贪狠的豺狼，这时又公然出来攫夺兽畜，争喧不止。这两句所表现的情景，切合夔州附近既有大江，又有丛山的自然环境，也在一定程度上唤起人们对当时黑暗社会现实的联想。被鹳鹤追飞捕捉的鱼介，被豺狼争喧噬食的兽畜，不正是在战乱中被掠夺、压榨的劳动人民的一种象征吗？

尾联对结。中间两联都写诗人不眠时见闻，这一联才点出“不眠”的原委。永泰元年(765)五月，杜甫离开成都草堂东下，次年春末来到夔州。这时严武刚死不久，继任的郭英义因暴戾骄奢，为汉州刺史崔旰所攻，逃亡被杀。邛州牙将柏茂琳等又合兵讨崔，于是蜀中大乱。杜甫留滞夔州，忧念“战伐”，寄宿西阁时听到鹳鹤、豺狼的追逐喧嚣之声而引起感触。诗人早年就有“致君尧舜上”“常怀契与稷”的政治抱负，而今漂泊羁旅，无力实现整顿乾坤的夙愿，社会的动乱使他忧心如焚，彻夜无眠。这一联正是诗人忧心国事的情怀和潦倒艰难的处境的真实写照。

此诗全篇皆用对句，笔力雄健，毫不见雕饰痕迹。它既写景，又写情；先写景，后写情；可说是融景入情、情景并茂的一首杰作。

江　　汉

杜　甫

江汉思归客，乾坤一腐儒。
片云天共远，永夜月同孤。
落日心犹壮，秋风病欲疏。
古来存老马，不必取长途。

【鉴赏】

太白谓大道如青天而独不得出，子美则谓乾坤如许大而不容一腐儒，皆极而言之，于以见其感慨之深。虽在盛唐之世，亦有材大难为用者，能不叹喟！所谓“腐儒”，是自嘲，亦复自负，故诗之后半振起，谓虽在老病，而壮心不已；虽道远而身孤，而志在长途。以此知非“腐儒”，乃老骥也。以壮心犹存，故有思归之意，回应起句，神完气足，堪称佳作。

画　　鹰

杜　甫

素练风霜起[①]，苍鹰画作殊[②]。
拟[③]身思狡兔，侧目似愁胡[④]。
绦镟光堪摘[⑤]，轩楹[⑥]势可呼。
何当击凡鸟[⑦]，毛血洒平芜[⑧]。

【注释】

①素练：白绢。风霜起：一种肃杀之气。

②殊：异。

③拟(sǒng)：耸，挺立，耸立。

④愁胡：胡，胡孙。孙楚《鹰赋》："深目蛾眉，状似愁胡"。鹰的眼睛和猢狲有相似之处。

⑤绦：丝绳。镟：金属的圆轴。

⑥轩楹：廊柱。

⑦何当：犹说"合当"。击：搏击。

⑧平芜：草原。

【鉴赏】

这首题画诗，是作者早期的作品。诗人以精练形象的语言，对画中之鹰做了细致生动的描绘。首联写这只苍鹰之画做得太不一般了，冷眼看去仿佛白色的丝绢(指画布)上起了风霜一般，使人毛骨悚然。领联与颈联直接描写画上的鹰。首联二句：洁白的画绢上突然腾起风霜肃杀之气，原来是矫健不凡的画鹰仿佛挟风带霜而起。用倒装笔法，点明题旨，起到先声夺人的艺术效果。中间两联则正面描写画上苍鹰的神态，领联描写苍鹰的眼睛与猢狲的相似，刻画其搏击前的动作与心态，宛如真鹰。颈联写画上系于廊柱的苍鹰，光彩照人，简直伸手可取；悬挂在轩楹上的画鹰，气势不凡，真可以呼唤去打猎。将画鹰描写得栩栩如生。末联以真鹰来想像画中之鹰翱翔碧空，搏击凡鸟，寄托着作者的豪情。"何当"是何时能够，"击凡鸟”是击杀凡鸟，“洒平芜”是将“血与毛”洒在平坦的原野上。总之，这首诗章法严谨，形象生动，又寓意深远。作者乘风思奋之心，疾恶如仇之愿，积极奋发的精神，跃然纸上。是一首难得的题画诗的杰作！

塞芦子

杜　甫

五城何迢迢，迢迢隔河水。
边兵尽东征，城内空荆杞。
思明割怀卫，秀岩西未已。
回略大荒来，崤函盖虚尔。
延州秦北户，关防犹可倚。
焉得一万人，疾驱塞芦子。
岐有薛大夫，旁制山贼起。
近闻昆戎徒，为退三百里。
芦关扼两寇，深意实在此。
谁能叫帝阍，胡行速如鬼！

【鉴赏】

这首诗写于唐至德二载（757 年）。安禄山叛乱，围攻长安，杜甫困陷长安，十分关切战事。他看到安禄山的一支主力史思明、高秀岩军队长驱西入，包围太原，威胁朔方，深为焦急。他认为延州的门户芦子关具有重要战略地位，切望唐军派兵坚守，于是写了这首诗。塞：屯兵堵塞。芦子：芦子关，唐代军事要镇，治所在延州延昌县，今陕西延安西北。

述　怀

杜　甫

去年潼关破，妻子隔绝久。

今夏草木长，脱身得西走。
麻鞋见天子，衣袖露两肘。
朝廷愍生还，亲故伤老丑。
涕泪授拾遗，流离主恩厚。
柴门虽得去，未忍即开口。
寄书问三川，不知家在否？
比闻同罹祸，杀戮到鸡狗。
山中漏茅屋，谁复依户牖？
摧颓苍松根，地冷骨未朽。
几人全性命？尽室岂相偶？
嵚岑猛虎场，郁结回我首。
自寄一封书，今已十月后。
反畏消息来，寸心亦何有？
汉运初中兴，生平老耽酒。
沈思欢会处，恐作穷独叟。

【鉴赏】

唐至德二载(757年)四月，杜甫终于逃出长安，赶到唐肃宗的所在地凤翔(今陕西凤翔)。五月间，被任为左拾遗。此刻，他非常想念逃难寄居在鄜州羌村的妻子儿女，但因国难当前，他不能请求回家探亲，于是写了这首诗，告慰思念的亲人。

北 征

杜 甫

皇帝二载秋，闰八月初吉。
杜子将北征，苍茫问家室。
维时遭艰虞，朝野无暇日。
顾惭恩私被，诏许归蓬荜。
拜辞诣阙下，怵惕久未出。
虽乏谏诤姿，恐君有遗失。

君诚中兴主，经纬固密勿。
东胡反未已，臣甫愤所切。
挥涕恋行在，道途犹恍惚。
乾坤含疮痍，忧虞何时毕！
靡靡逾阡陌，人烟眇萧瑟。
所遇多被伤，呻吟更流血。
回首凤翔县，旌旗晚明灭。
前登寒山重，屡得饮马窟。
邠郊入地底，泾水中荡潏。
猛虎立我前，苍崖吼时裂。
菊垂今秋花，石戴古车辙。
青云动高兴，幽事亦可悦。
山果多琐细，罗生杂橡栗。
或红如丹砂，或黑如点漆。
雨露之所濡，甘苦齐结实。
缅思桃源内，益叹身世拙。
坡陀望鄜畤，岩谷互出没。
我行已水滨，我仆犹木末。
鸱鸟鸣黄桑，野鼠拱乱穴。
夜深经战场，寒月照白骨。
潼关百万师，往者散何卒？
遂令半秦民，残害为异物。
况我堕胡尘，及归尽华发。
经年至茅屋，妻子衣百结。
恸哭松声回，悲泉共幽咽。
平生所娇儿，颜色白胜雪。
见爷背面啼，垢腻脚不袜。
床前两小女，补缀才过膝。
海图坼波涛，旧绣移曲折。
天吴及紫凤，颠倒在裋褐。
老夫情怀恶，呕泄卧数日。

那无囊中帛，救汝寒凛栗。
粉黛亦解包，衾裯稍罗列。
瘦妻面复光，痴女头自栉。
学母无不为，晓妆随手抹。
移时施朱铅，狼藉画眉阔。
生还对童稚，似欲忘饥渴。
问事竞挽须，谁能即嗔喝？
翻思在贼愁，甘受杂乱聒。
新归且慰意，生理焉得说！
至尊尚蒙尘，几日休练卒。
仰观天色改，坐觉妖氛豁。
阴风西北来，惨澹随回纥。
其王愿助顺，其俗善驰突。
送兵五千人，驱马一万匹。
此辈少为贵，四方服勇决。
所用皆鹰腾，破敌过箭疾。
圣心颇虚伫，时议气欲夺。
伊洛指掌收，西京不足拔。
官军请深入，蓄锐可俱发。
此举开青徐，旋瞻略恒碣。
昊天积霜露，正气有肃杀。
祸转亡胡岁，势成擒胡月。
胡命其能久，皇纲未宜绝。
忆昨狼狈初，事与古先别。
奸臣竟菹醢，同恶随荡析。
不闻夏殷衰，中自诛褒妲。
周汉获再兴，宣光果明哲。
桓桓陈将军，仗钺奋忠烈。
微尔人尽非，于今国犹活。
凄凉大同殿，寂寞白兽闼。
都人望翠华，佳气向金阙。

园陵固有神，扫洒数不缺。
煌煌太宗业，树立甚宏达。

【鉴赏】

这首五言长诗写于至德二载(757年)，与《羌村三首》为同时之作。杜甫探亲回到家里，依然关心时局，忧虑国事，把离京到家的见闻观感和心中忧虑用古诗形式写了出来。杜甫当时家在鄜州，在肃宗所在凤翔的东北，回家时向北走，所以题为《北征》。

留花门

杜甫

花门天骄子①，饱肉气勇决②。
高秋马肥健，挟矢射汉月。
自古以为患，诗人厌薄伐。
修德使其来，羁縻固不绝。
何为倾国至，出入暗金阙。
中原有驱除，隐忍用此物。
公主歌"黄鹄"，君王指白日③。
连云屯左辅，百里见积雪。
长戟鸟休飞，哀笳晓幽咽。
田家最恐惧，麦倒桑枝折。
沙苑临清渭，泉香草丰洁。
渡河不用船，千骑常撇烈。
胡尘逾太行，杂种④抵京室。
花门既须留，原野转萧瑟!

【注释】

①天骄子:汉代称胡人为"天之骄子"这里指回纥。

②气勇决:气质勇猛好斗。

③“公主”二句：指唐肃宗在乾元元年七月嫁幼女宁国公主与回纥可汗为妻。上句，汉武帝以江东王刘建之女细君为公主，远嫁乌孙，公主哀歌有“愿为黄鹄兮归故乡”语，此因其事。下句，《诗经·王风·大车》：“谓予不信，有如曒日”。这里用来比喻唐肃宗为求助回纥而誓盟之事。见积雪：回纥习俗，衣冠皆白，旗帜也是白色，所以比喻为“积雪”。

④杂种：对史思明等叛军的鄙称。《旧唐书》本传即称史思明是“营州、宁夷州突厥杂种”。

【鉴赏】

“花门”本是通往回纥的一个要塞名称，即花门堡，在居延海（在今甘肃）北三百里。由此再向东北一千里，便到回纥衙帐。这里的“花门”便是回纥的代称。“留花门”这首诗是对唐肃宗留用回纥兵的劝谏。至德二载（757）十月，回纥叶护辞别肃宗，但奏称回纥兵留在沙苑，自己回去取战马，再来帮助唐朝平叛。此后，肃宗嫁女给回纥可汗为妻，回纥派骨啜特勒等率三千骑兵参加围困邺城安庆绪，邺城败后，肃宗还设宴赏赐骨啜特勒等。对此杜甫深为忧虑，认为留用回纥是留下隐患，唐肃宗委屈求留并不得体。这首诗写作时间大约在乾元二载（759）。

枯　棕

杜　甫

蜀门多棕榈，高者十八九。
其皮割剥甚，虽众亦易朽。
徒布如云叶，青青岁寒后。
交横集斧斤，凋丧先蒲柳。
伤时苦军乏，一物官尽取。
嗟尔江汉人，生成复何有？
有同枯棕木，使我沉叹久。
死者即已休，生者何自守？
啾啾黄雀啄，侧见寒蓬走。
念尔形影干，摧残没藜莠。

【鉴赏】

这首诗作于上元二载(761)。杜甫一年多来苦心经营草堂,灌园种树,感慨那些遭受病害的树木,写出了《病柏》《病桔》《枯楠》《枯棕》等作品。这首《枯棕》是看见被刀斧斫伐而死的棕树,联想起人民遭受官府的残酷剥削。

壮　　游

杜　甫

往昔十四五,出游翰墨场。
斯文崔魏徒,以我似班扬。
七龄思即壮,开口咏凤凰。
九龄书大字,有作成一囊。
性豪业嗜酒,嫉恶怀刚肠。
脱略小时辈,结交皆老苍。
饮酣视八极,俗物都茫茫。
东下姑苏台,已具浮海航。
到今有遗恨,不得穷扶桑。
王谢风流远,阖庐丘墓荒。
剑池石壁仄,长洲荷芰香。
嵯峨阊门北,清庙映回塘。
每趋吴太伯,抚事泪浪浪。
枕戈忆勾践,渡浙想秦皇。
蒸鱼闻匕首,除道哂要章。
越女天下白,鉴湖五月凉。
剡溪蕴秀异,欲罢不能忘。
归帆拂天姥,中岁贡旧乡。
气劘屈贾垒,目短曹刘墙。
忤下考功第,独辞京尹堂。
放荡齐赵间,裘马颇清狂。

春歌丛台上，冬猎青丘旁。
呼鹰皂枥林，逐兽云雪冈。
射飞曾纵鞚，引臂落鹙鶬。
苏侯据鞍喜，忽如携葛强。
快意八九年，西归到咸阳。
许与必词伯，赏游实贤王。
曳裾置醴地，奏赋入明光。
天子废食召，群公会轩裳。
脱身无所爱，痛饮信行藏。
黑貂不免敝，斑鬓兀称觞。
杜曲换耆旧，四郊多白杨。
坐深乡党敬，日觉死生忙。
朱门任倾夺，赤族迭罹殃。
国马竭粟豆，官鸡输稻粱。
举隅见烦费，引古惜兴亡。
河朔风尘起，岷山行幸长。
两宫各警跸，万里遥相望。
崆峒杀气黑，少海旌旗黄。
禹功亦命子，涿鹿亲戎行。
翠华拥英岳，螭虎啖豺狼。
爪牙一不中，胡兵更陆梁。
大军载草草，凋瘵满膏肓。
备员窃补衮，忧愤心飞扬。
上感九庙焚，下悯万民疮。
斯时伏青蒲，廷争守御床。
君辱敢爱死，赫怒幸无伤。
圣哲体仁恕，宇县复小康。
哭庙灰烬中，鼻酸朝未央。
小臣议论绝，老病客殊方。
郁郁苦不展，羽翮困低昂。
秋风动哀壑，碧蕙捐微芳。

之推避赏从，渔父濯沧浪。
荣华敌勋业，岁暮有严霜。
吾观鸱夷子，才格出寻常。
群凶逆未定，侧伫英俊翔。

【鉴赏】

这首诗大约作于大历元年（766 年），当时杜甫卧病在夔州。这是一篇自传性的叙事诗，从幼年学诗起，历叙漫游齐、赵，洛阳失第，长安十年，经安、史之乱到滞留巴蜀的生活。它与同时所作《昔游》《遣怀》等都是了解诗人历史的重要材料。

新安吏

杜甫

客行新安道，喧呼闻点兵。
借问新安吏，“县小更无丁？”
“府帖昨夜下，次选中男[①]行。”
“中男绝短小，何以守王城？”
肥男有母送，瘦男独伶俜[②]。
白水暮东流，青山犹哭声。
“莫自使眼枯，收汝泪纵横。
眼枯即见骨，天地终无情！
我军[③]取相州，日夕望其平。
岂意贼难料，归军星散营。
就粮近故垒，练卒依旧京[④]。
掘壕不到水，牧马役亦轻。
况乃王师顺，抚养甚分明。
送行勿泣血，仆射[⑤]如父兄。”

【注释】

①中男：年龄小一点的男子。

②伶俜:孤独、孤单。

③我军:东都洛阳。

④旧京:京城长安。

⑤仆射:指郭子仪。

【鉴赏】

诗人自称“客”,于新安道上见到“点兵”的场景。便问新安吏道:“难道因为地方太小,再也没有壮丁了吗?”此句下《全唐诗》有注:“天宝三年制,百姓年十八为中男。”相对而言,年二十二为丁。新安吏答道,这是“府帖”规定的选中男,上司有文书,与我无干。作者又问,中男如此弱小,怎么守住王城(指东都洛阳)呢?新安吏再也不说什么了。他只是完成上司的命令,别的与他无关——这是中国官吏们传统的通病。下面是作者看到的:胖一些的“中男”还有母亲相送,瘦的只有只身启程。此时作者点染两笔景物,境界全出:白水夜间东流去,青山处处还有哭声。这里可以看出,叙事诗的景物描写有何等神奇的效果。有的版本是“青、山闻哭声”,这“闻”与“犹”效果迥然不同。“闻”指哭的当时;“犹”指哭罢之后。这里写的是“中男”们均已远去,作者耳边犹听到青山里传来的哭声,是现在的哭声从远处传来了呢,还是刚才的哭声“犹”萦绕在作者的耳边呢?恐怕是后者更为恰切,体现了诗人与人民心心相印的伟大思想。下半部分是诗人劝慰“中男”们的话。意思不过是说,收起泪水,莫使眼睛哭(枯)干,再枯干就见到骨头了!天地能怜悯你们吗?我军夺取相州(今河南南阳市)是一朝一夕的事情。前次只是由于贼兵太诡诈,官军才败下来。这是委婉的说法,实际上此次失败是昏庸多疑的唐肃宗派宦官鱼朝恩监军的结果。可见是鱼朝恩干扰了郭子仪的指挥。作者又说:现在,粮食足了,背靠东都,军营中“掘壕不到水”,各种劳作不至于累坏了你们。况且官军是名正言顺的正义之师,军中的待遇很好,更重要的是仆射郭子仪如同士兵们的父兄一般。

自京赴奉先县咏怀五百字

杜　甫

杜陵有布衣,老大意转拙。
许身一何愚,窃比稷与契。
居然成濩落,白首甘契阔。
盖棺事则已,此志常觊豁。

穷年忧黎元，叹息肠内热。
取笑同学翁，浩歌弥激烈。
非无江海志，萧洒送日月。
生逢尧舜君，不忍便永诀。
当今廊庙具，构厦岂云缺？
葵藿倾太阳，物性固莫夺。
顾惟蝼蚁辈，但自求其穴。
胡为慕大鲸，辄拟偃溟渤？
以兹悟生理，独耻事干谒。
兀兀遂至今，忍为尘埃没。
终愧巢与由，未能易其节。
沉饮聊自遣，放歌破愁绝。
岁暮百草零，疾风高冈裂。
天衢阴峥嵘，客子中夜发。
霜严衣带断，指直不得结。
凌晨过骊山，御榻在嵽嵲。
蚩尤塞寒空，蹴蹋崖谷滑。
瑶池气郁律，羽林相摩戛。
君臣留欢娱，乐动殷樛嶱。
赐浴皆长缨，与宴非短褐。
彤庭所分帛，本自寒女出。
鞭挞其夫家，聚敛贡城阙。
圣人筐篚恩，实欲邦国活。
臣如忽至理，君岂弃此物？
多士盈朝廷，仁者宜战栗。
况闻内金盘，尽在卫霍室。
中堂有神仙，烟雾蒙玉质。
煖客貂鼠裘，悲管逐清瑟。
劝客驼蹄羹，霜橙压香橘。
朱门酒肉臭，路有冻死骨。
荣枯咫尺异，惆怅难再述。

北辕就泾渭，官渡又改辙。
群水从西下，极目高崒兀。
疑是崆峒来，恐触天柱折。
河梁幸未坼，枝撑声窸窣。
行李相攀援，川广不可越。
老妻寄异县，十口隔风雪。
谁能久不顾？庶往共饥渴。
入门闻号咷，幼子饿已卒。
吾宁舍一哀，里巷亦呜咽。
所愧为人父，无食致夭折。
岂知秋禾登，贫窭有仓卒。
生常免租税，名不隶征伐。
抚迹犹酸辛，平人固骚屑。
默思失业徒，因念远戍卒。
忧端齐终南，澒洞不可掇。

【鉴赏】

天宝十三载(754)，关中秋雨六十多天，庄稼遭灾，长安也极缺粮食。杜甫生活十分困难，曾向唐玄宗献《封西岳赋》诉穷，并四出求助，仍然没有得到一官半职，只得把家小安置在奉先即今陕西蒲城，离长安二百四十里，然后只身返长安谋官。次年十月，他被任为河西县尉，不就而改任右卫率府胄曹参军，在十一月间去奉先探亲，回家看到小儿子已饿死，从自己的不幸想到人民的苦难，于是把一路上的经历和感受，写成这首杰出的长诗。其中的“朱门酒肉臭，路有冻死骨”是千古名句。

潼　关　吏

杜　甫

士卒何草草[1]，筑城潼关道。
大城铁不如，小城万丈余。
借问潼关吏：“修关还备胡[2]？”

要我下马行，为我指山隅：
“连云列战格，飞鸟不能逾。
胡来但自守，岂复忧西都。
丈人视要处，窄狭容单车。
艰难奋长戟，万古用一夫。”
“哀哉桃林战，百万化为鱼[③]。
请嘱防关将，慎勿学哥舒[④]！”

【注释】

①何草草：为什么劳劳碌碌。

②胡：胡人，指边塞外的少数民族人。

③化为鱼：指战士都成牺牲品。

④哥舒：指唐朝时的大将哥舒翰。

【鉴赏】

此诗主要写士兵们在劳劳碌碌（草草），修筑着潼关道上的工事；无论大城小城均高峻而且牢固。于是诗人问道，这是为了防备胡人吗？潼关吏让诗人下马，指点着前面高高的山峦告诉作者：“战事格栅连云而结，连鸟都飞过不去，如果胡人来了我们固守就行了，又何必忧心长安呢？老人家可着眼那险要之处，自古都是一夫当关则可。”作者略加思考说：“可怜啊！桃林一战，百万儿郎都化作河中的鱼。请嘱咐你们这里防守关口的大将，千万要谨慎从事，万莫学那哥舒翰将军。”

本篇的内容侧重谈论战争的形势，更多地体现了作者对战事的关心。这一点也足可以看出作者的匠心。

垂老别

杜甫

四郊未宁静，垂老[1]不得安。
子孙阵亡尽，焉用身独完！
投杖出门去，同行为辛酸。
幸有牙齿存，所悲骨髓[2]干。
男儿既介胄，长揖别上官。
老妻卧路啼，岁暮衣裳单。
孰知是死别，且复伤其寒。
此去必不归，还闻劝加餐[3]。
土门壁甚坚，杏园度亦难。
势异邺城下，纵死时犹宽。
人生有离合，岂择衰老端！
忆昔少壮日，迟回竟长叹。
万国尽征戍，烽火被岗峦[4]。
积尸草木腥，流血川原丹。
何乡为乐土？安敢尚盘桓！
弃绝蓬室居，塌然摧肺肝。

【注释】

①垂老：年龄很大的老人。

②骨髓：指没有任何用处了。

③加餐：多吃一些。

④被岗峦：披满了山岗。

【鉴赏】

这首诗有一个慷慨赴难，悲壮一死的"老翁"，却又出现了一个悲悲泣泣的"老妻"。然而，两对老夫妻情形是如此的不同，其命运都足以使读者潸然泪下的。本诗开首四句便拖出一个命运绝望的老人。“子孙阵亡尽”，焉用身独完尸这样的人还有生离死别的惨剧吗？待到“老妻卧路啼”一句出现，读者的心马上抽紧，猛然间又见到一幅生离死别的惨剧。我们不能不叹服作者选材布局的高明手法，毕竟是大诗人的手笔。在此中间，诗人寥寥几笔，描述老人的悲壮性格。“投杖出门”看出他临危不惧的胆略，本来嘛，人死有何难，一霎间的事情。“幸有牙齿存，所悲骨髓干”一句，深深地揭露出统治阶级的罪恶。平时，他们榨干了人民的骨髓，供他们纸醉金迷的享受；战时，他们把这些骨瘦如柴的人们驱上战场，为他们卖命。前文提到杜甫忧民与忧国的矛盾，从这首诗看，我们的诗人还是站在劳动人民的一边，与人民心连心的——只有这心连心，才能写出“朱门酒肉臭，路有冻死骨”这样的伟大的诗篇的。

本诗最令人心酸的是老夫妻离别时的可怜的互相劝慰：本知道是死别，却还担心她的寒冷；本知道必不能归，却还劝他加餐。“老翁”又劝老妻不要惦记，理由是：土门壁坚，杏园难度；此地与邺城不同，即便必死，也可缓些时日……“人生有离合，岂择衰盛端”更是无可奈何的劝慰之言了。但是，抬头望见前路，毕竟是吉凶难卜，此时思绪烦乱，却对“老妻”说：“年轻时我晚回来一会儿你都要长声叹息，可是今日……（这话是变相回顾夫妻的恩爱）”今日万国征战，烽火被峦，草木尸腥，流血川原……此时老夫妻又如何还能再劝慰对方呢？人生到了无言的时候才算悲痛到了极点：“塌然摧肺肝”！

无 家 别

杜 甫

寂寞天宝后，园庐但蒿藜[①]。
我里百余家，世乱各东西。
存者无消息，死者为尘泥。
贱子因阵败，归来寻旧蹊[②]。
久行见空巷，日瘦气惨凄。
但对狐与狸，竖毛怒我啼。
四邻何所有，一二老寡妻。
宿鸟恋本枝[③]，安辞且穷栖。
方春独荷锄，日暮还灌畦。

县吏知我至，召令习鼓鞞[4]。
虽从本州役，内顾无所携。
近行止一身，远去终转迷。
家乡既荡尽，远近理亦齐。
永痛长病母，五年委沟谿。
生我不得力，终身两酸嘶。
人生无家别，何以为烝黎！

【注释】

①蒿藜：蒿草、荒草。

②旧蹊：过去走的小路。

③本枝：自己的家。

④鼓鞞：负责打鼓的小官。

【鉴赏】

这首诗的开头八句，大开大阖，已把读者引入今昔剧变的沧桑意念中去。“寂寞”二字形容“天宝后”，极为逼真。民生凋敝，社会荒凉的景象几然而出。这里是百余家的村落，现在只见蒿藜了。“存者”既“无消息”，如何与“死者”区别？而“我”的返回家乡，又是奇而巧之的事情。因为军队“阵败”，“阵”已既无，“官”自不见，无人再管，才得回乡。事情何等蹊跷？然而出“我”所料，归来“旧蹊”竟然需要“寻”，可见变化之大了。见到的是狐狸，竟然竖起毛来对我啼叫：奇怪！倒好像

我闯进了它们的家园！‘然而，这“家园”现在还是我的吗？然而，这“家园”难道是它们的吗？好不容易见到一两位老寡妇，自然要谈些情况——至于谈什么，让人们

去想吧！我不愿复述这些，反正没有好事情。接着，这位汉子竟然“荷锄、灌畦”起来，难道还要过日子吗？既然无家可归，在哪里都是一样，何不在家乡呢——“宿鸟恋本枝”嘛！但也正因如此，后来却又让官府抓走了。此是后话。此时他的“荷锄、灌畦”还有一种微妙的心理，万不可忽略过去——这是他多年梦中所寻求的呀！现在，虽然家中空无一人，他也要体验一下家乡耕种的这种生活情趣。接下去写“县吏知我至”，“我”又被抓走。此时心境更复杂：行役在本州，我也无物可带；倘不在本州，我有物可带吗？既然当了兵，岂知何日就要远行，那么，“家乡既荡尽”，对我来说，远点近点又有什么不同呢？这个家乡已成为狐狸的家乡，还有什么值得我留恋的呢？要说留恋，只有母亲的尸骨，而母亲的尸骨在哪里呢？行文及此，又到了无话可说的境地了。最后，作者借征夫的口吻说一句至彻至悟的话，足以供统治者沉思一阵的：霍松林先生引用蒲起龙《读杜心解》中的质问是：“何以为民上？”霍松林先生解释道：“把百姓逼到没法做百姓的境地，(你们)又怎样做百姓的主子呢？”

城西陂泛舟

杜　甫

青蛾皓齿在楼船，横笛短箫悲远天。
春风自信牙樯动，迟日徐看锦缆牵。
鱼吹细浪摇歌扇，燕蹴飞花落舞筵。
不有小舟能荡桨，百壶那送酒如泉。

【鉴赏】

“青蛾皓齿在楼船，横笛短箫悲远天。春风自信牙樯动，迟日徐看锦缆牵。”写载妓泛舟城西陂之盛况，为杜公集中罕见之富贵诗。青蛾皓齿，横笛短箫，牙樯锦缆，春风迟日，鱼吹燕蹴，歌扇舞筵，小舟送酒，行觞赏曲，其富贵逸乐，风流倜傥，有甚于汉武汾河之泛也。其《渼陂行》曰：“主人锦帆相为开，舟子喜甚无氛埃。凫鹥散乱棹讴发，丝管啁啾空翠来。”舟中丝管之盛近似，此或亦美岑参兄弟之遨游渼陂也。仇氏《杜诗详注》曰：“盛唐七律，尚有宽而未严处。此诗‘横笛短箫悲远天’，次联宜用仄承，下云‘春风自信牙樯动’，仍用平接矣。如太白《登凤凰台》诗，上四句亦平仄未谐。此才人之不缚于律者。”此与太白之凤凰台诗，不独颔联失粘，颈联亦失粘，故知杜公于律体亦不主故常也。

江畔独步寻花（其一）

杜 甫

黄师塔前江水东，春光懒困倚微风。
桃花一簇[1]开无主，可爱深红爱浅红？

【注释】

①一簇：一丛。

【鉴赏】

这是一首写景诗，“桃花一簇开无主，可爱深红爱浅红？”诗中反映出作者对这种生活的喜悦心情。黄师塔前的江水向东流去，春光把人熏得又懒又困，我倚仗着暖洋洋的春风在游春。桃花一簇地盛开着，仿佛是没有主人，你究竟是喜爱深红的桃花还是浅红色的桃花？诗人陶醉在大自然的美江畔独步寻花景中，大自然的百般妩媚使得诗人也不知“深红”美，还是“浅红”美。

江畔独步寻花（其六）

杜 甫

黄四娘[1]家花满蹊，千朵万朵压枝低。

留连戏蝶时时舞，自在娇莺恰恰[2]啼。

【注释】

①黄四娘：杜甫住在四川浣花溪边时的女邻居。蹊：小路。

②恰恰：频频、不断的。

【鉴赏】

这首诗写诗人在浣花溪畔独自漫步时所看到的生机勃勃的春景。黄四娘家周围小路两旁开满了五颜六色的花朵，繁花把枝条压得低垂，蝴蝶被花儿所吸引，时时在花上戏耍飞舞。可爱的黄莺自由自在地在花丛中欢跳鸣唱，各得其乐，生趣盎然。诗中充满了诗人对生活的热爱之情。

绝　　句

杜　甫

两个黄鹂鸣翠柳，一行白鹭上青天。
窗含西岭千秋雪[1]，门泊东吴万里船[2]。

【注释】

①窗含：窗了正对雪岭，好似窗框里的画。西岭：成都西面的岷山。

②泊：停船靠岸。东吴：指长江下游一带。

【鉴赏】

这是杜甫的一篇清新、优美的小诗。此诗作于广德二年（公元 764 年）。这首诗写的是四幅画面：一、两个黄鹂在翠绿的柳枝上鸣叫；二、一行白鹭飞上了湛湛的蓝天；三、窗子外边嵌含着西岭的千秋之雪；四、门外边停泊着东吴的万里之船。全诗从头到尾句句对仗："两个"对"一行"；"黄鹂"对"白鹭"；"鸣"对"上"；"翠柳"对"青天"；"窗"对"门"；"含"？"泊"；"西岭"对"东吴"；"千秋"对"万里"；"雪"对"船"。两只黄鹂在翠柳间鸣叫，一行白鹭正飞上蓝天。从窗口可以望到远处西山上长年不化的积雪，门外江边停泊着行程万里而来的东吴的船舶。诗人站在草堂远眺外面景观，动静远近，写得参差错落，有声有色。诗是诗人做出来的，它必然要带着诗人的思想感情或人格情致，不可能是一点也看不出来的，只不过是有的隐晦一些,有的明显些罢了。那么,这首诗怎样才能看出作者的思想情致呢?前两句中表现出一种幽静、自然、轻松、自由的情致,这种气氛与杜甫在此前几年经历过的奔波、逃难、颠沛流离的生活相比,自然有一种对安居乐业的生活的赞美。杜甫在四川生活不算富裕,但他的朋友四川节度使严武帮助他修建一座草堂(即是今日成都的杜甫草堂),也算安顿下来,才有心思看那"鸣翠柳"的黄鹂与"上青天"的白鹭。

但是,作者没有忘记,此时还是动乱时期,中原地区战乱不定,杜甫仍然是客居他乡,仍然是有家归不得。另外,多年战火纷飞,人民水深火热,也一直使诗人不得安心。这一点从第二年他写的《闻官军收河南河北》一诗中体现的欣喜若狂的心情自可比照出来,可以看出他此时心情的忧郁。尾句的"门泊东吴万里船"一句。一般人看船眼中只是船,杜甫这个忧国忧民的他乡之客看船就独具慧眼,看出的是东吴的万里之船,这就看出他心中时时怀念着长江三峡以外的世界。然而,如果不去挖掘诗人隐忧的内心,那么,这四句诗无论如何是明丽欢快的。这四句诗的四个画面犹如中国绘画中的四扇屏,倘有画家将这四句诗画出一幅四扇屏来,必是诗意很深的画,因为这诗,就是画意很浓的诗。

江　　村

杜　甫

清江一曲抱①村流,长夏②江村事事幽。
自去自来梁上燕,相亲相近水中鸥。
老妻画纸为棋局,稚子敲针作钓钩。
但有故人供禄米,微躯此外更何求?

【注释】

①抱:围绕。

②长夏:盛夏。

【鉴赏】

杜甫因避战乱居住在江村,写了这首当时生活情况的诗。清澈的江水绕着村庄弯弯曲曲地向东流去,盛夏季节,江村到处都显得清静有趣,来去自由的燕子在梁上做巢，相亲相爱的鸥鸟在水中游来游去。妻子一行复一行地在纸上画线制作棋局，孩子在耐心地把衣针敲弯做成钓钩。自己体弱多病，只要能得到一些草药来治疗，那就什么也不企求了。诗人用明快的笔调勾画了自己的居处，表现了诗人自得其乐的生活乐趣。

恨　别

杜　甫

洛城一别四千里，胡骑长驱五六年。
草木变衰行剑外，兵戈阻绝老江边。
思家步月清宵立，忆弟看云白日眠。
闻道河阳近乘胜，司徒急为破幽燕。

【鉴赏】

这首诗没有一句说恨，而没有一句不表达恨。首言战乱离别之恨，次言衰老漂泊之恨，又次言日夜思亲之恨，结则期盼平乱归乡团聚，以消其恨。脉络清楚，结构谨严。浦起龙《读杜心解》谓："人知上六为恨别语，至结联，则望切寇平而已；岂知《恨别》本旨，乃在此二句结出，而其根苗已在次句伏下也。公之长别故乡，由东都再乱故也。解者不察，则七、八为'游骑'矣。"真乃善于心解者也。

白帝城最高楼

杜　甫

城尖径仄旌旆愁，独立缥缈之飞楼。
峡坼云霾龙虎卧，江清日抱鼋鼍游。
扶桑西枝对断石，弱水东影随长流。
杖藜叹世者谁子，泣血迸空回白头。

【鉴赏】

诗律亦然，由生而熟，由粗而细，细极则变，求其粗犷，还其生气。诗律至杜公，可谓集其大成，以五七言律为基石。

世间之物，其初成也生，炒之则熟，大熟则变，通变则新，求其生气。别创排律、组律，更有所谓拗律。此即杜律细极而求新变者，或谓以古调入律，或谓以歌行入律，或谓拗体，或谓变律，或谓句法似古，对法似律，皆知为律之变体也。句中平仄不相间，联中平仄不相对，篇中平仄不相粘，且间以七古三连平为收，以古文之音节句法为式，打破平仄声律。以其为集大成者，故成为中晚唐各派律体之祖，称之为三江源头可也。

洗兵马

杜甫

中兴诸将收山东，捷书夜报清昼同。
河广传闻一苇过，胡危命在破竹中。
只残邺城不日得，独任朔方无限功。
京师皆骑汗血马，回纥餧肉蒲萄宫。
已喜皇威清海岱，常思仙仗过崆峒。
三年笛里《关山月》，万国兵前草木风。
成王功大心转小，郭相谋深古来少。
司徒清鉴悬明镜，尚书气与秋天杳。
二三豪俊为时出，整顿乾坤济时了。
东走无复忆鲈鱼，南飞觉有安巢鸟。
青春复随冠冕入，紫禁正耐烟花绕。
鹤禁通宵凤辇备，鸡鸣问寝龙楼晓。
攀龙附凤势莫当，天下尽化为侯王。
汝等岂知蒙帝力，时来不得夸身强。
关中既留萧丞相，幕下复用张子房。
张公一生江海客，身长九尺须眉苍。
征起适遇风云会，扶颠始知筹策良。
青袍白马更何有？后汉今周喜再昌。
寸地尺天皆入贡，奇祥异瑞争来送。

不知何国致白环，复道诸山得银瓮。
隐士休歌《紫芝曲》，词人解撰《河清颂》。
田家望望惜雨干，布谷处处催春种。
淇上健儿归莫懒，城南思妇愁多梦。
安得壮士挽天河，净洗甲兵长不用。

【鉴赏】

至德二载(757年)九月，郭子仪收复长安。十月，唐肃宗返长安，杜甫探亲后也随驾扈从所以这首诗题下原注："收京后作"。在长安写了这首诗，庆贺胜利，赞扬功臣，切望天下从此太平，人民安居乐业，收兵洗甲，再无战争。洗兵马即篇末"净洗甲兵长不用"之意。

负　薪　行

杜　甫

夔州处女发半华，四十五十无夫家。
更遭丧乱嫁不售，一生抱恨长咨嗟。
土风坐男使女立，应当门户女出入。
十犹八九负薪归，卖薪得钱应供给。
至老双鬟只垂颈，野花山叶银钗并。
筋力登危集市门，死生射利兼盐井。
面妆首饰杂啼痕，地褊衣寒困石根。
若道巫山女粗丑，何得此有昭君村？

【鉴赏】

负薪就是背柴，是夔州妇女谋生的手段，《负薪行》是即事名篇的一首新乐府。这首诗是写夔州女多男少的情况，以致妇女既要担负家庭经济，又往往到老不能出嫁。这大概是杜甫初到夔州时(大历元年，公元766年)的作品。

咏怀古迹五首（其二）

杜　甫

摇落深知宋玉悲，风流儒雅亦吾师。
怅望千秋一洒泪，萧条异代不同时。
江山故宅空文藻，云雨荒台岂梦思。
最是楚宫俱泯灭，舟人指点到今疑。

【鉴赏】

《咏怀古迹五首》是杜甫大历元年（766）在夔州（治今重庆奉节）写成的一组诗。夔州和三峡一带本来就有宋玉、王昭君、刘备、诸葛亮、庾信等人留下的古迹，杜甫正是借这些古迹，怀念古人，同时也抒写自己的身世家国之感。这首《咏怀古迹》是杜甫凭吊楚国著名辞赋作家宋玉的。宋玉的《高唐赋》《神女赋》写楚襄王和巫山神女梦中欢会故事，因而传为巫山佳话；又相传在江陵有宋玉故宅。所以杜甫暮年出蜀，过巫峡，至江陵（今湖北荆州市），不禁怀念楚国这位作家，勾起身世遭遇的同情和悲慨。在杜甫看来，宋玉既是词人，更是志士。而他生前身后却都只被视为词人，其政治上失志不遇，则遭误解，至于曲解。这是宋玉一生遭遇最可悲哀处，也是杜甫自己一生遭遇最为伤心处。这诗便是瞩目江山，怅望古迹，吊宋玉，抒己怀；以千古知音写不遇之悲，体验深切；于精警议论见山光天色，艺术独到。

杜甫到江陵，在秋天。宋玉名篇《九辩》正以悲秋发端："悲哉秋之为气也，萧瑟兮草木摇落而变衰。"其辞旨又在抒写"贫士失职而志不平"，与杜甫当时的情怀共鸣，因而便借以兴起本诗，简洁而深切地表示对宋玉的了解、同情和尊敬，同时又点出了时节天气。"风流儒雅"是北周庾信《枯树赋》中形容东晋名士兼志士殷仲文的成语，这里借以强调宋玉主要是一位政治上有抱负的志士。"亦吾师"用东汉王逸说："宋玉者，屈原弟子也。闵惜其师忠而被逐，故作《九辩》以述其志。"《楚辞章句》）这里借以表示杜甫自己也可算作师承宋玉，同时表明本诗旨意也在闵惜宋玉，"以述其志"。所以次联接着就说明自己虽与朱玉相距久远，不同朝代，不同时代，但萧条不遇，惆怅失志，其实相同。因而望其遗迹，想其一生，不禁悲慨落泪。

诗的前半感慨宋玉生前，后半则为其身后不平。这片大好江山里，还保存着宋玉故宅，世人总算没有遗忘他。但人们只欣赏他的文采词藻，并不了解他的志向抱负和创作精神。这不符宋玉本心,也无补于后世,令人惘然,故日“空”。就像眼前这巫山巫峡,使人想起宋玉的《高唐赋》《神女赋》。它的故事题材虽属荒诞梦想,但作家的用意却在讽谏君主淫惑。然而世人只把它看作荒诞梦想、欣赏风流艳事。这更从误解而曲解。使有益作品阉割成荒诞故事,把有志之士歪曲为无谓词人。这一切,使宋玉含屈,令杜甫伤心。而最为叫人痛心的是,随着历史变迁,岁月消逝,楚国早已荡然无存,人们不再关心它的兴亡,也更不了解宋玉的志向抱负和创作精神,以至将曲解当史实,以讹传讹,以讹为是。到如今。江船经过巫山巫峡,船夫们津津有味,指指点点,谈论着哪个山峰荒台是楚王神女欢会处,哪片云雨是神女来临时。词人宋玉不灭,志士宋玉不存,生前不获际遇,身后为人曲解。宋玉悲在此,杜甫悲为此。前人或说,此“言古人不可复作,而文采终能传也”,则恰与杜甫本意相违,似为非是。

显然,体验深切,议论精警,耐人寻味,是这诗的突出特点和成就。但这是一首咏怀古迹诗,诗人实到其地,亲吊古迹,因而山水风光自然显露。杜甫沿江出蜀,漂泊水上,旅居舟中,年老多病,生计窘迫,境况萧条,情绪悲怆,本来无心欣赏风景,只为宋玉遗迹触发了满怀悲慨,才洒泪赋诗。诗中的草木摇落,景物萧条,江山云雨,故宅荒台,以及舟人指点的情景,都从感慨议论中出来,蒙着历史的迷雾,充满诗人的哀伤,仿佛确是泪眼看风景,隐约可见,实而却虚。从诗歌艺术上看,这样的表现手法富有独创性。它紧密围绕主题,显出古迹特征,却不独立予以描写,而使之融于议论,化为情境,渲染着这诗的抒情气氛,增强了咏古的特色。

这是一首七律,要求谐声律,工对仗。但也由于诗人重在议沦,深于思,精于义,伤心为宋玉写照,悲慨抒壮志不酬,因而通体用赋,铸词熔典,精警切实,不为律拘。它谐律从乎气,对仗顺乎势,写近体而有古体风味,却不失清丽。前人或讥其“首二句失粘”,只从形式批评,未为中肯。

咏怀古迹五首(其三)

杜 甫

群山万壑赴荆门,生长明妃尚有村。
一去紫台连朔漠,独留青冢向黄昏。
画图省识春风面,环珮空归月夜魂。
千载琵琶作胡语,分明怨恨曲中论。

【鉴赏】

这是《咏怀古迹五首》中的第三首，诗人借咏昭君村、怀念王昭君来抒写自己的怀抱。

“群山万壑赴荆门，生长明妃尚有村”。诗的发端两句，首先点出昭君村所在的地方。据《一统志》说：“昭君村，在荆州府归州东北四十里。”其地址，即在今湖北秭归县的香溪。杜甫写这首诗的时候，正住在夔州（治今重庆奉节）白帝城。这是三峡西头，地势较高。他站在白帝城高处，东望三峡东口外的荆门山及其附近的昭君村。远隔数百里，本来是望不到的，但他发挥想象力，由近及远，构想出群山万壑随着险急的江流，奔赴荆门山的雄奇壮丽的图景。他就以这个图景作为本诗的首句，起势很不平凡。杜甫写三峡江流有“众水会涪万，瞿塘争一门”（《长江二首》）的警句，用一个“争”字，突出了三峡水势之惊险。这里则用一个“赴”字突出了三峡山势的雄奇生动。这可说是一个有趣的对照。但是，诗的下一句，却落到一个小小的昭君村上，颇有点出人意料，因引起评论家一些不同的议论。明人胡震亨评注的《杜诗通》就说：“群山万壑赴荆门，当似生长英雄起句，此未为合作。”意思是这样气象雄伟的起句，只有用在生长英雄的地方才适当，用在昭君村上是不适合，不协调的。清人吴瞻泰的《杜诗提要》则又是另一种看法。他说：“发端突兀，是七律中第一等起句，谓山水逶迤，钟灵毓秀，始产一明妃。说得窈窕红颜，惊天动地。”意思是说，杜甫正是为了抬高昭君这个“窈窕红颜”，要把她写得“惊天动地”，所以才借高山大川的雄伟气象来烘托她。清杨伦《杜诗镜铨》说：“从地灵说入，多少郑重。”亦与此意相接近。究竟谁是谁非，如何体会诗人的构思，须要结合全诗的主题和中心才能说明白，所以留到后面再说。

“一去紫台连朔漠，独留青冢向黄昏。”前两句写昭君村，这两句才写到昭君本人。诗人只用这样简短而雄浑有力的两句诗，就写尽了昭君一生的悲剧。从这两句诗的构思和词语说。杜甫大概是借用了南朝梁江淹《恨赋》里的话：“明妃去时，仰天太息。紫台稍远，关山无极。望君王兮何期，终芜绝兮异域。”但是，仔细地对照一下之后，我们应该承认，杜甫这两句诗所概括的思想内容的丰富和深刻，大大超过了江淹。清人朱瀚《杜诗解意》说：“‘连’字写出塞之景，‘向’字写思汉之心，笔下有神。”说得很对。但是，有神的并不止这两个字。只看上句的紫台和朔漠，自然就会想到离别汉宫、远嫁匈奴的昭君在万里之外，在异国殊俗的环境中，一辈子所过的生活。而下句写昭君死葬塞外，用“青冢”“黄昏”这两个最简单而现成的词汇，尤其具有大巧若拙的艺术匠心。在日常的语言里，“黄昏”两字都是指时间，而在这里，它似乎更主要是指空间了。它指的是那和无边的大漠连在一起的，笼罩四野的黄昏的天幕，它是那样地大，仿佛能够吞食一切，消化一切，但是，独有一个墓草长青的青冢，它吞食不下，消化不了。想到这里，这句诗自然就给人一种天地无情、青冢有恨的无比广大而沉重之感。

"画图省识春风面，环珮空归月夜魂。"这是紧接着前两句，更进一步写昭君的身世家国之情。"画图"句承前第三句，"环珮"句承前第四句。"画图"句是说，由于汉元帝的昏庸，对后妃宫人们，只看图画不看人，把她们的命运完全交给画工们来摆布。省识，是"略识"之意。说元帝从图画里略识昭君，实际上就是根本不识昭君，所以就造成了昭君葬身塞外的悲剧。"环珮"句是写她怀念故国之心，永远不变，虽骨留青冢，魂灵还会在月夜回到生长她的父母之邦。南宋词人姜夔在他的咏梅名作《疏影》里曾经把杜甫这句诗从形象上进一步丰富提高："昭君不惯胡沙远，但暗忆江南江北。想珮环月夜归来，化作此花幽独。"这里写昭君想念的是江南江北，不是长安的汉宫特别动人。月夜归来的昭君幽灵，经过提炼，化身成为芬芳缟素的梅花，想象更是幽美！

"千载琵琶作胡语，分明怨恨曲中论。"这是此诗的结尾，借千载作胡音的琵琶曲调，点明全诗写昭君"怨恨"的主题。据汉刘熙的《释名》说："琵琶，本出于胡中马上所鼓也。推手前曰琵，引手却曰琶。"晋石崇《明君词序》说："昔公主嫁乌孙，令琵琶马上作乐，以慰其道路之思。其送明君亦必尔也。"琵琶本是从胡人传入中国的乐器，经常弹奏的是胡音胡调的塞外之曲，后来许多人同情昭君，又写了《昭君怨》《王明君》等琵琶乐曲，于是琵琶和昭君在诗歌里就密切难分了。

前面已经反复说明，昭君的"怨恨"尽管也包含着"恨帝始不见遇"的"怨思"，但更主要的，还是一个远嫁异域的女子永远怀念乡土，怀念故土的怨恨忧思，它是千百年中世代积累和巩固起来的对自己的乡土和祖国的最深厚的共同的感情。

话又回到本诗开头两句上了。明胡震亨说"群山万壑赴荆门"的诗句只能用于"生长英雄"的地方，用在"生长明妃"的小村子就不适当，正是因为他只从哀叹红颜薄命之类的狭隘感情来理解昭君，没有体会昭君怨恨之情的分量。清吴瞻泰意识到杜甫要把昭君写得"惊天动地"，清杨伦体会到杜甫下笔"郑重"的态度，但也未把昭君何以能"惊天动地"，何以值得"郑重"的道理说透。昭君虽然是一个女子，但她身行万里，冢留千秋，心与祖国同在，名随诗乐长存，为什么不值得用"群山万壑赴荆门"这样壮丽的诗句来郑重地写呢？

杜甫的诗题叫《咏怀古迹》，显然他在写昭君的怨恨之情时，是寄托了自己的身世家国之情的。他当时正"漂泊西南天地间"，远离故乡，处境和昭君相似。虽然他在夔州，距故乡洛阳偃师一带不像昭君出塞那样远隔万里，但是"书信中原阔，干戈北斗深"，洛阳对他来说，仍然是可望而不可即的地方。他寓居在昭君的故乡，正好借昭君当年想念故土、夜月魂归的形象，寄托自己想念故乡的心情。

清人李子德说："只叙明妃，始终无一语涉议论，而意无不包。后来诸家，总不能及。”(清杨伦《杜诗镜铨》引)这个评语的确说出了这首诗最重要的艺术特色,它自始至终,全从形象落笔,不着半句抽象的议论,而“独留青冢向黄昏”“环珮空归月夜魂”的昭君的悲剧形象,却在读者的心上留下了难以磨灭的深刻印象。

咏怀古迹五首(其五)

杜　甫

诸葛大名垂宇宙,宗臣遗像肃清高。
三分割据纡筹策,万古云霄一羽毛。
伯仲之间见伊吕,指挥若定失萧曹。
运移汉祚终难复,志决身歼军务劳。

【鉴赏】

这是《咏怀古迹五首》中的最末一篇。当时诗人瞻仰了武侯祠,衷心敬慕,发而为诗。作品以激情昂扬的笔触,对其雄才大略进行了热烈的颂扬,对其壮志未遂叹惋不已!

“诸葛大名垂宇宙”,上下四方为宇,古往今来日宙,“垂宇宙”,将时间空间共说,给人以“名满寰宇,万世不朽”的具体形象之感。首句如异峰突起,笔力雄放。次句“宗臣遗像肃清高”,进入祠堂,瞻望诸葛遗像,不由肃然起敬;遥想一代宗臣,高风亮节,更添敬慕之情。“宗臣”二字,总领全诗。

接下去进一步具体写诸葛亮的才能、功绩。从艺术构思讲,它紧承首联的进庙、瞻像,到看了各种文物后,自然地对其丰功伟绩做出高度的评价:“三分割据纡筹策,万古云霄一羽毛。”纡,屈也。纡策而成三国鼎立之势,此好比鸾凤高翔,独步青云,奇功伟业,历代敬仰。然而诗人用词精微,一“纡”字,突出诸葛亮屈处偏隅,经世怀抱百施其一而已,三分功业,亦只雄凤一羽罢了。“万古云霄”句形象有力,议论达情,情托于形,自是议论中高于人之处。

想及武侯超人的才智和胆略,使人如见其羽扇纶巾,一扫千军万马的潇洒风度。感情所至,诗人不由呼出“伯仲之间见伊吕,指挥若定失萧曹”的赞语。伊尹是商代开国君主汤的大臣,吕尚辅佐周文王、武王灭商有功,萧何和曹参,都是汉高祖刘邦的谋臣,汉初的名相。诗人盛赞诸葛亮的人品与伊尹、吕尚不相上下,而胸有成竹,从容镇定的指挥才能却使萧何、曹参为之黯然失色。这,一则表现了对武侯的极度崇尚之情，同时也表现了作者不以事业成败持评的高人之见。宋刘克庄曰："卧龙没已千载，而有志世道者，皆以三代之佐许之。此诗侪之伊吕伯仲间，而以萧曹为不足道，此论皆自子美发之。"（《后村诗话》）清黄生曰：此论出，"区区以成败持评者，皆可废矣"（《杜诗说》）。可见诗人这一论断的深远影响。

最后，"运移汉祚终难复，志决身歼军务劳"。诗人抱恨汉朝"气数"已终，长叹尽管有武侯这样稀世杰出的人物，下决心恢复汉朝大业，但竟未成功，反而因军务繁忙，积劳成疾而死于征途。这既是对诸葛亮"鞠躬尽瘁，死而后已"高尚品节的赞歌，也是对英雄未遂平生志的深切叹惋。

这首诗，由于诗人以自身肝胆情志吊古，故能涤肠荡心，浩气炽情动人肺腑，成为咏古名篇。诗中除了"遗像"是咏古迹外，其余均是议论，不仅议论高妙，而且写得极有情韵。三分霸业，在后人看来已是赫赫功绩了，而对诸葛亮来说，轻若一羽耳；"萧曹"尚不足道，那区区"三分"就更不值挂齿。如此曲折回宕，处处都是抬高了诸葛亮。全诗议而不空，句句含情，层层推进：如果把首联比作一雷乍起，倾盆而下的暴雨，那么，颔联、颈联则如江河奔注，波涛翻卷，愈涨愈高，至尾联蓄势已足，突遇万丈绝壁，瀑布而下，空谷传响——"志决身歼军务劳"。——全诗就结于这动人心弦的最强音上。

孤　雁

杜　甫

孤雁不饮啄，飞鸣声念群。
谁怜一片影，相失万重云？
望尽似犹见，哀多如更闻。
野鸦无意绪，鸣噪自纷纷。

【鉴赏】

这首咏物诗写于大历初杜甫居夔州（治今重庆奉节）时。它是一首孤雁念群之歌，体物曲尽其妙，同时又融注了作者的思想感情，堪称佳绝。

依常法，咏物诗以曲为佳，以隐为妙，所咏之物是不宜道破的。杜甫则不然，他开篇即唤出"孤雁"。而此孤雁不同一般，它不饮，不啄，只是一个劲地飞着，叫着，声音里透出：它是多么想念它的同伴！不独想念，而且还拼命追寻，这真是一只情感热烈而执着的“孤雁”。清人浦起龙评曰:“‘飞鸣声念群’,一诗之骨。”(《读杜心解》)是抓住了要领的。

次联境界倏忽开阔。高远浩茫的天空中,这小小的孤雁仅是“一片影”,它与雁群相失在“万重云”间,此时此际的心情该多么惶急、焦虑,又该多么迷茫啊!天高路遥,云海迷漫,将往何处去找失去的伴侣?此联以“谁怜”二字设问。这一问,仿佛打开了一道闸门,诗人胸中情感的泉流滚滚流出:“孤雁儿啊,我不正和你一样凄惶吗?天壤茫茫,又有谁来怜惜我呢?”诗人与雁,物我交融,浑然一体了。清人朱鹤龄注此诗说:“此托孤雁以念兄弟也。”而诗人所思念者恐不独是兄弟,还包括他的亲密的朋友。经历了安史之乱,在那动荡不安的年月里,诗人流落他乡,亲朋离散,天各一方,可他无时不渴望骨肉团聚,无日不梦想知友重逢。这孤零零的雁儿,寄寓了诗人自己的影子。

三联紧承上联,从心理方面刻画孤雁的鲜明个性:它被思念缠绕着,被痛苦煎熬着,迫使它不停地飞鸣。它望尽天际,望啊,望啊,仿佛那失去的雁群老在它眼前晃;它哀唤声声,唤啊,唤啊,似乎那侣伴的鸣声老在它耳畔响。所以,它更要不停地追飞,不停地呼唤了。这两句血泪文字,情深意切,哀痛欲绝。清浦起龙评析说:“惟念故飞,望断矣而飞不止,似犹见其群而逐之者;惟念故鸣,哀多矣而鸣不绝,如更闻其群而呼之者。写生至此,天雨泣矣!”(《读杜心解》)

结尾用了陪衬的笔法,表达了诗人的爱憎感情。孤雁念群之情那么迫切,它那么痛苦、劳累;而野鸦们是全然不懂的,它们纷纷然鸣噪不停,自得其乐。“无意绪”是孤雁对着野鸦时的心情,也是杜甫既不能与知己亲朋相见,却面对着一些俗客庸夫时厌恶无聊的心绪。“知我者谓我心忧,不知我者谓我何求”(《诗经·王风·黍离》),与这般“不知我者”有什么可谈?

这是一篇念群之雁的赞歌,它表现的情感是浓挚的,悲中有壮的。它那样孤单、困苦,同时却还要不断地呼号、追求。它那念友之情在胸中炽烈地燃烧,它甚至连吃喝都可抛弃,更不顾处境的安危。它虽命薄却心高,宁愿飞翔在万重云里,未曾留意暮雨寒塘。诗情激切高昂,思想境界很高。

就艺术技巧而论,全篇咏物传神,是大匠运斤,自然浑成,全无斧凿之痕。中间两联有情有景,一气呵成,而且景中有声有色,甚至还有光和影,能给人以“立体感”,仿佛电影镜头似的表现那云间雁影,真神来之笔。

又呈吴郎

杜　甫

堂前扑枣任西邻，无食无儿一妇人。
不为困穷宁有此？只缘恐惧转须亲。
即防远客虽多事，便插疏篱却甚真。
已诉征求贫到骨，正思戎马泪盈巾。

【鉴赏】

大历二载（767），即杜甫漂泊到夔州（治所今重庆奉节）的第二年，他住在瀼西的一所草堂里。草堂前有几棵枣树，西邻的一个寡妇常来打枣，杜甫从不干涉。后来，杜甫把草堂让给一位姓吴的亲戚（即诗中"吴郎"），自己搬到离草堂十几里路远的东屯去。不料这姓吴的一来就在草堂插上篱笆，禁止打枣。寡妇向杜甫诉苦，杜甫便写此诗去劝告吴郎。以前杜甫写过一首《简吴郎司法》，所以此诗题作《又呈吴郎》。吴郎的年辈要比杜甫小，杜甫不说"又简吴郎"，而有意地用了"呈"这个似乎和对方身份不大相称的敬词，这是让吴郎易于接受。

诗的第一句开门见山，从自己过去怎样对待邻妇扑枣说起。"扑枣"就是打枣。这里不用那个猛烈的上声字"打"，而用这个短促的、沉着的入声字"扑"，是为了取得声调和情调的一致。"任"就是放任。为什么要放任呢？第二句说，"无食无儿一妇人"。原来这位西邻竟是一个没有吃的、没有儿女的老寡妇。诗人仿佛是在对吴郎说：对于这样一个无依无靠的穷苦妇人。我们能不让她打点枣儿吗？

三、四两句紧接一、二句："不为困穷宁有此？只缘恐惧转须亲。""困穷"，承上第二句；"此"，指扑枣一事。如果不是因为穷得万般无奈，她又哪里会去打别人家的枣子呢？正由于她扑枣时总是怀着一种恐惧的心情，所以我们不但不应该干涉，反而还要表示些亲善，使她安心扑枣。这里说明杜甫十分同情体谅穷苦人的处境。陕西民歌云："唐朝诗圣有杜甫，能知百姓苦中苦。"真是不假。以上四句，一气贯串，是杜甫自叙以前的事情，目的是为了启发吴郎。

五、六两句才落到吴郎身上。"即防远客虽多事，便插疏篱却甚真。"这两句上下一气，相互关联，相互依赖，相互补充，要联系起来看。"防"是提防，心存戒备，其主语是寡妇。"远客"，指吴郎。"多事"，就是多心，或者说过虑。下句"插"字的主语是吴郎。这两句诗是说，那寡妇一见你插篱笆就防你不让她打枣，虽未免多心，未免神经过敏；但是，你一搬进草堂就忙着插篱笆，却也很像真的要禁止她打枣呢！言外之意是：这不能怪她多心，倒是你自己有点太不体贴人。她本来就是提心吊胆的，你不特别表示亲善，也就算了，为啥还要插上篱笆呢！这两句诗，措词十分委婉含蓄。这是因为怕话说得太直、太生硬，教训意味太重。会引起对方的反感，反而不容易接受劝告。

最后两句“已诉征求贫到骨，正思戎马泪盈巾”，是全诗结穴，也是全诗的顶点。表面上是对偶句，其实并非平列的句子，因为上下句之间由近及远，由小到大是一个发展的过程。上句，杜甫借寡妇的诉苦，指出了寡妇的、同时也是当时广大人民穷困的社会根源。这就是官吏们的剥削，也就是诗中所谓“征求”，使她穷到了极点。这也就为寡妇扑枣行为做了进一步的解脱。下句说得更远、更大、更深刻，指出了使人民陷于水深火热之中的又一社会根源。这就是安史之乱以来持续了十多年的战乱，即所谓“戎马”。由一个穷苦的寡妇，由一件扑枣的小事，杜甫竟联想到整个国家大局，以至于流泪。这一方面固然是他那热爱祖国、热爱人民的思想感情的自然流露；另一方面，也是点醒、开导吴郎的应有的文章。让他知道：在这兵荒马乱的情况下，苦难的人还有的是，绝不止寡妇一个；战乱的局面不改变，就连我们自己的生活也不见得有保障，我们现在不正是因为战乱而同在远方做客，而你不是还住着我的草堂吗？最后一句诗，好像扯得太远，好像和劝阻吴郎插篱笆的主题无关，其实是大有关系，大有作用的。希望他由此能站得高一点，看得远一点，想得开一点，他自然就不会在几颗枣子上斤斤计较了。我们正是要从这种地方看出诗人的“苦用心”和他对待人民的态度。

九　　日

杜　甫

重阳独酌杯中酒，抱病起登江上台。
竹叶于人既无分，菊花从此不须开。
殊方日落玄猿哭，旧国霜前白雁来。
弟妹萧条各何在，干戈衰谢两相催！

【鉴赏】

此诗是大历二载(767)重九日杜甫在夔州(治今重庆奉节)登高之作。诗人联系两年来客寓夔州的现实,抒写自己九月九日重阳登高的感慨,思想境界和艺术造诣,都远在一般登高篇什之上。

首联表现了诗人浓烈的生活情趣。诗人在客中,重阳到来,一时兴致勃发,抱病登台,独酌杯酒,欣赏九秋佳色。诗人酷好饮酒、热爱生活的情态,便在诗行中活现。

颔联诗笔顿转。重九饮酒赏菊,本是古代高士的传统;可是诗人因病戒酒,虽"抱病"登台,却"无分"饮酒,遂也无心赏菊。于是诗人向菊花发号施令起来:"菊花从此不须开"!这一带着较强烈主观情绪的诗句,妙趣神来,好像有些任性,恰好证明诗人既喜饮酒,又爱赏菊。而诗人的任性使气,显然是他艰难困苦的生活遭遇使然。这一联,杜甫巧妙地使用借对(亦即清人沈德潜所谓"真假对"),借"竹叶青"酒的"竹叶"二字与"菊花"相对,"萧散不为绳墨所窘"(南宋魏庆之《诗人玉屑》),被称为杜律的创格。菊花虽是实景,"竹叶"却非真物,然而由于字面工整贴切,特别显得新鲜别致,全联遂成为历来传诵的名句。

颈联进一步写诗人瞩目遐思,因景伤情,牵动了万千愁绪。诗人独自漂泊异地,日落时分听到一声声黑猿的啼哭,不免泪下沾裳。霜天秋晚,白雁南来,更容易触发诗人思亲怀乡的感情。诗中用他乡和故园的物候做对照,很自然地透露了诗人内心的隐秘:原来他对酒停杯,对花辍赏,并不只是由于病肺,更是因为乡愁撩人啊!

尾联以佳节思亲作结,遥怜弟妹,寄托飘零寥落之感。上句由雁来想起了弟妹音信茫然;下句哀叹自己身遭战乱,衰老多病。诗人一边诅咒"干戈"像逼命似的接连发生,一边惋惜岁月不停地催人走向死亡,对造成生活悲剧的根源——"干戈",发泄出更多的不满情绪。这正是诗人伤时忧国的思想感情的直接流露。

此诗由因病戒酒,对花发慨,黑猿哀啼,白雁南来,引出思念故乡,忆想弟妹的情怀,进而表现遭逢战乱,衰老催人的感伤。结尾将诗的主题升华:诗人登高,不仅仅是思亲,更多的是伤时,正所谓"杜陵有句皆忧国"。此诗全篇皆对,语言自然流转,苍劲有力,既有气势,更见性情。句句讲诗律却不着痕迹,很像在写散文;直接发议论而结合形象,毫不感到枯燥。写景、叙事又能与诗人的忧思关合很紧。笔端蓄聚感情,主人公呼之欲出,颇能显示出杜甫夔州时期七律诗的悲壮风格。

秋兴[①]八首（其一）

杜　甫

玉露[②]凋伤枫树林，巫山巫峡气萧森[③]。
江间波浪兼天涌[④]，塞上风云接地阴[⑤]。
丛菊两开他日泪[⑥]，孤舟一系故园心[⑦]。
寒衣处处催刀尺[⑧]，白帝城高急暮砧[⑨]。

【注释】

①秋兴(xìng)：因秋景而有所感，抒发情怀。

②玉露：白露。

③巫山：在今四川省巫山县东，沿江壁立，绵延达一百六十里，即为“巫峡”。萧森：萧瑟阴森。

④江间：指巫峡。兼天涌：形容波浪滔天。兼，连。

⑤塞上：指巫山。接地阴：形容浓密的阴云低垂于大地，给人以阴森的感觉。

⑥丛菊两开：诗人来到夔州已经经历了两个冬天，再次见到菊花开放。他日：往日。

⑦故园心：指思念长安的心情。杜甫以长安为第二故乡。

⑧催刀尺：催人赶制冬衣。刀，剪刀。

⑨白帝城：东汉公孙述所筑，故址在今重庆市奉节县白帝山上。急暮砧：指黄昏时急促的捣衣声。砧(zhēn)：捣衣石。

【鉴赏】

《秋兴》八首是唐代宗大历元年(766年)杜甫流寓夔州时写的一组七言律诗，是杜诗中历来传诵的名作。这组诗描写了夔州肃杀的秋色和诗人暮年多病的苦况，抒发了留滞异乡的漂泊之感及心系长安的故国之思。这里选的第一首是全诗的序幕，也是其他七首内容的概括。

诗的前半写景，通过对巫山巫峡萧瑟秋景的描绘，烘托出阴森幽寂、动荡不安的环境氛围，隐含着诗人的伤时忧国之情与抑郁孤寂之感。“江间波浪兼天涌”两句乃神来之笔。波浪冲天，故曰“兼天涌”风云匝地，故曰“接地阴”。波浪本在地上而说其兼天，风云本在天上而说其接地，极言阴晦萧森之气充塞于天地之间，笔力深沉雄健，意境开阔。诗的后半借景抒怀，点出此诗的中心所在："丛菊两开他日泪，孤舟一系故园心。""开""系"两双关字用得巧妙。开，指花开，也是说泪溅。杜甫《得舍弟观书》有"飒飒开啼眼"之句。系，指舟停系不前，也指心事牵系难忘。古人评论说："此一首便包括后七首，而'故园心'乃画龙点睛处"（《杜臆》）。

秋兴八首（其二）

杜　甫

夔府孤城落日斜，每依北斗望京华。
听猿实下三声泪，奉使虚随八月槎。
画省香炉违伏枕，山楼粉堞隐悲笳。
请看石上藤萝月，已映洲前芦荻花。

【鉴赏】

这一首写在夔州日夜思念长安的心情。"听猿实下三声泪，奉使虚随八月槎。"可见思念之深。

秋兴八首（其三）

杜　甫

千家山郭静朝晖，日日江楼坐翠微。
信宿渔人还泛泛，清秋燕子故飞飞。
匡衡抗疏功名薄，刘向传经心事违。
同学少年多不贱，五陵衣马自轻肥。

【鉴赏】

这首诗开头四句是写夔州秋天早晨的景象，但也暗含诗人滞留夔州的不愉快心情。这不仅对自己"日日江楼坐翠微"，表示了不满，就是眼前所见景物，江上渔舟，清秋燕子，本应赏心悦目，现在竟感到了厌烦。“匡衡”“刘向”两句表现了作者报国无门、郁郁不得志的情怀。最后两句说多数少年时代的同学，如今已身居高位，都已富贵，以此反衬自己的倒霉处境，悲愤之情见于句外。

秋兴八首（其四）

杜　甫

闻道长安似弈棋，百年世事不胜悲。
王侯第宅皆新主，文武衣冠异昔时。
直北关山金鼓振，征西车马羽书驰。
鱼龙寂寞秋江冷，故国平居有所思。

【鉴赏】

“闻道长安似弈棋，百年世事不胜悲。”这是一首遥念长安，慨叹当时唐朝政治动乱、人事变化以及边境的不安。

秋兴八首（其五）

杜　甫

蓬莱宫阙对南山，承露金茎霄汉间。
西望瑶池降王母，东来紫气满函关。
云移雉尾开宫扇，日绕龙鳞识圣颜。
一卧沧江惊岁晚，几回青琐点朝班？

【鉴赏】

这首诗在一片豪华景象中，却渗透了凄凉苦味，对比强烈，情调低沉。这一首回忆了昔日长安宫殿的巍峨和自己在朝廷参加活动的盛况，以见今日病卧夔州的凄凉和对朝廷的深切怀念。

开头四句忆写长安宫殿的壮伟气象，其中的“西望”“东来”两句是虚写，是对壮伟气象的烘衬。五、六句回忆往昔在殿上见到皇帝的情景，句子营造了极为庄严的气氛，表现出对皇帝极度尊崇的心理。“岁晚”意即一年将尽，写此诗时正是深秋，所以这样说。“惊”字含蕴着对自己卧病于江边，白白浪费宝贵时光的叹息。“几回”句是对往昔在朝当官的回忆。

秋兴八首（其六）

杜　甫

瞿塘峡口曲江头，万里风烟接素秋。
花萼夹城通御气，芙蓉小苑入边愁。
珠帘绣柱围黄鹄，锦缆牙樯起白鸥。
回首可怜歌舞地，秦中自古帝王州。

【鉴赏】

“瞿塘峡口曲江头，万里风烟接素秋。”这首诗回忆当年长安曲江盛况，同时表达了对现实的慨叹。

秋兴八首（其七）

杜　甫

昆明池水汉时功，武帝旌旗在眼中。
织女机丝虚夜月，石鲸鳞甲动秋风。
波漂菰米沉云黑，露冷莲房坠粉红。
关塞极天惟鸟道，江湖满地一渔翁。

【鉴赏】

诗的开头两句，借汉指唐，用想象中的威武场面颂扬了盛唐的强大。接着四句“虚夜月”“动秋风”“沉云黑”“坠粉红”的描写，似乎是写景，其实是对今日的荒凉冷落，已是今非昔比的一种喟叹，因此结尾两句，不仅实写关塞险阻，而且含有政治上的艰难。所以诗人说自己是漂泊江湖的一个渔翁,暗喻自己漂泊无归宿,这样来表现自己处境的凄凉,形象而又真切。这首诗既抒发了忧国的情思,也感叹了自己可悲的命运。这首诗以精丽的语言,生动的形象,在回忆昔日长安盛况的同时,抒发了自己旅居夔州欲归不得的感慨。

秋兴八首（其八）

杜　甫

昆吾御宿自逶迤,紫阁峰阴入渼陂。
香稻啄馀鹦鹉粒,碧梧栖老凤凰枝。
佳人拾翠春相问,仙侣同舟晚更移。
彩笔昔曾干气象,白头吟望苦低垂。

【鉴赏】

“彩笔昔曾干气象,白头吟望苦低垂。”这首回忆当年与旧友共游长安附近名胜的情景,对比当时,不由得感慨万千。

悲　陈　陶[1]

杜　甫

孟冬十郡良家子[2],血作陈陶泽中水。
野旷天清无战声,四万义军[3]同日死。
群胡[4]归来血洗箭,仍唱胡歌饮都市[5]。
都人回面向北啼[6],日夜更望官军至。

【注释】

①陈陶:地名,即陈陶泽,又名陈陶斜,在今陕西咸阳东。

②孟冬:冬季的第一个月,即阴历十月。十郡:泛指西北各郡。良家子:主要指农家子弟。汉代称医、商和百工以外的平民为良家,唐代仍沿用。

③义军:指当时应招募作战的"十郡良家子"。

④群胡:指安史叛军。安禄山是奚族人,史思明是突厥人。他们的部下也多为北方少数民族人。

⑤都市:指长安街市。

⑥都人:长安的人民。向北啼:当时唐肃宗在长安西北的彭源(今甘肃守县)。

【鉴赏】

唐肃宗至德元年(756年)十月,宰相房官率领新召集的义军兵分三路讨伐安、史叛军,力图收复长安。十月二十一日与叛军战于陈陶斜,结果士卒战死四万余人,几乎全军覆没。当时身陷长安城的诗人杜甫,听到唐军惨败的消息,又目睹叛军骄横的情态,写下了这首《悲陈陶》。诗的前四句叙述了义军作战的时间、地点和战败的惨况。第三联以"唱胡歌""饮都市"等动作描写叛军的得意忘形。最后以"都人"日夜企盼官军收复长安作结。全诗纯是叙事,但字字句句都流露出诗人无限悲愤的心情。

将赴成都草堂途中有作,先寄严郑公[①]五首 (其四)

杜 甫

常苦沙崩损药栏[②],也从江槛[③]落风湍。
新松恨不高千尺,恶竹[④]应须斩万竿。
生理只凭黄阁老[⑤],衰颜欲付紫金丹[⑥]。
三年奔走空皮骨[⑦],信有人间行路难。

【注释】

①严郑公:即严武。代宗广德元年(763年),严武被封为郑国公。

②苦:忧虑。沙崩:泥沙崩塌。损:损坏。药栏:种药地边的栏杆。

③江槛:江边防水的栏杆。

④恶竹:指妨碍松树生长的杂竹。

⑤生理:生计。凭:依靠。黄阁老:指严武。唐时中书省和门下省的官员以阁老相称呼。严武以黄门侍郎(属门下省)为成都尹,所以杜甫称他为黄阁老。

⑥付:托。紫金丹:道家烧炼的一种丹药,传说人服后可以益寿延年。

⑦三年:代宗宝应元年(762)七月,杜甫与严武分别后,漂泊于梓州、阆州,至此前后约三年。空皮骨:只剩下皮包骨头。形容身体极为瘦弱。

【鉴赏】

广德二载(764年)春,杜甫携家眷上梓州赴阆州,打算出三峡北归。当听到严武又被任命为成都尹兼剑南节度使的消息时,又决定重返成都,这首诗即作于由阆州至成都的途中。诗中叙述了诗人准备回成都清理一下草堂花木的打算和自己漂泊艰苦的生活境遇,并表示希望能得到严武的照顾。表达出诗人重返草堂的谕快心情和对幸福生活的向往。诗中"新松恨不高千尺,恶竹应须斩万竿"二句,以深刻形象的比喻表现出诗人爱憎分明、嫉恶如仇的思想感情。

韦讽录事宅观曹将军画马图①

杜　甫

国初已来画鞍马②,神妙独数江都王③。
将军得名三十载,人间又见真乘黄④。
曾貌先帝照夜白⑤,龙池十日飞霹雳⑥。
内府殷红玛瑙盘⑦,婕妤传诏才人索⑧。
盘赐将军拜舞⑨归,轻纨细绮相追飞⑩。
贵戚权门得笔迹,始觉屏障生光辉⑪。
昔日太宗拳毛騧⑫,近时郭家狮子花⑬。
今之新图⑭有二马,复令识者久叹嗟⑮。
此皆战骑⑯一敌万,缟素漠漠开风沙⑰。
其余七匹亦殊绝⑱,迥若寒空动烟雪⑲。
霜蹄蹴踏长楸间⑳,马官厮养森成列㉑。
可怜九马争神骏㉒,顾视清高气深稳㉓。
借问㉔苦心爱者谁?后有韦讽前支遁㉕。
忆昔巡幸新丰宫㉖,翠华拂天来向东㉗。
腾骧磊落三万匹㉘,皆与此图筋骨㉙同。
自从献宝朝河宗㉚,无复射蛟江水中㉛。

君不见金粟堆[32]前松柏里，龙媒去尽鸟呼风[33]。

【注释】

①韦讽：当时任阆中录事，居住在成都。曹将军：名霸，三国魏时高贵乡公曹髦的后代，天宝年间，唐玄宗常命他作画。曾任左武卫将军。

②国初：指唐朝建国初期。已来：即以来。

③独数：独推。江都王：指李绪，唐太宗之侄，封江都王，以也画马著名。

④真乘黄：乘黄，古代传说中的神马。《竹书纪年》："帝舜元年，出乘黄之马。"真乘黄是说古代的神马现在又出现了。

⑤貌：描绘，画像。先帝：指唐玄宗。照夜白：唐玄宗所乘骏马名。《明皇杂录》："上所乘马，有玉花骢、照夜白。"

⑥龙池：原指唐宫南内南薰殿兴庆池，传说曾有黄龙出现其中，泛指宫苑池沼。飞霹雳：形容骏马奔驰时像龙一样地飞腾。

⑦内府：皇室中的仓库。殷（yān）红：紫红色。玛瑙盘：玛瑙雕成的盘子。玛瑙，一种名贵的玉石，色彩红艳。

⑧婕妤、才人：都是宫廷中的女官名。索：索取。

⑨拜舞：古代臣下拜见皇帝的一种礼仪。

⑩轻纨（wán）：细致洁白的薄绸。细绮（qí）：细致有花纹的丝织品。相追飞：意思是除赐盘外，又赏赐给曹霸许多轻纨细绮。

⑪"始觉"句：挂上曹霸的画，才觉得屏风上有了光辉。屏障，屏风。

⑫拳毛䯄（guā）：唐太宗六匹骏马之一，毛黄色，黑喙。拳，即蜷。

⑬郭家：指唐中兴功臣郭子仪。狮子花：骏马名，即唐代宗赐给郭子仪的御马九花虬。

⑭新图：新作的画。

⑮"复令"句：让赏识者重新久久赞叹。

⑯战骑：久经战阵的良马。

⑰"缟（gǎo）素"句：一大张白色的画绢上，大漠无垠，风沙滚滚，只见骏马在奔驰。

⑱殊绝：与众不同。

⑲"迥（jiǒng）若"句：七匹骏马毛色不一，有黑有白，远远望去如同寒空中烟雾腾起，雪花飘舞。迥，远。

⑳霜蹄：马蹄因践踏霜雪成了白色。《庄子・马蹄》："马，蹄可以践霜雪。"蹴（cù）踏：踩踏。长楸（qiū）：落叶乔木，可高达 15 米以上，古代大道旁种植楸树，叫长楸，这里指大道。

㉑马官:管马的官。厮养:养马的役夫。森成列:管养马的役夫人数众多,排列成行。

㉒可怜:可爱。争神骏:互相比试神勇矫健。

㉓顾视清高:骏马昂首嘶鸣的神态。气深稳:骏马的品性深沉稳重。

㉔借问:请问。

㉕支遁(dùn):字道林,东晋著名僧人,俗姓关,喜爱养马。《世说新语·言语》记载说,支道林尝养马数匹,有人说他养马不文雅,他说:"贫道重其神骏。"

㉖新丰宫:即华清宫,在今陕西省临潼区。

㉗翠华:皇帝仪仗中一种用翠鸟毛作装饰的旗。《汉书·司马相如传》:"建翠华之旗。"这里指皇帝的车驾。来向东:华清宫在长安城东。

㉘腾骧(xiáng):奔腾,飞跃。《文选·张衡〈西京赋〉》:"乃奋翅而腾骧。"磊落:形容众多杂沓的样子。

㉙筋骨:骏马筋骨健壮。《列子》:"伯乐曰:'良马可形容、筋骨相也。'"

㉚"自从"句:传说古时周穆王西征时,河伯与穆王披图视典,又观天子之宝器,然后河伯导穆王飞升,这里比喻玄宗之死。肃宗上元二年四月,楚州刺史崔侁向玄宗敬献宝器,第三天玄宗即病逝。

㉛无复:不能再。射蛟:《汉书·武帝本纪》:"武帝元封五年,自浔阳浮江,亲射蛟江中,获之。"此句说唐玄宗再不能四出巡游了。

㉜金粟堆:玄宗葬于泰陵,位于陕西省蒲城县金粟山上。

㉝"龙媒"句:此句意为良马去了,只剩下林鸟在风声中啼叫。龙媒,汉武帝《天马歌》:"天马徕兮龙之媒。"又称良马为龙媒。

【鉴赏】

在这首诗中,作者用绘声绘色的诗句,描写了曹霸画技的高超和画中骏马的神态,同时也惋惜曹霸晚景不好。

杜甫在韦讽家中观看曹霸的《九马图》有感而作。全诗可分三段,从"国初"到"生光辉",极力描绘曹霸画马技艺的高超和声名的隆盛;从"昔日"句到"筋骨同"具体描绘"九马图"的精妙;最后感叹玄宗逝世后人事萧条,今非昔比。全诗就是通过观看名画卷,来寓托作者对人事兴亡变化的感慨。作者历经玄宗、肃宗、代宗三朝,饱经沧桑忧患,亲见唐代由盛到衰,沉痛激烈的感情,全寓于观看画图的描绘中。

《唐宋诗醇》评道:"苍茫历落中,法律深细。前从照夜白叙入,即伏末段感慨。中间错综九马,文势跌宕,可谓毫发无遗憾,波澜独老成矣。七古至于老杜,浩浩荡荡,独往独来,神龙在霄。连蜷变化,不可方物,天马行空,脱去羁靮。足以横睨一世，独有千古。东坡书韩干牧马图，犹非其匹，况他人乎！”清浦起龙《读杜心解》评论说：“身历兴衰，感时抚事，唯其胸中有泪，是以言中有物。”

哀王孙[①]

杜甫

长安城头头白乌[②]，夜飞延秋门[③]上呼。
又向人家啄大屋，屋底达官走避胡[④]。
金鞭断折九马死[⑤]，骨肉不得同驰驱。
腰上宝玦青珊瑚[⑥]，可怜王孙泣路隅[⑦]。
问之不肯道姓名，但道困苦乞为奴[⑧]。
已经百日窜荆棘[⑨]，身上无有完肌肤。
高帝子孙尽隆准[⑩]，龙种[⑪]自与常人殊。
豺狼在邑龙在野[⑫]，王孙善保千金躯[⑬]。
不敢长语临交衢[⑭]，且与王孙立斯须[⑮]。
昨夜东风吹血腥，东来橐驼满旧都[⑯]。
朔方健儿好身手，昔何勇锐今何愚[⑰]？
窃闻天子已传位[⑱]，圣德北报南单于[⑲]。
花门剺面请雪耻[⑳]，慎勿出口他人狙[㉑]。
哀哉王孙慎勿疏[㉒]，五陵佳气无时无[㉓]。

【注释】

①哀王孙：原来属乐府中新乐府歌词，作者沿用而作为诗题。王孙，皇族的后裔，这里指李唐王朝宗室子孙。

②头白乌：白头乌鸦，不祥之物。《三国典略》记载，南朝梁末侯景作乱，篡夺皇位，下令装饰朱雀门，忽然有白头乌万计集于门楼，当时有童谣曰：“白头乌，拂朱雀，还与吴。”这里作者用侯景之乱比喻安禄山之乱。

③延秋门：唐宫苑西门。天宝十五年六月，唐玄宗车驾出此门西行避安禄山之乱。

④屋底：房屋里面。达官：朝廷中地位显要的官员。《礼记·檀弓》注：“受命于君者，名达于上，谓之达官。”走避胡：匆忙逃走以避安禄山之乱军。

⑤金鞭断折:唐玄宗一行避乱逃走,因怕追兵,拼命加鞭驰驱,丢下了皇室骨肉而去。九马:皇帝车驾有九匹御马。《西京杂记》:“文帝自代来,有良马九匹。”

⑥宝玦:环形玉佩,下有缺口。青珊瑚:截取珊瑚做成的饰物。

⑦隅(yú):角落。

⑧“但道”句:只说本人困苦乞求到别人家里为奴婢。

⑨窜荆棘:在荆棘中逃窜躲避。

⑩高帝:指汉高祖,这里借汉指唐。隆准(zhǔn):高鼻。《史记·高祖记》:“高祖为人,隆准而龙颜。”隆,高耸的样子。准,鼻梁。

⑪龙种:帝王的子孙后裔。

⑫豺狼在邑:指安禄山的军队盘踞长安。《后汉书·张纲传》:“豺狼当道,安问狐狸。”邑,城廓。龙在野:指玄宗逃难西奔蜀地。《周易》:“龙战于野。”野,原野。

⑬“王孙”句:因为安禄山杀死了许多王室显贵,所以作者告诫王孙要注意自身安全。

⑭长语:长时间谈话。交衢(qú):交通要道。衢,四通八达的道路。

⑮斯须:须臾。

⑯东来橐(tuó)驼:指从东而来的安禄山叛军。橐驼:即骆驼,安禄山的胡兵所骑乘。旧都:指长安,因此时肃宗已在灵武即帝位。

⑰“朔方”两句:指唐将歌舒翰指挥的河陇、朔方兵在潼关大败于安禄山叛军之事,叹息二十万河朔兵几乎全部覆灭。

⑱“窃闻”句:指天宝十五年(756)八月,玄宗禅位于皇太子李亨,李亨(肃宗)即位于灵武之事。窃闻,私闻。窃,私,常用作表示个人意见的谦词。

⑲“圣德”句:东汉光武帝时,匈奴分为南北两部,南单于遣使到汉朝廷称臣。此处指肃宗即帝位后,遣使臣与回纥结盟,并嫁公主和亲。次年,回纥首领入唐朝拜。

⑳花门:指花门山堡,在居延海北三百里,是回纥骑兵集结地,借以指回纥。剺(lí)面:割面。剺,割。古匈奴风俗,割面流血以表示哀痛或忠诚。请雪耻:洗雪丧失长安的耻辱。

㉑“慎勿”句:小心遭受他人暗中袭击。狙(jū),一种猕猴,善于窥伺暗中攫食,比喻有人暗中侦察。《史记·留侯世家》:“良与客狙击秦皇帝博浪沙中。”

㉒勿疏:不可疏忽大意。

㉓五陵:西汉时咸阳原有汉高祖长陵、惠帝安陵、景帝阳陵、武帝茂陵、昭帝平陵五陵。玄宗以前渭北高原有唐高祖献陵、太宗昭陵、高宗乾陵、中宗定陵、睿宗桥陵五陵。佳气:过去风水家堪舆的说法,认为陵墓选在风水好的位置上,会有一种

郁葱之气蒸腾出来，有利于后世子孙。无时无：因为唐五陵间有佳气，唐室随时可以中兴。

【鉴赏】

这是哀念王孙颠沛困踬而作的一首纪事诗。安史之乱爆发的第二年，天宝十五载（756年），潼关失守，长安面临破城之危，玄宗带着杨贵妃姊妹，在少数亲信的护卫下，仓皇出逃，妃嫔、公主、王孙以下，都来不及跟从，遂致陷身贼手。当时占领长安的孙孝哲，是安禄山的部将，契丹人，为人暴虐，他大肆杀戮李唐宗室，大肆搜捕百官。王孙们隐匿逃窜，十分狼狈凄惨。先后被害的有霍国长公主、永王妃以及王孙等一百多人，景象是十分凄惨的。杜甫耳闻目睹了这些事，这首诗中的王孙可能就是当时幸免于难的皇族子孙。杜甫对王孙的遭遇表示了深切的同情，同时也对唐室的复兴寄予无限的希望，于是记入诗中。这就是这首诗的基本思想和内容。杜甫这首《哀王孙》，就是咏此事的。先写安史乱起，唐玄宗仓促逃往成都的情景，再记叙王孙亲贵避乱匿身，后写国家乱极将治。作者在诗中极言王子王孙在战乱中颠沛流离，遭受种种苦楚，既寄予了深深的同情，又含蓄地规劝统治者应居安思危，不可一味贪图享乐，致使子孙亦无法遮顾，实为可悲可叹。全诗词色古泽，气魄宏大。明王嗣《杜臆》评这首诗：通篇哀痛顾惜，潦倒淋漓，似乱似整，断而复续，无一懈语，无一死字，真下笔有神。

此诗用的是白描的手法，自然质朴，真实生动。写王孙苦况的那段，口吻毕肖，情景如见。而诗人的叮咛话语，其声如闻。写出了气氛，写出了真情，写出了杜甫的“忠臣之盛心”。作此诗以述其事。刘会孟评道：“起如童谣，省却叙事。篇内忠臣之盛心，仓猝之隐语，备尽情态。”

全诗三层。“长安”四句回忆玄宗出逃情形。“金鞭”十二句，记当时王侯子孙逃窜的狼狈情况。“不敢”十二句，告诉王侯子孙局势已有好转，要他们谨防毒手，等待光复。

沈德潜《唐诗别裁集》评论说：“一韵到底诗，易于平直。此独波澜变化，层出不穷，似逐段转韵者，七古能事已极。”胡应麟《诗薮》评论说：“‘长安城中头白乌，夜飞延秋门上呼。又向人家啄大屋，屋底达官走避胡’、‘车辚辚，马萧萧，行人弓箭各在腰。爷娘妻子走相送，尘埃不见咸阳桥’。二起语甚古质，类汉人，终是格调精明，词气跌宕，近似有意两京歌谣。”

对　雪

杜　甫

战哭多新鬼，愁吟独老翁。
乱云低薄暮，急雪舞回峰。
瓢弃樽无绿，炉存火似红。
数州消息断，愁坐正书空。

【鉴赏】

这是杜甫于房琯兵败陈陶(唐至德元年)之后，感到国仇家恨，两俱无奈的情况下，对雪吟成的一首五言律诗。诗中两见愁字，虽嫌微瑕，而杜甫竟不易以他字，足见其心情之沉重。

起联上句，径从“战哭多新鬼”起咏，实是对唐朝无能、战乱不已，造成人民流离失所的控诉，而且是大声疾呼、毫无保留的控诉。“愁吟独老翁”，说明作者虽在“吟”诗，却是带“愁”而吟，而且是独自一人。“独吟”之人，且系“老翁”。这里，一个“愁”字，再加上一个“独”字和“老”字，则诗人此时此刻之心情，已自昭然若揭。此句不见“哭”字，但可以设想，作者吟此诗时，焉能不哭！我们于千载之后，读此两句，尚且不免为之滴下几滴同情之泪呢！

更为可叹的是：“瓢弃樽无绿，炉存火似红。”“瓢”，盛酒的用器，即颜回“一箪食，一瓢饮”所用的瓢。“绿”，即醴绿、绿蚁，古之酒名。诗人此刻意欲饮酒，但“因无绿”，即并没有酒，所以连盛酒的器皿也弃置不用。既是“急雪”，天气之冷可知，诗人于是想起了炉火，但更可恼的是炉虽存而火则只是“似红”而已。似红，并非真红，所以实是有炉无火，无以御寒。

诗以情起，颔联和颈联转入写景，又以写景来说明，并衬托和加深了“愁”的抒发。最后，仍转入写情，并以情总结全诗。“数州消息断”，说明此时仍是兵连祸结，离乱频仍，诗人愤恨之余，只好“愁坐正书空”了。“书空”借用《世说》上所记“殷浩坐当废，终日书空作‘咄咄怪事’四字”的典故，以说明自己此时的无奈、愤激之情。

彭衙行

杜　甫

忆昔避贼初，北走经险艰。
夜深彭衙道，月照白水山。
尽室久徒步，逢人多厚颜。
参差谷鸟吟，不见游子还。
痴女饥咬我，啼畏虎狼闻。
怀中掩其口，反侧声愈嗔。
小儿强解事，故索苦李餐。
一旬半雷雨，泥泞相牵攀。
既无御雨备，径滑衣又寒。
有时经契阔，竟日数里间。
野果充糇粮，卑枝成屋椽。
早行石上水，暮宿天边烟。
小留同家洼，欲出芦子关。
故人有孙宰，高义薄层云。
延客已曛黑，张灯启重门。
暖汤濯我足，剪纸招我魂。
从此出妻孥，相视涕阑干。
众雏烂漫睡，唤起沾盘飧。
“誓将与夫子，永结为弟昆”。
遂空所坐堂，安居奉我欢。
谁肯艰难际，豁达露心肝！
别来岁月周，胡羯仍构患。
何当有翅翎，飞去堕尔前！

【鉴赏】

这是一首感谢朋友的诗，写的是一年前即唐至德元年(756)，全家逃难的一个片段。彭衙，在今陕西省白水县东北60里，现在的彭衙堡。白水山，即白水县的山。头年六月，长安陷贼，杜甫携家人由奉先北行到彭衙。患难之中，受到友人孙宰的盛情款待，十分感激。后又向北把家安在鄜州（陕西富县）北的羌村。七月，肃宗即位于灵武。八月，杜甫只身北行，准备出芦子关（陕西安塞）到灵武，途中被俘，送回长安，至德二载（757）四月逃出长安，到凤翔谒见肃宗（这时肃宗已进驻凤翔），拜左拾遗，恰遇肃宗听信不实之词，罢去宰相房琯，杜甫疏救，引起肃宗大怒，幸因宰相张镐等人营救，虽免受处分，然杜甫的一片忠心，肃宗已无兴趣，这年闰八月，被恩准去鄜州探亲。于是，他得以途经彭衙之西，忆起去年孙宰热情接待但不能枉道相访，遂作此诗以志感。

诗的通篇皆回叙一年前的往事，所以用"忆昔"二字领起。写得十分生动、亲切、感人。正如刘熙载在《艺概·诗概》中所说："诗可以数年不作，不可一作不真。"作者真实地按照事实的经过，构思全诗，首四句概述之后，"尽室"句以下至"高义薄层云"追述一旬期间所历之艰苦，从而衬托出"延客"句以下12句孙宰的热诚款待的深情厚谊。极其真实，读之感人肺腑，催人泪下。

堂　成

杜　甫

背郭堂成荫白茅，缘江路熟俯青郊。
桤林碍日吟风叶，笼竹和烟滴露梢。
暂止飞乌将数子，频来语燕定新巢。
旁人错比扬雄宅，懒惰无心作《解嘲》。

【鉴赏】

杜甫于唐肃宗乾元二载（759）年底来到成都，在百花潭北、万里桥边营建一所草堂。经过两三个月时间，到第二年春末，草堂落成了。这诗便是那时所作。

诗以"堂成"为题，写的主要是草堂景物和定居草堂的心情。堂用白茅盖成，北向城郭，邻近锦江，坐落在沿江大路的高地上。从草堂可以俯瞰春郊景色。诗的开头两句，从环境背景勾勒出草堂的方位。这是个绝好的所在啊！中间四句写草堂本身之景，反映出新居初定时的生活和心情。

从安史之乱起，到这时已四年多，杜甫一直是转徙于兵燹之间。沉重的时代灾难，实在把他折磨得够了。现在，居然得到一个安定的环境。对于自己所亲手经营的新居，寄予以一种特殊深厚的情感，这是不难理解的。诗的妙处，就在于通过自然景物的描写，把诗人当时的心情细致而生动地表现出来了。

“桤林碍日”“笼竹和烟”，从这两句的描写，可以想象草堂的清幽。它隐在丛林修篁深处，透不进强烈的阳光，好像有一层漠漠轻烟笼罩着。“吟风叶”“滴露梢”是“叶吟风”“梢滴露”的倒文。说“吟”，说“滴”，则声响极微。连这微细的声响都能察觉出，可见诗人生活得多么宁静；他领略、欣赏这草堂景物，心情和草堂景物完全融在一起。因此，在他的眼里，飞鸟语燕，各有深情。“暂止飞鸟将数子，频来语燕定新巢”，正是以自己的欢欣，来体会禽鸟的动态的。在这之前，他像那“绕树三匝，无枝可依”的乌鹊一样，带着孩子们奔波于关陇之间，后来才飘流到这里。草堂营成了，不但一家人有了个安身之处，连禽鸟也都各得其所。那么，翔集的飞鸟，营巢的燕子，不正是与自己同其悦，莫逆于心吗？然而这只是问题的一面。杜甫之卜居草堂，是否如陶渊明之归田园，诗中所抒之情，是否如同陶诗之“众鸟欣有托，吾亦爱吾庐”呢？则又不尽然。我们知道，杜甫来到成都，是为了避乱，可是这里并不是隔绝人世的桃花源，在那“干戈犹未定”的岁月里，谁又知道能够在这儿定居多久！再说，杜甫来到成都的第一天，他就怀着“信美无与适，侧身望川梁。鸟雀各夜归，中原杳茫茫”的羁旅之思；直到后来，他还是说：“此身那老蜀？不死会归秦。”因而草堂的营建，对他只不过是颠沛流离的辛苦途程中息肩之地，而终非投老之乡。从这个意义来说，尽管新居初定，景物怡人，而在宁静喜悦的心情中，总不免有彷徨忧伤之感。“以我观物，故物皆着我之色彩。”这种复杂而微妙的矛盾心理状态，通过“暂止飞鸟”的“暂”字深深地透露出来。

尾联“旁人错比扬雄宅，懒惰无心作《解嘲》”，有两层含义。“扬雄宅”又名草玄堂，故址在成都少城西南角，和杜甫的浣花草堂有着地理上的联系。杜甫在草堂吟诗作赋，幽静而落寞的生活，和左思《咏史》诗里所说“寂寂扬子宅，门无卿相舆”的情况颇相类似。扬雄曾闭门著书，写那模拟《周易》的《太玄》，草玄堂因而得名。杜甫初到成都，寓居浣花溪寺时，高适《赠杜二拾遗》诗说：“传道招提容，诗书自讨论……草《玄》今已毕，此后更何言？”就拿他和扬雄草《玄》相比；可是杜甫在《酬高使君相赠》里的答复，却是“草《玄》吾岂敢，赋或似相如”。这诗说草堂不能比拟扬雄宅，也是表示自己并没有像扬雄那样，写《太玄》之类的鸿篇巨制。这意思是可以从答高适诗里得到印证的，此其一。扬雄在《解嘲》里，高自标榜，说自己闭门草《玄》，阐明圣道，无意于富贵功名。实际上，他之所以要写这篇文章，正是狐狸吃不到葡萄就说葡萄酸的一种心理表现。杜甫弃官入蜀，意味着对唐王朝的腐朽统治，已有一定程度的认识。他只不过把这草堂作为避乱偷生之所，和草玄堂里的扬雄心情是不同的，因而也就懒于发那《解嘲》式的牢骚了。这是第二层意思。

诗从草堂营成说起，中间写景，用“语燕新巢”作为过脉，由物到人，最后仍然归结到草堂,点出身世感慨。"北郭堂成"之"堂",和"错比扬雄宅"之"宅"遥相呼应,耦合之妙,不见痕迹。

水槛遣心

杜　甫

去郭轩楹敞,无村眺望赊。
澄江平少岸,幽树晚多花。
细雨鱼儿出,微风燕子斜。
城中十万户,此地两三家。

【鉴赏】

上元二载(761),诗人经秦州同谷入蜀,从深重的灾难中走到相对平安的环境,到了成都,定居草堂。随着生活的安定,心情也有闲适的时候。诗人对草堂周围哪怕是一草一木的景观都十分珍视。《水槛遣心》二首就是当时的代表作品。诗中抒写的是傍晚时分,诗人忙完了一天的事务,在水亭休憩,端着涓涓杯酒,凭栏眺望,对幽微静谧而充满生机的春光,而感心神愉悦。故名"水槛遣心"。"槛",指水亭的栏杆;"遣",即排遣,"遣心"亦即开心。此为二首中之第一首。仇注云:"此章咏雨后晚景,情在景中。"

起写水亭的地势和环境。水亭在城郭之外的江边,宽敞明亮,没有村落的遮拦,视野开阔。这就是诗人登临远眺的立足点,春光就在这江边凝聚。

中间二联,展开眺望所见景色。"澄江平少岸,幽树晚多花。"两句由远而近,先写澄澈的江水盛涨得几乎平堤,江岸显露不多。岸边幽静的树林里,花儿盛开,一派旖旎动人的春光。

颈联承接"澄江""幽树",对美好春光做进一步细致的刻画。细雨蒙蒙的澄江,鱼儿浮出水面;幽树与亭前,燕子迎着缓缓东风飞翔。多么平和宁静,多么欢快轻松,诗人久被焦虑煎熬的心田,感到温暖,得到滋润,我们似乎看到诗人展开了眉头,领略到了诗人的喜悦。

末联用"城中十万户"衬托"此地两三家",开合变化,境界开阔而无烦扰,幽静但不寂寥。可谓别致。

全诗四联全对,句句写景,工致和谐,愉悦之情洋溢字里行间。正如仇注所云:"中四,皆水槛前所眺望者。末联,遥应郭村,以见郊居之情清旷。八句排对,各含遣心。”

倦秋夜

杜　甫

竹凉侵卧内，野月满庭隅。
重露成涓滴，稀星乍有无。
暗飞萤自照，水宿鸟相呼。
万事干戈里，空悲清夜徂。

【鉴赏】

这首诗又题《倦夜》，却只从景上写，而不着一“倦”字于字面。

起句描写清秋月夜宅居的独特景色：凉风嗖嗖，竹叶萧萧，秋月朗朗，郊野茫茫，好一派月夜清景；三、四句承前，一句扣竹，一句扣月：竹叶露凝，风动而水珠滴答，秋月当空，光照则众星黯然；五、六句写破晓月沉天暗，流萤闪烁，水鸟宿醒相互鸣叫的场面，“体物最精，亦人所累言说不出者。”（《唐诗归》）

前六句全写夜景，疏竹、院庭、野月、稀星、飞萤、宿鸟。前三句上半夜，下三句后半夜，此夜此月、此情此景，诗人孤栖难寐，“竹凉”“月满”，起而步月，仰视环顾，默想沉思，心事浩茫……究竟为什么呢？结二句才做出回答。“安史之乱”刚刚平息，吐蕃又兴兵侵扰，竟至直捣长安，唐代宗不得不逃往陕北，北方广大地区陷入战祸之中，国家、百姓，国事、家事，“万事干戈里”，一向关心国家安危、人民命运的诗人，怎能不忧心如焚？怎能安然入睡？末句以“徂”字结束，足见“彻夜不寐，悲且倦也”。（清何焯《义门读书记》）

全诗前六句写景无一不寄寓着诗人忧国伤时之情。“竹凉”“重露”“野月”“星稀”，诗人本已忧心如焚，更何况“流萤”“宿鸟”，进而加剧了诗人的无比孤寂之感。情与景，景中含情，情寓于景；物与人，物我难分，妙合无痕。无论布局之精巧，画面之变幻，抑或构思之妙，炼字之精，无不令人一咏三叹、味之不尽！所以历代评论家给予极高的评价：“通篇清雅，结更悄然。”（《唐诗十集》）“首尾四十字，无一字虚设。五律至此难矣，蔑以加矣。”（《初白庵诗评》）

野　　老

杜　甫

野老篱前江岸回，柴门不正逐江开。
渔人网集澄潭下，贾客船随返照来。
长路关心悲剑阁，片云何意傍琴台？
王师未报收东郡，城阙秋生画角哀。

【鉴赏】

这首诗写于杜甫经历战乱、流浪颠沛之后，居住在成都郊外的时候。杜甫是一位关心现实人生和国家大事的诗人，在他心中念念不忘的是人民的疾苦和兼济天下的壮志。因此，在他到成都郊外住下来不久，面对江边往返的商船，心事悠悠，写下了这首感怀之作。

杜甫的这首诗可分为两层意思。前四句极力铺排，给我们展现了江边黄昏时一幅田园生活的美妙景象，后边四句笔锋一转，抒发作者的情怀。这种表现手法，形成了一种强烈的对比效果，给人的心灵以艺术上的震撼。先写乐，后写悲；先写闲适，由闲适又生出对国家的极度关怀。一唱三叹，波澜起伏，让人们在沉浸于闲适恬静、田园之乐的环境下，更生出了对世事人生、国破家亡的感慨。杜甫的诗虽然语句平淡，却往往有擅胜之处，意蕴深远，和这种写作手法有密切的关系。

后　　游

杜　甫

寺忆曾游处，桥怜再渡时。
江山如有待，花柳自无私。
野润烟光薄，沙暄日色迟。
客愁全为减，舍此复何之。

【鉴赏】

这首诗是杜甫再次游览修觉寺后写的。全诗描述了再游修觉寺的感受和美好的风景,表达了一种客愁中的短暂的闲适心态。

诗的开头写道,作者曾经游赏过修觉寺,也曾经漫步于桥上,伫立遐想,再次游览自然增加了几多回忆,生出几分爱怜之情。两句采用了倒装句,将“寺”和“桥”突出来,以表达上次游览时留下的深刻印象。诗的下两句接着写道,那景色秀丽的江山好像独立寺旁,等待着诗人的光临,那些在风中盛开的花卉,轻轻荡漾的杨柳,自由自在,无私地用自己美丽的容姿装点着江山。真可谓寺桥生怜,草木含情。紧接着,诗人在描写了寺桥的景色后,把视野推向漫无边际的旷野。清晨原野上露珠晶莹,空气湿润,晨光如烟似雾,洒遍了大地。黄昏时分,沙地松软温暖,夕阳的余晖给沙地披上了金灿灿的光芒,让人如醉如痴。晨辉夕光,这是一幅多么动人的景色,杜甫从清晨到黄昏,流连在这里,忘记了忧愁。诗中的“薄”和“迟”用得贴切,“薄”是极写清晨的烟霞之美,“迟”是极写诗人流连忘返、不知时间过得这么快的心态。诗的结尾写道,游览了修觉寺的美好风景之后,我浪迹异乡,客居多年的忧愁全部消减了,除了这个幽雅清静之地,我又能去那儿呢?看上去好像是写乐而忘忧之感,其实,诗人的去家怀乡、忧国忧民的情感,哪能因此消减呢?如果消减了,也就不用再游修觉寺了。

这首诗语言平实生动,情感真挚,于乐而忘愁之处写愁,读来使人感到愁在诗外,反而更增加了愁的气氛,至为感人。

琴　台

杜　甫

茂陵多病后,尚爱卓文君。
酒肆人间世,琴台日暮云。
野花留宝靥,蔓草见罗裙。
归凤求凰意,寥寥不复闻。

【鉴赏】

这首诗是杜甫客居成都时,游览了当年司马相如和卓文君当垆卖酒的琴台所写的。

诗的起句写道，司马相如在和卓文君成婚后，一直保持着美好的爱情，即使在他久经沧桑、晚年多病的情况下，仍然深爱着卓文君。“茂陵”是一个地名，司马相如和卓文君在这里居住，诗中采用借代的手法，以地名代司马相如。这开首具有高屋建瓴的气势，寥寥两句，直奔诗的主题。三四句写道，当年司马相如家徒四壁，地位低下，以一介书生的身份勇敢地追求当地富豪卓王孙的女儿，两人一见钟情，私订终身，冲破世俗的压力，为了追求爱情，甘愿过着当垆卖酒的艰苦生活。诗人赞美二人真正的爱情，不实写，不着于叙述，而是用与他们有联系的名称“酒肆”“琴台”加以点缀，用笔虽简，却涵盖极深。

接着四五句写道：那随意开放、随风摇曳、香气四溢的野花，仿佛是卓文君美丽动人的脸庞；旷野上碧绿成茵、萋萋生怜的野草，仿佛让人看见了卓文君当年的罗裙。“留”“见”二字用得很贴切，由花到靥，由草及裙，把卓文君的丰神俊逸、光彩照人的形象传神地反映出来。结尾写道，凤求凰执着的精神，卓文君和司马相如真挚的爱情，几百年来已少得不能听说到了，淹没于繁杂的尘世之中。司马相如和卓文君旷世的爱情历程，是多么值得怀念啊。从而，将诗的意境又推进了一层。

杜甫的这首诗大开大合，慷慨壮美，有别于他的其他诗，这是杜甫诗中有独特风格的一首，值得人们掩卷之余，回味再三。

漫成一首

杜　甫

江月去人只数尺，风灯照夜欲三更。
沙头宿鹭联拳静，船尾跳鱼拨剌鸣。

【鉴赏】

这首诗是杜甫流寓巴蜀时期写的，诗写夜泊之景。写一不月夜，诗人不从天上月写起，却写水中月影（“江月”），一开始就抓住江上夜景的特色。“去人只数尺”是说月影靠船很近，“江清月近人”（孟浩然《宿建德江》），它同时写出江水之清明。江中月影近人，画出了“江天一色无纤尘，皎皎空中孤月轮”（张若虚《春江花月夜》）的江间月夜美景，境界是宁静安谧的。第二句写舟中樯竿上挂着照夜的灯，在月下灯光显得冲淡而柔和。桅灯当有纸罩避风，故曰风灯。其时江间并没有风，否则江水不会那样宁静，月影也不会那样清晰可接了。一、二句似乎都是写景，但读者能够真切感到一个未眠人的存在(第一句已点出"人"字),这就是诗人自己。从"江月"写到"风灯",从舟外写到舟内,由远及近。然后再写到江岸,又是由近移远。由于月照沙岸如雪,沙头景物隐略可辨。夜宿的白鹭屈曲着身子,三五成群团聚在沙滩上,它们睡得那样安恬,与环境极为和谐;同时又表现出宁静的景物中有生命的呼吸。这和平境界的可爱,唯有饱经丧乱的不眠人才能充分体会。诗句中洋溢着诗人对和平生活的向往和对于自然界小生命的热爱,这与诗人忧国忧民的精神是一脉相通的。诗人对着"沙头宿鹭",不禁衷心赞美夜的"静"美。由于他与自然万类息息相通,这"静"与"深林人不知,明月来相照"(王维《竹里馆》)的寂静幽独该有多少不同。忽然船尾传来"拨刺"的声响,使凝神谛视着的诗人猛地惊醒,他转向船尾,那里波光粼粼,显然刚刚有一条大鱼从那儿跃出水面。诗的前三句着力刻画都在一个"静"字,末句却写动、写声,似乎破了静谧之境;然而给读者的实际感受恰好相反,以动破静,愈见其静,以声破静,愈见其静,这是陪衬的手法,适当把对立因素渗入统一的基调,可以强化总的基调。这是诗、画、音乐都常采用的手法。诗的末两句分写鱼、鸟,一动一静,相反相成,抓住了江上月夜最有特点同时又最富于诗意的情景,写得逼真、亲切而又传神,可见诗人体物之工。

此诗乍看上去,四句分写月、灯、鸟、鱼,各成一景,不相联属,确是"一句一绝"。然而,诗人通过远近推移、动静相成的手法,使舟内舟外、江间陆上、物与物、情与景之间相互关联,浑融一体,读之如身历其境,由境会意。因而绝不是什么"断锦裂缯"(明胡应麟《诗薮》)。"老去诗篇浑漫与"(《江上值水如海势聊短述》),从诗题"漫成"可知是诗人一时得心应手之作,这种工致而天然的境界不是徒事雕章琢句者能达到的。

短歌行赠王郎司直

杜　甫

王郎酒酣拔剑斫地歌莫哀!
我能拔尔抑塞磊落之奇才。
豫章翻风白日动,鲸鱼跋浪沧溟开。且脱佩剑休徘徊。
西得诸侯棹锦水,欲向何门趿珠履?
仲宣楼头春色深,青眼高歌望吾子。眼中之人吾老矣!

【鉴赏】

《短歌行》是乐府旧题,称"短歌"是指歌声短促,这里可能指音调的急促。王郎是年轻人,称"郎",名不详。司直是纠劾的官。代宗大历三载(768)春天,杜甫一家从夔州(治今重庆奉节)出三峡,到达江陵(今湖北荆州)。这诗当是这年春末在江陵所作。

上半首表达劝慰王郎之意。王郎在江陵不得志,趁着酒兴正浓,拔剑起舞,斫地悲歌,所以杜甫劝他不要悲哀。当时王郎正要西行入蜀,去投奔地方长官,杜甫久居四川,表示可以替王郎推荐,所以说"我能拔尔",把你这个俊伟不凡的奇才从压抑中推举出来。下面二句承上,用奇特的比喻赞誉王郎。豫、章,两种乔木名,都是优良的建筑材料。诗中说豫、章的枝叶在大风中摇动时,可以动摇太阳,极力形容树高。又说鲸鱼在海浪中纵游时可以使苍茫大海翻腾起来,极力形容鱼大。两句极写王郎的杰出才能,说他能够担当大事,有所作为,因此不必拔剑斫地,徘徊起舞,可以把剑放下来,休息一下。

下半首抒写送行之情。诗人说以王郎的奇才,此去西川,一定会得到蜀中大官的赏识,却不知要去投奔哪一位地方长官。"趿珠履",穿上装饰着明珠的鞋。《史记·春申君传》:"春申君客三千馀人,其上客皆蹑珠履。"仲宣楼,当是杜甫送别王郎的地方,在江陵城东南。仲宣是汉末诗人王粲的字,他到荆州去投靠刘表,作《登楼赋》,后梁时高季兴在江陵建了仲宣楼。送别时已是春末,杜甫用钦佩的眼光望着王郎,高歌寄予厚望,希望他人川能够施展才能。"眼中之人",指王郎。最后一句由人及己,喟然长叹道:王郎啊王郎,你正当年富力强,大可一展宏图,我却已衰老无用了!含有劝勉王郎及时努力之意。

这首诗突兀横绝,跌宕悲凉。从"拔剑斫地"写出王郎的悲歌,是一悲;作者劝他"莫哀",到"我能拔尔",是一喜。"拔剑斫地",情绪昂扬,是一扬;"我能拔尔",使情绪稍缓,是一落。"抑塞磊落"呼应悲歌,"我能拔尔"照应"莫哀"。接着引出"奇才",以"豫章翻风""鲸鱼跋浪",极尽夸饰之能事,激起轩然大波,是再起;承接"莫哀","且脱剑佩"趋向和缓,是再落。指出"得诸侯",应该是由哀转喜,但又转到"何门"未定,"得诸侯"还是空的,又由喜转悲。既然"我能拔尔",又是"青眼"相望,不是可喜吗?可是又一转"吾老矣",不能有所作为了,于是所谓"我能拔尔"只成了美好愿望,又落空了,又由喜转悲,一悲一喜,一起一落,转变无穷,终不免回到"拔剑"悲歌。"莫哀"只成了劝慰的话,总不免归到抑塞磊落上。正由于"豫章"两句的奇峰拔起,更加强抑塞磊落的可悲,抒发了作者对人才不得施展的悲愤,它的意义就更深刻了。这首诗在音节上很有特色。开头两个十一字句字数多而音节急促,五、十两句单句押韵,上半首五句一组平韵,下半首五句一组仄韵,节奏短促,在古诗中较少见，亦独创之格。

南征

杜甫

春岸桃花水，云帆枫树林。
偷生长避地，适远更沾襟。
老病南征日，君恩北望心。
百年歌自苦，未见有知音。

【鉴赏】

此诗是大历四载(769)春，杜甫由岳阳往长沙(今俱属湖南)途中所作。这时距他去世只有一年。诗篇反映了诗人死前不久极度矛盾的思想感情。

“春岸”二句写南行途中的春江景色。春水方生，桃花夹岸，锦浪浮天；云帆一片，征途千里，极目四望，枫树成林。这是一幅多么美妙迷人的大自然图景。

“偷生”二句表现了诗人长年颠沛流离，远适南国的羁旅悲愁。如果是一次愉快的旅行，面对眼前的美景，诗人应该分外高兴。可是诗人光景无多，前途渺茫，旅程中的忧郁情怀与春江上的盎然生意，就很不协调。触景伤情，怎能不泣下沾襟呢？

“老病”二句，道出了自己思想上的矛盾。诗人此时已是年老多病之身，按理应当北归长安，然而命运却迫使他南往衡湘。这不是很可悲吗？但即使这样，诗人仍然一片忠心，想望着报效朝廷。“君恩”当指经严武表荐，蒙授检校工部员外郎一事。这里，诗人运用流水对，短短十个字，凝聚着丰富的内容。“南征日”“北望心”六字，通过工对，把诗人矛盾心情加以鲜明对照，给人很深的印象。

诗人“老病”还不得不“南征”，“百年”二句对此做了回答。杜甫是有政治抱负的，可是仕途坎坷，壮志未酬，他有绝代才华，然而“百年歌自苦”，一生苦吟，又能有几人理解？他在诗坛的光辉成就生前并未得到重视，这怎能不使诗人发出“未见有知音”的感慨呢？这确是杜甫一生的悲剧。三、四两联，正是杜甫晚年生活与思想的自我写照。

此诗以明媚的江上春光开头，接着又让“偷生”“适远”的沾襟泪水，把明朗欢快的气息，抹洗得干干净净。诗人正于此不协调处展现自己内心深处的苦恼。整首诗悲凉凄楚，反映了诗人衰病时愁苦悲哀、无以自遣的心境，读之令人怆然而涕下。

发潭州

杜甫

夜醉长沙酒，晓行湘水春。
岸花飞送客，樯燕语留人。
贾傅才未有，褚公书绝伦。
名高前后事，回首一伤神。

【鉴赏】

唐代宗大历三载（768）正月，杜甫由夔州（治今重庆奉节）出峡，准备北归洛阳，终因时局动乱，亲友尽疏，北归无望，只得以舟为家，漂泊于江陵、公安、岳州、潭州一带。《发潭州》一诗，是诗人在大历四年春离开潭州（今湖南长沙）赴衡州（治今湖南衡阳）时所作。

首联紧扣题面，点明题意，但又含蕴着奔波无定、生计日窘的悲辛。杜甫本来是“性豪业嗜酒”的，何况现在是天涯沦落，前途渺茫，所以夜来痛饮沉醉而眠，其中饱含着借酒浇愁的无限辛酸。天明之后，湘江两岸一派春色，诗人却要孤舟远行，黯然伤情的心绪可以想见。

颔联紧承首联，描写启程时的情景。诗人扬帆启航，环顾四周，只有岸上春风中飞舞的落花在为他送行；船桅上的春燕呢喃作语，似乎在亲切地挽留他，一种浓重的寂寥凄楚之情溢于言表。岸上风吹落花，樯桅春燕作语，这本是极普通的自然现象；但诗人以我观物，而使“物色带情”，赋予落花、飞燕以人的感情来“送客”“留人”，这就有力地渲染了一种十分悲凉冷落的气氛。这种气氛生动地表现了世情的淡薄，人不若岸花樯燕；同时也反映了诗人辗转流徙、飘荡无依的深沉感喟。这一联情景妙合无垠，有着强烈感人的艺术力量。南朝梁代诗人何逊《赠诸旧游》一诗中，有“岸花临水发，江燕绕樯飞”之句，写得很工致。杜甫这一联似从此脱化而来。但诗人在艺术上进行了新的创造，他用拟人化手法，把花、鸟写得如此楚楚动人，以寄寓孤寂寥落之情，这就不是何逊诗所能比拟的。

颈联是用典抒情。诗人登舟而行，百感交集，情不能已，浮想联翩。身处湘地，他很自然地想到西汉时的贾谊,因才高而为大臣所忌,被贬为长沙王太傅;他又想到初唐时的褚遂良,书法冠绝一时,因谏阻立武则天为皇后,被贬为潭州都督。历史上的才人志士命运是何等相似,诗人不也是因疏救房琯,离开朝廷而沉沦不遇吗?正因为如此,这两位古人的遭遇才引起诗人感情上强烈的共鸣。显然,诗人是在借古人以抒写情怀。前人论及诗中用典时强调以"不隔"为佳,就是说不要因为用典而使诗句晦涩难懂。杜甫这里用典,因是触景而联想,十分妥帖,"借人形己",手法高妙。

诗的最后一联进一步借古人以抒怀,直接抒发自己沦落他乡、抱负不能施展的情怀。贾谊、褚遂良在不同的时代都名高一时,但俱被贬抑而死;而今诗人流落荆、湘,漂泊无依,真是世事不堪回首,沉郁悲愤之情在这里达到了高潮。诗人感叹身世、忧国伤时的愁绪,如湘水一样悠长。

这首五言律诗在艺术表现手法上,或托物寓意,或用典言情,或直接抒怀,句句含情,百转千回,创造了深切感人、沉郁深婉的艺术意境,成为杜甫晚年诗作中的名篇。

燕子来舟中作

杜　甫

湖南为客动经春,燕子衔泥两度新。
旧入故园尝识主,如今社日远看人。
可怜处处巢居室,何异飘飘托此身。
暂语船樯还起去,穿花贴水益沾巾。

【鉴赏】

杜甫于大历三载(768)出峡,先是漂泊湖北,后转徙湖南,大历四年正月由岳州(治今湖南岳阳)到潭州(治今湖南长沙)。写此诗时,已是第二年的春天了,诗人仍留滞潭州,以舟为家。所以诗一开始就点明"湖南为客动经春",接着又以燕子衔泥筑巢来形象地描绘春天的景象,引出所咏的对象——燕子。

"旧入故园尝识主,如今社日远看人。"旧时你入我故园之中曾经认识了我这主人,如今又逢春社之日,小燕儿,你竟远远地看着我,莫非你也在疑惑吗?为什么主人变成这么孤独,这么衰老?他的故园又怎样了?他为什么在孤舟中漂流?

“可怜处处巢居室，何异飘飘托此身。”我老病一身，有谁来怜我，只有你小燕子倒来关心我了。而我也正在哀怜你，天地如此广阔，小小的燕子却只能到处为家，没有定居之所，这又何异于飘飘荡荡托身于茫茫江湖之中的我呢？

“暂语船樯还起去，穿花贴水益沾巾。”为了安慰我的寂寞，小燕子啊，你竟翩然来我舟中，暂歇船樯上，可刚和我说了几句话马上又起身飞去，因为你也忙于生计，要不断地去衔泥捉虫呀。而你又不忍径去，穿花贴水，徘徊顾恋，真令我禁不住老泪纵横了。

此诗写燕来舟中，似乎是来陪伴寂寞的诗人；而诗人的感情像泉水般汩汩地流入读者的心田。我们的眼前仿佛出现那衰颜白发的诗人，病滞孤舟中，而在船樯上却站着一只轻盈的小燕子，这活泼的小生命给诗人带来春天的信息。我们的诗人呢，只见他抬头对着燕子充满爱怜地说话，一边又悲叹着喃喃自语……还有比这样的情景更令人感动的吗？

全诗极写漂泊动荡之忧思，“为客经春”是一篇的主骨。中间四句看似句句咏燕，实是句句关联着自己的茫茫身世。最后一联，前十一字，也是字字贴燕，后三字“益沾巾”突然转为写己。体物缘情，浑然一体，使人分不清究竟是人怜燕，还是燕怜人，凄楚悲怆，感人肺腑。清人卢世㴶评曰：“此子美晚岁客湖南时作。七言律诗以此收卷，五十六字内，比物连类，似复似繁，茫茫有身世无穷之感，却又一字不说出，读之但觉满纸是泪，世之相后也，一千岁矣，而其诗能动人如此。”（清仇兆鳌《杜诗详注》引）

题张氏隐居

杜　甫

之子时相见，邀人晚兴留。
霁潭鳣发发，春草鹿呦呦。
杜酒偏劳劝，张梨不外求。
前村山路险，归醉每无愁。

【鉴赏】

杜甫题张氏隐居共二首，一首七律，一首五律。这个地方，从杜甫诗句所描述的情景来看，有山，有水，有果园，是一处很好的隐居之所。

诗的起联写我与隐居主人时时相见，又承蒙他殷殷相留。开门见山直白平淡。

颔联告诉读者，这里（张氏隐居）有“潭”，其时方值雨霁，潭中的鲤鱼（鳣）逐水而跃，十分可爱。“发发”，形容鲤鱼迎风跃出水面的活泼形象。下句说：新雨之后，春草芊芊，鹿群一边食草，一边呦呦而鸣；水色、山光、鱼跃、鹿鸣，尽收眼底。一幅幽静的田园景象呈现在读者面前。

诗的颈联进而叙述人事。主人殷殷待客，献上杜康好酒。“偏劳劝”的“偏”字，刻画主人劝酒殷勤之状，十分形象。主人献上好酒之后，又捧出上好的水果：张梨。张梨一词，出自潘岳的《闲居赋》：“张公大谷之梨。”诗在起联点明隐居主人之约，以颔联叙述隐居环境的幽美，以颈联叙述主人的殷勤待客，章法井然，而后结联转入归途。“前村山路险，归醉每无愁”。前句是主人送别叮嘱的话，意思是：前村的路很险，你须小心啊！后一句是杜甫的回答：路虽然险，我也微醉，但归路我十分熟悉，你不用担心。其中“每”字意在告诉主人：我带醉回家已非一次，都很安全。结句虽未点明夜晚，但从主客对语之中，可以看出是在夜间，遥遥照应了第二句“晚兴留”中的晚字。

赠花卿

杜　甫

锦城丝管日纷纷，半入江风半入云。
此曲只应天上有，人间能得几回闻。

【鉴赏】

这首诗是赠给当时驻扎在成都的花敬定将军的，描写了当时成都歌舞的美妙绝伦，从一个侧面反映了当时锦城的繁华景象。“卿”，对人的尊称。

前两句写所见所闻，花卿家每天用管弦乐器奏出的轻悠和谐、美妙动听的乐声，随风荡漾在锦江上，冉冉飘入蓝天白云间，听得人如痴如醉；后两句写感受，惊羡赞叹：这样美妙的乐曲，只有天上的神仙那里才会有，人世间的平民百姓能听到几回呢？诗人形象地描绘了歌曲的美妙，最后一句透示出全诗的正意，对不顾国家困难和人民疾苦而天天过着帝王一般生活的官吏，给予了巧妙的讽刺和批判。

三 绝 句

杜 甫

其 一

前年渝州杀刺史，今年开州杀刺史，
群盗相随剧虎狼，食人更肯留妻子？

【鉴赏】

代宗永泰元年(765)四月，剑南节度使严武去世，他的部下崔旰、郭英乂、杨子琳等互相残杀，蜀中大乱。同年九月，回纥、吐蕃、党项、羌、吐谷浑等进扰陇右和关内一带，一直深入长安附近，大批难民从陕西逃亡四川。而驻屯在陕西南部汉水流域的官军，不去打敌人，却拦路淫掠，残害百姓。这就是这组诗的历史背景。

第一首写蜀中大乱。前两句记那两年中两地官兵哗变，杀害长官。“开州”，今四川省开县。故意用相同的句法、重复的文字，以见祸乱之烈，年年如此，处处皆然。后两句是对当时叛变将领的斥责。诗人愤怒地称之为“群盗”，比之为“虎狼”，而且进一步指出，他们比虎狼还要厉害，“剧”，甚也。因为虎狼吃人，吃饱了也就算了，但是这些强盗之残害人民，则是除了男人，连他的妻子儿女也不肯放过。甲随着乙，乙随着甲，甲杀过来，乙抢过去，老百姓就简直无所立足于天地之间了。感情炽热，爱憎分明，我们今天读起来，还仿佛听到这位热爱人民的老诗人切齿痛恨的控诉。

其 二

二十一家同入蜀，惟残一人出骆谷。
自说二女啮臂时，回头却向秦云哭。

【鉴赏】

第二首是记录某一位难民的陈述。他们一家因为逃避党项、羌、吐谷浑等的杀掠，和另外20家结伴同行，奔赴四川。这21家，少说也有百来口人吧，但离开长安，进入骆谷道（在今陕西省周至县西南、洋县以北，是当时由陕西去四川的必由之路），沿途就因种种原因，大量失散和死亡，等到出了骆谷，就只剩下他一个人了。“残”，余也。可是洋县离四川还很有一段路程哩。这两句，是概括的叙述。下面转而具体地讲到自己的悲剧。由于兵荒马乱，连最亲爱的两个女儿也无法顾及，只好将她们抛弃了，啮臂而别，只身南逃。（古人有咬对方的臂膊以表示极度亲密的感情习惯。如男女相爱，也有啮臂之盟。）他提起这一惨痛的往事，在对人诉说时，又不禁回过头来对着陕西那个方向哭了起来。“秦云”，指陕西的天空。“自说”两字，连接下文，并突出他记忆中最痛苦的一幕，也生发结句。这两句极其鲜明地再现了这位难民的动作和感情。

其　三

殿前兵马虽骁雄，纵暴略与羌浑同。
闻道杀人汉水上，妇女多在官军中。

【鉴赏】

此诗愤激地揭露了官军杀害百姓、掳掠妇女的罪行。

第一句“殿前兵马虽骁雄”实际是一种讽刺，因为真正骁雄的队伍是纪律严明的，这种所谓的“骁雄”不过是对付手无寸铁的百姓的骁雄而已。“殿前兵马”指皇帝的禁卫军。“纵暴略与羌浑同”，便毫不含糊地揭露这所谓“骁雄”的“殿前兵马”，其骄纵残暴和入侵的党项、羌、吐谷浑等族兵勇的凶暴差不多一样。“略与同”就是“大体相同”。“羌浑”在这里仅仅是代指，其中也包括吐蕃和回纥。

后二句便是“纵暴”的具体内容和“略与官军同”的实际情形。“闻道”二字也加得实事求是，和“略”字同样表现了杜甫创作的现实主义精神，作者实实在在地告诉读者以下所述是听说的，唯其实在才更为可信。“汉水”源出陕西、四川边境，东南流至湖北汉阳，入长江。作者所指官军杀害百姓的地方，当在其上游川陕边境和川北一带。官军本应保护百姓现在却在涂炭生民，这不正是与“羌浑”同的证据之一吗？证据之二是“妇女多在官军中”：入侵的兽军方才杀人放火、奸淫掳掠，而今百姓的妻女大多被官军所掳，而且带入营中恣意蹂躏，这不是与“羌浑”之流同出一辙，甚至还有过之而无不及吗？

杜甫的这首诗写得态度明朗，观点明确，语言明白如话。是当时社会现实的写照，是代表百姓的控诉和呐喊。

戏为六绝句

杜　甫

庾信文章老更成，凌云健笔意纵横。
今人嗤点流传赋，不觉前贤畏后生。

王杨卢骆当时体，轻薄为文哂未休。
尔曹身与名俱灭，不废江河万古流。

纵使卢王操翰墨，劣于汉魏近风骚。
龙文虎脊皆君驭，历块过都见尔曹。

才力应难跨数公，凡今谁是出群雄。
或看翡翠兰苕上，未掣鲸鱼碧海中。

不薄今人爱古人，清词丽句必为邻。
窃攀屈宋宜方驾，恐与齐梁作后尘。

未及前贤更勿疑，递相祖述复先谁？
别裁伪体亲风雅，转益多师是汝师。

【鉴赏】

《戏为六绝句》作于上元二载(761)，是一组以诗论诗的论诗绝句。前三首评论作家；后三首总论诗歌继承与创新的关系，陈述诗歌如何才能正确发展的观点。其精神前后融会贯通，仅有微观与宏观之别，是个别与一般、局部与整体论证结合的范例。

第一首论南北朝时期北周文学家庾信。庾南阳新野(今河南)人。初仕梁，后出使西魏，值西魏灭梁，被留，历仕西魏、北周，官至骠骑大将军，开府仪同三司，也称庾开府，善诗歌、骈文。在梁时作品绮艳轻靡，与徐陵皆为当时宫廷文学代表，时称“徐庾体”。暮年所作,在内容上有了明显的变化,如《哀江南赋》等,感伤遭遇,并对当时社会的动乱有所反映,风格也转为萧瑟苍凉,杜甫曾有“庾信平生最萧瑟,暮年诗赋动江关”之句赞之。这首诗中的第一二句“庾信文章老更成,凌云健笔意纵横”即指他晚年作品这种内容、风格上的变化:健笔凌云,纵横开阔,更为成熟。第三四句批判当时一些文人(“今人”)树庾信所流传诗赋嗤笑指点的不正确态度。用“前贤”也感到“后生可畏”这样的反语对这些人加以讽嘲。

第二三首论唐初四杰王勃、杨炯、卢照邻、骆宾王。其中第二首以史炳《杜诗琐证》的解释最佳:“言四子文体,自是当时风尚,乃嗤其轻薄者至今未休。曾不知尔曹身名俱灭,而四子之文不废,如江河万古长流。”杜甫对四子的诗文予以肯定,对嗤其“轻薄为文”者予以批判,认为这些讥哂四子的人只不过是历史长河中的匆匆过客,他们的身名很快就会消失,而四子作品的价值将如长流的江河一样永远存在。第三首中“卢王操翰墨,劣于汉魏近风骚”是当时一些文人哂笑四杰的话。杜甫引用加以驳斥说:“纵使”这样,四杰能以纵横才气驾驭“龙文虎脊”般瑰丽文辞,“转益多师是汝师”即无所不师而无定师,与“不薄今人爱古人”精神相通。无所不师才能兼取众长,无定师才能不囿于一家之见。这真是“继承——批判——发展”的千古剀言。

这六首绝句,实际上是杜甫诗歌创作经验的总结,关系到诗歌发展中的一些重大理论问题。在这类小诗中发这样重大的议论乃前诗未有,而又以轻松幽默之笔出之。可以看作是他在盛唐七绝中走出一条新路子的标志之一。

阆水歌

杜甫

嘉陵江色何所似?石黛碧玉相因依。
正怜日破浪花出,更复春从沙际归。
巴童荡桨欹侧过,水鸡衔鱼来去飞。
阆中胜事可肠断,阆州城南天下稀!

【鉴赏】

这首山水诗,写于唐代宗广德二载(764)春天,面对美丽奇特的阆水胜景,作者发出了江山如画的赞叹。

首联二句通过问答,描绘了嘉陵江秀美独特的景色。“石黛”,即石墨,青黑色;

“碧玉”，碧绿色的玉。“相因依”，两种颜色相互融合，你中有我、我中有你地构成了一幅色调鲜明的江水图。三四两句，分别描绘出日出与春归两幅动态图景：日光照洒江面，使黛碧色的江水增强了透明度，给人以立体感；春归又为江水平添了勃勃生机。从而，使嘉陵江景色更加惹人喜爱，令人神往！五六两句，一笔拓开，写“巴童荡桨”与“水鸡衔鱼”，对两个典型细节，加以刻画，进一步赞美了阆水的美景。最后两句，诗人用“可肠断”“天下稀”，抒发江山如画的慨叹。就这样，作者通过对于水色、日出、春归、童桨、鸟衔几个典型细节的生动描绘，形象、精练地歌颂了阆水的胜境美景。在写景中，作者善于作动静相间的对比，一二句写静，三至六句写动，动中有静，以静衬动，动静结合，显示出作者大艺术家的手笔。

白　　帝

杜　甫

白帝城中云出门，白帝城下雨翻盆。
高江急峡雷霆斗，古木苍藤日月昏。
戎马不如归马逸，千家今有百家存。
哀哀寡妇诛求尽，恸哭秋原何处村。

【鉴赏】

这首诗是作者晚年寓居夔州时于唐代大历元年（766）秋天所作，从一个侧面反映了战乱时期人民生活的痛苦。

诗的前半首写白帝城云雨浑茫与江峡两岸的古木苍藤。首联二句通过描写云行雨施写白帝古城的高峻。着“出”“翻”二字分别状云之动和雨之猛。云从门中出可见城门之高，雨自城下落更见城之峻。二句不拘律诗常格，以拗格起笔，造成古拙奇奥之势。颔联紧接上联，出句写江峡水势，一个“斗”字传神地描摹出万马奔腾的气势；对句写“古木”“苍藤”，以“昏”字形容出其阴云密布、日光霾暗的凄惨景象。这一联对仗工稳，刻画工巧，平仄合律。与前联拙工相间、俗雅以对，跌宕错落，营构出一幅意境浑雄的雨景，以画境兴乱象，为下半段造成了铺垫。

诗的后半段写战乱后的荒村，描绘出一幅荒凉凋萧的秋野图。颈联运用当句对：“戎马”与“归马”相对，突出“归马”的“逸”感；“千家”与“百家”相对，十户一“存”，对比强烈，满目荒凉，触目惊心。末联突现“寡妇”与“恸哭”。丈夫被征死于战乱，“寡妇”无依无靠孤苦哀伤，官家仍要征赋逼税，以“诛求尽”。最后诗以问句归结全篇：是哪个村子传来的恸哭？这一问，令人肝撕肺碎！这幅典型的悲剧画面，是唐代安史之乱后的社会缩影。

这首诗前半首浑雄苍茫，后半段苍凉悲抑，工拙交错，雅俗浑融，以阴惨之象，兴劫后感怀，产生了惊天地、泣鬼神的艺术力量！

诸将五首

杜 甫

汉朝陵墓对南山，胡虏千秋尚入关。
昨日玉鱼蒙葬地，早时金碗出人间。
见愁汗马西戎逼，曾闪朱旗北斗殷。
多少材官守泾渭？将军且莫破愁颜。

韩公本意筑三城，拟绝天骄拔汉旌。
岂谓尽烦回纥马，翻然远救朔方兵。
胡来不觉潼关隘，龙起犹闻晋水清。
独使至尊忧社稷，诸君何以答升平。

洛阳宫殿化为烽，休道秦关百二重。
沧海未全归禹贡，蓟门何处尽尧封？
朝廷衮职虽多预，天下军储不自供。
稍喜临边王相国，肯销金甲事春农。

回首扶桑同柱标，冥冥氛祲未全销。
越裳翡翠无消息，南海明珠久寂寥。
殊锡曾为大司马，总戎皆插侍中貂。
炎风朔雪天王地，只在忠臣翊圣朝。

锦江春色逐人来，巫峡清秋万壑哀。
正忆往时严仆射，共迎中使望乡台。

主恩前后三持节，军令分明数举杯。
西蜀地形天下险，安危须仗出群材。

【鉴赏】

这一组诗，是诗人于代宗大历元载（766）秋天，寓居夔州时所作。这是一组政论律诗。当时安史之乱虽已平定，外患却没有根除，于是，诗人针对当时武官们存在的各种毛病，加以揭发讽刺，从而激励他们的爱国思想，表达他对时局的敏锐目光及对国事的关注与忧虑。

诗的第一首，叙写吐蕃内侵，其祸惨剧，而诸将却不能抵御。第二首写借兵回纥平安史之乱失策，致使其大肆入侵。诗借赞美韩国公张仁愿曾于河北筑之受降城拒绝突厥入侵，讽刺诸将无能，只知坐享太平，而不图报效国家。第三首则描写安史之乱后，全境尚未安宁，国库空虚供赋不充，军储不能自供，讽喻诸将应汰冗兵、销金甲、事农桑，以固国家之根基。第四首则写南疆不靖，朝廷税赋不输，谴责诸将安享高官厚禄，并不为国效忠，安抚边关。第五首追忆昔日严武的将略才具，慨叹今日之镇蜀诸将平庸无能。全诗以史论事，将政论与抒情和谐完美地统一在一起，形象具体，毫无枯燥之感，既具艺术感染力，也具雄辩的说服力。从而，达到讽喻的目的。正如明郝敬所云：《诸将》“以诗当纪传，议论时事，非吟风弄月，登眺游览，可任兴漫作也。”杜甫是盛唐七律圣手，这组《诸将五首》与《咏怀古迹》同为杜甫七律中最著名的组诗，是其七律走向成熟的结晶，应当给予高度的评价。

愁

杜　甫

江草日日唤愁生，巫峡泠泠非世情。
盘涡鹭浴底心性，独树花发自分明。
十年戎马暗万国，异域宾客老孤城。
渭水秦山得见否？人今疲病虎纵横。

【鉴赏】

这是一种新的诗体，题上注：“强戏为吴体。”以后作者又陆续写了十七八首这样的诗，于是唐诗中增加了一种“吴体诗”。所谓“吴体”，是依照吴吟作诗，用中州音吟诵平仄是拗的,便成为拗体的七律。

前四句写景,但借眼前景物抒写他的愁怀:江边的丛草天天在生长像是唤起我的愁绪,巫峡中泠泠的流水也不通世故人情,白鹭在江水的漩涡中沐浴,你们高兴什么呢?一株孤树正在开花,只有你高兴。由于心绪不好,看见什么也顿生烦恼,甚至发出诅咒。作者寓“愁”“底心性”“自分明”,艺术地显示出诗人的“愁”绪。下面四句转而抒情,十年兵荒马乱使南方成为黑暗天下,我这个异乡来客衰老在夔州孤城,不知“渭水”“秦山”今生还能不能见到,因为人已老病且路上虎狼纵横。末尾的“虎纵横”与“十年戎马”相照应,一个“暗”字,道破了“愁”的根由。

解　闷（十二首选四）

杜　甫

其　二

商胡离别下扬州,忆上西陵故驿楼。
为问淮南米贵贱,老夫乘兴欲东游。

【鉴赏】

这一组诗是杜甫永泰二年(766)在夔州(今重庆市奉节县)写的,这时,他漂泊西南,去住两难,心情苦闷。因此写下12首诗,以遣忧郁。这些诗很清晰地反映了他在这一时期的生活与精神面貌。

这一首写旅居无聊,动了东游之兴。暂时流寓夔州,现在看到别人东下,发生同感,是很自然的。

第一句写所见,写别人。诗人看到由于经商而经常在长江上下游来往的胡人,这次又离开夔州回到扬州去了。第二句写所思,写自己。由于见商胡之去蜀游吴,不禁想起自己的旧日游踪来。“西陵”,驿名,在今浙江省萧山区。诗人在公元731年到734年,即他20岁到23岁的时候,曾漫游吴越,登过西陵驿楼。这时他已经55岁了,但仍然忘不了那一次的登临,既动游兴,便思启行,而第三句忽然作一顿挫,由于贫困,不能不打听一下淮南一带的米价,以定行止。“淮南”,指唐淮南道,今湖北省长江以北、汉水以东及江苏、安徽两省长江以北,淮水以南一带都在其管辖区之内,治所在扬州。第四句,才结出诗旨。可见杜甫的豪情逸兴,至老不衰,另一面又可见他生活艰难,正担承着封建社会中多数正直的人的共同命运。

其　八

不见高人王右丞，蓝田丘壑漫寒藤。
最传秀句寰区满，未绝风流相国能。

【鉴赏】

这一首怀念已故的诗友王维，并对他的为人和作品加以评价。

前两句悼念死者。王维官至尚书右丞，有别墅名辋川，在陕西省蓝田县。他中年以后，便皈心佛教，隐居辋川。古人认为隐士“不仕王侯，高尚其志”，称为“高人”。所以诗中一上来就说，这位“高人”已经不可复见了，是叙事，也是评价。次句写人已去世（王维卒于公元761年）。栖隐之地也日益荒凉，蓝田辋川别墅的山水，空余寒藤缭绕，昔日吟诗诵经的声音，同游共赏的友朋，也都随着这位“高人”的死亡而消逝。这一句，因物及人，写得精练而悲怆。刘禹锡为追悼其好友柳宗元而写的《伤愚溪》三首，全是用因物及人、忆物思人的方法，但是把场面铺开了，所以更显得动人，可以参看。后两句承上一转，虽然“高人”消逝，别墅荒凉，但他的好诗却为天下所传诵，名垂不朽，而且如他的弟弟宰相王缙那样，（“能”，唐人口语，即那样。这个助词在近代吴歌中仍常用。）也没有断绝他文采风流的传统，这还算是可以使人感到安慰的。这“未绝风流”，有两层意思，一是指王缙也能作诗，能够继承家学；二是指在宝应元年（762）王缙曾奉代宗的谕旨，将王维的作品数百篇编辑成集，呈献朝廷。

这首诗悼念亡友，充满了物在人亡的悲戚，而又因朋友的作品流传天下，并有一个能够继承其文采风流的好弟弟而引为欣慰，既见诗人之重友，也见其爱才。

其　九

先帝贵妃俱寂寞，荔枝还复入长安。
炎方每续朱樱献，玉座应悲白露团。

【鉴赏】

这组诗的最后四首，都是为唐玄宗、杨贵妃为了贪图享受，远道从四川征贡新鲜荔枝而发。这原是一项弊政，经过安史大乱，仍然没有废除。诗人在永泰元年（765）从成都东下，曾经经过出产荔枝的戎州（今宜宾市）和泸州（今泸州市），现在回忆当时旅程和十多年来的国家治乱，不禁感慨万千，所以也将这件事写在《解闷》

里面。

这一首写人事虽异,弊政未除。当时出生四川、爱吃家乡荔枝的杨贵妃,和宠爱杨贵妃因而下旨征贡的唐玄宗都已经死了("寂寞",在这里是死亡的代词)。可是这项珍奇的贡品却每年还照旧送到长安。在每年夏季从宫内的果园中摘下樱桃,荐享祖宗之后,接着,从四川贡的荔枝也就运来了("炎方",即南方,指四川)。这时,虽然也同样将它荐享在玄宗的御座之前,可是这寂寞凄凉的御座上面,却沾满秋天的"白露"。先帝有灵,也应当感到悲痛吧。

其十二

侧生野岸及江蒲,不熟丹宫满玉壶。
云壑布衣鲐背死,劳生重马翠眉须。

【鉴赏】

这一首感叹统治阶级只重女色,不重贤才,布衣之士还不及荔枝引起他们注意。荔枝本来生长在南方江岸、田野之中("蒲",田亩。一本作浦,亦可通)。并非成熟在红色的皇宫之内如樱桃那样,然而能盛在玉壶之内,却与樱桃相同。一般有品德学问的布衣之士,一直老得皮肤变成粗黑,有如河豚鱼背上的花纹,终于在高山深谷中默默地死去,也无人过问,然而像荔枝这样仅供口腹之欲的小小东西,却因为那个长了一双漂亮乌黑的眉毛的女人的需要,竟可以既劳累人,又糟蹋马,从千里之外,巴巴地运来。诗人写到这里,戛然而止,让读者从他举出来的两个事例的强烈对比中,自己去做出应有的结论。

此诗寓议论于描写和叙述之中,又是一种写法。但同样深刻地体现了杜甫的正义感、现实感和人道主义精神。

承闻河北诸道节度入朝,欢喜口号绝句

杜　甫

十二年来多战场,天威已息阵堂堂。
神灵汉代中兴主,功业汾阳异姓王。

【鉴赏】

这一组诗大约作于代宗大历二载(767)。自从天宝十四载安禄山叛乱,唐朝费尽力量,才将其平定。但还有许多余党,虽然表示降服朝廷,实则割据地方,互相勾结,非朝廷力所能制。这一年,李忠臣、田神功、李抱玉等节度使相继入朝,诗人感到欣慰,所以口吟此诗。

前两句叙事,说从天宝十四载到大历二载(755~767),迭经战事,先是平定安史之乱,后来又与入侵的吐蕃、回纥交战。现在,局势总算是缓和了下来。第三句赞美代宗,以之与中兴汉室的光武帝刘秀相比。第四句赞美郭子仪,他是当时的宰相兼统帅,官封汾阳郡王。古代封王,一般只限于皇帝的家族成员,异姓封王,则是由于特殊的功勋而获得的特殊恩典,所以诗中指出这一点。这首诗也有粉饰的成分。当时军阀跋扈,朝廷只有委曲求全,但诗中却说天威虽息仍具堂堂之阵。代宗也只是个庸主,当时朝廷与地方军阀之间、国内各民族之间的战争都还很频繁,人民的日子很不好过,诗中却说他是神灵一般的中兴令主。但诗人认为河北降将入朝,是祖国可能由分裂而统一,由混乱而平治的一种征兆,因此以善良的愿望、忠诚的感情写下此诗,还是可以理解和肯定的。此诗气象阔大,语句厚重,也与内容相称。

暮　归

杜　甫

霜黄碧梧白鹤栖,城上击柝复乌啼。
客子入门月皎皎,谁家捣练风凄凄。
南渡桂水缺舟楫,北归秦川多鼓鞞。
年过半百不称意,明日看云还杖藜。

【鉴赏】

这也是一首吴体诗。

诗的前四句描写暮归的景色:白鹤已栖息在被霜打黄叶子的梧桐树上,城上响起了更夫报更的梆子声和乌鸦的鸣啼声,皎月当空,客人已回归家门,悲凄的风吹来了砧杵声,是谁家女人还在捣洗白练?“霜黄”“碧梧”“白鹤”“月皎皎”,是诗人所见;“击柝”“乌啼”“捣练”“风凄凄”,是诗人所闻。这几样景物,勾画出一幅秋日的边塞城池的黄昏图画。“柝”，现代叫梆子。捣练，用木杵捶打衣服。这两种声音，听了都有悲凄之感。

面对这样的暮色，诗人将做何感想呢？于是，下面四句转入抒情。想渡桂水南行，没有船可乘，欲北归长安，路上尚有兵戎。已经五十多岁年纪，事事都不称心，明天只得拄着手杖去看云。真是寂寞无聊！浦起龙在《读杜心解》中说：“结语见去志。”此评不确，应当是三联见去志，结句表现的是百无聊赖。这首诗句句都拗，不合律诗的声调法度，读起来像是古诗。这种拗体就是所谓“吴体”。

送路六侍御入朝

杜　甫

童稚情亲四十年，中间消息两茫然。
更为后会知何地？忽漫相逢是别筵！
不分桃花红似锦，生憎柳絮白于棉。
剑南春色还无赖，触忤愁人到酒边。

【鉴赏】

“更为后会知何地”这句话是全诗的主脑，包含有下面两重意思：路六侍御这次离开梓州，回长安去做官，长安是杜甫日夜向往、念念不能忘怀的地方。自己能不能够被召还朝？今后倘若再度会见，地址又将在哪里？回答是不可知的。从自身坎坷蹭蹬的生活历程，他懂得乱世人生，如同飘蓬泛梗，一切都无从说起。这是就空间来说的。就时间而言，过去的分别，一别就是40年！别时彼此都在童年，而今俱入老境。人生几何？“更为后会”实际上是不可能的。诗人没有直说后会有期，而是作诘问语，以咏叹出之，以见向往之切，感慨之深。单说“知何地”，而没有说“知何日”，乃是举偏文以见复义。诗词中多有这样的句法。

诗的前四句写送别之情，由过去到现在，再由现在想到未来，它本身有个时间的层次。这里值得注意的是：诗从“童稚情亲”依次写来，到了第三句，突然丢开现在的相逢和送别，在“中间消息两茫然”之后，插入“更为后会知何地”。乍读时，恍如天外奇峰，劈空飞来，有点摸不着头脑。但仔细体味，则“更为后会”，就已逆挽了下句的“忽漫相逢”。因为没有现在的“忽漫相逢”，就不可能想到将来的“更为后会”。这句对上文来说是突接。由于这样的突接，故能掀起波澜，把感伤离乱的情怀，表现得沉郁苍凉，百端交集。就下文来说，这是在一联之内运用逆挽法，也就是颠倒其时间顺序，把后面的事提到前面来说，用上句带动下句。由于这样的逆挽，故能化板滞为飞动，使得全诗精彩四溢，神完气固。而这绝不单纯是个艺术手法或语言形式的问题，而是诗人广阔而深厚的思想情感在律诗这一特殊体制中恰当的表现。没有诗人思想的深度和广度以及他在诗歌艺术的湛深造诣，是不可能达到这种境界的。

诗的后四句写景，另起了一个头，颈联和颔联似乎不相衔接。其实，这景物的描写，全是从上文的“别筵”生发出来的。末句“触忤愁人到酒边”的“酒”，正是“别筵”饯别之酒；“酒边”的“剑南春色”，即“别筵”的眼前风光。“桃红似锦”“柳白于棉”，这风光是明艳的。诗偏说“不分”“生憎”，因为它“触忤”了“愁人”。而它之所以“触忤愁人”，则是由于后会无期，离怀难遣，对景伤情的缘故。读了尾联，回过头一看，则这“不分”和“生憎”就成为综合上半篇和下半篇的纽带，把情和景融成个完美的诗的整体。全诗句句提得起，处处打得通，一气运转，跌宕昭彰；而其语言措注，脉络灌输，则又丝丝入扣，于宏大中见精细，律诗写到这样，可说是工而能化，尤入圣域了。

将赴荆南寄别李剑州

杜　甫

使君高义驱今古，寥落三年坐剑州。
但见文翁能化俗，焉知李广未封侯。
路经滟滪双蓬鬓，天入沧浪一钓舟。
戎马相逢更何日？春风回首仲宣楼。

【鉴赏】

杜甫七律高出于盛唐其他名家之上，而成为这一诗体百代不祧之宗，乃在于此。从这诗，便可窥见其一斑。

诗的前半篇写李，热情地歌颂了他“能化俗”的政绩，为他的“未封侯”而鸣不平。然而这不平乃是诗人有感而发的。就李本人来说，他勤勤恳恳替朝廷办事，哪里计较个人宦途的升沉得失呢？诗从“高义”和“寥落”生发出这两层意思，从而见出李思想境界之高，使人对他那沉沦州郡的坎坷遭遇，更加为之惋惜。“文翁”和“李广”，用的是两个典故。诗歌中的用典，是借古喻今的一种类比手法。既然是类比，自然要比得贴切，富有启发性和暗示作用，这是用典的基本要求。可是诗人的能事，并不仅仅停留在这基本要求上。文翁的政绩流传蜀中，用以比拟李之官剑州刺史；未封侯的李广，则和李同姓。"文翁能化俗，李广未封侯"，典故是用得非常贴切的，然而也仅仅贴切而已。在"文翁能化俗"的上面加上个"但见"，在"李广未封侯"的上面加上个"焉知"，"但见"和"焉知"，一呼一应，一开一阖，运之以动荡之笔，精神顿出，有如画龙点睛，立即破壁飞去。不仅如此，在历史上，李广对自己屡立战功而未能封侯，是时刻耿耿于怀、终身引为恨事的。这里却推开来，说"焉知李广未封侯"，这就在用典的同时，注入了新的意义，改造了典故，从而提高了诗的思想性。就语言艺术来说，从这种地方，我们可以看出杜甫是怎样把七言歌行中纵横挥斥的笔意，创造性地运用、融化于律体之中。杜甫歌行里，像"但觉高歌有鬼神，焉知饿死填沟壑"（《醉时歌》）之类的句子，和这不正是波澜莫二吗？

下半篇叙身世之感，离别之情，境界更大，感慨更深。诗人完全从空际着笔，写的是意想中的自己"将赴荆南"的情景。"路经滟滪"，见瞿塘风涛之险恶；"天入沧浪"，见江汉烟波之浩渺。这是他赴荆南途中所经之地。在这里，诗人并未诉说其迟暮飘零之感，而是以"一钓舟"和"沧浪""双蓬鬓"和"滟滪"相对照，构成鲜明的形象，展示出一幅扁舟出峡图。倘若说，这是诗中之画，那么借用杜甫自己的另外两句诗"亲朋无一字，老病有孤舟"（《登岳阳楼》）来说明这幅画的画意，是颇为确切的了。到了荆南以后又将怎样呢？尾联用"仲宣楼"轻轻点出。诗人清楚地意识到自己所处的时代和命运，即使到了那里，也还不是和当年避难荆州的王粲一样，仍然做客依人，找不到个归宿之地。而在此时，回望蜀中，怀念故人，想到兵戈阻隔，相见无期，那就会更加四顾苍茫，百端交集了。

全诗由李写到自己，再由自己的离别之情，一笔兜回到李，脉络贯通，而起承转合，关合无痕。杜甫这类的诗，往往劈空而来，既挺拔而又沉重，有笼罩全篇的气势。写到第四句，似乎诗人要说的话都已说完。可是到了五六两句，忽然又转换一个新的意思，开出一个新的境界，喷薄出更为汹涌、更为壮阔的波澜。然而它又不是一泻无余：收束处，总是荡漾萦回，和篇首遥相照应，显得气固神定，而情韵不匮，耐人寻味。

小寒食舟中作

杜　甫

佳辰强饮食犹寒，隐几萧条戴鹖冠。
春水船如天上坐，老年花似雾中看。
娟娟戏蝶过闲幔，片片轻鸥下急湍。

云白山青万余里，愁看直北是长安。

【鉴赏】

据《荆楚岁时记》：清明前二日，即冬至后一百五日为寒食节。旧俗，寒食节禁火三日。以此推算，清明前第三日仍为禁火期间，故俗又以清明前第三日为小寒食。此诗为杜甫于小寒食日在舟中所作。起句："佳辰强饮食犹寒"，指此。诗的意思说：此时正是初春佳日，所以要"强饮"，但虽强饮，却因不能用火而要寒食，用以点明时令。下句"隐几萧条戴鹖冠"，表明此时作者正处困境，虽然隐几而卧，环境却很萧条，而自己也并非衣冠楚楚。"戴鹖冠"，乃用以形容自己衣履之破蔽，不一定是实指。"鹖"，鸟名，即鹖鸡，似雉而大，青色有毛。春秋时楚国有位隐士，在齐威王时，隐居深山，以鹖羽为冠，衣敝履穿，因服成号，著书立说，为《鹖冠子》传世，为道家经典。杜甫以此形容自己处境之困顿。

颔联写舟行感受。"春水船如天上坐"，用词十分讲究。"船如天上坐"，表明船既晃动，又平稳，没有颠簸。这是因为舟行在微微上涨而又平静的"春水"之中。下句"老年花似雾中看"，写个人感触。舟上看花，自是远视，本来已"似雾中看"。这里，杜甫之所以要加一个"老年"，实是对此时此刻诗人自己心情的强调，读时不可不察。

颈联纯是写景。"娟娟戏蝶过闲幔，片片轻鸥下急湍"，仍是舟中所见。"娟娟"，言蝴蝶相戏逐时的轻盈之态。"闲幔"，一作开幔。意思是蝴蝶飞入舟中，互相追逐，在幛幔之间飞过。"幔"而曰"闲"，乃用以形容蝴蝶飞过之时，舟中十分静谧。下句言"轻鸥"而曰"片片"，说明人与鸥的距离非近，看来只有"片片"的感觉。鸥以捕鱼为食，急湍之上，捕鱼机会较多，所以"轻鸥"飞集于此。就全联看，上联写静，蝴蝶虽然相逐，却是在静谧的环境之中，一个"闲"字使人觉得静态如绘。下联写动，"轻鸥"既是"片片"，已经勾出了动态的轮廓，何况又正在"下"！而且所下的乃是"急湍"呢！

尾联仍然归结到情。"云白山青万余里，愁看直北是长安。""云白山青"虽是实景，但"万里余"却是虚写。"长安"虽是实地，但却是"愁看"，而且是隔着"万里余"来愁看，所以仍是虚写，是透过情（愁）而虚写，感情色彩十分浓郁。"长安"，指唐都。诗人此刻正在远离长安，颠沛流离，饱受战乱之苦，句中蕴藏着无限思念故国，盼望长治久安的拳拳意愿，真挚感人。

李华 生平不详。

春行即兴

李 华

宜阳城下草萋萋，涧水东流复向西。
芳树无人花自落，春山一路鸟空啼。

【鉴赏】

这是一首景物小诗。作者春天经由宜阳时，因对眼前景物有所感触，即兴抒发了国破山河在、花落鸟空啼的愁绪。

宜阳，县名，在今河南省西部，洛河中游，即唐代福昌县城。唐代最大的行宫之一——连昌宫就坐落在这里。境内女几山是著名的风景区，山上有兰香神女庙，山中古木流泉，鸟语花香，景色妍丽，是一座天然的大花园。它年年都吸引着皇室、贵族、墨客、游人前来观赏。然而，在安史之乱中，这里遭到严重破坏，景象荒凉。此诗写于安史之乱平息后不久。

"宜阳城下草萋萋"，作者站立城头观赏景致，只见大片土地荒芜，处处长满了茂盛的野草。接着，一笔便把人们的视野带到了连昌宫和女几山一带："涧水东流复向西"。太平时期，登上那武后、玄宗曾走过的"玉真路"，不仅可以观看"鸣流走响韵，含笑树头花"的美景，而且也会看到农民利用涧水灌溉的万顷良田，但现在，这里清泠泠的山泉却再没人汲引灌溉，而是任其"东流复向西"了。昔日，这里的香竹、古柳、怪柏、苍松，无处不吸引着众多的游客；而今，且莫说那些，就是红颜吐芳的春花，也早已无人欣赏了。"芳树无人花自落"，这里强调"无人"二字，便道出了诗人对时代的感慨，说明经过安史之乱，再也无人来此观赏，只好任其自开自落罢了！"春山一路鸟空啼"，春山一路，使人想象到山花烂漫，鸟语婉转的佳境，但著以"空啼"二字，却成了以乐写哀，以闹衬寂，充分显示了山路的荒漠；这里再也见不到那么多的游人墨客，而且连耕农、樵夫、村姑都不见了。"自落""空啼"相照应，写出了诗人面对大好山河的多少寂寞之感啊！

清李渔《窥词管见》有云："词虽不出情景二字，然二字亦分主客，情为主，景是客。说景即是说情，非借物遣怀，即将人喻物。有全篇不露秋毫情意，而实句句是情、字字关情者。"诗和词在表现手法上是一致的。这首诗虽然还不能说就做到了

"全篇不露秋毫情意",但句句写景,句句含情,却是比较突出的。尤其值得提出的是,诗中虽然写的绿草、芳树、山泉、鸟语,都是一些宜人之景,但是这些景色都是为衬托诗人凄凉的心境服务的,它充分显示了诗人对时代的深沉叹惋。

岑参 (715~769),原籍南阳,移居江陵(今湖北荆州)。少时读书于嵩山,后漫游京洛河朔。天宝三年(744)进士及第,授右内率府兵曹参军。两次深入边关,第一次是赴安西(新疆库车),为安西节度使高仙芝的僚属,第二次赴北庭(今新疆吉木萨尔北破城子),在封常清幕府任职,对边塞生活体验颇深。肃宗时,拜右补阙,长安收复后,出为虢州长史。代宗朝入蜀,两任嘉州刺史,罢官后客死成都。岑参以边塞诗著称,写边塞风光及将士生活,气势磅礴,昂扬奔放,与高适一起是盛唐边塞诗派的杰出代表。

白雪歌送武判官归京

岑　参

北风卷地白草折,胡天八月即飞雪[①]。
忽如一夜春风来,千树万树梨花开。
散入珠帘湿罗幕,狐裘不暖锦衾薄。
将军角弓不得控,都护[②]铁衣冷难着。
瀚海阑干百丈冰,愁云惨淡万里凝[③]。
中军置酒饮归客,胡琴琵琶与羌笛。
纷纷暮雪下辕门[④],风掣红旗冻不翻。
轮台东门送君去,去时雪满天山路。
山回路转不见君,雪上空留马行处。

【注释】

①白草:西域牧草名,秋天变白色。胡天:指西域的气候。

②都护:镇边都护府的长官。

③瀚海:地名,今准噶尔盆地一带。阑干:纵横的样子。

④辕门:古代军营前以两车之辕相向交接成门,后遂称营门为辕门。

【鉴赏】

这首诗是岑参任西北庭节度使封常清的判官时的作品。武判官是岑参前任,这首诗是岑参送他回京复命的送行诗。全诗意象异常雄壮,想象奇绝,堪称咏雪诗歌之代表作品。

全诗开篇就定下非常奇瑰的基调。1~4句:“北风卷地白草折,胡天八月即飞雪。忽如一夜春风来,千树万树梨花开”,用盛开的梨花来比喻满树的雪花,一幅壮丽的北国冰雪风光顿时展现在读者眼前。“一夜春风”很写实,同时也暗含惊喜之意。平淡的北国经过一夜的银装素裹,让早起赏雪的诗人想起了观赏春天梨花盛开的好心情,梨花是慢慢地等待中开放的,而雪花中的北国是一夜即成,欣喜之情自然更胜一筹!然而这种想象又是何等的神奇!春花烂漫本是春天的胜景,把冬天的肃杀无情换成春意盎然,实际上是诗人自己乐观人生态度的表现,同时也是盛唐时中国人蓬勃向上、极度自信心理的自然流露。5~8句:“散入珠帘湿罗幕”四句紧扣塞外风雪的奇冷,用具体的所见所闻来描写雪天的冰寒刺骨,读来亲切自然。“散入珠帘湿罗幕”把视线从室外拉到室内,雪花带着寒意“入珠帘”“湿罗幕”,场景过渡非常流畅自然。“狐裘不暖锦衾薄。将军角弓不得控,都护铁衣冷难着。”从出征将士自己的感受来写塞外的严寒,让人感同身受。将军和都护是互文见义,将军所处远好于普通将士,他尚且感觉“不得控”“冷难着”,何况衣着单寒的士兵呢?但是非常奇特的是,我们读到这样的诗句,不仅不感到将士生活的艰苦,反而能体会到将士们驻守边塞的豪情壮志,原因就在于诗人“好奇”的诗风和昂扬的激情啊。

9~10句:“瀚海阑干百丈冰,愁云惨淡万里凝”,也夸张之极,不是写实,而是虚拟人所不能见的全景,虽然是想象,却又显得合情合理,让人赞叹。“翰海”指沙漠的广阔,“百丈冰”形容冰川的高峻,再加上万里不散的愁云,就像现在电影里面的全景镜头一样,给读者带来全新的视角体验。同时,诗人用一个“愁”字又为即将到来的送行做了情感的铺垫。11~12句:“中军置酒饮归客”下面开始进入正题,描写送别的情景,用“胡琴”“琵琶”“羌笛”这些非常典型的西域乐器形象地渲染出了送别的场景和气氛，让人感觉到迥异于中原内地的边塞送行气氛。13~14句：写营门外的冰雪寒风，天气奇寒。"风掣红旗冻不翻"更是塞外才能感受到的奇妙景象，连红旗都被冻住了，在狂风中一动不动，多么地神奇！而不动红旗和狂风中飞舞的雪花正好成了绝妙的对比，动静相配，给人以"诗中有画，画中有诗"的美感。15~18句：写轮台东门送别的情景。"山回路转不见君，雪上空留马行处"，从壮丽的雪景里回到送行的主旨，感情真切，韵味深长。

全诗句句咏雪，写出别前、饯别、临别、别后四个不同画面的雪景，用语绮丽，想象神奇，不愧是唐代边塞诗歌的代表力作。同时，它也是我国古典诗里咏雪诗歌的代表名作。全诗充满奇情妙思，有生动真实的想象，又融合了作者本人强烈的主观感受，具有很强的艺术感染力。在音韵上，全诗诗随韵转，韵随诗行，每个场景的转换都和韵的转换连在一起，让人读来跌宕生姿，趣味无穷。

走马川行奉送封大夫出师西征①

岑　参

君不见，走马川行雪海边，平沙莽莽黄入天。
轮台九月风夜吼，一川碎石大如斗，随风满地石乱走。
匈奴草黄马正肥，金山西见烟尘飞，汉家大将西出师②。
将军金甲夜不脱，半夜军行戈相拨，风头如刀面如割。
马毛带雪汗气蒸，五花连钱旋作冰，幕中草檄砚水凝③。
虏骑闻之应胆慑，料知短兵不敢接，车师西门伫献捷④。

【注释】

①走马川：地名。封大夫：封常清，蒲洲人，唐代名将。

②金山：即阿尔泰山。汉家：这里实借汉以指唐。

③五花、连钱：都是指马身上的斑纹。砚水：墨水。

④慑：恐惧，害怕。车师：唐安西都护府所在地，今新疆维吾尔自治区吐鲁番市。伫：（长时间）站立。

【鉴赏】

这是诗人第二次出塞任安西节度使判官时，节度使封常清领兵出征播仙（唐代古地名),他即写下这首诗为其壮行。诗人在诗中极力描写走马川一代环境的恶劣与艰苦,以此来衬托出征将士的英勇无畏,并预祝将士出征的最后胜利。全诗气势豪放,节奏急促有力,行文如流水奔腾激荡,又像进行曲一样豪迈乐观。全诗意境雄壮,想象神奇,堪称岑参边塞诗歌的代表力作。

诗人开篇极力渲染边疆环境的恶劣,“平沙莽莽黄入天”非常形象生动,“随风满地石乱走”更是大漠烈风的真实写照,没有身临其境的人是写不出来的。接着写匈奴借草黄马壮之机入侵,而封将军不畏天寒地冻、率军出征。先写烟尘,后见将军,人未到,而声势已出,就像舞台的背景一样,用出场前的声威渲染了唐朝大军的威严和正义,有先声夺人之感。“将军金甲夜不脱”下面五句描写战争的残酷和艰辛,歌颂了为国效命将士的赤胆忠心。“半夜军行戈相拨,风头如刀面如割。”一方面写环境的险恶,同时又暗示了大军夜晚行军的声势浩大,“戈相拨”三字很好地渲染了气氛,人们仿佛看到了唐军顶着凛冽的寒风,人马杂沓,三军用命,尽皆向前的赫赫军威。“马毛带雪汗气蒸,五花连钱旋作冰,幕中草檄砚水凝。”继写大漠风霜的严酷之后,又描述严寒的可怕,汗气蒸发掉了马毛上的雪花,但汗水又很快凝结成冰挂在马皮上。帐外苦寒如此,帐内写字的砚台里的墨水也很快凝固成冰。最后三句写敌军闻风丧胆,预祝封大夫凯旋荣归,“虏骑闻之应胆慑,料知短兵不敢接,军师西门伫献捷。”有了前面唐军威严军威的铺垫,封将军出征胜利也自然是水到渠成的事情了。

全诗风格豪迈,感情真挚,真实动人。全诗句句用韵,三句一转,节奏急切有力,激越雄壮,洋溢着乐观的浪漫精神。

轮台歌奉送封大夫出师西征

岑　参

轮台城头夜吹角,轮台城北旄头落[①]。
羽书昨夜过渠黎,单于已在金山西。
戍楼[②]西望烟尘黑,汉兵屯在轮台北。
上将拥旄西出征,平明吹笛大军行。
四边伐鼓雪海涌,三军大呼阴山动。
虏塞[③]兵气连云屯,战场白骨缠草根。
剑河风急雪片阔,沙口石冻马蹄脱。

亚相[④]勤王甘苦辛，誓将报主静边尘。
古来青史谁不见，今见功名胜古人。

【注释】

①旄头：即“髦头”，指二十八宿中的昴宿，旧时以为是“胡星”。旄头落：意谓胡人败亡之兆。

②戍楼：驻防的城楼。

③虏塞：敌方要塞。

④亚相：封常清于天宝十三载（754）以节度使摄御使大夫，御使大夫在汉时位次宰相，因此岑参美其为“亚相”。

【鉴赏】

和《走马川行》一样，岑参此诗也是有关唐代边塞战争的千古绝唱。和《走马川行》不同的是，此诗直写战斗场面，具体手法也不一样。这首边塞诗虽题为送行，却描写了整个战争的过程。诗起首六句先写战前两军对垒的紧张状态。连续两个“轮台城”让人感到节奏很紧，极力渲染了战前的紧张气氛。据《史记·天官书》“昴为旄头，胡星也”，用“旄头落”来预言胡军的必败，强烈的爱憎跃然纸上。三、四句解释紧张的原因，“单于已在金山西”，而出征的汉军就在轮台北，两个“在”字，刻画了两军对垒的紧张和肃杀。紧接四句描写大军的出征和战斗的激烈。“雪海涌”“阴山动”都是以虚写实，没有“左骖殪兮右刃伤”惨烈场景，但和岑参飘逸俊秀、夸张好奇的诗风非常合拍。“虏塞兵气连云屯”极言敌军之多，同时也暗示了战争胜利来之不易。“战场白骨缠草根”很耐人寻味，刚刚倒下的战士遗体是不可能马上变成白骨的，但这累累白骨又从何而来呢？原来岑参在这里所见到的和要暗示的已经不是简简单单的一场战争、一次出征，他的视线已经放到了边塞无数次的战争岁月里，眼前所见到的是边塞无数次的征战和杀伐，所以两军交战之地也就是在古代无数无名将士倒下的战场，细细品味，历史的沧桑感油然而生。最后诗人再次呼应主题，用“青史谁不见”和“功名胜古人”来赞颂封将军的神勇和无敌，为全诗画了一个圆满的句号。

本诗在艺术上有张有弛，音韵上抑扬顿挫，结构上严谨完美。有描写，有烘托，有想象，有夸张，手法极其多样，充满着深沉的历史感和乐观的浪漫主义激情。

送李副使赴碛西[①]官军

岑　参

火山六月应更热，赤亭道口行人绝。
知君惯度祁连城，岂能愁见轮台月[②]。
脱鞍暂入酒家垆，送君万里西击胡[③]。
功名祇向马上取，真是英雄一丈夫。

【注释】

①碛(qì)西：即安西都护府(在今新疆库车县附近)所在地。

②惯度：习惯于在某地度过。祁连城：在今甘肃张掖县西南。轮台：唐代在庭州置轮台县，县治在今新疆轮台县东南。李副使赴碛西从甘肃武威郡的赤亭起身，必经火山和轮台县。

③脱鞍：即下马。垆：放酒坛的土台。

【鉴赏】

这是一首送别诗。既不写饯行时的歌舞盛宴，也不写分手时的难舍离情。作者只是以知己的身份说话行事，祝酒劝饮，然而字里行间却使人感到一股激情在荡漾。

首二句是点明时间地点。李副使(其名不详，应是岑参的朋友)将离武威赴碛西任职，他的旅途从赤亭开始，必经火焰山和轮台县，路途十分艰辛。“火山五月行人少”，诗人早有吟咏，何况“六月”酷暑？这里以赤亭、火山起笔，造成一个特殊的背景，烘托出李副使不畏艰辛、毅然应命前行的豪迈气概，而一路珍重的送别之意也暗含其中了。

三四句称赞李副使。在写法上是一转折，明写李氏不平凡的经历，激励其一往无前：知道你经常出入边地，岂能见到轮台县的月亮就惹出乡愁来呢？“岂能”二字是故作反问，其实是暗示李氏长期驰骋沙场，早已把乡愁置之脑后了。第四句是盛唐时代人们积极进取精神的反映，是盛唐之音中一个昂扬的音符。

五六句是劝说李副使，挽留他脱鞍稍驻，暂入酒家饮酒话别。诗人超越一般送别诗多诉依依不舍之情的藩篱，直接点出李氏此次万里西行的使命就是打击屡兴边患的胡人。这就化惆怅为豪放，在送别的诗题下开拓了新的意境。

末二句诗人直抒自己胸臆，顿觉气贯长虹：功名只有从马背上求取得来，在沙场上拼搏，才算得上一个真正的男子汉、大丈夫。“祇向”二字语气坚决，既可看作诗人在鼓励李氏立功扬名，创造英雄业绩，又其实是在抒发诗人自己的理想壮志，还将全诗的意境推向巅峰。其英雄豪气使后世多少人物为之激动，为之振奋。

全诗熔叙事、抒情、议论于一炉。其口语化的语言也让人感到亲切洒脱；悠扬流美的声调、自由活泼的韵律、跌宕有致的节奏，都显示一种豪迈的气势，传达出一种奔放的激情，无疑给了当时的远行者和现在的后来者极大的鼓舞和鞭策。

凉州馆中与诸判官[①]夜集

岑参

弯弯月出挂城头，城头月出照凉州。
凉州七里十万家，胡人半解弹琵琶。
琵琶一曲肠堪断，风萧萧兮夜漫漫。
河西幕中多故人，故人别来三五春。
花门楼前见秋草，岂能贫贱相看老。
一生大笑能几回，斗酒相逢须醉倒。

【注释】

①判官：唐代节度使、观察使下的属官。

【鉴赏】

这首诗中所说的凉州，治所在今甘肃武威，唐河西节度府设于此地。馆，客舍。从“河西幕府多故人，故人别来三五春”等诗句看，岑参此时在凉州做客。凉州河西节度使幕府中，诗人有许多老朋友，常欢聚夜饮。

“弯弯月出挂城头，城头月出照凉州。”首先出现的是城头弯弯的明月。然后随着明月升高，银光铺泻，出现了月光照耀下的凉州城。首句“月出”，指月亮从地平线升起；次句“月出”，指月亮在城头上继续升高。

“凉州七里十万家，胡人半解弹琵琶。”这是随着月光的照耀，更清晰地呈现了凉州的全貌。“凉州”，有的本子作“梁州”（今陕西汉中市）。这是因为后人看到“七里十万家”，认为凉州没有这种规模而妄改的。其实，唐前期的凉州是与扬州、益州等城市并列的第一流大都市。“七里十万家”，正是大笔淋漓地勾画出这座西北重镇的气派和风光。而下一句，就更见出是凉州了。凉州在边塞，居民中少数民族很多。他们能歌善舞，多半会弹奏琵琶。不用说，在月光下的凉州城，荡漾着一片琵琶声。这里写出了凉州城的歌舞繁华、和平安定，同时带着浓郁的边地情调。

“琵琶一曲肠堪断，风萧萧兮夜漫漫。”仍然是写琵琶声，但已慢慢向夜宴过渡了。这“一曲琵琶”，已不是“胡人半解弹琵琶”的满城琵琶声，乃是指宴会上的演奏。“肠堪断”，形容琵琶动人。“风萧萧兮夜漫漫”，是空旷而又多风的西北地区夜晚所给人的感受。这种感受由于“琵琶一曲”的演奏更加增强了。

以上六句主要写环境背景。诗人吸取了民歌的艺术因素，运用顶针句法，句句用韵，两句一转，构成轻快的、咏唱的情调，写出凉州的宏大、繁荣和地方色彩。最后一句“风萧萧兮夜漫漫”，用了一个“兮”字和叠词“萧萧”“漫漫”，使节奏舒缓了下来。后面六句即正面展开对宴会的描写，不再句句用韵，也不再连续使用顶针句法。

“河西幕中多故人，故人别来三五春。”两句重复“故人”二字，见出情谊深厚。因为“多故人”，与各人离别的时间自然不尽相同，所以说“三五春”，下语是经过斟酌的。

“花门楼前见秋草，岂能贫贱相看老。”“花门楼”在这里即指凉州馆舍的楼房。二句接“故人别来三五春”，说时光迅速，又到了秋天草黄的季节了。岁月催人，哪能互相看着在贫贱中老下去呢？言下之意是要赶快建立功业。

“一生大笑能几回，斗酒相逢须醉倒。”一个“笑”字，写出岑参和他朋友的本色。宴会中不时地爆发出大笑声，这样的欢会，这样的大笑，一生中也难得有几回，老朋友们端着酒杯相遇在一起，能不为之醉倒！

这首诗把边塞生活情调和强烈的时代气息结合了起来。全诗由月照凉州开始，在着重表现边城风光的同时，那种月亮照耀着七里十万家和城中荡漾的一片琵琶声，也鲜明地透露了当时凉州的阔大的格局、和平安定的气氛。如果拿它和宋代范仲淹的《渔家傲》相比，即可见同样是写边城，写秋天的季节，写少数民族的音乐，但那种“长烟落日孤城闭”“羌管悠悠霜满地”的描写，所表现的时代气氛就完全不同了。

寄左省杜拾遗

岑　参

联步趋丹陛，分曹限紫微[①]。
晓随天仗入，暮惹御香归。
白发悲花落，青云羡鸟飞。
圣朝无阙[②]事，自觉谏书稀。

【注释】

①趋：小步快行，表示上朝时的敬意。丹陛：宫殿前涂红漆的台阶。分曹句：时岑参为右补阙，属中书省，在殿庑之右，称右省，也称紫徽省。紫微：本指星座，因其成屏藩的形状，故取象以为喻。微：一作薇。曹：官署。限：界限。

②阙：通"缺"。补阙和拾遗都是谏官，意思就是以讽谏弥补皇帝的缺失。

【鉴赏】

唐肃宗至德二载(757)，诗人由杜甫的推荐而任右补阙。当时杜甫任左拾遗，属门下省，岑任右补阙，属中书省。两人既是同僚，又是朋友，这首诗是他们的相互唱和之作。虽然他们都是朝廷官员，但是"拾遗"和"补阙"都是跟随皇帝，为皇帝指正小错误的无聊闲职，诗人对于官场生活的厌倦和郁闷也就可以理解了。

全诗开篇用了许多华丽的辞藻，如“丹陛”“紫薇”“天仗”“御香”，表面看，诗人非常满意他自己和杜甫的现实生活，但细细读来，在华丽背景的后面却显现了宫廷生活的极度空虚与无聊。同时，诗人也通过陪随皇帝身边人的无聊生活间接暗示了皇帝不问正事，流连于宫廷犬马的荒淫无度。“白发悲花落，青云羡鸟飞”，诗人终于压抑不住内心的愤懑，表达出对于宫廷无聊人生的厌倦和自由生活的钦羡。诗歌的最后两句也非常耐人寻味，如真的像诗人所言，当时的朝廷是“圣朝”，皇帝无“阙事”，那么诗人自己又何必“青云羡鸟飞”呢？因此，诗人这里是故作反语，实际上要表达的恰恰是对皇帝不善纳谏的伤感和绝望。

本诗词藻艳丽，雍容华贵，用语曲折，笔法隐晦，平易之中见骨气。诗人含蓄地表达了自己的愤懑与不满，又很有分寸，有“哀而不伤，怨而不怒”的艺术特点。

山房春事

岑　参

梁园[1]日暮乱飞鸦，极目萧条三两家。
庭树不知人去尽，春来还发旧时花。

【注释】

①梁园：又名兔园，俗名竹园，西汉梁孝王刘武所建，故名。故址在今河南省商丘市东，周围约三百多里，园内山明水秀、宫观相连，奇果佳树错杂其间，珍禽异兽出没其中。梁孝王曾在园中设宴，一代才人枚乘、司马相如等都应召而至。到了春天这里更是百鸟鸣啭，繁花满枝，车马迎轸、士女云集。

【鉴赏】

这是一首吊古诗。

首二句将昔日繁华昌盛的梁园描画成一派萧条的景象。站在梁园高处，仰望空中，暮色中群鸦乱飞，聒噪不已；平视前方，只有三两处人家，一片萧条。当年众多的各色飞禽不见了，宫观楼台也荡然无存。不言感慨，而今古兴亡、盛衰无常的感慨自在其中了。用语精巧：一个“乱”字，描出群鸦聒噪。人们对事物的注意，常常由听觉引起，“乱飞”之鸦群，引得诗人抬起头来，故先写空中。“日暮”时分，众鸟投林，从天空多鸦，自可想见地上少人，从而自然引出极目远望也只看到三两户人家的萧条景象。

次二句将目光收回，就地察看梁园的情景。只见庭园中的树木依然繁花满枝，春色不减当年。这突然闯入视野的绚丽春光，进一步加深了他对梁园极端萧条的印象。梁园已改尽昔日容颜，为什么春花却依旧盛开呢？诗人不说自己深知物是人非，却偏从对面翻出，说是“庭树不知”；不说今日梁园颓败深可伤悼，自己无心领略春光，却说庭树不知道社会现实，只知道自然规律，偏在这一片萧条之中依然开出当年一样的繁花。感情极为沉痛，出语却极含蓄。

本来梁园的萧条是诗人所要着力描写的。然而首二句已经把话说尽，要顺着原有思路再写，势必有叠床架屋之嫌，于是于紧要处别开生面，在画面的主题位置上添上几笔艳丽的春色。以乐景写哀情，相反而相成，梁园的景色愈见萧条，诗人的悼古之情也愈见伤痛。这种反衬手法运用得十分巧妙。

碛[①]中作

岑参

走马西来欲到天，辞家见月两回圆。
今夜未知何处宿，平沙莽莽绝人烟[②]。

【注释】

①碛：沙漠。

②“平沙”句：一作“平沙万里绝人烟”。

【鉴赏】

在唐代诗坛上，岑参的边塞诗以奇情异趣独树一帜。他两次出塞，对边塞生活有深刻的体会，对边疆风物怀深厚的感情。这首《碛中作》，就写下了诗人在万里沙漠中勃发的诗情。

诗人精心摄取了沙漠行军途中的一个剪影，向读者展示他戎马倥偬的动荡生活。诗于叙事写景中，巧妙地寄寓细微的心理活动，含而不露，蕴藉感人。

“走马西来欲到天”，从空间落笔，气象壮阔。走马疾行，显示旅途紧张。“西来”，点明了行进方向。“欲到天”，既写出了边塞离家之远，又展现了西北高原野旷天低的气势。诗人在《碛西头送李判官入京》中写过“过碛觉天低”的雄浑诗句。大漠辽阔高远，四望天地相接，真给人以“欲到天”的感觉。“辞家见月两回圆”，则从时间着眼，柔情似水。表面上看，似乎诗人只是点明了离家赴边已有两月，交代了时间正当十五月圆；然而细一推敲，诗人无穷思念正蕴藏其中。一轮团圞的明月当空朗照，触动了诗人的情怀，他不由得思想起辞别两个月的“家”来。时间记得那么清晰，表明他对故乡、对亲人的思念之殷切。现在，月圆人不圆，怎么不叫人感慨万分？也许他正想借这照耀千里的明月，把他的思念之情带往故乡，捎给亲人？诗人刚刚把他的心扉向我们打开了一条缝隙，透露出这样一点点内心深处的消息，却又立即由遐想回到现实——“今夜未知何处宿，平沙莽莽绝人烟”。前句故设疑问，只道“未知”，并不作正面回答，转而融情人景，给读者留下充分想象的余地。后句写出了明月照耀下，荒凉大漠无际无涯的朦胧景象。景色是苍凉的，但感情并不低沉、哀伤。在诗人笔下，戎马生涯的艰苦，边疆地域的荒凉，正显示诗人从军边塞的壮志豪情。正如诗人所说：“万里奉王事，一身无所求。也知塞垣苦，岂为妻子谋！”（《初过陇山途中呈宇文判官》）。

这首诗以鲜明的形象造境写情，情与景契合无间，情深意远，含蕴丰富，读来别有神韵。

逢入京使

岑　参

故园东望路漫漫，双袖龙钟泪不干[①]。
马上相逢无纸笔，凭[②]君传语报平安。

【注释】

①故园：指长安。龙钟：淋漓沾湿的样子。

②凭：托。

【鉴赏】

天宝八载（749），岑参第一次踏上西域之途，就任安西节度使高仙芝的幕府书记。本诗即是写在他去西域的路途之中。

此诗很有韵味，诗人向西而行，却与向东还家的京使不期而遇。可以想见，回家的使者越走越兴致勃发，而离家渐远的诗人自然是越行越感伤。两人的相遇，更增加了这种对比的心理，因此，“双袖龙钟泪不干”也就在情理之中了。同时，诗人“泪不干”一方面是为了故人的不期而遇，更大的原因应该是这种意外邂逅让他更加思念远在长安的家人和朋友。诗歌最精彩的当数最后两句，在那个“家书抵万金”的年代里，能够给家人报个平安，让家人放心是多么幸福的事情啊。诗人随手写来，不事雕琢，显得感情真挚感人。“马上相逢无纸笔，凭君传语报平安”，很平常的生活琐事，很口语化的句子，却又妙手得来，富有诗意，读后让人久久不能忘却。

“文章本天成，妙手偶得之。”岑参这首绝句之所以千古传唱，感人至深，和它本身浑然天成的质朴是分不开的。诗句来自生活，反映生活，信手写去，亲切有味。生活里不起眼的小事一经艺术提炼概括，就变得如此地典雅感人！

戏问花门酒家翁

岑　参

老人七十仍沽酒，千壶百瓮花门口①。
道傍榆荚②巧似钱，摘来沽酒君肯否？

【注释】

①沽：买或卖。首句里是卖的意思；尾句里是买的意思。花门口：花门楼的楼口。花门即指花门楼，凉州（今甘肃省武威市）馆舍名。

②榆荚：榆树的果实。春天榆树未生叶时，枝条间便开花结荚，形状似铜钱，色白成串，俗称榆钱。

【鉴赏】

这是一首轻松幽默、别具一格的抒情小诗。

首二句写诗人经历辛苦旅程来到凉州花门楼馆驿歇脚时，看到有位白发红颜的七十老翁还在当垆卖酒，酒店门口摆满了许多酒壶酒瓮，有的装满了酒，有的已经卖空了。诗人用白描的手法，描出了馆舍门前这个酒店的兴旺情况和老翁和善待客、店内美酒飘香的融融情景，堪称是盛唐时代千里河西一幅生动感人的风俗画，字里行间烘托出西部边塞安定、和平的时代气氛，为下文点明“戏问”的诗题做了铺垫。后二句诗人不是索然无味地实写付钱沽酒的过程，而是在偶见道旁春色的刹那之间，立即从榆荚形似铜钱的外在特征上抓住动人的诗意，用轻松、幽默的语调戏问卖酒老翁：“老人家，摘下一串榆钱来买你的酒，你肯不肯呀?”这丰富的想象，把生活高度诗意化了，读者可以从中充分感受到盛唐时代人们乐观、开阔的胸襟。

全诗用口语化的诗歌语言，写眼前景物与人物，使人物的音容笑貌栩栩如生。朴素的白描手法和生动的诗意想象相结合，在虚实相映中显示出既平凡又亲切的情趣，读来有一种既轻灵跳脱又幽默诙谐的艺术魅力。

与高适薛据登慈恩寺浮图[①]

岑　参

塔势如涌出，孤高耸天宫。登临出世界，蹬道盘虚空。
突兀压神州，峥嵘如鬼工。四角碍白日，七层摩苍穹[②]。
下窥指高鸟，俯听闻惊风。连山若波涛，奔凑[③]如朝东。
青槐夹驰道，宫馆何玲珑。秋色从西来，苍然满关中[④]。
五陵北原上，万古青蒙蒙。净理了可悟，胜因夙所宗[⑤]。
誓将挂冠去，觉道资无穷[⑥]。

【注释】

①慈恩寺浮图：唐高宗时，为文德皇后立塔，故名慈恩，浮图即佛塔。

②突兀：高耸。峥嵘：高峻的样子。鬼工：非人力所能。碍：遮蔽。

③凑：聚合。

④宫馆:宫阙。苍然:青色。

⑤净理:佛理。胜因:善缘。夙:向来。

⑥挂冠:辞官。觉道:佛道。

【鉴赏】

天宝十载(751),岑参第一次出塞回到长安,此诗即留在长安期间同诗人杜甫、高适、薛据、储光羲同游慈恩寺塔而作的写景名诗。

首二句写未登之前仰望全塔,状塔之外势,从地下"涌出"到"高耸"入天,动感强烈,非常具有可视效果,就像现代摄影大师的作品,首先从远景上给人以震慑之感。三四句写登塔石级的陡峭艰险,"出世界""盘虚空"对登塔石级的超出凡尘之势,作了文学上的大胆夸张。一个"盘"字又很形象地说出了登塔石级的九曲回肠的险峻。五至八句写塔之高耸雄峻,气势浑雄。"压神州"句把一个塔的力量和整个神州大地的力量加以对比,很有创意。"碍白日""摩苍穹"也是神气想象的结晶,大可以挡住太阳,高可以直上苍天,对塔的礼赞到了无以复加的境地。九、十句写登塔俯瞰,用"高鸟""惊风"写来,极言塔之险峻。试想,登塔之后,连飞得很高的鸟儿也在人的脚下,天空的风云变幻也只有俯身才能够看见。塔之高耸,大概只有传说中的巴比伦"通天塔"才可以媲美了。十一至十八句,写在塔顶向东南西北各方所见的景物,长安全景,一览无余。"青槐夹驰道,宫馆何玲珑",地上看来高大巍峨的宫殿和会馆这个时候都成了积木一样,娇小玲珑,这是用对比的手法来烘托塔的高峻。"五陵北原上,万古青蒙蒙",又为后面的归隐之情做了很好的铺垫。最后四句点明主旨,写忽悟"净理",甚至想"挂冠"而去,辞官学佛,其实是暗寓对国事无可奈何的情怀。

杜甫讲:"岑参兄弟皆好奇。"这首咏塔诗就充分展示了岑参诗歌好奇的一面。这种奇瑰的诗风和佛塔的神秘莫测非常和谐,真正达到了情景交融,内在情感和外在表征和谐统一的诗歌境界。诗在描摹慈恩寺塔的巍峨高大方面,可谓匠心独运。"如涌出""耸天宫""碍白日""摩苍穹"等等,语语奇绝,令人有身临其境之感,让人为之击节赞叹。

奉和中书舍人贾至早朝大明宫

岑　参

鸡鸣紫陌曙光寒,莺啭皇州春色阑[①]。

金阙晓钟开万户，玉阶仙仗[2]拥千官。
花迎剑佩[3]星初落，柳拂旌旗露未干。
独有凤凰池[4]上客，阳春一曲和皆难。

【注释】

①紫陌：皇宫的道路，古时皇帝住的地方叫紫宫，故得名。皇州：帝都，指长安。

②仙仗：指皇帝的仪仗。

③剑佩：精美的宝剑饰物。

④凤凰池：也称凤池，指中书省。

【鉴赏】

这是以咏"早朝"为题的唱和诗，诗围绕"早朝"两字做文章，"曙光""晓钟""星初落""露未干"都切"早"字；而"金阙""玉阶""仙仗""千官""旌旗"，皆切"朝"字。末联点出酬和之意，推崇对方。表示谦卑，都恰到好处。

"鸡鸣紫陌曙光寒，莺啭皇州春色阑。"从宏大处开篇，充分展示皇宫的富丽之象，同时暗示天下大治的兴旺和繁华。"金阙晓钟开万户，玉阶仙仗拥千官。"曙光初露，天气犹寒，在上朝的路上，听见鸡鸣报晓；时值春末，黄莺在长安上空鸣声婉转。春已降临，一派升平，反映了诗人渴望唐朝中兴的心境。以景寓情，蕴藉深沉。"花迎剑佩星初落，柳拂旌旗露未干。"着力渲染上朝的情景，这两句诗给人们展现了一幅繁华的上朝盛况。人们仿佛可以看到各色英才，荟萃一堂，一起上朝议政，盛唐气象，跃然纸上。"独有凤凰池上客，阳春一曲和皆难。"末联点出酬和之题，表示谦卑，恭维对方而又不失礼仪和雅致，曲折隐晦，用意颇深，有浓厚的宫廷诗痕迹。

本诗是宫廷唱和之作，内容平淡，无独特之处。艺术上却对仗工整、辞藻华美、音韵婉转，在盛唐广为滥觞的酬和之作里，也有它独特的审美价值。

行军九日思长安故园[1]

岑　参

强欲登高去[2]，无人送酒来。
遥怜故园菊，应傍战场开。

【注释】

①唐肃宗至德二年(757年)九月,岑参在行军中度重阳节。长安仍陷落在叛军手里。

②登高:古人在九月九日重阳节有登高饮菊花酒的习俗。

【鉴赏】

这是一首言简意赅的抒情诗。诗人写到,自己非常想登高饮酒,可是没有人送酒来,遥想可怜的长安故园的菊花,该是在战场的断墙残壁间寂寞地开放着。这首诗表现的不是一般的节日思乡念亲之情,而是充满对国事的忧虑和对战乱中人民疾苦的关切。

奉和杜相公发益昌[①]

岑 参

相公临戎别帝京[②],拥麾持节远横行[③]。
朝登剑阁[④]云随马,夜渡巴江[⑤]雨洗兵。
山花万朵迎征盖[⑥],川柳千条拂去旌[⑦]。
暂到蜀城[⑧]应计日,须知明主待持衡[⑨]。

【注释】

①和:依别人诗的内容及韵脚作诗,称为和诗。杜相公:即杜鸿渐。相公,唐时对宰相的尊称。益昌:唐时属山南西道,在今四川省广元市境内。

②临戎:带兵执行军事任务。帝京:指长安。

③麾(huī):指挥军队的旗子。节:古时大臣外出行使使命的凭证。横行:指驰骋于敌军之中无所阻碍。

④剑阁:四川省剑阁县北有大剑山、小剑山,其间数十里,山势陡峭,古人在悬岩处凿石架木而成阁道,称为剑阁。这里指大、小剑山一带的险路。

⑤巴江:即嘉陵江。这里指嘉陵江在阆中市以上的一段。

⑥征盖:大臣出征时用的麾盖,形似伞盖,圆顶,四周下垂丝绦。

⑦去旌:行进中的旌旗。

⑧蜀城:指成都。

⑨持衡:比喻选用人才公平持正而不偏颇。

【鉴赏】

这是一首行役诗,写于大历元年(766)。唐代宗永泰元年(765)十月,剑南西山兵马使崔旰杀死节度使,占领成都,自称留后。邛(qióng 穷)州牙将柏茂琳、泸州牙将杨子琳等,起兵讨伐崔旰,蜀中大乱。大历元年(766)二月,唐代宗命杜鸿渐以宰相兼山南西道、剑东南川西副元帅、剑南西川节度使去蜀中平乱。作者随杜入蜀平乱,诗写于行军途中。诗的首联、末联借对杜鸿渐的赞颂,反映了作者迅速平定叛乱,安定社会秩序的愿望。中间描写行军途中所见蜀中奇丽的景物,写得对仗工整,清新自然。通过"云随马""雨洗兵","山花""迎征盖","川柳""拂去旌",将本来十分艰苦的行军生活,描写得轻松愉快,字里行间洋溢着乐观豪迈的情绪。全诗语言通俗明快,韵律和谐自然,具有雄奇瑰丽,昂扬奔放的艺术风格。

武威送刘判官赴碛西行军

岑　参

火山五月行人少,看君马去疾如鸟。
都护竹营太白西,角声一动胡天晓。

【鉴赏】

这首诗写于天宝十载(751)四月。当时,作者在安西节度使幕中,因西域地区的一些地方反动统治者,勾引大食国军队入侵我西部边疆,安西节度使闻讯出师西征。刘判官即一位随军西征的官员。碛西,沙漠西,泛指西域地区。作者作此诗送行。这是写旷野中的送别,拂晓时分,友人扬鞭而去,但作者没有感伤。军营的号角,迎来了曙光,作者以昂扬的情绪创造出一种开朗向上的气氛。

戈 壁 滩

岑 参

沙上见日出，沙上见日没。
悔向万里来，功名是何物。

【鉴赏】

这首五言绝句原名为《日没贺延碛作》。日没，即太阳落下。贺延碛，即莫贺延碛，指古代的丝绸之路出玉门关后向西北的一片戈壁滩。它在蒙古语中意为：难生草木的土地。在我国唐代，在闻名中外的“丝绸之路”上，出玉门关后，人们须在荒无人烟的贺延碛上行走六百余华里，方能抵达西域的大绿洲——唐代的伊州、今日的哈密。《西游记》的唐僧即玄奘，曾于唐太宗贞观元年（627）险渡这片戈壁滩。事隔一个多世纪之后，边塞诗人岑参，于玄宗天宝十三载（754）在赴安西北庭节度使封常青幕府任判官途中，穿越了贺延碛戈壁滩，并作这首绝句，描绘当年戈壁滩的景色：日出日没，单调荒凉。从而抒发了油然而生的感慨：不远万里，觅取功名，悔之晚矣——悔、悔、悔！短短四句，语言明快，凝练畅当，显示出其边塞诗的艺术特色。

春 梦

岑 参

洞房昨夜春风起，遥忆美人湘江水。
枕上片时春梦中，行尽江南数千里。

【鉴赏】

俗语说：日有所思，夜有所梦。我们思骨肉，念朋友，怀家乡，忆旧游，往往形于梦寐。这么一件人人都会在日常生活遇到的小事，经过诗人们的艺术处理，就会成为动人的形象，能够更深刻和真挚地表达出内心所蕴藏的感情，使读者感到亲切和喜爱。岑参这首诗,正是写梦而很成功的作品。

这首诗的前两句写梦前之思。在深邃的洞房中,昨夜吹进了春风,可见春天已经悄悄地来到。春回大地,风入洞房,该是春色已满人间了吧,可是深居内室的人,感到有些意外,仿佛春天是一下子出现了似的,季节的更换容易引起感情的波动,尤其当寒冷萧索的冬天转到晴和美丽的春天的时候,面对这美好的季节,怎么能不怀念在远方的美人呢?在古代汉语中,美人这个词,含义比现代汉语宽泛。它既指男人,又指女人,既指容色美丽的人,又指品德美好的人。在本诗中,大概是指离别的爱侣,但是男是女,就无从坐实了。因为诗人既可以写自己之梦(那,这位美人就是女性),也可以代某一女子写梦(那,这位美人就是男性了)。这是无须深究的。总之,是在春风吹拂之中,想到在湘江之滨的美人,相距既远,相会自难,所以更加思念了。

后两句写思后之梦,由于白天的怀想,所以夜眠洞房,因忆成梦,在枕上虽只片刻工夫,而在梦中却已走完去到江南(即美人所在的湘江之滨)的数千里路程了。用"片时",正是为了和"数千里"互相对称,这两句既写出了梦中的迷离惝恍,也暗示出平日的蜜意深情。换句话说,是用时间的速度和空间的广度,来显示感情的强度和深度,宋晏几道《蝶恋花》云:"梦入江南烟水路,行尽江南,不与离人遇。"即从此诗化出。在醒时多年无法做到的事,在梦中片时就实现了,虽嫌迷离,终觉美好,谁没有这种生活经验呢?诗人在这里给予了动人的再现。

虢州后亭送李判官使赴晋绛得秋字

岑参

西原驿路挂城头,客散江亭雨未收。
君去试看汾水上,白云犹似汉时秋?

【鉴赏】

虢州在唐代属河南道,故城在今河南灵宝市南。"晋绛",指晋州和绛州。晋州治所在今山西临汾市;绛州治所在今山西新绛县。得秋字是指古代文人诗会,每每事先写好韵签,临时拈中或分得某字,即以此字和此字所属韵部的字为韵脚。岑参在这次送别会上得"秋"字,故即以"秋"字和"秋"所属韵部的字为韵脚。

岑参于肃宗乾元二载(759)至上元二载(761)任虢州长史。这首诗就是在虢州送别李判官时写的。起句写送别时的环境。“西原驿路挂城头”。西原是虢州城外驿路经过的地方。虢州地处黄河之南，李判官要去晋绛，必须由西原驿路北出黄河。可能虢州依山筑城，城外群山耸峙，驿路绕山而行，由于山高过城墙，从城外望去，驿路蜿蜒如带，好像挂在城墙一角，表现了山势的高度，人与山的距离，具有立体感。“挂”字用得险而奇。

次句记叙送行场景。一行人陪同李判官来到江亭。送行的人散去之后，行人即将启程奔赴晋绛。这时细雨霏霏，尚未停歇。雨中送行，更加深了离情别意。例如王维的“渭城朝雨浥轻尘”（《送元二使安西》），王昌龄的“寒雨连江夜入吴”（《芙蓉楼送辛渐》），辛弃疾的“带雨云埋一半山”（《鹧鸪天·送人》），李攀龙的“青枫飒飒雨凄凄”（《于郡城送明卿之江西》），都是写雨中送别，借雨景写离情，烟雨迷蒙，给人们心理上笼罩上一层“黯然销魂”的色彩，这是一般送别的共同心情。

三、四句却大大扩展了诗境，由送别转入到思想境界深层次的掘进。“君去试看汾水上，白云犹似汉时秋？”作者为什么要李判官到汾水上去看白云是否还和汉朝时相似？这得先说一个典故，《文选·秋风辞序》：“上（汉武帝）行幸河东（今山西），祠后土，顾视帝京，欣然。（汾水）中流与群臣饮燕，上欢甚，乃自作《秋风辞》”。辞中有“秋风起兮白云飞，草木黄落兮雁南归”的话。汉武帝在位五十多年，是西汉国力鼎盛时期。唐代诗人常以汉喻唐。唐自贞观至开元、天宝初期，国势强盛，媲美汉武而又过之，成为唐人引以为自豪的时期。安史之乱爆发，唐王朝国力一落千丈，几致倾覆，黄河流域遭受战争破坏最为严重。岑参任虢州长史时，安史之乱尚未平息，岑参亲自经历过的开元盛世景象已不复存在，摆在诗人面前的是满目疮痍，民生凋敝，叹国力之衰微，感盛时之不再，抚今思昔，不禁感慨系之。诗人趁李判官赴晋绛之机，深情地托他看看那汾水上的白云啊，还像汉武帝赋秋风辞时那样安闲地飘飞，自由地舒卷吗？弦外之音是：盛世一去不复返，白云千载空悠悠。诗人饱含着对国家命运的深切关怀和无可奈何的叹息，言在白云，意在国家。爱国热情，溢于言表。这首诗的思想意义，已远远超出于一般送别诗之上了。

献封大夫破播仙凯歌

岑　参

官军西出过楼兰，营幕傍临月窟寒，
蒲海晓霜凝马尾，葱山夜雪扑旌竿。

【鉴赏】

天宝十三载(754),岑参第二次出塞,随北庭都护、安西节度使封常清到了北庭(今新疆吉木萨尔)充任安西北庭节度判官。这年冬天,封常清率军西征播仙(今新疆且末)取得胜利后,岑参写了六首诗祝捷,这是第二首。封常清这年加御史大夫,故称封大夫。

起句即点明唐军西征播仙,军出楼兰(今新疆鄯善东南),楼兰是汉代西域一个势力比较强大的部族,唐代诗人常用它来代指那些强悍的部族建立的国家,如岑参诗:"浑驱大宛马,系取楼兰王",(《武威送刘单判官赴安西行营便呈高开府》),王昌龄诗:"不破楼兰终不还。"(《从军行》)都是借指唐代当时的部族国家,在这里指唐军行军的路线、方向。

"营幕傍临月窟寒",月窟,古代传说,极西的地方有月窟,月亮落下去,进入月窟里去了。这里用月窟代指极寒冷、极西的地方。这是说封常清的军队不畏严寒,将军营驻扎在极寒冷的地方,借以显示唐军的勇敢坚强,为以后唐军的胜利作铺垫。

第三句"蒲海晓霜凝马尾","蒲海",指蒲昌海,岑参诗"扬旗拂昆仑,伐鼓震蒲昌"。(《武威送刘单判官赴安西行营便呈高开府》)蒲昌海即今新疆罗布泊,为新疆第一大湖。拂晓行军是天气最寒冷的时候,连马尾也有霜花凝结,那么战士的铠甲上当然不用说也凝结了一层厚厚的霜花,已经是"都护铁衣冷难着"的时候了。

结句"葱山夜雪扑旌竿","葱山",即葱岭,新疆境内的天山、昆仑山都是它的干脉。第四句与第三句构成对偶句,一写晓,一写夜,一是晓霜凝马尾,一是夜雪扑旌竿,正好说明唐军昼夜行军的景况,不用满旌竿、落旌竿,而用"扑"字,形容风雪之猛,以突出行军极为艰苦,正因为他的军队如此能耐受严寒,不畏艰苦,故能取得胜利。

这首诗中的楼兰、蒲海、葱岭和传说中的月窟几个地方,相距遥远,封常清行军,怎么会绕过这么大的弯子呢?要知道,诗歌不是地理教科书,地名不一定落实,读者也没有必要要求诗中地名一一落实,岑参写此诗是采用浪漫主义夸张手法,将几个相距遥远的地名,集中组织在同一幅画面上,形成一幅壮阔雄浑的背景,而唐军却在这一背景中晓行夜宿纵横驰骋,所向披靡。唐军之威武雄壮,战士之英勇顽强,就不言而喻了。

景云 唐朝僧人,幼通经伦,性识超悟,尤喜草书,久而精熟,有意外之妙。尤擅长诗文,留诗三首。

画　松

景　云

画松一似真松树，且待寻思记得无？
曾在天台山上见，石桥南畔第三株

【鉴赏】

景云是盛唐的诗僧。他的《画松》这首诗比较有名。这首诗是通过画松来表现审美主体在审美活动中的艺术感受。

人们在欣赏画图时最基本的要求是逼真。“画松一似真松树”，说明画面上的松与现实生活中的松非常相似，社会生活是艺术创作的源泉，艺术来源于生活，作为艺术品的松要与现实生活中的松非常相似，则画者在下笔之前首先必须对松有仔细地观察，掌握它的特征，在头脑中形成“真松树”的形象，然后画出来才会“一似真松树”。正如文与可画竹，必须首先胸有成竹。“一似”二字传神地写出了审美主体一接触画松时立刻流露出一种惊奇赞叹的神情，为画松的逼真而感到由衷的喜悦。

当审美主体进入画境开始他的审美活动时，即由画境联想到实境。“这样逼真的松树似乎在哪里见过”，正如小说读者接触到小说中典型人物的典型性格时，总不免引起一种似曾相识的感觉，“且待寻思记得无？”他在掌握画境特征的同时，更从自己的生活体验中去寻思，去搜索，从记忆中发现与画境的相似点，将审美活动推向新的阶段，想用实境来印证画境。

突然，他记起来了，“曾在天台山上见，石桥南畔第三株”。这使他感到惊喜，原来这种“似曾相识”的松树酷似天台山石桥南畔第三株松树，这似乎已经指实了，但是画松是不是真正描摹的天台石桥南畔第三株松呢？这却无从考证，也无须考证。

绘画是艺术创造，写诗也是艺术创造，与考据学无缘，本来就不必要也不可能事事落实的。即使没有到过天台石桥，没有见过第三株松的读者，作为审美主体在审美活动中看到画松，读着“石桥南畔第三株”的诗句，也就会在想象中幻现出“石桥南畔第三株”松树的形象和风格，从而产生美感。这是实事虚写。宋范晞文《对床夜话》卷二引周伯弜《四虚序》说：“不以虚为虚，而以实为虚，化景物为情思”，景云这首诗也是运用了这种艺术手法，是由状物的实到写意的虚。“实者逼肖，则虚者自出”（邹一桂《山水画谱》）“画松一似真松树”是“实者逼肖”，审美主体由此而想象出“石桥南畔第三株”是“虚者自出”，何况天台山这个特定环境由于有刘晨、阮肇采药天台遇到仙女的传奇故事，更使天台带有一种神秘色彩，从而暗示出天台松树的个性和风格，又有虚处藏神之妙。

景云的《画松》与其他咏松诗有明显的不同之处，他既不写松树的形态，如虬枝、龙鳞之类，也不写松树的性格，如傲雪、后彫之类，而是从审美主体在审美活动中的艺术感受着笔，实景虚写，虚处藏神，在虚实相生的妙用中暗示出画松之神。写法有独特之处。

刘方平 生卒年不详，洛阳人，生活在天宝至大历年间。有才不遇，隐居颍水、汝河之滨，终生不仕，见称于时。与皇甫冉为诗友。工诗，善画山水。《全唐诗》存诗一卷。

月　　夜

刘方平

更深月色半人家，北斗阑干南斗斜①。
今夜偏知春气暖，虫声新透绿窗纱②。

【注释】

①更深：夜深。半人家：指斜月照亮了半个庭院。阑干：纵横的样子。古乐府《善哉行》：“月落参横，北斗阑干。”

②偏知：出乎意料地感知。新：刚，初。

【鉴赏】

诗人撇开春的标志，摄取静谧又散发着寒意的月夜景象，体物入微，表达了春临人间之欣喜和宽慰。

一二两句从仰观的角度写月夜的静穆幽丽。夜半更深，月亮斜悬天空，映照着家家户户，一半庭院沐浴在明亮的月光中，另一半则被夜的暗影笼罩着。通过明暗的对比，更加衬托出月夜的静谧和庭院的空寂。接着，诗人由近及远，把视线由"人家"引向无垠的天宇，让读者感到那一望无际的苍天也被夜的静寂笼罩着，只有一轮斜月和横斜的北斗星南斗星在无言地暗示时间的流逝。

三四两句通过虫声写月夜中透露的春意。此诗最传神的诗句是末句"虫声新透绿窗纱"，而此句之妙全在一"新"字。夜半更深，夜寒袭人、万籁俱静之时，敏感的虫儿却首先感受到了夜气中所散发的春的信息，从而清脆地、欢快地鸣叫；而虫声又"新透绿窗纱"，让诗人感觉到春天的来临。诗人被虫儿欢快的鸣叫所感染，不禁联想到春回大地的美好画卷。"偏知"的主语应该是试鸣新声的虫儿。"新"不仅表达了期盼冬去春来的人听到第一个报春信息的新鲜感、欢愉感，而且与"偏知"相呼应。

诗人构思新颖，独辟蹊径，选取很少为人写的月夜来写春天的来临，从虫声中感受春的信息，从寒气袭人中写出春的暖意。诗人还具有敏锐、细腻的感受能力。一二两句是静态描写，三四两句是动态描写，"虫声"打破了万籁俱静，"偏知""透""绿"让读者实实在在感受到变化，感受到诗人的欣喜。

春　怨

刘方平

纱窗日落渐黄昏，金屋[①]无人见泪痕。
寂寞空庭春欲晚，梨花满地不开门[②]。

【注释】

①金屋：华美的宫室。《汉武故事》记载，汉武帝做太子时，其姑母承诺把女儿陈阿娇许配给他，他高兴地说："若得阿娇，当以金屋藏之。"

②不开门：因无心观赏那快要消逝的春光，而房门紧掩。

【鉴赏】

这首诗主要抒写宫女触暮春之满地梨花而生失宠后的怨恨之情，也表达诗人自己不遇之时的内心牢骚。

首句点时，写时间之晚。室内的光线随着纱窗日落、黄昏降临，变得越来越昏暗。既写"日落"，又写"黄昏"，加重了暮色的昏暗，一开始就营造了孤独、凄凉之氛围。

次句点人，同时点"春怨"之题。"金屋"活用典故，表明所写之地是与世隔绝的深宫，所写之人是禁锢在宫内的少女。"无人"既可理解为无人宠幸，也可理解为室内无人。"金屋无人"表现了昔日的恩宠和今日的被弃，处境是如何大不相同。"泪痕"即指长期流泪而形成了印痕，说明流泪是常事，说明孤寂已使宫女十分伤心。

第三句写季节已逢暮春。暮春时节，百花凋残，庭院空空如也，宫女此时所处的环境也一片凄凉。照应了次句，宫女置身于这样凄凉孤寂的环境之中，注定要以泪洗面。

第四句直承二三两句，对其补充和引申。梨花遍地却无心欣赏。因"春欲晚"，所以"梨花满地"；因"无人"，所以"寂寞空庭""不开门"。"不开门"一定与世隔绝，更加重了孤寂程度。景色衰败则宫女姿容憔悴，无人过问用落花作比，怨情隐含其中。

这首诗由内写到外，由近写到远：一二句写屋内，三四句写庭院；从屋内的黄昏将至写到屋外的晚春落花，从近处的无人写到院空门不开。诗人运用象征手法，赋予“日落”“黄昏”“春欲晚”“梨花满地”等词以宫女命运和凄凉心境的象征意义。全诗以第二句为中心，层层烘托宫女心中的怨情。

采 莲 曲

刘方平

落日清江里，荆歌艳楚腰。
采莲从小惯，十五即乘潮。

【鉴赏】

《采莲曲》是乐府诗旧题，又称《采莲女》《湖边采莲妇》等，为《江南弄》七曲之一，内容多描写江南采莲妇女的生活。历来写采莲曲的很多，但写得出色也颇不容易。而这首小诗只用了二十个字就惟妙惟肖地塑造了一个可爱的采莲劳动妇女形象。

首二句写日落时分，江水清澈，余晖掩映，金波粼粼，荡漾着苗条美丽女子的婉转歌声。诗一开头就用朴素的语言描绘出江南日暮的迷人景色。第二句起首巧用“荆歌”二字进而渲染了江南气氛，接着作者又抓住最具特征的细腰来勾勒提掇江南女子的轻盈体态。此处“艳”字用得极妙，不仅与上句里的“清”字相映成趣，而且活灵活现地展现了她的美丽外貌。一字传神，足可与“春风又绿江南岸”中的“绿”字媲美。联系首句，不由得使人想象到红色的晚霞给她披上了绚丽的衣裳，给她增添了姿色；她的美貌与动人的歌声，也为“日暮清江”增添了风光。

已经日落黄昏，她还在江上干什么呢？唱的又是什么歌儿呢？诗的第三句揭了这个谜，原来她在采莲。傍晚还在采莲，表现了她的勤劳，边采边唱，勾画出她开朗的性格和愉快的心情。至此，有声有色，有景有情，有静有动，一幅充满浓郁水乡生活气息的采莲图跃然纸上。但是诗人并不满足于绘声绘色地描写一个采莲的场面，而着重于刻画采莲人。由“从小惯”三字，我们一方面可以知晓她采莲熟练，另一方面也说明她健康朴实，从小就培养出勤劳的品质。联系日暮采莲，自然让人了解到采莲是项繁重的劳动，反映出当时劳动人民的艰苦生活，顺势带出第四句“十五即乘潮”，使意境更深一层：原来她在小小年纪就能驾驭风浪，该是多少勇敢多么勤劳啊！这两句不仅写出采莲女的能干和劳动本色，而且使人享受到一种健康纯朴的美。

这具“象牙微雕”是从环境描写到人物外貌到人物心灵逐层深入，情景兼容，由于诗人择词炼字功力很深，使人恍若身历其境。诗的语言朴素自然，民歌味道很浓，寥寥数语，涵盖万千。

裴迪　生卒年不详，关中人，天宝后为蜀州刺史，曾官尚书省郎。与王维、崔兴宗隐居终南山，在王维别墅与之唱和。肃宗上元元年（760）宦游蜀中，又曾与杜甫诗酒唱和，杜甫《和裴迪登新津寺寄王侍郎》云：“风物悲游子，登临忆侍郎。”可见其一生是很不得意的。《全唐诗》录存其诗二十九首。

送崔九

裴迪

归山深浅去，须尽丘壑美。
莫学武陵人①，暂游桃源里。

【注释】

①武陵人：指陶渊明《桃花源记》中的武陵人。

【鉴赏】

崔九，即崔兴宗，他曾与作者和王维隐居终南山，互相唱和。这首诗是裴迪送崔兴宗归山隐居之作，劝勉其隐居山中，寄情山水，不要再出来。

“归山深浅去，须尽丘壑美。”这两句是说这次回到山里之后，不论入山深浅，都要饱览山川之秀丽，林木之幽美。这当然是劝勉崔兴宗不要再留恋世俗的生活，把对山水的感情升华到一种与世俗生活相对立的高度，这与他们对现实的厌倦与反感有关。“莫学武陵人,暂游桃源里。”这两句是劝崔兴宗隐居丘壑,既然在山水间找到了生活的真趣,就不要再从那个境界里返回到现实中来了。这一方面表达了对隐居生活的肯定,另一方面也表达了对现实的不满。作者为什么要人留恋那个“不知有汉,无论魏晋”的世外桃源呢?

这是由于他们在现实中屡屡失败,一方面产生了对现实生活的反感,另一方面也更深刻地认识了现实生活。作者生活的时代大约属于唐玄宗和唐肃宗时期,这首诗大约作于唐玄宗后期。那个时候由于唐玄宗任用奸相李林甫,宠幸杨贵妃,政治十分黑暗,下层知识分子无法入仕,像裴迪、崔兴宗这样的寒士没有出路。所以他们宁愿隐居山林,过一种与世隔绝的生活。因此作者劝他的朋友,既然在山水之间找到了真趣,找到了自己思想感情的寄托,就不要像陶渊明《桃花源记》里的武陵人一样,找到了桃花源却轻易地放弃了。作者认为这是一个错误,因此他说:“莫学武陵人,暂游桃源里。”

这首诗语言浅显易懂,但立意很深,不失为一首好诗。

华 子 岗

裴 迪

日落松风起,还家草露晞。
云光侵履迹,山翠拂人衣。

【鉴赏】

这首五言绝句作于安史之乱前。当时作者与其好友、著名诗人王维同隐居于陕西省蓝田县南终南山下的辋川口。王维曾有《辋川闲居赠裴秀才迪》,二人过着“倚杖柴门外,临风听暮蝉”,“复值接舆醉,狂歌五柳前”的闲适生活,弹琴赋诗,啸咏终日。辋川有二十景,华子岗为其中之一。王维于每景作五言绝句一首,裴迪则逐首和之。这首短诗描绘了华子岗秋日黄昏时的风光。

诗的首二句将落日、松风与家用一“落”、一“起”、一“还”连缀,给人以动感,妙合机巧,相映成趣。晞,干,《诗经·秦风·蒹葭》:"蒹葭萋萋,白露未晞。"三、四句中,"侵""拂"二字,将"云""山"拟人化,真所谓一字落下,境界全出。诗人将自己的感情融入景物之中,描绘出悠然自得、陶醉于自然风光之中的忘我境界,与王维的原作相比,似乎更高出一筹。

皇甫冉 (716~769),字茂政,安定(今甘肃泾川北)人,寓居丹阳(今江苏南京)。天宝十五年(756)进士及第,授无锡尉。大历初(766),王缙为河南节度使,辟掌书记。后为左金吾卫兵曹参军,仕终右补阙。"大历十才子"之一,喜与方外交游,诗中多写宦游漂泊的感慨和隐逸山水的闲情。《全唐诗》录其诗二卷。

春　思

皇甫冉

莺啼燕语报新年,马邑龙堆路几千①?
家住层城临汉苑②,心随明月到胡天③。
机中锦字论长恨④,楼上花枝笑独眠⑤。
为问元戎窦车骑⑥,何时返旆勒燕然⑦?

【注释】

①马邑:秦时筑马邑城,为战略要地,相传秦筑城时,屡筑屡崩。忽有马来周旋行走,急按其蹄迹以筑,遂成。故址在今山西朔县东北。龙堆:白龙堆,在今新疆沙漠地带,古时为通西域之要道。诗以"马邑""龙堆"泛称边关战地。路几千:形容路远得无法计程。

②层城:神话传说中的昆仑山有城九重,最上一层叫层城,为天帝所居。这里借指唐都长安城。汉苑:借指唐代的帝王宫苑。

③胡天:这里指边关一带。

④机中锦字:东晋窦滔因罪徒流沙(西域),其妻苏惠思之甚苦,织锦为《回文璇玑图》,上有诗文800余字,纵横反复可读,词甚凄婉。一说窦滔镇襄阳,对苏蕙恩衰爱弛,苏蕙悲成《回文璇玑图》,滔读后悔恨涕零,遂与苏蕙复好如初。论长恨:倾吐心中离别的极度悲恨。

⑤“楼上”句:是说春宵独宿,竟为楼上花枝见笑。暗含见花而叹怨青春寂寞之意。

⑥为问:犹言“请问”。元戎:军中主帅。窦车骑:后汉窦宪,曾以车骑将军追北单于,大胜,登燕然山(今蒙古人民共和国的杭爱山),刻石纪功,命班固作《燕然山铭》,史称“燕山勒铭”。这里以窦车骑泛称唐边关主帅。

⑦返旆:喻班师凯旋。旆,一种旗帜。勒:刻。这两句意谓:什么时候战争才能结束,从征丈夫才能归来呢?

【鉴赏】

此为一首闺怨诗。全诗用女主人公的口气来描写,将她的心理活动刻画得生动形象,细腻传神,把一位少妇的相思之苦和盼夫归的急切之情表现出来。一句“心随明月到胡天”已将自己的心与远方的丈夫紧紧地相连。方东树说此诗“前四句,一彼一此,属对奇丽,而又关生有情,所以为佳”。又说:“此等诗,色相不出齐梁,而意用则去三百篇(指《诗经》)不远。”(《昭味詹言》)

送李录事赴饶州

皇甫冉

北人南去雪纷纷，雁叫沙汀不可闻。
积水长天随远客，荒城极浦足寒云。
山从建业千峰出，江至浔阳九派分。
借问督邮才弱冠，府中年少不如君。

【鉴赏】

前半部主要写送别时的情景，虚实相衬，景在虚实之间，雨雪纷纷，极浦寒云，为实景；雁叫汀洲，积水长天，为虚景。无论虚实，或比或兴，都表达出作者的离情别绪，后一部分有慰勉之意，或以山水之高远劝勉，或以古人之事迹为慰，因而志得气扬，是送别诗之上焉者。

元结

(719~772)，字次山，号漫郎、聱叟，曾避难入猗于洞，因号猗于子，河南鲁山人。天宝十二年(753)进士，因招募义军抗击史思明有功，广德二年(764)授道州刺史，后迁容管经略史。在诗歌创作上，他极力反对"拘限声病，喜尚形似"的形式主义诗风，平生不做近体诗，古诗也平直朴素、简淡自然、自成一格。内容多讽喻时政，反映民生疾苦。

贼退示官吏 并序

元　结

癸卯岁，西原贼入道州，焚烧杀掠，几尽而去。明年，贼又攻永破邵，不犯此州边鄙而退。岂力能制敌欤？盖蒙其伤怜而已。诸使何为忍苦征敛？故作诗一篇以示官吏。

昔岁逢太平，山林二十年。
泉源在庭户，洞壑当门前。
井税[①]有常期，日晏犹得眠。
忽然遭世变，数岁亲戎旃[②]。
今来典[③]斯郡，山夷又纷然。
城小贼不屠，人贫伤可怜。
是以陷邻境，此州独见全。
使臣将王命，岂不如贼焉？
今彼征敛者，迫之如火煎。
谁能绝人命，以作时世贤。
思欲委符节，引竿自刺船[④]。

将家就鱼麦，归老江湖边。

【注释】

①井：即“井田”。井税：这里指赋税。

②戎旃：军帐。

③典：治理。

④委：弃。刺船：撑船。

【鉴赏】

这是一首政治诗，诗的前序详细说明了作诗的缘由。癸卯年，即唐代宗广德元年(763)，少数民族“西原蛮”发动了反对唐王朝的武装起义，先攻占了道州，第二年，又攻占了永州和邵州，却放弃了再次攻占道州的机会。诗人这时正好在道州任刺史，诗人认为，“贼人”没有再次攻打道州的原因是“伤怜”百姓而已。贼人都知道同情百姓，而朝廷派下来的征税的官吏却依然横征暴敛，不顾人民的死活。愤慨之余，诗人留下了这首讽刺诗。

全诗共分四段。前六句为第一段，写昔岁太平日子，生活的闲适满足，其中“泉源在庭户，洞壑当门前”很有陶渊明诗歌的韵味。七至十四句为第二段，写“贼人”不攻打道州的原因，说明像盗贼之辈尚有哀怜之心，为后来对比官吏的残忍做铺垫。十五至廿句为第三段，直接抨击官吏，用“岂不如贼焉”表达了对于不体恤人民的使臣们的愤怒。最后四句为第四段，表明自己的心志：宁愿弃官，也不愿做所谓“能臣干吏”来迫害贫苦百姓。宁愿“将家就鱼麦，归老江湖边”，过恬淡平静的生活。

诗直陈其事，不尚辞藻，不事雕饰，用白描手法直抒胸臆，具有一种自然天成之美。

石鱼湖上醉歌 并序

元　结

漫叟以公田米酿酒，因休暇则载酒于湖上，时取一醉。欢醉中，据湖岸引臂向鱼取酒，使舫载之，遍饮坐者。意疑倚巴丘酌于君山之上，诸子环洞庭而坐，酒舫泛泛然触波涛而往来者，乃作歌以长之[①]。

石渔湖，似洞庭，夏水欲满君山青。
山为樽，水为沼，酒徒历历坐洲岛[②]。
长风连日作大浪，不能废人运酒舫[③]。
我持长瓢坐巴丘，酌饮四座以散愁。

【注释】

①漫叟：元结的别号。疑：似。长：犹助兴。

②樽：酒杯。沼：水池，引申为酒水。历历：井然有序，清清楚楚的样子。

③舫：小船。

【鉴赏】

元结在代宗时，曾任道州刺史，其间他写了好几首吟石鱼湖的诗。在《石鱼湖上作序》云："泉南上有独石在水中，状如游鱼。鱼凹处，修之可以贮酒。水涯四匝，多欹石相连，石上堪人坐，水能浮小舫载酒，又能绕石鱼洄流，乃命湖曰石鱼湖，镌铭於湖上，显示来者，又作诗以歌之。"又有诗云："吾爱石鱼湖，石鱼在湖里，鱼背有酒樽，绕鱼是湖水。”

这首诗同样也表达了作者对石鱼湖的热爱。开始三句把石鱼湖和洞庭湖来对比，气魄很大。其实，石鱼湖之大是在诗人的心中，而不是它的外貌，是由于诗人如此的钟爱石鱼湖，因此石鱼湖在诗人的心中就和洞庭湖一样的浩渺无边了。四到八句纪实，虽然没有惊人之语，却也正好反映了元结叙事平易的诗歌特点。诗的结尾耐人寻味，“酌饮四座以散愁”正是诗人对现在不满与无奈之举。然而，喝酒散愁只能暂时地麻痹一下自己，所谓“抽刀断水水更流，举杯消愁愁更愁”。诗人苦闷主要来自他悲天悯人的平民思想，而在当时，要统治者关心民众几乎是不可能的事情，因此他就只能幻想归隐山水之间，求醉以解千愁了。

诗的格调清新、风格朴素、平易自然、不拘形式，充分展示了他自己独有的诗歌创作风格。

春　陵　行　并序

元　结

癸卯[①]岁，漫叟[②]授道州刺史。道州旧四万馀户，经贼[③]已来，不满四千，大半不胜赋税。到官未五十日，承诸使征求符牒[④]二百馀封，皆曰：“失其限者，罪至贬削。”於戏！若悉应其命，则州县破乱，刺史欲焉逃罪；若不应命，又即获罪戾，必不免也。吾将守官，静以安人，待罪而已。此州是春陵故地，故作《春陵行》以达下情。

军国多所需，切责在有司。
有司临郡县，刑法竞欲施。
供给岂不忧？征敛又可悲。
州小经乱亡，遗人实困疲。
大乡无十家，大族命单羸。
朝餐是草根，暮食仍木皮。
出言气欲绝，意速行步迟。
追呼尚不忍，况乃鞭扑之！

邮亭传急符，来往迹相追。
更无宽大恩，但有迫促期。
欲令鬻儿女，言发恐乱随。
悉使索其家，而又无生资。
听彼道路言，怨伤谁复知！
“去冬山贼来，杀夺几无遗。
所愿见王官，抚养以惠慈。
奈何重驱逐，不使存活力！”
安人天子命，符节我所持⑤。
州县忽乱亡，得罪复是谁？
逋缓⑥违诏令，蒙责固其宜。
前贤重守分，恶以祸福移。
亦云贵守官⑦，不爱能适时。
顾惟孱弱者，正直当不亏。
何人采国风，吾欲献此辞。

【注释】

①癸卯：唐代宗广德元年(763)。

②漫叟：元结号。

③贼：广德元年冬，“西原蛮”少数民族占领道州月余。“贼”是对“西原蛮”的诬称。

④征求符牒：征敛赋税的公文。

⑤“符节”句：即受朝廷任命来做官。

⑥逋缓：指缓征租税。

⑦守官：指忠于职守。

【鉴赏】

这首《舂陵行》是元结的代表作之一，曾博得杜甫的激赏。杜甫在《同元使君舂陵行》诗中说：“观乎《舂陵》作，歘见俊哲情。……道州忧黎庶，词气浩纵横。两章(指《舂陵行》及《贼退示官吏》)对秋月，一字偕华星。”《舂陵行》确实是灿若秋月华星的不朽诗篇。

唐代宗广德元年(763),诗人任道州(治今湖南道县)刺史;第二年五月,诗人来到任所。道州旧有四万多户人家,几经兵荒马乱,剩下的还不到原来的十分之一。人民疲困不堪,而官府横征暴敛却有增无已。元结目睹民不聊生的惨状,曾上书为民请命,并在任所为民营舍、给田、免徭役,很有政绩。他的《舂陵行》,就反映了当时苦难的现实,表现了他对人民的同情。

全诗分为三部分。前四句是第一部分,写上情,概括叙述了赋税繁多,官吏严刑催逼的情况。"军国多所需"是本诗的关键,是人民痛苦的根源,诗人痛感于赋税的繁重,所以开篇提明,单刀直入。这么多的需求,哪儿来呢?自然是命地方官去找老百姓要,于是引出下文。"切责在有司,有司临郡县",顶针句的运用,从形式上造成一种紧迫感,表现上级官府催促之急。而官吏却一个赛似一个地施用重刑,催逼频繁而严厉,百姓怎么受得了呢?短短数语,渲染了一种阴森恐怖的气氛。

"供给岂不忧"至"况乃鞭扑之"是第二部分,写下情,具体描述百姓困苦不堪的处境。前两句"忧"与"悲"对举,通过反诘、感叹语气的变化,刻画了一个封建时代的良吏的矛盾心理:既忧虑军国的供给,又悲悯征敛下的百姓。诗句充满对急征暴敛的反感和对人民的深切同情。在这屡经乱亡的年代,百姓负担重荷,"困疲"已极。诗人只选取了"大乡""大族"来反映,他们尚且以草根树皮为食,小乡小户的困苦情况就更不堪设想了。"出言气欲绝,意速行步迟",只用两句诗,就活画出被统治阶级苛剥殆尽的百姓的孱弱形象。由此而引起的诗人的同情和感慨,“追呼尚不忍,况乃鞭扑之”,又为第三部分的描写埋下了伏线。

前两部分从大处着笔,勾画出广阔的社会背景,下面又从细处落墨,抽出具体的催租场景进行细致的描写。

“邮亭传急符”以下是第三部分,写诗人在催征赋税时的思想活动。诗人先用“急符”二字交代催征的紧急。接着再加一句“来往迹相追”,一个“追”字,具体形象地展现出急迫的情状。诗人深受其累,在这首诗的自序中说:“到官未五十日,承诸使征求符牒二百余封,皆曰:“失其限者,罪至贬削。”

然后集中笔墨揭示诗人的内心世界,把诗人的感情变化写得非常委婉,非常细腻。一开始,诗人设想了各种催缴租税的办法:让他们卖儿卖女——不行,那样会

逼得他们铤而走险;抄家以偿租赋——也不行,他们还靠什么生活呢?写到这里,诗人荡开一笔,借所听到的“道路言”表现人民的怨声载道。“重驱逐”的“重”字,既照应前面的“乱亡”“山贼”字样,也写出官凶于“贼”的腐败政治现实,表现出强烈的怨愤情绪。这就促使诗人的思想发生了变化:诗人由设法催促征敛,转而决心笃行守分爱民的正直之道,甚至不顾抗诏获罪,毅然做出了违令缓租的决定。希望自己的意见能上达君王,请求最高统治者体察下情,改革现状。

在这一部分,诗人发了很多议论。这是他激烈思想斗争的表现,是心声的自然

流露。诗人通过这些议论，具体深刻地展示了自己思想感情的变化过程和根据，波澜跌宕，感人至深。

这首诗以情胜，诗人“情动于中而形于言”，用朴素古淡的笔墨，倾诉内心深处的真情实感，有一种感人肺腑的力量。诗中心理描写曲折细腻，淋漓尽致地展现作为封建官吏的诗人，从忧供给到悲征敛，从催逼赋税到顾恤百姓，最后献辞上书，决心“守官”“待罪”（见序），委曲深细，“微婉顿挫”（杜甫《同元使君春陵行序》）。这首诗不尚辞藻，不事雕琢，用白描的手法陈列事实，直抒胸臆，而韵致自在方圆之外，正如金元好问《论诗绝句》所说“浪翁（元结自号浪士，故称浪翁）水乐无宫徵，自是云山韶濩音”，具有一种自然美、本色美。

欸乃曲五首（其二）

元结

湘江二月春水平，满月和风宜夜行。
唱桡欲过平阳戍，守吏相呼问姓名。

【鉴赏】

本诗作于大历二载（767）。作者（时任道州刺史）因军事诣长沙都督府，返回道州（治今湖南道县）途中，逢春水大发，船行困难，于是作诗五首，“令舟子唱之，盖以取适道路云”（诗序）。“欸乃”为棹声。“欸乃曲”犹船歌。

从长沙还道州，本属逆水，又遇江水上涨，怎么能说“宜夜行”呢？这样写，是正因为实际情况不便行舟，才需要努力和乐观的缘故。诗的前两句将二月湘江之夜写得平和美好，“春水平”写出了江面的开阔，“和风”写出了春风的和煦，“满月”写出月色的明朗。诗句洋溢着乐观精神，深得民歌之神髓。

三、四句是诗人信手拈来一件行船途遇之事，做入诗中：当桨声伴着歌声的节拍，行驶近平阳戍（在衡阳以南）时。突然传来高声喝问，打断了船歌：原来是戍守的官吏在喝问姓名。

如此美好、富于诗意的夜里，半路“杀”出一个“守吏”，还不大煞风景吗？本来应该听到月下惊乌的啼鸣，远村的犬吠，那才有诗意呢。前人也一直是这样写的，但此诗一反前人老套，另辟新境。“守吏相呼问姓名”，这个平凡的细节散发着浓郁的时代生活气息。在大历年间，天下早不是“九州道路无豺虎，远行不劳吉日出”

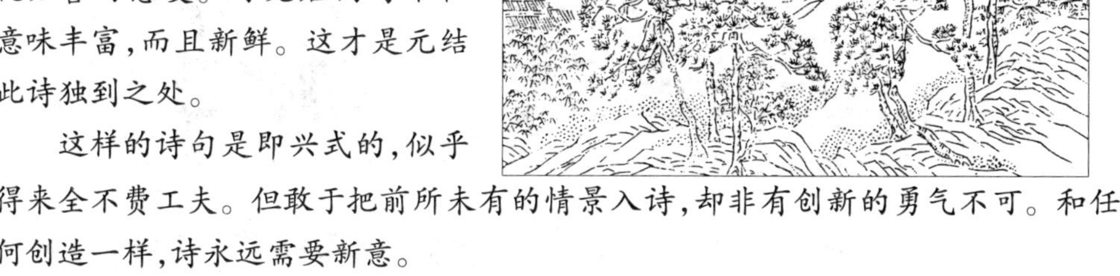

（杜甫《忆昔》）那般太平了。元结做道州刺史便是在“州小经乱亡”（《舂陵行》）之后。春江月夜行船，遇到关卡和喝问，破坏了境界的和谐，正反映出那个时代的特征。其次，这一情节也写出了夜行船途中异样的感受。静夜里传来守吏的喝问，并不会使当时的行人意外和愕然，反倒有一种安全感。当船被发放通行，结束了一程，开始了新的一程，乘客与船夫都会有一种似忧如喜的感受。可见后两句不但意味丰富，而且新鲜。这才是元结此诗独到之处。

这样的诗句是即兴式的，似乎得来全不费工夫。但敢于把前所未有的情景入诗，却非有创新的勇气不可。和任何创造一样，诗永远需要新意。

孟云卿 字升之，平昌（商河县西北）人。约生于725年（唐开元十三年）。天宝年间赴长安应试未第，30岁后始举进士。肃宗时为校书郎。存诗17首。其诗以朴实无华语言反映社会现实，为杜甫、元结所推重。孟云卿与杜甫友谊笃厚。758年（乾元元年）夏，杜甫出任华州司公参军，行前夜饮话别，并以诗相赠，即《酬孟云卿》。同年冬，他们在洛阳相遇，同到刘颢家中畅饮。杜甫又写了《冬末以事之东郊，城湖东遇孟云卿，复归刘颢宅宿，饮宴散因为醉歌》一诗，记叙此次邂逅相遇彼此喜悲交集的情景，表达了诗友间的诚挚感情。

寒　食

孟云卿

二月江南花满枝，他乡寒食远堪悲。
贫居往往无烟火，不独明朝为子推。

【鉴赏】

孟云卿天宝年间科场失意后，曾流寓荆州(治今湖北荆州市)一带，过着极为贫困的生活。就在这样的漂泊流寓生活中的一个寒食节前夕，他写下了这首绝句。

寒食节在冬至后一百零五天，当春二月。由于江南气候温暖，二月已花满枝头。诗的首句描写物候，兼点时令。一个"满"字，传达出江南之春给人的繁花竞丽的感觉。这样触景起情，颇觉自然。与这种良辰美景相配的本该是赏心乐事，第二句却出人意外地写出了"堪悲"。作者乃关西人，远游江南，独在他乡，身为异客；寒食佳节，倍思亲人，不由悲从中来。加之，这里的"寒食"二字。除了指节令之外，还暗含少食、无食之意，一语双关，因此"他乡寒食"也就更其可悲了。

诗中常见的是以哀景写哀情，即陪衬的艺术手法。而此诗在写"他乡寒食远堪悲"前却描绘出"二月江南花满枝"的美丽景色，在悲苦的境遇中面对繁花似锦的春色，便与常情不同，正是"花近高楼伤客心"，乐景只能倍增其哀。恰当运用反衬的艺术手法，表情也就更有力量。

下联承上句"寒食"而写到断火。寒食禁火的习俗，相传为的是纪念春秋时贤者介子推。在这个节日里，人们多外出游春，吃现成食物。野外无烟，空气分外清新，景物尤为鲜丽可爱。这种特殊的节日风物与气氛会给人以新鲜愉快的感受，而对于古代贤者的追思还会更使诗人墨客逸兴遄飞，形于歌咏。历来咏寒食诗就很不少，而此诗作者却发人所未发，由"堪悲"二字，引发出贫居寒食与众不同的感受来。寒食"无烟火"是为纪念介子推相沿而成的风俗，而贫居"无烟火"却是为生活所迫的结果。对于富人来说，一朝"断炊"，意味着佳节的快乐；而对于贫家来说，"往往"断炊，包含着多少难堪的辛酸！作者巧妙地把二者联系起来，以"不独"二字轻轻一点，就揭示出当时的社会本质，寄寓着深切的不平。其艺术构思是别致的。将貌似相同而实具本质差异的事物对比写出，这也是一种反衬手法。

此诗借咏"寒食"写寒士的辛酸，却并不在"贫"字上大做文章。试看晚唐张友正《寒食日献郡守》："入门堪笑复堪怜，三径苔荒一钓船。惭愧四邻教断火，不知厨里久无烟。"就其从寒食断火逗起贫居无烟，借题发挥而言，艺术构思显有因袭孟诗的痕迹。然而，它言贫之意太切，清点了一番家产不算，刚说"堪笑""堪怜"，又道"惭愧"；说罢"断火"，又说"无烟"。不但词芜句累，且嫌做作，感人反不深。远不如孟云卿此诗，虽写一种悲痛的现实，语气却幽默诙谐。其三、四两句似乎是作者自嘲：世人都在为明朝寒食准备熄火，以纪念先贤；可像我这样清贫的寒士，天天过着"寒食"生涯，反倒不必格外费心呢。这种幽默诙谐，是一种苦笑，似轻描淡写，却涉笔成趣，传达出一种攫住人心的悲哀。这说明诗忌刻露过火，贵含蓄耐味。而此诗也正由于命意新颖，构思巧妙，特别是恰当运用反衬手法，亦谐亦庄，耐人咀嚼，才使它成为难以数计的寒食诗中不可多得的佳作。

张继　生卒年不详，字懿孙，襄州（今湖北襄阳）人。天宝十二年（753）进士，曾任检校祠部员外郎、洪州盐铁判官。其诗多登临纪行之作，"不雕不饰，丰姿清迥，有道者风"（《唐才子传》）。有《张祠部诗集》。

枫桥[①] 夜泊

张　继

月落乌啼霜满天，江枫[②]渔火对愁眠。
姑苏城外寒山寺[③]，夜半钟声到客船。

【注释】

①枫桥：在苏州城外的枫桥镇。

②江枫：江边的枫树。

③姑苏：苏州的别称。寒山寺：在枫桥的东面。

【鉴赏】

月亮落了，乌鸦啼叫，寒霜仿佛挂了满天；江边的枫，渔家的火，相对亦在愁眠。

姑苏城外，寒山寺里，钟声悠然传远；夜泊船上，可怜孤客。听来更忆家乡。

第一句“月落乌啼”如前文所述，“霜满天”三字则颇费解，霜是凝结在地上的，怎么能凝结在天上呢？此处“霜满天”有两层意思：一是月光本身则如霜一般，二是，此时正值秋季，可能秋霜满地。但这满地的秋霜与满天的月色混杂一起，似乎满天满地都是霜，准确说是“满眼霜”。而作者眼睛又是向上看的，于是索性写作“霜满天”。“江枫渔火对愁眠”有两种解释：一是江枫与渔火对着“我”这个“愁眠”的人，也就是对着不能入睡的我。二是江枫与渔火相对而同时坠入愁眠的状态：看来似乎第二种说法更入情理。这里的江枫是指秋季江边红红的枫树；这里的渔火是指船上渔家夜里的灯火。二者都在深夜里带着入眠的气息，又遥遥相对，形成“对愁眠”的景况。而这种“对愁眠”的两种景物（渔火之眠实则是写渔家之眠）与作者的不眠正好形成鲜明的对照。因为这两件相对而愁眠的东西均在作者的眼里，所以下边引出三、四句：“姑苏城外寒山寺，夜半钟声到客船。”这时作者才出场，是在聆听着“夜半钟声”时才有所感悟的。这后两句与前两句相映衬，显得格外有意蕴。作者身在“客船”之上，显然是抛别家乡的天涯孤旅。而作者又住在船上，显然是环境艰苦的。前文提到江枫渔火，渔船上的人家虽然也住在船上，但那船上就是他们的家。作者也住在船上，却仍是天涯孤旅。此时钟声又从寒山寺传来，这是夜半报时的钟声。寒山寺里的和尚都有栖身之地，这钟声好像是在提醒作者，夜半更深了，是该回家的时候了。

阊门即事

张　继

耕夫召募逐楼船，春草青青万顷田。
试上吴门窥郡郭，清明几处有新烟？

【鉴赏】

这是一首丧乱诗，真实、形象地描绘出战乱带给苏州地区人民的深重灾难。

全诗采用一句一层、逐层深入的写法直抒即目所见。首句写耕夫被召募从军，随战船（“楼船”）出征去了，田无人耕种。二句写即目所见，万顷良田，不长庄稼，长满了青草。三句写登上阊门观望满目凄凉的千村万落。吴门即阊门，苏州城郊外西门，城楼巍峨雄峙，是苏州的重要标志。一个“试”字，写出了诗人身未上城心先惊的心理。四句融情入景；“清明几处有新烟？”我国古代习俗，寒食禁火三日，至清明始重新点火，所以称新烟。原本誉为“上有天堂，下有苏杭”的富庶之地，如今人烟寥落，一个问句，使诗人心头积郁的忧忿倾然而出。全诗将野草的繁茂与人烟的稀少对比，万顷与几处相应，末句又以设问作结，诗人的

感伤与忧忿，层层递进，步步深入；诗人又精心地选择了特定的地点：富庶的苏州，特定的时间：新烟当四起的清明，从而强化了感情的深度与力度。千载之下的今天，读来仍令人泪水潸然。高仲武评他的诗“事理双切”，“秀发当时，诗体清迥”（《中兴间气集》），此评不为虚妄。

贾至 （718~772）字幼邻，洛阳（今属河南）人。初为单父尉。肃宗时为中书舍人，出为汝州刺史，因事贬岳州司马。后官至右散骑常侍。《全唐诗》存其诗一卷。

初至巴陵与李十二白裴九同泛洞庭湖

贾　至

枫岸纷纷落叶多，洞庭秋水晚来波。
乘兴轻舟无近远，白云明月吊湘娥①。

【注释】

①湘娥：相传舜帝南巡病逝，葬于苍梧。其二妃娥皇、女英乃尧帝之女，闻讯赶去，路断洞庭君山，恸哭流涕，投身湘水而死，成为湘江水神，至今君山上仍有二妃之墓。

【鉴赏】

这是一首情景诗。

作者"尝以事谪守巴陵（今湖南岳阳），与李白相遇，日酣杯酒"（辛文房《唐才子传》）。在一个深秋的晚上，他和李白、裴九驾轻舟同游巴陵胜景——洞庭湖。后作者据此事写组诗，这里选其二。

首二句勾画出一片萧瑟的秋景：洞庭湖岸边一带枫树上多数的红叶已纷纷飘落；清澈的洞庭湖秋水盈盈，荡漾着傍晚的粼粼碧波。"见叶落而知秋"，而"纷纷落叶多"落的又是经霜的枫叶，可见秋风之紧，秋意之浓。作者以悠扬的音韵，明丽的色彩，描绘出了那洞庭晚秋的清幽暮色。

后二句描写出三位友人泛舟湖上的勃勃兴致：诗友们乘着酒兴纵情游览在八百里洞庭湖中。他们让一叶轻舟随水漂流，不论远近，任意东西；仰望朗朗天穹，白云浮动，明月高挂，不免怀着幽幽情思凭吊那投水而死的舜帝二妃。"乘兴"句形象地表达了三位诗友放任自然、超逸洒脱的性格；"白云"句于遐想中弥漫着作者一层淡淡的哀愁。二妃对舜帝无限忠贞之情引起了作者的同情与凭吊；自己忠而遭贬，君门路断，和湘娥二妃的命运不也有相似之处吗？于是把湘娥引为同调。"白云明月"是纯洁光辉的形象，它象征着作者冰清玉洁的情操和淡泊坦荡的胸怀。全诗的精华就凝聚在这尾句上，含蓄蕴藉，言有尽而意无穷。

全诗歌咏洞庭湖，即景抒情，吊古怀今，寄托深而寓意长，充满俊逸之气；诗意形象鲜明，色彩鲜亮，音调清畅，和谐而激昂地表现了苍凉的情绪，可谓声情并茂。

春　思

贾　至

草色青青柳色黄，桃花历乱李花香。
东风不为吹愁去，春日偏能惹恨长。

【鉴赏】

《春思》原作共两首，这是其中的一首。关于这首诗的写作初衷，有两种说法，一种认为是作者被贬为岳州司马时所作，诗中所表达的春思与愁恨，写遭贬时的抑郁情怀。

“草色青青柳色黄，桃花历乱李花香”，首二句描绘了一幅迷人的春光景色，芳草萋萋，柳枝飘拂，桃花、李花竞相开放，翠绿、嫩黄、嫣红、雪白，各种鲜艳的颜色交相映衬，不仅春色赏心悦目，仿佛连空气也飘拂着醉人的芬芳。首二句写春日景致之绚烂，从视觉、嗅觉、色彩、形状、气味各方面来描述，诗人的诗思相当精细，遣词也极为流丽。

“东风不为吹愁去，春日偏能惹恨长”，三四两句转而抒情，而情调却与一二两句大为迥异。在这醉人的春光面前，诗人不仅没有丝毫的兴致，反倒增添了忧愁情怀；诗人不仅没有沉溺于醉人的东风之中，反倒埋怨东风为何不把自己的忧愁吹拂走呢？诗人埋怨了东风还嫌不够，进而又埋怨春日，说它招惹出了自己的恨，还把这恨引得很长很长，真可谓是东风不能遣愁，春日但教添恨。

这首诗歌前半写景，后半抒情，而前半所咏春景之美，均成春恨之根。景愈佳，则恨愈深。前后反跌极为有力，而且二者不甚着迹，抒写十分自然。此外，三四两句的抒情也极有特点。分明是自己愁恨极深，无法排遣，却偏偏要埋怨东风与春日。这种看似无理的埋怨，却深沉表达了诗人自己的情怀。

巴陵夜别王八员外

贾　至

柳絮飞时别洛阳，梅花发后到三湘。

世情已逐浮云散，离恨空随江水长。

【鉴赏】

这是一首贬谪之人送别贬谪之人的诗，故而与一般的送别诗有所不同。《新唐书·贾至传》载：贾至因"坐小法，贬岳州司马"。岳州治所在巴陵，即今湖南岳阳。

"柳絮飞时别洛阳，梅花发后到三湘"，首二句即交代自己被贬的经历，那年恰是暮春三月，自己心境也如那空中纷飞的柳絮，纷乱无章，直到梅花开放的冬天才来到了三湘。"三湘"，当指潇湘、资湘、沅湘合称的三湘，这里又泛指洞庭湖南北、湘江流域一带。这二句对仗极为工稳，在整饬之中，显出流动，通过柳絮、梅花、洛阳、三湘等表明时间的变化和地点的变化，更主要的是显示出人生离合的无常，但这不仅是喻指自己，也包含王八员外。

"世情已逐浮云去，离恨空随江水长"，三四两句转而抒情。"世情"，即所谓世俗人情，但用于诗句中，并联系他们共有遭贬的经历，又当是指他们所经历的人情冷暖，世间的悲欢离合，现如今这些令他们痛苦不已的感受都已随浮云飘散了，而留下来的是对世态炎凉的认识，更有的是这一对天涯沦落人之间的友谊，故而末句诗人才说"离恨空随江水长"。但何以又说"空随"呢？这实际上是说彼此的离愁别恨并不因分别而消却，而是有如长江之水般，悠长不绝。

整首诗歌叙事、写景、抒情结合得十分完美，如首二句在叙事中包含了写景，也蕴含了作者遭贬后抑郁的情怀，三四两句则是即景抒情。诗歌四句中全用对仗形式，不仅对得工整，而且显出灵动，不板滞。这首短诗在用词上也颇具特点，特别是动词的用法，如"飞""别"，"发""到""逐""散"等，不仅很好地达到了表情达意的目的，传达出作者彼时的心境，感情波澜的起伏，也使得诗歌的画面更具多变。

送李侍郎赴常州

贾　至

雪晴云散北风寒，楚水吴山道路难。
今日送君须尽醉，明朝相忆路漫漫。

【鉴赏】

首句写眼前景色，点明时令气候，属天时；次句预计李的别后行程，常州即今江苏省常州市，他当是沿江东下，所以说"楚水吴山"，属地理。这两句表明朋友旅途艰辛,自己对朋友关切,后两句正面抒发惜别之意,以“今日”“明朝”对照,见今日相聚之促,之不易,明朝相忆之深,之难堪,愈觉非尽醉不足以散愁。“今日”句即王维《送元二使安西》诗“劝君更进一杯酒”,“明朝”句即“西出阳关无故人”,一览可知。

韩翃 生卒年不详,字君平,南阳(今河南南阳附近)人。登天宝十三载(754)进士第。曾两度为节度使幕僚(淄青侯希逸、宣武李勉相继辟幕府)。官至中书舍人。为“大历(766~779)十才子”之一。据孟棨《本事诗》载,唐德宗曾赏识其名句“春城无处不飞花”,亲自提名任命他为皇帝的秘书知制诰。韩诗多为送行赠别之作,在当时颇负盛名。《全唐诗》录其诗三卷。

寒　食[1]

韩　翃

春城[2]无处不飞花,寒食东风御柳斜。
日暮汉宫传蜡烛,轻烟散入五侯家[3]。

【注释】

①寒食:《荆楚记》:“去冬至一百五日,即有疾风甚雨,谓之寒食,禁火三日。”

②春城:春天的长安城。

③传蜡烛:寒食节普天下禁火,但权贵宠臣可得到皇帝恩赐而燃烛。五侯:东汉桓帝时的五名把持朝政的大宦官。

【鉴赏】

寒食是我国古代从春秋时传下来的一个传统节日,约在清明前两天,是晋文公为了怀念抱木焚死的介子推而定的。古人很重视这个节日,按风俗家家禁止生火三日,只吃糕团等现成食物,至清明始准举火,故名寒食。按唐制由皇帝传旨取榆柳之火以赐近臣,宣示皇恩。由于节当暮春,景物宜人,自唐至宋,寒食便成为游玩的好日子。寒食节那天,韩翃在长安街头漫游,被眼前的暮春景色迷住了,一直到暮色降临。晚上,皇宫里闪出一团团烛光,一片亮亮堂堂。而宫外却是一片漆黑,埋在深深的暮色里。韩翃感慨万分,想到杨贵妃和她的哥哥,倚仗皇帝的恩宠,作威作福,提笔写下《寒食》。

这是一首借古讽今的讽刺诗。诗人写道:暮春的长安城热闹繁华,到处都飞舞着雪一样的柳絮,寒食节的东风吹拂着宫苑中的柳条。太阳落山,汉宫传送蜡烛赏赐王侯近臣,那袅袅的轻烟啊,首先飘散进入了五侯的家中。汉宫,暗喻唐宫。五侯暗喻唐朝的政要。唐代诗人惯于在作品中借用汉代的典故,实指唐代当时的事。唐代自中期以后,几位皇帝都信任宦官,以致他们权势甚大,败坏朝政。正直之士对此都极为愤慨。此诗便是针对这种情况而写。"传蜡烛",即是分火以赐近臣,然而不说遍赐近臣,独说赐予五侯,对皇帝厚待和亲信宦官作了辛辣的讽刺。

全诗写了寒食节京城里的融融春意,生动的形象。"春城无处不飞花"一句传诵千古。"春城"现在看来是很普通的词,但当时却是诗人的独创,新颖别致,而且十分符合实际景色。"无处不飞花"以双重否定的句式来强化无边的春意,毫无斧凿之痕,足见炼句之功夫。三四句讽刺皇帝的偏宠,却不发一句议论。讽刺之笔,深藏不露,讽刺之意,又显露不晦,艺术手法高超。

酬程延《秋夜即事》见赠①

韩　翃

长簟迎风早,空城澹月华②。
星河秋一雁,砧杵夜千家。
节候看应晚,心期卧亦赊③。
向来④吟秀句,不觉已鸣鸦。

【注释】

①诗题一作《酬程近〈秋夜即事〉见赠》。

②簟(diàn):竹席。月华:月光。

③看:估量。亦赊:也迟。一作"正赊"。

④向来:前时。

【鉴赏】

这是诗人的一首和诗,属酬赠之作,虽无深意,但描景秀逸,调韵清新,也是一首颇具特色的唱和诗。

诗的前四句紧扣秋夜,把风声月色、雁过砧鸣的澄净疏朗的景象摹写了出来,无限清幽。诗人写道:那高耸的长竹,最早在秋夜的寒风中摇曳,瑟瑟作响;而寂静的城市被笼罩在淡淡的月光当中,一片清辉。一行归雁高高地掠过了星空,像是向银河飞去,在这宁谧的夜晚,响起了千家万户的捣衣声……意境开阔,使人如闻如见。五六句承上而来,说照这季节气候来看,应该是到了秋天更深夜阑了,但因彼此心意相通而写诗酬赠,连睡觉的时间也推迟了许多。诗人借此抒发季节推移,心愿未偿的感叹。七八句以赞美友人寄赠的诗章作结:向来喜欢吟诵你送我的佳句,不知不觉到了鸦噪天明的时候。真挚地表达了自己吟咏友人诗句,通宵不寐的深情。此诗感情真挚,表现出他与友人的情谊,同时写出时序更迭引起诗人心事未了的惆怅。

全诗自然亲切,所写之景都是诗人此时此地的所见所闻,取景典型,风声月光,境界优美,诗味隽永。特别是"星河秋一雁,砧杵夜千家"句,一向为人们所称赏,它不仅对仗精巧流丽,气象寥廓,而且极为生动地把月白风清的秋夜具体化了,艺术化了,显出一种清幽淡雅的诗境。全篇结构严谨,前六句紧扣"秋夜",七八句称赞友人诗之美妙,为了酬诗,与友人心灵相期而通宵未眠,足见感情真挚深厚。

题仙游观

韩　翃

仙台初见五城[①]楼,风物凄凄宿雨收。
山色遥连秦树晚,砧声近报汉宫秋。
疏松影落空坛静,细草香闲小洞幽。
何用别寻方外去,人间亦自有丹丘[②]。

【注释】

①五城:《史记》:"方士有言,黄帝时为五城十二楼以候神人"。

②方外:《庄子》:"子桑户、孟子反、子琴张三人相与友。子桑户死,孔子闻之。使子贡往待事焉。或编曲,或鼓琴,相和而歌。子贡反,以告孔子曰:'彼何人者耶?'孔子曰:'彼游方之外者也。而丘游方之内者也。'"丹丘:《拾遗记》:"有丹丘千年一烧,黄河千年一清,至圣之君,以为大瑞。"《楚辞》:"仍羽人于丹丘。"丹丘,

常明之处也。

【鉴赏】

仙游观在陕西逍遥谷。道家潘师正居于谷中,唐高宗诏令在其地为他建观,并于谷口立门曰“仙游”。这是一首游记诗,通过对景物的艺术再现,突出描写了观中的静和幽,表达了诗人心境的空灵和出世之念。

本诗首联交代游览的时间和地点,点明游仙游观的主题。第一句既说明地点,也是对仙游观的赞美,说它像传说中黄帝建造以迎候神人的五城十二楼。以五城楼作比,十分切合它是一个道观的特点,也给仙游观增加了几分神秘和文化色彩。第二句写进入仙游观的感受,同时交代游览的时间是萧条冷落的秋天。诗人写道,昨夜下了一夜的绵雨已经停止了,雨过天晴,仙游观四周景物风光给人以凄清之感。领联写仙游观外的景物,时当秋天,诗人由视而听,以由近而远,由远而近进行描绘。从嵩山的山冈遥想京城长安所在地的秦中树木景象;由听到砧声四起,而想到东都洛阳的秋色。一句之中有虚有实,有近有远;一联之中远近交错。颈联又回到观中,细写古松疏朗的树影落在寂静的祭坛上,院落之中细草尚未枯黄,芳香之气可闻,道观中的洞府更显得清幽寂静。诗人先写高处“空坛”的静,后写低处“小洞”的幽,着意描写观中的静与幽,表现了道观的特征,点明这是道士居处。尾联引用《远游》之语,称赞这样的幽静的地方是神仙居处的丹丘妙地,不用再去寻觅他方了。这是对仙游观的赞美。写得颇有情趣,也与首句互相呼应。

全诗虽无深意,但对仗精工,声韵婉转和谐,语言工美秀丽。本诗章法很细密,写观周围之景色,突出静与幽,表现对这人间的仙境衷心赞叹,表达入仙山而忘尘俗之意。

羽林少年行

韩　翃

千点斑斓玉勒骢,青丝结尾绣缠鬃。
鸣鞭晓出章台路,叶叶春衣杨柳风。

【鉴赏】

《羽林少年行》原是乐府《杂曲歌辞》的旧题,有多种名称和体制,都出于东汉辛延年的《羽林郎》,也都是描写皇家禁卫军羽林军士骄浮豪华的气焰的。这首诗虽取旧题，却采取了七言绝句的形式，同样刻画了羽林少年豪华浮浪的形象。

全诗没有写人，也没有写具体的声态。也用不着写这些，只要把这个羽林军少年的鞍马、衣饰，鸣鞭炫耀于长安章台街上的模样写下，人物也就尽在其中、呼之欲出了。

马是有点点斑斓光泽的青骢马，配备着玉勒头，用青丝绾结着马尾，鬃毛还缠着锦绣，真是够英俊华丽的了。这不是沙场上杀敌的战马，战马是用不着如此用华饰来装点的，它只合踌躇满志的少年炫耀之用。把马鞭一挥，傲步于繁华的章台街上，又多么引人注目。拂柳条的春风又吹拂着少年的春衣，薄叶似的飘动着。诗里没有描写这人衣服的华丽，没有用锦绣珠玉字样，但是骑在这样华贵的骏马身上的人的衣饰会是什么样子，读者自己会领会的。

唐代的章台街，据韩翃《章台柳》中所说的柳枝可以任人攀折，已经隐喻是一条花街柳巷了。这个羽林少年在这条街上挥鞭走马，所追求的是什么也就无须再说了。而且，诗题还勾起人们的记忆，使人立即想起辛延年《羽林郎》中所描写的那个调戏酒家女的形象，越发把读者对此人的鄙薄之情调动了起来。

光呈现人物的鞍马衣饰，这不仅是烘云托月或借物显人的不写之写，更深刻的命意还在于，光写鞍马衣饰，无异说除了身外的这些东西之外，这个人不值一提，一具行尸走肉而已。常言道："人要衣装，马要鞍装。"但这人这马总得有几分样子才行，现在连人都不提，可见除了鞍马衣饰之外，这个人是什么玩艺儿了。

汉 宫 曲

韩 翃

绣幕珊瑚钩，香闺翡翠楼。
深情不肯道，娇倚钿箜篌。

【鉴赏】

这首诗的画意是非常鲜明的。前两句是人物的背景，翡翠楼头的香闺中，挂垂着珊瑚钩的绣幕。注意，诗的这两句背景是倒叙的，先出香闺的楼然后出绣幕。下两句是写作为画的主题人物，这女人娇倚在以金花钿装饰的乐器箜篌旁，含情不语。瞧，也是一个倒写句法。这样一首小小的诗，前后语序的组合都是统一的。

人们看到这幅画不禁要问，这个显然是宫廷妇女的人物一个人待在那里是在干什么呢？为什么含着深情而不肯出声呢？看来她一定处于一言难尽的复杂的感情困扰之中。是盼待着君王的到来？还是担心君王光临的无望？总之，她是一个人孤独地待着，寂寞地含情脉脉地待着，这幅宫怨图留给了读者以多种想象的余地。

诗人当然不知道有一个具体的某宫女如此苦恼地陷在感情骚动中，但深宫中肯定多的是这样的人，这点诗人凭想象就可以断定。这种孤独、寂寞、深情难以吐露因而不肯吐露的感情状态诗人深有体会，或许，诗人竟是把自己的类似心情嵌入这幅画，赋予了那个宫人。诗人从宫怨中显示了他自己。这样，诗人、诗、诗中的人物就重叠在一起了。于是，诗不仅照亮了宫怨这样一种人生现象，也照亮了诗人对这一人生现象的态度。诗人对这样的人生现象，岂不也是“深情不肯道”，只把现象如实地交给读者，让读者自己去感受，去评价吗？

宿石邑山中

韩　翃

浮云不与此山齐，山霭苍苍望转迷。
晓月暂飞高树里，秋河隔在数峰西。

【鉴赏】

这纯粹是一首写景诗，写的是诗人对风景的视觉感受。

石邑是战国时赵国的县邑，地在今河北省鹿泉市，境内有西屏山，是太行山的东脉，高峰秀拔，为一邑奇观。此诗写山，只抓住一个高字着眼，却已将山景尽摄在诗里了。

首句一人题就夸张山的高度。一般形容山峰高峻，都惯用“上薄云霄”之类的词语，这里却说浮云还不及山高。造成的印象似乎夸诞，但一点也不虚假，人们确实有见到过云雾缭绕在山顶周遭或山腰间的经验。接着从主观角度再补写一句：仰望高峰上苍苍的云霭，连眼睛都看花了。前一句是写山自在之高，第二句是写山在人眼望中之高；高的印象经主客观的反复描画已经确立，似乎毋庸再写，该写点此山的别的景色了。

的确，他将视角转到了丹树和天上的银河。然而，晓月、高树和秋河仍然是对山高的渲染。拂晓前的月亮还在高树中飞去，还在天末，不言而喻是下弦月，悄悄地把时令点了出来。下一句说银河是“秋河”，也是不声不响地点明时令。月色、高树、银河，使山景不再寂寞，而在黎明之前，山色之在视野中所能及者，也尽在于此。

这时又缴出了题中的"宿"字。

银河为远峰所隔，气象已够雄阔，晓月暂飞于高树之间，尤使景物具有动势。暂飞着，时见时不见，仅能在月光经过高树之隙时看到。月儿是飞动的，李白诗"山月随人归"还只是人行见月行，这里却是月儿自身在飞动。于是，读者感到宇宙和星辰的运行，世界没有静止。而宿在山中，看着"晓月暂飞"的诗人，他的旅次不寐之状也可以想见了。

因此，诗的表面只是写景，但诗人羁旅之情也已宛然从景中透露。如没有这点深层美感的蕴含，诗便不会为胡应麟所评的具有"高华明秀"的格调了。

赠李翼

韩　翃

王孙别舍拥朱轮，不羡空名乐此身。
门外碧潭春洗马，楼前红烛夜迎人。

【鉴赏】

这首七绝是赠李翼的。这个李翼，不知何许人。作者称他为"王孙"，可知是皇族。"别舍"就是别墅。这位王孙不住在府第中，而住在别墅里，而这个别墅门前经常簇拥着许多达官贵人乘坐的车子。这第一句七个字已勾勒出李翼是一个纨绔公子了。第二句恭维他的奢侈淫佚的生活，说他是为了"不羡空名"，而使此身得到享乐。这样一说，显得他的追求享乐是很高尚的了。第三、四句描写这位贵族公子的奢侈生活。只允许用十四个字，要概括一位贵族公子的奢侈生活，并不容易，你看作者如何处理？他选择了两个特征：在这别舍的大门外，绿水潭中，驭夫都在洗刷马匹，可知他们的主人还在里面饮酒作乐，一时还不会回家。别舍里的楼前，还点着红烛迎接客人，可知虽在夜晚，还有宾客来参加宴饮。两句诗，说明了一个情况：朝朝取乐，夜夜追欢。

这一联是韩翃的名句，取材极好，对仗工整，能从侧面表现出富贵气象，与李翼的身份配合。北宋词人晏几道曾偷取这两句写入他的《浣溪沙》词："户外绿杨春系马，床前红烛夜呼卢。"但"系马"的意境就不如"洗马"的深了。

这首诗有一个缺点。第三、四句用平列的句法，都是赋。因此全诗只有起、承，而无转、合。它好像只是半首七律，还该有下文，然而作者却截住了，不说下去，显得诗意没有结束。所有的选本中都不选这首诗,恐怕是这个缘故。

送客贬五溪

韩　翃

南过猨声一逐臣,回看秋草泪沾巾。
寒天暮雨空山里,几处蛮家是主人

【鉴赏】

这首《送客贬五溪》倒是许多选本都收入的。客,不知何人,总不是他的亲戚朋友,故不必举出姓名及关系,只用一个"客"字。这是一种应酬作品,有人因贬官而到湘西去,作者因偶然的机会遇见了,就写一首诗赠行。作者和这个"客"既无交情,也无密切的关系,自然没有什么离情别绪可说,所以这首诗完全用描写的手法。

第一句的散文结构是:一个被放逐之臣,从猿啼声中一路南去。"逐臣"是主语,"过"是动词。"猿声"是宾语的精简,概括了李白的两句诗:"两岸猿声啼不住,轻舟已过万重山。"李白过的是巴东三峡,这个"客"过的是湘西五溪。有人说,诗句不讲语法,这是错的。诗句也有一定的语法,不过它和散文不同,为了平仄、对仗或押韵的方便,它的语法结构可以有极大程度的变易,甚至往往连动词也省掉。读诗的人,仍然应该从语法观点去推求作者的造句艺术。

第二句"回看"二字是照应上句的"过"字,这个被降谪的官员,愈走愈远,深入五溪苗家所住的区域,就不免常常回头看看来路。来路上只是一片秋草,早已望不到家乡,于是不禁泪落沾巾。下面二句说,这一段旅程尽是在寒天、暮雨、不见人迹的空山中。夜晚了,总是在苗家歇宿。"蛮"是古代汉人对少数民族的称呼。当时少数民族所住的地区,都是荒野的山区,故有"蛮荒"之称。作者设想这个"客"深入蛮荒,以蛮家为逆旅主人,是最不幸的遭遇。湘西的秋雨是整天整夜连绵不绝的,为什么作者偏说是暮雨呢?这是为了与下句挂钩,引出此"客"在暮雨中向苗家借宿的诗意。吴山民评此诗曰:"一诗酸楚,为蛮、主二字挑出。"即以为此诗末句写出了贬官的酸楚之情。这是古代汉族人对少数民族的思想感情,今天我们读此诗,就不会和古人有同感了。住在兄弟民族的家里,有什么可酸楚的呢?

韩虚羽所作七言绝句不多,但大多是佳作,胡应麟最称赏韩翃的七绝,他在《诗薮》内篇中举出"青楼不闭葳蕤锁,绿水回通宛转桥""玉勒乍回初喷沫,金鞭欲下不成蝌”“晓月暂飞千树里,秋河隔在数峰西”等五、六联,以为是“全首高华明秀,而古意内含,非初非盛,直是梁陈妙语,行以唐调耳”。他又举出“柴门流水依然在,一路寒山万木中”“寒天暮雨空山里,几处蛮家是主人”这二联,以为“自是钱、刘格,虽众所共称,非其至也”。这一段评论,反映出胡应麟所喜爱的是秾丽的句子。骨子里仍是梁陈宫体,风格却是唐诗。这种诗句之所以“非初非盛”,因为初唐则还没有唐调,盛唐则已排除宫体。而在中唐诗人,渐渐地又在唐调中纳入宫体诗的题材,成为一种秾艳的律诗。这个倾向,发展到晚唐的李商隐、温飞卿而达到了极度。至于“柴门流水”“寒天暮雨”这样的句子,还是清淡一派,属于钱起、郎士元的家数,而且还不是其中最好的,所以胡应麟似乎不很喜欢。

朱长文 (1039~1098)北宋书学理论家。字伯原,号乐圃、潜溪隐夫,苏州吴人(今属江苏)。生于宋仁宗康定二年,卒于哲宗元符三年,年六十岁。未冠,举进士,以病足不肯试,筑室乐圃坊,著书阅古,吴人化其贤,士大夫过者,以不到乐圃,遂名动京师。元祐中(1089)起教授于乡,召为太学博士。还秘书省正字,卒。

望中有怀

朱长文

龙向洞中衔雨出,鸟从花里带香飞。
白云断处见明月,黄叶落时闻捣衣。

【鉴赏】

《易》云:“云从龙,风从虎。”首句盖状云之出岫,夹雨而来,是望中所见。谓雨为龙衔,乃从云联想所及,盖想象中之景物也。然如此写,乃见阔大。次句仍写望中之景,乃极幽细。首句表现壮美,次句表现优美,而以排偶出之,弥见对照强烈。三句景中见情,暗示有怀之意,盖对月怀远,乃人之所同,见之前作者,不可胜数。末句正写有怀,而从闻捣衣见意,亦以含蓄出之。前三句,望中所见,后一句,听中所闻。前半,动中之景;后半,静中之景,而融景入情。

天宝宫人　生平不详。

杏叶诗

天宝宫人

一叶题诗出禁城，谁人酬和独含情？
自嗟不及波中叶，荡漾乘春取次行！

【鉴赏】

宫禁警卫森严，宫女深居内苑，不但人出来不可能，连带个信出来也是不可能的。但御沟的水可以穿过宫廷，流向外边。于是唐代宫人们就往往在树叶上题诗，让它顺流漂出，使人们看到，可以了解并同情她们。据记载，玄宗、德宗、宣宗、僖宗时代都发生过这样的事，可见这种御沟流叶的办法，已经成为深宫少女所采用的一种反抗形式。

这首诗首句叙事，次句是说，虽然题了诗，但又有谁注意到这片杏叶，发现其上有诗，并且进而对自己酬和呢？（一个人做了诗，另一人针对其诗意也作一首，称为酬和。）终究不过是孤独地空怀一片痴情而已。第三、四两句以有情之人，比无知之物。叶虽无知，但在沟中尚可随着春波，随便漂动，而人呢？

这里以人和物对比，它不是嗟叹不如寒鸦、春燕，希图接近君王，获得恩宠，而是嗟叹不能身同杏叶，随着流水，漂出禁城，这就深刻地反映了幽闭在深宫内苑的奴隶、囚徒对于自由和光明的渴望，也就表达了（虽然是间接地）她们对于封建黑暗面的憎恨。这首诗代表了绝大多数宫廷妇女的愿望，唱出了她们的心声，是很可贵的。

卫象　生平不详。

古　　词

卫　象

鹊血雕弓湿未干，鹔鹅新淬剑光寒。
辽东老将鬓成雪，犹向旄头夜夜看。

【鉴赏】

卫象，生卒年不详。《全唐诗》存有他的诗二首，除了这首《古词》，另一首是五言律诗《伤李端》。李端为“大历十才子”之一，约卒于贞元初，由此大致可以想见卫象的生活年代。卫象与司空曙也交厚，司空曙酬赠他的诗较多，称他为长林令、侍御，可见他做过官，但官位不高。

卫象仅存两首诗，诗名不大，不过这首《古词》，却算得是一首佳作。

这首诗是写一员老将的。诗是七绝，仅四句，其中三句写老将的动作，一句描绘老将之老，言语都不多，然而内涵却很丰富。

“鹊血雕弓湿未干”，写老将的良弓。鹊血本不是弓名。梁简文帝萧纲有一首《艳歌篇》，形容一位倡女的心爱人入仕秦宫，十分威武，他“左把苏合弹，旁持大屈弓。挖弦因鹊血，挽强用牛蝓。”可说强力善射。这里说的大屈弓，是宝弓，春秋时为楚国所有，见于《左传·昭公七年》。“因鹊血”大概是以鹊血涂弓弦，则坚韧不易断。后人由萧纲此诗，径以“鹊血”指称良弓了。卫象这一诗句就是用萧纲的句意，说有文采的良弓才涂上鹊血，还没有干。这是写老将的一个动作，它说明这位老将还时时不忘备战，还想使用他的良弓去作战杀敌。

“鹔鹅新淬剑光寒”，写老将的利剑。鹔鹅是一种鸟，扬雄的《方言》说：“野凫也，甚小，好没水中，膏可以莹刀剑寝宿也”，即可以防锈。南朝梁戴嵩的《度关山》诗云：“马衔苜蓿叶，剑莹鹔鹅膏”，即用此意。“淬”，是浸、洗的意思。这里是擦拭。“新”字和上句的“湿未干”一样，是表明动作的时间的，说明动作刚刚完成。一个“寒”字，不仅说明新拭的剑，光亮耀眼，而且它使人意识到这位老将不止现在擦他的剑，恐怕他时时都在关心这把利剑，所以才一直没有生锈。

第三句诗人才让老将出场，但并没有描绘他的表情，也没有刻画他的肖像，却只突出他的鬓发，说他“鬓成雪”，其老可知。那么，既然老迈如此，为什么要涂雕弓，莹利剑呢？这就逼出了末句。

“犹向旄头夜夜看”，“旄头”，是星名。又作“髦头”，据《史记·天官书》说，即昴星，为胡星，共有七星。张守节《正义》解释说：“六星明与大星等，大水且至，其兵大起。摇动若跳跃者，胡兵大起。一星不见，皆兵之忧也。”可见旄头星座的星象变化，可以预示是否会出现战争，特别是外民族的入侵。那么老将向天空“夜夜看”，其心事也就可以揣知了，他是在关心着国家的安危。由此自然也就说明，这位“辽东老将”以老迈之身，还常常整弓拭剑，就在于其志不老，他还想上阵杀敌，保卫疆场，这真是“烈士暮年，壮心不已”。

短短一首诗，很精练地刻画出一位爱国老将“人老心壮”的动人形象，颇有感染力。诗中的“新”“成”“犹”，都是用得很好的，含量既丰富，又具有暗示性。

郎士元　唐代诗人。字君胄。中山（今河北）人。生卒年不详。天宝十五载（756）登进士第。安史之乱中，避难江南。宝应元年（762）补渭南尉，历任拾遗、补阙、校书等职，官至郢州刺史。郎士元与钱起齐名，世称“钱郎”。他们诗名甚盛，当时有“前有沈宋，后有钱郎”（高仲武《中兴间气集》）之说。

柏林寺南望

郎士元

溪上遥闻精舍钟，泊舟微径度深松。
青山霁后云犹在，画出西南四五峰。

【鉴赏】

唐代诗中有画之作为数甚多，而这首小诗别具风味。恰如清刘熙载所说：“画山者必有主峰，为诸峰所拱向；作字者必有主笔，为馀笔所拱向。……善书者必争此一笔。”（《艺概·书概》）此诗题旨在一“望”字，而望中之景只于结处点出。诗中所争在此一笔，余笔无不服务于此。

诗中提到雨霁，可见作者登山前先于溪上值雨。首句虽从天已放晴时写起，却饶有雨后之意。那山顶佛寺（精舍）的钟声竟能清晰地达于溪上，俾人“遥闻”，不与雨浥尘埃、空气澄清大有关系吗？未写登山，先就溪上闻钟，点出“柏林寺”，同时又逗起舟中人登山之想（“遥听钟声恋翠微”）。这不是诗的主笔，但它是有所“拱向”（引起登眺事）的。

精舍钟声的诱惑，使诗人泊舟登岸而行。曲曲的山间小路（“微径”）缓缓地导引他向密密的松柏（次句中只说“松”，而从寺名可知有“柏”）林里穿行，一步步靠近山顶。“空山新雨后”，四处弥漫着松叶柏子的清香，使人感到清爽。深林中，横柯交蔽，不免暗昧。有此暗昧，才有后来“度”尽“深松”，分外眼明的快意。所以次句也是“拱向”题旨的妙笔。

“度:字已暗示穷尽“深松”，而达于精舍——“柏林寺”。行人眼前豁然开朗。迎入眼帘的首先是霁后如洗的“青山”。前两句不曾有一个着色字，此时“青”字突现，便使人眼明。继而吸引住视线的是天宇中飘飒的云朵。“霁后云犹在”，但这已不是浓郁的乌云，而是轻柔明快的白云，登览者怡悦的心情可知。此句由山带出云，又是为下句进而由云衬托西南诸峰作了一笔铺垫。

三句写山，着意于山色（青），是就一带山脉而言；而末句集中刻画几个山头，着眼于山形，给人以异峰突起的感觉。峰数至于“四五”，则有错落参差之致。在蓝天白云的衬托下，峥嵘的山峰犹如“画出”。不用“衬”字而用“画”字，别有情趣。言“衬”，则表明峰之固有，平平无奇；说“画”，则似言峰之本无，却由造物以云为毫、蘸霖作墨、以天为纸即兴“画出”，其色泽鲜润，犹有刚脱笔砚之感。这就不但写出峰的美妙，而且传出“望”者的惊奇与愉悦。

这才是全诗点睛之笔。只有经过从溪口穿深林一番幽行之后，这里的画面才见得特别精彩；只有经过登攀途中的一番情绪酝酿，这里的发现才令人尤为愉快。因而这里的“点睛”，有赖前三句的“画龙”。用刘熙载的话说，那就是，诗人“争”得这一笔的成功，与“馀笔”的配合是分不开的。

听邻家吹笙

郎士元

凤吹声如隔彩霞，不知墙外是谁家。
重门深锁无寻处，疑有碧桃千树花。

【鉴赏】

"通感"是把视觉、听觉、嗅觉、味觉、触觉沟通起来的一种修辞手法。这首《听邻家吹笙》,在"通感"的运用上,颇具特色。

这是一首听笙诗。笙这种乐器由多根簧管组成,参差如凤翼;其声清亮,宛如凤鸣,故有"凤吹"之称。传说仙人王子乔亦好吹笙作凤凰鸣(见《列仙传》)。首句"凤吹声如隔彩霞"就似乎由此作想,说笙曲似从天降,极言其超凡入神。具象地写出"隔彩霞"三字,就比一般地说"此曲只应天上有"(杜甫《赠花卿》)、"如听仙乐耳暂明"(白居易《琵琶行》)来得高妙。将听觉感受转化为视觉印象,给读者的感觉更生动具体。同时,这里的"彩霞",又与白居易《琵琶行》、韩愈《听颖师弹琴》中运用的许多摹状乐声的视觉形象不同。它不是说声如彩霞,而是说声自彩霞之上来;不是摹状乐声,而是设想奏乐的环境,间接烘托出笙乐的明丽新鲜。

"不知墙外是谁家",对笙乐虽以天上曲相比拟,但对其实际来源必然要产生悬想揣问。诗人当是在自己院内听隔壁"邻家"传来的笙乐,所以说"墙外"。这悬揣语气,不仅进一步渲染了笙声的奇妙撩人,还见出听者"寻声暗问"的专注情态,也间接表现出那音乐的吸引力。于是,诗人动了心,由"寻声暗问吹者谁",进而起身追随那声音,欲窥探个究竟。然而"重门深锁无寻处",一墙之隔竟无法逾越,不禁令人于咫尺之地产生"天上人间"的怅惘和更强烈的憧憬,由此激发了一个更为绚丽的幻想。

"疑有碧桃千树花"。以花为意象描写音乐,"芙蓉泣露香兰笑"(李贺《李凭箜篌引》)是从乐声(如泣如笑)着想,"江城五月落梅花"(李白《与史郎中钦听黄鹤楼上吹笛》)是从曲名(《梅花落》)着想,而此诗末句与它们都不同,仍是从奏乐的环境着想。与前"隔彩霞"呼应,这里的"碧桃"是天上碧桃,是王母桃花。灼灼其华,竟至千树之多,是何等繁缛绚丽的景象！它意味着那奇妙的、非人世间的音乐,宜乎如此奇妙的、非人世间的灵境。它同时又象征着那笙声的明媚、热烈、欢快。而一个"疑"字,写出如幻如真的感觉,使意象给人以缥缈的感受而不过于质实。

此诗三句紧承二句,而四句紧承三句又回应首句,章法流走回环中有递进(从"隔彩霞"到"碧桃千树花")。它用视觉形象写听觉感受,把五官感觉错综运用,而又避免对音乐本身正面形容,单就奏乐的环境做"别有天地非人间"的幻想,从而间接有力地表现出笙乐的美妙。在"通感"运用上算得上独具一格的。

司空曙 (约720~约790),字文明(一作"文初"),广平(今河北永年区)人。曾举进士,入剑南节度使韦皋幕府。官水部郎中。为"大历十才子"之一。其诗多写自然景色和乡情旅思,或表现幽寂的境界,或直抒哀愁,较长于五律,诗风闲雅疏淡。有《司空文明诗集》。

云阳馆与韩绅宿别[1]

司空曙

故人江海别,几度隔山川。
乍见翻疑梦,相悲各问年[2]。
孤灯寒照雨,深竹暗浮烟[3]。
更有明朝恨,离杯惜共传[4]。

【注释】

①云阳:县名,在今陕西泾阳县西北。韩绅:《全唐诗》注:“一作韩绅卿。”韩愈四叔名绅卿,曾在泾阳任县令,可能即为其人。宿别:同宿后又分别。

②乍:突然。翻:反。各问年:互相询问年岁。

③孤灯两句:出句写深夜,对句写破晓。两句通过写景,表现了夜不能寐的复杂心情。

④惜:伤心。共传:互相举杯。

【鉴赏】

这是首惜别诗,诗人一开始即从上次的别离说起,接写此次相会,然后才写到叙谈和惜别,描写曲折,富有情致。

这首诗是旅途中所作。抒写诗人与朋友多年睽隔,乍逢又别的感触。“几度隔”与“明朝恨”的尖锐矛盾,形成了似梦的情怀、如幻的景色,从逢到别的情绪变化,即暗含于其中。诗的脉理细腻,为大历诗人的一般特点,惟因情真意切,故无丝毫痕迹之感。

首联“故人江海别,几度隔山川”,写诗人与朋友江海一别,远隔千山万水,一去多少年月,现在好不容易才见面。颔联“乍见翻疑梦,相悲各问年”,写多年不见,忽然重逢,不以为真,反倒怀疑是在梦中;人事沧桑,匆匆过去了许多年,都不记得彼此的年龄了,在悲叹中互相询问。颈联“孤灯寒照雨,深竹暗浮烟”,写老友重逢,有说不完的话,在客舍中,孤灯寒照,各叙平生,客舍外竹林幽深烟雾起,为诗人与朋友的重逢增添了一份凄凉,也为明天的又要离别添了一份悲伤。尾联“更有明朝恨,离杯惜共传”,写诗人和朋友都非常重视这次重逢,互相举杯,共饮这惜别酒。

此诗朴素真挚,既写出了老友重逢的喜悦,又写出了对动乱岁月相见亦难的感慨。尤其是诗的第二联“乍见翻疑梦,相悲各问年”,和李益“问姓惊初见,称名忆旧容”,均为后人传诵的名句,也为久别忽逢的绝唱。“孤灯寒照雨,深竹暗浮烟”,也是寓情于景、情景交融的佳句。

喜外弟卢纶见宿[①]

司空曙

静夜四无邻,荒居旧业贫。
雨中黄叶树,灯下白头人[②]。
以我独沉久[③],愧君相见频。
平生自有分,况是蔡家亲[④]。

【注释】

①卢纶:和司空曙都在“大历十才子”之列,是司空曙的表兄弟,诗歌工力与司空曙相匹。见宿:过访并住宿。

②雨中两句:以秋天雨中的黄叶比灯下人的容颜和景况。

③独沉久:长久的孤独沉沦。

④自:本。分:情谊。蔡家亲:这里借指两家是表亲。一作“霍家亲”。

【鉴赏】

据《唐才子传》卷四载,司空曙“磊落有奇才”,但因为“性耿介,不干权要”,所以落得宦途坎坷,家境清寒。这首诗正是作者这种境遇的写照。

首联“静夜四无邻,荒居旧业贫”,是诗人自叹家道衰落,旧业不多,因而穷居无邻。颔联“雨中黄叶树,灯下白头人”,写在雨打黄叶的夜里,只有孤独的、头发已白的诗人。这里的“雨中黄叶树”和“灯下白头人”是紧承首联的“荒居旧业贫”和“静夜四无邻”而言的。前四句写自己荒居之苦,描写了静夜里的荒村,陋室内的贫士,寒雨中的黄叶,昏灯下的白发,通过这些构成一个完整的生活画面,这画面充满着辛酸和悲哀。尤其是“雨中黄叶树,灯下白头人”,形象鲜明、含义深刻、感情悲凉。有了这样的气氛渲染,更加衬出了亲友情谊的分外可贵。

颈联“以我独沉久,愧君相见频”,写外弟卢纶来访,使诗人感到高兴:以我这个长久沉沦的人，多次蒙你来看望，我怎不感到惭愧！尾联“平生自有分，况是蔡家亲”，写诗人和卢纶原是至交，自有缘分，何况彼此还是表亲！

后四句直揭诗题，写外弟见宿之乐。表弟卢纶来访见宿，在悲凉之中见到知心亲友，因而喜出望外。末两句直抒心情，恳挚动人。

近人俞陛云《诗境浅说》说，这首诗“前半首写独处之悲，后言相逢之喜，反正相生，为律诗一格”。从章法上看，确是如此。前半首和后半首，一悲一喜，悲喜交感，总的倾向是统一于悲。后四句虽然写“喜”，却隐约透露出“悲”。“愧君相见频”中的“愧”字，就表现了悲凉的心情。可见，诗题中虽着“喜”字，背后却有“悲”的滋味。一正一反，互相生发，互相映衬，使所要表现的主旨更深化了，更突出了。这正是“反正相生”手法的艺术效果。

比兴兼用，也是这首诗重要的艺术手法。“雨中黄叶树，灯下白头人”，不是单纯的比喻，而是进一步利用作比的形象来烘托气氛，特别富有诗味，成了著名的警句。用树之落叶来比喻人之衰老，是颇为贴切的。树叶在秋风中飘落，和人的风烛残年正相类似。这里，树作为环境中的景物，起了气氛烘托的作用，类似起兴。司空曙“雨中黄叶树，灯下白头人”两句之妙，就在于运用了兴而兼比的艺术手法。

贼平[①]后送人北归

司空曙

世乱同南去，时清独北还。
他乡生白发，旧国[②]见青山。
晓月过残垒，繁星宿故关。
寒禽与衰草，处处伴愁颜[③]。

【注释】

①贼平：指安史之乱已平。

②旧国：指故乡。

③寒禽：严冬的飞禽。衰草：枯萎的野草。愁颜：指北归友人见此景象后的表情。

【鉴赏】

这是送人归乡之作，意在伤自己不能同来同返。安史之乱持续八年，致使百姓流离失所。此诗当是安史之乱结束不久时的作品。作者在安史之乱平定后，送一同避乱南来的友人北归。此诗通过想象友人归途所见的荒凉、破败景象，抒发了对乱世的哀伤。

首联“世乱同南去，时清独北还”，写安史之乱之中，诗人和友人一起逃往南方，乱平后友人一人北归。颔联“他乡生白发，旧国见青山”，写在这长长的岁月里，大家都在辗转他乡的过程中头生白发，现在只有朋友一人回故乡。诗人想象战后的故乡当残破不堪，恐怕只有青山依旧了。诗的后半部分设想朋友北归路上的情景：你将在天还未亮、月仍悬挂空中的时候起来，要在繁星满天的夜里才能休息，早行晚宿，经残垒过故关；你将独自一人，无人做伴，一路上所见的，处处都是使人添愁的寒禽和衰草罢了。诗人写出了与友人的惜别之情，也写出了诗人独居他乡的愁绪，并曲折地表达了对故国残破的悲痛。

本诗的成功之处，在于处处不脱乱世的景象。“旧国”“残垒”“寒禽”“衰草”，写出了一片荒凉之景，而别情自现。

金陵怀古

司空曙

辇路江枫暗，宫庭野草春。
伤心庾开府，老作北朝臣。

【鉴赏】

金陵（今江苏南京）从三国吴起，先后为六朝国都，是历代诗人咏史的重要题材。司空曙的这首《金陵怀古》，选材典型，用事精工，别具匠心。

前两句写实。作者就眼前所见，选择两件典型的景物加以描绘，着墨不多，而能把古都金陵衰败荒凉的景象，表现得很具体，很鲜明。“辇路”即皇帝乘车经过的道路。想当年，皇帝出游，旌旗如林，鼓乐喧天，前呼后拥，该是何等威风！如今这景象已不复存在，只有道旁那饱览人世沧桑的江枫，长得又高又大，遮天蔽日，投下浓密的阴影，使荒芜的辇路更显得幽暗阴森。“江枫暗”的“暗”字，既是写实，又透露出此刻作者心情的沉重。沿着这条路走去，就可看到残存的一些六朝宫苑建筑了。“台城六代竞豪华”，昔日的宫廷，珠光宝气，金碧辉煌，一派显赫繁华，更不用说到了飞红点翠、莺歌燕舞的春天。现在这里却一片凄清冷落，只有那野草到处滋生,长得蓬蓬勃勃,好像整个宫廷都成了它们的世界。“野草春”,这“春”字既点时令,又着意表示,点缀春光的唯有这萋萋野草而已。这两句对偶整齐,“辇路”“宫庭”与“江枫”“野草”形成强烈对照,启发读者将它的现状与历史做比较,其盛衰兴亡之感自然寄寓于其中。

接下去,笔锋一转,运实入虚,别出心裁地用典故抒发情怀。典故用得自然、恰当,蕴含丰富,耐人寻味。

先说自然。“庾开府”即庾信,因曾官开府仪同三司,故称。庾信是梁朝著名诗人,早年在金陵做官,和父亲庾肩吾一起,深受梁武帝赏识,所谓“父子东宫,出入禁闼,恩礼莫与比隆”。诗人从“辇路”“宫庭”着笔来怀古,当然很容易联想到庾信,它与作者的眼前情景相接相合,所以是自然的。

再说恰当。庾信出使北朝西魏期间,梁为西魏所亡,遂被强留长安。北周代魏后,他又被迫仕于周,一直留在北朝,最后死于隋文帝开皇元年(581)。他经历了北朝几次政权的交替,又目睹南朝最后两个王朝的覆灭,其身世是最能反映那个时代的动乱变化的。再说他长期羁旅北地,常常想念故国和家乡,其诗赋多有“乡关之思”,著名的《哀江南赋》就是这方面的代表作。诗人的身世和庾信有某些相似之处。他经历过“安史之乱”,亲眼看到大唐帝国从繁荣的顶峰上跌落下来。安史乱时,他曾远离家乡,避难南方,乱平后一时还未能回到长安,思乡之情甚切。所以,诗人用庾信的典故,既感伤历史上六朝的兴亡变化,又借以寄寓对唐朝衰微的感叹,更包含有他自己的故园之思、身世之感在内,确是贴切工稳,含蕴丰富。“伤心”二字,下得沉重,值得玩味。庾信曾作《伤心赋》一篇,伤子死,悼国亡,哀婉动人,自云:“既伤即事,追悼前亡,惟觉伤心……”以“伤心”冠其名上,自然贴切,而这不仅概括了庾信的生平遭际,也寄托了作者对这位前辈诗人的深厚同情,更是他此时此地悲凉心情的自白。

这首诗寥寥二十字,包蕴丰富,感慨深沉,情与景、古与今、物与我浑然一体,不失为咏史诗的佳作。

江村即事

司空曙

钓罢归来不系船,江村月落正堪眠。
纵然一夜风吹去,只在芦花浅水边。

【鉴赏】

这首诗写江村眼前情事,但诗人并不铺写村景江色,而是通过江上钓鱼者的一个细小动作及心理活动,反映江村生活的一个侧面,写出真切而又恬美的意境。

“钓罢归来不系船”,首句写渔翁夜钓回来,懒得系船,而让渔船任意飘荡。“不系船”三字为全诗关键,以下诗句全从这三字生出。“江村月落正堪眠”,第二句上承起句,点明“钓罢归来”的地点、时间及人物的行动、心情。船停靠在江村,时已深夜,月亮落下去了,人也已经疲倦,该睡觉了,因此连船也懒得系。但是,不系船能安然入睡吗?这就引出了下文。

“纵然一夜风吹去,只在芦花浅水边。”这两句紧承第二句,回答了上面的问题。“纵然”“只在”两个关联词前后呼应,一放一收,把意思更推进一层:且不说夜里不一定起风,即使起风,没有缆住的小船也至多被吹到那长满芦花的浅水边,又有什么关系呢?这里,诗人并没有刻画幽谧美好的环境,然而钓者悠闲的生活情趣和江村宁静优美的景色跃然纸上。

这首小诗善于以个别反映一般,通过“钓罢归来不系船”这样一件小事,刻画江村情事,由小见大,就比泛泛描写江村的表面景象要显得生动新巧,别具一格。诗在申明“不系船”的原因时,不是直笔到底,一览无余,而是巧用“纵然”“只在”等关联词,以退为进,深入一步,使诗意更见曲折深蕴,笔法更显腾挪跌宕。诗的语言真率自然,清新俊逸,和富有诗情画意的幽美意境十分和谐。

皎然　生卒年不详。字清昼,吴兴人,其诗清丽闲淡,多为赠答送别、山水游赏之作。

寻陆鸿渐不遇

皎　然

移家虽带郭,野径入桑麻。
近种篱边菊,秋来未著花。
扣门无犬吠,欲去问西家。
报道山中去,归来每日斜。

【鉴赏】

陆鸿渐，名羽，一名疾，又字季疵，复州竟陵人，是中唐时期一个颇具神秘色彩的人物。据说，他不知身之所自，是一个不知父母为何人的弃儿，被竟陵僧智积从水滨捡拾回寺院抚养。长大后，因自筮《易经》，借其中“鸿渐于陆，其羽可用为仪”的话，以“陆”自姓，字“鸿渐”，名“羽”。陆鸿渐性情诙谐，曾同优人为伍，撰有《谈笑》万言。上元初年，隐居在苕溪，结识了诗僧皎然，关系非同一般。唐代女冠鱼玄机同陆鸿渐也是交游很深的，有《湖上卧病喜陆鸿渐至》等诗相赠。陆鸿渐曾被诏拜太子文学、太常寺太祝之职，对此不屑一顾，无意出仕。终日或杜门著书，或独行山野之中，诵诗击木，至月黑兴尽，恸哭而还。他还著有《茶经》三卷，被后人奉为茶神，卒于公元804年，即唐德宗贞元二十年。

作者同陆鸿渐是至交，曾经同寓妙喜寺，在寺的旁边，陆羽建亭，皎然赋诗，颜真卿题额，时称“三绝”。这首诗是陆鸿渐迁居之后，皎然前往探访不遇而作，刻画了陆羽超然物外的隐士风度，抒发了作者的叹惋和仰慕之情。

全诗清新自然，明白如话，把寻访友人的见闻、经历、结局和感受一一道出，给读者全面而深刻的印象。“移家”一词，巧妙地点破题，“寻”是寻访之意，而寻访的原因，是由于对方迁移了新的居所。这个新的居所，是作者不熟悉的，更包含了作者对老朋友的关爱之情，故而用“寻”。陌生引起关注和新奇，这是一般人的思维特征，所以，诗人一开始就点明陆羽迁居后的地理位置和环境特点，一个“带”字活画出新居的准确方位和无限情趣。“带”是被围绕的意思，“郭”是城市的外城墙。陆羽的新居在城郊，虽说以外城为依托，却有一条山路直通到乡村之中。交代完地理位置，作者便着眼于居所的近景，在稀疏的篱笆边，栽种着许多菊花，在这初秋的清空中，枝枝含苞，却没有开放。这些都是所见，然后写所闻，作者上前叩门，非但没有故人出迎，就是犬吠的声音也没有。寻访者仍不死心，去问近旁的邻居，邻居说，作者要寻访的人到山中去了，根据往常的经验，不到日落时分是不会回来的。

这首诗的成功之处，首先在于以景衬人，以侧面描写的方式，含蓄地表达陆鸿渐的处世态度，刻画他的隐士风度。表面上看，被寻访的人根本没有出场，但是他的形象却清晰地在诗中逐渐显影，令人仰慕。依城连乡的处于城乡交汇点上的独特位置，却在转折关系的上下句之中显出居住者的心理向背，虽然紧靠着城市，但却背离着城市，同城市隔着一道高高的城墙，唯有通向乡间的小路是常走的，这正是陆羽远离喧嚣的红尘，皈依幽静的自然的隐士志趣的体现，对陆鸿渐来说，是不写之写。下面的两句也是这样。菊花一向有清高之誉，雪霜之操，是高洁孤傲的人格的象征，为此，写花即是写人，花品即是人品。菊花本已很高洁，而陆羽的菊花连花儿都不开，一朵未放，在准确点明时间的同时，把种花人与世无争的旷达襟怀巧妙地烘托出来了。诗的后半部分,写陆羽不在家,连看门狗都没有,表现了陆羽的确是个出世超尘的真隐,心中根本就没有家园意识和财富观念,一个“每”字写出了他“入山”的一贯性经常性,把一个超凡脱俗不以尘事为念的逸士用侧面描写的方法烘托得逼真如画。

另外,诗人采用步步逼近,到绝顶时突然悬空的方式,一箭双雕,既给读者造成悬念,写出了陆鸿渐的隐者情怀,又使作者寻友未遇的惆怅之情生发出一种强烈的感染效果。

李端 生卒年不详,字正已,赵州(今河北赵县)人。少居庐山,曾依皎然读书。大历五年(770)进士,初授校书郎,以疾辞官。后起为杭州司马,以厌烦官场俗事,弃官隐衡山,自号“衡岳幽人”。为“大历十才子”之一。诗多送别寄赠之作,才思敏捷,颇受时人称道。《全唐诗》录其诗三卷。

鸣　筝

李　端

鸣筝金粟柱,素手玉房前[①]。
欲得周郎顾,时时误拂弦。

【注释】

①金粟柱:柱就是弦乐器上安弦的轴,其上饰以金粟,故名。玉房:对房室的美称。

【鉴赏】

这是一首描写少女恋情的诗。虽然只有短短四句,但通过对一个富有意味的细节(“误拂弦”)的描写,生动地刻画出了一个处在热恋中的少女的形象。

“鸣筝金粟柱,素手玉房前。”这两句写少女坐在华美的房舍前面,弹着华丽的古筝。这里没有说是一个人还是好几个人,可能是几个人在一起弹奏。这是因为下面两句的意思是说这位姑娘为了得到自己心上人的眷顾而频频拂错了弦,显然这里不只是她一个人。“欲得周郎顾,时时误拂弦”的典故出自《三国志·吴志·周瑜传》,说周瑜作建威中郎将时才二十四岁,国人皆呼为周郎。他精通音乐,凡是

演奏有误，一定会被他发觉。当时人说："曲有误，周郎顾"。这里当然是用"周郎"代指这位姑娘的心上人。但对"误"的原因历来有这样的解释，清人徐增在《而庵说唐诗》中说："妇人卖弄身分，巧于撩拨，往往以有心为无心。手在弦上，意属听者。在赏音人之前，不欲见长，偏欲见短。见长则人审其音，见短则人见其意"。这里将"误拂弦"的原因归结为妇人的卖弄与做作。当然，这位姑娘"误拂弦"的间接原因已经很清楚了，是"欲得周郎顾"，但她并不是因此而搔首弄姿，故意"误拂弦"。而是由于她感情太饱满，心情太激动了。因为她的情人就在眼前，她时时刻刻盼望她的心上人给她投来会心的一瞥，因而她不知不觉地频频地拂错了弦。这才是她"误拂弦"的直接原因。这是她的真情流露，并不是有心机地勾引别人。所以，用"时时误拂弦"来描写姑娘的动作和心理是很细腻很精彩的。

由此可见，这首诗并不是写一个姑娘的"邀宠"，而是写一个处于热恋中的姑娘的真感情的自然流露。

拜　新　月①

李　端

开帘见新月，便即下阶拜。
细语②人不闻，北风吹裙带。

【注释】

①新月：农历初三、初四夜晚的月亮。

②细语：指少女对月倾诉的轻声说话。

【鉴赏】

这是一首写少女拜月和诗。唐代流行妇女拜月的习俗,小诗就是写这一事情的。拉开窗帘看到了新月,就立即在阶前下拜。少女祈祷之语不能让人听到,只见北风吹动了她的裙带。诗中少女对月说些什么心里话,谁也听不清,诗人也不交代,引而不发,说而不尽,诗写得形象而含蓄。

胡腾儿

李端

胡腾身是凉州儿，肌肤如玉鼻如锥。
桐布轻衫前后卷，葡萄长带一边垂。
帐前跪作本音语，拈襟摆袖为君舞。
安西旧牧收泪看，洛下词人抄曲与。
扬眉动目踏花毡，红汗交流珠帽偏。
醉却东倾又西倒，双靴柔弱满灯前。
环行急蹴皆应节，反手叉腰如却月。
丝桐忽奏一曲终，呜呜画角城头发。
胡腾儿,胡腾儿，家乡路断知不知?

【鉴赏】

"胡腾"是我国西北地区的一种舞蹈。"胡腾儿(ní)"写的是西北少数民族一位善于歌舞的青年艺人。代宗时,河西、陇右一带二十余州被吐蕃占领,原来杂居该地区的许多胡人沦落异乡,以歌舞谋生。本诗通过歌舞场面的描写,表现了我国各民族之间的友好感情,表现了广大人民对胡腾儿离失故土的深切同情,并寓以时代的感慨。

第一段描述胡腾儿原籍凉州(治今甘肃武威),是"肌肤如玉"的白种人,隆准稍尖,鼻型很美;身着桐布舞衣,镶着的宽边如同前后卷起,以葡萄为图案的围腰,带子长长地垂到地面。这一段写得很朴实,字里行间浸透着诗人对艺人的深切同情。例如,胡儿最喜丝绸彩绣,"桐布""葡萄"也并非多美,诗人何以特书一笔?这说明胡腾儿漂泊穷途,卖艺求生,又深恐破衣烂衫难以吸引看客;倾囊购置,也仅能置些民用布帛,自绣彩绘而已!

第二段描写舞蹈开始前的场面:"帐前跪作本音语,拈襟摆袖为君舞。安西旧牧收泪看,洛下词人抄曲与。"胡腾儿起舞之前,首先跪在帐前,向各位看客用"本音语"诉说家乡沦亡、同胞被杀的诸般苦情,然后"拈襟摆袖",向诸位施礼,准备起舞。那曾在安西做过地方官的人强忍着眼泪观看,洛下(洛阳城)词人也主动把自己写的歌词抄送给胡腾儿演唱。这段虽然仅写了"旧牧"含泪和诗人赠曲,但却使人想到一个很大的场面,看到不同人的思想和表情。艺人先以汉民族的习惯而跪,再以本民族的习惯施礼,其友好之情可知;诗人也不管艺人能否读懂并演出自己的创作,真情相赠;众人报之以热泪。各民族之间的感情,在这里不是得到了充分的交流吗?

以下至篇末为第三段,是写艺人的舞蹈和诗人的感慨。看客们的同情使得胡腾儿大受感动:"扬眉动目踏花毡,红汗交流珠帽偏。"上句写"起始"动作,"扬眉动目",可知表情丰富,义情激奋。下句写飞旋动作,垂珠斜飞,"红汗交流",可知舞得十分卖力。"醉却东倾又西倒,双靴柔弱满灯前",进入另一种意境。上句既是写舞姿的妙曼,也是写他以舞蹈语言,痛陈离乡背井之苦。在舞蹈艺术中,"醉步"要求"形散神凝",看似如醉如痴,飘忽不定,实则缓促应节,刚柔相生,是一种高难度的表演。下句写双腿飞旋,双靴闪动,恍如灯前闪烁出一层层柔弱的光圈。"环行急蹴皆应节,反手叉腰如却月。""应节"二字,照应前后诸句。说他无论"环行"如轮,还是"急蹴"起跃,还是"反手叉腰如却月"的造型,都能丝毫不差地吻合着音乐的节拍;可知不论"踏花毡"的起步,还是"东倾又西倒"的醉步,还是"柔弱满灯前"的急旋,也无不与音乐的节拍相侔了。接着以点睛之笔兼写几个方面:"丝桐忽奏一曲终,呜呜画角城头发"!说伴奏的"丝桐"(弦乐器)忽停,表示了舞蹈的结束;舞蹈结束,方听得"画角"呜呜,又见看客们因全神贯注于音乐舞蹈,其他音响均不得于人其耳,烘衬出了舞技的超绝,引人入胜;"画角"发于城头,又说明时局紧张,岂止边地沦陷,京畿亦有烽火相照。时代气氛如此,能不引起诗人深沉的感慨?"胡腾儿,胡腾儿,家乡路断知不知?"这里说的"家乡路断",显然非指山川隔阻,而是指中原藩镇割据,唐王朝边事失利。这既表现了诗人对胡腾儿的深切同情,也暗含了对于中唐国事的叹惋。诗贵含蓄,收尾尤贵意在言外。如果说前面叙事端,写看客,状舞蹈,都能写得精练而动人的话,那么这收尾四句却更富于余韵远响,具有耐人寻味的妙趣。唐卢纶盛赞李端:"校书才智雄,举世一娉婷。赌墅鬼神变,属词鸾凤惊。"中唐前期,诗歌暂处低潮,"大历十才子"多不擅长歌行,像这类诗歌,在当时也确实算得上"娉婷"一世的了。

闺情

李端

月落星稀天欲明，孤灯未灭梦难成。
披衣更向门前望，不忿朝来鹊喜声！

【鉴赏】

这首诗明白晓畅，诗人以清新朴实的语言，把一个闺中少妇急切盼望丈夫归来的情景，描写得含蓄细腻，楚楚动人，令人读了之后，自然对她产生深厚的同情。

首句直接交代女主人公所处的特殊环境："月落星稀天欲明"，东方欲晓，自然月落星稀，若在常人，正是熟睡之时，然而，对于孤苦寂寞的闺中人却是"孤灯未灭梦难成"。这位思妇想来已是彻夜未眠，因此，连一个好梦亦未做成。"梦难成"三字表现出主人公相思无计极度忧伤的心理。既然难以成眠，她索性"披衣更向门前望"，至此，诗人完成了对女主人公因相思而致"忧愁不能寐，揽衣起徘徊"（《古诗十九首·明月何皎皎》）的坐卧不宁的动作描写，刻画了一位百无聊赖的闺中思妇形象。可以设想，这位思妇披衣倚门的结果仍然是"过尽千帆皆不是"的无限失望。但诗人没有沿着上句之意写下去，而是宕开一笔，以"不忿朝来鹊喜声"作结，尽管思妇对丈夫翘首企盼屡屡失望，然而，她并没有绝望。因为，天刚亮，枝头又传来了喜鹊喳喳的报喜之声。喜鹊，又名灵鹊，在传统的习俗中，被认为能报喜而得名。《西京杂记》三有"乾鹊噪而行人至"之说。韩愈在《晚秋郾城夜会联句》中也有诗句云："室妇叹鸣鹳，家人祝喜鹊。"其实"鹊噪行人至"只是世人尤其是思妇无聊中的一种自我安慰而已，因此屡有不灵验的情况，因此，引得许多思妇对喜鹊报喜无征而产生反感和怨艾之情。本诗女主人公却以“不忿”的宽容态度对待这无凭无据的喜鹊报喜之举。因为尽管它屡不灵验,但毕竟一次又一次给主人公带来希望,因此她一点也不怨恨喜鹊。其实,怨与不怨不过是诗人赋予思妇心态的一种外化表现,二者异曲同工,皆是思妇思念丈夫盼望团聚的一种无聊心理活动所致。只不过李端所表现的女主人公对喜鹊报喜既不是大喜若狂,也不是愤怒失态,而是作为无聊中的一种精神寄托而已。

这首闺情诗有怨而无愤,情感的流水如在平静的小溪中静静地流淌,与那些如火一般的炽烈闺情相比,读来自是别有一番滋味。

胡令能 (785~826年),唐诗人,隐居圃田(河南中牟县)。唐贞元、元和时期人。家贫,年轻时以修补锅碗盆缸为生,人称“胡钉铰”。他的诗语言浅显而构思精巧,生活情趣很浓,现仅存七绝4首。唐贞元、元和时期人。莆田隐者,唐诗人少为负局锼钉之业。梦人剖其腹,以一卷书内之,遂能吟咏,远近号为胡钉铰。诗四首,皆写得十分生动传神、精妙超凡,不愧是仙家所赠之诗作。

咏绣障

胡令能

日暮堂前花蕊娇,争拈小笔上床描。
绣成安向春园里,引得黄莺下柳条。

【鉴赏】

这是一首赞美刺绣精美的诗。

首句“日暮”“堂前”点明时间、地点。“花蕊娇”,花朵含苞待放,娇美异常——这是待绣屏风(“绣障”)上取样的对象。

首句以静态写物,次句则以动态写人:一群绣女正竞相拈取小巧的画笔,在绣床上开始写生,描取花样。争先恐后的模样,眉飞色舞的神态,都从“争”字中隐隐透出。“拈”,是用三两个指头夹取的意思,见出动作的轻灵,姿态的优美。这一句虽然用意只在写人,但也同时带出堂上的布置:一边摆着笔架,正对堂前的写生对象(“花蕊”),早已布置好绣床。

三、四句写“绣成”以后绣工的精美巧夺天工:把完工后的绣屏风安放到春光烂漫的花园里去,虽是人工,却足以乱真——你瞧,黄莺都上当了,离开柳枝向绣屏风飞来。末句从对面写出,让乱真的事实说话,不言女红之工巧,而工巧自见。而且还因黄莺入画,丰富了诗歌形象,平添了动人的情趣。

从二句的“上床描”到三句的“绣成”,整个取样与刺绣的过程都省去了,像“花随玉指添春色,鸟逐金针长羽毛”(罗隐《绣》)那样正面描写绣活进行时飞针走线情况的诗句,是不可能在这首诗中找到的。

清沈德潜在论及题画诗时说:“其法全在不粘画上发论。”(《说诗晬语》卷下)“不粘”在绣工本身,而是以映衬取胜,也许这就是《咏绣障》在艺术上成功的主要奥秘。

小儿垂钓

胡令能

蓬头稚子学垂纶,侧坐莓苔草映身。
路人借问遥招手,怕得鱼惊不应人。

【鉴赏】

这是一首以儿童生活为题材的诗作。在唐诗中,写儿童的题材很少,因而显得可贵。

一、二句重在写形。“纶”是钓丝,“垂纶”即题目中的“垂钓”,也就是钓鱼。诗人对这垂钓小儿的形貌不加粉饰,直写出山野孩子头发蓬乱的本来面目,使人觉得自然可爱与真实可信。“侧坐”带有随意坐下的意思。这也可以想见小儿不拘形迹地专心致志于钓鱼的情景。“莓苔”,泛指贴着地面生长在阴湿地方的植物。从“莓苔”不仅可以知道小儿选择钓鱼的地方是在阳光罕见、人迹罕到的所在,更是一个鱼不受惊、人不暴晒的颇为理想的钓鱼去处,为后文所说“怕得鱼惊不应人”做了

铺垫。“草映身”，也不只是在为小儿画像，它在结构上，对于下句的“路人借问”还有着直接的承接关系——路人之向他打问，就因为看得见他。

三、四句重在传神。“遥招手”的主语还是小儿。他之所以要以动作来代替答话，是害怕把鱼惊散。他的动作是“遥招手”，说明他对路人的问话并非漠不关心。他在“招手”以后，又怎样向“路人”低声耳语，那是读者想象中的事，诗人再没有交代的必要，所以，在说明了“遥招手”的原因以后，诗作也就戛然而止。

通过以上的简略分析可以看出，前两句虽然着重写小儿的体态，但“侧坐”与“莓苔”又不是单纯的描状写景之笔；后两句虽然着重写小儿的神情，但在第三句中仍然有描绘动作的生动的笔墨。不失为一篇情景交融、形神兼备的描写儿童的佳作。

严维　生卒年不详，约唐肃宗至德元年前后（公元七五六年前后）在世。字正文，越州（今绍兴）人。初隐居桐庐，与刘长卿友善。唐玄宗天宝（742～756）中，曾赴京应试，不第。肃宗至德二年，以“词藻宏丽”进士及第。心恋家山，无意仕进，以家贫至老，不能远离，授诸暨尉。时年已四十余。后历秘书郎。代宗大历（766～779）间，严中丞节度河南（严郢为河南尹，维时为河南尉），辟佐幕府。迁余姚令。终右补阙。官终秘书郎。

丹阳送韦参军

严维

丹阳郭里送行舟，一别心知两地秋。
日晚江南望江北，寒鸦飞尽水悠悠。

【鉴赏】

严维，诗雅洁疏朗，常作世故语，与其贫穷的家境有关。其送人作品往往情感真挚，《丹阳送韦参军》即是这一内容的代表作品。

首句“丹阳郭里送行舟”平平而起，点明送别地点在丹阳城（即今江苏省丹阳市），同时交代友人征程为水路行舟，且表明是一次远行。破题后立即进入抒情：“一别心知两地秋。”这句既点明惜别时在三秋，又抒发此后天各一方、两地秋心常相思念的不舍之情，更从一个“知”字中道出他和友人是一对知心莫逆之交。第三句“日晚江南望江北”字眼平常，但却有抒情、写景、叙事之效，情在一个“望”字，友人孤帆远去，而诗人却仍伫立江边，举手劳劳，引领远眺；景在黄昏日暮，为送别场面构置了暗淡气氛；事在表明友人由江南远去江北。随着诗人远眺的目光，如影视效果一样，结束一句推出一个令人黯然神伤的特写镜头：“寒鸦飞尽水悠悠。”寒鸦点点，入林归巢，唯见悠悠江水呜咽东去。“寒鸦飞尽”既表明诗人伫立之久，又以景传情，渲染孤寂寥落氛围。“水悠悠”兴比友人分别后的惆怅之情如东逝的江水一样无穷无尽，涛涛不息。

酬刘员外见寄

严维

苏耽佐郡时，近出白云司。
药补清羸疾，窗吟绝妙词。
柳塘春水漫，花坞夕阳迟。
欲识怀君意，朝朝访楫师。

【鉴赏】

这首诗是酬答刘长卿而作。刘长卿任睦州司马，作了一首诗寄给严维：“陋巷喜阳和，衰颜对酒歌。懒从华发乱，闲任白云多。郡简容垂钓，家贫学弄梭。门前七里濑，早晚子陵过。”

此诗前六句是描写他的闲官生活，最后两句是将严维比为严子陵，希望他来会晤。严维写了一首诗酬答。这首诗第一、二句用了一个典故，其意义不很清楚。苏耽是汉文帝时桂阳人，因孝母而得道成仙。其事迹见《神仙传》。苏耽没有做过佐郡的官,也和白云无涉。严维此二句,意在恭维刘长卿,因为刘是睦州司马,正是辅佐郡守的官。"白云"是酬答刘长卿诗中的"闲任白云多"之句。其意义是可以理解的,但他用苏耽的故事却不可解。也许睦州历史上有过另外一个苏耽。

"药补"二句是写刘长卿居官多暇,可以服药养生,在晴窗下吟哦好诗。"柳塘"二句是写睦州风景。最后两句是说:我天天在想雇船去拜访你。由此,你可以知道我怀念你的心情。这首诗,从整体来看,并不好。颔联与颈联,没有关系。颔联又没有承上的作用,颈联没有启下的作用。再加上第一、二句意义不明。使这首诗好像是硬拼凑起来的四联八句。两本唐人诗选都没有选入这首诗,可知它在当时并不引起重视。

顾况 (725~814),字逋翁,苏州人。至德二年(757)进士。德宗时曾任秘书郎,著作郎等职。郁郁不得志,以作诗嘲诮权贵得罪,贬为饶州司户参军。后隐居茅山,炼丹修道,自号华阳山人。他工画山水,善为诗歌,诗中有不少反映现实,关心民疾,具有讽世意义的诗篇。著有《华阳集》。

宫　词

顾　况

玉楼天半起笙歌,风送宫嫔笑语和①。
月殿影开闻夜漏,水精帘卷近秋河②。

【注释】

①天半:形容楼很高。宫嫔:宫女,嫔妃。

②漏:古代通过滴水计时的工具。水精帘:水晶一样的珠帘。秋河:秋天的银河。

【鉴赏】

宫词是写宫女生活的,而且一般是写其怨情的。这首诗没有标明"怨"字,似乎与"怨"无关,但细细品味,却可以体会到作者的韵外之音。

“玉楼天半起笙歌，风送宫嫔笑语和。”这两句是说，高到半天的玉楼上笙歌四起，宫女嫔妃们欢快的说笑声随风传来。宫中如此豪华气派，宫中人是否都在欢快地说说笑笑呢？“月殿影开闻夜漏，水精帘卷近秋河。”这两句是说眼看明月的银辉照着殿庭，耳听着漏斗计时的滴嗒声。卷起水晶一样的珠帘，遥望窗外银河正横亘在秋天的夜空。作为一个宫女，在笙歌四起，嫔妃笑语的时候，她独自一个人看着月光映照着宫殿，听着象征青春流逝的滴漏的声音；卷起珠帘，看见将牛郎与织女隔在两边的银河，她能不联想到自己的身世吗？她也许曾是一个受宠者，但现在新的受宠者已代替了她的位置。这正是“但见新人笑，哪闻旧人哭”。宫中的豪华与热闹越发反衬出被冷落者的伶仃孤苦，反衬出失宠者的深深的怨情，这里作者虽没有点出这个“怨”字，但字里行间都流露着这个“怨”字。

这首诗的好处就在于含而不露，引而不发，但暗含的意味幽微而深刻，将一份幽怨哀婉之情在一种轻淡的氛围中烘托了出来。

囝

顾　况

囝[①]，哀闽也。

团生闽方，闽吏得之，乃绝其阳[②]。

为臧为获[③]，致金满屋。

为髡为钳[④]，如视草木。

天道无知，我罹其毒。

神道无知，彼受其福。
郎罢别囝，吾悔生汝。
及汝既生，人劝不举[5]。
不从人言，果获是苦。
囝别郎罢，心摧血下。
隔地绝天，及至黄泉，不得在郎罢前。

【注释】

①诗人自注："'囝'，音蹇。闽俗呼子为'囝'，父为'郎罢'。"

②绝：割断。阳：男性生殖器。

③臧、获：都是奴隶的别称。

④髡、钳：都是奴隶的标志。髡，剃去头发；钳，铁圈套在颈上。

⑤不举：不养育。

【鉴赏】

唐代的闽地（今福建），地主、官僚、富商相勾结，经常掠卖儿童，摧残他们的身体，把他们变为奴隶。《囝》就是这种残酷行为的真实写照。

诗人首先叙述闽童被掠为奴的经过。前三句交代了这种野蛮风俗盛行的地区（闽方）、戕害闽地儿童的凶手（闽吏）以及戕害儿童的方式（绝其阳），极其简练。然后叙述奴隶的痛苦生活。诗人没有列举具体生活事例，而只是并列摆出一种极不公平的现象：奴隶为主人"致金满屋"，本应受到较好的待遇，然而却被视如草木，受到非人待遇。"金"，极言其贵；"草木"，极言其贱。一贵与一贱，两相比照，揭露奴隶所受待遇的不合理，写出了奴隶生活的不堪忍受。

诗人并没有停留在这一般的叙述上，接着又透过这一生活现象，把笔触深入到人物的内心世界，揭示出奴隶们的满腔怨愤："天道无知，我罹其毒。神道无知，彼受其福。"悲惨的身世，痛苦的生活，使他们的怨愤非常之深，以致连封建社会里视若神圣的"天道"和"神道"，都被他们诅咒起来——都是上天和神灵无知，才造成如此不公平的世道！这里"彼""我"对举，形象地揭示出对立的阶级关系——奴隶主们之所以能够大享其福，正是建筑在奴隶遭受荼毒的基础上的。这四句心理描写，真实地反映了奴隶们的思想感情。

以上是对奴隶一般生活境遇和痛苦心理的描绘。"郎罢别囝"以下，诗人抽出一个具体场景，用细腻的笔触描写囝被掠为奴，同郎罢分别时父子痛不欲生的情景。

诗人把囝同郎罢的心理对照来写，笔墨摇曳多姿，错落有致。写郎罢，处处从他违反常情的心理着笔。在封建社会，人们都希望人丁兴旺，又由于重男轻女的习惯，尤其希望生男孩。可是这位做父亲的却后悔不该生男孩，生下后更不该养育他。这看来很“反常”。然而，正是从这种“反常”中，才表现了他的断肠悲痛和对孩子的深爱。“人劝不举”一语更进一步说明，受这种野蛮风俗之害的，绝不是一家一户的个别现象，闽地人民受害之惨，受害之广，使人人都心怀恐惧。写囝，则是着力刻画他对郎罢的依恋，完全是小孩子的心理。这种对照的心理描写，生动细致地刻画出父子相依、不忍分离的骨肉亲情。而造成生离死别、痛不欲生的，却正是那些掠卖儿童的人。所以，这种描写既是对苦难人民的深厚同情，也是对残民害物者的愤怒控诉。

公子行

顾　况

轻薄儿，面如玉，紫陌春风缠马足。
双鞚悬金缕鹘飞，长衫刺雪生犀束。
绿槐夹道阴初成，珊瑚几节敌流星。
红肌拂拂酒光狞，当街背拉金吾行。
朝游鼕鼕鼓声发，暮游鼕鼕鼓声绝。
入门不肯自升堂，美人扶踏金阶月。

【鉴赏】

《公子行》是乐府旧题，内容多写王孙公子的豪奢生活。这首诗以时间顺序为线索，集中了公子在一天内吃喝玩乐等典型细节，刻画出一个轻薄儿的典型形象，揭露和批判了王孙公子的荒淫豪奢。

首句点出人物，以“轻薄儿”三字，恰如其分地概括出了王孙公子的特性。“面如玉”一般形容女子容颜美，这里用来描画“紫陌春风”中的轻薄儿，有揭露和讽刺的意味。接着交代时间是春日，地点是京城。公子哥儿日日游冶，恣情玩乐，仿佛他们所骑的马的脚也被都城的春风缠住了似的。再接下去写公子的坐骑和服饰。坐的是绣有鹘鸟飞翔的马鞍，蹬的是发出耀眼光芒的脚踏。身着丝绸绣花长衫，还系上华贵的犀牛皮腰带……初步勾画出一个冠盖华美、意气骄横的纨袴儿形象。

这是第一层。

中间四句是第二层，通过两个典型细节，进一步揭露轻薄儿的骄奢。一是写轻薄儿拿起缀着珊瑚的马鞭，在绿荫覆盖的大道上，当空挥舞，光彩四溢，比流星飞过夜空还要灿烂夺目。另一个细节是"背拉金吾"，写这位公子一脸酒气，满眼凶光，带着一帮家奴，在大街上横冲直撞，为所欲为，甚至倚仗权势，当众把维持治安的官吏金吾也推搡开去。可见其飞扬跋扈、骄横放肆已到了何等程度。

第三层，即结尾四句，进一步写公子恣意冶游、荒淫无耻、夜以继日的浪荡生活。末句更以由美人扶入内室的细节，将其腐朽生活揭露无遗。全诗以出游始，以归家结，通过公子一天内的所作所为，集中概括了这一阶层声色犬马的腐朽生活，从一个侧面揭露了中唐时期上层社会的腐败。

全诗只"轻薄儿"三字是作者的直接评述，其余全是客观描述，让事实说话。作者的倾向性只是在描写中自然地显现。如首句中的"面如玉"三字，暗示出这位公子哥儿一贯过着锦衣玉食、养尊处优的寄生生活。作者始写其面如美玉，继而写其花天酒地的狰狞丑态，最后把藏在华丽躯壳中的肮脏灵魂暴露于光天化日之下。从前后映照中，一个金玉其外、败絮其中的王孙公子形象呈现在读者眼前。作者的揶揄嘲弄之情亦含蕴其中了。又如，末句的"入门不肯自升堂"的"不肯"二字，刻画轻薄儿在美人面前的矫揉造作和丑恶心灵，都显得辛辣有力，鞭辟入里，透露出作者深深的憎恶和鄙视。可以毫不夸张地说，这是一首别具一格的讽刺诗。

这首诗，色彩秾丽而风格冷峻，造语生新而笔锋犀利。奇特的想象，典型的细节和精妙的比喻，使诗中人物形象突出。如"紫陌春风缠马足"的"缠"字，极富想象力，而又新颖贴切。诗人让春风都来追随、趋奉公子，为其催送马蹄，则其炙手可热、骄矜得意之态，自是不言而喻的了。皇甫湜曾说顾况"偏于逸歌长句，骏发踔厉，往往若穿天心，出月胁，意外惊人语，非寻常所能及，最为快也"(《顾况诗集序》)。于此诗中，可见一斑。

洛阳早春

顾　况

何地避春愁，终年忆旧游。
一家千里外，百舌五更头。
客路偏逢雨，乡山不入楼。

故园桃李月，伊水向东流。

【鉴赏】

这首诗写早春思乡的诗。到什么地方躲避春天思乡的忧愁呢？作者写洛阳春日思乡情状，多于景物中寓深意，故富于别趣。百舌鸣于五更，明其因思家而通宵不寐也；乡山不入客楼，明其常于楼头望乡也；伊水折向东流，明其思东归故园而不可得也。

听角思归

顾　况

故园黄叶满青苔，梦破城头晓角哀。
此夜断肠人不见，起行残月影徘徊。

【鉴赏】

故园的黄叶已落满长了青苔的路上，则叶无人扫，路无人走，其园荒废已久可知，自己离家已久更可知。由于有家难归，更为思念，因此只有形之梦寐。而梦醒之后，天色将明，这时，号角的声音响起来了。自己的心情是沉重的，所以听到晓角，自然就觉其音哀伤。但是，长夜漫漫，梦魂颠倒，梦醒之后，更觉断肠，又有谁看见，谁知道呢？继续入梦，势所不能，起看残月，还是孤身一人，也只能对影徘徊，即让影子给自己做伴而已。

此诗写角声，由闻角而但觉己之生哀，与人无涉。人虽闻角，但不思归，也就不会断肠，更不会独看残月、顾影徘徊了。

湖南客中春望

顾　况

鸣雁嘹嘹北向频，渌波何处是通津。
风尘海内怜双鬓，涕泪天涯惨一身。

故里音书应望绝，异乡景物又更新。
便抛印绶从归隐，吴渚香莼漫吐春。

【鉴赏】

况之贬饶州，据皇甫湜《顾况诗集序》以为“不能慕顺，为众所排”，“累岁脱縻，无复北意。起屋于茅山，意飘然若将续古三仙”。此诗之写倦游思乡，意欲解绶归隐，正切其飘然欲仙之意。诗以嘹唳之旅雁自拟，其苦涩之情溢于言表。海内风尘，天涯涕泪，自有别于乱离中之少陵野老，然失意之态有甚于当年之老杜也。语言直白，或为乐府歌诗所影响，亦以体质自高，而微伤于直率也。

过山农家

顾　况

板桥人渡泉声，茅檐日午鸡鸣。
莫嗔焙茶烟暗，却喜晒谷天晴。

【鉴赏】

这是一首纪行诗。全诗围绕着一个“过”字展开。首句写山行途中的景象，次句则以“茅檐”“鸡鸣”点明已到一户农家门前，“日午”则交代了时间已是正午。诗人在山中已行走了半日，自然想在这户农家歇息一下。三、四句写进入农家后的情景。诗人以传神细腻的笔调描绘出江南山乡焙茶、晒谷的劳动场面，以及山农爽直的性格和淳朴的品质。这首六言绝句语言明快，风格自然，给人以美的艺术享受。

宣宗宫人　姓韩氏。

题红叶

宣宗宫人

流水何太急，深宫尽日闲。

殷勤谢红叶,好去到人间。

【鉴赏】

这首诗相传为唐宣宗时宫人所写。关于这首诗,有一个动人的故事。据唐范摅《云溪友议》记述,宣宗时,诗人卢渥到长安应举,偶然来到御沟旁,看见一片红叶,上面题有这首诗,就从水中取去,收藏在巾箱内。后来,他娶了一位被遣出宫的宫女。一天,宫女见到箱中的这片红叶,叹息道:“当时偶然题诗叶上,随水流去,想不到收藏在这里。”这就是有名的“红叶题诗”的故事。对此,北宋刘斧《青琐高议》和北宋孙光宪《北梦琐言》(据《太平广记》引)也有记载,但在朝代、人名、情节上都有出入。

这一故事在辗转流传中,当然不免有被人添枝加叶之处,但也不会完全出于杜撰。从诗的内容看,很像宫人口吻。它写的是一个失去自由、失去幸福的人对自由、对幸福的向往。诗的前两句“流水何太急,深宫尽日闲”,妙在只责问流水太急,诉说深宫太闲,并不明写怨情,而怨情自见。一个少女长期被幽闭在深宫之中,有时会有流年似水、光阴易逝、青春虚度、红颜暗老之恨,有时也会有深宫无事、岁月难遣、闲愁似海、度日如年之苦。这两句诗,以流水之急与深宫之闲形成对比,就不着痕迹、若即若离地托出了这种看似矛盾而又交织为一的双重苦恨。诗的后两句“殷勤谢红叶,好去到人间”,运笔更委婉含蓄。它妙在曲折传意,托物寄情,不从正面写自己的处境和心情,不直说自己久与人间隔离和渴望回到人间,而用折射手法,从侧面下笔,只对一片随波而去的红叶致以殷勤的祝告。这里,题诗人对身受幽囚的愤懑、对自由生活的憧憬以及她的冲破樊笼的强烈意愿,尽在不言之中,可以不言而喻了。近人俞陛云在《诗境浅说续编》中评李白的《玉阶怨》说:“其写怨意,不在表面,而在空际。”这话也可以移作对这首《题红叶》诗的赞语。

除这首《题红叶》外,在唐代还流传有一个梧叶题诗的故事。据《云溪友议》、唐孟棨《本事诗》等书记述,天宝年间,一位洛阳宫苑中的宫女在梧叶上写了一首诗,随御沟流出,诗云:“一人深宫里,年年不见春。聊题一片叶,寄与有情人。”诗在民间遂得传播。诗人顾况得诗后曾和诗一首:“愁见莺啼柳絮飞,上阳宫女断肠时。君恩不闭东流水,叶上题诗寄与谁?”过了十几天,又在御沟流出的梧叶上见诗一首，诗云："一叶题诗出禁城，谁人酬和独含情。自嗟不及波中叶，荡漾乘春取次行。"这后一首诗在《全唐诗》中题作《又题洛苑梧叶上》，也不失为一首好诗。从诗的首句"一叶题诗出禁城"，可以想见题诗人目送叶去、心与俱远的情景。这片小小的梧叶，成了她的化身，既负荷着她的巨大的苦痛，又浮载着她缥缈的希冀。句中的"出禁城"三字，与《题红叶》诗中"到人间"三字一样，含有极其复杂的感情。这里，人生的要求、祝愿、遐想、幻梦是融合在一起的。下句"谁人酬和独含情"，是进而游翔她的诗思。这位得不到爱情的少女，把她对爱情的想象随着梧叶也送出了禁城。她题诗的一片心意原是"寄与有情人"，但"寄与谁"，"谁人酬和"，这片梧叶出禁城后又会有什么样的遭遇呢？这些，纵然渺茫难知，也足以令她浮想翩翩，含情脉脉；可是，句中一个"独"字却又透露了她的现实处境之可哀。下面两句"自嗟不及波中叶，荡漾乘春取次行"，正是回到现实后的绝望和嗟叹。这时，随波荡漾的梧叶已经乘春而逝，而回顾自身，仍然在"年年不见春"的禁城之内。如果说诗的前半首是身在痛苦环境中产生的美好幻想；那么，这后半首就是走出幻想世界后感到的加倍痛苦了。总的看来，这首《又题》写得较实，较直，以真挚动人。但不如《题红叶》诗之空灵蕴藉，言简意长，给人以更多的玩索余地。

唐代出现了大量宫怨诗，但几乎全都出自宫外人手笔，至多只能做到设身处地，代抒怨情，有的还是借题发挥，另有寄托。这首《题红叶》诗以及另两首题梧叶诗之可贵，就在于让我们直接从宫人之口听到了宫人的心声。

窦叔向　字遗直，京兆（今陕西省扶风）人。唐代宗大历初登进士第，代宗时，常衮为相，引为左拾遗、内供奉。衮贬，出为溧水令，复迁工部尚书。诗法谨严，有诗传世。五子群、常、牟、庠、巩，皆工词章，著有《联珠集》行于时。窦叔向工五言，名冠时辈。有集七卷，今存诗九首。

夏夜宿表兄话旧

窦叔向

夜合花开香满庭，夜深微雨醉初醒。
远书珍重何曾达，旧事凄凉不可听。
去日儿童皆长大，昔年亲友半凋零。

明朝又是孤舟别，愁见河桥酒幔青。

【鉴赏】

亲故久别，老大重逢，说起往事，每每像翻倒五味瓶，辛酸甘苦都在其中，而且絮叨起来没个完，欲罢不能。窦叔向这首诗便是抒写这种情境的。

诗从夏夜入题。夜合花在夏季开放，朝开暮合，而入夜香气更浓。表兄的庭院里恰种夜合，芳香满院，正是夏夜物候。借以起兴，也见出诗人心情愉悦。他和表兄久别重逢，痛饮畅叙，自不免一醉方休。此刻，夜深人静，他们却刚从醉中醒来。天还下着细雨，空气湿润，格外凉快。于是他们老哥俩高高兴兴地再作长夜之谈。他们再叙往事，接着醉前的兴致继续聊了起来。

中间二联即话旧。离别久远，年头长，经历多，千头万绪从何说起？那纷乱的年代，写一封告嘱亲友珍重的书信也往往寄不到，彼此消息不通，该说的事情太多了。但是真要说起来，那一件件一桩桩都够凄凉的，教人听不下去，可说的事却又太少了。就说熟人吧。当年离别时的孩子，如今都已长大成人，聊可欣慰；但是从前的亲戚朋友却大半去世，健在者不多，令人情伤。这四句，乍一读似乎是话旧只开了头；稍咀嚼，确乎道尽种种往事。亲故重逢的欣喜，人生遭遇的甘苦，都在其中，也在不言中。它提到的，都是常人熟悉的；它不说的，也都是容易想到的。诚如近人俞陛云所说："以其一片天真，最易感动。中年以上者，人人意中所有也。"(《诗境浅说》)正因为写得真切，所以读来亲切，容易同感共鸣，也就毋庸赘辞。

末联归结到话别，其实也是话旧。不是吗？明天一清早，诗人又将孤零零地乘船离别了。想起那黄河边，桥头下，亲友搭起饯饮的青色幔亭，又要见到当年离别的一幕，真叫人犯愁！相逢重别的新愁，其实是勾起往事的旧愁；明朝饯别的苦酒，怎比今晚欢聚的快酒；所以送别不如不送，是谓"愁见"。这两句结束了话旧，也等于在告别，有不尽惜别之情，有人生坎坷的感慨。从"酒初醒"起，到"酒幔青"结，在重逢和再别之间，在欢饮和苦酒之间，这一夜的话旧，也是清醒地回顾他们的人生经历。

窦叔向以五言见长，在唐代宗时为宰相常衮赏识，仕途顺利平稳。而当德宗即位，常衮罢相，他也随之贬官溧水令，全家移居江南。政治上的挫折，生活的变化，却使他诗歌创作的内容得到充实。这首诗技巧浑熟，风格平易近人，语言亲切有味，如促膝谈心。诗人抒写自己亲身体验，思想感情自然流露，真实动人，因而成为十分难得的"情文兼至"的佳作。

严武　(726~765)字季鹰，华州华阴人。生于唐玄宗开元十四年，卒于代宗永泰元年,年四十岁。武虽武夫,亦能诗,全唐诗中录存六首。另外还有三国时期东吴棋士严武以及黄埔一期严武陆军中将。

军城早秋

严武

昨夜秋风入汉关,朔云边月满西山。
更催飞将追骄虏,莫遣沙场匹马还。

【鉴赏】

安史之乱以后,唐王朝国力削弱,吐蕃乘虚而入,曾一度攻入长安,后来又向西南地区进犯。严武两次任剑南节度使,广德二年(764)秋天,他率兵西征,击败吐蕃七万多人,失地收复,安定了蜀地。这首《军城早秋》,一方面使我们看到诗人作为镇守一方的主将的才略和武功,另一方面也表现了这位统兵主将的词章文采,能文善武,无怪杜甫称其为"出群"之才。

诗的第一句"昨夜秋风入汉关",看上去是写景,其实是颇有寓意的。我国西北和北部的少数民族的统治武装,常于秋高马肥的季节向内地进犯。"秋风入汉关",就意味着边境上的紧张时刻又来临了。"昨夜"二字,紧扣诗题"早秋"。如此及时地了解"秋风",正反映了严武作为边关主将对时局的密切关注,对敌情的熟悉。第二句接着写诗人听到秋风的反映。这个反映是很有个性的,他立即注视西山(即今四川西部大雪山),表现了主将的警觉、敏感,也暗示了他对时局所关注的具体内容。西山怎样呢?寒云低压,月色清冷,再加上一个"满"字,就把那阴沉肃穆的气氛写得更为浓重,这气氛正似风云突变的前兆,大战前的沉默。"眼中形势胸中策"(宋宗泽《早发》),这是一切将领用兵作战的基本规律。所以诗的前两句既然写出了战云密布的"眼中形势",那胸中之策就自不待言了。诗中略去这一部分内容,正表现了严武是用兵的行家。

"更催飞将追骄虏,莫遣沙场匹马还。""更催"二字暗示战事已按主将部署胜利展开。两句一气而下,笔意酣畅,字字千钧,既显示出战场上势如破竹的气势,也表现了主将刚毅果断的气魄和胜利在握的神情,而整个战斗的结果也自然寓于其中了。这就是古人所说的"墨气所射,四表无穷,无字处皆其意也"(清王夫之《薑斋诗话》)。我们如果把一、二句和三、四句的内容放在一起来看,就会发现中间有着很大的跳跃。了解战争的人都知道，一个闭目塞听、对敌情一无所知的主将，是断然不会打胜仗的，战争的胜负往往取决于战前主将对敌情的敏感和了解的程度。诗的一、二句景中有情，显示出主将准确地掌握了时机和敌情，这就意味着已经居于主动地位，取得了主动权，取得了克敌制胜的先决条件。这一切正预示着战争的顺利，因而，胜利也就成了人们意料中的结果，所以读到三、四句非但没有突兀、生硬之感，反而有一种水到渠成、果然如此的满足。

这首诗写得开阖跳跃，气概雄壮，干净利落，表现出地道的统帅本色。诗的思想感情、语言风格，也都富有作者本人的个性特征。这不是一般诗人所能写得出的。

柳中庸　生卒年不详，名淡，河东（今山西永济）人。约生活于唐玄宗至唐代宗时期，曾任洪府户曹。与其弟柳中行皆有文名。萧颖士爱其才学，以女妻之。擅长写闺怨与边塞诗。《全唐诗》录有其诗十三首。

征人怨

柳中庸

岁岁金河复玉关，朝朝马策与刀环①。
三春白雪归青冢，万里黄河绕黑山②。

【注释】

①金河：即黑河。在今呼和浩特市城南。玉关：今甘肃玉门关。马策：马鞭。刀环：刀柄上的铜环。

②三春白雪：言春季三月尚有白雪。青冢：指王昭君的墓。黑山：一名杀虎山，在今呼和浩特市境内。

【鉴赏】

这是一首流传极广的边塞诗。盛唐时唐王朝国力强盛，边塞诗多言建功立业的豪情斗志。晚唐由于国力渐弱，边塞诗多言征戍之苦。这首诗属于后一种情况。

唐初的府兵制在中唐已被破坏了，代之而起的是雇佣军制。这首诗所反映的就是这样一些专业军人在长期的军旅生活中的哀怨之情。

前两句通过边陲的两个相互之间十分遥远的地名("金河","玉关")和两个整日伴随的东西("马策","刀环")的对举,既写出了军旅生活的转战南北的辛苦,也写出了它的单调与乏味。再加之前边加了"岁岁"与"朝朝"两个叠字,更加强了这种意味,使军旅生活的艰辛与单调不仅从词意上表达了出来,也通过语言的节奏和韵律凸现了出来。

后两句一方面写出了这些军人所处之地的时令的反常,也写出了他们所处之地的地理环境。"三春白雪"极言所处之地的苦寒,"青冢"指王昭君的坟墓。传说塞外草呈白色,独有王昭君因为生前回到故乡的愿望没有实现,死后不忘故乡,故其冢上的草是青色的。这句诗显然含有这些军人不愿像王昭君一样,也怕像王昭君一样回不了家的结局。"万里黄河绕黑山",虽然字面上只是写眼前所见之景。但"一切景语皆情语",黄河和黑山,虽然不过是两个异地的地理景观,但异地的地理景观不正勾起我们对家乡山川亲人的思念吗?这两句诗虽然脱胎于盛唐诗人尉迟匡的名句"夜夜月为青冢镜,年年雪作黑山花",但比原诗更胜一筹。

此诗不仅对仗工整,而且语言华丽。不仅前两句与后两句对仗,而且上、下句皆对。语言运用上既注意用醒目的字眼,还注意音调的铿锵和谐。

听筝

柳中庸

抽弦促柱听秦筝,无限秦人悲怨声。
似逐春风知柳态,如随啼鸟识花情。
谁家独夜愁灯影?何处空楼思月明?
更入几重离别恨,江南歧路洛阳城。

【鉴赏】

筝是一种拨弦乐器,相传为秦人蒙恬所制,故又名"秦筝"。它发音凄苦,令人"感悲音而增叹,怆憔悴而怀愁"(汉侯瑾《筝赋》)。这首诗,写诗人听筝时的音乐感受,其格局和表现技巧,别具一格,别有情韵。

首句"抽弦促柱听秦筝","抽弦促柱"点出弹筝的特殊动作。筝的长方形音箱面上,张弦十三根,每弦用一柱支撑,柱可左右移动以调节音量。弹奏时,以手指或鹿骨爪拨弄筝弦；缓拨叫“抽弦”，急拨叫“促柱”。那忽疾忽徐、时高时低的音乐声，就从这“抽弦促柱”变化巧妙的指尖端飞出来，传入诗人之耳。诗人凝神地听着，听之于耳，会之于心。“听”是此诗的“题眼”，底下内容，均从“听”字而来。

诗人听筝最突出的感受是什么？——“无限秦人悲怨声”。诗人由秦筝联想到秦人之声。据《秦州记》：“陇山东西百八十里，登山巅东望，秦川四五百里，极目泯然。山东人行役升此而顾瞻者，莫不悲思。”这就是诗人所说的“秦人悲怨声”。诗人以此渲染他由听筝而引起的感时伤别、无限悲怨之情。下面围绕“悲怨”二字，诗人对筝声展开了一连串丰富的想象和细致的描写。

“似逐春风知柳态，如随啼鸟识花情。”筝声像柳条拂着春风，絮絮话别；又像杜鹃鸟绕着落花，啁啁啼血。诗人巧妙地把弦上发出的乐声同大自然的景物融为一体，顿时使悲怨的乐声，转化为鲜明生动的形象。那柳条摇荡、柳絮追逐、落英缤纷、杜鹃绕啼的暮春情景，仿佛呈现于我们的眼前；春风、杨柳、花、鸟，逗露情怀，更加渲染出一片伤春惜别之情。

随着“抽弦促柱”之声的变化，又唤起诗人更加奇妙的联想：“谁家独夜愁灯影？何处空楼思月明？”上一联写大自然的景物，这一联则写人世的悲欢，更加真切感人。那低沉、幽咽的筝声，好似谁家的白发老母枯坐灯前，为游子不归而对影啜泣；又好似谁家的红颜少妇伫立楼头，为丈夫远出而望月长叹。“独”“空”两字，尤使画面显得分外凄清，增加了盼子思夫、离愁别恨的分量。“愁灯影”“思月明”，含蓄蕴藉，耐人寻味：灯前别无他人，只看到自己的影子，可见何等孤独，怎能不“愁”？楼头没有亲人，只见明月高悬，可见何等空荡，怎能不“思”？这两处倘若写作“愁灯下”“思离人”，就索然无味了。这一联用暗喻，且用“谁家”“何处”疑问句式，不仅显得与上一联有参差变化之美，而且更能激起读者想象的翅膀，让各人按自己的生活体验，从画面中去品尝那筝声所构成的美妙动人的音乐形象。

以上两联所构成的形象，淋漓尽致地描摹出筝声之“苦”，使人耳际仿佛频频传来各种惜别的悲怨之声。筝声“苦”，如果听者也怀有“苦”情，筝弦与心弦同声相应，那么就愈发感到苦。诗人柳中庸正是怀着苦情听筝的。

“更入几重离别恨，江南歧路洛阳城。”意思是说，筝声本来就苦，更何况又掺入了我的重重离别之恨，岂不格外引起对远方亲人的怀念！“江南歧路洛阳城”，指南北远离，两地相思。诗人的族侄、著名文学家柳宗元因参与王叔文集团的政治改革，失败后，被贬窜南陲海涯。这末两句也许是有感而发吧！

这首描写筝声的诗，着眼点不在表现弹奏者精湛的技艺，而是借筝声传达心声，抒发感时伤别之情。诗人展开联想，以新颖、贴切的比喻，集中描写筝弦上所发出的种种哀怨之声。诗中重点写“声”，却又不直接写“声”，没有用一个象声词；而是着力刻画各种必然发出“悲怨声”的形象，唤起读者的联想，使人见其形似闻其声，显示了“此时无声胜有声”的艺术效果。

河阳桥送别

柳中庸

黄河流出有浮桥，晋国归人此路遥。
若傍阑干千里望，北风驱马雨萧萧。

【鉴赏】

这是一首送别诗，地点是在河阳桥。河阳桥通称河桥，故址在今河南孟州市西南的黄河上。唐李吉甫的《元和郡县志》卷为河南道河阳县记载：“造浮桥，架黄河为之，以船为脚，竹䈽亘之。《晋阳秋》云‘杜元凯造河桥于富平津’，即此也。”可见此桥兴建甚早。河阳桥在唐代是极为重要的一座浮桥，一是因为它位于洛阳之北，为兵家必争，安史之乱时史思明就曾用火攻来毁坏此桥，由于李光弼率军坚守，保卫了浮桥。二是为中原交通要津，凡北上山西、河北的，均须过此。杜甫的《后出塞》诗之二云：“朝进东门营，暮上河阳桥”，即谓过桥北上也。

河阳桥这样有名，所以诗题特予点出。

不止诗题点出，诗的首句也加以照应，说明送别友人之处，就是眼前滚滚东流的黄河水面上的这座浮桥河阳桥。他们就要在此分手，各去南北。

从第二句可知，远行的朋友是要到山西去，那被称为“三晋”的太行山与吕梁山一带，就是他任职或桑梓之地，他要归去。过了河桥，一直向北，如果要到当时河东道的治所太原，还有几百里地，要到雁门关，那就有千里之遥。说到路途遥遥，就想到旅途的艰辛，也想到彼此相距越来越远，这里自然含蕴着“送君南浦，伤如之何”的无限怅惘。

更为难堪的是凭阑伫望。离别令人依依。“解缆君已遥，望君犹伫立”（王维《齐州送祖三》），这是送人舟行的情景，而车马远去，那就非得凭栏才能及远了。可是凭栏是更易引人伤心的，正如后来的李煜，其《浪淘沙》词云：“独自莫凭栏，无限江山，别时容易见时难。”

此诗的第三句用的是“若傍”，那么，究竟诗人登楼凭栏了没有呢？

第四句说，楼头远望，只见友人策着马，冒着寒冷的北风，顶着萧萧的细雨，向北行去，以至渐渐远逝，变得形象越来越小，终至消失于漫天风雨之中。

看来诗人似乎是曾登上桥头驿楼凭栏远望了的，因为第四句写的北风、细雨，不在高处，不会感受得很真切。"若傍"二字是呼告读者。

诗人不仅登楼倚阑，而且伫立了很久，因为诗中明说"千里望"。当然，"千里"是夸张的说法，但诗人一直望着友人走了很远很远，一直到不见影子，这是可能的。而这正流露了诗人真挚的友情。

诗的结句"北风驱马雨萧萧"，是景语，也是情语，景中融情，寄寓诗人对友人多少关切之意，韵味悠长，最能动人。

耿沣 生平不详。

代园中老人

耿 沣

佣赁难堪一老身，皤皤力役在青春。
林园手种唯吾事，桃李成阴归别人。

【鉴赏】

"代园中老人"的"代"字，是"拟"的意思。我们看鲍照的诗集，有《代东武吟》《代东门行》《代陈思王的马篇》等篇名，都表示是拟古乐府之作。只不过此诗的"代"字却并非表示拟作乐府，因为乐府中没有"园中老人"这类乐曲，这里的"代"，是拟园中老人的心声，为其立言的意思。"饥者歌其食，劳者歌其事"，就此诗的写作动机看，倒确实是继承了乐府诗的优良传统。

这诗是拟园中老人的口气来写的。

第一句是说到老来还为人做佣工，实在难以忍受。"佣赁"，受雇为人服役。"老"字很重要，它不仅点了题，而且是句中之眼，因为贫穷的身世，使他不得不为人做佣工，不然就难以维持生计。青年、壮年的他，劳役再苦，也都能够承受。但现在是老年了，仍然做苦役，就不堪重负了。这句诉说了老人的可怜。

第二句从经历上说明了他对园林的劳动贡献。这里的"在"字一般人不易理解，选本往往也不解释。其实这个"在"字就是"自"的意思。《诗·商颂·那》："自古在昔"，在，自也，互文。王绩《赠梁公》诗："功成皆能退，在昔谁灭亡"，"在昔"一作"自古"，可见在即自也。"皤皤"，头发斑白的样子。这句是说自己从事佣作劳动，从少年就开始了，到了现在，已经白发，还不得休息。这不仅补充了首句，说明“难堪”的缘由，也等于表白了他对园林的功绩。

诗的第三、四句才是关键。老园工说：亲手种植园林，干活的只有我，可是如今桃李都已成荫了，成果却全归别人。意思是劳者不获，获者不劳，这多么不合情理！

其实这种劳者不获，获者不劳，在封建社会是极为普遍的事。难得的是对这种普遍的不合理敢于提出质疑、提出抗争，这是不甘做奴隶的人才有的认识。

这首诗的可贵之处就在于此。

诗写得很浅俗，不加绘饰，更不征引故实，令人一览即明，从艺术上说未见佳胜。但主题切中痼疾，足令麻木者警省，这却是很有意义的。耿湋是“大历十才子”之一，《唐诗纪事》说他：“宝应元年进士，为左拾遗。诗有‘家贫童仆慢，官罢友朋疏’，世多传之。”《瀛奎律髓》说他“诗平正”，观此诗，可以得到印证。大历是诗人们在乱后痛定思痛的时代，一般诗人的创作多偏于感慨身世，注目于社会下层疾苦的很少，此诗在这点上是值得称道的。

古意

耿湋

虽言千骑上头居，一世生离恨有余。
叶下绮窗银烛冷，含啼自草锦中书。

【鉴赏】

把真诚的爱情看得比统治阶级用来作钓饵的功名富贵更有价值，对于个人幸福来说更为重要，这是祖国古典文学中所常加以反映的民主性传统的一个侧面，到《红楼梦》中贾宝玉、林黛玉这两个典型人物的出场而登峰造极。唐人闺怨诗中也往往体现了爱情与功名富贵之间的矛盾。起句说丈夫已任高官，（汉乐府《陌上桑》：“东方千余骑，夫婿居上头。”此用其语。）次句说由于职位高，所以常居异地，以至于一辈子都难得相见，因此产生了无穷无尽的离恨。第三、四两句，“绮窗银烛”，起居之华贵；“叶下”点秋，“烛冷”点夜。虽有绮窗银烛，而秋夜凄凉，独坐无聊，只有一边哭着一边给那个“一世生离”的人写信，劝他早归而已。那么，“千骑上头居”带给自己的是幸福，还是灾难呢？（“锦中书”，借用前秦苏惠在锦上织回文诗寄给丈夫窦滔的典故。）题为《古意》，也说明，这是一个自来就存在的老问题了。

冷朝阳　唐诗人。江宁(今南京)人。代宗大历四年(769)登进士第,不待授官,即归江宁省亲,当时著名诗人钱起、李嘉祐、韩翃、李端等大会饯行,赋诗送别,为一时盛事。五年至八年间为相卫节度使薛嵩幕客。兴元元年任太子正字,贞元中官至监察御史。朝阳诗工于五律,以写景见长。如《登灵善寺塔》:“天花映窗近,月桂拂檐香。华岳三峰小,黄河一带长”。辛文房《唐才子传》称其“在大历诸才子,法度稍弱,字韵清越”。有集传于世,不见于史志著录。诗多亡佚。《全唐诗》录存其《送唐六赴举》《立春》等诗十一首,《全唐诗补编》存其诗一首。《全唐文》存其文一篇。

送红线

冷朝阳

采菱歌怨木兰舟,送客魂销百尺楼。
还似洛妃乘雾去,碧天无际水空流。

【鉴赏】

冷朝阳,金陵人,大历进士。严羽的《沧浪诗话》把他列为大历十才子之一。生卒年不详。曾任过潞州节度使薛嵩幕府从事。红线,薛嵩家青衣,善弹阮咸琴。因手纹隐起如红线,因以名之。这首诗是红线辞别薛嵩家,冷朝阳做此送别。

首句写红线歌声之哀怨。“木兰舟”,“木兰”,树名。陶弘景谓生于零陵山谷间。《述异记》:“木兰洲在浔阳江中,多木兰树。有鲁班所刻木兰舟。”句谓坐在高贵的木兰舟上,唱着哀怨的采菱歌。“送客魂销百尺楼。”“百尺楼”,语出《三国志·陈登传》:“许汜曰:昔见元龙,元龙自上大床卧,使客卧下床。刘备曰:君求田问舍,言无可采,如小人欲卧百尺楼上,卧君于地,何但上下床之间耶!”这里是指送别宴会的一般楼上。“魂销”,销魂失魄。这句的意思是,在这高楼之上送客,实在令人难受。“还似洛妃乘雾去”。“洛妃”,洛水之神。你像洛水之神乘雾而去了。用“洛妃”以喻红线之美,“乘雾去”,形容歌女之漂泊无定。“碧天无际水空流。”“空流”,一作“东流”。流水随着无边无际的天空而去了。这一句不仅是写景,也是抒情，流水随碧天而去，指再相会是很渺茫的了。

大历十才子，他们都经历了安史之乱，有的人骨肉分散，背井离乡，有的人避居客地。他们都在离乱的环境中做过官，仕途也不是一帆风顺，在宦海浮沉中都有感慨和哀怨。冷朝阳的这首诗，不仅是送别红线，也有自喻之意，抒发了他自己的一片哀愁。

张潮　字来山，号心斋（心斋一词，来源于庄子《人间世》）、仲子，安徽歙县人，生于清顺治八年（1650 年），曾著有《花影词》《心斋聊复集》《幽梦影》等书，其中以《幽梦影》最闻名。民国二十五年（1936），文学家章衣萍在徽州用重金购买了同乡张潮的《幽梦影》抄本，林语堂看后也很喜欢这本书。随后章衣萍将此书校点后交上海中央书店出版社出版。其实早几个月千秋出版社出版史天行注解的《幽梦影》。

江南行

张　潮

茨菰叶烂别西湾，莲子花开人未还。
妾梦不离江上水，人传郎在凤凰山。

【鉴赏】

此诗前两句写去年秋冬之际在西湾分手，一直到今天夏秋之间，人还没有回来，以“茨菰叶烂”，“莲子花开”，点明故乡风物之美，夫妇别离之久。后两句写人既不还，思念倍切，所以常常形于梦寐。但他是从水路而去，所以她的梦也总是离不开“江上水”。可是，忽然听到传说，他又到凤凰山去了。那么，岂不是连梦里也没有会见他吗？这一首说由于丈夫行踪不定，就连梦中曾到之地，也非幻中之真，而是幻中之幻，用意就更深一层。而且它全篇不直写凄凉之景，愁苦之情，却用美丽的词藻，婉转的风调来表现深沉的哀怨，艺术风格也很独特。张潮不是一位很著名的作家，但这首小诗，却不失为成就很高的作品。

采莲词

张　潮

朝出沙头日正红，晚来云起半江中。
赖逢邻女曾相识，并着莲舟不畏风。

【鉴赏】

这是叙写采莲女一天生活片段的小诗。它并不着意去写女主人公如何采摘莲子，而是写这一天天气变化中的意外相逢解除了可能遇到的风险。

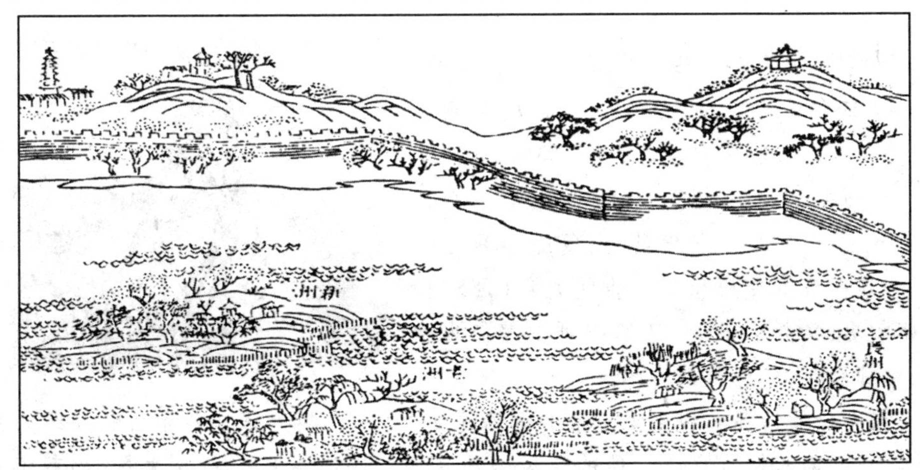

诗的前两句是说：早晨从水边沙岸登上小舟的时候，日头是红红的，这正是一个大好晴天。可是到了傍晚，天色突然变了，江面半空聚起了云。由诗的末句可知，云起半江之时，也刮起了风，而且风很大，使得小舟也难以驾驭了。莲子大概已采摘得差不多了，在这即将归去时，遇上了乍起的云和风，使采莲女本来正为一日的收获高兴的心境突然变得惊慌起来，因为她怕狂风把船儿吹得越来越远，而夜幕很快降落，那时她将无法抗拒颠覆的灾难。

在这云低风怒之时，正当她惊惶不已，不知所措之际，她意外地获救了。这正是后两句所写的。

诗的后两句说，她忽然看见另一条小舟，而且舟上也是女孩子，而且还是她认识的邻家少女。这一下，她有如绝处逢生，其惊喜可知。我们可以想象，她这时是如何慌张地向邻女呼救，唯恐对方失之交臂，而一旦两舟相会，她又会多么兴奋地欢呼。经过两女商量,她们有了办法:把两条船儿连在一起,并驾齐驱,向同一方向划去,这样,她们就能战胜狂风,不至于让孤舟为风浪所吞没。

《采莲曲》是乐府旧题,现在所见最早的为梁武帝所制,是其《江南弄》七曲之一。《乐府诗集》列入《相和歌辞》。后来的拟作,有的为五言,有的为七言,但由于都写女性采莲事,所以多以清丽见长,而且很富民歌味。张潮这首诗清而不丽,不务藻饰,不引故实,径以质实之语叙事,但又笔致省净,显得有很浓的生活气息,却又文质彬彬,不失为一首好诗。

有趣的是,同样生活于开元、天宝时期的崔国辅,也有一首《采莲曲》,不同的是他做的是一首五绝:"玉溆花争发,金塘水乱流。相逢畏相失,并着采莲舟。"后二句与张诗几乎相同,可作张诗的注脚。不过张诗所写的采莲女是活动于江上,崔诗则是塘上,这又是不同之处。此二诗也许有因缘关系,只是究竟谁启发影响了谁,却很难考察清楚了。

戴叔伦 (732~789),字幼公,一作次公,润州金坛(今江苏金坛)人。少时从萧颖士学,为门人之冠。安史乱起,避居鄱阳,闭门读书。大历初,由刘晏招至转运府中任职。后以监察御史里行出为东阳县令,复随李皋至江西,为江西节度使府留后。贞元元年(785)擢抚州刺史,又封谯县男,迁容州刺史兼御史中丞、本管经略使,世称戴容州。

戴叔伦的诗多表现隐逸生活的闲情逸致,也有一些揭露社会矛盾和反映人民疾苦的诗,内容较为宽泛。他的诗风婉约清丽。诗论主张:"诗家之景,如蓝田日暖,良玉生烟,可望而不可置于眉睫之前。"

题三闾大夫庙[1]

戴叔伦

沅湘[2]流不尽,屈子怨何深[3]!
日暮秋风起,萧萧[4]枫树林。

【注释】

①三闾大夫庙:纪念屈原的庙。

②沅湘:沅水和湘水,都在湖南省。

③屈子:屈原。何深:多么深。

④萧萧:风吹树叶的声音。

【鉴赏】

这是一首怀念古人的诗。诗人在游历了屈原的庙之后,写下了这首诗。沅江与湘江长流不息,屈原的悲怨是多么的深沉啊!黄昏的江面上秋风骤起,萧萧的枫树林里满是风声。诗人怀着沉重的心情悼念爱国主义诗人屈原。

除夕夜宿石头驿

戴叔伦

旅馆谁相问,寒灯独可亲。
一年将尽夜,万里未归人。
寥落悲前事,支离笑此身。

【鉴赏】

除夕夜独宿驿舍,只有寒灯可亲,其孤寂心情可知。当此之际,无限身世之感,涌集心头,真乃"人何以堪"!深沉凄婉,令人不忍卒读。诗语平易,而情感真切,不必托物兴怀,只辞洁意足,亦自有深味。诚如乔亿《大历诗略》所云:"诗极平易,而真至动人,故多能口诵之。"谢榛以为这首诗体气轻薄,不能含蓄,因改为:"灯火石头驿,风烟扬子津。一年将尽夜,万里未归人。萍梗南浮越,功名西向秦。明朝对清镜,衰鬓又逢春。"(《四溟诗话》卷三)自以为改叶子金为锭子金,实乃点金成铁也。故吴汝伦驳曰:"首尾浩然,一气舒卷,亦大家魄力。谢茂秦乃妄删改,真可笑也。"(见高步瀛《唐宋诗举要》)

卧　病

戴叔伦

门掩青山卧，莓苔积雨深。
病多知药性，客久见人心。
众鸟趋林健，孤蝉抱叶吟。
沧洲诗社散，无梦盍朋簪。

【鉴赏】

本诗是一首叙事抒情。诗卜病卧日久，自有孤寂之感，故思念诗社朋簪也。其写景物，比多于兴，格近中晚。其所谓“蓝田日暖，良玉生烟”之论，为司空表圣所推许。

兰溪棹歌[1]

戴叔伦

凉月如眉挂柳湾，越中[2]山色镜中看。
兰溪三日桃花雨[3]，半夜鲤鱼来上滩。

【注释】

①兰溪：水名，在今浙江省兰溪市西南。棹歌：船歌。
②越中：今浙江省中部。
③桃花雨：桃花开时下的雨，指春雨。

【鉴赏】

这是一首采用民歌形式写的风景诗。清冷的月亮像细细的眉毛，挂在河边的柳梢上，越中的山色倒映在平如明镜的水面上。桃花盛开的时候，兰溪一连下了几天雨。半夜里，小河里的鲤鱼高兴地跃上了河滩。诗意如画，笔触细腻，景色秀丽动人。

送人游岭南

戴叔伦

少别华阳[①]万里游，近南风景不曾秋。
红芳绿笋[②]是行路，纵有啼猿[③]听却幽。

【注释】

①华阳：指今江苏省金坛市西南茅山上的一个山洞。

②绿笋：绿竹。

③啼猿：猿的啼声。用猿啼形容悲切。

【鉴赏】

这虽是一首送别诗，却无离别忧伤之情。作者写到，少时离开家乡去做万里旅游，岭南的风光到了深秋还是郁郁葱葱、生气勃勃。行路两旁长满绿竹红花，就是猿猴长啼，听起来反而会感到幽静。诗人送友人游岭南，将自己以往的见闻介绍给友人，鼓励友人前往。

暮春感怀

戴叔伦

杜宇声声唤客愁，故园何处此登楼。
落花飞絮成春梦，剩水残山异昔游。
歌扇多情明月在，舞衣无意彩云收。
东皇去后韶华尽，老圃寒香别有秋。

【鉴赏】

这首诗作者表达的是一种伤春，追忆往昔的感情。客中伤春，追忆旧游，别有

怀抱。中二联写得扑朔迷离，细腻深沉，上承少陵渊源，下启义山别派。北宋晏几

道词“舞低杨柳楼心月，歌尽桃花扇影风”(《鹧鸪天》)，“当时明月在，曾照彩云归”(《临江仙》)，似从颈联“歌扇多情明月在，舞衣无意彩云收”化出，而委婉过之。翁方纲《石洲诗话》云：“戴容州尝拈‘蓝田日暖，良玉生烟’之语以论诗，而其所自作，殊平易浅薄，实不可解。”似不可一概而论，容州诗有浅易者，亦有沉迷者，如此诗之中二联，真有“良玉生烟”境界也。

女耕田行

戴叔伦

乳燕入巢笋成竹，谁家二女种新谷。
无人无牛不及犁，持刀斫地翻作泥。
自言家贫母年老，长兄从军未娶嫂。
去年灾疫牛囤空，截绢买刀都市中。
头巾掩面畏人识，以刀代牛谁与同。
姊妹相携心正苦，不见路人唯见土。
疏通畦垄防乱苗，整顿沟塍待时雨。
日正南冈下饷归，可怜朝雉扰惊飞。
东邻西舍花发尽，共惜余芳泪满衣。

【鉴赏】

这首诗通过二位女子艰难种田的事例，反映了战乱年月农村经济的凋敝和人民的苦难。全诗分五个段落，逐层深入地进行了描绘。头四句为第一层，写路人所见二女耕田的情景：幼燕已入巢，春笋长成新竹，时序已晚，两个女孩在耕田种谷。没有男人、没有黄牛、没有耕犁，以刀砍代犁耕地，其艰难苦况，令路人吃惊，于是“谁家”二字设问。“自言”以下六句记叙二女对路人的答话：家贫母老，兄长从军没有娶嫂子，所以“无人”；灾疫牛死所以耕田“无牛”；家中无钱只得“截绢买刀”；古时女子未嫁只得用“头巾掩面”，下地种田。一连串地诉说了她们的苦难，语言朴实自然，真切感人。“姊妹”二句为第三层，承上启下，“心正苦”三字总括以上所诉说的痛苦；“唯见土”启下，进一步描写耕田的艰难。“疏通”以下四句，具体写耕田的情形：翻地、整田、修渠，每天中午才得回家吃午饭。末尾二句是总结，又是描写二女心中的忧伤。“惜余芳”既是惜春，又是自惜；“泪满衣”三字代二女吐情，她们心中的辛酸、身历的苦难，尽在不言中。

这首作者自创的乐府题，采取五言歌行的形式，即事名篇，将二女耕田的事例典型化，一层深入一层地进行了描写，以“持刀斫地”“截绢买刀”“以刀代牛”，反复强调“无人无牛不及犁”的痛苦，加上“头巾掩面”“雉扰惊飞”“共惜余芳”的细节描写，将这一事件典型化，绘塑出动乱年代中的耕女形象，是那一时代的农村生活的写照。这一作品样式亦成为后来白居易新乐府诗的先导。

题稚川山水

戴叔伦

松下茅亭五月凉，汀沙云树晚苍苍。
行人无限秋风思，隔水青山似故乡。

【鉴赏】

戴叔伦的这首小诗，借异乡之景，抒思乡之情，乡情是主，山水是辅，实乃是山水诗中的别调。全诗语言清浅，而富有情韵，在写法上也有独到之处。

诗人纯从“行人”的角度来写稚川山水给予自己的感受。开头两句，描画“行人”傍晚小憩于茅亭的所见，也是对稚川山水的点染。作为一个赶路的宦游人，在

"五月"仲夏的暑热中整日跋涉,直到傍晚才突然发现一个"松下茅亭",岂不喜出望外;憩息亭中,只感到清幽的凉意阵阵拂来,又怎不感到痛快。再纵目远眺,那江中汀洲的白沙,那云烟缭绕的绿树,在暮色映照下显得一片苍茫。上句从小处下笔,工笔描画;下句从大处着眼,泼墨涂染。前后相映,构成一幅意境淡远的松亭晚眺图,含蕴着稚川山水给予异乡"行人"的快感和美感。

三、四两句,抒发"行人"于松亭晚眺之中突然唤起的一种油然而生的乡情,实际也在表达对于稚川山水的盛赞。"行人无限秋风思",是稚川山水给予"行人"的一种无可名状的感发。"行人"二字,在此点出,补明上两句均是"行人"眼中之所见;"秋风思"(思,读"似",思绪),代指乡愁归思,是从晋人张翰的故事化来。张翰,字季鹰,仕齐王冏为东曹掾,因秋风起,思吴中家乡菰菜、莼羹、鲈脍,遂命驾而归。诗人用此故事,正表明"行人"亦即诗人的身份实乃是一个宦游他乡者。诗人为何晚眺稚川山水之际,突然爆发"秋风思",而且浓烈到不可压抑的"无限"程度呢?诗人直觉感受到了,却未必知其然;读者则惊奇于"五月"与"秋风"之矛盾,对此感情的突进更是大惑而不解。啊,原来是"隔水青山似故乡"!这是诗人直感之后的思索,富有理性的判断,更是诗人充满深情的内心自白,观赏画境的独特发现。"隔水青山"四字,既直道出"稚川山水"题意,又将开头两句所未写的一江夏水和隔岸青山融成一体,渲染出具有诗情画意的妙境。而这一妙境,在诗人细观玩味的眼中竟至发现"似故乡"。因此,故乡山水之美正像稚川山水之美,稚川山水之美引发故乡山水之思,乡情之浓一发而不可收,这就是爆发出"行人无限秋风思"的深沉原委了。

此诗虽短,情韵却长。诗人写稚川山水,却以"似故乡"的浓情衬之,益显稚川山水的优美动人。诗人更不直说由于"隔水青山似故乡"而引起"行人无限秋风思"的突发,却有意前后倒置,颠倒因果,微妙而又近情地写出这种由情入理的独特的感受过程。宋初著名诗人王禹偁有名句云:"何事吟余忽惆怅,村桥原树似吾乡!"(《村行》)也许受到过此诗的潜移默化而触景而发吧。

塞上曲

戴叔伦

汉家旌旗满阴山,不遣胡儿匹马还。
愿得此身长报国,何须生入玉门关。

【鉴赏】

塞上曲，为古代的一种军歌，在唐代，则是以边塞风光和边塞战争为题材的新乐府辞。戴叔伦《塞上曲》共两首，此为其二。这首诗借汉咏唐，表现边塞将士英勇善战、愿以身报国的坚强意志，气势豪迈不凡。

“汉家旌旗满阴山”，起句即显豪迈气势。意谓朝廷军队的旌旗遍布阴山山麓，极言我军声势浩大，军威远播。“阴山”，在今内蒙古自治区北部，历史上素为北方游牧民族南侵所必经之地，是以历朝都将其视为北部边防要地，重点予以守备。此时的唐王朝国势渐衰，边境多事，许多地方已沦于戎夷，北部边疆亦多次受到回纥部落的侵扰。“旌旗满阴山”，当是言唐军在抗击入侵者的战役中取得了重大胜利，军士们摇旗呐喊，欢庆胜利。起句的雄壮豪迈气势，为后文抒发边关将士拳拳报国之心，打下了良好基础。

边关将士士气高昂，故能来之能战，战之能胜。“不遣胡儿匹马还”，正显示了他们身经百战、所向披靡的雄壮军威。“遣”，放；“不遣”则“绝不放……”之意。“胡儿”，指从阴山向南进犯的外族侵略者。本句是说，绝不让来犯者一人一骑生还，彻底消灭一切侵略者。这既可理解为他们在刚刚结束的战斗中战果辉煌，士气大振，也可看作是我军已严阵以待，做好一切战斗准备，随时准备消灭敢于入侵之敌。第一、二句连起来，不难看出诗人通过描写边关将士的骁勇善战，表现其内心企盼再振国威、重现盛唐气象的热切愿望，同时又起着警告那些企图进犯中原者的作用。

三、四句紧承前意，以一个戍边将士的口气、写战斗归来的勇士向同伴、向上级或是向自己的祖国，表达自己的坚强信念——“愿得此身长报国，何须生入玉门关”。“长”，长久之意；“生入”，即活着归来；“玉门关”，在今甘肃敦煌以西，自古为边关要塞。“生入玉门关”，典出《后汉书·班超传》。班超出任西域都护十余年，年老思土，上疏请归，有句去“臣不敢望到酒泉郡，但愿生入玉门关。”本诗反其意而用之，两句诗是说，为了报效国家，甘愿长驻边关，戍边卫国，哪怕是马革裹尸、血洒疆场亦在所不辞，又何必非要活着回来呢！语气斩钉截铁、掷地有声，将边关将士忠心报国的坚强决心表露无遗，足以激励国人的爱国热忱，并将全诗雄壮豪迈的气韵一贯到底，增强了全诗的震慑作用。而前句中的“长”字，也显得颇为精警。驰骋疆场的戎马军旅生活，异常艰苦，“长报国”意味着将全身心都贡献给了国家，这无疑是十分高尚的思想境界。

戴叔伦是唐代诗人中官位较高而又政绩卓著者。其诗作“诗兴悠远，每作惊人”（《唐才子传》）。中唐时由于国势衰颓，当时的边塞诗多充满愁苦之音，唯此诗却丝毫没有悲感气息，实为难得，大概是与他政治地位多少有关吧。在他稍后的李益《塞上曲》中云:伏波惟愿裹尸还,定远何须生入关;令孤楚《从军行》之五“可怜班定远,生入玉门关”,均对班超提出批评,很明显受到了本诗的影响。

本诗第一、二句叙事,三、四句借人之口抒情。全诗笔力雄健,自然流畅。“山”“还”“关”几个韵脚,恰与王昌龄《出塞》(秦时明月汉时关)相同,唯秩序稍变,读来声势高昂,气势豪迈。比较王昌龄之作,虽少了一份雄浑苍茫的境界,但却翻出了新意,绝无悲凉凄苦之态。“愿得”“何须”两词直用口语入诗,将边关将士的报国赤子之心,刻画得特别深刻,令人回味。

于良史 唐代诗人,肃宗至德年间曾任侍御史,德宗贞元年间,徐州节度使张建封辟为从事。唐玄宗天宝十五年(756)前后在世。

春山夜月

于良史

春山多胜事,赏玩夜忘归。
掬水月在手,弄花香满衣。
兴来无远近,欲去惜芳菲。
南望鸣钟处,楼台深翠微。

【鉴赏】

这首诗细致地刻画了春天山中月夜的美景,表现了作者深情拥抱美好河山的纯真童心。

首联破题,总揽全诗。“春山”和“夜”,严格限定了这首写景诗的节令、时间、地点。在春天美好的季节里,山中有许许多多数不尽的美好景色,使多情善感的诗人流连忘返,以致月亮很高了,仍然在山中盘桓。这两句,不仅点明了特定的描写对象,而且限定了特殊的景色氛围,也就是说,下面必须围绕春夜山中的胜事泼墨,而且要强调“多”。同时,对作者的行为做了明确的交代,形成两句之间的因果关系,前一句是因,后一句是果,把诗人的自我形象置于春夜山景之中,形成有我之境。

然后,作者紧紧围绕“胜事”进行描写,并极力实现其“多”,以坐实首联的总写。在这个角度上来说，首联是总写，下面的颔联、颈联、尾联都是分写。

“掬水月在手，弄花香满衣”，这一联情真意切，举重若轻，物我交融，神足气完。作者写天上之月，不采用仰视的角度，而采用俯视的角度。水中之月，比之蓝天之月，是由实景向虚景的转化，这一转化，使赏月主体同客体月亮之间有了距离，而距离产生美感，足见作者是深谙这一美学原则的。然而，难能可贵的是作者并没有就此止步，拉开距离，是为了欣赏月亮的丰采，但人与月亮的感情并没有因此疏远。为此，作者没有采用直接写泉中之月河中之月的方式，而是掬水在手，在满盈的“手泉”中来观赏月的倩影。这种写法不但实现了月与人远隔亿兆无法相近的梦想，而且突现了人与月相亲相善的怜爱之情。化实为虚，变远为近，令不可能为可能，的确有出神入化之妙，比之李白“举杯邀明月，对影成三人”更有一种睿智和机趣在其中。“弄花香满衣”的表现手法同“掬水月在手”一样，不写山花的馥郁浓酽，也不写花香的沁人肺腑，而是写赏花人的衣服因在花间时间久了，都浸染得异香满溢。这种处理方式，不但写出了山花的量非常多，香非常浓，而且写出了人在花中的时间之久。而人在花中不是随意行走，也不是顺便路过，而是有意识地“弄花”，一个“弄”字写尽了赏花人对花的惜爱珍视和亲密友好，爱美而不掠美的美学原则和道德修养体现得极其充分。

颈联在写法上则是别一途径。作者没有在这里展示具体的物象，而是着意表现夜游的诗人游兴的浓烈不减，欲罢不能，“远近”一词，不但是对上述玩月弄花活动的概括，更是对所有没有写出来的活动的交代，用空间的全面涵盖，表示夜月春山美景的普遍存在和诗人流连忘返的原因。这样，既形成了颈联与颔联之间一般与典型，普遍与个别的关系，又共同完成了对首联“多胜事”的印证，把诗人夜游忘归的全部活动点面结合地描绘了出来。

尾联写诗人因声寻远，南望夜月下的远方楼台。在清丽的月光之下，远处的楼台显得更加朦胧而神秘，悠悠的钟声在清空的月夜中有节奏地传响，显得如此真切而悦耳，独具风姿的楼阁亭台掩映在明月山色之中，声色并作，以动衬静，照应了首联的“多胜事”，又同领颈两联中近观的感受相对照，写活了远眺之景，构成了含蓄幽美的“有我之境”。

总之，这首写景诗，巧妙地处理了因果、虚实、总分、点面、远近、动静等辩证关系，准确地描绘了夜月春山的优美景色，极富美感，显示了高超的表现技巧，是一首难得的绘景佳作。

韦应物 （737~786），京兆长安人，诗人。青年以三卫郎事唐玄宗，任侠使气，狂放不羁。安史之乱后，开始静心读书，应举中进士。先后任滁州、江州、苏州刺史，因此有韦江州、韦苏州之称；又因曾任左司郎中，还有韦左司之称。其诗集有《韦苏州集》，内容包括关心民间疾苦、表达忤时愤世、描写田园景物；艺术手法上受谢灵运、王维，特别是受到陶渊明的影响很深，语言简淡，风格秀朗。韦诗以描写田园景物者最为有名，尤为后人传唱不绝。

淮上喜会梁州故人[①]

韦应物

江汉[②]曾为客，相逢每醉还。
浮云[③]一别后，流水十年间。
欢笑情如旧，萧疏鬓已斑[④]。
何因[⑤]不归去，淮上有秋山。

【注释】

①淮上：指淮水边。梁州：又作梁川，唐州名，在今陕西省南郑县东。

②江汉：即汉江，在梁州下游。

③浮云:分别后似浮云,各奔东西。

④斑:指鬓发花白。

⑤何因:因何,因什么原因。

【鉴赏】

这首诗是诗人在淮上遇梁州故人而作。题目《淮上喜会梁州故人》中一“喜”字,充分表达了久别重逢的欢悦;朋友间再相看,不免又生发老衰的感慨。

首联忆往事,概括往日的情谊。十年前,诗人与这位老朋友在梁州江汉一带经常相聚痛饮,述说心曲,只觉酒逢知己千杯少,每次都大醉而还。情谊如此深厚的老朋友久别后的重逢,一定有很多感慨。

颔联直接抒发分别十年的伤感。两朋友行踪不定,年华易逝,十年的时间如流水匆匆。诗人用“浮云”比喻两人行止的不定,用“流水”比喻年华的逝去。这在“喜会”中生出岁月蹉跎的“悲”意。本联十字,概括的时间为十年,概括的空间为两朋友十年中所到之处,概括的人物为两朋友十年中所交之人,文字极富概括力。

颈联承接前两联,乐今日有机会相见,哀叹各自已老。今日相聚欢笑依旧,也像十年前那样,也有痛饮,也有欢歌;但“十年”的光阴必定引起敏感的诗人的伤感,十年的漂泊生涯,使得两朋友历尽艰辛,使得两朋友两鬓萧疏。因为相逢,才有机会互诉漂泊之感,才有机会互相安慰、互相鼓励,朋友情谊进一步得到增进和加深。

结句以反诘作转,又谈到目前的归宿问题。故人将归去,为什么诗人不归去呢?原来诗人早已爱上这淮上秋山,所以,老而不归。如此作结,出人意料,给人留下一定的回味。

诗歌采用今昔结合的写法,从相会之时回忆到十年前的常相聚,从今天的喜会写到别后的坎坷,充分表现了喜悲交加的复杂感情,语言简朴而真情呈现。

初发扬子寄元大校书[①]

韦应物

凄凄[②]去亲爱,泛泛入烟雾。
归棹洛阳人,残钟广陵树[③]。
今朝为此[④]别,何处还相遇?
世事波上舟,沿洄安得住[⑤]!

【注释】

①扬子:指扬子江,地近瓜州的古渡口,为唐代长江南北的交通要道,在今江苏省江都市南。元大:姓元,排行老大。校书:校书郎的简称,官名。

②凄凄:形容心情悲愁。

③归棹:归舟。棹,船桨,指代船。广陵:今扬州。

④此:此处,指广陵。

⑤沿:顺流。洄:逆流。

【鉴赏】

这首诗是诗人回洛阳时,由长江转大运河北上,途经扬州,刚刚从广陵(今江苏扬州)启程,寄别广陵朋友元大之作。诗歌通过舟行中的诗人所特有的景物感受的描写,抒发了离别的情怀、对世事多变的感叹。

首二句写"初发",用叠字描绘感情。诗人对朋友元大以"亲爱"相称,足见感情很深。感情颇深的朋友分别,心情自然十分悲伤。船离开码头启程,没尽头地在烟雾中飘荡。"凄凄"和"泛泛"将情景自然融合。

三四句具体交代分别的地点,切题目中的"扬子"。船已出发,回洛阳去的诗人还不停地顾盼广陵城,城外的树木由清晰到模糊,忽然又闻在广陵城听惯了寺庙钟声的袅袅余音。离愁别恨、袅袅钟声以及城外迷蒙的树色交织在一起,使得诗人内心空空荡荡、一片迷茫。诗人借助形象,抒发内心的愁情。

五六句交代这首诗的寄赠对象为"元大"。今天在此地广陵城一分别,在何处能再相见呢？分别已引发深深的愁绪，现又不知何时在何处再相见，又引发一层愁苦，从而强调朋友重逢的不易，同时也照应了三四句的感情基调和诗人的所为所感，让读者深深地体味和理解诗人与好友的难舍难分。

结末二句从泛舟悟出普通道理。用行舟作比，波永不停，舟永不静，在水流上或顺流而下，或逆流而上，总之没有“住”的时候。一方面宽解了眼下与好友的分别（从舟行水上得到的启示，分别是不可避免的），另一方面也感叹了未来的不可捉摸。

这首诗语言平实，情景融合自然。写的是眼前景，说的是口头话，悟的是人人意中之理。

寄李儋元锡[1]

韦应物

去年花里逢君别[2]，今日花开又一年。
世事茫茫难自料，春愁黯黯[3]独成眠。
身多疾病思田里，邑有流亡愧俸钱[4]。
闻道欲来相问讯，西楼望月几回圆[5]。

【注释】

①李儋元锡：指李儋，字元锡，武威（今甘肃省武威市）人，官至殿中侍御史，是韦应物的诗交好友。

②逢君别：相逢不久又分别。

③黯黯：形容情绪黯淡低沉。

④愧俸钱：愧对领取的朝廷的俸钱，因为不能使人民安居乐业。

⑤几回圆：指盼望你来已有好几个月了。

【鉴赏】

这首诗是诗人任滁州刺史时，听说朋友李儋欲来相会，于是写诗催促并寄赠。诗歌表达了对朋友的深切思念，倾诉了自己的内心矛盾和“邑有流亡愧俸钱”的愧疚心情。

首联叙别。从去年花红时诗人与朋友相遇后分别，到今年的花开已有一年。

分别仅一年时光,如此惦念,足见二人交谊之深。即景生情,勾起花里相逢又分别的往事,既欣慰又伤感。"又一年"既比喻时光流逝,世间万物都处在变化之中,又铺垫下文。

颔联写诗人自己有志而无奈的烦恼和苦闷。人世间的事情茫茫无据,难以自料,春日里情怀惨淡,倚枕不能入眠。"世事茫茫"既指当时皇帝逃难,国家前途不明;又指诗人自己作为朝廷任命的地方官,百无聊赖,无所作为。"春愁"照应上文的"花开"。

颈联具体写诗人内心的矛盾。自己身上多疾病想退归田园,但眼看百姓贫穷逃亡,感觉自己未尽职责,于国于民都有愧啊!诗人有志向,却无法改变大局;多病的身体又想辞官,但职责明确又不忍心让百姓贫穷和逃亡。诗人又积极又消极,内心矛盾重重。"邑有流亡愧俸钱"充分表达了诗人对人民疾苦的同情,也是全诗的精髓,感动过不少做官的人。此句足以为千古为官者训。今之为官者闻此言耳根热乎?

结联写感激朋友李儋的问候并急盼他来访慰藉诗人的内心矛盾。听说朋友要来探问,诗人站在观风楼望月,月亮都圆了好几次了,朋友何时才能来?诗人内心的痛苦才能得到缓解?写尽了相思之苦。"西楼",即苏州的观风楼。

这首诗充分运用衬托的手法为刻画清廉正直的封建地方官的矛盾思想和苦闷心情而服务:以美景反衬诗人的不欢,用"花开"衬"春愁",突破情景交融的写法。

自巩洛舟行入黄河即事寄府县僚友

韦应物

夹水苍山路向东，东南山豁大河通。
寒树依微远天外，夕阳明灭乱流中。
孤村几岁临伊岸，一雁初晴下朔风。
为报洛桥游宦侣，扁舟不系与心同。

【鉴赏】

唐德宗建中四载(783),韦应物从尚书比部员外郎出为滁州(治今安徽滁州市)刺史。他在夏末离开长安赴任,经洛阳,舟行洛水到巩县入黄河东下。这诗便是由洛水入黄河之际的即景抒怀之作,寄给他从前任洛阳县丞时的僚友。

诗人顺洛水向东北航行，两岸青山不绝，渐渐地，东南方向的高山深谷多了起来，而船却已在不知不觉中驶入黄河了。于是诗人纵目四望黄河景物。这是秋天的傍晚，滚滚黄河与天相连，天边隐约可见稀疏的树木在寒气中枯落。夕阳映照在汹涌的河水中，忽亮忽暗地闪烁不定。那种清廓的景象，使他想起了几年前在伊水边看到的那个孤零零的村落，自经安史之乱，残破萧条已甚。往事不堪回首，而眼前雨霁晴展，北风劲吹，只见空中有一只孤雁向南飞去。此刻，诗人的心情如何？他告诉洛阳的僚友们说，他的心情就像《庄子·列御寇》中说的那样："巧者劳而知者忧，无能者无所求。饱食而遨游，泛若不系之舟，虚而遨游者也。"他觉得自己既非能干的巧者，也不是聪明的智者，而是一个无所求的无能者，无所作为，无可忧虑，就像这大河上的船，随波逐流，听任自然，奉命到滁州做官而已。显然，这是感伤语，苦涩情。他的僚友们会理解他的无奈的忧伤，不言的衷曲。

唐德宗从建中元年即位以来，朝政每况愈下，内外交困，国库空虚，赋税滥征，军阀割据，民不聊生。韦应物了解这一切，为之深深忧虑，然而无能为力。此次虽获一州之任，亦是荣升之遇，有可作为之机，但他懂得前途充满矛盾和困难。因此只能徒具巧者之才，空怀智者之忧，而自认无能，无奈而无求。也许他的洛阳僚友曾给他以期望和鼓励，增添了他的激动和不安，所以他在离别洛阳之后，心情一直不平静，而这黄河秋天傍晚的景象更引起他深深的感触，使他无限伤慨地写下这首诗寄给朋友们。

这诗写景物有情思，有寄托，重在兴会标举，传神写意。洛水途中，诗人仿佛在赏景，实则心不在焉，沉于思虑。黄河的开阔景象，似乎惊觉了诗人，使他豁然开通，眺望起来。然而他看到的景象，却使他更为无奈而忧伤。遥望前景，萧瑟渺茫：昔日伊水孤村，显示出人民经历过多么深重的灾难；朔风一雁，恰似诗人只身东下赴任，知时而奋飞，济世于无望。于是他想起了朋友们的鼓励和期望，感到悲慨而疚愧，觉得自己终究是个无所求的无能者，济世之情，奋斗之志，都难以实现。这就是本诗的景中情，画外意。

淮上即事寄广陵亲故

韦应物

前舟已眇眇，欲渡谁相待？
秋山起暮钟，楚雨连沧海。
风波离思满，宿昔容鬓改。
独鸟下东南，广陵何处在？

【鉴赏】

打开《韦苏州集》，到处听得到钟声。诗人这样爱钟声，显然是着意于获得一种特殊的艺术效果。大概，钟声震响诗行，能取得悠远无穷的音乐效果，有无限深沉

的韵致，它能给诗句抹上一层苍凉幽寂的感情色彩。这首诗也正由于声声暮钟，使全诗荡漾着缥缈的思家念远的感情。

从诗意判断，这首诗应作于淮上（今江苏淮阴）。诗人在秋天离开广陵（今江苏扬州），沿运河北上，将渡淮西行，亲友都还留在广陵。到了渡口，天色已晚，又不见渡船，看来当天是无法再走了。他一个人踟蹰在河边，天正下着雨。淮阴地属楚州，东濒大海，极目望去，这雨幕一直延伸到大海边。晚风凄劲，淮河里波涛起伏。诗人的思绪也正像波涛一样翻滚，他把此时此地所见所闻所感，写进了这首律诗。

诗人只身北去，对广陵的亲故怀着极为深沉的感情。但这种感情，表现得颇为含蓄。我们从诗中感觉到的，诗人并没有直接说出来，只是摄取了眼前景物，淡墨点染，构成一种凄迷的气氛，烘托出一种执着的情感。

诗的首联画出暮色中空荡荡的淮河，诗人欲行而踟蹰的情态，给人一种空旷孤寂之感。接下去，茫茫楚天挂上了霏霏雨幕，远处山寺又传来一声接一声悠长的暮钟。寂寞变成了凄怆，羁旅之情更为深重。有了这样浓郁饱满的感情积蓄，五、六两句才轻轻点出“离思”二字，像凄风偶然吹开帷幕的一角，露出了诗人憔悴的面容。按说诗写到这里，应直接抒写离思之情了，然而没有。诗人还是隐到帷幕后面，他只在迷濛雨幕上添一只疾飞的伶仃小鸟。这小鸟，从“独”字看，是失群的；从“下”字看，是归巢的；从“东南”二字看，是飞往广陵方向去的。既是失群的小鸟，你能睹物而不及人吗？既是归巢的小鸟，你能不想到它尚且有一个温暖的窠巢，而为诗人兴“断肠人在天涯”之叹吗？既是飞往广陵方向的小鸟，你能不感到诗人的心也在跟着它飞翔吗？而且，鸟归东南，离巢愈近；人往西北，去亲愈远。此情此景，岂止诗人难堪，读者也不能不为之凄恻！因此，我们自然而然地与诗人同时发出深沉的一问：“广陵何处在？”这一问，怅然长呼，四野回响，传出了期望回答而显然得不到回答的曲曲苦情，写出了想再一次看见亲故而终于无法看见的心理状态。而正在此时，声声暮钟，不断地、更深沉、更响亮地传到耳边，敲到心里；迷漾雨雾，更浓密、更凄迷地笼罩大地，笼罩心头。于是，天色更暗淡了，心情也更暗淡了。

这诗写离别之情，全用景物烘托，气氛渲染。诗中景物凄迷，色彩黯淡，钟声哀远，诗人把自己的感情藏在轻纱帷幕后面，触之不能及，味之又宛在。且这种感情不仅从一景一物中闪现，而是弥漫全诗，无时不在，却又无处实有，无时实在，使诗具有一种深远的意境，深沉的韵致。

登楼寄王卿

韦应物

踏阁攀林恨不同，楚云沧海思无穷。
数家砧杵秋山下，一郡荆榛寒雨中。

【鉴赏】

这是一首怀念友人之作。韦应物与王卿之间有着很深的情谊。读这首小诗，我们眼前仿佛浮现出诗人韦应物的形象，见到他正在拾级登楼，对景吟唱。从前当他和王卿相聚时，经常一起游览：他们曾携手登楼（“踏阁”），纵目远眺；并肩上山（“攀林”），寻幽探胜。而如今呢，王卿已经远去楚地，只有诗人自己还滞留在海边的州郡。这会儿，当诗人孤独地登楼送目时，一种强烈的怀念故人之情不觉油然而生，脱口唱出了一、二两句：“踏阁攀林恨不同，楚云沧海思无穷。”

这开头两句虽然开门见山，将离愁别恨和盘托出，而在用笔上，却又有委婉曲折之妙。一、二两句采用的都是节奏比较和缓的“二二三”的句式：“踏阁——攀林——恨不同，楚云——沧海——思无穷”。在这里，意义单位与音韵单位是完全一致的，每句七个字，一波而三折，节奏上较之三、四句的“四三”句式，“数家砧杵——秋山下，一郡荆榛——寒雨中”，显然有缓急的不同。句中的自对，也使这两句的节奏变得徐缓。“踏阁”与“攀林”，“楚云”与“沧海”，分别在句中形成自对。朗读或默诵时，在对偶成分之间自然要有略长的停顿，使整个七字句进一步显得从容不迫。所以，尽管诗人的感情是强烈的，而在表现上却又不是一泻无余的，它流荡在舒徐的节律之中，给人以离恨绵绵、愁思茫茫的感觉。

三、四句承一、二句而来，是“恨不同”与“思无穷”的形象的展示。在前两句中，诗人用充满感情的声音歌唱；到这后两句，写法顿变，用似乎冷漠的笔调随意点染了一幅烟雨茫茫的图画。粗粗看去，不免感到突兀费解；细细想来，又觉得唯有这样写，才能情真景切、恰到好处地表现出登楼怀友这一主题。

第三句中的“砧杵”，是捣制寒衣用的垫石和棒槌，这里指捣衣时砧杵相击发出的声音。秋风里传来“数家”零零落落的砧杵声，表现了“断续寒砧断续风”（五代南唐李煜《捣练子》）的意境。“秋山下”，点明节令并交代“数家砧杵”的地点。“秋山”的景色也是萧索的。全句主要写听觉，同时也是诗人见到的颇为冷清的秋景的一角。

最后一句着重写极目远望所见的景象。"荆榛",泛指高矮不等的杂树。"一郡",形容荆榛莽莽苍苍,一望无涯,几乎塞满了全郡。而"寒雨中"三字,又给"一郡荆榛"平添了一道雨丝织成的垂帘,使整个画面越发显得迷离恍惚。这一句主要诉诸视觉,而在画外还同时响着不断滴落的雨声。

三、四两句写景,字字不离作者的所见所闻,正好切合诗题中的"登楼"。然而,诗人又不只是在单纯地写景。砧杵声在诗词中往往是和离情连在一起的,正是这种凄凉的声音震动了他的心弦,激起了他难耐的孤寂之感与对故人的思念之情。秋风秋雨愁煞人,诗人又仿佛从迷迷濛濛的雨中荆榛的画面上,看到了自己离情别绪引起的无边的惆怅迷惘的具体形象。因而,进入诗中的"砧杵""荆榛""寒雨",是渗透了作者思想感情的艺术形象,是他用自己的怨别伤离之情开凿出来的艺术境界。所以,三、四句虽然字字作景语,实际上却又字字是情语;字字不离眼前的实景,而又字字紧扣住诗人的心境。

这首诗在艺术上的最大特色是采用虚实相生的写法。一、二句直抒,用的是虚笔;三、四句写景,用的是实笔。二者相映成趣,相得益彰。虚笔概括了对友人的无穷思念,为全诗定下了抒写离情的调子。在这两句的映照下,后面以景寓情的句子才不致被误认为单纯的写景。景中之情虽然含蓄,却并不隐晦。实笔具体写出对友人的思念,使作品具有形象的感染力,耐人寻味,又使前两句泛写的感情得以落实并得到加强。虚实并用,使通篇既明朗又不乏含蓄之致,既高度概括又形象、生动。

秋夜寄邱员外①

韦应物

怀君属②秋夜,散步咏凉天。
空山松子落,幽人③应未眠。

【注释】

①诗题一作《秋夜寄邱二十二员外》。邱员外,指邱丹,苏州嘉兴人,曾为仓部员外郎、祠部员外郎,故名。韦应物在苏州任刺史时,邱丹隐居临平山(今浙江余杭区东北),二人常有唱和。

②属(zhǔ):值。

③幽人:幽居之人,指邱员外。

【鉴赏】

这首诗是诗人在秋夜所引发的怀念友人之赠诗。诗歌表达了诗人对隐居山中的友人邱丹生活的关照,想象邱丹此时也必将怀念诗人自己,从而抒写真挚的朋友情谊。邱丹收到这诗后,曾和诗一首,全文如下:“露滴梧叶鸣,秋风桂花发。中有学仙侣,吹箫弄秋月。”

一二句写实,写诗人自己秋夜散步生怀人之感。首句“秋夜”,点明大的时间背景是秋天,小的时间背景是夜晚。秋夜,气候已近凉爽,月光格外明亮,天空格外高远。这高远的天空将引起诗人思绪飞扬,引出无限的遐想,这也是怀念友人的最佳时节。“秋夜”之景引发“怀君”之情。次句“散步咏凉天”,紧扣上文,承接自然。“散步”照应“怀君”,“凉天”照应“秋夜”。

三四句虚写,料想此时远方的邱丹空山未眠,也必在怀念诗人自己。秋夜的山中必定一片寂静,只有松子落地的声音打破这宁静,在山中过着隐居生活的邱丹一定很喜欢这宁静的秋夜,还独自在松下徘徊。通过诗人的想象,朋友间真挚的友谊自然流露。

这首诗,诗人运用写实与虚构相结合的手法,在同一时间里,呈现出不同的空间,使眼前之景与意中之景并列,使怀人之人与所怀之人异地相连,从而表达了两地相思的深情。诗人还充分运用照应手法,突现两地相思之情。第三句“空山松子落”是“秋”天的情景,照应首句的“秋夜”;第四句的“未眠”照应第二句的秋夜“散步”。虽不出新意,但联络照应自然。

国学经典文库

图文珍藏版

唐诗鉴赏

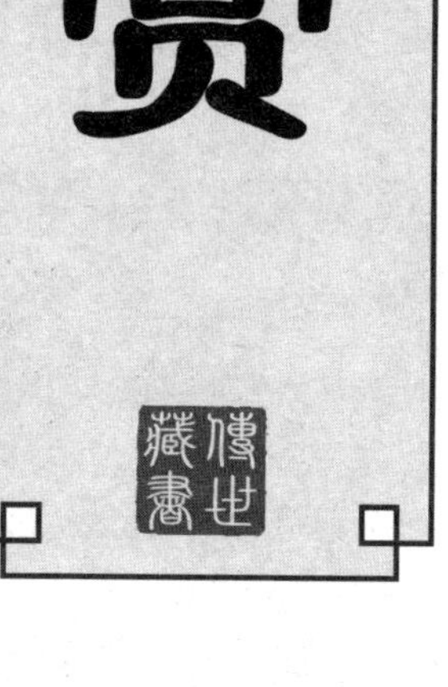

马博◎主编

线装书局

赋得[1]暮雨送李曹

韦应物

楚江微雨里，建业暮钟时[2]。
漠漠帆来重[3]，冥冥鸟去迟。
海门深不见，浦树远含滋[4]。
相送情无限，沾襟比散丝[5]。

【注释】

①赋得：相当于"咏诗"，当时科举时题目中语。

②楚江：指长江。建业：古地名，今江苏南京市。

③帆来重：因微雨打湿风帆，船行迟缓，故显沉重。

④海门：指长江入海处。浦树：泛指江边之树林。含滋：饱含着水气。

⑤散丝：微雨。

【鉴赏】

这首诗是诗人经历了在南京的长江边送别好友李曹后所做的咏暮雨诗。诗歌真切描绘了烟雨朦胧的景物，烘托出凄清的境界，隐现黯然伤别的情绪。

首联点题，"楚江微雨里"点"雨"，"建业暮钟时"点"暮"。交代送别的地点是南京城外的长江边，送别的时间是傍晚，送别的情景是烟雨朦胧之中。为下文铺垫了压抑的气氛和灰暗的色彩。"楚江"，即楚地长江。李太白诗集注："大江自三峡以下直至濡须口，皆楚境，故称楚江。"

领联紧承上联压抑的气氛，写"微雨"给万物带来的沉重。水气迷茫中，船帆行驶迟缓、吃力；雨天傍晚，雨雾蒙蒙，小鸟振翅、奋力难速飞。自然衬托上文："帆来重""漠漠"衬托"微雨"，"鸟去迟""冥冥"衬托薄"暮"。"重"与"迟"寓送别之人的心情，揭示主题，可谓诗眼。

颈联仍紧承首联，隐含伤别。海门遥远，不能望见。海门，是李曹的去处，在今长江入海口北岸。长江两岸的树木饱含水气,似理解送别人的心情,也被感化了。因"暮"而"不见",因"雨"而"含滋"。诗人艺术感觉敏锐,通过细致的描写,给人暮雨如在眼前之感,又让人观赏了烟雨归舟的画卷。

结联即景取材,直抒胸臆,喷涌而出离愁别绪。经过前六句诗文的铺写和渲染,诗人置身于烟雨、暮色、重帆、迟鸟、海门、浦树等景物构织的画面中,这沉滞迷茫的自然景色与诗人黯然伤别的情绪相交织,诗人再也不能自已,禁不住潸然而泪下。"比"字自然地将别泪和雨丝交融在一起,既增强了别情的形象性,又加深了景物的感情色彩。"散丝"又照应了文首的"微雨"。

这首诗选材独具匠心,总是选取自己有独特感受的景物入诗。全诗联系紧密,照应自然,浑然一体。

长安遇冯著①

韦应物

客从东方来,衣上灞陵雨②。
问客何为来?采山③因买斧。
冥冥花正开,飏飏燕新乳④。
昨别今已春,鬓丝生几缕⑤?

【注释】

①冯著:与韦应物同时人,为好友,河间(今河北献县东南)人,仕途不得意。
②客:指冯著。灞陵:即灞上,汉文帝葬于此,故名,在长安东。
③采山:采伐山上的树木。
④冥冥:形容造化默默无语的样子。飏飏:轻快飞翔的样子。
⑤昨别:指去年春天相别。今已春:指今日相逢,已是一年后的春天。

【鉴赏】

这首诗是诗人与好友冯著于长安相遇时所作。诗歌以亲切和风趣的笔调,既对失意朋友冯著深表理解、同情、体贴和劝勉,又生今年相逢光阴易逝、人生易老的感叹。

首联交代冯著是从长安以东的地方来。汉代灞陵山是长安附近的有名隐逸地,不少名人在此隐居。冯著从著名的隐逸地来,一定也有不快之处,一定有名人隐士的风度。诗歌以汉文帝的灞陵风雨起兴,又隐约表露作者悯世思治的心情,隐含对有才有德的冯著不得志的同情。

颔联自问自答,料想冯著来长安的原因。要问冯著为何而来?大概是想来长安谋发财而采铜铸钱吧,没想到最后只得到一片荆棘,还得买斧斫除。"采山"化用左思《吴都赋》:"煮海为盐,采山铸钱。""买斧"化用《易经·旅卦》:"旅于处,得其资斧,我心不快。"此联承上表达冯著的确失志不遇,心情不畅。

颈联回想去年在花开燕乳的春天相别时,冯著所居春山寂静的情态。百花悄悄盛开,燕子刚哺育了雏燕而欢快飞翔。诗人选取春天典型形象的描写,劝勉冯著在隐逸之时要坚信天地造化的公正,对自己的未来要充满信心。

结联生发人生感叹。去年在春天相别,今又逢春,时间已过整整一年,风景依旧,你的鬓丝的确比去年多生几缕了。从而表达对冯著的充分理解和真诚同情,也说明诗人在闲适的生活中,自己的内心世界还是极不平静的。

这首诗在叙事中抒情写景,借景寓意,以自问自答的方式烘托气氛,情感真挚,语言生动活泼、含蓄风趣。

滁州[1] 西涧

韦应物

独怜幽草涧边生,上有黄鹂深树鸣[2]。
春潮带雨晚来急,野渡无人舟自横[3]。

【注释】

①滁州:今安徽省滁县。

②独怜:只爱。深树:树林的深处。

③野渡:郊外的渡口。舟自横:渡船自由自在地浮泊。

【鉴赏】

这是唐德宗二年(781)诗人出任滁州刺史期间,春游滁州城西郊野两山之间的溪流所作。这是一首山水诗名篇,诗人通过对比,从"涧边"写到"涧中",以情写景,借景生情,写暮春游西涧赏景与晚雨渡口所见,恬淡的胸襟和忧伤的情怀在诗中自然得到流露。

首句以"独"字领起,"怜"字紧承,诗人用"独怜"二字表明自己的情景交融喜爱和心情,"独怜"的对象是那涧边生长在僻静处的自甘寂寞、安贫守节的野草。诗人不写春天的桃红柳绿,唯独喜欢这种安静而又有生气的景色,透露出诗人对洁身自好的人品和归隐生活的向往。

第二句，诗人从视觉、听觉两方面来勾画，枝叶茂密的树木深处，黄鹂唱着悦耳动听的歌。“深”字既状写大树参天、枝繁叶茂之态，又突出树林深处的静；“鸣”字以动衬静，也为西涧增添生机。

第三四句写雨中所见所闻。春潮带着雨水，夜晚急着上涨；渡口无人之小船，独自打横在江上。晚潮带春雨，水势更急，倘在要道，正是渡船大用之时，不会“舟自横”；而郊外渡口，行人本不多，此刻更无人，船夫也回家了，空空的渡船只有悠然漠然了。诗人以“急雨”“春潮”来显示静中有动，又以“无人”和“舟自横”使动归于静。这也是诗人当时的处境和心情的形象写照，流露出淡淡的忧伤。

诗人在仕途生涯中，忧中唐政治弊端，疾百姓生活贫苦，有志改革而无力，欲归隐而不能，常常被出仕、退隐所困扰，只好不进不退，任其自然。诗人思归隐，故“独怜幽草”；自己的无所作为，正像水急之时的野渡舟横。情入景，景融情，此诗令千古读书人步入画境。诗之末句常被后人命作画题。

郡斋[①]雨中与诸文士燕集

韦应物

兵卫森画戟，燕寝[②]凝清香。
海上风雨至，逍遥池阁[③]凉。
烦疴[④]近消散，嘉宾复满堂。
自惭居处崇[⑤]，未睹斯民康。
理会是非遣[⑥]，性达形迹忘。
鲜肥属时禁[⑦]，蔬果幸见尝。
俯饮一杯酒，仰聆金玉章[⑧]。
神欢体自轻，意欲凌风翔[⑨]。
吴中盛文史，群彦今汪洋[⑩]。
方知大藩地[⑪]，岂曰财赋强。

【注释】

①郡斋：指苏州衙中刺史官署内公余休息的斋舍。

②燕寝：小寝。古代天子、诸侯相对于“正寝”而言的起居室。州刺史可说是古代的诸侯，故以燕寝称郡斋。

③池阁:指池塘和楼阁。

④烦疴:指暑天闷热让人产生的烦躁之感。

⑤居处崇:居住宏丽,借指身居刺史高官。睹:一作“瞻”。

⑥是非遣:排遣世俗事务的是是非非。

⑦属时禁:正为时下所禁止。这次郡斋宴在五月,刚好赶上禁止屠宰杀戮。

⑧金玉章:指文士们创作的美好诗篇。

⑨凌风翔:乘风翱翔。

⑩吴中:苏州的古称。彦:对文士的美称。汪洋:指文士们文章气势磅礴。

⑪大藩地:大的州郡,这里指苏州。

【鉴赏】

贞元五载(789),诗人顾况贬官途经苏州,韦应物为顾接风,在苏州郡斋与吴中文士宴集时写的这首古体诗,通过对雨中环境和宴集盛会之乐的描写,既表达了对人民生活的关怀,又表达了自己身居官海的出世情调。白居易晚年任苏州刺史时,颇喜此诗,认为“兵卫森画戟,燕寝凝清香”最为警策(白诗《吴郡诗石记》)。

一二句交代郡斋的配置和气派,点题目中的“郡斋”。郡斋门前密密麻麻地排列着佩带有画饰兵器的仪仗,室内焚香不止,始终保持着迷人的清幽香气。这样的环境让人感觉有社会地位,也让人感觉安适。唐代规定,三品以上的官员门前可列仪仗。这也说明,当时一定的官职是很具诱惑力的。

三四句继续写郡斋的优越,并点题目的“雨中”。苏州地理位置临近大海,海上风雨到来之时,这郡斋中的池塘、亭台和楼阁都能感觉。这也寓意郡斋中能了解国家之大小事。

五六句写郡斋亦可消除人们的烦恼,且点题目中的“诸文士”。“烦疴”照应前文的“凉”。“嘉宾”,指吴中诸文士。

“自惭居处崇”至“性达形迹忘”,诗人自己述怀。自惭身居刺史高位,未关心当地百姓的安乐;自己也能领悟事物的道理,却不履职责地追寻自己心性的豁达,表达了诗人自己的反省和不热衷于功名富贵。

“鲜肥属时禁”至“意欲凌风翔”,写宴集盛会给人们带来的美好感觉。古代有停止屠宰牲畜的禁令,本次郡斋宴吃的鱼肉正为当时规定所禁止,吃的蔬菜和水果也属尝鲜;一边饮酒,一边欣赏座中文士创作的美好诗篇;精神愉悦身体自然得到放松,思想想乘风翱翔,很好地照应五六句。

末四句称赞吴中文士。吴中岂止赋税收入多,文化也兴盛。“群彦”,指众多才士。

“自惭居处崇,未睹斯民康。”与“邑有流亡愧俸钱”一脉相承,当为古今为官者之鉴。

夕次盱眙县[1]

韦应物

落帆[2]逗淮镇，停舫临孤驿。
浩浩[3]风起波，冥冥日沉夕。
人归山郭暗，雁下芦洲白[4]。
独夜忆秦关[5]，听钟未眠客。

【注释】

①夕次：晚上停宿。盱眙：在淮水南岸，今江苏盱眙县。

②落帆：降下船帆，指船停泊。

③浩浩：水浩大的样子。

④山郭：山村和城郭。芦洲白：指芦花洲的芦苇秋日开白花。洲：水中陆地。

⑤秦关：陕西长安一带多关隘。

【鉴赏】

这首诗可能是诗人上任苏州任刺史途中所作。诗歌主要写停宿江苏盱眙县，羁旅思乡之情。

首联交代停宿地点。在淮河边的城镇盱眙县卸下船帆，停泊在专供邮传和官吏旅途中住宿的地方。“淮镇”，指淮水边上的城镇盱眙县。“孤”，指“驿”的附近无其他房舍，比较孤单；以环境衬托人物心理，环境的孤单引发环境中人的孤独情怀。“驿”，指驿站。

颔联描写傍晚的苍茫景象。夕阳西沉暮色苍茫之时，江面上风浪很大，已没有了行船，视线渐渐模糊，无法吸引诗人的注意力。开阔画面的展示，也无法排遣诗人心中的思念。

颈联描绘人归雁宿、各安其居的祥和图画。诗人由远及近，收回视线：夜幕降临的时候，只见劳作的人们扛着犁、荷着锄纷纷归家；飞雁也纷纷停落在白色的芦苇丛中，结束一天的劳累。这样的所见更催生了诗人的怀乡之情。

尾联承前三联的描述，自然地表达羁愁旅思，揭示主题。独自一人在万籁俱静的深夜结束了所见，只能回忆故乡长安的人事物，越回忆越不能入眠，远处寺庙传来的钟声又不断地提醒诗人客居他乡。“听钟”，唐代寺庙夜晚有打钟的习俗。“客”，诗人自指。

全诗采用白描手法,以叙为主,语言平实。意境苍茫,从大处落笔,"孤",来自对周围环境的观察,"浩浩""冥冥""郭暗""芦洲"都是远观,"忆秦关""听钟"跨越空间距离。

东　郊

韦应物

吏舍跼终年,出郊旷清曙①。
杨柳散②和风,青山澹吾虑。
依丛适自憩,缘涧还复去③。
微雨霭④芳原,春鸠鸣何处?
乐幽心屡止,遵事迹犹遽⑤。
终罢斯结庐,慕陶直可庶⑥。

【注释】

①吏舍:官署。局:拘束。旷清曙:清新、明亮的郊原景色使自己心情顿感舒畅。
②散:散播。
③丛:树丛。憩(qì):休息。还复去:徘徊。
④霭:云气,这里指笼罩。
⑤乐幽:喜欢幽静。遽:匆忙。
⑥结庐:修建房舍。陶:指陶渊明。直:一作"真"。

【鉴赏】

这首诗通过对春日郊外美丽风光的描写,抒发了诗人对大自然的爱赏、仰慕陶渊明归隐山林和深恨为公事所束缚的感情。

首四句:交代来到郊原的妙处,表达了诗人对自由的向往。在官署中关了整整一年,来到郊原,优美的景色舒畅了自己郁闷的心情。杨柳被春风吹散,呈依依状,青山使我的愁思浅淡。"局""旷",对比了狭小的官署和开阔的大自然,也充分表达了诗人的主观感情色彩;"散""淡",化静为动,托物传情,有力地表达了诗人热爱大自然的心情。

次四句:主要写郊游。沿树丛、小溪或行或止,徜徉其间,由于身在官府,不得不离开这心之所往的理想环境。微雨如丝,郊原一片迷濛;只闻春鸠的鸣叫,却看不见它在何处,仿佛进入了仙境。这正是诗人所希冀的远离尘世的境界。"微雨"

和“春鸠”，一见一闻，点明春景。

结末四句：即景生情，道出了内心的不快，以仰慕陶渊明绾结，照应前文。喜爱幽静的心愿屡屡未能实现，由于官务缠身，现仍行迹匆忙，不能如愿。最终，只有辞去官职，才能在这里修建房屋，像陶渊明那样亲近自然。“结庐”，化用陶渊明的“结庐在人境，而无车马喧”（《饮酒》第五），此指隐居。陶渊明因不满当时黑暗动荡的社会，不愿同流合污，弃官归隐，“采菊东篱下，悠然见南山”。诗人很敬仰陶渊明的做法，下定决心摆脱束缚，回归自然。

这首诗风格淡雅，“散”和“淡”用字独特。

送杨氏女[1]

韦应物

永日方戚戚，出行复悠悠[2]。
女子今有行，大江溯轻舟[3]。
尔辈苦无恃，抚念益慈柔[4]。
幼为长所育，两别泣不休[5]。
对此结中肠[6]，义往难复留。
自小阙内训，事姑贻我忧[7]。
赖兹托令门，任恤庶无尤[8]。
贫俭诚所尚，资从[9]岂待周？
孝恭遵妇道，容止顺其猷[10]。
别离在今晨，见尔当何秋[11]？
居闲始自遣，临感[12]忽难收。
归来视幼女，零泪缘缨流[13]。

【注释】

①杨氏女：出嫁到杨家的女儿。

②永日：整天。出行：出门远行。

③有行：出嫁。江：指长江。

④无恃：指母死失去依靠。抚念：抚心思念。慈柔：慈爱温和。

⑤幼：指妹妹。长：指姐姐。两别：指姐妹两分离。

⑥结中肠：郁结于胸中，形容内心万分悲痛。

⑦阙:同“缺”,缺少。内训:闺门之训,即母教。
⑧赖:幸好。令门:有名望的好人家。
⑨资从:陪送的嫁妆。
⑩容止:容貌和举止。猷:规矩。
⑪秋:借指年。秋天是收获的季节,古人重视秋天,常以秋代年。
⑫临感:临别时的伤感。难收:难以控制。
⑬归来:指送别出嫁的大女儿归来。缘:即沿。

【鉴赏】

这首诗是诗人送别出嫁的长女,感触早丧爱妻、与女儿们相依为命的特殊遭遇所作。诗歌通过对出嫁女儿的叮嘱、训诫和爱怜的话语,写出了人间父女的情深。

首四句总起点明题目送嫁。长女出嫁前夕,诗人全家整天都被悲伤的气氛笼罩,长女将出嫁到很遥远的地方,逆长江而上。用“轻舟”反衬诗人全家人心情的沉重,为下文铺垫感情基础。

从“尔辈苦无恃”至“义往难复留”写伤别的具体原因。两女自幼都失去母爱,诗人平日对她们更加慈爱温和。因母早逝,长女便担负起抚育幼女的责任,两姐妹情谊深厚,分别时哭泣不止。面对两女哭泣不休的情景,诗人内心万分悲痛,女大当嫁理应前往,自古如此,又不能挽留。《礼记》:“女子二十而嫁,义当往也。”

从“自小阙内训”至“仁恤庶无尤”写诗人对长女不懂闺训的担忧,希望长女能得到婆家的爱怜。长女自幼缺少母教,侍奉婆婆、丈夫方面的事情的确让人担忧。幸好现在出嫁到有名望的好人家,婆家的涵养和爱怜可使女儿免犯过失。

从“贫俭诚所尚”至“容止顺其猷”写诗人希望长女不自卑而遵守妇道。出身贫寒,嫁妆岂能丰厚?孝公婆、敬丈夫遵守妇道,仪态、举止顺从夫家的规矩。

最后六句写送别之后,诗人自己伤感的情绪,关合父女、姊妹之情。送别在今天早晨,再相见不知在何年?平常无事还能排遣忧愁,临别时的伤感突然变得难以控制。送别出嫁的长女归来再看还在哭泣的幼女,诗人不久又将送别,别后将陷于更加孤独的处境,痛上加痛,再也控制不住伤心的眼泪,任其沿帽带而下。

这首诗取材于平常家事,又平平写来,用语清浅,但情真意切,字字感人,是富于家常情味的好诗。

观田家

韦应物

微雨众卉新,一雷惊蛰始。

田家几日闲，耕地从此起。
丁壮俱在野，场圃亦就理。
归来景常晏，饮犊西涧水。
饥劬不自苦，膏泽且为喜。
仓廪无宿储，徭役犹未已。
方惭不耕者，禄食出闾里。

【鉴赏】

韦应物出身官宦之家，但家道中落，仕途时缀，常寓居闾里。此诗是他辞栎阳令退居长安鄠县善福寺时所作。此时年四十，生活困难，曾与弟侄外甥亲自营田，常将民间耕作的体会记于诗中。

开头二句扣住诗题“田家”，从春雨春雷写起，点出春耕。“丁壮俱在野”四句，具体写农夫在田野、场院、菜圃的忙碌情况。写农忙，从时间之长表现，从空间来讲，亦十分广阔。农事虽忙，但忙而不乱。一个“俱”字又强调了人员之众。“西涧”指善福寺西涧，非滁州西涧。

“饥劬（读 qú，劳苦）”二句，写农夫饥寒劳碌不以为苦，只要春雨及时、丰收在望就很满足。“仓廪”二句，在前面铺叙农忙之后，突然转笔写到农夫的无粮与徭役之苦，笔墨朴实，而情感深蕴其间。

结句是对不劳动者的谴责，同时也是对自己宦游食禄生活的自责。他这种敬民爱民的思想在其诗中屡有流露。近人王文濡评“末二句语含讽讥，结束入神”。

诗人是中唐时期的山水田园诗人，山水诗近谢灵运，田园诗近陶渊明，风格平淡自然。清沈德潜曰：“韦诗至处，每在淡然无意，所谓天籁也。”（《唐诗别裁集》卷三）

逢杨开府

韦应物

少事武皇帝，无赖恃恩私。
身作里中横，家藏亡命儿。
朝持樗蒲局，暮窃东邻姬。
司隶不敢捕，立在白玉墀。
骊山风雪夜，长杨羽猎时。

一字都不识，饮酒肆顽痴。
武皇升仙去，憔悴被人欺。
读书事已晚，把笔学题诗。
两府始收迹，南宫谬见推。
非才果不容，出守抚婷嫠。
忽逢杨开府，论旧涕俱垂。
坐客何由识，惟有故人知。

【鉴赏】

这首诗是因为遇到了一位知道他少年时情况的老朋友，因而感念当年的浪漫生活而写的。这位老朋友姓杨，没有记下他的名字。开府是官名"开府仪同三司"的简称，等级是从一品。但只是文职散官的虚衔，并非真正做过从一品的职事官。

这首诗的结构篇法，仍是四句一绝。前面三绝总叙自己：年少时服侍明皇，倚仗皇帝的恩私，成为一个无赖子弟。本人是里巷中横行不法的人，家里窝藏的都是些亡命之徒。早晨就捧着赌具和人家赌博，夜里还去和东邻的姑娘偷情。司隶校尉看见我，不敢逮捕，因为我天天在皇帝的白玉阶前站班。骊山上的风雪之夜，侍卫皇帝在长杨宫打猎的时候，我是一个字都不识，只会饮酒放浪的青年。我顽钝和痴呆，什么也不懂得。唐代诗人常用汉武帝来指玄宗，故称武皇帝。横字读去声，是蛮横不法的人。樗蒲是一种赌博。局是一块木板，例如棋盘也可以称为棋局。长杨宫是汉武帝狩猎的地方，这里是借用。司隶校尉相等于首都公安局长。

以下二绝说自从玄宗皇帝死后，失去了靠山，落魄得被人欺侮；再要改行读书，这件事已经太晚了，只好抓起笔来学作诗。作诗有了些成就，居然被两府所收留，也被南宫官所推许，选拔我去任文官。但是，毕竟我的才干不够，京朝中不能容留我，把我派出去做安抚孤儿寡妇的地方官。"两府"大约是指吏部和兵部，"南宫"指中书舍人。韦应物做卫士时是武职，属于兵部。卫士应选的资格是六品以下的子孙，年在18岁以下，做卫士满十年，就可以简试。文理高超者送吏部，授以文职。中书舍人是掌管文武官员考绩的最高官员。韦应物由武职转为文职后，其历官是洛阳丞、京兆府功曹、樗县令、栎阳令、礼部员外郎、滁州刺史、江州刺史、苏州刺史。丞与功曹，都是辅佐官，不是长官。县令和刺史，才有抚育百姓的职责。汉人以出京去做太守为"出守"。唐人也沿用这个名词，以出去做刺史为"出守"。

最后一绝是结束语。大概是在一个宴会上遇到杨开府，彼此谈起旧事，不胜感慨。满座的客人都不会知道这些事，现在能知道的只有老朋友了。

这首诗是韦应物的自传，他对自己少年时期的浪漫生活，非但并不后悔，反而不胜留恋，因此描写得非常生动，诗的风格很有李白的气息。

寒食寄京师诸弟

韦应物

雨中禁火空斋冷，江上流莺独坐听。
把酒看花想诸弟，杜陵寒食草青青。

【鉴赏】

寒食，指寒食节。京师，唐都长安(今陕西西安市)。当时作者在外地当官。杜陵，古县名，治所在今西安市东南。这是韦应物诸弟寒食踏青的地方。

这首诗的前两句是写景，突出地渲染了寒食孤冷的气氛。第一句从感觉写，寒食禁火，本来已经够萧索的了，更逢阴雨，又在空斋，加上气候与心情的双重清冷，这样一层加一层地写足了环境气氛。第二句从情态写，因家中寂寞，故而来到江边亭内听飞动的黄莺啭鸣。这里“江上”“流莺”“坐听”和“独”览各生一层意思，一个“独”字在多层次中更显示了曲折，也表达了诗人内心的感受，该是何等孤寂无依？这句已为思念作了气氛铺垫。第三句中表达的“想诸弟”之情，起了层层烘染、反复衬托的作用。既由上句“独”字生发，又统辖下句，直贯到篇末，说明杜陵青草之思是由人及物，由想诸弟而联想及之。使人感到情深意远。诗人下笔时将“想诸弟”的真情深意贯穿、融合在诗中，就使四句诗相互融洽，成为一个和谐的整体。

这首诗句句相承，暗中勾连，一气流转，浑然成章。

幽　居

韦应物

贵贱虽异等，出门皆有营。
独无外物牵，遂此幽居情。
微雨夜来过，不知春草生。
青山忽已曙，鸟雀绕舍鸣。
时与道人偶，或随樵者行。
自当安蹇劣，谁谓薄世荣。

【鉴赏】

韦应物的山水诗“高雅闲淡，自成一家之体”（白居易《与元九书》），形式多用五古。《幽居》就是比较有名的一首。

诗人从十五岁到五十四岁，在官场上度过了四十年左右的时光，其中只有两次短暂的闲居。《幽居》这首诗大约就写于他辞官闲居的时候。全篇描写了一个悠闲宁静的境界，反映了诗人幽居独处、知足保和的心情。在思想内容上虽没有多少积极意义，但其中有佳句为世人称道，因而历来受到人们的重视。

“贵贱虽异等，出门皆有营”，开头二句是写诗人对世路人情的看法。意思是说，世人无论贵贱高低，总要为生活而出门奔走营谋，尽管身份不同，目的不一，而奔走营生都是一样的。这两句，虽平平写来，多少透露出一点感慨，透露出他对人生道路坎坷不平、人人都要为生存而到处奔走的厌倦之情。但诗人并不是要抒发这种感慨，也不是要描写人生道路的艰难，而是用世人“皆有营”作背景，反衬自己此时幽居的清闲，也就是举世辛劳而我独闲了。

所以“独无外物牵，遂此幽居情”，便是以上二句作反衬而来，表现了诗人悠然自得的心情。由于对官场现实的不满，他曾经说过：“日夕思自退，出门望故山。君心倘如此，携手相与还”（《高陵书情寄三原卢少府》），表示了归隐的愿望。如今，他能够辞官归来，实现了无事一身轻的愿望，自然是满怀欣喜。

清吴乔在《围炉诗话》中说：“景物无自在，惟情所化。情哀则景哀，情乐则景乐。”韦应物此时的心情是愉快的、安闲的，因而在他笔下所描绘出的景物也自然着上轻松愉快、明丽新鲜的色彩。下边六句是以愉悦的笔调对幽居生活作具体描写。

“微雨夜来过，不知春草生。青山忽已曙，鸟雀绕舍鸣。”这四句全用白描手法。“微雨”两句，是人们赞赏的佳句。这里说“微雨”，是对早春细雨的准确描绘；“夜来过”，着一“过”字，便写出了诗人的感受。显然他并没有看到这夜来的春雨，只是从感觉上得来，因而与下句的“不知”关合，写的是感觉和联想。这两句看来描写的是景而实际是写情，写诗人对夜来细微春雨的喜爱和对春草在微雨滋润下成长的欣慰。这里有一派生机盎然的春天气息，也有诗人热爱大自然的愉快情趣。比之南朝宋谢灵运的“池塘生春草，园柳变鸣禽”（《登池上楼》），要更含蓄、蕴藉，更丰富新鲜，饶有生意。“青山忽已曙，鸟雀绕舍鸣”，是上文情景的延伸与烘托。这里不独景色秾鲜，也有诗人幽居的宁静和心情的喜悦。真是有声有色，清新酣畅。

这四句是诗人对自己幽居生活的一个片段的描绘，他只截取了早春清晨一个短暂时刻的山中景物和自己的感受，然后加以轻轻点染，便在读者面前呈现出一幅生动的图画，同时诗人幽居的喜悦、知足保和的情趣也在这画面中透露出来。

接下去，“时与道人偶，或随樵者行”。“时与”“或随”，说明有时与道士相邂逅，有时同樵夫相过从，这些事都不是经常的，也就是说，诗人幽居山林，很少与人交游。这样，他的清幽淡漠、平静悠闲则是可想而知了。

韦应物实现了脱离官场，幽居山林，享受可爱的清流、茂树、云物的愿望，他感到心安理得，因而“自当安蹇劣，谁谓薄世荣”。“蹇劣”，笨拙愚劣的意思；“薄世荣”，鄙薄世人对富贵荣华的追求。这里用了《魏志·王粲传》的典故。《王粲传》中说到徐斡，引了裴松之注说：徐斡“轻官忽禄，不耽世荣”。韦应物所说的与徐斡有所不同，韦应物这二句的意思是：我本就是笨拙愚劣的人，过这种幽居生活自当心安理得，怎么能说我是那种鄙薄世上荣华富贵的高雅之士呢！对这两句，我们不能单纯理解为是诗人的解嘲，因为诗人并不是完全看破红尘而去归隐，他只是对官场的昏暗有所厌倦，想求得解脱，因而辞官幽居，一旦有机遇，他还是要进入仕途的。所以诗人只说自己的愚拙，不说自己的清高，把自己同真隐士区别开来。这既表示了他对幽居独处、独善其身的满足，又表示了对别人的追求并不鄙弃。

闻雁

韦应物

故园眇①何处？归思方悠哉。
淮南秋雨夜，高斋闻雁来。

【注释】

①眇：通“渺”，辽远。

【鉴赏】

唐德宗建中四年(783)，韦应物由尚书比部员外郎出任滁州(治今安徽滁州市)刺史。首夏离京，秋天到任。这首《闻雁》大约就是他抵滁后不久写的。

这是一个秋天的雨夜。独坐高斋的诗人在暗夜中听着外面下个不停的淅淅沥沥的秋雨，愈发感到夜的深沉、秋的凄寒和高斋的空寂。这样一种萧瑟凄寂的环境气氛不免要触动远宦者的归思。韦应物家居长安，和滁州相隔两千余里。即使白天登楼引领遥望，也会有云山阻隔、归路迢递之感；暗夜沉沉，四望一片模糊，自然更不知其渺在何处了。故园的渺远，本来就和归思的悠长构成正比，再加上这漫漫长夜、绵绵秋雨，就更使这归思无穷无已、悠然不尽了。一、二两句，上句以设问起，下句出以慨叹，言外自含无限低回怅惘之情。“方”字透出归思正殷，为三、四句高斋闻雁作势。

正当怀乡之情不能自已的时候，独坐高斋的诗人听到了自远而近的雁叫声。这声音在寂寥的秋雨之夜，显得分外凄清，使得因思乡而永夜不寐的诗人浮想联翩，触绪万端，更加难以为怀了。诗写到这里，戛然而止，对“闻雁”而引起的感触不着一字，留给读者自己去涵泳玩索。“归思后乃说闻雁，其情自深。一倒转说，则近人能之矣。”（清沈德潜《唐诗别裁集》）

光从文字看，似乎诗中所抒写的不过是远宦思乡之情。但渗透在全诗中的萧瑟凄清情调和充溢在全诗中的秋声秋意，却使读者隐隐约约感到在这“归思”“闻雁”的背后还隐现着时代乱离的面影，蕴含着诗人对时代社会的感受。

卢纶 （约748～约798），字允言，河中蒲（今山西永济市）人，为“大历十才子”之一。曾在河中任元帅府判官，官至检校户部郎中。诗较为雄放，多送别酬答之作，也有反映军士生活的作品。《全唐诗》录存其诗五卷。

塞下曲[①] 四首

卢纶

之一

鹫翎[②]金仆姑，燕尾绣蝥弧。
独立扬新令，千营共一呼。

【注释】

①塞下曲：乐府诗题。原诗六首，这里选录四首。

②鹫翎：大鹰羽毛。金仆姑：箭名。《左传·庄公十一年》：“公以金仆姑射南宫长万”。燕尾：旗上飘带。绣蝥弧：《左传·隐公十一年》：“颍考叔取郑伯之旗蝥

弧以先登。"

【鉴赏】

此诗为组诗的第一首，写将帅的威严，军容的整肃，以及全军将士团结一心、同仇敌忾的精神气概。

一二句"鹫翎金仆姑，燕尾绣蝥弧"，写飞箭系着大雕的羽毛，师旗缀着锦织的飘带。三四句"独立扬新令，千营共一呼"，写将军用铿锵的声音，发布新的战斗号令，麾下的千万士兵齐声阵阵呼应。

这首诗是写动员出发时的一种雄壮的声势，一二两句相对，写得如临其境。三四两句写得如闻其声。

之二

林暗草惊风，将军夜引弓[①]。
平明寻白羽，没在石棱[②]中。

【注释】

①夜引弓：指夜间射猎。引，拉。

②石棱：石的突起部分。

【鉴赏】

此为组诗的第二首，写将军夜猎，见林深处风吹草动，以为是虎，便弯弓猛射。天亮一看，箭竟然射进一块石头中去了。通过这一情节，表现了将军的勇武。

首句"林暗草惊风"，写将军夜猎场所是幽暗的深林。当时天色已晚，一阵阵疾风刮来，草木为之纷披。不仅交代了时间、地点，还制造了一种气氛。右北平是多虎地区，深山密林是猛虎出入的地方，而虎又多在黄昏后出动，"林暗草惊风"，只一"惊"字，就令人自然联想到其中有虎，渲染出一片紧张的气氛，也为下文将军"引弓"做了铺垫。次句"将军夜引弓"，写射。但诗人不言"射"而言"引弓"，这不仅是因为诗要押韵的缘故，而且因为“引”是“发”的准备动作，这样写表现了将军的动作敏捷有力、从容不迫，既有气势，又形象鲜明。

后两句“平明寻白羽，没在石棱中”，写“没石饮羽”的奇迹。第二天，将军搜寻猎物，发现中箭者并非猛虎，而是蹲石，令人读了，始而惊讶，继而嗟叹。原来箭杆尾部配有白色羽毛的箭，竟“没在石棱中”，箭深入石。这样写不仅有时间、场景变化，更为曲折，而且富有戏剧性。

这首诗叙事扼要。借汉朝飞将军李广的故事，表现军中主帅的英勇。

之　三

月黑雁飞高，单于夜遁逃①。
欲将轻骑②逐，大雪满弓刀。

【注释】

①月黑：指无光。雁飞高：形容无声。单于：古时匈奴最高统治者，这里代指入侵者的最高统帅。

②轻骑：快速的骑兵部队。

【鉴赏】

此为组诗的第三首，刻画了将士不畏艰苦，勇赴疆场的场面。卢纶虽为中唐诗人，其边塞诗却依旧是盛唐气象，雄壮豪放，字里行间充满着英雄气概，读后令人振奋。

一二句“月黑雁飞高，单于夜遁逃”，写敌军的溃退。诗人用先果后因的手法，写出边地寒夜的肃杀清冷。欲雪的天空彤云密布，遮蔽了月光，一行大雁不知受到什么惊扰，急急地飞过夜空。一个“雁”字，既点出季节，同时又让人想到这沉沉夜幕下可能隐藏着什么诡秘。是谁惊起原已安栖的雁群，原来是趁着这样一个漆黑的寂静的夜晚，敌人悄悄地逃跑了。

尽管有夜色掩护，敌人的行动还是被我军发现了。三四句“欲将轻骑逐，大雪满弓刀”，写我军准备追击的情形，表现了将士们威武的气概。一支骑兵整队欲出，夜里行军，不辨人马，唯可见弓刀寒光闪闪，大雪被风刮得漫天飞舞，沾满了兵器。这是一个多么紧张而又扣人心弦的场面！诗人略去其他场面不写，专写“满弓刀”这一点，既切事理，又照应了首句，表明“月黑”是因天在酿雪。

这首诗写克敌制胜的豪情，却不对战斗作正面描绘，只写了雪夜闻警、准备出击的场面。从这首诗来看，诗人很善于捕捉形象、捕捉时机。诗人不仅抓住了具有典型意义的形象，还能把它放到最富有艺术效果的时刻加以表现。诗人用一两个短镜头，把自己所要颂赞的边军将士豪迈、勇敢刻画了出来，收到了言尽而意未尽的效果。

之 四

野幕敞琼筵,羌戎贺劳旋[1]。
醉和金甲舞,雷鼓[2]动山川。

【注释】

①幕:军队中的营帐。琼筵:珍贵的筵席。劳旋:劳,慰劳;旋,凯旋。庆贺得胜归来。

②雷鼓:擂鼓。

【鉴赏】

此为组诗的第四首,写将军凯旋受贺的情事,描绘欢庆胜利的场面。盛大的庆筵,异族的祝贺,乘醉的狂舞,咚咚的鼓声,构成一幅生动的画面。

一二句"野幕蔽琼筵,羌戎贺劳旋"的意思是:在野外,摆下胜利的喜筵,羌戎兄弟纷纷前来,庆祝凯旋。不说"将士"贺劳旋,偏说"羌戎",是深一层说法。可见将军不但勇能却敌,而且德能感人,就是"羌戎"异族,也来庆贺凯旋。

三句"醉和金甲舞",写将军之乐。四句"雷鼓动山川"以"山川"映"野"字,写出一种热闹的情景。三四两句写身着金甲的将士乘醉起舞,咚咚的擂鼓声,震动了山川。

全诗写得慷慨、豪迈,爽朗、明快,令人振奋。

卢纶的《塞下曲》组诗,气概昂扬,声韵响亮,宛如战歌,读之使人精神振奋;字凝句练,在边塞诗中别具特色。

晚次鄂州[1]

卢 纶

云开远见汉阳城[2],犹是孤帆一日程。
估客[3]昼眠知浪静,舟人夜语觉潮生。
三湘[4]愁鬓逢秋色,万里归心对月明。
旧业已随征战尽,更堪江上鼓鼙[5]声!

【注释】

①鄂州：今武汉市武昌区。

②汉阳城：在汉水北岸，鄂州之西。

③估客：即贾客，指同船的商人。

④三湘：漓湘、潇湘、蒸湘的合称，这里泛指湘江流域。

⑤鼓鼙：军用大鼓和小鼓。

【鉴赏】

这是一首即景抒怀的诗，有无限伤老思归厌战的感慨。此诗作于至德年间(756~758)。当时卢纶因避安史之乱，被迫浪迹异乡，由北南逃，途经鄂州，准备去三湘一带。在南行途中，他写了这首诗。

首联"云开远见汉阳城，犹是孤帆一日程"，写"晚次鄂州"的心情。云开雾散，可以看到远处的汉阳城了，但因为"远"，这孤独的航船，还要走一天的路程。起句即点题，述说心情的喜悦；次句突转，透露出沉郁的心情。诗人在战乱中漂泊，对行旅生涯早已厌倦，希望早日有个安身之所。因此，一旦云开雾散，看到汉阳城时，怎能不喜。"犹是"二字，突出表现了诗人情感的失落。这两句，看似平常叙事，却仿佛使人听到诗人在拨动着哀婉缠绵的琴弦，倾诉着孤苦的心曲。

颔联"估客昼眠知浪静，舟人夜语觉潮生"，写"晚次鄂州"的景况。商贾们习惯在江湖上行走，知道现在风平浪静；半夜里听船夫说话，明白江上要涨潮了。诗人写的是船中常景，然而笔墨中却透露出他昼夜不宁的纷乱思绪。

一二联写途径鄂州一路上所见所闻，也就是写一日行程中的景。动中写静，静中写动，都是舟行的本地风光，写得细致曲折，为人称道。

颈联"三湘衰鬓逢秋色，万里归心对月明"，写漂泊江湖，又正值秋天，心情凄然。离家万里，对着明月思归之心更切。一个"逢"字，将诗人的万端愁情与秋色的万般凄凉联系起来，移愁情于秋色。"万里归心对月明"，有迢迢万里不见家乡的悲悲戚戚，亦有音书久滞萦怀妻儿的凄凄苦苦，可谓愁肠百结，动人肺腑。

尾联"旧业已随征战尽，更堪江上鼓鼙声"，写"晚次鄂州"的感慨，直抒厌战心理。老家的土地财产因为战争已经没有了，意思是吃尽了战乱的苦头，不堪再听鼓角之声了。而烽火硝烟未灭，江上仍传来声声战鼓。诗人虽然远离了沦为战场的家乡，可是他所到之处又无不是战火密布，这就难怪他愁上加愁了。诗的最后两句，把思乡之情与忧国愁绪结合起来，使本诗具有更深的意义。

这首诗写乱离之事，愁苦之情。抒写了因战乱而漂泊江湖的羁旅困顿之事，表现了诗人对安定生活的渴望。全诗淡雅而含蓄，平易而炽热，读来觉得舒畅自若，饶有韵味。

腊日观咸宁王部曲娑勒擒虎歌

卢　纶

山头曈曈日将出，山下猎围照初日。
前林有兽未识名，将军促骑无人声。
潜形踠伏草不动，双雕旋转群鸦鸣。
阴方质子才三十，译语受词蕃语揖。
舍鞍解甲疾如风，人忽虎蹲兽人立。
欻然扼颡批其颐，爪牙委地涎淋漓。
既苏复吼拗仍怒，果叶英谋生致之。
拖自深丛目如电，万夫失容千马战。
传呼贺拜声相连，杀气腾凌阴满川。
始知缚虎如缚鼠，败寇降羌在眼前。
祝尔嘉词尔无苦，期尔将随犀象舞。
苑中流水禁中山，期尔攫搏开天颜。
非熊之兆庆无极，愿纪雄名传百蛮。

【鉴赏】

这首是描述咸宁王部将娑勒只身降虎的赞歌，同时表达了诗人祝愿将士奋勇杀敌的爱国精神。咸宁王浑瑊，唐代将领。曾从郭子仪击退吐蕃贵族的侵扰，又参与平定朱泚、李怀光叛乱。卢纶是中唐边塞诗人，对浑瑊平叛维护统一极为赞许，曾多次赠诗。部曲，部将，家丁。

开端六句勾出部将娑勒擒虎的背景，先交代了时间、地点、打猎人员。然后又描绘众人潜伏草丛、双雕盘旋长空、鸦雀惊鸣等景观以烘托娑勒擒虎的勇猛形象。曈曈（tóng），太阳初升由暗转明的光景。踠，读（wǎn），屈体。

“阴方质子才三十”以下14句，为第二层，描写娑勒擒虎的场面。先写壮士身份、年龄、神态。他是少数民族年轻部将（“阴方质子”），不懂汉语，通过翻译才能受命，受命后立即用本族语言回答为礼。然后舍鞍马脱盔甲，疾步如风，奔向猛虎。人突然做虎蹲之势，虎亦做人立之姿，开始厮杀搏斗。诗中侧重写勇士之猛，勇士忽抓老虎额头（颡颡，读xūsǎng，额头）用手批打，直打得老虎爪牙委顿于地，口中大吐白沫，奄奄一息为止。正在喘息间，老虎突又苏醒怒吼起来，此时勇士又决定设计生擒猛虎,把它从深草丛中擒出;虎两目如闪电,怒吼如雷。旁观战士立即失色,连群马也吓得战栗,但勇士缚虎如缚鼠一般,英气凛然。此时众卒欢呼胜利,向主帅拜贺声此起彼伏,犹如打败敌人的胜利就在眼前。此段文字生动有气势。清人沈德潜说:"人虎兼形,毛发生动。何减太史公叙钜鹿之战。"(《唐诗别裁集》卷八)

"祝尔嘉词"以下文句是对勇士擒虎的观感和祝愿。"非熊之兆庆无极"用《史诗·齐世家》:"西伯将出猎,卜之曰:'所获非熊非彪,所获王者之辅。'"的典,说明勇士擒虎的意义在于辅佐君主统一天下。诗以此作结,表达了全诗主旨。全诗风格雄健,故姚合称之为"诗家射雕手也"(《极玄集序》)。

逢病军人

卢　纶

行多有病住无粮,万里还乡未到乡。
蓬鬓哀吟古城下,不堪秋气入金疮。

【鉴赏】

在古代封建社会里,战争是经常发生的,统治者往往穷兵黩武,发动侵略;或者昏聩腐败,招致侵略。这些战争,不论其为国际的或国内的,一旦发生,就必须动员大批人力,投入战斗;又不论其性质是正义的或非正义的,如果胜利,大张旗鼓,凯旋回朝,情况还可能稍为强些,如果失败,则各自逃生,七零八落,无可避免地陷入了极其悲惨的命运。对于曾经为国效劳或曾经为统治者卖命的普通士兵乃至于将领,在事过境迁以后,毫不顾惜,听其自生自灭这种刻薄寡恩、惨无人道的情形,乃是那个社会里带有普遍性的现象。本篇揭露了封建统治阶级这一方面的罪恶。

卢纶这首诗以朴素的笔触为我们绘制了一幅流落他乡、既伤且病的普通士兵的图像。由于受了战伤,他掉队了,只好自个儿走回家去。路程是非常遥远的。多赶点路吧,又有病在身,走不动;暂时在中途住下,等病好了再走吧,又没有粮食维持生活。真是去住两难,进退维谷。于是,这位被残酷地遗弃了的军人,就只能躺在一座古城的旁边,痛苦地呻吟起来了。而这时,气候已经转冷,秋天的寒气不断钻入了他的伤口(金疮,指金属武器所致的创伤),更使他忍受不住了。军人本该是仪容整洁、雄壮威武的,诗中以蓬鬓(头发乱得像茅草)哀吟略一点染,其余叙述的部分也就随之而生动鲜明起来,所谓牵一发而动全身,这是此诗在艺术手法上值得注意的一点。

至德中途中书事寄李侗

卢　纶

乱离无处不伤情,况复看碑对古城。
路绕寒山人独去,月临秋水雁空惊。
颜衰重喜归乡国,身残多惭问姓名。
今日主人还共醉,应怜世故一儒生。

【鉴赏】

卢纶的诗,在中唐时曾传诵长久,他虽然是大历十才子之一,他的诗名却更盛于大历以后。他的诗,大多是送别怀人之作,很少接触到社会现实。这首七言律诗可以作为中唐七律的典型。

诗是在至德年间旅途中所作,寄给他的朋友李侗的。"书事"即"记事",但这首诗的内容并不记什么具体的事,只是记述他在旅途中的情绪,所以这个"事"字不可死讲,唐宋人诗题中常用"书事",几乎都和"书怀"相同。

现在我们用金圣叹的方法,把此诗分为前后解。前解四句是叙述在乱离中的漂泊生活,后解四句叙述乱平后回归家乡时的感慨。一开头就从正面说起,在乱离中,无论到哪里都是伤情的境地,何况天天在古城中看残碑断碣!下面用一联来概括这种凄凉孤独的生活:一个人在山路上曲曲折折地走去。月光照着秋水,使空中飞过的雁也饱受虚惊。上句是赋,下句是比,用雁来比喻自己。接着就转入后解。现在,虽然喜的是重返乡园,可已经是个垂老之人了。多年离开家乡,家乡的人都已不认识我,就有人来问我姓名,这一下,又感到惭愧了,因为我还是个微贱之人,没有名望,说出了名字,人家也从来没有听见过。今天幸而有东道主人款待我宴饮,想必是对我这个饱经世故的书生很有怜悯之情。从末联的诗意看来,大概作者在归家的途中,受到李侗的招待,在辞别李侗之后,又在路上寄此诗与李侗,有感恩之意。

送李端

卢　纶

故关衰草遍，离别自[1]堪悲。
路出寒云外，人归暮雪时。
少孤为客早，多难识君迟。
掩泪空相向，风尘何处期[2]？

【注释】

①自：一作“正”。

②掩泪：掩面而泣。风尘：指社会动乱，世事纷争。

【鉴赏】

这是一首感人至深的诗，以一个“悲”字贯穿全篇。

首联“故关衰草遍，离别自堪悲”，写送别的环境气氛，从衰草落笔，时令应在严冬。郊外枯萎的野草，正迎着寒风抖动，四野苍茫，一片凄凉的景象。在这样的环境中送别友人，自然大大加重了离愁别绪。

颔联“路出寒云外，人归暮雪时”，写送别的情景，仍紧扣“悲”字。故人沿着这条路渐渐远离而去，由于阴云密布，天幕低垂，依稀望去，这路好像伸出了寒云外。这里写的是送别之景，但融入了浓重的依依难舍的惜别之情。

颈联“少孤为客早，多难识君迟”，回忆往事，感叹身世，还是紧紧围绕一个“悲”字。诗人送走了故人，思绪万千，百感交集，不禁产生抚今追昔的感慨。“少孤为客早，多难识君迟”，是全诗情绪凝聚的焦点。人生少孤已属极大不幸，何况又因天宝末年动乱，自己远投他乡，饱经漂泊流浪，又难觅知音。这两句不仅感伤个人的身世飘零，还从侧面反映出时代动乱和人们在动乱中背井离乡的艰难生活。

尾联“掩泪空相向，风尘何处期”，收束全诗，仍归结到一个“悲”字。诗人在经历了难堪的送别场面，回忆起不胜伤怀的往事后，更觉得对友人的依依不舍，不禁又回过头来，遥望远方，掩面而泣；然而友人毕竟是走了，望不见了，掩面而泣也是徒然，唯一的希望是下次早日相见。但社会动乱，世事纷争，又何时才能见面呢？

这首诗围绕一个“悲”字，将惜别与感世、伤怀之情融合在一起，前后照应，词切情真。

裴给事宅白牡丹

卢　纶

长安豪贵惜春残，争玩街西紫牡丹。
别有玉盘承露冷，无人起就月中看。

【鉴赏】

长安牡丹名闻天下。唐开元年间，无论宫苑、民间均普遍种植，极尽一时之盛。唐人的审美情趣使其对于雍容华贵的牡丹，情有独钟，故有“环肥燕瘦”之说。文人墨客咏牡丹之作层出不穷：“云想衣裳花想容，春风拂槛露华浓……”李白在《清平调词三首》其一中，用花团锦簇般的语言，天上人间，瑶台月色，不露声色地将杨贵妃喻为天女下凡，使其美丽的容貌与白牡丹之艳冶浑融无间，精妙之极，是为咏白牡丹之千古绝唱。

不过，卢纶此作却并非单纯的咏花之作，诗中别有所指，值得细细玩味。

这首诗由刻意渲染京城豪贵争睹紫牡丹的情景入手。“长安”，唐京城，即今陕西西安。“春残”，点明季节。春末夏初，早开的桃、李已不见踪迹，而有“花王”美誉的牡丹，偏在此际独占春光，蓓蕾初绽。达官贵人们闻之，纷纷前往欲先睹为快，诗中用一“玩”字，形象地勾勒出他们赏花之时喜形于色的情态。有道是爱美之心人皆有之，却为何独谓“豪贵惜春残”呢？原因并不难找。平民百姓何尝不想去赏花游玩，只不过因为他们需为生计而奔波，无暇他顾罢了。

接着，诗人用“别有”二字转折，跌宕骤起，转而以感慨哀怨的笔调，一反奢华喧哗的场面，描写那沐浴在银白色月光下盛开的白牡丹。理解这首诗的关键正在这尾联两句。

“玉盘”，白牡丹花型较大，其外形与色泽酷似玉琢的花盘。“承露”，承接云露，杜甫《秋兴》之五“蓬莱高阙对南山，承露金茎霄汉间”；李商隐《汉宫》“通灵夜醮达清晨，承露盘晞甲帐春”；汉武帝迷信神仙，异想升天，在宫中建造金铜仙人承露盘，“承云表之露，以露和玉屑服之，以求仙道”（《三辅黄图·卷三》）。诗人接连用一个比喻一个典故描绘白牡丹，似将白牡丹比作那承露之盘，却又将一“冷”字放在句末，真使人眼花缭乱、疑窦顿生。

“无人起就月中看”中的“无人”，标明除诗人外，更无其他人光顾这孤寂的白牡丹，这就与众豪贵争睹紫牡丹的情景构成强烈的对照。卢纶为“大历十才子”之一，其诗多贯串于悯乱哀时的情绪，体物工致，抒情深刻，这些特征同样也体现在本诗字里行间。他似乎将自身应试落第之遇寓于诗中，把遭受豪贵白眼、得不到朝廷的垂青等等，都统统写进诗句之中，两种牡丹仅因色泽的异同所产生的不同遭遇，道出了诗人内心的感慨、哀怨情绪。沐浴着月光的白牡丹，显得是那样高雅和圣洁，冰莹的露聚集在洁白的花瓣上，玲珑剔透，然而却只落得个孤芳自赏，无人垂爱，这不正是诗人命运的写照吗！

月中传说有桂树，古人称应试及第为折桂。诗人未能“折桂”，是以“无人月中看”了；这又仿佛是诗人的自嘲，其实不然。这里应作双关来理解。这首诗题为咏花，作者一是以月喻花，或以花喻月，兼有点明赏花时刻之意，二是表明心迹，相信终能折桂，如愿以偿。

这首小诗，将花与花、花与人的命运巧妙地融为一体，概括力强且构思精奇，匠心独具而不露斧痕，情语景语契合相印，诗韵人情，隽永醇厚。

畅当 生卒年不详，河东（今山西永济）人，唐后期儒士。官宦世家，畅璀之子。

登鹳雀楼

畅　当

迴临飞鸟上，高出世尘间。
天势围平野，河流入断山。

【鉴赏】

首先，畅当此诗竭尽全力状鹳雀楼之高危和登楼的视野远大，境界雄浑壮阔。首二句“迴临飞鸟上，高出世尘间”言位于山西永济市中条山北黄河岸边的鹳雀楼，矗立长空，直插云霄，远在飞鸟之上。这二句十个字状楼之高危，超尘出世，迴临飞鸟。其境界不可不谓雄浑壮阔。三、四句“天势围平野，河流入断山”转向描写登楼远眺，其目之所击：苍穹如盖，笼罩茫茫千里平野，滔滔黄河从斧劈刀削的陡峭直立的山崖石壁间穿过。这二句描绘的远视之景不可不谓渺远宏大。而视远之效亦得之于登高，所以此两句诗仍从侧面再度刻画鹳雀楼之高危。中唐著名文学家李翰在《河中鹳雀楼集序》中（见《文苑英华》卷一〇七）曾言：“前辈畅诸（按，诸为畅当之弟，此诗或以系诸所作），题诗上层。”可见此诗在中唐之时已享盛名。

其次，畅当这首诗格律严整有致，对仗精工，表现诗人娴熟的绝诗技巧。同时，诗歌形象活泼灵动。全诗四句状楼之高、视之远，或用夸张，或用比喻，每一句皆取动势,首句迥临飞鸟之上;二句高出世尘;三句天围平野;四句黄河穿山。极度夸张渲染的动态,使楼之雄姿灵动跳脱,毕现纸上,立体可感。

王表 临海罗阳县的神仙,言语饮食与常人无异,维不见其形。公元251年7月归吴国,被孙权拜为辅国将军罗阳王,后又在公元252年2月离去。

成德乐

王　表

赵女乘春上画楼,一声歌发满城秋。
无端更唱《关山》曲,不是征人亦泪流。

【鉴赏】

这首诗是赞美一位姑娘的声乐艺术的。(赵女,赵地出生的姑娘。赵,古国名,故地在今山西、河北、河南三省境。《古诗》称"燕赵多佳人,美者颜如玉。"故赵女亦即美女。)头两句形容其歌喉之感人。分明是在春天歌唱,因其悲切动人,竟使人觉得如在秋天,而且是一声之歌,竟使满城皆有秋意。"春"与"秋","一声"与"满城",都是强烈的对比,而其人艺术之高明,自可想见。然而,还不止于此。她唱了另外一些歌以后,又忽然唱起以征戍为主题的如《关山月》一类的曲子来了。这一突然出现的节目,就连没有那种生活经验的人听了以后,都激动得流出泪来了,那么,有过那种生活经验的人呢?她是在画楼上唱歌,地非边塞,而唱关山之曲,所以称为"无端"。"画楼"与"关山",是继"春"与"秋""一声"与"满城"之后的又一对比。此外,还有听众中征人与非征人的对比。全诗通过各项对比,逐层深入,从而将她惊人的艺术成就充分地反映了出来。

令狐楚 (766或768~837)唐代文学家。汉族,字壳士。宜州华原(今陕西耀州区)人,先世居敦煌(今属甘肃)。贞元七载(791)登进士第。宪宗时,擢职方员外郎,知制诰。出为华州刺史,拜河阳怀节度使。入为中书侍郎,同平章事。宪宗去世,为山陵使,因亲吏赃污事贬衡州刺史。逝世于山南西道节度使镇上。谥曰文。

年少行（四首选三）

令狐楚

少小边州惯放狂，骣骑蕃马射黄羊。
如今年老无筋力，犹倚营门数雁行。

家本清河住五城，须凭弓箭得功名。
等闲飞鞚秋原上，独向寒云试射声。

弓背霞明剑照霜，秋风走马出咸阳。
未收天子河湟地，不拟回头望故乡。

【鉴赏】

第一首"少小边州惯放狂，骣骑蕃马射黄羊"两句是写诗中主人公生于边城，青少年时代就习惯于习武、奔驰骑射。"骣骑"，指不配马鞍的坐骑，只有骑技极高方能驭驶，他骑着没有马鞍的西域骏马去猎取飞驰的野羊。只此两句，便把一个活泼、刚强、粗犷、任性的少年的英武气概活脱脱地表现出来了。"如今年老无筋力"是说至如今年事已高，精力已衰。流露出无限的惆怅和淡淡的伤怀。然而，真正的英雄即使到了暮年也毫不颓废，壮心依然，"犹倚营门数雁行"便是此种心胸的写照。他独自倚着营门，仰望空中的大雁，数着雁的数目，仿佛又回到了弯弓射飞鸟的时代，是不是想再次显示一下神箭手的神射？

第二首诗整个是回忆往昔少年事，头两句"家本清河住五城，须凭弓箭得功名"，是说诗中主人公生于边地，长于边城，既无权势可倚，又无机缘可待，要想进入仕途，只能靠习武射箭求取功名。于是他的骑射本领极其高超。"等闲飞鞚秋原上，独向寒云试射声。""鞚"，指马勒；"飞鞚"是指放马飞驰。秋天正是猎物肥美的季节，诗中主人公骑着奔马飞驰在秋天的原野上，随心所欲地逐射兽群，显示出绝非等闲之辈的英勇气概。到了冬天,寒云满天,飞鸟已经绝迹,踌躇满志的少年,为了精中求精,便以乌云为靶,仰射不已,发出矢箭破空的嗖嗖声响。此诗前两句说明身世,后两句是言志与行动结合。驰骋秋原,寒云试射,均是英气勃发,志冲斗牛的表现,突出少年人壮怀激越,为国立功,求取功名,而苦练的情境。

第三首全诗是写立功疆场的景象。头两句重在叙述,"弓背霞明剑照霜,秋风走马出咸阳"是说在秋日霜晨,兵士们骑着战马离开了咸阳城。咸阳为汉代古都,唐都长安的西面,今陕西咸阳市,出咸阳是带着收回失地的使命,风尘仆仆去征战。清晨,背上的弓箭,在朝霞与白霜的掩映下发出了寒光。"霞明"与"照霜"两词,都带有闪闪白光,给人鲜明而又英气迫人的感觉。后两句"未收天子河湟地,不拟回头望故乡"重在抒发豪情,"河湟地"是指湟水流域地区,在青海东部河西、陇右一带,该地在"安史之乱"后被吐蕃侵占,此时尚未收回。这次战斗任务就是要收回河湟本属于中央王国的土地。诗中主人公发誓如果不能完成收复失地的任务,决不回头再看一眼故乡,颇有"匈奴未灭,何以家为"的气魄!这是忠于祖国的精神表现。前两句是行动描写,后两句是心理描写,反映正义之师,势不可挡,不但武艺上有充分准备,而且在思想上充满胜利的信心,读后使人鼓舞。

从写作手法上看,每首诗的前两句多为述事,后两句多为言志,在述事过程中诗人善于选择典型的行动和装束突出主人公性格的勇猛。"骣骑""射黄羊"表现出主人公的勇猛。"弓明""剑照"渲染主人公的精明。在言志时,既有慷慨陈词的"未收天子河湟地,不拟回头望故乡"。也有曲折含蓄的"犹倚营门数雁行","独向寒云试射声",均表现出一种拼搏精神。这三首诗反映的是同一主题,除了"如今年老无筋力,犹倚营门数雁行"是现实抒写外,其他诗句皆为追忆。追忆而不伤感,可以说是一组积极向上、朝气蓬勃的爱国主义诗篇,给人以强烈的鼓舞。

李益 (748~约829),字君虞,凉州人,一说陇西姑臧(今甘肃武威县)人。大历进士,官郑县主簿,郁郁不得志,弃职游燕、赵间,幽州节度使刘济引为从事。又历西北边地,参佐戎幕。宪宗时,任秘书少监,官终礼部尚书。他写边塞题材的作品最为有名,尤以七言绝句见长。其诗音律和美,为当时乐工所传唱。胡应麟在评唐人七绝中,以李益为盛唐以下第一人。认为"可与太白、龙标(王昌龄)竞爽"(《诗薮》卷六)。有《李益集》。

喜见外弟[①]又言别

李　益

十年离乱后，长大一相逢。
问姓惊初见，称名忆旧容。
别来沧海事[②]，语罢暮天钟。
明日巴陵[③]道，秋山又几重？

【注释】

①外弟：姑母的儿子。

②沧海事：指巨大变化的社会人事，即第一句所说的“十年离乱”。

③巴陵：唐郡名，即岳州（今湖南岳阳市）。

【鉴赏】

这诗写聚散离合之情，妙处在于能够把乱世人生的感慨，久别乍逢这一刹那间悲喜交集的心理状态，真实而生动地刻画出来。

首联“十年离乱后，长大一相逢”，写战乱纷纷，一别就十年。离别时诗人和外弟还年少，今日相逢都已长大成人了。颔联“问姓惊初见，称名忆旧容”，写初见询问对方的名字，好像初相识的朋友，等到对方道出了名字，才回忆起对方旧日的面容。颈联“别来沧海事，语罢暮天钟”，写千言万语，说不完别后的变故，不知不觉，已传来寺庙的晚钟。尾联“明日巴陵道，秋山又几重”，写第二天彼此就要分别了，对方就要踏上巴陵道，重重的秋山，又要将双方隔开。

国家动荡不宁，诗人与表弟天各一方，十年之后重新相逢，久别初见，两人似乎已不相识，互通姓名之后，才能想起以前的容貌。两人各叙别来的情况，直至深夜。而第二天，两人又要分别了，重重秋山，又不知何日才能相见。

此诗以朴实的语言写出了悲欢离合之情。诗的意境脉络和司空曙的《云阳馆与韩绅宿别》大致相同。然而此诗是写少小离别，长大相逢，故云"问姓惊初见，称名忆旧容"，而司空曙的诗是成人后几度睽隔，故云"乍见翻疑梦，相悲各问年"。此诗意境悠远，形象地描绘出了动荡岁月里百姓流离失所的情形。

夜上受降城[1]闻笛

李 益

回乐烽[2]前沙似雪，受降城外月如霜。
不知何处吹芦管[3]，一夜征人尽望乡。

【注释】

①受降城：贞观二十年，唐太宗于灵州受突厥一部之降，故灵州也称受降城。

②回乐烽：回乐县附近的烽火台，回乐在灵武西南。

③芦管：即胡笳，一种以芦叶为管的乐器。《太平御览》卷五百八十一引《晋先蚕仪注》："笳者，胡人卷芦叶吹之以作乐也，故谓胡笳。"

【鉴赏】

受降城在初唐时有十分显赫的经历，可时至中唐，国力衰微，边乱长期不息，它就不再有振奋人心的感召力，长期戍守在这里的将士也不再有初、盛唐时的自信，相反，厌战情绪笼罩着他们。在这样的大背景下，作者带着沉重的心情，在深秋的一个月夜，登楼远眺，无限感慨，写下了这首诗。

一二句："回乐烽前沙似雪，受降城外月如霜。"写诗人登楼时所见的月下景色。月光照着受降城高矗的烽火台，琏同它脚下的茫茫大漠。这月光有如霜一般的清冷，给漫无边际的沙地也染上一层清冷的色彩。在这静默得让人窒息的夜里，诗人感到了伤感。因为边地将士久戍不得归，整日不是城外厮杀，便只有独对这清冷与孤寂。将军马上、征夫楼头，为这清冷、孤寂所感，他们的内心有着怎样的痛苦与不堪，是有边地生活经历的诗人可以想见的。

三四句："不知何处吹芦管，一夜征人尽望乡。"紧承前两句，写在一片岑寂中，不知从何处传来一声芦管的吹奏声，这随风而至、时断时续的乐音，竟然吹动了所有人的思乡之情。"一夜征人尽望乡"一句，包含了凝重、深长的意味，"尽"字写出了他们无一例外的不尽的乡愁。如果不是征人的思乡之心急切，如果不是征人彻夜难眠，这乐音怎能扰动他们鏖战后的沉酣呢？

从全诗来看，前两句写景，第三句写声，末句抒心中所感，写情。前三句都是为末句直接抒情作烘托、铺垫。全诗把诗中的景色、声音、感情三者融合为一体，将诗情、画意和音乐美熔于一炉，组成了一个完整的艺术整体，意境浑成，简洁空灵，而又具有含蕴不尽的特点。因而被谱入弦管，天下传唱，成为中唐绝句中出色的名篇之一。

江　南　曲[1]

李　益

嫁得瞿塘[2]贾，朝朝误妾期。
早知潮有信，嫁与弄潮儿。

【注释】

①《江南曲》：乐府旧题，《古今乐录》中《江南弄》七曲中就有其一。梁代柳恽以此题写闺情。唐人绝句多仿六朝民歌及民歌体作品，此题也有仿作，李益此诗就如此，它模仿一位商妇的口吻，来写她对独守空闺凄凉生活的不耐。

②瞿塘：长江三峡之一，在今重庆奉节县。

【鉴赏】

这是一首闺怨诗。在唐代，以闺怨为题材的诗主要有两大内容：一是思征夫词；一是怨商人语。由于唐代疆域辽阔，边境多事，要征调大批将士长期戍守边疆；同时，唐代商业兴盛，短、长途贸易都很发达，商人要采运货物，择地倾销，所以多远离家乡。这样势必会有人抛别年轻的妻子或朝思暮想的多情恋人。作为这两类人的妻子不免要空闺独守，过着孤单寂寞的生活。诗人将此生活引入诗中，为唐诗增添了一份独特的内容。

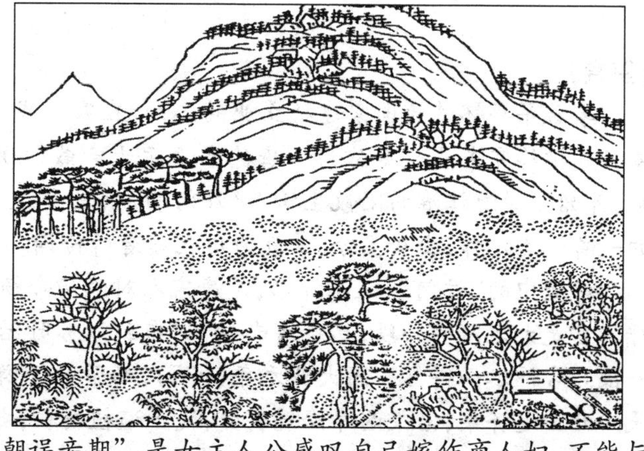

这首诗以白描手法写出了一个商人妇的心声。诗中一二句“嫁得瞿塘贾，朝朝误妾期”，是女主人公感叹自己嫁作商人妇，不能与丈夫朝夕相处。可能是好几回，她的丈夫说好了要回家，结果误期未归，致使她江口空候，总是失望而归。或者是女主人公也曾把金钗当钱掷地算卦以占卜丈夫的归期，也曾“误几回天际识归舟”，所以顺理成章有下面两句：“早知潮有信，嫁与弄潮儿”。意思是说，当初要早知江潮消息有时，就该嫁给那弄潮的男儿。这样，生活可能清苦些，却时时可以依靠。宁愿“嫁与弄潮儿”，既是痴语、天真语，也是苦语、无奈语。这位少妇也不是真想改嫁，这里用“早知”二字，只是在极度苦闷之中自伤身世，思前想后、悔不当初，作了一种历史的假设罢了。在这里，作者通过一种“荒唐之想”（钟惺《唐诗归》），把一个多情任性的少妇的心声刻画得惟妙惟肖，十分生动。

这首诗的成功之处正在于其落想看似荒唐、无理，却真实、直率地表达了一位独守空闺的少妇怨情，看似荒唐、无理之想，却是真切、情至之语。少妇因盼夫婿情切，而怨夫婿不如“潮有信”；更因怨夫婿情极，而产生悔不当初“嫁与弄潮儿”的非分之想。这一由盼生怨、由怨而悔的内心活动过程，正合乎这位诗中商人妇的心理状态。

此诗不拘音韵，似脱口而出，用语干净利落，不假雕饰，体现了乐府民歌的特点。

汴　河　曲

李　益

汴水东流无限春，隋家宫阙已成尘。
行人莫上长堤望，风起杨花愁煞人。

【鉴赏】

李益早年怀着为国家建功立业的志向，在塞上戎马间度过了他青壮年的悠悠岁月。但终究未能大有作为。唐德宗贞元十六载（800），他非常失意地离开了军幕，开始了漫游江淮的闲散生活。《汴河曲》大约是这个时期李益登临隋堤时写下的一首怀古之作，由唐至今，一直为历代读者所传诵。

诗题中的“汴河”，又称汴水，是唐宋人对隋炀帝杨广所开通济渠末段的习惯称呼。它是大运河的一段，起自河南荥阳，东到江苏盱眙入淮，因该渠从荥阳至开封一段为古汴水而得名。隋大业元年（605），炀帝为了游乐江南，先后调集了百余万民工开凿通济渠，沿渠两岸修筑长堤，堤上遍植杨柳，史称隋堤。为了享乐的需要，炀帝还在汴河之滨建造了一个十分豪华的行宫。由于这个无道昏君个人穷奢极欲，对人民横征暴敛，在位不过十来年，便落得个国亡身丧的可悲下场。李益正是在隋堤上缅怀历史，漫步行吟，借此诗抒发了自己吊古伤今、感慨兴亡的抑郁情怀。

“汴水东流无限春”，诗一下笔从眼前自然景物写起，展现了汴河无边春色。然而，“隋家宫阙已成尘”，虽说春色依旧，堤柳犹存，但往昔富丽豪华的隋宫已经衰败零落，变成一片令人伤心惨目的废墟。只有那少许断井颓垣，还可偶尔供人前来凭吊。“隋家宫阙”，据南宋刘义庆《大业杂记》载，隋炀帝在通济渠沿线，从东都（洛阳）到江都（扬州）二千余里，每两驿建置一座宫殿，共设行宫四十多座，专供其游乐享用。“已成尘”三字，以夸张的笔法极写昔日隋宫的豪华已完全消失，不复存在，这与上句所写汴河春色形成鲜明对比和强烈反差，以见出人世沧桑巨变，寄托了历史兴亡感。

“行人莫上长堤望，风起杨花愁煞人”两句诗，抓住隋堤柳色这一典型景物，着重抒写诗人难以抑制的吊古伤今之情。长长的隋堤上，惹雾含烟的杨柳婀娜多姿，春风徐徐吹来，柳絮飘飞如雪。如此美好春光，本来令人欣赏流连；但由于它与隋朝的盛衰兴亡紧密绾结在一起，因此诗人面对隋宫成尘的现状，感慨横生，喟叹不已。在诗人看来，那满堤烟柳，正是炀帝身死国灭的见证；那漫天杨花，恰是隋炀帝荒淫亡国的象征。仰观历史，俯视现实，虽然亡隋之鉴不远，但中唐统治者并未认真汲取历史教训，将会使后人复哀唐人。所以诗人忧患深沉地发出告诫：“行人莫上长堤望，风起杨花愁煞人。”缘何而愁？确因触景生情，吊古伤今，“忧从中来，不可断绝”。

这首七绝诗采用借景抒情的方法，通过隋代行宫今昔盛衰的对比，突出地表达了鉴古惜兴亡、寓讽警当世的思想主题，写来情景浑融，意境层深，十分耐人咀嚼寻味。

夜上西城听凉州曲二首

李　益

行人夜上西城宿，听唱凉州双管逐。
此时秋月满关山，何处关山无此曲。

鸿雁新从北地来，闻声一半却飞回。
金河戍客肠应断，更在秋风百尺台。

【鉴赏】

这两首绝句是作者边塞诗的名作。诗歌采用层层推进的艺术手法，以物相衬，融情于景，通过对月下听《梁州曲》的生动描绘，抒写出边塞征人凄凉、悲切的情怀。

西城，即西受降城，故址在今内蒙古杭锦后旗乌加河北岸。《梁州曲》即《凉州曲》，原是凉州（治所在今甘肃武威）一带的歌曲，唐人多以此调作歌词，内容多写边地风光和战争，曲调悲凉。

第一首写诗人夜间上到西城，听有人在“双管”（即双凤管）的伴奏下，唱起悲凉的《梁州曲》来。“行人”即使者，指诗人自己。“逐”，以乐器为唱歌伴奏。诗人环顾四望，啊，“此时秋月满关山，何处关山无此曲？”诗人由西城想望到所有关山（即边塞），收到以小见大的艺术效果。黄叔灿曾称赞这两句诗说：“‘此时’二句，不言关山明月，听《凉州曲》之哀惨，乃偏说何处无此，则此时此际，同一悲凉，不言自喻矣。笔墨入微。”（《唐诗笺注》）

第二首则通过“鸿雁”对《梁州曲》反应行为的描写，反衬出戍边将士的忧怨。鸿雁是一种候鸟，由于“北地”寒冷而南飞，但听到这悲凉的《梁州曲》的一半，便觉此地更寒冷，于是便向北地飞了回去。鸟且如此，那么人呢？“金河戍客肠应断，更在秋风百尺台。”金河，在今内蒙古呼和浩特市南，唐置金河县；百尺台，即烽火台。戍客，戍边士卒。连守护金河的戍边士卒听到这《梁州曲》肝肠都要断了，更何况那常年守卫在烽火台上的士卒呢？就这样，诗由西城到边塞，由鸿雁到人，由金城守将到烽火台卫士，层层过渡，步步推进，将一层深似一层的悲伤，沉重地落在了“秋风百尺台”的“戍客”身上！全诗看似平淡无奇，实则结构精严，诗思婉曲，手法独特，生动地反映出戍边将士久戍思归的怨望之情。胡应麟在《诗薮》中说：“七言绝，开元以下，当以李益为第一。如《夜上西城》……诸篇，皆可与太白、龙标（王昌龄）竞爽，非中唐所得有也。”此言当不为虚夸。

边　思

李　益

腰垂锦带佩吴钩，走马曾防玉塞秋。
莫笑关西将家子，只将诗思入凉州。

【鉴赏】

这是诗人的一幅自画像。他在抄录自己的从军诗送给友人卢景亮时写道：“从事十八载，五在兵间，故为文多军旅之思，或因军中酒酣，或时塞上兵寝，投剑秉笔，散怀于斯文，率皆出乎慷慨意气。”《唐才子传》也说他从军十年，“往往鞍马间为文，横槊赋诗，故多抑扬激励悲离之作”，与高适、岑参相近。从这首诗中，我们可以看出，这些评述是很切合实际的。

首句写装束，垂锦带以见华贵，佩吴钩（吴钩，宝刀名）以示英武飒爽的风姿。次句写行动，走马边塞，防秋玉门（玉塞，即玉门关。汉时，匈奴每当秋高马肥，就入塞侵扰，所以秋季就要加强防卫，称为防秋），是豪迈的气概。他虽然佩宝刀，参加战斗，是个战士，但同时也是一位诗人，在军中仍然不废吟咏，因此后两句便说，别笑我这个关西将门之后（《汉书·虞翻传》）。“关西出将，关东出相。”关，指位于今河南省灵宝市南的函谷关。李益是姑臧即今甘肃省武威县人，在函谷关以西，所以自称“关西将家子”。只把诗情带到了凉州，而别的却什么也没有吧。寥寥几笔，便突出了一位从军诗人精神风貌的特征。在部队生活中，作战是普遍的，而吟诗，则是特殊的，要画出一幅从军诗人的肖像，就必须将个别与一般统一起来，体现普遍中的特殊，此诗正成功地做到了这一点。

从军北征

李　益

天山雪后海风寒，横笛偏吹《行路难》。
碛里征人三十万，一时回首月中看。

【鉴赏】

一上来点地、写景，从而暗示征途的艰辛。天山地本高寒，何况又在雪后，加以湖泊上吹来的冷风，真是岑参在《走马川行》中所写的“风头如刀面如割”了。在这种地区和季节里行军，而且还是夜间行军，该是多么困难啊！而正是在此时此地，横笛又偏偏吹起《行路难》这支曲子来了，岂不更使人触耳惊心，触景生情吗？这个“偏”字下得好，它显示出对于正在极其艰苦条件下行军的征人来说，横笛之撩动了他们的心弦，正如火上加油，因而下文迸发出来的思乡之情就合情合理了。由于横笛以音乐的语言表达了征人们所共同具有的行路难的想法，也撩动了他们的乡思，所以这么多的人,便一时都在月光之下,回头东望了。月光照着眼前寒冷的沙漠,也同样照着心中温暖的故乡,怎么能不回头一看呢?

这首诗与《夜上受降城闻笛》两诗都是写征人因听乐而思乡,也同样兼写情景,因景及情,写出了在特定环境中将士们的普遍情绪,但在表现手法上,却各有妙处。前一首前两句写景,后两句写情;后一首则是首句写景,余三句写情;前一首用一联工整的对句写地点、景物、气候,着意刻画,加倍渲染,而不嫌其多;后一首虽然也同样写了地点、景物、气候,却用一句包罗。"天山""海",相当于"回乐烽""受降城","雪后""风寒"相当于"沙似雪""月如霜",而不觉其少。"横笛"句,即是"不知"句,"碛里"两句,则又等于"一夜"句。"一夜"句言简意赅,已将要表达的东西说全了;可是"碛里"两句,却以"三十万"加强征人的共同感觉,"回首月中看"突出当时的景色和由之而产生的心情,也并不使人感到多余或松泛。诗人在这些地方所表现的高度技巧,是值得重视的。

盐州过胡儿饮马泉

李　益

绿杨著水草如烟,旧是胡儿饮马泉。
几处吹笳明月夜,何人倚剑白云天?
从来冻合关山路,今日分流汉使前。
莫遣行人照容鬓,恐惊憔悴入新年。

【鉴赏】

这首诗抒写诗人在春天经过收复了的盐州时的复杂心情。盐州,州治在今内蒙古自治区五原县。

诗的首联是写诗人在春天来到盐州,这里杨柳拂水,丰草满目,一派含情脉脉的迷人景象。然而它却曾沦落为胡人饮马的地方。这联中"旧是"二字,既含有庆幸收复的欣慰,也透露着抚今追昔的感慨和国难家仇的忧思。次联写夜宿盐州的见闻。诗人用"几处""何人"的不定语气表示感叹,用月夜笳声显示悲凉气氛,用倚剑天外形容英雄气概,表露出盐州形势依旧紧张,感慨边防尚未巩固。三联回顾了"从来"的历程是"冻合关山路",而今日则是"分流汉使前"。过去冰雪严寒,关山险阻,道路坎坷,如今气候解冻,春水分流。这既显现出希望和信心,也流露着诗人心中的兴奋和喜悦。这联的寓意是希望朝廷乘胜前进。末联把历史的顾往瞻来引作镜鉴。这"胡儿饮马"恰似一面历史的镜子。诗人不愿再用盐州这面镜子来照自己失去的青春，不愿回顾已往。面对这边防尚未巩固的现实，采用了不让行人临水镜鉴的讽劝方式，委婉地表达了对朝廷的期望和忠告。诗写得明快而婉转，把复杂的思想表现得和谐动人而含蓄不尽。

诣红楼院寻广宣不遇留题

李　益

柿叶翻红霜景秋，碧天如水倚红楼。
隔窗爱竹无人问，遣向邻房觅户钩。

【鉴赏】

这首诗是李益寻访广宣不遇，写来留给他的。广宣，唐代的一个和尚，姓廖，蜀人，会作诗，和刘禹锡很好。诣（yì），到。诗的第一联是写诗人举目望去，一片红艳夺目的柿林映入眼帘。这红色的柿叶给秋日园林增添了绚丽的色彩。诗人再抬头望去，那如水的碧空，把红楼衬托得更加巍峨壮丽。“倚”字形象地画出空阔高远而碧蓝的天空与红楼相依偎的壮观景象。第二联是诗人隔窗看那苍翠多姿的竹林，尤为可爱。这“爱”字里既表现出诗人高雅的情趣，也透露出诗人的钦羡之情。接着，诗人写出访友不遇，并不返回，而是差遣随从去邻家寻找开门的“户钩”，而进院去尽情饱览一番这美好的景色。可见诗人与广宣相知之深，过从甚密。

这首诗具有丰富的生活情趣，形象鲜明而兴味隽永。

写　　情

李　益

水纹珍簟思悠悠，千里佳期一夕休。
从此无心爱良夜，任他明月下西楼。

【鉴赏】

此诗第一句言虽有极为精美的卧席，而仍愁思悠悠，难以入睡。第二句言其所以致此，是因为佳期已经完结。“佳期”而言“千里”，是形容远道相期，此期不易。

“休”而言“一夕”，是形容变化突兀，无从预知。佳期之难得如彼，完结之容易如此，因而诗人就不能不感到强烈的苦痛了。第三四句由此设想，从此以后，也不会更有佳期，即使好天良夜，月照西楼，有同今夕，但也无心玩赏了。美景良辰，似都为佳期欢会而设，佳期既已作罢，则这一切都无意义可言，所以上用“从此”，下用“任他”，以加重语气，用坚决的口吻来叙述虚拟的情境。读者虽然无从知道诗中本事，但对作者的感情，却仍然非常容易受到感染，因为这种失意之事，虽非人人所能有，而这种失意之情，则是大家都能够体会的。

用虚拟的情景来演化主题，可以用忆、知，或遥记、遥知这一类的勾勒字，也可以不用勾勒字，而径直表达虚拟的境界，如这首《写情》。

暮过回乐烽

李　益

烽火高飞百尺台，黄昏遥自碛南来。
昔时征战回应乐，今日从军乐未回。

【鉴赏】

起句写百尺高台，已经升起烽火，是暮时所见情景。由此可知当时军情紧急，戒备森严。在这种局势之下，部队迅速调动，支援前线，是很自然的事。所以诗人次句就接着写自己随着一支增援队伍老远从沙漠南边赶了过来。“黄昏”点时间，并应题“暮过”。按照原来事件的顺序，本是先自碛南来，然后暮过，而诗中却加以颠倒，用意在于突出情况的急迫，烘托战争的紧张气氛，以反衬下面两句。

然而，非常奇妙的是，诗人在第三四两句中却把那些急迫和紧张都放在一边不管了，而另起炉灶，以今昔对比，极其有力地写出战士们愿意为正义战争而献身的精神状态。回乐，唐县名，故城在今宁夏回族自治区灵武县内。县名回乐，当然不一定就是“回去就快乐”的意思，但诗人却就这两个字可能具有的含义生发，指出从前打仗，以回为乐，今天从军，乐在未回。两句以轻灵的笔调，愉快的心情，有效地传达出将士们的豪情壮志、乐观精神，这就暗示出，即使敌人如何强大，军情如何紧迫，也不足忧虑了。所以这首诗的前两句和后两句，粗粗一看，似乎是各说各的，并无关联，细加赏析，方知其似断实连之妙。

立秋前一日览镜

李　益

万事销身外，生涯在镜中。
惟将两鬓雪，明日对秋风。

【鉴赏】

这首诗，当是诗人失意时的即兴之作，深含身世之慨和人生体验，构思精巧，颇有意趣。

矢志不渝的悲哀，莫过于年华蹉跎而志业无成，乃至无望。如果认定无望，反而转向超脱，看破红尘。在封建士人中，多数是明知无望，却仍抱希望，依旧奔波仕途，甘受沦落苦楚。李益这诗即作是想，怀此情。

明天立秋，今天照镜子，不言而喻，有悲秋的意味。诗人看见自己两鬓花白如雪，苍老了。但他不惊不悲，而是平静淡漠，甚至有点调侃自嘲。镜中的面容，毕竟只表现过去的经历，是已知的体验。他觉得自己活着，这就够了，身外一切往事都可以一笔勾销，无须多想，不必烦恼，就让它留在镜子里。但是，镜外的诗人要面对明天，走向前途，该怎么办呢？他觉得明天恰同昨天。过去无成而无得，将来正可无求而无失。何况时光无情，明日立秋，秋风一起，万物凋零，自己的命运也如此，不容超脱，无从选择，只有在此华发之年，怀着一颗被失望凉却的心，去面对肃杀的秋风，接受凋零的前途。这自觉的无望，使他从悲哀而淡漠，变得异常冷静而清醒，虽未绝望，却趋无谓，置一生辛酸于身外，有无限苦涩在言表。这就是此诗中诗人的情怀。

诗题“立秋前一日”点明写作日期，而主要用以表示本诗的比兴寓意在悲秋。“览镜”，取喻镜鉴，顾往瞻来。前两句概括失志的过去，是顾往；后二句抒写无望的未来，是瞻来。首句，实则已把身世感慨说尽，然后以“在镜中”“两鬓雪”“对秋风”这些具体形象以实喻虚，来表达那一言难尽的遭遇和前途。这些比喻，既明白，又含蓄不尽，使全篇既有实感，又富意趣，浑然一体，一气呵成。

鹧鸪词

李　益

湘江斑竹枝，锦翅鹧鸪飞。
处处湘云合，郎从何处归？

【鉴赏】

这是一首乐府诗，宋郭茂倩《乐府诗集》卷八十《近代曲辞》收录《鹧鸪词》三首，有李益的这首和李涉的两首。李涉的《鹧鸪词》其一云："湘江烟水深，沙岸隔枫林。何处鹧鸪飞，日斜斑竹阴。二女虚垂泪，三闾枉自沉。惟有鹧鸪鸟，独伤行客心。"李益与李涉在诗中都用了"湘江""斑竹""鹧鸪"等形象来烘托气氛，为所要表现的主题服务。可见《鹧鸪词》在内容上均是表现愁苦之情的，而且都须用"鹧鸪"的飞鸣来托物起兴。也就是说，《鹧鸪词》中少不了鹧鸪，此外鹧鸪在诗中还有切题、破题的作用。

两首诗不同之点是：李涉的《鹧鸪词》由怀古兼及游子行客之情。他充分运用联想：看到湘江水深，想到屈原的沉江自杀；看到斑竹阴阴，想到舜之二妃娥皇、女英的故事；听到鹧鸪的啼叫，触动自己羁旅的愁怀。所抒之情，并非集中于一点，而是泛咏愁情。李益的《鹧鸪词》，写一位女子对远方情郎的思念，抒情较强烈，也更集中。

李益诗中的主人公是一位生活在湘江一带的女子。诗的开头写她怀远的愁情，不是用直陈其事的方法来正面描写，而是用"兴"的手法烘托和渲染，使愁情表现得更加含蓄而有韵致。

如前两句都是用兴的手法。首句"湘江斑竹枝"又兼用典。舜之二妃娥皇、女英，为舜南巡而死，泪下沾竹。这种染上斑斑泪痕的竹子，称为"湘妃竹"，又称"斑竹"。诗中人看到湘江两岸的斑竹，自然会想到这个优美而动人的爱情传说，连类而及，勾起自己怀念情郎的愁绪。正在这时，诗中人又看到引动她愁绪的另一景物，那长着锦色羽毛的鹧鸪，振翅而飞，且飞且鸣，其声凄清愁苦，听到鹧鸪的啼叫，更加重了她的愁绪。鹧鸪喜欢相对而啼，俗谓其鸣曰"行不得也哥哥"。大凡游子、思妇，都怕听鹧鸪的啼叫。看到听到鹧鸪的飞鸣，自然会使这位思妇的愁怀，一发而不可收了。

接着诗句自然地过渡到"处处湘云合"一句，以笼罩在湘江之上的阴云，来比喻女主人公郁闷的心情。以阴云喻愁怀，这是古典诗歌中常见的艺术手法。《文镜秘府论·地·六志》引《赠别诗》曰:“离情弦上急,别曲雁边嘶。低云百种郁,垂露千行啼。”释曰:“……上见低云之郁,托愁气以合词。”《鹧鸪词》的“处处湘云合”,既是对实景的描写,又巧妙地比喻女子愁闷的心情。

诗的前三句,诗人用“湘江”“湘云”“斑竹”“鹧鸪”这些景物构造出一幅有静有动的图面,把气氛烘托、渲染得相当浓烈;末句突然一转,向苍天发出“郎从何处归”的问语,使诗情显得跌宕多姿而不呆板。它写出了主人公的无可奈何的心情,我们仿佛看到她伫立湘江岸边翘首凝望的身影,感觉到她盼郎归来的急切心情,人物与周围的环境达到和谐一致,绘出了一幅湘江女子怀远图来。

这首诗清新含蓄,善用比兴,具有民歌风味。抒情手法全靠气氛的渲染与烘托,很有特点。

洛　桥

李　益

金谷园中柳,春来似舞腰。
那堪好风景,独上洛阳桥。

【鉴赏】

“洛桥”,一作“上洛桥”,即天津桥,在唐代河南府河南县(今河南洛阳市)。当大唐盛世,阳春时节,这里是贵达士女云集游春的繁华胜地。但在安、史乱后,已无往日盛况。河南县还有一处名园遗址。即西晋门阀豪富石崇的别庐金谷园,在洛桥北望,约略可见。诗人春日独上洛阳桥,北望金谷园,即景咏怀,以寄感慨。

它先写目中景。眺望金谷园遗址,只见柳条在春风中摆动,婀娜多姿,仿佛一群苗条的妓女在翩翩起舞,一派春色繁荣的好风景。然后写心中情。面对这一派好景,今日只有诗人孤零零地站在往昔繁华的洛阳桥上,觉得分外冷落,不胜感慨系之。

显然,诗的主题思想是抒发好景不长、繁华消歇的历史盛衰的感慨,新意无多。它的妙处在于艺术构思和表现手法所造成的独特意境和情调。以金谷园引出洛阳桥,用消失了的历史豪奢比照正在消逝的今日繁华,这样的构思是为了激发人们对现实的关注,而不陷于历史的感慨,发人深省。用柳姿舞腰的轻快形象起兴,仿佛要引起人们对盛世欢乐的神往,却以独上洛桥的忧伤,切实引起人们对时世衰微的关切,这样的手法是含蓄深长的。换句话说,它从现实看历史,以历史照现实,从欢乐到忧伤,由轻快入深沉,巧妙地把历史的一时繁华和大自然的眼前春色融为一体,意境浪漫而真实,情调遐远而深峻,相当典型地表现出由盛入衰的中唐时代脉搏。应当说,在中唐前期的山水诗中,它是别具一格的即兴佳作。

度破讷沙二首(其二)

李　益

破讷沙头雁正飞，鸊鹈泉上战初归。
平明日出东南地，满碛寒光生铁衣。

【鉴赏】

诗题一作“塞北行次度破讷沙”。据说唐代丰州(治今内蒙古五原南)有九十九泉,在西受降城北三百里的鸊鹈泉号称最大。唐宪宗元和初,回鹘曾以骑兵进犯,与镇武节度使驻兵在此交战。诗当概括了这样的历史内容。“破讷沙”系沙漠译名,亦作“普纳沙”(《新唐书·地理志七》)。

前两句写部队凯旋度过破讷沙的情景。从三句始写“平明日出”可知,此时黎明尚未到来。军队夜行,“不闻号令,但闻人马之行声”,时而兵戈相拨,偶有铮鏦之鸣。栖息在沙上的雁群,却早已警觉,相唤腾空飞去。“战初归”乃正写“度破讷沙”之事,“雁正飞”则是其影响所及。先写飞雁,未见其形先闻其声,造成先声夺人的效果。两句与卢纶《塞下曲》“月黑雁飞高,单于夜遁逃”,机杼略同,匠心偶合。不过“月黑雁飞高”用字稍刻意,烘托出单于的惊惶;“雁正飞”措辞较从容,显示出凯旋者的气派,彼此感情色彩不同。三句写一轮红日从地平线喷薄而出(因人在西北,所以见“日出东南”),在广袤的平沙之上,行进的部队蜿蜒如游龙,战士的盔甲像银鳞一般,在日照下冷光闪闪,而整个沙原上,沙砾与霜华也闪烁光芒,鲜明夺目。这是一幅何等有生气的壮观景象!风沙迷漫的大漠上,本难见天清日丽的美景,而现在这样的美景竟为战士而生了。而战士的归来也使沙原增辉:仿佛整个沙漠耀眼的光芒,都自他们的甲胄发出。这又是何等光辉的人物形象!这里,境与意,客观的美景与主观的情感得到高度统一。末二句在措辞上,分别化用汉乐府《陌上桑》之“日出东南隅”,北朝乐府《木兰诗》之“寒光生铁衣”,天然成对,十分巧妙。

清人吴乔曾说:“七绝乃偏师,非必堂堂之阵,正正之旗,有或斗山上,或斗地下者。”(《围炉诗话》)此诗主要赞颂边塞将士的英雄气概,不写战斗而写战归。取材上即以偏师取胜,发挥了绝句特长。通篇造境独到,声情激越雄健,是盛唐高唱的余响。

塞下曲四首(其一)

李　益

蕃州部落能结束,朝暮驰猎黄河曲。
燕歌未断塞鸿飞,牧马群嘶边草绿。

【鉴赏】

唐代边塞诗不乏雄浑之作,然而毕竟以表现征戍生活的艰险和将士思乡的哀怨为多。即使一些著名的豪唱,也不免夹杂危苦之词或悲凉的情绪。当读者翻到李益这篇塞上之作,感觉便很不同,一下子就会被那天地空阔、人欢马叫的壮丽图景吸引住。它在表现将士生活的满怀豪情和反映西北风光的壮丽动人方面,是比较突出的。

诗中“蕃州”乃泛指西北边地(唐时另有蕃州,治所在今广西宜州市西,与黄河不属),“蕃州部落”则指驻守在黄河河套(“黄河曲”)一带的边防部队。军中将士过着“岁岁金河复玉关,朝朝马策与刀环”(柳中庸《征人怨》)的生活,十分艰苦,但又被磨炼得十分坚强骁勇。首句只夸他们“能结束”,即善于戎装打扮。作者通过对将士们英姿飒爽的外形描写,示意读者其善战已不言而喻,所以下句写“驰猎”,不复言“能”而读者自可神会了。

军中驰猎,不比王公们佚游田乐,乃是一种常规的军事训练。健儿们乐此不疲,早晚都在操练,做好随时迎敌的准备。正是“为报如今都护雄,匈奴且莫下云中”(同组诗其四)。“朝暮驰猎黄河曲”的行动,表现出健儿们慷慨激昂、为国献身的精神和决胜信念,句中饱含作者对他们的赞美。

这两句着重刻画人物和人物的精神风貌,后两句则展现人物活动的辽阔背景。西北高原的景色是这样壮丽:天高云淡,大雁群飞,歌声飘荡在广袤的原野上,马群在绿草地撒欢奔跑,是一片生气蓬勃的气象。

征人们唱的“燕歌”,有人说就是《燕歌行》的曲调。目送远去的飞雁,歌声里诚然有北国战士对家乡的深切怀念。然而,飞鸿望断而“燕歌未断”,这开怀放歌中,也未尝不包含歌唱者对边地的热爱和自豪情怀。如果说这一点在三句中表现尚不明显,那么读末句就毫无疑义了。

“牧马群嘶边草绿”。在赞美西北边地景色的诗句中,它几乎可与“风吹草低见牛羊”(北朝民歌《敕勒歌》)的奇句媲美。“风吹草低”句是写高原秋色,所以更见苍凉;而“牧马群嘶”句是写高原之春,所以有油然生意。“绿”字下得绝佳。因三、四对结,上曰“塞鸿飞”,下对以“边草绿”,可见“绿”字是动词化了。它不尽然是一片绿油油的草色,而且写出了“离离原上草”由枯转荣的变化,暗示春天不知不觉又回到草原上。这与后来脍炙人口的王安石的名句“春风又绿江南岸”(《泊船瓜洲》),都以用“绿”字见胜。在江南,春回大地,是啼鸟唤来的。而塞北的春天,则由马群的欢嘶来迎接。“边草绿”与“牧马群嘶”连文,意味尤长;似乎由于马嘶,边草才绿得更为可爱。诗所表现的壮美豪情是十分可贵的。

登鹳雀楼

李　益

鹳雀楼[①]西百尺墙,汀洲[②]云树共茫茫。
汉家[③]萧鼓空流水,魏国[④]山河半夕阳。
事去千年犹恨速,愁来一日即为长。
风烟并起思归望,远目非春亦自伤。

【注释】

①鹳雀楼:建于北周,在唐代是河中府(今山西省永济市蒲州镇西)的名胜。在古蒲州城西南三十米处的黄河岸边,高三层,现正在复原之中。因常有鹳雀(形似鹤)栖息其上而得名。

②汀洲:黄河水中间的小洲。

③汉家:指汉朝。

④魏国:三国时期的一个国家,建都邺。

【鉴赏】

这是一首咏怀诗。作者借登临名胜而抒发情怀。首联写登楼所望,目穷千里,望风烟之色,感怀乡之思,伤春悲怀之情溢于言表。颔联诗人远望,西望长安,东望邺下,故叹汉魏、感历史兴亡,声调高亢,情致缠绵;颈联一“事”、一“愁”,前句叹世事沧桑,后句则抒个人愁怀。末联“思望归”再抒乡愁,点出题旨。诗人久在军旅,尝客游边塞，所以他的诗每每多茫茫风云之气，每一发之，便为苍凉悲壮、凄切激越之音，这首七律便是其诗作艺术风格的代表，在大历时期的律诗中亦堪称翘楚。

竹窗闻风寄苗发司空曙

李　益

微风惊暮坐，临牖思悠哉。
开门复动竹，疑是故人来。
时滴枝上露，稍沾阶下苔。
何当一入幌，为拂绿琴埃。

【鉴赏】

全诗紧扣“闻风”，因风惊起，暮坐于窗下沉思；继则因风开门复吹动窗外之竹，瑟瑟作声，而疑故人来访；又因风吹落竹枝夜露，想其沾湿阶上莓苔；末则期风吹入帷幌，拂拭琴上尘埃，庶可抚琴抒怀也。夜风之来，皆听而觉之，非视而见之，切“闻”字。以风入题，其孤寂之感亦因风而发。葛立方《韵语阳秋》谓“‘敲门风动竹，疑是故人来’，李益以是得名。”此联当粘而未粘，当对而未对，之所以为历来所称赏，乃在于善写孤寂求友心态。其意境实化用南朝乐府《华山畿》：“夜相思，风吹窗帘动，言是所欢来。”而复为元稹《会真记》“隔墙花影动，疑是玉人来”之所本。递相转化，各有所发明，而使风竹疑人之境为世人所激赏。

听晓角

李　益

边霜昨夜堕关榆，吹角当城汉月孤。
无限塞鸿飞不度，秋风卷入《小单于》。

【鉴赏】

这首诗旨在写征人的边愁乡思，但诗中只有一片角声在回荡，一群塞鸿在盘旋，既没有明白表达征人的愁思，甚至始终没有让征人出场。诗篇采用的是镜中取影手法，从角声、塞鸿折射出征人的处境和心情。它不直接写人，而人在诗中；不直接写情，而情见篇外。

诗的前两句"边霜昨夜堕关榆，吹角当城汉月孤"，是以环境气氛来烘托角声，点明这片角声响起的地点是边关，季节当深秋，时间方破晓。这时，浓霜满地，榆叶凋零，晨星寥落，残月在天；回荡在如此凄清的环境气氛中的角声，其声情会是多么悲凉哀怨，这是不言而喻的。从表面看，这两句只是写景，写角声，但这是以没有出场的征人为中心，写他的所见所闻，而且，字里行间还处处透露出他的所感所思。首句一开头，写霜而日"边霜"，这既说明夜来的霜是降落在边关上，也写出了征人见霜时所产生的身在边关之感。次句在句末写到月，而在"月"后加了一个"孤"字；这不仅形容天上的月是孤零零的，更是写地上的人看到这片残月时的感觉也是孤零零的。

长期身在边关的李益，深知边声，特别是边声中的笛声、角声等是怎样拨动征人的心弦、牵引征人的愁思的；因此，他的一些边塞诗往往让读者从一个特定的音响环境进入人物的感情世界。如《夜上受降城闻笛》诗云："回乐烽前沙似雪，受降城外月如霜。不知何处吹芦管，一夜征人尽望乡。"《从军北征》诗云："天山雪后海风寒，横笛遍吹《行路难》。碛里征人三十万，一时回首月中看。"两诗都是从笛声写到听笛的征人，以及因此触发的情思、引起的反应。这首《听晓角》诗，也从音响着眼下笔，但在构思和写法上却另有其独特之处。当人们读了诗的前两句，总以为将像上述二诗那样，接下去要由角声写到倾听角声的征人，并进而道出他们的感受了。可是，出人意料之外，诗的后两句却是："无限塞鸿飞不度，秋风卷入《小单于》。"原来诗人的视线仍然停留在寥廓的秋空，从天边的孤月移向一群飞翔的鸿雁。这里，诗人目迎神往，驰骋他的奇特的诗思，运用他的夸张的诗笔，想象和描写这群从塞北飞到南方去的候鸟，听到秋风中传来画角吹奏的《小单于》曲，也深深为之动情，因而在关上低回留连，盘旋不度。这样写，以雁代人，从雁取影，深一步、曲一层地写出了角声的悲亢凄凉。雁犹如此，人何以堪？征人的感受就也不必再事描述了。

宫怨

李　益

露湿晴花春殿香，月明歌吹在昭阳。
似将海水添宫漏，共滴长门一夜长。

【鉴赏】

和王昌龄《长信秋词》(“奉帚平明”)、《闺怨》(“闺中少妇”)等名作不同,此诗的怨者,不是一开始就露面的。长门宫是汉武帝时陈皇后失宠后的居处,昭阳殿则是汉成帝皇后赵飞燕居处,唐诗通常分别用以泛指失宠、得宠宫人住地。欲写长门之怨,却先写昭阳之幸,形成此诗一显著特点。

前两句的境界极为美好。诗中宫花大约是指桃花,此时春晴正开,花朵上缀着露滴,有“灼灼其华”的光彩。晴花沾露,越发娇美秾艳。夜来花香尤易为人察觉,春风散入,更是暗香满殿。这是写境,又不单纯是写境。这种美好境界,与昭阳殿里歌舞人的快乐心情极为谐调,浑融为一。昭阳殿里彻夜笙歌,欢乐的人还未休息。说“歌吹在昭阳”是好理解的,而明月却是无处不“在”,为什么独归于昭阳呢?诗人这里巧妙暗示,连月亮也是昭阳殿的特别明亮。两句虽然都是写境,但能使读者感到境中有人,继而由景入情。这两句写的不是宫怨,恰恰是宫怨的对立面,是得宠承恩的情景。

写承恩不是诗人的目的,而只是手段。后两句突然转折,美好的环境、欢乐的气氛都不在了,转出另一个环境、另一种气氛。与昭阳殿形成鲜明对比,这里没有花香,没有歌吹,也没有月明,有的是滴不完、流不尽的漏声,是挨不到头的漫漫长夜。这里也有一个不眠人存在。但与昭阳殿欢乐苦夜短不同,长门宫是愁思觉夜长。此诗用形象对比手法,有强烈反衬作用,突出深化了“宫怨”的主题。

诗的前后部分都重在写境,由于融入人物的丰富感受,情景交融,所以能境中见人,含蓄蕴藉。与白居易《后宫词》比较,优点尤显著。《后宫词》写了“泪湿罗巾梦不成”,写了“红颜未老恩先断,斜倚熏笼坐到明”,由于取径太直,反觉浅近,不如此诗耐人含咀。

诗的前两句偏于写实,后两句则用了夸张手法。铜壶滴漏是古代计时的用具,宫禁专用者为“宫漏”。大抵夜间添一次水,更阑则漏尽,漏不尽则夜未明。“似将海水添宫漏”,则是以海水的巨大容量来夸张长门的夜长漏永。现实中,当然绝无以海水添宫漏的事,但这种夸张,仍有现实的基础。“水添宫漏”是实有其事,长门宫人愁思失眠而特觉夜长也实有其情,主客观的统一,就造成了“似将海水添宫漏,共滴长门一夜长”的意境。虚实相成,离形得神,这里写的虽决不能有其事,但实为情至之语。

春夜闻笛

李　益

寒山吹笛唤春归,迁客相看泪满衣。

洞庭一夜无穷雁，不待天明尽北飞。

【鉴赏】

这首《春夜闻笛》是诗人谪迁江淮时的思归之作。

从李益今存诗作可知他曾到过扬州，渡过淮河，经过盱眙(今安徽凤阳东)。诗中“寒山”在今江苏徐州市东南，是东晋以来淮泗流域战略要地，屡为战场。诗人自称“迁客”，当是贬谪从军南来。诗旨主要不是写士卒的乡愁，而是发迁客的归怨。

这首诗是写淮北初春之夜在军中闻笛所引起的思归之情。前两句写闻笛。此时，春方至，山未青，夜犹寒，而军中有人吹笛，仿佛是那羌笛凄厉地呼唤春归大地，风光恰似塞外。这笛声，这情景，激动士卒的乡愁，更摧折着迁客，不禁悲伤流目，渴望立即飞回北方中原的家乡。于是，诗人想起那大雁北归的传说。每年秋天，大雁从北方飞到湖南衡山回雁峰栖息过冬，来年春天便飞回北方。后二句即用这个传说。诗人十分理解大雁亟待春天一到就急切北飞的心情，也极其羡慕大雁只要等到春天便可北飞的自由，所以说“不待天明尽北飞”。与大雁相比，迁客却即使等到了春天，仍然不能北归。显然，这里蕴含着遗憾和怨望：迁客的春光——朝廷的恩赦，还没有随着大自然的春季一同来到。

诗人以仿佛北方边塞情调，实写南谪迁客的怨望，起兴别致有味；又借大雁春来北飞，比托迁客欲归不得，寄喻得体，手法委婉，颇有新意。而全诗构思巧妙，感情复杂，形象跳跃，针线致密。题目“春夜闻笛”，前两句却似乎在写春尚未归，所以有人“吹笛唤春归”，而迁客不胜其悲；后二句一转，用回雁峰传说，想象笛声将春天唤来，一夜之间，大雁都北飞了。这一切都为笛声所诱发，而春和夜是兴寄所在，象征着政治上的冷落遭遇和深切希望。在前、后二句之间，从眼前景物到想象传说，从现实到希望，从寒山笛声到迁客，到洞庭群雁夜飞，在这一系列具体形象的迭现之中，动人地表现出诗人复杂的思想感情。它以人唤春归始，而以雁尽北飞结，人留雁归，春到大地而不暖人间，有不尽的怨望，含难言的惆怅。

王之涣《凉州词》云：“羌笛何须怨杨柳？春风不度玉门关。”这是盛唐边塞诗的豪迈气概。李益这首诗的主题思想其实相同，不过是说春风不到江南来。所以情调略似边塞诗，但它多怨望而少豪气，情调逊于王诗。然而这正是中唐诗歌的时代特点。

行　舟

李　益

柳花飞入正行舟，卧引菱花信碧流。

闻道风光满扬子，天晴共上望乡楼。

【鉴赏】

此诗特点在于给读者以想象的余地，读后有余味，有言外的意思和情调。

前两句写景。舟行扬子江中，岸上柳絮飘来，沾襟惹鬓；诗人斜卧舟中，一任菱花轻舟随着碧绿的江流荡漾东去。粗粗看来，俨然一幅闲情逸致的画面，仔细品味，方使人觉出其中自有一种落寞惆怅的情绪在。春回大地，绿柳飘絮，按说应使人心神怡悦，但对于客居异地的游人来说，却常常因为“又是一年春好处”而触发久萦心怀的思乡之念。何况，柳枝还是古人赠别的信物，柳花入怀，自然会撩惹游子思乡的愁绪。

如果说，诗人这种思乡的愁绪在前两句里表达得尚属含蓄，不易使人体察，那么，后两句就表露得比较明显了。“闻道风光满扬子”这一句是说，诗人自己思乡心切，愁绪萦怀，没有观赏风景的兴致。“风光满扬子”，只是听人所道，他不想看；也不愿看；因为他身处江南，神驰塞北（诗人故乡在陇西姑臧），眼前明媚的春光非但不能使他赏心悦目，反倒只能增其乡思愁绪。类似这样的情状，我们在古代的优秀诗词当中是常常可以见到的。宋代女词人李清照在《武陵春》一词中写道：“闻说双溪春尚好，也拟泛轻舟；只恐双溪舴艋舟，载不动、许多愁。”同样是闻道春光好，同样是自身愁绪多，一个终于没有去，一个尽管去了，但根本无心赏景。所取态度虽殊，感情表达的效果却是同样深切的。

既然舟行扬子江，不是为了赏景，那又为何而来呢？第四句做了回答：“天晴共上望乡楼”。原来诗人是为登楼望乡而来。但读诗至此，读者心里不免又生出许多新的疑问：为什么要在“风光满扬子”的“晴天”才登楼望乡呢？诗中没有明说，留给读者去想象、体会、玩味。或许是，古时别家出走多在岁寒过后，当物华又换，春光再满时，游子的乡思倍切吧？或许是，风光明媚的晴天丽日，空气清朗，登楼望乡，可极目千里吧？所有这些，尽管没有写出，却比明白形诸文字更丰富，更耐人寻味。这正是这首绝句的神到之处。

隋宫燕

李　益

燕语如伤旧国春，宫花旋落已成尘。
自从一闭风光后，几度飞来不见人。

【鉴赏】

隋炀帝杨广在位十三年,三下江都(今江苏扬州)游玩,耗费大量民力、财力,最后亡国丧身。因此"隋宫"(隋炀帝在江都的行宫)就成了隋炀帝专制腐败、迷于声色的象征。李益对隋宫前的春燕呢喃,颇有感触,便以代燕说话的巧妙构思,抒发吊古伤今之情。

"燕语如伤旧国春",目睹过隋宫盛事的燕子正在双双低语,像是为逝去的"旧国"之"春"而感伤。这感伤是由眼前的情景所引起的,君不见"宫花旋落已成尘",如今春来隋宫只有那不解事的宫花依旧盛开,然而也转眼就凋谢了,化为泥土,真是花开花落无人问。况且此等景象已不是一年两年,而是"自从一闭风光后,几度飞来不见人"。燕子尚且感伤至此,而况人乎?笔致含蓄空灵,是深一层的写法。

天下会有如此多情善感,能"伤旧国"之"春"的燕子吗?当然没有。然而"诗有别趣,非关理也"(宋严羽《沧浪诗话》)。读者并不觉得它荒诞,反而认真地去欣赏它、体味它。因为它虚中有实,幻中见真。你看:隋宫确曾有过热闹繁华的春天;而后"一闭风光",蔓草萋萋;春到南国,燕子归来,相对呢喃如语。这些都是"实"。"惟有旧巢燕,主人贫亦归"(武灌《感事》),尽管隋宫已经荒凉破败,隋宫燕却依然年年如期而至。燕子衔泥筑巢,所以那宫花凋落,旋成泥土,也很能反映燕子的眼中所见,心中所感。燕子要巢居在屋内,自然会留意巢居的屋子有没有人。这些都是"真"。诗人就是这样通过如此细致的观察和丰富的想象,将隋宫的衰飒和春燕归巢联系起来,把燕子的特征和活动化为具有思想内容的艺术形象,这种"虚实相成,有无互立"(清叶燮《原诗》)的境界,增强了诗的表现力,给人以更美、更新鲜、更富情韵的艺术享受。

上汝州郡楼

李　益

黄昏鼓角似边州,三十年前上此楼。
今日山川对垂泪,伤心不独为悲秋。

【鉴赏】

这是一首触景生情之作,境界苍凉,寄意深远。

诗的首句中,"黄昏鼓角"写的是目所见、耳所闻,"似边州"写的是心所感。李益曾久佐戎幕,六出兵间,对边塞景物特别是军营中的鼓角声当然是非常熟悉的。